Das Buch

In seiner an Figuren und Schauplätzen ungewöhnlich reichen und spannenden Romantrilogie beschreibt Manès Sperber die politische Landschaft Europas in den Jahren zwischen 1930 bis 1945. Im Mittelpunkt steht das geistige Abenteuer des revolutionären Menschen, eines Typs, der aus dem 20. Jahrhundert nicht mehr wegzudenken ist. Der Weg Dojno Fabers, des skeptisch-tätigen Helden des Werkes, und der anderen Revolutionäre führt über Deutschland, Rußland, Jugoslawien, Polen, Frankreich und Italien, durch Revolution, Diktatur und Krieg bis an die Schwelle der Nachkriegszeit mit ihrem »bitteren Geschmack der Hoffnung«. Es ist eine Hetzjagd durch den kommunistischen Untergrund aller Länder. Die Glaubwürdigkeit und Kraft dieses Buches liegt nicht zuletzt darin, daß Sperber, obwohl ihn längst tiefere Einsichten von den früheren Bindungen trennen, die echten Werte der revolutionären Idee nicht verleugnet. »Das ist der tragische Abenteuerroman der Politiker auf eigene Faust, ... ein Meisterwerk der modernen deutschen Literatur.« (Hermann Kesten)

Der Autor

Manès Sperber, geboren am 12. Dezember 1905 in Zablotow/Ostgalizien. Jugend in Wien. Schüler und Mitarbeiter Alfred Adlers. 1927 bis 1933 als Lehrer für Individualpsychologie in Berlin. 1934 Emigration nach Paris, wo er bis zu seinem Tod am 5. Februar 1984 lebte. Essaybände: ›Zur Analyse der Tyrannis‹ (1938/1975), ›Die Achillesferse‹ (1957), ›Zur täglichen Weltgeschichte‹ (1967), ›Churban oder Die unfaßbare Gewißheit‹ (1979). Biographie und Autobiographie: ›Alfred Adler oder Das Elend der Psychologie‹ (1970), ›Leben in dieser Zeit‹ (1972), ›Die Wasserträger Gottes‹ (1974), ›Die vergebliche Warnung‹ (1975), ›Bis man mir Scherben auf die Augen legt‹ (1977). Romane: ›Der verbrannte Dornbusch‹, ›Tiefer als der Abgrund‹, ›Die verlorene Bucht‹ (1961 zu der Trilogie ›Wie eine Träne im Ozean‹ zusammengefaßt). 1983 erhielt Manès Sperber den Friedenspreis des Deutschen Buchhandels.

Wie eine Träne im Ozean
Romantrilogie

Erstes Buch: Der verbrannte Dornbusch
Zweites Buch: Tiefer als der Abgrund
Drittes Buch: Die verlorene Bucht

Manès Sperber:
Wie eine Träne im Ozean
Romantrilogie

Deutscher
Taschenbuch
Verlag

Von Manès Sperber
sind im Deutschen Taschenbuch Verlag erschienen:
Die Wasserträger Gottes (1398)
Churban oder Die unfaßbare Gewißheit (10071)
Die Tyrannis und andere Essays aus der Zeit
der Verachtung (10770)
Individuum und Gemeinschaft (15030)
Wolyna (dtv großdruck 2588)

Unveränderter fotomechanischer Nachdruck
1. Auflage Oktober 1980
Deutscher Taschenbuch Verlag GmbH & Co. KG,
München
Lizenzausgabe mit freundlicher Genehmigung des Europa
Verlags GmbH, Wien
© 1976 Manès Sperber und Europa Verlag GmbH, Wien
ISBN 3-203-50594-0
Umschlaggestaltung: Celestino Piatti unter Verwendung
eines Szenenfotos aus dem Film ›Wie eine Träne im
Ozean‹ (Reproduktion mit freundlicher Genehmigung
der Schauspieler und des Westdeutschen Rundfunks,
Köln)
Gesamtherstellung: C. H. Beck'sche Buchdruckerei,
Nördlingen
Printed in Germany · ISBN 3-423-01579-9
8 9 10 11 12 13 · 95 94 93 92 91 90

VORWORT

Die vorliegende endgültige Fassung dieses trilogischen Romans, die nicht weniger als 1035 Seiten enthält, erscheint dem Leser lang genug, doch für den Autor bleibt sie ein Fragment.
Allerdings dünkt mich alles, was ich schreibe, Stückwerk — Bruchteile eines Ganzen, das abzuschließen mich der Tod hindern wird, sofern Krankheit, Müdigkeit oder Verzicht nicht vorher dem schriftstellerischen Abenteuer ein Ende setzt.
Die ersten Abschnitte dieses Werkes sind im Winter 1940 entstanden — mitten in der »Zeit der Verachtung«. Ich schrieb, wie der einsame Wanderer, verloren in tiefer Nacht, singen oder zu sich selber sprechen mag. Der Versuchung, ein Schriftsteller zu werden, hatte ich seit meiner frühen Jugend widerstanden. Diesmal aber gab ich endlich nach, denn nicht zu schreiben, war nun schwerer geworden, als zu schreiben.
An Veröffentlichung war nicht zu denken — und es war kaum wahrscheinlich, daß der 35jährige den Krieg überleben würde. Doch noch reichte der Vorrat an Schulheften, noch gab es genug Tinte! Ich füllte Seite um Seite — nicht um die verlorene Zeit zu suchen, sondern um aufs neue die Hoffnungen zu erleben, die inzwischen vernichtet worden waren, und um ihren Sinn zu entdecken: »Um einen Lebenden zu verstehen, muß man wissen, wer seine Toten sind. Man muß auch wissen, wie seine Hoffnungen geendet haben — ob sie sanft verblichen oder ob sie getötet worden sind. Genauer als die Züge des Antlitzes muß man die Narben des Verzichts kennen« — meint ein Held dieses Romans.
Ich schrieb — nach berühmtem Muster — für alle und für keinen; in Wahrheit dachte ich an die noch Ungeborenen, die heute die Jungen sind. Sie, hoffte ich, würden nicht erst das Mißverständnis der falschen Identifikation überwinden müssen, um zu begreifen, daß es sich hier weder um eine Autobiographie noch um einen Schlüsselroman handelt; daß die Politik nur Rohstoff, aber nicht das Thema ist; daß ich nicht die Wirklichkeit abkonterfeien wollte; daß ich weder die allgemeinen Geschehnisse

beschreiben, noch die Gründe von Sieg und Niederlage erklären wollte.

Den Jungen, an die ich während jener langen Nächte dachte, mag es leichter fallen als so vielen meiner überaus wohlwollenden Kritiker in der ganzen Welt, zu durchschauen, daß ich keine Gewißheiten zu bieten habe, sondern nur Fragen spruchreif mache; daß Charaktere, Situationen, Handlungen, daß Ereignisse, Erlebnisse und Erfahrungen hier nur dann behandelt werden, wenn sie in sich ein Gleichnis bergen.

Entgegen der Gewohnheit, die dem Romanleser lieb ist, bleibt hier häufig all das unbeschrieben, was einen angenehm vertraut machen könnte mit der unendlich möglichen und doch nur erdachten Welt des Romans. Wer hier teilnehmen will, muß seinen Teil geben: wahrhaft mitwirken; und das mehr noch als der Theaterzuschauer, dessen Tagtraum-Bedürfnissen kein Kulissenzauber mehr schmeichelt. Das Dunkel eines Augenblicks trennt eine Szene von der anderen: Das Licht wandert dorthin, wo die Handlung es braucht. Was wie eine Episode aussieht, wird sich 300 Seiten später als ein höchst bedeutungsreicher Teil der Haupthandlung enthüllen; der Mann, der zuerst die zentrale Figur zu sein scheint, wird langsam zu einer Nebenfigur. Der Vordergrund tritt häufig zurück, der Hintergrund wird zum Zentrum der Handlung, ehe ihn das Dunkel wieder einhüllt.

Dieser trilogische Roman hat nur scheinbar ein Ende, ihm fehlt überdies eine tröstliche Moral. Wie so viele andere Schriftsteller vor ihm, hat der Autor seinen Lesern nur eines angeboten — mit ihm seine Einsamkeit zu teilen. Vielleicht ist dies die einzige Form der Gemeinschaft, in der jene zueinanderfinden, die aus der gleichen Quelle den Mut schöpfen müssen, ohne Illusionen zu leben.

Manès Sperber

ERSTES BUCH

DER VERBRANNTE DORNBUSCH

DIE LEGENDE VOM VERBRANNTEN DORNBUSCH

» ... Und so mehrten sich die Stimmen jener, die da sagten, daß die Tage der Finsternis zu lange gedauert hatten; zu lange hatte man darauf gewartet, daß das Versprechen des Glücks Wirklichkeit und die Verkündung des Lichts Wahrheit würde. Und sie sagten: ›Kommt, laßt uns unsere Wohnungen rund um den Dornbusch bauen, der seit Ewigkeit brennt. Die Tage der Finsternis und der Kälte werden dahin sein, für immer, denn immer wird der Dornbusch brennen und nie wird er verbrennen.‹
Also sprachen die Mutigsten unter ihnen, jene, in welchen die Zukunft lebte wie das Ungeborene im Leibe der Trächtigen, jene, die da nicht die Orakel fragten: ›Was wird sein?‹, sondern allein den eigenen Mut, die eigene Großmut: ›Was werden wir tun?‹
Und ob sie schon Hindernisse fanden und Feindschaft allerorten, so folgten ihnen doch viele auf dem steilen, steinigen Wege zum brennenden Dornbusch. Und sie richteten sich ein, in seinem Lichte zu leben.
Da aber geschah es, daß seine Zweige zu verkohlen begannen, und sie fielen ab und wurden zu Asche. Selbst die Wurzel verbrannte und wurde zu Asche. Und wieder brach die Finsternis herein und die Kälte.
Da erhoben sich Stimmen, die also sprachen: ›Sehet, wie alle unsere Hoffnung getäuscht worden ist — ist da nicht Schuld? Prüfen wir, wessen Schuld es ist!‹
Da ließen die neuen Herren alle jene töten, die so sprachen, und sie sagten: ›Ein jeglicher, der da aufsteht und will es wahrhaben, daß der Dornbusch verbrannt ist, soll eines schändlichen Todes sterben. Denn nur dem Feinde leuchtet sein Licht nicht, nur er friert in seiner Wärme.‹ So sprachen die neuen Herren auf dem Aschenhügel; um sie war eine große Helle, sie kam vom Lichte der Fackeln in den Händen der neuen Sklaven.
Und wieder standen welche auf, in ihnen lebte die Zukunft wie das Ungeborene in der Trächtigen, die sagten: ›Der Dornbusch ist verbrannt, weil es bei uns aufs neue Herren gibt und Sklaven, ob wir ihnen schon andere Namen geben. Weil es Lüge bei uns

gibt und Niedertracht und Erniedrigung und Gier nach Macht. Kommt, laßt uns anderswo neu beginnen.‹

Doch die neuen Herren befahlen den Sklaven, überall und zu jeder Stunde das Lob vom brennenden Dornbusch zu singen. In den Finsternissen hörte man sie singen: ›Heller als je vorher leuchtet uns das Licht‹; sie bebten vor Kälte, doch sie sangen: ›Uns wärmt des Dornbuschs ewiges Feuer.‹

Die neuen Schergen der neuen Herren gingen aus, jene auszurotten, die die Wahrheit sagten, die Namen jener in Schande auszulöschen, die davon sprachen, aufs neue zu beginnen. Doch so viele sie ihrer auch töteten, sie konnten die Hoffnung nicht vernichten, die alt ist wie die Trauer und jung wie die Morgendämmerung.

Es gibt einen anderen Dornbusch, man muß ihn suchen — verkünden die geheimen Stimmen jener, denen die Schergen der alten und der neuen Herren auf den Fersen sind — und finden wir ihn nicht, so werden wir ihn pflanzen.

Gesegnet seien, die so sprechen. Daß doch die steinigen Wege ihren Füßen nicht zu hart werden und ihr Mut nicht geringer als unser Jammer.«

So sprach der Fremde, ehe er uns wieder verließ. Wir versuchten, ihn schnell zu vergessen, ihn und den bittern Geschmack seiner Hoffnung. Wir waren müde des ewigen Anfangs.

ERSTER TEIL

DIE NUTZLOSE REISE

ERSTES KAPITEL

Josmar riß die Balkontüren auf, der Rauch verzog sich in Schwaden, die kühle, etwas feuchte Nachtluft strömte ein. Sein Blick suchte vergebens unter der Bogenlampe den schwarzen Roadster, das Licht spiegelte sich im nassen Asphalt. Er sah zum Himmel hinauf, um den roten Widerschein der vielen Lichter zu erspähen.
Josmar wurde dessen gewahr, daß er die Gesichter der sechs Männer und der Frau vergessen hatte. Und vor wenigen Minuten noch hatte er sie geradezu angestarrt, wie um sie für ewig dem Gedächtnis einzuprägen: diese Männer mit Jahreszeit- oder Tagenamen. Die Frau hatte mit dem Rücken zum Balkon gesessen Sönnecke gegenüber, er selbst etwas hinter ihm, vom Tisch entfernt, er gehörte nicht dazu, er war nur ausnahmsweise zugezogen.
Einer von ihnen nannte sich Herbst. Josmar sah sein breites, ja mächtiges Kinn, die weißen, schönen Zähne, doch nichts sonst tauchte von diesem Gesicht wieder auf. Josmar hätte es mit Händen aus dem Dunkel ziehen mögen. Seine Anstrengung verstärkte den leisen Druck an der linken Schläfe, den er den ganzen Abend empfunden hatte. Wesentlich war, daß Sönneckes Gesicht ihm niemals entschwinden würde: große, graue Augen, die lächeln, auch wenn der Mund sich nicht verzieht, die Stirn breit und steil, gut abgegrenzt, das leicht angegraute Haar kurz zurückgekämmt, die Ohren groß, doch nicht lächerlich — man mochte sich gerne vorstellen, daß er seine Kinder mit Ohrenwackeln belustigte und dabei den breiten Mund lachend verzog — das Kinn war überraschend weich, etwas fleischig, aus der Nähe sah es wie gespalten aus. Der Hals war mager und alt, wie er zu dem ausgemergelten Proletengesicht der politischen Zeichnungen paßte.
Sönneckes Gesicht entschwand nicht im Dunkel. Ihn kannte jeder Mann im deutschen Reich. Millionen Arbeiter überall in der Welt nannten seinen Namen mit Stolz und Rührung, als ob er ein Versprechen wäre.
Diesem Mann hatte der 17jährige Joseph-Maria Goeben ins

Untersuchungsgefängnis geschrieben: »Solange es Männer gibt wie H. S., hat das Leben einen Sinn. Solange es uns junge Menschen gibt, gibt es keine Mauern, dick genug, Sie gefangenzuhalten!« Und er hatte diesem Brief ein furchtbar langes Gedicht beigelegt.

Vier Jahre später die erste Begegnung. Josmar war enttäuscht und litt, weil er die Enttäuschung nicht eingestehen wollte — der Einundzwanzigjährige wußte mit ihr nichts anzufangen. Das war mitten in den Ruhrkämpfen. Er hatte den Mann, hinter dem die Polizei seit Tagen her war, gesucht. Er fand ihn endlich — an einer Theke. Da war es ein kleiner Mann in einem zu langen dünnen Mantel, der vor Nässe steif war. Und dieser Mann hielt in der Hand ein Glas Bier, aus dem er immerfort den Schaum blies. Die Hand — es war die linke — zitterte, die rechte kam nicht zum Vorschein. Und dieser Mann fluchte über das lauwarme Bier.

Das war die erste Begegnung. Josmar hatte sich lange auf sie vorbereitet. Nein, natürlich durfte er nicht mit einer Rede beginnen, doch gab es, was unabweisbar war und gesagt werden mußte, sobald er dem Führer gegenüberstand.

Da war aber nichts zu sagen, die Worte waren weggeschwemmt. Natürlich stotterte er wie immer, wenn Unvorhergesehenes alle Ordnung umwarf, in die er zukünftige Handlungen voraussichtig hineinstellen wollte. Er sagte: »Ich bin Joseph-Maria Goeben aus Köln. Ich habe Ihnen seinerzeit geschrieben. Ich stelle, ich stehe Ihnen — zu Ihrer Verfügung.« Das letzte Wort, das er schnell, kurz hätte hinausschieben wollen, natürlich mußte es sich zwischen Zunge und Zähnen verhaken. Ach, wie jämmerlich war alles. Da merkte er erst, daß es noch andere im Raum gab, müde Männer, die ihn spöttisch anstarrten. So wagte er nicht, Sönnecke ins Gesicht zu blicken. Er sah, wie das Bierglas seltsam sachte auf den Tisch gestellt wurde, und er hörte sich angesprochen: »Du kommst also jetzt aus Köln?« — »Ja, aus Köln!« — »Dein Rad steht draußen?« — »Ja.« — »Gut! Du bist Verbindungsmann, Kurier. Du heißt Adolf, wie alle unsere Kuriere. Du mußt sofort abhauen. Paß auf . . .«

Er traf ihn in diesen Tagen noch zweimal, dann war alles zu Ende. Sönnecke war verschwunden, sein Foto klebte in allen Polizeistellen, auf seinen Kopf war ein Preis gesetzt. Tot oder

lebend — diese Worte waren fettgedruckt — sollte er der nächsten Polizeistelle ausgeliefert werden. »Auch die deutsche Partei hat die Illegalität mitgemacht. Sie ist aus ihr gestärkt hervorgegangen. Die Faulen, die Halben, die Lauen sind auf der Strecke geblieben. Aber ham wa uns da uff de Pelle jelegt und jewartet, daß die Sonne wiederkommt und die nasse Scheiße wieder trocknet? Adolf hier, der war ja denn noch 'n Schnösel, der könnte euch was erzählen« — hatte heute Sönnecke den ausländischen Genossen gesagt. Und er hatte mit seiner verstümmelten Rechten auf Josmar gedeutet.
Und als die sieben gegangen waren, da war Herbert noch zurückgeblieben. »Josmar, jetzt biste also wieder Kurier. Du hast gehört, was da unten los ist. Du hast gesehen, wie es da von Fraktionen wimmelt, einer gegen den andern. Da unten verbluten sie. Und dabei gibt es furchtbar viel zu tun. Du hast offiziell, verstehst du, nichts zu tun, als das Material hinüberzubringen und zu hören, was sie dir sagen, und uns hier zu berichten. Und laß dich nur ja nicht zu irgendwelchen Stellungnahmen verlocken. Verweise immer auf die Beschlüsse, die du mitbringst. Aber öffne gut die Augen, sieh dir alles genau an. Und laß dir womöglich nicht schnappen und nicht an der Grenze auf der Flucht totschießen. Na Junge, mach's gut!«
Draußen hatte es wieder zu regnen begonnen. Es war bereits Mitternacht. Der Anruf ließ auf sich warten. Josmar konnte ihn auch im Bett erwarten, doch fürchtete er, er könnte das Klingeln überhören, in so tiefen Schlaf müßte er nach diesem ermüdenden Abend sinken. Er nahm die drei Bücher zur Hand, betrachtete den Einband näher und bewunderte die Arbeit des »Technikers«. Er hörte einen Wagen vorfahren; wie immer zog es ihn hinaus. Die Lichter des Wagens wurden abgeblendet, die Frau stieg aus und ging auf das Haus zu. Er konnte nicht erkennen, ob sie im Gehen tänzelte oder schwankte. Sie schloß das Tor auf, drehte sich um und sah zu ihm hinauf.
Er verbot sich, an Lisbeth zu denken und an alles, was von ihrem Anruf abhing. Er begann, um sich abzulenken, in einem der Bücher zu blättern. Er las: »Das war Mary-Lou Vondering trotz ihrer bezaubernden Erscheinung wahrhaftig nicht an der Wiege gesungen worden, daß sie eines schönen Tages ein wirkliches spanisches Schloß ihr eigen nennen würde.«

Es klingelte. Nun war es klar: Lisbeth hatte nicht angerufen, sie hatte gepackt, nun kam sie, bereit, fertig. Das war eine eindeutige Entscheidung. Er mochte nicht auf den Aufzug warten, lief hinunter, öffnete das Haustor. »Ich bin es. Ich habe meine Mappe bei dir vergessen«, sagte der Mann und schloß hinter sich das Haustor. Josmar erkannte in ihm Freitag, einen von den Genossen.
Sie fanden schnell die Mappe. Der Mann schien sehr erleichtert, er ließ sich in einen Sessel nahe der Balkontür sinken, nahm mit einer schnellen Bewegung den Hut ab und wischte sich mit dem Handrücken den Schweiß von der Stirn. Seine Bewegungen wurden langsam, sachte legte er die Brille auf den Tisch und schob sich im Sessel zurecht und begann das Zimmer zu betrachten, als sähe er es zum erstenmal. Josmar folgte seinem Blick, bis er spürte, daß der Mann ihn selbst nun auch in der gleichen Art fixierte wie die Wände und die Möbelstücke. Er merkte, daß seine Stirn sich gerötet hatte, wie immer, wenn er sich hilflos fühlte. Er fuhr sich mit der Hand übers Haar und wandte sich langsam zur Seite, um dem saugenden Blicke zu entgehen.
»Sei nicht böse, daß ich dich gestört habe. Ich war schon zu Hause, da merkte ich erst, daß ich die Tasche vergessen hatte. So etwas darf nicht geschehen. Es sind sehr wichtige Papiere drin. Du hättest sie morgen früh bei deiner Abfahrt nicht bemerkt, irgend jemand hätte sie finden können, die Aufräumefrau — unabsehbare Folgen, du verstehst, Genosse. Bist du nicht mehr böse?«
Die ruhige, dunkle Stimme beschämte Josmar, er wußte nicht, warum. So beruhigte er den Mann. Nein, er war nicht böse, keineswegs.
Freitag nahm eines der Bücher zur Hand, er schien es abzuwägen.
»Du fährst also morgen früh, hältst dich genau an das besprochene Programm?«
»Ja, das wird wohl das beste sein.«
»Nein, es wird nicht das beste sein. Wenn ich noch etwas dableiben darf, dann setz dich, sonst muß ich auch stehen. Es ist schon spät.«
Josmar setzte sich und bemerkte im gleichen Augenblick, daß seine gehorsame Schülerbewegung den Mann lächeln gemacht

hatte. Er fand sein langes mageres Gesicht unangenehm. Diese schöne großzügige Stirn kontrastierte mit dem kurzen schwarzen Borstenhaar; der weiche schmale Mund, diese zierlich geschwungenen Mädchenlippen schienen fremd und künstlich in dem strengen Gesicht mit den Schatten der vorgedrängten Backenknochen. Der Mann war nicht häßlich, er war unangenehm.

»Ich beneide dich, Genosse. In einigen Tagen wirst du unten sein, du wirst unsere Leute sehen. — Du weißt wahrscheinlich nicht, was das ist: Heimweh. Die Menschen, die man liebt, nur in Angstträumen sehen, fühlen, wie die Wirklichkeit entschwindet, weil sie sich ändert, ohne daß du dabei bist. Schreiben und nicht den veränderten Tonfall kennen, in dem sie es lesen werden. ›Ich spreche im Namen der Arbeiter meines Landes‹ — zuerst ist es wahr, bald aber stimmt es nicht mehr. Und auch was man in ihrem Namen sagt, hört auf, wahr zu sein. Vielleicht, man müßte es wissen. Aber wie es erfahren? — Sprichst du unsere Sprache?«

»Ja, ein wenig, ich war drei Jahre unten, für ein deutsches Unternehmen. Deshalb hat mich auch Sönnecke, glaube ich, für diese Sache bestimmt.«

Das Telefon klingelte in den Satz hinein. Er bemühte sich, ihn ruhig zu Ende zu sprechen, nahm den Hörer ab und meldete sich. Es war Lisbeth. Er verstand fast gar nichts, ihre Worte überstürzten sich, erschlugen einander, ehe sie ganz ausgesprochen waren — so sprach sie immer, wenn sie im letzten Augenblick an Stelle einer gut vorbereiteten Lüge, die ihr dann zu dumm und unglaubwürdig erschien, eine andere zu improvisieren begann. Sie mußte das Gesagte wiederholen, was sie beschämte und trotzig stimmte, und nun sprach sie alles mit unwirscher Deutlichkeit aus. Sie hatte sich entschuldigen wollen, daß sie so spät — fast drei Stunden zu spät — anrief, doch nun klang es wie ein Vorwurf. Josmar sagte: »Ja, ich verstehe. Natürlich!« Er hörte Lisbeth atmen, dann: »Josmar, du glaubst mir wahrscheinlich nicht, aber ich mußte wirklich, ich konnte doch nicht, du weißt doch, wie nervös Lore ist, wenn ich nicht bei der letzten Probe...« Er unterbrach sie: »Ich glaube dir, doch, ja, ich glaube dir, Lisbeth.« Er wartete. Er vernahm, wie aus weiter Ferne, Stimmen und Musik. Jemand sang: »...mir eine Wimper aus und stech«, dann war Lisbeths dünne Stimme wieder da: »Du fährst also morgen früh, das ist sicher, meine ich?« — »Ja«, sagte

er und zweifelte, ob er es gesagt oder nur gedacht hatte. Er wiederholte: »Ja.« Da überstürzten sich wieder ihre Worte, die Tanzmusik wurde lauter. Doch er verstand, daß sie nicht mit ihm fuhr, daß alles zu kompliziert wäre, als daß sie es so sagen könnte. Deutlich dann: »Du bist doch nicht traurig, Josmarchen?« Er wartete. Es kam nichts mehr. Nun war die Musik ganz deutlich, ein Chor, aus dem eine Stimme ganz nahe dem Hörer brüllte: »Ich reiß mir eine Wimper aus und stech dich damit tot!« Josmar sagte schnell: »Nein« und hängte ab. Er ging langsam an den Tisch zurück, knöpfte den Rock zu und setzte sich zu Freitag. Das Telefon klingelte wieder. Er stand auf, zog die Schnur aus der Steckdose, wandte sich wieder zum Tisch. Freitag sah ihn an und sagte: »Vielleicht ist es wichtig?« Josmar nickte, nahm den Apparat und ging ins andere Zimmer.
Nach etwa zehn Minuten kam Josmar wieder. Sein Gesichtsausdruck war verändert, die Abspannung gewichen. Freitag schien zu schlafen, die schönen, geschwungenen Wimpern ließen die Schatten unter den Augen körperlich hervortreten. Die Ellenbogen ruhten auf den Sessellehnen, die Hände lagen ordentlich auf dem Tisch, gute, breite — Josmar dachte: naive — Hände.
Als er den Kaffee brachte, war der Mann wieder wach, seine Augen standen groß offen, doch seine Hände lagen noch immer unbewegt auf dem Tisch.
Unvermittelt begann er zu sprechen. Er erzählte eine Anekdote von einem bosnischen Bauern, die zumeist leidenschaftliche Kaffeetrinker sind.
Freitag wurde im Sprechen immer gelöster. Während er weitersprach, holte er aus der wiedergefundenen Tasche zwei Schrippen hervor. Er gab eine Josmar, tauchte die andere in den Kaffee. Doch auch während er aß, unterbrach er sich kaum. Die Anekdoten schienen ihn selbst zu belustigen. Vielleicht fühlte er auch, daß sich so die Fremdheit zwischen ihnen am schnellsten verflüchtigte. Josmar kramte in der Küche alles Eßbare zusammen und sie dehnten das verfrühte Frühstück aus. Es war nun fast kalt — der Morgen nahte. Der Druck an der Schläfe war gewichen, er war wieder müde. Es war angenehm, daß er nichts sagen mußte, es machte ihm Spaß, zuzuhören. Er staunte, wie leicht es ihm gelang, den Gedanken an Lisbeth zu verdrängen, sooft er ihm auch kam.

Er merkte zu spät, daß der Mann aufgehört hatte zu sprechen. Doch als er die Augen hob, sah er, daß Freitag von ihm keine Antwort erwartete.

Es hatte wieder zu regnen begonnen — heftig, eilig, als ob der Regen Versäumtes nachholen müßte. Man hörte aus der Ferne zwei langgedehnte Hupentöne und merkte, wie allbeherrschend das Geräusch des strömenden Regens war.

»Man hat mit dir verabredet, daß du morgen mit dem Frühzug nach Wien fährst, dort den Koffer in Empfang nimmst und übermorgen früh weiterfährst. Gleich mir wissen es die anderen auch. Also ist es besser, du änderst das Programm. Früher fahren kannst du leider nicht, also fahre ein, zwei Tage später.«

Josmar verstand nicht recht. Und er mochte nicht noch ein, zwei Tage in Berlin bleiben. Er könnte schwach werden, Lisbeth suchen, gestand er sich. Nein, er mußte weg, am liebsten gleich. Sein Koffer war gepackt, nichts hielt ihn zurück.

»Die Genossen, die von meiner Reise wissen, wissen auch noch ganz andere Dinge. Ich kenne euch nicht, ich meine, keinen von euch näher. Aber ich habe Vertrauen zu euch, die Partei hat euch in die Leitung gewählt. Ich verstehe dich nicht.«

Freitag schwieg. Josmar fürchtete, daß er wieder eingeschlafen sein könnte; er wurde ungeduldig, spürte plötzlich die eigene Müdigkeit und wollte gerade sagen: »Ich bleibe bei dem Beschluß. Ich habe noch zweieinhalb Stunden zu schlafen. Wenn du willst, in dem andern Zimmer ist eine Couch, da kannst du dich hinlegen«, da bemerkte er den halboffenen Mund, diesen erstaunlich unpassenden Mädchenmund. Der Anblick besänftigte ihn, er schwieg, wagte nicht, sich zu bewegen.

Es wurde Tag, der graue Himmel, ein verwittertes, verknülltes Tuch, spiegelte sich matt im Glas der Balkontür, das Gesicht Freitags zeichnete sich darin ab wie ein großer Fleck, dessen Ränder das Licht hell färbte.

»Am 6. Januar 1929 erfolgte der Staatsstreich. Das ist nun zweieinhalb Jahre her. Der Terror hat sich nicht abgeschwächt, im Gegenteil. Viele, die bereit gewesen wären, vor anderthalb Jahren für die Sache zu sterben, kämpfend, Goeben, kämpfend zu sterben, würden heute nicht mehr einen Flugzettel von uns annehmen. Niederlagen zersetzen, nicht nur unten, sondern bis hoch oben. Sitzungen fliegen auf, die nach allen Regeln der Kon-

spiration vorbereitet worden sind, Kuriere werden an der Grenze geschnappt, von deren Reise nur wir gewußt haben, österreichische, deutsche, belgische, tschechische Genossen. Schlimmer: die Polizei läßt sie über die Grenze, folgt ihnen und deckt so ganze Netze auf. Oder sie tut es, um glauben zu machen, daß sie nur so die Netze aufdecken konnte. Keine Panik, gewiß, aber Vorsicht! — Mein Bruder ist erschlagen worden, meine Frau verhaftet, gefoltert — du wirst sie sehen, sie ist jetzt frei. — Es wäre schade um dich.«
Freitag war aufgestanden. Er trat auf den Balkon hinaus. Seine Bewegungen waren ruhig, wie bedachtsam abgemessen. Josmar hätte sein Gesicht sehen mögen. Er trat neben ihn. Die Bogenlampe erlosch, ein Milchwagen kam knarrend die Straße herauf. Freitag wandte sich zu Josmar und sah ihn forschend an. Der hielt dem Blick stand.
»Ja, aber wenn du einen bestimmten Verdacht hast, mußt du ihn doch äußern. Das ist ja schrecklich.«
»Ich habe keinen bestimmten Verdacht. — Bist du schon lange in der Partei?«
»Seit 1923, aber dazwischen war ich etwa drei Jahre nicht aktiv, erst seit einem Jahr, seit ich wieder in Deutschland bin, bin ich richtig drinnen.«
»Eine illegale Massenpartei, das ist ein Widerspruch in sich selbst. Es gibt keinen Terror, wo die Masse organisiert auftreten kann. Unmöglich, wirklich dichte Konspiration in der Massenarbeit zu erreichen. Ja, du darfst sie nicht einmal anstreben, verstehst du. So kann man eine Terroraktion vorbereiten, wir aber wollen auf die Massen einwirken. Wir bleiben eine Zeitlang im Dunkel, doch müssen wir, das ist das Gesetz unserer Aktion, immer wieder einmal hervorspringen, ins hellste Licht uns stellen: Die Partei lebt!, das müssen wir den unzufriedenen, aber zuletzt auch apathischen Massen handgreiflich beweisen. Der Feind weiß es, auch ohne Spitzel. In seinem Kalender gibt es so viele St. Bartholomäus, als es proletarische Feiertage gibt: 1. Mai, 1. August, 7. November, Lenin-Tag usw. Da, in diesen Bänden bringst du den Text der Aufrufe zum 1. August hinunter. Der Feind weiß es, auch ohne Spitzel. Er weiß es, weil er einen Kalender hat. Der Text interessiert ihn nicht, der ist gegen den Krieg, wie gewöhnlich, natürlich, aber er weiß, daß ihm um den

1. August herum Gelegenheit geboten wird, soundsoviele Kommunisten, natürlich die tapfersten, unerschrockensten, in die Hand zu kriegen. Hätten wir nicht solche Augusttage, die Polizei müßte sie erfinden. Es gibt Spitzel, darum sei vorsichtig. Doch die große Gefahr für die Partei ist es nicht. Die Gefahr, das ist, was wir selber tun.«
Josmar hörte ihn mißtrauisch an. Freitag hatte während der Sitzung fast in allen Fragen unrecht behalten, nun versuchte er, ihn zu irgend etwas zu verleiten, was die Ausführung der Beschlüsse vereiteln sollte. Er mußte ihn sprechen lassen und Sönnecke Bericht geben. Das war ein Oppositioneller, wahrscheinlich ein Rechter, in Wirklichkeit ein Liquidator. Er beschloß, Freitag noch mehr aus sich herausgehen zu lassen. Zum erstenmal wurde ihm klar, was ein Parteischädling, ein Parteifeind war. Der da vor ihm stand, war einer. Er sagte: »Was du da sagst, ist vielleicht richtig. Ich kann es nicht beurteilen. Wenn du es aber glaubst, was schlägst du vor, was soll man anders machen? Von jeder Aktion absehen, die Parteikader schonen und die Partei begraben?«
Freitag, der sich gesetzt hatte, stand wieder auf, drehte das Licht aus, das überflüssig geworden war; er ging bedächtig, als ob er irgend jemandes Schlaf schonen müßte, auf und ab. Er war groß und sehr schmal, von Zeit zu Zeit hob und senkte er die Knabenschultern, als hätte er es kalt im Rücken.
»Wie nennen dich deine Freunde?«
»Josmar.«
»Du bist katholisch erzogen worden?«
»Ja, mein Vater war sehr fromm, die Mutter wurde es erst später, als sie älter wurde.«
»Meine Familie ist orthodox. Das ist eine andere Welt. Es gab da niemals Jesuiten und keine Rechtfertigung des Bösen durch das Gute. — Ich heiße übrigens Vasso.«
Josmar verstand nicht, wo das hinaus sollte. Begann der schlaue Fuchs, seine Unvorsichtigkeit zu bedauern, wollte er jetzt mit privaten Dingen das Politische vertuschen? Josmar beschloß, seinerseits Fragen zu stellen, um sein Mißtrauen zu verbergen.
»Und deine Familie lebt noch unten? Ist sie ungeschoren?«
»Ja. Man läßt sie in Ruhe. Eine große Bauernfamilie, verschwägert mit fast allen Familien im Dorf. Die Gendarmen müssen da

vorsichtig sein. Außerdem, was könnte man ihnen vorwerfen? Der große Sohn, der Herr Professor — das bin ich — der den jüngern Bruder ins Unglück gestürzt hat, der Ex-Deputierte, der sich monatelang wie ein Verbrecher hat verstecken müssen, der Serbe, der für die Kroaten, gegen die Serben, meinen sie, Stellung nimmt, der ist den Eltern und dem Dorf fremder als der Gendarm, der ihn sucht. Käme ich zu ihnen, sie würden mich verstecken, sie würden eher den Gendarm erschlagen als ihm erlauben, mich abzuführen, aber danach würden sie mich daran erinnern, daß ich nicht mehr zu ihnen gehöre. ›Ihr Kommunisten wollt vielleicht das Gute‹, sagte mir einmal mein Vater, ›aber ihr habt kein Erbarmen mit den Armen. Ihr habt kein Erbarmen mit euch und darum glaubt ihr, daß euch alles erlaubt ist. Unser Heiland hat mit sich kein Erbarmen gehabt, aber er hat die Menschen geliebt. Ihr liebt niemanden und niemand liebt euch.‹«

»Was hast du ihm darauf geantwortet?« fragte Josmar neugierig, mit einer veränderten, hellen Stimme.

»Ich habe ihm geantwortet: Mag sein, ihr habt recht, Vater. Aber vielleicht kann man die Menschen nicht erlösen, wenn man sie zu sehr liebt. Der Heiland hat die Welt erlösen wollen, aber es ist ihm nicht gelungen. Es genügt nicht, für die Menschen zu sterben, man muß für sie morden, Vater. Es ist ein Fluch, Erlöser zu sein, die Welt ist zu böse, ihre Erlöser können nicht gut sein.«

»Und er?« fragte Josmar.

»Der Vater? Er ist ein alter Debatter, kein Pope war je vor ihm sicher. Er ist auch gar nicht wirklich gläubig. Er antwortete mit einer Geste, die andeutete, daß nichts mehr hinzuzufügen wäre: ›Wer hat euch denn zu unseren Erlösern erwählt? Wir nicht. Ihr sagt, ihr wollt uns Arme erlösen. Ihr glaubt es wirklich. Ja, aber der Teufel hat immer gesagt, er wäre der wahre Gott, er wäre allmächtig. Der Teufel hat es selber auch geglaubt. Aber wehe dem, der es ihm geglaubt hat! Ihr seid arme Teufel — und ihr habt kein Erbarmen mit uns!‹«

»Nein, du hast ihm nicht richtig geantwortet. So ist das Ganze schief, überhaupt in keinem Verhältnis zur Wirklichkeit. Erstens bliebst du im religiösen Jargon — Gott, Teufel und alle heiligen Geister, zweitens hast du etwas zugestanden, was vollkommen falsch ist. Wir hätten kein Erbarmen mit den Armen?

Erbarmen ist natürlich wieder so ein Wort, aber erinnerst du dich nicht, was die Krupskaja über Lenin geschrieben hat: daß er stets mit dem Volke tief mitgelitten hat. Ich verstehe gar nicht, wie du den pfäffischen Plunder so ernst nehmen kannst. Überhaupt!« — Josmar kämpfte gegen ein Gefühl des Unbehagens, das ihn überwältigte. Dieser Mann beherrschte das Gespräch, es ging darum, festzustellen, wo er eigentlich hinauswollte. So bemühte sich Josmar, völlig ruhig zu bleiben, und er setzte, da der andere schwieg, fort: »Überhaupt bist du mir die Antwort auf meine Frage schuldig geblieben: Was willst du an Stelle der illegalen Arbeit setzen, vorausgesetzt, daß du nicht die Partei überhaupt liquidieren willst, sozusagen die Revolution wegen schlechten Wetters abgesagt!«

Freitag ließ sich Zeit mit der Antwort, seine ganze Aufmerksamkeit war auf das winzige Stück blauen Himmels gerichtet, das hinter der zerrissenen Wolkendecke aufgetaucht war. Als er endlich zu sprechen begann, wendete er sich nicht von diesem Anblick weg. Es war, als spräche er zu diesem Stück Himmel über einem Berliner Wohnhause und nicht zu Josmar.

»Du weißt wahrscheinlich nicht, Josmar, daß Sönnecke und ich, daß wir alte Freunde sind, wir sind beide von Anfang dabei gewesen. Du sitzt so starr da und denkst, du mußt dir alles merken, was ich sage, um es ›weiterzugeben‹, aber Sönnecke kennt meine Auffassungen, meine Zweifel, meine Vorschläge auf Abänderung einer Aktivität, von der ich nichts Gutes erwarten kann. Doch lassen wir das. Was du von unserem Erbarmen mit den Armen sagst, ist falsch. Mein Alter hat es besser begriffen. Wir, wir hassen die Armut, wir sind Empörte. Wir verachten den Armen, der Erbarmen erwartet oder es gar verlangt. Wir wollen, daß er sich empöre — gleich uns. Aus Mitleid wird man vielleicht ein Sozialdemokrat. Wir, wir aber dürfen kein Mitleid kennen. Zerstört man eine Welt aus Mitleid, baut man mit ihm eine neue auf? Bleiben wir, wenn du erlaubst, noch beim pfäffischen Plunder. Gott hätte den Menschen nicht erschaffen können, hätte er mit ihm Erbarmen gehabt. Denn er, ein Gott, sah natürlich alles voraus. Und da es unerträglich wurde, die Menschen brüllten: Erbarmen, Erbarmen!, da zeigte sich Gott wahrhaft göttlich, er opferte seinen Sohn, daß sich seiner die Leidenden erbarmen, und ihr Ruf ›Misericordia,

misericordia!« wurde zweideutig, verwirrend. Wie mit einem riesigen Schwamm zog Gott alles Mitleid auf sich. Die Leidenden fanden Trost im Erbarmen, das sie einem Gott spenden durften. — Doch lassen wir das Pfäffische. Sprechen wir von uns in unserer Sprache. Du warst nicht in Rußland, sonst wüßtest du, daß es kein Land gibt, wo das Mitleid so gründlich abgeschafft ist. Wie sollte es auch anders sein? Der Arme, der da Mitleid verlangt, ist ein Konterrevolutionär. Er sucht die Kirchentür, er steckt seine gekrümmte Bettlerhand hin. Und diese Hand, sie müßte eine Welt bauen.
Wenn du dein Material abgeliefert haben wirst, wirst du damit etwas eingeleitet haben, an dessen Ende steht: soundsoviel Hunderte Jahre Zuchthaus, maßloses Leiden. Zögerst du etwa? Da unten sind irgendwelche Genossen. Jetzt gerade stehen sie auf, verlassen ihre warmen Betten, umarmen ihre Frauen, ihre Kinder, gehen an das Tagewerk. Noch gehört ihnen das alles und der Himmel über den Köpfen. Doch du trägst ihr Verdammungsurteil in diesen Bucheinbänden. Hast du Mitleid mit ihnen? Und wenn du es in diesem Augenblick auch hättest, würdest du auch nur das Geringste von alledem unterlassen, was du zu ihrem Verderben zu tun hast? Nein! Also sprich mir nicht von Mitleid. Wir haben uns verurteilt, keines zu haben, keines zu verlangen.«
Josmar fühlte sich betroffen, doch sagte er sich die ganze Zeit, daß alles das ihn nichts anginge, daß es abwegig wäre. Alles war doch sonst so klar und hatte mit Theologie und Gott nichts zu tun. Es gab eine Parteilinie. Wo stand Freitag?
»Aber gibt es einen anderen Weg als die illegale Aktion? Sie verlangt Opfer, das ist wahr, aber sie ist die einzig mögliche, vielleicht die einzig erfolgreiche.«
»Erfolgreich? Wer weiß es? Du wirst unten sehen, Sönnecke hat großes Zutrauen zu deiner Beobachtungsgabe, wir werden nachher sprechen. Lassen wir das. — Also, wie steht es damit, Josmar, änderst du deinen Reiseplan?«
»Ja.« — »Gut, sehr gut. Nun ist es Zeit, ich habe bald meine U-Bahn.«
Josmar geleitete ihn hinunter, um das Haustor aufzuschließen. Das Pflaster war schon fast trocken. Vor dem gegenüberliegenden Hause gab es einen winzigen Sonnenflecken. Eine

Katze hatte sich da hingelegt, sie schlief. Sie blickten beide hin, und als sie einander wieder ansahen, da lächelten sie wie alte Freunde. So nahmen sie Abschied. Josmar durchzuckte es: Er wußte, daß ich seine Ausführungen anhörte, um sie weiterzugeben. Seine Stirn rötete sich, er wollte seine Hand aus der Vassos ziehen. Doch der hielt sie fest.

Josmar sah ihm nach. Er ging die Straße hinunter, die Mappe fest an den Leib gedrückt, die schmalen Schultern hochgezogen, als ob er gegen einen starken Wind ankämpfen müßte.

Aber es war völlig windstill.

ZWEITES KAPITEL

I

Der erste Morgenschein weckte ihn. Außer ihm war nur noch das Ehepaar im Coupé, den Aufbruch der anderen hatte er nicht gehört, also hatte er tief geschlafen. Mit einemmal war der beseligende Gedanke da: Ich habe nicht an Lisbeth gedacht. Diesmal ist es wirklich Schluß, ich bin frei. Doch mißtraute er diesem Gedanken, zu oft hatte er ihn betrogen. So horchte er in sich hinein: nein, diesmal würde er nicht Opfer des abgebrauchten Kunstgriffs werden. Diesmal war es ein Endpunkt, kein neuer Satz würde folgen.

Er trat in den Gang hinaus. Noch war es der erste Morgendämmer. Die Slawen hatten für ihn einen Diminutiv, sie nannten ihn zärtlich Zorule. Und es gab das Liebeslied, ein Mädchen bat die Morgendämmerung, sich noch ein wenig zu verhalten, den Schein zu dämpfen, denn spät war der Geliebte zu ihr gekommen, sie zu lieben, hatte er die Nacht vergeudet:

> Zorule
> Meinen Geliebten, Zorule
> weck ihn nicht, meinen Liebsten,
> den so spät die Nacht mir gebracht.

Es war kein Endpunkt, wieder hatte ihn der Kunstgriff getäuscht, denn da sah er sie wieder: Sie stand unter der Uhr vor dem U-Bahnhof. Sie fror im Gummimantel, ihr Gesicht, fast so gelb wie ihre Haare, schien verweint. Sie war zu früh gekommen, sie hatte ihm wohl vom Bahnhof aus telefoniert. Als er sie so, wie am Pfahl, stehen sah, packte ihn das Erbarmen. Doch als er näher kam, und es war nur der Regen, der ihr Gesicht genäßt hatte, und ihr Mund war fest verschlossen, da gefror in ihm das Mitleid, er verschloß sich ihr wieder.

Nur in solch belanglosen Bildern übte die Erinnerung die Macht über Josmar aus, jedesmal, da er sich von der Vergangenheit befreit fühlen wollte. Da fuhr er im Zug Berlin—Wien, der ersten

Etappe seiner Mission entgegen, die später in einem fremden Land bedeutsam und gefährlich werden konnte. Doch da war die private, also kleine Angelegenheit, eine unglückliche, in Wirklichkeit seit langem zerbrochene Ehe, eine Liebe, die, weil sie zu früh zu welken begonnen und zu lange gewelkt hat, so häßlich geworden ist wie ein wegen seiner Kleinlichkeit nicht mehr gestehbarer Haß. Wäre er im Zwiegespräch gewesen, er hätte leicht urteilen, verdammen können. Doch gelang das Zwiegespräch nicht, in fast unbewegten Bildern tauchte Vergangenes auf, machte sich breitspurig zur Gegenwart, ließ das fertige Urteil ungültig werden, so daß er, hilflos wie in einem peinvollen Traume, zu der vorüberziehenden Landschaft hätte sprechen mögen: Wer ist schuld? Und bin ich es — woran bin ich schuld? Nun saßen sie im Kaffeehaus. Lisbeth hatte ihr Gesicht mit seinem Taschentuch getrocknet, sie warteten schweigend darauf, daß man ihr das Frühstück brächte. Dann aß sie — gierig wie immer, wenn sie traurig war. Vom Eigelb blieb am Munde oberhalb ihrer Oberlippe ein hellgelber Streifen. Und da Josmar, von der Zeitung aufblickend, diesen gelben Mund sah, war es ihm gewiß, daß ihn diese Frau nichts anging, daß nichts, was dieser gelbe Mund je sprechen könnte, ihn bewegen dürfte.
Er hätte sie, bevor sie wieder in den Regen hinausging, fragen sollen, warum sie ihn gerufen hatte. Er besann sich zu spät darauf.
Um den Bildern zu entfliehen, genügte es, zu den einfachen Tatsachen zurückzufinden, meinte Josmar, aber es gelang ihm nicht immer. Er hatte Lisbeth, ein proletarisches Mädchen, in der Partei kennengelernt, er liebte sie, sie liebte ihn, sie heirateten. Das war vor vier Jahren. Er bekam einen Auslandsposten — in einem verworfenen balkanischen Nest. Das schreckte sie beide nicht, er arbeitete ein Programm aus, nach dem Lisbeth sich bilden sollte, die Zeit dort unten würde gut genutzt werden. Die proletarische Lisbeth sollte betähigt werden, in der Bewegung wichtigere Funktionen zu übernehmen. Das Programm wurde nicht ausgeführt, sie wurde gelangweilte Direktorsgattin. Sie befreundete und zerstritt sich mit den Frauen der anderen Ingenieure, geriet in Todfeindschaft mit den Dienstmädchen, wurde unerträglich. Da erst wurde Josmar dessen gewahr, daß ihm die Frau, die er liebte, nicht gefiel. Nach zwei Jahren schickte er sie

nach Berlin zurück, er selbst mußte vertragsgemäß noch ein Jahr bleiben. In diesem Jahr wurde Lisbeth Schauspielerin, eine schlechte Schauspielerin. Sie lebte mit einem Regisseur zusammen, dann mit einem Schauspieler, dann mit einem unbeschäftigten »Erneuerer der gesamten Theaterkunst«. Als Josmar nach Berlin kam, kehrte sie zu ihm zurück. Sie war leidend, nach einer schlecht gelungenen Abtreibung, sie glaubte nicht mehr an ihre Begabung und gab das Theater auf. Sie brauchte viel Mitleid, doch vertrug sie es nicht, es kränkte ihren kranken Stolz. Ihre Rekonvaleszenz dauerte über ein halbes Jahr. Dann begann wieder ihre Unruhe, sie ging weg für immer, sie kam zurück — für immer, betäubt, geschlagen. Schließlich befreundete sie sich mit einer Schauspielerin, in deren Mann sie verliebt war. Sie mochte diese Frau nicht, doch ließ sie sie nicht los. Bevor Josmar wegfuhr, sollte sie zurückkommen, endgültig. Sie kam nicht, wegen irgendeiner letzten Probe der Freundin. Die ewige letzte Probe.
Josmar, gläubig gegenüber der »Dialektik«, die alle Umwege und Fehlschläge seiner Partei erklärte, glaubte in persönlichen Angelegenheiten an einfache Tatsachen. Deshalb überfielen ihn die Bilder der Erinnerung, wie ihn, als er ein Kind war, manchmal in der Nacht die Befürchtung ankam, er hätte das Nachtgebet nicht deutlich, nicht ausführlich genug gesprochen, er hätte sich nicht an der rechten Stelle bekreuzigt, so daß er aufstehen und frierend, am Bette kauernd, das Gebet mit Bedacht wiederholen mußte. Doch wollte er den Zusammenhang nicht ahnen, der zwischen seiner Kindheit und dem traurigen Spiel von Lösung und Wiederkehr bestehen mochte, in das sich seine Ehe verwandelt hatte.

2

Zwei Tage wollte er in Wien bleiben, wie es ihm Vasso geraten hatte. Er würde niemanden außer dem Techniker sehen, der ihm die präparierten Koffer zu übergeben hatte. Er erwog nicht, den Mann aufzusuchen, an den ihn einmal eine Freundschaft gebunden hatte. Zehn Jahre Schweigen und eine kindliche Enttäuschung, so tief, daß sie stumm bleiben mußte, trennten ihn von dem Freunde, dem er es verdankte, daß er, spät genug, aus seiner

Kindheit ausbrechen konnte, daß er leben durfte, ohne unglücklich zu sein. Das war in dem berühmten Lenzdorfer Landschulheim, der siebzehnjährige Edi Rubin entdeckte den dreizehnjährigen Josmar, als der verzweifelt ein goldenes Halskreuz gegen Kameraden verteidigte, die es ihm scherzhalber entreißen wollten. Der ungläubige Jude rettete dem kleinen Katholiken das Kreuz. Damit begann die Freundschaft der Ungleichen, die so beständig war, weil der Gebende immer nur geben wollte und der Nehmende nicht wußte, wie man gibt, und nichts fand, das er hätte geben können.

Sieben Jahre später war Josmar nach Wien gekommen, um bei dem Freunde zu bleiben. Doch Edi schickte den Ausreißer zurück — mit sanften, klugen Worten, die den Jüngeren nicht überzeugten. »Mit Kampf, nicht mit Flucht beginnt man ein neues Leben«, meinte Edi. Josmar ging zurück und fand bald darauf — dank Sönnecke und in einem anderen Kampfe — seinen Weg. Dem Freunde blieb er verschollen.

Daß er ihn nun dennoch traf, war ein kunstgerechter Zufall. Josmar hatte sich auf einer Bank im kleinen Park niedergelassen, in dem er sich mit dem Freunde getroffen hatte — vor zehn Jahren. Hier nun fand ihn Edi, als er aus dem Hause trat. Der unvorhergesehenen Begegnung folgten lange Gespräche, Begegnungen mit anderen Menschen, den Einwohnern eines sozialistischen Gemeindehauses, mit einer Frau, die Edis Freundin war, mit Teilnehmern an einem Geburtstagsfeste, an dem viel getrunken wurde. Josmar wurde in Gespräche, in scharfe Auseinandersetzungen hineingezogen, in denen ihm hätte faßbar werden können, wie abgeschlossen seine Welt, wie einsam die Revolution war, als deren konspirativer Bote er reiste. Die Dinge waren in seiner Partei dahin gediehen, daß als Feind entlarvt und unwiderruflich verdammt war, wer nicht alles bejahte, was von ihr kam. Daß einer auch nur leisen Zweifel äußerte, war Beweis, daß er dem Feinde diente, seine Vorhut war. Daher auch konnte Josmar nicht diskutieren, er proklamierte und verdammte.

Edi — er war inzwischen der bekannte, mancherorts sogar berühmte Biologe Eduard Rubin geworden — wurde schnell der Wandlung gewahr, die sich an dem früheren Freunde vollzogen hatte. Der Verlockung zur Ironie, die die dogmatischen Verkündigungen Josmars herausforderten, gab er nicht nach. Er ver-

stand, daß Josmar nun ein anderes goldenes Kreuz verteidigte, das er sich nicht würde entreißen lassen.
»Nein, die Partei enttäuscht nie! Aus dem Besten, das wir in uns tragen, ist sie gebildet, nur das Schlechte, das Alte in uns könnte sich gegen sie empören, uns irreführen. Doch die Partei täuscht nie, enttäuscht nie!« So sprach nun dieser Junge.
«Vielleicht«, sagte Edi einlenkend. Er streckte dabei in einer breiten Bewegung die Hände vor, so daß sie sein Gesicht teilweise verdeckten. Die fettgepolsterten, stark behaarten Handrücken stießen Josmar ab, doch gefielen ihm die langen, mageren Finger, die wenig zu den Händen paßten. Da fiel sein Blick auf den viel zu breiten goldenen Ring mit den Rubinen. Er dachte, daß diese Hand mit diesen Fingern und diesem Ring für Edi und vielleicht für die Juden seiner Art charakteristisch wäre.
»Mir gefällt der Ring auch nicht, Josmar. Als mir ihn nach dem Tode des Vaters sein Bruder an den Finger steckte, dachte ich, ihn schnellstens wegzutun. Ich habe es nicht getan. Ich wollte auch diese häßliche Wohnung auflösen und bin in ihr geblieben. Ich hätte die Poldi entlassen müssen, sie ist noch immer da. Ich habe nichts verändert, siehst du. Als die Alten weg waren, mißfiel mir das alles gar nicht mehr, siehst du, sogar die Kaserne gegenüber tät' mir fehlen, wenn man sie eines Tages abreißen täte.«
Freimütig, mit einer absonderlichen Neigung, sich dem wiedergefundenen Freund unverhüllt zu zeigen, bot Edi immer neue Stücke seines Lebens dar. Zuerst dünkte es Josmar einfach, aus diesen Stücken das Wesen des Mannes zusammenzusetzen wie ein kunstloses Puzzle. Aber er erkannte bald, daß die Aufgabe schwierig war. Edi lief zwar noch immer einer sagenhaften Renée nach, aber er liebte eine andere Frau — es war, deutete er an, eine begabte Schriftstellerin — und er wartete darauf, daß sie sich endgültig von einem Mann gelöst fühlte, der sie vor Jahren wortlos verlassen hatte. Josmar kannte diesen Mann, den aktiven Kommunisten Denis Faber, dem Namen nach, doch war er ihm zufällig niemals begegnet.
Edi konnte also geduldig sein, warten.
In einem anderen Zusammenhang sprach er mit Respekt von den einigen hundert Kommunisten in der Welt als den seltenen Menschen, die für ihre Passion den höchsten Preis zahlen, ohne

zu feilschen. Aber obschon er sich, offenbar um den Freund nicht zu kränken, vorsichtig ausdrückte, griff er spöttisch die kommunistischen Parteien an, ihre gewalttätige Politik, ihre sektiererische Borniertheit. Zwar kritisierte er auch die sozialistischen Parteien, ja er verhöhnte sie sogar, aber er arbeitete mit den Sozialisten zusammen, gab Kurse für sie, half bei der Organisierung der Sanitätseinheiten ihrer Kampfverbände. Als ihm Josmar nach vielem Zögern den Vorschlag machte, den illegalen kommunistischen Parteien des Balkans zu helfen, lehnte Edi nicht ab. Er stellte nur eine Bedingung.

»Sag den zuständigen Leuten, die dich zu mir geschickt haben, folgendes: Ich bin bereit, ihnen hie und da nützlich zu sein, wo ich es mit meinem Gewissen vereinbaren kann, natürlich, aber ich stelle eine Bedingung, die vorher erfüllt werden muß. Die ist: Da drüben in Rußland lebt ein Mann, den ich für den begabtesten Biologen und zugleich für den edelsten Menschen halte, dem ich je begegnet bin. Diesen Mann haben sie in irgendein verworfenes Drecknest verschickt. Er geht dort zugrunde. Man soll ihn freilassen, ihm erlauben, für wenige Monate wenigstens ins Ausland zu kommen — er hat es dringend nötig, ich weiß es. Der Mann ist unpolitisch, das Regime hat von ihm nichts zu fürchten, auch das weiß ich. Sollten sie ihn herauslassen, so will ich euch ›nützlich‹ sein. Der Mann heißt Iwan G. Gorenko. Man wird an der entsprechenden Stelle seinen Fall kennen.«

»Ich werde sehen, was sich machen läßt. — Du gehörst trotz allem zu uns, du bist diesseits der Barrikade und nicht jenseits«, sagte Josmar anerkennend.

»Und wenn ich zwischen den Barrikaden stünde?«

»Da steht man nicht, da fällt man, zweimal getroffen, zweimal getötet.«

»Und wie, wenn ich es immerhin noch vorziehen täte, erschossen zu werden, um nicht zu erschießen?«

»Das tust du aber nicht. Du willst leben und glücklich sein! Nicht wahr, Edi?«

»Vielleicht, wer weiß, vielleicht auch nicht.« Und wieder streckte er die Hände vor.

Wahrscheinlich war Edis Mutter aktives Mitglied von Wohltätigkeitsvereinen gewesen. Josmar entdeckte in ihm einen philanthropischen Zug: er war erstaunlich gut über die kleinen

Miseren des Lebens der »Armen« informiert. Er sprach von ihnen ausführlich, als er Josmar die von der sozialistischen Stadtverwaltung geschaffenen Arbeiterhäuser zeigte und ihre Vorzüge rühmte. Da Josmar nicht genügend Interesse zeigte und diese neuen Wohnbauten als »Mittel reformistischer Augenauswischerei« bezeichnete, packte ihn Edi an den Schultern und schüttelte ihn. »Wenn du wüßtest, wie ihr mich anwidert, ihr ehrlichen Betrüger. Ihr verlangt von den Zeitgenossen, im Dreck zu leben und auf euren Befehl zu krepieren, damit die Enkel das Paradies auf Erden haben. Aber wir, sind wir nicht Enkel? Unsere Urgroßväter waren bereits Enkel — kümmert euch also um unser Stückchen Leben auf Erden und nicht um das Paradies unserer Enkel, die es wahrscheinlich überhaupt nicht mehr geben wird, wenn ihr so weitermacht.«

Den Scherz mit den Enkeln hatte Josmar zufällig erst vor kurzem irgendwo gelesen, ja, er erinnert sich, in den Schriften eines Wiener Theaterkritikers. Daß Edi diesen Scherz als ernstes Argument benutzte, bewies, wie unernst er im Grunde war. Was versprach er sich von der Begegnung mit einem Arbeiter, Funktionär der sozialistischen Partei, der in einem dieser Häuser wohnte?

Hofer war nicht unsympathisch, nicht dumm, um so peinlicher mußte sich die Diskussion mit ihm gestalten. Es ging um das Plebiszit, das die Nazis herbeigeführt hatten, um die sozialistische Koalitionsregierung Preußens zu stürzen. Die Kommunisten bekämpften es zuerst als eine freche Provokation, doch von einem Tag auf den anderen änderten sie ihre Stellung und machten es den Arbeitern zur Pflicht, zusammen mit den Nazis für den Sturz der Regierung zu stimmen.

Josmar legte Hofer dar, daß die Sozialisten Verräter, Sozialfaschisten und somit der Hauptfeind der Arbeiterklasse wären. Edi dachte immer wieder einzugreifen, unterließ es aber. Er hatte es in der Gewohnheit, Experimente bis zum Ende zu verfolgen. Das unerwartete Erscheinen eines kleinen, rotblonden Mannes mit sommersprossigem Gesicht, den Hofer als ukrainischen Genossen aus Polen vorstellte, verschärfte die Spannung. Hans, so nannte ihn Hofer, griff sofort ein. Obschon er gewiß nicht hinter der Tür gelauscht hatte, kannte er die Argumente Josmars in jeder ihrer Wendungen. Edi erkannte, daß Josmar nicht eine eigene Sprache, sondern einen Jargon sprach.

Der Zusammenstoß war hart. Josmar, so wenig sicher in persönlichen Angelegenheiten, schien hier gegen jeden Zweifel, gegen jeden Einwand gewappnet zu sein: »Nein«, wiederholte Josmar und sah Hans spöttisch ins Gesicht, »nein, Stalin irrt sich nicht, das EKKI irrt sich nicht. Die Feststellung, daß die Nazis mit dem Wahlerfolg vom 14. September 1930 ihren Höhepunkt erreicht und überschritten haben und daß sie bereits im Abstieg sind, ist richtig. Das EKKI irrt sich naturgemäß nicht.«
Der Ukrainer hatte diese Art Diskussion gewiß schon oft geführt. Und sie war gewiß stets ergebnislos verlaufen: er sprach zwar mit bitterem Hohn, aber der Ausdruck einer zornigen Trauer, die sein schmales Gesicht noch schmäler machte, begleitete seine Worte.
»Eure Dialektik«, schloß er, »diese Sophistik des Bankrotteurs, der die betrogenen Gläubiger um die Ecke bringt, diese Dialektik des Vergessens: vergessen die schändlichen und absolut vermeidlichen Niederlagen in China, in Italien, in Polen, Bulgarien, Estland usw. Die haben sich nicht geirrt, naturgemäß. Das da kennt die Natur und weiß alles voraus. Hat sich nicht geirrt, als man das Bündnis mit Tschang Kai-schek einging und ihm die Arbeiter von Schanghai zum gefälligen Massaker hinwarf, hat sich nicht geirrt mit dem Putsch in Kanton, den man ›naturgemäß‹ in dem Augenblick anbefahl, in dem alle revolutionären Möglichkeiten schon vernichtet waren. Und ›naturgemäß‹ wird die Nazi-Episode kurz sein. Daß die Arbeiterbewegung in dieser kurzen Episode zerschlagen, im eigenen Blute ertränkt werden wird, das kümmert diese Dialektiker nicht. Arbeiterblut, das ist für sie billiger als die Druckerschwärze, mit der sie ihre Niederlagen in Siege umlügen. Und wer ihnen das sagt, der ist abgestempelt, ein Konterrevolutionär, Avantgarde der Konterrevolution in den Reihen der Arbeiterklasse. ›Naturgemäß‹, das ist deren Dialektik.«
»Ja, allerdings, das ist unsere Dialektik. Und allerdings sind Sie ein Konterrevolutionär, gefährlicher und verabscheuenswerter als ein offener Faschist. Da gibt es keine Diskussion, da gibt es nur andere, endgültige Argumente.« In der Tat, es gab keine Diskussion mehr. Hofer schloß sie ab: »Der Genosse, den Sie soeben einen Faschisten genannt haben, ist ein guter, tapferer Revolutionär. Die haben ihn in Polen so zugerichtet, daß man

seinen Körper gar nicht ansehen kann. Das beweist für Sie nichts, das weiß ich. Sie denken halt immer nur an die endgültigen Argumente. Wenn ihr die Macht hättet, sie anzuwenden, ihr würdet die Arbeiterbewegung in Stücke schlagen. Der Genosse Dr. Rubin wird schon entschuldigen, aber ich bin nicht stolz darauf, daß in meinem Hause einem Genossen so ein Schimpf angetan worden ist.«

Josmar blieb noch einen Tag in Wien, die Stimmung besserte sich zwischen den Freunden. Mehrere Male setzte Josmar an, Edi von Lisbeth, von seiner Ehe zu sprechen, aber es gelang ihm nicht. Doch in Gegenwart Rellys, der Freundin Edis, erzählte er nun ausführlich von seiner Nachbarin, der Frau mit dem Roadster aus dem Hause gegenüber. Er wußte selbst nicht warum.

Edi und Relly brachten ihn zur Bahn. Man versicherte einander, daß nicht mehr zehn Jahre bis zum Wiedersehen vergehen würden, die Verbindung war wieder aufgenommen, sie würde nicht mehr abreißen. Aber sie glaubten es nicht.

Relly sagte, um Edi zu trösten: »Was man Treue zur Sache nennt, löscht die Treue zur Person aus, die Freundschaft, die Liebe.«

»Du denkst schon wieder an Faber«, erwiderte Edi.

»Nein, ich dachte an deinen Josmar.«

»Ja, mein Josmar. Ich habe nie seinen Vater, den Herrn Obergerichtsrat Goeben, gesehen, aber wie Josmar mit dem Ukrainer gesprochen hat, da war er der alte Goeben, der einen armen Teufel degradiert, erledigt. Die Kommunisten werden es weit bringen.«

3

Josmar fand leicht das Reisebüro auf dem großen Platz, auf dem lautes Marktgetriebe herrschte.

Er blieb ein Weile vor den Schaufenstern des Büros stehen und versuchte, ins Innere des Büros zu sehen. Er konnte niemanden darin erblicken, nach einigem Zögern trat er ein. Ein Mädchen erhob sich, sie hatte gesessen und war vom Pult verdeckt worden, er grüßte und sah sich um, es war sonst niemand hier. So war es ganz einfach.

Er verlangte Prospekte, und als die Angestellte sie brachte, fragte

er sie: »Habe ich Sie nicht schon irgendwo gesehen?« Sie sah ihn zuerst abweisend an, doch schien sie sich plötzlich zu besinnen, lächelte und meinte: »Ja, mir scheint, es war vielleicht im Spreewald.«
Die Antwort stimmte und Josmar sagte: »Zu Pfingsten des Jahres —« »1928« sagte das Mädchen — »1928 im Hotel zum —« »zum wendischen Fischer« beendete Josmar das Stichwort.
»Gut, daß du zu dieser frühen Stunde gekommen bist. Aber wir müssen schnell machen, jeden Moment kann meine Kollegin kommen. Den Koffer wird man abends bei dir abholen. Das andere Material mußt du dahin bringen«, sagte sie schnell, sie sah ihn nicht an. Ihre sehr hellen braunen Augen blickten unverwandt zur Tür. Sie gab ihm einen Prospekt: »Das ist ein Hotel an der Küste. Man wird sich bei dir melden. Hier ist die Hölle los. Kroatische Terroristen haben ein Bombenattentat gemacht, jetzt kämmt die Polizei die Stadt aus. Die wichtigsten Genossen haben deswegen die Stadt verlassen müssen. Nimm morgen den Frühzug. Suche hier niemanden auf, es ist möglich, daß du beobachtet wirst. Ja, ich kann Ihnen dieses Hotel sehr warm empfehlen. Natürlich, wir übernehmen keine Garantie, aber wir wissen, daß es ein besseres Haus ist. Man spricht deutsch. Das Hotel hat einen eigenen Strand, einen Tennisplatz und allen Komfort.«
»Ja, gut. Bitte, bestellen Sie für mich ein Zimmer.« Josmar erwiderte mit Kopfnicken den Gruß der zweiten Angestellten, die soeben eingetreten war. Wieder öffnete sich die Tür, ein älteres Ehepaar stellte sich neben Josmar an den Schalter. Er bestellte noch die Fahrkarte, gab Namen des Hotels und Zimmernummer an. Das Mädchen war von sachlicher Freundlichkeit, sie machte ihre Sache wirklich gut. Zum Schluß empfahl sie ihm den Besuch des Museums, des sehenswerten Tiergartens und der Umgebung der Stadt. Josmar dankte ihr freundlich, es gelang ihm nicht, einen Blick von ihr zu erhaschen, sie sah unverwandt an ihm vorbei.

Endlich war der Tag vergangen. Er hatte lange geschlafen, dann als letzter Gast in einem kleinen Restaurant Mittag gegessen, hatte den Tiergarten besucht, lange in einem Café gesessen und die deutschen Zeitungen gelesen, hatte wieder gegessen, war wieder spazierengegangen.

Nun war es später Abend, er wartete im Zimmer, daß jemand käme, den Koffer zu holen.

Es klopfte. Endlich! Doch als er den redseligen Kellner erblickte, der ihm das Frühstück serviert hatte, war er enttäuscht.

»Was bringen Sie denn da?«

»Einen Kaffee, mein Herr!«

»Es muß ein Irrtum sein, ich habe nichts bestellt.«

Der Kellner stellte das Tablett auf den Tisch, drehte sich dann zu Josmar um und sah ihn an. Er hatte ein Stück Papier, die Hälfte eines zerrissenen bedruckten Blattes, in der Hand, das hielt er Josmar hin. Der verstand nicht recht; er überlegte, ob das Erscheinen des Kellners nicht etwa mit dem Koffer zu tun hätte. Doch was sollte dann das Stück Papier? Er wußte nicht, was er sagen sollte.

»Haben Sie Ihre Fahrkarte bekommen, mein Herr? Vielleicht ist das ein Stück vom Prospekt, der Ihnen mit der Fahrkarte zugeschickt worden ist.«

Josmar begriff, holte das Kuvert des Reisebüros heraus, fand darin tatsächlich einen Prospekt. Als er ihn entfaltete, sah er, daß ein Stück der mittleren Seite fehlte. Er nahm das Papier aus der Hand des Kellners, es paßte.

»Also gib schnell den Koffer und bleib hier. Ich bringe ihn dann gereinigt zurück.«

Der Mann nahm den Koffer, trat an die Tür, lauschte und schlüpfte hinaus.

Nach etwa einer halben Stunde kam er wieder. Er stellte den Koffer ab, setzte sich dann an den Tisch, er sah sehr müde aus, Schweißperlen standen auf seiner Stirn und seinem fast kahlen Schädel. Er schenkte den Kaffee ein, den Josmar nicht angerührt hatte, trank ihn hastig aus. Er lehnte sich zurück, atmete mit offenen Munde.

»Gib gleich deine Sachen wieder in den Koffer. Man sieht zwar nichts, der Boden ist jetzt gut verklebt, aber es ist jedenfalls besser, es kommt noch Gewicht darauf. Und wenn du hinuntergehst, laß die Koffer offen. Gib dem Detektiv die Möglichkeit, in deinen Koffern zu stöbern. Er wartet nur, daß du weggehst.«

»Ich weiß nicht, ob ich noch hinuntergehe.«
»Es ist besser, du tust es. Ein Tourist geht abends aus. Ich weiß nicht, sind's die Nerven oder das Herz, ich mache die Sache nicht mehr gut.« Er beugte sich zu Josmar vor, der sich gesetzt hatte, und sagte leise, als ob er ihm ein Geheimnis anvertraute: »Ich glaube, ich habe Angst. Eine schreckliche Angst.«
»Jetzt brauchst du ja keine Angst mehr zu haben, die Arbeit ist gemacht.«
»Ja, ich spreche nicht von jetzt. Im Moment habe ich auch keine Angst mehr, aber allgemein, du verstehst. Das habe ich früher nicht gekannt. Das kommt von den Kindern, glaube ich.«
»Was hat denn das mit den Kindern zu tun?«
»Nun ja, ich muß eben immer denken, was aus ihnen wird, wenn ich auffliege. Wer wird sie ernähren? Wer wird ihnen die Schule zahlen? Ich sage dir, Genosse, so eine Arbeit kann man nicht lange machen. Wie es angefangen hat, da habe ich gar nicht gewußt, was Angst ist. Jetzt weiß ich das. Es wird mit mir ein Malheur passieren, ich fühl' es, ganz gewiß.«
»Was willst du also, gibt es hier denn jemanden, der für dich einspringen könnte?«
»Nein, das ist eben das Unglück, das sage ich ja auch. Und die Arbeit muß gemacht werden, das ist ja selbstverständlich. Aber kannst du dir vorstellen, daß ich manchmal wünsche, ich wäre schon aufgeflogen, daß das Ganze ein Ende nimmt. Das Herz, weißt du, das macht es nimmer lang.«
Der Mann war nicht alt, doch sah er müde, früh gealtert aus. Und war vielleicht eben doch ein Spießer — diese übertriebene Sorge um die Kinder, aus denen er wohl etwas »Besseres« machen wollte.
Er nahm das Tablett, ging an die Tür, öffnete sie weit und sagte: »Ja, wenn der Herr wollen, können der Herr das Frühstück auch im Zimmer serviert kriegen. Danke schön, der Herr, danke schön.« Er ging mit gekrümmtem Rücken hinaus.

4

Die Frau war aufgesprungen. Sie begann, sich schnell anzuziehen.
Josmar sah ihren Bewegungen zu. Sie sagte, während sie die

Strümpfe am Strumpfbandgürtel befestigte: »Zieh dich schnell an. Kannst nicht hierbleiben, sonst ist der Wirt böse.«
Sie mußte durch das Café. Auf dem Podium saß noch immer der Akkordeonist. Er spielte leise, Josmar konnte sich zuerst nicht erinnern, was es war, so blieb er stehen, um zuzuhören. Die Frau drehte das Licht an. Da sah Josmar den Mann. Er hielt sein Instrument in den Armen wie ein krankes Kind.
»Geh«, sagte die Frau, »er sieht zwar nicht, aber er mag nicht, wenn man ihn anstarrt. Er fühlt das ganz genau.«
Da Josmar die Augen hob, glaubte er, daß der Blinde ihn anstarrte.
Die Frau ging auf den Mann zu, berührte seinen Arm. Er hörte zu spielen auf.
»Kaja, ist der Schwabe weg?« fragte er.
»Ja«, sagte sie.
»Beschreib mir, wie er aussieht.« Sie beschrieb Josmar.
»Er ist schön, dein Schwabe. Du wirst ihn nie wiedersehen, Kaja.«
»Nein, Josso, nie wieder.«
»Gehen wir nach Hause, komm!«
Er stand auf.
Josmar schlich sich durch die offene Tür hinaus. Nicht dieses Mitleid, nicht diese Mitleidslosigkeit hat Vasso gemeint, dachte er. Er beschleunigte den Schritt, als müßte er vor jemandem davonlaufen.

DRITTES KAPITEL

I

Der Weg führte durch ein Wäldchen. Nach der prallen Sonne war der Schatten wohltuend wie ein labender Trank. Immer wieder leuchtete das blaue Meer zwischen den Bäumen auf, es war ganz nahe, unbewegt, wie geschwächt und geglättet von der sengenden Hitze.
»Alles ist hier so heiter, so friedlich, man kann sich gar nicht vorstellen, daß der Terror in diesem Lande wütet«, sagte Josmar.
»Es ist leicht, den Terror nicht zu bemerken, die Gleichgültigkeit der Unbeteiligten, also der erdrückenden Majorität, verdeckt ihn«, sagte der Genosse. Es war ein eher kleiner, schmaler Mann, sein Gesicht war jung, wenn er heiter war, es war ohne Alter, wenn er ernst wurde.
»Es gibt keine wirkliche Gleichgültigkeit«, sagte Josmar; er mochte nicht diskutieren, aber der Mann hatte eine Art zu sprechen, die jeden Widerspruch zu verhindern schien und ihn eben deshalb herausforderte.
»Die Gleichgültigkeit ist allgegenwärtig. Wir stoßen in der Geschichte unfehlbar auf sie, sobald wir von der Erforschung der Taten zur Untersuchung der Zustände übergehen. Jeder Machtherrschaft ist sie stets die sicherste Stütze, der verläßlichste Schutz gewesen. Nur in den seltenen Augenblicken, da die Gleichgültigen in Bewegung geraten sind, ist der Machtapparat zum Teufel gegangen.«
»Also machen die Gleichgültigen Geschichte?« fragte Josmar ironisch.
»Nein, aber sie bestimmen deren lassiges Tempo und die Kurzatmigkeit, den früheren Stillstand jeder Bewegung. Die Gleichgültigkeit ist so furchtbar in ihren Folgen, so mörderisch wie die furchtbarste Gewalt.«
»Du bist wohl ein Österreicher, du fühlst dich aber hier wie zu Hause — wieso eigentlich?« fragte Josmar, um ihn abzulenken.

»Ich bin einmal hier ins Land gekommen, für zwei, drei Monate, um Dokumente für eine Untersuchung über die alte südslawische Dorfgemeinschaft, die sogenannte Zajednica, zu suchen. Schon damals war die Partei praktisch illegal, man gab mir also eine Mission, ähnlich jener, deretwegen du gekommen bist. Ja, und da habe ich Vasso kennengelernt.«

»Ich habe ihn vor meiner Abfahrt in Berlin gesehen, er hat an der entscheidenden Sitzung teilgenommen. Sönnecke hat sie geleitet.«

»So, Sönnecke? Der läßt sich jetzt auch noch dazu benutzen?«

»Das will sagen?« fragte Josmar mißtrauisch.

»Erstens, daß die Sitzung nicht entscheidend gewesen ist — die Entscheidung ist in Moskau und von den Russen allein getroffen worden —, alles andere ist Theater, Schauspieler spielen die Rollen von Schauspielern, die ganz natürlich sprechen, was sie auswendig gelernt haben. Zweitens, daß Sönnecke genauer als irgend jemand in der Welt weiß, daß die Kampfparole ›Klasse gegen Klasse‹ sogar in einem Lande wie Deutschland falsch ist — und er weiß ebenso wie Vasso, daß sie in diesem Lande mit seinen 80 Prozent Landbevölkerung Wahnsinn ist. Drittens, weil Sönnecke das weiß, hat man ihn in die Ecke gestellt; viertens, weil Vasso das weiß, hat man ihn ausgeschaltet. Fünftens, um beide zu ruinieren, gibt man gerade Sönnecke den Auftrag, Vasso zu erledigen. So, da hast du meine Antwort, jeder Punkt ist ordentlich numeriert, damit du dir alles merken und ›weitergeben‹ kannst.«

»Ich weiß nicht einmal, wie du heißt«, sagte Josmar.

»Denis Faber, die Freunde nennen mich Dojno. Hast du dir die Punkte gut gemerkt und hast du begriffen, warum ich von der Gleichgültigkeit gesprochen habe?«

»Nein, ich sehe keinen Zusammenhang«, meinte Josmar. Sie hatten nun die Bucht vor sich, ein Boot mit leuchtend weißen Segeln kreuzte vor den winzigen Inselchen. Faber, ganz in Weiß, von dem weißen Käppchen auf dem Kopf bis zu den Strümpfen und Sandalen, paßte gut zu diesem Bild. Er sieht nichts, dachte Josmar, der denkt nur daran, mich für Vasso zu bearbeiten, aber Freundschaft ist kein Argument.

»Der bürgerliche Staat hat die Gleichgültigkeit in einer vollendeten Weise organisiert und aus ihr ein Fundament seines Bestandes gemacht. Die Millionenarmeen, die einander im letzten Kriege gegenübergestanden haben, waren Musterbeispiele dafür, daß man in völliger Gleichgültigkeit heldenhaft kämpfen und sterben kann. Hüben und drüben war das Losungswort das gleiche: gar nicht erst versuchen zu verstehen.«

»Verzeih, Faber, aber ich sehe noch immer nicht, was du beweisen willst. Die Partei ist jedenfalls nicht eine Organisation der Gleichgültigen, selbst die schlimmsten Feinde würden das nicht behaupten.«

»Warte, Goeben, sei nicht ungeduldig. Die Armeen, die aufeinander bei Verdun oder an der Somme losgestürmt sind, waren sie nicht in einem Paroxysmus, wie man ihn sonst nur an Amokläufern sieht? Und was steckte dahinter? Vor allem die Unterwerfung unter einen Befehl. Hinzu kam die Angst, natürlich.«

»Wir Kommunisten unterwerfen uns niemandem, wir sind Revolutionäre«, sagte Josmar eindringlich. »Wir erkennen niemandem das Recht auf Gleichgültigkeit zu. Wir haben Millionen Menschen in Bewegung gebracht, sie werden nicht mehr zur Ruhe kommen, ihretwegen wird die Welt nicht mehr zur Ruhe kommen. Das ist die Wahrheit, alles andere ist Geschwätz!«

»Die halbe Wahrheit! Wir haben Millionen gegen uns in Bewegung gebracht, die Majorität der deutschen Arbeiter, die noch nicht ausgesteuert sind, gehört Gewerkschaften an, aus denen wir uns ausgeschlossen haben, wir beschimpfen sie als Sozialfaschisten und stoßen sie immer mehr von uns ab. Im Augenblick, da Hitler die riesigen Massen des Kleinbürgertums in Stadt und Land mobilisiert, eine gewaltige Armee von wildgewordenen Gleichgültigen, die uns erdrücken wird, sprechen wir vom Kampf Klasse gegen Klasse, und es gelingt uns nicht, einen einzigen großen Streik zu organisieren. Nie hätte ein Sönnecke oder irgendein wirklicher Arbeiterführer diese Politik ersinnen können. Sie ist uns aufgezwungen worden, wir haben uns unterworfen. Die Sitzung, von der du sprachst, hat keine Entscheidungen getroffen, die Jahreszeit-Männer haben sich beeilt, sich den Befehlen zu unterwerfen, weil nur die Unterwürfigen in der Führung bleiben. Weißt du, was das bedeutet, einen Vasso Militsch kaltzustellen?«

»Es kommt nicht auf einzelne Personen an.«

»In der wahren revolutionären Bewegung kommt es auf sie, auf

jeden einzelnen Menschen an, und wenn sie Zehntausende wären, aber in der Armee kommt es auf sie nicht an. In der Bewegung findet sich der Mensch, in der Armee muß er sich selbst entfremden, hat er sich zu verlieren. Vasso hat Menschen gefunden, die Jahreszeit-Männer werden dafür sorgen, daß sie sich wieder verlieren. Die Zeit des Gehorsams bricht an.«
Josmar gab es auf, ihm zu antworten; was der da sagte, ging ihn nichts an. Wenn Vasso sich der Linie nicht anpaßte, hörte er trotz allem auf, ein guter Mann für die Partei zu sein. Alles andere war leere Phrase. Man hatte nicht recht gegen die Partei.
Um endlich Faber von diesem Gegenstand abzubringen, fragte er: »Kannst du mir etwas über die beiden Genossen sagen, zu denen du mich jetzt hinbringst?«
»Da ist Karel der Techniker. Wenn du nach der Begegnung an ihn denken wirst, wird er dir unmäßig dick erscheinen. Er ist es nicht, er nimmt nur immer mehr Platz weg, als sein breiter Körper braucht. Und doch kann niemand so schnell verschwinden wie er. Man findet ihn nie, man wird immer von ihm gefunden. Er ist tollkühn und kennt die Furcht nur vor Menschen, deren Fehler er noch nicht herausgekriegt hat. Aber das dauert nicht lange, denn er entdeckt sehr schnell alle Schwächen. Vor allem jene, die am besten verborgen sind. Hierin ist er wirklich intelligent, sonst ist er nur schlau. Trotzdem ist er ehrlich. Er verrät einen nur aus Treue.«
»Aus Treue?« fragte Josmar verwundert. Er sah in das heitere, junge Gesicht Fabers, die Augen leuchteten darin wie eine gute, wärmende Flamme, so daß man den hochmütig herausfordernden Mund leicht vergessen konnte.
»Ja, aus selektiver Treue. Immer wenn die Zeit, doch nicht der Mensch für große Entscheidungen reif ist, kommt diese sonderbare Treue in Kurs. Karel mag mich zum Beispiel wirklich. Er merkt sich dankbar fast jeden Satz, den ich spreche. Wenn er mir eines Tages etwas Schlechtes antut, so sicher nur aus Anhänglichkeit an einen andern. Man hat ihn wochenlang grauenhaft gefoltert, damit er gegen Vasso belastende Aussagen machen sollte, er hat kein Wort gesprochen, er hat den Freund gerettet. Bei der morgigen Sitzung wird er ihn verraten, er wird in jeder Frage gegen ihn Stellung nehmen.«
»Aus Treue zur Partei!« warf Josmar ein.

»Niemand kennt die Meinung der Mitglieder der Partei, man wird sie nicht fragen. Sie werden in der nächsten Nummer des ›Proletariers‹ erfahren, welche Meinung sie haben. Aber lassen wir das, sprechen wir von Andrej, dem anderen Genossen. In einigen Jahren wird er nach Vasso der beste Mann sein. Er ist fähig, die Menschen aus ihrer Gleichgültigkeit herauszureißen, wie man einen aus der Schande erhebt — so, daß er glauben muß, er hätte sich selbst gerettet.«

»Wie alt ist er?«

»Er ist jung, kaum fünfundzwanzig, aber er hat früh begonnen. Ist mit sechzehn ausgerissen.«

»Warum?«

»Weil er sich seines Vaters geschämt hat. Der ist ein Säufer gewesen, ist übrigens vor einiger Zeit in einem seichten Teich ertrunken. Du siehst, Goeben, revolutionäre Karrieren können merkwürdig beginnen. Andrej ist Schiffsjunge auf einem elendigen griechischen Frachter geworden.«

»Nun, so hat er auf dem Schiff den wahren Feind kennengelernt.«

»Keine Rede davon, seine wahren Feinde auf dem Schiff, das waren die Matrosen, er verstand ihre Sprache am Anfang nicht, sie behandelten ihn wie ein räudiges Tier. Am liebsten hätte er sich aufgehängt, aber er hatte Angst, daß sie ihn noch mehr malträtieren würden, wenn ihm der Selbstmord nicht gelänge. Fürs erste hat ihn also die Angst vor dem Überleben am Sterben gehindert. Doch gerettet hat ihn ein alter Matrose, ein Anarchist, ein wilder Antikommunist, Feind aller Parteien, gegen jede Organisation. Hat seine Sach' auf nichts, hat seine Sach' auf sich gestellt; er ist allen ein guter Freund, hat nirgends in der Welt einen Freund — außer Andrej natürlich.«

»Wieso, Andrej nimmt ihn doch wohl nicht ernst?«

»So sicher ist es nicht. Dieser alte Augusto ist natürlich ein Wirrkopf, seine Vorstellungen von der Revolution sind unrealistisch, aber sie sind edel.«

»Was?« fragte Josmar erstaunt, »was sind sie?«

»Du hast recht gehört: edel. In den besten Männern des Proletariats steckt eine Sehnsucht nach Edelmut, die tiefer ist, bewegender als das Bedürfnis, sich jeden Tag sattzufressen. Sie spüren, ohne es aussprechen zu können, daß die Menschen ihre Würde erst erobert haben werden, wenn es ihnen möglich sein wird, unbegrenzt edel zu sein.«

»Komisch, du und Vasso, ihr bringt immer Begriffe ins Gespräch, die eigentlich völlig sinnlos sind. Kein Prolet würde sie verstehen.«

»Andrej ist ein Prolet, er versteht sie sehr gut. Es ist wahr, er ist ein Schüler dieses Augusto und Vassos. Augusto hat ihn dazu bewogen, nach Haus zurückzukehren, sich seiner Mutter anzunehmen. Vasso hat ihn entdeckt, sich seiner angenommen, ihn ausgebildet. Bei Vasso hat er gelernt, wie man zu Arbeitern spricht, wie zu Bauern, wie man einen Streik organisiert, wie man Sympathisanten wirbt. Und das Wichtigste: wie man Tatsachen feststellt, auch solche, die zu den Resolutionen, Einschätzungen und zur Generallinie nicht passen.«

»Die Tatsachen passen immer zur Generallinie«, warf Josmar ein.

»Immer — das gibt es nicht. Außer für die Gläubigen. Gott strafe die Gläubigen, die sich, statt zur Kirche zu gehen, einer revolutionären Partei anschließen, um aus ihr eine Kirche zu machen.«

»Ich bin nicht gläubig, aber du und Vasso, ihr sprecht immer von der Religion.«

»Weil wir die Geschichte kennen, weil wir völlig frei sind vom Bedürfnis zu glauben, von der Sehnsucht nach dem Absoluten. Wir wissen, daß es noch dem Ungläubigsten viel leichter ist, einen neuen Gott zu fabrizieren als einen neuen Menschen zu erziehen. Der Fall Pascal bleibt, noch nach Jahrhunderten, beunruhigend —«

»Natürlich, der Fall Pascal ist äußerst beunruhigend, sonst aber haben wir gar keine Sorgen!« sagte jemand lachend. Josmar drehte sich erschreckt um, er sah in ein breites, rotes Gesicht; Dojno stellte ihm Karel vor. Andrej stieß bald zu ihnen.

Karel sagte: »Ich kann zwar nicht beurteilen, ob der tote Pascal wirklich so gefährlich ist, aber dies kann ich dir sagen, Dojno: Das Netz ist ausgeworfen, wir werden alle wie Fische beim Laichen gefangen werden, wenn wir nicht aufpassen. Die Sitzung muß auf heute abend vorverlegt werden.«

Sie waren bald in der Hütte angekommen. Josmar konnte nur schwer der Diskussion folgen, die sich zwischen den anderen entspann. Alle Dispositionen mußten umgeworfen, andere sofort getroffen werden, damit die Sitzung des Landeskomitees einen Tag früher als vorgesehen abgehalten werden könnte. Neun Teilnehmer waren schon da, die restlichen fünf würden aber zu spät kommen. Angesichts der drohenden Gefahr mußte man auch dies in Kauf nehmen.

»Wer sind die fünf Genossen, die noch fehlen?« fragte Andrej. Karel nannte ihre Namen und fügte, da die anderen schwiegen, schnell hinzu: »Ich weiß, was du denkst, Andrej, aber es ist wirklich Zufall, daß es gerade die Leute sind, auf die du gerechnet hast.«

Karel hatte das Hemd ausgezogen und es sich wie ein Tuch um den Hals gelegt, Moskitos setzten sich auf seine Brust, auf den Rücken, es schien ihn nicht zu stören. »Es ist wirklich nur Zufall«, wiederholte er, »ihr glaubt mir doch?«

»Ja, aber ich liebe die Zufälle nicht. Ich habe Angst vor ihnen. Sie sind fast immer denen günstig, die die Macht haben oder eben daran sind, sie an sich zu reißen.« Obwohl Andrej nicht kleiner war als Karel, wirkte er doch wie ein Knabe, der sich mit einem reifen, seiner Kraft überaus sicheren Manne mißt. An Karel war alles zu voll geraten: die Lippen, die Nase, die gewölbte Stirn, die Arme, die Brust; Andrejs Gesicht war fast schön, doch zu streng: die tiefliegenden dunklen Augen waren zu ernst, die Stirn zu gerade, der Nasenrücken zu schmal, das Kinn spitz.

»Ich trage die Verantwortung«, sagte Karel. »Die Sitzung muß heute stattfinden.«

Die notwendigen Maßnahmen wurden verabredet, Andrej und Dojno verließen bald die Hütte, sie hatten sich um die Vorbereitungen zu kümmern; Karel, in dieser Gegend zu bekannt, durfte sich tagsüber nicht zeigen. Josmar blieb bei ihm.

»Ich nehme an, daß Dojno nicht nur von Pascal gesprochen hat, sondern davon, daß ich Vasso verraten habe.«

»Er hat es nicht so gesagt.«

»Natürlich nicht, das wäre zu einfach gewesen. Er wird mit der Biographie des Leibarztes Alexander des Großen begonnen haben, dann —«

»Nein«, unterbrach ihn Josmar lachend, »er hat nicht vom Leibarzt gesprochen, sondern über die Gleichgültigen.«

»So? Und von da ist er zu meiner Untreue gekommen? Interessant! Da gibt es nichts zu lachen, Goeben, den Mann nehme ich sehr ernst. Er kritisiert zwar die Partei, niemals ist ihm die Linie recht, aber in der Aktion gehorcht er, da ist er wirksam. Die Intellektuellen, die nur reden wollen, können auch nützlich sein, aber man darf sie nicht ernst nehmen. Die anderen, die nur reden, solange sie nicht in der Aktion sind, an die sie aber immer denken, können gefährlich werden. Wer gefährlich werden kann, den soll man liquidieren oder respektieren.«

2

Die Sitzung dauerte nun schon anderthalb Stunden. Karel, der als Vorsitzender fungierte, hatte alle Dokumente verlesen, die Josmar mitgebracht hatte. Die Delegierten hörten andächtig zu, sie begriffen, daß Winter, der unter ihnen saß, der Sieger war, daß der große, behäbige Mann mit den auffällig langsamen Gebärden nun den Platz Vassos einnahm. Sie erwarteten, daß er selbst das Wort ergreifen würde, aber er schwieg. Er hatte vor sich einen Haufen Mandeln aufgeschichtet, er aß fortwährend. Seltsamerweise schien der Haufen nicht kleiner zu werden. Josmar verwunderte sich darüber, er wollte Winter nach der Sitzung um Aufklärung bitten.
Karel sagte: »Ich denke, wir brauchen nicht erst abzustimmen, alles ist klar, die Zeit der Meinungsverschiedenheiten und der Fraktionen ist vorbei. Ich werde also die Resolution vorlesen, mit der sich das Komitee an das Land wenden wird.«
»Nein, nein, so geht das nicht! Die Sache Slipic kann nicht so erledigt werden.«
Josmar wandte sich dem Sprecher zu, der am äußersten Rande des Tisches saß. Es war ein ungewöhnlich blasser, magerer Mann, sein Mund war weit geöffnet, als ob er schreien wollte, aber er ließ seine Faust auf den Tisch fallen — es war eine Gebärde wilden, doch ohnmächtigen Zorns. »Sprich, Vojko Brankovic«, sagte Winter, »sprich ruhig wie zu Freunden. Denn wir sind Freunde. Aber vergiß nicht, daß dir in den zwei Jahren Zuchthaus manches entgangen sein kann, was du wissen müßtest, um richtig urteilen zu können. Und bedenke, hier geht es nicht um einen einzelnen, hinter Slipic steht etwas anderes. Sprich, Vojko!«
Vojko sagte, er hätte selbst zum Parteigericht gehört, das erst

vor zwei Monaten im Zuchthaus Miroslav Slipic ausgeschlossen hatte. Sie hatten den Fall nach allen Seiten hin gründlich untersucht, festgestellt, daß dieser Slipic erst im Zuchthaus oppositionell geworden war — er hatte lange in einer Einzelzelle gelegen, die Literatur, die man ihm zusteckte, falsch verstanden, sozusagen schlecht verdaut. Ein starrköpfiger Bursche, hat sich in der Polizeiuntersuchung und vor Gericht eben wegen seiner Starrköpfigkeit großartig gehalten, und hat sich nun so verrannt, daß alle Bemühungen der Genossen, ihn auf den rechten Weg zurückzuführen, gescheitert sind. Nun ist er ausgeschlossen, vollkommen isoliert, niemand spricht mit ihm ein Wort. Seine Stellung zur Partei ist falsch, darum hat man ihn ausgeschlossen. Aber ihn einen Polizeispitzel nennen, nein, das ist Wahnsinn, das ist unehrlich, unkommunistisch. Slipic hat noch drei Jahre zu sitzen. Vielleicht, in der absoluten Einsamkeit, findet er doch noch zurück. Man darf ihn nicht so verleumden, ist ein wertvoller Genosse gewesen. Natürlich, sein Gerede von der Niederlage, auch seine Stellung in der Chinafrage ist falsch — aber Polizeispitzel, nein.

Vojko begann, sich zu wiederholen, seine Sprechweise machte die anderen nervös. Er merkte es, suchte das letzte Wort, fand es nicht, begann immer wieder aufs neue.

Endlich unterbrach ihn Karel: »Gut, wir kennen deinen Standpunkt. Du regst dich sehr auf und ich weiß nicht, warum. Du hast selbst diesen Mann ausgeschlossen. Jetzt, was willst du? Er ist kein Polizeispitzel? Woher weißt du das? Du warst drinnen, was weißt du, was man draußen über diesen Slipic festgestellt hat, über sein Vorleben. Und mit welchem Recht mißtraust du den Genossen draußen? Ich sage dir, Vojko, du begibst dich auf eine schiefe Bahn. Ich sage dir, denke an den Fall Trotzki. Wer hätte noch vor ein paar Jahren gesagt, daß Trotzki sich so demaskieren wird. Heute sieht jeder, der war ein Parteifeind, er ist es geblieben.«

»Was redest du mir da von Trotzki, ich rede von Slipic, einem Genossen, den ich seit elf Jahren kenne, dessen Charakter ich kenne und schätzen muß. Der Mann war kein Polizeiagent, ist es nicht, wird es nie sein.«

Es folgte eine kurze, wütende Auseinandersetzung zwischen Karel und Vojko. Schließlich sagte Karel, schnell sehr ruhig geworden: »Du bist nervös, kein Wunder nach allem, was du erlebt hast. Wir werden deinen Fall sowieso bald besprechen, ich werde vorschlagen, daß du dich erst ein, zwei Monate erholst, bevor du wieder in die Arbeit einsteigst. Was aber den Fall Slipic betrifft, so stimmen wir alle außer dir dem Beschluß des Politbüros zu. Will noch jemand dazu das Wort?«

Vojko sah um sich, alle schwiegen. Er fuhr sich einige Male über das verschwitzte Gesicht, dann begann er an den Nägeln zu kauen.

Winter griff wieder ein: »Ich habe Brankovic gewarnt, aber er hat mich nicht verstanden. Es ist notwendig, daß alle Genossen das verstehen, daher werde ich unseren Standpunkt klar darlegen. Vielleicht ist Slipic kein Agent, gut! Er wird aus dem Zuchthaus herauskommen, ein isolierter, verbitterter Mann, er wird die Partei angreifen und sich immer wieder darauf berufen, daß er für die Sache gelitten hat: Folter in der Untersuchung, fünf Jahre Zuchthaus. Wir werden ihn um so schärfer bekämpfen, eben weil er eine gewisse Autorität haben wird, das Ansehen eines verdienten Kämpfers. Die Logik des Kampfes wird ihn immer weiter von uns weg und zu den Feinden treiben, er wird ein gefährlicher Feind sein. Aber wir können schon jetzt dem vorbeugen, verhindern, daß er wirklich gefährlich wird. Wenn wir von jetzt ab verkünden und durch die drei Jahre immer wieder wiederholen, daß er ein Spitzel ist, wird niemand mit ihm zu tun haben wollen. Er wird also noch isolierter sein, als er es jetzt in der Einzelzelle ist. Das ist traurig, gewiß, aber unvermeidlich. Bei der Wahl der Waffen hat man an den Sieg zu denken, an nichts sonst. Das ist klar wie der Tag, wer könnte da anderer Meinung sein!«

»Ich«, sagte Andrej, »ich bin anderer Meinung. Wenn Irrtum ein Verbrechen ist, dann sind wir hier alle Verbrecher, dann sind die Führer aller Parteien die größten Verbrecher. Ich habe nie daran gedacht, dich, Winter, als Verbrecher und Polizeispitzel anzuklagen, aber an wieviel Irrtümern trägst du Schuld, wie viele Aktionen hast du veranlaßt, die mit Verlusten und Fehlschlägen für uns geendet haben. Nun soll wohl Vasso Militsch allein für alles Bisherige verantwortlich sein. Und warum soll Slipic nicht von unserer Niederlage sprechen? Warum nicht von den furchtbaren Fehlern unserer Chinapolitik?«

»Das gehört nicht zum Thema!« warf Karel ungeduldig ein.
»Die Wahrheit gehört immer zum Thema, sie ist das Hauptthema einer revolutionären Partei«, antwortete Andrej.
»Du weißt, wie ich dich schätze, Andrej Bocek«, wandte sich Winter an ihn, »und deshalb ist der Beschluß gefaßt worden, daß du sofort ins Ausland gehen sollst. Du wirst dich dort besser ausbilden können, dann wirst du verstehen, daß alles, was du da gesagt hast, hohles Geschwätz ist. Du hast nicht einmal das Prinzip der Bolschewisierung begriffen, die für unsere Partei noch wichtiger ist als für die anderen Sektionen der Komintern. Und nun muß doch abgestimmt werden, ich will sehen, ob du gegen die Resolution stimmen wirst.«
»Ich werde tun, was mir meine Überzeugung diktiert.«
»Und wenn die Überzeugung und die Partei nicht übereinstimmen, was ist dann entscheidend?«
»Die Frage ist dumm und falsch gestellt!« rief Andrej zornig aus.
»Aber gerade so stellt die Partei die Frage. Karel, abstimmen!«
Josmar sah gespannt zu Andrej hin, der aufgesprungen war, als ob er seinen Platz verlassen wollte, und nun, bleich im Gesicht, bewegungslos dastand, beide Hände auf den Tisch gestützt.
»Bocek, alle haben die Hände gehoben, auch Brankovic. Es wäre traurig, wenn du nicht das gleiche tätest. Es gibt keine Opposition mehr, bedenke das, es darf keine geben. Willst du ein Feind werden?« Winter stand auf, ging langsam auf Andrej zu und löste sachte seine rechte Hand vom Tisch und hob sie auf. Andrej ließ sie nicht fallen. Er wurde rot im Gesicht und wandte sich ab. Er sagte: »Zum erstenmal, seit ich zur Bewegung gekommen bin, handle ich gegen meine Überzeugung, zum erstenmal, seit ich von zu Hause ausgerissen bin, unterwerfe ich mich. Ich werde es mir vielleicht mein ganzes Leben lang vorwerfen.«
»Laß, Andrej, das Leben ist lang, du wirst Gescheiteres zu tun haben«, sagte Winter und faßte ihn mit beiden Händen an den Schultern, fast war es eine Umarmung.
Andrej drehte sich langsam um, er sagte, an Winter vorbei: »Im Augenblick würde ich wünschen, es wäre sehr kurz.«
— Die Sitzung ging weiter. Sie dauerte bis spät nach Mitternacht.

VIERTES KAPITEL

I

Endlich erblickte Andrej die Mole. Drei Boote lagen an der Kette. Wenn es ihm nicht gelang, die Fischer zu überzeugen, wenn er lange verhandeln mußte, war er verloren. Er verließ den Waldweg und stürzte sich in die winkelige Gasse. Er durfte nicht laufen, um sich nicht verdächtig zu machen, aber jede Minute zählte, so wurde sein Schritt ein Laufschritt.
»Bring mich an die Küste. Ich muß sofort hinüber.«
Der Mann sah ihn lange an, endlich antwortete er: »Das Motorboot fährt in fünfzehn Minuten ab, du kommst mit ihm früher an als mit mir.«
»Ich weiß, aber ich will nicht in den Hafen drüben, ich will gerade gegenüber an Land — da.« Und Andrej zeigte mit der Hand. Sie zitterte, so senkte er sie schnell.
»Ich habe eine Familie, eine große Familie. Wenn mich die Gendarmen holen, müssen zu viele Unschuldige darunter leiden.«
Also hatte der Mann begriffen, vielleicht kannte er ihn. Und wahrscheinlich wußten die Fischer schon, daß die Polizei herübergekommen war, daß sie ihn suchte.
»Du weißt, wer ich bin?« fragte Andrej.
»Ja, ich weiß. Ich habe dir nie Böses getan. Jetzt kommst du zu mir und willst mich vernichten. Warum gerade zu mir? Ich bin ein armer Fischer, laß mich. Laß mich, sag' ich dir.«
»Wenn du mich nicht sofort hinüberbringst, werden sie mich fassen. Sie werden mich töten. Die ganze Insel, das ganze Land wird wissen, daß du mich hast retten können, daß du mich ihnen ausgeliefert hast.«
Andrej sprang ins Boot und begann, die Kette zu lösen, dann legte er sich flach auf den Boden und deckte sich mit den Netzen zu. »Mein Gott, was für ein Unglück! Ich bin unschuldig. Ich rette dich und du mordest mich«, sagte der Mann und ließ den Außenbordmotor an. Sie kamen schnell vorwärts, der Fischer drehte sich immer wieder nach der Insel um, doch er sprach kein

Wort mehr. Erst als sie sich dem Land näherten, meinte er: »Das alles hat keinen Sinn, du hast mich ins Unglück gerissen, aber dir wird es nichts nützen. Den Gendarmen entgeht man nicht. Sie haben das Recht, Schlechtes zu tun, wann es ihnen gefällt. Darum sind sie so stark, daß unsereins nur ein Wurm unter ihren Füßen ist. Mein Gott, warum hast du dich gerade an mich gewandt?« Und da Andrej nicht antwortete, fügte er hinzu: »Es ist wahr, ich habe nie Glück gehabt im Leben. Wenn wo ein Ziegelstein vom Dach fallen will, wartet er, daß ich vorbeikomme, denn für meinen Kopf ist er bestimmt. Das hat meine Mutter schon immer gesagt.«
Als Andrej den Stoß verspürte, warf er die Netze zurück und setzte sich halb auf. Niemand war in der Nähe, er stand auf und sprang an Land.
»Ich habe nicht viel Geld bei mir. Aber was ich habe, will ich mit dir teilen.« Der Fischer wehrte ab: »Ich habe es nicht ums Geld getan. Ich habe es getan, weil ich ein Narr bin. Und einen Narren bezahlt man mit Prügeln.«
»Ach, laß schon dein Jammern. Hab' noch ein wenig Geduld, dann kommen wir dran, und dann kannst du die Gendarmen jagen wie Hasen und sie töten wie Ratten.«
»Wir Fischer wollen nur Fische fangen und leben, wir wollen nicht jagen und töten. Nun gehe, gejagter Hase, und komme nicht bald wieder. Wir haben es auch ohne euresgleichen schon schwer genug. Gott beschütze dich!«

Andrej schlug sich in die Büsche, er ging schnell auf den Wald zu. Sobald er der Straße ansichtig wurde, bückte er sich, niemand sollte ihn gewahren. Er mußte damit rechnen, daß sie ihm spätestens in einer halben Stunde auf der Spur sein würden. Er konnte in anderthalb Stunden den Wald hinter sich haben, dann war er in der kleinen Hafenstadt, wo er ein gutes Verstock bei verläßlichen Genossen finden konnte. In der Nacht wollte er in den großen Hafen hinüber. Dort würden sich mehrere Möglichkeiten bieten, das Land zu verlassen, wie die Partei es beschlossen hatte. Er war sich der Gefahr wohl bewußt, doch die Angst war gewichen. Und deshalb wurde ihm auch wieder die Müdigkeit fühlbar; er hatte die Nacht nicht geschlafen. Er hatte sich

kaum hingelegt, die Augen noch nicht geschlossen, da hatte er die vielen verdächtigen Schritte, die sich im Halbkreis näherten, gehört. Sie wollten diesmal ihrer Beute sicher sein, deshalb kamen sie zu vielen. Und deshalb konnte er ihnen entwischen.
Doch nun war er müde. Noch war es früh am Morgen, aber der Scirocco erhitzte schnell die Luft. Er hatte sich vorgenommen, nicht zu rasten, ehe er im sicheren Versteck der Genossen angekommen sein würde. Doch dachte er, er dürfte sich für fünf Minuten setzen. Es war zu gefährlich, sitzenzubleiben, wenn irgendeiner im Wald war, würde er ihn erblicken. So legte er sich bäuchlings hin, die Ellenbogen aufgestützt. Er lauschte, es war vollkommen still. Kein Vogel sang.
Als er erwachte, er hatte den ganzen Morgen verschlafen, wollte er erschrecken — sie hätten ihn so leicht fangen können; keinen gefährlicheren Verräter gab es für den Flüchtigen als den Schlaf. Doch nun war er ausgeruht, das war gut, und hungrig und durstig, das war schlecht. Er erhob sich mit einem Ruck und schritt aus.
Er erreichte den Rain des Waldes früher, als er gedacht hatte. Der Wald führte nicht zum Städtchen, er hatte sich geirrt. Wieder lag das Meer vor ihm; um den kleinen Hafen zu erreichen, mußte er ein Boot haben oder die Landstraße nehmen, die, von überall sichtbar, die Küste entlanglief. Sie war belebt, Bäuerinnen kehrten vom Markt zurück, mit Früchten beladene Wagen fuhren zum Hafen. Andrej war nur in Hemd und Hose gekleidet, aber es war städtisches Zeug, er konnte sich nicht unbemerkt unter die Bauern mischen.
Es war gefährlich, den Wald zu verlassen. Doch blieb er noch länger hier, so war es wahrscheinlich, daß sie ihn hier aufspüren würden. Sie holten vielleicht gerade Verstärkung, um den ganzen Wald auszukämmen, gewiß würden sie auch Hunde mitbringen. Also mußte er sofort weg, gleichviel wohin, jedenfalls erst einmal landeinwärts, die Landzunge verlassen, höher hinauf, in die Berge, und dann erst wieder ans Meer hinunter, auf der anderen Seite, in die unmittelbare Nähe der großen Hafenstadt.
Er schritt kräftig aus, zwar verspürte er immer stärker, doch nicht quälend, den Hunger. Die Beeren, die er pflückte, ohne anzuhalten, stillten seinen Durst.
Als er wieder aus dem Wald hinauskam, brannte die Sonne

heiß auf den Karst hernieder, es mochte Mittag sein. Er stieg immer höher, nun war er ungedeckt, sogar von oben her, wo die Kapelle stand, hätte man ihn sehen können. Doch kam von nirgendher ein Laut, nur seine eigenen Schritte waren vernehmbar. Als er die Kapelle erreicht hatte, fand er sich wieder zurecht. Sie war mittwegs zwischen den Dörfern, deren eines Telec war. So hatte er sich, ohne es zu wollen, dachte er, Ljuba genähert. Hinter Telec, wieder dem Meere zu, lag ihr Dorf. Karel hatte ihn davor gewarnt, in die Gegend zu kommen, und ihm nahegelegt, ohne Abschied von »Frauenspersonen« das Land zu verlassen. Wäre er erst einmal draußen, so könnte er auch jemand nachkommen lassen, das würde nicht schwer sein.

Die Kapelle bot guten Schatten, das Steigen in der Sonne hatte ihn erhitzt und ermattet, nun saß er an die Mauer gelehnt, das verschwitzte Hemd und die Schuhe hatte er ausgezogen, er blickte ins Land hinunter, ein armes, steiniges Land. Von da sah es aus, als ob es mit winzigen steinernen Häusern bedeckt wäre, deren keines ein Dach hatte. Das waren die vielen kleinen Gärten. Den Boden zu entsteinen, galt es so viele Steine wegzuräumen, daß fast mannshohe Mauern entstanden, die nun schützend, vor den Ziegen, vor zu heftigen Winden, die neueroberten Stückchen Erde abgrenzten. Früher hatte es hier große Wälder gegeben. Doch die Venezianer kamen, sie holzten sie ab — und alles verdarb. Die Macht Venedigs war nun schon seit langem dahin, aber hier zahlte man noch immer mit Mühsal für ihre Pracht.

Andrej wußte natürlich, daß das Gefühl der Geborgenheit völlig unbegründet war, aber er wehrte ihm nicht. Gewiß hatten sie schon seit Stunden den Fischer erwischt, ihn zum Sprechen gebracht, sie wußten also, wo er an Land gegangen war. Sie hatten ihn wohl auch schon im Wald gesucht, nun waren ihre Späher in der kleinen Hafenstadt am Werk. Die Bäuerinnen auf den Straßen haben sie nach ihm ausgefragt, die Bootsbauer am Rande der Stadt, die Fischer und die Arbeiter im Hafen, die Kellner in den zwei Kaffeehäusern. Die Kinder der Genossen, der »Verdächtigen«, haben sie ins Gespräch gezogen, sie gefragt, ob ihnen der fremde Onkel ein schönes Geschenk gebracht, ob er ihnen Eis gekauft hat oder ein großes Stück Melone. Und nun ist es leer im Städtchen, niemand verläßt den Schatten. Aber die Genossen wissen, daß man einen sucht, vielleicht ahnen sie, daß er es ist.

Sie werden jemand in die Stadt schicken, berichten, fragen, was sie selbst zu unternehmen haben.

In der großen Stadt aber ist inzwischen der Bericht eingelaufen, daß er entwischt ist, obschon alles so gut vorbereitet war. Und »Slavko« — im ganzen Land nannte man den berüchtigten Kommissar der politischen Polizei mit seinem Kosenamen — hat bereits seinen Wutanfall hinter sich, hat schon einen oder zwei seiner Untergebenen geohrfeigt, sodann getrunken, bis seine Augen überquollen, und alle, die ihn nicht gut genug kennen, glauben, daß er aktionsunfähig geworden ist. Aber Slavko arbeitet an einem neuen Plan. Schon ziehen, als Dorfhausierer verkleidet, seine Patrouillen aus. In ein, zwei Stunden werden sie in den Dörfern auftauchen, trotz der heißen Sonne beweglich, bald auf dem Marktplatz, bald in den Häusern, in den Hütten, den Ziegenställen — überallhin lugend, horchend, schnuppernd. Nachher würde Slavko mit seiner Bande kommen, einen »Ausflug« zu seinen teuren Dorfleuten machen, den Matronen den Hintern tätscheln, den jungen Frauen wie unabsichtlich über den Busen streifen und die jungen Mädchen mit ausgesuchter Höflichkeit begrüßen. Und dann — mitten in der großen Gemütlichkeit — würde er losschlagen.

Andrej hatte keinen Grund, beruhigt zu sein. Doch seit er das Dorf Telec erblickt hatte, wußte er, daß die Flucht einen Sinn hatte. Er wird das Land nicht verlassen, ehe er Ljuba gesehen hat. Er konnte hier warten, noch hatte er einige Stunden voraus, dann würde er sich in das Haus des fremden Malers schleichen, auf Umwegen, sich hinter den Steinmauern deckend. Ljuba würde das Licht in der Dachkammer des Hauses bemerken, das sie zu versorgen und, wenn der Maler außer Landes war, zu bewachen hatte. Sie würde kommen, ihm zu essen bringen, mit ihm eine Stunde bleiben. Dann würde er in den Kleidern des Fremden die Gegend verlassen, die Gegend und das Land. Slavko würde natürlich auch dahinterkommen, aber zu spät. Auch Karel würde unzufrieden sein, aber das hatte dann keine Bedeutung mehr.

2

Slavko kam erst nach drei Uhr ins Büro. Er tat, als ob er nicht wüßte, daß Andrej entwischt war, und verlangte, daß man ihn

sofort vorführe. Diesmal bekam er den Wutanfall langsam, in Etappen, er ohrfeigte keinen seiner Untergebenen, er teilte nur Rippenstöße aus. Er schickte seine kleinen Leute aus: als Hausierer, als arbeitslose Landarbeiter, als wandernde Schuhmacher. Aber alles verlief ruhig, er brüllte viel weniger als sonst. Dann verschwand er für zwei Stunden. Als er wiederkam, versammelte er seinen engeren Stab um sich, jüngere Männer, die alle den gleichen Strohhut mit blauem Band trugen, er nannte sie seine «teuren, dreckigen Paladine», er ließ auch den jungen Herrn kommen, den hatten sie aus der Hauptstadt geschickt — in die Lehre, wollten sie ihn glauben machen. In Wirklichkeit sollte der ihn überwachen und im geeigneten Augenblick zu Fall bringen, vermutete Slavko.
»Nichts Neues vom Gesindel?« fragte er.
Einer der jungen Leute antwortete: »Noch nicht. Sie haben zwar einen Fang gemacht, aber es in nur ein Dieb, den man eines Raubmordes verdächtigt.«
»Natürlich! Diebe fangen, das können sie, weil sie selbst Diebe sind. Um einen Kommunisten zu fangen, müßten sie wohl selbst Kommunisten sein.«
Es war ein oft gebrauchter Scherz Slavkos, die Paladine lachten wie immer. Nur der »junge Herr« lachte nicht.
»Wie würden Sie es anstellen, ihn zu fangen, Doktor Maritsch?« fragte Slavko, und er nahm sich vor, ihn noch diese Nacht zu duzen. Maritsch antwortete bedachtsam:
»Herr Kommissar, ein Neuling könnte Sie nicht belehren. Ich bin sicher, Sie werden ihn kriegen. Die Regierung weiß, warum sie Ihnen vertraut.«
Schade, daß ich nicht genug besoffen aussehe, dachte der Kommissar, sonst könnte ich ihn gleich duzen und ihm sagen, daß er ein Kaltscheißer ist und daß er in seinem nächsten Rapport schreiben kann, daß ich der Regierung für ihr Vertrauen schön danke, aber daß ich gar kein Vertrauen zu ihr habe. Na, das kommt noch, junger Herr. »Na kommt, meine lieben Schufte. Sie auch, junger Herr! Wenn ich Schufte sage, meine ich immer alle.«
Der große offene Wagen fuhr langsam durch den Hafen. Alle sollten sehen, daß Slavko selbst auf die Jagd ging. Er saß im Fond des Wagens tief zurückgelehnt, riesig, aufgedunsen, auf

dem Spitzbauch den Hut, die Hände auf den Schenkeln. Er machte den Umweg durch den Hafen, um Unruhe zu erzeugen. Die Freunde des Flüchtigen werden unbedingt etwas unternehmen, Warnungen ausschicken. Das ist gut. Die Botschaft ist dem Gejagten weniger nützlich als die Boten den Häschern. Aber diesmal hatte Slavko die Spur der Boten nicht nötig, er kannte den Weg besser als sie. Der Vogel war ausgeflogen, nun schlug er irgendwo mit den Flügeln. Aber da er ein Nest wußte, würde er hinfliegen. Das Nest mußte man finden, nicht den Vogel suchen. Der würde einem schon in die Hand fliegen.
Das Dorf war ruhig, als sie ankamen, die Leute saßen in ihren Stuben beim Abendbrot. In der Schenke fanden sie einen der Hausierer. Sie bestellten eine gute Mahlzeit. Slavko war leutselig, trank den Wein aus dem grünen tönernen Krug und schwatzte mit dem Wirt und seiner Schwiegertochter, die sich etwas später hinzugesellte. Das tat wohl, einmal die Stadt zu verlassen, das Amt mit all seinen Unannehmlichkeiten, und für einen Abend alles zu vergessen, nach guter, alter bäuerlicher Art zu essen und zu trinken, zu singen und vielleicht auch einen Kolo zu tanzen. Gewiß, die sitzende Lebensweise eines Beamten hat ihm einen Bauch eingetragen, niemand würde sagen, daß er noch kaum vierzig war, aber wenn es zum Tanzen kam, da konnte er es noch mit den jungen Leuten aufnehmen. Und er hob seinen Krug und trank der jungen Frau zu. Das hier wäre ein armes, einfaches Dorf, sagte der Wirt zögernd. Das Dorf müßte nicht arm sein, meinte der Kommissar, man muß nur etwas tun, Fremde herbeizulocken. Die würden kommen, Zimmer mieten, die Früchte und den Wein hier kaufen, gut bezahlen, alle würden davon profitieren. Aber niemand kennt das Dorf und seine schöne Lage, es konnte ebensogut gar nicht existieren. Nun, meinte die Schwiegertochter, ein Fremder sei gekommen, habe sogar ein Häuschen gekauft, zwar nicht mitten im Dorf, aber doch ganz nahe. Er komme für zwei, drei Monate jedes Jahr, ein Maler, er habe sogar ihre Älteste gemalt, für nichts, so, weil sie ihm gefiel. Aber sonst höre man nicht viel von ihm. Slavko fragte sie nach ihren Kindern aus — es war ein gemütliches Gespräch. Er wollte auch das Bild sehen, leider hatte es aber der Maler behalten. Und der war nicht da, schade. Das Bild war vielleicht im Hause dort, aber man konnte nicht hinein,

er schloß es ab, wenn er wegfuhr. Nun mußte aber die Frau weg, der Schwiegermutter bei der Zubereitung der Mahlzeit helfen. Ein junger Bursche kam herein, Zigarettenpapier wollte er kaufen und Streichhölzer. Slavko spendierte ihm ein Glas Raki, scherzte mit ihm über die Mädchen im Dorf, über seine Liebste. Andere kamen hinzu, die wohl zuerst hinter der offenen Tür gelauscht hatten. Zu ihnen allen war er leutselig, schlug ihnen mit der flachen Hand auf den Bauch, auf den Rücken, fragte, ob sie Ziehharmonika spielen konnten, ob sie tanzen, singen konnten, ob ihre Mädchen so schön waren, daß der fremde Maler sie malte. Die Burschen waren zuerst scheu und mißtrauisch, doch sprachen sie bald alle durcheinander. Der Kommissar wiederholte immer lauter: »Wirt, bediene alle, ich zahle — alles zusammen. Trinkt, Gott will nicht, daß unsere Brüder dürsten.«
Die Zecher wurden immer lauter und beredter, die »Paladine« mischten sich unter sie, sie verschwanden und kamen wieder. Die Schenke leerte sich erst gegen Mitternacht.

Auch die Paladine waren nun verschwunden, den Wirt und seine Familie hatte Slavko schlafen geschickt. Maritsch fragte: »Was ist nun los? Wie geht die Operation weiter? Wissen Sie nun eigentlich, wo dieser Andrej Bocek steckt?«
»Zu viele Fragen auf einmal. Schreib in deinem Bericht, daß sich der Kommissar Miroslav Hrvatic so besoffen hat, daß er in der ganzen Umgegend unangenehmes Aufsehen erregt hat, daß er den Sohn des zukünftigen Ministers Maritsch geduzt hat und daß er auf die Regierung scheißt. So, jetzt habe ich auf alle deine Fragen geantwortet, du Kaltscheißer, und jetzt stehe auf, ich will mich auf die Bank legen und schlafen. Du paß auf, daß mich niemand weckt, und verjag die Fliegen von meinem Gesicht.«
Maritsch stand langsam auf, er war groß, mager, breitschultrig, auf dem ein wenig zu langen Halse saß ein wohlgeformter Kopf — er war ein schöner Mann und er wußte es. Da er, um den Tisch herum, auf den Kommissar zuging, hatte er die Hände in den Taschen seines Rockes vergraben. Als er vor ihm stand, zog er langsam die linke Hand aus der Tasche, setzte sie gewölbt an die rechte Wange des Kommissars, fast war es eine zärtliche Gebärde. Nachdem er so das Gesicht gut abgestützt

hatte, zog er blitzschnell die Rechte aus der Tasche und versetzte dem Kommissar drei Ohrfeigen, zwischen jeder machte er eine kurze Pause, während der er die Linke, die sich unter der Wucht des Schlages verschoben hatte, wieder sachte unter des anderen Wange zurechtschob.
»Nur die dritte Ohrfeige war für den Kaltscheißer und das Duzen. Die zwei ersten waren eine alte Schuld. Und jetzt legen Sie sich auf die Bank und schlafen Sie. Ich gehe hinaus, mir die Hände waschen.«
Slavko, der unbewegt dagestanden hatte, er hatte nicht einmal die Hand an die schwellende Backe geführt, ging stumm auf die Bank zu und legte sich hin. Maritsch ging hinaus, den Brunnen suchen. Er wußte, daß er in Lebensgefahr war, daß er die Nacht vielleicht nicht überleben würde. Ihm war, wie so vielen anderen, der Lebensweg dieses Miroslav Hrvatic, dieses Allerwelts-Slavko bekannt — in einer großen, vielfach gewundenen, doch nirgends gebrochenen Linie:
Einziger Sohn eines Dorfschullehrers, wird in die Stadt geschickt, soll studieren, wird Mitglied eines geheimen Gymnasiastenbundes, ist in die Vorbereitung eines Attentats gegen einen ungarischen Gouverneur hineingezogen. Das Ganze war nicht ernst, konnte aber ernst werden. Die Sache fliegt auf, Slavko flüchtet nach Serbien, kehrt nach einiger Zeit zurück, bleibt unbehelligt. Er beginnt sein Jus-Studium, soll Advokat oder — so will es der ehrgeizige Dorfschullehrer — Richter werden. Nach dem Attentat in Sarajewo wird er wie so viele andere verhaftet, auch gefoltert, hieß es damals. Einige Tage nach seiner Verhaftung werden fast alle seine Freunde eingekerkert. Nach kurzer Zeit wird er entlassen, dann mobilisiert und einem »Detachement zur Wiederherstellung der Ruhe und Ordnung in den besetzten feindlichen Gebieten« zugeteilt, man nennt es bald überall das »Henker-Detachement«. Doch geht alles ordentlich zu, gemäß dem Reglement der kaiserlichen und königlichen Armee. Niemand wird abgestraft, ehe er verurteilt worden ist. Slavko ist Jurist, obschon noch Student, doch ist's Krieg, er wird Auditor-Stellvertreter. 14—15jährige Kaben werden gehenkt, Slavko dekretiert, daß sie das erforderliche Alter haben, alles geht also in Ordnung. Wo das Detachement durchkommt, zeichnet es seinen Weg an den Bäumen: es gibt Alleen von Gehenkten. Das

serbische Volk, in dessen Mitte der österreichisch-kroatische Henker Miroslav Hrvatic einmal Zuflucht gesucht und brüderliche Hilfe gefunden hat, nennt diese Alleen Slavko-Alleen.
Im Jahre 1916 wird Slavko in die Hauptstadt seines Landes zur Staatspolizei detachiert. Als der Zusammenbruch kommt, versteckt er sich. Er merkt, daß man sein Versteck aufgespürt hat. Sie werden ihn in Stücke reißen, er hat es wohl verdient, die serbische Armee ist schon in die Stadt eingerückt, es ist Zeit für Slavko, zu sterben. Noch fehlt ihm der Mut, den Revolver, dessen Lauf er schon im Mund hat, abzudrücken. Er besäuft sich besinnungslos, sie werden ihn schlafend finden, ihn töten. Gut, alles ist zu Ende. Er erwacht staunend, er lebt noch, sie sind nicht gekommen. Sie jubeln noch immer über die Befreiung, hie und da wird geschossen. Mißverständnisse. Er bebt davor, daß sie im nächsten Augenblick kommen. Er fürchtet, sie würden ihn noch lange in dieser Qual lassen. Und er findet noch immer nicht den Mut, sich umzubringen. Ein Fluchtversuch? Er hat vorher nicht daran gedacht, jetzt ist es zu spät, man kennt ihn zu gut, er traut sich nicht über die Schwelle des Verstecks. Wenn es so weitergeht, wird er nicht von der Hand der Serben, sondern an Hunger sterben.
Endlich kommen sie, es sind nur zwei Männer in Zivil, stellen sich vor, sind Kollegen von der Belgrader Polizei. Natürlich wissen sie, wer er ist, haben die Taschen voll von Fotos von ihm, in allen Positionen. »Kollege Hrvatic, nicht wahr? Oder einfach Slavko, süßer, kleiner, teurer Slavko, ha, ha, ha! Slavko-Allee, die Zweige biegen sich, Slavko hat die Bäume geschmückt mit serbischen Männern, serbischen Knaben, montenegrinischen Frauen. Ein Dekorateur von Bäumen, Slavko — ich schände deine Mutter, Slavko, ich schände deine Sonne, ich schände deinen Gott, deinen österreichischen Kaiser, deinen ungarischen König.« So geht das einige Zeit, mit Scherzen und kräftigen, doch nicht bösartigen Rippenstößen. Und schließlich führen sie ihn durch Hintergassen in einem geschlossenen Wagen ab, sie bringen ihn in Sicherheit. Ein ordentlicher Staat braucht eine Polizei. Ein wenig Gras wachsen lassen über die häßlichen Dinge — er konnte unter anderem Namen im Innenministerium arbeiten, so ganz unauffällig, im Archiv, das sowieso neu aufgebaut werden mußte, dann —

Dann — es gab immer mehr Arbeit, die Ruhe und Ordnung herzustellen — trat Slavko aus dem Schatten, eine Stütze des regierenden Hauses Karageorgewitsch, ein guter Jugoslawe im Kampf gegen die ewig unzufriedenen Kroaten. Und schließlich: der fähigste Mann im Feldzug gegen die Kommunisten.

»Schläft er wirklich?« fragte sich Maritsch und beugte sich über Slavko. Er tastete vorsichtig seine Taschen ab, aber er fand keinen Revolver. Das beruhigte den jungen Mann, obschon er wußte, daß Slavko noch nie jemand mit eigenen Händen getötet hatte; er konnte den unbequemen Mitarbeiter durch einen seiner Paladine umlegen lassen.
Maritsch trat wieder hinaus, die Nacht war hell, aus Silber und Blau waren die Farben gemischt. Und er war traurig, erstaunt, daß solche Nacht bedrohlich sein könnte. Doch er dachte nur an sich, er hatte vergessen, daß er auf Jagd war, er dachte nicht an Andrej Bocek.

3

Andrej wurde mit einem Ruck wach. Hatte ihn ein Geräusch geweckt, er lauschte. Nichts. Nein, hier bestand keine Gefahr, das Haus lag einsam auf dem Hügel, das Dorf war weit, keine Straße in der Nähe. Das Mondlicht, das durch das Moskitonetz-Fenster filterte, hatte ihn geweckt. Nein, kein Geräusch. Ljuba schlief ruhig, ihren Atem zu erlauschen, mußte er den Kopf ganz nahe zu ihrem Munde herniederbeugen. Seine Bewegung weckte sie. Sie öffnete nicht die Augen: »Du bist es, Andrej?« Er küßte sie.
»Du wirst nicht weggehen und mich allein lassen. Du hast es mir versprochen, deshalb bin ich bei dir geblieben. Andrej, du wirst nicht ohne mich sein, ich werde nicht ohne dich sein, niemals. Das hast du versprochen.«
»Das habe ich versprochen, aber im Augenblick, sie sind hinter mir her —«
Sie streckte die Arme nach ihm aus, sie zog ihn zu sich herunter.
»Ich müßte jetzt weg, sofort, sonst wird es zu spät«, wollte er noch sagen, doch verlor er sich zu schnell in der Umarmung.

Wenn sie tief eingeschlafen ist, werde ich gehen, dachte er. Noch zwei, drei Minuten. Ich werde mich hinausschleichen und draußen anziehen. Er lauschte auf ihre Atemzüge. Noch bewegte sie sich, es war, als ob sie sich so zurechtlegen wollte, daß ihr ganzer Leib im silbernen Licht läge — schöne Ljuba. Nur noch eine Minute, zwei Minuten höchstens, dann gehe ich.
Er wartete, daß ihr Schlaf tief würde. Er schlief ein.
Er erwachte von der Kälte auf der Brust, und er hatte keinen Atem. Er erblickte sofort den Mann, der ihm die Pistole an die nackte Brust hielt, den andern, dessen Hand schwer auf seinem Munde lag, erblickte er erst nachher, als er den Kopf zu Ljuba wenden wollte. Sie hoben ihn aus dem Bett, er gab nach. Er verstand den spähenden Blick des einen und zeigte auf den Stuhl in der Ecke. Sie holten sein Hemd, seine Hose, seine Schuhe. Der ältere von den beiden blickte unverwandt auf die schlafende Ljuba. Andrej wollte eine Bewegung machen, das nackte Mädchen zudecken. Doch da wandten sie sich zum Gehen, der ältere ging hinter Andrej, er legte ihm seine schwere, feuchte Hand um den Hals.
Als sie im Garten waren, gaben sie ihm die Kleider. Da rief es: Andrej! laut, durchdringend: Andrej! Ljuba, nackt, erschien vor der Tür.
»Geh hinein, Ljuba. Es ist nichts«, sagte er.
Sie machte einen Schritt, einen einzigen Schritt vorwärts und schrie gellend: »Andrej!«
Der Jüngere legte ihm Handschellen an und zog ihn mit einem brüsken Ruck hinter sich her. Der Ältere blieb stehen, sah zur nackten Frau hin, die da plötzlich in eine sonderbare Bewegung geriet, als ob sie sich um sich selbst drehen wollte, und dann hinfiel. Er lauschte auf den Aufschlag des Körpers und das Geräusch auseinanderstiebender Kieselsteinchen. Dann ging auch er zum Garten hinaus.

4

»Alles in Ordnung, Herr Kommissar. Wachen Sie auf, wir haben ihn, alles in bester Ordnung, Chef.«
»Was brüllst du wie ein Ochse, Eder, weckst das ganze Dorf. Gib mir was zu trinken, dann weck mich auf.«

Der Paladin hielt schon den Krug hin, Slavko stützte den Oberkörper auf, trank glucksend, setzte ab, wollte wieder trinken, besann sich schließlich anders und stand auf.
»Er war nicht allein?«
»Nein, eine nackte Frau war bei ihm im Bett. Wir haben ihn nackt erwischt, er hat geschlafen. So ein Glückspilz, zwei Stunden sind wir auf dem Bauch gekrochen wie Schlangen, währenddessen hat das Bürschchen sich vergnügt.« Er verdeutlichte mit einer obszönen Handbewegung.
»Kommen Sie, Dr. Maritsch. Sie sehen, wenn ich saufe, leite ich eine Operation ein, während ich schlafe, geht sie weiter, wenn ich erwache, geht sie zu Ende. Kommen Sie!«
Eder führte, der Weg stieg ziemlich steil an. Maritsch, der darauf achtete, Slavko nicht im Rücken zu haben, wunderte sich über die jugendlich behende Art, mit der der Kommissar ausschritt. Vielleicht war bei dem alles Verstellung: die Versoffenheit, die Trägheit, vielleicht war nicht einmal sein Bauch echt.
»Wir sind gleich da«, sagte endlich Eder und zeigte nach links, wo man einige Schatten sich bewegen sah.
Slavko wandte sich zu Maritsch um: »Daß man mich noch nicht umgebracht hat, hat verschiedene Gründe. Die Herren in Belgrad möchten mich loswerden. Aber wie? Ich weiß zuviel über sie. Also gut, mich töten, warum nicht? Aber ich habe vorgesorgt. 24 Stunden nach meinem Tode werden im ganzen Land kleine, numerierte Zettelchen verbreitet werden. Nr. 1 wird ganz harmlos sein. Da steht was drinnen von den Bestechungen, die der Kriegsminister und zwei Generale und drei Oberste bekommen. Irgendwelche Geschichten von Bestellungen. Gut, nicht so wichtig, betrifft zehn der besten Familien im Land. Zettelchen 2, 3, 4 sind schon interessanter. Aber richtig interessant wird es ab Nummer 5. Da kommt auch schon der König dran. Zuerst sind es Geschichten zum Lachen, was weiß ich, von gestohlenen Lipizzaner-Pferden. Dann hört das Lachen auf. Über große Geschäfte lacht man nicht. Und über Blut lacht man nicht. Fragen Sie Ihren Vater, junger Herr Maritsch, ob es gut, ob es empfehlenswert ist, den Miroslav Hrvatic wie einen Kuhfladen zu behandeln.«
Bald erreichten sie die Gruppe der vier Männer, die den Baumstamm umstanden.

»Losbinden, Handschellen abnehmen!« befahl Slavko. Er setzte sich auf einen Baumstamm, winkte Andrej zu sich heran. Auf ein Zeichen zogen sich die anderen zurück und blieben etwa zwanzig Meter weiter hinten stehen.

»Ich bitte ausdrücklich um Entschuldigung. Ich habe niemals befohlen, Ihnen Handschellen anzulegen oder Sie gar an einen Baum zu binden.« Als Andrej schwieg, setzte Slavko hinzu: »Um so mehr, als ich gar keinen Grund habe, Sie zu verhaften.« Andrej schwieg noch immer.

»Ich will von Ihnen eine Auskunft, das ist alles. Und Sie wissen sogar welche, nicht wahr?«

»Nein.«

»Nein? Sie enttäuschen mich. Ein Mann wie Sie, über den ich in meinem vorletzten Rapport geschrieben habe, daß er, seit Vasso Militsch uns verlassen hat, leider verlassen hat, der fähigste Kopf der KP ist, weiß nicht, was man von ihm will.« Pause. »Eine Zigarette gefällig? Nichtraucher? Praktisch, braucht man sich's nicht erst im Gefängnis abzugewöhnen. Ja, eine Auskunft, sagte ich, eine einfache Auskunft. Du sprichst zwei Sätze, Bocek, und dann zurück zu den schönen, runden Brüsten deines Mädchens. Natürlich, du bist jung, frisch, bist nicht häßlich, Bocek, gar nicht häßlich. Also die Auskunft. Ihr habt ja da eine Sitzung gehabt, ein Schwabe war dabei. Ich frage dich nicht, wie er heißt, wie er aussieht. Ich weiß, du wirst es nicht sagen — und wenn dich meine Leute in Stücke schlagen. Also wozu Zeit verlieren — Dummheit, lassen wir das, Schwamm darüber, es ist nie ein deutscher Kommunist bei der Sitzung gewesen. Aber eines möchte ich wissen: Steht bei euch eine Linienänderung bevor in der nationalen Frage? In der Bauernfrage?«

Andrej schwieg. Slavko, der eine Zigarettenschachtel aus der Tasche gezogen hatte, steckte sie wieder ein, holte einen Tabaksbeutel hervor und begann langsam eine Zigarette zu drehen. Andrej beobachtete aufmerksam seine Hantierung, deshalb traf ihn der Fußtritt in den Bauch völlig unerwartet. Er krümmte sich vor Schmerz.

»Du verrätst nichts, wenn du mir die Auskunft gibst, in der nächsten Nummer des ›Proletariers‹ wird es sowieso zu lesen sein.«

»Dann warten Sie auf die nächste Nummer des ›Proletariers‹«, sagte Andrej. Er wußte noch immer nicht, wo Slavko hinauswollte.

»Natürlich«, sagte Slavko, »ich könnte noch eine Woche warten, ich verliere nichts damit. Aber ich kann nicht warten, das ist mein großer Fehler, sonst bin ich kein schlechter Kerl. Wenn ich ein geduldiger Mensch wäre, der warten kann, daß sein Weizen blüht, ja, Bruder, wäre ich da ein solches Scheusal geworden, der Schlächter der Serben, der Verräter der Kroaten, der Folterer der Kommunisten und Terroristen? Ich wäre heute im Appellationsgericht oder sogar Senatsrichter. So aber, was bin ich? Ein versoffener, schmutziger Polizist, dem man die dreckigsten Aufgaben aufhalst. Der letzte Zuhälter von Split glaubt, daß er was Besseres ist als Slavko, er möchte mit mir nicht tauschen. Das alles, weil ich nicht warten konnte.

Gut, du willst nicht sprechen. Ich bin auch nicht so in Stimmung. Mir ist schon alles gleich, ich habe genug von den Belgradern. Und auch von euch habe ich genug. Ich habe euch Kommunisten geschont, wo ich konnte. Natürlich, man kann nicht immer, wie man will. Mit mir hat niemand Mitleid. Wenn ich die kleine Auskunft hätte, könnte ich meine Position in Belgrad wieder etwas stärken. Gut, sollen sie mich absetzen, wird ein anderer kommen, der wird euch zerschlagen. Ich aber, ich bin nicht euer Feind. Ich sage dir, soll die Rote Armee kommen, ich ziehe die rote Fahne auf, ich verhafte die Regierung, den König, wenn ihr wollt. Ich habe schon seit langem die Liste zusammengestellt, ich liefere sie aus. Aber leider, die Rote Armee kommt nicht, noch nicht. Also muß ich inzwischen, koste es was es wolle, die Position halten, für mich und für euch.«

»Geschwätz«, sagte Andrej, der furchtbare Schmerz vom Stoß begann allmählich abzuklingen, »blödes Geschwätz!«

»Geschwätz, sagst du, Bocek, blödes Geschwätz? Warum, glaubst du nicht, daß ich der charakterloseste Opportunist weit und breit bin?«

»Das simmt, aber wir brauchen keine Opportunisten, wir werden sie erst recht nicht brauchen, wenn wir an der Macht sind.«

»So, und ihr werdet keine Polizei brauchen? In Rußland gibt es keine Polizei, was? Ich sage dir, ohne Brot kann man noch leben, ohne Polizei nicht. Leute wie mich wird man dringender brauchen als Leute wie dich.«

Andrej unterbrach ihn: »Ich habe Ihnen keinerlei Auskunft zu geben. Lassen Sie mich gehen.«
»Ja, es ist spät, die Nacht geht zu Ende, es ist plötzlich kalt geworden. Du frierst vielleicht in deinem Hemd. Also gut, geh! Nein, warte, möchtest du nicht wissen, wer dich verraten hat?«
»Niemand hat mich verraten. Ich habe einen Fehler gemacht, habe selbst den Kopf in die Schlinge getan, hätte schon längst über die Berge sein können.«
»So, und woher wußte ich, daß du hier ein Mädel hast?«
Andrej zögerte: »War nicht schwer herauszubekommen.«
»Ich habe es nicht herausbekommen, man hat dich verraten. Die Partei hat dich verraten.«
»Einzelne können die Partei verraten, aber die Partei verrät nicht.«
»Gut, gut, kenn' ich. Ich kenne eure Gebetbücher auswendig. Jetzt beginnst du, mich zu langweilen. Die kleine Auskunft willst du mir nicht geben, also geh. Wart noch einen Augenblick, komm näher — schau, was ist das? Siehst du, du Idiot, verfluchter, du willst nicht verraten — und da habe ich alles, schwarz auf weiß, alle Beschlüsse, den Aufruf zum 1. August, alles. Und jetzt geh, ich brauch' dich nicht.«
Slavko hob die Hand, er zeigte nach vorne: »Geh!«
Andrej sah ihn mißtrauisch an. Er dachte: Wenn ich gehe, bin ich verloren. Er läßt mich »auf der Flucht« erschießen. Slavkos Hand blieb ausgestreckt, gebieterisch. Es war nichts zu machen, Andrej wandte sich um und ging. Er zählte die Schritte. Beim achtzehnten der erste Schuß. Er traf ihn nicht. Er drehte sich schnell um und wollte auf Slavko zulaufen. Nach zwei Schritten gingen die Schüsse los. Zwei, einer nach dem anderen. Sie töteten ihn.
Die Männer kamen gelaufen, Slavko wandte sich um und brüllte: »Maritsch, wer hat Ihnen befohlen zu schießen?«
»Sind Sie verrückt?« schrie Maritsch zurück. »Ich — geschossen?«
»Gemordet, kaltblütig gemordet haben Sie. Ich habe es nicht selbst gesehen, sonst hätte ich Sie gehindert, aber da sind Zeugen.«
»Da sind Mörder, keine Zeugen, Ihre Spießgesellen und Mordbuben.«
»Also Sie gestehen oder nicht?«

»Nein, ich habe nicht geschossen.«
»Gut, gut, regen Sie sich nicht auf, vielleicht haben Sie wirklich nicht geschossen. Jetzt kümmert euch um den armen Jungen, vielleicht ist er noch nicht ganz tot. Ich will nicht, daß er sich unnütz quälen soll.«
Nur Eder blieb zurück.
»Eder, wenn dir das noch einmal passiert, verstehst du, dann werde ich dich durchprügeln, daß du dein schönes Gesicht monatelang wirst verstecken müssen.«
»Bitte, ich kann mir das selbst nicht erklären, wieso ich den ersten Schuß verfehlt habe. Wirklich, ich versteh' es nicht.«
»Gut, diesmal verzeih' ich es dir noch. Man wird jedenfalls nicht sagen können, daß der arme Teufel auf der Flucht erschossen worden ist.«
»Ja, aber wie er sich umdrehte, mußte ich ja aufs Herz zielen, nicht wahr?«
»Nun gut, lassen wir das. Und merke dir: Maritsch hat ihn erschossen. Die ganze Stadt soll es erfahren. Und jetzt paß auf, die Arbeit beginnt erst.«
Slavko stand auf und begann Anweisungen zu geben. Eder mußte jeden Satz wiederholen.

5

Der Wagen mit den Männern und der Leiche war abgefahren, Slavko und Maritsch folgten zu Fuß. Der Wagen würde zurückkommen und sie an der großen Straße erwarten.
Als sie durch das Dorf kamen, stürzte der Wirt heraus. Er mußte auf sie gewartet haben.
»Herr Kommissar, Sie haben die Rechnung nicht bezahlt.«
»Hast du aufgeschrieben, wie es sich gehört, jeden Posten für sich?«
»Ja, hier ist sie.«
Slavko steckte die Rechnung in die Tasche.
»Und die Bezahlung, Herr Kommissar?«
»Auf nüchternen Magen bezahl' ich nichts. Komm morgen in die Stadt. Ich muß dich sowieso wegen verschiedener Kleinigkeiten verhören, Schmuggel, was weiß ich. Wirst du halt zwei, drei Monate bei mir in Pension sein, ein gutes Gefängnis. Dann werden wir quitt sein.«

Der Wirt verstand endlich. Er blieb wie versteinert stehen. Slavko und Maritsch gingen weiter.
Der Wind hatte sich gedreht, die Bora vertrieb die weißen Wolkenlämmchen. Da der Morgen anbrach, tat sich ein blauer Himmel auf, der sich mit rötlichen Streifen schmückte, als wären sie flatternde Bänder.
Zuerst klang die Stimme belegt und gebrochen, doch allmählich wurde sie reiner, eine schöne, starke Männerstimme:

> Zorule
> Meinen Geliebten, Zorule,
> weck ihn nicht, meinen Liebsten,
> den so spät die Nacht mir gebracht.
> Zorule
> Dein Licht, dämpfe es, Zorule,
> Schöner, röter als dein Schein
> ist meines Geliebten Mund.

Slavko sang alle Strophen, viele, die Maritsch nicht kannte. Und im Kehrreim wiederholte er »Zorule, Zorule« mit solcher Trauer, solcher Zärtlichkeit, daß Maritsch sich vor Rührung bewahren mußte.
Er dachte, während er hinter Slavko herging, langsam, im Rhythmus dieses Liedes: Zehn Jahre meines Lebens gäbe ich darum, daß dieser tot wäre, noch ehe der neue Tag um ist.
Nun war es vollends Tag geworden, ein schöner, lichter Tag.

FÜNFTES KAPITEL

I

Man erfuhr früh am Vormittag, daß die Polizei Andrej gesucht hatte und daß er ihnen entwischt war. Etwas später kam sein Schwager, ein Bootsjunge, er berichtete, daß man den Fischer verhaftet hatte. Man folterte ihn, aber er schwieg.
»Ein Genosse?« fragte Josmar.
»Nein, nicht einmal ein Sympathiesant. Wenn er bis zum Abend standhält, ist alles gut.«
Gegen Mittag erschien Winter, sie hatten ihn nicht erwartet. Er brachte schlechte Nachricht: Die hatten Vojko erwischt, er würde schweigen, natürlich, aber er hatte die Papiere bei sich. Die anderen hatten sich aus dem Staub gemacht. Winter hatte seinen Plan fertig: In zwei Stunden kam der Luxusdampfer vorbei, der nach Athen ging. Er würde an Bord gehen als Tourist, er hatte gute tschechische Papiere, und in Cattaro an Land gehen und sich über die montenegrinischen Berge ins Innere des Landes begeben. Er war ruhig, seiner selbst sicher. Alles war vorgesehen. Die Sache mit Vojko war natürlich ein schwerer Schlag, wichtiger aber war, daß sie Andrej nicht erwischt hatten; und wenn Andrej keine Dummheiten machte, so kriegten sie ihn nicht. Er konnte in drei Tagen in Wien sein, Karel hatte alles vorbereitet. Dojno sollte sich nicht rühren, Josmar aber zwei, drei Tage abwarten, man würde kommen, ihn für die Reise durchs Land holen.
»Wie erklärst du, daß die Polizei von der Zusammenkunft Wind bekommen hat?« fragte Josmar.
»Sie ist jedenfalls zu spät gekommen, das allein ist im Augenblick wichtig.«
»Nicht gar zu spät«, sagte Dojno. »Sie haben Vojko erwischt, sie können Andrej noch kriegen. Das Ganze ist höchst beunruhigend.«
»Ja, konspirative Arbeit ist sehr beunruhigend, die Revolution organisieren ist höchst beunruhigend, das Leben überhaupt ist

eine höchst beunruhigende Sache. Ich zum Beispiel, ich wollte ursprünglich Bienenzüchter werden — na, lassen wir das.«

Anderntags gegen Mittag war die Nachricht da: Ein Hafenarbeiter, der in der südlichen Vorstadt wohnte, hatte auf dem Wege zur Arbeit Andrejs Leiche gefunden.

Nachmittags waren sie in der Stadt, in der Buchhandlung, die Dojno als Anlaufstelle bekannt war. Der Buchhändler war gut informiert, und obschon er wirklich betroffen war, er hatte Andrej gut gekannt und sehr gemocht, so trat doch das seltsame Vergnügen zutage, das es ihm bereitete, Sensationen zu verbreiten. In seinem äußerst beweglichen, jungen Gesicht, das wegen seiner weißen Haare wie geschminkt wirkte, spiegelten sich in einer verwirrenden Mischung Trauer, Zorn und die befriedigte Gier nach Sensationen.

Wie ein Lauffeuer hatte sich die Nachricht von der Ermordung Andrejs verbreitet, um acht Uhr kannte sie die ganze Stadt. Und seltsamerweise wußte man auch schon so früh, daß nicht die Bande Slavkos, sondern ein neuer Mann, ein Serbe, ein gewisser Dr. Maritsch, ihn erschossen hatte — so Aug' in Aug', zwei Schüsse in die Brust gefeuert. Diesmal ist keine Rede von der berühmten Erschießung auf der Flucht. Mord, klarer, unbeschönigter Mord. Das ad 1. Zweite Merkwürdigkeit: Die Polizei hat ein öffentliches Begräbnis mit Leichenzug gestattet. Sie hat also nichts gegen Demonstrationen. Das ad 2. Ad 3: Keine Polizeipatrouillen in der Stadt, die Polizisten, die den üblichen Routinedienst in den Arbeitervierteln machen, sind zurückgezogen. Die Polizei versteckt sich, ist in Panik. Aber das ist noch nicht alles. Das Bürgertum ist auf unserer Seite diesmal. Die Fabriken schließen um vier Uhr, damit alle am Begräbnis teilnehmen können, praktisch also Protest- und Trauerstreik mit Unterstützung der Arbeitgeber.

»Also haben auch die Kapitalisten Angst bekommen?« warf Josmar ein.

»Nein, das nicht«, klärte ihn der Buchhändler auf, »das ist, weil man in Maritschs ruchloser Tat einen Akt serbischer Feindschaft gegen einen Kroaten sieht. Gewiß, Slavko ist alles Schlechte, das man sich nur ausdenken kann, trotz allem ist er ein Kroate, er schießt nicht einen jungen Menschen, einen Kroaten, so mir nichts, dir nichts über den Haufen — so Auge in Auge. Das ist

echte serbische Brutalität, sagt man in der Stadt. Das hat nichts mehr mit der Bekämpfung des Kommunismus zu tun. Und sogar, wenn es damit zu tun hätte, sagt man unter den Bürgern, einen Jungen wie Andrej Bocek lassen sich die Arbeiter nicht so totschlagen. Und schließlich war er ein Sohn der Stadt. Um mit ihm fertig zu werden, hatte man keine serbischen Straßenräuber nötig. Ja, wissen Sie denn, was für ein Mann das gewesen ist?« unterbrach sich der Buchhändler — und nun war Trauer in seinen Augen. »Es war ein wirklicher Arbeiterführer.«
Der Buchhändler stürzte hinaus, er hatte jemanden draußen erblickt. Er kam bald zurück. »Es geht alles großartig. Das Leichenbegängnis wird zu einer riesigen Aktion.«
Dojno fragte ihn: »Kennst du mich, weißt du, wer ich bin?«
»Ja, natürlich.«
»Glaubst du, daß mich die Genossen von der Bezirksleitung hier kennen, daß sie von mir gehört haben?«
»Einige gewiß.«
»Gut, bring mich mit ihnen sofort in Verbindung. Man scheint hier nicht zu merken, daß eine gefährliche Provokation vorliegt. Ich muß sie warnen.«
»Wieso Provokation«? fragte Josmar. »Endlich ist eine Möglichkeit zu einer offenen Aktion da, die muß man ausnutzen.«
»Ja, natürlich«, antwortete Dojno, ohne ihn anzublicken.
Der Buchhändler war schon wieder draußen.
Seine Frau, eine hagere, große Frau, die die ganze Zeit stumm hinter dem Tisch mit den Büchern dagesessen hatte, erhob sich langsam und sagte: »Seid ihr sicher, daß Andrej jemals gelebt hat?«
»Warum?« fragte Josmar und blickte sie zum erstenmal an.
»Die Bäuerinnen heute früh auf dem Markt haben geweint, ich habe es gesehen, aber von euch und den Leuten der Partei habe ich kein Wort des Mitleids gehört, kein Wort der Trauer. Und doch hat Andrej wirklich gelebt, er ist . . .« Sie schluchzte auf.

2

Die Ereignisse überstürzten sich. Obschon Josmar an ihnen unmittelbaren Anteil hatte, war es ihm oft, als ob sie ihm entschwänden, als ob, was geschah, nur ersonnen, nur halb aus-

gesonnen wäre. Wie sonst nur in Träumen schienen sich in den Stunden, die einander in so ungleichem Tempo folgten, die bekannten Gesichter der Menschen zu ändern, Räume, Plätze, Gassen, die Mauern von Gebäuden selbst schienen Wandlungen zu erliegen.
Da war diese Stadt. Josmar kannte sie gut. Er hatte hier mit Lisbeth zehn Tage geweilt, zu einer Zeit, als es mit ihnen beiden gut stand. Man saß auf den Terrassen der Kaffeehäuser, die den Hafen im Halbkreis umschlossen, man stieg durch lichtlose Gäßchen zu den Resten des Palastes hinauf, den sich ein römischer Kaiser hatte bauen lassen. Man bewunderte den slawischen Heiligen, den ein moderner Bildhauer gigantisch auf den zu kleinen Platz vor den Palast gestellt hatte. Man bestieg den Berg, der sich, nicht sehr hoch, auf der äußersten Landzunge erhob und Aussicht auf die südlichen Inseln mitten in einem Meer von wahrhaft lyrischem Blau bot.
Die Touristen blieben gewöhnlich nicht länger als zwei Tage. Am Abend mischten sie sich unter die einheimische Bevölkerung, die erst nach Sonnenuntergang voll zum Leben zu erwachen schien. Die geschickt angebrachte öffentliche Beleuchtung verwandelte die kleinen Plätze in Opernszenen. Man dinierte auf Balkonen, die verwitterte venezianische Löwen stützten, und die Erwartung, daß Serenadensänger sich zum Ständchen einstellen würden, wurde nie getäuscht. Alles war Kulisse, man spielte in einer Buffo-Oper mit oder, nach Mitternacht, in einer Commedia dell'arte.
So hatte Josmar die Stadt gekannt. Doch nun verwandelte sie sich vor seinen Augen. Zwar schminkte sie sich nicht ab, ihre Farben — ziegelrot, himmelblau und marmorweiß — behielten ihre Leuchtkraft, aber sie hörte auf, Kulisse und Szene zu sein. Vergeblich warteten die Fremden auf die Serenadensänger, auf die »echt südlichen« Straßenszenen, die in den Reiseführern lobend erwähnt waren. Die sonst so redseligen Mauern, die die Plätze schon umschlossen, waren alle verstummt und verschlossen.
Im Verlaufe der Nacht änderten die Genossen viermal das Quartier, zuerst hielt man sich in der Handsetzerei einer Druckerei auf, dann, als Winter unerwartet erschien, wechselte man in ein Schiffahrtsbüro hinüber, dann war man in einer unbe-

wohnten, verwahrlosten Villa am Rande der Stadt, schließlich setzte man sich in den Hinterräumen der Buchhandlung fest, die drei Ausgänge hatte.

Die erste Verwandlung, deren Josmar gewahr wurde, vollzog sich an Dojno. Er hatte plötzlich seine Redseligkeit eingebüßt, alle Neigung verloren, die Einzelheiten auf das Allgemeine zurückzuführen und sie in ihren wohlgeordneten »großen Zusammenhang« zu stellen. Plötzlich war der Interessenkreis scharf abgegrenzt, er umfaßte die Stadt, ihre Bevölkerung, die Ereignisse der letzten 24 Stunden, die Ereignisse, die in den nächsten acht, zehn, zwölf Stunden folgen sollten. Als Winter auftauchte, auch er verändert, als ob er schlanker, magerer geworden wäre und damit alle Lässigkeit in Gebärde und Sprechweise verloren hätte, ergab es sich, daß er genau die gleiche Auffassung von der Sachlage hatte wie Dojno: Andrej war sicher nicht in der Stadt erschossen worden, man hatte also seine Leiche hergebracht, weil man, d. h. Slavko, einen bestimmten Plan verfolgte. Das Gerücht, daß Maritsch der Mörder war, konnte nur von Slavko ausgestreut worden sein. Also war es falsch und somit war seine Verbreitung ein Teil des Plans. Das Ganze lief auf eine riesige, in der vorläufigen Unbestimmtheit unerhört gefährliche Provokation hinaus. Indem Slavko die Polizei aus den Straßen zurückzog und gewiß alle seine Spitzel losließ, indem er das öffentliche Begräbnis gestattete, stellte er der Partei eine Falle. Ohne das Eingreifen Dojnos und das entscheidende Auftreten Winters wäre die Partei in die Falle gegangen — die Bezirksleitung war nicht auf der Höhe, eben weil Andrej nicht mehr an ihrer Spitze war. Statt zu führen, gab sie den Stimmungen der Massen nach. Drei Gesichter sah Josmar an dem Sekretär der Bezirksleitung. Anfangs war er ein junger Mann mit beredtem Gesicht, leuchtenden dunklen Augen, mit den sicheren Gebärden eines Menschen, der genau weiß, was er tun soll, und der gewohnt ist, das zu tun, was er einmal als richtig befunden hat. Dann, nach der Auseinandersetzung mit Dojno und Winter, änderte sich dieser Mann. Zuerst waren es die Gebärden, sie wurden fahrig, unordentlich, dann die Augen, sie traten in die Höhlen zurück, ihr Feuer erlosch, schließlich änderte er seine Sprechweise. Er sprach zu schnell, zu viel, zitierte Marx, Lenin, Engels und immer irgendein Buch über Babeuf, das er wohl gerade erst gelesen hatte.

Und dann — völlig unvermittelt, als ob ihm das Sinnlose, jedenfalls Deplacierte seiner langen Rede erschreckend aufginge, änderte er seinen Ton. Tränen traten ihm in die Augen, er klagte: »Ihr wißt ja nicht, was Andrej uns gewesen ist.« Und da war er ein kleiner, verwaister Junge, der um Mitleid warb.

Dojno sah von dem Stadtplan auf, den er mit Winter und einem Jugendgenossen studierte, und sagte: »Ich weiß. Ich habe ihn geliebt wie einen jungen Bruder. Komm her, hilf uns, den Aufmarschplan einzuteilen. In fünf Zügen sollen die Leute herankommen.« Der Sekretär trat näher. Im Verlaufe der Nacht änderte sich sein Gesicht noch einmal.

Josmar versuchte einige Male, seine Meinung zu äußern, gab es aber auf, man hörte ihm nicht zu. Dojno und Winter fertigten Kuriere ab: in die umliegenden Städte, in die Dörfer, mit genauen Anweisungen, auf welchen Wegen die Trauerzüge in die Stadt und zum Friedhof marschieren sollten, in welcher Ordnung, Frauen zuerst, die Parteigenossen nicht zusammen, sondern mit den Parteilosen vermengt, welche Parolen verbreitet werden sollten usw.

Es war nach Mitternacht — sie waren gerade in die Villa übergesiedelt —, da erfuhren sie das Ereignis. Als man den jungen Mann hereinführte, war es klar, daß es mit ihm eine besondere Bewandtnis hatte — solch übergroße Spannung ging von ihm aus.

»Wer bist du?« fragte Winter.

»Ich heiße Bogdan Daviditsch, seit drei Jahren in der Partei. Bin in Paris in die Partei eingetreten, vor zwei Jahren zurückgekommen, seit zwei Monaten hier — ich bin Belgrader. Man kennt mich hier. Willst du noch etwas über mich wissen?«

»Ja, aber später. Warum hast du dich herführen lassen?«

»Um euch mitzuteilen, daß Maritsch erschossen worden ist.«

»Wo, wann?«

»Sechs Schritte vor seinem Haus vor etwa einer halben Stunde.«

»Woher weißt du das?«

»Ich habe es gesehen.«

»Zufällig?« — »Ja.« — »Du lügst, sag sofort die Wahrheit, belüg nicht die Partei! Also?«

»Nicht zufällig. Ich wartete auf Maritsch im Tor des Hauses

gegenüber. Ich sah ihn kommen, ich wollte gerade aus dem Tor treten, da waren plötzlich die Männer hinter ihm. Er drehte sich um, rief etwas, da schossen sie. Ich hörte fast nicht die stark gedämpften Schüsse, aber ich sah das Mündungsfeuer, dann fiel er um. Einer pfiff, ein Wagen kam, sie schafften die Leiche in den Wagen und fuhren ab.«

»Hast du die Gesichter der Männer gesehen?« — »Undeutlich, ich könnte sie nicht beschreiben.«

»Warum hast du auf Maritsch gewartet?«

»Ich wollte ihn erschießen, ich wollte Andrej Boceks Tod rächen, ich wollte beweisen, daß das keine Frage von Serben und Kroaten ist, sondern Klassenkampf. Außerdem, Maritsch ist ein Verräter, war, will ich sagen. Wir waren früher befreundet, er war in der Studentenorganisation, er ist zur Polizei gegangen.«

»Was verstehst du, du Trottel! Maritsch war Mitglied der Partei, er ist mit unserer Erlaubnis in den Staatsdienst eingetreten. Außerdem, du kennst unsere Stellung zu individuellem Terror nicht, nein? Ein Kommunist bist du? Nein, ein Verbrecher, ein Provokateur! Das Parteigericht wird über dich urteilen.«

Das Gespräch war schnell, in einer fast unerträglichen Spannung geführt worden. Als Josmar der Tragweite des Ganzen bewußt wurde, waren die Männer schon an der Arbeit. Neue Flugzettel wurden geschrieben, Beschlüsse gefaßt: Belgrad sollte sofort alarmiert, Maritschs Vater sofort benachrichtigt werden, daß Slavkos Mordbuben seinen Sohn umgebracht hatten und daß er gewiß ein Blutbad in der Stadt vorbereitete, unter dem Vorwand, den Mord an Maritsch zu rächen.

Man stellte überrascht fest, daß das Telefon in der Villa funktionierte, Daviditsch sollte sofort den ihm befreundeten Redakteur der großen Belgrader Zeitung anrufen und ihm alles Wichtige mitteilen. Alle anderen verließen die Villa, die durch den Anruf in Belgrad natürlich sofort verdächtig werden würde.

»Du bist also ein surrealistischer Maler, Daviditsch, nicht wahr?« sagte Winter zum Abschied. »Wenn wir beide morgen abend noch leben und bevor du mit Schimpf und Schande aus der Partei verjagt wirst, wirst du mir erklären, was das ist. Bleib nicht eine Minute länger als notwendig hier.«

»Ja, ich werde alles genau ausführen«, antwortete Daviditsch. Ihm war bange geworden vor dieser Nacht, die er mit dem großen Entschluß, ein Rächer-Märtyrer zu werden, begonnen hatte und die er so einsam als Melder einer Todesnachricht beschließen sollte.

3

Josmar fühlte sich nicht überflüssig, er war da, um zu beobachten, nicht zu handeln. So gab er seiner Schläfrigkeit nach, er döste immer wieder für wenige Minuten ein. Jedesmal, wenn er erwachte, hatte sich das Bild geändert, nur Winter, Dojno, der Bezirkssekretär und die zwei Jugendgenossen waren immer da, aber die Episodenfiguren lösten einander ab.
Einmal, als er aufwachte, war es ein junges, blondes Mädchen. Gleichviel, ob sie sprach oder schwieg, sie hantierte die ganze Zeit mit einem weißen Taschentuch, sie knetete es in ihrer Hand, schien es immer an die Augen führen zu wollen und setzte es dann an den Mund, als wollte sie einen Schrei ersticken. Sie sprach mit einer dunklen, fast männlichen Stimme.
»Das vorletzte Blatt war ausgerissen. Auf dem letzten stand nur: ›Die Vermutung ist zu schrecklich. Der Verräter, wer auch immer er sei, hat in der Partei eine Schlüsselstellung. Er ist mächtig, denn er zwingt Slavko Bedingungen auf. — Eder ist Scharfschütze. Er hat Bocek erschossen. Er wird mich erschießen, wenn Slavko es wagen sollte, mich zu liquidieren. Das wichtigste ist, vorher herauszubekommen, wer der Verräter ist.‹ Das steht auf der letzten Seite.«
»Wo ist das Heft?« fragte Winter. »Warum haben Sie es nicht mitgebracht? Sie zitieren aus dem Gedächtnis, das habe ich nicht gern. Sie hätten aus Maritschs Wohnung direkt hierher kommen sollen — mit dem Heft, das wäre besser gewesen.«
Das Mädchen antwortete nicht.
»Man muß das Heft in Sicherheit bringen. Morgen wird man es fotografieren, das ist das beste«, sagte Dojno.
»Bei mir ist es in Sicherheit«, sagte das Mädchen, »Ich gebe es nicht heraus.«
Schließlich ging jemand mit ihr, der die wichtigsten Seiten abschreiben sollte.
Ein anderes Mal, da er erwachte, fiel Josmars Blick auf den Tisch: eine riesige Tüte Mandeln lag da.

»Du wolltest also ursprünglich Bienenzüchter werden. Warum bist du es nicht geworden?« hörte er Dojno sagen. Winter, lächelnd, holte eine Faust Mandeln aus der Tüte und, während er sie einzeln in den Mund warf, antwortete er: »Und du wolltest ursprünglich Professor der Geschichte des Altertums werden, und jetzt, jetzt — frißt du dem Sohn eines armen Häuslers die Mandeln weg.«
Als er dann wieder einmal die Augen aufschlug, standen zwei Männer da. Einer sagte, während er langsam eine Zigarette drehte: »Keinesfalls länger als zwei Stunden und sogar das nur mit großer Mühe. Der Zug kommt dann also erst um 10.45 Uhr an. Genügt euch diese Verspätung, gut, genügt sie nicht, dann denkt noch was anderes aus. Aber verlangt von uns nicht, den Tunnel zu sprengen. Das werden wir nicht tun.«
»10.45 Uhr«, wiederholte Winter. »Das könnte genügen, vorausgesetzt, daß ihr verhindert, daß Slavko während dieser Zeit telefonieren kann oder daß er ein Auto bekommt.«
»Sprich deutlich, Genosse, soll das um jeden Preis verhindert werden, ich wiederhole: um jeden Preis, so sag es. Wir können es ausführen, aber man muß genau wissen, was man will und was man nicht will.«
»Um jeden Preis«, sagte Winter nach kurzer Überlegung. »Wir werden um 10 Uhr 30 fertig sein, nicht früher. Vorher darf Slavko nicht hier zurück sein.«

4

Die Spitzen der fünf Kolonnen erreichten fast gleichzeitig den Friedhof. Die Bauern waren sehr früh aufgebrochen. Da ihre zwei Züge die Bergstraßen hinunterkamen, sah es aus, als hätten sich die Berge selbst in Bewegung gesetzt. Der dritte Zug kam von der Stadt herauf, zwei Züge von der Küstenstraße beiderseits der Stadt. Die Sirenen heulten — zehn Minuten lang. Dann erst kamen die Männer mit dem Sarg herauf, langsam, in einem stetigen Schritt. Ihnen voran ging die alte Frau, Andrejs Mutter. Ihr Weg lag in der prallen Sonne. Bewegungslos sahen die Tausende hinunter auf die Frau, der man den Sohn gemordet hatte. Das Steigen war ihr beschwerlich, jeder hätte ihr helfen, sie stützen mögen. Doch fühlten sie, ein jeder von ihnen, daß dies nicht geschehen durfte. Der Himmel sollte es sehen und der im Himmel, daß es da nicht mehr trostreiche Gesten gab, wo das Unrecht so groß war.

Winter und Dojno, auch sie fast benommen von dem Schweigen, das sie gewollt hatten, sahen einander für einen Augenblick an: Es war ein guter Gedanke gewesen, den Transport der Leiche so, mit der alten Frau voran, anzuordnen — ohne Banderolen und Fahnen.

Doch da geschah etwas völlig Unwichtiges und deshalb Unvorhergesehenes, Unvorhersehbares: Die Frau stolperte, verlor das Gleichgewicht und fiel.

Und da war plötzlich der Schrei aus tausend Kehlen — ein Schrei, im Schweigen hatte er sich vorbereitet, nun stieg er mächtig, die Schreienden überwältigend, hoch, riß sie auseinander, trieb sie den Berg hinunter. Hunderte schlossen den Kreis um die Frau und die Männer mit dem Sarg, doch die anderen, Tausende, rannten, rannten immer weiter, in die Stadt hinunter, zur Präfektur, zum Gerichtsgebäude, zum Haus der Gendarmerie gegenüber dem Hafen.

Es waren nur wenige Hunderte, hauptsächlich die Leute von der Partei, die zurückgeblieben waren, Andrej zu beerdigen. Als sie, nach der kurzen Rede Winters, die »Internationale« anstimmten, sahen sie den Rauch kerzengerade zum Himmel aufsteigen. Als sie in die Stadt hinuntereilten, sahen sie, wie rote Streifen eines verspäteten Morgenrots, die Flammen am blauen Himmel züngeln.

Die Bauern setzten Staatsgebäude in Brand, sie jagten die Gendarmen wie die Hasen und töteten die wenigen, deren sie habhaft wurden, wie die Ratten.

Am zweiten Tag gab man Slavko, der inzwischen abgesetzt und nun wieder in sein Amt mit neuen, besonderen Vollmachten eingesetzt worden war, den Auftrag, Ruhe und Ordnung wiederherzustellen. Auch Truppen, Infanterie, Kavallerie und Einheiten der Marine-Füsiliere, wurden ihm zur besonderen Verfügung gestellt.

Slavko, mächtiger als je, stellte die Ruhe vollkommen wieder her.

Eingeweihte erzählten, Slavko würde noch vor Ende des Monats abgesetzt, verhaftet, endgültig erledigt werden. Doch andere meinten, Slavko wäre unabsetzbar: allen Regimes würde er dienen, alle überleben.

Die Partei kehrte in den Untergrund zurück. Ihr Ansehen war gewachsen — man meinte, sie hätte die Rebellion genauso vorbereitet, wie sie sich abgespielt hatte. Das Politbüro beschloß, daß dies die Wahrheit sein sollte.

SECHSTES KAPITEL

I

Der Mund war das Erstaunlichste an ihm: bald war es ein riesiges Maul, breite Lippen, die einander wie in einem obszönen Spiel suchten, erdrückten und dann wieder weit auseinanderflohen; bald war es ein lippenloser Mund, der immer kleiner wurde — ein schmaler Strich, der die krampfige Verschlossenheit des sinnlichen Asketen andeutete. Der Mund in diesem Gesicht war fast alles, der Schauspieler, der alle Rollen spielte; die anderen Züge waren Komparsen: die breiten Backenknochen, die großen Ohren, der kahle Schädel, der von der Sonne braungebrannt war, selbst die Augen — groß, klug im Lächeln und in der Trauer — vergaß man, sobald der Mund sich in Bewegung setzte.

Das war Djura, der Dichter. Er hatte viele Berufe ausgeübt, war Dorfschullehrer, Flieger, Schauspieler, Theaterregisseur und schließlich Schafzüchter gewesen, aber seit seinem siebzehnten Lebensjahr war er Dichter, der beste des Landes, meinten viele. Er schrieb unter allen Umständen, in allen Lebensbedingungen, zu festgelegten Stunden, die nur nach den Jahreszeiten wechselten. Selbst Slavko hatte dieser Regel Rechnung getragen, niemand durfte sich Djuras Zelle während dieser Stunden nähern. Slavko selbst allerdings setzte sich vor die Zellentür und horchte, denn Djura sprach immer laut und langsam jeden Satz vor sich hin, bevor er ihn schrieb. Abends im Café erzählte Slavko dann, wie das neue Buch Djuras allmählich Gestalt annahm. Die ganze Stadt verfolgte das Werden des Buches mit leidenschaftlichem Interesse. Und mit Genugtuung: dem Dichter würde nichts geschehen, solange Slavko auf die tägliche Fortsetzung so gespannt war.

»Siehst du, Schwabe, diese Staubwolke, die da wandert und doch auf dem Platz zu bleiben scheint — das sind wir, das ist unser Land. Kommen dann die Regen, verwandelt sich der Staub in einen tiefen, klebrigen Kot. Zwischen Staub und Kot wechseln die Jahreszeiten unseres Lebens. Wir sind tief im 14. Jahrhundert

und die Andrejs bei uns müssen sterben, weil sie das 21. Jahrhundert herbeiführen wollen. Die zivilisierten Völker haben eine Vergangenheit, ihre Don Quichottes wollen zurück, in die vergangenen Jahrhunderte. Wir haben wenig Vergangenheit, unsere Quichottes springen nach vorne, in zukünftige Epochen, und landen im Abgrund — in Slavkos tödlicher Umarmung.«
»Unsinn!« wollte Josmar antworten, aber er unterließ es. Es war nicht der Ort für Diskussionen. Er starrte hinüber zur Serpentinenstraße, auf der die Pilger zur Wallfahrtskapelle auf dem hohen Hügel zogen: Eine dichte Staubwolke bedeckte die Straße, den Hügel. Staub lag auf dem Grase, auf den halbverwelkten Blättern der grauen Bäume. Die Hitze war drückend, doch sah man die Sonne nicht, der Himmel war bleiern.
Zwar gab es hier und da Kaleschen — dicke, reichgeschmückte Bäuerinnen saßen drin, Frauen von Beamten, die Familie eines reichen Krämers —, doch sonst gingen die Wallfahrer zu Fuß. Auch weil feststand, daß das Wunder nur jenen geschehen könnte, die demütig und in Mühsal zur Madonna kämen. So krochen sie, auf Krücken gestützt, humpelten, hinkten sie die Straße hinauf, Staub im Haar, in den Augen, auf den Feiertagsgewändern.
Über Montenegro, die Herzegovina und Bosnien war Josmar nach zweiwöchiger Kreuz- und Rundfahrt hier in das fette Land gekommen. Er war bei den Schafhirten und den Bergwerksarbeitern gewesen, bei den Holzfällern und Bergbauern. Er hatte mit den Leuten von den Bauernkomitees gesprochen, mit Gewerkschaftsdelegierten, mit den Bezirkssekretären der Partei, mit Dorfschullehrern, mit wandernden Krämern, mit Steineklopfern, mit Pfarrern, mit Krankenschwestern, Ärzten, Fürsorgern.
Je mehr er von dem Land wußte, um so mehr verschwamm ihm das Bild, es entstanden viele, unzusammenhängende Bilder, an die er gar nicht denken mochte, so verwirrend war ihr Nebeneinander. Die festgefügte Meinung, wie sie etwa in der »Einschätzung« und in den »Thesen zur Lage« des Politbüros ausgedrückt war, blieb für ihn gültig, natürlich, aber ihr Zusammenhang mit der Wirklichkeit wurde immer lockerer.
Am Morgen hatte er nun Djura getroffen, der ihn irgendwo in dieser Gegend endlich mit der Frau Vassos zusammenführen sollte. Josmar wußte nicht recht, warum ihn Djura gerade hierher, zum Wallfahrtsort geführt hatte. Es war nicht wahrschein-

lich, daß Mara — so hieß Vassos Frau — gerade hier sein würde. Aber es war nicht möglich, von Djura auf einfache Fragen eine klare Antwort zu bekommen. Manchmal schien es, daß er gar nicht hörte, wenn man zu ihm sprach — sei es, daß sein Mund in Bewegung war, viertelstundenlang, sei es, daß er in ein langes Schweigen verfiel, das so tief war, daß ihn nichts berührte, was von außen kam.
Josmar hatte einmal einen Roman von Djura gelesen, die Geschichte einer Bauernfamilie. Er erinnerte sich nicht mehr an Einzelheiten, doch wußte er noch, daß diese Familie zugrunde ging, daß nur zwei ihrer Mitglieder leben blieben, ein schwachsinniges, verwahrlostes Mädchen und ein junger Mann, der völlig verkommen war. Das Buch endete mitten in einer aufregend geschilderte Szene: Der Junge wird bei einem Einbruch von einer Frau überrascht. Er beschließt, die Frau, die größer, stärker ist als er, umzubringen. Er geht auf sie zu, streckt die beiden Hände aus, um sie zu erwürgen. Der Leser weiß nicht, wie es weitergeht, das Buch schließt abrupt an dieser Stelle ab. Die Frau konnte sich wehren, vielleicht den Jungen umbringen. Josmar hatte das Buch nicht gemocht, er mochte auch Djura nicht. Gewiß, der Mann war für die Bewegung sehr wichtig, aber es war schwer, in ihm einen wirklichen Kommunisten zu sehen. Josmar hatte sogar Mühe, ihn zu duzen, wie es unter Kommunisten üblich war.
Nun zogen sie in den Reihen der Wallfahrer mit. Sie hätten leicht die anderen überholen können, aber Djura bestand darauf, daß sie in gleichem Schritt mit den anderen gingen, er fand daran Gefallen. Hätte er auch eine dieser langen, mit Bändern geschmückten Kerzen in der Had gehalten, so hätte selbst Josmar ihn für einen Wallfahrer gehalten.
An den Wegrainen lagen die Bettler: Krüppel, wie sie Josmar nie vorher gesehen hatte. Unter ihnen ganz junge Menschen, nackt, nur die Lenden bedeckt, mit monströsen, zu großen oder winzigen Gliedern. Sie bettelten nicht selbst, sie waren unbewegliches Ausstellungsobjekt, andere bettelten für sie in einem eintönigen liturgischen Jammergesang.
Oben, auf dem Platz vor der Kapelle, lagen die absonderlichsten Mißgeburten, man mußte an ihnen vorbei, wollte man sich dem wundertätigen Bilde der Muttergottes nähern.

»Beachte, es ist eine byzantinische Madonna, hundert Jahre älter als Giotto«, flüsterte Djura, als sie sich dem Bilde näherten. »Die späteren Madonnen, die feinen, noblen, sind nichts für unsere Bauern, ihnen trauen sie keine Wunder zu.«

»Ja, glauben sie denn wirklich an das Wunder?« fragte Josmar, als sie wieder auf dem Platz standen, wo der große Markt war. »Wem nur ein Wunder helfen kann, der glaubt daran. Das ist vernünftig«, antwortete Djura.

»Ja, aber die Wallfahrer sehen die Krüppel und Mißgeburten, die die ganze Zeit da herumliegen, ohne daß die geringste Wirkung eintritt, das sollte sie doch mißtrauisch stimmen.«

»Gut gesprochen, Schwabe! Um dich darauf zu bringen, habe ich dich hier heraufgeschleppt. Jetzt wirst du uns besser verstehen. Also die Leute haben den greifbaren Beweis dafür, daß die Nähe des wundertätigen Bildes keinerlei Wirkung hervorruft — seit Jahrzehnten, seit Jahrhunderten. Und der Beweis nützt nichts. Denn dringender als das Wunder brauchen sie den Glauben, daß es einmal geschehen könnte.«

»Sag mal, nur um mir das zu sagen, hast du mich den ganzen Klamauk mitmachen lassen?«

»Warum nicht? Das ist keine verlorene Zeit. Wenn du dann wieder in Berlin zurück bist und deinen Bericht erstattest über den Kampf Klasse gegen Klasse bei uns, wird es ganz natürlich sein, daß dir mitten im ordentlichen Schema ein Fleck entsteht, der überhaupt nicht hineinpaßt. Bei euch Deutschen klappt alles immer zu gut, deshalb verliert ihr jeden Krieg, wenn er länger dauert, als es zu eurem Schema paßt.«

»Das alles interessiert mich nicht. Wann und wo werde ich endlich Vassos Frau treffen?«

»Hier in der Nähe — bald, heute noch, in einer Stunde vielleicht. Sie wird nicht allein sein, sie wird dich brauchen.«

2

Mara entstammte dem Militäradel. Der Name ihrer Familie war ein Begriff — Kinder erfuhren ihn, sobald sie die Straßentafeln zu entziffern begannen. Es gab Denkmäler, die ihre Ahnen, kühne Reiter auf schnaubenden Rossen, verewigten. Diese Ahnen hatten ihre Landsleute, gefürchtete Landsknechte, nicht nur

gegen die Türken geführt, in den fernsten Teilen Europas hatten sie den Schrecken einer wilden Soldateska verbreitet. Zuletzt — es galt, Mailand wieder den Habsburgern zu unterwerfen, es galt schließlich, die revolutionären Ungarn zu bezwingen —, da hatten sich die Vorväter Maras, brave Offiziere im Dienste Österreichs, darunter ein General der Kavallerie, ausgezeichnet.
Doch der Großvater tat nicht mehr wohl — er wurde knapp vor dem Weltkrieg aus den kaiserlichen Diensten entlassen —, er war erst 58 Jahre alt, an der Schwelle der Generalität. Er wurde quittiert, und um die Schande allen ganz deutlich zu machen, gegen sonstigen Brauch im Range nicht erhöht. Das kam daher, daß er Politik gemacht, sich dem Thronfolger zu deutlich angeschlossen und sich dessen bei Hofe unbeliebte Ideen zu eigen gemacht hatte. Er überlebte nur um wenige Wochen die Schande: Opfer eines unvorhergesehenen Jagdunfalls sei er geworden, war die offizielle Version. Er hatte sich das Leben genommen. So begann der Abstieg. Maras Vater setzte ihn fort, doch wurde er zum Sturz erst durch den Untergang der Habsburger-Monarchie.
Der Vater beging zwar nicht die Dummheit des Alten, Politik zu machen. Er war ein guter, stets reglementtreuer Offizier — was er als Bub auf der Maria-Theresien-Akademie gelernt hatte, regelte bis zum Schluß sein Leben, soweit es öffentlich oder gar im Kasernenhof oder in der Offiziersmesse zutage trat. Doch frönte er einem Laster, über das man, solange es ausreichend geheim blieb, hinwegsehen konnte: er schrieb Gedichte. Unter verschiedenen, streng geheim gewahrten Pseudonymen sah er sich in modernen Zeitschriften, deren es besonders im Reich nicht wenige gab, gerne gedruckt. Es begann mit der wohlgelungenen Übersetzung einiger Gedichte Baudelaires, denen dann eigene folgten, deren Reiz vom Tone Baudelaires herrühren mochte. Die Redaktionen brachten die Gedichte gerne, sie vermuteten in dem Autor einen nicht genügend beschäftigten, wahrscheinlich jüdischen Bankbeamten aus wohlbegütertem Hause.
Mara war die dritte und jüngste Tochter dieses Rittmeisters, er hätte Hauptmann in der Artillerie sein mögen, da hatte es ihn früh hingezogen, doch war solch verdächtige Neigung zu gesellschaftlichem Abstieg erfolgreich bekämpft worden, er blieb bei der Kavallerie. Es kam vor, daß er mit ihr, wenn sie allein

waren, die Sprache sprach, die man in der Familie nur lernte, um sich mit den Dienstboten zu verständigen. Sonst sprach man deutsch mit ausgeprägt wienerischem Akzent, vermischt mit vielen französischen Wörtern und Satzbrocken. Mara — sie war fast auf den Tag genau mit dem Jahrhundert geboren — fand in diesen Gesprächen eine geheime Gemeinschaft mit dem Vater, den sie, je älter sie wurde, immer mehr und wie einen jungen Bruder liebte. Sie liebte ihre Mutter, eine Ungarin, nicht, und sie liebte ihre Schwestern nicht, die Geheimnisse hatten, welche der jüngsten verborgen wurden. Die zwölfjährige Mara wußte, daß ihre Schwestern schön waren, glaubte, daß sie selbst häßlich wäre. Der Vater würde wohl der einzige Mann bleiben, dem sie gefiel. Sie wußte auch — und sie glaubte, daß niemand sonst in der Familie es auch nur vermuten konnte —, daß ihr Vater ein Dichter war. Sie bemitleidete ihn darum mehr, als sie ihn bewunderte. Sie hatte gleich ihren Schwestern eine verschließbare Kassette mit einem goldenen Schlüsselchen. Was die Schwestern in ihren Kassetten verschlossen, mußten wohl schreckliche Briefe, Liebesbriefe sein. Sie verschloß in ihrer braunen Holzkassette mit Intarsien, an den Rändern gab es unzählige kleine Perlmutterplättchen, die Gedichte ihres Vaters.

Im Jahre 1913, wenige Tage nach des Kaisers Geburtstag — ihr Vater war zum Major avanciert, es war wirklich nicht zu früh — begann die Affäre. Da hatte ihr der Vater sein großes Gedicht — es war eigentlich schon ein Epos — vorgelesen. Es hieß Matias Gubec, nach dem Führer des Bauernaufstandes — vor der Kathedrale wurde einem die Stelle gezeigt, wo man die Aufwiegler damals hingerichtet hatte. Eigentlich, so hatte sie es gelernt, war dieser Gubec ein Räuber, ein richtiger Bandit gewesen. Doch machte der Vater aus ihm einen wahren Helden, ja fast einen Erlöser, den man aus Unverständnis und Habgier gemordet hatte. Mara fand das Gedicht sehr schön, aber der Vater schien diesmal von ihrem Lob nicht befriedigt zu sein. Er meinte, sie könnte das so nicht verstehen, auch müßte es ins Kroatische, in die Sprache des Gubec übersetzt werden, da würde es die Leser, auf die es da ankäme, finden.

Dieses Gedicht wurde ins Kroatische übersetzt und, wenige Wochen vor dem Sarajevoer Attentat, veröffentlicht. Im Verlaufe der sehr ausgedehnten polizeilichen Untersuchungen, die nach dem Attentat erfolgten, stellte man — nebenbei — den wahren Namen des Autors fest. Dies hatte für den Major die bedenklichsten Schwierigkeiten zur Folge. Die Majorin und die beiden älteren Töchter machten ihn für alles Unglück, das zu dem Zusammenbruch der glücklich eingeleiteten Eheaffären führen mochte, in der bedrohlichsten Weise verantwortlich. Er mußte den Abschied einreichen, den er auch bekommen hätte. Doch da war der Krieg schon da. Der nicht allzu geheime Wunsch der gekränkten Majorin und ihrer Töchter, der in so schlechtes Licht gerückte Major möchte durch eine Heldentat — und wäre es der Heldentod — das Unrecht sühnen, das er in unbegreiflicher, knabenhafter Leichtfertigkeit dem Kaiser und seiner eigenen Familie zugefügt hatte, dieser Wunsch, den Mara seltsam deutlich herausfühlte, ging bald in Erfüllung. Der Major fiel im serbischen Feldzug. An der Spitze seiner Reiter von einem Komitadschi aus dem Hinterhalt angeschossen, fiel er tot aus dem Sattel. Der »malheureux incident«, wie die folgenschwere Affäre in der Familie genannt wurde, war erledigt.

Nach dem Tode ihres Vaters suchte Mara den Mann, der den »Gubec« übersetzt hatte. Da nun kein Grund bestand, das Geheimnis zu wahren, wollte sie, daß er auch die anderen Gedichte übersetzen und unter dem wahren Namen veröffentlichen sollte. In den nachgelassenen Papieren fand sie einen Brief des Übersetzers. Ohne Wissen ihrer Familie suchte sie ihn auf — sie fand einen 18jährigen Buben, Sohn eines Krämers, eines stadtbekannten Säufers. Die 15jährige verliebte sich in ihn, sie lief ihm, wie die schwer schockierte Familie ihr heftig vorwarf, in skandalöser Weise nach, machte sich zum Stadtgespräch. Ihr Beispiel verderbe die Sitten ihrer Mitschülerinnen, klagten die Lehrerinnen des Lyzeums.

Doch nahm das alles ein Ende, der Junge wurde eingezogen, nach wenigen Monaten ging er ins Feld, an die russische Front. Er erfror in den Karpaten.

Doch hatten die Lehrerinnen wieder Grund, sich über die sonst so stille Schülerin zu beklagen. Sie wählte für Schulaufsätze politische Themen, sie schrieb Dinge, für die man seit Kriegsausbruch vors Standgericht gestellt wurde. Die 16jährige Mara hatte ihren Krieg gegen den Krieg begonnen. Sie merkte nach einiger Zeit, daß es nicht ihr Krieg allein war — es gab andere. War sie es, die sie fand, hatten diese anderen sie gesucht — sie war nicht mehr allein, und was sie dachte, äußerte sie fortab nicht nur in Schulaufsätzen. Von da ab hieß sie Mara, wie ihre neuen Freunde sie nannten — sie war Maria-Theresia-Elisabeth getauft worden, ihr Kosename war Betsy.

Ihre Mutter wurde von der Polizei in einer ihrem Stande geziemenden Art auf das Ungebührliche, ja das Staatsgefährliche im Treiben ihrer jüngsten Tochter hingewiesen. *Décidément*, diese Tochter hatte die unglückliche Ader ihres unglückseligen Vaters. Mara wurde aus der Schule genommen und auf das entlegenste der Familiengüter geschickt. Als die kroatischen Bauern im letzten Kriegsjahr einzeln und in Gruppen aus der Armee zu entlaufen begannen und sich zu »grünen Cadres«, wie sie sich nannten, zusammenschlossen, sprach es sich unter ihnen schnell herum, daß man auf jenem Gut dank der jungen Herrin leicht Zuflucht vor den Gendarmen und Patrouillen fände, überdies reichlich Nahrung und auch etwas Geld für Tabak bekäme.

Mara half die »Cadres« organisieren. Es erwies sich, daß sie sehr gut mit den Bauern zu sprechen verstand. Im Verkehr mit ihnen erfaßte sie, daß das Epos ihres Vaters ein bedeutendes Werk war. Sie begann, unter den entlaufenen Soldaten einen neuen Matias Gubec zu suchen. Sie fand ihn nicht. Einmal glaubte sie, ihn gefunden zu haben, doch erkannte sie rechtzeitig den Irrtum. Sie fand — nach dem Zusammenbruch — Vasso. Er organisierte die Kommunistische Partei. Sie stieß zu ihr, sie blieb bei ihm.

Als zehn Jahre später der Staatsstreich erfolgte, als die zu Meuchelmord und Totschlag entschlossenen Gehilfen des Gewaltregimes ihn suchten und den Kreis immer enger um sein Versteck zogen, da mußte er sich von ihr trennen. Sie hatten verabredet, er würde im Lande bleiben, in die Berge gehen. Doch die Internationale befahl die Emigration.

Man verhaftete Mara. Die Polizei vermutete, daß sie das Versteck der Parteiarchive und Vassos kannte. Sie war in diesem Lande der erste weibliche politische Häftling, an dem die neuen Foltermethoden angewandt wurden. Mara öffnete während der vier Tage und drei Nächte, die sie fast ununterbrochen verhört, gefoltert wurde, nicht den Mund. In der vierten Nacht fiel sie in eine tiefe Bewußtlosigkeit, der sie keines der üblichen Mittel zu entreißen vermochte.

Man fand sie am darauffolgenden Morgen in der Schlucht, die den Hügel mit den neuen Villen der Reichen von dem rechten Hügel trennt, den die breiten, von großen Gärten umsäumten Häuser des Adels beherrschen. Man brachte sie auf den rechten Hügel, in das Haus der Schwester ihres Vaters.
Neben zahllosen leichten Verletzungen stellte der Hausarzt der alten Dame an Mara bedenkliche innere Schäden, unter anderem so schwere Nierenverletzungen fest, daß er nicht glauben konnte, sie wären durch Schläge herbeigeführt worden. Er sah zum erstenmal einen solchen Fall.
Tagelang schien es, als ob Mara die Sprache verloren hätte. Doch allmählich fand sie sie wieder. Was sie erlitten hatte, schilderte sie nur kurz, ohne jede Bewegung. Sie wünschte nicht, jemals darauf zurückzukommen.
Doch erfuhr man bald indirekt, durch einen Polizisten, der den Folterungen beigewohnt hatte — er versicherte, selbst nur zum Schein mitgemacht zu haben, mit behutsamen Bewegungen, die »keiner Fliege ein Leid angetan hätten« —, die Namen der Folterknechte und alle Einzelheiten ihres Vorgehens. Die Empörung war so groß, daß einige Männer versetzt werden mußten. Die Welle von Sympathie, die Mara zuströmte, ohne sie unmittelbar zu erreichen, kam der gehetzten Bewegung zugute. Sie hatte es dringend nötig.
Ein halbes Jahr später wurde Jovan, der 19jährige Bruder Vassos, nach dem die ganze Zeit gefahndet worden war, in einem Arbeiterquartier aufgespürt; eine Woche später fand man ihn, infolge furchtbarer Folterungen fast unkenntlich geworden, in einem Walde nahe der Stadt erschossen auf. Man stellte fest, daß sein Knie mit einer einfachen Holzsäge angesägt worden war.
Es kam auf dem Friedhof zu Demonstrationen gegen die Polizei. Mehrere Freunde Jovans wurden verhaftet, andere aus dem Friedhof getrieben, bevor der Sarg ins Grab gesenkt wurde.
Man erfuhr den Namen des Polizisten, der Jovan am schlimmsten gequält und ihn dann erschossen hatte. Einige Tage später wurde er unter einer Laterne in der Schlucht zwischen zwei Hügeln tot aufgefunden. Er war durch einen glatten Herzschuß getötet worden. Man stellte fest, daß er unter dieser Lampe ein Rendezvous gehabt hatte, aus bestimmten Umständen schloß man darauf, daß er eine Frau hätte treffen sollen.

Die Eingeweihten erinnerten sich, daß der Major seine Kinder zu Scharfschützen ausgebildet hatte. Doch wagte es niemand, Mara zu fragen.
Die Eingeweihten versicherten Josmar, daß Mara es gewesen war, die das Bündnis zwischen dem Bauernführer und der Partei herbeigeführt hatte. Sie war der einzige Mensch, der den schlauen Alten zu solch kühnem Schritt hatte bewegen können.

3

Josmar konnte schwer das Erstaunen verbergen: Mara war eine kleine, zierliche Person, auch ihr Gesicht wäre unansehnlich gewesen ohne die Augen, große, dunkle Augen, die tief wie in einem Versteck lagen. Nein, sie sah nicht wie eine Heldin aus.
»Du bist also der deutsche Genosse, den Sönnecke geschickt hat?«
»Ja, ich heiße Josmar Goeben.«
»Hast du Vasso gesehen? Wie sieht er aus?«
»Gut.« Nach einer Weile fügte er hinzu: »Wir verbrachten die Nacht zusammen in meiner Wohnung, sprachen viel. Es war nach der Sitzung eures Politbüros. Er war natürlich schon müde.«
Sie lächelte, als ob sie ihm eine belanglose Dummheit verzeihen wollte: »Du kennst Vasso zu wenig. Man sieht ihm die Müdigkeit nie an. Doch wenn er sehr traurig ist, schläft er sogar auf dem Stuhl ein, mitten im nutzlosen Gespräch. Es ist kein richtiger Schlaf, er döst. Er döst, wie andere weinen.«
»Vasso kritisierte in diesem unserem ersten Gespräch die Partei, was ich nicht gutheißen konnte.«
»Natürlich. — Nun setz dich, Legic wird bald da sein.«
Der Raum war sehr groß, die Möbel — ein seltsames Nebeneinander von alten Bauerntruhen, französischen Kommoden, englischen Stühlen, türkischen Taburetts — standen in den Ecken, so daß die Mitte des Saales frei war. An der Wand gegenüber den kleinen Fenstern hing das farbige Bild des ermordeten Bauernführers, darunter brannte ein ewiges Licht — genau wie es Josmar in fast allen Bauernstuben gesehen hatte.
Ivo Legic war einer der Nachfolger jenes Führers. Sein Bild — gewöhnlich eine Fotografie — sah man oft neben dem des großen Vorgängers: ein gutes, nachdenkliches Gesicht, traurige Augen, zu weiches Kinn — ein ehrlicher Provinznotar, der gute Rat-

schläge gibt, doch zu vorsichtig ist, ein mittelmäßiger Redner, der nur die redlichen Leute überzeugt und sich ängstlich vor den unredlichen zurückzieht und im übrigen nicht daran zweifelt, daß die gute Sache am Ende aus eigener Kraft siegen werde.
Die Polizei überwachte jeden seiner Schritte, doch gab es Gegenden, in die sie ihm nicht folgte, weil es für sie zu gefährlich wurde. Hier waren Bauerngarden tätig, die sich um den Führer scharten, niemanden in seine Nähe ließen. Sie waren gewillt und fähig, es auf einen offenen Kampf ankommen zu lassen. Legic war dagegen, aber man ging über seine Meinung hinweg. Hier, in der Nähe des Wallfahrtsortes, in der Heimat Legics, war man vor Überraschungen sicher. Das Haus des Parteiführers lag mitten in den Obstgärten, der Zugang war frei. Doch wenn sich ein Unbekannter in der Nähe zeigte, fand er sich bald jungen Bauern gegenüber, die ihn, konnte er sich nicht gebührend ausweisen, bis in die Stadt zurückführten. Es waren schweigsame Männer, sie hatten sich darauf verschworen, das Leben des neuen Führers zu schützen, kein Haar durfte ihm gekrümmt werden.

»Nun ja«, sagte Legic zögernd, »das ist natürlich erfreulich, daß Ihre Partei nun endlich den einzig richtigen Standpunkt in der kroatischen Frage einnimmt, aber im Augenblick ist sie zu schwach, darum wird es unserem Land nicht von großem Nutzen sein. Vielleicht sogar im Gegenteil, ich weiß nicht.«
»Unsere Aktion anläßlich des Begräbnisses Andrej Boceks ist doch wohl kein Beweis von Schwäche, denke ich«, sagte Djura. »Unser Freund Goeben ist dabeigewesen. Er hat überdies dafür gesorgt, daß die Weltpresse so ausführlich darüber berichtet hat.«
Es war zwar nicht wahr, aber das war hier Josmars Rolle. Er vertrat das Ausland, er war der Mann, der dafür sorgen konnte, daß man von der Bauernpartei im Ausland mehr sprach — wenn Legic nur wollte.
»Ich weiß nicht«, sagte Legic, »nach meinen Berichten war das nicht so sehr eure Aktion als unsere. Die Bauern waren aufgebracht, weil man ihnen diesmal verboten hatte, meinen Geburtstag zu feiern wie voriges Jahr. Und aus anderen, ernsteren Gründen.«

»Das stimmt bis zu einem gewissen Grade. Aber, mein teurer Ivo, bedenken Sie, daß ohne uns die Bauern sich nicht gerührt hätten. Zusammen, ihr und wir —« meinte Mara.
»Ja, ja, ich weiß. Ihr österreichischer Freund, ich darf sagen: unser Freund Dojno Faber, hat das — vielleicht unvorsichtigerweise — sehr gut ausgedrückt: Die Bauernbewegung in diesem Lande, sagte er, sollte der heilige Christophorus sein, der euch hinüber oder hinauf an die Macht trägt.«
»Ein sehr sympathischer Heiliger, dieser Christophorus«, meinte Djura.
»Aber bescheiden, viel zu bescheiden«, antwortete Legic. »Wir Kroaten haben Venezianer, Österreicher, Ungarn, Serben auf unseren Schultern getragen. Wir möchten gern ausprobieren, wie das ist, wenn man die Schultern frei hat.«
»Ja, eben darin stimmen wir überein, deshalb sitzen wir hier wieder zusammen«, sagte Mara.
»Es ist nicht ganz so, meine liebe Gnädige. Faber hat es schon richtig gesagt: Der kroatische Bauer soll die jugoslawischen Kommunisten auf seine Schultern heben. Darum handelt es sich jetzt.«
Das alles war ein Vorgeplänkel, unernst, dörfliche Rhetorik. Mara griff ein, sie entwickelte ein Programm der Bauernforderungen. Mit Genugtuung stellte Josmar fest, daß sie sich genau an die Direktiven des Politbüro hielt, obschon sie sie ganz anders formulierte.
Legic war mit diesem Programm einverstanden — schon glaubte Josmar, daß Mara eine großartige Person war — aber am Ende zögerte er doch, irgendeine ständige Verbindung mit den Bauernkomitees, geschweige denn mit der Partei selbst einzugehen. Die Zeit der roten »Bauerninternationale«, die sein großer Vorgänger mitgegründet hatte, war vorbei. Und er fügte hinzu: »Ein diktatoriales Regime wie bei euch in Rußland kann das Land abschließen, es kann verbreiten lassen, was es will, jene zum Verstummen bringen, die man nicht hören soll. Aber zum erstenmal habt ihr einen Fehler gemacht, den werdet ihr in den Bauernländern ringsum teuer bezahlen. Und diesmal habt ihr Ankläger, deren Stimmen bis in die letzte Bauernhütte dringen!«
»Wovon sprechen Sie, Doktor Legic?« fragte Mara ungeduldig.
»Vom Jammer der Tiere, die die Bauern selbst erschlagen haben, als man sie gezwungen hat, in die Kolchosen zu gehen. Wenn ein

Bauer sein Vieh, seine Pferde totzuschlagen beginnt, dann ist er wahnsinnig — oder die Herrscher des Landes sind wahnsinnig und teuflisch zugleich.«
»Ja, es sind Fehler passiert. Stalin selbst hat das festgestellt«, sagte Josmar. Legic sah ihn zum erstenmal an, eher wohlwollend: »Herr Ingenieur, Sie sprechen gut kroatisch, sind Sie Österreicher?«
»Nein, Deutscher.«
»Die Deutschen verstehen leider nichts von der Bauernfrage. Marx war leider ein Deutscher.«
Mara brachte ihn wieder zum Thema zurück. Schließlich willigte Legic ein, daß einer seiner engeren Mitarbeiter ständige Verbindung zwischen ihm und Mara aufrechterhalten sollte. Man konnte sich so fallweise verständigen. »Wenigstens so lange, als mich die Belgrader nicht einsperren.«
»Und Sie würden sich einsperren lassen?« fragte Djura.
»Gewiß, ohne weiteres. Ich würde mich auch erschlagen lassen — nicht gern, aber immerhin, ohne es deswegen zur Revolte kommen zu lassen. Es hat noch nie — niemals in der Geschichte — eine siegreiche Bauernrevolte gegeben. Die Bauern siegen langsam, wie der stete Tropfen den Stein höhlt.«
»Das ist kein Siegen«, unterbrach ihn Djura.
»Nein, vielleicht nicht, das macht nichts. Das Schwert der anderen wird stumpf von vielen Schlägen und Siegen, die Bauernrücken nützen es ab. Sie müssen dabei bluten, gewiß, gewiß, aber auf die Dauer, auf die Dauer...« Er suchte einen Abschluß für den Satz und fand ihn nicht.
»Sie sind selbst kein Bauer, deshalb sprechen Sie so!« rief Djura zornig aus.
»Nein, ich bin kein Bauer, ich bin ein kleiner Notar. Mein Vorgänger hatte Genie, ich habe keines. Er wußte stets genau, was er wollte, ich weiß nur, was ich nicht will, was ich nicht wollen darf. Er wußte nicht sehr genau, was er konnte, ich weiß sehr genau, was ich nicht kann. Ihn hat man ermordet, mich werden sie nur einsperren. Er glaubte, ihr würdet unser Christophorus sein, uns zur Macht tragen, deshalb schloß er mit euch den Pakt. Ich habe Angst vor euch, ich erneuere nicht den Pakt.«
»Wir werden die Macht erringen — in fünf Jahren, oder in zehn, oder in fünfzehn Jahren«, sagte Mara, »jedenfalls...«

»Ja, ja«, unterbrach sie Legic, »Sie werden die Macht erringen, ich glaube es auch. Ihre Familie hat immer zu den Mächtigen im Lande gezählt. Man wird — in fünf oder zehn Jahren — erkennen, daß Sie der Tradition treu geblieben sind, meine liebe Gnädige. Nein, nein, ich sage es nicht boshaft. Die Revolution wird von denen gemacht, die leidenschaftlich das Recht wollen. Sie bringt jene an die Macht, die leidenschaftlich die Macht wollen. Der Bauer sucht nicht die Macht, sondern nur das Recht.«

Es folgte eine längere Diskussion. Mara legte die marxistische Auffassung vom Bauern dar, sie zeigte, wie es sich mit seinem Recht verhielt. Wieder schien es, daß Legic, der sehr aufmerksam zuhörte, sich überzeugen ließ.

»Mein Gott, wie klug Sie sind, meine liebe Mara, wie richtig alles ist, was Sie sagen. Ließe ich mich überzeugen, würde ich Kommunist. Als Kommunist wäre ich für Sie nicht interessant. Wichtig bin ich nur, solange ich die Bauernbewegung führe. Also darf ich nicht Kommunist werden, also darf ich mich von Ihnen nicht überzeugen lassen. Ich bedaure sehr.«

Es war Zeit, aufzubrechen.

»Bevor wir gehen, Dr. Legic, möchte ich Sie noch um einen Rat bitten. Sie kennen den Fall unseres Genossen Brankovic. Nach Jahren Zuchthaus freigelassen, nach wenigen Tagen Freiheit von Slavko wieder eingefangen. Er soll zehn Jahre Zuchthaus bekommen. Der Gefangenenarzt hat Tuberkulose festgestellt. Er wird zugrunde gehen, wenn er nicht sofort freigelassen wird, in die Berge geht.«

»Ja, das ist ein trauriger Fall. Ich habe von ihm gehört«, sagte Legic. Sein Mitgefühl war echt. »Aber was kann ich tun?«

»Sehr viel. Er ist mit der Gefängniseskorte auf dem Weg nach Belgrad. Er wird morgen in der Bezirksstadt ankommen, in der Nacht im Bezirksgefängnis bleiben und anderntags — zusammen mit anderen Gefangenen — weiterziehen. Den Weg vom Bahnhof zum Gefängnis und tags darauf vom Gefängnis zum Bahnhof machen die Gefangenen zu Fuß, begleitet von höchstens sechs Gendarmen.«

»Ja — und?«

»Wenn Sie wollen, können einige Ihrer Männer einen Menschen retten, einen guten, wertvollen Menschen.«

»Es fällt mir furchtbar schwer, nein zu sagen, es ist mir unmög-

lich, ja zu sagen. Im übrigen, wenn Sie nur wenige Männer brauchen — warum nehmen Sie nicht Ihre Leute?«
»Aus bestimmten Gründen, die ich Ihnen leider nicht sagen kann.«
»Ihre Antwort ist höchst unbefriedigend. Doch meine ist es ja auch gewesen — wir sind also quitt. Trinken Sie noch einen Kaffee, bevor Sie gehen.«

4

»Der Mann hat recht, finde ich. Wenn man nur einige Männer braucht, um Vojko Brankovic zu befreien, was hast du Legics Hilfe nötig?« fragte Josmar. Mara sah ihn lächelnd an. Er wurde das Gefühl nicht los, daß sie ihn nicht ernst nahm.
»Karel ist dagegen, die anderen unterwerfen sich ihm. Was hältst du von ihm?«
»Ein tüchtiger, tapferer Genosse.«
»Es gibt Leute, die meinen, daß er zu tüchtig, zu tapfer ist.«
»Was heißt das?«
»Das heißt, Genosse Goeben, manche meinen, daß ihm gewisse Dinge nur gelingen können, weil er Polizeiagent ist; daß Sitzungen, an denen er teilnimmt, niemals auffliegen, daß aber die Polizei fast immer dahin kommt, wo die Sitzung gewesen ist — zu spät, gewiß, aber nicht zu spät, um den einen oder anderen zu schnappen. Am Morgen nach eurer Sitzung an der Küste war die Polizei da, sie hat Vojko geschnappt und Andrej getötet.«
»Karel ein Agent? Das ist doch unmöglich.«
»Auch ich glaube es nicht. Aber unmöglich, warum denn?«
»Ich meine, ich kenne ihn natürlich sehr wenig, aber schließlich muß doch die Partei den Mann überprüft haben, dem sie solch eine Spitzenfunktion übertragen hat.«
»Diese Leitung ist nicht gewählt, sie ist von Moskau designiert worden. Wer gegen ihre Einsetzung gestimmt hat, ist ausgeschlossen worden. Wer sie kritisiert, wird ausgeschlossen. Und Karel wacht darüber sehr streng.«
»Wo willst du also hinaus?«
»Darauf: 1. in einer illegalen Partei ist die Kontrolle von unten her wenn möglich noch wichtiger als in einer legalen Partei; 2. in einer Partei ohne innere Demokratie hat man das Recht,

auch die ganze Leitung für eine Bande von Verrätern zu halten. Da sie unkontrollierbar, von unten nicht absetzbar ist, hat sie das Privileg des Despoten: zu verraten, wenn es ihr gefällt, und die Verratenen, die sich wehren, als Verräter zu diffamieren.«
»Was du da sagst, ist ungeheuerlich.«
»Gibt es eine Wahrheit, vor der ein Revolutionär Angst haben müßte?«
»Aber es ist nicht die Wahrheit, Genossin.«
»Das werden wir sehen. Teile Karel sofort mit, daß du von der Notwendigkeit überzeugt bist, Vojko zu retten. Er wird nachgeben.«
»Ich werde es nicht tun.«
»Warum nicht? Du kannst einen Genossen vor dem Tode retten — und du zögerst.«
»Man rettet nicht einen Genossen gegen den Willen der Partei.«
»Die Partei ist nicht befragt worden, Karel ist nicht die Partei.«
»Für mich ist er es, für dich auch, sonst hättest du dich nicht an Legic gewandt.«
»Das stimmt«, gab Mara zu. »Es ist langsam gekommen, niemand hätte sich dessen versehen können. Noch vor drei Jahren, noch vor zwei Jahren wäre die Vorstellung, daß Karel der entscheidende Mann sein könnte, lächerlich gewesen. Doch jetzt kann er einen Vojko zum Tode verurteilen, einen der Gründer der Partei.«
»Unsinn, davon ist keine Rede. Aber die Partei ist gegen vereinzelte Terroraktionen. Und du, du hast eine Neigung zum Terrorismus.«
»Sie haben ganz recht, junger Mann, Betsy hat ein *faible* für den *éclat*.« Josmar starrte die Frau, die da plötzlich hereingerauscht war, entsetzt an. Sie war unmäßig dick, auf ihren riesigen Schultern thronte über zu kurzem Hals ein hageres Vogelgesicht. »*Qui est ce drôle d'oiseau? Il n'est pas laid d'ailleurs*«, wandte sie sich mit piepsender Stimme an Mara.
»Herr Ingenieur Goeben ist ein guter Freund Vassos. Übrigens versteht er sicher französisch, *ma tante*.«
»*Dieu merci*, Sie sind also aus guter Familie?«
Josmar ließ seinen Blick über den schönen dunkelroten Samt gleiten, in dem der furchterregende Leib dieser Frau steckte, und antwortete zögernd: »Ja, aus guter Familie. So weit man auch

in unserer Geschichte zurückgeht, man findet keinen, der sein Brot mit seiner Hände Arbeit verdient hätte.«
»Sehr schön. Sonst ist Betsys Verkehr leider nicht sehr gewählt. Es sind anständige Leute, *mais simples, farouchement simples.*«
Josmar erwartete, der samtene Koloß würde nun wieder den Raum verlassen, aber die Tante war entschlossen, zu bleiben. Mara ließ ihn mit ihr allein — sie wollte einige Anordnungen für das Nachtmahl treffen — er wußte nicht, wie er sie unterhalten sollte. Doch enthob ihn die Frau aller Mühe, sie sprach unaufhörlich — in einem Gemisch aus wienerischem Deutsch, Französisch und Kroatisch, dessen sie gewiß selbst nicht gewahr war. Er hörte ihr kaum zu, doch mußte er sich immer wieder vergewissern, daß diese dünne piepsende Stimme wirklich aus diesem riesigen Leib kam.
Erst nach einiger Zeit merkte Josmar, daß ihr Gespräch nicht uninteressant, daß es voller Anspielungen war. Sie sprach zuerst von der vergangenen Macht der Familie, ihrem Ansehen, ihrem äußerlich kaum merklichen, doch »dezidierenden« Einfluß auf die Entschlüsse der Behörden. Das war einmal. Zum Beispiel, einer der Gutsverwalter hatte seine Frau ermordet — aus Eifersucht. Die Frau war im übrigen natürlich nichts wert. Nun, man konnte dafür sorgen, daß der Mann, der ja schon Opfer seiner Frau war, nicht auch noch ein Opfer der Gerichte würde. Das war einmal.
Aber auch jetzt noch gab es für »unsereinen« Möglichkeiten, die Justiz zu »orientieren« — ohne *éclat*, aber um so wirksamer. Denn schließlich, so ein Bezirksrichter, so ein Gefängnisdirektor, so ein Bezirksarzt, das waren ja kleine Leute, sie wußten ja auch die Standesunterschiede richtig einzuschätzen. Außerdem brauchten sie immer dies und das, zum Beispiel Geld. Geld — lächerlich. Als ob man aufhörte, zum *menu peuple* zu gehören, weil man Geld hatte. Lächerlich, zum Beispiel die Amerikaner!
Aber andererseits, wenn nun die Leute schon so versessen waren auf das Geld, mit dem sie doch nichts Richtiges anzufangen wußten — gut, soll die Tochter des Gefängnisdirektors den Arzt heiraten, man würde ihr natürlich nicht das große, sondern nur das kleine Diadem schenken, aber den Leuten ging es ja nur um das Geld, sie würden es ja sowieso verkaufen, und so würde *ce pauvre malade* gerettet sein, von dem ihr *ce cher* Legic soeben

gesprochen hatte. Und Betsy brauchte sich keine Sorgen zu machen, sich nicht in extravagante Aktionen stürzen. »*Le monde n'a pas besoin d'émeutes, il lui faut un peu de charité. Voilà!*« rief sie abschließend Mara zu, die eben mit Djura und einer jungen, etwas auffällig gekleideten Frau eintrat.

»*Un peu de charité* genügt nicht — küß die Hand, Baroneß — und viel *charité* gibt es nicht in dieser Welt. Deshalb muß man sie verändern. und daher die *émeutes*«, sagte Djura. Josmar hatte den Eindruck, daß in diesem Haus die Leute an der Tür horchten, bis sie ihr Stichwort hörten, damit sie dann mit der fertigen Replik eintreten könnten.

Die Aufmerksamkeit der Baroneß war zu sehr durch die elegante Begleiterin Djuras abgelenkt, so gab sie Djura zu verstehen, daß sie im Grunde auch gegen die *émeutes* nicht allzuviel einzuwenden hätte.

Josmar nahm Mara beiseite: »Deine Tante scheint von deinem Plan zu wissen. Sie schlägt vor, Vojko loszukaufen. Ist das ernst?«

»Und wenn es ernst wäre?«

»Ja, dann wäre das Problem gelöst. Die Frage der Parteidisziplin ist dann gar nicht gestellt. Deine Tante kann natürlich loskaufen, wen sie will. Ich weiß zwar nicht, wie sie es machen will, aber sie ist wahrscheinlich gar nicht so dumm, wie sie aussieht.«

»Nein, sie ist nicht so dumm«, wiederholte Mara. »Aber wenn Vojko auf diese Weise befreit wird, werden die Karels dies als einen zusätzlichen Grund für seinen Ausschluß aus der Partei verwenden. Sie werden schreiben: Der beste Beweis dafür, daß Brankovic ein Verräter seiner Klasse ist, ist die Tatsache, daß Klassenfeinde alles ins Werk gesetzt haben, um ihn zu befreien.«

»Was du da sagst, ist Wahnsinn.«

»Nein, Prophezeihung.«

»Was gedenkst du also zu tun, Mara?«

»Ich weiß es noch nicht. Die Eskorte kommt erst morgen abend hier an. Vasso würde nicht nachzudenken brauchen, ich muß lange nachdenken, um zu wissen, was er an meiner Stelle täte.«

»Es würde sich sicher nicht in Gegensatz zu einem Beschluß der Partei setzen.«

»Du hast recht, das würde er nicht tun. Aber er würde auch nicht

ertragen, daß ein Mensch zugrunde geht, wenn er ihn retten kann.«
»Vasso hat mir in Berlin gesagt, die Kommunisten leben ohne Mitleid.«
»Ohne Mitleid?« fragte Mara. »Das hat er gesagt? Vielleicht! — Du warst nie im Gefängnis?«
»Nein.«
»Der Gefangene braucht nicht unser Mitleid, sondern — noch in der abgeschlossenen Einzelzelle — unsere Anwesenheit. Er muß gewiß sein, daß, wenn irgendwo, irgendwann die geringste Möglichkeit besteht, ihm die Freiheit wiederzugeben, die Freien sie ausnutzen werden.«
Die Tante kam auf sie zu, freudig erregt:
»Also es wird eine große Soirée. Große Tafel, wir werden sechzehn bei Tisch sein, der Bezirksrichter kommt, der Doktor, der Gefängnisdirektor, alle mit ihren Damen und Töchtern. Betsy, du wirst sehen, es wird charmant werden.«

Anderntags stand in der Zeitung zu lesen, daß der Untersuchungshäftling Hrvoje Brankovic während der Eskorte einen Fluchtversuch unternommen hatte und von der Eskortemannschaft angeschossen worden war. Er erlag seinen Verletzungen. Nähere Angaben über den Ort des Vorfalles wurden nicht gemacht.

SIEBENTES KAPITEL

1

»Entschuldigen Sie, darf ich einige Zeitungen nehmen?« fragte der Fremde in gebrochenem Deutsch. Er bückte sich, ohne Josmars Antwort abzuwarten, über den Zeitungsstoß, den der Kellner eben auf dem Stuhl aufgeschichtet hatte, und begann zu suchen. Während er stöberte, beugte er den Kopf etwas vor und sagte so leise und schnell, daß Josmar Mühe hatte, ihn zu verstehen: »Schauen Sie weiter in Ihre Zeitung, während ich spreche: Sie müssen sofort zu Dojno kommen. Gefahr, große Gefahr. Nehmen Sie Papiere, Geld, Paß mit. Danke schön!« fügte er laut, den Oberkörper langsam erhebend, hinzu, »Ich bringe Ihnen die Blätter gleich zurück.«

Auf dem kurzen Weg zu der Wohnung des Freundes, bei dem Dojno wohnte, sah er sich einige Male um. Er wurde nicht verfolgt.

Dojno schlief noch, wurde ihm versichert. Man wies ihn in einen Salon. Da traf er Karel, der ihn lachend begrüßte. Josmar überlegte, ob Karel — zu dieser frühen Vormittagsstunde — beschwipst sei.

»Hast Angst, Goeben?« fragte Karel. Wieder lachte er gutmütig.
»Angst wovor? Was ist geschehen?«
»Man hat heute am frühen Morgen den Kellner, du weißt, den von deinem Hotel, verhaftet. Ich bin nicht ganz sicher, ob er hält, er war letztens sehr nervös, wir hätten ihn sowieso jetzt abgehängt. Aber auch wenn er sich gut hält, kann es für dich gefährlich werden. Die Polizei wird richtig raten, daß er ein Verbindungsmann zu bestimmten Hotelgästen gewesen ist, man wird im Hotel nachforschen. In 24 Stunden spätestens, wahrscheinlich aber noch heute abend, werden sie dir auf der Spur sein. Du mußt weg, sofort. Und nicht mir der Eisenbahn, das ist schon zu gefährlich. Am besten mit einem Auto bis in die Nähe der Grenze, dann zu Fuß über die Berge, es ist nicht hoch, drei Stunden Spaziergang, und du bist drüben.«

»Ja«, sagte Josmar zögernd, »ich war entschlossen, den 1. August hier abzuwarten. Es ist wichtig, daß ich unsere Aktionen aus nächster Nähe sehe.«

»Warum? Ich meine, gewiß, es wäre sehr gut gewesen, aber wir werden sofort ausführlich berichten. Und schließlich, es geht eben nicht. Ich trage die Verantwortung dafür, daß dir nichts geschieht.«

»Könnte ich nicht einfach in eine andere Stadt gehen, mich nicht anmelden, die paar Tage abwarten und dann erst über die Grenze gehen?«

»Nein, es wäre zu gefährlich. Übrigens. Dojno wird sicher mit mir übereinstimmen.«

Karel informierte Dojno, der augenscheinlich eben aus dem Bett gestiegen war, und versprach, abends mehr zu wissen. Nun ginge es aber darum, Josmar hinauszubringen. Man müßte jemand absolut Unverdächtigen finden, der einen Wagen besaß und ihn bis zum See an der Grenze brächte. Es mußte leicht sein, viele feine Leute würden heute nachmittag oder abends hinfahren. Es ist Samstag, da fahren sie zu ihren Frauen, die dort zur Sommerfrische sind.

Auch Dojno war der Ansicht, daß Josmar weg müßte. Er übernahm es, alles Notwendige zu arrangieren.

2

Die Straße war schlecht; je weiter sie sich von der Stadt entfernten, um so beschwerlicher wurde die Fahrt. Doch der Arzt schien seinem alten Wagen zu vertrauen, und er hielt ein verhältnismäßig gutes Tempo.

»Jetzt steigen wir die ganze Zeit. Schade, bei Tag hätten Sie die Landschaft bewundern können.«

»Ja«, antwortete Josmar. Er fühlte sich müde und schwach. Wäre die Straße besser gewesen, so hätte er schlafen mögen. Und er wußte nicht, was er mit dem Mann sprechen sollte, der die ersten zwei Stunden beharrlich, Josmar schien es: feindselig geschwiegen hatte. Nach einer Weile sagte der Arzt: »Was ich dem Faber hoch anrechne, das ist seine Aufrichtigkeit. Er hätte mir alles verschweigen und das Ganze so darstellen können, als ob es sich um eine Spritztour für Sie handelte. Ich hätte es natür-

lich nicht geglaubt und hätte abgelehnt. Aber so, beim besten Willen, war es schwer, nein zu sagen. Na, hoffentlich geht alles gut.«
»Ja«, sagte Josmar. Und er zwang sich, hinzuzufügen: »Sie haben wirklich nichts zu fürchten.«
»Lassen Sie, ich habe alles zu fürchten, aber ich will nicht daran denken. Meine Erfahrung hat mich gelehrt: Die großen Dummheiten begeht man mit offenen Augen. Wenn sich die Motive verwirren, da nützt allerdings der gesunde Menschenverstand nichts mehr. Da ist unser verfluchtes Regime. Wie soll man es nicht hassen? Wenn ich in Rußland wäre, würde ich das Regime dort auch hassen, natürlich. Nun seid ihr da, oppositionell, verfolgt. Natürlich, ich weiß, wenn ihr die Macht hättet, wäret ihr die Verfolger. Aber ihr habt eben nicht die Macht, das ist eure Chance sozusagen. Und da kommt man zu mir und sagt: Hilf dem Verfolgten. Ich denke an den Verfolger, den ich hasse, manchmal kann ich nicht einschlafen vor ohnmächtiger Wut, und ich sage ja. Nein, mit den Verfolgten habe ich nichts gemeinsam als diesen Haß. Und während der weise Faber denkt, daß sein kunstvoller Umgang mit Menschen mich zu dieser Dummheit bewogen hat, weiß ich, daß mein Motiv ein rein negatives ist. Verstehen Sie mich?«
»Ja!« sagte Josmar lächelnd. »Faber hat ein übertriebenes Vertrauen zu den Menschen. Er überschätzt sie gern.«
»Sie glauben also, daß Faber mich überschätzt?«
Die Frage war peinlich, Josmar zögerte zu antworten.
»Ich versteh«, fuhr der Mann fort. »Er wäre enttäuscht gewesen, wenn er mich soeben gehört hätte. Aber schließlich, wer weiß, vielleicht hat er recht und nicht ich. Und die Klugheit macht einen dumm, wenn man sie als Waffe gegen die Weisheit einsetzt. Wer kennt die eigenen Grenzen? Vielleicht hat er recht, vielleicht müßte man den Mut haben, so weit zu gehen, bis man merkt, es gibt keine anderen Grenzen, als die man sich selber setzt.«

Josmar fuhr auf. Lichter standen vor dem Wagen, er hörte den Mann am Volant etwas sagen, dann zog der Wagen an, die Lichter stoben zur Seite. Er sagte, anfangs etwas stotternd:

»Ich habe, glaube ich, ein wenig geschlafen. Was ist geschehen?«
»Nichts«, sagte der Arzt. »Wir fahren auch schon weiter. Gendarmen — sie haben nach Papieren gefragt, ich brauchte Sie nicht zu wecken, sie haben sich mit meinen Papieren begnügt.«
Nach einer Weile: »Hätten Sie große Angst gehabt, wenn Sie wach gewesen wären?«
»Ich habe es mich soeben gefragt. Ich glaube nicht.«
»Um so besser.«
Es begann zu tagen. Josmar dachte daran, daß sich in wenigen Stunden sein Schicksal entscheiden würde. Nein, er spürte keine Angst. »Wir Bolschewiki kennen keine Angst.« Er konnte bezeugen, daß es wahr war.
Nun war es heller Tag. Josmar näherte sich seinem Ziel. Etwa 20 Kilometer vor dem See befand sich das Studentenlager, wo er einen jungen Freund Dojnos aufsuchen sollte, der würde ihn dann bis zur Grenze bringen.
Der Wagen rollte langsam, das Zeltlager konnte nicht mehr weit sein; gegen halb fünf erblickten sie es, es war ganz nahe.
Niemand war zu sehen. Josmar stieg aus und ging schnell feldein zu den Zelten. Als er sich zur Straße umwandte, um dem Arzt zuzuwinken, sah er den Wagen um eine Kurve verschwinden.
Die Zelte waren im Kreis angeordnet. Es hatte wohl bis spät in der Nacht ein Holzstoßfeuer gegeben, die Asche — in der Mitte des Kreises — glomm noch. Daneben lag ein Hund. Als er Josmar erblickte, stand er träge auf. Doch er merkte wohl bald, daß er nichts zu fürchten hatte, so rollte er sich wieder zusammen. Von Zeit zu Zeit öffnete er ein Auge und beobachtete Josmar, der sich neben ihn auf die Erde legte, das Gesicht zum Himmel.

3

Sie stiegen nun schon lange, die Füße taten ihm weh. Er traute sich nicht, eine kurze Rast vorzuschlagen. Auch war es schon recht spät, fast elf Uhr, und jedesmal, wenn sie aus dem Wald hinaustraten, fühlten sie die drückende Hitze.
Der Junge verstand zwar gut Deutsch, doch mochte er nur kroatisch sprechen. Josmar mußte sich anstrengen, ihn zu verstehen. Überdies lispelte er, manche Konsonanten kamen aus dem breiten Mund mit den roten, zu vollen Lippen entstellt heraus.

Der Junge war sehr groß, breit und voll, die gelockten, etwas verwilderten blonden Haare paßten schlecht zu seinem Stiernacken. Er sprach fast ohne Unterbrechung, die Beschwerlichkeit des Weges schien ihn nicht zu stören. Das Mädchen an seiner Seite — sie trug eine gestickte Bauernbluse, die Josmar an Mara erinnerte — war klein, rundlich — alles an ihr war rund, die Arme, das Gesicht, die Bewegungen. Sie sprach selten, doch lachte sie oft laut auf. Es war ein glockenreiner Ton, es war angenehm, sie lachen zu hören.

Josmar verstand, daß der Junge für seine Freundin, nicht für ihn sprach. Und daß er sie liebte, ihr Lachen, ihre Rundlichkeit und die Art, wie sie ihn begeistert anblickte, wenn er etwas Ernstes gewichtig aussprach, das sie nicht mit ihrem Lachen belohnen konnte.

Sie waren ganz nahe an der Grenze, aber dieser Übergang, meinte der Junge, wäre zu unsicher. So mußten sie einen weiten Bogen machen, wieder steigen, schließlich begannen sie, wieder »Höhe abzugeben«, wie der Junge sich ausdrückte. Sie waren in einem kleinen Wäldchen, legten sich auf den Boden und lugten durch die Bäume. Niemand war zu sehen. Doch hörten sie sich nähernde Stimmen, Männerstimmen. Unten am Rande des Waldes, genau an der Grenzlinie, stellten sich die uniformierten Männer auf. Sie lachten. Das Echo antwortete mehrfach, ahmte spöttisch das Lachen nach.

»Zwei Gendarmen und der dritte ein österreichischer Grenzpolizist.« Die Uniformierten schienen sich ernsthaft in ihr Gespräch zu vertiefen. Einer der Gendarmen blickte immer wieder zum Wäldchen hinauf, als hätte er sie erspäht.

»Schlecht, sehr schlecht«, flüsterte der Junge erregt. »Die zwei werden hier durchkommen. Aber wenn wir aufstehen und weggehen, werden sie uns hören.«

Josmar sah ihn an. Dieser große Bursche zitterte vor Erregung, vielleicht, wahrscheinlich vor Angst. Er glaubte, in seinen Augen einen Vorwurf zu lesen. Doch was war da zu tun?

Er richtete sich auf, begann nachzudenken. Er dachte: Ich bin sehr ruhig. Und er war glücklich darüber. Er sah die Lösung, er mußte es wagen. Man brauchte nur eine Minute lang Mut. Lächelnd flüsterte er dem Jungen zu: »Bleibt ruhig liegen, bis die Gendarmen außer Sicht sind. Rot Front, Genossen.« Er ballte

die Faust und fühlte im gleichen Augenblick, daß diese Worte und die Geste falsch, verfehlt waren, er wollte imponieren. Doch scheuchte er den Gedanken weg, er sprang auf, lief aus dem Wald hinaus und dann hinunter zu den Uniformierten. Sie hatten seinen Schritt gehört und drehten sich zu ihm um. Er machte vor dem Österreicher halt und sagte: »Entschuldigen Sie bitte, ich bin hier fremd, ich fürchte, ich habe mich da verirrt. Ich wollte auf den Paß, zur Aussicht auf den See. Habe eine Abkürzung gewählt und drehe mich jetzt im Kreis herum. Bin ich noch auf österreichischem Boden?«
Der Österreicher nahm seinen Arm und riß ihn mit einem Ruck hinter sich: »So, jetzt erst sind Sie auf österreichischem Boden. Sie sind ein Bruder aus dem Reich, zur Sommerfrische bei uns?«
»Ja«, sagte Josmar. Und ihm schien es, daß er keinen Atem mehr hatte.
»Nächstens suchen's ka Abkürzung bei einer Grenze. Da ham'r dann immer Scherereien wegen die Touristen. Gehen Sie jetzt gradaus, wie ich Ihnen zeige, da kommen's auf die Straße und da gehn's links, da bleiben Sie recht schön bei uns im Österreichischen.«
Josmar wollte danken, er öffnete den Mund, es kam kein Ton heraus. Er schloß ihn langsam, beschämt wandte er sich um und ging. Er fühlte den Blick der Männer auf seinem Rücken, plötzlich merkte er, daß er lief, er hatte geglaubt, langsam und gemessenen Schrittes zu gehen. Nun war es gleichgültig, er lief.
Er sah das graue Band der Straße. Als er auf sie hinunterspringen wollte, knickten ihm die Beine, er ließ sich fallen, die Stoppeln taten ihm weh. Er streckte sich aus und legte den Kopf auf die Stoppeln. Er wollte langsam und gleichmütig aus- und einatmen, es gelang nicht. Er öffnete den Mund, er weinte. Er sagte laut: »Nein! Nein!« Er weinte, wie er als Kind zu weinen pflegte, leise schluchzend, die Oberlippe vorgeschoben, um die Tränen aufzufangen und sie in den Mund zu bringen. Der salzige Geschmack beruhigte ihn allmählich.
»Kurasch ham's, dös muß ich ausdrücklich anmerken, und a Schwein, Glück meine ich, ham's auch gehabt. Stehen Sie auf. Die Gegend ist net gesund. Vor zwei Jahren haben's zehn Schritt von hier auf unserem Boden, verstehn's, einen auf der Flucht erschossen. Is gut, daß ich dagewesen bin.«

Der Grenzpolizist stand vor ihm. Er sprang auf und sagte: »Ich habe mich eben verirrt.«

»Aber na, erzähln's mir kane Geschichten, ich habe Sie ja schon vorher bemerkt gehabt, Sie waren mit noch zwei Leuten, einem Weibsbild darunter. Sie haben kan geschickten Führer net gehabt. Und wenn meine Kollegen nicht so teppate Bauernlackel gewesen wären, da hätt' ma jetzt net das Vergnügen. Jetzt geben's mir Ihren Paß, damit ich Ihren Grenzübertritt eintrage. Denn Ordnung muß sein! Und jetzt gebe ich Ihnen einen guten Rat. Wenn Sie da die Straße hinuntergehen, biegen Sie die zweite Straße, die was a bissl hinaufführt, rechts ab. Sie kommen dann in die Stadt, wo ich zu Hause bin. Gehen's in den Gasthof ›Zum weißen Hirschen‹, sagen's, der Wachtmeister Krenitz hat Sie geschickt mit an schönen Gruß von mir und daß ich gleich nach der Ablösung komme. Da feiern's Hochzeit, es ist die Jüngste. Die Hendeln, was da heute verputzt werden! — Na, Freundschaft, Genosse!« schloß er mit dem Gruß der österreichischen Sozialisten.

4

Die Tische waren um den Lindenbaum angerichtet, unter dem Baum saßen die Fiedler. Josmar hatte den Eindruck, daß niemand mehr nüchtern war, und es war erst ein Uhr vorbei.

Josmar sah zur schneebedeckten Kuppe des Triglav hinauf. Tief unten die Wälder schienen sich zu bewegen. Ihr Grün verfloß in ein Blau, ein samtenes Blau, dachte Josmar. Er war gerührt und wußte nicht, warum.

Er hatte zuviel gegessen, zuviel getrunken. Die Magd führte ihn in sein Zimmer. »Schad, die Tanzerei werden's verschlafen.«

»Na, Sie werden schon genug Tänzer finden.«

»Aber net so an feinen wie Sie«, antwortete sie. »Wann's ganz lustig wird am Abend, wecke ich Ihnen halt, wann's erlauben.« Und sie versetzte ihm einen leichten Schlag auf den Rücken. Er sah sie an, sie gefiel ihm, er nickte.

Die Wände des kleinen Zimmers waren hellblau gekalkt. Er sah den dunkelblauen Streifen an, der das Hellblau vom Weiß des Plafonds abhob, er dachte: Ich wußte nicht, daß ich so große Angst hatte.

Das Bett war hart, das Kissen zu hoch, er tat es weg. Er legte sich wieder zurecht, zog die Knie an.
Durch das geschlossene, verhängte Fenster drang das Spiel der Fiedeln herein. Es wurde manchmal vom Gelächter überdeckt, doch kam es wieder daraus hervor.
Vielleicht müßte man bewußter leben, dachte Josmar. Doch würde das die Angst nicht mindern. Wie sich Dojno an meiner Stelle verhalten hätte? Ich wußte nicht, daß ich noch so weinen kann.
In den Zelten und die hier, die leben am Leben vorbei. Es ballt sich über ihren Köpfen zusammen, sie wissen's nicht. Traumwandler. Darum können sie auch so lachen. Und wir wachen, sind die einzigen, die wahren Sturmvögel, die schlafen nicht.
Die Augen fielen ihm zu. Eine Fliege näherte sich summend seiner Stirn, er wollte die Hand heben, sie verscheuchen.
Lisbeth schrie, er sollte doch aufpassen, er sei schon wieder auf ihre Schleppe getreten. Er antwortete ihr zornig. Je länger er sprach, um so heftiger wurde sein Zorn. Und er konnte sich nicht aufhalten, er mußte laufen.
Die Fliege flog davon, sie setzte sich auf den Schirm der Lampe. In der Nähe hing der Fliegenfänger, da summte was. Sie stellte sich auf die rote Fläche, sie konnte nicht weiterfliegen. Sie summte laut, sehr laut.
Lisbeth war weg, plötzlich. Er hatte keine Zeit, auf sie zu warten, er begann zu laufen.
Der Traum wurde wortlos, Josmar schlief sehr tief.

Nach Berlin zurückgekehrt, berichtete Josmar sehr ausführlich, was er erlebt hatte. Sönnecke empfahl ihm, bei der Abfassung des schriftlichen Berichtes viel kürzer zu sein, systematischer, der Linie viel mehr Rechnung zu tragen. Dies nicht seinethalben, sondern der anderen führenden Genossen wegen. Josmar mußte seinen Rapport dreimal umschreiben. Die letzte Fassung war eine uneingeschränkte Bestätigung der Richtigkeit der Linie, Zeugenschaft für die führende Gruppe des Politbüros, für die Jahreszeiten-Männer.
»Vielleicht hast du bei uns da unten etwas gelernt, aber du hast es schnell vergessen«, sagte Vasso.

»Ich habe nichts vergessen«, anwortete Josmar ärgerlich.
»Die meisten Menschen werden deshalb politisch nie klug, weil sie, was sie erleben, erst erfassen, wenn es Vergangenheit geworden ist. Erst beim zweiten Erlebnis erfahren sie, was sie nach dem ersten so leicht vergessen haben. Es naht die Zeit, da die Gunst der zweiten Warnung nur noch besonderen Glückspilzen gewährt sein wird.«

ZWEITER TEIL

DIE VORBEREITUNG

ERSTES KAPITEL

I

Auch als sie nun abräumte, behielt Mathilde den strengen Ausdruck, der sich zum Widerwillen steigerte, so oft sie sich Dojno näherte. Relly hätte ihrer Magd sagen mögen: »Aber Mathilde, es ist ja schon längst wieder alles gut, das Schlechte ist vergessen und wird nie wiederkehren.« Doch Mathilde konnte nichts von dem Leid vergessen, das dieser Mann, Dojno, ihrer Gnädigen angetan hatte. Plötzlich, nach fünf Jahren, man hatte sich gerade von ihm ausgeruht, ja ihn fast vergessen, da ist er aufgetaucht, hat das Nachtmahl gegessen, als ob nie was gewesen wäre.
Die beiden sprachen von Edis letzten Arbeiten, Relly hörte kaum zu. Edi legte etwas dar, das Dojno sehr zu interessieren schien. Wie immer, wenn er um einen warb, klang seine Stimme etwas belegt, war sein Oberkörper vorgebeugt, dem Sprechenden zugeneigt, gleichsam hingegeben. Also warb Dojno um Edi, den Mann, den sie vor wenigen Tagen geheiratet hatte.
Vorgestern, als sie unvorbereitet seine Stimme am Telefon hörte, als er sich formell nannte und ihren Namen aussprach, da hatte sie einen Augenblick das Gefühl von früher: ihre Hände wurden kalt, sie knickte in den Knien ein. Aber das verging schnell, sie fand sich wieder und den leichten Ton, der da angemessen war. Nein, sie war ja nicht mehr dieselbe.
Er aber war unverändert, vielleicht waren seine Gebärden etwas abgemessener. Es war der gleiche Mensch, den sie einmal geliebt hatte. Sie hatte geglaubt, es würde mehr als eines Menschenlebens bedürfen, um diese ihre Liebe zu überleben. Nun waren wenig mehr als fünf Jahre vergangen, und sie war ruhig, nicht aufgewühlter, als wenn sie seine Briefe zur Hand nahm. Eine Zeitlang pflegte noch der Anblick seiner Schrift sie zu erschüttern, doch später hörte auch das auf, es blieb nur die Sensation der Erinnerung. Was empfand sie nun für ihn? Sie sah ihn an, sie betrachtete das zu scharfe Profil eines mageren, blaßgelben Gesichtes, nichts drängte sie, eine Antwort zu geben. Sie hörte ihn sagen:

»Josmar Goeben hat Ihnen wahrscheinlich unsere Begegnung angekündigt?«

»Ja«, sagte Edi. Es schien, als wollte er noch etwas hinzufügen, was diese Begegnung betraf, er hob die Rechte, die auf der Sessellehne lag, und ließ sie schnell, gleichsam resigniert, wieder fallen. »Ja«, wiederholte er. »Wie geht es ihm denn, dem Josmar?«

»Er hat keine Stellung, Sie wissen es vielleicht, er hat nun einen kleinen Radioladen mit dazugehöriger Reparaturwerkstätte aufgemacht. Ich glaube, er ist zufrieden.«

»Er deutete mir an, daß er sich hat scheiden lassen. War es die übliche unglückliche Ehegeschichte?«

Da Dojno nicht antwortete, fuhr Edi fort: »Ich habe diesen Jungen sehr gern gehabt, ich denke auch heute noch an ihn wie an einen Freund, Sie verstehen? Darum frage ich. Kannten Sie seine Frau?«

»Ja«, antwortete Dojno gedehnt. Der Gegenstand schien ihn nicht zu interessieren. »Sehen Sie, Rubin, diese Frau, Lisbeth heißt sie, ist eine von den vielen halb oder falsch befreiten Frauen, die das folgerichtige Unglück haben, auf Männer zu stoßen, die diese Pseudoemanzipation ernst nehmen. Solche Frauen wissen nicht mehr, was sie mit der Ehe, und sie wissen noch nicht, was sie mit sich selbst und mit ihrer sogenannten Freiheit anfangen sollen. Und dazu kommt sie aus dem Proletariat. Sie ging zur Kommunistischen Partei, um für die Emanzipation ihrer Klasse zu kämpfen. Sie emanzipierte sich dabei von ihrer Klasse, sie heiratete den Sohn des Geheimrats Goeben, einen Chefingenieur. Sie verdarb. Josmar sah ohnmächtig zu, er konnte nichts hindern, nicht bessern.«

»Halten Sie ihn für so schwach?«

»Der Mann, der seine Frau überschätzen muß, um sie nicht verachten zu müssen, ist immer in einer sehr schwachen Position. Wer vor den Konsequenzen seines eigenen Sieges zittert, ist besiegt, ehe er den ersten Streich geführt hat.«

Ja, er war sich gleich geblieben, dachte Relly. Diese unglückliche Frau Lisbeth allein, nein, sie interessiert ihn nicht, also existiert sie nicht für ihn. Sie ist nur ein charakteristischer Fall — halbbefreite Frauen und so weiter. »Das Leiden, aus dem sich nicht eine verallgemeinerbare Lehre ziehen läßt, ist vergeudet, sinnlos,

dem natürlichen Tode gleich: erlitten für nichts!« Solchen Sätzen hatte sie damals lauschen können, als wären sie ihre Rechtfertigung gewesen, und sie waren doch nur Begründungen für das Urteil, mit dem er sie erledigte, mit dem er ihre Liebe vergiftete.
Damals glaubte sie noch — so dumm, so verrannt war sie —, daß er nicht leiden könnte und darum des Mitleidens unfähig wäre. Und erst an jenem Abend in dem verrauchten Café, da er wegging, um nicht wiederzukehren, sagte er es ihr, glaubte sie es ihm, daß er an ihr gelitten hatte. Sinnlos. Und das war die endgültige Verurteilung.
Als ihr Buch erschienen war, ihr erster wirklicher Erfolg, und er glaubte, daß sie sich damit von der Vergangenheit, von ihm befreit hatte, schrieb er ihr zum erstenmal wieder. Grüße auf einer Ansichtskarte vom Meer. Sie sollten anerkennen, daß sie aus ihrem Leid etwas gemacht hatte.
Monate danach lebte sie wieder im Alptraum — wieder wartete sie. Er hatte nie geahnt, welche Qual Warten sein kann. Und noch aus dem Schlaf auffahren, meinen, man sei durch das Klingeln des Telefons geweckt worden, den Hörer hochreißen und fragen: »Du bist es, Dojno?«, und da keine Antwort kommt, denken, er habe zu lange gewartet, man habe erst das letzte Klingeln gehört, und nun warten, warten, daß er wieder anruft. Was weiß er davon?
Nein, im Alptraum gibt es kein Begehren, es wird zur Angst. So verlernte sie, ihn zu begehren. Sie begann, die Zärtlichkeit zu fürchten, die sie doch so herbeisehnte, denn sie hatte Angst vor ihrem Ende. Und in der Umarmung wuchs die Angst riesengroß an. Er wußte es, denn sie war eine schlechte Partnerin, er wurde ein schlechter Partner.
Hätte sie nur den Geliebten in ihm geliebt, wie leicht wäre alles gewesen. Aber sie liebte anderes, mehr in ihm — und das entzog sich ihr, war da und gehörte ihr doch niemals.
Edi schrie. Er war aufgesprungen, fuchtelte mit der rechten Hand, mit der linken versuchte er ungeschickt, die Brille zurechtzurücken:
»Nein, Faber, ich wiederhole, was ich Goeben deutlich genug gesagt habe. Mich interessiert ihr überhaupt nicht, wenn ihr für Gorenko nichts tun könnt. Dem Mann geschieht ein Unrecht. Nun ist es ein Jahr her, daß ich es dem Josmar gesagt habe.

Inzwischen ist Gorenko vielleicht schon verkommen. Mein Gott, verstehen Sie denn nicht? Auch wenn ihr nichts von mir wolltet, wenn ich zu Ihnen käme und Ihnen sagte: ›Da ist in Rußland ein hervorragender junger Wissenschaftler. Die Russen, die so viel auf Prestige geben, haben alles Interesse, diesem Mann die Möglichkeit zur Arbeit wiederzugeben. Statt dessen wird er langsam hingemordet. Da schicken sie mir Zeitschriften und dergleichen zu, um mich wie andere meinesgleichen zu überzeugen, daß Sowjetrußland das Paradies der Wissenschaftler ist — ich pfeife auf dieses Paradies, ich spucke darauf, mein lieber Faber, wenn dort möglich ist, was sonst nirgends geschieht: daß ein Mann wie Gorenko lebend eingesargt wird.‹«

Er setzte sich wieder, wandte sich an Relly:

»Es handelt sich um die gleiche Angelegenheit, in der sie den guten Josmar zu mir geschickt haben. Es gibt da keine Verständigung. Sie reden mir immer von Sozialismus, von einer neuen Welt, von der Befreiung, und ich sage ihnen: Befreit erst einmal diesen Mann. Gewiß, ich bin ein Individualist, ein sentimentaler Kleinbürger, dem irgendein Gorenko, der für die Menschheit nützlicher sein kann als sie alle zusammen, wichtiger ist als ihr Geschwätz. Meine letzten zwei Briefe und die Geldsendung sind mit dem Vermerk: ›Empfang vom Adressaten abgelehnt‹ zurückgekommen. Verstehst du, Relly, was da vorgeht?«

Sie sah Dojno an, zum erstenmal, seit er da war, sah sie ihm voll ins Gesicht. »Verzeihen Sie, Faber«, sagte Edi etwas ruhiger, »ich war zu heftig im Ton. Sachlich habe ich nichts zurückzunehmen.« Dojno schwieg noch immer. Edi, wieder ungeduldig geworden, sagte: »Wenn Sie wollen, lassen wir überhaupt die ganze Angelegenheit. Ich verstehe, daß ihr überhaupt gar keinen Einfluß dort habt. Ihr seid dazu da, alles, was dort geschieht, wundervoll zu finden und gegen jeden zu verteidigen.«

»Es stimmt«, sagte Dojno, »wir haben dort keinen Einfluß. Überlegen Sie, Rubin, wie sollte es auch anders sein?«

»Bitte«, rief Edi aus, »keine weiteren, sozusagen dialektischen Explikationen. Ihr Eingeständnis ist wertvoll, ein Schlußpunkt, kein Ausgangspunkt.«

»Gewiß. Aber da Sie von Gorenko sprechen, werde ich Ihnen gern erzählen, was ich von seinem Fall weiß. Habe ich Ihnen schon gesagt, daß ich Ihren Freund recht gut kenne?«

»Nein«, rief Edi überrascht aus. »Warum sagen Sie das erst jetzt? Erzählen Sie doch.«

Dojno erzählte mit ungewohnter Ausführlichkeit von seiner ersten Begegnung mit diesem Gorenko: »So sehe ich ihn, sooft ich an ihn denke: groß, breit, der riesige Schädel glatt rasiert, seine weiße Rubaschka leuchtet zwischen den Büschen auf, verschwindet. Es war, als suchte der Mondschein ihn immer wieder auf, als folgte er ihm, wie er da durch den Wald tanzte — die Garmoschka und das Händeklatschen, die zu seinem Tanz gehörten, waren wohl in seinem Ohr. Wir glaubten, sie zu hören, als wir ihn sahen. So groß war sein Glück, daß ich mich nicht fragen mochte, woher es kam. Später dachte ich, es war vielleicht das Neugeborene, das zweite Kind, oder es war, daß Jelena, die man nach der sehr schweren Entbindung aufgegeben hatte, daß sie lebte, daß sie da war und ihn tanzen sah. Für viele von uns ist es eine schwere Kunst, glücklich zu sein, Gorenko war glücklich, ohne es gelernt zu haben.

Wir waren, einige Genossen, diesen Abend auf seiner Datsche. Es war ein schweres Jahr, 1930, selbst die großen Hoffnungen, denen wir überall im Lande begegneten, lasteten wie Gewichte auf uns — wie Versprechen, von denen alles abhängt und die man doch nicht erfüllen kann. Und da sahen wir ihn zwischen den Büschen tanzen, und wir wußten, nein, wir fühlten nur wortlos: Diese Gorenkos werden wohlbehalten am anderen Ufer anlangen, und wäre es ein Ozean, über den sie reiten müßten. Ja, das ist meine letzte Erinnerung an ihn.«

»Und, ja und?« fragte Edi gespannt.

»Im Oktober 1930 stellte die GPU im Zuge ausgedehnter Nachforschungen fest, daß Iwan Gavrilovitsch Gorenko, Parteimitglied seit Juli 1917, mit Oppositionellen, ausgeschlossenen wie geheimen, regen Verkehr hatte, daß er zwei Männern, die sich, auf irgendeine Weise gewarnt, rechtzeitig der Verfolgung entzogen hatten, in seiner Wohnung Unterschlupf geboten, einen von ihnen in seinem Laboratorium angestellt und ihn dem Betriebsrat unter falschem Namen vorgestellt hatte. Gorenko verweigerte zuerst jede Aussage, schließlich wurde er durch die Aussagen seiner Frau und in einer Konfrontation mit ihr überführt. Er legte darauf ein teilweises Geständnis ab. Er weigerte sich, eine Reueerklärung abzugeben, und bestand bis zuletzt darauf, seine Verbrechen nicht aus politischen Gründen, sondern aus Freundschaft für die beiden Oppositionellen verübt zu haben, und dies, obschon er wußte, daß sie zu Klassenfeinden geworden waren. Er wurde aus der Partei ausgeschlossen, sein Fall wurde entsprechend administrativ behandelt. Im Januar dieses Jahres hat sich Gorenko aus dem Isolator an die Partei gewandt. Er hat ein umfassendes Geständnis abgelegt, er hat alle jene unter seinen Freunden und Bekannten angegeben, aus deren Äußerungen er seinerzeit auf eine oppositionelle Stellung zur Partei, zu deren Politik und deren Führung hätte schließen können. Er hat diesem in jeder Hinsicht vollständigen Geständnis eine Erklärung beigefügt, in der er seine Reue bekennt und der Partei versichert, ihr mit doppeltem Eifer dienen und ihrer Führung ohne jedes Bedenken folgen zu wollen. Die Partei hat, im Hinblick sowohl auf die Vollständigkeit des Geständnisses wie auf die Verdienste, die sich Gorenko während des Bürgerkrieges und nachher erworben hat, beschlossen, seine Reueerklärung zur Kenntnis zu nehmen und ihn — mit vorläufiger Aberkennung seiner Parteirechte — als Kandidaten für die Aufnahme in die Partei in Betracht zu ziehen.«

»Nein«, sagte Edi, »nein, das ist unmöglich!«

»Es wird Sie interessieren, Rubin, daß Gorenko gestanden hat, sich Ihrer ohne Ihr Wissen bedient zu haben. Er sandte Ihnen immer wieder lange Buchbestellisten, die Sie an eine hiesige Buchhandlung weiterleiteten. Diese Listen waren mit Maschine geschrieben. Zwischen den Zeilen war in chemischer Schrift der Text, der für die Führer der Opposition im Ausland bestimmt war. Ein Angestellter der Buchhandlung besorgte das weitere.«

»Ich hatte von alledem keine Ahnung!« rief Edi aus.

»Natürlich!«

»Warum hat er aber dieses Geständnis abgelegt?«

»Ich weiß es nicht. Es gibt sehr viele Gründe dafür. Ich hörte letztens, daß seine Frau ihn dazu bewogen hat.«

»Diese Frau, die ihn verraten hat?«

»Diese Frau, die er liebt. Ein Individualist wie Sie sollte das leichter verstehen als ich! Sie setzen den einzelnen voraus. Es gibt ihn aber nicht.«

»Sie irren sich, Faber, es gibt ihn. Der Biologe kennt ihn, auch wenn Sie ihn vergessen haben.«

»Nein, ich bin nicht vergeßlich. Allein ist der Mensch mit seinem Tod, vielmehr, da wäre er allein, wenn er den Tod erlebte, statt ihn zu sterben, wenn es ihm gelänge, das Nichtseiende zu sein.«
Relly ging hinaus. Sie hatte plötzlich das Bedürfnis, sich lange im Spiegel zu betrachten — so, als ob sie ihr Gesicht mit peinlicher Genauigkeit beschreiben müßte. Als sie wiederkam, hörte sie Dojno mit müder Stimme sagen: »Sehen Sie, Rubin, eine Revolution — das ist etwas Großes, Erhabenes, gewiß! Es ist in der Praxis derer, die sie machen — eine Summe von Intrigen, von mühseligen Kleinarbeiten. Eine Revolution, das ist die zur Gewalt gewordene Idee, gewiß. Sie ist nicht weniger die Konjunktur der Karrieristen, der Sadisten, der Hysteriker. Sie ist das Todesurteil über das Unrecht, gewiß. Sie ist nicht weniger und gerade in ihren Anfängen, in ihrem großen Augenblick, der Quell vieler sinnloser Ungerechtigkeiten. Und wenn die sich sehr hoch türmen, dann mögen ihre Opfer die Stufen werden, über die ein ehrgeiziger General zum Kaiserthron schreitet. So erhaben ist eine Revolution, daß es lohnt, für sie zu leben, daß alle Gegenwart blaß, schal wird, wenn sie nicht der Vorbereitung der großen Umwälzung dient. Doch damit sie gelinge, muß ihre Erhabenheit auch den Mitteln zu ihrer Herbeiführung verliehen werden. Und da beginnt die Verabsolutierung. Die sich anschicken, der barbarischen Vorgeschichte der Menschheit ein Ende zu bereiten, sind selbst Menschen dieser Vorgeschichte. Sie gehen in den Kampf gegen die Götzen mit der Seele von Götzendienern. Sagen Sie, Rubin«, Dojno stellte sich vor ihn hin, »glauben Sie, daß ich ein guter Parteiführer wäre?«
»Ja«, sagte Edi, zu ihm aufblickend, er wiederholte entschieden: »Ja! Sie könnten vieles bessern und vieles, das eine Revolution schändet, verhindern!«
»Verhindern? Wie wenig kann man an den Begleiterscheinungen eines Ereignisses verhindern, das man ein Leben lang herbeigesehnt hat — wissen Sie das nicht? Verhindern? Können Sie verhindern, daß eine Geburt ein sinnlos schmerzliches, blutiges, schmutziges, häßliches Geschäft ist? Können Sie...«
Relly spürte, daß das Gespräch zu Ende war. Edi war sichtlich müde. Und an Dojno sah sie die Zeichen der leisen Unruhe, die sich seiner immer bemächtigte, wenn er — und das schien immer ganz plötzlich zu kommen — von einem Raum, von den Men-

schen und den Worten genug hatte und ihm das Alleinsein drängendes, geradezu körperliches Bedürfnis wurde. Sie sagte:
»Seid nicht böse, ich habe euch nicht immer zugehört. Habt ihr euch nun verständigt?«
»Richtig!« rief Edi aus. »Sie sagten mir noch immer nicht, was Sie eigentlich von mir wollten. Die Unterhaltung war mir sehr wertvoll, natürlich, aber Sie sind doch kaum deswegen hergekommen?«
»Ich bin auch deswegen hergekommen, weil ich Sie kennenlernen wollte. Und nun kenne ich Sie ein wenig, und nun weiß ich, was wir von Ihnen verlangen können. Wir werden Sie sehr in Anspruch nehmen. Wir bereiten uns auf die Illegalität vor. Im entsprechenden Moment kann die Existenz eines gut vorbereiteten illegalen Apparates für uns die Frage von Leben und Tod entscheiden. Einzelne unserer Sektionen — am Balkan z. B. — sind illegal. Ihre Leitungen sitzen zum Teil hier in Wien, sie brauchen vielerlei. Sie können helfen. Dank Ihrer Hilfe werden kostbare Menschenleben gerettet werden, die besten Kämpfer vor Zuchthaus und Folter bewahrt werden. Der Genosse, mit dem Sie hauptsächlich zusammenarbeiten sollen, wird sich zuerst an Relly wenden, die ihn kennt. Es ist Vasso, du erinnerst dich sicher noch an ihn, Relly, nicht wahr? Ich glaube, Rubin, er wird Ihnen manches besser sagen können, als ich es heute abend konnte.«
»Sie vergessen, Faber, ich habe noch nicht ja gesagt.«
»Ich weiß es.«
»Aber Sie rechnen doch damit, daß ich nicht nein sagen werde?«
»Ich rechne nur mit unserer Not, ich rechne nur damit, daß wir Sie dringend brauchen und daß Sie es wissen.«
»Aber Sie vergessen, daß ich kein Kommunist bin.«
»Ich vergesse es nicht, aber ich weiß nach unserem heutigen Gespräch, daß, wo Menschen meiner Art fallen, Menschen Ihrer Art nicht gleichgültige Zuschauer bleiben können.«
»Ich bin Mitglied der Sozialdemokratischen Partei — wissen Sie das?«
»Ich weiß es. Und Sie wissen, daß die Sozialdemokraten nicht kämpfen wollen und nicht kämpfen werden.«
»Ich bin dessen noch immer nicht ganz sicher.«
»Wollen Sie tatenlos auf den Sieg Hitlers warten, um diese Gewißheit zu erlangen?«

»Ich verpflichte mich zu nichts, aber ich erwarte jedenfalls Ihren Freund.«
»Das genügt, Rubin!«
»Sie gehen schon, Faber?«
»Ja, es ist spät. Und ich muß morgen früh auf, ich bin sonst ein Spätaufsteher.«
»Edi, ich bringe ihn hinunter«, sagte Relly zu Edi.
»Leben Sie wohl!« sagte Dojno, als er Edis Hand nahm. »Ich möchte Sie unter anderen Umständen wiedersehen. Es gäbe so viel anderes zu besprechen, so viel Wichtiges, das später einmal sogar das allein Wichtige sein wird. Ich habe viel von Ihnen zu lernen!«
»Nein, ich habe viel von Ihnen zu lernen!« erwiderte Edi, und er erstaunte über die Bewegtheit in seiner Stimme.

2

Der Taxistand war nahe, bald waren sie da, und sie hatten kein Wort gewechselt. Sie blieb etwas zurück, er merkte es und entschuldigte sich; sie müßte sich doch wohl erinnern, er ginge immer schnell.
»Ja«, sagte sie. Das Pflaster war feucht, es hatte geregnet, nun wehte von der Donau her ein kalter Wind. Sie verkniff den Mund und wartete, daß er sprechen sollte. Endlich sagte er:
»Nichts hat sich hier geändert. Der Bäcker da ist immer noch k. k. Hoflieferant.«
Ist das alles, was er mir zu sagen hat, dachte Relly.
»Und Mathilde haßt mich noch immer, als ob inzwischen nichts geschehen wäre. Sie ist die einzige, die ihren Gefühlen treu geblieben ist. Vielleicht auch, weil es leichter ist, zu hassen als zu lieben.«
»Warum sollte es leichter sein, zu hassen?« fragte Relly gereizt.
»Warum? Unter anderem, weil die Gründe des Hasses fast immer zureichend sind. Und der Gehaßte fügt gewöhnlich immer neue hinzu und erhärtet die vorherigen. Die Liebe aber verbraucht ihre Gründe wie ein Feuer das Stroh.«
»Immer?«
»Wenn der Geliebte frühzeitig stirbt, können die Gründe ein Leben lang vorhalten. Auf einem Grab lebt die Liebe ewig, unter

Umständen, die Toten haben da sozusagen die besten Chancen.«
»Wir sind angekommen. Da, gleich um die Ecke ist der Stand«, sagte Relly.
»Gut, ich bringe dich jetzt zurück.«
»Danke!« Sie dachte, es ist gleichgültig, ob er sich gleich jetzt verabschiedet oder später. Das ist ein fremder Mann. Jetzt, da wir allein sind, macht er nur den Mund auf, um Scherze zu machen. Sie gingen langsam zurück. Sie fühlte, daß er sie ansah, doch sie drehte den Kopf nicht zu ihm hin.
»Was wolltest du mich fragen?«
Sie anwortete nicht. Er wußte, was sie ihn fragen wollte, er wußte, daß, wenn er nun schon gekommen war — gleichviel warum —, er sich verantworten mußte. Natürlich, jetzt war all das schon bedeutungslos, sie wußte es. Doch fühlte sie, daß eben dies notwendig war: daß er sich rechtfertigte und daß sie ihm dann sagte, nun wäre alles ohne Belang für sie, nun wäre sie die Frau eines andern. Und daß sie ihm von Edi erzählte, der sie gerettet hatte. Doch er schwieg. Sie sagte:
»Du bist damals weggegangen. Nichts war vorausgegangen, was dich hat bestimmen können, gerade an diesem Donnerstagabend endgültig zu brechen. Du mußt gewußt haben, daß — nun, daß eigentlich wenig Wahrscheinlichkeit war, daß ich es überleben würde. Was hatte ich so Schlimmes getan, daß du mich solcher Gefahr aussetztest?«
»Du kennst alle Antworten, die du von mit verlangst. Du weißt und kannst nicht vergessen haben, daß unser Zusammenleben eine sinnlose Qual war.«
»Warum?« fragte Relly eindringlich. Sie blieb stehen und sah ihm ins Gesicht. »Warum?« wiederholte Dojno nachdenklich. »Warum? Vielleicht, weil ich dich nicht genug liebte und weil du mich — sei nicht böse — überhaupt nicht liebtest.«
»Du glaubst also noch heute, Dojno, daß ich dich nicht geliebt habe?«
»Ja, ich weiß es heute wie damals. Deine Gier, mich zu besitzen, war nur gestehbar, wenn sie dir als Liebe erschien.«
»Ich wollte dich besitzen, gewiß, weil ich dich unsagbar liebte. Warum denn sonst? Sei doch jetzt wenigstens vernünftig und gib es zu!«
Er schwieg. Er hatte wohl Angst, die alten Auseinandersetzungen

wieder zu beginnen. Und Relly merkte, daß nun auch ihr nichts daran lag. Er hatte recht, all das war sinnlos. Und entscheidend war ja eben gewesen, was er selbst zugestand, daß er sie nicht geliebt hatte.

Sie waren wieder bis zum Stand gegangen und kehrten abermals um.

»Gut, lassen wir die Vergangenheit. Sag, Dojno, bist du jetzt glücklich?«

Und da er ihr nicht antwortete: »Ist deine Frau glücklich?«

»Nein, sie ist mit mir nicht glücklich. Der verläßliche, pausbäckige Alltag gelingt nicht. Und gerade auf ihn kommt es an.«

»Und das sagst du so ruhig. Bist du vielleicht resigniert?«

»Vielleicht.«

»Das würde wenig zu dir passen. Du würdest mich enttäuschen.«

Sie lachte. Der Krampf hatte sich gelöst, fühlte sie, sie lachte noch einmal, heiter, entspannt. Sie wußte, daß sie ihm jetzt ohne Hemmung alles sagen konnte, sie hatte keine Angst mehr vor ihm, alle Scheu war gewichen. Nun konnte sie ihm alle die scharfen, entwertenden Worte sagen, die sie ihm in ihrer Vorstellung so häufig gesagt hatte. Doch hatte sie es nicht mehr nötig. Einen Satz nur hätte sie ihm sagen mögen: »Während du alle diese Dummheiten daherredest, hast du nicht einmal begriffen, daß ich dich liebe, wie ich dich geliebt habe, und daß das Neue nur dies ist: Ich brauche deine Liebe nicht, ich brauche dich dazu nicht.«

Doch da sie gerade den Satz begann, stand Mathilde neben ihr.

»Ja, wollen's denn die ganze Nacht auf der Straße bleiben — in dem kalten Gummimantel, wo es so frisch ist?« rief Mathilde empört.

Relly ging noch einige Schritte mit Dojno. Sie fragte, ihm die Hand reichend: »Bist du bald wieder in Wien?«

»Ich weiß es nicht. Ich glaube aber nicht. Es stehen große Ereignisse bevor.«

»Die Revolution?«

»Nein. Es beginnt vielleicht mit der Konterrevolution und ihrer Niederlage.«

»Und wenn sie siegt?«

»Dann sehen wir uns sehr schnell oder nie mehr wieder.«

»Leb wohl, Dojno. Vergiß mich nicht.«

»Ich vergesse nicht. Leb wohl!«

ZWEITES KAPITEL

I

Der Lärm dieser engen Gasse drang bis zu seiner Stube hinauf. Dojno stand auf, beugte sich zum Fenster hinaus, über ihm der Himmel war blau, es flimmerte in der Luft, der Tag wollte heiß und gewittrig werden. Ihm schien, nirgends auf dem Kontinent litt man soviel unter der Hitze wie in dieser Stadt. Doch wußte er, daß er sich irrte — wie ja fast alles, was er von dieser Stadt dachte, nur beschränkt richtig war. Es war seine Stadt, hier war er jung gewesen. Er kannte sie zu genau, wie man eine Frau kennt, die man nicht mehr liebt, und alles, was er von ihr sagte, war verfälscht wie eine Autobiographie — seine Jugend ging in sein Urteil ein. Er war noch nicht alt genug, sie zu lieben, er war zu weit von ihr entfernt, als daß er ihr irgend etwas verziehen hätte.

Er würde ihn, gleichviel an welchem Tag er käme, zur üblichen Stunde erwarten, hatte der Professor gesagt. Diese Stunde hatte vor dreizehn Jahren begonnen, die »übliche« zu sein. Halb neun Uhr vormittags, nachdem sein Frühstück abgeräumt war, da wollte er seinen Jünger, den »stolzen Dion«, wie er ihn nannte, bei sich sehen.

Doch in diesem kurzen Brief, in dem der Professor ihn aufforderte, ihn zur üblichen Stunde zu besuchen, sollte ihn sein Weg wieder einmal nach Vindobona führen, war Dojno zum erstenmal nicht mehr »Mein lieber, stolzer Dion«, er war schlicht und fühlbar distanziert »Lieber Denis Faber«.

Also grollte der alte Stetten. Und doch würde er ihn wohl wie immer mit den Worten begrüßen: »Ich habe es aber gefühlt, daß Sie heute erscheinen werden.« Er log nicht, der Professor, er erwartete ihn täglich.

Es war noch sehr früh, Dojno versprach es sich, es sollte diesmal kein biographischer Spaziergang werden, es sollten sich die Pflastersteine nicht zu Denkmälern eines verflossenen Lebens erheben, Straßenecken, Parkbänke, Straßenbahnhaltestellen sollten nicht

Anlässe fast endloser Erinnerungsketten werden, mit denen die Vergangenheit einen wieder einfängt.

Hatte sich in dieser Stadt denn nichts verändert seither? Nein, leider, Gott sei Dank! Wien bleibt Wien, grölten sie noch immer in den Heurigen, und dieses hassenswerte Wien blieb, in der Tat. Es gab ein anderes, das liebte Dojno. Und er war scheu, kam er darauf zu sprechen — so unsagbar war seine Liebe zu dieser Stadt geblieben.

Und zu dieser geliebten Stadt gehörte Professor Stetten wie der Wiener Wald, wie die Minoritenkirche, wie der Josefsplatz und wie die Arbeiterbezirke hinter dem Gürtel. »Würde dieser alte Mann sterben, so würde ein Stück dieser Stadt, wie sie in mir ist, dahingehen.«

Der kleine, schmale Mann mit dem schwarzgefärbten weißen Haar, dem wilden Schnurrbart und den kleinen Augen, deren kindliches Blau noch die ironischste Wendung harmlos erscheinen ließ, der Historiker und Philosoph Baron von Stetten hatte aufgehört, die Stadt zu interessieren, doch hatte es eine Zeit gegeben, da fast jedes seiner Worte, öffentlich gesprochen, auch dann skandalisierte, wenn es harmlos und nur als Vorspann oder als nachträgliche Rechtfertigung einer Herausforderung geäußert worden war.

Dieser zweitgeborene Sohn einer überaus ordentlichen und pflichtgemäß unauffälligen Familie aus dem Beamtenadel wurde zuerst — noch vor der Wende des Jahrhunderts, zu Beginn seiner akademischen Laufbahn — als intelligent, aber täppisch angesehen. Bald aber wurde es nur allzu deutlich, daß er nicht aus Ungeschick provozierte, althergebrachte Meinungen wie feste Institutionen untergrub, ja lächerlich machte, daß er nicht aus Torheit andererseits auch die Neuerer angriff. Er forderte alle Welt heraus, weil es ihm Spaß machte, sagten die einen; weil er sich damit interessant machen und seine wissenschaftliche Unzulänglichkeit oder seinen mangelnden Fleiß verdecken, gleichzeitig möglichst viel Hörer heranlocken wollte, sagten seine engeren Fachkollegen. Ihnen schlossen sich die meisten anderen an, als es darum ging, ihm das Dekanat zu verweigern.

Seine Habilitationsschrift wie einige nachfolgende kleinere Arbeiten hatten im übrigen nur dezentes Aufsehen in dem naturgemäß sehr engen Fachkreis hervorgerufen. Sie waren allesamt der Untersuchung der mittelalterlichen Wirtschaft und ihrer Entwicklung, vor allem in Flandern, in der Provence und in Norditalien, gewidmet. Doch blieb — wie seine Kritiker es ihm immer heftiger vorwarfen — der Schuster nicht bei seinen Leisten. Es ritt ihn der Teufel, es gleichzeitig mit den anerkannten Nationalökonomen und den Staatsrechtslehrern aufzunehmen. Hätte er sich darauf beschränkt, sie bei üblicher, häufig wiederholter Anerkennung ihrer Leistungen in würdiger Weise zu kritisieren, so wäre es halb so schlimm gewesen. Doch tat er das Schlimmste, das ausdenkbar: Er nannte sie nicht und nicht ihre Werke, die er angriff, er nahm sie nicht ausreichend ernst. Nachher kamen seine Fachkollegen an die Reihe, dann die Geschichtsphilosophen. Doch in kleinen Abstechern griff er allmählich alle Fakultäten an.

Öffentlich wurde der Skandal allerdings erst, als Stetten das Kaiserhaus angriff. Bei Hof schien man dieser überaus peinlichen Ungebühr keinen Eklat verleihen zu wollen, man zog es vor, sie zu ignorieren, aber die Kollegen verstanden und gaben ihrer Ablehnung der Expektorationen des Professors von Stetten einen zwar stets würdigen, doch darum nicht weniger ostentativen Ausdruck.

Es war ja verlockend, doch fürwahr nicht leicht, Stetten als Sozialisten zu denunzieren. Zitierte er zwar nicht selten und häufig sogar zustimmend die Werke eines Marx, eines Friedrich Engels, so verschonte sein Spott doch fast niemals deren Jünger, deren es viele in der überhaupt erstaunlich gemischten Hörerschaft Stettens gab, noch die politische Bewegung, die sich nach Marx benannte.

Stetten war gegen den Krieg, während der Revolution war er gegen die Revolution. Er war immer gegen das, »woran gerade die Zeit sich besoff, um sich sodann als die große gerieren zu können«, wie er sagte.

In die Vorlesungen dieses Neinsagers hatte es den 16jährigen Dojno gezogen, der 20jährige blieb bei ihm, weil er entdeckt hatte, daß dieser Lehrer kein Neinsager war, daß er in seiner Weise stets für das gleiche große Ziel gekämpft hatte. Daß der Jünger mit ihm in wesentlichen Dingen nicht übereinstimmte, hatte den Meister immer verdrossen, doch ihn niemals abgestoßen. So viel lag ihm an dessen vollkommener Bekehrung, daß es

ihm gelang, geduldig zu sein, der notwendigen Sachtheit achtzuhaben. »Ich lauere Ihnen, mein Dion, auf dem Weg von Damaskus zurück auf. Ein Mißverständnis, Ihres Hirns unwürdig, hat Sie zu Paulus gemacht. Sie werden sich finden, wiederfinden: ein Ketzer, Saulus.«
Jahre waren darüber vergangen, dachte Dojno. Stetten hatte keine Hörer, keine Jünger mehr. Und der Jünger war Paulus geblieben. Er hat mich auf dem Weg zurück erwartet und mich nicht gefunden, er wird folgern, also hätte ich selbst mich nicht gefunden.
Nein, der Professor war kein Rechthaber im üblichen Sinne. Er hatte zu oft recht behalten und war so unfähig geworden, sich vorzustellen, er könnte einmal selber unrecht haben. Er war der Narr seiner Klugheit geworden, und er wußte es. Doch mochte er sich auch Mühe geben, es gelang ihm nicht, festzustellen, worin und wieso er sein eigener Narr war. Das macht: er war zu lange schon einsam.
Und war in all den Jahren nur einsamer geworden. Er konnte keine Kampfgenossen brauchen: kämpfte er denn, um zu siegen? — Seine Fehden waren jeweils nur Zeugenschaft für die causa victa, für das, was an ihr wertvoll, des Überlebens wert war.
Dojno war es, als sähe er den Professor wieder zum erstenmal, als hörte er ihn wieder sagen:
»Diese Leute, die Meinungen brauchen wie Säufer ihren Schnaps, diese Schwächlinge, die glauben, ihnen gehöre die Zukunft, weil sie glauben, ihnen gehöre der Augenblick, indes sie dem Augenblick gehören — sie alle ahnen nicht einmal, daß sie mich nicht verstehen. Sie haben nicht begriffen, daß die Gegenwart eine Fiktion ist, ohne die diesen Lebewesen das Sein wie Wasser zwischen den Fingern verrinnen würde. Nein, es gibt keine Gegenwart. Jetzt ist nicht mehr jetzt, wenn das Wort, es zu bezeichnen, kaum ausgesprochen ist. Den Gegenwartsfanatikern und den ihnen zugesellten Zukunftsträumern haben wir das Bewußtsein der Vergangenheit entgegenzusetzen, vor ihnen haben wir die Zukunft zu retten, indem wir für sie die Werte retten, die jene der Gegenwart opfern möchten. Der Historiker, der die Vergangenheit erfassen will, ohne Opfer von Legenden zu werden, muß sie betrachten, als ob sie Gegenwart wäre. Um sich vor dem Subjektivismus zu bewahren, muß er die Gegenwart betrachten,

als ob sie bereits Vergangenheit wäre. Die Seienden haben eine
größenwahnsinnige, eine paranoide Beziehung zur Zeit. Man
wird Historiker nur um den Preis der Befreiung von diesem
Wahn.«
Der damals schamlos junge, ungeduldige Dojno mußte schnell —
und widerwillig — erkennen, daß dieser kleine, stets untadelig
gekleidete Mann mit der ewig belegten Stimme kein Konservativer war, sondern, wenn es so was überhaupt ernsthaft geben
konnte, ein konservativer Revolutionär. Später gab er es auf,
ihn zu etikettieren. Nein, er erlag nicht der Werbung, die, von
Stetten kommend, jedem schmeichelhaft gewesen wäre; er erlag
dem Reiz eines Mannes, dem er sich in der Art, sozusagen in der
Technik des Denkens, doch fast niemals in dessen Inhalt ähnlich
glaubte.
Nun, da er auf das alte, niedere, sehr breite Haus zuging, das er
so häufig mit Herzklopfen betreten hatte, dachte Dojno gleichsam resümierend: »Die Begegnung mit Stetten begann als jugendliches Abenteuer. Es war gut, sinnvoll, denn es hat selbst die
Erinnerung an andere Abenteuer überlebt. Es war ein großes
Glück, diesem Mann zu begegnen. Es wäre falsch gewesen, ihm
zu folgen, es war richtig, ihn nie zu verlassen.«

2

Erst nach wiederholtem Läuten öffnete ein Mädchen, das Dojno
nicht kannte. Sie verhehlte nicht die unangenehme Überraschung, die dieser Besuch zu so früher Stunde ihr bereitete. Er
bat sie, ihn dem Professor anzumelden, der würde ihn empfangen.
Bald darauf führte ihn das Mädchen in das Arbeitszimmer. Als
er eintrat, hörte er des Professors Stimme: »Nehmen Sie Platz,
Faber. Sie sind ja auf die Minute pünktlich, das haben Ihnen
wohl die Kaschuben beigebracht, diese preußische Pünktlichkeit.«
Die Stimme kam von hinter einem alten, mit Gobelins überzogenen Wandschirm. Dojno wartete. Nach einer Weile wurde
der Wandschirm etwas verschoben, Dojno sah den Professor auf
einem Schemel sitzen, tief gebeugt über eine Truhe.
»Sie haben mir den Wolf schön zugerichtet«, sagte Stetten, noch

immer ohne sich dem Gast zuzuwenden. »Na, Wolf, jetzt wird alles wieder gut. Wir beide trennen uns niemals mehr. Wenn ich wieder auf die Reise muß, kommst du mit.«
»Was ist mit dem Wolf los, Professor? Ist er krank?« fragte Dojno.
»Ja«, sagte Stetten, noch immer mit dem Hund beschäftigt. »Eine Magenvergiftung. Das war ja allerdings unvermeidlich mit diesem Trampel, das die Frau Professor neuerdings hier eingeschmuggelt hat. Man weiß nur allzu gut, daß ich niemanden sonst auf der Welt habe als diesen guten Wolf, ergo... Nicht genug, daß man uns vergißt, daß man uns das Frühstück erst um neun Uhr bringt, daß man uns Lieblingsspeisen vorenthält und uns Flammeri und ähnliches Grauen oktroyiert, man bringt uns nicht nur die üblichen Dummköpfe, die Freunde meines gar zu bescheidenen Sohnes ins Haus, neuerdings hat Frau Professor ihr altes Herz den nationalen Laffen mit der Swastika geöffnet und damit mein Haus — doch all das genügt nicht, sie wollen mich ins Herz des Hundes treffen. — Warum sitzen Sie nicht, Faber, haben Sie vergessen, welcher Stuhl stets der Ihre war?«
Dojno setzte sich.
»Ja, Wolf«, fuhr der Professor fort, »gar große Ehr' ist heut' uns widerfahren. Man hat geruht, sich unser zu erinnern und uns die kostbare Zeit zu schenken, die ansonsten der Abfassung parteimännischer Blödheiten und Selbsterniedrigungen gewidmet worden wäre. Haltung, Wolf, Haltung! Wir werden dem Mann nichts davon sagen, daß wir Dion würdiger begraben haben, als er verstorben, und wir werden den stolzen Dion nicht im Angesichte Fabers, der ihn uns entrissen, preisen. Ja, ja, kotz nur, mein Wolf — wir beide haben die Welt durchschaut.« Stetten beschäftigte sich mit dem Hund. Dojno tat, was er so häufig getan hatte, er wartete, daß der Professor sich etwas beruhigte und ihm den so gemäßigten Zorn in verständlicher Weise und in direkter Rede ausdrückte.
Doch wich diesmal alles von der Übung ab. Der Professor schwieg, der Hund gab keinen Laut mehr von sich, vielleicht schlief er nun erleichtert. Dojno wußte, daß er zu warten hatte. Er hätte gern die Morgenzeitungen, die er auf dem Weg gekauft und noch nicht gelesen hatte, hervorgezogen, aber er wußte, daß Stetten dies als Kränkung empfinden würde.

Das Haus lag in einer abgelegenen Straße, so drang fast kein Geräusch herauf. Zweimal, kurz hintereinander, wurde die Tür zum Stiegenhaus geöffnet und ungeduldig wieder geschlossen.
In diesem länglichen, nicht sehr hellen Raum hatte Stetten seine Werke geschrieben, seine Vorlesungen sozusagen improvisiert, dachte Dojno. Was Wagnis und Abenteuer im Leben dieses Mannes gewesen ist, hier, innerhalb dieser wenigen Kubikmeter ist es entstanden. Die ihm mangelnden Fleiß vorwarfen, ahnten nicht, welch ein leidenschaftlicher Leser dieser Stetten war. Und die Angegriffenen ahnten nicht, wie genau er jede Zeile, die sie geschrieben hatten, kannte. Der Mann schrieb schnell, sprach schnell, doch war noch jeder Nebensatz vorbedacht, von allen Seiten her geprüft. Die anderen hatten ihr Wissen in den Zettelkästen, Stetten hatte es in seinem Gedächtnis.
Der alte Mann hat sich ein Leben lang Mühe gegeben — nur die Dummköpfe konnten seine aristokratische Gebärde der Mühelosigkeit ernst nehmen —, was ist davon geblieben? Hatte er wirklich seine Sach' auf sich gestellt — was ist von dieser Sache, was von ihm geblieben?
Er färbt sich noch immer die Haare, will noch immer nicht alt sein, der alte Mann. Wie er so dasitzt, ist an ihm nur der Hausrock alt. Und warum sollte er mich nicht überleben? Er war zu alt für den vorigen Krieg. Revolution oder Konterrevolution, er konnte trockenen Fußes durch beide schreiten. Er hat sich niemandem verpflichtet. Und ich bin — von seinem Hund abgesehen — der einzige, der ihm verpflichtet ist.
»Wenn ich Ihnen in meiner Sterbestunde sagen werde, daß ich niemals in Gefahr gewesen bin, meine Achtung vor mir zu verlieren, dann werden Sie wissen, daß mein Leben nachahmenswert ist.« Würde Stetten das heute wiederholen? Ist er noch immer so gewiß, daß er sich selbst niemals betrogen hat?
»Sie sind noch immer da, Faber?«
»Ja, Herr Professor.«
»Wozu sind Sie gekommen?«
»Um Ihnen zu beweisen, daß Dion noch lebt.«
»Und wenn mir an Dion so wenig läge wie an diesem Beweis?«
»So wäre ich traurig, Professor.«
»Warum?«
»Wenn ich denke oder schreibe, dann frage ich mich: Würde es der

Professor klug genug finden? Und ich frage mich: Würde er es nicht viel besser sagen, würde der gleiche Gedanke durch ihn nicht klüger? Und ich antworte zumeist: Gewiß.«
»Sie haben mir in schmeichelhafter Weise zu verstehen gegeben, daß Sie sich keinen Deut darum kümmern, ob ich, was Sie denken und schreiben, gutheißen, ob ich es auch richtig finden würde.«
»Wir haben nie übereingestimmt, Professor.«
»Was wissen Sie, junger Hund, davon, wie sehr wir auch da übereingestimmt haben, wo Sie sich im Widerspruch geglaubt haben. Einen Kehricht habe ich mich darum geschert, ob Sie aus unseren Gedanken dümmliche Meinungen abgezapft haben. Aber jetzt haben Sie überhaupt keine Gedanken mehr. Sie haben nur eine Meinung. Und der Pöbel, die organisierte Meinung, die man Partei nennt, hat Sie. Oder haben Sie gar verlernt, das zu verstehen?«
Der Professor war aufgestanden, er sah Dojno an, seine »habsburgische« Unterlippe zuckte und entblößte die weißen, gleichmäßigen Zähne des falschen Gebisses. Dojno schwieg.
»Natürlich, ich habe es immer gewußt, Sie hatten sich der Sache der Revolution verschworen. Daß es einen so schamlos stolzen Burschen wie Sie zum widerspenstig gewordenen Pöbel hinzog — eine verständliche Perversion. Sei es drum! Daß es Sie unwiderstehlich reizte, sich gegen die Herrschaft der feigsten Klasse, die je geherrscht hat, zu wenden — es gefiel mir nicht übermäßig, aber ich schätzte es. Denn ich durfte es damals auch als Ausdruck eines prinzipiellen Nonkonformismus ansehen. Aber jetzt, jetzt! Nein, Sie sind kein Revolutionär mehr, Sie sind ein ganz schäbiger Konformist. Ich habe es mich nicht verdrießen lassen, Sie hinter den verschiedenen Pseudonymen hervorzustöbern — ich habe Ihre politischen Arbeiten gelesen. Da auf dem Schreibtisch liegt noch der Dreck, den Sie über die ›vierzehnjährige Sowjetunion‹ veröffentlicht haben. Erledigt, Schluß — Sie haben sich mit einer Macht verschwägert, mit dem schlimmsten aller Pöbel, dem herrschenden. Sie schreiben von einer herrschenden Kaste, sie hätte ›in allen strittigen Fragen recht gehabt‹, von einer verfolgten Opposition, daß sie ›objektiv nichts als organisierter Verrat‹ ist. Nein, nein, Sie gehen mich nichts mehr an, ich habe keine Zeit mehr für Sie.«

Dojno stand auf. Aller Zorn war nicht verraucht wie sonst, diesmal war es der Bruch. Er verbeugte sich förmlich, der Professor reichte ihm nicht die Hand, doch öffnete er vor ihm die Tür und geleitete ihn ins Vorzimmer.
»Leben Sie wohl, Herr Professor! Ich bleibe noch zwei, drei Tage hier. Wann auch immer es Ihnen belieben wird, werde ich kommen.«
»Es wird mir niemals mehr belieben. Im übrigen, bevor Sie gehen — ich sagte Ihnen schon, daß die Frau Professor aus dieser Wohnung ein Geheimsekretatiat der Hakenkreuzler gemacht hat. Es gibt da ganz spaßige Sachen. Unter anderem eine Namenliste jener, die am Tage nach der Machtergreifung unschädlich gemacht werden sollen. Unter diesen nehmen Sie einen recht würdigen Platz ein, habe ich feststellen können. Diese Schwachsinnigen geben Ihnen die Ehre, Sie als ›Verderber der deutschen Jugend‹ zu verfemen.«
»Danke, Herr Professor. Mit so was muß man rechnen.«
»Ja, ich habe im übrigen diese stattliche Liste abgeschrieben, eine letzte Freude, die ich Ihnen machen wollte. Kommen Sich noch einen Augenblick herein, ich muß den Zettel hervorsuchen.«
Sie waren wieder im Arbeitszimmer. Der Professor setzte sich an den Schreibtisch und begann zu suchen, Dojno blieb stehen und sah ihm zu.
»Ich habe Ihnen im übrigen geschrieben, mich mal aufzusuchen«, sagte der Professor, während er immer neue Papierbündel aus Schubladen und Kästen hervorholte und durchsah. »Ich habe Sie hergebeten, um mit Ihnen wegen Ihrer Hinterlassenschaft zu sprechen. Ich habe Ihre kleinen ›Versuche‹ zusammengestellt — Sie erinnern sich, Sie haben sie auf mein Drängen damals geschrieben. Die ergeben einen stattlichen Band zusammen mit einem Vorwort, das ich dazu geschrieben habe. Ich hoffe, Sie haben nichts dagegen, daß ich sie jetzt veröffentliche. Oder?«
»Doch, ich würde vieles heute anders schreiben. Auch ist jetzt nicht der passende Augenblick —«
»Aha, nicht der passende Augenblick, z. B. dies zu veröffentlichen —«
Dojno erkannte unschwer in diesen langen, allzu spitzen Sätzen, die der Professor vorlas, den 19-, 20jährigen, der er einmal gewesen war. Er gestand sich, daß dieser 19jährige immerhin

bemerkenswert gewesen war — wegen seines gehäuften Wissens, das er geschickt zu nutzen verstand, doch auch wegen einer unbekümmerten Arroganz, die dort, wo er anklagte oder Verachtung ausdrückte, geradezu wie eine große Kraft anmuten mochte.
War es für Stetten, der nur hatte zitieren wollen, doch nun weiterlas, auch nur eine Erinnerung, der er sich gern hingeben mochte, weil sie ihn ein wenig verjüngte, oder sah er mehr in dieser »Studie über das Gesetz der Macht«, mit der ein 19jähriger ihn überrascht hatte und in seine Nähe gedrungen war.
Dojno war es, als wäre er sich selber älterer Bruder geworden, als müßte er ein spöttisches, doch nicht übelwollendes Lächeln verbergen, um den 19jährigen nicht zu entmutigen.
War er noch derselbe, den ihm die Erinnerung plötzlich mit überwältigender Deutlichkeit nahebrachte? Ein unerwartet heißer, sommerlicher Märztag. Sie waren alle von dieser so schnell erhitzten Luft wie berauscht, sie blieben auf dem Hügel liegen, bis der frühe Abend hereinbrach. Das Gefühl einer unaussprechlichen Dankbarkeit für etwas, das niemandem geschuldet war, machte sie schweigsam. Schon auf dem Heimweg durch den Wald packte ihn die Ungeduld zu schreiben. Er mußte sich zurückhalten, die ersten Sätze nicht laut zu sprechen, so voll war er von dem, was er da schreiben wollte.
Dann in dem kleinen Raum zu Hause an dem wackeligen Tisch vor dem Fenster, da hatte er nun gesessen und geschrieben. Es war doch nicht gar so schnell gegangen. Je weiter die Arbeit fortschritt, um so häufiger dachte er an Stetten, in dessen Seminar er diese Arbeit vorlegen wollte. Er fürchtete nicht sein Urteil, nein, doch gab es Sätze, die veränderte er, spitzte er sozusagen zu, damit sie würden, wie sie Stetten liebte. Vor seinen Augen tauchte dann der Professor auf, er sah sein kaum merkliches Lächeln. Nein, er würde sich im Lesen nicht unterbrechen, um dieses Lächeln einzukassieren, dachte der 19jährige, doch würde er es spüren, als ob es ihn körperlich berührte. Und er würde auch, ohne es zu sehen, wissen, wann der Professor sich mit der linken Hand über die Stirn fahren würde, das heißt, wann der Schüler ihn erstaunen und nachdenklich stimmen würde.
Es war das nicht die erste Nacht gewesen, die der 19jährige tätig durchwacht hatte. Er hatte schon früher erstaunt und beglückt

wahrgenommen, daß auch auf den Dächern dieser elenden Zinskasernen die Vögel sangen, daß selbst die großen Städte, wenn sie schliefen, den Wachenden, der ihrem schweren Atem lauschte, so zärtlich stimmten, wie der es ist, den Wachheit zum Wächter der Wehrlosen macht.

Dojno mußte über die Gewißheit lächeln, mit der der 19jährige vermeint hatte, das Gesetz der Macht zu kennen, über die herablassende Ironie, mit der er die Mächtigen und deren Anbeter behandelte.

Er hörte Stetten die Vorlesung beenden: »... *womit erwiesen wäre, daß die Idee nur in der Opposition gegen die Macht lebendig, in Verbindung mit ihr aber und zu ihrer Rechtfertigung in eine Institution verwandelt, vernichtet wird. Die Geschichte der Macht ist die Geschichte der mißbrauchten und verratenen Idee.*

Die revolutionäre Idee, die wir meinen, wird siegen, indem sie zur menschlichen Institution, das ist zur Macht aller, das ist zur Machtlosigkeit aller Institutionen führen wird.«

»Meinen Sie nicht, Faber, daß gerade jetzt der passende Augenblick wäre, diese Arbeiten zu veröffentlichen?« fragte Stetten. Er sah Dojno gerade ins Gesicht, mit einer seltsamen Neugier, als suchte er, ihn wiederzuerkennen, als suchte er in diesem Gesicht ein anderes, ein ähnliches, das er geliebt und das ihm die Vorlesung vergegenwärtigt hatte.

»Der Junge, der dies alles in einer im übrigen etwas überheblichen Weise geschrieben hat, meinte es gewiß gut. Ich glaube, Sie überschätzen ihn, Professor, vielleicht täte auch ich es, hätte ich zu ihm nicht eine besonders intime Beziehung. Doch worauf es ankommt, ist, daß dies in einer revolutionären Periode geschrieben wurde, in einer Zeit, da die Revolution allein überall in der Offensive war. Das ist nun anders. Im Moment sind wir — vielleicht nur noch für eine ganz kurze Zeit — in die Defensive gedrängt. Dies gilt für die internationale Arbeiterklasse im allgemeinen, für Rußland im besonderen. Wie die Dinge stehen, würde die Veröffentlichung dieser Schriften im wesentlichen ein Angriff gegen die Sowjetunion sein, eben weil dieser junge Autor — subjektiv mit Recht — als revolutionärer Kritiker der Macht auftritt.«

»Hören Sie sich zu, Faber, merken Sie, wie schwach alles ist,

was Sie sagen? So haben stets alle Zensoren, die ein schlechtes Gewissen hatten, gesprochen. Wenn das, wofür Sie einstehen, so schonungsbedürftig ist — was ist es wert, wie schwach mag sein Bestand begründet sein! Das letztemal, als Sie hier waren, da haben Sie mir von der parteiischen Wahrheit gesprochen. Und Sie hatten mir gesagt, das Besondere Ihrer Partei wäre, daß sie keine Wahrheit zu fürchten habe, daß jede Wahrheit, wäre sie nur weit genug gediehen, ihr zu Nutzen sei. Stimmt das noch, Faber«
»Ja, es stimmt.«
»Nun, dann ist, was der Junge geschrieben hat, eine Wahrheit oder nicht?«
»Gesetzt, es wäre eine, was würde das schon bedeuten!« rief Dojno aus. Er merkte, daß er erregt war, und machte eine kurze Pause, um sich wieder völlig in Gewalt zu haben. Als er wieder begann, fühlte er, daß er im Tonfall des 19jährigen sprach. Ihm kam der Gedanke: Ich plagiiere den Jungen, um den Professor für mich zu gewinnen. Die Stimme Jakobs, doch das Fell Esaus. Er fuhr in verändertem Tonfall fort: »Haben Sie mich nicht gelehrt, daß es der Menschheit niemals an Wahrheiten und an guten Gründen gefehlt hat, daß sie damit bis zum Erbrechen überfüttert war? Haben Sie mich nicht gelehrt, daß die einzige Lüge, die bestehen kann, die halbe, die legierte Wahrheit ist? Nicht darauf kam es an, kommt es an, was einer ausspricht, sondern was daraus in den Köpfen derer, die es hören, wird. Zur Wahrheit gehören zumindest zwei, der eine, der sie findet — behielte er sie für sich, was hätte er getan? — und der andere, der durch deren angemessene Darstellung verhindert wird, sie zu entstellen oder zur Halbwahrheit zu entwerten. Dieser andere — das sind alle anderen — muß dirigiert werden, muß dahingeführt werden, wo ihm die Wahrheit unausweichlich wird. Es gibt kein Niemandsland, das die Heimat der bedingungslosen Wahrheit wäre — wer wüßte es besser als Sie, Professor? Nun, wie die Dinge stehen, ist das, was der Junge geschrieben hat, dazu verurteilt, mißverstanden zu werden.«
»Von allen?«
»Nein, aber von fast allen.«
»Das genügt, einige werden es also wohl verstehen, ich werde es veröffentlichen.«

»Kann ich es nicht verhindern, so soll es keinesfalls unter meinem Namen veröffentlicht werden.«
»Armer Teufel, solche Angst haben Sie vor Ihren Parteiinstanzen?«
»Nein!« rief Dojno erregt aus. »Es handelt sich nicht darum! Bedarf es denn weitläufiger Erklärungen dafür, daß einer seiner Sache nicht schaden will?«
Stetten sah ihn an. Dojno kannte diesen Blick und erwartete eine höhnische Replik. Er wußte, daß der Professor wenige Bezeichnungen so entschieden ablehnte wie diese: die Sache, und daß er das Pathos, mit dem man von ihr sprach, mit grenzenlosem Hohn zurückzuweisen pflegte.
Doch als nun Stetten sich mühsam vom Stuhl erhob und, ohne ihn anzusehen, zu sprechen begann, wurde Dojno sich peinlich dessen bewußt, daß er heute keine einzige Reaktion seines alten Lehrers richtig vorauszusehen vermocht hatte. Stetten war nicht höhnisch, in seiner Stimme klang die zärtliche Traurigkeit eines Abgewiesenen, dem die Hoffnungslosigkeit eines Verzichts aufgeht, der noch immer nicht gelingen will.
»Ich kann Ihnen nicht einmal mehr zürnen, Faber, so fremd sind Sie mir, da Sie diese Sprache sprechen. Sie können sich nicht sehr verändert haben, also muß ich mich immer getäuscht haben. Ist es möglich, daß es jemals zwischen uns Freundschaft gegeben hat? Früher schien es mir, wenn wir einander begegneten, so konnten wir sprechen, wie man mit sich selbst spricht. Wir dachten laut in der Gegenwart des anderen. Und die Präliminia, an denen eine meinungssüchtige Intelligenz sich wie an Fangeisen hoffnungslos verklemmt, sie waren erledigt, ehe wir den Mund öffneten. Haben Sie vergessen, muß ich Sie erst daran erinnern, was alles für uns gemeinsam abgeklärt war? Wissen Sie denn nicht mehr, daß, wenn die Sache dem, der nicht denkt, alles bedeuten mag, sie dem Denker doch nicht einen Zweifel wert ist, den er ihr opfern müßte? Haben wir auf diese einzigartige und einzig zureichende Tröstung der Religion verzichtet, haben wir uns zur Unerbittlichkeit gezwungen, um einer ›Sache‹ genau das zu opfern, was allein sie überhaupt erst bemerkenswert machen könnte? Als ob es in einem 62jährigen Leben zu wenig Verlockungen gegeben hätte, zu irgendeiner Sache ›ja!‹ zu sagen und an irgendeiner Gemeinschaft teilzuhaben, die einen sanft

getragen hätte, hätte man es ihr erlaubt. Wir oft fühlte ich mich müde werden — meiner Einsamkeit, meines Trotzes, aller meiner Gegnerschaften. Sie wissen, wie verlockend es gewesen wäre nachzugeben, und wie sehr mein Sein entwertet worden wäre, hätte ich mir erlaubt, schwach zu werden. Der 62jährige blickt zurück: Alles ist verweht, vertan, doch die Leidenschaft der Wahrheit, sie allein hat Bestand. Und die Einsamkeit, in die sie einen hineinzwingt, ist, weil man ausgeharrt hat, wie die Welt so weit geworden, so daß alles in ihr Raum hat und nichts, nichts mehr ihr zur Grenze wird.

Mein Freund, wie alt sind Sie geworden! Der 19jährige, der Sie gewesen sind, den Sie heute zensurieren, war der gleichen Sache verbunden wie Sie, doch vergaß er keinen Augenblick, daß es um ihn und die Sache in ihm geschehen sein würde, müßte er ihretwegen auch nur vor einem einzigen Gedanken zurückschrecken. Darum war er — trotz allem — kein Parteimann, Sie aber — Sie sind sich selber entfremdet. Ich muß um Sie trauern, wie es Ihre gläubigen Juden im Osten um einen Abtrünnigen tun: als ob Sie gestorben wären.«

Es gab viel und Klärendes zu antworten, doch war es Dojno gewiß, daß nichts von dem, was er nun sagen könnte, treffen würde. Ihm war, als müßte er daran zweifeln, daß seine Stimme so weit tragen könnte, als es not tat. Natürlich war eine Sache, in deren Dienst man den Mut zu denken verlöre, wertlos. Natürlich gab es eine Einsamkeit, die man nicht aufgeben konnte, die einen nicht aufgab. Doch setzte die Bejahung dieser Einsamkeit die Bejahung eines privaten Lebens voraus. Er hatte keines mehr, er wollte keines.

»Wie, wenn die private Wahrheit so wertlos wäre wie der private Irrtum und jedenfalls, weil geschichtslos, wirkungslos, wertloser als der kollektive Irrtum?« setzte er laut seinen Gedanken fort. »Ich habe nichts von dem vergessen, woran Sie mich erinnern — doch will ich es nicht wissen. Es ist — verzeihen Sie, Professor — nicht nur belanglos, es ist uninteressant. Sie haben ein Leben lang recht behalten — ich glaube es — nun und? Ich möchte nicht Ihr Leben leben, ich möchte mir nicht mit 62 Jahren sagen müssen: Alle sind Idioten gewesen und sind es geblieben. Und damit anerkennen, daß ein 40jähriges Wirken wirkungslos geblieben ist. Sie haben niemals mit den ›Komparati-

visten‹ Frieden geschlossen, mit jenen, die das ›Bessere‹ wollen, doch das Gute nicht anstreben, weil sie es nicht einmal ahnen. Sie haben nicht nachgegeben und sind stolz darauf. Nein, man kann Ihnen keinen Konformismus, keinerlei Kompromisse vorwerfen. Und doch war Ihr ganzes Leben eine Kapitulation, denn Sie haben es und seine Umstände akzeptiert.«
»Habe ich, Dion, anderes getan ein Leben lang als dies: die Negation mit einer Kraft, von der Sie und eine ganze Generation, von der ihr alle noch zehrt, negiert? Und bin ich darin nicht konsequenter, nicht universeller gewesen als Sie?«
»Nein, Professor, Sie waren nicht konsequenter, denn Sie fürchteten Ihren Sieg. Wir aber wollen siegen. Sokrates wollte noch, den Schierlingsbecher in der Hand, recht behalten, wir aber wollen die Macht haben, um sie endgültig abzuschaffen.«
Das laute Gelächter Stettens, der plötzlich unmittelbar vor ihm stand, unterbrach ihn. Er sah in das kleine Gesicht seines Lehrers, dessen Augen waren von den Falten, die sein Lachen warf, wie zugedeckt. Er blickte in dies alte Gesicht, er fand es liebenswert wie das erstemal, er hätte mitlachen können, doch gestattete er sich kaum ein Lächeln.
»Ich habe den Sieg gefürchtet, mein lieber Junge, gefürchtet gar, hahaha.« Stetten konnte vor Lachen kaum weiter. »Gefürchtet! Und auf den Gedanken, daß ich den Sieg schon deshalb nicht gefürchtet habe, weil es ihn gar nicht gibt, darauf kommen Sie gar nicht?« Und plötzlich ernst geworden: »Nein, Sie irren sich! In der Tat war der Tod des Sokrates annähernd der einzige seriöse Sieg, den die Philosophie je errungen hat. Platon, der das nie begriffen hat, wollte siegen wie Sie. Er hatte schon fast die Macht, die Macht abzuschaffen, es hat dann ein Heidengeld gekostet — Sie erinnern sich —, ihn aus der Sklaverei loszukaufen. Siegen, sagen Sie, siegen? Haben Sie meine Beweisführung vergessen, daß, wenn schon in Kriegen der Sieg etwas Fragliches ist, er in Revolutionen überhaupt nicht existiert? Der sogenannte Sieg schafft neue Umstände, die ihn konsumieren. Der Höhepunkt jeder Revolution ist erreicht, ehe sie gesiegt hat — ihr Sieg aber ist bereits der Beginn der Konterrevolution, die sich anfangs unter der revolutionären Flagge vollzieht, selbstverständlich. Nur die Kürze des individuellen Lebens macht aus, daß gewisse Leute als Sieger in die Geschichte eingegangen sind:

Sie haben die Umwandlung ihres Sieges in eine Niederlage nicht mehr erlebt. Ja, wäre die Geschichte eine Roulettspiel und Sie dürften aufstehen, sobald Sie gewonnen haben — aber, mein Junge, Sie müssen weiterspielen, bis Sie verlieren. Hat Alexander, hat Cäsar, hat Napoleon gesiegt? Hat Moses, Jesus oder Mohammed gesiegt? Hat Cromwell, Danton oder Robespierre gesiegt? *Allons, mon enfant,* geben Sie es doch zu: Es gibt keine Siege.«
»Wir sprechen aneinander vorbei, Professor, Sie wissen es nur zu gut. Es geht nicht um die Qualifikation des Sieges, es geht um Änderungen, es geht darum, die Misere, in der bisher Sieger wie Besiegte ertrunken sind, aufzuheben. Es geht darum, die Umstände zu ändern. Sie haben sie kritisiert, doch nichts tätig unternommen, sie zu ändern.«
»Ändern? Könnte es nicht heute das hundertstemal sein, daß Sie mir vorwerfen, daß ich nichts ändere? Und wäre dies nicht ein Anlaß, zu feiern und gleichzeitig der Küche der Frau Professor zu entfliehen? Sie waren schon lange nicht mehr im Stüberl. Kommen Sie, der Tag gehört uns. Es ist wohl unser letztes Gespräch. Geben wir ihm die Ambiance einer Vergangenheit, deren die Gegenwart allzu unwürdig ist.«
Wolf stand neben ihnen, als ob es ihm schon früher gewiß gewesen wäre, daß der Aufbruch nahte. Er sah zu Dojno auf und wedelte, als ob er ihn erst jetzt erkannt hätte.
»Ihr Wolf ist ein kluges Tier!«
»Gewiß!« antwortete der Professor. »Er hat es auch leicht, klüger als wir zu sein. Er ist von Natur aus unfähig, jene Dummheiten zu machen, die nur kluge Menschen begehen, z. B. sich für das Subjekt des Geschehens zu nehmen, weil sie sich instand gesetzt haben, über sich als Objekt des Geschehens nachzudenken. Habe ich Ihnen nicht schon einmal gesagt, daß Hegel der klügste Dummkopf der Weltgeschichte gewesen ist und daß die ihm gefolgt sind, ihn nur in seiner Dummheit übertroffen, doch nicht in seiner Klugheit erreicht haben. Die ihm kritisch folgten, sagten: Hegel hatte Illusionen, wir haben keine mehr. Nun, um diese Illusion sind Sie reicher als Hegel, mein guter Freund!«
Stetten hatte inzwischen einen breiten schwarzen Filzhut aufgesetzt, unter den Stöcken im Vorzimmer den schwarzen Stock mit dem silbernen Knauf gewählt.

Als sie ins Treppenhaus traten, flüsterte er Dojno zu: »Mein Gott, wird sich die Frau Professor ärgern!« Diese Vorstellung schien ihn sehr zu erheitern. »Schnell, schnell, sonst laufen wir ihr in die Arme.«

3

Es war deutlich genug, Stetten hatte wohl schon eine lange Zeit, Wochen, Monate, beharrlich geschwiegen, nun drängten die Worte aus ihm heraus, unaufhaltsam, rücksichtslos.
Sie saßen in einer der Lauben im Hofe dieses alten Restaurants. Der Kellner, ein Mann so alt wie der Professor, kannte dessen Wünsche, er bediente den illustren Gast seit Jahrzehnten, und die Wünsche waren die gleichen geblieben. Anfangs — da waren Gast und Kellner noch jung gewesen, da mochte es noch Schwankungen, ja Meinungsverschiedenheiten geben. Der Professor brauchte einige Jahre, bis er in dem herben Gumpoldskirchner seinen Wein erkannte. Sachte, doch entschieden hatte ihn Josef, der Kellner, zur richtigen und sodann endgültigen Wahl geleitet. Doch seit Jahrzehnten waren die Streitfragen abgeklärt: zum Frühstücksgulasch das Seidel Lagerbier, die Wahl der zwei, drei allein in Betracht kommenden Konfitüren für die Palatschinken war für alle Ewigkeit getroffen, ebenso war der türkische Mokka passiert und nur mit einem viertel Zuckerwürfel gesüßt zu servieren. Es gab nur eine Ecke — und im Sommer nur eine Laube, wo der Stammgast sich niederlassen würde. Der Platz war reserviert. Und gelang es nicht, ihn freizuhalten, so wurde er doch im Handumdrehen frei, sobald der Professor das Lokal betrat.
All das war Ritus geworden; alle bis zum jüngsten Kellner achteten darauf, daß er gewahrt würde. Und auch der jüngste Pikkolo wußte, daß Josef, wenn er nach beendeter Mahlzeit die lange Virginia brachte, sie zuerst dem Professor unter die Nase zu halten hatte, bis ein Kopfnicken diesem ersten Teil einer unabänderlichen Prozedur ein Ende setzte; sodann erst zog er aus dem Kanal der Zigarre den Strohhalm bis über die Hälfte heraus und überreichte sie dem Gast. Der zog den Halm vollends heraus, übergab ihn Josef, was für den nahe stehenden Pikkolo das Zeichen des Eingreifens war: Er hatte ein brennendes Streichholz an die Zigarre zu halten.

In diesen Jahrzehnten hatte das »Stüberl« zweimal den Besitzer gewechselt und einige Male die Kellner. Josef und der Professor waren der einzige sichere Bestand. Und beide dachten, sie hätten sich auch sonst nur wenig verändert.

Stetten hatte Dojno seinerzeit oft in dieses Lokal mitgebracht, doch heute zum erstenmal sprach er ihm von Josef, von den Zeiten, da der ein junger Kellner und er selbst ein neuer Gast gewesen war. Alles, was er erzählte, schien eine Antwort auf den Vorwurf zu sein, er hätte das Leben kompromißlerisch angenommen und nichts dazugetan, seine Umstände zu ändern. Es war wenig oder gar keine Ordnung in seiner Erzählung, die wie eine Anekdote begann und allmählich, in einem vielstündigen Monolog, den Dojno fast nie unterbrach, zur Beschreibung seines Lebens wurde, das verflossen war und dennoch in jedem Bedacht gegenwärtig blieb.

Nein, man änderte nicht viel, nicht an sich, noch weniger an den anderen. Da war die Begegnung mit der Witwe während des Krieges, in einem Personenzug zwischen Wien und St. Pölten. Das Abenteuer, das ihr folgte, war nicht bedeutend. Gewiß, sollte Dojno, wie er sich's einmal vorgenommen hatte, seine, Stettens, Biographie schreiben, er würde dieser ganzen Episode wohl gar keine Erwähnung tun.

Da hatte er also mit einer sozusagen in jeder Hinsicht vollschlanken Kleinbürgerin ein »Verhältnis« angefangen. Diese Witwe näherte sich den Vierzigern, doch war sie, wie es in den Heiratsinseraten mit Recht heißt, gut erhalten. Es imponierte ihr, daß er ein Baron war, sie hielt ihn für wohlbegütert und im übrigen für einen »Privatier«. Sie zog aus ihm auch einiges Geld heraus — sie beteiligte ihn sozusagen an ihrem Wäschegeschäft — sie betrog ihn mit einem Mann, der in jeder Hinsicht ein Teilhaber war. Beide, die Witwe und der Kompagnon, behandelten ihn sehr freundlich, sie brachten ihm jene verzeihende Güte entgegen, die sie seiner törichten Lebensfremdheit oder, gerade herausgesagt, seiner Dummheit schuldig zu sein glaubten. Während er in Wien der »sündhaft gescheite, sündhaft hoffärtige Stetten« war, so nannte ihn der Fürsterzbischof, war er in St. Pölten der geduldige, sanft blöde Baron, das Verhältnis der verwitweten Schumberger. Es war kein verspäteter Roman, keine Passion — nur kein pathetisches Mißverständnis!

Da ist eine Erinnerung, die ist wach, als wäre sie gestriges Erlebnis. Er war damals zwölf Jahre, genauer in dreizehnten. Ein kalter Winter. Er stand gewöhnlich zu spät auf, er mußte immer atemlos laufen, um nicht zu spät zu kommen. Doch gab es eine Stelle auf dem Schulweg, da verlangsamte er den Schritt. Nicht immer, doch häufig lehnte sich da eine Frau hinaus, die vollen Arme auf dem Bettzeug, das sie soeben aufs Fensterbrett gelegt hatte. Er hätte stehenbleiben und zu ihr und ihrem so warmen Bettzeug hinaufstarren mögen. Es war ein Gefühl, als ob ein unendlicher Strom von Wärme von dieser Frau auf ihn zuströmte. Und diese Wärme war erregender als alle geschlechtliche Erregung, die er später kennen sollte. Die Begegnung in dem ungeheizten Zug nach St. Pölten, ja das war die Erfüllung einer Sehnsucht, die dem Schuljungen aus einem fremden Bett zugeflogen war. Alles, was dazwischen gelegen hatte, ach, man wollte sich nicht rühmen, doch war man umworben und geliebt worden — all das war wirkungslos gewesen.
Als ob ihn die Erinnerung noch immer erheiterte, erzählte Stetten Episoden aus dieser »St. Pöltner Zeit«. Natürlich kannten ihn die Leute des Viertels, in dem die Witwe ihr doppelt erfolgreiches Liebesleben und ihr ausreichend einträgliches Wäschegeschäft führte. Und jeder wußte, daß der Baron ein betrogener Narr war. Und so erbärmlich erschien den Leuten seine täppische Hilf- und Ahnungslosigkeit, daß ihr Mitleid schon in den alltäglichen Begrüßungsworten durchdrang. Er hatte bis dahin gar nicht gewußt, wie gut es sein kann, bemitleidet zu werden. Oder vielmehr, er hatte niemandem erlaubt, ihn zu bemitleiden. So liebte er es manchmal, sich auszumalen, wie es wäre, wenn er endgültig in diese kleine und doch so weise Existenz des alten Herrn untertauchte, den sie allgemein nur das »Verhältnis der Frau Schumberger« nannten — St. Pölten bei Wien, das Damaskus des Professors Stetten.
Oder lag Damaskus irgendwo bei Goerz? In der vierten Isonzoschlacht, in der Nacht vom 10. auf den 11. November 1915, ist Einhard gefallen. »An der Spitze einer Erkundungspatrouille den Heldentod gefunden... immer der erste, wo es galt, alles zu wagen für Kaiser und Vaterland« — schrieben sie. Der Held hatte 17 Jahre und 127 Tage gelebt.
Da stand er, seine ewig fragenden Augen blickten den Vater fast

streng an, er warf es nur so dahin, er hat sich freiwillig gemeldet, ist tauglich befunden worden. Nur keine Diskussion darüber, es wäre ja auch gar nicht rückgängig zu machen. Die Mutter hätte volles Verständnis, auch der Vater müßte verstehen.
»Da steht er vor mir. Er ist mit seinen 17 Jahren größer als ich. Er ist so erregt, daß seine Schultern zittern. Diese rührenden schmalen Schultern des Knaben, der sie breit und stark wünschte, nun er zum erstenmal dem Vater trotzt. Und ich denke: Wenn dem älteren, dem Walter, der draußen an der Front ist, was zustößt, wird es schmerzlich sein. Doch wenn dieser da stirbt — nein, das darf nicht sein. Da steht er, sein Trotz macht mich ihm fremd, noch ehe ich ihm widersprochen habe. Ich finde kein Wort. Und was ich sagen könnte, wäre voll einer Demut, die er nie verstehen, die mich ihm noch mehr entfremden müßte. — Später erst, als seine Briefe von der Front kamen, da fand ich wieder die Sprache, die mich mit ihm verband. Seine letzten Briefe! Er sprach da nur von Dingen, nicht mehr über sich oder über den Krieg oder über die Menschen, vom Geruch der Erde sprach er, von einem Baum, der wie durch ein Wunder zwischen den feindlichen Gräben stehengeblieben war. Über das Blatt, ein einziges Blatt, das noch am Zweige haftet. Um dieses Blatt bangte er, wenn die Winde zu heftig wurden. Und das Glück, es dann am Morgen noch zu finden. Bei denen drüben mußte es Esel geben. Wie sie schrien! Er hatte nicht gewußt, daß das läppische I—A, das man den Eseln nachsagte, solch erschütternder Ruf war. Er hatte nicht gewußt, daß die Morgenschauer, daß die zerrissenen Wolkendecken am herbstlichen Nachthimmel so tragisch waren. Er erfuhr das und tausend andere Dinge und starb den Heldentod. Er hatte nie eine Frau geküßt.«
Stetten wußte natürlich, daß man sich's »richten« konnte. Und er hatte Beziehungen, es mußte zu erreichen sein, daß sein Jüngster von der Front ferngehalten würde. Es gab soviel »Druckposten«. Doch gab es für alle seine Bemühungen ein Hindernis, das mußte er überwinden. Er hatte die Dynastie angegriffen. Man erwartete, daß er seinen Fehler gutmache, früher konnte nichts geschehen. Eine entsprechende, ausreichend untertänige Erklärung eindeutig revokativen Charakters war an den Obersthofmeister zu richten, sodann eine Audienz beim Kaiser nachzusuchen, die erst nach dreimal wiederholten, immer flehent-

licherem Ansuchen gewährt werden würde. Auch würde großes Gewicht darauf gelegt, daß der Herr Professor Baron von Stetten ohne Verzug eine Gelegenheit wahrnehme, der Öffentlichkeit, die er durch seine kriegs- und preußenfeindliche Stellung aufs höchste befremdet hatte, seine vollzogene Sinnesänderung in einer der schwersten Stunde des Vaterlandes angemessenen, patriotischen Weise kundzutun.

»Wie sagten Sie doch, Faber? Ich habe, sagten Sie, das Leben und seine Umstände akzeptiert, Kompromisse geschlossen? Ach wie leicht wär's mir gewesen, mich noch vor dem letzten Lakai zu demütigen. Aber ich brachte es nicht über mich, jene drei Sätze zurückzunehmen, in denen ich die Habsburger vor dem Krieg und vor der Freundschaft mit den eroberungssüchtigen brandenburgischen Parvenüs gewarnt hatte. Ich hatte Angst vor der Selbstverachtung, ich blieb meinem einzigen Gesetz, der Wahrhaftigkeit, treu. Ich hab' die Sätze lassen stan. Und ich starb mit meinem Einhard einen Tod so voller Pein, daß der eigene doch nur wie eine sanfte Ahnung von Leid wird sein können. ›Der Fähnrich Einhard von Stetten ist von einer Granate zerrissen worden.‹ Das war von den Männern seiner Patrouille bezeugt. Man las seine Beine auf. Vielleicht gab es noch mehr von ihm, das mußte auf die italienische Seite geschleudert worden sein. Doch nicht dieses Bild wurde zur Qual. Da war er, fünfjährig, sein zu langes, zu breites Nachthemd ließ gerade nur seine Füßchen hervorgucken — zarte, rosa kleine Füßchen. Ich trug ihn ins Bett, sein Kopf lag auf meiner Achsel, so war er eingeschlafen. In den Händen mußte die Erinnerung an diese warmen Füßchen geblieben sein. Ich hörte eine gute fremde Stimme sagen: ›Vom Fähnrich Einhard von Stetten konnten leider nur die unteren Extremitäten geborgen werden‹, und ich sah seine Füßchen. Im Salon spielte die Frau Professor, diese echt deutsche Heldenmutter, sie ließ tagelang das Klavier nicht in Ruhe. Damals habe ich die Musik zu verachten begonnen. Seit damals übrigens ist diese Frau für mich eine langweilige Störung geworden, die sie bis an mein Lebensende bleiben wird.«

Nein, nein, man ändert nicht viel, und zumeist taugen die Änderungen auch nichts.

Man war in jenen Jahren nicht der einzige Vater, dem ein Sohn erschlagen wurde. Man war nicht der einzige, der da denken mochte: Alle wunderbaren Formeln, in denen man bisher die Geschichte zu definieren gesucht hat, sind faules Gerede. Es ist viel einfacher. Die Geschichte ist die Abfolge von Morden, die zur Folge haben, daß Väter ihre Söhne überleben müssen. Nichts anderes, nichts mehr.

Man war nicht der einzige, der sich mit der Hoffnung quälte, die Todesnachricht wäre falsch, eines andern Sohn hätte die Granate zerrissen; nicht der einzige, den Schritte in der Nacht für eine lange Sekunde glauben ließen, der Totgesagte kehrte heim. Jetzt bleibt er stehen, jetzt drückt er auf den Knopf, wenn ihn der Hausmeister nur nicht zu lange warten läßt. Und dann entfernen sich die Schritte wieder, ein Fremder war stehengeblieben, um seine Zigarette anzuzünden. Und die Welt war ein obzönes Gemenge von Fremden, für alle gab es Platz, Leben, nur der eine durfte nicht mehr leben und — nur seine unteren Extremitäten konnten geborgen werden.

Nein, man war nicht der einzige. Doch wie mochten es die anderen anstellen, immer häufiger zu vergessen, wie fanden sie Trost? Denn sie fanden Trost!

Der Professor unterbrach sich oft im Sprechen, um zu trinken. Josef schien den Auftrag zu haben, in solchem Fall dafür zu sorgen, daß ein gefülltes Glas vor dem Professor stünde.

»Und doch!« begann Stetten wieder, »Gott abzuschaffen, was sollte leichter sein. Da hätten Sie eine Änderung, Faber, die Sie befriedigen muß. Aber das Bedürfnis, das ihn erzeugt, was machen wir mit dem Bedürfnis, z. B. sich zu erniedrigen, um zu sühnen und in der Sühne Trost zu finden?

Sehen Sie, mein Freund, da war eben die Witwe Schumberger, meine Astarte von St. Pölten. Ich habe ihr das Opfer meines Hochmuts gebracht. Erkennen Sie nicht, mein kluger Dion, daß wir mitten in der heidnischen Religion sind? Sehen Sie nun, wie wenig man in Wirklichkeit ändert?«

Dojno wollte ihm erwidern, doch Stetten erhob schnell die Hand.

»Lassen Sie, lassen Sie, nur keine Widerrede! Es lohnt nicht. Wir beide, wir stimmen in allem überein, aber das Leben, das stimmt mit uns nicht überein. Es geht zu uns nicht in die Schule, es wird nicht vernünftiger, es wird auch gar nicht älter, *la vie — cette garce!*«

Natürlich, nicht nur mit der Religion kann man sich besaufen, es gibt auch anderes, zum Beispiel den Heroismus, diese grandioseste Dummheit, diesen pathetischen Betrug, für den man mordet, diesen ekelhaften Selbstbetrug, für den man blöde stirbt. Vielleicht war Stetten schon müde, vielleicht war Dojno vom langen Zuhören, von dem schweren Essen oder von dem niederen Luftdruck erschöpft. Er vernahm die einander ohne Unterlaß folgenden Sätze Stettens nur teilweise. Ihm war, als würden viele Worte, kaum gesprochen, von der zu schweren Luft aufgesogen. Und er bemühte sich auch nicht, alles zu hören. Er kannte die Stellung Stettens zum Heroismus, er kannte fast auswendig das große Werk, in dem Stetten die Heldenlegenden zerstäubte, aus denen eine unfähige, kindlich oder greisenhaft leicht begeisterte Geschichtsschreibung das Bild einer Antike gewoben hatte, in dem die abgefeimtesten Schlauköpfe zu Helden erhoben schienen. Die Legenden zu zerstören — welch leichte Arbeit! War sie nicht von Homer, von Herodot besorgt worden? Doch blieb sie wirkungslos. Als ob es allen vor der Leere graute, die in ihrem Geschichtsbilde entstehen müßte, sobald die falschen Helden hinausgefegt würden.

Die Karriere des Historikers Stetten hatte mit einer schlechten Note begonnen, die er in der zweiten Gymnasialklasse bekommen hatte. Auf die Frage des Lehrers: »Was wissen Sie vom gordischen Knoten?« hatte der Elfjährige geantwortet: »Niemand konnte den Knoten lösen. Auch Alexander der Große konnte es nicht. Anstatt es zuzugeben, nahm er sein Schwert und hieb den Knoten durch, was auch der dümmste Kerl gekonnt hätte. Natürlich traute sich niemand, ihn deswegen zu kritisieren. Ein anderer hätte die Dreistheit mit dem Tod gebüßt, aber Alexander wurde sie als Weisheit ausgelegt.«

»Mit Recht!« unterbrach ihn der Lehrer. »Nein!« antwortete der Schüler Stetten. Und er war dabei geblieben.

Nach dem Erscheinen der »Archillesferse« — wenige Jahre vor dem Weltkrieg — verschrie man Stetten als blindwütigen Antihellenisten. Erst im Krieg durchschaute man, wohin Stetten zielte. In einer Zeit, in der der tägliche Bedarf an Helden alles vorher gekannte Maß überstieg, wagte es der Professor, seinen Zweifel an allem Heldentum, ja dessen Überflüssigkeit und Törichtheit zu proklamieren.

Dojno kam plötzlich der Gedanke: Von uns beiden ist er der jüngere, er ist fast zu jung, und ich bin schrecklich alt. Er hat sich an niemanden und an nichts gebunden. Es sind die Bindungen, die einen alt machen. Wäre diesem alten und erstaunlich jungen Mann der Sohn nicht ermordet worden, er wäre nicht so frei. Der Sohn würde ihn binden, das Glück und das Unglück einer großen Liebe würden ihn unfrei machen. Und die Zukunft wäre ihm dann etwas, das Bangnis und Hoffnung erweckt. So aber ist er frei, weil er nicht um eine Erfüllung zu bangen hat.
»Ändern, sagten Sie, Faber? Als Sie zu mir kamen, da waren Sie blutjung. Ich sah, es gab die Möglichkeit, daß Sie werden wie ich, es gab die andere, daß Sie den Weg zum Forum einschlagen, wo man das große Glück verspricht, wo man darum kämpft, das Volk glücklich machen zu dürfen. Ich versuchte, Sie von diesem Weg abzubringen. Nie ist jemandem so faßbar wie Ihnen die Verkehrtheit des Unternehmens vor Augen geführt worden. Alles, was Ihnen auf diesem Weg begegnen wird, der Absturz, in den er sich unweigerlich verwandeln wird — diese Ihre Biographie, die Sie kennen, weil sie nichts als der — wieviel tausendste? — Abklatsch anderer sein wird — all das hindert Sie nicht, ändert Sie nicht und nicht Ihren Weg. Wenn mir diese Änderung, an die ich so viel gesetzt habe, so eklatant mißlungen ist, wie sollten mir andere, umfassendere gelingen?«
»Glauben Sie auch weiterhin, Professor, daß es mit mir so schlecht enden wird?«
»Ich glaube es nicht, ich weiß es. Das Rechenexempel ist von einer verblüffenden Einfachheit. Siegt die Partei, der Sie sich angeschlossen haben, dann wehe Ihnen, der Sie weitergehen wollen. Verliert sie, was wollen Sie dann mit einem Leben beginnen, dem Sie allein den Sinn des Sieges erlauben? Es gibt Alternativen, die es nur scheinbar sind. Sie sind verloren.«
Dojno mußte lachen, obschon er fürchtete, daß er Stetten damit verletzen könnte. Doch schien er es gar nicht zu merken.

Nun wollte es bald Abend werden. Das Gewitter, das lange gedroht hatte, hatte sich verzogen. Stetten, vom Wein und vom Reden müde, war wirklich eingeschlummert. Dojno saß ruhig da und betrachtete das Gesicht des schlafenden Lehrers. Nun sah der Mann steinalt aus: als ob er vor Ewigkeiten eingeschlafen wäre und sein Leben sich nur in diesem schweren, gleichmäßigen Atem kundgeben würde. Beide Hände ruhten auf dem Knauf des Stocks, sein Haupt war etwas vorgebeugt, es schien wundersam, daß es nicht ganz nach vorn und schließlich auf den Tisch fiel.

Als sich der alte Kellner mit der Zeitung näherte, fuhr Stetten auf.

»Gibt's denn wirklich etwas sehr Wichtiges, daß Sie mir die Zeitung bringen, Josef?«

»Ich denke schon. Sehen Sie, da steht es. Staatsstreich in Preußen, die preußische Regierung abgesetzt. Ich habe mir gedacht, es könnte Sie interessieren.«

Dojno riß die Zeitung an sich, verlangte sofort den Fahrplan.

»Ich habe in dreiviertel Stunden einen Zug, ich kann ihn noch erreichen, wenn ich gleich losziehe. Professor, ich danke Ihnen!«

»Müssen Sie wirklich schon gehen? Fahren Sie doch lieber morgen, oder in einer Woche, oder überhaupt nicht. Sie kommen noch immer zurecht zu Ihrer Niederlage.«

Dojno verabschiedete sich schnell und ging. Er spürte den Blick des Professors, drehte sich an der Tür noch einmal um und winkte. Der alte Herr nickte leicht.

»Man sieht sie wegeilen, die jungen Leute«, sagte der Professor zu Josef, der noch immer mit der Zeitung dastand. »Das Verderben ist nämlich so was Schreckliches, daß niemand da besonnen hineingehen könnte. Daher laufen's. Das kann man noch sehen, man blickt ihnen eben eine Weile nach, aber was ihnen dort geschieht, wie sie da umkommen, das muß man sich nachher schon vorstellen. Ist gar nicht so einfach, dazu braucht man die schlaflosen Nächte eines ganzen Lebens. Was meinen Sie dazu, Josef?«

»Ich meine, es ist halt schon immer so gewesen, da wird es auch immer schon so sein.«

DRITTES KAPITEL

I

In Prag — der Zug hatte einen Aufenthalt von 20 Minuten — erfuhr Dojno, daß die Partei den Generalstreik proklamiert hatte. Wurde die Losung befolgt, erwog Dojno, so würde er vorerst an der Grenze steckenbleiben, denn der Zug kam erst um Mitternacht in die Grenzstation — und zu dieser Stunde mußte der Generalstreik im ganzen Deutschen Reich beginnen. »Wenn dein starker Arm es will, stehen alle Räder still.« Wenn er will.
Dojno hatte seinen Plan fertig, wie er, fand er keinen Zug mehr, noch im Verlauf der Nacht vorerst bis Dresden kommen würde.
Außer ihm war nur noch eine Frau im Coupé. Kaum hatte sich der Zug in Bewegung gesetzt, begann sie zu essen — mit jener aggressiven Gier, die der Appetit der Traurigen ist. Nun schlief sie. Sie war nicht mehr jung, die zu hell gefärbten Haare ließen sie — nun der Schlaf die Spannung aus ihrem Gesicht gewischt hatte — wie ein zu früh gealtertes Mädchen erscheinen. Sie hielt ihre rostbraune Tasche an die linke Brust gepreßt; jedesmal, wenn sie auffuhr, fuhren ihre Hände wie gejagt auseinander und ließen die Tasche fallen. Sie dankte Dojno, der sie ihr überreichte, mit dem zögernden Ausdruck einer unerfahrenen Frau, die vergebens ihre Hoffnung verhehlen möchte, daß der Mann, der ihr eine Freundlichkeit erweist, sie begehre.
Als der Grenzbeamte ihn weckte, fuhr Dojno mit glücklichem Erstaunen darüber auf, daß er hatte einschlafen können. Der Zug befand sich bereits auf deutschem Gebiet, die Passagiere auf dem Perron schienen es für ausgemacht zu halten, daß er weiterfahren würde. Die Lokomotive wurde eben angekoppelt. Bedeutete das, daß die Eisenbahner sich am Streik nicht beteiligen? Oder sollte er erst zu einer späteren Stunde des Tages beginnen? Die Männer, die neben der Lokomotive standen, ihrer Bekleidung nach Lokomotivführer und Heizer, schienen sich sehr angeregt zu unterhalten. Dojno näherte sich und hörte:
»Und wie denn nun ooch der zweite Doktor sagte, det is ne

Kleinigkeit, det jeht vorüber, so wie et jekommen is, da sachte ick nee, sachte ich da jradezu, det hat mir ein Kolleje von Ihnen schon vor drei Jahren jesacht, und da sage ick, is et keen Wunder, wenn ick nu, nach drei Jahren, allmählich beginne mir zu beunruhigen. Und, sagte ick jeradezu, Herr Doktor...«

Dojno entfernte sich von der Gruppe, doch als er sich umdrehte, bemerkte er einen Mann, der eilig auf sie zuging. Sie sprachen nun lauter, der Neuhinzugekommene erzählte etwas und wurde häufig unterbrochen. Dojno hörte:

»...wat heeßt hier Urabstimmung? Wenn wa jedesmal, wenn die Kommunisten eine Streikparole ausgeben, ne Urabstimmung müßten orjanisieren, ja Mensch denk doch mal an. Nee, haben sie jesagt, die SPD hat den Beschluß jefaßt, die Sache jeht vor det Staatsgericht. Un für den Streik wird's noch Jelegenheit jeben, wenn wir ihn wollen werden.«

»Ja«, unterbrach eine starke, dunkle Stimme, »wenn wir, ick sage: wir ihn wollen werden und nicht die Towarischi aus Moskau.«

»Es geht nicht um Moskau und auch nicht um den Severing«, ließ sich eine sehr ruhige Stimme vernehmen. »Es handelt sich darum, daß, wenn wir auch jetzt zurückweichen...«

»Wer weicht denn zurück! Generalstreik, det is wat verflucht Ernstes, damit spielt man nicht. Da geht es um alles. Und da muß man sich schon fragen, wann und wofür und mit wem man sowas macht. Nicht für Severing und nicht mit den Kommunisten, die zuerst mit den Nazis Plebiszit machen, damit daß der Severing geht, und jetzt plötzlich wollen, wir sollen partout Aufstand machen, damit daß der Severing bleibt.«

»Ja, hat ja alles soweit seine Richtigkeit, aber etwas muß doch geschehen. Siehst du denn das nicht ein?«

»Ja und darum werden wir streiken, wenn die Gewerkschaft sagen wird: Streikt!«

»Warum sagt sie es aber jetzt nicht, wo der Augenblick für jekommen ist?«

»Weil er ehmt nich jekommen is. Det ist doch klar.«

»Nischt ist klar! Der ADGB will nicht kämpfen, eines Tages wirste aufstehen und Deutschland wird faschistisch sein!«

»Det jloob ick eenfach nicht.«

»Jedenfalls«, fiel ein anderer ein, »jedenfalls zieh ick et vor, in einem faschistischen Deutschland aufzustehen, als unter der sogenannten Führung der KPD zu fallen. Bismarck, wo dem sein Sozialistengesetz ooch nicht von Pappe war, is mit die deutsche Arbeiterklasse nicht fertig geworden. Auch der Hitler wird sich da noch'n blutijen Kopf holen. Wenn wa nur kaltes Blut und Disziplin bewahren.«

Dojno entfernte sich. Der Zug fuhr bald fahrplanmäßig ab.

Die Nacht war hell, die Dörfer und Städtchen, an denen der Zug vorbeieilte, hoben sich deutlich aus der Landschaft ab. Manchmal schien ein weißes Haus aus der Reihe und nahe an den Zug vorspringen zu wollen. In manchen Fenstern standen schwache Lichter. Doch der Zug floh alles Helle, beschleunigte seine Fahrt, um schnell diesen Häusern zu entschwinden.

Deutschland schläft, fuhr es Dojno durch den Kopf. Unsinn, dieses Land hat längst den Schlaf verloren. In dieser Nachtstunde geschehen Dinge, die so groß werden können, daß sie niemand, der sie jetzt plant oder tut, auch nur ermessen könnte. 65 Millionen Menschen! Wenn eine Million Menschen heute begriffen hat, was morgen unbedingt geschehen muß, wird jede Stunde des neuen Tages für Jahre zählen. Alles, was wir bisher getan haben, war Vorbereitung, Probe, kleines Übungsspiel, in wenigen Stunden beginnt die Bewährung.

Als er zum Fenster hinausblickte, war es wieder wie in der Kindheit; wie dem Kinde war ihm die traumhafte Illusion wieder faßbar: Felder, steinerne Brücken, Vogelscheuchen, vereinzelte kleine Häuser flogen in halbkreisartiger Bewegung vorbei, Telegraphendrähte tanzten auf und ab.

Als Kind, erinnerte er sich wieder, träumte er, Lokomotivführer zu werden. Und würde selbst der alte Kaiser zwischen den Geleisen erscheinen und rufen: Fahre nicht! — er würde fahren, in die Ferne, dahin, wo die gerechte Welt beginnt, die nirgends endet.

Erst im Krieg ging es ihm auf, daß es die »gerechte Welt« nirgends gibt, daß man sie überall schaffen muß, wenn es sie irgendwo geben soll.

Und auch der Mann, der die Lokomotive dieses Zuges führte, auch er wollte die gerechte Welt, doch wollte er nichts oder nur sehr wenig für sie wagen. Er wünschte, daß sie werde, er hatte Angst, sie zu schaffen.

Darum fuhr der Zug.

2

In dieser gleichen Nacht schien vielen die Zeit nur langsam zu vergehen. Sie wurden immer wieder wach, starrten das Dunkel an und lauschten auf das Ticken der Uhren, das immer deutlicher, härter wurde.

In dieser Nacht standen zwei junge Leute vor einem verschlossenen Haustor. »Jetzt wirste es schwarz auf weiß haben, daß ihr nischt könnt, daß ihr nur det Maul aufreißt und denn den Schwanz einzieht. Wer wirklich kämpfen will, der steht bei uns«, sagte der eine. Er trug ein braunes Hemd, seine Bärenstiefel waren neu. Er konnte den Blick nicht von ihnen wenden.

»Nee, da haste aber einen falschen Irrtum. Und morgen wirst du es sehen. Die Sozis ja, die sind gewiß keine Kämpfer. Die sind schlimmer als ihr. Wir aber werden kämpfen. Heil Moskau!«

»Heil Hitler, kann ich dir darauf nur antworten, nischt werdet ihr tun!«

»Doch!«

»Und wenn wieder nischt geschieht, siehste es dann endlich ein, kommste zu uns? Wir kriegen nächstens ne janze richtige Uniform. Sieh dir doch schon mal die Stiefel an. Da nimm ne Zigarette, nimm ruhig mehr, kost mir ja nischt. Det kriejen wa alles. Also, Justav?«

»Nee, ihr seid ja doch nur Arbeitermörder, Kapitalistenknechte.«

»Mensch, Justav, sieh mir doch an: willste sagen, ich bin ein Kapitalistenknecht? Du kennst mir ja.«

»Du vielleicht nich, aber die anderen.«

»Die anderen, die anderen! Komm doch mal zu uns und sieh sie dir an, Mensch. Haste denn noch immer nicht die Neese pleng von denen ihrem Jequatsche, von wejen internationales Proletariat und japanischer Imperialismus und Heil Moskau. Justav, dir jibt Moskau nischt.«

»Ick weeß nicht«, sagte Gustav zögernd. Er schloß das Haustor auf. Die Zigarette tat einem gut. In so Stiefeln, wie Fritz sie hatte, sah man eben doch anders aus. War alles eine verfluchte Scheiße. Wenn morgen wieder nichts sein sollte, das wäre eine Affenschande, dachte Gustav. Und er dachte, er müßte Fritz, der vor ihm die Treppen hinaufknarrte und das Horst-Wessel-Lied pfiff, einen Stoß in den Hintern versetzen, daß seine feinen Stiefel in der Luft herumruderten. Aber er war zu müde von dem Gequatsche und zu hungrig.

In dieser Nacht wachten Frauen auf. Sie weckten ihre Männer, um sich noch einmal zu vergewissern.
»Also Willi, daß da nur nicht 'ne Verwirrung herauskommt, wie du nachher immer sagst: du streikst nicht. Sie sollen sich die Köpfe einschlagen, wenn sie Laune dazu haben. Du hast eine Frau und drei Kinder und eins von, wo ärztliche Pflege und täglich 'nen Liter Milch braucht: du streikst nicht.«
»Was willste denn noch, ist doch schon alles ins reine gebracht.«
»Ehmt drum sage ich, du streikst nicht.«
»Nee«, sagte der Mann, nun vollends wach geworden, »ich streike nich, aber andererseits, wo führt denn das alles hin, eine Lohnkürzung, noch eine und noch eine und wir wehren uns nicht.«
»Fang nicht wieder damit an von wejen Lohnraub. Das weiß ich auch. Aber wenn du ausgesteuert bist, kannste dir dann besser dajejen wehren?«
»Nee, ach laß det schon.« Er stand auf und tastete sich an den schlafenden Kindern vorbei in die Küche, um ein Glas Wasser zu trinken. Das Wasser war warm, schmeckte ganz abscheulich. Und die Frau im Bett, die sprach schon wieder. Alles zusammen eine verfluchte Scheiße, dachte er, und er spuckte das Wasser wieder aus.

»Erinnert ihr euch?« fragte der Kleinste von den dreien.
»Ja, vor neun Jahren haben wir die Waffen auch ausgegraben so wie jetzt. Aber diesmal wird es echt.«
»Wer weiß?« fragte der dritte. »Vielleicht graben wir sie diesmal noch schneller ein als das letzte Mal.«
Nun holten sie das Bündel heraus. Das Tuch war feucht, sie lösten die Knoten und fühlten durch das Zeitungspapier die Revolver. Als sie im Haus waren, machten sie sich an deren Reinigung. Einer glättete das alte Zeitungspapier und begann darin zu lesen.

»Ja«, sagte der Kleine, »hätten wir damals gewußt, was wir heute wissen.«
»Ich fürchte, wir wissen heute weniger als damals.«
»Was für ein Miesmacher!«, und sie lachten alle. Der Morgen war sehr nahe.

In dieser gleichen Nacht.
Herbert Sönnecke saß an seinem Arbeitstisch, »säuberte«. Er vernichtete alle Papiere, deren Aufbewahrung nicht unbedingt notwendig war. Die anderen ordnete er. Sie sollten an sicherem Orte verwahrt werden. Der anbrechende Tag konnte eine völlig neue Situation schaffen, dann würde ihn auch die Immunität des Reichstagsabgeordneten nicht schützen. Er fühlte keine Müdigkeit, obschon der Tag lang gewesen war. Alles war zu Ende gedacht, nun beschäftigte ihn im Augenblick nichts als diese Arbeit.
Erst als Herta vor ihm stand, bemerkte er sie. Er hatte sie nicht eintreten hören.
»Du schläfst nicht?« fragte er sie in dem beiläufigen Ton, in dem sie schon seit geraumer Zeit miteinander sprachen. Sie anwortete nicht. Er vertiefte sich in seine Arbeit. Sie stand da, er wußte nicht, ob sie ihm zusah.
»Das alles muß noch heute verbrannt werden«, sagte er.
Sie beugte sich, um ein Stück Papier, das neben den Papierkorb gefallen war, aufzuheben. Er sagte: »Danke! Warum setzt du dich nicht?«
Sie blieb stehen. Er verstand, daß sie ihm etwas Wichtiges sagen wollte, das sie Wort für Wort fertig im Kopf hatte. Die Erwartung machte ihn ungeduldig. Und sie stand noch immer. Endlich begann sie.
»Wir sollten uns scheiden lassen, findest du nicht? Jetzt sind wir schon an die achtzehn Jahre verheiratet, das ist genug, nicht wahr? Hast mich schon lange nicht mehr nötig, hast ja eine junge Freundin.«
Er sah nicht auf, doch wußte er, daß sie weinte — ihr stilles, tränenarmes Weinen. Nun beherrschte sie sich wieder und fuhr fort:
»Die Kinder sind auf deiner Seite. Ich bin ihnen zu alt. Und du,

du kommst einmal im Monat her. Sie sehen, daß du mich verachtest. Mit deiner Freundin verstehen sie sich besser als mit mir. Wie wir geheiratet haben, da war ich jünger als du. Jetzt bist du ein junger Mann und ich bin eine alte Frau.«

»Hast du die Zeitung gelesen heute, Herta? Findest du, daß jetzt der passende Augenblick für so eine Auseinandersetzung ist?«

Sie stand da im verwaschenen Morgenrock, den er ihr einmal geschenkt hatte. Sie erschien darin noch größer und magerer, als sie war. Das war sein Leben gewesen, das sie so schnell alt gemacht hatte, fuhr es ihm durch den Kopf. Er stand auf und schob ihr einen Stuhl zurecht. Als er sie sachte an der Schulter berührte, um sie zum Sitzen zu bewegen, zuckte sie zusammen. Sie setzte sich endlich.

»Ich habe solche Angst um dich, Herbert.«

Er nahm ihre Hände in die seinen, um sie zu beruhigen.

»Ich weiß, es ist nicht der passende Augenblick, aber . . .«, sagte sie.

»Doch, es ist der passende Augenblick. Du hättest schon früher sprechen sollen!« sagte er.

Sie hatte nichts mehr zu sagen. Sie war eine Arbeiterfrau wie ihre Mutter. Arbeiter fanden sich damit ab, daß ihre Frauen schneller alt wurden. Herbert war schon lange kein Arbeiter mehr. Da war nichts daran zu ändern.

Bruno Leinen vergewisserte sich noch einmal, daß die Fenster dicht geschlossen waren, daß die Frau und die Kinder schliefen. Dann öffnete er den Gashahn. Er nahm das Abendblatt, das die Fürsorgerin zurückgelassen hatte, er riß die einzelnen Bogen auseinander, um die Ritzen in der Tür, die zum Treppenhaus öffnete, zu verstopfen. Sein Blick fiel auf die Schlagzeilen: »Generalstreik! Die deutsche Arbeiterklasse wird . . .« Er las nicht weiter. Ihn ging das nichts mehr an. Er war schon lange kein Arbeiter mehr. Er war ausgesteuert, ein Bettler, dem niemand mehr was gab.

Er faltete die Blätter und verstopfte säuberlich die Ritzen. Nun war der Gasgeruch schon sehr stark. Daß nur die Kinder nicht erwachten. Er lauschte, setzte sich an den Küchentisch. Es würde eine Weile dauern. Er wollte aufstehen, das Licht abdrehen. Er konnte es nicht mehr. Vielleicht, wenn er sich Mühe gäbe. Er wollte sich nicht mehr anstrengen.

3

Wie jede Nacht saß Josmar Goeben auch diese Nacht in dem Raum hinter dem Radioladen an seiner Apparatur. Es galt wie auch sonst immer: zu bestimmten Stunden meldete er sich, zu bestimmten Stunden konnte er gerufen werden.
Er hatte bereits alles durchgegeben und es der Order gemäß kollationieren lassen. Die Texte — nach dem neuesten Code gefaßt — waren gut empfangen worden.
Nun war es 2.05 Uhr. Der drüben mußte sich melden. Augenscheinlich erwartete man sehr Wichtiges von drüben. Josmar kannte nicht den neuesten Code. Es war auch nicht seine Angelegenheit. Das ging den Genossen Flamm an. Dem überbrachte ihn Grete. Er wußte, was damit weiter zu geschehen hatte.
Doch diesmal war Flamm selber gekommen. Nun saß er da, rauchte eine Zigarre nach der anderen, daß der Raum wie im Nebel stand.
Sonst war Flamm nicht schweigsam, Josmar fand ihn gewöhnlich zu redselig und dabei niemals sehr eindeutig. Er gefiel sich in Zynismen, er liebte zweideutige Witze, schweinische und politische, er machte sich über alles lustig, hieß es.
»Noch immer nichts?« fragte Flamm ungeduldig. »Ist der Apparat in Ordnung. Bist du dessen gewiß?«
»Ja«, sagte Josmar, »ganz gewiß«. Er hatte die Kopfhörer auf. Die Ungeduld des anderen begann sich auch seiner zu bemächtigen.

Die ihn näher und länger kannten, nannte ihn Pal. Im Parteihaus kannte man ihn als Flamm. Er bemühte sich, wie ein echter Weddinger zu sprechen, aber die ungarischen Vokale verrieten seine Fremdheit.
Wenn man sein dunkles, schönes Gesicht mit den lebendigen Augen, die ewig ihr Spiegelbild zu suchen schienen, ansah, wenn man das wohlberechnete Spiel seiner Hände beobachtete, wenn

man den gewollt langsamen Bewegungen seines kräftigen, mittelgroßen Körpers folgte, so mochte man denken: Wäre sein Schädel nicht kahl, hätte er leicht gewellte kastanienbraune Haare, leicht an den Schläfen angegraut, er wäre bilderbuchgetreu der Professor eines Mädchenlyzeums aus der Provinz, von seinen Schülerinnen angehimmelt — hie und da begeht eine seinethalben einen fast ernsten Selbstmordversuch —, von seinen Kollegen beneidet und von seinen Kolleginnen energisch und hoffnungslos begehrt.
Pals Trick war — das wußten, die ihn kannten — mit der Wahrheit zu bluffen. Er hatte kastanienbraune Haare gehabt; er war Professor eines Mädchenlyzeums in einer Provinzstadt — anderthalb Schnellzugstunden von Budapest entfernt — gewesen; Schülerinnen waren für ihn zu Opfern bereit gewesen, die ihnen über alle Maßen bedeutsam und schwierig erschienen. Er war beneidet und er war begehrt worden. Und wenn zu solcher Harmonie von Sein und Schein, altbewährten unterhaltungsliterarischen Gesetzen getreu, auch noch eine auf die Unterstützung ihres Sohnes angewiesene, früh verwitwete Mutter und eine ihren Bruder anhimmelnde Schwester gehörten, so konnte Pal auch dies bieten. Doch lag das alles um 16—17—18 Jahre zurück. Damals zugleich begann die Bedrohung dieser biographisch so angemessenen Harmonie.
Der junge Professor der ungarischen Sprache und Literatur machte im Jahre 1913 die Reise nach Paris, wo er den ungarischen Dichter kennenlernte, den erst wenige kannten, dessen Ruhm nur in einem kleinen Zirkel feststand, welcher ihn weit über Alexander Petöfi, den Gipfel, hob und Mallarmé nur zögernd ihm an die Seite stellte.
Diese Begegnung gab der Pariser Reise Pals erst den wahren, faßbaren Sinn: Er hatte den Ausbruch aus der Provinz gesucht, der Dichter wies den Weg.
Der formvollendete apostolische Essay über den Dichter, den Pal, heimgekehrt, in der fortschrittlichsten Revue der Hauptstadt veröffentlichte, machte den Dichter berühmt und Pal bekannt.
Er wurde zu einem Vortrag in einem Klub aufgefordert, in dem sich die kühnsten Geister lose verbanden. Er hatte Erfolg. Man las seinen Namen fortab recht oft in dieser Revue, seine Reisen nach Budapest wurden regelmäßig.

Der Krieg unterbrach diese Reisen, und Pal, Leutnant in der Reserve, rückte ein. Er kämpfte an der serbischen, der russischen und der italienischen Front. Er hatte während dieser viereinhalb Jahre immerfort das Gefühl, daß die Kriegserlebnisse ihn reiften, ihn veränderten. Doch gelang es ihm niemals, sich genau darüber Rechenschaft abzugeben. Das kleine, ledergebundene Büchlein, in dem er seine Tagebuchaufzeichnungen niederlegen wollte, blieb eine Zeitlang unberührt. Dann begann er, Gedichte darin zu schreiben. Sie waren kleine sprachliche Wunder, kalt und seltsam gefühlstaub. Sie enthielten nichts von dem, was er in dieser Zeit erlebte.
Die Revolution machte alledem ein Ende, sie vollbrachte überdies etwas durchaus Unerwartetes. Sie trug unversehens Mitglieder seines Klubs an die höchsten Stellen des revolutionären Staates. Pal war nicht in der ersten Reihe dieser Männer, sie holten ihn aber, sobald sie selbst oben angekommen waren. Nach wenigen Wochen war es ihm und den anderen, als ob er stets in der ersten Reihe der revolutionären Kämpfer gefochten hätte.
Und er war einer der letzten, die an der Spitze gemischter und nicht durchaus zuverlässiger Kampfeinheiten der rumänischen Interventionsarmee, solange es ging, den Weg zur Hauptstadt zu sperren versuchten. Er bewährte sich über alle Maßen.
Als er den Kampf aufgab, war es für die Flucht zu spät geworden, er war in der Mausefalle. Er flüchtete in seine Heimatstadt und verbarg sich bei seiner Mutter. Das war ein schlechtes Versteck, er wußte es, aber das einzige, das er kannte. Außerdem hatten die Zeitungen der Sieger mehrfach — in hohnvollen Artikeln — verkündet, er hätte sich, die Taschen von Gold und Juwelen schwer, rechtzeitig über die Grenze gebracht. Vielleicht glauben sie das, erwog Pal, dann werden sie mich nicht suchen. Sie glaubten es nicht. Ein Strafdetachement von Offizieren, das in wenigen Tagen einen fürchterlichen Ruhm erlangte, hatte sich im besten Hotel der Stadt installiert. In den Kellern dieses Hotels wurde Pal mit vielen anderen untergebracht.
Pal rechnete damit, daß sie ihn erschießen würden. Und nach allem, was geschehen war und was er in diesem Keller sah, war es erstaunlich leicht, sich mit dem Tod abzufinden.
Doch waren diese meist sehr jungen und ungewöhnlich lebenslustigen Offiziere davon überzeugt, daß Pal und die anderen

Führer, deren sie nicht hatten habhaft werden können, sich riesige Schätze angeeignet und sie in Reichweite versteckt hätten. Sie folterten ihn, um ihm das Geheimnis zu entlocken. Er hatte keines. Er hatte die somnambule Selbstsicherheit eines, der sich damit abgefunden hat, schnell und schmerzlos zu sterben. Und er verachtete seine Mörder, denen der Sieg zu Kopfe stieg, den sie nicht selbst errungen hatten. Sie spielten schlecht und mit Schmierenpathos die Rächer und sie interessierten sich zu sehr für Gold und Juwelen. Er spuckte ihnen ins Gesicht.

Dann verlor alles seine bisherige Bedeutung. Die Zeit stand still oder es gab sie überhaupt nicht mehr. Er wurde wach, er war nackt, er wußte nicht wieso, und sein Körper war nicht sein. Dann geschahen Dinge mit ihm, ein riesiges Feuer trat in seine Augen, doch zugleich erlosch alles, er fiel wieder aus der Zeit hinaus. Manchmal nur ein Geräusch, das kam näher und hörte plötzlich auf. Einmal machte ihn solch ein Geräusch ganz wach. Ihm schien es ganz deutlich: Er lebte nicht mehr, er war gestorben, aber noch nicht tot. Es gab einen Zwischenraum zwischen gestorben und tot sein. Er bewegte sich in diesem Zwischenraum. Noch einige Bewegungen, und alles würde zu Ende sein. Dann schien es ihm wieder, als ob alles unter ihm wegschwämme. Er wollte sich an etwas anklammern und fiel in einen endlosen Schacht.

Er erwachte. Das war ein anderes Erwachen als früher. Er wußte auf einmal ganz deutlich, daß er lebte. Und er hatte Durst. Er konnte die Hände bewegen. Die berührten einander. Sie tasteten seinen Körper ab, es tat weh. Er lebte. Er lag nicht auf Stein, auch nicht auf Lehm. Die Hände tasteten. Das war etwas Bekanntes. Er lag in einem Bett, auf Tüchern. Er wollte die Augen öffnen, die Tücher waren gewiß weiß.

Er hörte Geräusche, es war schwer, die Augen zu öffnen. Es tat weh, sie aufzureißen. Es ging ganz langsam, als lägen Gewichte, Hügel kleiner Steine auf ihnen.

Endlich sah er. Ein gelbes Feuer stand vor ihm, es sprang zu den Augen vor, daß er sie schließen mußte. Doch wollte er sehen.

Er sah: die Sonne in einem Schrankspiegel. Und in dem Sonnenlicht heftige Bewegungen. Er unterschied zwei Körper, der eine war ganz nackt, der andere trug einen Offiziersrock. Die Geräusche waren nun deutlich. Am Rande des Sonnenflecks im Spiegel

sah er das Fußende seines Bettes, weiße Laken, darauf etwas, das ein Gemisch von Farben war — grünlich, ganz rot, schwarz. Das war er. Er sah seine Füße, seine Beine, seine Schenkel, doch dann waren Spiegel und Bild zu Ende. Er legte die Hände auf sein Geschlecht.
Er lebte. Er hörte die Geräusche. Er hatte Durst.
Die Frau war seine Schülerin gewesen. Sie hatte ihn geliebt, ihn mit 17 Jahren begehrt, wie sonst nur wissende Frauen begehren, wenn sie von der Angst vor dem Alter erfaßt werden.
Sie hatte geheiratet. Ihr Mann war der Leiter des Detachements, das die Ordnung in dieser Stadt wiederherstellte. Sie rettete Pal. Man brachte ihn heimlich in ihr Haus. Es war am frühen Morgen, ihr Mann, der Oberleutnant, holte sie aus dem Schlafzimmer, führte sie in ihr Mädchenzimmer wie zur Weihnachtsbescherung. Als sie ins Zimmer voranging, blendete sie die Sonne, die Vorhänge waren nicht vorgezogen. »Da ist dein Schützling. Schön sieht er nicht gerade aus!« sagte ihr Mann. Da erblickte sie Pal. Er lag nackt auf dem Bett, in dem sie ungezählte Nächte schlaflos verbracht hatte, weil sie ihn begehrt hatte. Er schlief. Sie hatte nicht geahnt, daß ein menschlicher Körper so zugerichtet werden könnte. Sie flüchtete sich vor diesem Anblick zu ihrem Mann.
Einige Wochen später verhalf diese Frau Pal zur Flucht aus Ungarn.

»Noch immer nichts?« fragte Pal. Josmar war eingenickt, doch wurde er sofort wach.
»Nein, nichts. Aber es kann noch kommen.«
»Dort ist es bereits heller Tag. Die sollten daran denken, daß es auch in kapitalistischen Ländern Tag wird, leider, und daß —«
Josmar winkte ihm, man rief, und er schrieb emsig nach. Er sah, es konnte nicht das sein, worauf Flamm ungeduldig wartete, es war in einem alten, ziemlich simplen Code. Eine kurze Mitteilung, die im übrigen nicht die deutsche Partei betraf.
Der Raum hatte nur ein kleines Fenster. Es war dicht verhängt. Draußen mochte der Tag schon angebrochen sein. Sie würden dessen nicht gewahr werden. Sie warteten.
Pal hatte sich von allem, was er im Keller des Hungaria-Hotels

erlitten hatte, schnell erholt. Die Erinnerung an die neun Tage und Nächte, die er dort verbracht hatte, wurde bald ungenau, lebendig blieb die Erinnerung an den quälenden Durst und das Bild im Spiegel. Er haßte diese Erinnerung, er verheimlichte sie vor allen, und die Pein, die sie war, vor sich selbst.
Es gab eine zweite Erinnerung, die war ebenso peinvoll, jedoch mit keiner körperlichen Sensation verbunden.
Pal war nach Rußland gegangen. Auch da bewährte er sich, er kämpfte an fast allen Fronten des Bürgerkrieges, er stieg immer höher. Zuletzt gehörte er zum engsten Kreis des obersten Führers der Roten Armee, den er so sehr bewunderte, daß er manchmal an sich die Gebärden des anderen entdeckte.
Pal wurde in bedeutender Mission nach China geschickt und wirkte am Sieg der Südarmeen hervorragend mit. Doch gewann er schnell die Überzeugung, daß die Politik, die ihm von Moskau anbefohlen wurde, zur Niederlage der chinesischen Revolution führen müßte. Das war auch die Überzeugung des Begründers der Roten Armee, der inzwischen in die Opposition gedrängt worden war.
Pal bekannte sich zu ihm und wurde zusammen mit ihm exiliert. Dann wurde er in einem Isolator eingekerkert. Ein Jahr später schrieb er die Reueerklärung, in der er von der Opposition und ihrem Führer abrückte. Er wurde nach Moskau zurückberufen. Man ließ ihn wieder Erklärungen abgeben und vergaß ihn dann. Acht Monate lang. Die Genossen, die er im Treppenhaus seines Hotels kreuzte, führten ihm täglich vor Augen, daß sie ihn vergessen hatten. Sie sahen ihn, doch sie nahmen ihn nicht wahr.
Endlich rief man ihn. Man gab ihm einen Beweis des allergrößten Vertrauens, er wurde zu einem gemütlichen Zusammensein mit den entscheidenden Männern, dem Sieger an ihrer Spitze, eingeladen. Man trank den kaukasischen Wein, den der Sieger allein gewohnt war. Es schien ausgemacht, daß er sie alle unter den Tisch trinken würde. Pal spürte es genau, jener wartete darauf, daß er besoffen würde. Der Sieger war mißtrauisch und neugierig. Sein Gesicht war schon rot vom Wein, die Pockennarben waren nun dunkelrot und entstellten es nicht mehr.
»Sagen Sie, kein angenehmes Leben gewesen in Alma-Ata?« hörte sich Pal angesprochen. Er starrte den vom Lachen bewegten Schnurrbart an und sagte:

»Nein, kein angenehmes Leben in Alma-Ata und kein angenehmes Leben im Isolator.«

»Und gefällt Ihnen das Leben hier besser?« fragte der Sieger, den Oberkörper etwas vorgeneigt. Seine Stimme klang sanftväterlich.

»Ist das alles, was Sie wissen wollen, Genosse?« fragte Pal und ahmte den fremden Akzent nach, mit dem der Sieger noch immer russisch sprach. Er merkte erstaunt, daß er sich erhoben hatte, und dachte: Ich bin besoffen.

»Nein, nicht alles. Erzählen Sie, wie das Leben in Alma-Ata war. Wie er sich gefühlt hat, wie es ihm dort behagte!« sagte der Sieger sehr ruhig. Und sein Gesicht war nicht mehr dunkelrot. Und Pal erzählte: Er verriet aufs neue seinen Freund und Führer. Das Lachen der anderen unterbrach ihn häufig. Zuerst war es ihm ekelhaft, doch dann wartete er jedesmal darauf. Er brauchte es wie der Clown die Ohrfeigen, sagte er sich. Und er trank bis zur Besinnungslosigkeit.

Er konnte sich später nie mehr genauer darauf besinnen, was er gesagt hatte. Doch war die Erinnerung an jene Nacht, nach der sich auch die Vergeßlichsten wieder seiner erinnerten, eine Pein, die er mied und nicht immer vermeiden konnte.

Und so hoch er seit damals wieder gestiegen war, er hatte sich das in jener Nacht errungene Recht, ein Hanswurst zu sein, bewahrt.

Nur sehr wenige wußten, welch bedeutende Funktion er bei der deutschen Partei ausübte. Man konnte ihn, den Genossen Flamm, fast stets im Parteihaus finden. Er hatte ein kleines Zimmer, das zur Redaktion des Parteiblattes gehörte. Er galt als Hilfsredakteur für auswärtige Fragen.

»Noch immer nichts?« fragte Pal.

»Nein«, antwortete Josmar. »Ist das so dringlich? Muß die Nachricht noch heute kommen?«

Pal sah ihn spöttisch an. Josmar mochte ihn nicht. Überdies war es gegen die Regeln der Konspiration, daß der Mann da war. Josmar hatte diesen Regeln zuliebe seine ganze Lebensweise ändern müssen. Er kam mit niemandem von der Partei mehr zusammen, sein Leben war das des kleinen Kaufmanns geworden, hinter dem allein er seine Tätigkeit verbergen konnte. Querverbindungen waren gefährlich, das sollte ein Mann wie Flamm wissen und sich danach richten.

Endlich rief man. Es war ein kurzer Text. Er konnte ihn selbst dechiffrieren: »Auf FB W: 27 keine Antwort nötig. Keinerlei Änderung. Schluß.«

Josmar übergab Flamm die Botschaft und begann, geschäftig die Apparate abzumontieren. Pal las den Zettel einigemal. Er hatte Mühe, sich davon zu überzeugen, daß er keine andere Antwort erwartet hatte. Er wußte, daß er erledigt war. Vielleicht würde er nicht mehr den Umweg über den Isolator machen müssen, er hatte ja eigentlich auch nichts Schlimmes getan, man würde ihn nach Moskau rufen und ihn vergessen. Von Zeit zu Zeit würde jemand zu ihm kommen und ihm Übersetzungsarbeiten bringen. Man wird ihn vor dem völligen Verhungern bewahren.

Er sah Josmar zu, wie der mit sicheren, sachgemäßen Bewegungen die Apparate wegräumte, und überlegte, ob er es ihm sagen sollte, damit wenigstens einer hier wüßte, warum der Genosse Flamm so schnell vergessen werden mußte.

Wenn er diesem hübschen, blonden Jüngling da sagte: »Ich habe dort vorgeschlagen, daß wir diese Nacht die Linie ändern, daß wir heute früh vor der ganzen Öffentlichkeit an die Führung der SPD und der Gewerkschaft herantreten, ihnen Abstellung jeder Polemik und gleichzeitig ein aufrichtiges Bündnis zum Kampf gegen den gemeinsamen Feind antragen. Dieser Vorschlag ist abgelehnt worden. ›Keine Änderung.‹ Wir rollen unaufhaltsam auf den Abgrund zu. Hätten sie dort zugestimmt, wäre vielleicht noch alles zu retten gewesen. Was würde dieser treue Goeben sagen? Unsere Linie, würde er sagen, ist richtig. Sie ist nicht über Nacht falsch geworden. Also warum ändern? Ich müßte dann gestehen, daß ich zu spät Courage gehabt habe, viel zu spät, daß ich zu lange feig gewesen bin. Da hat man kein Recht auf Pathos mehr.«

Er zündete den Zettel an und sah zu, wie er im Aschenbecher verbrannte.

»Höre mal, du, was ist denn das?« fragte Josmar. Sie lauschten beide auf das Donnern, das von unter der Erde heraufkam, sich näherte und schnell wieder verschwand.

»Das ist die U-Bahn«, sagte Flamm gleichmütig.

»Ja, was heißt denn das, streiken die nicht? Wir sind doch da besonders stark.«
»Nun — und?«
»Nun — und?« wiederholte Josmar. »Wir haben ja den Generalstreik proklamiert!«
Pal wollte ihm ins Gesicht lachen, doch da er ihn ansah, tat ihm dieser Junge leid. Während er das verbrannte Papier im Aschenbecher zerstäubte, sah er plötzlich deutlich das Bild vor sich: Hunderte, Tausende solcher junger Leute in Kellern, die Augen vom eigenen Blut verklebt, willenlos, »im Zwischenraum zwischen Erschlagensein und Tod«. Noch standen sie aufrecht in der Sonne — die KPD, die stärkste Sektion der KI, sechs Millionen Wähler, aber er sah ihre Gesichter zerschlagen.
»Komm, Goeben, komm was trinken!«
Flamm hatte es sehr eilig.

VIERTES KAPITEL

I

Vasso und Mara betrachteten lächelnd die Plakate. Dojno fand sie im blauen Licht, das von der Fassade auf sie hinunterrann, unwirklich. Als sie sich zu ihm wandten, dachten sie, daß auch er über die Plakate und über diesen täppischen Liebesfilm lächle. Sie nahmen schnell Abschied, es war Zeit, daß Dojno endlich ins Bett kam.
Er war nicht schläfrig, kaum müde. Die Überwachheit machte ihn gegen die Geräusche überempfindlich. Er wählte einen Umweg durch ruhige Straßen, setzte sich zwischendurch, um auszuruhen, in einen kleinen Park. Er mochte an nichts denken, so sang er leise vor sich hin.
Als er die Wohnungstür öffnete, bemerkte er das Licht, das durch die offene Tür des Schlafzimmers in die Diele drang, er näherte sich leise. Gerda hatte wohl ausnahmsweise versucht, vor dem Einschlafen zu lesen, doch hatte sie der Schlaf gewiß nach wenigen Zeilen schon überrascht. Sie war schön, wie sie sonngebrannt dalag, in der offenen Pyjamabluse, langbeinig, die Brust und die Lenden stachen weiß ab.
Sie mußte damit gerechnet haben, daß ihn die Ereignisse zurückbringen würden, sonst wäre sie nicht hier, um ihn schlafend zu erwarten. Und wäre sie wach, er könnte ihr nichts von dem sagen, was ihn bewegte. Ihre Freundschaft war in seinem Leben gleichsam exterritorial. Sie las, was er schrieb, mit einem Interesse, das ihm galt, doch nicht dem, was ihm wichtig war. Sie war lange sehr gläubig gewesen, sie glaubte nun, es nicht mehr zu sein. Er wußte, daß er ihr fremd war und nahe nur in jenem geringen Teil seiner Leidenschaft, der ihr galt.
Er ließ sie schlafen.
Das Arbeitszimmer war so unordentlich, wie er es zurückgelassen hatte. Da fühlte er sich endlich allein, bei sich zu Hause.
»Fahren Sie in einer Woche oder niemals — Sie kommen noch immer zur Niederlage zurecht«, hatte Stetten gesagt. Doch

Dojno hatte das Gefühl, zu spät gekommen zu sein. Und wußte doch, daß er, wäre er dagewesen, nichts, nichts hätte ändern können. Die Entscheidung hatte nicht hier gelegen, hier waren nur die Ausführenden. Die drüben, in Moskau, hätten spätestens gestern alles umstellen müssen.
Hier aber — da ist Sönnecke, der einzige Kopf in der Parteiführung, er tritt immer mehr in den Hintergrund. Man hat ihm eine internationale Funktion gegeben, der er nicht gewachsen ist. Wären nicht die Wahlversammlungen, die deutschen Arbeiter würden ihren besten Mann bald vergessen haben.
Da war Classen, war ein guter, doch nie wirklich ein erster Mann gewesen. Wäre alles anders gekommen, damals, 1923, hätte man Classen und seine Leute nicht allein gelassen — in jeder Stadt gab es solche Classen, die hätten nicht weniger gut gekämpft als er. Doch so war er der einzige, der aus einer sonst kampflosen Niederlage hochkam, weil er gekämpft hatte. Allmählich hatte er seinen einzigen Ruhmestitel vergessen. Nun war er der Führer, von allen Plakatwänden im Deutschen Reich blickten seine hellen Augen unter der ewigen Schirmmütze die Wähler bieder und vertrauenerweckend an.
Während des Gesprächs mit Classen, Sönnecke und Flamm in dem kleinen Redaktionszimmer hatte Dojno immer wieder denken müssen: »Schade, was für ein guter Organisationsleiter eines Unterbezirks hätte dieser Classen werden können.« Doch nun war es auch dafür zu spät. Classen sprach seine Sprache nicht mehr, sobald es um ernste Dinge ging, sondern kraftlosen, kraftmeierischen Zeitungsjargon, der Dojno plötzlich als Symbol der Ohnmacht erschien, er wußte im Augenblick nicht, warum. In diesem Gespräch hatte Classen unter anderem gesagt: »Wir können die Durchführung der Vorbereitung der Revolution nur durchführen, wenn wir die Aufzeichnung des verräterischen Charakters der SPD-Führung durchführen.« Vor dem letzten Wort hatte Classen mit der Faust auf den Tisch geschlagen, also hatte er die Schwäche des einzigen Wortes, das sich anbot, gespürt. Dojno war der groteske Gedanke gekommen: Eine Führung, die die Tätigkeitswörter vergessen hat und die Handlungen nur in abstrakten Substantiven ausdrücken kann, die sie ewig mit »durchführen« verbindet, wird weder die Revolution vorbereiten, noch irgendeinen verräterischen Charakter erfolgreich ent-

larven. Und Classen hatte, obwohl es noch früh am Tag war, schon getrunken. Die großen, hellen Augen der Plakate wirkten peinlich basedowoid.
Sönnecke war mit der Lektüre der Berichte, die Dojno gebracht hatte, beschäftigt, er nahm am Gespräch kaum teil. Doch Flamm, sonst so unernst, graue Eminenz im Hanswurstgewand, war heute sehr ernst. Als Classen Dojno ungeduldig fragte: »Was meinst du denn?«, fiel Flamm ein:
»Unsere Linie ist jedenfalls richtig, unsere Generalstreikparole war richtig. Wir haben die Gelegenheit ergriffen, der deutschen Arbeiterklasse vor Augen zu führen, daß die SPD-Führung und ebenso die Führung des Allgemeinen Deutschen Gewerkschaftsbundes auf Gedeih und Verderb mit dem Faschismus verbunden ist. Gerade die gegenwärtigen Ereignisse bestätigen glanzvoll die Richtigkeit unserer Linie. Und wir werden unsere Wahlkampagne dementsprechend durchführen, durchführen sage ich, Faber, durchführen.«
»Und während die Nazis wieder zwei bis drei Millionen Stimmen gewinnen werden, werden wir die Erreichung der Erhöhung unserer Stimmenzahl um 100 000 durchführen«, sagte Dojno.
Sönnecke, aufblickend, sagte eindringlich: »Laßt diese Durchführerei endlich.« Classen, der unsicher wurde, wenn er merkte, daß er etwas nicht verstanden hatte, ging hinaus.
»Was ist mit dir, Pal?« fragte Dojno. »Sonst reichten die Witze des Rabbi Salomon aus diesem Witzblatt, wie hieß es — ›Az Ojsag‹ —, aus. Warum bist du heute so —«
»Wie?« unterbrach ihn Flamm ungeduldig.
Dojno sah ihn an, und da war es ihm klar: Pal hatte zu bereuen begonnen. Also hatte er gegen die Linie Stellung genommen und sich an höchster Stelle kompromittiert.
»Steht es so schlecht, Pal?« fragte Dojno leise.
»Ja, sehr schlecht.«
»Wieviel Zeit gibst du uns noch?«
»Drei bis sechs Monate, kaum mehr.«
»Und dann?«
Pal antwortete nicht. Er machte sich an die Ordnung seiner Papiere. Seine Abberufung konnte im Verlauf des nächsten Tages da sein.
»Wollen wir die Einnahme des Mittagessens gemeinsam durch-

führen?« Sie lächelten beide, doch nicht über den Scherz, der schien ihnen schnell gealtert.

Bevor sie das Haus verließen, lasen sie die aus dem ganzen Reich eingelaufenen Berichte. Es war nirgends zu irgendwelchen nennenswerten Streiks gekommen.

»Wir werden schreiben«, sagte Pal, »die unteren Funktionäre haben es nicht verstanden.«

Dies war der Kehrreim geworden, mit dem die Partei seit einigen Jahren ihre Fehlschläge begründete. In dieser Formel resümierte das Politbüro die »bolschewistische Selbstkritik«. Die Linie war — stets — richtig, die Taktik der Partei war — stets — richtig, alles war gut und großartig. Und man schritt trotzdem nicht von Erfolg zu Erfolg? Leider, die »unteren Funktionäre haben es nicht verstanden«.

2

Dojno hätte die Begegnungen dieses viel zu langen Julitages auslöschen mögen. Er versuchte zu lesen, doch folgte sein Sinn nicht dem Auge, er gab es auf. So mußte alles durchdacht, zweifach erlitten werden, wie eine Beschämung, die man in der Jugend erfahren hat.

»Wir werden schreiben, daß die unteren Funktionäre es wieder einmal nicht verstanden haben«, hatte Pal gesagt.

Der Leiter der Zelle der Motorenfabrik war solch ein unterer Funktionär. Dojno hatte ihn vor dem Fabriktor abgefangen.

»Es steht nicht schlecht, aber auch nicht gut«, hatte der Mann gesagt. Er war übernächtig, hatte wohl die Nacht in einer endlosen Sitzung verbracht.

»Was heißt das, nicht schlecht, nicht gut?«

»Die Kollegen sagen, die Partei hat recht, man muß endlich losschlagen, aber wenn unser Betrieb allein streikt, hat es wieder gar keinen Sinn. Sie sagen, mit allen zusammen durch dick und dünn, und allein — eben nicht, da hat es ja auch keinen Sinn.«

»Aber wenn jede Belegschaft das sagt? Es kommt doch eben darauf an, daß irgendwer beginnt. Und wenn euer Betrieb, wo wir so stark sind, nicht beginnt —«

»Nun ja«, sagte der Mann, er schloß vor Müdigkeit die rotumränderten Augen, »das sagen wir Genossen im Betrieb ja auch.

Aber was willst du, Genosse, gegen den ADGB gibt es eben keinen Generalstreik. Da ist der Wisch des ADGB, hast ihn wohl schon gelesen, den haben sie hier überall verteilt.«
Dojno las schnell: ». . . Laßt euch nicht provozieren! — Die deutsche Arbeiterklasse, ihres guten Rechtes gewiß, verläßt nicht den Weg der Legalität . . . Dann aber, wenn es wirklich sein muß, Kampf bis zum äußersten . . . Kommunistische Provokation . . .«
Ein langgedehnter Pfiff ertönte, der Arbeitstag begann. Der Genosse stand wieder neben Dojno.
»Also, die Belegschaft hat soeben den Beschluß gefaßt, drinnen zu bleiben, aber bis neun Uhr wird nicht gearbeitet. Wenn die anderen Betriebe streiken, streiken wir auch, wenn nicht, wird die Arbeit aufgenommen. Inzwischen wird mit den Vertrauensleuten der anderen Betriebe verhandelt«, sagte der Mann und lief in den Fabrikhof zurück.
Dieser »untere« Funktionär, unermüdlich und von grenzenloser Opferbereitschaft, hatte verstanden, wie Pal verstanden hatte.
Und dann die Arbeitslosen vor der elektromechanischen Fabrik. Sie waren gekommen, um die Belegschaft für den Streik zu gewinnen. Ihre Gründe waren für sie stark, doch für die, die noch ihre Arbeit zu verlieren hatten, schwach und geradezu verdächtig.
Die Männer diesseits des Fabriktores, blaß-grün und ausgemergelt, mit der krampfigen Redeweise von Leuten, die sich seit langer Zeit nicht mehr ordentlich sattgegessen haben, wußten es nicht, aber ihr Anblick wirkte weit stärker als ihre Gründe — und gegen sie. Über ihm vergaßen die anderen Herrn von Papen und den abgesetzten Severing, sie dachten nur eines: Nicht werden wie die da, nicht aussehen wie diese!

Und Vasso, den all das nur noch angeht, weil es ein neues Beweisstück ist: Er hat alles vorausgesehen.
Da Mara bei ihm ist, ist er ruhiger; mit der geliebten Frau ist ein Land zu ihm gekommen. Die erfüllte Sehnsucht läßt ihn für eine Weile das Heimweh vergessen.
»Heimweh? Heimweh? Stellst du dir vor, daß Lenin in der Emigration Heimweh gehabt hat?« hatte einmal Sönnecke gefragt.
»Vielleicht«, hatte Vasso gemeint. »Du wirst das besser verstehen, wenn du selbst in der Emigration sein wirst.«

165

»Ich werde nie in der Emigration sein!« hatte Sönnecke fast gekränkt ausgerufen. »Was auch immer geschehen mag, niemals!«
»Will sterben, wie ich stritt!« zitierte Vasso spöttisch.
»Ja«, unterbrach ihn Sönnecke.
»Früher starben Revolutionäre unter den Rufen wie: ›Es lebe die Weltrevolution!‹ Jetzt, da man sie auf der Flucht erschießt, rufen sie ›Majku!‹ Das heißt: Mutter! Sie sterben nicht wie Kämpfer, sondern wie Kinder in ganz grausamen Märchen oder bösen Träumen!«
»So sterben auch Soldaten. Mitten im Sturmangriff noch ist der Tod eine Überraschung, die einen, weil unerwartet, hilflos wie ein Kind antrifft.«
Einen Augenblick lang erwog Dojno: »Wie, wenn ich nur zu wollen brauchte und all das ginge mich nichts an?«
Sönnecke war ein guter Mann. Er hätte der Führer sein können, hätte man es ihm erlaubt. Aus undurchsichtigen Gründen ließ man ihn im Schatten, er nahm es an, er unterwarf sich.
Was geht mich dieser Mann, der sich so leicht unterwirft, was geht mich dieser gehorsame Rebell an? Stetten habe ich vorgeworfen, daß er das Leben akzeptiert, was müßte ich erst Sönnecke vorwerfen!
Da war Vasso. Niemand sah die Zustände klarer als er, niemand sah mit solcher Untrüglichkeit voraus, was kommen würde. Er sah, wie die Partei, die er gegründet hatte, zum Teufel ging, wie man ihn immer mehr kaltstellte und isolierte — und er akzeptierte.
Und Pal und Mara und so viele andere, sie alle nahmen an dieser Verschwörung gegen die Wahrheit: sie zu verschweigen, teil.
Und Dojno gestand sich, daß er zu ihnen gehörte, daß auch er schwieg und verschwieg.
Der 19jährige Schüler Stettens, Dion, hätte nicht geschwiegen. Und er hätte die Rechtfertigung nicht gelten lassen: man schweige, gehorsam der Disziplin, die der kommende Kampf auferlege.
Dojno fragte sich nachdenklich, ob der Junge recht gehabt hätte.
»Wir wollen nicht Recht behalten, wir wollen die Macht erobern!« hatte er dem spottenden Stetten erwidert.
Er hatte nicht vergessen, was der 19jährige schon so klar erfaßt hatte: daß die Macht den, der sie ausübte, erniedrigen und zum Mißbrauch seiner selber treiben müßte.

Wollte er also die Macht für die Sönneckes, aus deren Händen die Classens sie schnell herauswinden würden? Wollte er sie für die Arbeiter, die sich heute geweigert hatten, zu streiken?
Und warum haßte er so die Vergangenheit und ihr Überleben in der Gegenwart?
Er gab diesen banalen Dialog, den er mit sich selbst führte, auf. Er würde sich in dieser Nacht nichts sagen, das des Hinhörens wert wäre.
Vergangenheit? Er sieht sich:
Da geht er — wie alt ist er, sechs Jahre, sieben? — der gefrorene Schnee kracht unter seinen Schaftstiefeln. Der Oberteil ist lackiert, wenn Dojno sich hinunterbeugt, spiegelt er sich im schwarzen Glanz. So geht er durch das Städtchen, er trifft einen Schlitten. Der Bauer auf dem Bock ist eingeschlafen, die Schaffellmütze fällt ihm tief ins Gesicht, der Schnurrbart ist weiß, gefroren. Und der Junge bleibt stehen und starrt den schlafenden Ukrainer an. Was hielt den Jungen fest? Und warum erinnert sich der Erwachsene dieses Bildes?
Und wenn der Wind heulte, sagte man:.Schon wieder henkt der Zar einen Unschuldigen. Und der Junge fragte: »Und man läßt es zu?«
Der Wind heulte oft, so dachte der Junge oft an den Zaren. Von dem hatte er eine faßbare Vorstellung. Die Unschuldigen — das waren alle anderen. Man brauchte sich kein Bild von ihnen zu machen.
Alles würde anders werden, wenn erst der Messias käme. Nein, man wußte nicht, wann er kommen würde, doch konnte es jeden Augenblick sein. Also mußte man jeden Augenblick so leben, daß man seiner würdig wäre.
Das war alles, was man tun konnte, die Erlösung Gottes und seiner Welt herbeizuführen, lernte der jüdische Junge. Man mußte warten.
Der Junge mochte nicht warten. Da begann sein Bruch mit der Kindheit. Und nun — Jahrzehnte sind darüber vergangen — steht sie vor ihm. Ein kleiner Junge in Schaftstiefeln starrt einen schlafenden Bauern an, dessen Schnurrbart weiß und steif gefroren ist.
Stetten würde hinzufügen: »Und der Erwachsene, der mit der Kindheit gebrochen hat, weil er nicht warten wollte, sitzt da und

wartet auf den Messias, den er ›Weltrevolution‹ oder ›klassenlose Gesellschaft‹ nennt. Man ändert nichts, mein Dion.«
Dojno schob den Diktierapparat heran, setzte eine neue Walze ein. Er wollte Stetten antworten, darauf und auf vieles andere. Als er den Schlauch mit der Muschel an den Mund führte, sah er den kleinen alten Mann vor sich, der verwaist war, weil sein Sohn getötet worden war. Er ist der einzige auf dieser Erde, der keine Erlösung erwartet hat, der keine sucht. Er wird der Misere der Existenz trotzen, bis sie mit ihm ein Ende machen wird.

3

Gerda hatte ihn die Tür aufschließen hören, das Geräusch im Schloß hatte sie geweckt. Sie wollte von ihm geweckt werden, darum stellte sie sich schlafend. Sie fühlte seine Nähe, als er vor ihr stand und sie ansah. Sie hörte ihn auf den Fußspitzen hinausgehen.
Da wurde sie vollends wach. Sie wartete. Einige Male hörte sie ihn sich bewegen, er setzte sich im Sessel zurecht, er stand nicht auf, er kam nicht. Sie horchte, nichts geschah, und die Zeit verrann so langsam, daß ihr, da sie ihren Puls fühlte, schien, zwischen den Schlägen breiteten sich unerträglich lange Minuten aus.
Seit sie mit Dojno war, hatte sie warten gelernt. Nun merkte sie, daß man es nie lernt, auf einen Mann zu warten, dessen Liebe einem ungewiß wird, sobald er das gemeinsame Bett verläßt.
Die 24jährige Gerda hatte schon geliebt und sie war viel geliebt worden. Doch wußte sie nicht, was sie zu Dojno so unabweisbar hinzog. Und ihr war es in den Stunden und Tagen, da er nicht mit ihr war, gewiß, daß er sie nicht liebte. Doch war es ihr auch gewiß, daß dies eines Tages, und zwar durchaus plötzlich, für beide überraschend anders werden würde. An diesem Tag würde seine Fremdheit weichen, er würde ihr sagen: »Ich liebe dich!«, und das würde für immer sein.
Manchmal dachte sie an ihn wie an den »armen Heinrich«. So träumte sie oft davon, er würde krank werden, alle würden ihn aufgeben, nur sie würde bei ihm aushalten, ihn retten.
Denis ist — nach einer langen, abscheulichen Krankheit — er-

blindet. Alle Freunde haben ihn verlassen, sogar seine frühere Frau will ihn nicht mehr kennen. Doch sie, Gerda, bekennt sich zu ihm so eifervoll, daß alle zur Seite treten, wenn sie ihn mit heiter-trotzigem Gesicht durch die Straßen führt, einfacher und allgemeiner gesagt: mit sicherer Hand durchs Leben führt.
Oft, wenn sie in der Mittagspause auf einer Parkbank ausruhte, kam ihr die Vorstellung, die erregender war als alle geschlechtliche Phantasie. In diesem Bild sah sie sich stets in einem dunkelblauen Kostüm mit weißer Weste. Es war wundervoll. Überdies war es stets früher Herbst, sie gingen, nein, sie wandelten langsam durch eine Ahornallee und sie zitierte leise, aber durchaus deutlich: »Herr, es ist Zeit. Der Sommer war sehr lang.« Und Denis lachte und war sehr glücklich.
Doch nun, da sie wartete, daß Dojno aufstünde, ins Zimmer träte und sie zärtlich begrüßte, blieb diese Vorstellung verschollen.
Es war ihr kalt an den Füßen. Sie wollte zur Decke, die auf einem Stuhl neben dem Bett lag, greifen, doch ließ sie es. Aus Trotz. So sehr war Dojno in ihr Verhalten eingedrungen, so sehr war alles auf ihn bezogen.
Sie beneidete ihre Kolleginnen in dem großen Anwaltsbüro um deren Glück, von dem sie gewöhnlich die ersten Tage der Woche so voll waren. Doch genügte es, daß sie ihnen zuhörte, um ihren Neid fast in Scham zu verwandeln. Da dachte sie, daß sie trotz allem glücklicher war als alle die anderen.
Sie stand auf, ging ins Badezimmer. Sie betrachtete sich im schmalen, hohen Wandspiegel, strich die aschblonden Haare — manchmal erschienen sie ihr wunderschön, manchmal langweilig, ja geradezu häßlich — aus dem Gesicht. Nein, das Weinen hatte sie nicht häßlich gemacht, die Nase war nicht gerötet. Gewiß, es gab schönere Frauen als sie, aber nicht viel schönere. Sie war hungrig. Sie ging in die Küche und aß die Sandwiches, die sie ihm vorbereitet hatte. Das letzte wollte sie ihm bringen, ihn dabei kaum begrüßen. Als sie ins Zimmer trat, fand sie ihn auf der Couch. Er mußte mitten im Abhören eingeschlafen sein, die Kopfhörer an den Ohren ließen ihn noch kindlicher erscheinen, als er sonst in seinem kindlich-ruhigen Schlaf war.
Was er wohl diktiert haben mag? Sie nahm ihm sachte die Kopfhörer ab und tat sie sich um. Zärtlich drang seine Stimme auf sie

ein. Ach, es war nur ein Brief an diesen ollen Professor in Wien, das konnte sie nicht interessieren. Doch wollte sie die Stimme hören. Manchmal hatte sie zu ihr gesprochen wie zu diesem alten Mann. Während die Worte in einer allzu dichten Folge auf sie eindrangen, dachte sie:
»Was zieht Denis zu diesem fremden Mann so sehr, daß ihm dessen Worte wichtiger sind als die Zärtlichkeiten einer Frau?«
Sie hörte:
»Nein, ich verachte nicht die Kunst, glücklich zu sein, Sie wissen es, Professor, und ich unterschätze nicht das liebeswerte Glück, das etwa die Frau gibt, deren Erfüllungen unsere Sehnsucht aufs neue beleben; das die Landschaft gibt, die uns sie zu entdecken lehrt; das die Musik uns gibt, da sie uns so unversehens und doch so entschieden überwältigt. Doch muß ich's Ihnen erst sagen, daß das Glück nur dem Unglücklichen Ziel sein kann, daß es nur im tragischen Weltbild die Größe gewinnt, die der verhinderten Vollkommenheit so leicht zuwächst. Bleibt das Glück als Mittel. Doch da versagt es notwendig. Es ist der schlecht gebraute Lethetrank. Man behält zu deutlich im Gedächtnis, was es einen vergessen gemacht hat. Wir planen in der Ewigkeit und vertun unser Leben in einem Augenblick, wir planen in der Unendlichkeit, und die kaum noch bezifferbare Winzigkeit unserer Existenz ist unser einziges Teil — gegenüber diesen Nöten der mangelnden Dauer und der versagten Größe, was soll da das Glück?
Wir haben es aufgegeben, Dauer und Größe in der Verbindung mit Gott zu suchen, wir allein haben es auf uns genommen, die menschlichen Bedingungen so grundlegend zu verändern, daß in ihnen Dauer und Größe verwirklicht und so die menschliche Würde allgemein würde. Und sie allein würde es ermöglichen, der Existenz anders als durch ihre Verneinung einen Sinn zu geben.«
Nein, wie viele Worte, dachte Gerda. Daß Denis nicht merkt, daß es ihrer nicht bedarf. Und schließlich weiß er doch nichts gegen das Glück zu sagen. Und schließlich, in dieser seiner klassenlosen Gesellschaft werden die Menschen auch nicht ewig leben. Also mit der Dauer ist es Essig. Trotzdem hat er recht, aber nicht wegen der Worte, sondern wegen des Tonfalls. Das verstehen aber die gescheiten Männer nicht. Die meisten Männer

werden nur geliebt, weil sie lieben. Sie aber bilden sich weiß Gott was ein.

Die Worte strömten weiter, warm und werbend, in ihr Ohr. Sie versuchte nicht zu verstehen. Sie sah Dojno, wie er, das Gesicht am Rand des gedämpften Lichts, dalag und unbekümmert um Dauer und Größe mit kaum hörbaren Atemzügen schlief. Sie war mit ihm halb ausgesöhnt, denn was er von dem Glück und der Frau gesagt hatte, das konnte sich in diesem Fall nur auf sie beziehen.

Das war aber ein langer Brief. Sie hörte wieder zu:

»Doch wäre es selbst wahr, daß dieses magisch-ängstliche Tier, der Mensch, sich nicht oder jedenfalls nur wenig geändert hat; wäre es selbst wahr, daß alle, die ihn zu ändern gesucht haben, nicht weniger guten Grund hatten, an ihren Erfolg zu glauben, als wir; wäre es selbst so, daß seit undenklicher Zeit eine Generation nach der andern den gleichen Irrtum gehegt hat, gerade sie wäre berufen, ihre Existenz an die letzte Vorbereitung eines völlig neuen Zustandes zu setzen, und sie hätte die Chance, die die vorhergegangenen Generationen nicht haben konnten — eh bien, dann wurde bisher das Beste geleistet in der Bemühung um ein unverwirklichbares Ziel; dann ist das Beste, was der Mensch mit seinem Leben anfangen kann, es wie eine Vorbereitung auf den unerreichbaren Zustand zu leben, in dem, was Wert an ihm ist, Dauer und — wer weiß — Größe finden könnte.«

Sie mochte nicht mehr hören. Die sprechen immer von Vorbereitung, das Leben vergeht darüber, das schert sie nicht. Der Heiland hat seine Mutter in einer unglaublichen Manier weggetrieben, weil er mit der »Vorbereitung« beschäftigt war. Natürlich dann, da durfte sie sich die Augen ausweinen. Als ob das was genutzt hätte.

Gerda wurde wieder sehr traurig. Das alles hatte keinen Sinn. Sie wollte Kinder haben und einen Mann, der nur an seine Frau und seine Kinder denken würde. Sie begann, langsam am Sandwich zu kauen, Tränen blieben auf ihren Wimpern hängen. Sie weinte nicht aus Mitleid mit sich wie früher. Sie weinte um den Mann, den sie liebte. So hatten vor ihr unzählige Frauen geweint in den Augenblicken, da sie ihre Männer mehr liebten als in der Umarmung: da sie sie liebten wie verlorene Söhne.

DRITTER TEIL

›NICHT DIE TOTEN
WERDEN GOTT PREISEN...‹

ERSTES KAPITEL

1

Man konnte meinen, nichts hätte sich geändert. Der grünlichblaue Himmel des verfrühten Frühlings über ihren Köpfen war weit geblieben, und es konnte die Erde unter ihren Füßen nicht noch härter werden. Sie mochten manchmal denken, es hätten auch die Straßen ihrer Stadt sich nicht verändert.
Doch machte jeder Tag, mit dem der Sommer sich näherte, immer mehr der ihren heimatlos. Und in den Nächten gar, da sie nicht in ihren Betten schlafen durften, hörten sie auf, daran zu glauben, daß sie je ein Heim, ein Bett, daß sie je, den anderen gleich, ein Leben und einen Namen geführt hatten.
Die sie mit Maulwürfen verglichen und verkündeten, es würden diese Schädlinge recht bald vernichtet werden, merkten bald, daß die Jagd noch lange dauern würde. Und manchmal wußten sie nicht mehr genau, wer Jäger war, wer Wild.
Sie kamen aus den Laubenkolonien der Arbeitslosen, aus Fabriken, aus den Parteibüros — zumeist eben jene »unteren Funktionäre, die ewig nicht verstanden hatten«. Die illegale Partei, das waren sie. Der Feind wußte es. Ihrer Hände Zeichen sah er an den Wänden, die verkündeten, daß die zerschlagene Partei lebte, hoch oben auf den Schornsteinen sah er sie, von denen an nebligen Morgen rote Fahnen wehten. Er fand ihre Spur in Zetteln, Zeichnungen, auf den Landstraßen selbst, auf denen präparierte Pneus rasender Motorräder kilometerweit den Asphalt schreien machten: *KPD lebt — RFB kommt wieder.*
Worte und Namen, vorher bedeutungslos und überhört, wurden nur noch leise und warnend im Volk genannt: Papestraße, Columbiahaus, Oranienburg, Dachau. Der Namen wurden immer mehr, die die Stätten der namenlosen Pein bezeichneten.
Man wußte, daß die Gefangenen nur zu sprechen brauchten, damit die Qual endete. Und man wußte, daß sie schwiegen.
Sie wurden dem Volk fürchterlich, es hatte Angst, an dem Grauen, das ihr Teil war, teilzuhaben. Es wurde müde der

Opfer und suchte schnell zu vergessen, für wen sie gebracht wurden.
Die Partei lebte, doch war sie von den Massen isoliert, an die sie, ein Retter, der ertrinkt, appellierte. Die Partei lebte in den »Illegalen«. Sie hatten ihre Hoffnungen auf den Herbst gesetzt. Seine Regen kamen und verwuschen ihre Inschriften auf den Wänden, daß sie zu Runen wurden, die von einer vergessenen Vergangenheit unverständlich künden. Doch ihre Hoffnung blieb so groß, daß sie noch ihr Alles sein konnte, sie war grenzenlos, denn man erlitt Schlimmeres als das Sterben für sie.
Und sie wurde allgemeiner und wie ein sehr gewisses Versprechen, als — nun war der Winter gekommen und das Volk hatte sich noch immer nicht erhoben — eine Stimme sich erhob. Sie sprach das Deutsche gebrochen, mit fremdem Akzent, es war der erste Ruf, den alle hörten und alle verstanden. So war es leichter, den schweren Winter zu überdauern. Der Frühling kam, noch immer lebte die Partei. Die Illegalen vom vorigen Jahr waren zumeist nicht mehr: auf der Flucht erschossen, in Zuchthäusern eingemauert, in den Konzentrationslagern täglicher Folter ausgesetzt.
So war es eine neue Partei, die in den neuen Illegalen lebte. Verbindungen rissen ab, ganze Bezirksorganisationen waren zeitweise ausgeschaltet. Doch immer wieder wurden die Verbindungen neu geknüpft, neue Menschen traten an die Stelle, von der die ersten zu ihrem Untergang geholt worden waren.

Wölbte sich noch immer derselbe Himmel über ihren Köpfen, war die Erde ihren Füßen nicht härter geworden? Hatten die Straßen sich nicht verändert, war die Heimat nicht zur feindlichen Fremde geworden?
Es konnte sein: Man blieb vor den Spiegelscheiben eines Ladens stehen, um sich zu vergewissern, daß man nicht verfolgt würde, und man erblickte sich und erschrak darüber, daß man sich selbst ein Fremder war. Und man mußte sich zurückhalten, um nicht laut den Kosenamen auszusprechen, mit dem man als Kind bezeichnet worden war, um sich so in diesem selbstentfremdeten Sein zu finden.
Es konnte sein: Man fuhr auf und beruhigte sich nur langsam,

nein, man hatte die frühe Morgenstunde, zu der sie gewöhnlich kamen, einen zu holen, nicht verschlafen. Doch man schlief nicht wieder ein, denn nun war einem all das so gehässig feindlich wie der Verrat: das fremde Bett, das Licht der Bogenlampe draußen, das ins Zimmer fiel, der Schrank mit den fremden Kleidern, das laute hastige Atmen der Schläfer nebenan. Und alles wurde ungewiß. Man zog sich hastig an und wartete, daß der Tag anbräche, daß man zum »Treff« gehen könnte. Schnappten sie einen vorher, so riß die Verbindung ab. Dann mochten Wochen, Monate vergehen, ehe sie wieder aufgenommen wurde.
Es konnte sein: Man kam zum Treff auf die Minute genau. Gewartet durfte nicht werden. Und der Mann kam nicht. Da ging man weiter. Man wußte, den würde man nicht wiedersehen. Und es tat einem leid, daß man sein ewiges Fingerknacken nicht vertragen und es ihm ungeduldig verwiesen hatte.
Es konnte sein: Man schlief bei einer Frau. Der hatten sie damals den Mann aus dem Bett geholt. Einige Tage später hatte sie den Pappkarton bekommen. Das war seine Asche. Und nun war man mit dieser Frau in dem einen Raum. Und sie hatte keine Tränen mehr und kein Alter. Und in dieser Nacht war man Mann und Frau. Und man wußte nicht, hatte man es aus Mitleid mit ihr getan oder aus Trauer um sich selbst.
Doch man lebte, also lebte die Partei. Und die starb nicht mit denen, in denen sie lebte. Denn es gab immer neue. Herbert Sönneckes Aufgabe war es, dafür zu sorgen, daß es sie gab.

2

Sönnecke war nicht emigriert. Er war auf Befehl der Partei zweimal ins Ausland gefahren und nach kurzem Aufenthalt zurückgekehrt.
Niemand — ausnahmslos — wußte, wo er wohnte, unter welchem Namen er lebte. Dies hatte er der Parteileitung im Ausland und der GPU zur Bedingung gemacht.
Man las in den ausländischen Zeitungen häufig von seinem Auftreten in Versammlungen, man fand sein Foto in den illustrierten Wochenschriften: »Herbert Sönnecke mit einer Arbeiterdelegation in Magnitogorsk« und ähnliches. Eine lange Zeit ließ sich die Gestapo auch foppen, doch kam sie allmählich dahinter, ihre

besten Späher machten sich daran, seine Spur zu suchen. Sie fanden sie auch manchmal, bald in Berlin, bald in Stuttgart, bald in Breslau, bald in Gelsenkirchen, doch ihn fanden sie nicht. Als Herta Sönneke um Pässe für die beiden Kinder ansuchte, gewährte man sie nur deshalb, weil man hoffte, daß Sönnecke die Kinder nicht würde abreisen lassen, ohne sie vorher zu treffen. Dementsprechend eingeleitete Beobachtungen ergaben keinerlei Anhaltspunkte.
Und auch wenn es — selten genug — gelang, einen Verhafteten zum Sprechen zu bringen, über Sönnecke wußte er nichts zu sagen. Man kam an entsprechender Stelle zum Schluß, daß man in diesem Fall andere Methoden anwenden müßte. Dieses Wild verlangte besondere Jäger.
Manchmal schien es ihm, die letzten zehn Jahre wären nutzlos und traurig vergeudete Zeit gewesen. Das Leben, das er nun führte, mochte schwer sein, doch war es sinnvoll und geradezu leicht. Es wurde schwer und voll bedrückender Kümmernisse, wenn er, was sie draußen druckten, las oder wenn ein Teil der mühsam aufrechterhaltenen Organisation zusammenbrach. Doch war all das leichter zu ertragen als ein Tag in der Emigration, als die Begegnung mit der Führung draußen.
Keiner von denen, die draußen lebten, wußte, was im Lande vorging, vielleicht weil es unvorstellbar war, vielleicht weil es ihnen unmöglich gewesen wäre, zu leben, wie sie lebten, wenn sie es gewußt hätten.
»Wenn ihr das Material für drinnen schreibt, müßt ihr euch vor Augen halten, daß man seinen Kopf aufs Spiel setzt, wenn man liest, was ihr da schreibt.«
»Was willst du damit sagen?«
»Nichts, nur daß es nicht lohnt, auch nur den Fingernagel eines einzigen Genossen zu gefährden, um der Arbeiterklasse zu erzählen, daß ihr Hauptfeind nach wie vor die Sozialdemokratie ist.«
»Aha, du bist also gegen die Linie der Partei?«
»Nein, ich bin dafür, daß man sie vernünftig anwendet. Und ich bin dafür, daß eure Schreibjünglinge von Zeit zu Zeit daran denken sollen, daß sie mit Blut, mit dem besten Blut der deutschen Arbeiterklasse schreiben.«
Nein, die Luft in der Emigration war nicht zu atmen. War man einige Stunden da, so sehnte man sich nach der Front zurück.

Sönnecke hatte seine engsten Mitarbeiter selbst gewählt, auch dies hatte die Partei ihm endlich zugestanden. Keiner dieser sechs Männer wußte von den anderen, doch durch sie war Sönnecke mit der Arbeit im ganzen Land verbunden. Nur zwei von ihnen wußten seinen wahren Namen, einer von ihnen war Josmar.

3

Die Verbindung war abgerissen. Zuerst kam die Mitteilung von der Grenzstelle draußen. Sieben Monate lang hatte gerade an dieser Grenzstelle alles ausgezeichnet geklappt. Seit fast zwei Monaten erschien aber niemand mehr von den Genossen drinnen zu den vorher festgelegten Treffs. Es sah so aus, als ob der verantwortliche Genosse geschnappt worden wäre. Nun hingen alle Verbindungen in der Luft, der wichtige Grenzbezirk war abgehängt. Sönnecke beauftragte Josmar, an Ort und Stelle festzustellen, was da geschehen war. Als das Gespräch zu Ende war, verabschiedete er ihn kurz und wortlos. Das war in letzter Zeit Sönneckes Art geworden: Er sah einen nicht an, wenn er die Hand zum Abschied reichte. Als ob man aufgehört hätte, für ihn da zu sein in dem Augenblick, in dem man sich anschickte, ihn zu verlassen.
Die Straßenbahn näherte sich der Endstation. Außer Josmar war nur noch ein kleiner Junge im Wagen geblieben. Der war verschnupft und hatte wohl kein Taschentuch. An der Endstation stieg der Junge vor ihm aus, er hatte ein zu kurzes Bein, er begann vor Josmar herzulaufen. Dem war es, als hätte er diesem kleinen mageren Jungen unrecht getan.
Er hatte noch etwa 20 Minuten zu gehen. Die Straße war nicht gepflastert, es hatte wohl in der Nacht geschneit, nun war der Schnee zergangen. Josmar kam nicht schnell genug vorwärts.
Es war ein winzig kleines Haus, das Vorgärtchen davor mit den trostlosen jungen Bäumen machte alles noch ärmer. Josmar mußte zweimal klingeln. Eine große, hagere Frau, der eine graublonde Strähne in die Stirn hing, öffnete halb die Tür und fragte barsch: »Was wollen Sie? Wir kaufen nichts!« Josmar trat näher, setzte den Fuß auf die unterste der vier Stufen, die zur Tür hinaufführten, und sagte: »Ich will nichts verkaufen, ich

komme wegen des Gelegenheitskaufes, wegen des Rades, das
seinerzeit annonciert war.« Die Frau blickte ihn mißtrauisch an
und sagte dann: »Das Rad ist schon lange weg.« Sie zog sich
langsam hinter die Tür zurück, doch dann schob sie sich wieder
vor und sagte: »Kommen Sie herein. Sie haben vielleicht einen
langen Weg gemacht und es ist kalt.« »Ja«, sagte Josmar, »ich
danke Ihnen.« Und er stieg schnell die Stufen hinauf.
Sie führte ihn durch die Küche in die gute Stube. Deren Fenster
ging auf eine weite Wiese, dahinter lag ein Bahndamm, auf dem
stellte man einen Güterzug zusammen. Sie hieß ihn sich setzen,
doch blieb sie selber stehen. Sie wandte nicht den Blick von ihm.
»Das Rad ist weg«, wiederholte sie mit Nachdruck. »Wenn Sie
deswegen gekommen sind, da ist es viel zu spät. Sie haben ihn
geholt, den Albert. Vor zwei Monaten. Er hat einmal geschrieben. Seither nichts. Er lebt nicht mehr, sonst hätte er geschrieben,
ist immer ein guter Sohn gewesen. Aber wenn er tot wäre, so
hätten sie mich davon verständigt.«
Sie stand noch immer, so wollte er aufstehen, doch eine erstaunlich energische Handbewegung der Alten ließ ihn sich wieder
setzen.
»Erinnern Sie sich noch, an welchem Tag das passiert ist?« fragte
er zögernd. Sie zeigte zur Seite. An der Wand hing ein Abreißkalender. Das Blatt zeigte: November 6. »Das pflegte Albert
immer zu machen, das Blatt abreißen«, sagte die Frau nachdenklich.
»Und nun haben wir schon den 3. Januar«, sagte Josmar und
erkannte gleich, daß er sich dumm und hölzern verhielt. »Gab
es eine Haussuchung?« fuhr er schnell fort. »Ja«, sagte die Frau
und schob endlich die Strähne aus der Stirn. »Was gefunden?« —
»Nichts, gar nichts«, antwortete sie und nahm endlich den lastenden Blick von ihm weg.
»Und wie es dazu gekommen ist, vermuten Sie etwas?« Sie antwortete nicht. »Es ist im Interesse Ihre Sohnes, Sie müssen mir
sagen, was Sie wissen.«
»Ich muß in die Küche. Wenn Sie noch nicht gegessen haben,
können Sie dableiben. Es gibt Rotkohl mit Kartoffeln und ein
Stückchen Wurst. Ist nicht viel, aber jetzt, wo Albert nicht mehr
das Geld ins Haus bringt, ist das schon zu viel.«
Die Frau nötigte ihn, sich reichlich aufzutun, sie selbst aß kaum.

Sie brach ihr Brot in kleine Stückchen und schob es achtlos in den Mund. Sie sah ihn die ganze Zeit an. Manchmal schien es ihm, daß sie ihn haßte, dann wieder, daß sie in seinem Gesicht nach irgendetwas suchte, das sie nicht fand. Er bemühte sich, gesprächig zu sein, doch gab er es immer wieder auf, die Frau schien nicht zuzuhören. Er sagte: »Ja, das Beispiel, das uns Dimitroff —«, da unterbrach sie ihn: »Ja, dem seine Mutter und seine Schwester waren da, ich habe ein Bild von ihnen gesehen. Das ist schön, wenn in einem Haus Eintracht herrscht.« »Ja«, antwortete Josmar etwas verwirrt. »Ja, gewiß!« Die Frau sagte nichts mehr. Sie schob hastig ein Stückchen Brot nach dem anderen in den Mund. Man konnte glauben, sie vernichtete es aus Haß, sie hatte schöne weiße Zähne.
Als er endlich aufstand, zog sie ihn zum Fenster. »Sehen Sie dort die Laubenkolonie, das Häuschen mit den blauen Fensterrahmen, der Mann drinnen, der weiß vielleicht was. Das ist der August Schulze, ist in der Reparaturwerkstätte der Eisenbahn angestellt. Sie finden ihn vielleicht zu Hause.«
Schulze hatte sogleich Zutrauen zu ihm. Er schickte die Frau Einkäufe machen. Das Baby schrie zu laut, so nahm er es aus dem Bettchen und hielt es in den Armen. Da blieb es, aufrecht in dem Wickelkissen, es schlief bald ein, doch Schulze merkte es nicht.
Er war klein, stämmig, alles an ihm war breit. Die Brille mit der Nickelfassung verrutschte immer wieder, er machte eine komische Grimasse, die Nase krauste sich bis zur Unendlichkeit, so schob er die Brille zurecht. Sein rötlicher Schnurrbart kam dann gestreckt in der Luft zu hängen und sah wie schlecht angeklebt aus.
»Ja, was willste, wie der Albert hochgegangen ist, das war ein Schlag für uns. Ich war der einzige, der ein bißchen was wußte, so bin ich in die Bresche gesprungen, was willste. Doch die kennen mich alle, waren mir gleich auf der Spur, was willste, ich bin ja von Anfang dabei, da hab' ich es eben abgeben müssen. Und was willste, der Genosse, wo eingesprungen ist, den haben sie gleich darauf schon gehabt. Das hat sich jetzt in der kurzen Zeit so fünfmal wiederholt. Natürlich, was willste, da kann nicht alles so am Schnürchen gehen.«
Der Mann erzählte das im gleichmütigen Ton, in dem man von irgendeinem gleichgültigen Zwischenfall im Betrieb erzählt.

Überdies machte Josmar das ewige »Was willste« ungeduldig.
»Wie das mit dem Albert passiert ist, wo er doch immer die Vorsicht selbst gewesen ist«, fuhr Schulze im gleichen Ton fort, »da habe ich zuerst gedacht, es ist seine Schwester und ihr Mann. Nämlich wegen dem Häuschen der Alten, wo sie drin wohnen möchten, und Albert, was willste, war natürlich dagegen. Und der Mann ist so ein Märzgefallener. Wie das aber weitergegangen ist, was willste, da haben wir eben begonnen, uns Gedanken zu machen. Nämlich von wegen dem Albert sein Mädel. Nämlich die Schwester, von den andern hat sie unmöglich was gewußt, aber das Mädel, was willste, der Albert ist auch nur ein Mann, da könnte er vielleicht, ich sage nichts Bestimmtes, du verstehst, aber was willste, es darf ja nicht sein, aber es kann sein.«
Josmar besprach mit Schulze, daß er mit dem letzten Nachfolger Alberts einen Treff für ihn ausmachen wollte. Den Namen der Freundin Alberts wußte er nicht. Und niemand wußte, wo Albert das Material — Namen, Adressen und so weiter — verborgen hatte. Und ohne die konnte die Arbeit nicht weitergehen.
Diesmal ließ ihn Alberts Mutter sofort ein. Josmar schien es fast, als hätte sie ihn erwartet.
»Nun«, begann sie, kaum daß er sich gesetzt hatte, »ich muß es ja am besten wissen, ich kenne ja meine Tochter. Sie ist es nicht gewesen. Es ist wahr, sie hat den Albert niemals gemocht, wie eine Schwester sollte, es hat immer die Eintracht gefehlt. Aber das hat sie nicht getan, das nicht.«
»Wer denn?« fragte Josmar.
Sie machte sich am Herd zu schaffen, dann wandte sie sich um, den Schürhaken noch in der Hand. Wieder hing ihr die Strähne in die Stirn. Dann kam es stoßweise und fast fröhlich, so überwältigend war der Triumph in ihrer Stimme:
»Wer? Die Dicke natürlich! — Dem Albert seine Geliebte! Sein Unglück, ich habe es immer gesagt, er hat es nicht glauben wollen. Aber sie hat ihn getötet, sie, niemand sonst. Er hat sich den Kopf verdrehen lassen, ich hab's ihm vorausgesagt, er hat's nicht glauben wollen . . .«
Endlich konnte er sie unterbrechen. Sie gab ihm den Namen und die Adresse des Mädchens. Ehe er ging, mußte er der Frau versprechen, sie noch einmal aufzusuchen. Sie wollte wissen, ob er »aus der Dicken die Wahrheit herausgepreßt« habe.

Das Mädchen wohnte am anderen Ende der Stadt. Die Straßenbahn brachte ihn bis zum Bahnhof, der im Zentrum lag, er nahm die Vorortbahn. Der Abend war angebrochen, ein kalter, trockener Wind wehte ihm entgegen, als er den Bahnhof verließ. Wie gewöhnlich hatte er vorher den Stadtplan studiert, durch Fragen machte man sich bemerkbar. Die Beleuchtung war schlecht, er verirrte sich einige Male, ehe er sein Ziel erreichte. Es war ein altes Haus, das Tor war so hoch und breit, daß ein heubeladener Wagen hätte passieren können. Dieses Tor verstärkte bis zur Peinlichkeit das Gefühl der Fremdheit, das er nicht loswurde, seit er den Zug verlassen hatte.

Er mußte eine Weile warten, ehe ihm auf sein Klopfen geantwortet wurde. Er trat schnell über die Schwelle, es war eine große Mansardenstube. Sein Blick fiel auf das Bett, auf dem Männerhemden wohlgeordnet übereinanderlagen, daneben eine Nähmaschine. Erst als er sich halb umwandte, erblickte er die Frau, die ihn eingelassen hatte. Sie stand hinter der Tür, als ob sie sich vor dem Eintretenden verstecken wollte, ihre Rechte umklammerte die Klinke. Josmar sah sie aufmerksam an, er wußte nicht, ob es das Gaslicht war, das Gesicht der Frau war bleich. Endlich ließ sie die Tür ins Schloß fallen.

»Was wollen Sie?« fragte sie und sah an ihm vorbei. Er hatte sich zurechtgelegt, wie er das Gespräch anfangen wollte. Doch nun, da er die kleine rundliche Frau im gelben Morgenrock mit den zu großen roten Astern sah, dieses Gesicht, das sonst wohl langweilig hübsch war, nun aber alt und vergrämt aussah, erkannte er, daß sein Plan nichts taugte.

»Ich komme wegen Albert«, sagte er barsch. Sie nickte. Dann ging sie endlich von der Tür weg und setzte sich aufs Bett. Es gab nur einen freien Stuhl, die anderen Stühle waren mit Wäschestücken belegt. Josmar setzte sich. Er suchte den Blick der Frau, doch sie hielt die Augen gesenkt. Er wiederholte: »Ich komme wegen Ihres Freundes Albert, Sie verstehen doch, Fräulein Lüttge?«

Sie antwortete ohne aufzublicken: »Was wollen Sie denn noch von mir? Ich weiß nichts. Ich habe alles gesagt, ich weiß nichts mehr.«

Es war einfacher, als er gedacht hatte. Sie hielt ihn für einen Gestapoagenten. Und kein Zweifel, sie hatte verraten. Nun fiel es ihm leicht, barsch zu sein. »Nein, Sie haben nicht alles gesagt. Sie möchten wohl gern wissen, wie es Ihrem Bräutigam geht, nicht wahr?«

»Ja!« sagte sie, und sie hob lebhaft den Kopf, doch nur für einen Augenblick, dann erstarrte sie wieder. »Jetzt ist ja alles schon gleichgültig«, setzte sie leise hinzu.

»Ist nicht gleichgültig!« Er zwang sich, freundlich und überzeugend zu sprechen. »Wenn Sie brav sind, dann kommt er frei, und Ihnen hat er es zu verdanken.«

Sie schüttelte den Kopf. Josmar schien es, als ob sie die Lippen bewegte, aber sie sagte nichts mehr.

»Sie wollen also den Albert nicht retten. Das liegt nun in Ihrer Hand, dann lassen wir Gnade für Recht ergehen.«

Sie sagte: »Ich weiß nichts, gar nichts. Ihr könnt mich totschlagen, wäre auch so das beste. Ich weiß nichts.« Sie erhob sich langsam, doch als ob sie nicht die Kraft hätte, die Bewegung zu vollenden, ließ sie sich wieder auf die Bettkante fallen.

Josmar beschloß, sein Vorgehen zu ändern, sein Plan war doch richtig gewesen. Er öffnete sein Köfferchen und begann, die Ware — Briefpapier-»Geschenkpackung«, Farbbleistifte, Füllfedern, Kölnischwasser — auf dem Tisch auszubreiten.

»Sollte jemand ins Zimmer treten, so sprechen wir von meinen Waren. Meine Preise sind durchschnittlich um 25 Prozent niedriger als im Kaufhaus. Und bei einem Einkauf von mehr als drei Mark gewähre ich einen Rabatt von 10 Prozent für das Briefpapier und 15 Prozent für die Federn und das Kölnischwasser. Merken Sie sich das für den Fall — Sie verstehen?«

Sie sah ihn erstaunt an, dann blieb Ihr Blick an dem blauen Briefpapier hängen.

»Ich bin kein Gestapoagent, ich bin ein Freund Alberts. Ich komme wegen der Annonce, wegen des Gelegenheitskaufs, verstehen Sie, wegen des Rads. Sie hören?«

Sie sah ihn aufmerksam an, er nahm die Brille, die er im Stiegenhaus aufgesetzt hatte, wieder ab. Es war gewiß, wenn er nicht den abscheulichen Schnurrbart hätte und diese Scheitelfrisur mit den kahlgeschorenen Haaren an den Schläfen und am Hinterkopf, wenn er sich selbst ähnlicher wäre, sie würde ihm dann vertrauen.

Er sah ihr gerade in die Augen und sagte: »Ich komme von der

Partei. Wir müssen wissen, was eigentlich geschehen ist, auch um Albert zu helfen. Auch um Ihnen zu helfen.«
Sie zuckte die Achseln, wieder starrte sie ihre Hände an.
»Glauben Sie mir? Verstehen Sie mich? Ich will helfen!«
Sie bewegte wieder die Lippen, endlich verstand er: »Es gibt keine Hilfe.« Er wartete, doch sie schwieg wieder.
»Sie müssen mir alles haarklein erzählen, wie es gekommen ist. Man glaubt, Sie haben verraten und —«
»Ich habe verraten«, sagte sie, »ich bin an allem schuld. Ich weiß nicht, warum ich noch lebe. Da, das ist Alberts Kind, es atmet schon.« Sie legte die Hand auf den Bauch. Er bedachte, ob er ihren Zustand nicht schon an ihrem Gang und an diesen blutleeren Lippen hätte merken müssen.
»Die Partei wird für Alberts Kind sorgen«, sagte er.
»Die Partei«, wiederholte sie, »die Partei! Niemand sorgt für einen. Ich weiß es, ich bin eine Doppelwaise gewesen, ich bin bei fremden Leuten aufgewachsen. Und auch mein Kind wird —«
Doch sie konnte nicht zu Ende sprechen, sie wurde vom Schluchzen geschüttelt. Plötzlich führte sie ihre beiden Hände an den Mund. Sie stand auf und lief schwerfällig zur Wasserleitung. Sie erbrach sich. Ein übler säuerlicher Geruch verbreitete sich im Zimmer.
»Entschuldigen Sie!« sagte sie, als es vorbei war und sie wieder auf der Bettkante saß. »So was darf nur passieren im zweiten oder dritten Monat. Und es hatte auch schon ganz aufgehört. Aber wie sie mich vor sechs Wochen geholt haben, ich soll den Albert sehen, seit damals hat es wieder angefangen. Ob es dem Kind nicht schadet?«
Wie vorher hatte er das Gefühl, daß sie nicht zu ihm sprach. Vielleicht war sie es gewohnt, vor sich hinzusprechen, und es störte sie nicht, wenn ein Fremder zuhörte — wie wenn ihre Worte im Rattern der Nähmaschine untergingen.
In der gleichen Weise begann sie nun, sehr umständlich ihre Geschichte zu erzählen. Sie verlor sich dabei in Einzelheiten, die ohne Belang waren, andere wichtige Einzelheiten erfuhr er erst durch Fragen, mit denen er sie von Zeit zu Zeit unterbrach.
Sie kannte Albert seit bald zwei Jahren. Sie wollten heiraten, aber sie mußten warten, denn Albert war ja die ganze Zeit ar-

beitslos, und seine Mutter mochte sie vom ersten Tag an nicht, so hätten sie nicht in deren Häuschen wohnen können. Im Sommer wechselte sie auf Veranlassung Alberts ihre Wohnung. Im alten Haus kannten ihn zu viele, und er mußte vorsichtig sein. So zog sie hierher, wo sie mit niemandem verkehrte. Und ihre Bekannten sollten sie ruhig vergessen, das wäre viel vernünftiger. Und in der neuen Wohnung, da wurde sie auch gleich schwanger. Und sie bestand darauf, nun sollten sie heiraten, er konnte bei ihr wohnen, bis er Arbeit fände, inzwischen würden sie sich mit dem, was sie verdiente, schon durchbringen. Er sagte ja und verschob es immer wieder. Und dann kam es vor, daß er sich vier, fünf Tage überhaupt nicht zeigte, und sie hatte solche Angst um ihn, und daß das Kind, wenn sie dem Albert was antun, niemals mehr ehelich sein würde. Nein, er war nicht schlecht zu ihr, aber er war mit den Gedanken woanders, sagte immer, daß er sie liebte, aber daß es Wichtigeres gibt als Liebe. Und wie er einmal wieder verschwunden war und sie war sehr unglücklich und ganz allein, und bei ihrem Zustand hätte ihr doch leicht etwas zustoßen können, und sie war grad in der Stadt, um Arbeit abzuliefern, da konnte sie es nicht mehr aushalten, daß sie solange zu niemandem sprechen sollte, und da suchte sie ihre frühere Kollegin aus der Lebensmittelabteilung des Einheitspreisgeschäftes auf. Die Else war lieb zu ihr, und da wurde es einem viel leichter ums Herz, daß man wen hatte, um sich auszusprechen.
Doch begann Else, sie gegen Albert mißtrauisch zu machen. Sie sagte, das sieht den Männern ähnlich, eine arme Doppelwaise zu verführen, ihr ein Kind zu machen und dann allmählich zu verschwinden. Sie sagte Else gleich, daß Albert nicht so einer war, daß, wenn er manchmal tagelang wegblieb, das nicht war, weil er zu anderen Frauen ging, sondern daß er zu tun hatte. Else wußte aber, daß Albert arbeitslos war.
Und Else kam recht häufig zu ihr, brachte ihr immer kleine Aufmerksamkeiten mit, und immer wieder kam sie darauf zurück, daß mit Albert was nicht stimmte und daß der sich eines Tages aus dem Staub machen würde. Sie, Erna, wurde allmählich schon ganz dumm im Kopf davon. Wie ihr Else wieder einmal so zusetzte, da hat sie ihr eben alles erzählt. Und da sagte Else, ja, das Ganze kann ein Märchen sein und Albert hat es ihr aufgebunden, damit sie nicht mißtrauisch wird und er verschwinden

kann, wann es ihm gerade paßt, weil eine schwangere Frau, die reizt einen Mann nicht mehr.
Sie konnte Albert von alledem nichts erzählen, weil er ja gar nicht wissen sollte, daß Else zu ihr kam, und von der ganzen dicken Freundschaft. Und so hat sie Else mit der Zeit alles erzählt, wie der Albert ins Ausland gereist ist zu einer Konferenz, daß er bei ihr manchmal ganze Nächte dasaß und schrieb, alles, was sie wußte.
Und seit sie Albert geholt haben, ist Else nicht einmal wiedergekommen. Sie ist auch gar nicht verheiratet, wie sie gesagt hatte, sondern sie hat einen Freund, der bei der Gestapo ist. Der hat sie dann später dahin geholt, wo sie den Albert halten.
Sie wollte sich wieder erbrechen. Die Luft im Zimmer wurde unerträglich, es gab kein Fenster, so öffnete Josmar das Oberlicht. Draußen hatte es zu schneien begonnen, es schneite ins Zimmer. Als die Frau endlich zum Bett zurückging, schien sie zu frieren. Josmar schloß das Oberlicht und setzte sich wieder. Die Frau atmete mit offenem Mund, sie erholte sich nur langsam.
Der Tonfall ihrer Erzählungen änderte sich nun, manche Teile gingen im Schluchzen unter, sie weinte hemmungslos.
Der Mann der Else brachte sie in ein Zimmer und hieß sie, sich hinter eine halbgeöffnete Tür stellen. Durch die sah sie in einen Raum, in dem Albert war. Er sah so schlecht, so krank aus, daß sie ihn kaum erkannte. Es waren viele Männer da, die wollten, daß Albert etwas gestehen sollte, er antwortete immer nur: Nein! Und dann schlugen sie auf ihn ein, mit Fäusten, mit einem Revolverschaft, und wie er dann fiel, mitten ins Gesicht, daß es bald ganz mit Blut überströmt war. Und dann rührte er sich nicht mehr, sie aber traten ihm in den Bauch und überall hin. Und dann holten sie sie ins Zimmer zum Albert hinein und sie sagten, sie solle alles sagen, was sie wisse, und zwar ruck!zück!, sonst würden sie mit Albert gleich auf der Stelle ein Ende machen und sie könnte dann den Vater ihres Kindes gleich mitnehmen zum Verscharren. Und sie wollte nicht, daß sie Albert noch Schlimmeres antun sollten, und er lag da und rührte sich nicht und stöhnte nur so schrecklich, da besann sie sich darauf, daß sie mit Albert im Frühjahr auf einer Wanderung in der sächsischen Schweiz war, da hatten sie Genossen von Albert getroffen. Sie wußte noch manche bei ihrem Namen und sie hatte

schon einige genannt, da hatte inzwischen einer einen Kübel Wasser über Albert ausgegossen, so daß er wieder zu Bewußtsein kam, und da schrie er plötzlich: »Erna! Judas!« Und wie sie ihn angesehen hat, da hat sie gewußt, das wird nimmer gut zwischen ihr und Albert. Und er wird es ihr niemals verzeihen. Sie hat auch nichts mehr gesagt.
Josmar machte sich daran, seine Ware in den Koffer zu packen. Er sah sie nicht an. Es gab nichts mehr zu sagen, nichts zu fragen. Und er ertrug nicht länger diese Frau und dieses Zimmer mit dem abscheulichen Geruch, der nicht weichen wollte.
»Vielleicht, wenn man Albert alles sagen könnte und er würde wissen, daß —«. Sie stockte.
»Was?« fragte er und sah sie aufmerksam an. »Hören Sie gut zu, Fräulein Lüttge. Die Partei hat tausend Ohren, tausend Augen, sie findet dort Wege, wo es gar keine mehr gibt. Ich weiß, Sie haben es nicht schlecht gemeint. Helfen Sie der Partei, und die Partei wird Ihnen helfen. Albert hat Papiere gehabt, die wir dringend brauchen. Wissen Sie, wo die sind?«
Zum erstenmal sah sie ihm in die Augen: »Und wenn Sie von der Gestapo sind? Ich kenne Sie nicht.«
»Wissen Sie nichts vom Rad, vom Gelegenheitskauf?« Sie schüttelte den Kopf. Doch dann stand sie schwerfällig auf, bückte sich mühsam und zog unter dem Bett einen rohrgeflochtenen Koffer hervor. Sie öffnete ihn, stöberte ziemlich lange, endlich erhob sie sich und legte ein kleines hölzernes Kreuz auf den Tisch. Die Figur des Heilands aus Elfenbein war schlecht befestigt gewesen, die Nägel an den Armen und an der Brust waren herausgefallen, die Figur hatte sich völlig verschoben.
»Legen Sie Ihre rechte Hand aufs Kreuz und schwören Sie, daß Sie wirklich ein Kommunist sind.«
Er wollte ihr sagen, daß er ungläubig war, doch unterließ er es und tat, wie sie ihn hieß. Sie nahm den Stuhl, auf dem er gesessen hatte, und trug ihn in die Ecke neben dem Ofen. Er sah das Kreuz mit der verschobenen Figur an. Die Frau tat ihm leid, sie war ärmer, als er gedacht hatte. Er begann, den Heiland sorgfältig zurechtzuschieben.
Josmar öffnete sofort das Päckchen, das sie ihm gab. Er fand darinnen Abrechnungen, 240 Mark in Noten und eine Namensliste. Er machte sich sofort daran, die Liste zu übertragen, es

wurde daraus ein Teil einer langwierigen mathematischen Operation. Er hätte unschwer glauben machen können, daß diese Zahlen zu einer thermodynamischen Berechnung gehörten, an der er, ein arbeitsloser Ingenieur, seit langem arbeitete. Er ging zum Ofen und verbrannte alle Papiere Alberts.
Die Frau legte drei Markstücke und 65 Pfennige in kleinen Münzen auf den Tisch. »Das gehört noch zur Abrechnung. Albert wollte das Päckchen nicht dicker machen, darum hat er sie nicht hineingetan«, sagte sie. »Und was kostet, bitte, das blaue Briefpapier in Geschenkpackung, bitte?«
Er schenkte ihr das Papier, schloß schnell sein Köfferchen und machte sich fertig. Sie stand an der Tür, er sagte, ohne sie anzusehen: »Albert wird wissen«, und ging schnell hinaus. Er vergaß, ihr die Hand zu reichen.

4

Es lohnte nicht, erst das Licht anzuzünden. Sie tastete sich an den mit der Wäsche belegten Stühlen und an dem Tisch, der im Dunkeln immer so riesig war, vorbei zur Wasserleitung und trank ein Glas Wasser. Überall sonst in der Stadt gab es Elektrizität, nur hier gab es keine. Elektrisches Licht war so einfach. Wie sie hier gemietet hatte, sagte der Verwalter, Gaslicht wäre freundlicher und für die Augen besser. Albert meinte, das stimmte schon, aber unpraktisch wäre es doch.
Jetzt fühlte sie sich wohl. Den ganzen Abend über war ihr so übel gewesen, sie hatte das Abendbrot nicht angerührt. Das stand noch da auf dem Gasherd, wo sie es zu Mittag vorbereitet hatte. Jetzt hatte sie keine Angst vor dem Erbrechen, und sie konnte es riskieren. Sie fand leicht die Streichhölzer und zündete die Flamme unter dem Topf mit den Löffelerbsen an. Sie schob sich den Hocker heran und setzte sich vorsichtig — den hatte Albert noch richten wollen, war aber nicht mehr dazu gekommen — und starrte in die blaue Flamme. Blau ist schön, dachte sie. Gerade schlug es vom Kirchturm ein Viertel. Sie wußte nicht, wie spät es sein konnte. Sie war so ausgeruht, sie konnte fünf Stunden geschlafen haben. Albert mochte Löffelerbsen mit Speck. Er sagte immer, wie sie sie zubereitet, da schmecken sie ihm noch einmal so gut. Wenn es ein Bub wird, soll er auch Albert heißen.

Wenn es ein Mädel wird, soll es jedenfalls nicht Erna heißen. Das ist so gewöhnlich. Renate soll sie heißen oder Marlene, das war gleich ein anderer Anfang. Wenn man Erna hieß, da konnte man nichts Rechtes werden. So hießen Dienstmädchen.

Wenn es ihr schmeckte, so würde sie von den Löffelerbsen nichts zurücklassen. Jetzt, wo sie keine Angst hatte, sich zu erbrechen, konnte sie sich ruhig mal satt essen. Und wenn sie morgen die Arbeit abgeliefert und abgerechnet haben wird, dann wird sie sogar ins Automatenbüfett gehen und sich mal richtig mit den feinen belegten Brötchen satt essen und ein Glas Malzbier dazu trinken — das soll in ihrem Zustand so gut sein —, und danach einen Kaffee und einen Bienenstich. Mal mußte der Mensch sich was gönnen, und Abwechslung tat in ihrem Zustand nur gut.

Sie aß aus dem Topf — ging ja auch so —, und sie ließ die Flamme an, da hatte sie gleich Beleuchtung. Sie brockte das Brot hinein, es schmeckte so sehr gut, das sättigte einen. Nur nicht ans Erbrechen denken, dann konnte man essen, wieviel man wollte.

Dann füllte sie den Topf bis an den Rand voll mit Wasser, sonst klebte das Zeug und der Topf war schwer zu waschen. Es tat ihr zwar leid, die Flamme abzudrehen — sie leuchtete so hübsch — blau im Dunkeln —, aber die Gasrechnung war schon so hoch genug.

Es war schön warm unter der Decke. Es schlug gerade halb. Wenn es nicht auch die ganzen Stunden schlagen tät, das wäre komisch, man wüßte immer, wann es gerade ein Viertel oder halb nach oder ein Viertel vor ist, aber niemals, wie spät es ist. Die Erwägung amüsierte sie. Sie versuchte, sich auszumalen, wie das wäre, wenn es überhaupt keine ganzen Stunden gäbe. Oder überhaupt keine Uhren und keine Kalender. Man würde heute sagen, aber eigentlich wäre es gestern oder morgen. Ja, ich bin nicht so dumm, dachte sie zufrieden, ich habe so meine Gedanken für mich.

Das war auch ganz schön in der Nacht, so eine Dachluke. Da lag auf dem Tisch das helle Quadrat, das war das Licht, ein Stück Himmel im Zimmer. Wenn man das ansah, war man nicht so allein.

Nur nicht ans Erbrechen denken, dann kommt's auch nicht. Einmal muß es ja überhaupt aufhören. Heute abend, wie der Mann da war, war es vielleicht das allerletzte Mal. Und jetzt ist Schluß

damit. Hat eigentlich gar nicht ausgesehen, wie dem Albert seine Freunde aussehen. Aber er ist doch gewiß einer von ihnen. Und er hat ja geschworen, ganz ernst. Und beim Kreuz schwört niemand falsch. Nun war sie vielleicht doch zu unvorsichtig gewesen, hätte nicht sollen den ganzen Topf leer essen. In ihrem Zustand muß man achtgeben. Aber daß einem der Geschmack hochkommt, das heißt noch nicht, daß es wieder losgeht. Nur nicht daran denken. Er hat aber doch nicht ausgesehen wie ein Kommunist. Der hat sicher noch nie mit den Händen sein Brot verdient. Das sieht man einem an. Wie der mich ansah mit dem Blick der feinen Leute. Immer wollen die zeigen, daß sie einen verachten. Mein Gott, der war vielleicht doch ein Gestapo-Agent, und das war eine neue Tour von ihnen!
Sie richtete sich auf. Die Übelkeit kam wieder. Sie hielt die Hände vor den Mund, doch nützte es nichts, es kam hoch. Sie fand nicht den Weg zum Kübel, nun war alles auf den Fußboden gegangen. Wenn nur auf die Wäsche keine Spritzer gekommen waren. Sie blieb hilflos stehen. Es fror sie. Mein Gott, wenn es doch ein Agent gewesen ist, und ich habe ihm die Papiere gegeben. Und jetzt werden sie Albert totschlagen. Mit dem Beil. Das überlebe ich nicht.
Sie tastete sich zum Herd durch, fand die Streichholzschachtel, sie wollte die Lampe anzünden, sie öffnete den Hahn, doch ihre Hand zitterte zu sehr, sie erreichte nicht den Strumpf. Sie tastete nach einem Stuhl, um sich darauf zu stellen. Er war mit der Wäsche überladen und fiel um. Wenn die Wäsche jetzt in das Erbrochene gefallen ist, dann muß ich sie auskochen, sonst geht der Geruch nicht heraus.
Das Gas entströmte mit einem leise zischenden Geräusch aus der Lampe, nun waren ihr auch die Streichhölzer aus der Hand gefallen. Sie begann zu weinen. Es fror sie. Sie hatte genug. Sie tastete sich wieder zum Gasherd hin. Nein, es gab da keine Streichhölzer mehr. Und sie hatte genug. Sie öffnete beide Hähne. Da stand noch der Hocker. Sie setzte sich. Zu sterben war noch das Leichteste von allem, was sie im Leben getan hatte, dachte sie. Sie hätte gern das Kreuz in den Händen gehalten, nun sie starb. Aber es war eine Sünde, so zu sterben. Sie sagte: Vater unser, der du bist im Himmel. Und sie kam nicht darüber hinaus. Sie wiederholte immer wieder: Vater unser, der du bist

im Himmel. Es schlug nun von der Kirchturmuhr. Sie wußte nicht, war es die ganze Stunde oder dreiviertel. Sie wandte sich halb um, da sah sie das helle Viereck auf dem Tisch. Doch wie von einer Verführung wandte sie sich schnell ab und begann wieder: Vater unser...

ZWEITES KAPITEL

1

Sönnecke sagte oft — und glaubte sich's durchaus: »Ich bin ein einfacher Mensch.« Es gab einige »dunkle Punkte« — Erlebnisse, die nicht mehr wichtig waren und dennoch manchmal — unerwartet, unvorhergesehen — so aufdringlich ins Gedächtnis zurückkamen und einen beherrschten, als wären sie stets Gegenwart geblieben.

Da war die Begegnung mit der Führerin während seines ersten Fronturlaubs gewesen. Er hatte sie schon lange gekannt und vom ersten Tag an verehrt. Doch diesmal war er mit ihr zum erstenmal allein. Sie war nach einer Krankheit, die sie lange ans Bett gefesselt hatte, noch sehr geschwächt, und einmal kamen ihr sogar ganz grundlos die Tränen.

Er mußte ihr viel von der Front erzählen, davon, wie die Männer draußen lebten und starben. Plötzlich unterbrach sie ihn, ergriff seine Hände und sagte: »Dir darf nichts geschehen, Genosse, hörst du? Wir alle brauchen dich so dringend.« Er schämte sich sehr darüber, war vielleicht rot geworden, und wandte sein Gesicht ab. Wie vieles war seither geschehen — und er hatte sie ja noch oft wiedergesehen, in den Revolutionswochen Tage und Nächte mit ihr verbracht, doch jedesmal, wenn er an sie dachte, jedesmal, wenn er — an ihrem Todestag — vor den ungezählten Tausenden an ihrem Grab zu sprechen hatte, kam ihm die unbrauchbare Erinnerung und machte seine Stimme unsicher. Sie kehrte sehr häufig im Verlauf jener Auseinandersetzungen wieder, in denen er erlag, weil er nicht kämpfte: Als es darum ging, wer die Führung der Partei innehaben sollte, und als sich immer mehr erwies, daß diese Frage außen und von oben herab entschieden werden würde. Dann konnte es ihm geschehen, daß vor ihm plötzlich dieses lange, unschöne Gesicht mit den schönen, großen, guten Augen erschien. Und dann mochte er denken: Diese Frau hat entschieden. Aber ihr achtet nicht darauf. Und er verstummte mitten im Satz. »Sönnecke schweigt sich in die

Niederlage hinüber«, sagten damals immer ungeduldiger jene unter seinen Freunden, die ehrgeizig auf ihn gesetzt hatten und nun fürchteten, mit ihm zusammen in den Schatten neuer Größen verstoßen zu werden. Andere sagten später: »Sönnecke schwieg. Er war schlau. Wo sind die anderen Freunde, wo sind die engsten Kampfgenossen jener großen Frau, auf die sich die deutsche Partei noch immer beruft? Verschwunden, wie Spreu verweht. Nur Sönnecke ist geblieben, weil er zu schweigen verstanden hat.«

Und als es noch später galt, mit diesen alten Kampfgenossen laut und endgültig zu brechen, da zögerte Sönnecke nicht. Den Beschlüssen der Partei gemäß erhob er gegen sie Vorwürfe, die allmählich zu Anklagen wurden, die Todesurteile herausforderten. So verstand Sönnecke nicht nur zu schweigen, er hatte auch gehorchen gelernt. Und es gab Augenblicke, da diese häufige Erinnerung, dieser »dunkle Punkt«, sonst unbegreiflich wie ein Zufall oder wie eine Laune des eigenen Körpers, ihm faßbaren Sinn zu haben schien. Und in solchen Augenblicken drohte dieses Winzige: eine frei auftauchende Erinnerung, ihn zu verwirren.

Auch die anderen »dunklen Punkte« rührten von unbedeutenden Ereignissen her, deren flackernde Erinnerung sie waren. Da war zum Beispiel das Erlebnis vor dem Bahnhof in Leningrad. Ein Mann, er war sehr schlecht gekleidet, war von dem Bürgersteig auf das Straßenbahngeleise getreten. Er hörte nicht das Klingeln der Straßenbahn. Da stürzte ein Polizist auf den Mann zu und begann, mit den Fäusten auf seinen Rücken und seinen Nacken einzuhämmern. Der Mann drehte sich zum Polizisten um, Sönnecke erblickte das unbeschreiblich-leidvolle Erstaunen in seinem verhungerten Gesicht, das bald von den grauwollenen Handschuhen, in denen die Fäuste des Polizisten steckten, verdeckt war. Es wollte gerade Abend werden, Sönnecke sah die beiden Männer, die behandschuhten Fäuste und das verhungerte Gesicht im letzten scharfen Licht dieses sanften Herbsttages. Er war am Morgen in der großen Kindergemeinschaft im früheren Zarendorf gewesen, er hatte später das neue Kulturhaus gesehen, er hatte im Hotel einen Brief von Irma gefunden. Sie schrieb ihm, daß sie ihn liebte. Und er war fünfundvierzig Jahre und er hatte geglaubt, daß er nicht mehr lieben würde. Und Irma

schrieb, sie wollte sofort zu ihm. Er hatte gleich alles veranlaßt, damit dies unverweilt geschehen könnte. Und er hatte ihr geschrieben: »Ich habe heute die Kinder draußen gesehen — was für ein Land! Ich habe heute Deinen Brief bekommen — was für ein Tag! Ich werde mit Dir in diesem Land zusammensein — was für ein Leben!«
Und nun sah er die Fäuste und dies Gesicht — er wollte etwas tun, sofort eingreifen. Und wieso griffen die anderen nicht ein, und warum setzte sich der Mann nicht zur Wehr?
Er machte einige Schritte und blieb stehen. Der Polizist ließ von dem Mann ab, der mit eingezogenen Schultern weiterging, die Straßenbahn fuhr los. Niemand schien von dem Vorgefallenen berührt zu sein.
Sönnecke nahm sich vor, an entscheidender Stelle von dieser empörenden Szene zu berichten. Er unterließ es, er sprach mit niemandem davon, es wurde sein Geheimnis. Doch als er einige Monate später mit vielen anderen ausländischen Schriftstellern, Künstlern, Arbeiterführern, bei dem alten Dichter zu Gast war, — es war ein gar zu festlicher, üppiger Empfang — und der alte gütige Mann ihn in die Ecke zog, da erzählte er ihm — er wußte nicht, warum dabei sein Herz so heftig klopfte —, was er an diesem Abend in Leningrad gesehen hatte. Nach einer Weile antwortete der Dichter der Armen und der Barfüßler, der Beleidigten und Geprügelten: »Ja, ja. So geht es überall prächtig aufwärts in unserem großen Land.« Er hatte nicht zugehört.
Nein, die großen Ereignisse verwirrten Sönnecke niemals. Auch wenn sie manchmal seine Erwartungen furchtbar enttäuschten, sie blieben klar und durchsichtig. »Du hast den Geruch für Tatsachen und du bist nur verschnupft, wenn es dir paßt«, hatte einer der gar zu gewitzten Sekretäre Classens einmal gesagt. »Du irrst. Manchmal haben die Tatsachen einen Geruch an sich, der dem unempfindlichsten Riechorgan zuviel ist«, hatte Sönnecke geantwortet und seine Antwort schnell bereut. Denn es war dies bereits zur Zeit, da der innere Kampf überaus unübersichtlich geworden war und die Kämpfer sich auf den gewundensten Schleichwegen bewegten. Komplimente waren unter Umständen gefährliche Kampfmittel.
Einmal, mitten in einer Auseinandersetzung über die Gewerk-

schaftsfrage, es ging darum, die sogenannten Versöhnler endgültig aus der Partei auszuschalten und sie zu diffamieren, sagte einer zu Sönnecke: »Du hast einen Fehler, du bist zu gut, ein zu guter Freund!« Auch dies war ein gefährliches Kompliment. Das war ein »Neuer«, er hatte draußen seine Position bekommen, er liebte es, seine Sätze mit dem russischen »Wot tschto!« herausfordernd zu beenden. Er schien während der Besprechungen niemals zuzuhören, er schrieb, während die anderen sprachen, am liebsten kleine Zettel, man wußte nicht wozu. Dieses sehr gefährliche Kompliment erforderte eine entschiedene Zurechtweisung, doch da geschah etwas, das Sönnecke nicht weniger überraschte als die Neuen, die »Wot-tschto«-Männer. Er sagte leise: »Das neue Haus, wo wir drin wohnten, am Rande eines Industriedorfes, da war ein Absturz bei, man brachte den Müll des ganzen Dorfes hin. Da habe ich meine Kindheit verlebt. Ich wurde fast jede Nacht wach gemacht, wenn Leute verspätet mit ihrem Dreck kamen. Später kamen die Hunde und balgten sich um die Reste. Ich muß oft noch an die Gerüche denken, beschreiben läßt sich das nicht. Man sagt, was man als Kind erlebt, das bleibt einem fürs ganze Leben. Damals hat meine revolutionäre Laufbahn begonnen. Weil ich das Leben im Mist nicht vertragen und nicht vergessen habe. Da brauche ich keine Kurse der Leninschule dazu. Das wollte ich nur gesagt haben.«
Das war täppisch gesprochen, er wußte es sogleich. Da war einmal »ein dunkler Punkt« ans Tageslicht getreten. Sönnecke gab noch mehr auf sich acht, er gewöhnte es sich an, von Zeit zu Zeit seine Sätze mit »Wot tschto!« zu beenden.

Wenige Wochen nach Ausbruch des Krieges war Herbert Sönnecke als p. v. — politisch verdächtig — aus dem Betrieb geholt und an die Front geschickt worden. Er blieb niemals sehr lange in der gleichen Einheit, doch in jedem Schützengraben — ob im Westen, im Osten oder im Süden — wiederholte sich das gleiche, was in den Fabriken geschehen war. Überall merkten die Offiziere, denen der Gemeine Sönnecke als p. v. denunziert war, daß um diesen kleinen, mageren Mann, von Beruf gelernter Arbeiter, Metalldreher, sich so etwas wie ein Hof bildete. Er war ein guter Soldat, dienstlich war an ihm nichts auszusetzen, er war kaltblütig und zweifellos tapfer, er sollte sogar fürs Eiserne Kreuz vorgeschlagen werden, und doch stimmte mit dem etwas nicht. Unteroffiziere, die es sich über besonderen Auftrag angelegen sein ließen, ihn auszuschnüffeln, gaben es bald auf. Dieser p. v. tat nichts Verdächtiges. Anderseits war es leichter, mit der Mannschaft auszukommen, wenn man Sönneckes Wohlwollen genoß. Natürlich, in der Kaserne wäre so was Unsinn, ja Unfug gewesen, da vorn aber war alles anders. Und den Sönnecke kannte man nicht nur in seinem Zug, nicht nur in seiner Kompanie, in ruhigen Stunden kamen einzelne aus dem ganzen Bataillon mit ihm schwatzen. Und so war das ganze Bataillon über Dinge informiert, von denen man sonst nichts erfuhr. Die Zensurstellen, entsprechend aufmerksam gemacht, konnten in den Briefen, die Sönnecke aus dem Hinterland bekam, nichts Verdächtiges feststellen, doch beschloß man, sie längere Zeit zurückzuhalten. Sönnecke blieb wochenlang ohne Post, doch war er, schien es, auch weiterhin gut informiert, sowohl über das, was im Hinterland, wie was im Ausland vorging. Es mochte sein, daß Urlauber und Verwundete, die an die Front zurückkehrten, ihm geheime Botschaften brachten, doch konnte man nicht gut deswegen die Urlaube sperren.

Die Vorgesetzten hörten häufig die Muskoten den »Kumpel« zitieren, wenn sie glaubten, unter sich zu sein. Diesen Spitznamen hatte Sönnecke bekommen.

Einmal schrie es in der Nacht — seit vierzig Stunden lag schweres Artilleriefeuer auf den Gräben —, rief es »Kumpel, Kumpel!« Es war die Stimme des Hauptmanns, der den Bataillonskommandanten vertrat. Ein aktiver Offizier, den man nicht mochte, aber schätzte, besonders wenn es brenzlig wurde. Man wußte, er war immer vorn, der erste aus dem Graben, wenn es zum Sturm ging. Man sagte von ihm, seine unmäßig lange, hagere Gestalt mache den Feinden Angst. Nun stand er vor Sönnecke und brüllte »Kumpel«. Sönnecke stand, wie die anderen, die noch wach und aufrecht waren, Habtacht, doch reagierte er nicht.

»Warum antworten Sie nicht, wenn ich Sie rufe, Kumpel?« schrie der Hauptmann.

»Gemeiner Herbert Sönnecke, zu Befehl, Herr Hauptmann! Ich heiße nicht Kumpel!«

»Aber man nennt Sie so.«
»Nur meine Freunde nennen mich so.«
»Bin ich Ihr Feind? Antworten Sie!« Und da Sönnecke schwieg:
»Es ist ein Befehl!«
»Zu Befehl, Herr Hauptmann, Sie sind der Herr Hauptmann.«
»Na, nicht sehr klug geantwortet. Ruht! Man erzählt, Kumpel hat gesagt, der Krieg nimmt kein Ende. Stimmt das?«
»Kriege enden nicht, man macht ihnen ein Ende.«
»Wer macht ihnen ein Ende? Was meint Kumpel?«
»Manchmal sind es dieselben, die den Krieg gemacht haben, manchmal sind es ganz andere.«
»Die Kumpels zum Beispiel? Antworten Sie, es ist ein Befehl!«
»Jawohl, Herr Hauptmann, die Kumpels zum Beispiel.«
»Und wenn wir die Kumpels vorher allesamt niedermachen?«
»Es gibt Millionen Kumpels.«
»Nein, Sie irren sich. An diesem Frontabschnitt gibt es nur einen.«
»Aber wenn der fällt, gibt es einen andern.«
»Das wäre noch zu sehen. Jedenfalls würde man auch mit dem andern fertig werden.«
Und der Hauptmann gab dem Zugkommandanten den Befehl, eine Patrouille zusammenzustellen, die sollte im feindlichen Graben einige Gefangene holen. »Es versteht sich, der Kumpel ist mit von der Partie.«
Sönnecke kam als einziger von der Patrouille zurück. Er brachte einen Gefangenen mit. Der hatte ihm geholfen, einen verwundeten Kameraden bis zum Graben zurückzuschleppen.
Der Hauptmann machte die zweite, dringliche Eingabe um die Verleihung des Eisernen Kreuzes an Sönnecke.

Nun, mochte es auch die seltsamen dunklen Punkte geben, sah Sönnecke auf sein Leben zurück, da war es eine helle Fläche, ein helles Band, das war sein Weg gewesen. Und wenn er nun nachgab, ihm konnte nicht viel geschehen, meinte er, denn er war nicht allein. Er blieb dessen gewiß, daß sich stets um ihn Menschen scharen würden. Zu den anderen hielt man, weil sie die Partei waren, zu ihm hielt man, weil er der gleiche geblieben war, und seinethalb hielt man zu der Partei. Die zu zweifeln begannen, gingen nicht weg. Sie sagten: Sönnecke ist dabei, da kann alles noch gut werden.

Und alte Kampfgenossen, ausgestoßen oder »abgehängt«, bitter und schweigsam geworden, dachten in Stunden, da sie gar zu sehr des Trostes bedurften: Wenn es mal ernst wird, dann steht Herbert Sönnecke wieder vornean, dann holt er uns.

Und Sönnecke holte manche von ihnen, als die besten Kader der Partei zerschlagen waren. Da mochte er bei solch einem Abgehängten eines Abends erscheinen. Der erkannte ihn leicht, obschon Herbert nicht mehr den Schnurrbart trug und obschon ihn die Brille veränderte, denn gerade so war er der Herbert von 1918, der »Kumpel«. Er konnte sagen: »Na, Fritze, nun ist wieder Not am Mann. Wir vom Spartakus kennen das, wir haben nischt vajessen, nicha, Fritze?« Und Fritz mochte zögernd antworten: »Nee, Herbert, das hat wohl seine Richtigkeit, nischt vajessen. Nicht die Tage, wo Rosa und Karl vorangingen, aber auch nicht die ville Jahre, wo unsereins nicht mehr bei sein konnte, wo du aber die Fehler brav mitjemacht hast, die wo nun ihre sauren Früchte gezeiget haben.«

Man hatte die ganze Zeit nur einige Häuser weit voneinander gewohnt, aber sich doch nie gesehen. Nun war Herbert also wieder da und wollte was von einem. Das war nicht so einfach, da mußte erst alles geklärt werden. Und der hatte wohl auch keine Bleibe für die Nacht, jedenfalls konnte er die Nacht dableiben. Und so hatte man Zeit, sich abzutasten, im andern den Alten zu suchen und zögernd zuzugeben, daß man ihn gefunden hatte. Und da war auch noch diese verfluchte, falsche Parteilinie, nein, mit der konnte sich Fritz nicht abfinden. Doch die Nacht war lang — Fritzens Frau und Kinder schliefen schon lange —, sie saßen in der Küche, und Herbert war nun doch der Alte geblieben, der war kein Bonze geworden. Die hatten einen weggeworfen und verleumdet, aber Herbert, der wußte, was man wert war. Es ging auch nicht sosehr um die Partei, das war ein Kampf auf Leben und Tod, da war es wohl klar, wo einem sein Platz war, man war ja von der alten Garde, vom wahren Spartakus.

Und dann verschwand Herbert für Wochen, aber man wußte so gewiß, daß er da war, als wenn er neben einem stünde, gerade in dem Augenblick, wo man die Flugblätter in den Waschraum der Fabrik hineinschmuggelte.

2

Einige Zeit, nachdem die Kinder nach Rußland abgefahren waren, traf Sönnecke seine Frau. Bis zum letzten Augenblick durfte sie nicht wissen, daß sie ihn treffen würde. Das war beim Zahnarzt, der hatte ihr von selbst angeboten, ihr die Brücke, die sie so dringend brauchte, auf Kredit zu machen. Als sie das viertemal da war, da sollte sie Herbert sehen.
Sie brachte kein Wort heraus, sie konnte ihn nur ansehen, wie er dasaß, abgemagert und so ganz anders als sonst. Er war glattrasiert, und wenn er lächelte, das war so wie vor ganz langer Zeit.
»Du sagst kein Wort, Herta?« Sie setzte sich auf den Lehnsessel ihm gegenüber. Da war er also, er lebte.
»Du bist die ganze Zeit in Berlin?« fragte sie.
»Nein, mal da, mal dort.«
»Siehst nicht gut aus, schonst dich nicht. Man würde meinen, niemand kümmert sich um dich.«
»Irma ist nicht in Deutschland, sie ist emigriert.«
»Ja«, sagte Herta und wandte zum erstenmal, seit sie ihn erblickt hatte, die Augen von ihm — »es ist jetzt still zu Hause, nun die Gören weg sind. Ich denke, die zwei Zimmer zu vermieten, das halbe Zimmer und die Küche genügen mir. Was meinst du, Herbert?«
»Es wird schon so gut sein, wie du es verstehst. Bist immer eine kluge Frau gewesen, hast alles gut gemacht. Bist mir ein guter Kamerad im Guten und im Schlechten gewesen, Herta.«
»Du sagst das, als wäre es das letztemal, daß man sich sieht.«
»Vielleicht ist es das letztemal.«
Nach einer Weile sagte sie: »Ich denke manchmal, es wäre für uns beide und auch für die Kinder besser gewesen, wenn du ein einfacher Arbeiter geblieben wärest. Aber das war wohl anders bestimmt.«
»Du sprichst, Herta, als wenn du keine Kommunistin wärest.«
»Ich weiß selbst nicht, was ich bin. Ich hatte einen Mann, der ist weg. Ich hatte Kinder, die sind weg. Was bin ich nun?« Sie fuhr fort: »Ich habe deine Anzüge putzen lassen. Der dunkelblaue ist jetzt wie neu. Wenn du ihn vielleicht doch brauchen solltest?«
Sönnecke erzählte ihr, daß die Partei allmählich wieder zu

Kräften kam, daß gleichzeitig die Enttäuschung über das Regime flutartig anwuchs. Es konnte vielleicht gar nicht so lange dauern, dann war alles umgestürzt. Er sprach viel und gegen seine Gewohnheit sehr hastig, er wollte vermeiden, daß das Gespräch sich wieder seinen neu geputzten Anzügen oder seinen gestopften Socken zuwandte. Während er sprach, bemerkte er an Herta eine neue Haltung, die ihn störte. Sie hielt die Hände verschränkt auf ihrem Schoß und starrte sie unverwandt an. Dann sagte sie, ohne die Stellung zu verändern:
»Erinnerst du dich, wir haben uns auf einer Ersten-Mai-Feier kennengelernt. Und im Dezember haben wir geheiratet. Das war im Jahre 13, da sind es nun über zwanzig Jahre, daß ich dich kenne, Sönnecke.
Damals, vor 20 Jahren, hast du gesagt, noch einen Ruck und alles wird anders. Im Sommer 14 hast du gesagt, die Arbeiterklasse wird einen Krieg nicht zulassen. Im Winter 17, wie du aus dem Lazarett herauskamst, sagtest du: Nun wird es ernst. Jetzt geht's bald zum allerletzten Gefecht. 1923 haste wochenlang gesagt: Das kann heute morgen losgehen, dann ist der Spuk vorbei. Dann hast du gesagt, die Krise ist die letzte, die überlebt der deutsche Kapitalismus nicht mehr. Und nun sagst du, mit der Partei geht es aufwärts und mit Hitler geht es bergab. 20 Jahre lang haste unrecht gehabt, immer warste auf der Seite, die wo gerade die schlimmste Haue abgekriegt hat. Und wenn du noch am Leben bist, ist es ein Wunder. Und jetzt wirst du sagen, mein Vater ist ein alter Reformist und ich bin im Herzen immer eine Reformistin geblieben. Das ist nicht wahr. Aber ich habe schon lange keine Kraft mehr, immer nur zu glauben, immer nur zu hoffen.«
»Was sind zwanzig Jahre?« sagte Sönnecke wie im Selbstgespräch. »20 Jahre, das zählt gar nicht in der Weltgeschichte.«
»Mit der Weltgeschichte habe ich nichts zu tun, aber die zwanzig Jahre, wo ich von spreche, die sind fast mein ganzes Leben gewesen. Viel kommt nicht mehr nach.«
»Du vergißt die Kinder!« rief er aus.
»Nee, tu ich nicht. Ich schicke ihnen Lebensmittelpakete, jedesmal, wenn ich etwas Geld beisammen habe. Es scheint, die essen sich dort nicht recht satt.«
Die Zeit drängte, das Gespräch war verfahren, er hatte sie ge-

sehen, nun mußte er gehen. Er hätte ihr sagen mögen: »Herta, wenn ich dir in den letzten Jahren weh getan habe, verzeih. Keine Frau wird mir so wichtig sein, wie du mir gewesen bist.« Aber wie sie nun dasaß, war sie eine fremde Frau und ihm unendlich ferner als zum Beispiel Josmar.
Als er ihr die Hand zum Abschied reichte — sie blieb sitzen und schien noch dableiben zu wollen —, sagte sie:»Wenn du eines Tages doch genug hast, und du bist immer ein so guter Arbeiter gewesen und bist ja nicht zu alt, es hat dir doch damals in Dänemark so gut gefallen, dann gehen wir hin und die Kinder kommen auch hin und wir beginnen ein neues Leben wie eine gute Proletenfamilie.« Er nickte mit dem Kopf, er hatte es sehr eilig.

3

Er hatte noch viel vor. Zwei wichtige Begegnungen würden, obschon sie nur wenige Minuten dauern sollten, den Abend ausfüllen. Er hatte Max in ein Kaffeehaus im Zentrum der Stadt bestellt und den Ingenieur in eine Kirche in Schlachtensee. In der Nacht wollte er den langen Bericht abfassen, den die Leute draußen seit Wochen von ihm erwarteten.
Er fand kein Taxi. Es war für ihn ungefährlich, in diesem besseren Wohnviertel zu spazieren, hier kannte ihn niemand. In den Spartakustagen hatte man oft Kinder mit seinem Namen geschreckt. Aus diesen Kindern waren Männer geworden, die man mit nichts mehr schrecken konnte. Sie waren der Vortrupp der neuen Macht gewesen, in ihren gutgeschnittenen schwarzen Uniformen waren sie nun deren verläßlichste Stütze, Helden eines Bürgerkrieges, den sie allzuleicht gewonnen hatten: Sie allein hatten geschossen. Mit denen wird man leicht fertig werden, wenn man Waffen haben wird, denn sie können sich nicht vorstellen, daß der andere auch bewaffnet sein könnte. Sie glauben, sie haben die Gewalt erfunden. Diese Burschen werden nicht alt werden — dachte Sönnecke ohne Haß und ohne Erregung. Er war ein alter Kämpfer. Der haßt nicht, der verachtet nicht den Feind, aber er weiß, daß der Feind tödliche Schwächen haben muß, denn er weiß, daß er selber Schwächen hat und stets in Gefahr ist, an ihnen zugrunde zu gehen. Darum hatte er in dem

Nachruf auf die bei Potsdam erschlagenen Genossen geschrieben: »Kämpfen heißt: hundert Stunden auf jene Minute warten, in der man selber zuschlagen kann. Feiglinge können nicht warten, sie schlagen sich, weil sie ihre Angst noch mehr fürchten als den Feind, dem sie sich so zur unrechten Stunde stellen. Ein wahrer Revolutionär kann warten. Sein Haß kann warten. Sein Durst nach gerechter Rache kann warten.«
Als dieser Aufruf zur Kenntnis der Leitung draußen gelangte, löste er Mißstimmung aus. Einer der jüngeren, der Wot-tschto-Männer, sagte: »Gefährlich, sehr gefährlich! Das riecht nach Versöhnlertum, wenn nicht noch nach Schlimmerem. Warten? Das Regime ist morsch, kann jeden Augenblick gestürzt werden, und Sönnecke spricht vom Warten. Daß er im gleichen Atemzug davon spricht, daß man den Augenblick zum Kampf selbst wählen muß, macht das Kraut nicht fetter. Sönnecke ist zu schlau, aber nicht schlau genug. Er rechtfertigt unsere Linie, er wischt den Ultralinken eines aus, die uns vorwerfen, daß wir vor Hitler kampflos zurückgewichen sind. Aber erstens hätten wir seine Rechtfertigung nicht nötig, er hat sie vielleicht nötig, weil er nicht so fest überzeugt ist, wie er vorgibt. Das ist Punkt eins. Punkt zwei: Wir sind im Jahre 1933 einen Schritt zurückgewichen, um jetzt um so besser zuschlagen zu können. Sönnecke aber will die Partei ›hundert Stunden‹ zurückführen. Das, Genossen, ist kein Schritt, das ist kein strategischer Rückzug, das ist die Kapitulation, das ist die Liquidation.«
Der junge Mann hatte noch vieles zu sagen, er brachte es auf acht Punkte. Die anderen, alte Genossen zumeist, hörten ihm aufmerksam zu. Der junge Mann war eben von »draußen«, von Moskau gekommen. Griff er Sönnecke so scharf an, so mußte dessen Position »drüben«, »oben«, in Moskau erschüttert sein. Sie stimmten dem Vorschlag des jungen Mannes zu, Sönneckes Aufruf nicht zu drucken. Er war eine »Abweichung«, man mußte seine Verbreitung verhindern.
Sönnecke wußte von dieser Sitzung, in dem Bericht, den er diese Nacht schreiben wollte, würde er Stellung nehmen. Vor der Begegnung mit Herta war ihm schon alles ganz klar gewesen, er hatte in Gedanken festgelegt, in welchen Punkten er zurückweichen, nachgeben, in welch anderen er angreifen würde.
Nun ging er durch diese merkwürdig ausgestorbenen, gar zu

sauberen Straßen, noch war der Abend nicht vollends hereingebrochen, doch die Lampen brannten schon, er hätte laut mit sich sprechen mögen, sosehr war er nun, fast unmerklich, ins Zwiegespräch geraten.

Er hätte Herta nicht gestatten dürfen, all das auszusprechen, was sie sich in ihrer Einsamkeit zurechtgelegt hatte, er hätte ihr antworten müssen. Und jedenfalls war es klar, daß er den Bericht anders abfassen mußte, als er geplant hatte. Und als gäbe es einen schwer nachweisbaren, aber fast aufdringlichen Zusammenhang zwischen Hertas Vorwurf und dem ungeschriebenen Bericht, stand es für Sönnecke nun fest, daß er denen draußen, den Etappenhengsten, mutig, aggressiv, ja herausfordernd seine Meinung sagen mußte. Doch was war seine Meinung? Das Regime war nicht morsch, im Gegenteil, es festigte sich zusehends, die Burschen wußten, was sie wollten, und besaßen die Tatkraft und die Entschlossenheit der zum Äußersten Entschlossenen. Die Jugend gehörte ihnen, die Kinder gehörten ihnen. Wir aber sind nicht mehr in der Lage, für jeden gefallenen Kämpfer einen andern zu finden. Wir verhindern, daß man uns vergißt, wir verhindern nicht, daß das Volk so lebt, als ob es uns nicht mehr gäbe. Wir sind Zwischenrufer. Unsere Rufe werden immer mehr ignoriert, weil wir weniger werden, weil unsere Stimmen aus gepreßten Kehlen kommen. Weil wir allein sind. Weil wir ohne Jugend sind.

Herta weiß, daß es so ist. Sie hätte anders gesprochen, hätte ich ihr meine wahre Meinung gesagt. Sie weiß, denn sie lebt. Wir aber leben nicht mehr unser Leben, wir überleben eine Zeitlang unsern Tod.

Sönnecke blieb stehen, er war viel zu schnell gegangen und verspürte wieder den Schmerz unter der Rippe. Das alles war Unsinn, falsch, dumm. Das war Müdigkeit, das waren die schlaflosen Nächte, die letztens einander zu oft folgten. Die Partei lebte. Auch ihre Toten lebten. So wurde man nicht weniger. Wer das Gesetz der Geschichte auf seiner Seite hatte, der ging nicht unter.

Er setzte seinen Weg langsam fort, der stechende Schmerz klang ab. In der Nähe der U-Bahn-Station fand er ein Taxi. Der Chauffeur sagte, er würde wohl einige Umwege machen müssen wegen des Riesenaufmarsches, zu dem man sich schon überall versammelte, ganze Straßenzüge würden überhaupt ganz abgesperrt sein.

Sönnecke besann sich erst jetzt: Es war gerade ein Jahr, da waren sie zur Macht gelangt. Erst ein Jahr. Es war das längste seines 47jährigen Lebens gewesen. Es hatte ihn steinalt gemacht. Er hatte zu viele seiner Kameraden überlebt. Ohne daß er sich dessen recht versehen hatte, waren die toten Freunde zu den Gefährten seiner Einsamkeit geworden. Er verstand erst allmählich, daß dies jenes Alter war, das man nicht nach Jahren mißt und das einen nicht das Sterben lehrt. War man der Kirchhof, wo sie begraben waren, war man der Wärter ihrer Gräber — hatte man sie wirklich überlebt?

Der Wagen näherte sich über abgelegene Straßen seinem Ziel, Sönnecke fürchtete, zu spät zu kommen. Zu dieser Stunde begann das zweite Jahr, er war immer noch zur Stelle.

Das Café war fast leer, Sönnecke konnte von seinem Platz aus die beiden Eingänge gut beobachten. Und er saß ganz in der Nähe einer von einem schweren dunkelroten Vorhang verdeckten Tür, die durch viele Gänge zu einem Notausgang führte, den nur wenige kannten.

Der zuerst kaum vernehmliche dumpfe, rhythmische Lärm wurde immer deutlicher, der Anmarsch begann. Wenn Max pünktlich war, konnte Sönnecke noch hinaus, ehe die Massen die Straße zu füllen begannen. Das Bier war nicht kalt genug, in diesen feinen Lokalen waren die Lehnsessel besser als die Getränke. Die feinen Leute glauben, sie sind gut bedient, wenn sie viel zahlen dürfen. Sie brauchten noch Lohnsklaven zum Verkosten ihres Fraßes.

Sönnecke durfte nur noch drei Minuten warten, er suchte mit den Augen den Kellner. Da fühlte er, daß ihn jemand anstarrte. In der Tür stand Max, der senkte den Blick, als Sönnecke ihn ansah, durchschritt den Raum und setzte sich in die Nähe des andern Eingangs. Sönnecke führte das Krügel zum Munde, er brauchte sich nicht umzusehen, er wußte, daß Max gesprochen hatte und daß sie ihn nun hergebracht hatten, damit er sie auf die Spur brächte. Doch diesmal hielt Max stand, er verriet ihn nicht.

Die erste Staffel, die da heranmarschierte, mußte nun wohl ganz nahe sein. Sie marschierte gut; das macht den Leuten Spaß,

wenn sie den eigenen Schritt von dem der anderen nicht heraushören können. In gleichem Schritt und Tritt. Doch Sönnecke hörte nichts mehr, sein Ohrensausen war zu stark. Er wußte, das bedeutete Angst.
Er nahm das Abendblatt zur Hand, versuchte zu lesen, aber es gelang ihm nicht. Und er hatte es plötzlich kalt in den Füßen. Es nützte nichts, zu warten. Er stand langsam auf, warf das Fünfmarkstück auf den Tisch. Als der Kellner sich näherte, fragte er ihn nach der Toilette. Er fühlte, als er die Treppen hinunterstieg, die Blicke auf seinem Rücken. Er hörte nicht, ob jemand ihm folgte — die Treppen zur Toilette waren mit Läufern bedeckt. Unten sah er sich um, er war allein. Es gab links einen unbeleuchteten Gang. An seinem Ende fand· er ein verschaltes Fenster in Brusthöhe. Er hob es aus den Angeln, er fiel in einen finsteren Raum, schlug sich an, es gab eine Wendeltreppe, sie führte hinauf. Oben fand er sich zurecht, er war im Gang hinter der verhängten Tür. Er wollte laufen, doch seine Füße knickten zusammen. Er tastete sich langsam vorwärts und fand die Verbindungsstiege. Er blieb stehen und lauschte. Er wurde nicht verfolgt. Er hatte Zeit, er durfte nicht atemlos draußen ankommen, er ging Schritt für Schritt. Er holte den eingerollten Hut aus der Innentasche des Mantels und setzte ihn auf, nahm die Brille ab, steckte das Band des Eisernen Kreuzes an die Brust und das Parteiabzeichen mit dem Hakenkreuz ins Knopfloch. Ihm war, als bedürfte es nicht seiner Aufmerksamkeit, als sähe er sich selbst zu, so oft hatte er diese Situation und alles, was er nun tat, vorausbedacht.
Als er endlich auf die Straße trat, suchte er vergebens das Gefühl der Befreiung. Er sah sich nicht um, doch er spürte, daß man ihn beobachtete. Die Gefahr war nicht vorbei, die Flucht begann erst. Er ging geradeaus, er hörte Schritte hinter sich. Sie blieben gleich nahe, er mochte schneller oder langsamer gehen. Er blieb stehen, der Verfolger näherte sich. Als er ganz nahe war, drehte sich Sönnecke brüsk zu ihm um. Der Mann setzte seinen Weg fort, er schien ihn kaum zu beachten.
Der Lärm der anmarschierenden Massen beherrschte die Luft, er kam von allen Seiten, doch jetzt erst nahm Sönnecke ihn wahr. Er ging langsam auf die Friedrichstraße zu. Nein, die Gefahr war nicht zu Ende, der Feind konnte aus jedem Haustor heraus-

treten. Da, da waren sie an der Straßenecke, vorn zwei Männer, der schmale Maxe zwischen ihnen eingeklemmt. Daneben drei andere Männer, einer hielt den Hut, den Sönnecke im Café zurückgelassen hatte. Noch hatten sie ihn nicht bemerkt, Sönnecke schwenkte in eine Seitengasse ab, das waren nicht mehr uniformierte Einheiten, das war das Volk, das marschierte. Es war leicht, sich anzuschließen, die Reihen waren nicht sehr dicht. Er faßte schnell Schritt, sah geradeaus, schrie mit, sang mit. Er hatte es nicht mehr kalt, ihm war's, als ob die ungezählten Fackeln da vorn Wärme ausstrahlten.

Der Zug machte Halt, aber sie waren noch nicht angekommen. Sönnecke erblickte die Agenten, die liefen den Zug entlang, der eine schwenkte den grauen Hut wie ein verabredetes Erkennungszeichen.

Nun stand der Zug endlich auf dem großen Platz. Man sah sich um, sie mochten Hunderttausende sein, ein riesiges Lager, an dessen Rändern das unruhige Fackellicht den Bannkreis bezeichnete, aus dem es für den einzelnen kein Entrinnen mehr geben konnte. Aus den Lautsprechern dröhnte überlaut und gewalttätig die Blechmusik auf sie hernieder. Schreie antworteten ihnen. Manchmal schien es Sönnecke, daß alle diese Schreie zu einem einzigen, greifbaren würden. Das »g-heil!« stand in der Luft, beherrschte bedrohlich ihre Köpfe, bis das wieder einsetzende Gedröhn der Lautsprecher es vertrieb. So verstand er erst das zweitemal, was die Nachbarin, ein älteres, hageres Mädchen, ihn fragte: »Was meinen Sie dazu, wo Sie doch gewiß ein alter Parteigenosse sind?« Er sah sie erstaunt an. Er hatte Mühe, ihrer Erzählung zu folgen: Alle in dieser Reihe wohnten in dem gleichen Haus. Und da war nun Frau Bohnen, der ihr Sohn war von der »Kommune« oder man weiß es nicht so genau, jedenfalls, er war im Dienst als SA-Mann erschlagen worden. Und nun ließ man Frau Bohnen so einfach mitmarschieren, während andere Familien, die 'n Opfer zu beklagen hatten, sich vorn breitmachten und überall und immerweg alle Ehren einheimsten und hatten immer ihre Fotos in der Zeitung und Unterstützung und Blumen an den Gedenktagen. Und Frau Bohnen, wo ja nicht mehr die jüngste war und hatte es niemals rosig gehabt und weil sie ehmt so bescheiden war, wo sie doch schon den Mann im Krieg verloren hatte, keen Aas kümmert sich darum, daß sie sollte ooch mal det bisken Freude haben, alles was recht ist, und 'n toten Sohn, wo für die Bewegung gefallen is, den macht ihr ja niemand, nich mal der Führer, wieder lebendig. Sönnecke sagte: »Ja, wenn das der Führer wüßte.« Und sie nickten, und ein alter Mann, der etwas schwerhörig war, meinte: »Das sage ick eben ja ooch, wenn det der Führer wüßte.«

Die Rufe wurden nun zu laut, das »g-heil!« schwoll immer bedrohlicher an, alle starrten auf den vom weißen Scheinwerferlicht beleuchteten Balkon und auf den kleinen Mann, der dastand, von Uniformierten umgeben, die rechte Hand lässig zum Gruß erhoben. Er öffnete den Mund, doch man hörte noch immer nichts als die Rufe. Der Mann schloß den Mund nicht, sein Gesicht schien hinter dieser erstaunlich weiten Öffnung zu verschwinden. Nach einer Weile erst wurde seine weiche, einschmeichelnde Stimme vernehmlich, sie rieselte wie ein warmer Landregen aus den Lautsprechern auf die Hörer hinab.

Von diesem Balkon aus, von der Stelle aus, wo der da steht, hat Scheidemann die Republik ausgerufen. Das ist sechzehn Jahre her. Die haben wir vergeudet, sonst stünde der nicht dort. Aber wir haben die Zeit auch nicht verschlafen. Sie haben uns nicht geglaubt, dem da glauben sie. Warum? Da vorn die jungen Kerls, die sind dem ergeben, uns haben sie nicht gemocht. Die haben eben nicht an unseren Sieg geglaubt. Und nun meinen sie, sie haben gesiegt. Das weiß nicht, daß der Kampf noch gar nicht begonnen hat. Die werden sich noch mit Blut die Augen auswaschen, damit sie sehen lernen.

Zum erstenmal seit langer Zeit gingen Sönneckes Gedanken zum Krieg zurück. Er war wieder Kumpel. Erinnerungen tauchten auf, sie bewegten ihn so heftig, daß er die Rufe und die Lieder nur wie aus weiter Ferne hörte. Ihn berührte die ungeheure nervöse Erschütterung kaum, die durch die Massen ging, als ihr Gott leibhaftig auf dem Balkon erschien. Er sah diesen weißen Fleck mit der schwarzen Linie in der Mitte, und er dachte, als schätzte er es kühl an diesem zu fernen Gesicht ab: Vier Jahre, fünf. Und wären es zehn? Doch so lange wird es nicht dauern. Was sind zehn Jahre? Herta hat unrecht, die Partei hat recht. Das Regime ist morsch, das Kaiserreich war morsch, als der Krieg begann. Und sah doch aus, als wäre es stark genug, eine Ewigkeit zu überdauern.

Er sah sich um. Da stand Frau Bohnen, auch sie starrte ins weiße Licht da vorn. Doch war sie müde, 'ne Proletenfrau. Wenn der Führer es wüßte. Der weiß aber nicht. Aber wir werden wissen, Frau Bohnen, wir!

4

Er läutete noch einmal, gewiß war jemand im Hause, das Zimmer im Hochparterre war beleuchtet, das Licht drang durch die spärlich verhängten Fenster ins Vorgärtchen. Sönnecke drückte die Gittertür ein, blieb zögernd auf dem schmalen Pfad stehen. Doch war es sinnlos, noch zu zögern, er war völlig eingeregnet, er mußte es wagen. So schritt er auf die Haustür zu, und als auf sein Klopfen nichts erfolgte, klinkte er sie auf und stand sogleich in einem weiten, langen Raum. An dessen Ende gewahrte er Ilming. Der stand abgewandt und sprach erregt in die Telefonmuschel. Sönnecke suchte sich bemerkbar zu machen, doch Ilming schrie nun mehr als er sprach. Er versuchte, einen, den er bald zärtlich Jonny, bald brüsk Hans nannte, zu überreden, sofort zu ihm herauszukommen. Er setzte ihm eindringlich auseinander, daß dies entscheidend wäre, daß alles davon abhinge, Glück für alle Zukunft oder Bruch und nicht näher bezeichnete, unentrinnbare Gefahr.

Sönnecke wartete. Er war müde und hätte sich setzen mögen, doch bedachte er, daß es richtiger wäre, abzuwarten, wie der Mann ihn empfangen würde.

Ilming schien nichts auszurichten. Er drohte nicht mehr, er sprach traurig, die obszönen Kosenamen, die er ins Telefon sprach, wirkten nur lächerlich und erbärmlich zugleich. Plötzlich schrie er: »Herstellt!« Doch der andere hatte wohl Schluß gemacht. Er warf den Hörer in die Gabel und fragte, noch immer abgewandt: »Wer ist hier?«

Sönnecke durchschritt den Raum, blieb unter der großen Stehlampe, die den Raum mit Licht überflutete, stehen und sagte: »Sehen Sie sich um. Ich weiß nicht, ob Sie mich noch erkennen.«
Ilming sah ihn lange an. Es war, als suchte er sich während dieses langen Augenblicks unter vielen Gesichtern eines aus, das zum Empfang des Eindringlings am besten passen mochte. Endlich sagte er:

»Sie sind Herbert Sönnecke, wenn mich mein verläßliches Gedächtnis nicht täuscht. Sie haben sich seit unserer Begegnung — das war vor zwei Jahren, nicht wahr? — wenig verändert. Der Leutnant, der uns damals zusammenbrachte, hat sich auf der Flucht erhängt. Sie leben noch, scheint es.«
»Ich brauche eine Bleibe für diese Nacht«, sagte Sönnecke.
»Und da kommen Sie zum Feind. Das ist ein starkes Stück! Was muten Sie mir eigentlich zu, Herr Genosse?«
Es war gewiß, der Mann schwankte; ließ man ihn lange genug reden, so würde er nachgeben, dankbar, daß man ihm zugehört hatte, und weil ihm dann die Ungeheurlichkeit einer Gastfreundschaft imponieren würde, die der Dichter der stählernen Romantik, der Herold der neuen Macht dem Kommunistenführer gewährte. Ein einzigartiges Erlebnis war ihm ins Haus geregnet. Es mochte die Widerspenstigkeit des Hans-Jonny für eine Nacht vergessen machen. Sönnecke durfte bald ablegen und sich setzen. Ilming hatte viel zu sagen.
Jochen von Ilming, seinen amtlichen Ausweispapieren nach simpel Fritz Müller, hatte die ersten 17 Jahre seines 35jährigen Lebens, dem kleinbürgerlichen Stand seiner Eltern gemäß, in der angestammten Ordnung der Vorkriegszeit unauffällig in seiner kleinen mitteldeutschen Geburtsstadt verbracht. Im Krieg, in den er freiwillig zog, wurde er ein Held. Der Zusammenbruch überraschte ihn, doch nichts von dem, was nachher geschah, vermochte ihn dazu, sein Heldentum zu vergessen. Er vergaß das Grauen, darin es sich bewährt hatte, und fand Worte, ein Erlebnis auszudrücken, von dem nichts bestehen durfte, als was Erinnerung übermenschlicher Stärke, Verachtung des Todes durch die Kameradschaft der Lebenden, Kämpfenden und unbesiegbare, unvergeßliche Gier nach dem Sieg war. Als Fritz Müller entdeckt hatte, daß er ein Dichter war, wurde er Jochen von Ilming. Und von Ilming fand Förderer, Wegbereiter, schließlich eine Bewegung, die zwar fast immer mit Trommeln warb, doch auch einer stählernen Nachtigall nicht entraten wollte. Ilming verpflichtete sich niemandem. So wurde er auch von manchen umworben, die meinten, daß er im Lager der Feinde war, wäre Mißverständnis, vielleicht Unwissenheit eines rauhen Kriegers. Sie täuschten sich wie jener blutjunge Leutnant, Proselyt und Proselytenmacher, der Ilming einmal zu Sönnecke gebracht

hatte. Es täuschten sich auch jene, die in von Ilming einen nur allzu eitlen Fritz Müller sahen, einen halbgebildeten Wortemacher, eine modische Ausgabe der altbewährten »Immer feste druff!«-Barden. Fritz Müller war in den Sturmangriffen auf Verdun, genauer: in einer apokalyptischen Nacht vor Douaumont verschollen. Von Ilming, in dem er auferstand, konnte etwas, was Müller nicht vermocht hatte: Er verachtete nun aufrichtig und hoffärtig alles, was ihm Angst machte. Denn er hatte die Angst nicht verloren und wußte nun, was ein Held ist und daß er nun wirklich einer war.

»Sie lassen mich sprechen und schweigen sich aus. Indes haben Sie gewiß auch was zu sagen. Von allen Leuten der Kommune habe ich Sie allein immer ernst genommen. Sie wissen es, sonst wären Sie nicht zu mir gekommen, nicht wahr, Sönnecke?«

Nun saßen sie schon fast eine ganze Stunde an diesem feierlichlangen Tisch in der Nähe des Kaminfeuers, das Ilming mit stilgerechten Gebärden unterhielt. Es war nicht nötig, denn das Haus hatte Zentralheizung. Auch war es nicht nötig gewesen, Sönnecke so überschwenglich die Art englischer Teezubereitung zu beschreiben und sie ihm dann auch gleich vorzupraktizieren. Indes, der Tee war gut, er tat einem nach den vielen Stunden nasser Kälte auf dem Platz, dem Herumirren in der Stadt und der endlos langen Straßenbahnfahrt wohl.

»Interessiert es Sie wirklich, zu erfahren, Ilming, daß die Partei die Sie schon hundertmal totgesagt haben, lebt und euch gewiß überleben wird.«

»Herstellt! Was für ein unerlaubtes Durcheinander der Begriffe!« rief Ilming aus. Er war aufgesprungen und legte schnell den roten seidenen Morgenrock ab. Wie er dastand, in der hochgeschlossenen, rohledernen Joppe und den dunkelbraunen Pyjamahosen, das Gesicht plötzlich wieder verändert, es stimmte doch, was man ihm nachsagte, es ähnelte der Totenmaske des großen Friedrich — da war er, von der Pyjamahose abgesehen, der Rufer im Streit, der Mann, der eine Jugend mit den Worten trunken gemacht hatte: »Wehe denen, die erst darauf warten, daß der Kampf sie rufe. Unter unserem Sturmschritt zertreten wir den Frieden; wo wir erscheinen, da gibt es Händel, in denen die einfache und allein vordringliche Frage entschieden wird: Wem gehört die Welt? Dem, in dessen Faust die Macht gefangen ist. Wem gehört die Macht? Dem, der sie mit der gleichen furchtbaren Gewalt liebt, mit der man sie ergreifen muß. Unser die Gewalt, unser die Macht, unser die Welt, sie in Scherben zu schlagen, wenn's unserer gigantischen Raufsucht so gefällt. Deutsche, ich sehe den Augenblick nahen, da der Planet für uns zu klein sein wird.«

Sönnecke hätte über die Mühe lächeln mögen, mit der Ilming sich fortgesetzt in Szene setzte. Doch wußte er seit langer Zeit aus vertraulichen Berichten, welchen Anteil dieser scheinbar hohle Fatzke an Attentaten, Fememorden und anderen Anschlägen genommen hatte. Mochte Ilming sich jeden Augenblick inszenieren, an Hand des Textes einer geschriebenen Rede vor dem Spiegel ausprobieren, ob ein Halsband oder Brustorden da oder dort zupaß käme — mit der gleichen Genauigkeit hatte Ilming gefährliche Taten vorbereitet und so ihren Erfolg gesichert. Und während Ilming unaufhaltsam seine in scharf abgesonderten Sätzen gebündelten Worte hinausschmetterte — er stand noch immer, das friderizianische Profil seinem Gast zugekehrt —, dachte Sönnecke: Dieser Schwätzer ist hundert Maschinengewehre wert. Es gibt wenige Genossen, von denen man das behaupten könnte. Er überschätzt sich, gewiß, aber trotzdem weiß er nicht, wie gefährlich er ist.

Ilmings Schwung verminderte sich allmählich. Nun wandte er sich wieder zum Tisch und schloß, die linke Hand gleichsam an dem von diesem Augenblick erforderten, aber nicht vorhandenen Koppel, die rechte hoch erhoben:

»Jawohl, ihr seid die ersten Christen und kommt zweitausend Jahre zu spät. Ihr seid der Amboß, an dem wir spielerisch den Hammer, für Größeres bestimmt, erproben. Wir hauen euch in Stücke, daß nur die Fetzen fliegen, wir haben unsere dümmsten Bestien auf euch losgelassen — wo sind eure Racheakte? Wo sind eure Handstreiche gegen die Konzentrationslager? Wer leidet, ist verächtlich. Sie haben keine Bleibe diese Nacht, Sönnecke? Das Präsidentenpalais hätte Ihre Bleibe sein können — ihr hattet nur nach der Macht zu greifen, sie wäre euer gewesen. Aber ihr seid Plebejer, wie es die ersten Christen gewesen sind, ihr versteht nichts von der Macht, euch geht der Arsch mit Grundeis, wenn ihr nur in Gefahr kommt, sie zu besitzen. Welch ein guter Soldat, welch schlechter Politiker Sie sind, Sönnecke, Führer ohne Bleibe!« Er holte Atem, Sönnecke sagte: »Sie vergessen eine Kleinigkeit, im ganzen nur ein Sechstel der Welt, die Sowjetunion. Das besagte Grundeis kühlt euch kräftig, wenn ihr an sie denkt, nicha?«

»Sowjetunion, sagen Sie Rußland, das allein ist ernst, alles andere ist Humbug. Sie erinnern mich an die Montenegriner. Die sind paar tausend Männeken mitsamt ihren Hirten und Wegelagerern. Wenn man die fragt: ›Wieviel seid ihr eigentlich?‹ haben sie es in der Gewohnheit, zu antworten: ›Mit den Russen zusammen 170 Millionen.‹ Sönnecke und Stalin zusammen haben die Macht. Kleiner deutscher Michel, du Schemel unter den Stiefeln Dschugaschwilis, das ist dein wahres Vaterland, und nicht unsere Berge und Täler, unsere Wälder, unsere Seen, unsere Flüsse, unsere Fabriken, unsere — mein Gott, Sönnecke, was ist Ihnen dieses riesige, dreckige Rußland, in dem die Zaren neuerdings nicht nur die Namen, sondern auch die Titel wechseln und das sich gleichbleibt in seinem europäisch-asiatischen Bastardentum, wie wir uns gleichgeblieben sind in unserem Willen, aus einer mißgestalteten Welt ein deutsches Werk zu formen, den Kosmos, das Schmuckkästchen, das den Hellenen nicht gelingen konnte.«

»Sie wissen genau, Ilming, daß das alles elender Quatsch ist, daß ihr niemals die Welt besiegen werdet. Wir haben — selten genug — Kriege gewonnen, aber niemals die Völker besiegt. Wir hätten das römische Imperium in Stücke geschlagen? Lassen Sie die Teutoburger Scherze. Die Römer haben uns jedesmal geschlagen, wenn ihre Bürgerkriege ihnen Zeit für diesen Spaß ließen. Sie gingen nicht an uns zugrunde, Ihre heroischen Germanen, unsere Ahnen, sie waren nur die Aasgeier. Die Welt in Scherben schlagen, vielleicht könntet ihr das vollbringen, ein deutsches Weltreich schaffen, nein, das wird euch nicht gelingen. Ilming, erinnern Sie sich, im Weltkrieg, wir waren keine schlechten Kerle, wenn wir wo in einem Land waren, da waren wir gar nicht so übel, wir machten Ordnung, waren recht brav bemüht, aus einer mißgestalteten Welt ein deutsches Werk zu machen. Haben Sie vergessen, wie man uns gehaßt hat? Wenn es uns Kommunisten nicht gelingt, euch zu stürzen, bevor ihr wieder auszieht, an der Welt ein deutsches Werk zu verrichten, so werdet ihr das deutsche Volk in den schrecklichsten Untergang führen.«

»Ich habe Ihnen mein Ohr geliehen«, unterbrach ihn Ilming, »aber keinesfalls mein Gehör geschenkt. Ich habe Ihnen von Taten gesprochen, die wir vorbereiten, Sie prophezeien Geschehnisse, die Sie weder verhindern noch herbeiführen können. Sie sprechen an mir vorbei, der deutsche Spießer, der zärtlich-ängstlich an sein deutsches Volk denkt. Seit 20 Jahren bemühen Sie sich — erfolglos, es ist wahr und das sei Ihnen zugute gehalten, Sönnecke —, den blutigsten Bürgerkrieg vorzubereiten, nun aber können Sie plötzlich kein Blut sehen. Welche Wandlung, Genosse!«
»Ein Fingernagel geopfert für den imperialistischen Krieg, das ist zuviel, zehn Millionen Tote für den Sieg der proletarischen Weltrevolution, das lohnt, das ist sinnvoll. Es kommt aufs Ziel an, wie Sie sehen, Ilming.«
»Ich aber halte Ihr Ziel weder für erreichenswert noch erreichbar. Sehen Sie sich doch Ihre geliebte Sowjetunion an«, fiel Ilming ein. »Doch stimmen wir jedenfalls darin überein, Sie und ich, wir hüben und ihr drüben, daß der Zweck alles erlaubt. Darauf allein kommt es an. Und seien Sie gewiß, es wird meine Eule schöner schlagen als Ihre Nachtigall. Sie wird schlagen!«
Ilming schien nur einen Augenblick lang an diesem billigen Wortspiel Gefallen zu finden. Hastig, wie um es wieder vergessen zu machen, begann er, in geheimnisvoller und zugleich beredter Weise von der unbesiegbaren Gewalt der zukünftigen deutschen Luftwaffe zu sprechen. Dieser Gegenstand rief in ihm, schien es, Gefühle der Wollust hervor. Er flötete mehr als er sprach. Seine Mitteilung, daß er nun fliegen lernte und beträchtliche Fortschritte machte, klang wie ein zärtliches Geständnis, und wie ein obszönes Wortspiel der Satz: »Sie, Sönnecke, haben sich immer bemüht, von unten her in die Weltgeschichte einzudringen. Doch die Entscheidung kommt von oben. Von oben.«
Die werden den Krieg machen, wir werden's nicht verhindern können. Wir sind zu schwach und werden es noch lange bleiben, ging es Sönnecke durch den Kopf. Er hörte kaum noch hin. Zum zweitenmal an diesem Tag übermannte ihn die Erinnerung. Wieder lag er atemlos im Granattrichter, zwischen den Zähnen ein Stück glitschiger Erde, das ihm, er wußte nicht wie, in den Mund geraten war. Damals hatte es ihm geschienen, als wäre alles Leben vorher von ihm abgefallen, als wäre es nie sein und

nie wirklich gewesen, niemals hatte die Sonne geschienen, niemals hatte er anderes getan als eben dies: Sinnlos um sein Leben laufen und allein sein in einer Gefahr, deren Anfang er vergessen hatte, so allgegenwärtig war sie. Also hatte sie auch kein Ende.
Sönnecke stand auf, es war nun schon spät, er wollte in dieser Nacht noch den Bericht schreiben, in Ilmings Haus war er vor Überraschungen sicher, und hier sollte Josmar ihn holen kommen. Nun war alles klar, Einheitsfront aller Arbeiter um jeden Preis, bevor es zu spät ist. Und die Welt muß alarmiert werden. Während die Wot-tschto-Männer sich um die Ausdeutung einer ihrer gar zu wortreichen Thesen streiten, machen sich die hier dran, Flugzeuge zu bauen, die im Sturzflug aus 4000 Meter Höhe hinuntersausen und ihre Bombenlast zielsicher placieren. Denen draußen soll das Lachen über die vielen Uniformen des früheren Fliegerhauptmanns Göring im Halse stecken bleiben.

5

Die schwarze Uniform stand Josmar gut. So hätten die anderen aussehen mögen, Herrenmenschen, von denen dieser Ilming in seiner eigenen Mischung von Weltreich und Männerliebe träumte.
»Alles gut gegangen?« fragte Sönnecke. Er war froh, den Jungen wiederzusehen. Daß er bisher noch jedesmal wiedergekommen war, war stets ein Wunder gewesen. So viele, die er aussandte, kehrten nicht zurück.
Josmar sah sich im Zimmer um. Die schwarzen Tapeten waren seltsamerweise geölt. An der Wand gegenüber der Tür hing das Schwert des Deutschen Ritterordens, an den anderen Wänden waren Fotos angebracht, die nackte junge Männer zeigten. Doch war er voll von Dingen, die er zu erzählen hatte. So begann er seinen Bericht, den er sich bereits vorher zurechtgelegt hatte.
»Hast alles sehr gut gemacht«, sagte schließlich Sönnecke. »Und wegen dieser Erna Lüttge brauchste dir nicht weiter den Kopf zu zerbrechen. Die ist tot. Gas, Unfall oder Selbstmord, ist nicht gewiß. Sie war wohl auch nicht mehr richtig im Kopf.«
»Mein Gott, das hätte ich vielleicht verhindern sollen. War ein armer Teufel, obwohl sie verraten hat.«
»Sie hat nicht verraten. Ihr Albert war ein erledigter Mann, bevor sie gequatscht hat.«

»Ja, wieso denn?« fuhr Josmar auf. »Dann verstehe ich ja überhaupt nichts. Was habe ich da nur angestellt, um Gottes willen...«
»Na, laß man, Josmar, du kannst nichts für. Ich habe den Bericht zu spät gekriegt, erst wie du schon weg warst. Also verstehste, Albert, der machte, scheint's, die ganze Zeit seine eigene Politik, Einheitsfront um jeden Preis, mit Tod und Teufel gegen die Nazis. Und er hatte die Leute, wo mit ihm waren, mit 'reingezogen. Der Apparat bekam Wind, beschloß, der muß abgesägt werden. Wie willste aber unter diesen Bedingungen absägen? Er sollte in die Emigration gehen, lehnte es aber ab. Da hat man ihn und seine Leute ausgeliefert. Und aus irgendwelchen verfluchten Apparatsgründen war's notwendig, glauben zu machen, daß sein Mädel ihn verquatscht hat, nu verstehste schon?«
»Nein, nichts verstehe ich. Du sagtest selbst, daß Albert ein tadelloser Genosse ist und daß es ein Unglück wäre, daß sie den nun auch hätten. Erinnerst du dich, das sagtest du, bevor ich loszog.«
»Ja, sagte ich, ha ick jesagt, stimmt. Aber ick habe mir eben jeirrt. Kommt vor, nicha?«
Zum erstenmal, seit er Sönnecke kannte, verspürte Josmar einen fast schmerzlichen Widerwillen gegen dessen Berlinerisch. Es war hier fehl am Platze. Aber da er ihn ansah, merkte er, daß auch Sönnecke traurig war. Da stimmte etwas nicht, und er suchte, es zu verbergen. Doch mochte Josmar ihn nicht fragen. Mit Apparat bezeichnete man die besonders geheimen Sonderorganisationen, die die Polizei und den Nachrichtendienst der Partei stellten. Man hatte nicht neugierig zu sein, wenn die Rede auf den Apparat kam. Und außerdem, was nutzte das alles nun, das arme Mädchen war tot, er hatte gedacht, so schlau zu sein, und war ein rechter Tolpatsch gewesen und ein Mörder. Nach einer Weile sagte Sönnecke: »Albert, den kannte ich von Anfang an, ist immer ein guter Kumpel gewesen. Und hatte 'nen eigenen Kopf, da war was drinnen. Ist bei Leuna mit dabeigewesen, ein Kämpfer wie kein zweiter. Was willste, ich wußte nicht, daß der Apparat über meinen Kopf hinweg handeln kann. Der sollte mir unterstellt sein, die draußen aber haben es anders gedeichselt. Und du weißt, wie das so ist. Da haben sie einen in der Gestapo sitzen, das ist natürlich sehr wichtig, aber damit

der sich halten kann, da muß er auch was für sie tun. Nun liefert er Albert und seine Leute aus. Zwei Fliegen mit einem Schlag, die Partei ist die Schädlinge los, und der Mann hat seine Position befestigt, verstehst du?«

»Ich verstehe«, sagte Josmar. Und er hatte das Gefühl, daß das alles ein unerträglicher Schmutz war, daß er damit niemals etwas zu tun haben durfte. Er hätte in den Wintermorgen hinauslaufen mögen und gehen und gehen — weg von allem und von sich selbst. Alles war verkehrt. Er saß da in diesem abscheulichen Raum, an seinem Leib die verschwitzte Uniform irgendeines Erschießers auf der Flucht. Und selbst Sönnecke war jämmerlich.

»Du mußt verstehen, Josmar, auch ich mag diese Dinge nicht. Mir ist's leid um Albert. Ich kenne ihn, ich weiß, was für ein Kerl der ist. Wenn man sich zurückzog aus einer der vielen Schießereien, der ließ mich nie aus den Augen, ging hinter mir, deckte mich, ein rechter Kugelfang. Das war mir Albert. Und wenn er noch lebt und denkt, ich hätte es zugelassen, daß man ihn dem Feind ausliefert, ja, mein Gott, Josmar, denkst du etwa, das geht mir nicht näher als dir? Aber bedenke, wenn die Partei jetzt nicht einig bleibt, wenn wir jetzt auch nur die geringste Abweichung zulassen, dann ist es um uns geschehen. In seinem Bewußtsein war Albert gewiß kein Schädling, aber er begann bereits, eine Fraktion zu bilden — mitten in der schlimmsten Illegalität. Du mußt verstehen, was für eine Gefahr das bedeutet. Wer dürfte das zulassen, wem darf das erlaubt werden?«

»Ja, aber die Mittel, mein Gott, diese Art, einen unschädlich zu machen!« unterbrach Josmar.

»Glaubst du wirklich, Josmar, daß uns die Wahl der Mittel freisteht? Du solltest es besser wissen, gerade du, wo du jetzt das ganze Jahr an meiner Seite gewesen bist und alles mit angesehen hast.«

Josmar verlangte nichts Besseres, als zu glauben. Und es tat gut, Sönnecke so sprechen zu hören. Und es war wahr, nicht auf die Mittel kam es an, sondern nur und ausschließlich auf das Ziel.

»Da ist mein Bericht. Du mußt ihn übrigens hinausbringen. Lies ihn, du wirst besser verstehen.«

Als er gelesen hatte, sagte er:

»Aber Herbert, du schlägst genau die gleiche Linie vor, derentwegen Albert erledigt worden ist.«
»Gewiß, Albert hat vollkommen richtig gesehen, aber falsch gehandelt. Ich schlage vor, er aber versuchte, über den Kopf der Partei hinweg seine Linie auszuführen.«
»Aber wenn seine Linie richtig war?«
»Sie war es nicht, da sie nicht die der Partei war. Sie wird es vielleicht morgen sein, wenn nämlich die Partei sie annimmt, zu ihrer eigenen macht.«
»Ja, ich verstehe«, sagte Josmar zögernd. »Jedenfalls finde ich es sehr klug, daß du gegen das eigenmächtige Vorgehen des Apparates protestierst.«
»Sehr klug? Vielleicht ist es die größte Dummheit meines Lebens. Nun, mach schnell, der Fatzke muß bald zurück sein.«
Josmar machte sich daran, den Bericht in eine Klaviersonate umzuschreiben. Er vergaß darüber Albert und Erna. Durch winzige Umstellungen des Textes, die ihm erlaubt waren, konnte er einige schöne Motive hineinbringen.
In der folgenden Nacht ging er auf Skiern über die Grenze. Der Schnee fiel so dicht, daß er glauben mußte, er rase durch ungezählte weiße Wände hindurch. Solange es abwärts ging, konnte er die Richtung nicht verfehlen. Er hätte schwören mögen, daß der Duft von Fichten in der Luft war. Aber er sah hier keinen Wald.
Er hatte den Geruch in der Stube Erna Lüttges vollkommen vergessen. Er hatte Albert vollkommen vergessen. Er hätte singen mögen. Die steile Abfahrt verschlug ihm den Atem.

DRITTES KAPITEL

1

Klirrten die Scheiben so lange nach jedem Schuß, blieb das Geräusch in den Ohren ausweglos verfangen?
Professor Stetten lauschte, bis er gewahr wurde, daß er gleichsam dem verhallenden Ton hinterher war, ihn nicht loslassen wollte, wie einen Schmerz, der allein einen bei Bewußtsein hält. Doch nun war es wieder vollkommen still, er wandte sein Gesicht der Tür zu. Da stand die Frau noch immer; sie hatte wieder ihren ganz vornehmen Tag. Und man konnte meinen, sie wäre in den letzten Jahren um Jahrzehnte jünger geworden.
»Ich bin sehr alt, Madame. Ich werde meinen Schnurrbart nicht mehr färben«, sagte er.
»Ich sage dir noch einmal, die Kinder werden in 25 Minuten da sein. Und du hast noch nicht einmal begonnen, dich fertigzumachen«, sagte sie. Ihre Rechte umklammerte die Klinke, als ergriffe sie eine Waffe.
»Ich bin sehr alt«, wiederholte er, wieder zum Fenster gewandt. »Wenn ich dich ansehe, habe ich Mühe, mich daran zu erinnern, daß du meine Frau gewesen bist. Ich bin erstaunt, daß wir einander duzen.«
Die Tür fiel ins Schloß, sie war weg. Hatten diese Idioten die paar Kanonenschüsse abgegeben, um zu sehen, wie so was auf eine Stadt wirkt, oder hatten sie nur eine Mittagspause eingeschaltet? In Wien findet der Bürgerkrieg in der Mittagsstunde nicht statt; ob sie die Stunde des Nachtmahls so heilig halten, wird man sehen.

Walters Frau sagte ihm immerfort Papa, sie schob ihm mit besonderem Bedacht den Teller zu und vergaß dabei nie, ihm lächelnd ins Gesicht zu sehen, als ob sie ihn an ein nur ihnen beiden bekanntes Geheimnis erinnern wollte. Ja, der Walter, das war ein wohlgeratener Sohn, dem geriet auch alles. Solch preußischer

Charme mochte manche Parteigröße ins Haus ziehen, die Blondheit der Frau die kühnsten Ansprüche des Gatten auf geschäftlichen Erfolg und politische Karriere rechtfertigen.
Diesmal hatte sich Frau Professor Mühe gegeben, das Essen war des großen Besuchs würdig. Stetten war nun weicher gestimmt, es machte ihm fast nichts aus, die anderen immer wieder mit Weihe vom Reich und vom »Führer« sprechen zu hören. Als Walter ihn fragte: »Meinst du nicht auch, Papa?« antwortete er gutwillig: »Ja, ja, es ist halt schon so, wie es halt ist.« Er blickte auf, die Frau Professor sah ihn feindselig an. Sie allein wußte, daß er nicht zugehört hatte. Natürlich, nach Jahrzehnten kennt eine Frau ihren Mann, auch wenn sie ihn nie verstanden hat. Doch so viel Feindseligkeit mußte noch einen tieferen Grund haben. Er entdeckte ihn sogleich, seine Finger auf der Gabel waren den Zinken zu nahe. Das war nun auch schon ein altes Spiel, wenn er sie ärgern wollte, vergaß er das gute Benehmen bei Tisch.
»Ich habe es vielleicht überhört«, sagte sie, »aber ich glaube, du hast vergessen, dich bei Walter zu bedanken. Schließlich war es gewiß nicht so leicht, sogar für Walter, diesen kommunistischen Juden freizukriegen.«
»Nein, es ging wirklich nicht von allein. Ich weiß es, denn ich hatte auch die Hand im Spiel« sagte Walters Frau.
»Ist Faber endlich befreit?« fragte Stetten.
»Gewiß, seit fünf Tagen. Sollte ich wirklich vergessen haben, es dir zu sagen?«
»Du weißt es also schon fünf Tage und hast fünfmal vierundzwanzig Stunden lang vergessen, es mir zu sagen?«
»Das war aber nicht recht von dir, Mama. Papa hat nun einmal einen Narren an diesem Mann gefressen.«
Die alte Frau konnte noch erröten, bei näherem Zusehen ließen sich vielleicht noch die Grübchen in ihren Wangen entdecken. Stetten dachte, es wäre genug, daß er sie verachtete. Daß er sie so lange auch schon haßte, war übertriebener Luxus.
»Verzeih, ich hätte es nicht vergessen dürfen. Es tut mir leid, Erich!« Daß er nun nach so vielen Jahren mit seinem Vornamen angesprochen wurde, machte Stetten lächeln. Es wäre schön, wenn Dion ihn nicht immer mit Professor anspräche.
Walter erzählte nun ausführlich, welcher Mühen es bedurft hatte,

Faber freizubekommen. Es wurde aus seiner Darstellung gar zu sehr ersichtlich, daß, was ihm hier gelungen war, ein Meisterstück war, das nur ihm und natürlich seiner wundervollen Marlies geraten konnte. Es hatte sich nämlich noch herausgestellt, daß dieser Faber, dessen man seinerzeit wie durch Zufall habhaft geworden war, viel gefährlicher und bei den Roten als ein gewichtigerer Mann angesehen war, als man anfangs vermuten konnte. Und dabei ist es gewiß, daß man noch lange nicht alles von ihm weiß! »In diesem besonderen Fall war ich ausnahmsweise froh darüber, sonst hätte ich doch beim besten Willen deinen Wunsch nicht durchsetzen können«, beendete Walter seine Erzählung.

Ja, ja, nun war dieser borniere Walter also eine große Persönlichkeit, fast ein Prominenter geworden, wie die drüben sagten. Stetten sagte: »Ich danke euch beiden auch recht sehr, ich bin tief in eurer Schuld.« Er dachte, daß er ausführlicher danken müßte, aber er vermochte es nicht. Auch war er bereits zu sehr in Gedanken bei Dion, bei der Begegnung mit ihm, die er schnell herbeiführen wollte. So wurde alles wieder gut und besser als je, besser, als es je seit Einhards Tod gewesen war: Er durfte Dion retten. Er würde ihn nun auch bewahren, ihn an sich ketten, ihn nicht mehr loslassen. Alles hatte wieder seinen vollen Sinn, nun konnte er wieder schreiben, sein Leser war wieder da. Er sah ihn, über ein Manuskript gebeugt, den fast lippenlosen Mund fest geschlossen, den Kopf vornübergebeugt und in den Augen die Wachheit, die dem Lehrer im ersten Augenblick verraten hatte, daß dieser Schüler mehr war als alle Schüler, daß er ein unfertiger Meister war und ein zweites Ich werden könnte.

Das Artilleriefeuer setzte wieder ein, doch die Scheiben klirrten hier leiser als im Arbeitszimmer.

»Im Reich wäre dies nicht möglich«, hörte er Walter sagen.

»Der Führer hat es auch nicht nötig. Es brauchte niemandem ein Haar gekrümmt zu werden«, fügte Marlies hinzu. Und die alte Frau deklamierte: »Der Führer rief und alle, alle kamen.« »Mit diesem Artilleriefeuer beweist die Regierung, daß sie nicht imstande ist, Ordnung zu schaffen. Aber das ist nur ein Vorgeplänkel, Österreichs Schicksal ist besiegelt, es ist nur eine Frage von Wochen, höchstens Monaten, dann zieht der Führer in Wien ein. Ganz Österreich wartet darauf«, meinte Walter. Es klang, als ob er eine auswendig gelernte Botschaft feierlich wiederholte. Nun schwiegen die drei, sie schienen darauf zu warten, daß Stetten sich zu Walters Botschaft äußerte. Die Scheiben klirrten. Stetten stand auf und ging ans Fenster. Die Straße war menschenleer, der Schnee vom Morgen war im kalten Regen geschmolzen. Er fühlte ihre Blicke im Rücken, sie warteten noch immer. Sein Kinn zitterte, er wollte nicht, daß sie dessen gewahr würden, so sprach er zur Straße hin: »Diese Idioten zerschießen die österreichische Einigkeit, das ist sehr schlimm. Aber schlimmer wäre es, in einem Österreich zu leben, das die Ostmark eines Dritten Reiches wäre. Dann erst hätten wir den Weltkrieg, in den uns die Preußen getrieben haben, endgültig verloren.«

»Wieso denn? Ich versteh' kein Wort von dem allen. Wir sind doch alle Deutsche, eine Nation«, unterbrach Marlies. Walter nickte ihr zu. Er hatte nie den Mut aufgebracht, seinem Vater offen zu widersprechen.

»Sie sind eine Preußin, genau wie die Frau Professor und ihr Sohn, obwohl der eigentlich hierher gehört und nicht zu euch. Die Preußen haben nie verstanden, daß man nicht gern unter ihrer Herrschaft lebt. Sie haben nie begriffen, warum sie nur dann erträglich sind, wenn sie machtlos sind, und daß wir . . .«

Wieder unterbrach ihn Marlies: »Aber, Papa, der Führer ist ja selbst Österreicher. Wer ›Mein Kampf‹ gelesen hat . . .«

»Beruhigen Sie sich, mein Kind, ich habe diesen Kampf gelesen. Es wird eine lange Zeit brauchen, bis Sie und Ihresgleichen begriffen haben werden, was ich da gelesen habe. Aber die Zeit wird Ihnen nicht lang werden, denn in ihr wird ein Weltkrieg statthaben, wie sich Ihr Führer mit seinem gewohnten Geschick ausdrücken würde. Sie werden Gelegenheit haben, eine Heldengattin zu sein. Und wenn mich die Erinnerung nicht täuscht, so steht blonden Frauen das Schwarz der Trauer sehr gut. — Ihr glaubt wohl, mit euch fange etwas Neues an, und ihr seid stolz, sagen zu dürfen, ihr seid dabei. Aber nichts Neues fängt mit euch an, nichts endet mit euch, ihr seid mittendrin in einem alten Spiel — und ihr kennt es nicht. Die Preußen werden es zuerst gewinnen und dann elendig verlieren, doch die Deutschen werden es bezahlen. Wie gesagt, ein altes Spiel, die machtgierigen Dummköpfe werden nicht müde, es zu spielen.«

»Ich verstehe nicht«, rief Marlies ungeduldig aus.
»Nein, Sie verstehen es nicht. Eben darum spielen Sie mit, Sie und Ihresgleichen.«
Stetten ging, um dem Gespräch mit diesen »Grammophonplatten« ein Ende zu machen, schnell in sein Zimmer. Und nun war er wieder allein, konnte sich ungestört dem Gedanken an Dion widmen. Aber er war nicht allein, denn der Lärm des Kanonenfeuers war heftig, die Scheiben klirrten ununterbrochen. »Natürlich, es gibt keine Einsamkeit in einer Stadt, in der die Menschen am hellichten Tag in ihren eigenen Häusern niederkartätscht werden. Dion würde sagen: Es gibt überhaupt keine Einsamkeit, solange an irgendeinem Punkt der Erde irgendwer seines Rechts auf Würde und Leben beraubt wird.«
Die Gewohnheit, Gedanken laut zu äußern, war, seit er nicht mehr schrieb, überstark geworden. Er mochte gegen sie nicht mehr ankämpfen. Und er hatte seit dem Tag, der ihm die Nachricht von der Verhaftung Dions brachte, nicht mehr geschrieben. Das Selbstgespräch, in das er immer mehr hineingeraten war, war allmählich zum Zwiegespräch mit Dion geworden, dessen Part er häufig mitsprach. »Dion würde sagen: Der ermordete Archimedes war schuld, nicht sein Mörder. Wer anders trägt die Schuld für die Unwissenheit, die zu Morden treibt, als die Wissenden, die die Wahrheit gefangenhalten? Doch hat Dion unrecht, er ist in der lächerlichen Illusion der Aufklärer befangen. Die hochmütige Dummheit der Apostel, die glauben, daß man auf sie warte, daß man nach ihnen verlange! Ließe man sie nur reden, meinen sie, dann würde alles gut. Man läßt sie reden, bis sie unerträglich langweilig geworden sind. Dann ist es höchste Zeit, daß sie Märtyrer werden, ihre einzige Rettung. Hätte Archimedes den Soldaten Wein und einige Drachmen angeboten, wäre der Mord unterblieben. Dions Gleichnis ist schlecht, denn der Tod des zerstreuten Professors war nicht notwendig, er war ein bedeutungsloser Incident.«
Es klopfte, die Frau trat halb ins Zimmer. Stetten forderte sie nicht auf, näher zu treten, sie wußte, daß er sie gerade nur an der Schwelle seines Zimmers duldete — das war so seit Einhards Tod, seit achtzehn Jahren.
»Ich möchte dich noch einmal um Verzeihung bitten. Ich kann es mir selbst nicht erklären, daß ich das vergessen konnte.«

Sie hoffte, daß er sie unterbrechen würde, er blieb stumm. »Von den 10 000 Schilling, die du Walter für die Befreiung des — des Herrn Faber zur Verfügung gestellt hast, ist noch einiges Geld geblieben. Du solltest, ich dachte, Marlies könnte sehr günstig einen Pelzmatel kaufen, du solltest ihr das Geld, es würde gerade reichen, schenken. Sie ist so dankbar für alles.«
»Ja, gewiß, ich werde es Walter sagen, wenn er mir die Abrechnung vorlegt.« Worauf wartete sie noch? Es war nicht recht, ihr nicht zu verzeihen, daß er sie einmal — vor sehr langer Zeit — begehrt hatte. Wahrscheinlich war sie nicht dumm und nicht schlechter als ihresgleichen.
Er fragte: »Kann ich dir sonst mit etwas dienen?«
»Warum haßt du uns, mich und die Kinder? Was haben wir dir Böses getan?« Er sah sie erstaunt an. Sie hatte hoffentlich nicht das Bedürfnis, sich auszusprechen.
»Ich weiß, daß es keinen Sinn hat, auf deine Antwort zu warten. Du hast immer und gerade dann geschwiegen, wenn es darauf ankam, daß du sprechen solltest. Dir hat nie etwas an uns gelegen, du hast uns nie geliebt. Nein, auch Einhard nicht, wenigstens solange er gelebt hat. Sieh mich nicht so an, ich bin eine alte Frau, ich fürchte mich nicht mehr vor dir und deinem furchtbaren Egoismus. Ich würde deine Gefühle schonen, aber du hast keine. Einhard ist für dich wichtig geworden erst in dem Augenblick, als er nicht mehr war, denn da wurde er dein Geschöpf, ein Stück von dir und deiner Eingesponnenheit. Ich sage dir, sieh mich nicht so an, ich habe keine Angst mehr vor dir. Ich bin noch nicht so weit, daß ich über dich lachen könnte — du hast mir zuviel Leid zugefügt. Und in all deiner Klugheit ahnst du gar nicht, wie schwer es gewesen ist, es neben dir auszuhalten. Neben einem Menschen, der ein Leben lang nichts gewollt hat als eines: recht behalten gegen alle. Und der allen unerträglich geworden ist. Wie viele Menschen haben sich zu dir hingezogen gefühlt — wo sind sie? Weggelaufen sind sie von dir, keiner von ihnen mag auch nur daran denken, daß er dich einmal verehrt oder gar gemocht hat. Noch in der Erinnerung bist du ihnen unerträglich — ich aber habe dich so lange ertragen. Und daß du dich an diesen Faber klammerst — das ist, weil er dich rechtzeitig durchschaut hat. Du hast ihn nie gekriegt, er hat sich dir immer entzogen, es ist dir noch nicht gelungen, ihm zu beweisen,

daß du auch gegen ihn recht hast. Ach, mein Gott, wenn du dich mit meinen Augen sähest — deine Eitelkeit, dein Versagen immer und überall, wo man dich braucht. Dir zuhören, wie du Menschen, die an etwas glauben, mit Gift anspritzt — der du niemals fähig gewesen bist, dich irgendwem anzuschließen, für irgend etwas auch nur das geringste Opfer zu bringen.«
Er fühlte, daß sein Kinn wieder zitterte, doch konnte er von ihr das Gesicht nicht wenden, ergriffen von der grimmigen Bewegung dieser Frau. Und vielleicht hatte sie recht? Und wenn man ihr klarlegte, daß alles, was sie sagte, zwar richtig sein mochte, daß es aber nicht darauf ankam, nicht im mindesten. Es war wohl auch zu spät, ihr einen Stuhl anzubieten, so stand er selber auf. Sie mußte diese Rede lange vorbereitet, jeden Vorwurf ungezählte Male formuliert und — wie lange schon! — in ihm ihren Trost und die eigene Rechtfertigung gefunden haben.
Er unterbrach sie: »Warum sagst du mir das alles? Und warum gerade jetzt?«
»Weil ich weggehe! Für immer!«
»Was tust du?«
»Ich gehe weg — mit den Kindern. Ich will bei ihnen leben. Du hast doch nichts dagegen?«
»Nein, keineswegs!«
Die Frau, ermüdet von ihrer langen, heftigen Bewegung, sah nun wieder viel älter aus. Es gab nur noch weniges zu besprechen. Das war bald getan. Stetten ging sofort auf ihre Forderungen ein, sie würde den Kindern nicht zur Last fallen, sie war eine wohlhabende Frau.
»Ich fahre übermorgen«, sagte sie und konnte nicht verhindern, daß es zögernd klang, als ob sie erwartete, daß er sie doch noch zurückhalten würde.
Er sagte: »Nun ist alles gesagt und getan, ich halte dich nicht zurück. Und du wirst es bei den Kindern gewiß gut haben, du gehörst zu ihnen. Ich habe diese Änderung lange schon vorausgesehen.«
»Du hast also wieder einmal recht behalten, nicht wahr?«
»Ja«, antwortete er, »ich habe wieder recht behalten.«
»Und du bist glücklich darüber, gesteh's doch!«
»Du und ich, wir haben stets verschiedene Vorstellungen vom Glück gehabt. Vielleicht war das übrigens der Grund, daß wir

einander fremd waren, noch während wir einander in den Armen hielten — also vor sehr, sehr langer Zeit.«
Sie hatte noch mancherlei zu sagen und wartete noch immer auf etwas, das nicht kommen konnte. Er hörte ihr nicht mehr zu, endlich ging sie. Zwanzig Jahre zu spät. Die Zeit des Niedergangs des Römischen Imperiums war länger als die seines Aufstiegs und seiner Blüte zusammengenommen. Der Untergang verbraucht zuviel Zeit in der Geschichte wie im Leben des einzelnen. Alle nehmen zu lange Abschied, sie verpassen den rechten Abgang. Neue Epochen stinken nach Verwesung, denn die Leichen haben mehr Beharrungsvermögen als die Erben Energie.

2

Als Stetten das Haus verließ, war es ihm, als würde er sich nun zwei Tage in den Straßen herumtreiben müssen, als dürfte er nicht zurückkehren, bevor die Frau weg war. Alles war gesagt, der Abgang erfolgt, jede neue Begegnung war deplaciert, in höchstem Maße sinnlos.
Er ging in der Richtung, aus der die Schüsse kommen mochten, es war gewiß ein weiter Weg dahin. Aber er hatte Zeit, zwei Tage lang. Er stieß auf militärische Patrouillen, die Gesichter der Männer sahen unter den Stahlhelmen noch stumpfer aus als sonst. Immer wenn es galt, eine alte Stadt und ihre Bewohner zu vernichten, holte man die Vandalen. Man hatte sie im eigenen Land, in den Dörfern lebten sie noch stumpf dahin wie im 13. Jahrhundert. Sie warteten nur darauf, daß man ihnen die Freiheit gab, an dem »Stadtfrack« die Wut ihrer Stumpfheit auszulassen. Sie würden die Kreuze an den Scheidewegen aus der Erde reißen, um mit ihnen Schädel einzuschlagen, doch hat man ihnen Waffen gegeben, die die Stadt erfunden hat, und Stahlhelme, Köpfe zu beschützen, in denen eine Welt, abscheulicher noch als die wirkliche, abscheulich sich malt.
»Ja, wo denken Sie denn, daß Sie hingehen, Herr?« fragte nicht unfreundlich ein Wachmann.
»Sie sind aber komisch, mein Freund«, sagte Stetten. »Mitten am hellichten Tag tragen Sie ein Gewehr, einen Stahlhelm. Und einen Revolver haben's außerdem. Vor wem haben Sie denn

so große Angst?« Der Wachmann sah ihn prüfend an: »Wenn's weitergehen, werden's schon merken, daß man hier net mit Zuckerln schießt. Das ist ka Zeit zum Spazierengehen. Bleiben Sie lieber zu Hause, lieber Herr, wann ich dürfte, ich tät es auch.«
»Ihr spielt also Bürgerkrieg, hier mitten in der Stadt. Ja, was denkt's ihr euch eigentlich?«
»Das ist kein Spiel hier. Haben schon viele dran glauben müssen. Es sind halt unglückliche Zeiten. Aber da kann unsereins nix dafür.«
Stetten ging weiter. Der junge Wachmann rief hinter ihm her: »Aber Herr, Herr, wo gehen's denn hin?« — »In den Bürgerkrieg!« rief ihm Stetten über die Achsel zu, und er winkte ihm mit dem Stock.
Der Abend brach herein, das Licht der Straßenlampen ließ die ausgestorbenen Gassen noch trauriger erscheinen. Vereinzelte Schüsse ertönten, man sah ihre Wirkung nicht. So hätte man glauben mögen, dies alles wäre unernst. Doch fand sich Stetten nun wieder zurecht, in diesem Bezirk hatte er einmal einen Freund gehabt. Auch er war dann weggegangen, natürlich, die Frau hat recht. Niemand ist geblieben, er war ganz allein. So ging er in den Bürgerkrieg, er schwang den Stock in der Art der Lebemänner jener Zeit, da der junge Dozent an dem Buch über den Bürgerkrieg in Norditalien, seine Gründe und seine Sinnlosigkeit arbeitete. Er schwang den Stock und versuchte zu singen: »*Je m'en vais en guerre civile — mironton, mironton, mirontaine . . .*« Es klang nicht gut, er gab es auf und nahm den Dialog mit Dion wieder auf. Er hatte noch viel Zeit vor sich, Zeit für alles.

3

Er wußte nicht, wie spät es war, man hatte ihm die Uhr abgenommen. Er nahm sich immer wieder vor, auf den Glockenschlag der Turmuhren zu lauschen, vergaß es und erhaschte gerade den letzten Schlag — oder war es der einzige? —, er wußte es nicht. Doch war der Tag gewiß noch nicht angebrochen, es war wenig wahrscheinlich, daß man ihn noch in der Nacht verhören würde.

Der Raum war überfüllt, es gab zuwenig Pritschen, die meisten schliefen im Sitzen. Oder vielleicht taten sie nur, als ob sie schliefen. Sie hatten alles gesagt, was sie zu sagen hatten, und sie mochten keine Lust verspüren, die Neuhinzugekommenen anzuhören.

Der dumpfe Schmerz im Hinterkopf und im Rücken war heftiger geworden, doch war es Stetten fast gleichgültig. Er fühlte auf seinem Gesicht geronnenes Blut, die Lippen waren gewiß geschwollen. Und er hatte wichtige Gespräche vor. Die Wahrheit, die die Herren von ihm zu hören bekommen sollten, würde in ihrer Wirkung geschmälert sein, da sie aus einem zerschlagenen Gesicht über häßlich verschwollene Lippen kommen würde.

Jemand neben ihm sagte: »Die werden ka Ruh geben, bis mir alle hin sind!« Niemand antwortete. »Ich sag's ja«, begann die Stimme wieder, »ich sag's ja immer, wann mir im achtzehner Jahr net teppat gewesen wären, no ja, aber das Volk ist halt immer zu gut und a Ruh will's haben. Dös is es!«

»Wahr ist's schon«, meinte einer zögernd, »aber jetzt ist's zu spät. Und das Volk ist ganz allein, wann es darauf ankommt, ganz allein.«

Stetten lachte auf. Der Mann wies ihn zurecht: »Da gibt's nix zu lachen, Genosse! Wann ma bedenkt, wir im Arbeiterheim, wir haben gedacht, wie es angefangen hat, in a paar Stunden ist der ganze Bezirk unser, da gehn mir übern Gürtel hinüber, machen dann Ordnung in der Inneren Stadt. Und plötzlich geht das Licht an, und aus war es mit'n Streik. Und dann hamma auf die Munition gewartet, nix is gekommen, wie wann ma uns vergessen hätte. Der Bezirk hat sich nicht gerührt. Und mir haben die Verwundeten da gehabt, mir haben sie nicht einmal versorgen können, na ja, ich sag's ja, mir sind allein gewesen. Das Volk ist immer allein.«

»Genug, genug! Dös haben mer schon gehört. Laßt's an schlafen!« Es wurde wieder ganz ruhig.

Einer mußte sich heftig bewegt und ihn berührt haben, Stetten wurde wieder wach. Er hörte das schwere Atmen der Schläfer, das Schnarchen und die Wortfetzen, die die Träumer hinausschleuderten. Einer rief: »Net schießen, net schießen! Es is —« Der Satz brach ab, vielleicht war es im Traum zu spät. Auch im Traum konnten die Leute schneller schießen als denken.

Sind Sie nun endlich mit mir zufrieden, Dion? Bin ich endlich am rechten Standort? Mein armer Junge, werde ich Sie enttäuschen, wenn ich Ihnen gestehe, daß ich aus alledem nichts lerne, was ich nicht schon früher gewußt hätte? Ich habe wieder einmal recht, das ist alles. Man prügelt aus den Menschen die Würde nicht hinaus, ich war ihrer niemals so bewußt, als da sie mich geprügelt haben. Was versprechen Sie sich davon, einen Stetten mitleiden zu machen? Die armen Teufel haben mich ja schon immer gedauert, aber ich werde nie mit jenen solidarisch sein, die nicht einmal recht wissen, was sie erleiden, und kaum ahnen, was sie tun. Und damit sind die Opfer den Verfolgern näher, darin ihnen ähnlicher als mir. Sagen Sie nicht, daß ich Ihre Kampfgenossen unterschätze. Ich kannte sie, ehe ich ihnen begegnet bin. Sie haben sich in den Jahrtausenden, in deren Geschichte ich sie immer wieder aufgestöbert habe, nicht verändert. Sie töteten und starben für ein Jota, das sie doch von einem Omikron nicht unterscheiden können. Sie fahren darin fort. Wir aber, mein Dion, Sie und ich, wir sind gesandt, der Sinnlosigkeit solchen Tuns den Schein des Sinns zu verleihen dadurch, daß wir es intelligibel machen. Welch trauriger Beruf, den allein die Passion der Berufung vor der Lächerlichkeit bewahrt. Und erst jetzt, meinen Sie, könnte Ihr gar zu alter Lehrer erfahren, daß nicht nur er, daß auch das Volk allein ist, allein, wenn es darauf ankommt.

Vom Wachmann, der ihn durch die endlosen Stiegengänge führte, erfuhr Stetten, daß es erst halb zwei war. Er brauchte nicht in einem der unsagbar trostlosen Korridore zu warten, die so lang und in diesem Haus augenscheinlich so zahlreich waren, daß man glauben mußte, es wäre ihrethalb gebaut worden. Der Beamte, der sich selbst als Hofrat vorstellte, empfing ihn freundlich, ja fast ehrerbietig und bot ihm den einzigen Lehnsessel an

»Ich habe vor mir das Protokoll, na ja, das Ganze ist ein höchst bedauerliches Mißverständnis, das brauche ich Ihnen nicht erst zu sagen, Herr Professor. Die Sicherheitsorgane sind übermüdet, begreifliche Überreizung, Sie verstehen, Herr Professor. Andererseits kann es natürlich nicht geduldet werden, daß sich noch so ehrsame Privatpersonen in Amtshandlungen einmengen. Und

Sie haben sich leider wirklich hinreißen lassen, sehr geschätzter Herr Professor, das geht ja aus dem Protokoll hervor.«
Der Hofrat war seines Charmes gewiß. Er hatte ihn in ungezählten Verhandlungen bewährt, in denen er hochgestellte Personen oder Damen, die besonderer Schonung empfohlen waren, vor dem Strafgesetz oder vor allwissenden Erpressern zu bewahren hatte. Stetten erwiderte:
»Die Übermüdung der Sicherheitsorgane bedauere ich um so mehr, als ich deren Ursache verdamme. Doch sollte auch der pitoyable Zustand diese Ihre Organe unserer Sicherheit davor bewahren, Protokolle zu fälschen und zu diesem Zweck falsche Aussagen zu machen. Nehmen Sie zur Kenntnis, lieber Hofrat, daß ich in keinerlei Amtshandlungen eingegriffen habe. Die bestialische Mißhandlung eines schwerverwundeten Mannes ist keine in unseren Gesetzen vorgesehene, geschweige denn angeordnete Amtshandlung, sondern —«
»Es handelt sich nicht sosehr um einen Schwerverwundeten, wie Sie sich auszudrücken belieben, Herr Professor, sondern um einen in flagranti ertappten Heckenschützen, einen Rebellen, der kaltblütig mordete.«
»Nein, der kämpfte, im Kampfe gefangengenommen wurde und als wehrloser Gefangener und überdies schwer verwundet, wie ich schon sagte, von einer Horde Ihnen unterstellter Männer mißhandelt wurde. Hier griff ich ein.«
Der Beamte fand sein Lächeln wieder.
»Ja, das bedaure ich eben. Daß die Beamten dann auch gegen Sie ...«
Stetten unterbrach ihn:
»Ich wünsche, die Namen der Beamten zu erfahren, die sich der von Ihnen nicht bestrittenen Mißhandlungen schuldig gemacht haben. Ich wünsche ferner, über das weitere Schicksal des Schwerverwundeten informiert zu werden.«
»Was Ihren ersten Wunsch betrifft, so steht es Ihnen frei, eine Anzeige zu erstatten. Wir sind zwar mit Wichtigerem befaßt, aber schließlich! Was aber den Rebellen betrifft, so ist er bereits durch das Sondergericht abgeurteilt, er ist vielleicht schon gehängt worden und hat gar nicht erfahren, daß er in Herrn Baron von Stetten einen Protektor gefunden hat.«
Der Hofrat stand auf: »Sie entschuldigen, unsereins hat wenig

Zeit zu ausgedehnten Unterhaltungen. Wenn Sie wünschen, kann ich veranlassen, daß Sie ein Beamter nach Hause begleitet. Es ist sicherer, Ihr ansonsten beneidenswert junges Temperament ist nicht weniger gefährlich als die Fäuste meiner braven Männer.«

Es war deutlich genug, daß diesem Mann die Erinnerung an die Fäuste angenehm war. Er betrachtete lächelnd das entstellte Gesicht Stettens. Doch war er immerhin beeindruckt, als der ihn bat, ihn telefonisch mit einem der wichtigsten Männer der Regierung zu verbinden. Aus der Art, wie Stetten mit dem großen Mann sprach, entnahm er, daß da Beziehungen bestehen mochten, die allem, was Stetten gesagt hatte, unter Umständen ein unangenehm großes Gewicht verleihen konnten. Er bot Stetten fast untertänig einen Wagen an, der ihn ins Kanzleramt bringen sollte, er bot ihm außer der eigenen Waschgelegenheit auch nervenstärkende und antineuralgische Medikamente an, die augenscheinlich so starke Männer immer bei sich tragen.

4

Der Staatsmann war von Gestalten flankiert, sogenannten »Feschaks«, die in die Jahre gekommen waren, da zu lange Untätigkeit und gekränkter Ehrgeiz verwegene Pläne reifen lassen. Sie hatten dem Krieg, den ihre Väter herbeigeführt hatten, Avancement und unverdiente Orden zu verdanken, sie hatten den Umsturz überlebt, des Kaisers Kokarde aufgegeben, doch ihre Galauniformen gut aufbewahrt, getrost in der Hoffnung, daß, wo der Kaiser sein Recht verlor, sie noch immer Manns genug waren, ihr Vorrecht wiederzuerlangen. Man kannte ihre Liebes- und Ehrenaffären, sie hatten sich die Zeit standesgemäß vertrieben. Doch nun erfuhr man, daß sie zwischendurch eine Bürgerkriegsarmee geschaffen hatten, mit Chargen und Distinktionen und mit Waffen, in deren Übung sie das sichere Unterpfand ihrer Zukunft fanden.

Der Minister kam Stetten bis an die Tür entgegen, er öffnete die Arme, wie um ihn zu umfangen:

»Lieber, geschätzter Herr Professor, wie bedauere ich den Zwischenfall, doch wie freue ich mich, Sie wiederzusehen, gerade jetzt. Bitte, machen Sie es sich bequem, verfügen Sie über mich

und meinen Freund.« Er stellte den Mann vor, der die »Säuberungsaktion« leitete, es war eben einer jener erwachsen gewordenen Feschaks. Er trug die kaiserliche Uniform — geschmückt mit dem höchsten Orden der Monarchie.
Stetten betrachtete den Offizier neugierig, es fiel ihm schwer, das Urteil nicht laut auszusprechen: »Energisch im Angriff, grausam aus Leichtfertigkeit, mutig im Scheinwerferlicht, doch feig in der Verteidigung.« Er sagte, sich zum Minister wendend: »Ich bin ein alter Mann, mein lieber Freund, vielleicht nicht mehr auf der Höhe der Zeit, doch haben Sie mir in rührender Weise bewiesen, daß Sie noch immer ein dankbarer Schüler sind. Sie empfangen mich zu so ungelegener Zeit, unterbrechen meinethalb gewiß drängende Staatsgeschäfte. So darf ich offen sprechen. Doch ist es nicht ungebührlich, Ihren Freund zurückzuhalten?«
Nun, die Nacht wäre bald vorüber, die ersten Stunden des Tages konnten wichtigste Neuigkeiten bringen, man war froh, in so guter Gesellschaft verweilen zu dürfen, ließ sich der Offizier vernehmen. Seine Stimme klang nicht unangenehm, seine Gebärden zeugten von gemessener Courtoisie.
Und so begann das Gespräch, auf das sich Stetten im Gefängnis vorbereitet hatte. Er hatte gemeint, jede mögliche Wendung voraussehen zu können, er erkannte bald seinen Irrtum. Zwar rühmten sich die Retter Österreichs ihres Plans, doch war es deutlich genug, daß der Plan nicht von ihnen war, daß die, die ihn gefaßt hatten, heimlich schon mit anderen Männern rechneten. Auch erwies es sich, daß diese Retter den Anfang genau vorausgesehen hatten, denn es war an ihnen gewesen, ihn zu setzen, doch war nun alles über ihre Köpfe — nicht sehr starke Köpfe — gewachsen. Die Säuberungsaktion hatten sie gewollt, der Bürgerkrieg, in den sie sich verwandelt hatte, hatte sie überrascht. Sie sahen wie einen bösen Zauber dem Wüten des Schwertes zu, das sie gezogen hatten, in ihrer Hand blieb fest allein die Scheide.
»Lassen wir also die Schuldfrage, obschon sie nicht so irrelevant ist, wie Sie leider mit falscher Berufung auf mich meinen. Ich habe die dummen Moralisten nicht in den Winkel gestellt, damit dumme Machiavellisten sich breitmachen können. Ich habe Ihrer Generation beigebracht, an dem Recht den schmutzigen Ursprung der Macht, die es gesetzt hat, zu erkennen, doch habe ich

Ihnen auch gezeigt, daß die Macht zum Teufel geht, wenn sie das eigene Recht bricht. In den Arbeitern von Wien, Linz und Bruck an der Mur kartätschen Sie Österreich nieder, bereiten Sie den Weg einer Macht, die an keinerlei Recht sich mehr bindet. Sie —«

Der Minister unterbrach ihn: »Ich liebe Österreich, und niemand übertrifft mich darin, auch Sie nicht, Herr Professor. Und eben um es vor jener großen feindlichen Macht zu retten, muß ich mit der linken Gefahr fertig werden, um jeden Preis!«

»Um jeden Preis? Hüten Sie sich vor diesem Wort, vor dieser Großzügigkeit der Bankrotteure, die ahnen oder wissen, daß sie sowieso nicht bezahlen werden. Ihr Freund wird sich gewiß aus der Militärakademie der Lehre entsinnen, daß der schlechte Stratege immer zwischen zwei Fronten gerät, und wenn er die zweite aus dem Boden stampfen müßte. Der gute Stratege stampft Hilfsarmeen aus dem Boden, indem er sich mit Tod und Teufel gegen den stärksten Feind verbindet — und erst wenn er mit diesem fertig geworden ist, dann mag er sich es leisten, die Hilfsarmeen zu beseitigen. Österreich hat seit geraumer Zeit Pech mit seinen Liebhabern. ›Bella gerant alii‹, das bezieht sich auch auf Bürgerkriege, mein Freund.«

»Es ist kein Bürgerkrieg, ich muß darauf bestehen, Herr Professor. Im übrigen haben wir die Amnestie angeboten. Der Tag, der bald anbricht, bringt das Ende des Aufruhrs, in den eine irregeführte Arbeiterschaft von ihren Führern systematisch hineingehetzt worden ist.«

»Ich weiß nicht, was dieser Tag bringt, das ist nicht schlimm, aber Sie wissen es ebensowenig: Sie, der Führer, der Österreich rettet, indem er Wien mit Kanonen säubert. Und sprechen Sie mit mir nicht, als ob ich ein Radiohörer wäre, dem man alles erzählen kann, weil man doch vor einem Mikrophon noch seltener errötet als vor dem eigenen Spiegelbild. Ihr Freund da hat am Sonntag seinen Leuten versprochen, daß er ihnen morgen endlich zu den ersehnten Ämtern in einer neuen Ordnung verhelfen werde. Morgen, das war Montag, der 12. Februar. Er ist ein starker Mann, und die starken Männer heutzutage, die lieben es, viel und laut zu reden.«

»Na ja, die Rede war vielleicht ungeschickt«, warf der Minister mit einem Seitenblick auf seinen Freund ein. Der sagte: »Nein,

es war halt ein Mißverständnis, sie hätte nämlich nicht veröffentlicht werden sollen. Wenn man sich nicht selbst um alles kümmert, kommt ja bei uns immer ein Pallawatsch heraus. Ich habe es gleich gesagt.«
Der Offizier zeigte Zeichen von Ungeduld, doch wurde er am Telefon verlangt. Er traf Anordnungen, es war deutlich, daß die Dinge nicht so liefen, wie er gedacht hatte, der anbrechende Tag würde jedenfalls nicht die Kapitulation der Arbeiter bringen. Er verständigte sich kurz mit seinem Chef und ging hinaus, ohne sich von Stetten zu verabschieden.
Das Gespräch dehnte sich aus, zu lange weigerte sich Stetten, die Nutzlosigkeit seiner Bemühung einzusehen. Die »Retter der Freiheit« Österreichs waren nicht mehr frei, die Entscheidung zu treffen, die zur Versöhnung, zu einem Kompromiß hätte führen können. Um abzuschließen, fragte Stetten:
»Die Kirche billigt also alles, was geschieht?«
»Ja — und darauf allein kommt es mir an. Das gibt mir den Mut, auszuharren.«
»Billigt die Kirche auch die Mißhandlungen eines schwerverwundeten Gefangenen?«
»Sie billigt alles, was geeignet ist, die geheiligten Grundlagen des einzigen deutschen katholischen Staates wiederherzustellen und gegen jeden Angriff zu sichern.«
»Und billigt sie auch die Hinrichtung eines schwerverwundeten Gefangenen?«
»Sie sind müde und arg mitgenommen, Herr Professor. Ich brauche Ihnen nicht zu sagen, daß ich für die Bestrafung der Männer, die Sie insultiert haben, sorgen lassen werde. Kann ich für Sie sonst noch etwas tun? Darf Sie mein Wagen nach Haus bringen?«
Stetten hätte sich nun vom Stuhl erheben müssen, er war nicht müder als vorher. Und nur die Rückkehr in die Einsamkeit versprach die Überwindung der Mutlosigkeit, die ihn befallen hatte. Er wußte, hätte er auch in Engelszungen gesprochen, alles war gegen ihn, gegen die Einsicht — und er hatte gegen sich einen Beichtvater. Den mußte er noch sprechen. Er sah sich an das Tor des Klosters klopfen, in dem der Prälat lebte, er fühlte, daß solche Begegnung unter solchen Umständen symbolisch war und brauchbar, nicht nur die Nacht, sondern auch sein Leben abzu-

schließen. Daß niemand vor seinem Ende glücklich zu preisen ist, ergibt sich leicht schon als Lösung von Kryptogrammen in der Rätselecke der letzten Provinzzeitungen. Aber worauf es ankommt, ist, daß erst das Ende ergibt, welch ein schlechter Witz ein Leben gewesen sein kann, dem die Wahrheit ein Ziel und der ungebrochene Stolz eine Bedingung gewesen ist.
»Man kommt zur eigenen Niederlage nie zu spät«, sagte Stetten, indem er sich mühsam erhob, »das ist wahr, aber ich will mich doch beeilen. Ich will noch erfahren, daß mir selbst dies nicht gelingt: das Leben eines einzigen armen Teufels zu retten.«
»Die Nacht ist bald zu Ende, sollten Sie nicht endlich nach Haus und ins Bett, Herr Professor?«
»Nein, danke. Ich will diesen grünen Morgen durch ein Klosterfenster grauen sehen. Welcher Dichter hat das geschrieben: ›Der grüne Morgen graute‹? Sie wissen es auch nicht? Nun ja, es wird einer von den jüngeren sein. Wissen Sie, lieber Freund, ich glaube fast, ich habe mein Leben vergeudet. Ich hätte mehr Gedichte lesen sollen, viel mehr. Und vielleicht hätte ich auch demütiger sein sollen, was meinen Sie? Stellen Sie mir den Wagen zur Verfügung, so will ich Ihren Beichtvater danach fragen, welches Heil noch meiner Seele widerfahren kann.«

5

Monsignore Graber war 54 Jahre alt, doch sah er jünger aus. Er war recht eigentlich ohne Alter und war nie jung gewesen. Seine Erinnerungen an die Kindheit waren summarisch, er hätte nicht sagen können, ob sie mit der Zeit verblaßt waren, er fragte sich nicht danach. Das Leben, das ihn aus einer mit Kindern überfüllten Bauernstube in einem oberösterreichischen Dorf über die Etappen, die leicht vorauszusehen gewesen waren, dahin geführt hatte, wo er nun war, hatte ihn niemals überrascht. Die Erfolge kamen weder zu früh noch zu spät, sie waren erarbeitet, somit wohlverdient. Die Kränkungen, die Mißerfolge zurücklassen mußten, hielten nicht lange an, die Erwartungen, die sie enttäuscht hatten, waren weder überspannt noch zu gewiß gewesen. Das Wort »geziemend«, das er auffällig oft und mit strenger Betonung verwandte, kennzeichnete zureichend das Gesetz, dem er sich in seinem Leben unterworfen hatte.

Er wußte, daß er als streng galt. Das hatte einmal seiner Eitelkeit geschmeichelt, doch nun war es ihm gewiß, daß die anderen sich irrten: Sie suchten ihr schlechtes Gewissen zu entlasten. Der große Kardinal, dem er an die siebzehn Jahre gedient hatte, hatte ihm einmal gesagt: »Sie kennen die Reue nicht. Was wäre aus Petrarca geworden, hätte er die Liebe nicht gekannt? Lesen Sie Petrarca, mein junger Freund. Und, bei Gelegenheit, sündigen Sie, sündigen Sie, damit Sie des täglichen Brotes der Christen, damit Sie der Reue teilhaftig werden.«
Er las Petrarca und fand ihn langweilig. Er sündigte — doch dies geschah viel später —, er beichtete und empfand die Reue fast als Sünde, als deren weibische Rechtfertigung. Und vielleicht sündigte er so wenig, weil er an der Reue so wenig Geschmack fand.
Er war der einzige, der sich dem Bann des Kardinals entzog. Die mit ihm zusammen dem großen Herrn dienten, ermaßen daran die gar zu eng gezogenen Grenzen seines Wesens, der Spitzname blieb ihm: *il agricola*. Die Ahnung, die ihm manchmal aufstieg, daß es seine Schwäche war, die ihn gegen des Großen Stärke schützte, war nur anfangs schmerzlich. Dann machte sie der tröstlichen Gewißheit Platz: Der Glanz berührte nicht sein Wesen, weil Glanz kein Wert, kein Sein, weil er nur Schein war.
In den Jahren, da es um das große Werk der Kodifizierung des kanonischen Rechtes ging, schätzte der Kardinal den Agricola wegen seines Fleißes; später, in den Jahren der »großen Politik«, wegen seiner Verläßlichkeit und seiner Verschwiegenheit. Und vielleicht auch ein wenig deswegen, weil er von allen inoffiziellen Gesandten und Kurieren die bescheidensten Spesenrechnungen präsentierte. Doch später, als der Kampf in Italien selbst sich immer mehr zuspitzte, als die Gruppen, auf die sich der Kardinal stützte, immer schwächer und unsicherer wurden, erwies es sich, daß dieser gar zu nüchterne Bauer den klarsten Blick, den schärfsten Geruchssinn hatte. Er kannte das Volk, unter das er sich doch niemals mengte, er war aus ihm hervorgegangen.
Und der Prälat sah früh die Zeichen der herannahenden Niederlage und verschwieg sie dem Kardinal. Doch verriet er ihn auch nicht, obwohl die Verlockung groß und der Lohn faßbar in Aussicht gestellt war.
Als alles zu Ende war, fragte ihn der Kardinal, seit wann er

gewußt hätte, daß die »Ablösung« vorbereitet würde, daß »Germanicus« — so nannte er spöttisch den Nachfolger — bereits seine Hand in allen Spielen hatte. Der Prälat antwortete: »Seit über einem Jahr.« Es war die Wahrheit. Doch blieb er die Antwort auf die Frage, warum er geschwiegen hatte, schuldig. Er blieb auch stumm, als er erklären sollte, warum er, der dem einen geschwiegen, sich selbst durch die Teilnahme an den Intrigen des andern nicht gerettet hätte. Es war alles gekommen, wie es bestimmt war. Die Hoffnung auf ein Episcopat war dahin, doch würde auch dies verschmerzt werden. Der Kardinal zog sich in die »Büchergruft« zurück. Dort mochte er, lebte er noch lange genug, sich damit trösten, daß auch sein Nachfolger, bereit, den neuen Cäsaren mehr noch zu geben, als ihrer war, dem Kampf mit ihnen nicht würde ausweichen können. Das schwache Geschlecht ging nach rechts, in den römischen Salons nannte man den Abgesetzten ironisch den Bolschewik.

Der Prälat ging nach Österreich, nach Haus zurück, ins Exil. Er wollte sich wieder und ausschließlich dem kanonischen Recht widmen, wie er es bis zu jenem Jahr getan, in dem der Kardinal zum großen Amt berufen worden war. Vielerlei gab es da zu schaffen. Er empfand hierzu auch einen schwer gestehbaren Antrieb: Es gab einen andern Prälaten, Lehrer des kanonischen Rechtes. Der war zu großem Ruhm gekommen, da er eine Zeitlang das Geschick des Landes gelenkt hatte. Sein Name war noch immer auf aller Lippen, sein Einfluß überall, wo im Land katholische Politik gemacht wurde, spürbar.

Nach etwa zwei Jahren begann sich seine Lage zu verändern, zu Beginn kaum merklich zwar, doch ihm selbst spürbar genug, so daß er überzeugt sein durfte, es wären Weisungen eingetroffen, ihn aus dem Dunkel zu holen und in ein immer helleres Licht zu stellen. Er wußte, daß man ihn erprobte, es fiel ihm leicht, sich zu bewähren. Es war nicht an ihm, zu entscheiden, ob die Politik seines Kardinals oder die fast genau entgegengesetzte des Nachfolgers richtig war. Kein Bedenken, das in ihm aufsteigen mochte, durfte so stark sein, ihn in Gegensatz zur Anordnung zu bringen, die richtig sein mußte, eben weil sie von dem kam, der das Amt hatte, sie zu treffen.

Und so wuchs, den Nichteingeweihten kaum spürbar, sein Einfluß. Die ihm nun erlagen, waren von der Strenge seines Wesens

und von seiner einfachen Lebensführung aufs tiefste beeindruckt. Die geheimen Gegner suchten vergebens seine Schwächen, nun die belastende Vergangenheit bei denen nicht mehr zählte, die das genaueste Wissen von ihr hatten und die Macht, sie ihn entgelten zu lassen. Die trockene Kälte seines Glaubens hätte enttäuschen können, doch vermutete man hinter ihr das Geheimnis einer Leidenschaft des Glaubens, die so groß sein mochte wie die Strenge, hinter der er sie schützte.
Niemand wußte, daß dieser Priester sein Leben lang vor den großen Versuchungen bewahrt geblieben war, auch vor der Versuchung eines Glaubens, der zu stürmisch ist und nach Proben der Berufung wie nach dem Wunder verlangt. Nicht ihr Leben und Erleiden hatte die Heiligen zu Heiligen gemacht, sondern die Heiligsprechung durch die Kirche. Nur so mochte der Prälat an sie denken, in diesem Lichte ihr Leben — nicht zu oft, nicht zu eingehend — betrachten. Die geschlechtliche Begierde hatte er wie einen körperlichen Schmerz, der unversehens wiederkommen kann, ertragen, einem Leiden, einer Krankheit gleich. Die Tücke der Träume war beschwerlich, doch nie gefährlich.
Der Prälat hatte nie jemanden geliebt und niemandes Liebe angenommen. Seines Wesens Gesetz war, aus solcher Schwäche Stärke, aus solch furchtbarer Armut den traurigen Reichtum dessen zu schöpfen, der von niemandem etwas nimmt.

6

»Verzeihen Sie, Herr Prälat, die ungewohnte Stunde!« sagte Stetten, noch ehe er die Schwelle überschritten hatte.
»Die Stunde ist nicht ungewohnter, als es Ihr Besuch bei mir auch zu einer gewohnteren Stunde wäre. Überdies sind Sie mir angekündigt, der Kaffee hier erwartet Sie und ein bequemer Stuhl — Sie haben einen schweren Tag und eine schwere Nacht hinter sich, bin ich recht berichtet.«
So war der Empfang weit über Erwarten freundlich. Und während man frühstückte, konnte man einander abtasten nach der wohlgesitteten Art von Männern, die einander zum erstenmal sehen, nachdem sie voneinander lange gewußt haben.
»Da man mich Ihnen angekündigt hat, so wissen Sie also, was mich zu Ihnen führt. Und ich hoffe, daß wir nicht in über-

flüssigen Prälimina steckenbleiben, daß Sie mir nicht etwa sagen, es läge nicht in Ihrem Machtbereich, über ein Leben zu entscheiden, um dessen Erhaltung zu bitten ich gekommen bin.«
»Ich habe keine Macht, Sie wissen es, Herr Professor. Indes würde ich Ihre Bemühungen unterstützen, meinen Einfluß neben dem Ihren geltend machen, wenn Sie mich überzeugten, daß an diesem mit Recht verwirkten Leben soviel mehr liegt als an den Hunderten, die, Gott sei es geklagt, in unserem armen Land vernichtet werden.«
Der Tonfall verriet nicht, ob der Prälat bereit war, sich überzeugen zu lassen. So begann Stetten, fast zu laut, fast zu heftig, schien es ihm selbst, darzulegen, warum die Hinrichtung dieses Schwerverwundeten jedem, der Österreich liebte, schändlich erscheinen und zur Qual die Vorstellung werden mußte, wie da ein Mann auf einer Tragbahre unter den Galgen geschleppt, ein Sterbender vielleicht gehenkt wurde. Wollte der Staat seine Macht erweisen, wie schlecht wählte er das Objekt. Wollte er die Schuld gerecht strafen — war die schwere Verletzung nicht Strafe genug, ob sie zum Tod führte, oder, war sie ausgeheilt, noch immer Zeit ließ, den Mann von einem ordentlichen Gericht aburteilen zu lassen? Stetten wies auf Beispiele aus der Geschichte hin — ein Regime mag Tausende von Menschen töten, das Gewissen der Überlebenden bleibt träge und ungerührt, doch irgendeines Einzelnen Sterben rührt alle Zeitgenossen auf, läßt einen Schauder noch der Nachwelt, weil das Unrecht, diesem Einzelnen angetan, symbolträchtig ist. Und das symbolträchtige Unrecht allein bewegt alle, läßt in jedem das Gefühl entstehen, es wäre ihm geschehen. Solch ein Fall lag nun vor, die Untat mußte verhindert werden.
Da der Prälat nicht gleich antwortete, fuhr Stetten fort. Er wartete nach jedem Satz, daß der andere endlich spräche, so fügte er Satz an Satz, bis er des anderen Schweigen nicht mehr ertrug und verstummte. Endlich sagte der Priester:
»Hätten Sie nicht zufällig der Verhaftung dieses Anführers beigewohnt, würde sein Schicksal Ihnen so nahegehen? Man kennt Ihre Skepsis, Herr Professor, der alle Parteien, über denen Sie mit lautem Stolz gestanden sind, gleich fraglich sind. Der Mut, den Sie in öffentlichen Dingen gezeigt haben, ist immer ein spöttischer Unmut gewesen. Darf ich also fragen, was Sie dort-

hin geführt hat, wo Sie zum Zeugen eines Geschehens werden mußten, das Ihnen doch sonst recht gleichgültig war?«
»Ist diese Frage von Belang? Und meine Skepsis ein Gegengrund gegen die Unterlassung einer verbrecherischen Dummheit? Ist mein Motiv verdächtig, weil es aus einem unmittelbaren Erlebnis herrührt und scheinbar nicht im Einklang ist mit einem Leben, in dem die Neutralität gleichermaßen die Voraussetzung wissenschaftlicher Unvoreingenommenheit wie deren Frucht war?«
»Bleiben wir bei der Frage, wenn Sie nichts dagegen haben«, unterbrach ihn der Prälat. »Was führte Sie ins Kampfgebiet?«
»Neugier — mag diese Antwort genügen!«
»Sie genügt, denn sie ist wahr, auch wenn Sie sie, kaum gegeben, nicht mehr wahrhaben wollen. Sagen wir also: wissenschaftliche Neugier, es klingt besser.«
»Sei es drum — was folgern Sie daraus?«
»Daß dieser Mann Ihnen fremd ist, fremder selbst als ich, viel fremder, als er mir ist, der ihn nie gesehen hat. Und das Erbarmen, das Sie mit ihm haben, hat nichts mit ihm, es hat nur mit Ihnen und — sit venia verbo, das Sie perhorreszieren — und mit Ihrem schlechten Gewissen zu tun. Dieser Mann, Herr Professor, ob er nun gehenkt wird oder nicht, er ist Ihr Opfer — wie alle seinesgleichen! Muß ich einem klugen Mann wie Ihnen deutlicher kommen?«
»Ja, denn Sie überschätzen mich in mehr als einer Hinsicht!«
»In einer Hinsicht vielleicht — das Unglück hat begonnen, lange bevor Sie dazu beitragen konnten, und Sie waren in dieser jammervollen Zeit nicht allein, es zu vollenden. Ich habe erst kürzlich zitiert gesehen, was ein Franzose vor 150 Jahren ausgesprochen haben soll. Es lautete etwa: ›Eine neue Idee ist in Europa geboren: die Idee des Glücks!‹ Ich weiß nicht, mit wie vielen Morden der Mann, der diese neue Idee entdeckt hatte, sein Gewissen belastet hat; er ist zwar noch jung, aber sehr spät erst unter dem Schafott gestorben. Es begann mit der Verwandlung der Klöster in Klubs, in denen man um dieser Idee willen Todesurteile vorbereitete. Unzählige Millionen Leichen pflastern den Weg dieser Idee.«
»Verzeihen Sie, Herr Prälat, Sie sind falsch berichtet, um nicht zu sagen: falsch belesen. Die über 30 Bände, in denen nieder-

gelegt ist, was ich zu sagen hatte, sind ein einziger Aufruf gegen alle Ideale, für welche Menschen zu sterben, zu morden je aufgerufen worden sind. Ich habe...«

»Verzeihen Sie, Herr Professor, ich unterbreche Sie, weil Sie mich unterbrochen haben. Zwar habe ich nie die Muße gehabt, auch nur ein Zehntel Ihres Werkes zu studieren — Sie verstehen: anderes lag, liegt mir näher —, aber ich bin nicht falsch berichtet, wenn ich sage: Unter allen Gottesleugnern und Kirchenfeinden waren Sie am hemmungslosesten dem teuflischen Werke der Zersetzung verschrieben, haben Sie am lautesten das Recht des Menschen gegen Gott, des Diesseits gegen das Jenseits verkündet. Sie haben am ungeheuerlichsten Betrug teilgenommen: die Menschen glauben zu machen, sie könnten auf Erden glücklich sein. Und es ist ein starkes Stück, daß ein Mann, der die heiligsten Güter zu Staub macht, nun das verwirkte Leben eines Verbrechers als heiliges Gut reklamiert — ein starkes Stück, doch nicht überraschend. Wer die Maßstäbe zerschlagen hat, hat kein Maß mehr, wer sich an den Wegweisern in die Hölle orientiert, verirrt sich am hellichten Tag im Haus seines Vaters.«

Der letzte Satz war aus einer Fastenpredigt des Kardinals. Der Prälat erstaunte darüber, daß diese Worte, vor so vielen Jahren gehört, ihm gegenwärtig geblieben waren und sich gerade jetzt, begleitet von einer typischen Gebärde des Kardinals, einstellten. Dies machte ihn für einen Augenblick unsicher.

Stetten sagte: »Es wäre mir leicht, Ihnen zu entgegnen, doch die Zeit drängt, es muß, ehe es zu spät ist, eingegriffen werden, soll der arme Teufel am Leben bleiben.«

»Für Ihresgleichen drängt die Zeit, nicht für uns. Der Tod, der ihm droht, ist nur der Abschluß einer unwürdigen Episode, das ewige Leben und die ewige Verdammnis beginnen jenseits des Todes. Und es geschieht hier alles, was nötig ist, damit dieser Mann der Segnungen der Kirche teilhaftig werde. Darauf allein kommt es an.«

»Darauf kommt es Ihnen an, nicht ihm, nicht den Seinen. Und nicht mir. Wie dem auch sei, ich kam nicht, das Seelenheil von Ihnen zu erbitten, ich bitte um ein in Ihren Augen Geringeres — um das Leben des Franz Unterberger.«

»Das weiß ich, ich aber prüfe die Bitte an dem Bittsteller und stelle fest: es geziemt ihm nicht, hier einzugreifen. Alles, was

Sie gelehrt haben, disqualifiziert Sie. Sie sprechen in niemandes Namen, Sie gehören nirgends dazu. Und ich weiß nicht, ob mir nicht der Kommunist, der — verführt von Ihresgleichen — an die ewige Seligkeit in der klassenlosen Gesellschaft glaubt, nicht doch noch näher ist als Sie, der alles in Frage gestellt hat, um auf dem Misthaufen schnell verwesender wissenschaftlicher Erkenntnis krähen zu können: ›Was der menschlichen Vernunft nicht standhält, ist verurteilt, ist nichtig! Seien wir hoffärtig wie der Satan vor dem Sturz, zerstören wir die Illusionen von Gott, Vaterland, Ideal, damit der Mensch, der einzelne sich selbst ein Alles werde!‹ Das riefen Sie einer lernbegierigen Jugend zu; Recht und Sittlichkeit — in Ihrem Mund wurden sie Vorurteil schmutzigen Ursprungs, Sie spuckten sie aus. Und nun kommen Sie im Namen des Rechts, der Sittlichkeit, fordern, daß ein christlicher Staat sich selbst verleugne — Ihnen zu Gefallen. Gestehen Sie doch, hier sind Sie selber Opfer einer Macht, die Sie geleugnet haben. Es ist nicht der Götze Vernunft, der Sie herführt, es ist die leise Erinnerung christlicher Erziehung, doch ist sie noch zu schwach, viel zu schwach — Sie kennen die Demut noch nicht. Sie meinten zu bitten, das hätte Ihnen geziemt, aber Sie haben unziemend gefordert. Ich lehne Ihre Forderung ab.«

So war alle Mühe vergeblich, sinnlos, das Gespräch fortzusetzen. Der Prälat hatte gut geschlafen und er hatte das herausfordernde Sicherheitsgefühl eines Mannes, der geheimen Umgang mit der Macht hat. Stetten wußte sehr wohl, daß nur die verletzte Eitelkeit die Mühe seiner Antwort rechtfertigen konnte. Und nur äußerste Anspannung würde verhindern können, daß das gar zu stark gewordene Zittern des Kinns dem anderen auffiel. So begann er ruhig, im Ausdruck achtsam, doch riß es ihn bald hin, so daß es ihm selbst erscheinen konnte, als hieben seine Worte in dieses gar zu wenig feine Profil des klobig-harten Bauerngesichtes ein.

»Mag es Ihr hohes Amt sein, die Menschen Demut zu lehren, Ihre Neigung war es gewiß nie, sie selbst zu lernen. Mein Amt war es, die Zusammenhänge der menschlichen Geschichte zu lehren, die Nichtigkeit oder die Größe der Menschen in ihr aufzudecken. Ich mußte lernen, ehe ich lehren konnte. Was ich meinen Schülern anzutun versuchte, hatte ich mir selbst angetan. Ich war ausgegangen, die Größe der Menschen, ihrer Götter,

Vaterländer, Ideale zu begründen, ich fand — ungleich Saul — kein Königreich, ich fand Esel. Ich fand, auf die kürzeste Formel gebracht, daß die Menschen nie so betrogen waren, als wenn sie dachten, das Geschehen nach eigenem Plan zu lenken, als wenn sie vermeinten, das Tor zu einer neuen Welt, einer himmlischen oder irdischen, aufzubrechen. Und in den großen Betrügern, den Erlösern, Propheten, Staatsmännern und siegreichen Feldherren, fand ich nur Betrogene. ›Ich betrachtete alles, was unter der Sonne geschieht, siehe: alles ist eitel und ein Haschen nach dem Wind‹ — so beiläufig äußerte sich der Ihnen nahestehende Ekklesiast. Ich habe nachgewiesen, daß die als Sieger in die Geschichte eingingen, nur durch den Tod allein daran gehindert worden sind, die Verwandlung ihrer Siege in Niederlagen noch zu erleben. Ich habe einfachste Wahrheiten spruchreif gemacht: daß ein Achilles kein Held war, da er ja nur seine Ferse zu schützen hatte. Ich habe für solch simple Wahrheit einen ungeahnt weiten Anwendungsbereich gefunden. Und, um im Gleichnisse zu bleiben, ich habe darauf hingewiesen, daß das Erscheinen des Lamms Gottes zur Folge hatte, daß in Bethlehem, seinem Geburtsort, und in dessen ganzem Gebiet alle Knäblein, die zweijährig und darunter waren, getötet wurden, wie uns glaublich berichtet ist im Evangelium des Matthäus, Kapitel 2, Vers. 16. Ich fand, daß eine Wahrheit mit 1000 Ochsen nicht überzahlt ist, eine Erlösung aber, die das Himmelreich nach dem Tod offeriert und zu diesem Zweck durch Hunderte von Jahren den Menschen zu beschleunigtem Sterben verhilft, weit überzahlt ist — und zwar mit dem einzigen Preis, den der Mensch hat: mit seinem Leben. Ich habe versucht, meine Hörer davon zu überzeugen, daß der Fortbestand des Unglücks wie der Bestand von Moloch-Nationen, -Vaterländern und -Idealen in der Vergeßlichkeit der Menschen begründet ist. Ich habe die Religion des guten Gedächtnisses gepredigt: das echte historische Bewußtsein, dem sich die Vergangenheit, zwar dunkel in Einzelheiten, doch übersichtlich in ihrem Strom darbietet. Und habe ich bekannt, daß der Ökonomist Karl Marx vom Wesen der Geschichte mehr verstanden hat, als alle Fakultäten zusammen je zu ahnen gewagt haben, so habe ich doch seinen zu gelehrigen Schülern nachgewiesen, daß er das Terrain gesäubert hat, nur um einen neuen Tempel darauf zu bauen. Ich habe versucht, dem Hinter-

landsoldaten, dem heldischen Sanitäter Fritz Nietzsche einen Teil der Jugend abspenstig zu machen. War die Moral eine Krätze, die Macht sollte ihnen eklig werden wie die Lepra und der Wille zu ihr verdächtig als die Vorstufe zum ›Ecce Homo!‹-Gestammel. Die Weisen haben die Jugend, übrigens vergeblich, gelehrt, zu antworten, ich war bescheidener, ich wollte sie eines vor allem lehren: zu fragen und in jeder Antwort bestenfalls eine Prämisse einer neuen Frage zu erkennen. Ich habe sie erkennen gelehrt, daß ein Gran Wissen mehr ist als eine Tonne Meinung, mehr als eine Welt von Glauben. Und ich habe ihnen gesagt: Kein Ideal ist es wert, daß ihr seinethalb versäumt, auch nur den Duft einer Blume, auch nur eines von den ungezählten Lächeln eines Kindes, auch nur einen Trunk, einen Kuß zu genießen. Denn dies, sagte ich ihnen, ist die Wahrheit: Der Mensch ist einzig, sein Leben ist es. Hic et nunc salta! Ein anderswo gibt es nicht, später ist zu spät. Ich . . .«
»Ich, ich, ich«, unterbrach ihn heftig der Prälat, »der Logos, der Fleisch geworden ist im Baron von Stetten, ich, der Gott und der Hohepriester der Wahrheit, ich, ich! Wie viele Ichs hat die Kirche überlebt, die Kirche, die ewig jung bleibt, indes die Ichs in der Zeit verweht werden wie die Spreu im Winde. Gegen den Glauben haben Sie gesprochen, aber verlangt, daß man Ihren altneuen Ketzerglauben annehmen sollte. Sie sprechen vom Glauben wie der Blinde von der Farbe, Sie sprechen von der Gnade, Sie armer Teufel, den die Gnade nicht berührt hat. Trug ist Ihre Realität, wirklich ist nur die Welt Gottes, wirklich nur das ewige Leben. Sie Realist, Epigone des verstunkenen 18. Jahrhunderts, letzte verröchelte Stimme des größenwahnsinnigen 19. Jahrhunderts, ja, merken Sie denn nicht, daß ihr alle bankrott gemacht habt, daß ihr geschlagen seid, schlimmer als die Manichäer, Katharer e tutti quanti. Es gibt keine Sieger? — Die Kirche hat gesiegt, siegt zu jeder Stunde, das sollte der Historiker doch wissen. Und Sie und Ihresgleichen, ihr seid besiegt, geschlagen an Haupt und Gliedern, die von euch betrogene Welt wendet sich endlich von euch ab, noch tastet sie, aber sie wird den Weg zum Heil finden. Darum geht es jetzt — in diesem Prozeß wird Ihr Unterberger verurteilt — und Sie, Sie sind verdammt, Ihre Niederlage zu überleben, weil vorsichtig genug, nicht mit Ihren Opfern mitzusterben.«

Der Prälat war aufgesprungen, er hatte die letzten Sätze stehend gesprochen, mit der Faust vor dem Gesicht Stettens. Doch nun fand er seine Ruhe wieder, setzte sich und sagte:
»Immer wieder sind Menschen und Gruppen, Verführer und Verführte, aufgestanden, sie wollten im Namen der Freiheit, des Glücks, der Gerechtigkeit, ja selbst im Namen der Heiligen Schrift die Welt ändern. Als sie besiegt waren, erwies es sich, daß sie das Unglück nur vergrößert hatten. Wie hätte es auch anders sein können? Und Sie, Professor Stetten, Sie wissen das genau. Es gibt keine Heilung für das Leid der Menschheit, sie käme denn vom Heil. Und auch Ihnen ist es versprochen, auch für Sie ist der Heiland gestorben.«
Stetten stand auf, es hatte keinen Sinn, auch nur ein Wort zu sprechen. Und dennoch mochte er nicht so weggehen, dem anderen das letzte Wort lassen.
»Wir werden uns nicht verständigen, wer hätte es auch anders erwartet! Ich kam hierher, sehr müde und nicht in gutem Stand, Sie für einen armen Menschen zu interessieren, Sie um Hilfe für ihn zu bitten. Vergebens! Sie haben recht — ich bin geschlagen. Doch irren Sie sich, wenn Sie meinen, Sie wären der Sieger. Ich könnte Ihnen leicht nachweisen, daß es mit den Siegen der Kirche nicht anders bestellt war als mit den Triumphen der anderen. Sie brauchen nur an die Wandlungen zu denken, die die Kirche mitgemacht hat, und Sie werden erkennen, wie es mit ihren Siegen bestellt ist. Und Sie selbst, Herr Prälat, so eifrig jetzt bemüht, die Politik Ihres alten Kardinals durch den Übereifer, mit dem Sie die Sache des Nachfolgers führen, vergessen zu machen — sind Sie nicht besiegt? Den katholischen Staat errichten Sie hier? Fragen Sie Ihren alten Kardinal, er wird Ihnen sagen, daß in diesen Tagen das katholische Österreich der Kirche für Jahre, wenn nicht für immer, entfremdet wird. Ich meinerseits habe keinen alt-neuen Glauben gepredigt, ich habe versucht, den Menschen Mut zu machen· frei zu sein, frei von Glauben, frei von Illusionen, frei von aller Bindung außer der ans Leben.
Der Tod ängstigt mich nicht, heute weniger als je. Ich denke an Sokrates, den die Dummheit töten, aber nicht besiegen konnte. Denn so mächtig und gewalttätig, so fürchterlich die Dummheit ist, sie ist ohne Zukunft, weil sie ohne Vergangenheit ist. Sie ist

so absolut, wie nur noch die Kirche es zu sein behauptet. Jede Generation fängt mit ihr aufs neue an. Die Denkenden aber setzen fort, die geheime Verschwörung des Gedankens macht Fortschritte, sie wird vielleicht nie ans Ziel kommen, aber auch nie beendet, solange ein Mensch fragt: Warum leiden wir? und ein anderer sich findet, dessen Gedächtnis die Antwort bewahrt hat: ›Die Wurzel alles Menschlichen, auch des Leidens, ist der Mensch. Die Quelle seiner Nichtigkeit und seiner Größe ist der Mensch. Die Quelle seiner Wahrheit, des Höchsten also, ist der Mensch, er selbst und allein.‹ «

»Ein schwacher Abgang, Herr Professor, sehr schwach. Vielleicht würde die Galerie klatschen, gäbe es sie hier und verstünde sie Sie. Und um Ihnen die ganze Schwäche dieses Abgangs geziemend vor Augen zu führen, will ich Ihnen noch sagen, daß der Rebell Unterberger bereits zwei Stunden nach der Urteilsfällung durch den Strang hingerichtet worden ist. Sie haben um das Leben eines Toten gekämpft — erkennen Sie darin das Gleichnis Ihres verfehlten Lebens und Wirkens!«

VIERTES KAPITEL

I

Nun war es Tag. Stetten hatte den »grünen Morgen« nicht grauen gesehen. Er wanderte mühsam auf der halbverschneiten Straße dahin, die nächste Station der Vorortbahn war weit, er würde eine Stunde dahin brauchen. Es waren nur 17 Stunden vergangen, seit er — mironton, mironton, mirontaine — in den Bürgerkrieg ausgezogen war. Wäre ihm auch danach zumute gewesen, jetzt hätte er den Stock nicht schwingen können, er war ihm von den Polizisten über dem Rücken zerbrochen worden. Stetten hatte den silbernen Knauf aufgelesen, die Hand in der Manteltasche hielt ihn umfaßt, als böte er jetzt noch Halt. Er verbot es sich, an den Prälaten und das Gespräch zu denken. Er hatte selbst so viele Worte gemacht, nun kamen sie ihm schal vor. Keines hatte den Kern auch nur berührt, jedes war dem anderen Stichwort gewesen, den Bittsteller zu erniedrigen. Hatte er es verlernt, mit anderen zu sprechen, oder hatte er es nie gekonnt? Es war jedenfalls zu spät, fand Stetten, dieser Frage nachzusinnen. Ob er nun epigonisch dem »verstunkenen« 18. Jahrhundert oder dem bankrotten größenwahnsinnigen 19. zugehörte, dem 20., wie es sich bisher anließ, blieb er jedenfalls fremd. Und was vermochte die Nähe des Raums gegen solche Fremdheit der Zeit? Gern verbrächten die Toten ihre Zeitlosigkeit damit, sich mit ihrer Unsterblichkeit zu vertrösten, hinderte sie nicht eben ihr Nichtsein daran. »Ich bin der Vorreiter des 21. Jahrhunderts, Monsignore, darum verstehen wir einander nicht.« Doch der Prälat verstand sehr wohl, er war gegen den Reiz der Großmäuligkeit gefeit, er kam ja aus ihrer Schule.
Daß niemand hinter einem stand, war wahr. Doch war es stets auch wahr gewesen für jene, die meinten, hinter ihnen stünden Armeen, Massen, Völker.

> *Why should we faint, and fear to live alone*
> *Since all alone, so Heaven has will'd, we die?*

Ein schwacher Trost. Stetten hatte diesen Vers einmal ironisch gegen die Puritaner angewandt. Ob es *Heaven will'd*, mochte fraglich sein, doch daß man allein, in einer furchtbaren Einsamkeit dahinstarb, das war eben das Leben.
Es war wenig mehr als zehn Stunden her, da hatte Stetten den englischen Vers zitiert. »Das ist teils banal, teils falsch, doch klingt es mir im Augenblick schön«, hatte darauf Grunder, der Arbeiterführer, gesagt.
Sie standen im dunklen Korridor, nahe der offenen Tür des großen Vorderraumes, aus dessen Fenstern die Schutzbündler von Zeit zu Zeit die Maschinengewehrsalven schossen.
Die junge Frau, die ihn hergebracht hatte, war wieder verschwunden. Stetten hätte ihr noch einmal danken wollen, sie hatte ihm das Leben gerettet, ihn aus der gefährlichen Straße weg rechtzeitig in den Hausflur gezogen, ihm Mut gemacht. Eine tapfere junge Frau. Nun war sie weg, er wußte ihren Namen nicht. Den verfrorenen Apfel, den sie ihm zugesteckt hatte, hatte er noch immer in der Tasche.
»Man lebt nicht allein. Und wie man stirbt, ist unwichtig wie alles, was nicht Leben ist«, fuhr Grunder fort.
»Doch ist es nicht unwichtig, warum dieses allein wichtige Leben endet, nicht unwichtig, wofür man stirbt«, sagte Stetten, und er wies auf den jungen Mann hin, der mit weit aufgerissenem Mund zu ihren Füßen lag. Er war tot.
»Dieser junge Genosse wußte, wofür er kämpfte. Das ist genug. Der Zufallstreffer, der ihn in einem Sekundenbruchteil getötet hat, beweist nichts. Was auch immer der Tod sein mag, ein Argument ist er nicht: nicht für, nicht wider.«
»Sie sprechen wie einer, der sich aufgegeben hat.«
»Ich spreche wie einer, der die Verantwortung dafür trägt, daß Menschen töten und sterben.«
»Sie sind im Krieg Offizier gewesen. Ist diese Verantwortung jetzt, da sie allein die Ihre ist, nicht zu schwer?«
»Lieber Herr Professor, Ihnen fehlt die Erfahrung der Aktion. Man überlegt vorher, man sucht Gründe oder Rechtfertigung nachher, doch mittendrin, da man handeln und befehlen muß, ist einem nur genau so viel Einsicht gestattet, als die Situation erfordert. Der einzige Augenblick, in dem man nicht an die Zukunft denkt, ist jener, in dem man sie mit einem einzigen

gewaltigen Griff zu sichern sucht. Sollten Sie das nicht wissen?«
»Ich weiß es wohl, doch glaube ich es nicht. Ihnen, mein Freund, kann solche Selbstbeschränkung nicht gelingen. Der große General ist sein Leben lang borniert, nicht erst im Augenblick der Schlacht — Sie sind es nicht.«
»Dann bin ich kein guter General.«
»Nein, das sind Sie nicht. Und Sie haben die Schlacht auch schon verloren, Sie wissen es.«
»Verlorene Schlachten haben ihren Sinn. Es gibt keine sinnlosen Kämpfe, es gibt nur sinnlose Niederlagen, das sind die kampflosen. Eine Bewegung, die kampflos kapituliert, löst sich damit selbst auf. Ihr Selbstmord macht den Sieger unüberwindlich stark. Die österreichische Arbeiterbewegung wird nicht wie die deutsche untergehen, auch wenn sie die Schlacht verlieren sollte. Und sie hat sie noch nicht verloren.«
Stetten war noch lange in diesem Haus und in der Nähe dieses Mannes geblieben.
Da er nun, nach dem Gespräch mit dem Prälaten, an diese Stunden zurückdachte, fand er in ihnen Trost. Jetzt erst schien es ihm gewiß, daß er zu Grunder gehörte, der vielleicht nicht mehr lebte, zu jenen Männern, die er sterben gesehen hatte.
Grunder war klug, also verstand er mehr, als er wußte. Und er wußte viel. Er hatte jahrelang gezögert, den Kampf aufzunehmen, für den die Bedingungen längst herangereift waren. Die besten Gelegenheiten waren nun verstrichen, das wußte er, und er war nicht der Mann, sich mit dem Gedanken an tragische Verstrickung zu trösten. Er war ein Jude, niemals vorher war dies Stetten so deutlich zu Bewußtsein gekommen, als da er ihn nun, umgeben von seinen Mitkämpfern, sah. Der schwarze Bart, der das sonst glattrasierte Gesicht bedeckte, ließ die Züge der alten Rasse schärfer hervortreten. Wie uralt seine Augen waren! So mochte sein Ahne Abraham eine Welt angeschaut haben, die darauf zu warten schien, daß er die Probe bestehe. »Die Treue wird bewiesen sein, mein Sohn wird sterben, doch werden wir, Gott, Dir niemals unsere Treue und diesen Tod verzeihen.« Die Juden hatten die Tragödie immer um deren fünften Akt betrogen, das macht, sie hatten sich nie mit dem Tod abgefunden. Selbst dem Hiob, den sie im Exil fanden, gaben sie ein Happy-

End. Wo immer wer rebellierte, sie waren dabei, getrieben von dem Glauben, sie könnten ein Happy-End auf Erden erzwingen. Die Männer um Grunder waren, wie er es verlangte, dem Augenblick verhaftet. Darum auch waren die Antworten so dürftig, die sie Stetten gaben, als der sie fragte, warum, wofür, mit welcher Perspektive sie kämpften. Es konnte scheinen, als wären sie alle einander sehr ähnlich, als hätten sie ihre individuelle Vergangenheit verloren, als hätte ihr Leben erst vor drei Tagen begonnen, in jener Stunde, da sie zu den Waffen gegriffen hatten. Zwar besprachen sie miteinander die Nachrichten, die fortgesetzt aus Stadt und Land einliefen, übertrieben die Hoffnungen, die die guten in ihnen erzeugten oder bestärkten, und trachteten, die schlechten schnell zu vergessen oder zu entwerten. Auch sprachen sie voller Haß vom Feind. Daß der Genosse Doktor, so nannten sie Grunder, bei ihnen war, erfüllte sie mit Stolz. Der Feind schien ihnen unwiderruflich gerichtet, da sie ihn im Radio verkünden hörten, Grunder wäre feige geflohen.

Sie ahnten nicht, wie ferne Grunder ihnen war, da er zwar Gefahren und Ungemach mit ihnen teilte und dennoch dem Augenblick, der sie beherrschte, entfremdet und stärker als je in die Einsamkeit seiner Gedanken zurückgeworfen war. Denn er war bereits im Nachher, suchte Gründe und Rechtfertigung.

»Und Sie fragen gar nicht, warum ich gekommen bin?« fragte Stetten.

»Nein«, antwortete Grunder, »ich frage nicht. Sie sind gekommen, um sich davon zu überzeugen, daß ein Aufstand sich genauso abspielt, wie Sie es beschrieben haben.«

»Zum zweitenmal an einem Tag wirft man mir Rechthaberei vor«, sagte Stetten, lächelnd, doch getroffen.

»Es tut mir leid, ich habe es nicht so gemeint. Die berechtigte Neugier des Historikers führte Sie her, das wollte ich sagen.«

»Wenn Sie mir eine Konfidenz gestatten wollen, lieber Grunder: Meine Frau hat mir vor wenigen Stunden erklärt, daß sie mich nun endgültig verlassen werde. Ich möchte erst nach Hause kommen, wenn sich das Haus wirklich geleert hat. Verstehen Sie, ich suche inzwischen einen bequemen Unterschlupf.«

Beide Männer lächelten wie über einen Witz, der nicht gut genug war, als daß man darüber lachen konnte.

Nach einer Weile sagte Stetten: »Ich könnte mich vielleicht auch

nützlich machen, z. B. einen Waffenstillstand und sodann eine Verständigung mit der Regierung vermitteln.«
»Es gibt keine Verständigung mehr, es ist zuviel Blut geflossen.«
»Sagten Sie nicht früher, der Tod wäre kein Argument, nicht für, nicht wider?«
»Gewiß, er ist es nicht, doch der Mord ist es.«
»Auch ihr habt nicht mit Zuckerln geschossen, wie mir heute ein Wachmann versichert hat.«
Grunder winkte ab. »Hören Sie unsere Bedingungen: sofortige Einberufung des Parlaments, Rücktritt der Regierung, Auflösung der Bürgerkriegsarmeen, Wiederherstellung der verfassungsmäßigen Rechte, Schaffung einer parlamentarischen Untersuchungskommission, die die Verbrechen dieser Regierung untersuchen soll. Nun, glauben Sie noch an Verständigung, Herr Professor?«
»All das, mein lieber Freund, das hätten Sie früher einmal haben können. Sie haben zu viele Fehler gemacht, Sie wissen es, jetzt ist es zu spät. Diese Regierung ist gut genug, wenn sie dieses Land gegen die Nazis schützt und damit die österreichische Arbeiterklasse vor dem Schicksal der deutschen bewahrt. Die Demokratie ist verloren — wenigstens für einige Zeit — aber Österreich könnte noch gerettet werden.«
»Nein, wenn wir geschlagen sind, ist es verloren.«
»Eben darum dürft ihr nicht geschlagen werden, ihr müßt euch mit der Regierung verständigen.«
»Auch wenn wir es könnten, auch wenn wir es wollten, diese Regierung kann es nicht, sie darf die Verständigung nicht wollen, sie handelt in ausländischem Auftrag.«
»Wenn dies wahr wäre...«
»Ihre persönlichen Beziehungen müßten es Ihnen leicht machen, sich davon zu überzeugen. Und einige wenige Jahre werden genügen, Sie davon zu überzeugen, daß ein ganz großes Spiel gespielt wird, es wird der neue Weltkrieg vorbereitet. Vielleicht werden wir heute geschlagen, doch den neuen Krieg wird die Arbeiterklasse siegreich beenden.«
»Das letzte bezweifle ich, doch kommt der neue Krieg, da ihr nicht verstanden habt, den letzen richtig zu beenden. Ihr seid gar zu unfähig. Die Juden unter euch prophezeien gern — ein Fehler Ihres Stammes. Die Propheten haben immer recht behalten, wenn sie Schrecken und Untergang vorausgesagt haben,

das Gute, das sie versprachen, traf nie ein: gute Schwarzseher, schlechte Hellseher. Sie sollten gegen sich gewarnt sein.«
Der junge Mann, der Stetten aus dem Kampfgebiet hinausbringen sollte, war ein Kurier. Stetten fragte ihn: »Glauben Sie, daß ihr siegen werdet?«
»Nein«, antwortete der junge Mann. »Wir haben bereits verloren. Der Aufstand muß stets in der Offensive sein, das hat Lenin gelehrt. Wir sind von Anfang an in der Defensive geblieben.«
»Warum?«
Der Mann sah Stetten zögernd an, schließlich sagte er: »Unsere Führer sind gute Organisatoren für eine legale Partei, sie sind vielleicht gute Parlamentarier, sie sind keine Revolutionäre, sie haben Angst vor der Macht, nicht geschenkt möchten sie sie haben, darum haben sie Angst vor der Revolution. Unter ihrer Führung verlieren wir den Feber, den Oktober werden wir ohne sie machen.«
»Sie sind Kommunist?«
»Nein, noch nicht, aber ich werde es sein. Die ganze Arbeiterklasse wird es sein.«
»Die Arbeiterklasse, junger Mann, die ist jetzt wieder in den Betrieben, die streikt nicht. Nicht der Grunder hat versagt, sondern die Masse der Arbeiter.«
»Ja, warum denn? Weil die ewigen Rückzieher, die Kapitulationen ihr jedes Vertrauen zu sich selbst und der Führung genommen haben. Darum, lieber Herr, nur darum! Aber es kommt der Oktober, da rechnen wir ab, da werden wir russisch sprechen!«

2

Stetten kam nur langsam vorwärts, der Weg war beschwerlich. Auf einem kleinen Hügel über der Straße stand eine verschneite Bank. Stetten setzte sich, er hatte viel Zeit — wie ein Heimatloser.
»Eine gläubige Welt, mein Dion. Sie und der Prälat, Sie beide glauben, der kleine Staatsmann und dieser junge Arbeitslose, der da glaubt, daß Österreich in acht Monaten russisch sprechen wird — ihr alle konjungiert im Futurum, nur ich bin der Ketzer. Mein Reich ist eine verschneite Bank. Ist es nicht Zeit, zu sterben,

Dion? Würden Sie mir noch vorwerfen, daß ich feige entfliehe, ehe ich Stellung genommen habe? Sehen Sie nicht, daß es keine Stellung gibt, die zu nehmen es lohnen könnte? Es hat der Pfaff Ihren Professor lehren können, daß niemand hinter ihm stehe. Schreiben Sie auf meinen Grabstein die Replik: ›In meinem Lager ist das tote Österreich!‹ «

»Was haben's gsagt, Herr?«

Stetten erblickte auf der Straße einen älteren Mann, er stand auf und ging auf ihn zu.

»Nix, nix, halt nur so!«

»Jo, jo, ich verstehe schon, Sie haben mit sich selbst geredet. Zu Haus, seit meine selige Frau gestorben ist, da passiert es mir auch schon. Man ist ja net wie das liebe Vieh, man kann net stumm bleiben. A menschliche Stimme, das sag ich alleweil, is a menschliche Stimme. Sie san net von hier, net wahr?«

»Nein.«

»Das habe ich mir gleich denkt. Aus der Stadt san's, net wahr? Na, an schönen Bahöll machen's dort jetzt. Sogar schießen, sagt man, tun's. Das ist aus Übermut, sag' ich Ihnen. Erst haben's a Revolution gehabt, schon paßt's ihnen net und sie brauchen a neuche. Wann die Leute möchten so arm sein wie ich und müßten a jeden Tag ins Kloster gehen wegen a bissl was Warmen, ja da möchten die sich so was schon besser überlegen. Sollen's ehna derschlogen, 's ist net mei Sach, aber a Ruh sollen's geben, a Ruh, sag ich! Und Sie, Sie sollten sich net auf a feuchte Bank setzen, das is nix. No jo, ist ja wahr, Ihr Mantel, der is a Mantel, net so wie meiner, Sie sind gewiß a gutgestellter Pensionist. Aber trotzdem, Schnee is Schnee, und naß bleibt er immer, da können die sich mit ihrer Revolution auf'n Kopf stellen, das sage ich alleweil, hab ich nicht recht?«

Die Bahnstation war näher, als Stetten gedacht hatte. Als er ihrer ansichtig wurde, beschleunigte er den Schritt. Der Stationsvorsteher belehrte ihn, daß der Fahrplan bis auf weiteres aufgeschoben war, daß sein Amt so schwer war, daß es zu einem schweren Magen- und Gallenleiden führen mußte, daß die oben den Vorstand einer kleinen Station, die immerhin täglich acht Personenzüge abfertigte, behandelten, als ob er das Schwarze unter dem Nagel wäre, und daß es somit nicht verwunderlich wäre, wenn die Welt so sehr außer Rand und Band geriet, daß ihr das anscheinend Heiligste, jedenfalls Gewisseste, nämlich der Fahrplan, abhanden kam.

Stetten war so müde, daß er kaum noch dessen gewahr wurde, wie das fortgesetzte lächerliche Zittern seines Kinns den beleidigten Staatsbeamten irreführte, so daß er sich verstanden und zu eingehenderen Ausführungen ermutigt fühlte. Endlich wieder allein auf der Landstraße, die ihn zur Endstation der Straßenbahn führen sollte, bedachte Stetten, wie sehr er jener Episodenfigur in einem bizarren Drama glich, die in jeder Szene auftaucht, um das Stichwort für erregte Helden, Liebhaber, Naturburschen und Chargen zu liefern. Er selbst hatte an der Handlung kein Teil, er hatte nur nach dem nächsten Zug, nach dem kürzesten Weg zu fragen. Er erhielt stets als Antwort Mitteilungen von höchster Bedeutung, die ihn nichts angingen. Ob die Mitteilung, daß der Heiland auch für ihn gestorben war, wichtiger war als die andere, daß keine Revolution an der Nässe des Schnees etwas ändern könnte, war nicht leicht zu entscheiden. Er hatte es gar zu schwer mit den Menschen, die, schien es, gerade im vierten Jahrzehnt des 20. Jahrhunderts mehr absolute Gewißheiten hatten als Brot, ihre Kinder zu nähren.

Die Straßenbahn wartete an der Endstation, er konnte in einer halben Stunde zu Hause sein. Er besann sich und stieg wieder aus, er würde einen Tag zu früh kommen. So mörderisch der Bürgerkrieg auch war, ihm konnte er nur einen einzigen Tag totschlagen. Was sollte er mit dem zweiten anfangen?

Rechtzeitig fiel es ihm ein, daß ihn die Rubins so oft eingeladen hatten. Sie waren übersiedelt, ihre neue Wohnung mußte irgendwo in der Nähe sein. Er trat in die Telefonzelle, fand im Teilnehmerverzeichnis die Adresse und die Telefonnummer. Er dachte, anzurufen und sich anzukündigen, aber er fürchtete eine Ablehnung, die konnte er nicht annehmen. Wenn er erst in der Wohnung war, so würde er bleiben.

Er legte sich die ersten Worte zurecht. Die junge Frau und ihr Mann waren in den letzten Jahren häufig bei ihm gewesen. Durch sie hatte er erfahren, was Faber widerfahren war, sie hatten ihn auch weiter auf dem laufenden gehalten. Nun war die Reihe an ihm, er würde, kaum über die Schwelle getreten, sagen:

»Eine gute Nachricht, liebe gnädige Frau. Raten Sie!«, und daß er dann gleich dablieb, mußte sich leicht ergeben.
Relly, die ihm selbst die Tür öffnete, fragte entsetzt: »Um Gottes willen, was ist Ihnen denn passiert?« Stetten kam nicht dazu, sein Sätzchen zu sprechen, denn Relly zog ihn schnell in die Wohnung und führte ihn, als ob er blind wäre, an der Hand in ein großes Zimmer, das auch an diesem trüben Tag hell wirkte.
Sie setzte ihn sacht in einen tiefen Lehnsessel.
»Wenn Sie noch einen Augenblick schweigen, schlafe ich ein. Wenn Sie mich noch einen Augenblick so mitleidig ansehen, werde ich weinen«, sagte Stetten. Die Schuhe, spürte er jetzt erst, waren schwer wie Bleigewichte.
»Wer hat es gewagt, Sie so zuzurichten, Herr Professor?«
»Es gehörte kein großer Wagemut dazu. Man hat heute in den ersten Morgenstunden einen Schwerverletzten gehenkt. Wo dies möglich ist, gibt es keine Schranken mehr. Doch habe ich eine gute Nachricht für Sie und Ihren Mann. Wo ist er übrigens?«
»Ich weiß es nicht, er hat es nicht ausgehalten, er ist zu den Schutzbündlern. — Die gute Nachricht?«
Stetten erzählte. Er hätte hinzufügen wollen, wie er alles vorgekehrt hatte, daß Faber schnellstens aus Deutschland hinaus und nach Prag könnte und daß schon alles vorbereitet sei, ihn gut zu empfangen und ihn so zu pflegen, wie der arme Junge es wohl nötig hätte. Die junge Frau schien seltsam besorgt, ja verwirrt zu sein, sie stellte auch keine weiteren Fragen.
Er fragte zögernd: »Kann ich vorläufig, wenigstens für einige Stunden, bei Ihnen bleiben?«
»Sie müssen hierbleiben, Sie müssen sich reinigen, essen, schlafen. Mein Gott, wie elend Sie aussehen!«
Sie ging hinaus, um alles für ihn vorzubereiten. Stetten setzte sich auf die Couch, löste die Schnürsenkel. Nun durfte er müde sein. Relly fand ihn schlafend vor. Sie zog ihm die Schuhe aus, deckte ihn zu. Er war so klein, so jämmerlich, ein zerschlagenes Kind.

3

Wäre die Nachricht von Dojnos Befreiung einige Tage früher gekommen, sie wäre beglückend gewesen. Nun machte sie die Welt nicht weiter, das Atmen nicht leichter. Gewiß, es war gut,

es war wundervoll, doch war die Pein, die sie um Edi litt, zu groß.
Seit dem Augenblick, da sie ihn hatte um die Ecke der Straße biegen sehen — er hatte sich nicht umgedreht, obwohl er hätte wissen müssen, daß sie ihm aus dem Erkerfenster seines Zimmers nachblicken würde —, seit damals wartete sie. War Warten ein Leiden, so war es zu grausam, da es nicht belebte, sich nicht verminderte, da es unsäglich erschöpfte und doch keinen Schlaf erlaubte; war Warten ein Tun, so verhinderte es jedes andere Tun, machte es sinnlos, ehe es vollendet war, so daß die Hand die Tasse fast fallen ließ, ehe die Lippen sie berühren durften. Nur wer sich endlich mit der Einsamkeit abgefunden hat, nur wer es gelernt hat, am hellichten Tag das Strömen seines Blutes zu hören, und es verlernt hat, darauf zu lauschen, der mochte warten können. Relly haßte sich, wenn sie einsam war, und ängstigte sich, als müßte er sie der Übermacht des Gefühls, wertlos zu sein, für ewig erliegen. Zwischen sie und diese Übermacht hatte sich Edi gestellt. Und Edi würde bestimmt nie mehr wiederkommen. Jeder Schuß, den sie da draußen abfeuerten, ging gegen ihn.
War es Feigheit, daß die Vorstellung der Gleichzeitigkeit sie so überwältigen konnte? Und war solche Vorstellung einem jeden so qualvoll? In diesem Augenblick eben verlor Edi seine Brille; als er sich bückte, sie tastend zu suchen, im Gesicht die Hilflosigkeit dessen, dem die Dinge plötzlich entschwinden, da traf ihn die tödliche Kugel. Und niemand bemerkte es, keiner war da, ihm zu Hilfe zu eilen. Und in diesem gleichen Augenblick saß sie da, in seinem Stuhl, im überheizten Zimmer, verurteilt, all dies zu schauen und nie zu erblicken, fortgesetzt den Schuß zu erleiden, der sie nicht traf.
Daß sie ihn hatte gehen lassen, sollte sie sich's vorwerfen? Und hätte sie ihn denn halten können? Doch daß sie nicht mit ihm gegangen war, war's nur aus jener traurigen Trägheit geschehen, aus der die Frauen seit Jahrtausenden den scheidenden Männern nur nachgesehen hatten und nie nachgelaufen waren?
Daß man doch seine Vergangenheit ändern könnte, daß man die Stunden unverdienten Glücks rückgängig machen und in sich die Erinnerung an die törichte Selbstzufriedenheit auslöschen könnte!

Die Zeit verlief nicht, sie hatte keine Dimension mehr. Daß es Nacht und daß es Tag wurde, war bedeutungslos, ihrer Erwartung war ja keine Frist gesetzt. War Edi tot, so war sie es auch. Und dies allein war Trost, daß es so leicht sein würde, ihn nicht zu überleben. Und Trost war auch die Gewißheit, die jetzt erst unerschütterlich war: daß sie ihren Mann liebte. Denn nur um den Geliebten lebt man nicht die Trauer, man stirbt sie wie den Tod, den man sich langsam gibt. Das Leben, das der Wartenden verrann, verließ sie, so daß sie in sich ein langsames und immer umfassenderes Erkalten verspürte. Nur Sterbende wüßten, wie man stirbt, glaubten sie, daß sie sterben.

Erst nach dem zweiten Klingelzeichen öffnete sie die Tür. Es war Mara. Sie trug einen teuren grauen Pelz, sie war geschminkt. Relly mochte sie nicht, hatte sie nie gemocht. Und es paßte, dachte sie, sehr gut zu dieser Frau, gerade jetzt und gerade in solcher Aufmachung zu erscheinen.
Sie ließ sie nur zögernd ein.
»Es ist nichts für Sie angekommen. Hätten Sie angerufen, so hätten Sie sich den weiten Weg erspart.«
»Ich dachte, mein Mann wäre hier. Ich werde hier auf ihn warten, wenn es Sie nicht stört«, sagte Mara. Sie knöpfte langsam den Mantel auf. Endlich lud Relly sie ein, abzulegen.
»Ich will es Ihnen sagen. Vasso ist auf Reisen. Er hat sich verändern müssen. Sie verstehen. Er soll direkt herkommen, um wieder sein übliches Aussehen anzunehmen. Wie er jetzt ist, könnte er nicht in die Wohnung kommen. Und deshalb will ich ihn hier erwarten. Ich durfte nicht zum Zug, Sie verstehen? Darf ich hier bleiben?«
Relly führte sie in Edis Zimmer. Sie mochte nicht die Geheimnistuerei dieser Leute, die durch Dojno ins Haus gekommen waren. Vasso war klug, höflich und zurückhaltend, er kam zweimal, dreimal in der Woche, die Post abzuholen. Manchmal vertrat ihn Mara. Einige Male waren Männer erschienen, scheu und fremd, die nach Vasso gefragt hatten. Die blieben dann im Haus, bis Vasso oder Mara sie holen kamen.
»Ist Edi nicht zu Hause?« fragte Mara.
»Er ist weg. Zu den Schutzbündlern.«

»Das hätte er nicht dürfen, um keinen Preis. Wir hatten mit ihm abgemacht, daß er sich um keinen Preis kompromittieren dürfte. Nur so kann er der Sache dienen. Dojno hat ihm alles klargelegt, seinerzeit. Ich verstehe nicht, wie er das vergessen konnte.«
Relly sah ihr ins Gesicht, als ob sie ihrer erst jetzt ansichtig würde.
»Wir waren, wie nennt ihr es doch, Deckadresse und Anlaufstelle. Und nun könnt ihr uns nicht mehr benutzen, und die Revolution, die ihr die ganze Zeit macht, ist nun futsch! Eure Deckadresse hat sich zu den sozialistischen Schutzbündlern geschlagen, eure Anlaufstelle handelt gegen die Disziplin, sie kämpft, schießt und läßt sich totschießen. Währenddessen verkleidet sich Ihr Mann, der professionelle Revolutionär, und verreist, und Sie maskieren sich als *grande dame* und verwechseln diese Wohnung mit einem Bahnhofperron.«
Mara antwortete nicht gleich. Sie wehrte ihrem Impuls, aufzustehen und wegzugehen. Relly war eine verwöhnte Frau. Verwöhnte Menschen werden grausam, wenn man sie lange leiden läßt. Nach einer Weile sagte sie:
»Ich weiß nicht, ob Vasso noch lebt. Er hatte es nicht mehr ausgehalten, er mußte wenigstens für einige Tage nach Hause, wollte selber sehen und hören. Die Gefahr, daß er erkannt worden ist, ist sehr groß. Ich weiß nicht, ob er noch lebt. Ich muß ihn hier erwarten, aber ich kann mich auch in der Küche aufhalten oder in der Diele, ich möchte Sie nicht stören.«
»Mir ist es gleich«, sagte Relly.
Es wurde langsam Abend. Schwaden von Dunkelheit schienen aus den Wänden hervorzukommen, sie erfüllten das Zimmer, machten vor Relly in der Fensternische halt, nur kurze Zeit, dann strömten sie auch bis ans Fenster.
Relly sagte: »Wenn Sie Licht brauchen, der Schalter ist zu Ihrer Linken. — Sollte Vasso nicht schon hier sein?«
Mara, von dem starken Licht geblendet, schloß die Augen, blieb an die Wand gelehnt.
»Ja, er sollte schon hier sein, aber der Zug kann Verspätung haben. Oder die Straßenbahn ist nur bis zum Gürtel gefahren, und er muß jetzt von dort zu Fuß gehen.«
»Wollen Sie nicht anrufen? Vielleicht hat der Zug wirklich Ver-

spätung, ist vielleicht noch nicht angekommen. Es kann sein, daß sie ihn gar nicht über die Grenze lassen.«
»Nein, danke, ich werde nicht anrufen. — Sie haben sicher schon lange nichts gegessen. Wollen Sie wenigstens etwas trinken?«
Sie gingen in die Küche. Bald gesellte sich auch Stetten zu ihnen.
»Wissen Sie, was mich geweckt hat? Ich hörte im Traum eine schöne Frauenstimme singen. Die warme Sonne schien ins Zimmer, und die Frau auf der Straße sang: ›An Lawendel, an Lawendel hätt i do...‹«
»Sie singen es ja ganz richtig, Herr Professor», sagte Relly.
»Ja, es ist das einzige Lied, das ich wirklich singen kann. Ob ich deshalb davon geträumt habe? Ich sah die Sängerin nicht, aber ich weiß, daß es die Frau meines Lebens war. Ich habe sie gestern zum erstenmal gesehen, sie hat mir einen Apfel geschenkt und mir überdies das Leben gerettet.«
Die Frauen hörten kaum zu. Sie verlangten nicht zu wissen, was es mit dieser Begegnung auf sich hatte.
»Man sollte mit zwanzig der Idee seines Lebens, mit dreißig der Frau seines Lebens, mit vierzig der eigenen Wahrheit begegnen, mit fünfzig den Hunger nach Erfolg gestillt haben, mit sechzig das Werk schaffen, das größer wäre als der Schaffende selbst, mit siebzig sollte man bescheiden gegen den geringsten seiner Brüder und arrogant gegen den Himmel werden. Doch erkennt man die Jahreszeiten des Lebens erst, wenn sie lange vorüber sind.«
Die Frauen blieben uninteressiert, obschon sie nicht wissen konnten, daß er diesen Aphorismus gar zu oft wiederholt hatte. So fügte Stetten mutlos hinzu:
»Mit 25 Jahren habe ich diese Maxime formuliert. Die meisten erfahren den großen Plan erst, nachdem sie ihn endgültig verfehlt haben. Ich habe ihn so rechtzeitig erfahren, daß ich von jedem Zug, den ich verpaßte, die genaue Abfahrtszeit vorher kannte.«
»Daß man Sie gleichzeitig bewundere und bemitleide, ist es nicht zuviel verlangt, Herr Professor? Nein, daß Frauen, die mit ehrlicher Feigheit um das Leben ihrer kämpfenden Männer zittern, Ihnen ein gutes, Ihrer würdiges Auditorium abgeben, das dürfen Sie nicht erwarten«, sagte Mara.
»Ich versuche eben, Sie zu zerstreuen. Es ist die selbstgefällige Philosophie einer untergehenden herrschenden Klasse, würden

Sie wohl sagen, wie mein Freund Faber es tut. Aber ist sie nicht ernst genug, so mag sie gerade gut dazu sein, einer gar zu ernsten Jugend eine Stunde zu vertreiben, in der sie ausnahmsweise nicht heldisch handeln kann, sondern warten muß. Mein liebes Kind, ich bin ein alter Historiker. In ihren dunklen Stunden, d. h. fast immer hat die Menschheit gehandelt, dumm und böse, doch in ihren hellen hat sie gewartet: auf die Sonne, den Mond, den Erlöser, die Wiedergeburt, das Tausendjährige Reich, die klassenlose Gesellschaft. Die guten Menschen warten, die bösen handeln —«

» — und die klugen«, unterbrach ihn Mara, »versuchen, sich und die anderen zu zerstreuen.«

Stetten verstummte. Er war hier fehl am Platz. Relly führte ihn ins Zimmer, wo sie das Bett für ihn bezogen hatte. Sie war besonders freundlich, als ob sie ihn Maras scharfen Ton vergessen machen wollte.

Nach Mitternacht kam der Anruf aus Prag. Vasso hatte seinen Reiseplan in letzter Minute ändern müssen und war direkt dorthin gefahren. Mara sollte nachkommen.

FÜNFTES KAPITEL

1

Der Boden war weich und gab unter ihren Füßen nach. Man mochte glauben, man wäre in Sumpfgelände geraten, doch war es gute weiche Erde, tief durchnäßt von Regen und Schnee. Sie heftete sich in Klumpen an die Schuhe und die Hosen der Männer. Immer wieder blieb einer, dem das Gehen zu schwer war, zurück, um mit dem Gewehrkolben oder mit der Hand die Erde abzustreifen.

Edi dachte: glückliche Männer. Keiner von ihnen denkt, die heimatliche Erde klammere sich an ihn, suche ihn zurückzuhalten.

Auch wenn der Regen für eine kurze Weile aussetzte, wurde man dessen kaum gewahr, die Luft blieb feucht und regenschwer, und man konnte meinen, einige hundert Meter um einen herum wäre der Himmel auf die Erde gefallen und bedeckte sie nun mit grauen Fetzen.

Sie waren an die dreißig Mann, Hofer führte sie. Die fünf Tage fast pausenloser Kämpfe und Scharmützel erschienen ihnen, dachten sie an die Stadt zurück, wie eine unsagbar lange Zeit. Sie waren erwachsene Männer, also war ein Jahr nicht lang für sie. Doch um die unermeßlich lange Dauer dieser fünf Tage zu ermessen, hätte man sie in ungezählte, unwahrscheinlich lange Minuten zerlegen müssen. Als sie abzogen, wußten sie, daß das rote Wien besiegt war. Nun sollten sie sich zur Grenze durchschlagen. Gleiches versuchten andere Gruppen. Bevor man an der Grenze war, durfte man die Waffen nicht aus der Hand lassen, der Feind verfolgte einen, er konnte plötzlich auftauchen, er war überall, man war umzingelt.

Das Land war flach. Hofer hatte angeordnet, man sollte in ausgezogener Schwarmlinie marschieren. Anfangs, nachdem sie gerade die Donau überschritten hatten, wurde der Befehl befolgt. Die Leute waren schweigsam, sogar den Spaßmachern hatte es die Rede verschlagen, zum erstenmal war da wieder ein jeder

mit sich ganz allein. Nach einer Weile fanden sie wieder zueinander, das Alleinsein und das Schweigen waren zu schwer zu tragen gewesen, und die Schwarmlinie zerfiel in einzelne Gruppen, die hintereinander hergingen.
Edi war überwach. Nur hie und da, für ganz wenige Minuten, überkam ihn eine nie gekannte Müdigkeit wie eine furchtbare Gewalt und verschwand wieder. Er trug das Maschinengewehr, das er dem verwundeten Ukrainer abgenommen hatte, es wog schwer auf seiner Schulter, aber er fühlte sich fest auf den Beinen. Der Gedanke an Relly war die ganze Zeit in ihm, gleichsam verborgen und unabhängig von seinem Bewußtsein. Wäre Relly plötzlich an seiner Seite aufgetaucht, es hätte ihn nicht verwundert.
Er war überwach und sah sich zu und sah die anderen in einem seltsam grellen Licht, das nicht vom Himmel kam.
Hofer fragte ihn: »Na, Genosse Doktor, ist's nicht zu schwer? Ich kann für eine Weile das MG nehmen.« Er trug drei Karabiner. Und als Edi ablehnte, sagte Hofer: »Daß Sie gleich dagewesen sind am Montag, das hat mich gefreut. Und daß Sie mit Ihrer Brille so ein guter Schütze sind, das hätte ich nicht geglaubt. Haben Sie gleich am Anfang gewußt —«
»Ja, ich habe gewußt, daß der Kampf aussichtslos ist. Und wie ich am Montag abend gesehen habe, daß wir in der Defensive bleiben, ja, da war ja keine Hoffnung mehr erlaubt. Und daß die Eisenbahner nicht gestreikt haben!«
»Und bedauern Sie nun?«
»Nein, keineswegs. Diese Niederlage ist ein Sieg im Vergleich zu dem, was sich im vorigen Jahr in Deutschland abgespielt hat. Nur keine kampflose Niederlage, das wenigstens ist uns in Österreich erspart geblieben.«
Edi hörte sich zu und fand sich selbst lächerlich. Er hatte niemals so wenig an Politik gedacht wie in diesen Tagen, und nun kroch es aus ihm heraus in fertigen Formeln, als ob er es nie gedacht, sondern einmal auswendig gelernt hätte.
»Die Leute sind todmüde, darum geht's so langsam vorwärts. Die können uns in einer halben Stunde eingeholt haben«, sagte Hofer. Er blieb zurück, um die Nachzügler anzuspornen.

»Eigentlich komisch. Das ganze Leben hab' ich da verbracht, und jetzt erst fällt's mir auf, daß es grad Heiligenstadt heißt.«
»Ja, wie willst denn, daß es heißen soll. Du bist aber komisch, a jeder Fleck muß doch irgend an Namen haben. Zum Beispiel Deutsch-Wagram, wo mir gerade vorbeikommen, Wagram heißt ja gor nix.«
»Na!« sagte eine bedächtige Stimme, »der Peppi hat recht, finde ich. A jede Sach hat ihren Sinn. Aber wenn man die Sache hat, da ist alles selbstverständlich. Wie mir in Heiligenstadt gewesen sind, na ja, da haben mir nicht an den Namen gedacht, es war halt selbstverständlich. Jetzt, wo mir weggehen, da bleibt nix als der Name wie von jemanden, was zu jung gestorben ist. Na, ich sage, alles hat einen Sinn, nur kennen müßte man ihn halt.«
Die drei Männer überholten ihn, Edi blieb eine Weile stehen, um das MG zurechtzuschieben, und schloß sich dann einer Gruppe von Nachzüglern an, die, von Hofer ermuntert, sich bemühten, schneller vorwärts zu kommen.
»Ja, wenn man möcht alles im voraus wissen, das wäre schon recht. Zum Beispiel erinnere ich mich...« Der Mann erzählte weitschweifig, wie er im Krieg mit noch ein paar Mann und einem jungen, dummen Zugführer auf eine Patrouille geschickt worden war. Sie hatten sich verirrt, waren zwei Tage ohne Proviant geblieben, fast hätten sie den unfähigen Patrouillenführer umgebracht, und wie sie dann endlich zurückgefunden hatten, da war inzwischen ihr Graben von den Italienern ausgeputzt worden. Alle Kameraden waren mit Handgranaten erledigt worden.
»Man kann halt nie wissen, sag ich immer. Vielleicht wenn mir jetzt ganz langsam gehen täten und a Stunde rasten, vielleicht wäre es gescheiter. Die suchen uns vorn, bis sie ganz blöd werden, und dann, wenn's dunkel ist, geh mer halt gemütlich zur Grenze.« Seine Zuhörer waren zu müde, der Mann spürte, daß er jetzt endlos fortfahren konnte, ohne unterbrochen zu werden, aber ihm fiel im Augenblick nichts mehr ein.
Nach einer Weile sagte ein junger Mann, seine Stimme war vor Müdigkeit heiser, er lispelte ein wenig: »Er ist erst grad ein Jahr alt, mein Bub. Sonst immer, wenn er mich nur erblickt hat, hat er gelacht und hat gern gehabt, an meinem Schnurrbart zu

ziehen und mit aner Kraft, man sollte es gar nicht für möglich halten. Jetzt aber, das letztemal, ich versteh nicht, als ob er was gewußt hätt, da war er ganz still, nur so angeschaut hat er mich, nur so angeschaut.«

Zuerst war es nicht einmal sicher, ob es ein Schuß war, doch dann kam das Schnellfeuer. Sie warfen sich alle auf die Erde, niemand war getroffen. Das Feuer entfernte sich bald, jenseits des Rußbachs. Sie berieten sich, Hofer sagte, man müßte damit rechnen, daß die Verfolger bald zurückkehren würden, die waren wohl ausgeruht, sie marschierten schnell, also müßte man sich beeilen, die wenigen Nachzügler müßten das Letzte aus sich herausholen, noch zwei Stunden Marsch, 9, höchstens 10, 11 Kilometer, dann würde alles vorbei sein. Hans, der kleine Ukrainer, war nicht einverstanden, er sprach mühsam, suchte die Worte, als ob er sein Deutsch plötzlich verlernt hätte. Während er sprach, kamen Blutgerinnsel aus seinen Mundwinkeln. Er spuckte oft aus, es waren Klumpen geronnenen Blutes.

Da war noch das Maschinengewehr mit 320 Schuß, das war nicht viel, aber wenn man klug und sparsam vorging, konnte man von eben dieser Stelle aus die Verfolger, sogar wenn sie 40—50 Mann wären, während kostbarer Minuten aufhalten. Ein Graben für einen Mann mit Erdwall rundherum, den könnte man, da man so viele wäre und Spaten hätte, in zwei Minuten ausgeworfen haben. »Ich kann nicht weiter, aber ich bin der beste MG-Schütze unter euch, und bei der Sache braucht man doch keinen zweiten. Also bleibe ich«, schloß er.

»Der Gedanke ist gut«, sagte Hofer, »aber wer bleibt, das wird ausgelost.«

»Nein«, sagt Hans, »da gibt es nichts zu losen. Schau, Genosse Hofer.« Er öffnete den Mantel. Sie sahen, daß das Hemd und der Rock vom geronnenen Blut ganz steif waren. Und es rann noch immer.

»Lungenschuß!« sagte Hofer bekümmert. »Es hat dich beim Donauübergang erwischt, was? Warum hast du's nicht gleich gesagt, das war ein Fehler, Genosse.«

Hans winkte ab. Es gab keine Zeit zu verlieren, man begann den Graben auszuwerfen. Edi installierte das Maschinengewehr, keiner sprach. Es war Zeit zum Abmarsch, niemand rührte sich. Hofer trat an den Graben und begann: »Genossen!« Hans un-

terbrach ihn: »Zieht los, kommt gut an und gut zurück! Vergeßt nicht, auf den Feber folgt ein Oktober, der ist dann unser.«
Hofer drückte ihm die Hand, nach ihm taten es die anderen. Edi kam als letzter. »Da, zieh mir die Schuhe aus«, sagte Hans zu ihm. »Nimm sie mit, irgendein Genosse wird sie brauchen können, unter den Einlagen die Papiere gibst du in Prag ab. Die Adresse der Frau findest du drauf. Sag ihr, ich habe in den Pausen während der Kämpfe geschrieben, manches Wichtige fehlt, besonders die taktische Seite ist ungenügend behandelt. Aber worauf es mir ankam, ist drin. Und sie soll im Ausschuß meinen Standpunkt in der nationalen Frage bis zum letzten vertreten, diesmal haben die polnischen Genossen recht, sag ihr. Nun lauf, Genosse, sonst holst du die anderen nicht mehr ein.«
Edi zögerte: »Soll ich der Frau nicht auch was Persönliches ausrichten, ich meine, sie wird doch wissen wollen, nicht wahr?«
»Was ist da viel zu sagen! Sie weiß alles. Ich habe kein letztes Wort.«
Edi schien es, noch nie wäre ihm ein Mann so nahe gewesen, so wichtig wie dieser. Er hätte ihn umarmen mögen, doch Hans machte sich am Maschinengewehr zu schaffen. Er hatte den merkwürdigen dunkelblauen Mantel mit den schwarzsamtenen Aufschlägen wieder zugeknöpft. Edi stand da, die Schuhe in den Händen, er konnte nicht so weggehen. »Ich gehe, Genosse Hans!« Aber Hans rührte sich nicht. Edi wollte ihm sagen, daß er sich erkälten würde, wenn er ohne Schuhe in dem glitschigfeuchten Graben bliebe, doch war all das Unsinn. Er fühlte, wie ihm die Tränen kamen, drehte sich um und lief den anderen nach.

3

Von dem Augenblick an, da er im Rücken den plötzlichen Stoß, den leichten Schmerz im nächsten Atemzug und diese zuerst angenehme, merkwürdige Wärme verspürt hatte, von da an war Hans allein gewesen, in eine nie vorher gekannte Einsamkeit gestürzt. Mit einemmal klang ihm da die Sprache seiner Genossen, die doch seine eigene geworden war, wieder fremd. Und er hatte Mühe, auf ihre Fragen nicht in seiner eigenen Sprache zu antworten.

Nun die anderen gegangen waren, war er endlich wirklich allein. So konnte man gut sterben. Kein Ton war zu erlauschen, nichts zu sehen. Der Regen hatte wieder aufgehört, aber der Himmel hing noch immer tief. An solchen Tagen gibt es keine Vorabende. Wenn dieser Tag zu Ende sein wird, werde ich nicht mehr sein, dachte Hans. Er fror, er hatte auch schon gar zuviel Blut verloren, doch immer wieder, gerade wenn das Atmen schon schwer wurde, durchströmte ihn eine sonderbare, nachgerade gewalttätige Hitze. Die Zeit verging langsam.
Die Soldaten gingen geradewegs auf ihn zu, er hörte ihren gleichmäßigen Schritt, sie stampften den Boden unter den Füßen, als wollten sie weithin gehört werden. Er fand das Maschinengewehr nicht, er war plötzlich blind geworden, nein, er sah, aber gerade nur den Schimmer der Dinge, und er erkannte jetzt deutlich genug die Konfederatkas auf den Köpfen. Aber sie hatten ihn ja schon gefangen, er besann sich nicht darauf, wann er ihnen entwischt war.
Er schlug die Augen auf, er lag an die Wand des Grabens gelehnt. Wie lange mochte er geschlafen haben? Er wollte husten, es gelang nicht, die Anstrengung tat ihm unsäglich weh. So langsam kann man also ersticken, stellte er mit Verwunderung fest. Er war nun ganz wach, merkte er. Die kamen nicht. Noch eine halbe Stunde, und die Genossen werden in Sicherheit sein. Der Falbe scharrte mit dem rechten Vorderbein, er wollte nicht ins Wasser. Das Glockengeläut kam immer deutlicher heran. Als es endlich aufhörte, da war die Stimme ganz deutlich, die halb singende Stimme Hanusias: »Hawrylo, wo bist du?« rief sie. Er wollte antworten, aber er konnte nicht. Nun stand sie vor ihm. Sie war schön. Es war heiß, sehr heiß. Der Falbe war verschwunden, er wollte es Hanusia sagen, das war ja äußerst merkwürdig. Aber es war gar nicht Hanusias, es war Hofers Frau. Sie sagte auf ruthenisch: »Wenn Sie jetzt sterben, bleibt dem armen Franzl seine Mutter ganz allein. Das müssen Sie doch bedenken, Genosse Rybnik.« Er wollte fragen: »Woher kennen Sie meinen wahren Namen?« und er weinte und wandte den Kopf weg, daß sie es nicht sehen sollte.
Er wußte nicht, hatte er geschlafen und geträumt oder war es das Fieber. Sein Gesicht war feucht, er wußte nicht, ob vom Regen, der wieder eingesetzt hatte, oder von Tränen.

Man starb nicht mit dem Ruf »Es lebe die Weltrevolution!«, wenn niemand da war, ihn zu hören. Nach alledem würde er sterben wie der Großvater, den die Schwindsucht erstickt hatte. Man kann das Leben verändern; der Tod ist immer der gleiche. Hans glaubte, nun ganz wach zu sein, er war durstig, aber seine Flasche war leer. Ihn fror. Er konnte sich wohl im Graben zusammenkauern, er würde hören, wenn jemand sich näherte. Doch nein, es würde zu spät sein, er durfte sie nur bis auf 200 Meter herankommen lassen. Er wollte sich erheben, der Atem ging ihm aus, noch eine Weile, dann würde es besser werden, er wird sich dann ans MG stellen und bis zum Schluß stehen bleiben. Nein, nein, hier kommt niemand durch.

Jemand rief. Er würde sofort antworten, nur eine kleine Minute, sofort.

Er antwortete nicht, er starb. Niemand hatte ihn gerufen.

SECHSTES KAPITEL

1

»Es gibt schöne Brücken in dieser Stadt. Mir erklärte mal einer, daß schöne Brücken in einer großen Stadt die Selbstmörder heranlocken. Ich habe vergessen, warum. Man soll das statistisch nachweisen können«, sagte Sönnecke, als sie über die Karlsbrücke schritten.
Josmar blieb schweigsam. Es gab soviel Wichtiges zu besprechen, dessenthalb er Sönnecke herbeigerufen hatte, und nun schlenderten sie schon eine Stunde in der Stadt herum, statt das Hotel aufzusuchen, und Sönnecke schien beharrlich jedem ernsten Gespräch ausweichen zu wollen.
»Apropos Statistik, auch was die Zahlen betrifft, stimmen die Genossen mit dir nicht überein. Auch da, sagen sie, zeigt sich deine Tendenz, den Feind zu überschätzen und die eigene Kraft —«
Sönnecke unterbrach ihn: «Gewiß, Prag ist eine schöne Stadt. Vielleicht sollten Emigranten nicht in einer schönen Stadt wohnen. Und nicht so weit von der Grenze. Der Mut wächst im Quadrat der Entfernung von der Grenze. Gibt es hier viele Selbstmorde unter den Emigranten?«
»Ich weiß es nicht, ich glaube nicht«, antwortete Josmar unwillig. »Ist es nicht besser, wir suchen das Hotel auf und ich berichte dir alles ausführlich? Du wirst spätestens morgen die Genossen sehen, sie wissen, daß du heute ankommen solltest.«
»Immer de Wand lang, Josmar, immer de Wand lang! — Jetzt bist du seit Tagen hier, hast ruhige Nächte, und auch am Tag kann dir keiner was, aber so ängstlich habe ich dich in der schlimmsten Zeit daheim nicht gesehen.«
»Ich bin nicht ängstlich, ich bin nervös. Von hier aus sieht alles anders aus. Du wirst es merken, wir haben Fehler gemacht.«
»Nischt werd ich sehen. Merk dir das, mein Junge, eine Emigration, das ist ein großes Maul. Wenn wir da drinnen nicht sehen, so ist sie blind. Du, du solltest es besser wissen als diese

Wot-tschto-Männer, die lange Resolutionen schreiben können, aber im Hintern hat man keine Augen und ein Furz ist kein Lichtblick. — Ich gehe nicht ins Hotel, da auf der Kleinseite wohnt ein alter Freund von mir. Kein Parteigenosse, aber der Kumpel ist goldecht. Bei dem werde ich zu Hause sein, brauche mich nicht anzumelden, das hat seine Vorteile.«
Er verabschiedete Josmar an einer Straßenecke, er wollte ihn erst anderen Tages wiedersehen. Josmar lief ihm nach.
»Einen Augenblick noch. Ich habe dir ja nichts erzählen können. Du wirst doch wohl noch heute Irma sehen. Du mußt wissen, daß — ich meine, es ist besser —«
»Was? Nur jetzt nicht stottern, Josmar! Was muß ich wissen und was meinst du? Du hast sie nie gemocht.«
»Die Stimmung war gegen dich, noch bevor sie deinen Bericht gelesen hatten. Irma hat Bemerkungen von dir weitergegeben. Sie sagen, es ist der reinste Defätismus, Liquidatorentum, Versöhnlertum. Irma —«
»Gut, ich danke dir, Josmar. Also auf morgen!«

Die Brücken der Stadt waren schön und viele ihrer alten Häuser und manche ihrer neuen. Und Josmar schien es, daß er nirgends so viele schöne Frauen gesehen hatte.
Doch noch erwachte er allmählich vor der Morgendämmerung, noch lauschte er auf die Schritte in seinem Rücken. Noch schien ihm die freie Unbedachtheit, mit der man die Dinge hier aussprach, seltsam, beunruhigend, ja verdächtig. Er wollte den Verkehr mit den Emigranten meiden, da er ja wieder zurückkehren sollte, er lebte wieder unter einem falschen Namen, hatte außer mit den Führern der Partei keinen Verkehr. Hier war er außer Gefahr, doch mußte er leben, als wäre er auch hier bedroht. Er gehörte nicht zum Hinterland, er war von der vordersten Front für kurze Zeit gekommen, neue Befehle entgegenzunehmen.
In diesen Tagen war es besonders schwer, allein zu sein. Die Nachrichten aus Wien, Linz, Bruck an der Mur waren aufwühlend. Und allmählich kamen auch die besiegten Kämpfer. Noch war es nicht ganz klar, wie man diesen aussichtslosen Kampf beurteilen sollte. Sozialdemokraten hatten ihn geführt, und man selbst war vor einem Jahr im Reich kampflos gewichen.

Josmar erfuhr, daß Edi mitgekämpft hatte. Er war froh darüber, er suchte ihn, es war leicht, ihn zu finden.
Er erfuhr von Vassos Ankunft. Er war unter denen, die Dojno von der Bahn holten, obwohl es gegen die konspirative Regel war, an die er sich sonst hielt.
Erst schien es ihm, daß alle sich sehr verändert hätten, dann wieder, daß sie durchaus die gleichen geblieben wären. Das bewies nichts, er selbst war, das wußte er, ein anderer geworden, doch schien es niemand zu merken.

2

Die Stadt hatte viele Emigrationen aufgenommen. Zuerst kamen die Russen. Sie glaubten, die Revolution daheim würde bald verendet sein, sie mieteten die Zimmer nur pro Tag, die Pessimisten unter ihnen für eine Woche. Sie blieben Monate, die zu Jahren wurden. Viele zogen weiter, nach dem Westen oder nach dem Südosten. Sie hatten vielerlei an vielen Orten zu tun, seit Tausenden von Tagen und überall das gleiche: Sie bereiteten ihre Heimkehr vor.
Bald nach ihnen kamen die Ungarn. Sie glaubten, die Konterrevolution daheim würde bald am Ende, sie selbst aber würden wieder an der Spitze des Volkes sein. Die Exilierten kamen aus Polen, Rumänen, aus Italien, vom Balkan, aus den baltischen Staaten.
Als ob es ihr das Gesetz oder die Polizei so vorgeschrieben hätte, fand jede Emigration sich in einem Viertel zusammengedrängt. Jede hatte ihr Café und ihr — billiges — Restaurant. Die Agenten ihrer Feinde hatten es leicht, sie zu finden. Die Wohnung eines Emigranten verwandelte sich schnell in eine Art von Ghetto. Der Einheimische, Nachbar auf dem gleichen Hausflur, war zuerst mitleidig und hilfsbereit, er mochte später mißtrauisch und ungeduldig werden, er wurde, da die Wochen zu Monaten und Jahren wurden, schließlich gleichgültig.
Es gab Spannungen innerhalb jeder Emigration, hervorgerufen durch wichtige Veränderungen in der Heimat, durch die schlauen Agenten der feindlichen Heimat, durch Streit und Eifersucht der Frauen, durch die Eitelkeit der Alten und den Ehrgeiz der Jungen. Der Haß gegen den Feind, der sie vertrieben hatte, wurde

dünn und deklamatorisch, alle Glut verzehrte der Haß gegen den Leidensgenossen, mit dem man im Kerker die Zelle, auf der Flucht die Angst und den Mut, in den ersten Tagen der Verbannung das Bett und das fremde Stück Brot geteilt hatte. Mit ihm hatte man die große Hoffnung geteilt. Man verzieh ihm nicht, daß sie zunichte geworden war, die Enttäuschung konnte man mit ihm nicht teilen, die neuen Illusionen hatte man nicht mehr gemein. Die Gemeinschaft endete, als man begann, im Zeugen der Vergangenheit den Urheber der unerträglichen Gegenwart zu hassen. Nur eine gleiche »Linie«, eine gemeinsame »Plattform« konnte die Auseinanderstrebenden zusammenhalten. Nur wenn der andere genau dasselbe sagte, was man selber dachte, nur wenn man wiederholte, was der andere schon gesagt hatte, konnte man einander ertragen. Die gleiche Muttersprache verband die Verbannten nicht mehr, die verschiedenen Jargons trennten sie.

Die deutsche Emigration war erst ein Jahr alt. Also war sie alt, denn auch sie hatte damit begonnen, nach Tagen und nach Wochen zu zählen. Auch ihr schien es anfangs, daß Mondwechsel und Jahreszeiten nur den Einheimischen galten.

Sie kamen an, als hätten jene Winde sie angeweht, die sich zwischen gewaltigen Brandstätten erheben. Es war, als wären ihre Brauen und Wimpern von Flammen versengt und an ihren Kleidern ein Brandgeruch, der nie weichen würde. Unbezähmbare Redseligkeit und traurige Sprachlosigkeit wechselten miteinander unvermutet ab. Sie waren Zeugen eines Debakels, dessen Ausmaß sie ahnen, doch noch gar nicht ermessen konnten, dessen Grund ihnen unerfindlich blieb. Der Feind hatte sie besiegt, aber sie hatten nicht gekämpft. Sie wollten die Schuld untersuchen und die Schuldigen finden. Hier, in der schützenden Fremde, erfuhren die Kommunisten, daß das deutsche Proletariat nicht besiegt war, daß die Kommunistische Partei in voller Ordnung ein taktisches Rückzugsmanöver ausgeführt hatte, daß die Führung, immer im Recht, immer auf der Höhe der Situation, alles richtig eingeschätzt, für alles vorgesorgt hatte. Dieses Zeugnis stellte sich die Führung selbst aus. Und da sie immer recht hatte, war ihr Zeugnis gültig.

Hier erfuhren sie, daß die sozialdemokratischen Gewerkschaften, die stärkste Organisation Deutschlands, sich mit dem Feind zu verständigen suchten. Man verriet die eigene Sache, man ging mit ihr zugrunde. Der Feind wußte, daß, wer in diesem Augenblick zu manövrieren suchte, zu schwach oder zu feig zum Kampf war. Er griff zur Waffe, das genügte, und war Sieger.

Die Emigranten begannen zu diskutieren, heftig und ohne Ordnung, wie jemand, der keine Zeit hat, da ihn schon der nächste Augenblick berufen kann, die größte Tat seines Lebens zu vollbringen.

Man druckte Zeitungen, Broschüren, Bücher, man schmuggelte sie in die Heimat. Die Emigration war nicht nur ein großes Maul, sie war das Haupt der Bewegung. Die Bewegung aber konnte wohl an allen Gliedern geschlagen, doch nicht wirklich niedergeschlagen werden, blieb das Haupt nur unversehrt.

Prag war das Zentrum. Die alte Stadt hatte vieles gesehen, den Sturz von Großen, den Sieg der Verzweifelten. Ihre historischen Stätten waren gleich allen anderen auf dieser Erde Selbstzweck geworden, sie erinnerten nur den, der ihrer hierzu nicht bedurfte, an die Nichtigkeit von Größe und Sieg. Sie belehrten niemanden, ihre Steine sprachen nur dem, der ihnen das Gedächtnis, die Worte lieh.

Die Stadt war nicht zu weit von der Grenze, sie lag in der Tat vielen Grenzen zu nahe. Hier schnitten sich viele Wege, es war die Stadt der Begegnungen. In solcher Stadt reifen oder vollziehen sich Entscheidungen, die anderswo fallen mögen.

Nur Emigranten meinen, gerade dort, wo sie wären und wo sie Beschlüsse faßten, fielen die Entscheidungen. Weil jedes Land, darin sie weilen, ihnen Niemandsland wird, weil sie in keinem Boden sich verwurzeln mögen, vergessen sie so leicht das Gesetz des Wachstums. Und sie würden das Sterben selbst vergessen, vergäße der Tod die Entwurzelten so schnell, wie die Heimat vergißt, sie zu vermissen.

3

Zögernd und fast widerwillig tat Josmar die ersten Schritte in die Emigration. Es zog ihn zu den Genossen hin, die so vieles wußten, was er da drinnen nicht hatte erfahren können. Es reizte ihn, sie über die Vorgänge, an denen er mitgewirkt hatte, aufzuklären, ausführlich und mit Einzelheiten, die zu verschweigen strengstes Gebot war. Ein wenig war es auch die Erregung des Kongreßbesuchers; man traf da auf engem Raum alle, die man gekannt und lange nicht mehr gesehen hatte, und viele, die man kannte, ohne sie je getroffen zu haben. Ihm war aufgetragen, Begegnungen zu vermeiden, doch mußte es sich treffen, daß er alle traf.

Er las die Blätter, die zwar fürs Land bestimmt waren, aber selbst ihm nie zu Gesicht gekommen waren. Was da über die Lage im Land behauptet wurde, war falsch, dies war ihm anfangs gewiß. Und er mußte es besser wissen als die Emigranten hier. Aber dann gab er nach, es war deutlich, er hatte die Parteilinie nicht recht verstanden, nicht recht erfaßt, wie die Partei die Lage einschätzte. Man legte ihm nahe, einzugestehen, daß der Irrtum, die — noch nicht sehr spürbare — »Abweichung« vom allein richtigen Weg nicht seine, sondern Sönneckes Schuld wäre. Er stand zu Sönnecke, natürlich, aber er stand nicht mehr fest.

Und da war Irma. Sönnecke liebte sie, das ging nur ihn an. Sie hatte bald nach dem Reichstagsbrand das Land verlassen. Sooft Sönnecke inzwischen ins Ausland gefahren war, jedesmal hatte er sie getroffen. Er mußte ihr Dinge anvertraut haben, Besorgnisse und Bedenken gegen die »Linie«, die er jedem andern, auch Josmar, verschwiegen hatte. Und warum hatte sie weitererzählt, »weitergegeben«? War ihre Treue zur Partei so viel größer als ihre Liebe zu ihm, warum blieb sie bei ihm?

Und Sönnecke, dem man ein Übermaß an Vorsicht und Schlauheit vorzuwerfen liebte, merkte er nichts? Oder war es möglich, daß bei solch einem Mann die Liebe eine solche, eine politische Rolle spielen könnte? Josmar erschrak bei dem Gedanken; er war noch sehr jung.

Sönnecke erschien, wie immer, auf die Minute pünktlich im verabredeten Café, Irma war mit ihm. Josmar war entschlossen, nicht den Mund zu öffnen, solange sie da wäre. Sie ging bald weg. Sönnecke war sehr ruhig, aber nachdenklich, fast traurig.

»Du hattest recht, Josmar, Irma hat geschwatzt, ohne böse Absicht, nur um sich wichtig zu machen, sie ist noch sehr jung. Im übrigen macht es nichts, ich habe nichts zu verheimlichen, wir wollen das durchkämpfen.«

»Ja«, sagte Josmar zögernd. Er hätte nicht sagen können, was da durchgekämpft werden sollte. Man kämpfte nicht gegen die Partei. Sie hatte immer recht, gegen sie hatte niemand recht, auch nicht Sönnecke.

»Natürlich, wenn die Partei anders entscheidet, werde ich mich unterwerfen. Aber diesmal im klaren Bewußtsein, daß jeder Prolet, der im KZ sitzt, mir ins Gesicht spucken kann, weil er Mut hat und ich ein Feigling bin. Denn diesmal habe ich recht. Und wenn ich diesmal nachgebe, dann —«

Sönnecke verstummte. Er musterte einen Augenblick Josmars Gesicht, die schadhafte Marmorplatte des Tisches, an dem sie saßen, ehe sein Blick an dem unverständlichen, schwer aussprechbaren Titel der tschechischen Zeitung haften blieb, die ein alter Mann am Nachbartisch gerade las. Es war, als wollte er diese Eindrücke bewahren und mit ihnen die Erinnerung an diesen Augenblick, da er zum erstenmal dachte, daß er verraten und allein sei und daß es nicht lohne, einen Satz zu Ende zu sprechen. Doch hatte er keine Absicht, die Eindrücke zu verwahren, sein Blick irrte von Gegenstand zu Gegenstand, weil ihn nur noch Gleichgültiges beruhigen konnte.

Josmar begleitete ihn bis vor das Haus, wo die Besprechung zwischen Sönnecke und der Leitung stattfinden sollte. Sönnecke sagte zum Abschied:

»Hab keine Angst, Josmar, es gibt keinen Bruch. Wenn notwendig, gebe ich nach.«

Josmar sagte schnell: »Dojno und Vasso, beide sind hier. Vielleicht solltest du mit ihnen sprechen, bevor — bevor du dich entscheidest.«

»Ach, die beiden! Jeder von ihnen verheimlicht vor sich selbst, was er wirklich denkt, und gibt öfter nach, als man es von ihm verlangt. — Außerdem ist es zu spät, ich muß hinauf!«

4

Sie lösten sich schnell aus der linkischen Umarmung, beide mit der gleichen brüsken Bewegung. Vasso sah sich im Zimmer um,

als ob er sich wie stets des Raumes vorerst versichern wollte. Die Wände waren bis unter die Decke mit Büchern bedeckt.
Dann sagte er: »Nun endlich, ich habe dich gar zu lange nicht gesehen.« Und nach einer Weile: »Du bist grau geworden, Dojno, und gar zu mager.«
»Und du hast dich gar nicht verändert, Vasso. Ich habe oft an dich gedacht und an Mara.«
»Sie wird heute oder morgen hier ankommen. Wir werden nun wohl alles auf Prag umstellen müssen, die Arbeit dürfte in Wien unmöglich werden.«
Sie sprachen über die Ereignisse in Österreich. Vasso hatte in seinem Bericht im Spätherbst angekündigt, daß es frühestens im Dezember, spätestens im Februar zu Kämpfen kommen, daß die Sozialdemokraten sich schlagen würden. Weder im Dezember noch im Februar, niemals und nirgends würden sich die Sozialdemokraten schlagen, hatte man ihm von »oben« geantwortet. Und er sollte aufhören, solchen Unsinn zu verbreiten, der nur den Sozialdemokraten, dem Feind nutzen konnte.
»Und hätten sie es geglaubt«, fragte Dojno, »hätte sich etwas am Ausgang des aussichtslosen Kampfes geändert?«
»Es gibt keinen Kampf, der von vornherein aussichtslos ist, außer jenem, den man ohne den fanatischen Willen zu siegen führt. Jeder Krieg ist voller Überraschungen, der Bürgerkrieg besteht nur aus ihnen. Eine Brücke, die man zu sprengen vergessen hat, eine Lokomotive, die man im letzten Moment vom Zug abkoppelt, das entscheidet schon eine Schlacht, manchmal sogar den Krieg.«
Dojno schwieg. Seit er hier, in der Freiheit war, übermannten ihn die Schwächeanfälle häufiger als im Lager. Sie waren von Schwindel begleitet, er mußte sich, stand er, an irgendein Möbel anklammern. In solchen Augenblicken überwältigte ihn ein Gefühl der Hilflosigkeit, daß ihm die Tränen kamen.
Vasso fuhr fort, ohne ihn anzusehen: »Und habt ihr deshalb nicht gekämpft, als die Reihe an euch war in Deutschland, jetzt vor einem Jahr? Wie ich das Geschwätz vom aussichtslosen Kampf hasse! Als ob eine Revolution sich ihrem Ziel je anders genähert hätte als durch aussichtslosen Kampf. Der Kampf der Kommune war aussichtslos, 1905 war aussichtslos, ja der siegreiche Oktober noch war in Wirklichkeit aussichtslos. Aussichts-

los, wie das Leben selbst es ist, wenn man ihm nicht gegen alle sichere Aussicht des Todes den Sinn der Ewigkeit gibt.«
»Ich war vor einem Jahr bereit und begierig zu kämpfen, und ich wußte, daß es aussichtslos war, doch wollte ich damals gern sterben. Ist Sterbenwollen revolutionär? Ich glaube es nicht.«
»Warum wolltest du sterben?«
»Verzeih, ich bin zu schwach, und es braucht vieler Worte, dies verständlich zu machen. Es war auch das Bewußtsein, daß ich das alles eigentlich vorausgesehen und es mir selbst kaum eingestanden hatte. Und ich hatte geschwiegen. Es war auch —«
Vasso unterbrach ihn. »Und wirst du jetzt nicht mehr schweigen?«
»Ich werde schweigen, d. h. ich werde für die Partei und für alles, was sie tut, beredtes Zeugnis ablegen. Ich denke an die Genossen, die noch in den Lagern sind, sie glauben an die Partei. Woran sollten sie sonst glauben? Ich werde ihnen treu bleiben. Und hast du denn die Partei verlassen? Du bist für die Bewegung so viel wichtiger als ich, deine Stimme trägt, noch immer. Und trotzdem schweigst du.«
»Ich schweige nicht. Eben darum werden sie mich bald völlig ausgeschaltet haben.«
»Du schweigst, Vasso, trotz allem. Du läßt dich ausschalten, aber du bleibst in der Partei. Ich weiß, du hoffst, daß du sie doch noch ändern kannst, irgendeines Tages, wenn du dich von ihr nur nicht abtreiben läßt. Ich schweige, auch ich bleibe, um, wenn du es erreichst, an deiner Seite zu sein.«
»Dojno, du wirst nicht an meiner Seite sein. Und weil Leute wie du nicht an meiner Seite sein werden, werde ich nichts erreichen. Männer wie Karel werden alles entscheiden. In einigen Monaten oder in einigen Jahren wird er es wagen können, den Leuten im Land zu enthüllen, daß ich ein Agent des Feindes bin oder daß ich Pferde gestohlen habe oder Geld aus der Parteikasse oder all das zusammen. Und du wirst nicht aufstehen, mich zu verteidigen. Aber du wirst von mir träumen.«
»Karel wird nicht wagen, dich zu verleumden. Und ich, ich werde dich verteidigen.«
»Wenn du hier bleibst, wird dir die Partei einen Posten anbieten. Du wirst ihn schwerlich ablehnen können.«
»Ich werde ihn ablehnen.«

»So. Und weil du sagst, du würdest mich verteidigen — Sönnecke ist hier. Ich habe ihn noch nicht gesehen, aber ich weiß, daß sie ihn erledigen wollen. Wenn du es ernst meinst, hier hast du Gelegenheit, jemanden zu verteidigen, der es sehr nötig hat. Und der es wert ist. Oder schätzt du ihn nicht mehr wie früher?«
»Ich schätze ihn, aber auch er ist ein Schweiger, ein schwatzhafter Schweiger wie wir. — Was ist denn mit ihm los?«
»Er wird es dir selbst erzählen, nehme ich an. Du bist erst wenige Tage aus dem Konzentrationslager heraus, das ist eine Position, die vielleicht noch 48 Stunden was wert ist. So lange darfst du noch sentimental sein. Man wird dich ausfragen, als ob du ein Rekonvaleszent wärest, alle werden sehr gut zu dir sein, selbst jene, die dich gar nicht mögen. Und der einzige, der dich nach nichts gefragt und sich nicht für deinen körperlichen Verfall interessiert haben wird, das werde ich sein.«
»Was ist mit dir, Vasso? Warum bist du so unglücklich?«
»Ich bin nicht unglücklich, ich bin nur unruhiger als sonst. Ich war einige Tage zu Hause, niemand hier draußen weiß was davon, außer Mara natürlich. Karel, du wirst ihn sehen — er ist da, alle sind hier —, darf es nicht erfahren. Ich will zurückgehen und die Arbeit an Ort und Stelle wieder aufnehmen. Die oben werden es nicht zulassen. Und für diesen Fall habe ich einen Entschluß gefaßt. Er ist schwerwiegend. Und jetzt weiß ich, daß ich auf dich nicht rechnen kann.«
»Was ist das für ein Entschluß?«
»Ich werde ihn dir nicht sagen, ich möchte, daß du noch einige Zeit in Ruhe von mir träumen kannst.«
Vasso blieb noch einige Zeit. Als Stetten ins Zimmer geführt wurde, verabschiedete er sich schnell. Er versprach, mit Mara zu der kleinen Feier zu kommen, die zwei Tage später zu Ehren Dojnos von dessen Freund und Gastgeber veranstaltet werden sollte.

5

Edi blieb in der Nähe der Grenze, bis er erfuhr, wie es mit Hans geendet hatte. Er erwog sogar, mit einigen Kameraden zurückzugehen und seine Leiche zu holen. Die Patrouille, die ihn tot im Graben gefunden hatte, hatte ihn dort liegen lassen.

Doch die Genossen waren müde, Hofer fand das Unternehmen sinnlos. Er allein von allen wußte, was dieser Hans wert gewesen war, aber seine Leiche war nutzlos. Man durfte ihrethalb niemanden gefährden.

Jetzt erst, meinte Hofer, käme es auf jeden einzelnen an. Man hatte die Schlacht verloren, war über die Grenze in fremdes Land gezogen, aber man fühlte sich nicht besiegt. Man würde bald zurückkehren und in anderer Form den Kampf wieder aufnehmen. Inzwischen sollte sich jeder schonen, ein jeder sehen, wieder zu Kräften zu kommen. Später, als Sieger, würden sie ihre vielen Toten zu Grabe bringen, inzwischen mußten sie es dulden, daß der vorübergehend siegreiche Feind sie verscharrte.

Edi mußte sich fügen, Hofer hatte recht. Doch bewegte ihn unablässig die Erinnerung an Hans, wie er ihn allein mit seinem Maschinengewehr zurückgelassen hatte, und die Vorstellung von dem Toten, der fast aufrecht in der schmalen Grube stand, auf verlorenem Posten für eine verlorene Sache, erregte ihn in einer Weise, für die er vergebens nach Worten suchte.

Er hatte im Krieg, als junger Offizier, viele Kameraden sterben sehen, doch hatte der Tod sie von ihm abgetrennt. Hier zum erstenmal wiederfuhr es ihm, daß der Tod ihn an einen band. Und diesen einen, dem er sich unsagbar nahe fühlte, hatte er kaum gekannt.

Er fuhr nach Prag. Schon am ersten Tag suchte er die Frau auf, der er den Brief und die Papiere übergeben sollte. Er mußte zweimal kommen, erst am Abend traf er sie an, sie arbeitete in einer Fabrik. Sie wohnte in Untermiete, ihr winzig kleines Zimmer lag hinter der Küche. Eines der vielen Kinder der Wohnnungsgeber war krank, sein krampfhaftes Weinen drang minutenlang in das kleine Zimmer, unterbrach das Gespräch und bedrückte sie beide. Edi wagte nicht vorzuschlagen, daß sie ihr Gespräch anderswo, in einem Café, fortsetzen sollten. Er übergab der Frau sogleich die Papiere. Sie las den Brief, überflog alles andere. Als sie aufblickte und ihn ansah — er getraute sich nicht, ihr zu sagen, daß Hans tot war —, schien es ihm, daß er diese Frau schon oft gesehen hatte. Er konnte sie nicht verwechseln, dieses Gesicht unter allen auf dieser Welt gab es nur einmal. Doch konnte er sich nicht besinnen, wo er ihr begegnet sein mochte.

Sie sagte: »Ich bin seine Frau gewesen, er hat mich vor vier Jahren verlassen. Er hat häufig geschrieben, um durch mich mit den Genossen hier in Verbindung zu bleiben. Er ist tot?«
Edi nickte. Sie verlangte zu wissen, wie Hans gestorben war. Edi erzählte, was er wußte. Sie erstaunte ihn, da sie gefaßt sagte: »Es war ihm leicht, mutig zu sterben. Er hatte stets den Tod gefürchtet, aber er war hochmütig, er fürchtete nie das Sterben. Und hätte er noch eine Salve gegen den Feind feuern dürfen, bevor der ihm den Gnadenschuß gab, hätte es eine dekorative Bedeutung gehabt, die er schätzte, auch wenn er es nie zugegeben hätte. Ganz allein bleiben, außerhalb jeder Intimität sterben, das muß ihm gefallen haben. Fanden Sie, daß er ein Poseur war?«
»Nein«, antwortete Edi verärgert. »Keineswegs. Ich denke mit tiefer Bewunderung an ihn.« Im gleichen Augenblick mußte er an die Schuhe denken. War es Pose, daß Hans in solchem Augenblick an sie dachte? Tote brauchen keine Schuhe, hatte er gesagt. Das stimmt, daran denken Überlebende. War, daß der Sterbende daran gedacht hatte, Pose?
Edi fügte hinzu: »Ich bewundere ihn, ich denke an ihn wie an einen lieben, großen Freund. Und ich habe ihn leider kaum gekannt.«
Wieder zwang sie das wilde, jammervolle Schreien des Kindes zu schweigen. Sie saß, groß und mager, auf der Bettkante, den einzigen Stuhl hatte sie ihm angeboten. Der stetige Blick ihrer großen, dunklen Augen ruhte auf ihm, doch war es nicht gewiß, ob sie ihn sah.
»Ich habe ihn gekannt«, sagte sie, als das Kind sich wieder beruhigt hatte, »wir sind im gleichen Dorf aufgewachsen. Tür an Tür. Ich habe ihn nie bewundert, man bewundert nicht einen Gott, ich habe ihn geliebt und gefürchtet. Ich begann, ihm nachzulaufen, als ich fünf Jahre alt war und er sieben. Ich war die einzige Frau, die er geliebt hat, er hat nie eine andere berührt. Ich kenne ihn so gut, daß ich wüßte, was er jetzt denkt in seinem Loch. Aber Tote denken nicht.«
»Ich möchte, daß Sie mir alles von ihm erzählen. Verzeihen Sie, es ist vielleicht unbescheiden, aber —«
Sie unterbrach ihn mit einer ungeduldigen Handbewegung. Er verstummte und wartete.

»In unserem Dorf die Häuser«, begann sie endlich, »sind Hütten, die Wände und der Boden sind aus Lehm, die Dächer sind mit Stroh gedeckt. Auf dem Hügel über dem Dorf liegt das Schloß des polnischen Grafen. Man sieht es von überall her.
Auch bei uns gibt es Jahreszeiten. Aber unsere Landschaft gehört dem Herbst, mit jeder Jahreszeit kommt heimlich der Herbst wieder. Am schönsten Maitag bedeckt sich der Himmel mit schwarzen Wolken und fällt auf die Hütten. Dächer und Wände aus Regen verhüllen alles, aber das Schloß des polnischen Grafen sieht man von überall her. Die weißen Birken halten davor Wache. Der reife Sommer nistet in den vollen Ähren auf den Feldern des Grafen, die den Horizont verdecken, aber auf dem steinigen Boden des Bauern ist es Herbst, auch wenn die Kartoffel, die da wächst, noch nicht ausgegraben ist.
Überall in unserm Dorf nisten die Krähen. In ihrem Kra-kra spricht der Herbst auch an jenen Tagen, da das Land ihn vergessen könnte. Sie sind überall, nur nicht auf dem Gutshof.
Doch nirgends in der Welt singt man soviel wie in unserm Dorf. In unseren Liedern ist der Herbst, auch wenn sie in heißen Sommernächten durch das Dorf klingen. Nur wenn wir sie singen, verstummen die Krähen. Nur wenn wir singen, verbirgt sich das Schloß des Grafen hinter den weißen Birken, dann sieht es nicht mehr auf uns herab, und wir vergessen es. Doch Hans vergaß das Schloß niemals.«
Sie verstummte. Edi fürchtete, sie würde nicht weitererzählen. Und dabei war, was sie bisher gesagt hatte, nichts, was ihn wirklich interessierte. Machte es denn wirklich so viel aus, daß dieser kleine rothaarige Mann mit dem mathematisch-scharfen Verstand und dem erstaunlich harten Willen aus dem letzten, verkommensten Dorf irgendwo in Ostgalizien kam? Und war es möglich, daß irgendwo alles nur Herbst war, daß es Krähen und keine Stare und keine Nachtigallen gab?
Er fühlte wohl, daß die Frau nicht zu ihm sprach, nicht für ihn einen Text, den sie auswendig gelernt haben mochte, mühsam in ein Deutsch übersetzte, das sie jedesmal vorbedachte und korrigierte, ehe sie einen langen Satz aussprach. Doch stand er in ihrem Bann, bedrängt von einem verwirrenden Gefühl, intensiv und unordentlich wie in einem Traum: Er war dieser Frau häufig begegnet, sie war ihm wichtig gewesen, doch wußte er

nur, daß er alles vergessen hatte. Ihr Gesicht verriet ihm, daß er ein Geheimnis mit ihr gemein hatte, aber es verriet nicht das Geheimnis.

Das Kind daneben hatte wieder zu schreien begonnen, sein Schreien war dann in Schluchzen übergegangen, nun hörte man es nur noch wimmern. Er fragte: »Doch wie wurde aus dem Dorfkind der Mann, der er war? Er wußte viel. Wo hat er gelernt? Wo haben Sie selbst gelernt?«

Er war nicht sicher, daß sie ihn gehört hatte; endlich begann sie wieder:

»Das Dorf war nicht allein. Es gab viele seinesgleichen, und hinter ihnen lag die Welt, aus der die Gäste ins Schloß kamen, Befehle an alle und manchmal auch ein Brief für einen Bauern. In diese Welt entsandte das Dorf jedes Jahr seine jungen Leute. Sie blieben einige Jahre weg. Nicht alle kamen aus den Kasernen zurück; mancher verlor sich, man wußte nicht wo und wohin, mancher legte sich den Strick um den Hals an einem Sonntagnachmittag in der Kaserne. Er fürchtete den Feldwebel mehr als den Tod.

Die zurückkamen, hatten viel zu erzählen, der Staat hatte aus ihnen erfahrene Menschen gemacht. Sie hatten häufig Fleisch gegessen und Kaffee getrunken, sie hatten bei fremden Frauen Liebe gefunden, die nach Minuten zählte. Als sie zurückkamen, erschien ihnen das Dorf klein und unerträglich arm. Doch schnell genug vergaßen sie wieder die Welt, das Dorf war groß genug für ihre Armut, der getrocknete Hering zu teuer, als daß sie ihn hätten geringschätzen dürfen.

Als der Krieg kam, zogen die Männer aus dem Dorf weg. Zuerst die jungen, die erst kurz vorher aus der Stadt zurückgekommen waren, dann die anderen. Nur die zu alt und die zu jung waren und die Krüppel blieben. Damals war Hawrylo — Ihr Hans — 15 Jahre alt. Er konnte lesen, doch gab es im Dorf fast keine Bücher. Der Pope besaß vier Bücher, der Lehrer hatte deren vielleicht fünfzehn. Beide hatten viele Kinder und wenig Spielzeug. So fehlten viele Seiten in diesen wenigen Büchern. Hawrylo las sie, ein jedes zweimal, dreimal. So kannte er fast vollständig die ›Heldes- und Ruhmestaten unserer glorreichen kaiserlichen und königlichen Armee im Feldzug von Venetien‹, weniger vollständig ›Die wahrheitsgetreue und wundersame Geschichte und Historie der heiligen Märtyrer‹ usw. mit naturgetreuen Abbildungen, sowie Illustrationen und Visionen, ›Das Ungeheuer in Menschengestalt. Vollkommen wahre, abschreckende und äußerst lehrreiche Geschichte vom Kaiser Napoleon, der jetzt Gott sei Dank in der Hölle ist‹. Es gab auch ein Dekameron und den Don Quichotte, einen Liebesbriefsteller und einige restliche Seiten eines Buches, in dem bewiesen wurde, daß der falsche Dmitri der echte Dmitri gewesen war und der echte der falsche.

Hawrylo konnte schreiben, mit der linken Hand besser als mit der rechten, aber er hatte selten Gelegenheit dazu. Er konnte in der Wirtschaft, was die Bauern konnten, das war nicht viel. Er konnt so gut singen wie einer im Dorf, und er konnte Mundharmonika spielen. Er konnte nach dem Stand der Sonne die Stunde sagen und nach den Bewegungen des Popen bei der Messe abschätzen, wie viele Gläschen er auf nüchternen Magen getrunken hatte.

Verdankte er es jenen Büchern, daß er schon so früh und soviel genauer als alle anderen wußte, daß die Dinge in unserem Dorf und vielleicht auch in anderen Dörfern nicht waren, wie sie sein sollten? Hatte ihn die Geschichte der Heiligen darüber belehrt, daß das Leben anders gelebt werden konnte? Hatte ihm die Geschichte vom falschen Dmitri die Gewißheit gegeben, daß das Schloß nicht uneinnehmbar und unser Leben im Dorf nicht auf einem ewigen, unantastbaren Recht gebaut war?

In jenen Sommertagen, da der Krieg noch so jung war, daß er einem ungewissen Versprechen nicht unähnlicher war als einer Drohung, in jenen Tagen schien das Dorf zum erstenmal vom Herbst vergessen zu sein. Die Regen blieben lange aus, das Blau des Himmels schien dauerhaft. Die Soldaten des Kaisers wurden geschlagen; man hörte sie, ganz besonders in der Nacht, da ihre Bewegung laut war und das schlafende Dorf aufweckte, auf der großen Straße dahinziehen. Versprengte Gruppen kamen auch ins Dorf. Es waren müde Männer, die unsere Sprache nicht verstanden; sie glaubten uns die Armut nicht, so daß uns ihre Ungeduld gefährlich hätte werden können, hätte uns ihre Müdigkeit nicht geschützt. Sie blieben einen Tag oder eine Nacht oder eine Stunde, dann verschwanden sie hinter dem Hügel. Nur die Hunde begleiteten sie ein Stück Weges.

Mit den ersten Herbsttagen kam die letzte Gruppe der kaiserlichen Soldaten. Sie erschienen in der Nacht und weckten das Dorf auf. Sie taten, als wollten sie sich für ewig in unseren Hütten niederlassen, doch zogen sie in der gleichen Nacht davon, noch ehe die Kleider auf ihren Leibern trocken und ihre Speisen gar geworden waren. Sie ließen ihren Fähnrich, einen blutjungen Mann, schwerverwundet zurück. Das Dorf sollte ihn pflegen und ihn vor den Feinden, kämen sie inzwischen, verstecken. Sie sagten, sie würden zurückkommen, zu bestrafen oder zu belohnen.

Der Fähnrich sprach wie seine Kameraden nur deutsch. Die alten Männer, die vor langen Jahren dem Kaiser gedient hatten, verstanden ihn. Der Pope war nicht da, die Gendarmen hatten ihn gehenkt, und der Lehrer war verschwunden, man wußte nicht, wohin.

Man versteckte den Fähnrich vor den Kosakenpatrouillen. Man hoffte, er würde bald wieder gesund, so daß man ihn auf sein Pferd setzen und weiterschicken würde können. Doch er wurde nicht gesund. Und er starb auch nicht. Hätten der Pan und die Seinen nicht das Schloß verlassen, man hätte den fremden Jungen hingebracht. Dahin mochte er wohl auch gehören, denn er mußte reich sein, er hatte Geld, die Wäsche auf seinem gar zu zarten Körper war feiner als die der reichsten Braut. Er hatte eine goldene Zigarettendose, sein Kamm sogar, sagte man, war aus Silber.

Es wurde immer gefährlicher, ihn den Russen zu verheimlichen, es war zu spät geworden, ihn den Russen zu verraten. Nach dem Tod des jungen Fähnrichs — man hatte sich geeinigt, ihn, während er schlief, in Gegenwart aller Männer des Dorfes zu erwürgen — begann der Streit um die Verteilung des Reichtums. Alle verdächtigten einander, alle haßten einander. In den Hütten unseres Dorfes wohnten Mörder. In den Nachbardörfern wußten sie alles, man fürchtete uns, man verachtete und man beneidete uns, die reichen Erben.

Damals verließ Hawrylo das Dorf, er wollte nie mehr wiederkehren. Doch ist er immer wieder zurückgekommen, für eine Nacht, für einige Tage, für einige Wochen. Er wurde Kutscher bei einem Juden, der weißes Mehl und Kristallzucker und Rosinen aus Rußland brachte; er arbeitete in den Petroleumgruben, er arbeitete in den Wäldern; er fuhr im Train der Soldaten mit; er half die Gefallenen begraben; er führte verwundete Pferde in die Etappe zurück; er diente in einem Soldatenbordell; er war Heizer in einer Entlausungsanstalt der k. u. k. Armee.

Eines Nachts kam er und sprach von der Revolution. Er liebte sie. Als er wiederkam, ging ich mit ihm aus dem Haus, aus dem Dorf, ins Land der Revolution, wo sie mit den Herren aufgeräumt hatten, wo der Bauer stärker geworden war als das Schloß. Ich folgte ihm zu den Partisanen in die Ukraine, wir kämpften in Weißrußland und bei Petrograd. Hawrylo war im Bürgerkrieg an allen Fronten, er war ein richtiger Mann geworden, alt und erfahren.

Hatte es jemals unser Dorf gegeben? Gab es Birken, hinter denen sich ein Schloß versteckte? Gab es etwas, das uns widerstehen konnte, gab es einen Sieg, der sich uns verweigern konnte?

Solange uns unsägliche Mühen und tödliche Gefahren vom Sieg trennten, so lange sind wir glücklich gewesen. Wir wußten nicht, daß der Sieg ein Ende war, wir glaubten, er würde ein Anfang sein.«

Da sie schwieg, fragte Edi:

»Wann merktet ihr, wann wurde es Hawrylo gewiß, daß der Sieg sich verbrauchte?«

»Hawrylo«, begann sie wieder, »ging dahin, wo man noch um die Entscheidung kämpfte: nach Deutschland, nach China. Als er aus Kanton zurückkam, entzweite er sich mit der Partei. Seither hat sie keinen ihrer Feinde besiegen können, aber ihn und seinesgleichen hat sie fortgesetzt besiegt. Und noch seinen Tod wird sie ihm bestreiten, wie sie seinen Kampf in den heimatlichen Dörfern bestritten und verleumdet hat.

Denn wir sind zurückgekehrt. Hawrylo hat das Schloß nicht vergessen und nicht die Armut und nicht unsere Lieder. Er führte den Krieg der ruthenischen Bauern gegen die Pane. Hinter diesen standen die Gendarmen, hinter diesen die Soldaten, die Söhne armer polnischer Bauern. Hawrylo sprach zu den Soldaten, die Gendarmen fingen ihn, rundherum brannte die Ernte des Gutsherrn, die Bauern hatten sie angezündet. Doch auch damals fand er nicht den Tod und hätte ihn schon im verbrecherisch-sinnlosen Aufstand von Kanton finden mögen.

Hier trafen wir wieder zusammen. Ich begann zu hoffen, er würde nun ruhig werden, sich abfinden, wie so viele andere sich abgefunden hatten. Er wollte lernen, viel, alles lernen. Aber er beschloß, daß wir wie Arbeiter unser Brot verdienen sollten. Wir gingen in die Fabrik, lernten am Abend, in der Nacht. Das Leben war schwer, aber es hätte schön sein können.«

Noch immer saß sie auf dem Bett, noch immer schien es, daß sie etwas Auswendiggelerntes mühsam ins Deutsche übersetzte. Aber ohne daß der strenge Ausdruck ihr Gesicht verließ, begann sie zu weinen.

»Er war unglücklich, er machte alle unglücklich, die sich ihm näherten. Er war von der Partei weggegangen, aber sie steckte in ihm tiefer als die Erinnerung an eine gedemütigte Liebe, quälender als das Bewußtsein eines Verbrechens, das man sich nicht verzeihen kann, weil man sich seinethalb verachten muß, so daß man oft aus dem Schlaf auffährt, um darüber zu erröten. Er ertrug sich nicht, er wurde allen, die mit ihm lebten, unerträglich. Er warf der Partei Intoleranz vor, er war intolerant gegen jeden Freund, der ihm nicht in allem zustimmte. Immer tiefer prägten sich in ihm die Züge aus, die er am Wesen der neuen Führer so kränkend empfand, daß er, sprach er nicht über sie, doch fortgesetzt an sie denken, immer neue Einwände gegen sie entdecken mußte.

Er war tugendhaft, seine Tugend wurde Hochmut. Er war wahrhaftig, ehrenhaft und treu — all das machte ihn nur unduldsamer und unerträglicher. Selbst seine Güte war nur den Fremden noch willkommen. Er hatte keine Freunde mehr. Er verließ mich, weil er in mir immer mehr kleinbürgerliche Züge entdeckte, weil ich in der Frage der Gewerkschaften eine ›ultralinke‹ Abweichung von seiner Linie hatte, weil ich ihn liebte, wie eine rückständige Bäuerin liebt.

Daß ich ihm alles glaubte, genügte nicht. Er verließ mich, weil ich nicht mehr an ihn glaubte.

Ich habe diese vier Jahre mein eigenes Leben und einen Mann gesucht. Ich habe nichts gefunden als die Trümmer, in die er mein Leben geschlagen hat, und die Erinnerungen an das Dorf. Ich habe mir ein blaues Schulheft gekauft und sie niedergeschrieben. Um sie an diesem Abend Ihnen in Fragmenten aufzusagen. Sie haben mir den letzten Satz, der noch fehlte, gebracht: ›Hawrylo starb in einem fremden Land, weitab von unserem Dorf. Nur darum sah er sterbend nicht das Schloß. Es steht noch immer. Im Wind verneigen sich die Wipfel der weißen Birken vor dem Schloß.

> Hörst du, Bruder mein,
> mein Genosse, hörst du,
> wie die Krähen krächzen: Kra, kra.‹

Hawrylo hört nichts mehr. Er antwortet nicht, er schweigt. Endlich.«

SIEBENTES KAPITEL

1

Die Schiebetür war weit geöffnet worden, die beiden Zimmer bildeten einen großen Raum, in dem die Gäste, hätte die Lust dazu sie angewandelt, sich bequem hätten zerstreuen können. Doch strebten sie gleich der Ecke zu, wo Dojno saß, den man immerfort zum Sitzenbleiben nötigte. So vergrößerte sich der Kreis um ihn; nun, da ihn keine Gefahr mehr bedrohte, scharten sich seine Freunde eng um ihn, ihn vor ihr zu beschützen. Ihm zunächst saßen Stetten und Mara. Da er sprach, mochte es manchmal scheinen, daß er sich nur an sie wandte. Erst viel später löste sich der Kreis auf. Auch hatte man getrunken, manche Stimmen bekamen einen anderen Klang, manches Gesicht veränderte sich — wurde weicher oder härter, röter oder blasser.
Der Gastgeber, der für alles, auch für kalte Speisen und starke Getränke reichlich gesorgt hatte, erschien hie und da, blieb eine Weile hinter Dojnos Stuhl stehen und verschwand leise wieder. Er machte es den Gästen leicht, ihn nicht zu beachten.
Sönnecke hatte außer Josmar und Irma auch einen Wot-tschto-Mann mitgebracht. Man wußte von ihm, daß er bei den Russen in besonderer Achtung stand. Er galt als bedeutender Theoretiker, obschon er nichts veröffentlicht hatte, was nicht wenige Monate nachher, sei es durch die Ereignisse, sei es durch eine plötzliche Wendung der Generallinie desavouiert oder verleugnete Ketzerei geworden wäre. Doch mochte man seine Wendigkeit bewundern: Er war der erste, der die Begründung für die Desavouierung lieferte, deren Opfer allmählich jede seiner »Theorien« wurde. Er trug ein Bärtchen, das ihm — oberflächlich gesehen — eine gewisse Ähnlichkeit mit dem ersten Führer der Revolution gab. Es hieß, daß er vorhatte, in die illegale Arbeit in Deutschland einzugreifen, er sich also jetzt — in der Emigration — durch Bart und Augengläser unkenntlich machte. Auch hatte er sich mehrere Namen zugelegt, so daß man seinen

wirklichen bald vergessen konnte. Im engeren Kreis nannte man ihn Bärtchen, er hörte es gern.

»Sag einmal, Faber«, fragte Bärtchen, »man hat hier ziemlich viel über die Konzlager veröffentlicht, vielleicht hast du schon manches gelesen. Was hältst du davon? Ich meine, politisch ist ja alles klar, aber inwieweit trifft das in einem tieferen Sinn den Kern, das möchte ich einmal feststellen.«

»Was ist der Kern? Und trifft eine Literatur jemals den Kern? Man überbietet sich in der Beschreibung der Grausamkeit, die der Feind an seinen Gefangenen übt. Ist das der Kern?

Es fällt der Kunst besonders leicht, das Leiden darzustellen. Es scheint mir fraglich, ob das Leiden etwas für den beweist, der es erträgt, es scheint mir gewiß, daß es den nicht widerlegt, der es erzeugt — jedenfalls nicht in der Geschichte. Und das sollten wir Revolutionäre, die sie ja machen wollen, nicht vergessen.«

»Pardon, das Christentum hat mit einer Leidensgeschichte begonnen — es ist ein universeller Erfolg geworden!« warf Edi ein.

»Mein lieber Freund Dr. Rubin irrt hier«, sagte Stetten. »Wäre der wiedererstandene Christus nicht erschienen, hätte man den Sieger über den Tod nicht wirkungsvoll präsentiert, die ersten Christen wären auseinandergestoben. Der universelle Sieg des Christentums wurde durch eine Reihe von fast universellen Gewalttakten herbeigeführt. Erst als die Christen begannen, aus Heiden Märtyrer zu machen, erst als der letzte Karrierist im Römischen Reich erfaßt hatte, daß es für ihn nützlich, ja dringlich notwendig wäre, sich zum Kreuz zu bekennen, erst da kroch die Welt zu Kreuze. Vielleicht überzeugt das Leiden den Liebenden, ich weiß es nicht. Den Gleichgültigen läßt es zuerst gleichgültig, dann stößt es ihn ab. Dem Feind beweist es, daß er richtig gezielt hat. Entschuldigen Sie, mein Freund, diesen Hinweis, der Historiker glaubte, hier eingreifen zu müssen.«

Es wurden Getränke und Sandwiches herumgereicht.

Mara sagte: »Warum sprichst du so allgemein, Dojno? Erzähle, was dir wichtig genug erscheint.«

»Der Herr Professor hat recht, es kommt nicht auf das Leiden an«, sagte Bärtchen. Es lag ihm deutlich daran, Stetten für sich zu gewinnen. »Worauf es ankommt, das ist, ob eine Bewegung durch die Opfer gestählt und in der Überzeugung an ihren End-

sieg gefestigt wird, oder ob sie umgekehrt geschwächt und allmählich hoffnungslos wird. Die Bolschewiki haben gezeigt, daß sie mit jeder Schwierigkeit wachsen, die Nazis werden erfahren, daß die deutschen Bolschewiki nicht aus schlechterem Holz geschnitzt sind. An Stelle eines jeden, den der Terror tötet, treten zehn andere. Stimmt's, Sönnecke?«
Sönnecke fühlte, daß man ihn ansah, er wußte, daß Josmar, Vasso, vielleicht auch Dojno seine Antwort zu erraten versuchten. Er sagte:
»Die Disziplin der Partei läßt nichts zu wünschen übrig. Es fehlt uns nicht an Menschen, die zu jedem Opfer bereit sind. Es ist nicht übertrieben, zu sagen, daß wir jetzt manchenorts stärker sind als früher. Bärtchen hat recht.«
Da sie im Kreis saßen, hatte man Hanusia, die ganz hinten saß und sich hinter Edis breitem Rücken zu verbergen schien, kaum bemerkt. Als sie nun das Wort ergriff, wandte man sich um, den Mund zu entdecken, der mit solch weicher, dunkler Stimme so harte Worte sprechen konnte:
»Die Waffen des Feindes sind nicht so mörderisch wie die Lügen, mit denen die Führer der Opfer die Welt erfüllen. Der Haßgesang des Feindes tönt den Ohren besser als die Phrasen, die wie ekliger Speichel aus dem Maul der Grabredner rinnen. Zwanzig Jahre braucht es, aus dem Neugeborenen einen Menschen zu machen, aber den Verwesern der verratenen Revolution wachsen im Nu zehn Kämpfer an jener Stelle, an der sie das Leben eines einzigen nicht zu bewahren verstanden haben. ›Die Disziplin läßt nichts zu wünschen übrig.‹ Wer für eine Überzeugung leidet, der macht sie stark, den macht sie stark. Aber wer für die Disziplin leidet, der überzeugt so wenig, wie die zehn Millionen toter Soldaten des Weltkrieges jemanden überzeugt haben. Wie widerlich eure Gespräche doch sind!«
Entschiedener Protest, ja Unwille äußerte sich gegen diese Worte. Doch Stetten, der behend aufgesprungen war und sich neben Hanusia stellte, als ob er sie gegen körperliche Insulte schützen wollte, schaffte Ruhe und den Anschein der Eintracht.
»Wie verstehen wir Sie, wir alle!« begann er. »Wer hätte noch nie den Ekel gegen das Wort verspürt? Es gibt Nächte, da träumte ich nichts als Worte, das ist quälender Halbschlaf. Kein Traumbild könnte so grausam sein, wie sie es sind. Mag die Tat

wortlos sein, hat man ihre Folgen überstanden, bleiben nichts als Worte. Die großen Helden waren zumeist auch ruhmredige Schwätzer, nur ihr Analphabetismus oder zu früher Tod hinderte die meisten von ihnen, sich der Nachwelt mit gebührender Ausführlichkeit zu empfehlen. Mein Kind, seien Sie nicht ungeduldig gegen uns.«

Hanusia antwortete nicht. Dojno bot ihr stumm einen Stuhl an, sie setzte sich neben ihn.

»Sie lehrten mich, mein lieber Professor«, wandte sich Dojno laut an Stetten, »mich vor dem Tatsachen-Fetischismus in acht zu nehmen. Wer über den Tatsachen steht, dem fliegen sie zu; wer ihnen nachkriecht, dem türmen sich die nichtigsten zu Bergen. So will ich also nicht von Tatsachen erzählen. Oder nur von solchen, die mir zufliegen.

Das war noch im Frühling, nie hat es einen schöneren gegeben. Von meiner Zelle aus konnte ich nie die Sonne sehen, aber das Stückchen Himmel, das ich erspähen konnte, war wie blauer Samt. Sein Anblick ließ in mir eine Zärtlichkeit zurück, die mich stärker als alle Zukunftshoffnung ans Leben band. Dann begannen die nächtlichen Verhöre. Sie endeten regelmäßig mit dem Spalierlauf: vom Keller hinauf in den vierten Stock, wieder hinunter, hinauf, hinunter. Auf den Treppenabsätzen standen die neuen Männer. Sie schlugen mit ihren Koppeln oder Hundpeitschen auf einen ein, immer heftiger, und je mehr die Kräfte erlahmten, um so schneller mußte man laufen. Man wurde mit Schlägen ins Gesicht empfangen, mit Schlägen ins Genick vorwärts-, hinauf- oder hinuntergejagt. Eines Nachts, all das dauerte so lange und begann auch sie schon zu ermüden, beluden sie meine beiden Arme bis hoch hinauf, daß sie fast meine Augen verdeckten, mit Blechnäpfen. Immer wieder fiel, während ich atemlos lief, ein Napf hinunter und rollte über die Stufen. Ich mußte zurück und ihn auflesen. Und dies war das Spiel: Während ich mich bückte, stürzten sie auf mich zu, schlugen auf meine Arme ein, daß auch die anderen Näpfe fielen und über die Treppen kollerten. Es war ein großes Spiel, die Nacht war nicht zu lang dafür. Und da geschah es mir zum erstenmal: Ich löste mich von meinem erniedrigten Körper ab, von diesem armseligen Herzen, so lächerlich gehorsam mit seinen zu kurzen, zu raschen Schlägen — ich entfremdete mich dem Augenblick, mir selber. Ich war weit weg — nirgendwo. Ich fand erst in der Zelle zu mir zurück, nach der Bewußtlosigkeit. Nein, sowenig wie in der Liebe, erfindet man etwas wirklich Neues in der Technik der Folterung. Der blutige, beschmutzte Körper, die zerbrochenen Knochen — all das bleibt willenlos in den Händen der Folterer, doch der Gefolterte löst sich ab von der Gegenwart, die jenen gehört. Auch seine Technik hat sich nicht geändert. Seine Würde wird in dem Augenblick unantastbar, da die Hoffnung auf den Tod ihm den Schmerz erträglich, weil zum Versprechen des nahen Endes werden läßt. In einer dieser Nächte, in einem Augenblick solcher Selbstentfremdung, erblickte ich auf einem Treppenabsatz durch ein Fenster den rötlich-fahlen Morgendämmer. Ich lief aufs Fenster zu, ich schlug mit den Fäusten die Scheiben ein, als müßte ich so dem Himmel, dem Licht, dem neuen Tag näher sein. Erst als sie mich wieder zu Boden geschlagen hatten, als sie mir mit den Stiefeln auf dem Gesicht herumtraten, da erst erlaubte ich es mir, bewußtlos zu werden. Als ich erwachte — sie hatten mich in die Zelle zurückgebracht, mich neben die Wand unter die Luke geworfen —, erblickte ich durch die oberen Gitter den Himmel. Und ich weinte vor zärtlicher Rührung darüber, daß es ihn gab.

Ist das der Kern oder der tiefere Sinn, den Bärtchen sucht?

Oder ist er darin:

Ihr wißt, daß ich später in das Lager gebracht wurde, in dem sie den Dichter zu Tode gefoltert haben.

Wir alle haben mit angesehen, wie sie diesen Mann gequält haben. Sie ließen uns, an die vierhundert Mann, antreten — fünf Wächter waren sie, gewiß, sie waren bewaffnet, in den Wachstuben waren ihrer noch mehr, aber wir waren vierhundert. Vor unseren Augen, manchmal von uns umgeben — wir mußten ein Karree bilden —, trieben sie ihr furchtbares Spiel mit dem Dichter, dessen Lieder wir alle gesungen hatten, dessen edles Gesicht ein jeder gekannt hatte, ehe es von ihnen entstellt worden war. Wir standen, 100 Mann, davon an die dreihundert Kommunisten, in der anbefohlenen Habtacht-Stellung, wir waren gehorsame Zeugen — und hätten rächende Rebellen sein müssen. Welcher Sache Kern ist das, welch tieferer Sinn enthüllt sich hier?

Sie hatten dem Dichter alle Zähne ausgeschlagen, ihm die Brille weggenommen, daß er fast blind war, sie hatten ihm die Haare

ausgerissen und in seine Kopfhaut das Zeichen, in dem sie gesiegt haben, eingebrannt, sie hungerten ihn aus und zwangen ihn, Salzsuppen zu essen, verweigerten ihm darauf jedes Getränk. Sie wollten, er sollte sagen: ›Ich bin ein Judenschwein. Ich habe lauter Schweinereien geschrieben.‹ Sie brachten ihn endlich soweit, daß er — mit einem Lächeln, das noch in seinem geschändeten Gesicht edel und überlegen war — sagte: ›Ich bin ein Judenschwein‹, doch seine Gedichte wollte er nicht verleugnen.
Es kam ein nasser, kalter Herbst, sie erfanden für ihn den halboffenen Stehsarg. Halbnackt, verhungert, mit von Schlägen unkenntlich gewordenem Gesicht, so sahen wir ihn, wenn wir, befehlsmäßig singend, in Reih und Glied am Morgen zur Arbeit abzogen. Er winkte uns mit der Hand, er sagte etwas, in unserem lauten Gesang ging seine schwache Stimme unter. Als wir zurückkamen, sahen wir seine Hände nicht mehr. Man hatte sie ihm auf den Rücken gebunden.
Als wir ein anderes Mal von der Arbeit zurückkehrten, die Wache hatte vergessen, uns den Gesang zu befehlen, da rief er uns zu: ›Glaubt nicht an meinen Selbstmord! Ich werde mich nie . . .‹, die Wache schlug ihn nieder. Zwei Tage später führte man uns an seinem Stehsarg vorüber, sein Gesicht war vollends unkenntlich geworden. Die Wächter riefen: ›Seht, das Schwein hat sich endlich aufgehängt.‹ Wir wußten, daß sie logen. Wir wußten, daß wir nichts getan, seine Pein auch nur einen Augenblick abzukürzen. Wir waren Zeugen und hatten nichts bezeugt.«
»Die Zeugen und die Historiker — sie sprechen hinterher; das Ereignis hat sie beeinflußt, sie beeinflussen das Urteil!« sagte Stetten.
»Es gibt zuviel Zeugen auf dieser Erde, viel zu viele, darum auch thronen die Mörder und die Verräter auf den Gräbern ihrer Opfer«, sagte Hanusia traurig.
Bärtchen belehrte sie: »Das alles sind Formeln, das sagt nichts. Die Kommunisten im Lager hätten den Dichter nicht retten können. Sie hätten fünf Minuten lang das Lager beherrscht und wären dann alle liquidiert worden. Wie im großen, so lehnen wir auch im kleinen die Abenteurerpolitik ab. Im übrigen war der Dichter ein kleinbürgerlicher Anarchist mit gewissen sozialen Ideen, ein ewiger Rebell. Unter Umständen hätte ihn auch ein

Sowjetdeutschland liquidieren müssen, ich sage das o.
»Nun ja«, meinte Sönnecke, »es geht hier um etwas
Die Meuterei auf dem Panzerkreuzer Potemkin war auch
Abenteuer, trotzdem...«
Edi unterbrach ihn: »Und was wir jetzt in Österreich gemacht haben, auch das war ein Abenteuer. Es ist zwar wahr, daß ihr Kommunisten an ihm so gut wie keinen Anteil hattet, aber wollt ihr vielleicht bestreiten...« Auch er wurde unterbrochen. Heftig wechselten Rede und Widerrede. Schließlich riß Stetten das Wort an sich, und niemand wagte es, ihn zu unterbrechen. Er war in guter Stimmung. Daß er nichts ganz ernst nahm, hätte beunruhigen können. doch verzieh man es ihm, da er so erlaubte, daß man ihn selbst nicht ganz ernst nehme. Er schloß: »Einigen wir uns also, daß jeder Versuch, der Geschichte ihren Gang vorzuschreiben, ein Abenteuer ist. Daß die mutigen Abenteurer sympathischer sind als die feigen, wer wollte es bezweifeln? Doch wo der Mut nur einen Grund hat, hat die Feigheit zehnmal zehntausend Gründe. Daher auch gibt es gar so viele Zeugen. Alle Gründe außer einem sind auf ihrer Seite. Der Mutige ist mutig, weil er den Tod weniger fürchtet als die Selbstverachtung. Doch wer wollte sagen, ob die Feigheit vor sich selbst, aus der der Mut erfließt, nicht noch verdächtiger ist in all ihrem Hochmut? Und hat nicht recht, wer überlebt? Es sind, meine Freunde, fast stets die Zeugen, die überleben.«

»Ich finde es wundervoll«, sagte Edi nachdenklich, »daß der Dichter bis zuletzt abgelehnt hat, sein Werk zu beschimpfen, obschon er wußte, daß er damit den Zorn seiner Peiniger bis zum äußersten reizte.«

Karel, der den ganzen Abend geschwiegen hatte, ließ sich da vernehmen:

»Es war eine Dummheit von ihm. Er war eben, wie Bärtchen ganz richtig gesagt hat, ein kleinbürgerlicher, sentimentaler Anarchist. Was hätte das denn für eine politische Bedeutung gehabt, wenn der dem Zwang nachgegeben und den blöden Satz wiederholt hätte, daß seine Gedichte Schweinereien waren. Der Revolutionär hat stets das Ziel im Auge zu behalten, auf die Mittel kommt es nicht an. Außerdem hätte es ihm in jedem Fall gleichgültig sein sollen, was irgendwelche Nazis von ihm oder seinen Werken denken.«

...gen die Meinungen auseinander. Doch je länger ...ch hinzog, um so fraglicher wurde die Gestalt ...arel und Bärtchen »erledigten« ihn, sie »liqui... ...ch einmal. Auch die für ihn sprachen, gaben ihn ... Die Zukunft würde richten, ihm oder ihnen einten sie abschließend.

»Alle oder fast alle in diesem Lager«, begann Dojno wieder, »hatten furchtbare Verhöre hinter sich, und sie hatten standgehalten. Der eine oder andere war vielleicht gebeugt, doch keiner gebrochen worden. Erst im Lager geschah etwas, das uns auch innerlich zu Gefangenen machte. Wir nahmen eine Disziplin an, sie drang tief in uns ein. Sobald wir uns dareingefunden hatten, hatten wir uns ein zweitesmal zu Gefangenen gemacht. In jedem von uns war ein Wächter, saß ein Feind.

Nur in den Nächten, im Wachen und in den Träumen, versuchte man, sich wieder freizumachen. War am Tag die Gegenwart allbeherrschend, eine Zeit ohne Ablauf und Vergänglichkeit, so suchte man in der Nacht, sich die Gegenwart zu verheimlichen, ihre furchtbare Gewalt zu verleugnen.

So brach das frühe Alter über uns herein, da nur das Vergangene uns Leben war. Wie ein Geblendeter, so tastete sich ein jeglicher zurück in das Gewesene, noch einmal trank er den getrunkenen Trank, noch einmal umarmte er zum erstenmal eine Frau, noch einmal las er zum erstenmal ein Buch. Im Traum hörte er den Freund sprechen, im Traum schlief er in einem Bett, im Traum wanderte er über ein weißes Narzissenfeld.

Es brauchte nicht lange und man wurde dessen gewahr, wie gefährlich die tägliche Alleinherrschaft der Gegenwart und wie trostlos lähmend der nächtliche Trost der Vergangenheit werden mußte.

Damals — es war kurz nach der Ermordung des Dichters — faßte ich den Plan der Flucht. Ich hatte schon vorher durch unsere spärliche Verbindung mit der Außenwelt bei der Partei um ihre Stellungnahme gebeten, doch bekam ich nie eine Antwort.«

Sönnecke warf ein: »Ich habe nur einmal Nachricht von dir bekommen. Du verlangtest Zustimmung und Hilfe zu einem organisierten Massenausbruch. Ich zog es vor, dich nicht wissen zu lassen, daß uns der Aufwand zu groß schien. Die Aussichten, daß ihr euch, einmal draußen, auch wirklich würdet retten können, waren sehr gering. Wir hätten alle Arbeit einstellen und den ganzen Apparat für diese einzige Aufgabe einsetzen müssen. Das kam natürlich nicht in Frage. Zu schweigen davon, daß es sich ja nur um ein Lager handelte. Mord und Totschlag hätte es in den anderen gegeben, wäre euer Plan zur Ausführung gekommen. Siehst du das ein, Dojno?«

»Noch seh' ich es nicht ein, Herbert, aber laß mich noch zwei, drei Wochen in der Freiheit leben, vielleicht vergesse ich all das, was nur der Gefangene weiß und was der, der es nicht gewesen ist, nie, niemals verstehen wird.«

Es folgte eine scharfe Auseinandersetzung, Bärtchen drohte wegzugehen. Doch beruhigte man sich nach einer Weile, er blieb. Karel, der bemüht war, die Stimmung zu heben, erzählte, um Dojnos Ansehen bei Bärtchen zu heben, Episoden aus der illegalen Arbeit, in der er mit Dojno verbunden gewesen war.

»Und erst nachher erzählte mir der Mann, wie Dojno es angestellt hatte, ihn für die Bewegung zu gewinnen. Ich z. B., ich hätte ihm versprochen, daß er Direktor der Nationalbank in unserer Sowjetrepublik werden würde oder Volkskommissar für Finanzen oder Botschafter in Paris — sowas wirkt auf die Bürger unglaublich —, aber nein, Dojno hatte mit ihm fast überhaupt nicht über Politik gesprochen, wenigstens am Anfang nicht. In irgendeinem Zusammenhang hat er dem Mann dargelegt: ›Es gibt drei Arten Männer. Stellen Sie sich vor, es handelt sich um Liebe, z. B. zu einem Mädchen, das nichts kann und nichts ist als hübsch und rothaarig. Und alle drei Arten lieben, sagen wir, rothaarige Mädchen. Der eine Mann wird sich, um sie lieben zu können, einreden müssen, daß dieses Mädchen klug, charmant, geistig vornehm und so weiter ist. Er wird, solange er sie begehren wird, gar nicht bemerken, daß sie langweilig ist, nur von den Bekannten sprechen kann, immer die gleichen Formeln gebraucht, an die die Halbgebildeten ihr Leserherz hängen usw. Die Frau wird ihn erst unglücklich machen, wenn er aufgehört hat, sie zu lieben. Die zweite Art Mann erkennt sofort, was für eine nichtswürdige Frau das ist, er liebt sie und ist unglücklich darüber. Er wird ihr Opfer, er läßt sich von ihrer Dummheit beherrschen und versucht immer wieder, sich einzureden, daß er die Frau vorwärtsbringt, daß er nur ein wenig Geduld braucht und er würde sie hinangezogen haben. Die dritte Art Mann weiß, daß er rote Haare liebt, daß die Frau nichts wert ist, daß er sie nie hinaufziehen wird. Ihm ist ihre Person unwichtig, aber ihre Haut — die schöne weiße Haut der Rothaarigen — ist ihm heilig. Und er weiß, daß es auf alles andere nicht ankommt, daß es auf nichts ankommt als auf das Glück, gerade mit dieser Frau zu schlafen. Und nur mit dieser dritten Art Männer kann ich ernsthaft reden‹, fügte dann Dojno hinzu. Natürlich fragte darauf unser Mann: ›Zu welcher Art Männer zählen Sie mich?‹ und Dojno antwortete ganz ernsthaft: ›Ich bin noch nicht ganz sicher, doch da Sie mir gefallen, hoffe ich, zur dritten.‹ Und mit solch einem sozusagen psychologischen Geschwätz hat Dojno einen bürgerlichen Menschen für unsere illegale Arbeit in der gefährlichsten Zeit gewonnen. Ist das nicht großartig?«

»Nein, es ist nicht großartig!« sagte Edi. »Es ist einfach, denn Dojno hat ihn natürlich nicht mit dem abscheulichen Beispiel von der rothaarigen Frau gewonnen. Eher damit, daß er ihm die Zugehörigkeit zu einer Elite, zu einer neuen Art von Aristokratie versprochen hat. Die plumpen Agenten der Revolution versprechen, was sie sich selbst so sehnlich wünschen: den höchsten Aufstieg in der Bürokratie; ein Dojno, etwas weniger plump, macht einen Umweg zum gleichen Ziel und bietet der ausgedörrten, geizigen Seele den Komfort einer zum Exhibitionismus anreizenden Psychologie und einer Freundschaft, die keine Illusion erlaubt außer jener, auf der sie selbst begründet ist.«

»Was meinst du selbst, Dojno?« frage Mara.

»Ich meine, daß das alles aus einem Allgemeineren allein erklärt ist: Noch nie hat es in so vielen Menschen solch grenzenlose Bereitwilligkeit gegeben, sich selbst zu opfern.«

»Sie irren, es hat sie schon vorher, wenn nicht immer gegeben«, warf Stetten ein.

»Ja, vielleicht, aber nie verlangten die Menschen so sehr nach einer vernünftigen Begründung für ihre Opfer.«

»Doch da die Opferbereitschaft in ihnen vermutlich stärker ist als die Vernunft, so akzeptieren sie auch die absurdeste Begründung und beginnen ihren Opfergang damit, daß sie ihr bißchen Vernunft als erstes Opfer darbringen. Es gibt nichts, wofür die Menschen dieses Geschlechts nicht bereit wären zu krepieren«, sagte Edi.

»Warum sind Sie heute so scharf, Edi? Und, à propos, was hat Sie bewogen, Ihre vernünftigen Gründe aufzugeben? Welchen Tricks erlag Ihre so gar nicht geizige Seele, warum haben Sie mitgekämpft?« fragte Dojno.
»Warum? Weil mir der Gedanke unerträglich war, daß ein ganzes Volk gleichgültig seine Avantgarde verbluten lassen sollte, weil ich nicht zu den verdächtigen Zeugen gehören wollte, weil ich an liebe Menschen dachte, die ich im Kampf wußte. Ich ertrug ihre Vorstellung nicht, daß ich am Radio sitzen und zuhören sollte, wie sie allmählich massakriert wurden.«
»Ihr vernünftiger Grund war also gekränkter Stolz?« fragte Vasso.
»Oder gefährdete Würde«, fügte Stetten hinzu. »Es ist nicht räsonabler, aber es klingt besser.«
»Ich ging hin, um die Verwundeten zu pflegen und den Freunden zu raten, wegzulaufen, mit dem Wahnsinn Schluß zu machen, mit dem Wahnsinn, den man den Geist der Avantgarde nennt. Ich wußte, daß ich an einem aussichtslosen Kampf teilnahm. Gehöre ich zur dritten Art Männer, mit denen allein Sie ernsthaft reden können, Dojno?«
Stetten griff ein:
»Sie gehören, mein lieber Dr. Rubin, zum alten, klugen Volk. Die wahrhaft klugen Völker lassen sich nicht in Kämpfe ein, es sei denn, diese wären verzweifelt und so gut wie sicher aussichtslos. Die Karthager machten sich über ihren Hannibal und seinen Krieg so lustig, daß ihnen die Trauben aus den lachenden Mäulern fielen und die Weinkrüge in den Händen ihrer Sklaven zitterten. Aber als es zu spät war, da kämpften sie wie die Löwen oder wie Ihre Makkabäer. Nur die dummen, die kriegerischen Völker glauben immer, den Sieg schon in der ersten Schlacht gesichert zu haben. Das macht, die Trottel glauben an Siege.«
»So wäre die Welt denn voller Trottel?« fragte Josmar zögernd.
»Voll partieller Trottel, ja! Aber, bitte schön, nicht weitersagen — niemand wird es Ihnen glauben. Die Besiegten müssen an den Sieg glauben wie die Häßlichen an die Schönheit, die Sieger aber, diese *cocus de la victoire*, sind verblendet wie alle *cocus*.«
»Das ist eine sehr gefährliche Theorie, Herr Professor, das ist äußerst bedenklich«, bemerkte Bärtchen.

»Praktisch angewandt«, wandte Sönnecke ein, »würde Ihre Ansicht z. B. dazu führen, daß wir in Deutschland die Hände in den Schoß legen und die Nazis tun lassen, was sie wollen, daß wir sie den Krieg entfachen lassen, daß wir uns also unterwerfen. Es ist eine christliche Theorie, die Sie da vortragen; folgt man ihr, so muß man den Nazis auch die andere Wange hinhalten.«
»Sie irren sowohl darin, was meine Theorie betrifft, wie was Ihre Fähigkeit angeht, die Nazis an irgend etwas zu hindern. Und Sie machen mir den Eindruck eines Mannes, der wissen könnte, daß er irrt. Auch Sie gehören zum Typ drei.«
Sönnecke antwortete gelassen: »Das Wenige, was ich von Historikern weiß, ist, daß sie gewöhnlich elende Politiker waren. Wir unsererseits mögen uns oft irren, aber wir tun alles, was in unseren Kräften steht, die uns günstigen Voraussagen zu verwirklichen. Gelingt es uns nicht, dann haben wir mit der Voraussage, aber nicht mit unseren Taten unrecht gehabt. Wir werden alles tun, Hitler den Krieg unmöglich zu machen. Verlieren wir, so werden die Überlebenden daran denken, was wir getan haben. Unsere Politik ist nur dann auch auf kurze Sicht richtig, wenn sie zugleich auf lange Sicht richtig ist. Die lange Sicht hat nur, wer dialektisch denken kann.«
Es schloß sich nun eine lange Diskussion an. Sie endete erst nach Mitternacht. Der Kreis löste sich auf, doch bildeten sich einzelne Gruppen. Mancher, der bis dahin geschwiegen hatte, fand nun das letzte, abschließende Wort für die Diskussion. Ein anderer erzählte die letzten Witze, die die neuen Machthaber Deutschlands lächerlich machen sollten. Stetten und Dojno wußten, daß sie Jahrtausende alt waren. Wenn eine Schreckensherrschaft nur wenige Jahre alt ist, haben diese Witze noch Humor. Allmählich verliert er sich. Nur die Exilierten, fern der Gefahr, finden an ihnen auch später noch Geschmack, das ist ihre jämmerliche Revanche.
Man hörte Karel mit heiserer Stimme einigemal den Satz wiederholen: »Lächerlich, erwachsene Leute, die noch nicht erfaßt haben, wie man eine Sardinenbüchse richtig öffnet, wollen eine Partei leiten — lächerlich.«
»Der Mann ist wohl besoffen?« fragte Stetten.
»Nein, keineswegs!« antwortete Dojno. »Er hat viel getrunken, er könnte noch einmal so viel trinken, dann würde er vielleicht

nicht mehr wissen, was er sagt, aber immer würde er wissen, was die anderen sagen, und sich zu gegebener Zeit daran erinnern.«
»Was will er denn mit der Sardinenbüchse?«
»Das geht gegen meinen Freund und seinen Landsmann Vasso. Karel hat ihn dabei getroffen, wie er eine Büchse verkehrt geöffnet hat. Und natürlich kann Karel nichts so gut wie Büchsen und auch sonst jedes Schloß öffnen.«
»Interessant!« meinte Stetten. »Aber jetzt weiß ich nicht, ob es aufschlußreicher ist, Ihre Kampfgefährten beim Öffnen von Sardinenbüchsen anzutreffen oder im Zustand, da sie nicht mehr wissen, was sie selbst, aber sehr genau, was die anderen sagen.«
Er näherte sich der Gruppe, in der neben Karel Bärtchen und Josmar zusammenstanden.
Bärtchen sagte: »Die Sache, die Faber erzählt hat, ich meine die Geschichte mit dem eingeschlagenen Fenster — sehr merkwürdig! Das Ganze klang ein bißchen literarisch zugespitzt. Sollte mich nicht wundern, wenn er ganz einfach versucht haben sollte, Selbstmord zu begehen. Was meinst du, Karel, du kennst ihn doch gut?«
»Selbstmord« — seine Zunge war schwer, es klang wie »Säsma« —, »Selbstmord ist eine schwere Abweichung von der Parteilinie. Niemand weiß, ob es eine rechte oder linke ist. Und wenn jetzt der Dojno mit der Frau da schlafen wird, dieser Konterrevolutionärin, sie ist zusammen mit ihrem Mann aus der russischen Partei ausgeschlossen worden, was wird das für eine Abweichung sein? Eine linke, eine rechte oder eine zentrale? Was, eine zentrale Abweichung ist gut!«
»Da gibt es nichts zu lachen, man müßte Faber warnen«, sagte Bärtchen ernst.
Stetten gab das Zeichen zum Aufbruch, Edi und Josmar gingen mit ihm, die anderen folgten bald darauf, Hanusia blieb zurück.

2

»Soll ich dich fragen, warum du geblieben bist, Hanusia?«
»Nein.«
»Soll ich dir sagen, daß ich froh bin, daß du da bist?«
»Ja, aber dann sage es oft und mit vielen, verschiedenen Worten, damit ich es glaube.«

»Und du wirst mir glauben?«
»Nein, kein Wort. Du wirst mich umarmen, und meine Augen werden offen bleiben. Ich werde denken: Der befreite Gefangene umarmt zum erstenmal seit langer Zeit wieder eine Frau. Sie ist ihm zufällig in die Arme gelaufen. Er fragt nicht, warum sie in seinen Armen bleibt.«
»Ich frage —«
»Nein, du fragst nicht. Ein kluger Mann, der viel geliebt worden ist, fragt nicht gern, er fürchtet, die Antwort der Frau könnte ihn binden. Und wäre es die klügste Frau, sie wird bei ihm zur Schwätzerin, so sehr fürchtet er, sie könnte mit ihm ernsthaft sprechen.«
»Woher weißt du das?«
»Weil ich dreißig Jahre gelebt habe und nur einen Mann geliebt habe. Ich habe alles erfahren, was eine Frau vergißt, die viele Männer geliebt hat. Ich liebe dich nicht, ich weiß nicht, vielleicht wird sich mein Mund verschließen, wenn du ihn küssen wirst.«
»Ich küsse deine Augen. Hanusia.«
»Gewiß, du triffst allmählich die Wahl. Du hast die Augen gewählt, vielleicht werden dir auch meine Arme gefallen — und auch anderes an mir —, ich werde zusehen.«
»Solltest du nicht doch nach Hause gehen?«
»Nein, ich warte darauf, daß du mir sagst, daß du dich schon immer und ohne mich zu kennen, nach mir gesehnt hast, daß du in den Armen anderer Frauen an mich gedacht, daß du im Lager von mir geträumt hast.«
»Ich werde es dir nicht sagen. Die Frau, nach der der Gefangene sich sehnt, ist seine Geliebte — ich habe keine —, oder aber sie ist gesichtslos wie die Frau der Negerplastiken.«
»Schade, ich kenne sie nicht, ich weiß nicht, ob ich ihr ähnlich sehe.«
»Du siehst ihr nicht ähnlich. In diesem Jahr, das hinter mir liegt, dachte ich oft, nie würde ich den Mut haben, mich einer Frau zu nähern, mich ihr nackt zu zeigen. Als würde die zerschundene Haut sich nicht erneuern, die blauen Flecke den Körper ewig bedecken, als müßte die Spur ihrer Stiefel und ihres Speichels ewig auf einem bleiben. Nun bist du da, und deine Trauer ist entmutigender als alle Zeichen der Mißhandlung.«
»Du solltest mich nicht reden lassen, Dojno. Merkst du nicht,

daß meine Worte alt und abgestanden sind — ich habe sie mir zu oft wiederholt und mir den Augenblick ausgemalt, da ich sie einem Mann sagen würde. Nun bist du da — die Worte haben keine Bedeutung. Ich möchte glücklich sein. Und ich weiß nicht, wie man es wird. Ich weiß nicht, ob du es weißt. Sag mir, daß du mich liebst, und ich werde versuchen, es zu glauben, so daß ich vergessen werde, daß ich schon geliebt habe. Laß mich nicht in mein bisheriges Leben zurückkehren, laß mich nicht los, Dojno, umarme mich, ich bin so unglücklich.«

3

Am andern Tag, frischer Schnee war gefallen, noch lag er weiß und rein an den Ufern des Flusses, ging Dojno zum erstenmal wieder durch die Straßen einer Stadt ohne Furcht vor Begegnungen und Verfolgungen. Hanusia war mit ihm.
Er blieb immer wieder stehen und bewunderte alles, was er längst kannte; nun erschien ihm die Welt so wohlgelungen, so sinnvoll eingerichtet.
»Was alles habe ich dir schon in den wenigen Stunden versprochen, Hanusia?«
»Du wirst nichts davon halten, Dojno, du hast es schon vergessen.«
»Ich habe nichts vergessen, gib mir nur genug Zeit.«
»Ich würde sie dir geben, du aber würdest sie nicht nehmen. Spürte ich deinen Arm nicht in meinem, ich würde mich immer umsehen müssen, ob du noch da bist.«
»Hörst du mich nicht sprechen?«
»Nein, denn du sprichst nicht zu mir. Als wir auf die Straße traten, da dachtest du: Die Partei wird mir wegen Hanusia Schwierigkeiten machen. Warum hast du es mir nicht gesagt?«
»Ich dachte, ich würde die Schwierigkeiten überwinden.«
»Nein, du dachtest: Natürlich, wenn es nicht anders geht, wenn auch Hanusia nicht nachgibt, nicht etwa ein Gesuch um neuerliche Aufnahme in die Partei mit Abbitte und so weiter macht, dann werde ich nachgeben. Ich habe es so oft getan, ihr soviele meiner besten Freunde geopfert. Du hast mich, Dojno, schon in deiner pathetischen Reihe gesehen —«
»Was alles habe ich dir schon versprochen, Hanusia?«

»Ich habe es schon vergessen. Wer auf die falschen Versprechen seines Feindes hört —«
»Ich bin nicht dein Feind, ich bin —«
»Laß das, Dojno! Was man in der Umarmung vergißt, ist nicht vergessen. Hans hat die Partei gehaßt, aber nicht so sehr wie ich, darum konnte er noch gegen sie kämpfen. Ich hasse sie — sie ist die größte Lüge, die häßlichste, die giftigste. Ich kenne die Wahrheit, ich habe es erlebt, wie sie in Rußland unter unseren Augen ins Gegenteil verkehrt worden ist. Sie haben die Fahne behalten, so daß sie zum Leichentuch geworden ist, das die gemordete Wahrheit bedeckt. Sie haben den Sinn der Worte verkehrt, doch haben sie die Worte behalten, so daß die verstummen müssen, in denen ihr wahrer Sinn lebt. Du bist so klug, daß man fürchten muß, du könntest dich in Kunstgriffen verschwenden, nur um aus einem Leben deren ungezählte zu machen. Du bist so klug, daß du wie ein Kind so völlig ohne Mißtrauen sein kannst, so sicher bist du, daß die Täuschung sich vor dir auch ohne dein Dazutun enthüllt. Und du, du solltest die Wahrheit nicht kennen? Warum aber willst du dich täuschen? Die anderen kann ich hassen, weil sie Feinde sind, und ich könnte sie, wäre ich nicht so krank vor Bitternis, vielleicht sogar bemitleiden, dich aber —«
»Sprich nicht weiter, Hanusia. Du siehst die Dinge nicht richtig, du bist voller Bitternis, du sagst es selbst. Was hätte je der Verbitterte richtig gesehen?«
»Die Quelle all seiner Bitternis, das genügt.«
»Nein, es genügt nicht. Millionen Menschen ist sie die Quelle der größten Hoffnung. Und sogar wenn ich mich, wenn wir alle uns irrten, dank diesem Irrtum werden wir die Hoffnung verwirklichen. Was auch immer der Revolution in Rußland zugestoßen sein mag, wo auch immer auf dieser Erde einer revolutionär denkt, er denkt in ihrem Licht, nicht in ihrem Schatten, der dir allein Wirklichkeit ist.«
»Ich kenne die Wahrheit.«
»Allein kennt niemand die Wahrheit. Sie verdirbt in der Einsamkeit, sie wird zur eigenen Travestie. Ist ein farbiger Fetzen Stoff eine Idee, eine Wahrheit? Schaffe die Identifikation, und Menschen werden unter dieser Fahne gegen Festungen anstürmen, und sie werden mit nackten Fäusten Kanonen erobern,

indes in jedem Lehrbuch zu lesen steht, daß dies unmöglich ist. Du glaubst, dumm und verlogen müßte man sein, um zur Sowjetunion zu stehen. Wir aber wissen, was alles dort geschehen ist, wir werden sie retten, weil wir an sie glauben, weil wir alle ihre Entartung bedecken — mit Lügen, die keine sein werden, wenn wir gesiegt haben.«

»Doch ihr werdet nicht siegen, eben weil es Lügen sind. Immer mehr, immer neue werdet ihr erfinden müssen, sie werden den letzten Rest eurer Wahrheit auffressen. Und dann, wenn der dümmste und der verlogenste unter euch, wenn selbst sie werden zugeben müssen, daß ihr besiegt seid, was wird euch dann noch geblieben sein — welche Wahrheit, welcher Gedanke, welcher Mut?«

»Wenn du erzählst, ein kleines, intelligentes Mädchen, das sich die Dinge zurechtgelegt und auswendig gelernt hat, dann mag ich dir zuhören, ich mag deinen Tonfall, ich liebe dann deine Augen, die wie die Wachtfeuer der Wahrheit leuchten. Aber ich mag deine Diskussion nicht. Ich höre den toten Mann, ich fühle den Hochmut, der den meinen wachruft. Ich komme gegen ihn nicht an — wer hätte je einen Toten besiegt! Laß das, Hanusia! Habe ein wenig Zutrauen zu mir, zu meinen Freunden! Den Haß gegen den Feind überwindet man, sobald man den Feind überwunden hat, am Haß gegen die Eigenen stirbt man.«

»Ich habe keine Freunde, ich habe auch keine Feinde. Nicht einmal der tote Mann, dessen Hochmut du brechen wolltest, lebte er noch, nicht einmal er gehört mir. Ich habe nur Erinnerungen. Sie sind nicht schön, aber ich verweile in ihnen, weil sie mir gehören. Du hast jetzt zu mir gesprochen, ich habe dich kaum gehört. Deine Stimme kam zu mir durch die Wand der Erinnerungen. Sie klang nicht überzeugend, sie klang verbraucht, sie hat zu viele vor mir überzeugt. Ich möchte neu anfangen, kann man mit dir neu anfangen?«

»Versuche es, Hanusia!«

4

Sönnecke blieb drei Wochen in Prag. Es hieß, er sollte nach Moskau zu eingehender Besprechung mit den wirklich entscheidenden Männern fahren und dann erst nach Deutschland zurückkehren. Doch kam schließlich aus Moskau ein anderer Bescheid. So fuhr er über Paris und Dänemark zurück. Irma begleitete ihn nach Paris. Hier trennten sie sich. Sönnecke wußte, daß sie ihn nicht liebte, er hoffte, daß sie ihm, begegnete er ihr wieder, gleichgültig sein würde. Doch noch liebte er sie. Er suchte harmlose Deutungen für ihre Zweideutigkeit, für das, was Josmar ihre Unloyalität und ihre bürgerliche Sensationsgier nannte.

Josmar blieb einige Zeit an der Grenze, er hatte Besprechungen mit den Leitern der Grenzstellen. Bewährte sich die neue Organisation, dann mußte die Verbindung zwischen der Emigration und dem Land besser klappen. Dann fuhr auch er zurück. Seine Nervosität war geschwunden, wieder war er mit allen einverstanden: mit der Führung draußen und mit Sönnecke.

Vasso und Mara fuhren wieder nach Wien zurück. Es ergab sich auf Grund der geschickten Nachforschungen Karels, daß sie dort nicht kompromittiert waren. Sie konnten also von Österreich aus ihre Arbeit fortsetzen. Sie waren öfter mit Dojno zusammengekommen, Mara hatte sich auch Hanusias angenommen; die beiden Frauen mochten einander.

Als sie voneinander Abschied nahmen, erörterten sie, wann und wo sie einander wiedersehen würden. Noch war nicht entschieden, was Dojno machen würde. Vasso sagte:

»Auch wenn die Karels uns erledigen sollten, du, Dojno, wirst leben bleiben. Du wirst dich mit dem alten Stetten auf einen gut geschützten Beobachtungsposten zurückziehen. Ihr werdet zusammen die Formel finden, in der sich die Sinnlosigkeit unseres Untergangs mit dem historischen Sinn unseres Wirkens aufs beste vereinbart finden wird. Stetten wird dir beweisen, daß er immer recht gehabt hat, und du wirst dich mit leise tragischer Eitelkeit dazu beglückwünschen, daß deine Liebe zu uns deine Objektivität nicht im mindesten schmälern konnte. Und ganz nebenbei wirst du Bärtchen, der inzwischen Sönneckes Platz eingenommen haben wird, beweisen, daß du ihm beweisen könntest, daß er ein Dummkopf ist, aber du wirst ihm gleichzeitig zugestehen, daß sein Sieg über Sönnecke historisch sinnvoll gewesen ist. Und du wirst uns beneiden, daß wir Karels und Bärtchens Sieg nicht mehr überlebt haben werden.«

»Du bist ungerecht«, erwiderte Dojno, als ob er auf einen Scherz einginge, »du sagtest nicht, daß ich um euch trauern würde.«

»Karel wird es nicht erlauben. Tust du es trotzdem, liquidiert er dich. Also wirst du nicht trauern.«
»Ich werde es tun, Karel wird mich nicht umbringen, es sei denn, von hinten, aber ich werde ihm immer in die Augen sehen.«
»Du wirst ihm nicht in die Augen sehen. Er wird zu groß geworden sein. Auf allen Plätzen der Welt werden seine gigantischen Bilder hängen. Die Menschen werden in dichten Reihen kommen, sich vor ihm zu verneigen und seinen Namen in Liebe und Verehrung aussprechen.«
»Welch sonderbare Gespräche, Vasso! Wir verlieren die Zeit mit Scherzen — warum, wozu?«
»Ich höre das Gras wachsen, und ich sehe die Karels es zertreten. Du siehst es nicht, weil du nicht hören willst.«
»Wir werden über all das lachen — in zwei, drei Jahren wird der Spuk zerstoben sein.«
»In zwei, drei Jahren, Dojno, wird dich nicht einmal der beste jüdische Witz mehr zum Lachen bringen. Živio!«

Edi hätte, wie indirekte Anfragen an zuständiger Stelle ergaben, ohne Gefahr nach Österreich zurückkehren und seine Arbeit an der Universität wieder aufnehmen können. Er schwankte einige Zeit, sein Widerwille gegen solche Rückkehr, gegen solch »österreichisches Schicksal« war doch zu groß. Relly blieb noch einige Wochen in Wien, ordnete alles für die Übersiedlung. Sie trafen sich in Paris, von da wollten sie nach Amerika auswandern, wo Edi die Möglichkeit geboten wurde, seine Forschungstätigkeit wieder aufzunehmen. Doch schoben sie immer wieder die Abreise, die Trennung von Europa hinaus. Ihren Freunden schien es, Edi hätte den Weg, der gerade ihm so sicher vorgezeichnet war, verloren, so daß er in sonderbarer Verwirrung einen anderen, einen neuen suchte, den es nicht gab und den zu bahnen es nicht lohnen konnte.
In Prag kam er häufig mit Hanusia zusammen. Er fürchtete anfangs, sie würde sich im Zusammenleben mit Dojno ändern, sie würde nachgeben und sich anpassen. Doch wurde es ihm bald gewiß, daß solche Befürchtung grundlos war. Ihre Selbstsicherheit blieb unerschüttert. Eine Frau, die Tonfall und Gebärde nicht im mindesten änderte, auch wenn sie sich bewundert

fühlte, würde aller Verführung, allen Kunstgriffen widerstehen, sagte sich Edi beruhigt. Und es fiel ihm leicht, die schwer gestehbare Eifersucht zu überwinden, die er in den ersten Tagen, nach jenem Abend bei Dojno, so kränkend empfunden hatte.

Dank der Hilfe Stettens konnte Dojno einige Monate sorglos mit Hanusia zusammen auf Reisen verbringen, die vor allem seiner Erholung dienen sollten.
Sie waren einige Wochen in den Bergen. Als der Winter endete, gingen sie nach dem Süden, ans Meer; sie lebten auf einer Insel. Sie blieben nicht so lange, wie sie geplant hatten. Der Auftrag, der Dojno von der Partei erteilt wurde, duldete keinen Aufschub.
Sie wollten noch drei Tage in der alten Hafenstadt bleiben, die der Insel gegenüberlag. Doch schon am zweiten Tag, am frühen Morgen ging Hanusia weg. Dojno las verwundert ihren kurzen Abschiedsbrief. Sie gab keinen Grund dafür an, daß sie solch heimlichen Abgang gewählt hatte. Sie dankte ihm für alles, sie ging, sie sagte nicht wohin. Sie würde ihm einmal schreiben, doch erst in einigen Jahren.
An diesem Tag schlenderte Dojno traurig in der Stadt umher. Er verbarg sich nicht das Gefühl der Befreiung, das zwar leiser als die Trauer war, aber mit den Tagen stärker werden würde. Dem Jüngling war jede Trennung von einer Frau wie ein Sterben erschienen. Er war kein Jüngling mehr. An diese Art Sterben konnte man sich gewöhnen, da man es ja überlebte. Schnell genug verschwand aus der Erinnerung alles, was man der Frau, als man sie noch liebte, vorzuwerfen pflegte. Was zurückblieb, verblaßte allmählich, ward affektlose Erinnerung. Das Gefühl des Gespenstischen, das die Begegnung mit einer früheren Frau auslöste, schwand recht bald, spätestens als es merklich wurde, daß man selbst auch ein Gespenst war. Der Alltag hatte auch dafür Platz.
In der ersten Zeit suchte Dojno zu erfahren, wohin Hanusia gefahren sein mochte. Er betrieb die Sache nicht sehr energisch, bald gab er sie ganz auf.
Ihm war die Aufgabe zugewiesen, der Welt durch Tatsachenberichte und überzeugende Meinungsäußerungen darzutun, daß das Grauenhafte, das in Deutschland geschah, alle Menschen auf

dieser Erde angehen sollte, da es, wurde ihm nicht Einhalt geboten, den Weltkrieg entfachen mußte. Es sollte dem letzten kanadischen Bauern einleuchten, daß, was als Juden- und Kommunistenverfolgung, als Bücherverbrennung und Gefangenenfolter begonnen hatte, letztlich auf etwas abzielte, das diesen Farmer auf die Schlachtfelder Europas bringen würde.
Wenn seine Mitarbeiter über die Taubheit der Welt verzweifeln wollten, tröstete sie Dojno, Stettens Schüler:
»Die Welt ist noch sehr jung. Sie hat noch nicht richtig zuhören gelernt. Ihr Gedächtnis behält das Ereignis des vorangegangenen Tages, nicht das der vorangegangenen Woche. Auf den Schulbänken sitzen die Leichen des kommenden Krieges. Nichts von dem, was sie lernen, wird sie befähigen, sich vor diesem Schicksal zu bewahren. Und ihre Eltern wollen uns nicht glauben.«
»Wozu predigen wir den tauben Ohren?« fragte einer.
»Damit sie im betäubenden Geräusch von Bomben und Kanonen begierig werden zu hören, was wir ihnen dann zuflüstern werden.«
»Aber dann wird es zu spät sein!«
»Zu spät? Ich denke an den letzten Krieg, und ich fürchte fast, es könnte auch dann noch zu früh sein. Die Revolutionäre kamen fast immer zu früh. Die Welt, meine Freunde, ist noch furchtbar jung, darum altert unsereins so früh.«

ACHTES KAPITEL

1

»Heraus mit der Sprache, was auf der Lunge, das auf der Zunge! Was hast du gegen mich?« wollte Störte wissen. Nein, Sönnecke mochte den Störte nicht. Er sah aus wie ein Baum, aber er war, Sönnecke erfuhr es durch Zufall, krank. Er hatte junge Genossinnen angesteckt, er war zu feige, sich gründlich kurieren zu lassen. Sönneckes Vorstellung von Geschlechtskrankheiten war durch billige Aufklärungsschriften, die er in seiner Jugend gelesen hatte, und durch farbige Abbildungen bestimmt, die in ihm einen bleibenden Ekel zurückgelassen hatten. Er gehörte der Generation der tugendhaften Revolutionäre an: man besoff sich nicht, denn der Alkohol war der Feind der Arbeiterklasse, man mied die Sünden, die die bürgerliche Moral verurteilte, aber aus Gründen, die allein dem Revolutionär gültig sein konnten.

Von Classen und seinen Leuten gefördert, war Störte aufgestiegen. Zwei Jahre in den Docks, vier Jahre auf kleinen Frachtern, die ihn in viele Häfen geführt hatten, ein Jahr Arbeitslosigkeit nach einem Streik, den er mit viel Geschick vorbereitet hatte, vier Monate Mitgliedschaft bei der Seemannsgewerkschaft—mit dieser Vergangenheit präsentierte sich Störte der Partei. Er erwies sich als ein forscher Redner, der die Seemannssprache wirkungsvoll mit hochdeutsch gesprochenen Redensarten spickte. Er schien furchtlos, stets froh, die Gewalttätigkeit des Feindes zu provozieren, um zu beweisen, wie spielend leicht er ihrer Herr werden könnte. Er liebte es anfangs, immer wieder einzustreuen, daß er kein Theoretiker sei, daß ihm sein Klassenbewußtsein aber immer das Richtige zeige, daß er sich in der Welt umgesehen und gefunden habe, daß der Feind überall der gleiche sei. Und er hatte überall seinen Mann gestanden. Später allerdings nahm er die Gewohnheit an, Zitate einzustreuen, statistische Beweise zu führen und Worte wie »historischer Materialismus«, »dialektische Entwicklung«, »Expropriation der Expropriateure« geläufig zu verwenden. Die Jugend, die er in den Saalschlachten und in den Geplänkeln um die Vorstadt führte, folgte ihm gern. Er war ihr Held.

Nirgends war die Parteiorganisation so furchtbar, so mörderisch zerschlagen worden wie im Bezirk Störtes. Doch nirgends war es so wie dort gelungen, die Partei wieder aufzubauen. Das war der Bezirk, der den Defätismus Sönneckes Lügen strafte. Die Zahl der Mitglieder wuchs, die Verbindungen klappten ausgezeichnet. Fast unter den Augen der Polizei wurde im Hafen das Propagandamaterial ausgeladen, seine Verbreitung stieß, schien es, auf keinerlei Schwierigkeiten. War es dort möglich, warum sollte es nicht überall möglich sein? Kühnheit und Linientreue, unbedingte Disziplin und richtig angewandte konspirative Technik — darauf kam es an.

Die Verbindung zwischen Sönnecke und Störte klappte nicht gut. Vier von den fünf Genossen, die sich in diesen Bezirk begaben, flogen nach wenigen Stunden oder Tagen auf, der fünfte entging wie durch ein Wunder den Verfolgern. In seinem Bericht an das Politbüro hatte Störte sich darüber beklagt, er hatte Mängel in der konspirativen Technik Sönneckes angedeutet und darauf hingewiesen, wie oft er gegen seinen Willen auf eigene Faust hatte handeln müssen. Das Büro beschloß, daß Störte ihm direkt unterstellt werden sollte. Er kam als Nachfolger Sönneckes in Betracht, der aber davon nichts wissen sollte.

Sönnecke mißtraute Störtes Berichten, die die Richtigkeit der Linie so durchaus bestätigten. Der Satz: »Weil wir stark sind, ist die Gestapo uns gegenüber schwach. Weil sie uns gegenüber schwach ist, können wir die Gefahr unserer konspirativen Arbeit immer mehr verringern. Und darum wächst die Partei trotz der Illegalität« — dieser Satz konnte richtig sein. Sönnecke fühlte, daß er falsch war und daß nicht Störte ihn geschrieben hatte. Warum war die Gestapo dort so schwach, daß die Partei so stark werden konnte? Warum gerade dort?

»Was meinst du, Josmar?« fragte er.

»Ich weiß nicht. Vielleicht haben sie dort eine besondere konspirative Technik.«

»Vielleicht. Aber warum spricht Störte von ihr nur so allgemein, warum verraten seine Berichte nicht, worin sie besteht? Er hat einige Dreiminuten-Demonstrationen am 15. Januar organisiert, überall kam die Polizei zu spät, kein einziger der Demonstran-

ten ist hochgegangen. Und das war mitten in der Stadt, am Bahnhof und in den Arbeitervierteln und am Hafen. Sollte kein einziger der Demonstranten erkannt worden sein? Ist das möglich? Haben sie Masken getragen? Wo war die Polizei, die SA, die Gestapo?«
»Wo willst du hinaus, Herbert? Du hast Störte nie gemocht. Wir sind alle mißtrauisch geworden. Aber man muß sich hüten, zu weit zu gehen.«
»Ich bin nicht mißtrauisch, aber ich glaube nicht an Wunder. Wundertäter sind Schwindler.«
»Immer?«
»Immer, Josmar. Und außerdem sind die Wunder zu teuer. Wen das Wunder einen Abend lang sättigt, der muß drei Tage hungern nachher. Komm übermorgen wieder, dann kann ich dir vielleicht sagen, was es mit den Wundern dieses Störte auf sich hat.«

2

Und in der Tat, zwei Tage später kannte Sönnecke das Geheimnis. Und das verdankte er einem »Wunder«, das er seit Jahren vorbereitet hatte. Es war kostspielig, doch nicht er bezahlte es, sondern ein Mann, den er erwählt, dem er eine furchtbar schwere Last aufgebürdet hatte.
Friedrich Wilhelm von Klönitz war von Kindheit an auf den Offiziersberuf vorbereitet worden. Daß sein Vater Offizier war, war ein Beispiel, doch bestimmender war der Wille seines Großvaters mütterlicherseits, eines reich gewordenen Müllers, der seine beiden Töchter an adlige Offiziere verheiratet hatte, damit sein bürgerlicher Name verschwände, damit seine Enkel nicht würden wie er.
Im Elternhaus, in der Schule und später in der Kadettenanstalt — überall fand der junge Klönitz es bestätigt, daß die Welt keine höhere Ehre zu bieten hatte als jene, die dem Offizier des preußischen Königs und deutschen Kaisers gebührte. Er war ein fleißiger, nicht sehr lebhafter Schüler, in natürlicher Weise gehorsam — alles an ihm war gutes Mittelmaß. Er war stolz auf seinen Kaiser, auf sein Vaterland, auf seine Familie väterlicherseits, auf seine Schule, auf seine Lehrer, auf sein Reitpferd, auf

seine Kadettenuniform — alles in dem zuträglichen Maße, das man von ihm erwartete.

Er war zu jung, als der Krieg ausbrach, um ins Feld zu ziehen. Doch die Zeit würde kommen, wo er mitsiegen würde. Als der Zusammenbruch kam, war er ihm und den Seinen unfaßbar. Nach einer kurzen, namenlosen Erschütterung war es ihnen gewiß, daß das deutsche Heer verraten, aber nicht besiegt worden war. Man mußte die Verräter im Lande beseitigen, dann würde alles wieder in die natürliche Ordnung kommen und der Sieg den einzig ihm gemäßen, den deutschen Namen tragen.

Von Klönitz schloß sich einer Offiziersgruppe an, die dafür sorgen sollte, daß alles wieder »in Reih und Glied« käme. Sie nahmen Quartier in einem der elegantesten Hotels der Stadt, sie hatten Waffen, Geld und die Gewißheit, daß ihre Taten straflos bleiben würden. Von Klönitz, achtzehnjährig, wußte nichts vom großen politischen Spiel. Er nahm teil, weil es galt, jene »natürliche Ordnung« wiederherzustellen, in der es Volk, Bürger und Adel, Gemeine, Unteroffiziere und Offiziere gibt. So wußte er genau, wofür er kämpfte, warum es galt, sogenannte Führer der sogenannten Proletarier unschädlich zu machen. Er nahm, ohne sich besonders hervorzutun und ohne sich zurückzuhalten, an solchen Aktionen teil.

Von Klönitz nahm seine Karriere ordentlich wieder auf, sein Weg in der neuen Armee, der Reichswehr, war ihm vorgezeichnet. Nach einem Vortrag des Führers der zur Macht stürmenden Bewegung schloß er sich mit anderen Offizieren zu einer geheimen Gruppe zusammen, deren Ziel es war, die Ideen des Führers innerhalb der Armee zu fördern und jenen idealen Zustand vorzubereiten, den der Führer als die »bewaffnete Nation« bezeichnete.

Durch eine Unvorsichtigkeit kam die Gruppe ins Gerede, ihre Initiatoren wegen Hochverrats vors Reichsgericht. Sie wurden milde gerichtet: ein bis zwei Jahre Festung. Hier begegneten Klönitz und seine Kameraden zum erstenmal den Feinden in einer unvorhergesehenen, persönlichen Weise. Diese jungen Offiziere hatten von den Kommunisten präzise Vorstellungen gehabt. Das Erstaunen darüber, daß sie der Wirklichkeit so gar nicht entsprachen, war so groß, daß einigen von ihnen die gewissesten ihrer Ideen fraglich wurden. So wurde es ihnen möglich, sich mit

Kommunisten in Diskussionen einzulassen — insbesondere, wenn sie aus guter, ja gar adeliger Familie stammten. Sie begannen in Erwägung zu ziehen, daß sie sehr wohl Offiziere, eines Tages Generale der großen Armee einer proletarischen Nation werden könnten. Drei von den acht Offizieren faßten den großen Beschluß, gegen Ende der Haft unterzeichneten sie ein öffentliches Schreiben, das sie übrigens nicht selbst verfaßt hatten, in dem sie der Armee und dem deutschen Volk bekanntgaben, daß sie mit der Nationalsozialistischen Partei brachen und sich der kommunistischen Bewegung anschlossen, die allein geeignet wäre, die nationale und soziale Befreiung zu bringen.

Von Klönitz war nicht einer dieser drei. Zwar brach er nicht die persönlichen Beziehungen zu den Überläufern ab, aber er tadelte ihre Untreue, die sehr wohl einem Verrat ähnlich sehen mochte. Die Ideen der Kommunisten erschienen ihm nicht nur falsch, sondern äußerst kompliziert und verworren. Es gelang ihm niemals, eine ihrer theoretischen Schriften bis zu Ende zu lesen. Sie waren langweilig. Eine einzige las er zu Ende, las er zweimal, dreimal. Doch war es keine Parteischrift, sondern Briefe, Rosa Luxemburg hatte sie in ihren Gefängnissen geschrieben. Daß diese Briefe den sonst so ruhigen und fast gefühlstauben von Klönitz aufs tiefste erschütterten, mochte auch daran liegen, daß er sie im Gefängnis las. Doch war anderes entscheidend: Er hatte oft seiner Familie und seinen Kameraden gegenüber das Bedauern ausgesprochen, daß er gerade in jener Nacht, da diese Frau ermordet wurde, nicht »mitgespielt« hatte, denn von dieser Frau hatte er ein so festumrissenes Bild gehabt, wie es nur der Mythos vom Feind vermittelt. Für ihn war sie der Urfeind gewesen: klein war sie, schlecht gebaut, häßlich, eine Jüdin, aus Polen war sie: eine Megäre, eine Judensau, eine Hexe — der Urfeind! Zum erstenmal geriet von Klönitz in eine Unordnung der Gefühle und Gedanken, die er wie eine Krankheit empfand. Er wartete mehrere Tage darauf, daß sie vorbeiginge. Vergebens.

Als er erfuhr, daß Sönnecke der Vertraute dieser Frau gewesen war, bat er um einen Tag Urlaub von der Festung. Er hatte sich nicht angekündigt, so mußte er fast den ganzen Tag verwarten, bis Sönnecke endlich nach Hause kam. Er bat um die Erlaubnis, sich nicht vorzustellen; er wollte nur eine Auskunft haben, richtiger eine persönliche Aufklärung sozusagen: »Wie ist Rosa

Luxemburg wirklich gewesen, nicht politisch, sondern persönlich, als Mensch, als Frau?«

Sönnecke kannte die Namen und die Fotos all jener Männer, die an der Ermordung der Führerin teilgenommen hatten — sie waren alle noch am Leben, er vergaß es nicht —, dieser junge Mann vor ihm, der Haltung und den Gebärden nach ein gut gedrillter Offizier, war ihm unbekannt.

»Ich habe einzeln zu Hunderten, in Versammlungen zu Tausenden über Rosa Luxemburg gesprochen. Warum fällt es mir schwer, zu Ihnen über die Frau zu sprechen? Sind Sie einer ihrer Mörder?«

»Nein!« erwiderte von Klönitz schnell. Und dann zögernd: »N—nein.«

»Aber Sie hätten ihr Mörder sein können, wären es fast geworden, antworten Sie!«

»Ich bedaure, ich habe nein gesagt, ich habe im Augenblick nichts hinzuzufügen, Herr Reichtagsabgeordneter.«

Sie schwiegen eine Weile, dann sprach Sönnecke. Er sprach nicht zu dem Mann, der ihm da steif gegenübersaß, sondern zum Bücherregal seitwärts, zu sich selbst. Die Vergangenheit stieg auf, in ihm allein war sie Gegenwart geblieben, ihm hatte sie Leuchtkraft. Ihm allein griff es kalt ums Herz, ihn vereinsamte der Abgang der großen Frau. Für die anderen war sie seit zwölf Jahren tot, ihm starb sie seit zwölf Jahren.

Der Fremde stand auf, schlug die Hacken zusammen: »Ich danke Ihnen verbindlichst, Herr Reichstagsabgeordneter. Ich werde mich das nächstemal ordentlich vorstellen.« Er schlug die Hacken zusammen, verbeugte sich und war aus der Tür.

Als von Klönitz wiederkam, vier Monate später, an diesem Tag hatte er seine Festungshaft verbüßt, stellte er sich in der Tat ordentlich vor, gab einen kurzen Abriß seines Lebenslaufs. Dann sagte er: »Verfügen Sie über mich. Ich habe bereits in Reinschrift das Abschiedsgesuch von der Armee und die Austrittserklärung aus der Nationalsozialistischen Partei abgefaßt.«

»Zeigen Sie her!« sagte Sönnecke. Er las die beiden Papiere schnell durch und zerriß sie. »Sie bleiben in der Armee, Sie bleiben in der Partei. Sie müssen sich sogar bemühen, in beiden schnell zu avancieren. Sie können uns großartige Dienste leisten. Sie dürfen niemals mehr zu mir in die Wohnung kommen, wir

313

behalten Kontakt, aber niemand, ich betone: niemand darf irgend etwas davon ahnen. Passen Sie auf —«
Von Klönitz wehrte sich zuerst gegen die Aufgabe, die ihm Sönnecke zuwies, sie entsprach nicht seiner Art, schließlich gab er nach. Man diskutiert nicht die Befehle der Vorgesetzten. Seine Verbindung mit Sönnecke blieb ein sorgsamst gehütetes Geheimnis. Er avancierte in der Armee und erhielt eine wichtige Funktion im militärischen Geheimdienst der Partei, noch bevor diese zur Macht kam. Und als sie dann die Regierung übernahm und die Geheime Staatspolizei gründete, deren Macht immer umfassender, ja fast unbegrenzt werden sollte, übernahm von Klönitz, schnell zum Major aufgerückt, einen Sonderdienst dieser gefürchteten Gestapo, er wurde einer der wichtigsten Verbindungsmänner zwischen ihr und den Geheimdiensten der Armee.
Das war nun der Mann, der für Sönnecke Wunder tat — nicht oft, nur im äußersten Fall wurden sie von ihm verlangt. Das hier aber war ein äußerster Fall. Seit Sönnecke aus dem Ausland zurückgekehrt war, hatte von Klönitz daran gearbeitet, das Geheimnis aufzudecken, das sich hinter den Erfolgen Störtes verbergen mochte. Nun war es soweit.
Wenige Wochen nach der Machtübernahme hatte man einen Mann verhaftet. Zwei Tage lang hielt er stand, dann hatte er unerwartet einen schwachen Augenblick, er sprach, gab eine — übrigens unwichtige — Auskunft, verstummte dann aber wieder. In die Zelle zurückgekehrt, versuchte er, sich mit dem Hemd, das er in Streifen zerrissen hatte, zu erhängen. Einer von den Kerlen erfaßte, was mit dem Häftling vorging. Sie ließen ihn also vorerst in Ruhe, behandelten ihn gut, erklärten, sie wollten nichts mehr von ihm, er hatte ja gesprochen, hatte gut getan, die Partei zu verraten. Darauf machte der Mann einen neuerlichen Selbstmordversuch: Schlagadern durchbeißen. Gelang natürlich nicht. Was sie dann mit ihm machten, konnte von Klönitz nicht feststellen. Jedenfalls wurde der Mann in der Überzeugung gefestigt, daß er ein Verräter war. Dann erpreßte man ihn mit der Drohung, seinen Verrat in der Stadt ruchbar zu machen. Nach vier Wochen hatten sie ihn soweit: Er war einverstanden, die Befehle der Gestapo auszuführen, solange die Gestapo ihr Versprechen hielt, seine Informationen nicht zur Verhaftung seiner Kameraden zu benutzen. Höchst merkwürdige Abmachung.

Der Mann sollte also entfliehen, zu den Genossen zurückkehren, eine illegale Existenz führen. Die Flucht sollte während seiner Überführung in ein anderes Gefängnis erfolgen. Sie stießen ihn aus dem nicht sehr schnell fahrenden Zug, er fiel unglücklich, verletzte sich beide Knie ziemlich leicht, einen Fuß schwer. Ein Lastwagenfahrer, es war natürlich ein Agent der Gestapo, fand ihn, brachte ihn in die Stadt, ins Spital. Er blieb fast sechs Wochen da, wurde nicht vollkommen ausgeheilt, kam aber ohne Krücken heim. Vom Spital aus nahm er die Verbindung mit seiner Frau und — auf Drängen der Gestapo — mit Störte wieder auf.

Man hielt das Versprechen, das man ihm gegeben hatte. Man tat mehr als das: man ermöglichte mit allen Mitteln den Wiederaufbau der Bezirkssektion. Die Gestapo verfolgte einen großen, ehrgeizigen Plan: Der Mann — er wurde mit einem falschen Namen Born genannt — sollte in der Partei immer höher steigen, die Organisation immer mehr ausgebaut werden, dann würde die Reichsleitung in diesen Bezirk verlegt werden. Durch Born würde man Eingang in die Reichsleitung finden, man würde im ganzen Reich, in allen Bezirken nach dem gleichen System organisieren, die Kommunistische Partei von der Gestapo geleitet! Im gegebenen Augenblick würde man das volle Netz zuziehen und mit einem Schlag die ganze Partei ratzekahl vernichten. Inzwischen bildete man Leute aus, man ließ sie hauptsächlich aus Bayern, Württemberg, Schlesien und den Rheinhäfen kommen, sie sollten sich als Genossen vorstellen, die geflüchtet waren, weil ihnen der Boden in ihrer Heimat zu heiß geworden war. Born hatte sie einzugliedern. Sie mußten die kommunistische Literatur gründlich studieren, Theorie, Geschichte der Partei, stereotype Redeweisen und dergleichen. Bevor man sie losließ, hatten sie übrigens eine Prüfung zu bestehen. Einzelne mußten, ehe sie eingegliedert wurden, einige Wochen als politische Häftlinge in einem Konzentrationslager verbringen, wo sie die gleiche Behandlung erfuhren wie die Kommunisten.

Born weiß von diesen Machenschaften nichts, man hat ihn allmählich zur Überzeugung gebracht, daß es in der Gestapo eine Fraktion von Leuten gibt, die Hitler folgen, weil sie glauben, daß er ein wirklicher Revolutionär ist, die aber entschlossen sind, Ernst zu machen, mit den Kommunisten zu marschieren,

315

sollte Hitler ihre sozialistischen Erwartungen täuschen. »Hitler absolut — wenn er unsern Willen tut!« das ist ihre geheime Parole. Bis zu welchem Grad Born das glaubt, konnte von Klönitz nicht feststellen, es geht aus den Geheimakten nicht hervor. Im übrigen: An der Verhaftung der Kuriere Sönneckes war Born fast sicher unschuldig. Einer der Agenten, ein bayerischer »Kommunist«, der mit Born eng zusammenarbeitete, hatte die Gestapo auf ihre Spur gehetzt.

»Ein anständiges Stück Arbeit, Fritz«, sagte Sönnecke nach einer Weile. Er verbarg mühsam die Erschütterung. Von Klönitz war nicht gewiß, ob mit der Arbeit sein Bericht oder das große Spiel der Gestapo gemeint war. Er glättete sein früh spärlich gewordenes, rötliches Haar, das er seit seiner Knabenzeit links gescheitelt trug.

»Schade, daß wir nicht wissen, wer der Born ist und wer die zugezogenen ›Kommunisten‹ sind. Aber das werden wir herausbekommen.«

»Darf ich jetzt meine persönliche Angelegenheit vortragen?« fragte Klönitz.

»Persönliche Angelegenheit? Immer dieselbe Geschichte, was?«

»Ja, aber dies ist das letztemal. Entweder ich kann heraus oder ich schieße mir eine Kugel in den Kopf. Letzter Termin 15. Mai — in sieben Tagen.«

»Man stellt der Partei kein Ultimatum.«

»Gewiß, aber ich kann nicht mehr. Ich halte nicht mehr durch, ich bin ausgebrannt, alles ist leer in mir. Versteh doch!« schrie er plötzlich auf, »ich habe Angst, Angst.« Es schüttelte diesen großen Mann, er griff sich an den Kragen der Uniform, als würgten ihn unsichtbare Hände.

»Angst vor wem?« fragte Sönnecke und wandte sich ab.

»Vor niemandem. Du verstehst nicht, du willst nicht verstehen. Seit Jahren läßt du mich das Doppelspiel spielen. Ich bin dazu nicht geeignet, ich bin ein Soldat, kein Spitzel. Ich bin —«

»Du bist ein Kommunist, das genügt, alles andere ist Nebensache, Zufall.«

»Ich bin kein Kommunist, ich bin ein verfluchtes Zwitterding, du läßt mich nicht sein, was ich sein möchte. Ich liebe ein Mädchen, ich möchte sie heiraten und kann es ihr nicht einmal sagen.«

»Warum nicht?«
»Mein Gott, verstehe doch, sie muß glauben, einen Nazi-Offizier vom Nachrichtendienst zu heiraten. Aber ich bin kein Nazi, ich bin überhaupt nichts von alledem, was ich bin.«
Er stand vor Sönnecke, der ihm bis zur Schulter reichte, er hatte noch immer die Hand am Uniformkragen, in seinen grauen Augen sah Sönnecke zum erstenmal eine Verzweiflung, die gefährlich werden konnte.
»Gut, Klönitz, du hast recht. Das hat alles zu lange für dich gedauert. Du mußt ins Ausland, nimm das Mädchen mit, ihr werdet in der Emigration leben. Gut. Aber zuvor müssen wir den Stall ausmisten. Wenn die Partei von dieser ungeheuren, dieser tödlichen Gefahr gerettet ist, von der niemand außer uns eine Ahnung hat, dann laß ich dich frei. Hilf mir noch einmal — es wird gefährlich sein, vielleicht kommen wir nicht lebend heraus.«
»Ach, sterben, so sterben — das wäre schön!« sagte Klönitz. Sönnecke lächelte über diesen Jungen. Er war diesmal wirklich entschlossen, ihn aus dem Käfig zu holen, er würde ihm helfen, seinen neuen Weg unter den *Wot-tschto*-Männern zu finden, diesem Soldaten, den ein Schuß, welchen er nicht abgefeuert hatte, so endgültig aus der sicheren Bahn geworfen hatte.
Sönnecke hätte unverzüglich die Leitung draußen verständigen, sie warnen und gleichzeitig ihren Störte und seine großen Erfolge im wahren Licht zeigen müssen. Doch hatte er Bedenken dagegen. Nichts durfte durchsickern von dem Geheimnis um ein Wunder, das die *Wot-tschto*-Männer als die natürliche Wirkung ihrer weisen Einschätzungen und ihrer »goldrichtigen« Linie priesen. Erst zuschlagen, dann erklären — das war das richtige Prinzip. *Wot tschto!*

3

Klaus Störte war ein guter Genosse, ein starker, ein nützlicher Mann. Und — Sönnecke war schlecht berichtet — er war ein gesunder Baum, wohl verwurzelt. Seine Leute liebten ihn aus einem sicheren Gefühl heraus: mit Störte war man nie einsam, mit ihm ging man nie fehl. Und daß er nie um ein Haarbreit von der Linie abwich, auch das war beruhigend. Hatte man nicht gesehen, wohin Leute gerieten, die abwichen?

Ging es heiß zu, Störte war immer vorn, immer dort, wo es am gefährlichsten war. Er traf nicht hinten die Anordnungen, er zeigte vorn, wie man es zu machen hatte. Er wußte im rechten Moment den rechten Scherz anzubringen, aber er konnte auch verflucht ernst sein, er konnte saufen, aber er wußte auch, wann man nüchtern zu sein hatte.

Und er war bei weitem nicht so ungebildet, wie Sönnecke es glauben wollte. Gewiß, er las nicht gern, aber er hörte gierig zu, wo immer etwas zu lernen war. Er verstand, das Wichtige vom Unwichtigen zu scheiden, er hatte ein ausgezeichnetes Gedächtnis. Da sie nun, nach mehr als einem Jahr, einander wieder gegenübersaßen, ging es Sönnecke auf, daß er Störte unterschätzt hatte all die Zeit. Sogar in äußerlichen Dingen war er gegen ihn ungerecht gewesen: Störte war in seiner Art ein schöner Mann. Er hatte sich überdies vorteilhaft verändert — er war in diesem Jahr ergraut, so wirkte sein blondes Haar fahler. Sein Gesicht war auch nicht mehr so riesig, es war magerer, feiner geworden, die Züge traten viel deutlicher hervor: das Gesicht eines weisen, vorsichtig und sanft gewordenen älteren Piraten.

»Hast dich verändert, bist älter geworden, Klaus Störte«, sagte Sönnecke, es klang wie lobende Anerkennung für vollbrachte Leistung.

»Tja, war auch ein schwerer Seegang, besonders im Anfang. Aber du, du bist jünger geworden in der Zeit, Herbert Sönnecke. Deshalb kriegen sie dich auch nicht. Die suchen einen alten Spartakus, du aber siehst aus wie ein Lebemann in den besten Jahren, haha!«

»Bin ich auch, Klaus, bin ich auch.«

Sie klopften einander auf Schulter und Schenkel. Das ganze begann also sehr gemütlich. Sönnecke fand Störte erträglich, ja sympathisch, weil er wußte, daß dieser Riese da, dieses Lieblingskind der *Wot-tschto*-Männer, in einigen Minuten besiegt, ausgehöhlt, eine leere Hülse sein würde. Störte seinerseits war seiner Sache sicher, er wußte, daß Sönnecke so gut wie erledigt war. Der Beschluß war gefaßt, Sönnecke hatte in die Emigration zu gehen. Der Nachfolger konnte großzügig sein.

»Dieser Bezirk hat mich vier der besten Leute gekostet. Da habe ich mir gedacht, die Höhle dieses Löwen, der mir die Leute frißt, sehe ich mir mit eigenen Augen an.«

»Wenn man dich hört, möchte man glauben, bei dir in der Höhle nisten Lämmer«, meinte Störte. Er sah noch nicht, wo Sönnecke hinauswollte.
»Nein, keine Lämmer. Aber die Löwen in Berlin fressen alles, was sie zwischen die Zähne bekommen können. Die hiesige Gestapo dagegen verhaftet meine Leute, deine Leute aber läßt sie zufrieden. Lokalpatriotische Löwen, nicht?«
»Nein, aber du hast die Leute vielleicht schlecht gewählt, sie haben auf dem Weg hierher oder hier falsche konspirative Regeln angewandt.«
»Welche falschen Regeln?«
»Tja, das weiß ich nicht. Wenn ich das wüßte! Aber schließlich geht das mich auch nichts an. Das ist deine Sache. Ich zum Beispiel —«
»Du zum Beispiel verwendest so großartige konspirative Methoden, daß keiner deiner Leute auffliegt und —«
»Stimmt.«
»Ja, stimmt«, antwortete Sönnecke, »muß stimmen, sag ich, sonst wäre vieles unerklärlich, was —«
»Alles ist erklärlich, Sönnecke, alles. Und da du endlich einmal selber kommst, statt deine armen Jungs zu schicken — na ja, wir sind ja nur einer von den vielen Bezirken. Aber gerade der, den du nie besonders gemocht hast. Gerade einer, wo es besonders gut klappt. Keine Schwierigkeiten mit der Linie, kein Abreißen der Verbindungen, kein Auffliegen von ganzen Unterbezirken, kein —«
»Also erkläre schon deine unfehlbare Methode, Störte, nimm mich in die Lehre, du oller Zauberer.«
»Also fürs erste: straffe Zentralisierung im Bezirksmaßstab. Gerade das Gegenteil von dem, was du willst. Immer verlangst du straffe Zentralisierung im Reichsmaßstab, alles in deiner Hand, aber, sagst du, dafür Dezentralisierung im Bezirk selbst. Du hast das erfunden: Häuserblockorganisation, Zeitungen für Häuserblocks. Jeder Betrieb für sich, jedes Haus für sich, auflockern, aufsplittern, hast du gesagt, ganz dünne Fäden ziehen, hast du gesagt. Daß man dünne Fäden besonders leicht zerreißt, das wolltest du nicht wahrhaben. Zum Häuserblock braucht die Gestapo nicht einmal Agenten, da hat sie freiwillige Helfer, ein, zwei Männer, das findet sich immer, die gehen der Sache nach,

vielleicht nur so, auß Spaß an der Sache. Sie kennen die Leute. Wenn sie das drittemal die Zeitung im Kasten finden, wissen sie auch schon, wer sie da hineingeworfen hat. Und tags darauf wissen sie auch, wer den Wisch fabriziert hat. Und schon ist die Spule gefunden, die dünnen Fäden zerrissen — und schon wandern die paar Genossen in den Keller der Gestapo.«
»Aha! Aber bei dir keine Hausblockzeitungen, keine dünnen Fäden, sondern stählerne Kabel.«
»Jawohl, stählerne Kabel, und die halte ich selbst in der Hand, die rolle ich auf oder ein, wann ich es will.«
»Da haste aber starke Hände.«
»Jawoll, hab' ich, da, sieh sie dir an — ansehen kost' nichts!«
»Ja, ja«, sagte Sönnecke begütigend, noch einige Augenblicke, dann wollte er diesen Riesen fällen, diesen Jahrmarktsbudenschreier zum Verstummen bringen — »ja, ja, starke Hände sinds. Aber nicht sie allein halten die Kabel, denke ich.«
»Stimmt, ich habe Leute um mich, deren Hände sind auch nicht aus Pappe. Mit Ausnahme von einem sind es Leute, die von anderswo kommen, niemand hat sie hier vorher gekannt. Verstehst du, die sind bei der Gestapo nicht vorgemerkt, das ist die zweite Regel — an wichtige Stellen keine Hiesigen setzen.«
»Sehr gut. Und der eine, die Ausnahme, wer ist das?«
»Kennst du nicht. Aber der Fall ist interessant wegen der Methode. Den hatten die geschnappt vor bald einem Jahr, damals, wie sie gedacht haben, sie haben die ganze Partei in Stücke geschlagen. Er ist ihnen entwischt, aus dem Zug gesprungen. Was habe ich gemacht? 'n Begräbnis habe ich gemacht, ihn totgemeldet, illegale Blätter verbreitet mit Protest gegen seine Ermordung, in der Emigration haben sie Nachrufe auf ihn gedruckt. Die habe ich hier in zehntausend Exemplaren hereingebracht, paar hundert haben wir von der Gestapo beschlagnahmen lassen, die Frau — er war von ihr sowieso getrennt — haben wir nach Kopenhagen abgeschoben, trauernde Witwe, in Versammlungen aufgetreten. Und wie dann der Genosse ausgeheilt war — ich meine vom Sprung aus dem Zug —, da war er ein ganz anderer, verstehst du. Der glaubt bald selbst, daß er gestorben und als ein anderer wieder auferstanden ist. Natürlich haben wir auch sein Gesicht verändert — kleine Operation —, sein Gang ist anders geworden, natürlich, wegen seiner Verletzung — ein ganz neuer Mann.«

»Allerhand Achtung, Störte, das ist Konspiration. Da kann ich mir wohl ein Stück davon abschneiden.«
Störte nickte: »Ja, das ist mein bester Mann in jeder Hinsicht.«
So, das Spiel hatte lange genug gedauert. Sönnecke war nicht grausam, er war ein Kämpfer, daher tat ihm ein Besiegter leid, noch ehe er dahingestreckt auf dem Boden lag. Er beugte sich vor und sagte: »Störte, dieser Mann ist ein Verräter, ein Gestapo-Agent.«
»Was?« sagte Störte, zuerst ganz ruhig, mit einer hastigen Kopfbewegung, als ob er eine Fliege verscheuchte, dann laut: »Was? Was sagst du, Herbert Sönnecke?« Und er lachte brüllend los: »Ein was, sagst du, ist er?«, sein Gelächter schwoll noch immer an, »Hannes, sagst du, Hannes —« Und plötzlich brach er ab. Es war, als ob wirklich etwas, das noch halb in seiner Kehle war, entzweigebrochen wäre, ihm nun in der Kehle steckenblieb, ihn würgte, so daß der Mund weit geöffnet blieb, damit er Luft, viel Luft bekäme in den verstopften Schlund.
»Warum hast du plötzlich aufgehört zu lachen, Störte?« Sönnecke stand nahe vor ihm, er riß an den beiden Revers seines Rockes, als ob er den Riesen hochreißen wollte: »Warum ist dir plötzlich das Lachen vergangen?«
Störte schüttelte sich, schloß endlich den aufgerissenen Mund, dann sagte er: »Weil es doch zu hirnrissig ist, was du da von dir gibst.«
»Das lügst du, Störte. Dir ist das Lachen vergangen, weil dir plötzlich selbst der Verdacht gekommen ist.« Sönnecke ließ endlich den Rock los und setzte sich wieder.
»Nein, du irrst dich. Es ist nicht das, es ist —«
»Wart, überleg erst, bevor du sprichst. Ich teile dir mit, daß ich die Untersuchung gegen dich eingeleitet habe. Du bist verdächtig — du hast dich mit Gestapo-Agenten umgeben, hast ihnen die Partei ausgeliefert, es ist wahr, vorerst haben die Schufte dir geholfen, die Partei zu reorganisieren. Daß dir das Lachen im Hals steckenblieb, ist für mich ein möglicher Beweis dafür, daß du unschuldig bist. Überlege selbst, sei aufrichtig zu dir und zu mir — und ich bin die Partei —, und du wirst verstehen. Hab keine Bange, du wirst noch Gelegenheit haben, dir die Seele aus dem Leib zu reden. Jetzt komm mit mir ans Fenster.«

Das Bootshaus lag einsam da. Die Straße führte etwa 30 Meter weit vom Haus an den Dünen vorbei zu ähnlichen Bootshäusern, die sich die wohlhabenden Leute der Stadt für Wochenendaufenthalte hielten. An Wochentagen war die Straße völlig leer, doch nun erblickte Störte einen großen Wagen. Der Mann, der am Motor wartete, sah zu ihnen herüber. Sönnecke öffnete einen Flügel des Fensters, schloß ihn wieder, öffnete und schloß. Darauf trat er wieder vom Fenster weg, Störte, unsicher geworden, folgte ihm schweigend, setzte sich wieder.
Beide — Josmar und von Klönitz — trugen lange Staubmäntel, aber Störte sah sofort, daß sie in Reichswehruniformen steckten. »Den Goeben kennst du noch aus Berlin, der andere, das ist der Fritz, ein ergebener Genosse. Die Uniformen tun nichts zur Sache. Fritz, erzähl dem Genossen Störte alles, was du über den Fall Born weißt.«
Als Klönitz seinen Bericht beendet hatte, trat Schweigen ein. Störte wollte sprechen, er öffnete den Mund, doch war er stimmlos. Es war sichtbar, wie sehr er sich anstrengte, der riesige Körper wurde von einem Krampf geschüttelt. Klönitz, den der Anblick abstieß, wandte sich ab, er sah zum Fenster hinaus, das hohe Dünengras bewegte sich langsam im leichten Wind. Man hörte — nicht ganz deutlich — die Möwen schreien. Sönnecke sagte: »Laß, Klaus, sag noch nichts. Ich an deiner Stelle, ich würde mich gehenlassen, ich würde brüllen oder heulen, wahrscheinlich beides zusammen.«
Diese Worte hatten eine gute Wirkung, doch dauerte es noch eine Weile, ehe der Krampf nachließ. Endlich sagte Störte:
»Alles klar. Gib die Anweisungen, Herbert Sönnecke. Aber bevor alles zu Ende ist, möchte ich gern noch einen Brief an die Partei draußen schreiben, du, Goeben, sollst ihn persönlich übergeben.«
»Was heißt das: bevor alles zu Ende ist?«
»Das ist doch klar«, antwortete Störte, und von nun an hatte er sich völlig in der Gewalt, er war ruhig, ja, fast so selbstsicher wie gewöhnlich. »Es ist klar, ich muß sterben.«
»Du sterben, ja warum denn? Und ein anderer soll den Dreck ausmisten, ja? Und woher, glaubst du, sollen wir einen anderen Störte nehmen? Du bist zwar nicht ein solcher Teufelskerl, wie du denkst, aber du bist ja doch ein Kerl. Außerdem, dein An-

sehen darf nicht leiden, es ist das Ansehen der Partei, der Arbeiterklasse. Du kannst —«
Störte stand auf und ging auf Sönnecke zu, er beugte sich zu ihm hinunter, wollte etwas sagen, aber es gelang nicht, er schluckte nur heftig. Dann, gelöst, sagte er: »Ich war ein Waisenkind, meine Mutter war nicht gut zu mir. Der Stiefvater hat mich immer geschlagen, wenn ich weinen wollte. Mit einem schwarzen, ledernen Riemen, verstehst du? Mir macht das Sterben nichts aus, verstehst du? Ich verdiene es, wie ein räudiger Hund umgebracht zu werden. Aber wenn die Partei, aber wenn du mich noch brauchen kannst, wenn mein Name — ich bin immer so ein eingebildeter Bursche gewesen — und wenn —«
Störte sprach vielerlei durcheinander. Die Zeit drängte. Endlich kamen sie dazu, einen Plan auszuarbeiten.

4

Zwei Schläge an der oberen Türfüllung, drei Schläge an der unteren, knapp über der Schwelle, dann schob er das Papier unter der Tür durch. Sie warteten, lauschten. Ein kaum vernehmbares Geräusch, eine Klinke wurde ganz leise niedergedrückt. Schritte. Ein geflüstertes Wort. Störte antwortete etwas lauter mit einem anderen, die Tür wurde geöffnet, Störte trat ein, hinter ihm die anderen. Der Mann schloß und riegelte hinter ihnen die Tür ab. Sie gingen durch einen langen, dunklen Korridor, kamen in ein großes gutbeleuchtetes Zimmer.
»Hannes, kennst du den da?«
»Ja, ja und nein. Könnte Herbert Sönnecke sein.«
»Ist es, ist es, Hannes.«
Hannes war fast so groß wie Störte, doch viel weniger derb, nicht hartknochig. Sein Gesicht mußte vor der Operation hübsch gewesen sein, nun war es merkwürdig, wie aus Teilen zweier verschiedener, nicht häßlicher Gesichter zusammengesetzt. Das machte es auch schwer, das Alter des Mannes zu bestimmen. Seinen Bewegungen nach war er ein Jüngling.
»Und das sind zwei hiesige Genossen, die du vielleicht von früher kennst. Ihr habt die beiden abgehängt, höre ich.« Sönnecke zeigte auf die zwei Männer, die hinter ihm ins Zimmer gekommen waren und noch immer an der Tür standen.

»Ja, ich kenne sie. Wir haben sie ausgeschlossen. Versöhnler, haben mit den sozialdemokratischen Bonzen Einheitsfront machen wollen«, antwortete Hannes. Er suchte, einen Blick Störtes zu erhaschen, doch der sah zum verhängten Fenster hinüber.
»Ich nehme an, du weißt, warum ich gekommen bin«, begann Sönnecke wieder.
»Ich vermute es — du willst die Reichsleitung Störte übergeben. Wir haben das erwartet, aber nicht so schnell.«
»So, so, Störte und du, ihr habt das erwartet. Und warum?«
»Weil das Politbüro uns, ich meine Störte, recht gegeben hat und nicht dir.«
»Aha. Und das dank den Berichten Störtes, die du wohl selbst geschrieben hast. Antworte.«
»Nun ja, ich habe sie geschrieben, aber wir haben sie vorher gemeinsam besprochen.«
»Wer wir? Du und Störte oder du und die Gestapo?«
»Die Gestapo?« fragte Hannes verwundert, aber er hob nicht die Stimme. »Die Gestapo — wieso das?« Und er lachte, nicht laut, auch nicht gezwungen.
Da waren auch schon die zwei Männer von der Tür weg ins Zimmer getreten, sie hoben ihn wortlos aus dem Stuhl, einer riß ihm die Arme hoch, Rock und Weste zogen sie ihm zusammen aus, dann blieb der eine mit dem Revolver ruhig stehen, der andere zog Hannes aus, ließ ihm nur das Hemd.
Störte nahm die Gewänder an sich, leerte die Taschen aus, riß mit einem Griff das Futter des Rockes auf.
Sönnecke las die Papiere durch, die aus den Taschen herausgefallen waren, hielt sie gegen das Licht, fuhr mit den Fingern über jeden Zettel — alles sehr langsam. Dann gab er die Papiere Störte zurück.
Endlich fragte Sönnecke: »Hast du hier Vater, Mutter, Geschwister, hast du eine Frau, Kinder?«
»Warum?« fragte Hannes. Seine Stimme war ruhig.
»Wann bist du in die Partei eingetreten?«
»1929.«
»Wann bist du ein Agent der Gestapo geworden?«
»Niemals, ich bin kein Gestapo-Agent.«
»Aha, du hast auch keine Verbindung mit der Gestapo?«
»Nein.«

»Zieht ihm das Hemd aus. Es ist nicht kalt, er kann ganz ruhig nackt bleiben. Und auch wenn er sich erkältet, es wird nicht für lange sein. Tote haben keinen Schnupfen.«
Da schrie der Mann — und endlich hatte sich seine Stimme verändert: »Klaus, Klaus! Die wollen mich töten, ich bin nicht schuldig!«
»Brüll nicht, das stört uns!« sagte Sönnecke. »Warum sagst du: ich bin nicht schuldig, warum sagst du nicht: ich bin unschuldig? Antworte! — Laßt das, Ludwig, Paul, laßt das! Ich will nicht, daß ihr ihn anrührt. Hat auch keinen Sinn. Den haben sie in der Gestapo 47 Stunden gefoltert, und er hat geschwiegen. Erst in der 48. Stunde hat er gesprochen — und auch da hat er ihnen nichts Wichtiges gesagt. Er hat erst verraten, wie sie aufgehört haben, ihn zu prügeln.«
»Was — was sagst du?« fragte Hannes und machte einen Schritt rückwärts. Doch die Wand war zu nahe, er stieß sich den nackten Fuß an. Er begann am ganzen Leib zu zittern.
»Paul, steck den Revolver ein, gib ihm die Kleider, er soll sich anziehen.«
Der Mann zitterte zu sehr, die Hände gehorchten nicht mehr, sein Körper gehörte ihm nicht mehr, man mußte ihn anziehen und schließlich in den Stuhl setzen.
Sönnecke beugte sich vor und fragte ihn: »Hast du vor dem Sterben so große Angst?«
»Ich weiß es nicht«, flüsterte Hannes, dann etwas lauter, gefaßter: »Ich weiß es wirklich nicht.«
»Du kennst Störte, du weißt, wer ich bin. Und Paul und Ludwig sind alte Genossen, noch vom Spartakus her. Wir werden dich im Namen der Partei richten. Du weißt, wir werden gerecht sein, nicht wahr?«
»Ja.«
»Gut. Aber das Wichtigste ist nicht, einen armen Teufel wie dich zu liquidieren, das Wichtigste ist, die Partei zu retten.«
»Sie ist nicht in Gefahr, im Gegenteil. Du weißt nicht alles, deshalb glaubst du auch, ich bin ein Gestapo-Agent. Ich habe dank meiner Verbindung mit der Gestapo dafür gesorgt, daß die Partei hier seit Monaten ungeschoren geblieben ist. Ich bin mit der linken Opposition der Nazis verbunden, das muß ich dir alles erklären.«

Was er erzählte, bestätigte im wesentlichen den Bericht von Klönitz. Neu war nur, daß die Verbindungen Hannes' über die Gestapo hinausgingen, er hatte mit SA-Führern Kontakt genommen, die tatsächlich als »links« bekannt waren. Eine bedeutende Rolle spielte in seiner Vorstellung auch Jochen von Ilming, den er zweimal gesehen hatte. Von Ilming hatte mit der Gestapo nichts zu tun, wußte auch nichts von den »Abmachungen« zwischen der Gestapo und Hannes. Von Ilming war der Auffassung, daß der Augenblick kommen könnte, wo eine nationale kommunistische Partei, die sich von der alten Führung befreit haben würde, zusammen mit den Nazi-»Rebellen« die Macht übernehmen könnte — mit oder ohne Hitler, das war unwichtig. Ein nationalbolschewistisches Deutschland, militärisch und wirtschaftlich mit Rußland eng verbunden, konnte natürlich Europa überrennen, ganz Afrika und Asien erobern. Hannes wollte im Hinblick auf dieses Ziel die Reichsleitung in die Hand bekommen, sie von der Emigration endgültig ablösen. Das sah er als die einzige Rettung für die Partei an. Bei alledem blieb er — er bestand darauf — der Linie der Partei treu: in der sozialen, in der nationalen und in der Rußlandfrage. Er sprach niemandem davon, auch deshalb, weil er wußte, daß Leute wie Sönnecke etwa, völlig in überalterten Vorstellungen befangen, niemals verstehen würden, was für ein großes und vernünftiges Spiel er spielte. Störte hingegen hätte er mit der Zeit aufgeklärt und für die Lösung gewonnen.

»Und das alles glaubst du auch jetzt noch?« fragte Sönnecke.
»Gewiß. Aber nun wird alles zum Teufel gehen, da ihr mich ja umbringen werdet. Und außer mir kann niemand das Boot in den sicheren Hafen steuern, von Ilming hat es auch gesagt.«
»Was hast du für einen Beruf gelernt?«
»Modelltischler.«
»Ein guter Beruf. Bist sicher tüchtig gewesen darin?«
»Ja, aber ich habe schon lange nicht mehr gearbeitet.«
»Schade, sonst hättest du deine fünf Sinne beisammen. Paß auf!«
Es dauerte lange, bis Hannes begriff, daß man ihn betrogen hatte, daß er ein wehrloses Werkzeug der Polizei war. Doch als er es begriffen und zugestanden hatte, wurde er völlig stumpf; man konnte mit ihm nicht mehr viel anfangen. Es ging darum,

ganz genau festzustellen, was für Berichte er an die Gestapo gegeben hatte, besonders über die Organisation des Bezirkes und seine Auslandsverbindungen, über Namen von Mitgliedern und Funktionären, über Treffpunkte, Anlaufstellen, Deckadressen.

Hannes bemühte sich sichtbar, auf alle Fragen, die man ihm stellte, zu antworten, aber es gelang ihm nicht. Er konnte ja, nein, ich weiß nicht, vielleicht sagen. Er hatte in der Wohnung selbst Papiere versteckt, aber die Füße versagten ihm den Dienst, man mußte ihn halb tragen, aus einer Ecke in die andere, aus einem Raum in den andern.

Plötzlich ermannte er sich und sagte: »Kommt, verlassen wir die Wohnung, es ist gefährlich für euch, hierzubleiben. Kommt schnell, nehmt mich mit, erschießt mich hier oder anderswo, das ist mir gleich, aber von hinten, plötzlich, damit ich es nicht vorher merke.« Aber man konnte nicht weg, ehe man sicher war, die Wohnung vollkommen gesäubert zu haben.

Sönneckes Plan war einfach, er verlangte schnellste Ausführung: Alle Verbindungen innerhalb des Bezirks sowie mit den Grenzstellen mußten sofort zerrissen, die betroffenen Grenzstellen sofort aufgelöst werden. Alle anderen Mitarbeiter Störtes hatten sofort ins Ausland zu gehen, sie sollten glauben, daß sie zu einer Parteikonferenz führen, der Spezialdienst der Partei draußen würde ihre Frage regeln; Störte sollte nach Prag, Hannes' Schicksal aber sollte je nach seinem Verhalten entschieden werden. Es war wünschenswert, daß er noch einige Tage, wenigstens bis zur Abreise der anderen, bliebe, damit die Gestapo nicht zu früh Verdacht schöpfte.

Doch war der Mann unbrauchbar, vielleicht war er schon früher nicht in gutem Gleichgewicht gewesen — jetzt war er ausgeleert. Paul und Ludwig, die im übrigen von ihren Betrieben aus später den Neuaufbau der Partei übernehmen sollen, werden sich in den nächsten Tagen um ihn kümmern, ihn nicht aus den Augen lassen. Man wird ihn wohl liquidieren müssen — am besten ertränken, er sollte erst längere Zeit verschollen bleiben. Später wird man den alten Genossen des Bezirks erklären, was vorgefallen war, nicht alles natürlich, aber das Notwendigste, damit sie verstünden.

Die Arbeit war getan — es konnte noch irgendwo ein Papier versteckt sein, aber nichts Besonderes mehr, wenigstens stand es zu hoffen. Sie hatten jedenfalls die Mitgliederliste, er hatte sie vielleicht wirklich niemals der Gestapo gezeigt, denn vor ihr hatte er sie so gut versteckt. Hingegen kannte sie gewiß die meisten Deckadressen — man muß die Leute sofort verständigen, sie außer Landes zu bringen, wird nicht leicht sein.

»Das große Unglück ist vermieden, das kleine, das werden wir nicht ganz vermeiden können. Dutzende Genossen werden daran glauben müssen«, sagte Paul.

»Ja, ich weiß, ich bin schuldig«, sagte Störte. Er wagte nicht, ihnen in die Augen zu sehen.

»Das bist du, Störte«, sagte Ludwig. »Uns alte Genossen hast du gepiesackt, immer haste Angst gehabt, der Linie könnte was geschehen. Aus der Partei hinausgejagt hast du uns, unsere Freunde uns zu Feinden gemacht, das hast du. Aber die Gestapo-Agenten, die sind immer linientreu, die Spitzel haben es gut mit einem, wie du es bist, die brauchen nur nachzuplappern — und schon glaubst du ihnen, daß sie gute Genossen sind. Denen muß es einen Heidenspaß gemacht haben, daß sie uns haben dürfen verleumden in den Flugblättern — du hast es ihnen aufgetragen. Jetzt aber, wo —«

»Laßt das«, sagte Sönnecke ungeduldig. »Es ist bald zwei Uhr in der Nacht. Man muß Schluß machen — auch mit dem armen Teufel im Zimmer dort. Was schlagt ihr vor? Ihn mitnehmen, ihn fürs erste unter Bewachung hierlassen?«

Der Schuß fiel, als sie gerade den Beschluß gefaßt hatten, ihn in das Bootshaus hinüberzubringen. Er lag mit dem Oberkörper über dem Tisch, sie hoben ihn auf, legten ihn auf die Erde. Er war tot.

»Merkwürdig«, meinte Paul. »Er ist so zittrig gewesen, alle Glieder aus Watte, und da schießt er und trifft mit dem ersten Schuß das Herz. Das ist nämlich gar nicht so leicht, wie man denkt.«

»Genug geschwatzt, wir müssen sofort weg, der Schuß ist sicher auch draußen gehört worden. Legt die Leiche wieder über den Tisch.«

Als sie in das Stiegenhaus hinaustraten, fühlten sie, daß sie nicht allein waren. Doch erst als Störte hinter sich die Tür zugezogen hatte, erst nach dem Geräusch, mit dem sie ins Schloß fiel, leuchtete das Licht auf, ein weißer Kegel, der sie blendete. Sie stürzten vor. Störte kriegte den Mann zu fassen, er rief: »Haut ab, ich werde mit dem allein fertig.«

Während sie die Stiegen hinunterliefen, hörten sie einen schweren Fall.

»Um Gottes willen, macht schnell«, rief es von unten, es war Josmars Stimme. Sönnecke stürzte vor, hinter ihm die beiden Männer. Plötzlich standen sie im Licht. Josmar und von Klönitz waren eingekeilt zwischen drei Männern, einer von ihnen trug die schwarze Uniform.

»Los!« schrie von Klönitz, die Männer ließen los, drehten sich um und erblickten Sönnecke. Der Schwarzuniformierte wollte nach der Revolvertasche greifen: »Hände hoch!« brüllte Klönitz mit einer entstellten Stimme, »Hände hoch!« Die Männer hoben langsam die Hände. Sönnecke und seine Begleiter schlüpften schnell durch das Haustor, Josmar folgte ihnen. Der Wagen stand da, Sönnecke setzte sich nach vorn neben Josmar, der den Motor anließ, endlich sprang auch von Klönitz in den Wagen. Paul und Ludwig waren verschwunden.

Die ersten Schüsse gingen fehl, der letzte zerschlug das hintere Fenster, ohne jemand zu treffen.

Der schwere Wagen kam nicht schnell genug vorwärts — die Gassen waren eng und winkelig.

»Warum habt ihr sie nicht erschossen?« fragte Sönnecke.

»Zuviel Lärm, um die Ecke ist eine Polizeikaserne.«

»Warum haben die euch nicht erschossen?«

»Hatten wohl Befehl, uns lebend zu kriegen. Und dann hatten wir sie in den Fängen. Waren wohl auch zuerst verwirrt wegen der Uniformen.«

Endlich waren sie auf der Ausfallstraße. Sie merkten nicht sofort, daß sie verfolgt wurden, da die Motorräder ohne Licht fuhren. Der erste Schuß traf von Klönitz, der aufrecht im Fond saß. Sie hatten Maschinenpistolen, sie feuerten ununterbrochen. Seltsamerweise zielten sie nicht auf die Räder, sie hatten auch vergessen, ihre Scheinwerfer wieder anzudrehen. Sie bestrichen die Karosserie systematisch, von links nach rechts, von rechts nach links.

Der Wagen war schneller, Josmar konnte die Distanz zusehends vergrößern. Nach einer Straßenbiegung hielten sie einen Augenblick, Sönnecke sprang hinaus, der Wagen fuhr weiter. Die Räder

kamen um die Biegung, die Jagd begann wieder. Sie schossen. Josmar verspürte einen Schlag an der Achsel.
Wieder eine Biegung, nachher eine Straßenkreuzung. Josmar hielt, zog Klönitz über den Sitz, setzte ihn an den Volant, nahm den kleinen Koffer heraus und ließ den Motor an. Der Wagen rollte langsam an, Josmar sprang hinaus und schlug sich in die Büsche.

NEUNTES KAPITEL

Mehr als 24 Stunden hatte Josmar gebraucht, um sich auf Umwegen — in Lokalzügen, Autobussen — nach Berlin durchzuschlagen. An Zeichen, die nur er deuten konnte, erkannte er, daß jemand in seiner Wohnung war, daß eine Anlaufstelle, durch die er mit Sönnecke Verbindung aufnehmen konnte, aufgeflogen war. Alle Zeitungen brachten ohne Kommentar die gleiche fettgedruckte, doch sonst nicht besonders aufgemachte Polizeimeldung, daß Major von Klönitz auf einer Dienstreise in einen von Kommunisten vorbereiteten Hinterhalt gelockt und meuchlerisch ermordet worden war. Alle Mitglieder der kommunistischen Mordbande konnten dingfest gemacht werden, nur zwei waren im Schutze der Nacht entwischt, doch war man ihnen auf der Spur. Die Signalements, die man von ihnen gab, sollten wohl auf Sönnecke und Josmar passen, aber sie waren zu ungenau. Die Polizei kannte zweifellos die Namen, aber die Meldung nannte sie nicht. Josmar durchschaute nicht ihre Taktik.

Er war in Zivil, die Militäruniform hatte er mit dem Köfferchen in den Fluß geworfen, am Militärrock war der Einschuß an der linken Achsel deutlich sichtbar. Auch am Mantel, den hatte er im Gebüsch versteckt. Er hatte sich in einem der Lokalzüge den eines schlafenden Mitreisenden »ausgeborgt« — einen grauen Regenmantel, wie es ihrer Tausende gab.

Er war gewaschen, frisch rasiert, gut gekämmt — er hielt in seinen Armen einen riesigen Gladiolenstrauß, ganz der junge Mann, der zu einer Gratulationscour fährt. Er hatte in der Stadtbahn die Ost-West-Strecke dreimal zurückgelegt, er hatte mit der Ringbahn zweimal den Kreis um die Stadt gezogen. Der Gladiolen hatte er sich entledigt, sie in einem Kaffeehaus liegengelassen, in dem sich gegen vier Uhr reifere Paare zum Rendezvous trafen. Nun trug er drei langstielige Rosen durch die Bahnhofbüfetts der Vorortbahnstationen, ein Liebender, der ungeduldig zwei, drei Züge abwartete, ehe er einsah, daß sein Lieb nicht kommen würde. So wurde es wieder Abend, die dritte Nacht der Flucht brach an. Er fuhr wieder in die Stadt zurück.

Er fand am Rande einer stillen Wohngegend, in der er nie gewesen war, ein Kino.

Als es im Saal dunkel wurde, schlief er ein. Er erwachte immer wieder, ihm schien es, in gleichmäßigen Abständen. Einmal war es ein Karnevalsfest in einem Atelier, ein mangelhaft bekleidetes Mädchen stand auf einem Tisch, ein Bein hoch erhoben, ein Mann trank aus einem Ballschuh Sekt, um die beiden herum tanzten fröhliche Leute, die Männer hatten falsche Nasen im Gesicht.

Ein anderes Mal war es ein Mädchen, das stand mitten in einem einfachen Zimmer, sah ein großes Foto irgendeines gut gekämmten, mit tadellosen Zähnen lächelnden Mannes an und sang: »Du allein, du bist der Ma—ann, den ich küssen ka—ann«, und ein großes, doch unsichtbares Orchester begleitete sie.

Als er wieder erwachte, gab es wieder ein Fest. Der Film ging zu Ende, alle waren zufrieden. Die Pause war kurz, der zweite Film lief an.

Josmar erwachte mit dem Gefühl, die Stimme im Telefon zu kennen. Er sah sich erst um, ehe er sich zurechtfand, so tief hatte er geschlafen. Doch was war es mit der Stimme? Er hatte sie wohl geträumt, aber sie war wirklicher als im Traum. Er sah zur Leinwand hin. Mondnacht. Ein Mann in Uniform, Offizier der Partei-Armee, hinter ihm eine Dame im weißen Ballkleid. Sie treten ans Ufer des Sees, sie groß, weiß, Standbild ihrer selbst, ist in den Anblick der Natur versunken, aus der ihr von irgendwo eine Hirtenflöte eine moderne Nachahmung einer Wagnerschen Schalmei entgegenbläst. Endlich sagt die Frau, sich dem seitlich hinter ihr stehenden Offizier und dem Publikum zuwendend: »Du hast mir alles, alles gegeben.«

Josmar erkannte Lisbeth sofort. Nun hatte sie es also geschafft, sie war angekommen. Er sah gespannt auf die Leinwand, in das Gesicht, das immer größer wurde, bis es ganz allein da war, eine Träne des Glücks auf der linken Wange.

Josmar beugte sich vor, das Gesicht hatte er einmal geliebt, diese Frau, die, um einen Halbton zu hoch, »alles, alles« mit jeweils drei l aussprach.

Sie hat sicher eine Wohnung, ist unverdächtig, sie könnte mich vorderhand aufnehmen, ging es ihm durch den Kopf.

Er wartete ungeduldig, daß die Vorstellung endete. Aus dem

Programm ersah er, daß sie sich Elisabeth von Grottenow nannte. Er fand sie nicht im Telefonbuch, nicht unter diesem Namen, nicht unter ihrem Mädchennamen und nicht unter Goeben. Anderntags würde er ihre Adresse bei der Filmgesellschaft erfahren, doch vorerst war noch diese Nacht zu überstehen.
Er nahm wieder den Zug, fuhr nach Potsdam, wieder zurück. Bevor ihn der Schlaf überwältigte, dachte er: Wahrscheinlich ist es die letzte Nacht. Das alles hat keinen Sinn. Die kriegen mich noch in dieser Nacht. Ich bin im Käfig, ich bin kaputt. Lisbeths Hilfe kommt zu spät. Ist schon alles egal.
Hitze, geschlechtliche Erregung weckten ihn. Der Zug fuhr an bewegten Lichtreklamen vorbei. Rot stand der Widerschein der Lichter am Himmel. Und da wußte er mit einer seltsamen, befreienden Gewißheit, daß er nicht verloren war. Es gab jemanden, der ihn retten würde. An der übernächsten Station, Bahnhof Charlottenburg, stieg er aus. Jahrelang war es sein üblicher Weg gewesen, sechs Minuten, wenn er schnell ging, siebeneinhalb, wenn er sich Zeit ließ. Da war seine Straße, da war das Haus. In seiner früheren Wohnung brannte Licht, ging ihn nichts an. Gegenüber der schwarze Roadster war nicht da, bewies nichts. Ein anderer Wagen stand da genau an der Stelle, an der sie den Roadster abzustellen pflegte. Zweite Etage rechts, also diese Klingel, Name nicht zu entziffern, macht nichts, kein Licht machen. Er klingelte, wartete, klingelte noch einmal. Sie schlief oder war nicht da. Natürlich, wäre übrigens auch so nichts gewesen. Da fuhr ein Wagen vor, es war ein Roadster, nicht schwarz, sondern grau. Sie war allein; sie schwankte nicht, tänzelte nicht.
»Guten Abend«, sagte er. »Ich weiß nicht, ob Sie mich kennen.« Sie musterte ihn, schien nachzudenken, holte die Schlüssel aus der Tasche, sah ihn wieder an: »Das Licht ist nicht gut, ich kann mich nicht besinnen.«
»Ich habe mich Ihnen nie vorgestellt, ich bin, ich war der Nachbar von gegenüber, bin aber schon vor über zwei Jahren weggezogen.«
»Ach, Sie sind es.« Sie lächelte, das war gut. Er sagte schnell: »Darf ich bitte mit Ihnen hinaufkommen? Ich weiß, es ist sonderbar, aber es ist furchtbar wichtig.«
Die Frau trat einen halben Schritt näher an ihn heran, sah ihm

in die Augen und fragte: »Abgebaut, aus der Wohnung 'raus, seit zwei Tagen nichts gegessen?«
»Nein, es ist nicht das. Es ist schlimmer.«
»Kommen Sie!« sagte sie.
Sie führte ihn sofort in das Balkonzimmer. Sie streifte mit einer burschikosen Bewegung den Hut vom Kopf, nahm aber den Mantel nicht ab, so behielt er auch seinen an. »Ich liebe keine Geheimnisse, nicht einmal die meiner Freunde und erst recht nicht die von Männern, die einen besonders bei Sonnenbädern anstarren, sich aber erst Jahre später an der Tür einstellen. Was ist mit Ihnen? Ich weiß, daß Sie Ingenieur sind, daß Sie Goeben heißen und geschieden sind — das habe ich seinerzeit erfragt, wie Sie plötzlich von hier weggezogen sind.«
»Ja, ich heiße Goeben, das wissen Sie also.«
»Na — und?«
»Ich bin verwundet, kleine Schußverletzung, Oberarm, Achsel.«
»Waren Sie beim Arzt, im Spital?«
Er schüttelte den Kopf.
»Ja, warum nicht? Und jedenfalls, was kann ich dazu?« Er schwieg. Er hatte sich nicht überlegt, was er ihr sagen würde, und nun war es leer in seinem Kopf. Einige Augenblicke verstreichen lassen, ausruhen hier, wo keine Gefahr war, dann würde er es sich zurechtlegen.
Die Frau stand auf, warf den Mantel auf die Couch, näherte sich ihm, sah ihn aufmerksam an: »Sie verstecken sich?« Er nickte. »Vor der Polizei?« — »Ja«, sagte er heiser.
»Ich lese nie Zeitungen — haben Sie ein Verbrechen begangen, das schon in der Zeitung steht?« — »Nein.«
»Also gut, bleiben Sie die Nacht hier. Morgen werden Sie mir erzählen.«
Sie brachte ihm ein Kissen, eine Decke. Er sollte auf der Couch schlafen.

— — Sein Stöhnen weckte sie. Sie machte das kleine Licht an, beugte sich über ihn, er schlief. Seine Stirn war schweißbedeckt, er fieberte. Er hatte sich nicht ausgezogen, nur den Rock abgelegt. An der Schulter und am linken Oberarm war das Hemd steif von geronnenem Blut.

Sie rückte leise einen Stuhl ans Bett und setzte sich. Auch wenn er stöhnte, blieb sein Körper unbewegt, er lag auf dem Rücken, starr ausgestreckt. Sein Gesicht verzog sich für Augenblicke in einem scharfen Schmerz, doch unvermittelt sammelten sich wieder die Züge des hellen, guten Jünglingsgesichts.

Was kann der angestellt haben, erwog die Frau, warum flüchtet er sich gerade zu mir? Vor zwei, drei Jahren hätte er zu mir kommen sollen, es wäre ganz einfach gewesen. Ich habe auf ihn nicht gewartet, aber ich habe ihn erwartet, so, aus Neugier, um zu sehen, ob der junge Mann von der dritten Etage gegenüber mehr mitbrachte als die Bewunderung für meine nackten Schenkel.

Ein junges Mädchen würde sich in das Gesicht verlieben, es wüßte nicht, daß Männer mit solchen Gesichtern selten gute Liebhaber sind. So einer geht auf die Mitleidstour. Mütterlich muß man zu ihm sein, eine seelische Freundin oder so was. Und nun gar eine Krankenschwester.

Sie durchsuchte die Taschen seines Rockes. Brieftasche, viele Hundertmarkscheine. Portemonnaie mit kleinen Noten und Münzen, alles wohlgeordnet. Ein Notizbuch, keine Adressen, nur Additionen vielstelliger Zahlen. Dazwischen sonderbare Zeichen. Noch ein Notizbuch, nein, ein sonderbares Musikheft, zur Hälfte mit Musiknoten beschrieben. Ein Lied. Unterhalb der Noten ein Text: »Ich bin allein — und ganz allein — und von den Tränen fremder Frauen umflossen.«

Tränen fremder Frauen — das sagt nichts, aber es klingt nicht übel. Die Komposition ist wahrscheinlich von ihm, die Worte vielleicht von einem andern. Er sieht nicht aus wie einer, der von den Tränen fremder Frauen umflossen ist. Ich bin die fremde Frau — meine Tränen haben ihn nicht umflossen, ich habe um keinen Mann geweint.

Doch in eben diesem Augenblick, da sie dies dachte, übermannte sie ein aus unvermuteter Tiefe heraufsteigendes Unbehagen. Was war es? fragte sie sich ungeduldig und beugte den Oberkörper etwas vor, ihre Augen starrten den Blutfleck auf dem Hemd des fremden Mannes an. Und da wußte sie mit einemmal ganz genau: Der fremde Mann da war in einer furchtbaren Lage, auf der ganzen Welt war sie der einzige Mensch, der ihm helfen konnte. Bei dem handelte es sich Gott sei Dank nicht um Liebe, um ein altes, immer gleiches Spiel, das immer so schnell langweilig wurde, das wie ein Flug in den Himmel begann und mit einer vergessenen Pyjamahose endete, mit Angst vor Schwangerschaft oder mit einer Abtreibung, mit dümmlichen Lügen, die den Abschied begleiteten. Der da brauchte die Tränen einer fremden Frau. 38 Jahre war sie nun geworden, viel war nicht mehr zu erwarten. Ihr war es gewiß, daß sie die Wahl frei hatte. Sie konnte diesen Mann, war er aus seinem Schlaf erwacht, wegschicken und ihn niemals wiedersehen. Sie konnte ihn dabehalten, helfende, mütterliche Freundin spielen und ihn, sobald er ihrer nicht mehr bedurfte, expedieren. Sie konnte versuchen, sich mit ihm wirklich anzufreunden, und damit ein neues Leben beginnen — spät genug, doch nicht zu spät, trotz dem Kalender, trotz allem, was sie bisher gemacht hatte. Sie hatte begehrt, um begehrt zu werden. Und sie hatte sich immer gewährt, um sich zu vergewissern, daß sie begehrt wurde. Noch erkannte sie nicht, indes sie Handlungen erwog, daß ein ihr Neues mit ihr geschah, sie begehrte nicht, schon wollte sie sich gewähren, und es war plötzlich unerheblich geworden, ob auch sie begehrt wurde.

Die Stimmen weckten ihn, die Stimme der Frau und die unbekannte eines Mannes. Er wußte sogleich, wo er war. Er öffnete die Augen nicht, er wollte erfahren, woran er war.
»Das ist alles, was du von ihm weißt, Thea? Das ist aber wenig. Er könnte ein Raubmörder sein, der bei der Festnahme ausgerissen ist, ein Einbrecher, ein Spion, was weiß ich, ein Bolschewik ...«
»Unmöglich«, unterbrach ihn die Frau, »er ist ein Deutscher.«
»Ich meine eben, ein Kommunist.«
»Ein Kommunist? Nein, so sieht der nicht aus.«
Der Mann lachte gutmütig: »Na, da verstehst du viel davon! Wollen ihn jedenfalls erst mal näher begucken. Weck ihn.«
»Aber Wilhelm, du hast versprochen, du machst keine Anzeige. Ein Arzt ist ans Berufsgeheimnis gebunden.«
Der Mann lachte wieder. »Zuerst war es das Lümpchen mit dem vorgetäuschten Eifersuchtsattentat, dann der Selbstmörder mit der verletzten Familienehre, zwischendurch immer

wieder deine eigenen kleinen Operationen — Thea, wann wirst du dir endlich einen anständigen, verläßlichen Mann nehmen oder zu mir zurückkommen? Angebot noch immer offen. Na gut, weck jetzt den Helden, laß uns Männer dann allein, brau mir einen kräftigen Kaffee.«
»Wachen Sie auf, Herr Goeben. Das ist Herr Doktor Lengberg. Ja, er heißt wie ich, er ist mein geschiedener Mann.«
Der Arzt untersuchte ihn: »Haben Glück gehabt, harmlose Verletzung, junger Mann. Ist noch nicht zu spät, aber spät genug. Das Kügelchen ist noch drinnen, fühlt sich wohl bei Ihnen. Könnte man zwar drinnen lassen, ist aber sicherer, man holt's heraus. Also auf ins Spital, dauert ein paar Minuten und Sie sind's fürs Leben los.«
»Ich mag nicht ins Spital.«
»Aha, er mag nicht ins Spital. Bescheidenes Hänschen zieht nicht gern die Aufmerksamkeit der Öffentlichkeit auf sich. Gut, gut, haben auch das vorgesehen, werden dann eben alles in eigener Regie erledigen. Frau Dr. Theodora Lengberg bietet ihrem Liebsten das Liebste: ihren eigenen Operateur.« — »Ich bin nicht der Liebhaber.« — »Noch nicht«, antwortete lachend der Arzt. »Noch nicht, kommt noch, alles der Reihe nach.«
Nach einer Stunde war die kleine Operation zu Ende, die Kugel herausgeholt, Josmar saß mit nacktem Oberkörper, das Hemd konnte er nicht mehr anziehen, Arm und Schulter bandagiert, im Badezimmer.
»Kein schlechtes Kaliber«, sagte der Arzt. »Kommt mir bekannt vor, könnte aus der neuen Pistole der Gestapo sein, kann man natürlich so nicht mit Sicherheit behaupten. Könnten also unter Umständen der Mörder des Majors von Klönitz sein, junger Mann.«
»Kenne ich nicht«, sagte Josmar. »Ich bin kein Mörder.«
»Gut, gut, ist mir auch lieber. Ich scheiße auf die Politik, bin aber ein braver Nazi, gedenke es auch zu bleiben, solange das Tausendjährige Reich bestehen bleibt. Ansonsten ziehe ich eine gute Monarchie vor — mit nicht zuviel jüdischen Ärzten. Ein sauberes Hemd auf Ihrem Leib täte Ihnen gut, macht Sie noch nicht zum Kapitalisten. Na, djüs, Heil, Hoch, Nieder, was Sie wollen, ist mir scheißegal.«
Gegen Mittag kam die Frau, sie hatte ihm Hemden gekauft,

abends fuhren sie dann nach Karlshorst, wo Thea ihr Haus hatte.
Das Fieber hielt noch einige Tage an, stieg sogar am zweiten Tag. Die Schmerzen waren fühlbarer, aber erträglich. Er war schwach, schlief viel. Wann immer er aufwachte, war die Frau da. Sie saß gewöhnlich am großen Fenster, das in den Garten ging.
Als er zum erstenmal erwachte, ohne daß ihn sofort das Gefühl der Bedrückung und der Angst übermannte, zum erstenmal mit dem Gefühl des vollkommenen Geborgenseins — wieder sah er sie am Fenster sitzen, der warme Tag ging zu Ende —, da sagte er:
»Solche Vorabende sind gefährlich. Sie bringen einem den Gedanken nahe, daß man falsch gelebt hat, daß man sich zuviel und zu brüsk bewegt hat. Daß man zum Beispiel zuwenig Musik gemacht hat und daß Musik machen das Wichtigste gewesen wäre. Und daß ...«
Sie wartete, daß er fortführe. Er sah an ihr vorbei zum Fenster hinaus. Sie hätte sich ihm nähern, sein Gesicht ansehen, seine Wangen berühren wollen. Aber sie getraute sich nicht. Sie wurde immer scheuer diesem fremden Mann gegenüber, auf dessen Atemzug sie nun schon seit Tagen lauschte, so daß sie es als eine Störung empfand, wenn sie aus dem Zimmer mußte.
Sie wartete, daß er erwachte, daß er wieder einschliefe, daß er sich im Schlaf bewegte, daß er wieder erwachte und einige Worte spräche, die er vielleicht mehr an sich selbst als an sie richtete.
Würde alles bleiben, wie es nun war, tagelang, wochenlang — so wäre es gut. Denn wenn er endlich das Bett verlassen konnte — ja, was würde dann geschehen? Sie wußte es nicht. Was wünschte sie, daß geschähe? Sie wußte es nicht. So war das einzig Gewisse: daß es gut war, daß es diesen Mann gab, daß sie noch immer nicht wußte, woher er kam, warum er gerade zu ihr gekommen war in einer Not, deren Grund und Ausmaß sie nicht kannte, und wohin er gehen würde.
»Es ist Zeit, daß ich das Bett verlasse«, sagte er eines Morgens. »Ich bleibe aber dann noch einige Tage hier, wenn Sie gestatten.«
»Ja«, sagte sie fast tonlos. Und dann gefaßt: »Ja, bleiben Sie hier, solange Sie mögen. Ich bin froh, daß Sie hier sind.«

»Ich weiß gar nicht, wie ich Ihnen danken soll für alles, was ...«
»Sagen Sie nichts davon, ich bitte Sie darum. Ich weiß nicht einmal, wie man Sie nennt.«
»Ich heiße Josef-Maria — ein lächerlicher Name. Man nennt mich Josmar.«
»Josmar, bleiben Sie hier. Sie werden außer Gefahr und völlig ungestört sein. Sie haben das Musikzimmer noch nicht gesehen, es wird Ihnen gefallen. Sie haben ja selbst gemeint, Sie müßten mehr Musik machen. Hier können Sie es tun, Josmar.«
Er war verwirrt, er mußte es endlich zustande bringen, dieser Frau zu danken, wie sie es verdiente.
»Sie haben Ihre Frisur verändert, nicht wahr? So glatt gescheitelt ist Ihr Haar noch schöner.«
»Es ist gefärbt. Meine Haare sind braun.«
»So, gefärbt? Ich hätte es nicht gedacht, aber braun würde Ihnen vielleicht noch besser stehen.«
»Ja, vielleicht. Ich werde sie nicht mehr färben.«
So waren ihre Gespräche in diesen Tagen. Josmar suchte sich zurechtzulegen, was er ihr sagen sollte, wenn sie ihn auszufragen begänne. Schließlich hatte sie ein Recht, zu wissen, wer er war, wieso er verletzt worden war.
Eines Abends — sie hatte den ganzen Nachmittag stumm dagesessen und seinem Klavierspiel zugehört — sagte er:
»Sie sind die sonderbarste Frau der Welt. Sie haben mich auf der Straße aufgelesen und Sie fragen mich nicht einmal aus.«
»Sie sind so klar, Josmar, alles an Ihnen ist so klar und so rein — ein Kind selbst brauchte keine Fragen zu stellen. Doch um mich zu kennen, müßte man viele, unangenehme Fragen stellen. Aber Sie fragen nicht, Josmar.«
Zum erstenmal seit langer Zeit sah sie ihm in die Augen. Er wandte sich ab, wurde nachdenklich. Er hatte die Frau einmal begehrt — in einer knabenhaften, überhitzten Weise. Und nun war sie neben ihm — und sein Begehren war nur noch eine Erinnerung. Und doch war sie schön, nicht auf eine übliche Weise, nicht wie sie ihm damals und noch, als er sie vor dem Haustor ansprach, erschienen war. Hatte sie sich verändert oder er? Die Wirkung der Verwundung, der langen Bettlägerigkeit?
»Sie brauchen nichts zu sagen, Josmar. Ich habe es auch gar nicht so gemeint. Bitte, spielen Sie mir das Lied vor, Sie haben

es sicher komponiert — darin kommen die Worte vor: Ich bin allein — und ganz allein — und von den Tränen fremder Frauen umflossen.«
»Ja, woher wissen Sie?«
»Ich habe damals in der Nacht, während Sie schliefen, Ihre Taschen durchstöbert.«
Er errötete: »Was hatte ich denn in den Taschen?«
»Fürchten Sie nichts, ich habe nichts gelesen, es waren nur zwei Notizbücher da, das eine mit den Zahlen, das andere mit den Kompositionen.«
»Natürlich, Sie haben ein Recht, zu wissen. So ist es besser, ich sage es Ihnen jetzt, sofort. Um so mehr, als Ihr Mann, ich meine Dr. Lengberg, natürlich sofort erraten hat, was mit mir los ist. Sie müssen es also wissen, Thea, ich bin ein Kommunist, ich stehe in der illegalen, konspirativen Arbeit der Partei, der Kommunistischen selbstverständlich. Ich habe unter verschiedenen Namen gelebt. Gelebt ist vielleicht nicht das richtige Wort. Nun bin ich ›aufgeflogen‹, nicht ganz, sonst wäre ich nicht hier. Aber die Gestapo kennt jetzt wahrscheinlich meine verschiedenen Namen. Sie hätte mich fast erwischt, zwei Tage bevor ich zu Ihnen gekommen bin. Bei dieser Gelegenheit haben sie einen Kameraden, den Major von Klönitz, erschossen. Ich bin nur leicht verletzt worden, Sie haben mich gerettet. In zwei Tagen werde ich von hier weggehen, wieder die Arbeit aufnehmen. Inzwischen bin ich in Ihrer Hand. Die geringste Unvorsichtigkeit kann mich töten. So, jetzt wissen Sie alles.«
Er wartete, daß sie etwas erwidern sollte. Da sie beharrlich schwieg, fragte er: »Was gedenken Sie nun zu tun?«
Sie antwortete, ohne den Blick vom Tischtuch zu wenden: »Ich habe nie gewußt, wie man einen Mann zurückhält, der gehen will.«
»Das ist gar nicht die Frage.«
»Doch, nur das ist die Frage. Sie wissen nicht, was Ihr Hiersein für mich bedeutet. Sie ahnen nicht, was Sie für mich getan haben — in all diesen Tagen. Und wenn Sie jetzt schon...«
Sie ging hinaus. Er lauschte auf ihre Schritte auf der Treppe, endlich war sie angekommen, er hörte sie die Tür zu ihrem Zimmer öffnen und schließen. Er stand ratlos da, erwog, zu ihr hinaufzugehen, doch wußte er nicht, was er ihr sagen sollte.

Jahrelang hatte er sie — aus der Ferne und doch intim — gekannt: eine leichtlebige Frau, eine von diesen wildgewordenen Frauen des Bürgertums, die sich, ohne zu zögern, mit Männern einließen, »Skalps sammelten«, sich selbst die Liebhaber ins Bett legten und sie dann entließen, wie ihre Väter es mit armen Mädchen gemacht hatten. Abenteuerinnen, die sich sorgsam ihr Geld — ererbtes Vermögen oder monatliche Scheidungsalimente — einteilten, damit es für alles reichte, auch dafür, Jünglingen Geschenke zu machen, vor allem aber für Kosmetik, Massagen, amouröse Weekendreisen, für einen neuen Eisschrank, für niedliche Lampenschirme, für einen kleinen Wagen und dergleichen. Zwischendurch versuchten sie auch, etwas »aus sich zu machen«: Ein Liebhaber, der beim Film arbeitete, sollte für eine Karriere beim Film sorgen, als Schauspielerin, Szenaristin, Cutterin. Oder sie versuchten es in ähnlicher Weise beim Theater oder mit Kunstgewerbe oder mit Kinderbüchern. Diese Frauen lebten in einer panischen Angst vor Frustration: nur auf nichts verzichten, sich nichts abgehen lassen, nicht älter werden. Immer war an irgendeiner Ecke ein Mann, eine flüchtige Glückschance — nur nichts versäumen! Diese Frauen taten nichts, hatten nie Zeit, sie liebten niemanden, waren ständig in Liebesaffären verwickelt. Also, schloß Josmar, war diese Thea in ihn gerade verliebt. Er sollte nicht weggehen, ehe sie seinen Skalp hatte. Gut, das konnte sie haben. Diesen Abend wollte er noch Musik machen, doch morgen würde er sich in einen Liebhaber verwandeln und zwei Tage später weggehen.

Nur einmal hatte sie geliebt — das war gestehbar. Was folgte und nicht mehr gestehbar war, ist Spiel gewesen. Daß sie sich darin ergab — mit den Gesten des wahren Lebens —, das hatte keine Bedeutung, nie hatte es ihr Wesen ergriffen. Doch wie sollte sie es Josmar begreiflich machen, der glauben mußte, sie zu kennen, da er ihr begehrend, doch unbeteiligt — jahrelang zugesehen hatte. Wie konnte er wissen, wie sollte er nur verstehen, daß sie Opfer war.
Als sie, siebzehnjährig, dessen gewiß wurde, daß sie liebte, war es wie ein Erschrecken vor einer furchtbaren Gefahr. Allmählich gab sie nach, bis sie am Ende sich selbst nur noch in ihrer

Liebe zum jungen Erwin wiederfand. Dann kam der Krieg. Er ging als Freiwilliger hinaus. *Ver sacrum,* so nannte man diese Einheit freiwilliger Studenten, die in Flandern zerschlagen wurde. Sie sangen laut die Hymne des Kaisers, damit die eigene Artillerie, die sie durch ein Mißverständnis ins Feuer genommen und in Garben dahinmähte, sie verschone, doch da war es für die meisten dieser Jünglinge schon zu spät.
Aber Erwin kehrte heil zurück. Er wurde im Hinterland zum Flieger ausgebildet. An Sonntagen kam er, sie zu sehen, sie verbarg ihre Angst um ihn, sie waren guten Mutes. Die Eltern stimmten nun zu, sie waren Braut und Bräutigam. Dann ging er an die Front. Der Briefträger kam zweimal des Tages vorüber. Zuerst erwartete sie ihn in ihrem Zimmer, dann an der Tür, dann am Gartentor, dann wurde es ihr zur Gewohnheit, ihm entgegenzugehen bei jedem Wetter. Dann erwartete sie ihn an der Tür des Postamtes. Es genügte, das Schreiben in der Hand zu halten, von Zeit zu Zeit einen Blick auf die Adresse zu werfen, auf seine Schrift, die ohne jeden Zierat schön war: klar in jedem Zug wie sein Gesicht, einfach und so wohl abgemessen wie die Gebärden seiner Hände.
Nach einer Verwundung kam er auf längeren Urlaub. Von der ersten Stunde an mußte sie fortgesetzt an die letzte denken, da er wieder fortgehen würde. Sie war unglücklich, es wurde für ihn ein trauriger Urlaub. Sie schwor ihm, als er zurückfuhr, das nächstemal sollte alles anders sein: sie würde glücklich sein, nur dem Augenblick leben, alle Angst vergessen.
Er kam, sie fand ihn verändert, lauter als früher, zu laut. Zu oft sah er an ihr vorbei, zu anderen, zu Frauen, die vorübergingen. Er sprach davon, daß man sich unterhalten müßte, aber er war nicht glücklich. In der letzten Nacht drängte sie sich ihm auf — in einem trostlosen Zimmer des Bahnhofshotels. Denn sie ertrug es nicht, daß er so von ihr weggehen sollte. Es war eine Nacht voll Verwirrung und Ungeschick, da das Glück so jämmerlich, so lächerlich erschien, da die Gebärden der Liebe zu Manipulationen der hastigen Gewalttat wurden.
Erst am düsteren Wintermorgen, knapp bevor er in den Zug stieg, fanden seine Arme die Geste der Zärtlichkeit wieder. Fünf Wochen später kam die Nachricht, er war abgeschossen worden, mit seinem Apparat verbrannt. Nein, man konnte die Leiche

nicht sehen. Es gab eigentlich, genau genommen, keine Leiche nach solchem Tod.

In den ersten Tagen hielt die Erstarrung an, sie war verstummt, bewegungslos geworden, alles in ihr hatte sich verschlossen. Sie hatte keine Tränen. Die Worte des Mitleids berührten sie nicht, vielleicht trafen sie nicht einmal ihr Ohr, selbst die Gewalt schien unbemerkt zu bleiben, die die Ihren anwandten, sie ins Bett zu bringen, ihr Nahrung zuzuführen, ihre organischen Funktionen in Gang zu halten. Als endlich die Starrheit sich löste, kamen die Tränen. Sie waren unversieglich. Man mochte fürchten, in solcher Art könnte das Leben aus dem Körper ausfließen. Dann, unvermittelt, hörte auch das Weinen auf. Sie weigerte sich, von Erwin zu sprechen, niemand sollte ihn, sein Leben, seinen Tod erwähnen. Thea wurde hart gegen ihre Familie, gefühllos. Sie war aus dem Nest gefallen in diesen Tagen, sie mochte nicht mehr zurück.

Lengberg, vertretungsweise Hausarzt der Familie, stellte die Schwangerschaft fest. Sie sollte die Frucht nicht abtreiben, ihren Eltern nichts sagen, sie sollte ihn, Lengberg, heiraten. Er liebte sie schon seit langem, hoffnungslos natürlich, er wußte es, aber wie sich nun die Dinge gefügt hatten, konnte er ja »Ersatz« sein — wie es Honigersatz gab, Margarineersatz. Ihm kam es zustatten, sagte er, daß sie »gesegneten Leibes« war, denn er hatte guten Grund, anzunehmen, daß er unfruchtbar war: Jugendsünden und so weiter.

Mit keinem Wort versuchte er, sie zu trösten. Sie fühlte in ihm einen Menschen, dem eine unauslöschliche Beschämung widerfahren war, so daß er in einem eitlen Zynismus das einzige Mittel gefunden hatte weiterzuleben. Er zog sie an. Sie kam wieder, schließlich gab sie nach. Sie wollte so schnell wie möglich weg von zu Hause, das Kind sollte einen Vater haben — sie heirateten.

Aber das Kind kam tot zur Welt.

Sie blieben noch einige Zeit zusammen, dann trennten sie sich. Seine Liebe, die sie nicht erwidern konnte, war ihr unerträglich geworden. Eine Zeitlang lebte sie in einer Art Dämmerzustand dahin. Sie ertrug schlecht das Alleinsein. Die zufällige Begegnung mit einem Kameraden Erwins — er war in der gleichen Fliegerstaffel gewesen — änderte ihr Leben. Sie wurde seine

Geliebte, es ergab sich so. Ähnlich ergaben sich später andere Beziehungen. Manchmal war Verliebtheit dabei, lächerliche Hoffnungen tauchten auf und wurden schnell wieder zunichte. Es galt, sie schnell zu vergessen. Nur keine großen Gefühle, nur nicht leiden, darauf kam es an. Die Jahre vergingen, sie vergingen auch den anderen, den Frauen, die liebten, die Kinder hatten — den Frauen, denen man nicht den einzigen Mann im Krieg erschlagen hatte.

Anderntags war Lengberg da. Er untersuchte Josmar gründlich, wechselte den Verband — der würde nun der letzte sein, alles ging gut — brachte Stärkungsmittel mit. »Als Arzt bin ich mit Ihnen fertig. Sonst aber — wissen Sie, mit wem ich über Sie gesprochen habe? Nicht erschrecken, keine Gefahr für Sie. Sie kennen doch wenigstens dem Namen nach den Dichter Jochen von Ilming — wer kennt ihn nicht! Stählerne Nachtigall, letzte Ausgabe. Also er kennt Ihren Namen nicht, aber er denkt, er weiß, wer Sie sind. Wiederhole, nicht erschrecken, Herr Goeben. Von Ilming ist alter Patient. Wissen ja, die Knaben verbrauchen die Männer, ich spritze in ihn die Manneskraft hinein. Natürlich verrate ich jetzt das Berufsgeheimnis. Ist so meine Manier. Also soll Ihnen sagen, daß ein gewisser Herr, der sehr gewisse Sönnecke, fröhlich in Prag spazierengeht. Sie hätten diesen großen Führer fast erwischt, aber eben nur fast, tüchtiger Junge das!«

»Ich kenne Herrn von Ilming nicht«, sagte Josmar.

»Sollten Sie aber kennen, sollte im Baedeker mit drei Sternen stehen, eine Sehenswürdigkeit. Ist ein guter Freund des Hauses hier, Thea sollte ihn mal einladen.«

Der Arzt war groß, beleibt, sehr beweglich. Während er sprach, stieß er seinen enormen Brustkasten vor, als ob er mit ihm einen hinderlichen Gegenstand niederwerfen wollte. Josmar mochte ihn nicht, er verabscheute die falsche Schnoddrigkeit des preußischen Reserveoffiziers, den man an der entschiedenen Neigung erkannte, die bestimmten Artikel vor Hauptwörtern und die persönlichen Fürwörter ausfallen zu lassen.

»Wollen nun einen Augenblick ernst miteinander sprechen, Herr Goeben. Sie sind noch immer nicht der Liebhaber Ihrer char-

manten Gastgeberin. Andererseits, es gibt nur einen Menschen, der Sie von hier in Sicherheit hinaus und über die Grenze, beliebige Grenze, von Ihnen zu wählen, bringen kann. Das bin ich. Lieben Sie Thea, und in — sagen wir — sechs Wochen bringe ich Sie im Schlafwagen nach Zürich, sagen wir.«
»Entschuldigen Sie, Herr Doktor, aber — immerhin — man kann Liebe nicht befehlen, ich meine...«
»Unsinn, befehle Ihnen nichts. Erst beten, der Glaube stellt sich dann schon ein, das ist ein gesundes katholisches Prinzip, hab' ich sagen hören. Andererseits, ich vertrage alles, außer einer Sache: kann Thea nicht unglücklich sehen.«
»Das ist alles grotesk und unwürdig. Und äußerst unernst«, unterbrach ihn Josmar.
»Sie halten mich für grotesk, weil Sie nichts vom Leben verstehen. Sie sind grotesk. Sie spielen den keuschen Joseph! Sie dümmlicher Weltverbesserer, wissen Sie, was das bedeuten würde, wenn Sie sich in Ihrer Sterbestunde sagen könnten: Ich habe einen Menschen einmal glücklich gemacht, einen einzigen, nicht eine Welt, eine einzige Frau.«
Je länger Lengberg sprach, um so gewisser wurde es Josmar, daß der Mann schwer leidend, daß er in einer sonderbaren Art verrückt war: diszipliniert im Handeln, verwirrt und methodisch zugleich im Denken, maßlos und doch nicht stark im Gefühl. Josmar hatte guten Grund, ihn zu fürchten. Und es war überdies wahr, der Mann konnte ihn retten. Doch die Verwirrung der Gefühle, in der Lengberg befangen war, flößte Josmar Angst ein.
Das Erscheinen Theas unterbrach den Monolog des Arztes. Sie lud beide ein, auf der Terrasse den Tee zu nehmen.

Zwei Annoncen hatte Josmar in der größten Tageszeitung durch Thea, die jeden zweiten Tag in die Stadt hineinfuhr, aufgeben lassen. Ihr Text, dem uneingeweihten Leser nicht im mindesten auffällig, entsprach der Abmachung mit den Leuten des Apparats, die durch eine andere Annonce zu antworten hatten. Die Antwort kam nicht, die letzte Hoffnung, die Verbindung wieder aufzunehmen, war dahin. Er konnte also vorderhand nicht auf die Partei rechnen, er mußte sich selbst ins Ausland durch-

schlagen. Von Ilming wußte gewöhnlich, was er sagte, Sönnecke war gewiß draußen. Zu ihm mußte Josmar so schnell wie möglich gelangen.
»Würden Sie wollen, daß ich ins Ausland fahre und Nachricht von Ihnen bringe?« fragte Thea.
»Wie kommen Sie auf diese Idee?«
»Es ist leicht, sie zu erraten. Ich habe es Ihnen schon gesagt, alles an Ihnen ist so klar. Es ist ganz unglaubhaft, daß jemand wie Sie ein Verschwörer sein sollte. Daß Ihnen bisher nichts geschehen ist, ist ein Wunder. Engel müssen Sie beschützt haben, kommunistische Engel natürlich. Da es aber keine Engel gibt, so werden es wohl Frauen gewesen sein.«
»Nein!« sagte Josmar, viel zu ernst. »Keine Frauen! Ich habe mit Frauen nie Glück gehabt, ich habe ihnen auch kein Glück gebracht. Ich habe zum Beispiel —« Plötzlich sah er die Dachkammer der Erna Lüttge wieder. Es drängte ihn, von ihr zu sprechen, aber er durfte nicht, Thea würde nicht verstehen, es hatte auch sonst keinen Sinn.
»Haben Sie noch immer kein Vertrauen zu mir, Josmar?«
»Doch, unbedingt. Aber Sie gehören einer andern Welt an.«
»Sie irren sich, ich gehöre schon lange nirgends mehr hin. Mich hat man mit der Wurzel ausgerissen, die Wurzel ist verdorrt. Ich bin ein Kind ohne Eltern, eine Mutter ohne Kind, eine Frau ohne Mann. Und nun, da ich Sie liebe, bin ich eine Liebende ohne Geliebten.«
Josmar wußte nicht, was er antworten sollte. Das beste wäre wohl, sie zu umarmen, aber andererseits wäre es ungeschickt, ja taktlos, es gerade in diesem Augenblick zu tun. Schließlich sagte er: »Sie sollten jemanden wie mich nicht lieben. Damit ich Ihnen gehörte, müßte ich mir selbst gehören. Aber ich — ich verfüge nicht mehr über mich. Die Partei ist wichtiger als das Privatleben.«
»Sie sind frei, sich aus der Bindung zu lösen. Da ist der Garten, dort ist das Klavier, der Zaun um Haus und Garten ist hoch genug. Sie brauchten die Welt draußen nicht einmal ganz zu vergessen, es würde genügen, daß Sie leben wollten, ein ganz klein wenig glücklich sein — dann würde alles andere in die Ferne rücken, vielleicht gar versinken. Und fürchten Sie meine Liebe nicht. Es wird nie mehr davon die Rede sein. Ich werde . . .«

Als er sie umarmte, sie stand an das Geländer gelehnt, die Hände aufgestützt, blieb sie unbewegt, fast war sie widerstrebend.

Die ersten Tage waren Tage einer ersten Liebe; ihnen beiden war die Vergangenheit abhanden gekommen. Doch wurde die Vergangenheit wieder gegenwärtig, als die ersten Tage vergangen waren.
Lieben war Glück und Qual zugleich, war Angst um den Geliebten, der so plötzlich entschwinden könnte. Josmar wurde dessen erst voll gewahr, als er ihr einmal — zum Spaß — das Lied vorspielte, das sie in seinem Musikheft gefunden hatte.
Sie sagte: »Seltsames Gemisch von Bachschen Tönen und atonaler Unordnung.«
»Nein«, erwiderte er, »das ist keine atonale Unordnung. Die atonale Musik ist Bach viel näher als etwa der Wagnersche Jahrmarktbudenlärm. Andererseits aber gibt es kleine Fehler in meiner Komposition, besonders in der Begleitung der zweiten Strophe, die du ganz richtig als störend empfunden hast. Aber da war nichts zu machen.«
Da er es lächelnd sagte, fragte sie erstaunt: »Warum? Das hättest du ja leicht ändern können.«
»Natürlich, so zum Beispiel«, er spielte ihr eine veränderte Fassung vor, »aber das ging nicht, weil es nicht dem Text entsprach. Wart, das kannst du noch nicht verstehen«, er lachte jungenhaft wie über einen gelungenen Streich — »paß auf. Es handelt sich nicht um den Text des Dichters, den habe ich nur so, aus Zufall, genommen. Die Musik selbst ist Text. Jetzt spiele ich sie noch einmal — so — und jetzt lese ich dir vor, was die Noten in dieser Zusammenstellung bedeuten: ›Bezirk VIII. Betriebszellen in Wiederaufbau in Elektrizitätswerk S. B. Kontakt mit soz. Linkselement aufgenommen. Fünfergruppen ungleichmäßige Entwicklung. Kader nach letzter Polizeiaktion dezimiert. Vertrieb Auslandsmaterial mangelhaft. Braunbuch unbekannt. Sonderaktion bei bevorstehendem Prozeß der 14 absolut nötig. Vorschlage Einsatz Sonderdelegierter mit spezieller Verbindung Grenzstelle. Neue Anlaufadresse unbedingt notwendig. Gen. Lüttich und Maestricht sofort verständigen.‹ Jetzt hast du begriffen, Thea, nicht wahr?«

Er bemerkte nicht, daß sie schon vorher aufgestanden war und ihn, während er die Musik entzifferte, entgeistert angestarrt hatte. Nun sagte sie: »Aha, jetzt habe ich es begriffen. Das mit den Frauen ist nur zur Täuschung da. Die Musik ist nur Täuschung, alles ist Trick, wahr ist nur, daß ›neue Anlaufadresse unbedingt notwendig und Gen. Lüttich und Maestricht sofort verständigen.‹«

»Ja, so ist es«, sagte Josmar. Da bemerkte er, daß Thea sonderbar schwankte, wie jemand, der aus einer Betäubung herauszukommen versucht. »Was hast du denn?«

Sich an den Möbeln vorwärtstastend, ging sie hinaus. Er folgte ihr bis zum Treppenabsatz, doch dann ließ er sie allein in ihr Zimmer gehen.

Natürlich mußte er zurück, zu den Genossen, zur Arbeit. Alles andere war im Grunde unwichtig. Daß er jetzt noch hier blieb, noch einige Tage, einige wenige Wochen — war immerhin gerechtfertigt. Er war auf Urlaub, hatte ihn redlich verdient. Als Thea sich mit ihm einließ, wußte sie, daß er nur auf Urlaub war, ein Toter auf Urlaub, hatte ein französischer Revolutionär einmal gesagt.

War es unvorsichtig gewesen, Thea zu enthüllen, daß er Texte in Musik chiffrierte? Unsinn, das war ein altes Verfahren. Jeder verwendete einen anderen Code. Er selbst hatte für eigene Zwecke drei Codes vollkommen ausgearbeitet; er würde noch diese Woche einen vierten ausarbeiten, dann eine Kombination aller vier Codes. Er ging ins Musikzimmer zurück. Es lohnte nicht, über die manchmal seltsamen Reaktionen nachzudenken, die sogar so kluge, so souveräne Frauen wie Thea, Mara oder Relly hatten. Die herrschende Klasse erzog ihre Töchter noch dümmer als ihre Söhne.

Erst in der Nacht, sie war, wieder ausgesöhnt, den Kopf auf seiner Brust eingeschlafen, er wagte nicht, sich zu bewegen, ging ihm der Zusammenhang auf, erfaßte er die Vielgestaltigkeit ihrer Angst. Und zum erstenmal, doch nicht sehr deutlich, stellte er sich die Frage nach dem Sinn seines gefährlichen Tuns. Viele Tausende seinesgleichen gab es in der Welt, denen war es selbstverständlich, daß man sich für die Sache opfert. Vielerlei konnte fraglich werden, nur eben das nicht: das Recht, das die Sache, die Partei auf den Menschen, auf sein Leben hatte.

Hatte sie auch ein Recht auf sein Glück? Sonderbare, lächerliche Frage! Josmar stellte sie zum erstenmal, weil es ihm zum erstenmal geschah, glücklich zu sein. Und weil ihm unversehens deutlich wurde, daß es das vereinzelte Opfer gar nicht gibt. Hinter jedem einzelnen, der sich opfert, stehen andere, die opfert er mit — ohne sie zu fragen, ob sie es wollen.
Die Stimme, die da in ihm flüsterte, würde laut werden, lauschte er nur auf sie. Also durfte er auf sie nicht hören. Es wurde Zeit für ihn, abzubrechen, aufzubrechen. Die wahrhaft großen Aufgaben gibt man nicht auf, denn man hat sie nicht erwählt, man ist von ihnen erwählt worden. Weh' dem, den die wahrhaft große Aufgabe aufgegeben hat!

Am nächsten Tag leitete Josmar die ersten Vorbereitungen für seine Rückkehr in die Welt ein. Schon hatte er den Blick des Scheidenden, der nicht an die Wiederkehr denkt: Das Nahe gerät in Bewegung, wird ferner und ist doch noch zum Greifen nahe.
»Warum verscharrst du so ungeduldig das Lebende? Warte, daß es stirbt, oder töte es.«
Er tröstete sie. Sollte er länger im Ausland bleiben, so würde sie nachkommen können. Wenn er ging, war damit nichts zu Ende. Nur hier war er in Gefahr, in der Fremde drohte ihm nichts. Draußen gab es Freunde, Genossen, Solidarität. Dort — Doch sie glaubte nichts von alledem. Sie sollten nie mehr davon sprechen, er sollte ihr von seinen Plänen nichts verraten. Eine Stunde, nein, eine halbe Stunde, nein wenige Minuten, bevor er wegging, sollte er es ihr erst sagen. Inzwischen aber wollte sie nicht daran denken.
Doch dachte sie immer daran. Es war trotzdem nicht schwer, vor Josmar zu verbergen, daß ihr Glück ein trauriges Glück war.

»Vertrag Ihrerseits ordentlich erfüllt, mache keine Schwierigkeiten, es vollgultig anzuerkennen« — sprudelte Lengberg hervor, der gerade auf einen Sprung herbeigeeilt war. Thea war in der Stadt, Josmar hatte ihn angerufen und gebeten, herauszukommen. — »Alles in Ordnung in bester aller Welten. Gut, werden Sie in Gips einpacken, Ihnen künstlich echtes Fieber machen, 'rauf auf die Bahre, 'rin in den Ambulanzwagen, wieder 'raus

und 'rin ins Sondercoupé — auf nach Davos. Notwendige Papierchen da, lauten auf Dr. Hans Georg von Ballstrem, weitere Einzelheiten bitte aufmerksam lesen und sich merken. Kostenpunkt bedeutend, bleibt Ihnen unbenommen, zu bezahlen. Widrigenfalls ich bezahle. Abfahrtsdatum noch nicht bestimmt, jedenfalls Wochenende, wahrscheinlich 30. Juni—1. Juli. Thea darf vorher nichts wissen, Herz beginnt fünf Minuten vor Abschied zu brechen. Nicht früher. Alles klar? Einverstanden? Na dann Heil, Hoch, Nieder — Hitler, Stalin, Wilhelm Zwo — ist mir schnuppe!«
Er kam zurück: »Weil Sie brav sind — und ganz unter uns: es kriselt. Der Hitler hat Angst, aber nicht vor Ihnen. Vor wem wohl? Rätsel! Raten Sie!«
Bevor er wieder hinauslief, legte er den Paß auf den Tisch. Das Foto zeigte einen Mann, der Josmar wirklich ähnlich sah.

Es gab Stunden, da war alles leicht. Sie lagen am frühen Nachmittag im Garten, machten Reisepläne. Der Himmel war blau, die Sonne brannte heiß hernieder, aber das störte nicht, denn da war das kühlende Meer, da der kühlende Schatten im Patio. Die Bäume waren schwer von Früchten, die Erde war fruchtbar das ganze Jahr. So träumten sie vom Süden, von der Flucht in das »leichte Leben«.
Solche Stunden gab es. Und andere, da hatten sie die Neigung, von der Vergangenheit zu sprechen, so daß alles Gewesene wie zielbewußte Vorbereitung darauf erschien, daß sie einander treffen könnten. Alles Gelingen und Mißlingen, Irrweg, Umweg — all das bezog seinen Sinn nachträglich aus der Gegenwart: aus der Stunde, die sie gerade lebten.
Anders Stunden gab es, ernstere, bedrohliche: Da mühte sich Josmar ab, ihr zu erklären, worum es in dem großen Kampf ging, warum es keine Neutralität gab, warum auch sie selbst Stellung beziehen, ihr so gut gelegenes, einsames Haus, ihr Vermögen, sich selbst einsetzen müßte. Er war nicht immer sicher, ob sie recht zuhörte, und wenn sie zuhörte, ob sie recht verstand.
Eines Tages stürzte sie ins Musikzimmer — er war dabei, den vierten Code auszuarbeiten —, sie hatte eine Idee. Sie wollte gern der Partei ihr Haus, drei Viertel ihres Vermögens, das nicht unbedeutend war, wenn notwendig, das ganze Vermögen geben,

auch die amerikanischen Aktien, die ihr ein Onkel vermacht hatte — würde sie ihn damit von der Partei loskaufen? Er könnte ja ruhig eingeschriebenes Mitglied bleiben, Mitgliedsbeitrag zahlen, aber nicht aktiv sein und jedenfalls nicht in Deutschland leben, sondern irgendwo weit weg, z. B. auf einer Südseeinsel? Da wußte er, daß sie nichts, nichts verstanden hatte. Sie erwog noch andere Möglichkeiten, ihn vom »Dienst« freizubekommen. Eines Tages fuhr sie ganz früh am Morgen in die Stadt, um Lengberg über eine Krankheit auszuforschen, die unheilbar, aber vollkommen ungefährlich sein sollte, wenn der Kranke ein ruhiges, zurückgezogenes Leben führte und etwa nur Musik machte. Die Krankheit sollte natürlich auch keine Schmerzen verursachen oder nur ganz gelinde. Lengberg, wie immer am frühen Morgen, schlecht gelaunt, antwortete mit einem einzigen Wort: »Lepra!«

Einmal sprach ihr Josmar von Hanusia und erwähnte deren Mann, den Ukrainer Hans, der aus der Partei ausgeschlossen worden war. Als sie begriffen hatte, daß es nicht schwer war, ausgeschlossen zu werden, daß es zum Beispiel genügte, mit einer sogenannten »Linie« nicht einverstanden zu sein, erwog sie ernsthaft, auf irgendeine Weise an die Partei eine Anzeige zu schicken, daß Josmar der Linie untreu geworden war.

Um die beste Art des Vorgehens zu erfragen, wandte sie sich an Jochen von Ilming, der zu ihr vor langen Jahren Freundschaft gefaßt hatte. Jedesmal, wenn er wieder einen »sinistren Jüngling« hinausgeworfen oder wenn er umgekehrt wieder einen »absolut einzigartigen Knaben« entdeckt hatte, kam er zu Thea. Im Falle des Bruchs legte er gewöhnlich dar, daß er nun am Ende seiner »übermenschlichen« Mühe war, sich der »erniedrigendsten Versklavung, die die Menschheit kennt, der Knabenliebe, zu entwinden«, jetzt würde er heiraten, Kinder haben, *vita nuova* beginnen. Im Falle der neuen Begegnung hingegen war er hochmütig, ein gefallener Engel, der den Himmel wiedererobert hat — die schönsten Knaben der Welt drängten sich um ihn, ein neuerstandenes Hellas scharte sich um ihn, er aber, er griff nach dem leibhaftigen jungen Gott, der allerdings — gewiß nur aus Koketterie — vorderhand noch widerstrebte.

Thea hatte unbegrenztes Vertrauen in die politische Erfahrung Ilmings, dieses sonderbaren Nazis, der immer wieder durchblicken ließ, daß er es zum Kreml nicht viel weiter hatte als zum Braunen Haus.

»Ja, das wäre wohl nicht schwer, Ihren Freund aus der alleinseligmachenden Kirche exkommunizieren zu lassen, aber was wohl damit gewonnen wäre, das ist die Frage. Was täten Sie, wenn er sich dann irgendeiner dieser Gruppen anschlösse, die ihre Leute ebenso ins Feuer schickt? Und wenn er mit dem orthodoxen Eifer aller Häretiker, erst recht Beweise ihrer Rechtgläubigkeit zu geben, tollkühn in jedes Feuer ginge? Mit dem Ausschluß allein wäre also nichts getan.«

»Also ist er nicht zu retten?« fragte Thea verzweifelt.

»Das beste, das einzig sichere Mittel, die Passion eines Revolutionärs zu vernichten, ist ein gutgezielter Schuß, der ihn tötet. Oder wenn ihn die Weltgeschichte nicht auf eine andere Weise erledigt: ein Kind. Mein französischer Kollege, Graf Victor Hugo, aus dem die großen Worte gekrochen sind wie Haare aus der Angorawolle, hat einmal geschrieben, daß die Wiege das Heil der Menschheit ist. Oder was ähnlich Rührendes. Am Schluß waren die drei Könige und die Hirten an der Eselskrippe in Bethlehem verkrachte Revolutionäre.«

»Ein Kind?« fragte Thea nachdenklich.

»Ja, ein Kind — aber das Mittel wirkt erst nach dem Ausschluß, wenn er einige Zeit verleumdet worden, wenn er isoliert ist.«

Von hier fand Ilming leicht den Übergang zu dem Thema, das ihn bewegte: Er war im Begriff, einen neuen »jungen Gott« ins Bett zu kriegen. Es gelang Thea nicht mehr, ihn zu ihren Sorgen hinzulenken. So ging sie ratlos weg. Sie war sicher, daß sie nicht schwanger war. Und die Zeit war kurz.

Ja, die Zeit war kürzer, als sie dachte. Lengberg hatte alles wohl vorbereitet. Er war es gewohnt, daß bei ihm alles klappte — wie im Operationssaal. Das Datum stand fest: 1. Juli. In der Nacht auf diesen Tag würde er Josmar in Gips legen, dann 'rauf auf die Bahre, 'rein in den Ambulanzwagen und so weiter. Es kam anders. Am frühen Morgen des 30. Juni läutete es. Josmar, dessen Schlaf noch immer gegen Ende der Nacht leicht war, hörte das Geräusch zuerst und weckte Thea. Sie ging erkunden, wer es wohl sein mochte.

»Es ist von Ilming. Er hat seinen Wagen in der Garage eingestellt, um Spuren zu verwischen, wie er sagte. Er ist ganz verwirrt, spricht davon, daß die Hölle los ist. Bleib' hier, ich bringe dir das Frühstück.«

Es litt Ilming nicht im Haus, er trat auf die Terrasse hinaus. Josmar sah ihm hinter dem Fenstervorhang zu, wie er zuerst wild auf und ab lief, dann aber in den Feldmarschschritt des deutschen Infanteriesten fiel und schließlich, jeweils am Ende angekommen, eine nicht zu steife, aber doch reglementäre »Kehrtum!«-Wendung machte. Er sah den Fotos, die Josmar von ihm bei der Begegnung mit Sönnecke in des Schriftstellers Wohnung gesehen hatte, gar nicht ähnlich. Er war weniger groß, weniger schlank, das spärliche braune Haar bedeckte die tonsurartige Glatze nur halb.

»Ich will nicht in Sie drängen«, sagte Thea, die mit einem Teebrett auf die Terrasse trat, »aber was meinten Sie damit, daß die Hölle los ist?«

»Macbeth mordet den Schlaf, Hitler mordet im Schlaf, er ersäuft die zweite Revolution im Blut jener Männer, die ihn auf ihren Schultern in die Höhe, zur Macht getragen haben.«

»Ich verstehe Sie nicht, Jochen, was für eine zweite Revolution?«

»Das begann als eine rhetorische Nuance, die hab' ich einmal so, spielerisch eingepflückt. Einige Dummköpfe nahmen sie ernst, damit sie für etwas zu kämpfen hätten. Und jetzt nimmt Hitler die rhetorische Nuance zum Anlaß, die besten, die männlichsten Männer Deutschlands abzuschlachten. Frau Thea, ich bin ein toter Mann, ich stehe auf der Proskriptionsliste des Tyrannen.«

»Ich verstehe kein Wort.«

»Und doch ist es klar: Heute stirbt Sparta, Byzanz hat meuchlerisch gemordet und weibisch gesiegt.« Ilming hatte während der Fahrt große Angst ausgestanden, aber dennoch Zeit gehabt, einige Formeln vorzubereiten. Er nahm die Gelegenheit wahr, sie nun schnell anzubringen.

Was meinte dieser Schwätzer, was war wirklich geschehen, was ging im Dritten Reich vor, daß ein Ilming bedroht war? Josmar machte sich fertig und lief auf die Terrasse hinunter.

»Sie sind wohl der junge Mann Herbert Sönneckes«, begrüßte ihn Ilming; er musterte ihn, wie der Stammgast eines Bordells eine neue Pensionärin betrachten mag. Doch war Josmar, so hübsch er auch war, zu alt für einen jungen Gott.

»Was geht vor, Herr von Ilming? Bitte, sagen Sie es mir in

möglichst klarer und einfacher Weise, ohne Macbeth, Sparta und Byzanz.«
»Vor wenigen Stunden sind die Führer der SA von Hitler oder auf seinen Befehl ermordet worden, die SA wird entwaffnet. Mordkommandos rasen durch Deutschland, bis heute abend soll die Aktion beendet sein, hat der dickärschige Göring befohlen.«
»Was ist der Sinn dieser Aktion?«
»Sie hat keinen Sinn, sie ist Selbstmord. Wenn das Regime darauf ausgeht, einen Mann wie mich zu vernichten, so schlägt ihm die Totenglocke.«
Josmar sagte: »Wenn das Regime Sie totschlägt, so schlägt Ihnen, doch nicht ihm die Totenglocke. Und das Gesindel tut es, weil es Sie nicht mehr braucht und nicht Ihr Geschwätz von Sparta.«
»Was — was sagen Sie da?« fragte Ilming auffahrend. Doch er fiel schnell zusammen. Nun war alles gleich, er gab nach, er begann mit wilder Wut seine Nägel zu kauen, was er sonst nur im geheimen tat. Josmar, um einen Kopf größer als er, sah auf ihn hinab: »Ich sage, es geht um Wichtigeres als um Sie und Ihre rhetorischen Nuancen. Es geht — in verdeckter Form — um den Klassenkampf. Das Regime kriegt einen Riß, man muß ihn erweitern. Das Ende hat begonnen.«
Das war ein guter Abgang, es war nicht übel, daß Thea dabei war. Er mußte nun schnell machen. Es konnte keine Rede davon sein, jetzt ins Ausland zu gehen. Bärtchen hatte recht gehabt, Sönnecke unrecht. Die Diktatur krachte in ihren Fugen, nun war es nur noch eine Frage von Tagen, dann trat man die Erbschaft an.
Er nahm Thea beiseite: »Fahre mich zum Bahnhof, ich nehme den Zug in die Stadt. Nachmittags rufe ich an. Pack jedenfalls meine Sachen. Ich komme abends wieder heraus, wahrscheinlich.«
»Du kannst das nicht machen, Josmar, du begibst dich in tödliche Gefahr.« Sie ergriff seine beiden Hände. »Geh nicht, warte, warte ab, verlaß mich nicht so!«
»Ich verlasse dich nicht. Du hast nicht begriffen, alles ist umgeschmissen. Geh, mach dich fertig, hole den Wagen heraus!«
Sie sah ihn an und wartete, aber er blickte an ihr vorbei, zur Stadt hin. Alles war still, er aber schien die Zeichen zu hören, die ihn und seinesgleichen riefen.

Sie brachte ihn zum Zug, auf dem Weg sprach er die ganze Zeit. Sie brachte kein Wort heraus.

Am Nachmittag kamen drei SS-Männer und holten von Ilming ab. Sie schlugen ihm mit den Fäusten ins Gesicht, sie hieben mit Büffellederpeitschen auf seinen Kopf ein, während sie ihn die Treppen hinunterschleiften und in den Wagen hineinstießen. Er ließ es wortlos geschehen.

Thea wartete auf Josmars Anruf. Sie wartete am Abend auf seine Rückkehr, sie fuhr zum Bahnhof und blieb, bis der letzte Zug angekommen war. Sie wartete die Nacht im Zimmer Josmars. Am Morgen kam Lengberg. Er zeigte Erstaunen darüber, daß Josmar weggelaufen war. Alles war bereit, er hätte so bequem über die Grenze gekonnt.

Lengberg führte sie in ihr Zimmer, brachte sie ins Bett, gab ihr eine Spritze. »Harmlos, ganz harmlos. Nur damit du schlafen sollst.« Sie schlief schnell ein.

Als sie erwachte, saß er am Fenster. So hatte sie Josmars Schlaf bewacht — und es war nutzlos gewesen. Sie schloß die Augen. Ohne sich umzudrehen, sagte Lengberg: »In den Romanen ist das dann so, daß eine Frau in deiner Lage zufällig — ich betone: zufällig — in den Spiegel blickt und feststellt, daß sie in wenigen Stunden eine alte Frau geworden ist. Ist aber nicht wahr, du bist ein schönes, reifes Mädchen. Aber es wäre immerhin Zeit für dich, zu heiraten. Zu diesem Behuf bin ich da.«

Sie sagte: »Du glaubst, ich werde Josmar nie wiedersehen? Gib mir noch eine Spritze, stärker als die erste, ich muß sehr lange schlafen.«

Während der Injektion zitierte er: »Du Gott, der du mich hast hinausgeführt zum Hafen, laß mich schlafen, laß mich schlafen.« Sie schlief ein.

Er setzte sich wieder ans Fenster. Der Abend brach langsam ein. Er hatte Zeit. Er konnte warten, er hatte es bewiesen.

Die Goebens, die Ilmings, die verfolgten große Ziele. Er aber hatte zwei Dinge gewollt in seinem Leben. Vom zwölften Jahre an: Chirurg werden. Das hatte er erreicht. Von seinem 27. Lebensjahr an: Thea Seyfried bekommen. Das erstemal hatte er sie bekommen, da war es zu früh. Um siebzehn Jahre zu früh. Jetzt erst war es recht.

Er machte es sich bequem. Am Himmel leuchteten die Sterne.

Irgendwo, nicht weit, wurde geschossen. Eine gesegnete Nacht, da mit ihr sein neues Leben begann.

Die »Reinigungs«-Aktion wurde anderntags abgeschlossen. Das Regime ging aus ihr gestärkt hervor.

VIERTER TEIL

»...NOCH DIE INS SCHWEIGEN HINABSTEIGEN«

ERSTES KAPITEL

1

Nun war es zu spät, der Mann würde nicht mehr kommen, denn für ihn war es wohl nicht nur um zwei Stunden, sondern um ein ganzes Leben zu spät. Das ereignete sich seit einem Jahr öfter. Dojno wußte genau, wie der äußerliche Vorgang war: Alles war bereit, in jedem Detail genau festgelegt, der Sendbote, ein Mann oder — in letzter Zeit häufig — eine Frau, brauchte nur noch einige Formalitäten zu erledigen, sich Paß und Fahrkarten zu beschaffen, schon waren »draußen« die Rendezvous festgelegt, schon machte sich zum Beispiel ein Dojno von Paris her auf, um den Sendboten am bestimmten Tag, zur bestimmten Stunde auf dem schönen Aussichtshügel bei Oslo zu treffen — da blieb der Mann stecken. Er sollte den Paß 24 Stunden später als vorgesehen bekommen, in seiner Wohnung warten, man würde ihn vielleicht inzwischen wegen einer kleinen Auskunft brauchen. Doch dann waren es mehrere Auskünfte, die er geben sollte, am besten sollte er eine ganze Autobiographie schreiben, Zeit genug, seine Reise war eben verschoben. Und dann sollte er am besten dableiben, eine Zelle war für ihn bereit. Es würde einige Wochen, vielleicht einige Monate dauern, vielleicht auch eine Kleinigkeit länger —: »Schütten Sie erst einmal Ihren Sack aus, Genosse!«
Drüben, in Deutschland, wenn einer nicht zum Treff kam, das konnte Schlimmstes bedeuten, man fürchtete um ihn, denn er war in die Fänge des Feindes geraten.
Wer aus Rußland nicht zum Treff kam, war wohl verloren, doch nicht von der Hand des Feindes würde er sterben. Kein Mitleid durfte ihm gelten. Der Mann, der mit mehreren Wochen Verspätung an seiner Stelle kam, hatte einen Fall mehr zu behandeln: Was wußte man gegen den Vorgänger vorzubringen, hatte er nicht verdächtige Äußerungen getan, als er das letztemal hier draußen war? Hatte er nicht verdächtige Freundschaften?
Der Vorabend würde nicht zum Abend werden, die Nacht würde

nicht anbrechen — der Feuerschein der untergehenden Sonne blieb am Horizont stehen. Endlich würde er die weißen Nächte erleben, die er aus den Büchern des großen Nordländers kannte, dachte Dojno. Seit mehr als vierzig Jahren plagiierte sich der alte norwegische Dichter, erzählte er immer wieder die gleichen Geschichten, in denen es politische Pointen von unvorstellbarer Dummheit gab. Aber in Dojno, den seine Bücher begeistert hatten, als er noch sehr jung war, stieg eine heiße Dankbarkeit auf, sooft er an den alten Mann dachte. Und er war in die Jahre gekommen, da man dessen gewahr wird, daß die Dankbarkeit einen stärker an das Leben bindet als die Liebe, die man selber geboten hat. In den langen Abenddämmerungen der frühen Sommertage wurde endlich das Gefühl wortlos, da die Gewißheit, daß alle verlebte Zeit unwiederbringlich verlorene Zeit war, fast körperlich greifbar wurde — ohne Verzweiflung, der Verzicht schien leicht —, man würde sterben können wie der vergehende Tag, versöhnt und versöhnlich. Nur in solchen Augenblicken war es ihm möglich, sich von der Besessenheit zu befreien, von diesem Jahrzehnt, von den Erinnerungen, die er wie Gewichte mit sich schleppte.

»Faber, Denis Faber, nicht wahr? Ich bin Albert Gräfe, aber der Name tut vorderhand nichts zur Sache, du kennst wahrscheinlich meinen Fall, aber nicht mich und meinen Namen.«
»Du bist ein Genosse?«
Der Mann verzog seinen Mund zu einem häßlichen, schmerzlichen Lächeln. »Ja, denke ich, genau weiß es vielleicht niemand.«
»Ich habe dich schon gesehen — wo, wann?«
»Zum erstenmal vor drei Stunden, unten, in der Karl-Johans-Gatan, dann im Autobus, der uns hier heraufgebracht hat, dann hier im Café, du hast mich hie und da angesehen wie die Bäume am Straßenrand, wie das blaugestrichene Gebälk der Veranda hier, doch weniger genau als die Fjorde unten und die braunen Segel, natürlich.«
Der Mann mußte 30 Jahre sein, weniger oder mehr. Es war sichtbar genug, daß er zu den Menschen gehörte, die noch ein anderes als das kalendarische Alter haben. Er war nicht groß, doch breit in den geraden Schultern, er mochte eine lange,

schwere Krankheit hinter sich haben, seine Magerkeit war nicht natürlich. Nein, keine lange Krankheit, ging es Dojno durch den Kopf, als er sein Gesicht betrachtete.
»Du kommst aus dem Konzlager, Genosse?«
»Ja. Gestapokeller, dann zweieinhalb Jahre Zuchthaus, dann vier Monate Konzlager. Das linke Auge ist kaputt, das rechte sollte zu retten sein, sagt der Spezialist hier. Jedenfalls tut's ordentlich seinen Dienst.«
»Also setz dich zu mir. Sag, was du von mir willst. Und zuvor sag mir, woher du mich kennst.«
»Ich habe dich auf Konferenzen gehört, in Berlin, in Leipzig. Habe auch Vorträge von dir gehört. Die Genossen haben nicht alles verstanden — ein bißchen zu viele Fremdwörter —, hast ihnen aber sonst gut gefallen. Mir auch.«
Beide sahen zu den Fjorden hinunter, schwarzen Spiegeln, die an den Rändern rötlich waren. Vielleicht verspürte nun auch Gräfe das Bedürfnis, das Schweigen auszukosten, ohne Hast, in bedächtigen Zügen. Sein Gesicht entspannte sich, das verletzte Auge tat weniger weh, die Lippen öffneten sich halb, sie waren wohlgeformt. Der rote Widerschein verlieh seinem gelbbleichen Gesicht die helle Farbe, die ihm einmal eigen gewesen sein mochte.
Einen Augenblick lang erwog Dojno, das Gespräch aufzuschieben, dem Mann für den andern Tag ein Rendezvous in der Stadt vorzuschlagen. Doch besann er sich, der Fremde sah aus wie einer, der schon zu lange gewartet hatte. Zwar konnte er jetzt noch schweigen, aber das war, weil er das Schweigen mit dem teilen durfte, zu dem er sprechen wollte.
»Wir haben zwar Zeit, aber wenn du willst, sprich — ich höre.«
»Ja«, antwortete Gräfe. »Ja, ich werde gleich anfangen.« Er schwieg noch eine Weile, vielleicht war es ihm leid darum, den Blick vom Horizont zu wenden, zu den Sorgen zurückzukehren. Endlich sagte er: »Du bist noch immer ein Freund Herbert Sönneckes, nicht wahr?«
»Freund — Herbert Sönneckes?« wiederholte Dojno fragend. »Ja, das heißt, ich habe seit bald einem Jahr keinen Kontakt mehr mit ihm.«
»So kommen wir nicht weiter!« rief Gräfe ungeduldig aus. »Ich brauche klare Antworten.«

»Ich habe dich nicht gerufen, ich habe dir nichts versprochen. Sag, was du zu sagen hast, woher du kommst, wohin du gehst, was du von mir willst. Fragen werde ich selber stellen.« Gräfe sah ihn erstaunt an. Ja, natürlich, das war ja ein Intellektueller, leicht berechenbar in großen Zügen, unberechenbar in den einzelnen Situationen. Bald verzog sich das Gesicht so eines Mannes wie das eines verwöhnten Kindes, das keinen Schmerz vertragen kann, bald wurde es hart und verschlossen, das Herrengesicht, in dem die Lippen sich nur so weit öffneten, als unbedingt notwendig ist, damit erniedrigende Worte zwischen den Zähnen durchkommen.

»Das ist schon wahr, du hast mich nicht gerufen, Faber. Aber nun bin ich da, sind wir zusammen. Es hat seinen Grund, daß ich Fragen stelle. Immerhin, vielleicht ist es wirklich besser, daß ich erst einmal erzähle.«

Er nannte noch einmal seinen Namen, gab die Stadt an, aus der er stammte. Er hatte Mechaniker gelernt, sich früh der Bewegung angeschlossen, der Jugendorganisation zuerst, dann der Partei. Im Jahre 31 arbeitslos geworden, war nicht so wichtig, so konnte er sich ganz der Partei widmen, wurde bald Sekretär des Unterbezirks. Als die Nazis zur Macht kamen, tauchte er unter, machte die Arbeit weiter, war auch notwendiger als früher, hinzu kam die Grenzarbeit. Alles ging soweit gut, die Verbindungen konnten aufrecht erhalten werden, obschon es nicht eben leicht war — es flogen zu viele erfahrene Genossen auf, eben weil sie von früher bekannt waren.

Am 6. November 1933 wurde er verhaftet, sie wußten erstaunlich viel von seiner Tätigkeit. Zwar waren Mitarbeiter schon früher geschnappt worden, aber sie hatten dichtgehalten. Sie folterten ihn, aber natürlich hielt er stand. Er zerbrach sich den Kopf, woher sie ihre Informationen hatten. Nach zwei Monaten ergab sich die Lösung von selbst: Sein Mädel war eigentlich seine Frau, nur nicht gesetzlich verheiratet, er lebte mit ihr zusammen, sie war schwanger von ihm — sein Mädel mußte verraten haben. Das ergab sich bei einer Konfrontation mit ihr. Sie hat sich übrigens kurz darauf das Leben genommen. Nein, gewiß, sie war nicht sehr intelligent, übrigens auch nicht besonders schön, aber er hat sie geliebt. Warum gerade sie und nicht eine andere, schönere, klügere, gewandtere? Eine unwichtige

Frage, natürlich. Oder warum war es ihm, als ob man ihm mit einemmal alles Blut aus dem Leib abzapfte, als er erfuhr, daß sie tot war, sich in der Dachkammer, wo sie zusammen gelebt hatten, selbst das Leben genommen hatte, und brauchte doch nur wenige Monate zu warten, da wäre das Kind dagewesen — lassen wir das!

Nun aber war es doch an dem, daß sie zu wenig von seiner Arbeit gewußt hatte, sie konnte ihnen also gar nicht alle diese Mitteilungen gemacht haben. Das bohrte in ihm, außer ihr mußte jemand anderer verraten haben. Wer? Er kam nicht dahinter. Vor Gericht wurde er noch ganz anständig behandelt, kriegte nur zweieinhalb Jahre Zuchthaus, was ja erträglich war. Er versuchte von da aus, mit der Partei wieder Kontakte aufzunehmen, war natürlich sehr schwer, da er ja in Einzelhaft war, aber trotzdem hätte es gelingen müssen, gelang aber nicht, obwohl andere Genossen sogar im gleichen Trakt saßen. Es wollte und wollte nicht klappen. So wartete er, daß die zweieinhalb Jahre um wären. Ist ja nicht viel, zweieinhalb Jahre, aber wer gesessen hat — lassen wir, das weiß doch schon jeder.

Natürlich ließen sie ihn dann nicht frei, sondern brachten ihn ins Konzlager, ins gleiche übrigens, wo Faber dringewesen ist. Also an Genossen fehlte es nicht. In den ersten Tagen zerschlug man ihn gleich so, warf ihn dann in den Bunker, daß er wenig machen konnte, damals ging auch das Auge kaputt. Und sie fanden auch immer wieder Gelegenheit, ihn von den anderen abzusondern, aber sie konnten doch nicht verhindern, daß er mit Genossen in Berührung kam. Jetzt, rückblickend, ist es ja kaum zu glauben, aber es war eben doch so, daß er anfangs gar nichts bemerkte und auch nachher es einfach nicht zustande brachte, es zu glauben, daß die Genossen, auch solche, die ihn gut kannten, die er selbst zur Partei gebracht hatte, daß sie ihn mieden, daß sie mit ihm nichts zu tun haben wollten.

»Wenn du nach zehn Tagen Bunkerarrest wieder ans Tageslicht kommst, bist du kaum noch ein Mensch, sondern ein Tier, ärmer als der elendigste Hund auf dieser Welt. Wenn dir einer nur deinen Namen sagt, dann könntest du heulen vor Dankbarkeit und Rührung. Wenn dich einer ein bißchen stützt, damit dir der Weg zu deiner Ecke in der Baracke nicht gar zu lang wird — lassen wir das, keiner rief mich an, keiner stützte mich.«

Der Mann verstummte, wandte sein Gesicht ab. Erst nach einer Weile nahm er, wieder gefaßt, seine Erzählung auf.

Er war nicht der einzige, den sie bei jeder Gelegenheit in den Bunker warfen, mit Ochsenziemern schlugen, aber es war doch klar, daß sie entschlossen waren, ihn umzubringen. Komisch, es so zu sagen, aber es war ihm gleichgültig. Er wollte gar nicht mehr so sehr leben, hingegen wollte er wissen, aus dem schwarzen Tunnel mußte er hinaus, er mußte erfahren, was denn geschehen war, daß er nur Feinde antraf, wo Freunde sein mußten. Und dann kam die Sache mit dem Strick, der Ausbruch. Davon hatte Faber doch wohl gehört?

»Ja, aber erzähl nur.«

Wieder war er im Bunker. Die gesamte Bewachungsmannschaft mit dem berüchtigten Leiter sollte ein anderes Lager übernehmen, schon war die Ablösung da. Und da sagten sie ihm, bevor sie gingen, da möchten sie ihre Arbeit noch ordentlich beendet haben. Auch wollten sie es, sagten sie, den Neuen ersparen, sich mit ihm noch abzuquälen. In der Nacht kam einer — der haßte ihn besonders —, warf ihm einen Strick hin und sagte, er würde in einer halben Stunde wiederkommen, aber dann müßte alles erledigt sein. Wenn nicht die Sache mit den Genossen gewesen wäre — vielleicht hätte er sich erhängt. Er hätte gewußt, die Genossen draußen würden verstehen. So aber durfte er nicht sterben, alles mußte klar werden. Gegen das Unrecht des Feindes versucht man zu kämpfen, aber am Unrecht, das einem die Eigenen antun, geht man schändlich zugrunde. Und deshalb durfte es nicht sein, daß er so stürbe.

Es gab natürlich kein Licht im Bunker, aber er hatte sich an die Finsternis gewöhnt. Er machte eine Puppe mit seinen Kleidern und allen Dingen, die da waren, und hängte sie auf. Nackt stellte er sich hinter die Tür und wartete. Endlich kam der SS-Mann, besoffen, grunzte zufrieden, als er den Gehängten sah: »Da haben wir dich endlich, Schweinehund!« Es war nicht schwer, ihn auf den Boden zu werfen, das Erwürgen war schwerer und unangenehm. Alles dauerte furchtbar lange: den Mann auszuziehen, ihm das Konzlagergewand überziehen, ihn aufhängen. Dann — alles im Finstern — zog er sich selbst die Uniform an, die Stiefel. Das Allerschwerste gelang am leichtesten, eben weil die Neuen schon im Lager waren und die Alten sie nicht kannten —

torkelnd kam er durch alle Sperren, ging zum Lager hinaus, hielt ein Auto auf, das brachte ihn bis zur holländischen Grenze, noch in der Nacht. Ehe der Tag anbrach, passierte er die Grenze. Ging, ging mit verschlossenen Augen, bis er in einem kleinen Städtchen war. Gerade begann es zu tagen, alles war so ruhig, so anheimelnd. Er setzte sich auf die Stufen vor einem Haus hin, gerade nur, um zu verschnaufen. Dem Pastor, der ihn da fand, ihn ins Haus nahm, dem erzählte er alles. Und der half ihm dann weiter.
»Möchtest du nicht jetzt etwas essen, Albert?«
»Das fragst du spät, Faber. Der Pastor hat zuerst geholfen, dann gefragt. Nichts für ungut! Ich möchte weitererzählen, denn alles bisher war unwichtig.«
Nun war er also frei, der Pastor hatte ihm gute Papiere verschafft, aber noch mußte er aus dem Tunnel hinaus, mußte wissen, wie es zwischen der Partei und ihm stand. Jetzt würde es nicht so leicht sein, ihm auszuweichen. Trotzdem, es dauerte, bis er Kontakt bekam. Die Uneingeweihten glaubten, er wäre wahnsinnig, ganz einfach verrückt. Aber die verantwortlichen Genossen, die wußten: Ja, da war ein Verfahren gegen ihn, das war eingeleitet worden, knapp bevor er aufgeflogen war — wegen gefährlicher Abweichungen von der Linie, versöhnlerischer Haltung gegenüber der Sozialdemokratie, Überschätzung der Nazigefahr für die Arbeiterbewegung. Zwar hätte sich nun die Linie geändert, man ginge jetzt tatsächlich mit den Sozialdemokraten zusammen, Volksfront mit allen gegen den Faschismus, aber damals wäre es ja eben doch eine Abweichung gewesen. Und die Genossen im Zuchthaus und im Lager wußten natürlich, daß gegen ihn was vorlag, darum hätten sie ihn geschnitten, wäre ja verständlich.
So also kam er aus dem Tunnel hinaus. Es war zum Lachen, das alles hatten sie ihm angetan wegen einer Abweichung, die inzwischen zur Generallinie geworden war. Ja, da war aber noch die Frage: Wer hat verraten? Er bewies ihnen, den Leuten vom »Apparat«, daß Erna, sein Mädel, zwar geschwatzt hat, aber das Wichtige hat sie nicht verraten, schon weil sie es nie gewußt hat. Ja, antworteten sie, alles der Reihe nach, erst das Verfahren gegen ihn, das war nicht abgeschlossen, da mußte noch mancherlei klargestellt werden. Und dann würde man gelegentlich auch

untersuchen, ob er nicht selber Unvorsichtigkeiten begangen, ob er sich nicht selbst verraten hatte. Inzwischen sollte er stillhalten, als alter Genosse mußte er das verstehen, Ruhe und Disziplin bewahren. Und schließlich auch die Sache mit der Ermordung des SS-Mannes und dem Ausbruch, gewiß, die Zeitungen haben davon gesprochen, ist an sich nicht schlecht gewesen, die Partei selbst hat ja dafür gesorgt, daß die Sache bekannt würde, aber, genau genommen hatte er nicht das Recht, so was ohne ausdrücklichen Befehl der Partei zu tun. Also stillhalten!

Gut, Ruhe und Disziplin und stillhalten! Er arbeitete illegal in einer Garage. Keine Aussicht, eine Arbeitserlaubnis zu bekommen. Er las viel, dachte nach, nahm vorsichtig Verbindungen auf. So erfuhr er, daß Erna sich umgebracht hat, nachdem ein Genosse bei ihr gewesen ist, der seither emigriert ist, Josmar Goeben. Er schmuggelte sich also über die Grenze, über die belgische, über die französische, kam endlich nach Paris, fand diesen Goeben. Der wollte zuerst mit der Sprache nicht heraus, aber dann gab er nach. Ja, er erinnerte sich genau, er hatte die Angelegenheit untersucht, war auch bei Erna Lüttge gewesen, es ging ihr körperlich schlecht, sie erbrach sich oft. Sie gab zu, ihn verraten zu haben, hatte alles einer Freundin Else, deren Mann Gestapoagent war, erzählt — so aus Dummheit, aus Vertrauensseligkeit. Andererseits hatte sie die Papiere gut verwahrt, nicht ausgeliefert, sondern ihm, dem Goeben, übergeben, auch die Verrechnung der Parteikasse.

»Goeben, sagte ich ihm, du hast die Untersuchung im Auftrag Sönneckes geführt, hast die Möglichkeit gehabt, jeden zu befragen. Du hast gewußt, daß meine Frau geschwatzt, aber nicht verraten hat, also wer hat verraten? Um Gottes willen, ist das eine Verschwörung, daß niemand mir die Wahrheit sagen soll? Da sagte er, er hätte, als er die Untersuchung abgeschlossen hat, zuerst selber geglaubt, Erna hat verraten. Und nachher? fragte ich. Wieso nachher? fragt er und wird rot wie ein Mädchen. Aber da half nichts, er verschloß sich — er wußte nichts, er würde nichts mehr sagen.«

Der Tunnel war also noch nicht durchschritten, er tastete im Finstern. Es gab in Paris genug Genossen, die kannten ihn von früher, er sprach mit dem und jenem, doch das alles hatte keinen Zweck. Er beschloß, nach Amsterdam zurückzufahren, da war ja die Garage, wo er sein Brot verdiente, daß er von niemandem abhängig sein sollte. Außerdem gab es ja auch sein Verfahren. Wie es soweit war und er wollte sich auf den Weg zurück machen, da holte man ihn zu einem Treff — mit einem sehr wichtigen Mann, sagte man ihm. Es waren zwei Männer, einer sprach nur Russisch, aber er verstand augenscheinlich Deutsch. Ja, und das war also die große Sensation, die wußten alles und hielten nicht hinter dem Berg. Natürlich, nicht Erna hatte verraten, sondern ein Mann, der das größte Vertrauen der Partei genoß, ein geheimer und um so gefährlicherer Feind, ein abgefeimter Doppelzüngler: Herbert Sönnecke!

»Jetzt wäre es also an der Zeit, daß ich dir die Frage noch einmal stelle, Faber: Bist du ein Freund Herbert Sönneckes?«
Dojno sah ihn lange an. Er dachte: Du bist es also, der schwarze Engel, auf den ich warte. So bist du endlich gekommen, schwarzer Engel, nun stellst du die Frage. Die Antwort ist bereit — seit langem. Du suchst den Weg aus dem Tunnel hinaus, aber mich wirst du in den Abgrund stürzen.

»Du antwortest nicht, habe ich noch immer kein Recht, Fragen zu stellen, Faber?«
»Du hast das Recht, Albert. Ich habe nicht gewußt, daß es mit Sönnecke so steht —«
»Wie steht?«
»Daß sie ihn drüben umbringen wollen.«
»Also paß gut auf, Faber, gib jetzt verdammt acht, also du glaubst nicht an Sönneckes Schuld?«
»Nein, ich glaube mit jedem Atemzug, daß Sönnecke mit jedem Atemzug ein treuer Genosse, ein treuer Führer gewesen ist — einen bessern findst du nit!«
»Mit jedem Atemzug — das hast du gut gesagt, das habe ich gut gehört! Jetzt höre weiter zu.«
Sönnecke also, sagten sie, ist der Verräter gewesen. Und sie erzählten ihm, daß er, wenn möglich, noch Schlimmeres getan hätte. Seine Verbindung mit den Feinden war eine alte Geschichte. Noch bevor die Nazis an der Macht waren, hatte er mit ihnen Verbindung aufgenommen. Daraus erklärte es sich auch, daß alle seine Mitarbeiter früher oder später aufflogen, nur er, der meistgesuchte Mann, er blieb ungeschoren. Und warum hatte Sönnecke ihn, den Albert Gräfe, der Gestapo ausgeliefert? Weil

Gräfe gute Arbeit machte, darum. Und weil Sönnecke sich der Gestapo mit Leib und Seele ausgeliefert hatte. Anderswo zwang er einen Genossen, sich eine Kugel in den Kopf zu schießen, weil der eine Verbindung mit Jochen von Ilming hatte. Aber Sönnecke hielt selbst Kontakt mit Ilming, schlief bei ihm. Schon früh war in der Leitung Verdacht gegen Sönnecke aufgetaucht, aber immer die gleiche Geschichte, die Sentimentalität, Herbert, der alte Spartakus, der Freund Rosa Luxemburgs, der Mann, von dem Lenin angeblich gesagt hat: Er ist der beste Mann der deutschen Partei. War aber eine Fälschung, nicht Lenin, sondern Trotzki hat das gesagt.

Sönnecke genügte es nicht, ihn, den Albert Gräfe, zu vernichten, er schickte einen seiner Männer, Alberts Frau zu vernichten. War es etwa ein Zufall: Am Abend des Tages, an dem der Mann bei ihr war, brachte sich die systematisch zur Verzweiflung getriebene arme Frau um. Das war Mord. Den brauchte Sönnecke, um die Spuren seines Verbrechens zu vertuschen. Nun, das ist ihm nicht gelungen, die GPU hat das und noch vieles andere aufgedeckt. Der Fall wird eine Lehre sein, die ganze Welt wird sie verstehen. Und nun war es an ihm, Albert, seinerseits bei dieser Säuberung zu helfen. Das Verfahren gegen ihn würde eingestellt, natürlich, war ja eine Machination Sönneckes. Er sollte eine schriftliche Erklärung abgeben, ausführlich darlegen, was ihm und seiner Frau und seinem Unterbezirk durch Sönneckes verbrecherische, faschistische Tätigkeit angetan worden ist. Eventuell würde man ihn beim Prozeß in Moskau brauchen, jedenfalls sollte er in Versammlungen auftreten, endlich würde den Zweiflern und Feinden hier draußen der Mund gestopft werden.

»Ja, das haben sie mir gesagt. Und weißt du, Faber, was ich geantwortet habe? Ich habe zu allem ja und amen gesagt.«
»Nein, das ist nicht möglich, das ist ja Wahnsinn.«
»Stimmt, habe ich mir nachher selber gesagt, in der Nacht darauf. Da hat's mich aus dem Schlaf gerissen, auf einmal war ich aus dem Tunnel heraus, endgültig: Ich sollte zum zweitenmal Opfer werden, die Verbrecher waren die gleichen. Nein, Sönnecke war unschuldig, er war ein Genosse, aber die zwei Männer waren dreckige Polizisten. Und da habe ich mich aus dem Hotel geschlichen, noch in der Nacht, ich habe mich einige Tage ver-

steckt gehalten in Paris, bis ich die Antwort aus Norwegen hatte. Und dann bin ich hergekommen, ich habe noch einmal meinen Namen gewechselt. Ich habe mit keinem Genossen mehr gesprochen. Ich habe gewartet. Und gestern habe ich die Plakate gelesen, daß du herkommst, Vorträge halten wirst. Du bist ein Freund Sönneckes, ich bin nicht mehr allein.«
»Worauf hast du gewartet, was erwartest du von mir?«
»Um Gottes willen, sag nur ja nicht, daß du das nicht weißt!«
Ja, es war der schwarze Engel, ihm konnte man nicht ausweichen. Und andererseits war der Fall Sönnecke nicht anders, nicht empörender als die anderen. Sönnecke hatte geschwiegen, er selbst hatte geschwiegen, warum sollte er jetzt sprechen? Und was wußte dieser Albert Gräfe davon, wie schwer auch das Schweigen war.
»Du läßt dir Zeit mit der Antwort, nun gut. Jetzt, wenn du willst, bestell mir was zum Essen. Und während ich esse, überlege es dir gut.«
Albert schnitt das Brot in kleine Würfel und schob sie langsam in den Mund. Während er mühselig die Bissen zerkaute — sie hatten ihm während der Untersuchung mehr als die Hälfte seiner Zähne ausgeschlagen —, blickte er auf die Fjorde hinaus. Die schwere Arbeit hatte er hinter sich; ob es einen Weg für ihn gab, wußte er noch nicht gewiß, doch war er nicht mehr im Finstern, und einsamer konnte seine Einsamkeit nicht werden. Anfangs hatte es seltsame Hoffnungen gegeben, kunstvolle Täuschungen, mit denen der Wahnsinn nach ihm griff: Nichts war wahr, alles war böser Traum, daß er so in einem alles verloren haben sollte, die Frau, die Mutter, die Heimat und die Partei, die große, die einzig gültige Hoffnung, die sie war — und alles ohne seine Schuld, ohne irgendjemandes Schuld. Das gibt es nicht, sagte er sich damals, als noch die kunstvollen Täuschungen möglich waren, das gibt es doch nicht, man stirbt oder man bleibt leben, aber man stirbt nicht und überlebt seinen Tod, nur um sich quälend dessen bewußt zu sein, daß man jämmerlich verendet ist.
Das war im Anfang, dauerte nur wenige Wochen, dann fand er sich zurecht. Gleich am ersten Tag nach der Arbeit in der Garage fand er wieder seinen Platz in der Wiklichkeit.
»Verstehst du, Faber, wie ich im Gestapokeller war, dann im Zuchthaus, dann sogar anfangs im Bunker, da war ich allein,

aber ich war nicht einsam. Woher denn auch, ich hatte ja nicht einmal recht erfaßt, was das ist. Erst wenn man von allen aufgegeben ist, an denen einem liegt, erst dann erfährt man, was Einsamkeit ist. Und daß das schlimmer ist, als wenn man an allen Gliedern gelähmt wäre und müßte um jeden Tropfen Wasser verzweifelnd betteln. Ja, so ist das, das weiß ich. Und jetzt ist's an der Zeit, daß du mir sagst, ob du endlich den Schritt wagen willst, ob du morgen bei dem Vortrag sagen wirst, wer Sönnecke ist, mit jedem Atemzug — hast du gesagt —, gewesen ist und was er getan hat und daß sie ein Verbrechen gegen ihn vorbereiten.«
»Höre mir gut zu, Albert —«
»Du fängst schlecht an, du willst ausweichen.«
»Wart, hör mir zu, du wirst nachher sagen, ob ich ausweichen will. Und bedenke, wenn ich ausweichen wollte: Warum sollte ich dir Rede stehen, was legitimiert dich, gerade dich? Daß du ein Opfer bist — die Welt ist voller Opfer. Sie langweilen sie schon mehr als der abgenutzteste Tanzschlager des vorletzten Jahres, als —«
»Du willst doch ausweichen, Faber, möchtest feig sein mit kühner Gebärde«, unterbrach ihn Albert.
»Nein, ich fürchte nicht die Einsamkeit. Ich bin, seit die Prozesse begonnen haben, wie vereist in Einsamkeit. So geht es nicht darum. Aber bedenke, was gibt es noch für eine Hoffnung als die, die wir an die Partei geknüpft haben, an die Partei und an Rußland. Du hast Menschen zur Partei gebracht, ich habe es getan. Sie haben mit ihrer Vergangenheit gebrochen, mit Freunden, mit ihrer Familie — alles im Namen der Hoffnung, die wir ihnen verkündet haben. Was sollen wir ihnen jetzt sagen, wenn wir die Hoffnung aufgeben, sie als Trug oder, schlimmer fast, als vergiftete, in ihr Gegenteil verkehrte Wahrheit enthüllen? Was sollen wir ihnen anbieten: deine Einsamkeit, meine Einsamkeit? Das in einer Welt Hitlers, das im Augenblick, da in Spanien die entscheidende Probe aufs Exempel gemacht wird! Du fandest es nicht zuviel, dein Leben für die Partei in die Schanze zu schlagen, deines und das der Genossen. Sönnecke zögerte keinen Augenblick, sein Leben dranzusetzen und das der Genossen. Ist es denn wirklich zuviel, Sönneckes Ehre, meine Ehre, deine Ehre, unser Gerechtigkeitsgefühl für die Partei zu opfern — in einer

Zeit, da die Opferbereitschaft total sein muß wie die Gefahr, die es abzuwenden gilt.«
»Valencia!«
»Du meinst die bedauerliche Geschichte mit den polnischen Genossen in Valencia? Das war —«
»Quatsch! Ich meine den alten Schlager, der hieß Valencia. Die Worte waren gewiß saublöd, aber ich habe ihn gern gehört, alle hat es gepackt damals. Die Fabrikmädchen, die sich seit dem Krieg noch immer nicht sattgegessen hatten, verdrehten die Augen, wenn sie nur das Wort ›Valencia‹ hörten. Und was du jetzt daherredest, das ist Valencia. Wenn das Geld reicht, bestell mir noch ein Sandwich und noch einen Kaffee. Und sag der Kellnerin, sie soll das Licht andrehen, ich habe genug von der weißen Nacht, wir wollen reinlich Tag von Nacht scheiden, findest du nicht auch?«
»Ja. Also warum Valencia?«
»Darum, weil es die Partei, von der du sprichst, die Sowjetunion, auf die du dich berufst, gar nicht mehr gibt. Wäre es anders: hätte eine proletarische Partei einen Mann wie mich dem Feind ausgeliefert, hätte sie es nötig, einen Mann wie Sönnecke zu entehren und totzuschlagen? Hat sie es nötig, dann ist sie eben nicht unsere Partei. Nirgends in der Welt werden so viele Kommunisten umgebracht wie in Rußland. Verstehe mich recht, ich pfeife auf den Albert Gräfe. Da, nimm, der Revolver ist geladen und entsichert, du brauchst nur abzudrücken. Ich will mich hier sofort totschießen lassen, glaube es mir, das ist nicht Valencia, aber es soll für die Sache sein. Und diese Sache, das ist die Freiheit des arbeitenden Menschen, die Gerechtigkeit für ihn, und, ja, die Ehre, ich sage es dir, die Ehre des arbeitenden Menschen!«
Die Szene wurde peinlich, da stand er, den Revolver in der Hand, seine Stimme war gebrochen, als ob er betrunken wäre, und er rief: »Die Ehre, die Würde, soll ich vielleicht besser sagen, die Würde, Faber, die Würde!« Endlich setzte er sich wieder, Dojno nahm ihm den Revolver ab.
»Das verstehst du nicht so, Faber, du bist kein Prolet. Wegen des Brots und der Margarine drauf, deswegen wird ein Arbeiter nicht ein Revolutionär. In Amerika, wenn nicht gerade Krise ist, hat der Arbeiter mehr als Margarinestullen und 'n Radio-

apparat, und sogar dreimal in der Woche in den Kintopp, und heißes Wasser fürs Tellerwaschen, fürs Rasieren, und 'n elektrisches Plätteisen. Morgen werden sie vielleicht Autos haben, eigene Häuschen, was weiß ich. Aber eines können die Kapitalisten dem Arbeiter nicht geben: die Ehre, die Würde. Sieh her, die Nazis haben viele von uns totgeschlagen, aber das haben sie nur nebenbei getan, Schrecken zu verbreiten, aber vom ersten Tag an haben sie ein Ziel verfolgt — uns die Würde aus dem Leib zu prügeln. Sie haben von der Ehre des Volks, der Nation gesprochen und jedem bewußten Proleten einzubläuen versucht, daß er nichts ist, daß seine Führer Betrüger, unfähige Schwindler sind. Weißt du, was das für die deutschen Arbeiter bedeuten würde, wenn sie es glauben müßten, daß Sönnecke ein Schweinehund gewesen ist, der sie verkauft und verraten hat — Herbert Sönnecke, der immer vorangegangen ist, den wir mit unseren Leibern geschützt haben? Dem seine Ehre gehört nicht ihm, die gehört den deutschen Arbeitern, die darf —«
»Und doch hast du den GPU-Männern in Paris gesagt, daß du gegen ihn auftreten willst!«
»Ja, das habe ich gesagt, weil ich von dem Schlag betäubt war und weil, ja, weil ich einen Augenblick an das arme Mädchen gedacht habe, an die Erna in ihrer Dachkammer. Und weil es scheint, daß es leichter ist, an einen Ermordeten zu denken, wenn man den Namen seines Mörders kennt. Und weil ich dachte, es wäre mir da auf einmal die Tür geöffnet, hinaus aus der Einsamkeit, zurück zur Partei. Aber wenige Stunden später, in der Nacht, da ist es mir aufgegangen, da habe ich ihre Methode durchschaut. Der Hitler hat es ausgesprochen, daß die Ungeheuerlichkeit eine Lüge glaubhaft macht. Niemand könnte es wagen, zu erfinden, daß Sönnecke ein Verräter ist. Und deshalb war es ein ungeheurer Schlag, als diese Burschen da kamen und es behaupteten. Mit solchen Dingen konnten sie einen Mann wie mich für einige Stunden einwickeln, wie leicht ist es ihnen erst, das den französischen, englischen, jugoslawischen Arbeitern einzupauken und sie damit zu erniedrigen. Denn wenn man das einmal geschluckt hat, dann gibt es keine Grenze mehr, dann wird man alles schlucken und es als eigenes Todesurteil wieder auskotzen.«
»Nun ja«, sagte Dojno, »vielleicht ist aber alles noch kompli-

zierter, als du meinst. Jedenfalls, was Sönnecke betrifft, da gibt es zwei Möglichkeiten. Entweder er akzeptiert, wie die alten Bolschewiken in einem Prozeß mitzuspielen, dann können wir von hier aus nichts daran ändern. Man wird ihm eher glauben als uns. Oder aber er lehnt es ab, dann werden sie ihn umbringen, ohne irgend etwas darüber verlauten zu lassen. Wenn wir Lärm schlagen, werden wir nichts verhindern, das ist dir doch klar. Was auch immer sie ihm antun mögen, Sönnecke bleibt frei, zu wählen.«

Kaum hatte Dojno diesen Satz ausgesprochen, fühlte er ein merkwürdiges körperliches Unbehagen, das er doch nicht hätte lokalisieren können. Es verstärkte sich, als Albert nun aufstand und, ohne ihn anzublicken, sagte:

»Verstanden, ich habe alles genau verstanden, Faber. Es gibt zwei Möglichkeiten, in jeder von beiden bringen sie ihn um, in jeder behältst du den Kopf hoch oben und das sonst so geschwätzige Maul geschlossen.«

»Wart, geh nicht so weg, wir müssen uns noch sehen, morgen, wenn du willst, in der Stadt unten.«

»Nein, danke, hat keinen Sinn. Gib mir den Revolver zurück.«

Dojno sah, wie er die Kellnerin anhielt, und lief hinterher, aber Albert ließ sich nicht hindern, was er genossen hatte, selbst zu bezahlen. Er hatte nicht genug, wurde verlegen, dann besann er sich, holte ein Fahrscheinheft hervor und drückte es der Kellnerin in die Hand. Sie hielt ihn zurück: »Behalten Sie doch Ihre Autobustickets und das Geld. Zahlen Sie mir ein anderes Mal, ich habe Vertrauen zu Ihnen.«

Albert dankte ihr verlegen in einem Gemisch von Norwegisch und Deutsch, er wurde sogar rot. Dojno packte ihn an den Schultern und sagte: »Albert, du darfst mir das nicht antun, darfst nicht so weggehen.«

»Das mit dem Zahlen ist vielleicht ungehörig von mir, aber ich kann nicht anders. Und das mit dem Weggehen, gib doch zu, Faber, das einzige, was ich noch darf, was ich noch kann auf dieser Welt, das ist weggehen. Am Ende wird mir die Freiheit nur noch dazu zunutze sein.«

Anderntags suchte ihn Dojno vergebens in der Stadt, er sah in Garagen und Schlosserwerkstätten hinein, er suchte ihn im Hafen, in billigen Restaurants, in Lesehallen und Bibliotheken, in den öffentlichen Parks.
Hätte er ihn gefunden, so hätte er ihm von sich gesprochen, ihm erzählt, wer er war, woher er kam, wohin er wollte. Am Nachmittag gab er die Suche auf, schon begann er, ihn zu vergessen. Er sollte vor dem Vortrag einige Leute von der Partei sehen, er hatte alten Freunden für den späteren Nachmittag Rendezvous gegeben. Schließlich wollte er noch mit einigen Schriftstellern zusammenkommen, deren Verein als Veranstalter des Vortrags zeichnete. Hie und da, während der Gespräche, stieg in Dojno das Bedürfnis auf, wenigstens indirekt mit einem Wort Alberts Erwähnung zu tun. Er blieb manchmal, mitten in einem Satz stecken, als ob Albert plötzlich aufgetaucht und es unmöglich wäre, in seiner Gegenwart solches Zeug zu reden: Valencia!

Der kleine, schmucke Saal war bis in die letzten Reihen gefüllt, die Männer und die Frauen auf dem Podium hatten offene, kluge Gesichter, es würde leicht sein, zu sprechen. Das Thema war abgenutzt, doch dringlich genug; es ging um die Aufgaben der Intellektuellen im Angesichte des Faschismus und des drohenden Krieges. Dojno hatte als Titel gewählt: »Das verlorene Niemandsland«. Er wollte beweisen, daß es nun endgültig mit der Möglichkeit dahin war, neutral zu bleiben, mit der Freiheit, keine Stellung zu beziehen oder auch nur seine Gegner zu wählen.
Er improvisierte wie immer, dachte laut im Gespräch mit einem Gegner, dem er soviel Intelligenz zubilligte, wie er selber hatte. Die Zuhörer wurden an ihm irre, wenn er so beredt, so überzeugend die Gründe des Gegners vortrug, doch als sie dann dessen gewiß wurden, daß er stets die besseren Gründe für die eigene Sache aufbewahrte, folgten sie dem Spiel mit Genuß, sie wußten sich auf der Seite des Siegers. Daß seine Stimme manchmal leicht heiser klang, rührte die Frauen; die Männer, besonders die jüngeren, waren ihm dankbar, daß er ihnen soviel Wissen zutraute

wie sich selbst und manchmal noch mehr. Er hatte seine Uhr vor sich, er wollte wie üblich 50 Minuten sprechen, schon hatte er mehr als die Hälfte hinter sich, er hatte von Deutschland gesprochen, von Spanien — die erste Phase des Bürgerkrieges war abgeschlossen, die zweite begann, mehr als dieses Land stand auf dem Spiel, daher auch war Spanien Schiboleth, russische Tanks, sowjetische Flieger waren eingesetzt —, da erfolgte der erste Zwischenruf: »Spät genug! Drei Monate früher, und Franco wäre längst zum Teufel!« Er antwortete kurz, nicht polemisch, kam wieder auf Deutschland zu sprechen, berichtete von dem Fall eines Antifaschisten, eines Schriftstellers, der konnte noch rechtzeitig flüchten, da nahm die Gestapo seine zwei halbwüchsigen Kinder als Geisel fest. Diese Mitteilung machte sichtlich Eindruck. Er wollte fortfahren, auf die Dringlichkeit einer Protestaktion hinweisen, da geschah es: Plötzlich fühlte er vom Herzen her eine so lähmende Schwäche, wie er sie noch nie verspürt hatte. Er klammerte sich ans Pult, doch merkte er bald, daß seine Stimme überhaupt nicht mehr trug, sie war winzig und leer geworden. Er brach ab, wie vor einem Abgrund zurückschreckend, denn der Satz, der sich in ihm schon geformt hatte, völlig deplaciert, außerhalb jedes Zusammenhangs, lautete: »Sönneckes zwei halbwüchsige Kinder sind in Rußland, er ist nicht frei, zu wählen.«

Nach einer Unterbrechung von etwa zehn Minuten — man hatte ihm inzwischen ein großes Glas Milch zu trinken gebracht — war die Schwäche gewichen. Es handelte sich wohl um eine Arhythmie, nichts Ernsteres. Er setzte fort, wo er unterbrochen hatte, aber er hörte sich genau zu, er wußte, daß seine Stimme nicht wegen der Arhythmie so hohl klang. Solchem Text würde sie sich fortab verweigern. Er beendete ordentlich den Vortrag, der Zwischenfall hatte dessen Wirkung beim Publikum nur vergrößert. Freunde und Fremde legten ihm nahe, sich zu schonen, auch der guten Sache wegen. Man brachte ihn ins Hotel zurück, geleitete ihn in sein Zimmer, ein junges Mädchen brachte ihm Blumen und wollte die Nacht dableiben, um ihn zu pflegen, wenn er dessen bedurfte. Er beruhigte sie.

Etwas später verließ er wieder sein Zimmer. Es war ein aussichtsloses Unternehmen, nur ein höchst sonderbarer Zufall hätte ihm helfen können, zur nachtschlafenden Stunde einen Mann zu finden, von dem er nicht wußte, wo und unter welchem Namen er Obdach gefunden hatte. Selten nur gab es hinter einem Fenster ein Licht, er blieb vor dem Hause stehen, rief leise: Albert, oder auch seinen eigenen Namen: Faber — einmal, zweimal, dreimal. Er suchte ihn in den Wartesälen der Bahnhöfe und des Hafens, in den Schlafsälen der Heilsarmee. Gegen zwei Uhr begann es zu regnen. Nun hätte er in sein Hotel zurückgehen können, er war müde, aber er ging weiter, er maß die Straßen aus und die kleinen Gassen. Er wurde allmählich völlig eingeregnet, er war ohne Mantel, das Wasser rann durch den Kragen den Rücken hinab, die durchnäßten Schuhe knirschten. Der Gedanke an den Gesuchten blieb zwar stets gegenwärtig, geriet aber immer mehr in den Hintergrund. Gefühle drängten sich vor, zögernd zuerst, die ihn scheinbar weit wegführten und Erinnerungen heraufbeschworen. Ein großer Mann, der sich von Zeit zu Zeit mit beiden Händen das Wasser aus dem langen weißen Bart preßt, es fließt auf den Lehmboden. Warum ist der Bart naß? Der Mann ist aus dem rituellen Tauchbad gekommen, hat keine Zeit gehabt, sich ordentlich zu trocknen. Es ist der Lehrer, der dem kaum siebenjährigen Knaben den hebräischen Text und die Übersetzung des Hohelieds beibringt und die Kommentare hinzufügt, die mündlich überliefert werden. Ohne sie würde all das dem Kinde unverständlich bleiben: die Klage der Frau, die durch die nächtlichen Straßen irrt, um den Geliebten zu suchen, den sie gekränkt hat. Und einen jeglichen hält sie an, ihn nach ihm zu fragen, so gerät sie bis an die geschlossenen Tore der Stadt. Und die Wächter spotten ihrer und des Geliebten, den nie jemand gesehen habe. Und die Wächter werden sie schlagen, ihr besoffenes Gröhlen wird die Schläfer wecken, daß auch sie erfahren, wie verzweifelt sinnlos die Suche ist, in der sich die Liebende verirrt. Doch was wußten die Wächter, was die Schläfer! Der Lehrer mit dem langen weißen Bart entdeckte es dem Lernbegierigen: Die Liebende, das ist das Volk Israel, das sucht seinen Gott, dem es untreu geworden ist, das sucht seinen Erlöser. Und die Nacht im Hoheliede, das ist nicht der Zeitraum zwischen Sonnenuntergang und Sonnenaufgang, sondern ein Jahrhundert, ein Jahrtausend und noch mehr. Nacht, das ist die Zeit der unerlösten Menschheit. »Und laß es dich nicht kränken, mein Junge, daß die Wächter spotten. Sie gehören zur Welt der Nacht, ihr

Jammer und ihr Untergang werden beginnen, wenn der Tag einmal anbricht.«
So also, bedachte Dojno, den seine Füße schon wieder zum Hügel des Königsschlosses führten, so also stand es mit der Nacht, mit den spottenden, ihrer Macht gewissen Wächtern und der ungeliebten Irrenden. Für den Alten war alles gewiß, der Tag, den er meinte, er würde anbrechen, denn was wäre sonst der Sinn der so langen, langen Nacht. Vielleicht ist es nun ihre letzte Stunde, pflegte der Alte zu wiederholen, es sind der Zeichen genug, übergenug, daß der Tag nahe ist.
Ich muß wieder an Stetten schreiben, ging es Dojno durch den Kopf. Von unterwegs, zurück aus Damaskus, sendet Saulus einen recht schönen Gruß. Oder: Es gibt einen Mann Albert, der verachtet mich. Ich kann unter dem tonnenschweren Druck seiner Verachtung nicht leben. Drahtet, was tun.
Wenn das ganze Himmelsfirmament aus Pergament wäre, wenn alle Bäume dieser Erde Federn wären — aha, schon wieder ein Kommentar des Weißbärtigen —, wenn alle Meere und Wässer Tinte wären und alle Bewohner der Erde Schreiber — und sie schrieben Tag und Nacht, um mich vor Albert zu rechtfertigen, es wöge geringer denn eine Flaumfeder vor der stummen Klage seines Leids und vor der Schuld, die sein armes totes Auge in meinem Herzen erspäht.
Der Regen hatte aufgehört, vom Hafen rief eine Sirene, eine andere antwortete ihr. Bald würde sich die weiße Nacht mit dem Licht der Sonne schminken. Es war Zeit, ins Hotel zurückzukehren.
Er schrieb noch schnell den Brief: »Mein lieber Karel, es heißt, daß du übermorgen für fünf Tage nach Paris kommst. Dieser Brief langt also gleichzeitig mit dir an. Eine Bitte, dringlicher, als ich es in wenigen Worten sagen könnte: Veranlasse unverzüglich alles Nötige, daß ich schnellstens als einfacher Soldat nach Spanien gehe, an die Front. Ich betone, nicht als Kommissar, nicht als Propagandist, nicht als Nutznießer des Kaderschutzes — als Frontschwein. Ich fahre über Esbjerg—Dünkirchen zurück, lande in drei Tagen, sehe dich am Abend des dritten Tages an der besprochenen Stelle.«
Er trug den Brief zum nahen Postamt. Auf dem Weg zurück übermannte ihn wieder die Schwäche, er hatte Mühe, bis in sein

Zimmer zu gelangen. Er öffnete die Tür zur Terrasse, setzte sich in den Lehnstuhl und begann, bedachtsam ein- und auszuatmen. Kühne Gebärde in der Feigheit, hatte Albert gesagt. Verschwendung im Geiz, wollen wir nun sagen. Wir werden den ersten der gezählten Tage, die wir dem Leben noch bewilligen, verschlafen.

ZWEITES KAPITEL

I

Doch, das war er wirklich, da stand er an der Landungsbrücke, den ewigen Zahnstocher zwischen den Zähnen, man konnte meinen: ein Einheimischer, der es in der trägen Gewohnheit hat, für ein Viertelstündchen sein angestammtes Hafencafé zu verlassen und die paar Schritte zum Landungsplatz zu machen, um das einlaufende Schiff zu begucken. So paßte zu Karel jede Landschaft, so paßte er zu jeder Situation, er war zu Hause in der Bucht von Cattaro, in einer bosnischen Berghütte, in einem Luxushotel in London, in den Couloirs der französischen Kammer, in südamerikanischen Redaktionen, in verrauchten Wiener Kaffeehäusern, in schwer zugänglichen Büros in Moskau, im eingeschlossenen Oviedo und nun am Landungssteg in Dünkirchen.
»Gib den Koffer her, siehst nicht gut aus. Wir fahren gleich los, ich habe meinen Wagen hier, den habe ich mir für einen Tag ausgeborgt«, sagte Karel und führte Dojno zu einer großen, in zu hellem Blau lackierten Limousine.
»Ich bin wirklich gerührt.«
»Hast allen Grund dazu. Du weißt gar nicht, wieviel Mühe mich das gekostet hat, gerade dieses schöne Blau zu bekommen. Ich wollte, daß die Farbe zu deiner Seele passen soll. Hinten, in der Aktenmappe, ist die Thermosflasche und das Gebäck. Ich habe vergessen, ob du Brioches oder Croissants vorziehst, ich habe beides gekauft. Mußt im Fahren frühstücken, wir gehen direkt nach Rouen, ich habe dort zu tun.«
Nach einer Weile: »Der Kaffee ist gut, was? Ich habe ihn selbst gekocht, nach Maras Rezept, weil du einmal, das war drei Tage, bevor sie Andrej umgebracht haben, weil du gesagt hast, daß er dir so am besten schmeckt. Und um dich daran zu erinnern, daß Tote überhaupt keinen Kaffee trinken.«
»Kann ich noch diese Woche nach Spanien?«
»Nein, nicht diese und nicht nächste. Niemals. Der Mißbrauch eines Bürgerkriegs zum Zwecke des Selbstmordes ist selbst dir

verwehrt. Wir werden darüber später sprechen. Ich fahre die Straße zum erstenmal, ich kann sie nicht auswendig lernen, wenn ich spreche. Gib die Sachen in die Aktenmappe zurück und verschließ gut. Ich habe es gern, wenn die Neugierigen, nachdem sie sie mühsam aufgemacht haben, dann nur solche Sachen von allgemeinster Nützlichkeit darin finden. Das ist mein Spaß im Leben, habe sonst nicht gar viel Spaß, besonders nicht mit dir, Dojno.«

2

Es war eine Art Luxusappartement, der Stolz des Hotels. Karel hatte es von Paris aus telegraphisch bestellt.
Es wurde spät, ehe Karel von seinen Gängen zurück kam.
»So, jetzt können wir sprechen. Das heißt, ich werde sprechen und möglichst verhindern, daß du zu Wort kommst. Es ist unser allerletztes Gespräch, völlig nutzlos, natürlich, es wird aus lauter letzten Worten bestehen. Wie es dir Vasso einmal in Prag prophezeit hat, die Karels behalten das letzte Wort und nicht die Dojnos und Vassos.«
»Woher weißt du, was mir Vasso damals gesagt hat?«
»Von ihm selbst, vor nicht sehr langer Zeit habe ich mit ihm die Zelle geteilt — in Moskau. Immer wollte er mir beweisen, daß er alles vorausgesehen hat. Er hat mir auch vorausgesagt, daß man mich freilassen und womöglich im Range erhöhen wird. Ist auch, wie du siehst, eingetroffen. Aber frag mich jetzt nicht nach Vasso, das bewahren wir uns für später auf.«
»Lebt er noch?«
»Das ist so unwichtig wie die Frage, ob du lebst oder nicht.«
»Du bist zum Schiff gekommen, hast mich hergebracht, willst verhindern, daß ich nach Spanien gehe, also ist es dir doch wichtig.«
»Ich mußte sowieso hierher, ein Danziger Schiff mit deutschen Waffen für Spanien kaufen. Ist im übrigen gelungen. Den kleinen Umweg warst du mir wert. Du weißt, euch beide, Vasso und dich, habe ich immer bewundert und geliebt. Ich bleibe treu bis in den Tod, und wenn ich den selbst herbeiführen müßte. Wenn man herausbekommt, daß ich dich hier getroffen habe, so wird das zählen — an dem Tage, an dem sie mich kaputt machen wol-

len. Und ich gehöre zu den ganz wenigen, es sind vier, die wissen, daß der Tag nahe ist. Alle anderen kriechen mir in den Arsch, mein Gott, was wird das für ein Gedränge hinaus sein an dem Tag!«
»Und du wartest ihn ruhig ab?«
»Ruhig? Ich mache wortwörtlich in die Hosen, sobald ich erfahre, daß ich nach Rußland soll. Und sogar hier draußen, ich schlafe nur noch mit stärksten Schlafmitteln, manchmal schlottern mir Hände und Füße. Du kennst mich doch, ich bin nie ein Feigling gewesen, aber ich ertrage nicht den Gedanken, von den Eigenen umgebracht zu werden, es ist so eine fixe Idee, verstehst du, ganz dumm! Paß auf, in Spanien können sie es ebensogut erledigen, haben es schon mit manchem getan. Aber bisher habe ich in Spanien komischerweise keine Diarrhöe, sondern im Gegenteil Verstopfung. Wie erklärst du das psychologisch?«
»Du wolltest mich hindern, zu Worte zu kommen. Sag mir, warum ich nicht nach Spanien soll?«
»Das habe ich dir doch soeben gesagt, wegen der Diarrhöe, ich meine, wegen der Verstopfung.«
»Das betrifft dich, Karel, nicht mich. Mich werden sie an der Front sterben lassen.«
»Wer den Heldentod an der Front stirbt, bestimmt die Partei oder was sich bis auf weiteres noch so nennt, also wir, die Karels. Was dich anlangt, so hast du das Recht auf einen solchen Tod verwirkt. Zuerst deine Papiere, unter anderem die komischen ›Aufzeichnungen eines schlechten Zeugen‹ — du bist vor elf Tagen abgefahren, seit zehn Tagen ist man im Besitz all deiner Papiere, du siehst, man war diskret, man hat gewartet —, dann diese Begegnung mit dem verrückten Albert Gräfe, das ganze Theater in Oslo. Aber die Wahrheit zu sagen, all das haben wir nicht gebraucht, denn du bist, so wie du bist, verdächtig. Deine Freundschaft mit Vasso, mit Sönnecke, mit Pal — mit allen Oppositionellen bist du verbunden. Wenn man alte Bolschewiki, die Gründer der Internationale, wegen Doppelzüngigkeit umbringt, dann möchte ich gern wissen, mit welchem Recht man dich, ein Vorbild des Doppelzüngertums, schonen oder dir gar einen Heldentod mit Nekrologen und Trauersitzungen bewilligen sollte. Kannst ja Selbstmord begehen wie ein altes Dienstmädchen, das von einem Verführer um die Unschuld und all ihre

Ersparnisse gebracht worden ist. Das ist sowieso, aus der Liebe in die Politik übersetzt, dein Fall, nichts anderes, ich schwöre es dir.«

»Du machst dich, Karel, alle Achtung, das mit dem Dienstmädchen und mir ist nicht dumm, gar nicht dumm.«

»Schau, Dojno, da machst du mir ein bescheidenes Kopliment, und ich werde rot vor Vergnügen. Welch eine Macht hätten die Vassos und die Dojnos über die Karels haben können — und was habt ihr aus uns gemacht: eure Henker im Dienste eines Super-Karel.«

»Woher weißt du von meiner Begegnung mit Albert Gräfe?«

»Weil wir ihn ein bißchen beobachten lassen. So aus Neugier. Zuerst ist er uns tatsächlich entwischt, aber wie er sich mit seinem Freund, dem Minister, verkracht hat —«

»Was für ein Minister?«

»Wovon habt ihr denn eigentlich gesprochen, wenn du das nicht weißt? Der Gräfe hat sich seinerzeit in Deutschland mit einem norwegischen Genossen befreundet, der hat an ihm einen Narren gefressen. Dieser Mann, jetzt natürlich Mitglied der Norwegischen Arbeiterpartei, führender Mann, ist Minister. Wie der Gräfe uns entwischt ist, hat er sich an seinen alten Freund gewandt, der hat ihm sofort ein gutes Reisepapier und Geld geschickt und ihn bei sich aufgenommen. Aber der Gräfe hat es bei ihm nicht ausgehalten, weil sein Freund nicht einsehen wollte, daß Norwegen unbedingt die diplomatischen Beziehungen zu Nazideutschland abbrechen müßte. Schließlich schlug ihm Gräfe die Kompromißlösung vor, unter öffentlichem Protest vom Ministerposten zurückzutreten. Als der Norweger auch das nicht zugestehen wollte, rückte der Albert Gräfe in Nacht und Nebel aus. Er hungerte zuerst ein bißchen, aber seit einiger Zeit arbeitet er drei Tage in der Woche im Hafen. Nicht mehr, weil er keine Zeit hat — er muß lesen, Sprachen lernen. Bei dir hat er also mehr Glück gehabt als beim Minister, dich hat er überzeugt, daß du sterben gehen mußt.«

»Du kennst die Sache mit Sönnecke?«

»Natürlich, gleich wie sie mich freigelassen haben, habe ich mich mit seinem Fall beschäftigen müssen. Ich war von vornherein der Ansicht, das gibt ein Begräbnis, aber kein Leichenbegängnis, eine Leiche ohne Prozeß. Aber ich habe dich nicht hierher gebracht,

um über Sönnecke zu sprechen. Mit dir habe ich abzurechnen, nicht mit ihm. Ich lasse zu trinken heraufbringen, das Gespräch beginnt erst, und schon habe ich mir das Maul fuselig geredet.«
Die Verhandlungen Karels mit dem Kellner zogen sich hin. Sie sollten nur die richtige Wahl von Getränken betreffen, doch am Ende wußte der Kellner, daß Karel der Vizedirektor des Kartells der größten balkanischen Tabakproduzenten war und daß er im Begriffe stand, aus einem Konkurrenten — Dojno — einen Kunden zu machen. Der Kellner mochte zwar durchschauen, daß man ihm die zwei Schachteln mit je 100 Zigaretten aus eigensüchtigen Gründen gab — Reklame für den Artikel —, aber er war dessen ungeachtet gewonnen. Dojno, der diese Szene amüsiert verfolgte, ging es mit einem auf, worin die Stärke Karels und seiner Super-Karels bestand: Sie waren die Genies des Umwegs. Sie verbrauchten riesige Mittel — und Menschen waren auch nur Mittel —, sie mußten überdies darauf bestehen, unfehlbar zu sein und anderen die Verantwortung für die Fehler aufzulasten. Sie mochten auch auf ihren langen Umwegen das eigentliche Ziel vergessen, es kam nicht darauf an, sie blieben davon überzeugt, daß, wenn die Schlauheit sich mit der Gewalt paarte, sie jeder Macht überlegen war.
Wo Karel in diesem »letzten Gespräch« hinauswollte, wußte Dojno noch immer nicht. Karel liebte ihn, wollte ihn wirklich retten, doch was nannte er »retten«? Und wer wollte sich vermessen, die Dummheit der Schlauen immer richtig einzuschätzen? Es fehlen Streichhölzer? Zünden wir erst einmal zwei Häuserreihen an. Solange sie brennen, wird man keine Streichhölzer brauchen. Außerdem werden wir auf diese Weise erfahren, was die Leute hinter den Wänden der Häuser, auf den Dachböden und in den Kellern alles aufgestapelt haben. Übrigens werden wir verbreiten lassen, daß unsere Feinde diese Häuser angezündet haben, um ihre riesigen Vorräte an Zündhölzern zu vernichten, bevor wir dahinter kämen. Ja, und später, sagen die Schlauen, wenn erst einmal alle unsere Feinde vernichtet sind, dann werden wir Streichhölzer fabrizieren, wir werden Häuser bauen, neue, schönere, mehr als genug! Genies des Umwegs, der immer neue Umwege notwendig macht, so daß diese Genies überzeugt sein müssen, daß sie selbst immer notwendiger, immer unersetzlicher werden.

Der Kellner brachte die Getränke, dankte noch einmal, das Gespräch konnte weitergehen.

»Ich trinke letztens gern«, begann Karel wieder, sich im Fauteuil zurücklehnend. »Warum? Zweitens, weil ich ein Feigling geworden bin, und erstens, weil ich mir jetzt gute Getränke leisten kann. Und dann, die Frauen langweilen mich immer mehr. Hat seine Gründe, natürlich. Warst du es — oder wart mal, wer war das? — doch, du warst es, du hast mir von dem Fall Gorenko gesprochen. Ist vor kurzem erledigt worden. Er hat alles zugegeben, sogar daß er die Sonne den werktägigen Völkern gestohlen und an die Kapitalisten für eine 18karätige Goldfüllfeder verschachert hat, oder so was Ähnliches hätte er zugegeben. Ja, die Frauen also. Nur die Frau hat einen Gorenko dahinbringen können, daß er zugibt, er hätte sich mit Biologie nur zu beschäftigen begonnen, um die Arbeitermacht zu untergraben und, zum Beispiel, die Kunden einer Fabrikskantine mit Fischen zu vergiften, die in einem 2000 Kilometer entfernten Ort in die Konserven getan worden sind. Ja, die Frauen also. In jeder steckt ein ganz gemeiner Geheimpolizist. Warum sag' ich das? Ach so, ja. Die Süße, zwischen deren Schenkeln du Trost für deinen welthistorischen Jammer suchst, hat also deine Papiere gebracht. Man hat sie nur ganz wenig bitten müssen — alles für die Sache, für die Weltrevolution. Warte, ich habe es mir abtippen lassen, da, du siehst, an meinem Busen trage ich deine Schriften. Das da hat mich amüsiert: ›L. D. verkündet überall, daß J. W. die heilige Jungfrau geschändet, sie zur letzten Hure erniedrigt hat, sie mit Syphilis und Gonorrhöe und Lepra angesteckt hat. Desungeachtet erklärt L. D., daß, wenn er auch nur einmal mit dieser allerletzten Dirne schlafen könnte, ihr sofort das Jungfernhäutchen neu anwachsen, ihre Verkommenheit null und nichtig werden würde.‹ Und so weiter, etc. ... Diese Idioten zerbrachen sich minutenlang den Kopf, am Schluß habe ich es ihnen erklärt, daß L. D. Ljew Dawidowitsch Trotzki und J. W. der Vater der Völker, der Führer des Weltproletariats, der größte Philosoph aller Zeiten und überdies — unter anderem — die Sonne der Tadschiken, mit einem Wort, unser Super-Super-Karel ist.

Also gut, an L. D.'s — wie nennst du das? — Revirgination glaubst du nicht. Also worauf hast du gewartet? Auf den dialektischen Umschlag: Wenn die Hure nur lang genug im Bordell ge-

wesen ist, wird sie wieder eine Jungfrau werden — ohne L. D., aber dank einem marxistischen Wunder? Denn du hast alles gewußt, von Anfang an. Daß die Sowjets sehr bald aufgehört haben, politisch zu existieren, daß die Partei aufgehört hat, eine Partei zu sein, daß die Arbeiterklasse nicht nur die führende Rolle, sondern alle Rechte verloren hat. Du hast gewußt, daß die vom Super-Karel ausgegebene Parole von der Sozialdemokratie als dem sozialfaschistischen Hauptfeind Wahnwitz und ein sicheres Unterpfand der Niederlage war. Daß die von ihm anbefohlene Gewerkschaftspolitik im flagranten Widerspruch zu jeder vernünftigen Einsicht in die Tatsachen war — das und noch viel mehr hast du gewußt. Und hast geschrieben, daß das Krumme, das immer krummer wurde, das Gerade ist. Und hast nichts getan, um es gerade zu biegen. Sönnecke hat nichts getan, Vasso nicht, ihr wart Hunderte, ihr wart vielleicht Tausende und ihr habt euch unterworfen. Hundertmal habt ihr schweigend kapituliert — krepiert nun schweigend ein für allemal! Ich lasse mir jetzt was zum Essen heraufkommen, sonst werde ich wirklich noch besoffen werden. Glaubst du, daß der normannische Speck gut ist?«
Wo wollte Karel hinaus? Zum erstenmal gab er zu, daß die Linie falsch gewesen war, diese Linie, die er immer mit solcher Rücksichtslosigkeit verteidigt hatte. Und daß er nun Sönnecke und »den Vassos und Dojnos« vorwarf, sich stets schweigend unterworfen statt opponiert zu haben, konnte der Spott eines Mannes sein, dem vor der Totalität des eigenen Sieges bange wurde.
Karel verschlang den Speck in großen Bissen. Mit einem Male hatte er die Gesten des reichen Bauern, der mit doppeltem, lautem Genuß ißt, wenn ihm der arme Bauer zusieht, welcher da gekommen ist, für den nächsten Morgen ein Pferd auszuborgen. Er nahm endlich wieder seinen Monolog auf. Doch war er weit weg vom Thema. Er frischte Erinnerungen auf an Zeiten, da er noch der »kleine Techniker« war, Vasso war ein Gigant für ihn, er reckte sich den Hals aus, um zu ihm emporzuschauen. Mara war eine Göttin, die Partei war das absolut gewisse Versprechen, daß bald ein neues Leben beginnen werde: mit von Grund auf erneuten, veredelten Menschen, Freiheit, Bildung, Glück für alle.
»Ich könnte heulen vor Heimweh nach der Zeit, als du damals

zum erstenmal zu uns herunterkamst, ein junger Wiener Gelehrter auf Studienreisen. Sogar schön bist du mir damals vorgekommen, alle Genossen sind mir damals schön vorgekommen. Und dabei warst du doch sicher niemals schön. Und jetzt, wie du dasitzt, ausgespuckt, nur aus Vergeßlichkeit noch nicht weggefegt — was hast du mit jenem jungen Mann zu tun, der damals überraschend bei uns erschienen ist? Wie ist das alles gekommen, willst du mir das erklären, daß wir dasitzen in Rouen und erwägen, wie du am anständigsten und schnellsten sterben könntest und wie ich es anstellen könnte, damit mich nicht die Eigenen umbringen. Und all das ist ein riesiger Saustall geworden, und von den erneuten, veredelten Menschen ist gar keine Rede mehr. Und in Rußland haben sie gerade ein neues Losungswort lanciert: glücklich und froh leben! Zufällig hat der Goebbels zu gleicher Zeit das gleiche Losungswort in Deutschland herausgebracht. Ich sage dir, ich komme aus dem Lachen nicht mehr heraus.«

Der Speck hatte nichts genutzt, Karel war betrunken, Flecke waren auf seinem Gesicht, das anzuschwellen schien, die Nase war nun entschieden zu dick, die breite gewölbte Stirn feuerrot. Immer häufiger kniff er das linke Auge zu — der reiche Bauer war besoffen, es kam ihm nicht mehr darauf an, mochte der arme Nachbar erkennen, wie sehr alles bei ihm List und Berechnung war, und sich in acht nehmen. Es würde dem Armen doch nichts nützen.

»Der Albert Gräfe hat dir seinen Revolver gegeben, da oben in Oslo; wenn du willst, gebe ich dir auch meinen, erschieß mich, wenn du willst. Ich habe das Grab deiner besten Freunde geschaufelt. Erschossen in Rouen — klingt nicht schlecht. Schwarzer Engel in Rouen gestorben. Aber nicht ich bin der schwarze Engel, habe ich verstanden, habe ich verstanden. Den Sönnecke haben sie wie ein störrisches Rindvieh zum Erschießen schleppen müssen. Er wollte, daß alle in den Zellen es hören sollten, daß ein Arbeiterführer sich nicht so einfach abmurksen läßt. Er hat gebrüllt: ›Es lebe die geknechtete russische Arbeiterklasse, nieder mit ihren blutigen Unterdrückern! Es lebe die geknechtete deutsche Arbeiterklasse, nieder mit ihren blutigen Unterdrückern!‹ Und wie sie ihm dann mit zwei, drei Kolbenschlägen die Kiefer zerschlagen und den Mund zerfetzt haben, da hat er noch immer geschrien, aber nichts war mehr zu verstehen. Sie haben ge-

sagt, er hat geheult wie ein verprügelter Greis — es war nur noch komisch, haben sie gesagt, schlechtes Theater.
Aber wie sie Vasso zum Sterben geführt haben, da hat er nicht geschrien. Stumm, die Knabenschultern hochgezogen, ihm war wirklich kalt, so ging er dahin. Diesen Lackeln ist es zum erstenmal passiert, daß sie sich nicht getraut haben, einen Gefangenen zu stoßen, damit er schneller gehen soll. Aber wie Vasso dann umgefallen ist, tot auf der Stelle, da gab es ein Geräusch, das war nicht sehr laut. Aber es hört nicht auf, ich brauche nur die Augen zu schließen, da höre ich es. Ich höre, wie sein Kopf hinschlägt. Du erinnerst dich doch noch an seinen Kopf, Dojno, an dieses Gesicht, das vor lauter Klugheit schön war wie die Welt an einem Junimorgen.
Und wie sie mich hingeführt haben, alles hat ausgesehen, als ob es mein letzter Gang wäre, und die Füße — Holzwolle, eisgekühlte Holzwolle und die Knie Watte, und ich denke plötzlich, daß Slavko mir das rechte Knie hat aufsägen lassen und daß ich mit der ganzen Familie gebrochen habe, nicht einmal die ältere Schwester habe ich je wiedergesehen, und ich habe sie doch immer so geliebt, da packt mich eine Wut, eine so furchtbare Wut, daß ich daran ersticke, und ich will es ihnen, den Lackeln, in die Fresse geben, da merke ich, daß sie lächeln. Und warum? Weil es aus mir furzt die ganze Zeit, in die Hosen habe ich gemacht, ich hatte nichts davon gemerkt. Seither habe ich es mit der Diarrhöe. Ich brauche nur daran zu denken, und schon —«
Ich werde, erwog Dojno, die logisch fundierte Feigheit haben. Wozu rufen, für wen? Alles ist un—end—lich gleichgültig. Und vielleicht ist es nur ein Schergenscherz, nur ein Probesterben? So würde ich am Anfang denken. Ich würde versuchen, mich gerade zu halten, aber es würde nicht gelingen. Das Gesicht verfallen, hippokratisch. Vielleicht würde ich auch plötzlich Mitleid mit mir haben — eine letzte Regung des Hochmuts, nur um über mir zu stehen, mich zu verachten, mich und meine Mörder in einem. Aber auch das würde nicht gelingen.
Ich würde versuchen, an die kleine Insel zu denken, an das Meer; ein Segelboot kreuzt in der Bucht, weiße Segel, ganz weiße Segel. Kein lebendes Wesen weit und breit, auch nicht im Segelboot. Nur der blaue Himmel, das blaue Meer, der leichte Mistral, die winzige Insel mit ihren zwei Bäumen. Und das Segelboot

kreuzt in der Bucht. Und die Augen schließen, damit das Bild nicht verschwinde, darüber fast einschlafen.

Er erwachte, vielleicht hatte ihn das Schnarchen Karels geweckt. Der lag auf dem Sofa, den Kopf unten, die Beine auf den Stützen, die linke Hand an die Tischkante geklammert, die rechte, zur Faust geballt, auf der Brust. Es war wie ein Erwachen im Lager: Der Kopf war völlig klar, es gab keinen Übergang, nichts war vom Schlaf übriggeblieben. Sönnecke war tot, Vasso war tot. Pal, so viele andere waren tot oder in der Verbannung.

»Nichts unterschreibe ich!« rief Sönnecke aus, und er versicherte sich mit einer Handbewegung, daß sein Füllhalter in der Brusttasche war. »Nichts! Die Russen haben uns den Mann geschickt, er hatte Macht über die deutsche Partei, mehr als wir alle zusammen. Noch vor sechs Monaten, bei der Konferenz, mußte ihm jedes Referat zur Billigung vorgelegt werden, und nun sollen wir vor der Welt erklären, daß er unser Mann ist, daß er dank ›unserer unverzeihlichen Unwachsamkeit‹ hochgestiegen ist? Seid ihr verrückt? Ich unterschreibe nicht.«
»Wir haben die Erklärung bereits abgeschickt, wie gewöhnlich haben wir deinen Namen zusammen mit den unseren drunter gesetzt«, sagte der ständige Vertreter und schob seinen Stuhl langsam von Sönnecke weg.
»Dann schickt eine Berichtigung nach!«
»Herbert, du stürzt dich ins Unglück und reißt uns alle mit.«
Sönnecke sah sie an — der Reihe nach, ihre Gesichter waren fahl geworden. Wenn er erst aus der Tür war, würde ein jeder von ihnen versuchen, der erste am Telefon zu sein, um ihn schnell, schnell anzuzeigen, sich von ihm laut keifend zu distanzieren. Er fuhr zuerst in die Kugellagerfabrik, suchte die deutschen Arbeiter in der Werkzeugabteilung auf; noch konnten sie nicht wissen, daß er ein toter Mann war. Bei einem von ihnen wollte er Unterschlupf für die Nacht finden, in Ruhe schreiben, überlegen, wie er an die lettische oder finnische Grenze kam.
Er hatte nicht gemerkt, daß einer von den Männern für einige Minuten verschwunden war. Jemand flüsterte ihm zu: »Sön-

necke, verschwinde schnell. Irgendwas ist los. Hau ab, mach uns nicht unglücklich!« Es war ein junger Arbeiter, er kannte ihn von Berlin her.

Dann stand er fünf Stunden Schlange, um eine Fahrkarte nach Minsk zu bekommen. Zusammen mit den anderen verlief er sich, als verkündet wurde, es würden keine Billets ausgegeben, es war gegen zwei Uhr nachts.

Er trieb sich in der Stadt herum, wanderte dann zum großen Park hinaus. Um sieben Uhr früh wurde er angehalten, wegen Vagabondage verhaftet, er hatte keine Ausweispapiere bei sich. Nach zwei Tagen erst wußten sie, was für einen Fang sie gemacht hatten, und überstellten ihn der GPU. Nach 27 Tagen begannen die Verhöre. Alles war fertig, er brauchte nur zu unterschreiben, die anderen hatten bereits unterschrieben, es gab nicht mehr viel Zeit zu verlieren, in zwölf Tagen sollte der Prozeß beginnen. Leugnen würde nichts nützen: Er war stets ein Feind der Arbeiterbewegung und der Sowjetunion gewesen, beides unter der Maske eines Kommunisten, hatte sich dank der Unwachsamkeit der deutschen Partei in höchste Stellungen hinaufgeschwindelt. Seit 1923 Agent der Nazis, später in ständiger Verbindung mit dem Naziregime durch den Gestapoagenten Major von Klönitz und durch Jochen von Ilming, in deren Auftrag er mit russischen Verschwörern die Verbindung hergestellt hat, welche zum Teil schon abgeurteilt sind, zum Teil dem verdienten Schicksal entgegengehen; mehrfache Reisen nach Rußland, immer mit falschem Paß; Versuch, die deutsche Partei zu liquidieren: Sönnecke hat Albert Gräfe und seine Genossen der Gestapo ausgeliefert, Störtes wichtige Sektion liquidiert; Versuch einer Fraktionsbildung innerhalb der deutschen Emigration in Rußland zum Zwecke der Vorbereitung von Attentaten gegen die Führer der Sowjetunion. Kronzeugen: Irma Bellin, seine frühere Sekretärin und Geliebte; der Schriftsteller Max Kircher; der Mitangeklagte Pal Kovacs; Paul Heller, genannt Bärtchen; deutsche Arbeiter aus den Traktorenwerken in Charkow, der Kugellagerfabrik in Moskau und andere. Gegen Karl und Klara Sönnecke bestand natürlich starker Verdacht, doch würde kein Verfahren gegen sie eingeleitet werden, man würde ihnen sogar gestatten, den Namen zu ändern, sofern ihr Vater in Einsicht, daß das Spiel verloren war, und eingedenk seiner Verpflichtun-

gen gegenüber dem Vaterland der Werktätigen seine letzte Pflicht erfüllte, keine Schwierigkeiten machte, das Protokoll gleich unterschrieb, damit man ohne Zeitverlust beginnen könnte, ihn für den Prozeß vorzubereiten. Bedenkzeit, wenn unbedingt gewünscht, könnte gewährt werden: 24 Stunden.
Das Verhör dauerte 37 Tage, zweimal vier Tage ununterbrochen, die Beamten wechselten häufig ab. Sönnecke bekam während dieser pausenlosen Verhöre reichlich zu essen, aber er durfte nicht die Augen schließen.
Die Konfrontation mit Irma dauerte an die zwei Stunden. Das war tief in der Nacht. Sie trug eine schwarze Pelzjacke, eine graue Pelzmütze in die Stirn gedrückt. Ihre Aussage war präzis: »Bürger Sönnecke hat mir gestanden, daß er durch den Major von Klönitz seinen Beitritt in die Nazipartei vollzogen hat, und später hat er mit Jochen von Ilming zusammengewohnt und mit ihm alle Schritte besprochen, die zum Sturz der Sowjetmacht und zum Sieg des trotzkistisch-bucharinistischen Zentrums im Bündnis mit Hitler und Heß führen sollte. Das hat er mir das erste Mal am 6. März 1934 in Prag gestanden. Ich habe mich daraufhin mit Abscheu und Verachtung von ihm abwenden wollen, aber um eventuell weitere Geheimnisse aus ihm herauszulocken, also im Interesse der Partei, habe ich mich entschlossen, die Beziehung zu ihm aufrechtzuerhalten. Da er aber fürchtete, sich mir gegenüber zu sehr verraten zu haben, da mich ihm ferner meine Parteitreue immer verdächtiger machte, hat er seinerseits vor einem Jahr das Verhältnis mit mir aufgelöst.«
»Bist du sicher, Irma, alles gesagt zu haben? Bist du sicher, nicht gelogen zu haben? Sieh mich an und antworte!«
Sie sah zum Beamten hin und sagte: »Ich habe alles gesagt.«
»Gewiß, Genossin, gewiß«, bestätigte der Untersuchungsrichter.
»Wenn dem so ist, dann habe ich eine Erklärung abzugeben, und ich bestehe darauf, daß sie wortwörtlich zu Protokoll genommen werde: Ich beschuldige den Untersuchungsrichter, daß er die wichtigsten Anklagepunkte verdecken will. Die Zeugin Irma Bellin ist im Besitz einer Walterpistole, mit der sie beabsichtigt, Stalin, Woroschilow und Molotow bei der nächsten Gelegenheit umzubringen. Sie belastet mich jetzt, damit sie selbst in Ruhe das Verbrechen vorbereiten kann. Irma Bellin ist eine trotzkistische Agentin, sie hat wahrscheinlich den Untersuchungsrichter in die

Verschwörung mit einbezogen, sonst hätte er das längst festgestellt.«

»Sie sind verrückt!« unterbrach ihn der Untersuchungsrichter, aber Sönnecke fuhr fort: »Ich bestehe darauf, dem Staatsanwalt vorgeführt zu werden. Jetzt aber soll die sogenannte Zeugin antworten: Hat sie in ihrem Zimmer eine Pistole und Patronen versteckt, ja oder nein?«

Irma brach zusammen, sie gestand, Trotzkistin gewesen zu sein, ehe sie sich mit Sönnecke befreundet hatte. Aber seither wäre sie dank Sönneckes Einfluß stets linientreu gewesen. Sie wurde verhaftet.

Die Konfrontation mit dem Schriftsteller Max Kircher mußte ausfallen, da er in Spanien unabkömmlich war. Er schickte ein langes Schreiben, in dem er sich selbst anklagte, zu lange an die Aufrichtigkeit Sönneckes geglaubt zu haben. Um so mehr war es nun seine Pflicht, diesem abgefeimten Verräter die Maske vom Gesicht zu reißen. Am Ende jedes Absatzes gab es ein Stalinzitat.

Bärtchen hatte seinen guten Tag. Er wies nach, daß er schon seit vielen Jahren Sönnecke durchschaut hatte: ein Versöhnler, der im Interesse der Sozialdemokraten die Partei untergräbt. Die Sozialdemokratie aber, das ist der Vorposten des Kapitalismus in der Arbeiterbewegung. Der Vorposten des Kapitalismus in der Weltkrise, das ist der blutige Faschismus. Also war Sönnecke der gefährlichste Agent des Faschismus, ein vergifteter Pfeil im Herzen der deutschen Arbeiterklasse. Da aber die deutsche Arbeiterklasse, wie überhaupt das Weltproletariat, keinen größeren, teureren Führer hat als Stalin, muß der vergiftete Pfeil, also Herbert Sönnecke, sich gegen Stalin richten. Im Verlaufe von 20 Minuten gelang es Bärtchen, noch etwa fünf solcher Kettenidentifikationen unter Beweis zu stellen. Das Resultat war jedesmal das gleiche: Herbert Sönnecke war der gefährlichste Faschist der Welt, Bärtchen hatte die GPU schon im Frühjahr 1934 vor ihm gewarnt. Am Schluß gab er im Namen der deutschen kommunistischen Partei eine Erklärung ab, in der Stalin, der Sowjetunion und im besonderen der GPU der Dank des deutschen und des internationalen Proletariats dafür ausgedrückt wurde, daß sie giftige Schlangen zertreten usw. ...

»Und diese Erklärung ist von allen unterschrieben worden?« fragte Sönnecke.

»Von allen!«

»Aber man merkt deinen Stil, Bärtchen. Du heißt Paul Heller, nicht wahr? Wie erklärst du es, daß du mit einem tschechischen Paß als Josef Holub hier ins Land gekommen bist?«

»Was für eine dumme Frage! Wir reisen alle mit falschen Pässen.«

»Ja, ja. Ich bitte den Bürger Untersuchungsrichter, diese Aussage zu Protokoll zu nehmen. Auch daß ich, der vergiftete Pfeil, dem Paul Heller alias Josef Holub den falschen Paß gegeben habe. Nach allem, was der Zeuge über mich ausgesagt hat, wirft das ein seltsames Licht auf seine Parteitreue. Ich bitte ferner, zu Protokoll zu nehmen, daß der sogenannte Zeuge mit Jochen von Ilming bereits im Jahre 1932 und nach dessen Flucht aus Deutschland in den Jahren 1935 und 36 mehrfach zusammengekommen ist und mit ihm — angeblich im Auftrage der Partei — Verhandlungen geführt hat. Ich wünsche schließlich, daß ausdrücklich festgestellt werden soll, daß es der Zeuge Paul Heller als stellvertretender Leiter des inneren Apparats gewesen ist, der Albert Gräfe und seine Leute der Gestapo hat überantworten lassen, und daß dieser gleiche Paul Heller am 5. März 1934, als ich sein Verbrechen verurteilt und dagegen aufs heftigste protestiert habe, erklärt hat, daß er die volle Verantwortung für diese Maßnahme übernimmt.«

»Es stimmt nicht ganz!« rief Bärtchen aus. »Es war ein Beschluß von oben, ich führte nur aus.«

Anderntags übernahm ein anderer Mann die Leitung des Verfahrens. Er war klug und hatte augenscheinlich politische Erfahrung.

»Sprechen wir ernst, Genosse Sönnecke. All diese Geschichten von wegen Agent der Nazis sind natürlich Blödsinn, überdies langweilig. Obschon — wenn wir wollen, dann werden einige tausend Zeitungen schreiben, daß Sie schon im Leib Ihrer Mutter ein Agent des noch ungeborenen Hitler und des Mikado gewesen sind. Alle Zellen aller kommunistischen Parteien der Welt werden einstimmig Resolutionen fassen und Sie verdammen, am heftigsten wird die Sprache der deutschen Resolutionen sein. Und sympathisierende Intellektuelle — Juristen, Physiker,

Philosophen, Psychologen, Ärzte, Schriftsteller, zwei, drei Geistliche — werden nachweisen, daß Sie aus juristischen, physikalischen, philosophischen Gründen und so weiter ein Feind der Menschheit gewesen sein müssen. Ich brauche nur auf den Knopf zu drücken, dann wird man einige deutsche Arbeiter hereinführen, die werden schwören, daß Sie sie dazu überredet haben, an einem Attentat gegen — Sie wissen schon wen — teilzunehmen. Und das sind Leute, die wissen, wer Herbert Sönnecke ist. Aber wenn jemand gezwungen ist, alles Mitleid, dessen er fähig ist, für sich selbst zu verbrauchen, kann er jedes Verbrechen begehen, von dem er sich Rettung verspricht. Nehmen Sie zum Beispiel Ihre Tochter Klara, hübsch, gescheit, ein bißchen zu ehrgeizig, will Filmschauspielerin werden, sollte einen bekannten Filmregisseur heiraten — da passiert die Sache mit Ihnen. Was wollen Sie, jeder muß an sich selber denken, also aus dem Zimmer hat man sie hinausgesetzt, auch aus der Schule, der Filmregisseur hat sich plötzlich daran erinnert, daß er einen Film über sozialistische Baumwolle in Mittelasien drehen muß — niemand kennt mehr die hübsche, kluge Klara Gerbertowna, ganz allein ist sie. In unserem Land ganz allein zu sein, das war schon zu Dostojewskis Zeiten sehr gefährlich. Um es kurz zu machen: Klara Gerbertowna ist bereit, auszusagen, daß Sie ihr erklärt haben, es wäre besser, Hitler säße im Kreml statt Stalin. Natürlich haben Sie so was nie gesagt, das weiß ich.

Also sprechen wir ernst. Ich weiß, was Sie sind, und Sie wissen, daß ich es weiß. Sie sind ein alter Revolutionär und eben deswegen ein Gegner. Hätten die Nazis Sie erwischt und geköpft, wir hätten eine mittelgroße Stadt, zwei ganz große Sowchosen, drei Metallfabriken und zumindest eine Schule nach Ihnen benannt, zu schweigen von den insgesamt etwa 250 Straßen, die man auf Ihren Namen getauft hätte. Also dialektisch besteht die Anklage wegen Ihrer Verbindung zu Klönitz zu Recht: ohne ihn wären Sie schon 1933 aufgeflogen, und heute gäbe es ein Sönnecke-Sanatorium des sowjetischen Metalltrusts am Schwarzen Meer. So aber sind Sie ein lebender Gegner, wir machen Sie unschädlich, das ist logisch, wir töten Sie oder schicken Sie nach dem Nordosten, erst einmal für 20 Jahre. Sie sind nicht gezwungen, dort die ganzen zwanzig Jahre zu leben, Sie können schon nach 20 Monaten sterben, das ist nirgendwo auf der Welt so leicht wie dort, glauben Sie es mir, ich komme von dort. Also Prozeß, Sie geben zu, ein Gegner zu sein, aber natürlich nicht so abstrakt, sondern hübsch konkret. Nach dem System der Kettenidentifikation und dramatisiert. Also nicht erklären: Ich bin ein Gegner Stalins, sondern gleich konkret: Ich wollte Stalin umbringen. Nicht: Ich halte seine Politik für schlecht, verderblich, konterrevolutionär, sondern direkt, konkret: Ich habe mich mit dem Abschaum der Erde verbunden, um das Sowjetregime zu stürzen usw. . . . Kein Mensch fragt Sie, warum Sie, ein alter Revolutionär, ein Gegner sind, denn es ist dann schon klar, daß Sie eben nie ein Revolutionär gewesen sind usw. Ist bisher alles klar, Gerbert Karlowitsch?«

»Ja, durchaus, aber ich spiele nicht mit. Ich werde im Prozeß sagen, warum ich gegen Stalin bin, warum ich glaube, daß ihr euch seit 1927 trotz Planwirtschaft, trotz Kollektivisierung mit jedem Schritt von der Revolution, vom Sozialismus entfernt habt und zu einer asiatischen Tyrannei geworden seid, und was . . .«

»Warten Sie, warten Sie, Sie weichen vom Thema ab. Seit 1927 haben Sie also die falsche Politik durchschaut und sie dennoch widerspruchslos angewandt, ja oder nein?« — »Ja.«

»Und zwar bis zum Tag vor Ihrer Verhaftung, ja oder nein?« — »Ja.«

»Sie haben Leute in den Kampf, ins Zuchthaus, ins Lager oder in den Tod geschickt, in Anwendung dieser Politik, ja oder nein?« — »Ja.«

»Und jetzt ist es im Sinne dieser gleichen Politik notwendig, daß wieder ein Genosse stirbt, zufällig sind Sie dieser Genosse, und plötzlich finden Sie, das geht nicht mehr. Tausende Genossen sind gestorben, macht nichts. Aber das Leben und die Ehre des Genossen Sönnecke ist wichtiger als alles andere, darum finden Sie jetzt, daß das so nicht weitergeht.«

»Unsinn! Wer unter meiner Führung in den Kampf gegangen ist, hat gewußt, daß niemand, auch der Feind nicht, bestreiten wird, daß er für die Sache gekämpft hat, die er gewählt hat. Als Freiheitskämpfer sind sie ins Zuchthaus, ins Lager, in den Tod gegangen. Aber ihr wollt, daß man unter falschem Titel, geschändet als Konterrevolutionär sterben soll.«

»Schwach, sehr schwaches Argument, weil formallogisch. Über-

dies weichen Sie schon wieder vom Thema ab. Die Partei macht Fehler, viele, schwere Fehler. Die Folgen stellen sich ein, man kann sie nicht verbergen, weil man Hunger, Kälte, Mangel an Saatgut, an Zugvieh, an Traktoren, weil man Niederlagen nicht verbergen kann. Darf die Partei Fehler machen, darf sie mit dem Schmutz der Niederlagen bedeckt werden? Nein, die Partei muß immer recht haben, sie ist alles: die Dreifaltigkeit, die Kirche, die Heiligen und die Wunder. Das alles muß sie sein, sonst sind wir verloren. Daher muß sie sauber sein, leuchten in der Finsternis, wie es im Evangelium steht. Zum Reinigen braucht man reines Wasser, gute Seife — Sönneckes. Nachher ist das Wasser schmutzig, aber die Partei ist sauber. Es ist völlig belanglos, unter welchem Titel man für sie stirbt.«
»Das haben Sie sich dort ausgedacht — im Nordosten? Schnell, bevor die 20 Monate um waren?«
»Ja, das ist dialektisch.«
»Nicht dumm, gar nicht dumm. Also diejenigen, die die Fehler im Namen der Partei gemacht haben, haben die Schuld auf sich zu nehmen, als Konterrevolutionäre zu krepieren, damit die Partei sauber bleibt — streng, aber gerecht. Ich habe natürlich auch Fehler gemacht, ich habe zu sterben. Aber dann alles in der richtigen Reihenfolge! Fangen wir also mit Ihrem Chef an. Überall hängen seine Bilder, die Kinder im allerletzten Dorf wissen, daß alles nur auf seinen Befehl geschieht. Es würde die Partei, die Internationale von allen Verantwortungen entlasten, wenn aus allen Lautsprechern seine Stimme verkündete, daß er ein Agent der Feinde gewesen ist und alles, diese Degradierung der Revolution, die Ermordung der Freiheit, die Vernichtung der Partei im Auftrag der Konterrevolution ausgeführt, die alten, verdienten Revolutionäre ausgerottet hat und ...«
»Sie sind verrückt, Sie beweisen jetzt, daß Sie nicht ein Gegner, sondern ein abgefeimter Feind ...«
»Warum haben Sie solche Angst? Wenn Sie mich nicht herumkriegen, wird man Sie wieder nach dem Nordosten expedieren — was macht das, erklären Sie es sich dialektisch.« Der Mann, ganz bleich im Gesicht, sprang auf und brüllte: »Sie sind der böseste Mensch, dem ich je begegnet bin«, er holte Atem und fügte dann leise, fast flüsternd hinzu, »Sie gehen darauf aus, jeden zu vernichten, mit dem Sie es hier zu tun haben. Warum tun Sie das?«

»Antworten Sie zuerst: Wird Ihnen was Unangenehmes passieren, wenn Sie mich nicht kleinkriegen?«
»Das gehört nicht zum Thema, ist überdies unwichtig.«
»Setzen Sie sich wieder. Die anderen, das waren dreckige Polizisten. Sie sind auch ein Polizist, aber Sie hätten ein Genosse werden können — in freier Wahl, wenn es das bei euch gäbe, hätten Sie vielleicht einige tausend Stimmen gewinnen können, das ist nicht schlecht. Darum werde ich Ihnen antworten. Ich bin über 50 Jahre alt, wenn ich in sieben Wochen noch lebe, werde ich sogar 51 geworden sein. Mit 18 Jahren bin ich in die Bewegung gekommen. Als ich 22 war, da haben einige tausend Metallarbeiter beschlossen, daß ich ihr Mann sein könnte, sie haben mich gewählt. Seither bin ich immer gewählt worden — in freien Wahlen, verstehen Sie? —, am Schluß von Hunderttausenden der besten deutschen Arbeiter. Und wie die mich gewählt haben, da haben sie gedacht: Sönnecke, der vertritt unsere Interessen, der steht für uns ein, der wird immer in der Offensive sein, gegen die Arbeitgeber, gegen die Staatsgewalt, gegen Polizisten, Untersuchungsrichter, Staatsanwälte, Richter. Niemand hat die gezwungen, einen solchen Beruf zu wählen, es ist also uninteressant, ob sie sonst anständige Kerle sind oder nicht. Sie sind für mich immer die Feinde gewesen, denn ich habe die Arbeiter zu vertreten gehabt. Dreißig Jahre habe ich das nun praktiziert — jetzt verstehen Sie?«
»Nein, absolut nicht, das alles gilt hier nicht, das ist kein bürgerlicher Staat.«
»In Frankreich, da steht es an den Portalen der Gefängnisse: ›Freiheit, Gleichheit, Brüderlichkeit.‹ Der Thiers, der die Communards hat niedermetzeln lassen, dem seine Hymne war die Marseillaise, ein revolutionäres Lied. Seit das Christentum gesiegt hat, hat es nur ein einziges Jahr ohne Krieg gegeben, seither bringen die Leute einander aus Nächstenliebe um, mit von der Kirche gesegneten Kanonen. Ihr habt den Sozialismus verwirklicht, sagt ihr, seither haben die Arbeiter nicht einmal mehr wirkliche Gewerkschaften, keine Koalitionsfreiheit, keine Bewegungsfreiheit, aber die Polizei, vor der sie nicht weniger Angst haben als vor der des Zaren, muß ihnen lieb sein, weil sie, sagt ihr, das Schwert der Revolution ist. Mich werdet ihr nicht herumkriegen, ihr seid nicht unsere Polizei, wir haben keine Polizei,

für mich seid ihr der gleiche Feind, den ich kenne, seitdem ich in der Bewegung bin. Ich bin nicht euer Komplize, ihr könnt mich nicht einmal anklagen, nicht richten, ihr werdet mich ermorden, so wie sie Rosa Luxemburg ermordet haben.«

»Genug, mehr als genug! Dieses reformistische Geschwätz wird Ihnen vergehen, Sie werden nachgeben, Sie werden am Ende sogar zugeben, Ihre eigene Mutter umgebracht zu haben, wenn wir es nur wollen werden.«

»Wir — wer wir? Sie nicht, Sie werden im Nordosten verfaulen.«

Die Männer wechselten, die Methoden, Sönnecke begann, körperlich zu verfallen. Auch wenn man ihm noch Gelegenheit dazu gegeben hätte zu diskutieren, Zeugen in die Enge zu treiben, er hätte es nicht mehr gekonnt. Er war verstummt, keine Folter vermochte, ihn zum Sprechen zu bringen. So spielten sie ihren letzten Trumph aus. Man ließ ihn drei Tage im Rattenkeller, dann holte man ihn, auf den Gängen brachte man ihn einige Male zu Fall. Seine Kleider waren zerfetzt und schmutzig, sie stanken widerlich, Gesicht und Hände bluteten, so führte man ihn ins Zimmer und ließ ihn allein. Bald danach wurde die Tür geöffnet. Er hielt die Augen geschlossen, er vertrug das Licht nicht. Ihn interessierte nicht, wer eingetreten sein mochte.

Der Junge sprach zuerst, tonlos: »Du bist es doch nicht, Vater?«
»Warum nicht, du hast mich doch gleich erkannt.«
»Warum setzt du dich nicht, Vater?« — »Gibt es hier einen Stuhl?«
»Nein«, gab der Junge jämmerlich zu, »ich sehe keinen, ich will einen holen gehen.«
»Das kannst du doch nicht, Karl, das ist gewiß nicht erlaubt.« Das war Klara. Er öffnete die Augen und sah die Tochter eine Weile an, sie senkte den Blick. »Warum bist du gekommen, Klara? Hättest ihnen schwören sollen, daß du mit mir nichts zu tun haben willst.«
»Habe ich ja getan, die ganze Zeit!« Sie unterbrach sich.
»Und was haben sie dir versprochen? Daß der Film über die sozialistische Baumwolle früher fertig wird, wenn du mich dazu bringst, Prozeß zu spielen?«

»Vater, Vater!« Das war der Junge, der weinte lautlos. »Weinst du, weil du auch was von mir willst oder weil du mich so siehst?« Der Junge verlor die Beherrschung, er schluchzte laut auf. »Gut, antworte nicht. Es war eine gefährliche Frage, ich werde dir keine mehr stellen. Bist wohl schon aus der Schule hinausgeschmissen, arbeitest in einer Fabrik. Na, dann ist's ja gut, da gehörst du hin.«

»Sie werden ihn auch da nicht lassen«, sagte Klara. »Wenn du so weitermachst, Vater, wird uns beiden ein Unglück geschehen. Man wird uns nach Sibirien schicken, oder vielleicht wird noch Schlimmeres passieren, du verstehst?«

»Gewiß, die sind konsequent in diesen Dingen.«

»Nein, wenn du nur tun wolltest, was sie von dir verlangen, so würde uns nichts geschehen. Du kannst uns retten, du mußt uns retten!«

»Das haste ganz hübsch gesagt, Klara, mit viel Ausdruck — wie auf dem Theater. Aber warum muß ich gerade euch retten?«

»Weil wir deine Kinder sind.«

»Die jungen Menschen, die ich in den Kampf geschickt habe, die waren auch Kinder von Eltern. Ich habe kein Mitleid mit ihnen haben dürfen, nicht mit ihnen und nicht mit ihren Eltern. Ich habe kein Recht, zu euch besser zu sein als zu ihnen, die besser gewesen sind, als ihr seid.«

»Du bist verrückt, Vater, total verrückt«, schrie Klara auf, nun stand sie vor ihm, ihre rechte Hand in einem grauwollenen Handschuh zur Faust geballt. »Gib endlich nach!«

»Karl, schmeiß diese Person hinaus. Das ist der letzte Dienst, den sollst du deinem Vater erweisen.«

Die Tür wurde geöffnet, Pal trat schnell ein, als ob man ihn hineingestoßen hätte. Er war gut gekleidet, sah ausgeruht und wohlgenährt aus. Er begann zu sprechen, ehe er sich noch umgesehen hatte.

»Gib nach, Herbert, rette die beiden, pfeif auf alles andere. Du denkst, du mußt bis zum Schluß durchhalten, weil du der Arbeiterführer Sönnecke bist. Aber das ist falsch, du bist nichts mehr. Schau mich an, die paar Wochen bis zum Prozeß lebe ich gemütlich, ich spiele Schach, lese gute Bücher, lerne in aller Ruhe meine Rolle für den Prozeß auswendig. Schau dir den Anzug an, der ist eigentlich für den Prozeß bestimmt, aber man hat mir

erlaubt, ihn für diese Begegnung anzuziehen. Komm, Herbert, dreh dich um, schau mich an, gib Händchen, werde menschlich!«
Sönnecke hatte mit dem Gesicht zur Wand dagestanden, nun drehte er sich um, er wollte einen Schritt machen zu Pal hin, den er jetzt erst erkannte, doch blieb er stehen. Als Pal ihn erblickte, trat er einen halben Schritt zurück, zur Tür hin, noch sprudelten die Worte fast heiter aus seinem Mund, plötzlich aber verstummte er mitten im Satz. Er ging auf Sönnecke zu, nahm seinen Kopf sachte in die Hände und stammelte: »Herbert, Herbert«, als ob er um Hilfe flehte. Sönnecke sagte langsam: »Einer von den Überlebenden wird sich an die Arbeit machen müssen, um genau herauszufinden, wann diese Entwicklung begonnen hat, welchen Anteil jeder von uns an ihr gehabt hat. Er wird die Schuld eines jeden von uns genau abwägen müssen.«
»Ja«, sagte Pal und ließ endlich Sönnecke los, »ich verstehe, aber ich werde nicht unter den Überlebenden sein. Alles ist schon so verfälscht, daß niemand mehr die Wahrheit herausfinden wird.«
»Du irrst dich, weil du kleinmütig bist, und deshalb hast du auch kapituliert. Das ist nur eine Episode, unwichtig aber lehrreich. Sie wird enden, in fünfzehn, in dreißig Jahren, sie wird enden, dann gibt es ein Neubeginnen, das kann ja gar nicht anders sein. Da wird man mich brauchen, tot aber sauber, ohne einen Spritzer auf der Ehre. An diese da denke ich, die in dreißig Jahren jung sein werden. Das verstehst du doch, Pal. Jetzt nimm die Kinder mit dir hinaus, ich ertrag' das nicht länger.«
»Ja, ich verstehe dich, Herbert. Ich gehe, ich sollte dich noch vorher um Verzeihung bitten, ich ...«
»Laß das, Pal, führ sie mit dir hinaus, schnell!«
— In der Nacht darauf wurde Sönnecke liquidiert: hinterrücks erschossen.

Vasso begleitete Mara nicht einmal über die Schwelle ihres Zimmers. Er hörte, wie sie durch den Korridor schritt, die Tür in den Gang öffnete und hinausging.
Er konnte ihr nicht nachsehen, das Fenster ging in den Hof. Er legte sich aufs Bett, deckte sich mit dem Mantel zu — es würde

gewiß nicht dazu kommen, daß er auch ihn verkaufen müßte. Immer wieder sah er auf die Uhr, so konnte er Maras Weg verfolgen — etwa zwei Stunden lang, bis sie in dem kleinen Ort angelangt sein würde. Bis dahin war alles berechenbar, dann erst begann ihr weiter Weg, der lange Umweg zum Schwarzen Meer und aus dem Land hinaus.

Das war sein letzter Sieg, am Ende war es der einzige, den es zu erringen gelohnt hat in seinem ganzen Leben: daß er Mara bewogen hat, ihn zu verlassen, nun es feststand, daß er verloren war. Seit Wochen getraute sich niemand mehr, seinen Gruß zu erwidern. Seit einiger Zeit gab man ihm auch keine Übersetzungsarbeit mehr. Er erhielt keine Post, er durfte nicht mehr in der Kooperative einkaufen. Er konnte zwar noch die Straßenbahn benutzen, aber da die Lesehallen und Bibliotheken ihm verschlossen waren, verließ er kaum noch das Haus.

Sie zögerten zuerst, die Schreibmaschine zu verkaufen, doch als es gewiß wurde, daß es diesmal wirklich einen letzten Akt und nur noch ihn gab, verkauften sie sie. Vasso gab den größten Teil des Erlöses Mara; mit dem, was ihm blieb, konnte er noch etwa zwei Wochen auskommen. War er dann noch nicht verhaftet, mußte er auch den Mantel und das Kissen verkaufen. Sonst gehörte ihm nichts mehr.

Die zwei Wochen vergingen, Vasso verkaufte den Mantel, das Kissen, zwei von den drei Hemden, die er noch hatte, er erhielt einen sehr schlechten Preis, er aß nur noch einmal am Tag. Er schrieb viel, bis spät in die Nacht hinein. Bevor er schlafen ging, verbrannte er alles, was er geschrieben hatte. So gingen die Tage dahin. Es war ein dunkles Zimmer, nie drang ein Sonnenstrahl hinein. Vasso interessierte sich nicht mehr für das Wetter, es war nicht mehr sein Wetter, er las kaum noch Zeitungen.

Endlich kamen sie. Sie fragten nur nebenbei nach seiner Frau, sie hatten sie also nicht erwischt, vielleicht, wahrscheinlich war sie schon draußen oder tot. Gleichviel, er war sicher, daß man ihn nicht erpressen würde.

Man brachte ihn in eine Einzelzelle, gab ihm Papier, fünf linierte Bogen und Schreibzeug, er sollte seine Autobiographie schreiben, aufrichtig Fehler und Abweichungen verzeichnen, deren er sich im Verlauf seiner politischen Laufbahn schuldig gemacht hatte.

Er schrieb auf den ersten Bogen: »Ich habe wochenlang von

Brot und Wasser gelebt, ich bin unterernährt und schwach. Ich habe seit Wochen mit keinem Menschen ein Wort gewechselt, ich kann jeden Augenblick in Haftpsychose verfallen. Ich bin somit seelisch und körperlich außerstande, eine Autobiographie zu schreiben.« Man ließ ihn in Ruhe, drei Tage später verbesserte man fühlbar seine Nahrung, man gab ihm eine zusätzliche Decke.

Sein Tag war ausgefüllt. Er schrieb — in Gedanken — Briefe, jeden Tag einen, er lernte ihn auswendig, übersetzte ihn dann in andere Sprachen. Der Vormittag ging dahin mit der Abfassung des Briefes, der Nachmittag und ein Teil des Abends waren der Übersetzung gewidmet. Die Briefe waren numeriert, er hatte sie zu schreiben begonnen, bald nachdem Mara ihn verlassen hatte, nun war er schon über die Nummer 40 hinaus. Sie waren alle mit Ausnahme von einem an Dojno gerichtet. Am Morgen, sobald er getrunken und seine Zelle in Ordnung gebracht hatte, wickelte er sich in die Decken, setzte sich auf den Schemel mit dem Gesicht zur Luke und »schrieb«. Wenn er die endgültige Fassung eines Absatzes gefunden hatte, sprach er ihn ganz leise vor sich hin, zweimal, dreimal.

»Dojno, bedenke, daß fortab jeder der Briefe, die ich dir schreibe, der letzte ist, auch wenn ihm andere folgen, denn ich schreibe jeden, als ob ihm keiner mehr folgen könnte.

Wenn ich tot sein werde, wird dein Leben aufhören, Dojno, es wird dein Überleben beginnen, in dem ich mitbegriffen sein werde, du selbst wirst es stets auf mich beziehen. Alles kommt darauf an, daß du mich nicht als tote Last mit dir schleppst. Wähle deinen Weg so, daß ich als Weggenosse mit dir mitgehen kann. Ich sterbe 44jährig und dennoch nicht zu früh, denn ich habe meinem Leben einen vollen Sinn gegeben. Um ihn in einen Widersinn zu verkehren, töten sie mich. Daher wird mein Leben nur gerechtfertigt sein, wenn du meinem Tod einen Sinn gibst. Du mußt mein Sterben erforschen, wie man sonst nur ein langes Wirken erforscht. Verliere dich nicht und die vielleicht nur kurze Zeit, die dir noch gegeben ist, baue nicht erst ein System auf, um zu beweisen, daß, die mich töten, Feinde sind all dessen, wofür ich gelebt habe, all dessen, wofür zu kämpfen sie noch immer vorgeben.

Wofür auch immer die vor uns zu kämpfen und zu sterben

401

glaubten, sie haben stets nur gegen etwas gekämpft, sie sind gegen etwas gestorben. Wenn die Sache, der mein Leben gegolten hat, wirklich verurteilt ist, von aller Ewigkeit her, im Dreck der Dschugaschwilis zu enden, so sterbe ich gegen etwas, also sinnlos: für nichts. Und dann habe ich für nichts alles vergeudet. Wenn es diesen Sieg ohne Besiegte, den ersten wahren, menschlichen Sieg in alle Ewigkeit nicht geben kann, wenn die Dschugaschwilis unvermeidlich sind, dann, ja dann sind sie berufen, mich zu vernichten, dann haben sie recht und ich habe unrecht gehabt mein Leben lang. Und all mein Tun, selbst der letzte Akt, ist dann Hochmut und törichter Trotz gewesen.

Zweifle keinen Augenblick daran: Sie können mich nicht besiegen, denn ich habe sie im Namen der Sache verurteilt, sie werden mich nicht richten können. Aber an dem Tag, an dem du die Sache verlassen wirst, werde ich verurteilt sein. Bedenke das, Dojno, wäge ab.

Es gibt Dinge, die ich dir verschweige, sie gehören bereits zum Sterben, zur Form, in der ich Vergangenheit werde. Ihretwegen schreibe ich nicht an Mara, denn ich könnte ihr nichts verschweigen. Wenn die Dinge so stark werden sollten, daß sie in meine Briefe eindrängen, so dürftest du sie nicht beachten...«

Doch um eben diesen Dingen zu entgehen, hatte Vasso — noch in seinem Zimmer — zu schreiben begonnen.

Es war in der dritten Nacht nach der Trennung von Mara. Er erwachte ganz aufgeschreckt, mit einem seltsamen Gefühl, er betastete sich von den Schultern abwärts, ganz langsam: doch, das war er, er selbst, und er war nicht jener kleine Mann mit dem spärlichen roten Haar, mit geducktem Oberkörper und zu kurzen Beinen, der soeben mehrmals versucht hat, eine verkehrsreiche Straße zu überqueren, immer wieder tödlich erschrocken aufs Trottoir zurückgewichen ist und sich dann plötzlich nach vorn gestürzt hat, in eine Wand, die furchtbar hart war. Nein, er war der gleiche, etwas zu lange Vasso — er selbst. Das andere war nur ein Traum, zu intensiv geträumt. Er stand auf, machte Licht, rauchte einen Stummel zu Ende, aber er wurde das Gefühl nicht los, daß jemand im Zimmer war, eben der kleine rothaarige Mann. Das war natürlich Unsinn, das Zimmer war winzig, aber das Licht war schlecht, er ging in jeden Winkel, natürlich war niemand da. Er drehte das Licht ab,

blieb noch eine Weile sitzen, lauschte — nichts. Und dann begann Vasso zu dem Mann zu sprechen, obschon er wußte, daß er so zu sich selber sprach, so, weil er ganz allein war, weil es niemanden mehr gab, dem er guten Tag sagen konnte, weil er das Bedürfnis hatte, eine Stimme, und wäre es selbst die eigene, zu hören.
Der kleine rothaarige Mann, das war er selbst — so deutete er sich den Traum, dessen Sinn einfach war: auf die andere Seite hinüber wollen, zögern, bis es zu spät ist, bis man mit dem Kopf an die Wand rennt. Alles klar.
Anderntags, er hatte das Brot, das zu hart geworden war, in warmes, gezuckertes Wasser getan und wartete, daß es aufweichen sollte, ertappte er sich dabei, daß er, von einer Ecke des Zimmers in die andere wandernd, jedes Mal, wenn er angekommen war, mit dem Kopf an die Wand schlug. Es tat kaum weh, aber es war völlig unsinnig. Er nahm den Topf mit dem Zuckerwasser und dem Brot, setzte sich, doch brauchte er eine Gabel, er erhob sich, holte die Gabel, aber statt den Schritt zum Tisch zurückzumachen, ging er einen Schritt vor, zur Ecke, und stieß sich den Kopf an der Wand an. Da wurde ihm die Gefahr bewußt; um ihr auszuweichen, begann er zu schreiben. Im ersten Brief begründete er, warum er für Dojno und niemand anderen schreiben würde:
»... denn dieser Augenblick wird kommen, ich male ihn mir aus bis in die Einzelheiten. Es wird späte Nacht sein, du wirst dich anschicken, deinen letzten Türkischen zu trinken, schon wirst du genießerisch das Aroma des Kaffees schnuppern, noch einen, noch zwei Züge aus der Zigarette tun, sie dann langsam im zu vollen Aschenbecher ausdrücken. Und in diesem, gerade in solch belanglosem Augenblick wird es dich anfallen, mitten in dieser alltäglichen Verrichtung wird dich das Gefühl übermannen: ›Vasso ist nicht mehr. Er ist in unmenschlicher Einsamkeit zugrunde gegangen!‹ Du wirst auf einen Punkt an der Wand gegenüber starren, als ob ich durch die häßliche Tapete hindurchschreiten und auf dich zukommen könnte. Du wirst einen Atemzug lang auf mich warten. Und weil ich nicht kommen werde, wirst du mich in dir selbst suchen. Und dann wirst du erfahren, was du schon immer gewußt hast: daß ein jeglicher an Millionen Leichen vorübergeht, ohne auch nur seinen Schritt zu ändern,

aber daß es für jeden eine Leiche gibt, über die stolpert er, und wäre sie Tausende Meilen weit von ihm, sie bringt ihn zu Fall, und wenn er wieder aufsteht, steht sie mit ihm auf. Ich bin deine Leiche, Dojno, wie du meine wärest, wäre es umgekehrt gekommen, darum schreibe ich dir. Und ich weiß, daß du in jener Nacht wissen wirst, was ich dir schreibe. Denn da werden dich selbst deine Fehler nicht mehr schützen, nicht dein Hochmut, der dir erlaubt, in Dingen, die dir nicht entscheidend wichtig erscheinen, nachgiebig und selbst feig zu sein, nicht deine Eitelkeit, die dich zwingt, Wunden zu verbergen, statt über sie zu klagen und sie zu heilen. Es wird dir nicht mehr gelingen, nur gerecht zu sein, wo du großmütig sein müßtest, und großmütiges Verzeihen zu bieten, wo du in Liebe leiden müßtest. Und deshalb, Dojno, wirst du wissen, was ich dir schreiben werde, als ob du es selbst erdacht hättest. Versteh mich recht, Dojno, ich verlange von dir nicht, daß du die ›historischen Perspektiven‹ vergißt, im Gegenteil, aber ich weiß, daß sie angesichts von Massengräbern ausreichen und dir doch jämmerlich versagen werden in diesem einen Fall. Verzeih, daß ich kein Mitleid mit dir habe.«

Nur während er schrieb, war Vasso er selbst, ungeteilt, von keinerlei Unordnung bedroht. Daher wandte er alle Zeit, die er wach war, an die Abfassung dieser Briefe. Der Rothaarige verschwand nicht ganz, aber er wurde ganz undeutlich, verschwommen, er störte nicht mehr. Einen Vormittag lang war er völlig verschwunden. In der Nacht vorher hatte Vasso einen grauenhaften Traum geträumt: Es war Vorabend, im Hintergrund, verschwommen, kehrten Arbeiter in ihre schon beleuchteten Häuser zurück, im Vordergrund ein einspuriges Geleise. Mara kam näher, sie stieg langsam, doch ohne Mühe, die Böschung hinauf, blieb stehen, ein Zug kam angerollt, nicht schnell, in gleichmäßigem Tempo. Mara drehte sich zu ihm, Vasso, der plötzlich selbst im Bild war, um, musterte ihn, wie um sich zu vergewissern, ob er ein frisches Hemd angezogen hatte, ob sein Rock gebürstet war, dann wandte sie sich wieder ab, trat auf die Bahnschwellen und ging auf den Zug zu. Vasso schrie: »Mara!«, aber es war zu spät. Der Zug fuhr über sie hinweg. Das Seltsame und zugleich Aufrührende war das Abgemessene aller Bewegungen, das Fehlen der Akzente.

Nach einigen Tagen wurde Vasso in eine Gemeinschaftszelle verlegt. Er fand dort alle vier Jahreszeitmänner — ihr Sieg war seinerzeit seine Niederlage gewesen — und Djura, den Schriftsteller.
Es gab keine Pritschen, nur etwas Stroh und für jeden eine Decke. Sie froren jämmerlich in der Nacht, liefen am Tage auf und ab, um sich zu erwärmen. Die Zelle war klein, nur zwei konnten auf und ab gehen, die anderen drückten sich an die Wand, um ihnen Platz zu machen.
Djuras abgemagertes Gesicht war fast ganz von einem roten Bart zugedeckt — eine lächerliche Maske, die zumeist unbewegt blieb, da Djura tagelang schwieg. Nur manchmal in der Nacht, man wußte nicht, hatte er die ganze Zeit wachgelegen oder war er gerade aus dem Schlaf erwacht, begann er zu sprechen. Nichts konnte ihn zum Schweigen bringen, man mußte warten, daß die Anstrengung ihn verstummen machte.
Er war der einzige, der Vasso begrüßte, die Jahreszeitmänner blieben stumm, sie wandten sich ab, sobald sie ihn erkannten.
»Du lebst noch, Vasso!« Er wischte sich mit dem Ärmel die Tränen aus den Augen, ein zerdrückter Strohhalm blieb an seinem Bart haften — »Du lebst und ich hatte schon alles fertig. Kurzer Prolog: Deine Erschießung und was darauf zu folgen pflegt, verstehst du, die Routinehandlungen — ganz nüchtern beschrieben, ohne ein Wort des Kommentars, alles von außen gesehen, wie in einem Film. Dann etwa 120 Seiten ohne Unterbrechung. Die Nachricht von deinem Tod ist ins Land gekommen, zuerst in die Hauptstadt, sie wandert nun, sie kommt in dein Dorf zu deinen Eltern, alles kurz, du verstehst, holzschnittartig. Was geschieht, ahnst du natürlich. Für soviele Leute bist du schon lange tot gewesen, für alle, auch jene, die dich liebten, verschollen im Land der Ungewißheit. Nun sie erfahren, daß du tot bist, bist du für sie heimgekehrt, beginnen sie wieder mit dir zu rechnen. Vielerlei, was bis dahin in Unordnung gewesen ist, in Wirrnis, ordnet sich im Hinblick auf dich. Man muß reinen Tisch machen, denken die Leute, worauf, auf wen soll man noch warten? So bringt dein Tod vieles in Bewegung, rührt mehr auf als dein Leben in den letzten Jahren, da du schon aufs tote Geleise geschoben warst. Sreten Loga habe ich dich genannt, weiß der Teufel warum. Und jetzt kommst du da hereinge-

schneit in diese verstunkene Zelle, du lebst, und die ganze Arbeit ist kaputt.«

Ehe Vasso noch antworten konnte, war Djura schon wieder in seiner Ecke. Vasso fragte: »Wo kann ich mich hinlegen?« Doch niemand antwortete. Er legte sich neben Djura hin und schloß die Augen. Die Begegnung mit den alten Freunden, die sich wortlos von ihm abwandten, und die Rede Djuras hatten ihn erschüttert. Ihm war, als wäre in seinem Körper etwas in Bewegung geraten, das, von einer sonderbaren Hitze getrieben, hinauszugelangen versuchte. Er hörte das schwere Atmen des verschnupften Djura, die Schritte der zwei, die die Zelle durchmaßen. Der kleine rote Mann war völlig verschwunden. Vassos Leben nahm eine neue Wendung, die letzte vor dem Ende. Er hatte sie nicht vorausgesehen. Er würde nicht mehr Briefe schreiben, er würde existieren. Er beugte den Kopf zurück, öffnete weit den Mund — nur nicht schluchzen, sich nur noch wenige Minuten in der Gewalt haben!

Djura blieb in der Nacht ruhig, zwei von den anderen flüsterten fast unvernehmlich miteinander.

Anderntags sagte Vasso: »Ich möchte nur wissen, warum ihr mit mir nicht sprecht. Daß ich euch, jeden von euch einmal hochgezogen habe, daß ich euch den Weg gewiesen habe, das müßt ihr mir doch schon lange verziehen haben, wenigstens seit ihr ganz sicher seid, daß ich keinem von euch die Position schmälern könnte. Also was ist es? Nicht Haß, nicht das Ressentiment, daß ihr mir etwas verdankt, denn auch daß ihr mir undankbar seid, müßt ihr mir schon seit langem verziehen haben. Schweigt ihr aus Angst um euer Leben?«

Gegen Abend — inzwischen waren Stunden vergangen, und sie hatten nicht geantwortet — stellte er sich mitten in die Zelle und sagte: »Wenn ihr euer Verhalten nicht ändert, könnte ich mich entschließen, eine Reihe von allerschlimmsten Verbrechen zu gestehen, nur um jeden von euch hineinzureißen. Ich wünsche, freundliche Gesichter um mich zu sehen, ich wünsche, angesprochen zu werden, auf jede meiner Fragen ausführliche Antwort zu bekommen. Und das ab morgen früh. Aber schon heute, wenn ich vor dem Einschlafen gute Nacht sagen werde, hat ein jeder von euch mir laut und deutlich ›Gute Nacht, Vasso, schlaf gut‹ zu antworten.«

Vasso schob es immer wieder hinaus, er hatte Herzklopfen, er fürchtete, sie würden stumm bleiben. Endlich sagte er: »Gute Nacht.« Sie antworteten.
Noch ehe der Tag angebrochen war, weckte ihn Djura: »Es ist ein Glück, daß sie dich hierher gesteckt haben. Jetzt sehe ich, daß die ganze Geschichte Dreck gewesen ist. Feuilletonismus, dreihundert Zeilen, vielleicht sogar nur zweihundert Zeilen, zu einem Buch aufgeschwemmt — eine Schande! Es genügt, dich anzusehen, wie du jetzt aussieht, da merkt man, daß das zu nahe liegt, daß es geradezu eine abgeschmackte Banalität ist, um dich herum eine Auferstehungsgeschichte zu bauen. Das brächte der letzte Lokalreporter fertig. Aber jetzt habe ich es, paß auf!«
»Einen Augenblick, bevor du anfängst! Möchtest du mir nicht sagen, wieso du hier bist? Was wollen sie eigentlich von dir?«
»Was weiß ich!« antwortete Djura ungeduldig. »Das ist ein Mißverständnis, es wird sich aufklären. Sie haben mich kommen lassen, damit ich hier Material für einen Roman über den neuen sozialistischen Menschen sammle und außerdem Vorträge halte. Ich habe das ganze Land durchreist, von Niegoreloje bis Wladiwostok. Dann haben sie mich in ein Sanatorium eingeladen, es war sehr schön. Aber ich muß natürlich Material sammeln, ich komme also mit jedem ins Gespräch und stelle fest, daß es da keinen einzigen einfachen Arbeiter gibt. In der Gegend waren noch andere Sanatorien, ich mache Stichproben, stelle überall die gleiche Frage, Pech, keine einfachen Arbeiter. Die Leute werden nervös. Da bekomme ich ein Telegramm, ich soll sofort nach Moskau kommen, mein Vortrag im Klub der Roten Armee ist vorverlegt. Gut, ich fahre ab, ich komme an, werde angehalten, Papiere zeigen. Da behaupten sie, ich wäre nicht ich, sondern ein Schwindler, der sich meinen Namen angeeignet hat. Wie ich dir sage, ein Mißverständnis, es braucht sich nur herauszustellen, daß der Spion, der in den Sanatorien in Eupatoria nach einfachen Arbeitern gesucht hat, ein konterrevolutionärer Schwindler gewesen ist, dann werden sie schon merken, daß sie mich, den echten Djura, eingesperrt haben, und sie werden mich freilassen. Mach dir also keine Sorgen um mich, Vasso. Jetzt aber paß auf, und unterbrich mich nicht. Ort der Handlung: mein Dorf — wegen der Sümpfe, du wirst schon sehen. Ich nenne es, sagen wir, Staro-Selo. Held: du, ich lasse dir deinen wahren

407

Namen. Du bist 20 Jahre alt, auf Ferien ins Dorf gekommen. Ich schildere dich, wie du damals gewesen bist: wie es die Menschen zu dir hinzieht, die alten mißtrauischen Bauern, die jungen Mädchen, die kleinen Buben, alles gibt sich dir in die Hand, alle wollen ihr eigenes Bild in deinen Augen sehen. Lassen wir das, das läßt sich nicht so erzählen. Es wird nicht leicht sein, das anständig zu schreiben — so ohne goldene Aureole, in ganz diskreten Farben, völlig unaufdringlich dein Bild zu geben, so daß der Leser es dann absolut natürlich findet, daß ein ganzes Dorf Rechtfertigung, Ehre und ja, ja Güte in sich findet, weil es jemanden gefunden hat, den es lieben kann. Hab Vertrauen zu mir, ich werde an diesen Seiten feilen, bis das alles so selbstverständlich wird, wie daß ein lebender Mensch atmet.

Es ist die Nacht des zweiten Ostertages. Der Tag ist zu warm gewesen, fast sommerlich, am späten Nachmittag hat es geregnet. Nun ist es Nacht, hoch über dem Dorf wacht der gestirnte Himmel. Du bist bei der jungen Lehrerin im Nachbardorf gewesen, kehrst spät nach Staro-Selo zurück. Schon bist du auf der Dorfstraße, da hörst du schreien. Es ist dir sofort klar, was los ist: Baca, der allerletzte Lump des Dorfes, der Dieb, der syphilitische Säufer, muß vom Pfad abgewichen und in den Sumpf gefallen sein. Du läufst hin, ziehst ihn, der furchtbar schwer ist, mit Mühe aus dem Sumpf. Du bist noch ganz außer Atem, da stößt er dich in den Sumpf, aus Ungeschick oder weil er besoffen ist oder aus Bosheit, weiß der Teufel! Du sagst ihm, Baca, gib mir deine beiden Hände, zieh mich hinaus! Er ist schon im Gehen, dreht sich gar nicht um und sagt: ›Ich habe gebrüllt, gebrüllt, das ganze Dorf hat es wecken müssen, aber keiner hat mich retten wollen. Brüll du jetzt, Vasso Militsch, alle werden sie kommen, dich zu retten.‹ Du denkst, der Säufer spaßt nur, gleich wird er zurückkommen und dich herausziehen, aber er geht weiter, weg aus dem Dorf. Du rufst noch einmal, er dreht sich nicht einmal um. Der Sumpf zieht, es ist, als ob ein riesiges Ungeheuer mit einem winzigen Schlund dich ganz langsam, mühsam, aber stetig verschlingt. Was auch immer du tust, du sinkst immer tiefer, schon hat dich der Sumpf bis über den Nabel eingesogen, da beginnst du zu rufen, zuerst schwach, fast unernst, du kannst dir gar nicht vorstellen, daß man so enden kann, dann, als es zu spät ist, willst du stärker rufen, schreien, brüllen, aber da ist deine Brust nicht mehr frei, deine Rufe werden immer schwächer, du sinkst langsam, du versinkst. Am Morgen findet man deine Brille.«

»Jetzt ist die Geschichte zu Ende, Djura, hab Erbarmen, laß uns schlafen!« bat Winter. Er hatte zugehört, die drei anderen auch. »Nein, noch gar nicht zu Ende. Komm, Vasso, nimm die Decke, steh auf, wir werden auf und ab gehen, ich kann nicht vertragen, daß du vor Kälte zitterst. Also paß auf! Das Dorf entdeckt schon am frühen Morgen, was geschehen ist, und die Leute fühlen, wissen plötzlich, ohne daß einer es auszusprechen braucht, daß sie alle an deinem Tod schuld sind. Denn natürlich hatten sie Baca brüllen gehört, aber keiner dachte, ihn zu retten. Hol den Säufer der Teufel, irgend jemand wird schon aufstehen und ihn herausholen, das dachte ein jeder von ihnen in der Nacht. Und an diesem Morgen fühlte jeder den Zusammenhang: Wer es billigt, daß ein Mensch, und wäre es selbst Baca, zugrunde geht, der bereitet seinem Sohn, seinem Bruder den Tod. Ist bisher alles klar, Vasso, ganz einfach und klar?«

»Ja, ziemlich«, antwortete Vasso. Ihn fror, er hätte sich gern wieder hingelegt, zusammengekauert und geschlafen. »Ja, ziemlich, aber ich sehe nicht, warum du dem Jungen meinen Namen gibst, was das überhaupt mit mir zu tun hat.«

»Ich verstehe es«, sagte Winter nachdenklich. Er stand auf und gesellte sich zu den beiden. »Djura hat seine Auferstehungsgeschichte umgedreht.«

»Umgedreht, umgedreht«, wiederholte Djura. »Nein, das ist nicht das richtige Wort. Jedenfalls paßt jetzt auf, die eigentliche Geschichte beginnt nämlich erst jetzt. Ihr versteht doch, aus dem Vorhergegangenen geht klar hervor, daß dieser Vasso einen besonderen Platz im Leben aller Menschen eingenommen hat, die ihn gekannt haben, wer immer von ihnen an die Zukunft dachte, verwob ihn in sie hinein. Sozusagen ins Politische übersetzt, war er für sie schon damals der zukünftige Gründer der Partei der Armen und Unterdrückten. Nun stirbt Vasso 20jährig, seine Taten bleiben ungetan. In den Überlebenden aber bleibt nicht einfach eine Leere zurück, denn sein Nichtsein wird eine besondere Form des Seins, wie bei den magischen Völkern die toten Ahnen mächtiger sind, wirklicher als die Lebenden. Versteht ihr, es ist, als ob...«

Er verstummte und zog sich in die Ecke zurück. Nach einer Weile sagte er: »Verzeih, Vasso, daß ich dich geweckt habe, das Ganze ist einen Dreck wert. Alles war so klar, jetzt aber ist es zu nichts zerronnen!«

»Nein«, sagte Winter, »du irrst dich, Djura. Wenn du wieder frei bist, wirst du das in Ruhe niederschreiben. Es wird gut werden.«

»Vielleicht hat Vladko recht«, meinte Vasso. Er nannte Winter seit langen Jahren zum erstenmal mit seinem Kosenamen und nicht mit dem deutschen Namen einer Jahreszeit. Winter sagte: »Wenn Vasso Militsch zwanzigjährig gestorben wäre, wäre ich ein Bienenzüchter geworden. Das wäre vielleicht nicht schlecht gewesen, aber ich hätte das Leben eines andern gelebt, nicht das meine. Erinnerst du dich, Vasso, wie du ins Dorf gekommen bist und hast die Rede gehalten und nachher durfte man Fragen stellen. Und ich sprach gegen die Stadtleute, die Drohnen?«

»Ich erinnere mich, Vladko. Und dann holte ich dich in die Stadt zum Kongreß.«

Sie legten sich wieder hin, beide schweigsam, in die Erinnerung versunken, die ihnen das Vergangene so nahe brachte, daß es unbegreiflich wurde, wie ihre Freundschaft je geendet, sich in Mißtrauen, ja Feindschaft verwandelt haben konnte.

Winter sagte: »Es ist von außen gekommen, in Stößen, jeder einzelne hat uns immer mehr auseinandergetrieben. Erstaunlich, daß es in wenigen Jahren so gut gelingen konnte, den Menschen hinter der Meinung verschwinden zu machen, die er wirklich oder angeblich vertrat. Du warst nicht mehr Vasso, nicht mehr der Freund, du warst eine Meinung, eine gefährliche Abweichung. Es ist so leicht, eine Meinung zu verachten, zu hassen. So haben wir dich bekämpft, so hast du uns bekämpft. Wir haben das tyrannische Gesetz des Vergessens akzeptiert. So verliert jeder seine Vergangenheit, und die Gegenwart bestimmt allein, was seine Vergangenheit gewesen sein soll. Und jetzt sollen wir unbewegt zusehen, wie du im Sumpf ertrinkst, und dann bezeugen, daß du Baca gewesen bist.«

»Und was werdet ihr tun?«

»Ich werde dich nicht aus dem Sumpf ziehen, ich werde ja in ihm auch versinken, aber ich werde nicht behaupten, daß du Baca gewesen bist.«

Das Leben in der Zelle verwandelte sich. Fast vergaßen sie, wo sie waren, da sie kaum noch von der sonderbaren Situation sprachen, in der sich ihr Schicksal entscheiden mußte. Sie waren die Führung einer revolutionären Partei, in einem fremden Land eingekerkert — im Namen der Revolution. Es gab niemanden in der Welt, der für sie einstehen konnte, alles, was Macht hatte auf diesem Planeten, war gegen sie. Als ihnen Djura an einem Abend — sie hatten kein Licht, sie waren hungrig und froren — als Djura, wieder heiter geworden, ihnen bildhaft die absolute Grenzenlosigkeit ihrer Ohnmacht darstellte, hatten sie alle das eindeutige Empfinden, daß in der Tat jede Bemühung sinnlos wäre und lächerlich, so daß sie plötzlich zu lachen begannen — alle auf einmal, wie befreit von aller Sorge, von aller Mühe, und das für immer. Die Tränen rollten in ihre Bärte, und sie lachten noch immer. Djura stand in der Mitte der Zelle, ein schmutziges Taschentuch um die Glatze gebunden, grotesk verwahrlost, er hielt sich den Bauch vor Lachen und versuchte immer wieder, den Satz herauszubringen: »Ihr versteht, wir sind die einzigen Toten, die lachen können, wir sind — hu—hu—hu!« Er konnte nicht mehr sprechen, das Gelächter brach ihn fast entzwei.

Der einzige, der den Gesprächen ausgewichen war, Zvonimir, mit seinem Jahreszeitnamen Lenz genannt, wehrte sich gegen die Heiterkeit. Doch als sie endlich versiegt war, da begann er zu singen, er hatte einen schönen, starken Bariton. Er hatte im Auftrag der Internationale etwa ein Jahr in Italien verbracht. Um seinen Aufenthalt zu begründen, hatte er Gesangstunden genommen. Zum erstenmal konnte er jetzt zeigen, daß er Fortschritte gemacht hatte, er wollte Arien singen. Doch niemand wollte etwas von den Arien wissen, die er mit seinem Italiener einstudiert hatte, sie verlangten die Lieder aus der Heimat.

»Ja«, sagte Zvonimir, »damals, während des großen Streiks, immer wenn wir in unsere Waldhütte zurückkehrten, Andrej und ich, wir waren totmüde, aber wir konnten nicht schlafen, da mußte ich singen. Niemand konnte so zuhören wie er. Nun ist er schon so lange tot — bald sechs Jahre. Es ist schön, wenn man gar nicht erst zu zweifeln braucht, ob der, der einem ans Leben will, wirklich der Feind ist. Er hat Glück gehabt, Andrej. Also was soll ich singen?«

Es waren gute Tage, die folgten.
Dann wurde Djura geholt, er kam nach einigen Stunden wieder, gebadet, rasiert, das »Mißverständnis« war aufgeklärt, er war befreit. »Ich werde also meinen Vortrag im Klub der Roten Armee halten, mit einiger Verspätung, macht aber nichts. Ich werde ihnen darlegen, daß Marx, Engels, Lenin und andererseits — warum auch nicht? — Heraklit, Spinoza und noch viele andere nur Pseudonyme Josip Wissarionowitsch Dschugaschwilis sind, hinter dem sich hinwiederum in unerklärlicher Bescheidenheit der absolut einzige Stalin verbirgt. Das wird das Mißverständnis endgültig aus der Welt schaffen.«
Sie standen um ihn herum, versuchten zu scherzen, aber bald verstummten sie. Nicht der Gedanke an die Freiheit, an das Leben ließ sie verstummen, sondern die Vorstellung, daß einer von ihnen das Land wiedersehen würde. Sie hatten Heimweh wie ein Kind, das sich in der Nacht verlaufen hat.
Anderntags wurde Lenz aus der Zelle geholt, er kam nicht mehr zurück. Dann — es war schon spät, sie hatten sich zum Schlafen hingelegt — holte man Vasso. Er sollte alle seine Habseligkeiten mitnehmen und die Decke und schnell, schnell machen. Er sah jeden seiner Gefährten an und nannte ihn noch einmal bei seinem wahren Namen.
Man brachte ihn in einen andern Trakt des großen Gebäudes. Er gehörte nicht mehr zum Gefängnis — es gab breite, mit Teppichen belegte Treppen. Er wurde in ein elegantes Badezimmer gebracht, er mußte alles, was er auf sich trug, abwerfen, dann baden, gründlich, aber schnell. Man ließ ihn nicht mehr allein, es kam der Friseur, der rasierte ihn, schnitt ihm die Haare, wusch ihm den Kopf; man schnitt ihm die Nägel, rieb seine Haut mit einem zu stark duftenden Eau de Cologne ein, man gab ihm gute, warme Leibwäsche anzuziehen, ein modisches Hemd mit einer zu bunten Krawatte, einen zu weiten dunklen Anzug, feste Schuhe, die aber schon etwas abgenutzt waren; man steckte ihm zwei Taschentücher und eine Schachtel Zigaretten zu.
Die Fahrt im geschlossenen Auto dauerte nur wenige Minuten, er konnte sich nicht zurechtfinden, er wollte die Begleiter nicht fragen, ihm schien es, daß er im Zentrum der Stadt war. Die Uniformierten wechselten übrigens mehrere Male, ehe er in den

großen Büroraum geführt wurde. Dort ließ man ihn allein, er sollte warten. Nach etwa 20 Minuten — die Pendeluhr hinter dem riesigen Schreibtisch zeigte die Zeit an — war der Mann da, Vasso hatte ihn nicht kommen hören.
»Ich kenne Sie, Genosse Militsch, ich war in Ihren Kursen — vor langer, langer Zeit. Sie erkennen mich gewiß nicht, ich war einer von vielen Schülern, nicht der klügste, nicht der interessanteste.«
Vasso erkannte ihn. »Ich erinnere mich an Sie. Ihre Augen sind dieselben geblieben, kluge, listige Augen, und Sie nagten schon damals an der Unterlippe — wie eben jetzt. Sie waren unter den klügeren Hörern, Sie waren nicht der klügste, nicht der interessanteste. Sie haben Glück gehabt, der klügste ist tot, der interessanteste ist tot, Sie leben.«
»Sehr gut!« Der Mann lachte gutmütig. »Sehr gut, ich lebe und gedeihe, weil ich nicht der klügste und nicht der interessanteste unter Ihren Schülern gewesen bin. — Sehr gut! Aber ich bin doch einer der klügeren gewesen?«
»Ja. Sie haben eimal eine Frage — es handelte sich um die Analyse der taktischen Fehler der deutschen Partei in den Jahren 23/24 — sehr gut beantwortet, Genosse Mirin.«
»Und daran erinnern Sie sich noch heute?«
Vasso sah ihn an, wie er dastand, ein wenig in den Fußspitzen wippend: mittelgroß, wohlgeformt, das gescheitelte aschblonde Haar über der breiten reinen Stirn, in den Augen den heiteren, geraden Blick, das Gesicht voller als damals, etwas zu voll vielleicht, die glatte Haut geölt und gebräunt — wahrscheinlich kam er gerade aus einem der Sanatorien, in denen Djura vergeblich einfache Arbeiter gesucht hatte, vielleicht trieb er viel Sport. Mirin war gut gekleidet, die Botschafter machten sich eine Ehre daraus, ihm aus dem Ausland die besten Waren mitzubringen. Wer wußte nicht, daß Mirin der besondere Sekretär des »größten Führers aller Zeiten« war!
»Und nun zur Sache, Genosse Militsch! Eure Partei ist völlig auf den Hund gekommen, diese Winter, Lenz usw. — seltsam, daß diese Leute sich gerade deutsche Namen zugelegt haben —, diese Burschen, sage ich, haben vollkommen versagt. Aus Unfähigkeit, gewiß, aber vielleicht auch aus anderen, verdächtigeren Gründen. Verdächtig, daß man Sie so völlig ausgeschaltet hat, aber auch ein Glück für Sie, denn so können Sie jetzt die Füh-

rung der Partei übernehmen. Wir könnten uns entschließen, Vertrauen zu Ihnen zu haben. Ich sage, wir könnten, das heißt, es gibt Bedingungen. Sie werden sie erfüllen, dann werden Sie in ein Sanatorium gehen, Krim oder Kaukasus, Sie lassen Ihre Frau zurückkommen, nach drei, vier Monaten gehen Sie ins Ausland, reorganisieren von Wien oder Prag aus die Partei, nehmen alles fest in die Hand. Ich sage: fest. Da auf dem Schreibtisch, in der grünen Mappe, finden Sie die Bedingungen genau formuliert, in der roten finden Sie Papier, drauf werden Sie die Erklärung abgeben, den Brief schreiben. Sie brauchen sich nicht übermäßig zu beeilen. Sie haben zwei Stunden Zeit. Ist alles in Ordnung, werden Sie nicht mehr dorthin zurückkehren, ich sage: zurückkehren, aber Sie wissen, was das bedeutet. Also in zwei Stunden!«

Vasso setzte sich an den Schreibtisch und schob das grüne Dossier heran. Drei Bogen Papier, maschinegeschrieben, mit Korrekturen und Einfügungen einer Handschrift, die er nicht kannte. Die Paragraphen waren numeriert. Neun Paragraphen, Forderungen, die er zu erfüllen hatte, wollte er leben bleiben.

Natürlich, er war begierig, sie zu erfahren, aber er hatte zwei Stunden Zeit. Er lehnte sich im Stuhl zurück, streckte die Beine aus, legte die Brille auf den Tisch. Der Raum war überheizt, zum erstenmal seit vielen Monaten fror ihn nicht. Eine Frau, von einem uniformierten Mann begleitet, brachte auf einem Rollwägelchen Sandwiches, Kuchen, Tee, Schnaps. Vasso nahm sich vor, nichts von alledem anzurühren, ehe er die Bedingungen gelesen hatte. Er stand auf, ging ans Fenster und schob die schweren Vorhänge zurück. In der Ferne sah er eine Brücke. Die Lampen waren zu schwach, er konnte nicht den Widerschein ihrer Lichter im Fluß sehen. Er bedauerte es, als ob es überaus wichtig wäre, daß er den Fluß sehe.

Er holte das Dossier vom Schreibtisch und las schnell, flüchtig die neun Paragraphen durch. Der erste ordnete ihm an, eine Reueerklärung abzugeben. Die Punkte, auf die sie sich zu beziehen hatte, waren stichwortartig angegeben. Ihre Zahl war bedeutend. Er las den ersten Paragraphen noch einmal, diesmal langsam, und zählte — es waren 19 Punkte. Sie betrafen zum Teil Dinge, mit denen er nie zu tun gehabt hatte, zum Teil Fehler, die er bekämpft hatte, Maßnahmen, die der »unfehlbare Führer«

selbst angeordnet hatte. Was Vasso gelungen war, sollte er als Mißerfolg verdammen, was anderen mißlungen war, sollte er als eigene Initiative, als eigenes Vergehen bekennen. Nur in einem Punkt hatten sie recht. Er hatte sich stets enthalten, gegen die Opposition so heftig Stellung zu nehmen, wie die byzantinische Sitte es verlangte, das sollte er jetzt um so lauter, um so hemmungsloser, um so überzeugter tun.

Der zweite Paragraph schrieb ihm vor, einen offenen Brief an den »Führer des Weltproletariats«, den »genialen Steuermann der Revolution« zu richten und ihm in mindestens 250 Zeilen die Unfehlbarkeit zu bestätigen und ferner alle Gegner des »großen Piloten« endgültig zu verdammen, schließlich darzulegen, nicht etwa, daß sie sich geirrt hätten, sondern daß sie Verbrecher gewesen seien von Anbeginn und daß sie es bewiesen hätten ein Leben lang — mit jeder ihrer Taten, mit jeder ihrer Unterlassungen.

Schade, das Djura nicht da ist, bedauerte Vasso. Er trank ein Glas Wodka, verzehrte langsam die Sandwiches, schenkte sich Tee ein. Djura fehlte ihm, er hätte mit ihm den Schnaps, den Tee, das gute Fressen und die Zigaretten geteilt. Und dann hätte Djura das ganze in eine hintergründige Dorfgeschichte verwandelt — mit oder ohne Sumpf, aber jedenfalls mit Leuten, die auf eine merkwürdige Weise zugrunde gehen. Für solche Transponierung à la Djura eignete sich besonders der vierte Paragraph, der witzigste: Er ordnete Vasso an, vernichtende Erklärungen gegen jeden der vier Jahreszeitmänner und gegen Karel abzugeben, wahre Todesurteile, da er sie als toll gewordene Agenten Mussolinis, als Lockspitzel des blutigen Alexander Karageorgewitsch und des Prinzregenten, als gemeine Diebe und Betrüger, als »mit Leib und Seele dem großserbischen Imperialismus verkaufte Subjekte« usw. enthüllen sollte. Am witzigsten war der Punkt, der die Entlarvung vorschrieb, daß Karel, Winter und Lenz in Wirklichkeit nie der Partei angehört und sich unter der betrügerischen Vorspiegelung, ihre Mitglieder zu sein, in sie hineingeschwindelt hätten. Jammerschade, daß Djura nicht da war. Er hatte einmal, einen deutschen Literaturhistoriker parodierend, geschrieben: »Heinrich Heine war absolut talentlos, aber als Jude ein so gewandter Betrüger, daß er über hundert ausgezeichnete Gedichte geschrieben hat, nur um die gutgläubigen,

415

naiven Deutschen glauben zu machen, er könnte Gedichte schreiben.«

Die anderen Paragraphen waren langweilig — mit Ausnahme von zweien. Der eine sah vor, daß Vasso binnen acht Wochen eine Schrift von zumindest 60 Druckseiten abliefern sollte, in der er nachzuweisen hatte, daß dank der genialen Führung des größten Theoretikers und Praktikers der Revolution in der Sowjetunion der Sozialismus vollkommen verwirklicht war und der Übergang in die höchste Stufe, die wahrhaft kommunistische Gesellschaft, schon begonnen hatte. Ferner hatte er zu proklamieren, daß die Prozesse, in denen die alten Führer der Internationale verurteilt worden waren, das sicherste Mittel waren, den Weltfrieden zu retten. Schließlich der letzte Paragraph: Vasso hatte dafür zu sorgen, daß Mara sofort zurückkehrte, daß sie eine Erklärung abgab, in der sie unter anderem gestand, sich nicht ganz von dem Einfluß ihres »sozialen Ursprungs« befreit zu haben, und in der sie versprach, »alles zu bekämpfen, was noch einen letzten Rest jener Welt darstellte, in der ihr Urgroßvater, Großvater und Vater ihre volksmörderische, blutsaugerische Tätigkeit ausgeübt hatten«.

Vasso zog die Vorhänge zurück, schob einen Fauteuil ans Fenster und machte es sich in ihm bequem. Die zwei Stunden würden bald um sein, er wollte, was von ihnen noch übrigblieb, genießen. Er zog die Schuhe aus und legte die Füße auf die Röhren der Zentralheizung, es war wunderbar — wenn er jetzt nur noch einschliefe!

Der Uniformierte kam und verlangte, daß er ihm das »Geschriebene« geben sollte. Ohne den Blick vom Fenster abzuwenden, sagte Vasso: »Nichts, nichts Geschriebenes!« Der Mann wiederholte: »Nichts« und verließ das Zimmer.

Nach einer halben Stunde kam er wieder. »Nichts? Nichts Geschriebenes?« — »Nein, nichts Geschriebenes!«

Nach vierzig Minuten kam er wieder, er brachte ein braunes Dossier mit: »Bitte sofort lesen!« Er gab das Dossier nicht aus der Hand, ehe Vasso aufstand und sich an den Schreibtisch setzte, dann erst reichte er ihm Blatt für Blatt. Es waren Protokolle, ordentlich aufgesetzt, unterschrieben. Eines trug die Unterschrift Winters — eine saubere, klare Schrift, doch hatte er wahrscheinlich plötzlich gezögert, die zwei letzten Silben des

Namens waren auseinandergebrochen. Ein anderes war von Karel unterzeichnet — ein komplizierter, schwer entzifferbarer Namenszug eines kühenen Burschen, der Angst bekommen hat. Die Schrift Lenz-Zvonimirs, auffällig nach links geneigt, war unverändert, Schrift des Genießers, der kaum je die Ruhe und nie den Appetit verliert.

Die Stellen, die Vasso lesen sollte, waren unterstrichen. Winter gab zu Protokoll, daß er leider erst spät Verdacht gefaßt und zu spät erkannt hatte, daß Vasso entschlossen war, die Partei von der Sowjetunion und deren Führung abzulösen. Vasso hätte besondere Sympathien für die Führer der Rechtsopposition gezeigt und sich hierbei auf die Leninsche Politik des Bündnisses mit der Bauernschaft berufen, er hätte den Kampf gegen die Kulaken als einen Fehler, ja sogar einmal als Verbrechen bezeichnet. Auf eindringliches Befragen gab Winter zu, daß seiner Überzeugung nach Vasso niemals ein wahrer Kommunist gewesen ist, daß er sich in die Partei eingeschmuggelt hat, um die Interessen der Großgrundbesitzer und der Kulaken zu verteidigen. Als Sohn eines Kulaken blieb er damit seiner Klasse treu. Auf die Frage, ob Vasso nicht etwa im Auftrag und als ein getarnter Agent der jugoslawischen Polizei ins Ausland und schließlich nach Rußland gekommen wäre, erklärte Winter zuerst, daß er das nicht glaube, schließlich gab er aber zu, daß dies möglich wäre, ja, daß man nach reiflicher Überlegung zur Überzeugung kommen müßte, daß Vasso von Anfang an nichts anderes gewesen sei als ein besonders gefährlicher Agent der Belgrader Geheimpolizei, und daß seine verschiedenen Reisen nach Rußland, immer mit falschem Paß, die Vorbereitung und schließlich die Ausführung von Sabotageakten und von Attentaten und nicht zuletzt die Ausspionierung der Roten Armee zum Ziel gehabt hätten.

Die Aussagen Lenz' deckten sich mit denen Winters. Er wies im übrigen darauf hin, daß er seit Jahren der GPU regelmäßig über Vasso und dessen mehr als verdächtige Unternehmungen Bericht gegeben hatte. Die Erklärungen der zwei anderen Jahreszeitmänner wichen von denen Winters und Lenz' nicht wesentlich ab.

Karel begann damit, daß er Vasso als den klügsten und in jeder Hinsicht fähigsten Mann des Landes bezeichnete, als den einzigen Theoretiker der Partei. Dann charakterisierte er ihn als einen Schwächling, der vor Blut Angst hatte und zu weich und überdies seiner Frau, einer intelligenten, hochmütigen Adligen, hörig war. Diese Frau, maßlos ehrgeizig und auch deswegen zu individuellem Terror geneigt, vergiftete die Beziehungen Vassos zu den Genossen und isolierte ihn immer mehr von ihnen. Sie verbreitete systematisch Panikachrichten, säte Mißtrauen in der Partei, verdächtigte führende Mitglieder des Apparates, zum Beispiel Karel selbst, in Diensten der Polizei zu stehen. Unter ihrem Einfluß ist Vasso immer tiefer gesunken. Im Januar 1934 fuhr er ohne Wissen der Partei ins Land, nahm Verbindungen auf, versuchte, sich wieder der Führung zu bemächtigen unter dem Vorwand, daß die Zeit gekommen wäre, die innere Demokratie wieder herzustellen und die Wahl der Führung von der Basis aus herbeizuführen. Unter den gegebenen Umständen war dies natürlich nichts als ein Akt gefährlichster Provokation. Er verbreitete Panik, indem er unter anderem behauptete, daß die Führung an der Ermordung Andrej Boceks und Hrvoje Brankovics schuldig wäre.

Vasso und besonders seine Frau seien auf diese Weise und eben wegen ihrer besonderen Fähigkeiten und wegen des Ansehens, das sie beide noch im Land genießen, zu einer tödlichen Gefahr geworden, die um jeden Preis beseitigt werden müsse.

Der Uniformierte nahm die Schriftstücke wieder an sich und übergab Vasso einen kleinen, eingerollten Zettel. Schon an der Tür, sagte er: »Ich komme in einer Stunde wieder, das ist fünfzehn vor zwei.«

Auf dem Zettel standen zwei Worte: »Wot tschto!«

Guter, dankbarer Schüler, dachte Vasso, als er sich wieder ans Fenster setzte und die Füße auf den Heizkörper legte. Er macht es mir so leicht, mich zu retten. Es bedarf nur eines weiteren Protokolls und einiger Leichen. Klug, aber primitiv, dieser Mirin. Er weiß nicht, was das ist, zu Ende denken. Zehn Minuten, bevor die Frist abgelaufen war, setzte er sich an den Schreibtisch. Er schrieb:

»Ich bin bereit, alle Fehler und Fehlschläge der Partei seit ihrer Gründung bis zu dem Zeitpunkt, da ich auf Euren Befehl aus der Führung fast völlig ausgeschaltet worden bin, auf mich zu

nehmen, wenn Ihr alle Genossen unserer Partei, die Ihr gefangen haltet, gleichzeitig mit mir frei laßt. Die jugoslawische Partei hat über sie zu richten, niemand anderer, keine Polizei, kein Gericht der Welt.
Ich nehme den Auftrag an, die Partei zu reorganisieren und bis zu dem Augenblick zu führen, in dem auf demokratischer Basis eine neue Führung frei gewählt werden wird. Ich werde dafür sorgen, daß dies so schnell wie möglich geschieht, das heißt vor Ablauf von drei Monaten. Die innere Demokratie der Partei voll wiederherzustellen und sie zu erhalten, ist das erste und oberste Ziel.
Ich bleibe der materialistischen Geschichtsauffassung treu, ich lehne Eure polizeiliche Geschichtsauffassung ab.
Das ist alles.

Vasso Militsch.«

Er legte das Blatt in das grüne Dossier und übergab es dem Mann, der pünktlich mit dem Glockenschlag der Pendeluhr erschien.
Wenige Minuten später tauchte Mirin wieder auf. Er trug einen breiten Pelzmantel, den knöpfte er während des Gesprächs auf, die Pelzmütze behielt er auf dem Kopf. »Also Selbstmord?« begann er, »Selbstmord, um irgendein verräterisches Gesindel zu schonen!«
»Nein, ich will nicht sterben, aber ihr wollt mich töten.«
»Nein!«
»Doch, ihr gebt mir nur einen kurzen Aufschub, damit ich zuvor euer Mordkomplice werde und dann in Selbstverachtung krepiere.«
»Ach, darum! Sie haben kein Vertrauen zu uns?«
»Nein, keinerlei Vertrauen.«
»Nicht dumm, gar nicht dumm. Andere, berühmtere Zeitgenossen sind dümmer gewesen.«
»Sie sind nicht dümmer gewesen, Mirin, aber sie waren zu lange eure Komplicen gewesen. Sie waren erledigt, ehe ihr sie umgebracht habt. Ich habe nie Reueerklärungen unterschrieben, ich habe nie Beihilfe zur Ermordung von Genossen geleistet, ich bin nie euer Komplice gewesen.«
»Leere Phrasen, Zeitverlust! Überdies haben Sie unrecht. Ich

garantiere Ihnen, daß, wenn Sie alle Bedingungen erfüllen, es kein neues Verfahren geben wird. Nicht in sechs Monaten und nicht später.«

»Sie garantieren? Und wer garantiert Ihnen, daß Sie nicht schon vor Ablauf dieser sechs Monate vor der ganzen Welt — direkt ins Mikrophon hinein — reuig gestanden haben werden, daß Sie Ihren Chef haben umbringen wollen und, um sich dafür vorzubereiten, 2000 Eisenbahnwaggons zum Entgleisen gebracht haben?«

Mirin bot ihm eine Zigarette an. Während er ihm die goldene Dose hinhielt, sagte er lächelnd: »Humor haben Sie immer gehabt, Militsch, und man hat sich in Ihren Kursen nie gelangweilt. Aber ganz unter uns: Sie sollten sich um meinen Kopf nicht sorgen. Er sitzt fest auf festen Schultern und hat eine gute Aussicht — in jeder Hinsicht, Sie verstehen.«

Mirin war der Günstling im Zenit der Gunst, dem es unvorstellbar war, daß ihm je die Sonne untergehen könnte. Er glaubte, nie vor ihm hätte je ein Mann den Chef — er nannte ihn Chasjajn: Wirt — so sicher in Händen gehabt. Und gerade in diesem Augenblick war er dessen gewiß, er kam vom Chef, er hatte die letzten Stunden ganz allein mit ihm verbracht.

Vasso antwortete: »Ich möchte mit Ihnen nicht tauschen, obwohl — obwohl ich in der Zelle furchtbar friere. Aber das ist auch die einzige Angst, die ich noch habe: zu frieren. Geben Sie zu, daß das zwar eine quälende, aber objektiv völlig unwichtige Angst ist.«

»Wenn ich Sie recht verstehe, ist das einzige, was Sie von mir wollen, mein Pelzmantel.«

»Ja — und die Pelzmütze. Nur geliehen für eine kurze Zeit, nach meiner Liquidation werden Sie beides zurückbekommen. Allerdings müssen Sie sich dann schon selber darum kümmern.«

»Ich biete Ihnen das Leben an, Sie aber wollen nur einen Pelzmantel, Sie sind zu bescheiden, dafür büßt man.«

Mirin schwatzte noch eine Weile, Vasso lieferte ihm jeweils das Stichwort. Ihn beherrschte die Vorstellung, daß er, Tag und Nacht in diesen herrlichen Pelzmantel gehüllt, sich bis ans Lebensende vor der Kälte schützen könnte.

»Nun genug gespaßt, sprechen wir ernst. Ich sage: ernst! Sie lehnen, schreiben Sie, unsere polizeiliche Geschichtsauffassung

ab, aber Sie haben hoffentlich keine psychiatrische Auffassung von den Dingen, die hier vorgehen, Sie glauben doch nicht, daß wir wahnsinnig geworden sind. Hören Sie gut zu! Vor zwanzig Jahren hat es in diesem Land eine Revolution gegeben, man hatte sich siebzig Jahre lang auf sie vorbereitet. Die Theorie der Revolution ist richtig gewesen, die richtige Theorie hat gesiegt, hat man daraufhin gesagt. Aber alles, was in diesen 20 Jahren geschehen ist, beweist, daß diese Theorie falsch ist. Was in der Welt vor sich geht, beweist, daß das Zeitalter der Aufstände, Meutereien und revolutionären Machtergreifungen zu Ende ist, ich sage: zu Ende ist, vorbei. Aus Gründen der Waffentechnik, der Kriegstechnik, der veränderten Bedingungen der Massenorganisation. Die Theorie, daß die Massen revolutionär sind, war früher vielleicht brauchbar, obschon nie ganz richtig. Jetzt aber ist sie unbrauchbar und falsch. Unter den neuen Bedingungen sind die Massen Wasser — gib rotes Licht darauf, sind sie rot, grünes Licht, sind sie grün.«
Vasso bemerkte amüsiert, daß Mirin sich in der Sprechweise, in den Gesten änderte, es war augenscheinlich, daß er da jemandem, wahrscheinlich dem Chef, nachsprach und dessen intimste Gedanken mit dem gleichen Tonfall wiederholte. Das war der neue, esoterische Katechismus, den Mirin unvorsichtig verriet.
»Wir sind eben daran, mit den letzten Nachzüglern, den wirklichen oder potentiellen Meuterern, die sich auf die Revolution berufen, Schluß zu machen. Es kommt nicht darauf an, was sie einmal geleistet haben, sondern ausschließlich darauf, daß sie jetzt nur noch schädlich sein können, weil sie sich weigern, die neue Wirklichkeit zu erkennen. Deren Name ist: Macht. Haben Sie mich bisher gut verstanden, Militsch?«
»Ja, Mirin, sehr gut, es ist ganz einfach.«
»Wieso einfach?« Mirin war ehrlich erstaunt.
»Nun, weil man das in anderen Ländern in der Schule lernt. Es ist eine alte, dumme Weisheit.«
»Was sagen Sie da? Sie haben also nichts verstanden. Oder nein, passen Sie auf, das ist dialektisch. Es sind dieselben Worte, wir vertreten nach außen die alte Theorie, aber ihr Inhalt hat sich von Grund auf gewandelt. Jetzt verstehen Sie?«
»Gut, gut«, besänftigte ihn Vasso, er wollte den Jungen nicht enttäuschen, »fahren Sie fort, es ist interessant.«

»Interessant, das ist nichts. Es ist entscheidend, ich sage: entscheidend. Also: Keine Revolution kann gelingen, nicht in Deutschland, nicht bei euch, nirgends. Aber eines Tages werden wir, das heißt unsere Fallschirmtruppen, unsere Tanks, unsere Artillerie, die Truppen der NKWD in Bukarest, in Warschau, in Sofia, in Belgrad, in Ankara sein. Die Massen werden aufwachen und erfahren, daß alles getan ist. Sie werden aufmarschieren, hurra schreien, natürlich — und dann zurück in die Fabriken, in die Kohlengruben, auf die Felder! Die Massen werden nie die Macht erobern, es wäre ja auch nutzlos, da sie sie gar nicht bewahren könnten. Aber die Macht, unsere Macht wird die Massen erobern — ohne Revolution, ohne Bürgerkrieg. Das ist das Neue, das absolut Entscheidende, Sie begreifen, Militsch?«

»Alles klar, das haben Sie sehr gut gesagt, das mit der Macht, die die Massen erobert. Und natürlich muß die Macht monolithisch sein, je mehr Massen, das heißt Länder, sie erobert, um so wichtiger ist es, daß sie monolithisch bleibt. Es wäre Wahnsinn, daß, wenn ihr eines Morgens in Belgrad erscheint, wir dann beginnen, Revolution zu machen, denn diese Revolution wäre selbstverständlich Konterrevolution, da ihr ja bereits die Macht hättet.«

»Sehr gut, sehr gut!« unterbrach ihn Mirin.

»Und die Revolutionäre, die das machen würden, sind, richtig gesehen, schon heute Konterrevolutionäre. Sie wissen es zwar nicht, eben weil sie überholte Vorstellungen von ihrer Aufgabe und sich selber haben. Und Konterrevolutionäre, also Feinde, leben und groß werden lassen, wenn man sie schon jetzt liquidieren kann, das ist Wahnsinn. Also —«

»Also Sie sind großartig, Sie haben sofort alles begriffen.« Freude, ja Glück leuchtete aus Mirins Augen.

»In der letzten serbischen Bauernhütte, in jedem Arbeiterhaus, in jeder Werkstätte wird neben dem Bild des Chefs Ihr Bild hängen. Man wird im ganzen Land Ihren Geburtstag, Ihren Namenstag feiern, so wie man jetzt den ersten Ostertag feiert. Sie werden unser Mann sein, Macht von unserer Macht, stählerner Mensch des neuen stählernen Zeitalters, das einen, ich sage: einen einzigen Namen hat: Stalin.«

Sollte er diesem Ikonomanen sagen, daß dies »Neue, absolut Entscheidende« uralt war, der Irrtum der Mächtigen, an dem ihre Enkel oder ihre Urenkel zugrunde gehen? Immer hatte die Macht die Massen erobert, eben weil sie Macht war. Und die Massen riefen »hurra« und »es lebe«, sie sangen, brüllten, töteten und ließen sich töten und versanken in die Namenlosigkeit. Das war alt wie der Tod. Wenn die Massen die Macht eroberten und behielten — endlich einmal —, würde die Macht ihr Wesen und ihren Namen verlieren, die Massen ihre Namenlosigkeit, ihre Unmenschlichkeit. Und darum ging der Kampf — die Mirins haben ihn verloren und sich auf die andere Seite gestellt, aber sie verkünden, sie hätten das wahre Ziel erreicht. Das ist dialektisch, sagt der kleine Mirin, Sprachrohr des großen Mirin. Die Worte, sagte er, sind dieselben geblieben, aber ihr Inhalt hat sich geändert. Die Fahne ist rot geblieben vom Blut der Märtyrer, die wir verehren, weil sie tot waren, ehe wir die Macht hatten, sie umzubringen. Wir sagen noch immer Revolution und Sozialismus und Freiheit, aber der Inhalt dieser Worte hat sich geändert — das ist ein Staatsgeheimnis, nicht weitersagen!

»Wie alt waren Sie, Mirin, im Jahr 1917, als die Massen vorübergehend die Macht eroberten?«

»Elf Jahre. Nicht die Massen haben damals die Macht erobert, sondern das Militärkomitee der Partei unter der Führung Stalins.«

»Gut, gut. Als Sie in meinen Kursen waren, waren Sie 19 Jahre alt. Damals meinten Sie nicht, daß das Militärkomitee die Macht erobert hat, Sie haben also Ihre Meinung seither geändert. Es ist die spezifische Dummheit der Mächtigen, daß sie glauben, sie könnten die Vergangenheit beliebig ändern. Armer Mirin, Sie sind ein mächtiger Mann geworden.«

Mirin erwiderte: »Wenn ich jetzt, um drei Uhr nachts, den Auftrag gebe, daß man bis morgen mittag ein Material zusammenstellen soll, das unwiderleglich beweist, daß Sie, Vasso Militsch, von Ihrer Geburt bis morgen mittag der größte, ergebenste, klügste Revolutionär gewesen sind, werden sich intelligente, gebildete Menschen an die Arbeit machen, und ich werde morgen mittag auf 50 enggeschriebenen Seiten diesen unanfechtbaren Beweis in Händen haben, mit allen nur wünschenswerten Zitaten. Und den entgegengesetzten Beweis, wenn ich wünsche, ebenso. Bis morgen mittag. In diesem letzteren Fall sind Sie von Ihrer Geburt an ein Feind der Arbeiter, ein kapitalistischer

Agent, ein Polizeispitzel gewesen. Und von den drei Parteimitgliedern, die es in Ihrem Heimatdorf gibt, werden zwei bestätigen, daß Sie immer eine giftige Natter gewesen sind, der dritte wird aus der Partei hinausgejagt werden, weil er nicht schnell genug das gleiche behauptet haben wird. Also, Militsch, ist es wirklich eine Dummheit, die Vergangenheit ändern zu wollen?«
»Ja, schon wegen des dritten.«
»Man wird ihn erledigen.«
»In jedem Dorf gibt es einen dritten. Es gibt ihrer noch mehr in den Städten.«
»Man wird eine Hälfte von ihnen liquidieren, die andere wird sich reuig unterwerfen.«
»Welch totale, totalitäre Dummheit: Ihr werdet Tausende umbringen müssen, um meine Vergangenheit zu ändern. Und ihr werdet immer wenigstens einen zu wenig umgebracht haben, ein Manuskript zu wenig vernichtet haben. Die Polizei macht nicht Geschichte, sie interpunktiert nur — gewöhnlich falsch, analphabetisch — die eine oder andere dunkle Episode. Ihr habt eine polizeiliche Geschichtsauffassung, ich stehe zur materialistischen.«
»Das heißt?«
»Ihr werdet mich umbringen.«
»Aber ich will Sie nicht umbringen, ich will Sie retten, ich sage: retten.«
»Sie haben meine Erklärung gelesen, ich habe nichts hinzuzufügen, nichts wegzunehmen.«
Mirin sprach erregt auf ihn ein, Vasso hörte ihm kaum zu. Er war müde, schläfrig, das alles ging ihn nichts an. Mara war gerettet, das war das wichtigste. Der fünfte Akt wurde gespielt, der Autor, des Schlußeffektes nicht ganz sicher, fügte schnell noch eine Szene hinzu, die überflüssig war, das Ende stand fest. Mirin war nicht der reitende Bote des Königs, der die rettende Botschaft bringt, er war ein Unterhändler, der verhandeln, handeln, tauschen und täuschen wollte.
Mirin redete sich in eine immer heftigere Erregung hinein, er lief im Raum auf und ab. Vasso hatte es schon wieder kalt. Die Kälte steckte ihm in den Knochen, erwog er, denn der Raum war zwar nicht mehr überheizt, aber immer noch warm genug.

Er setzte sich, schloß die Augen, nur von Zeit zu Zeit öffnete er sie, um den Pelz zu betrachten. Nie zuvor war ihm ein Gegenstand so begehrenswert erschienen.
»Sie schlafen?« brüllte Mirin auf ihn ein. »Sie schlafen!«
»Nein, ich döse nur.«
»Entweder Sie sind verrückt oder Sie simulieren einen Verrückten.«
Und plötzlich riß er Vasso an den Schultern hoch und schrie: »Sie sind nicht verrückt, Sie sind erbarmungslos! Haben Sie doch Erbarmen mit sich!« Er schrie wie besessen: »Erbarmen, Militsch, Erbarmen, Erbarmen!« Vasso schloß die Augen, schüttelte den Kopf, die Stimme versagte ihm völlig, er fühlte deutlich die Gefahr. Endlich ließ Mirin ihn los, die Tür fiel ins Schloß. Vasso öffnete die Augen, er merkte, daß er noch immer den Kopf schüttelte, und ergriff ihn mit beiden Händen.
Und dann hörte er einen sonderbaren tierischen Laut, der kam aus ihm selber — er schluchzte. Er ging schnell zum Fenster zurück. Mit dem Rücken zum Zimmer, so wollte er verharren, bis sie ihn holten. Doch mußte er sich setzen, nicht anders konnte er verhindern, daß sein Kopf ans Fenster schlug.
Man holte ihn bald, brachte ihn ins Gefängnis zurück. Man zog ihm den Anzug, die Schuhe wieder aus, nahm ihm eines der beiden Taschentücher und die Zigaretten ab. Man konnte seine alten Gewänder nicht finden, so blieb er in der Unterwäsche, doch war es ein kleiner Wachraum, der Ofen glühte. Erst am Morgen gab man ihm einen alten, zerrissenen Anzug, die Hosen waren zu kurz, der Rock war viel zu weit. Er wurde in eine winzig kleine Zelle gebracht, er war wieder allein.
Er legte sich hin, er hoffte, den Tag verschlafen zu können. Er war ruhig, fast glücklich, nur der säuerliche Geruch des fremden Rocks störte ihn. Am Abenteuer dieser Nacht war allein der Schluß erregend und gefährlich gewesen. Es war leicht, dem Feind und seinen ausgeklügelten Verlockungen zu widerstehen, doch wurde er unwiderstehlich, sobald er Mitgefühl, Freundschaft, Liebe zeigte. Sie hatten — aus Schlauheit — einen Fehler gemacht, hätten sie ihn nicht zuvor mit Djura, Vladko und den anderen zusammengebracht, wäre er die ganze Zeit mit seinen gesprochenen Briefen und dem roten Mann allein geblieben — er hätte vielleicht Mirins Sympathie nicht standgehalten.

Schon einschlafend, mußte Vasso über die Selbstentfremdung, über die aggressive Ahnungslosigkeit des mächtigen Mirin lächeln. Der hatte gesagt: »Sie wollen doch nicht für eine Liturgie, ich sage: für die Liturgie der Revolution krepieren!« Die Mirins hatten aus der Revolution eine Liturgie gemacht — »Die Worte sind dieselben, aber der Inhalt hat sich geändert« —, deshalb glaubten sie, die Revolutionäre stürben für eine Liturgie. Das hätte er Mara erzählen, ihr die Szene von Anfang bis zu Ende schildern mögen.

In dieser winzigen Zelle verlebte Vasso noch 35 Tage, die letzten seines Lebens. Er nahm die Abfassung von Briefen wieder auf, aber nach wenigen Tagen machte er Schluß damit, nach dem einzigen Brief, der nicht an Dojno gerichtet war. Er quälte sich zuerst ab, den Namen des Adressaten wiederzufinden, aber es gelang ihm nicht. Und doch sah er deutlich den blonden Jüngling vor sich, seine gerötete Stirn, die Möbel in seinem Balkonzimmer. »Nie wirst du, braver Genosse, diesen Brief erhalten. Das hat Gründe, die auch mit dir zusammenhängen, auch mit jenem Gespräch, das wir vor sechs Jahren geführt haben. Das war in der Nacht, bevor du in meine Heimat fuhrst, um die Wahrheit zu ergründen. Wir kamen — wieso, warum, ich weiß es nicht mehr — auf das Mitleid zu sprechen. Und ich sagte dir, daß wir das Mitleid nicht kennen dürfen, du zweifeltest daran. Nun ist mein Weg, gewalttätig abgekürzt, zu Ende. Wer so stirbt wie ich, läßt zu viele Zwiegespräche unbeendet, aber gerade das Gespräch mit dir findet in meinem Tod einen guten Abschluß: Ich sterbe ohne Mitleid, ja, ich sterbe, weil ich keines kennen will. Damit bleibe ich nicht nur mir, sondern der Sache treu, denn —« Hier brach der Brief ab, da plötzlich in Vasso eine klare, greifbare Erinnerung aufstieg. Er sah den kleinen roten Mann — nein, er war nicht mehr jung, wohl schon um die Fünfzig herum — am Grenzbahnhof in Basel, und der Mann stand vor einem Uniformierten, der spöttisch und voller Verachtung auf ihn hinabsah, und weinend sagte der kleine Mann: »Was tun Sie mir an, was machen Sie mit mir, haben Sie Erbarmen, was soll aus mir werden, Herr, lieber Herr!« Und der Mann hämmerte in grausamer Verzweiflung mit den Fäusten auf den eigenen Kopf ein.

So, das war er also. Vasso war damals von dem Flehen dieses Menschen, augenscheinlich war es ein jüdischer Flüchtling, aufgeweckt worden. Er hatte sich an das Kupeefenster gestellt, schnell erwogen, ob er nicht eingreifen sollte, doch wäre es gegen die konspirative Regel gewesen, die vorschrieb, stets unauffällig zu bleiben. Der Jammer eines einzigen Menschen durfte ihn nicht rühren. Vasso war glücklich über diese Entdeckung, die Erklärung war gegeben, warum sich dieser Mensch in so sonderbarer Weise bei ihm eingestellt hatte, wenige Stunden, nachdem Mara weggegangen und er allein geblieben war, um auf das unabwendbare Ende zu warten. Nun dieses Geheimnis aufgeklärt war, würde jener seltsame Genosse seiner Einsamkeit verschwinden.

Doch er verschwand nicht, auch nicht während der zwei Tage, die Karel die Zelle mit ihm teilte.

Aber Vasso verfaßte keine Briefe mehr. Er entfernte sich immer mehr von alledem, was sein Erwachsenenleben ausgefüllt hatte — Bilder, Töne führten ihn in die Kindheit, in die frühe Jugend zurück. Die Erinnerung an die Landschaft wurde übermächtig: an den Fluß, an die Weidenbäume, an die Obstgärten, an die Stoppelfelder im Herbst und die vom Regen aufgeweichten Landstraßen. Manchmal fand er sich selbst in diesen Bildern, und seine Eltern, seinen Bruder, ein Mädchen, das jung gestorben war, Mara. Der Gesang des Dorfes war in seinen Ohren, das Bellen der Hunde — er lauschte gespannt auf die Töne, blickte gespannt in diese Welt von stehenden Bildern. Alles stand still, auch die Zeit.

Viermal wurde er zum Verhör geführt, er blieb stumm. Sie konnten nicht ahnen, daß er sich schon zu weit von ihnen entfernt hatte, sie waren nicht stark genug, nicht ihr Gebrüll, nicht ihre Lichttricks, ihn aus seiner Landschaft herauszuholen.

Nach dem vierten Verhör kam ein Mann in seine Zelle, er stellte sich als Arzt vor. Bevor er wieder ging, flüsterte er ihm zu: »Nehmen Sie sich in acht, Genosse. Irrenhäuser sind in der ganzen Welt etwas Grauenhaftes, erst recht bei uns. Nehmen Sie sich zusammen, versuchen Sie zu hoffen, dann werden Sie verzweifeln — das wird normales Verhalten sein. Hören Sie mich überhaupt?«

»Sie haben recht, ich verzweifle nicht, weil ich nicht hoffe.«

»Aber das ist eben absolut anomal. Nur Tote oder Geistes-

kranke im letzten Stadium haben nicht mehr die Fähigkeit zu hoffen oder zu verzweifeln, was im übrigen dasselbe ist.«
»Ja, ich bin tot.«
»Nein, man ist nicht tot, wenn man es will. Man muß sterben oder sich töten.«
»Nein, das verstehen Sie nicht. Für die, in denen ich weiterleben werde, bin ich schon tot, in ihnen hat mein Überleben schon begonnen.«
»Sie sind wahnsinnig!« schrie der Arzt, doch verbesserte er sich schnell, da er den Wärter herbeieilen hörte: »Nein, Sie simulieren nur, Sie sind ganz normal. Ganz normal!« Nach diesem Gespräch kam der kleine rote Mann wieder, besonders in der Nacht, wenn die Kälte Vasso am Schlafen hinderte.
Er war wach, als sie ihn holten; ihm schien's, der Weg war lang. Es konnte der letzte Gang sein, erwog er, und blieb stehen. Einer der Uniformierten sagte nicht unfreundlich: »Weiter, weiter, Sie sind noch nicht angekommen.« Sie setzten sich wieder in Marsch. Was er da sah, die weißen Steintreppen vor dem Schulhaus, das war ein Bild, er wußte es, aber er ging auf sie zu, sie waren noch weit, doch hatte er Zeit. Weiße Treppen in der Sonne, in der guten, warmen Sonne, der zärtlichen, der warmen, zärtlichen Sonne, der zärtlichen... Das war das letzte Wort, das das letzte Bild begleitete. Er fiel vornüber, die Steintreppe hinunter.

3

»Natürlich geht das Leben weiter, es hat nie etwas anderes getan, dieses mit Recht so berühmte und beliebte Leben«, sagte Karel; er war nun wieder nüchtern. »Und wenn du hinausschreien wirst: Vasso ist unersetzlich, werde ich dir antworten: Keiner denkt daran, ihn zu ersetzen, da er schon vorher überflüssig geworden war. Wie gewöhnlich hat der Super-Karel eine Leiche erschossen. Lenz führt die Partei, Winter kämpft in Spanien, er wird dieser Tage fallen, so wie ein erfrorener Spatz vom Telegrafendraht in den hohen Schnee fällt, ohne Geräusch, ein riesiger Leib, und doch kein Geräusch.«
»Vasso ist tot, Sönnecke ist tot«, wiederholte Dojno.
»Aber dein alter Stetten lebt, kehre zu ihm zurück, Vasso hat es dir vorausgesagt.«

»Ja, er hat es vorausgesehen. So hat er gelebt: Seine Augen sahen immer in die Zukunft, er hörte das Gras wachsen, das die Karels zertreten. Auch das hat er gesagt. Doch habt ihr nicht gewagt, ihn zu verleumden, nicht ihn, nicht Sönnecke.«

»Das hat einen einfachen Grund: Man darf die Verbrechen nicht verschwenden!«

»Das heißt?«

»Das heißt, daß man wegen der Verbrechen, die sie nicht gestehen wollten, noch andere anklagen und hinmachen kann. Mit den paar Verbrechen, die für solche Prozesse zur Verfügung stehen, müssen wir sparsam umgehen. Deshalb habe ich es erreicht: Du sollst dich in die hinterste Ecke zurückziehen, schweigen, vergessen und vergessen werden. In zwei Jahren darfst du ruhig eine wissenschaftliche Arbeit veröffentlichen, zum Beispiel über den Einfluß von etwas Unwichtigem auf etwas Unwichtiges im Mittelalter. Du darfst später, wenn du dich ganz beruhigt hast, bis zum 17. Jahrhundert vordringen, aber nicht näher. Das 18. laß gefälligst in Ruhe, da beginnt die Gefahr der Anspielungen. Du verstehst doch, eine politische Leiche darf nicht einmal stinken, du mußt Gefrierfleisch werden. Eiskasten oder Selbstmord, das ist die Alternative. Sei kein Narr, wähle den Eiskasten!«

»Nun hast du genug geredet, Karel, du hast alle letzten Worte gehabt, es ist Zeit, daß wir uns trennen.«

»Schon möchtest du allein sein — der Eiskasten ruft.«

»Geh jetzt, Karel, ich könnte dich nicht länger ertragen. Du willst ja nur eines, und deswegen hat man dich zu mir geschickt, ich soll schweigen und schnell, ohne Zeitverlust, in den Tod oder in den Eiskasten gehen. Nun, sage ihnen, daß ich schweigen werde, nicht eurethalb, sondern weil es die anderen gibt, diese verächtliche Welt der Hitler und der Slavkos. Ich werde euch nicht bekämpfen, solange es sie gibt. Ich werde mich bemühen, nur an sie zu denken, Tag und Nacht, und euch zu vergessen. Nur so wird es möglich sein, stumm die Zeitgenossenschaft der Karels und der Super-Karels zu ertragen. Jetzt aber geh!«

»Ich habe noch nicht mein allerletztes Wort gesagt, das du anhören wirst, und wenn ich dich an den Stuhl binden müßte. Merk dir das: Niemand stirbt unschuldig, denn niemand hat

unschuldig gelebt. Wenn sie mich dort umgebracht hätten, so hättest du gedacht, daß doch etwas an Maras Verdächtigungen gegen mich gewesen sein muß. ›Karel der Techniker ist vielleicht wirklich eine zwielichtige Figur‹ — das hast du dem Sönnecke in Prag gesagt. Du hast ihm nicht gesagt, daß ihr mich so gewollt, gerade so gebraucht habt.«
»Warum hätte ich das sagen sollen, Sönnecke kannte ja die Art deiner Tätigkeit.«
»Aber ich habe sie nicht gesucht, sie hat mich immer angewidert, ich wollte zurück in die Gewerkschaft, aber man hat mich nicht gelassen. Nur noch einige Wochen, einige Monate, dann wirst du abgelöst, hat man gesagt. Und dann passierte das Unglück, niemand wollte wissen, was geschehen war, es war auch bequemer so. Du weißt, wovon ich spreche.«
»Nein.«
»Du lügst, denn du weißt es. Du hast es gleich am Anfang, als die Sache begonnen hat, gewußt.«
»Nur vermutet, nicht gewußt.«
»Weil du nicht wissen wolltest, die Sache war zu unangenehm. Erinnerst du dich, damals, ich kam zu dir nach Paris und blieb mit der schweren Grippe liegen, da begann ich, dir alles zu erzählen, aber du wurdest ungeduldig, du mußtest weg zu einem Treff, du sagtest: Karel, du hast hohes Fieber. Es ist besser, du erzählst mir all das, wenn du wieder gesund bist! Du wolltest nicht hören.«
»Du hattest hohes Fieber, ich habe dich vor dir selber geschützt.«
»Jetzt habe ich kein Fieber, ich werde dir nicht erlauben, mich vor mir zu schützen.«
Die Erzählung war zuerst klar, in ihrer Linie einfach, doch allmählich änderte sie sich. Karel unterbrach sich oft, um andere Erzählungen einzufügen. Es war, als ob er die Umwege suchte, um Zeit zu verlieren, weil ihm davor graute, zu jenem Teil seiner Geschichte zu gelangen, der allein wichtig war. Er wurde immer unsicherer, einfachste Wörter schienen ihm plötzlich zu entfallen und ließen sich nur mühsam einfangen, selbst sein Tonfall wandelte sich, seine Stimme brach entzwei.
Wie sie ihn damals verhaftet haben, knapp vor dem Staatsstreich, haben sie natürlich gewußt, daß er der Techniker war, in dessen Händen die Drähte der illegalen Organisation zusam-

menliefen. Slavko wandte alle Mittel an, doch Karel schwieg, keine List verfing, keine Folter schwächte seinen Willen.
»Erinnerst du dich, einmal hast du mir das Selbstporträt eines alten Malers gezeigt, und dann, ich habe vergessen, was da für ein Zusammenhang war, hast du gesagt: ›Wenn man gefoltert wird, darf man nicht Nein! denken. Das Nein ist einen Augenblick lang stark, aber es kann keine Dauer haben, es führt am Ende zur Unterwerfung oder zum Verbrechen. Während der Folter soll man einen positiven Gedanken fassen und ihn nicht loslassen, was auch immer geschieht.‹ Daran erinnerte ich mich, Dojno, bevor es zu spät war. Und ich dachte unaufhörlich nur an Zlata. Und jedesmal, wenn ich aus der Ohnmacht wieder erwachte, erhaschte ich sofort wieder den Gedanken an sie.«
Das dauerte siebzehn Tage. Am achtzehnten sagte ihm Slavko: »Heute gibt es kein Verhör, morgen gibt es keins, übermorgen keins. Ich habe genug vor dir, du langweilst mich so, daß ich deinetwegen zweimal soviel saufe wie gewöhnlich. Auf meine Leber nimmt natürlich niemand Rücksicht. Ich habe gesagt niemand? Das stimmt nicht, ein Mensch auf der Welt hat ein menschliches Gefühl für mich — Zlata. Ja, ja, deine Zlata.«
Danach ließ man ihn über eine Woche lang in Ruhe, sogar ein Arzt kam einigemal, behandelte das Knie, den Rücken, die Finger. Man brachte ihm aus einem Restaurant gutes Essen, sogar Wein zu jeder Mahlzeit, Zigaretten, Romane.
Eines Morgens erschien Slavko in der Zelle ganz allein. Er war völlig nüchtern, sah bleich und verstört aus. Er sagte: »Entscheide dich schnell, ich lasse dir die Wahl frei. Entweder du sprichst, packst aus, wie es sich gehört, oder du sprichst nicht, ich lasse dich frei, aber nie, hörst du, nie siehst du deine Zlata wieder. Entscheide dich sofort, langweile mich nicht!«
Karel antwortete: »Ich habe nichts zu sagen.«
»Du gibst also Zlata auf?«
»Ich habe nichts zu sagen.«
Es verging immerhin noch etwa ein Monat, ehe sie ihn entließen. Die Wunden waren fast völlig vernarbt, auch das Knie hatte sich ein wenig gebessert, es tat nicht so unerträglich weh, wenn er vorsichtig auftrat, auch die Fingernägel begannen nachzuwachsen.
So humpelte er in die Freiheit. Zlata war nicht da, er hatte den

Schlüssel zu ihrem Zimmer nicht bei sich, er setzte sich auf die oberste Stufe der Treppe, die zu ihrer Mansarde führte, und wartete. Um vier Uhr nachmittags hatten sie ihn entlassen, er blieb den Abend, die Nacht auf der Treppe sitzen. Am Morgen kam Mara. Die Genossen hatten erfahren, daß er frei war, hatten ihn erwartet. Da er nicht kam, hatte Mara, natürlich sie, die Idee, ihn bei Zlata zu suchen.

»So fand sie mich nach dieser Nacht. Sie blieb drei Stufen tiefer stehen, musterte mich eine Weile, dann fragte sie: ›Wieso haben sie dich freigelassen, hast du gesprochen?‹ — ›Ich habe nichts zu sagen‹, antwortete ich. Das kam so aus mir heraus, ich hatte seit Monaten nichts anderes gesagt. Sie erschrak zuerst, aber dann verstand sie, sie kam die Treppen herauf, umarmte mich, küßte mich. Aber es war zu spät. Um eine Minute, um eine Ewigkeit.«

Sie half ihm, sich aufrichten, aber er konnte nicht auftreten, das Knie schmerzte zu sehr. Da nahm sie ihn huckepack und trug ihn die vier Stockwerke hinunter.

Sie wollten ihn in ein Dorf bringen, zur Pflege, außerdem, um ihn vor Slavko zu sichern, der ihn wieder greifen konnte, es war besser, er tauchte unter. Er aber wollte zuerst Zlata wiederfinden. Aber niemand wußte, wo sie war. Man schickte einen angesehenen Anwalt zu Slavko, man intervenierte in Belgrad — keine Spur von ihr zu entdecken. Ihre Eltern hatten einmal einen kurzen Brief von ihr erhalten — sie sollten sich nicht beunruhigen, sie müßte plötzlich ins Ausland verreisen, würde nach zehn Tagen zurückkommen. Seither waren fünf Wochen vergangen.

Karel gab die Suche auf, ging ins Dorf, wartete. Da kam der Staatsstreich. Man brauchte jeden Mann, so nahm er die Arbeit wieder auf, tollkühne Dinge mußten ausgeführt werden, viel zu gefährlich, man betraute damit nicht jemand anderen, wenn man sie selbst machen konnte. Er ging durch alle Gefahren — und es geschah ihm nichts. Er probierte aus, er beging willentlich Unvorsichtigkeiten, doch sie blieben ohne Folgen. Da stieg in ihm zum erstenmal der Verdacht auf. Er ging zu Vasso, der schon versteckt lebte.

»Ich sagte ihm: ›Etwas stimmt mit mir nicht, Slavko schont mich — warum?‹, und er antwortete, ohne mich anzusehen: ›Wenn er dich wirklich schont, wenn es nicht einer seiner dreckigen Tricks ist, kann es nur wegen Zlata sein. Du hast es doch sicher schon erfahren, sie lebt bei ihm, sie ist seine Geliebte.› Verstehst du, alle kannten damals schon die Wahrheit, nur ich nicht. Und andererseits, mitten in diesen Wirren, wer soll sich da um persönliche Dinge kümmern, um die Freundin Karels, eine von vielen, werden sie gesagt haben.«

Von da ab verlor die Erzählung Karels die gerade Linie. Er versuchte, Dojno faßbar zu machen, was dieses Mädchen ihm bedeutet hatte, doch gelang es ihm nicht. Jedes Wort, kaum ausgesprochen, erschien ihm falsch angewandt, ohne Beziehung zu dem, was er wirklich sagen wollte. Mittendrin kam er auf seine Schwester zu sprechen, ohne daß der Zusammenhang sofort sichtbar wurde. In erstaunlich naiven Worten rühmte er ihre Reinheit, ihre Güte, deren besondere Wirkung es war, daß die Bösesten gut wurden, wenn sie mit ihr zu tun hatten. Dieser seiner Schwester nun war Zlata ähnlich, nur jünger, dem Leben, der Liebe und schließlich der Bewegung aufgeschlossener, und Zlata liebte ihn, das war unverdient wie ein Wunder. Und er, er liebte sie so, daß er sie nicht einmal mit der Partei teilen wollte, am liebsten hätte er sie verborgen. Aber sie bestand darauf, mit ihm alles, auch die Gefahren, zu teilen, mit ihm glühen und mit ihm frieren wollte sie, das sagte sie selber. Und es war wahr.

»Wann hast du die Geschichte mit Zlata erfahren, Dojno?«

»Nach der Ermordung Andrejs und nachdem sie Vojko umgebracht hatten, als ich begann, mißtrauisch zu werden.«

»Erzähl weiter, ich weiß fast gar nichts, außer daß Slavko Zlata zu sich genommen hat.«

Wieder verging einige Zeit. Eines Tages lief er Slavko in die Arme. Natürlich war es kein Zufall, der hatte ihm aufgelauert, um ihm mitzuteilen, daß Zlata in Lebensgefahr war. Karel erwiderte, daß ihm das völlig gleichgültig wäre, doch der Kommissar erpreßte ihn, so ließ er sich in das Vororthäuschen führen, wo er sie wiederfand.

»Was soll ich machen, Dojno, ich muß dir das alles erzählen und ich kann nicht, ich komm' nicht weiter, es ist, wie wenn ich mich immer wieder im Stacheldraht verfangen müßte. Aber du mußt doch schon verstehen, du siehst ja, wo das hinführt, frag mich aus, auf ja oder nein, setz so die Stücke zusammen. Hilf mir!«

Dojno hätte ihm endlich den Blick zuwenden, ihm den Arm

streicheln müssen, aber seit seiner Kindheit war eine lähmende Scheu in ihm, einem Menschen in dem Augenblick ins Gesicht zu sehen, da die Erniedrigung es entstellt. Er wußte, daß man dem Erniedrigten nur helfen kann, wenn man an seiner Würde nicht zweifelt und ihn dessen aufrichtig vergewissern kann.
»Das macht nichts, verschieben wir es auf ein anderes Mal.«
»Es gibt kein anderes Mal, frag mich aus!«
»Gut. Du gingst also hin, du sahst Zlata. Sie hatte mit Selbstmord gedroht, deshalb war der Schuft dich holen gekommen. Und außerdem wollte er sie los werden.«
»Nein.«
»Gut, er wollte also, daß du Zlata beruhigen, ihr gut zureden solltest. Denn sie liebte dich, sie hat überhaupt dem Polizisten nur nachgegeben, weil sie wußte, wie er dich quälte und daß er dich am Schluß töten würde. Somit um dich zu retten. Sei nicht bös, Karel, ich mag melodramatische Geschichten nicht. Aber vielleicht ist das nur zum Teil wahr. Sie wollte dich retten, das ist normal, aber — du hast von ihrer Reinheit gesprochen — vielleicht wollte sie auch Slavko retten. Eine Frau, die auf die Seelenrettung von Mannsleuten ausgeht, kriegt man leichter ins Bett als eine lustige Witwe.«
»Sprich nicht so, du hast Zlata nicht gekannt!«
»Ist sie tot?«
»Ja, ertrunken, Selbstmord.«
»So wäre also alles gesagt und die Geschichte zu Ende.«
»Nichts ist gesagt, du denkst an Vasso und willst dich an mir rächen.«
»Ja, ich denke nur an ihn. Nun er so gestorben ist, ist alles fraglich. Willst du mir sagen, welchen Sinn es gehabt hat, schweigend die Folter zu ertragen, um ihn vor Gefahren zu bewahren — damals, als sie dir die Nägel von den Fingern gesprengt haben? Ihn zu beschützen, dazu warst du bestimmt, und du hast ihn den Mördern ausgeliefert. Und selbst Zlatas Untergang ist sinnlos geworden und deine Klage um sie. Und sogar, daß du mit Slavko nicht nur die Frau, sondern Geheimnisse geteilt hast, ist nun belanglos geworden.«
»Du hast nichts verstanden. Ich habe mit Slavko keine Geheimnisse geteilt. Ich bin damals sofort ins Ausland gegangen, ich wollte nicht mehr zurück, nicht in der Nähe Zlatas leben. Aber

man hat mich zurückgeschickt und mir aufgetragen, die Verbindung mit ihr wieder aufzunehmen. Ich wehrte mich gegen diesen Auftrag, wie man um sein Leben kämpft, wenn man von einem Strudel in die Tiefe gezogen wird. Aber ich mußte nachgeben, in den Sumpf hineingehen. im Zwielicht mußte ich leben, in einem Alptraum voller Zweideutigkeiten. So konnte der Apparat gerettet werden, so konnte ich viele Genossen retten. Und vergiß nicht, du reiner Dojno, so habe ich dich geschützt, jeden deiner Schritte in unserem Lande überwacht, daß du über keinen Stein stolperst. Ich habe den Preis gezahlt, niemand anderer.«
»Und Andrej und Vojko und andere auch.«
»Nein, das ist nicht wahr. Ich hatte alles vorbereitet, damit Andrej in Sicherheit das Land verlassen könnte, trotz meiner Warnung ist er zu seinem Mädel gegangen. Von Zlata wußte Slavko, daß es dieses Mädel gab. Und Vojko? Es ist wahr, ich habe ihn nicht geschützt. Er war für die Partei verloren. Warum hätte ich ihn schützen sollen? Von allen, den Lebenden und den Toten, ist einer nur Opfer — das bin ich. Was ist denn so Trauriges an dem Sterben, was machst du für ein Drama daraus! Aber mich, mich habt ihr diese Jahre leben lassen in einer...«
Er brach ab und machte sich an seiner Reisetasche zu schaffen.
»Ich habe es nicht gewußt«, sagte Dojno. »Vasso hat es nicht gewußt, vielleicht hat er es nicht wissen wollen. Aber du hättest ihm davon sprechen müssen, damals, als man dir den Auftrag gab. Warum hast du es nicht getan?«
Dojno wartete vergebens auf die Antwort. Erst als er schon reisefertig an der Tür stand, sagte Karel: »Du hast begriffen, es gibt unter uns, den Toten und den Überlebenden, keine Unschuldigen. Und doch sind wir Heilige im Vergleich mit den anderen. Also gibt es niemand, der uns richten könnte. Vergiß das nicht, Dojno, jetzt, wo du von uns weggehst. Schweig, verstumm für lange Zeit. Denk nicht an jene, die Vasso umgebracht haben, an jene, die mich lange vorher in den Schmutz gestoßen haben, sondern an die anderen, für die Vasso gelebt hat. Du wirst uns nur hassen, wenn du Slavko vergessen haben wirst. Vergiß ihn nicht, niemals! — Ich werde unten alles bezahlen, ich habe dir da auf dem Tisch den Revolver zurückgelassen und etwas Geld, genug für die Reise nach Wien zu Stetten, in den Eiskasten.«
Einige Stunden später fuhr Dojno nach Paris zurück.

DRITTES KAPITEL

1

Sie trat ins Zimmer, ohne anzuklopfen. Als sie ihn erblickte, wollte sie auf ihn zueilen. Er sagte: »Schließ hinter dir die Tür. Nimm deine Sachen zusammen und geh!«
»Was ist mit dir, Dojno, und wie siehst du aus?«
Er antwortete nicht. Jetzt erst begriff sie, sie trat einen Schritt zurück, als ob sie der Tür nahe sein wollte.
»Wenn es wegen deiner Papiere ist, so laß dir wenigstens erklären, warum ich sie ihnen gegeben habe.« Er sah sie nicht an. »Ich habe es nur gut gemeint.« Sie näherte sich wieder und ergriff seine Hände. »Du hast ganz kalte Hände. Ich mache dir einen heißen Kaffee.«
»Nimm deine Sachen und geh.«
Sie suchte vergeblich seinen Blick, dann begann sie, langsam ihre Sachen zusammenzupacken. Es war nicht viel: ein Nachthemd, ein Morgenrock, Toilettenzeug, es ergab ein kleines, in Zeitung gewickeltes Paket. Tränen kamen ihr in die Augen, sie konnte ja nicht so weggehen, sie begann wieder, auf ihn einzusprechen. Doch er bewegte sich nicht, er hatte die Augen geschlossen.
Sie ging hinaus, kam bald wieder, sie hatte das Paket vergessen. Sie sagte: »Du hast mich nie geliebt, sonst hätte alles anders kommen können. Laß mich nicht so weggehen, sag irgend etwas, gleichgültig was!« Sie setzte sich aufs Bett, wartete. Endlich ging sie.
Am Nachmittag kam Edi.
»Die Concierge hat sich über Sie beklagt, sie sagt, Sie verlassen nicht das Zimmer, man kann es nicht aufräumen. Sie behauptet, daß Sie seit zwei Tagen nichts gegessen haben außer trockenem Brot. Sind Sie krank, Faber? Oder haben Sie kein Geld? Ich kann Ihnen etwas borgen.«
»Danke, Rubin! Und Sie sind noch immer Bridgelehrer?«
»Ja, aber nur noch kurze Zeit, wir fahren nämlich bald wirklich!«

»Das sagen Sie nun schon seit bald drei Jahren. Es ist schade um Sie, um Relly und das Kind. Was hält Sie noch zurück?«
»Nichts mehr, glaube ich. Aber Sie wissen ja, ich brauche immer viel Zeit zum Abschiednehmen. Drei Jahre für einen Abschied von Europa, das ist nicht viel. Ich habe durchschnittlich sechs Jahre gebraucht, um mich von einem Menschen zu trennen — von dem Augenblick an gerechnet, da ich entschlossen war, mit ihm zu brechen. Das muß schon so eine jüdische Schwäche sein.«
»Ich bin auch Jude.«
»Nun ja, eben, seit wieviel Jahren brechen Sie mit der Partei und sind noch immer nicht weggegangen.«
»Ich bin weggegangen.«
»Was, um Gottes willen, was ist geschehen?« Edi sprang auf, er sah Dojno gespannt an. »Haben Sie endlich einen neuen Weg gefunden?«
»Nein, ich habe den Weg verlassen, weil er nicht zum Ziele, weil er von ihm wegführt, ich habe den Sprung ins Nichts getan. Vielleicht führt einmal ein Pfad hinaus.« Und da Edi ihn noch immer anstarrte, fügte er lächelnd hinzu: »Sie müßten doch nun zufrieden sein.«
»Ja, natürlich. — Warten Sie einen Augenblick, ich bin bald zurück.«
Nach einiger Zeit kam er mit Relly, er blieb nicht lange, ältere Damen erwarteten ihn zum Bridge.
Sie sprachen über den kleinen Paul, Rellys Sohn, der bei Freunden auf dem Lande war, sie zitierte seine neuesten Aussprüche. Sie erörterten die letzten Schwierigkeiten, die Edi zu überwinden haben würde, ehe er sich mit seiner Familie endlich werde einschiffen können. In Amerika würde er zur Arbeit, zu sich selbst zurückfinden. Sie sprachen wieder einmal über die seltsame Wirkung, die diese politische Emigration in Paris auf Menschen wie Edi ausübte.
Relly wartete, daß Dojno über sich selbst spräche, daß er endlich klagte. Nun er Hilfe brauchte, fühlte sie sich hilflos. Als wieder einmal das Gespräch versiegt war, wagte sie es: »Vasso?«
»Ja, sie haben ihn ermordet.«
»Räche seinen Tod, nicht nur seinethalb, auch deinethalb. Denk nicht an die Dinge, die sie ihm angetan haben, denk an die Dinge, die du seinen Mördern antun wirst.«

»Ich werde nichts tun. Es gibt Hitler, Spanien, die Slavkos — ich werde schweigen.«
»Du kannst nicht schweigen.«
»Ich werde es lernen müssen oder sterben. Ich kann mich in die dunkelste Ecke verkriechen, aber nirgends hingehen.«
»Die Welt ist auch nach Vassos Tod nicht leer.«
»Nein, aber nun ist sie voll von Feinden, den alten und den neuen. Und die alten werden nicht sympathischer, auch wenn die Verächtlichkeit der neuen Feinde grenzenlos geworden ist.«
»Ich verstehe das nicht. Sag mir, wie ich dir helfen soll.«
»Nur wenn in mir selber Liebe, Zärtlichkeit wäre, könnte mir deine Zärtlichkeit helfen. Aber in mir ist nichts davon. Wenn ich ertränke, ich würde mir vielleicht zusehen, aber ich würde nicht einen Finger rühren, mich zu retten.«
»Ich kann dich nicht anhören, Dojno, du tust mir unsäglich weh.«
»Du hast recht, Relly, das alles ist nutzloses Geschwätz. Wenn der Schlaf wiederkommen wird, der Appetit, der Mut, diesen Stuhl und dieses dreckige Zimmer zu verlassen, werde ich Vasso immer mehr aus meinen Gedanken verdrängen. Ich werde lesen, schreiben, Arbeit suchen. Das kann schon morgen sein oder heute abend. Mach mir einen Kaffee.«
Doch die Tage vergingen, die Nächte, Relly und Edi hielten abwechselnd bei ihm Wache. Er döste, doch er schlief nicht richtig, er würgte mühsam ein Stück Brot hinunter, rührte sonst nichts an. Und er war allmählich völlig verstummt. Edi beschloß, es mit einem Schock zu versuchen. Da war die Sache mit Josmar, deretwegen war er eigentlich am ersten Tag zu Dojno gekommen. Josmar war, so hieß es, schwer verwundet zwischen den Linien liegen geblieben. Um nicht dem Feind in die Hände zu fallen, hätte er, wie es der Befehl ausdrücklich für solchen Fall vorsah, sich selbst erschossen — irgendwo bei Teruel.
Es war kein Schock, Dojno nickte nur, er sprach kein Wort.
»Aber das ist nicht so einfach« fuhr Edi fort, »denn dieser so gläubige Josmar hat vor seinem Tode Briefe geschrieben an mich, den Ungläubigen, er hat sie an der Grenze, schon auf französischer Seite aufgeben lassen. Hören Sie zu, Dojno, das ist äußerst merkwürdig: ›Das hat für niemanden außer für mich Bedeutung, trotzdem schreibe ich Dir, Edi, gerade Dir, weil du

völlig unbeteiligt geblieben bist. Ich bin am Tode einer jungen Frau namens Erna Lüttge schuld. In welcher Art auch immer ich zugrunde gehen werde, an dieser Schuld werde ich sterben, mein Tod wird also eine gerechte Sühne sein. Das ist äußerst wichtig für mich, jetzt, da ich erkannt habe, daß es vor allem darauf ankommt, für die armen Menschen etwas zu tun. Denn ich habe nie auch nur das Geringste für einen armen Menschen getan.‹ Verstehen Sie etwas davon? Ich weiß nämlich nichts von dieser Erna Lüttge, ich habe nie diesen Namen gehört.«
Da Dojno schwieg, fuhr er fort: »Jetzt hören Sie das an: ›Ich habe mich breitschlagen lassen und habe gegen Sönnecke ausgesagt, ich habe die absurdesten aller verleumderischen Lügen mit meinem Namen gezeichnet. Und Sönnecke ist mein bester Freund gewesen — ich habe die Musik mehr geliebt als alles andere auf der Welt, und ich habe seit Jahren keine Musik gemacht, ich habe vor ihr Angst gehabt wie vor einer bösen Verführerin. Der Partei habe ich die Treue gehalten, sonst niemandem. Aber wenn Bach die Partei überlebt?‹ — Das ist natürlich ein unbrauchbares Argument!«
»Warum unbrauchbar?« fragte Relly. »Natürlich zählt die Dauer! Wäre man ihrer sicher, sie wäre das stärkste Argument, ja das einzige überall da, wo es zu entscheiden gilt, wofür man lebt. Was meinst du, Dojno?«
Doch Dojno schwieg.
Sie zögerten lange, ehe sie sich entschieden, Stetten zu verständigen und seinen Beistand zu erbitten. Er war so alt, so viel Unglück war in den letzten Jahren über ihn hereingebrochen.
Erst während sie ihm den Brief schrieb, wurde sich Relly der niederdrückenden Last bewußt, unter der sie nun seit Tagen lebte. Endlich konnte sie weinen, der Schmerz übermannte sie, als klagte sie um einen, der in Qualen starb.

2

Ja, viel Unglück war über Stetten in diesen Jahren hereingebrochen. Auch der ältere Sohn war nun tot, umgebracht am 30. Juni 1934 im Zuge der vom »Führer« angeordneten »Säuberung«. Es handelte sich um eine blödsinnige, »äußerst bedauerliche« Namensverwechslung — ein Walter Stetter sollte umgelegt wer-

den. Stettens Frau — sie hatte den jüngeren Sohn ermutigt, freiwillig in den Krieg zu ziehen, sie hatte den älteren, ihren Liebling, ermutigt, Österreich zu verlassen, sich dem »Führer« zur Verfügung zu stellen — die alte Frau hatte mitangesehen, wie die schwarzuniformierten Männer ihren Sohn über den Haufen schossen. Sie kehrte zu ihrem Mann zurück, nur vier Monate vorher hatte sie ihn für immer verlassen, um dem Sohn, Adolf Hitler und dem Großdeutschen Reich zu leben. Stetten fand sie und die hochschwangere Schwiegertochter, die »gar zu blonde« Marlies, in der Wohnung, in der allein zu leben er sich schnell gewöhnt hatte. Er kam gerade von seiner Rußlandreise zurück. Die Frau war gebrochen, vom Unglück unmenschlich entstellt, er versuchte nicht, sie zu trösten — er hatte nie an Trost geglaubt —, aber er bemühte sich ehrlich, ihr das Leben erträglich zu machen. Die Geburt des Enkelkindes würde sie dem Alptraum entreißen, so hoffte er. Die Hoffnung erfüllte sich nicht, die alte Frau blieb der Umwelt verschlossen, nichts konnte den Verfall aufhalten. In ihr war nur noch ein Gefühl wach und rege geblieben: der zornige Abscheu gegen das Leben, aber ihr Geist war erloschen, sie fand nicht den Ausweg in den Tod. In den immer selteneren lichten Augenblicken — Stetten hielt ihre Hände, er streichelte ihre Haare — sprach sie immer von ihrer Schuld, sie hätte schon vor vielen Jahren die Wohnung renovieren, neu möblieren und ihrem Mann gemütlicher machen sollen. Sie klagte sich an, sich nicht genug um seine Wünsche gekümmert zu haben. Sie sprach nie von den Söhnen. Auf Drängen der Ärzte wurde sie in eine geschlossene Anstalt überführt. Dort starb sie bald danach in völliger Umnachtung.
Entgegen aller Erwartung blieb auch Marlies dem Kind gegenüber gleichgültig, sie ertrug es nicht, eine Witwe zu sein und die Last eines vaterlosen Kindes zu tragen. Sie war nicht zur Witwe geboren, versicherte sie immer wieder mit törichtem Stolz. Sie bekam freundliche Briefe von hohen und höchsten Würdenträgern des Reiches, man lud sie ein, in die Heimat zurückzukehren, man würde alles tun, damit sie schnell das bedauerliche Mißverständnis vergäße, das sie so früh zur Witwe gemacht hatte. Stetten ermutigte sie, nach München zurückzukehren und ein neues Leben anzufangen. Die kleine Agnes würde bei ihm bleiben, er war ihr Vormund, er würde nun ihr Vater und ihre

Mutter werden. Marlies brauchte nur einige Papiere zu unterschreiben, die dem Großvater alle Rechte auf das Kind einräumten, dafür verpflichtete er sich, ihr bis zu ihrer Wiederverheiratung eine Rente auszuzahlen, die ihr ein sorgloses Leben sicherte. Marlies stimmte dankbar zu und kehrte heim. Sie verheiratete sich dreizehn Monate nach dem »Mißverständnis« mit einem der höchsten Offiziere der schwarzen Armee.
Agnes war nun bald drei Jahre alt, ein hübsches, kluges, über alle Maßen verwöhntes Kind. Sie war sich der Macht bewußt, die sie über den Großvater ausübte. Stetten rühmte ihr nach, daß sie ihre Allmacht nur wenig mißbrauchte. Er hatte sich ein Leben lang davor gehütet, der Narr einer Person, eines Gefühls, einer Idee, einer Bewegung zu sein — nun endlich gab er nach, er war der Narr eines kleinen Kindes. In ernsten Darlegungen zitierte er ernsthaft Aussprüche, die Agnes, natürlich in völlig anderem Zusammenhang, gemacht hatte. Er gewöhnte es sich an, von ihr entstellte Worte anzuwenden. Seit Jahrzehnten vertraute er unbedenklich seinem Gedächtnis, aber er notierte alles, was das Kind betraf.
Er verfolgte auch weiterhin die Ereignisse, in denen sich ein Weltkrieg vorbereitete, sein Widerspruch zur Zeit und zur Gesellschaft wurde immer schärfer, aber er war glücklich. Agnes war für ihn außerhalb jedes historischen Zusammenhanges, die Gesetze des Werdens und Vergehens durften für sie nicht gelten, sie war das Seiende, die ewige Gegenwart. Er saß bis spät in die Nacht, manchmal bis in den Morgen in ihrem Zimmer und lauschte beruhigt auf ihre Atemzüge. Am stärksten band ihn an sie seine Dankbarkeit. Das kleine Mädchen tat für ihn etwas, das größer war als alles, was das Leben ihm bisher gegeben hatte: sie war.
Er stand am Fenster des Speisezimmers und winkte, Agnes würde sich gewiß noch einmal umdrehen, an der Straßenecke, vielleicht aber noch zweimal, das hing leider auch ein wenig von der Laune des Kindermädchens ab. Nun war sie also an der Ecke, ja, sie drehte sich um, er winkte mit den Briefen in der Hand, sie winkte zurück, dann verschwand sie.
Kein Brief von Faber, er schwieg seit vielen Wochen, aber da waren zwei Briefe, die an ihn erinnerten. Stetten lächelte über den klugen Zufall: ein Brief aus Kanada von Hanusia, der Frau,

die eines Morgens den schlafenden Faber verlassen hat. Und er weiß noch immer nicht, was aus ihr geworden ist, er ahnt nicht, daß sein alter Lehrer damals die Hand im Spiel gehabt hat. Und daneben ein Brief von Relly Rubin, der Frau, die Dojno eines Abends wortlos verlassen hat. Stetten hatte immer eine Schwäche für Vaudevilles gehabt, er hatte sogar einmal eines geschrieben und unter einem Pseudonym bei einem Theaterdirektor eingereicht, allerdings ohne Erfolg. Die Handlung wickelte sich in einem Raum ab, der fast keine Wände hatte, so vieler Türen brauchte es, um die Leute eintreten und wieder verschwinden zu lassen, damit sie einander in allen Szenen außer der letzten verfehlten. Wegen der letzten Szene der Begegnungen liebte Stetten das Vaudeville: endlich trafen alle einander, alles klärte sich mühelos und in einer alle befriedigenden Weise auf. Daß nun die Briefe Hanusias und Rellys so friedlich nebeneinanderlagen, amüsierte Stetten. Hanusia schrieb regelmäßig, jeden Monat, gewöhnlich gegen den 25., kam ihr Brief an, sie berichtete über die Fortschritte des kleinen John, über ihre eigenen Fortschritte, sie bildete sich als soziale Fürsorgerin aus. Manchmal legte sie ein Photo von dem Kleinen bei — er hatte ihre Augen, aber die untere Partie des Gesichts erinnerte aufdringlich an Dojno. Auch das gehörte zum Vaudeville: Der gute Faber wußte soviel über die Welt, aber er ahnte nicht einmal, daß er einen Sohn hatte. Na, die letzte Szene würde nicht schlecht werden!

Diesmal schrieb Hanusia ausführlicher, sie wollte heiraten, der Mann war ein Lehrer, ukrainischer Abstammung wie sie, Jonny liebte ihn und er liebte das Kind. Nun brauchte sie aber den Totenschein Hawrylos. Stetten, der seinerzeit dafür gesorgt hatte, daß er ein eigenes Grab und einen Grabstein bekam, sollte nun auch den Totenschein erlangen können. Ein Photo war beigelegt: Hanusia, etwas voller, aber sonst unverändert, ein großer Mann mit einem friedlich-trauten Gesicht und der kleine John waren darauf in der Anordnung der traulichen Familienbilder abgebildet. Stetten legte das Photo weg, er hatte stets mit einer ganz anderen Wendung der Dinge gerechnet. Außerdem war John augenscheinlich viel größer als die um drei Monate ältere Agnes.

Rellys Schrift war schön, aber nicht leicht leserlich. Stetten übersprang zuerst einzelne Wörter, bis er verstanden hatte, daß

die Frau in großer Verzweiflung schrieb. Noch wußte er nicht, worum es ging, aber eine schreckende Ahnung stieg in ihm auf. Er suchte die Lupe, fand sie nicht, ging ins Kinderzimmer, erst nach zehn Minuten entdeckte er sie im Innern der Puppe.
»Wäre es nur die stumme Trauer um die Freunde — man dürfte hoffen, daß sie allmählich abklingen würde; wäre es die Verzweiflung des grausam Enttäuschten, man dürfte hoffen, daß sein scharfer Verstand, daß seine Ironie ihn in schmerzlicher, jedoch heilsamer Weise wieder ins Gleichgewicht bringen würde. Doch da ich ihm nun seit Tagen zusehe, hilflose Zeugin seines Verfalls, wird es mir immer gewisser, daß die Bedrohung nicht von der Trauer und nicht von der Verzweiflung kommt... Nur Sie können ihn retten, kommen Sie, ehe es zu spät ist. Er versinkt täglich tiefer in dem Abgrund des Schweigens. Wenn Sie ihn nicht zum Sprechen bringen, wenn Sie ihm nicht den tödlich ermatteten Willen zu leben stärken, wird er verlöschen. Ich finde keine Worte, Ihnen das Grauenhafte dieses Untergangs zu schildern. Ich habe nicht geahnt, daß Qual so grenzenlos und grenzenlose Qual so stumm sein kann.«
Stetten las noch zweimal den langen Brief durch, in dem das Unglück der jungen Frau sich beredter ausdrückte als der Zustand Dojnos, der gewiß Hilfe brauchte, Zuspruch oder Streit, aber keine Rettung. Was gab es in der Welt, das einen Mann wie ihn so schwächen konnte, daß er ohne Rettung verfallen mußte? Nichts! Daß man den Tod seines Kindes überleben kann, ist ein unfaßliches Wunder, eine übermenschliche Leistung, die im übrigen fast immer gelingt. Den Tod von Göttern zu überleben, das ist leicht, und wer konnte das besser wissen, als gerade dieser Schüler Stettens.
Der Professor fuhr am Abend nach Paris. Er entschloß sich nach langem Zögern, die kleine Agnes nicht auf die weite Reise mitzunehmen.

3

Stetten nahm den einzigen Lehnsessel ein, Relly saß auf dem Bett, es blieb nur noch der Schemel. Der Professor, noch immer atemlos vom Steigen der sechs Treppen, sah lächelnd auf Dojno hinab: »Jetzt ist alles, wie es sein soll. Sie sitzen auf einem

Schemel, Ihr Haar ist nicht geschnitten, Ihr Bart ist nicht rasiert, von der Asche auf dem Haupte wollen wir im Hinblick auf das fortgeschrittene Jahrhundert Abstand nehmen, doch sollten Sie immerhin den Rock unterhalb des Revers ein bißchen aufschneiden. Alles wäre dann komplett — der gläubige Jude trauert, Schiwah heißt das, glaube ich, und sieben Tage hat das zu dauern, nicht wahr?«

»Alles wissen Sie, Professor!«

»Natrüli, wie meine Agnes sagen würde. Sie aber enttäuschen mich, mein Freund, Sie wollten die Welt von Grund auf ändern, und Sie haben nicht einmal ihre Art zu trauern verändert... Ich höre, daß die Herren von Moskau Ihren Freund Vasso Militsch umgebracht haben. Das ist natürlich für Sie ein großer Verlust, aber möchten Sie mir erklären, warum gerade dieser Mord, der auf so viele andere, nicht minder absurde und verabscheuenswerte Morde folgt, nicht zu rechtfertigen sein soll? Bisher haben Sie alles, Schlimmeres gerechtfertigt. Erinnern Sie sich, im Herbst 1934, als Sie zu mir kamen, ich sagte Ihnen, nie hätte ich einen offenbareren, einen größeren, einen verächtlicheren Betrug gesehen — was sagten Sie damals?«

»Ich erinnere mich.«

»Wiederholen Sie, was Sie damals gesagt haben!«

»Wir werden den Betrug mit Lügen zudecken, habe ich gesagt, und die Lügen werden Wahrheit werden und der Betrug wird aufhören, Betrug zu sein — wenn wir der Revolution nur treu bleiben, wird das Krumme wieder gerade werden, das habe ich gesagt.«

»Und warum glauben Sie jetzt nicht mehr daran, daß das Krumme wieder gerade werden wird und daß die Lügen sich in Wahrheiten verwandeln werden?«

»Der Betrug hat aufgehört, nur ein Mittel zu sein, er ist zur Einrichtung geworden, der Mißbrauch der Macht hat aufgehört, ein Umweg zu sein, denn die Macht ist einigen wenigen zum ausschließlichen Ziel geworden.«

»Auch das ist nicht neu. Daß die schlechten Mittel die guten Ziele zuerst verderben und dann allmählich ersetzen, das habe ich Ihnen schon vor achtzehn Jahren bewiesen. Und was haben Sie geantwortet? Was bisher wahr gewesen ist, wird diesmal nicht mehr wahr sein, die alten Regeln sind außer Geltung, das

Neue, das wir schaffen, schafft neue Regeln. So sprachen Sie. Der Betrug ist nicht Betrug, betrachtet man nur das Neue mit neuen Augen, das sagten Sie, mein Dion. Keine Halbheiten jetzt, bitte! Entweder Sie irren sich jetzt aus irgendwelchen sentimentalen Gründen, und Sie haben bisher recht gehabt, dann begraben Sie die Trauer um den Freund und kehren Sie zur Partei zurück. Oder aber Sie haben jetzt recht, dann haben Sie bisher immer unrecht gehabt. Das müßten Sie dann aber auch klar und deutlich zugeben.«

Relly hätte den alten Mann zurückhalten wollen. Sie hatte den weisen Freund gerufen, gekommen war der strenge Richter. Aber es konnte auch wohlberechnete Taktik sein. Es kam ja vor allem darauf an, Dojno zum Sprechen zu bringen. Ängstlich und erwartungsvoll zugleich verfolgte sie die Bemühungen Stettens, der ja doch wissen mußte, worauf er hinauswollte. Als Dojno sich endlich erhob und im winzigen Zimmer auf und ab zu gehen begann, erhob sie sich auch, vom Gefühle bezwungen, daß dies die Wendung sein könnte.

»Ja, ich bin ein alter Rechthaber« fuhr Stetten fort, »aber Sie, Sie sagten, nicht recht zu haben, sondern rechtzubehalten, darauf käme es Ihnen an. Nun gut — was bleibt jetzt in Ihrer Hand, machen Sie Bilanz! Ich will sehen, ob Sie im Angesicht einer entwerteten Sache Ihren Nacken beugen, Ihren Stolz brechen, ich will es erfahren, ob Ihre Trauer etwas wert ist — sprechen Sie!«

»Sie haben diesmal nicht begriffen, vielleicht weil Ihnen dies alles doch zu ferne liegt. Nicht der gekränkte Stolz ist der Grund des Schweigens, zu dem ich verurteilt bin, sondern die Lage, die wir selbst herbeigeführt haben. Gegen die Mörder Vassos und Sönneckes zu sprechen und mich selbst als deren geistigen Komplicen, als ›schlechten Zeugen‹ anzuklagen — nach nichts verlangt es mich so sehr wie gerade danach. Aber wenn ich es täte — heute, da sich Entscheidungen von größter Bedeutung vorbereiten, so würde ich plötzlich auf die andere Seite zu stehen kommen. Es gibt kein Niemandsland zwischen den Fronten; wendet man sein Gesicht gegen die einen, wird man, ohne es zu wollen und es verhindern zu können, zum Vortrupp der anderen, eben jener, die zu vernichten doch noch die vordringlichste Aufgabe bleibt. Mein Gott, wie leicht wäre es zu sagen: Ich habe mich in allem Wesentlichen geirrt, aber selbst dies ist unsereinem verwehrt. Wenn Stolz im Spiele ist, so sehen Sie doch ein, Professor, daß auch dies mein Unglück ist, den Nacken nicht beugen, den Stolz nicht brechen zu können, ohne daß ich damit zum Kronzeugen des Urfeindes werde.«

»Es steht schlechter um Sie, als ich gedacht habe. Ich hoffte, Sie im tiefsten Abgrunde zu finden, und kam, Sie aus ihm heraufzuholen. Aber Sie sind nur an seinem Rande, Sie sind leider noch nicht hinuntergestürzt, wie es der Anstand erfordert hätte. Noch immer wollen Sie der Wahrheit vorschreiben, welche Funktionen sie zu erfüllen hat. Sie geben die Partei auf und bleiben freiwillig Gefangener der parteiischen Wahrheit, obschon Sie nun endlich erkannt haben, daß sie eine weltumfassende Unwahrheit ist. Ich beginne, die Geduld zu verlieren — nicht zu früh, geben Sie es doch zu!«

»Ich gebe es zu. Die Geduld ist dahin, sobald man dessen bewußt wird, daß man sie übt. Nur der Revolutionär, für den die Geduld die schwerste Tugend ist, ist stets ihrer bewußt, er darf sie, auch wenn er zum politischen Kadaver wird, nicht verlieren. Sie aber —«

»Ich weiß, ich bin nie ein Revolutionär gewesen. Ich habe nie die Welt mit einem Schlag ändern wollen. Ich habe die Apostel immer verspottet, die die Menschheit zu Höhenflügen verführen wollten, und habe mit Respekt und Zärtlichkeit die winzigen, unsäglich mühsamen Bewegungen notiert, dank denen sie hie und da einen Millimeter vorgerückt ist. Ihr zählt nach Monaten und Jahren und seid geduldig, ich zähle nach Jahrzehnten und Jahrhunderten und bin ungeduldig. Meine kleine Agnes sagt von ihrer Lieblingspuppe, daß sie alles schnell macht und schon ausgeschlafen ist, bevor sie eingeschlafen ist. In drei Tagen werden Sie diese revolutionäre Puppe und Agnes kennenlernen. Inzwischen wird es das beste sein, daß Sie in mein Hotel übersiedeln, ich habe schon ein Zimmer für Sie bestellt. Dieses drekkige Hotel hier und dieses abscheuliche Zimmer passen natürlich besser zu Ihrer Stimmung, aber Sie werden auf dieses Dekor verzichten. Sie kommen also jetzt mit mir mit, Frau Relly wird hier alles liquidieren, Sie werden einen Friseur in Anspruch nehmen, das hübsche Badezimmer benutzen, und abends führen Sie uns dann in ein wirklich erstklassiges Restaurant. In zwei Tagen fahren wir nach Wien. Sie werden vollangestellter Redak-

teur der Historischen Revue, ruhen sich ein wenig aus, dann, nach ein, zwei Jahren verlassen wir in Nacht und Nebel das Land, hoffentlich rechtzeitig, bevor die Hakenkreuzler uns in ein Lager sperren. So, jetzt kennen Sie Ihren Lebensweg!«
»Ja, auf in den Eiskasten!« sagte Dojno lächelnd.
»Nein, auf zum Friseur! — Sie werden sehen, liebe Frau Relly, noch zwei, drei feste Schläge auf den Kopf, und unser Freund wird ein noch ganz angenehmer Zeitgenosse werden«, meinte Stetten. Er wurde von Edi unterbrochen, der stürmisch ins Zimmer trat. Er nahm sich kaum Zeit, Stetten gebührend zu begrüßen, denn er brachte eine aufregende Nachricht. Josmar lebte, er war schon vor zwei Tagen in Paris angekommen, er war schwer, doch nicht gefährlich verwundet. Also war das falsche Gerücht von seinem Tode von jenen ausgestreut worden, die wußten, daß er »planmäßig« hätte sterben sollen. Aber der Plan war glücklicherweise nicht gelungen, Josmar war tatsächlich zwischen den Linien liegen geblieben, doch in der Nacht waren seine Kameraden gekommen und hatten ihn in die Stellung zurückgebracht. Von da wurde er gleich danach ins Lazarett, nach weiteren zwei Tagen in ein Spital in Murcia überführt. Von dort schlug er sich nach Paris durch — gewiß mit Hilfe von Freunden.
»Warum regt Sie diese Geschichte so auf, Rubin? Daß die Absicht, alles Leben einem lückenlosen Plan zu unterwerfen, gewöhnlich in ein System geplanter Morde mündet, sollte Sie doch nicht überraschen.«
»Es geht hier nicht darum, der Fall dieses Josmar Goeben ist —«
»— ist uninteressant wie der in Rede stehende junge Mann. Ich erinnere mich an ihn, damals in Prag war er mit dabei, er war einer von jenen, die in dem Gespräch den anarchistischen Dichter, den schon die Nazis zu Tode gefoltert hatten, noch einmal zum Tode verurteilten. Wäre er jetzt ›planmäßig‹ gefallen, zwischen den Linien vor Teruel von seinen Kameraden und seiner Partei dem Tode ausgeliefert, so wäre das gerecht gewesen.«
Edi widersprach, verteidigte Josmar, der ihm nun wieder nahe war, da er ihn hilflos und enttäuscht wiedergefunden hatte. Doch Stetten, ungeduldiger als sonst, unterbrach ihn immer wieder, schnitt ihm schließlich das Wort ab: »Ich möchte, daß Sie mich recht verstehen, Rubin. Ich bin immer auf der Seite der Ver-

folgten gewesen. In den verstecktesten Falten der Geschichte habe ich sie herausgefunden und von ihrem Standpunkte aus versucht, die Vergangenheit zu interpretieren. Und ich habe nie von ihnen verlangt, daß sie besonders edel, großmütig und wenigstens in ihren Herzen über ihre Misere erhaben sein sollten. Die Sieger sind mir immer suspekt gewesen, die Verfolger verächtlich. Aber das Verächtlichste, das ich in der Geschichte gefunden habe, waren ja doch die Verfolgten, die im Handumdrehen Verfolger wurden. Diese Josmar Goeben sind im allgemeinen anständiger und sauberer, als diese blöde Bourgeoisie und ihre dreckigen Schreiber sie darstellen. Aber sie sind dennoch viel zu schlecht für das große Ziel, sie verderben es.«
Dojno meinte: »Josmar hat tapfer gekämpft, wo immer man ihn hingestellt hat, aber er hat sich niemals von dem Bedürfnis befreien können, zu glauben. Das Bedürfnis nach dem Absoluten macht die Menschheit zu einer Kloake, aus Religionen Kirchen, aus Ideen polizeiliche Einrichtungen. Dieser Josmar hat tagelang der entnervendsten Gefahr trotzen können, aber er hält nicht eine Minute stand, ist er nicht des Absoluten gewiß.«
»Nun habe ich von eurem Geschwätz genug!« warf Relly ein, sie war wirlich böse. »Gesegnet seien die Männer, die vom Wetter sprechen oder von ihren Geschäften oder von Weibern oder vom Kartenspiel. Herr Professor, ich habe die Koffer gepackt, man wird sie in Ihr Hotel bringen, nehmen Sie nun Dojno und gehen Sie.«
»Was hat Sie so erbost?« fragte Stetten lächelnd. Da Relly nicht antwortete, fügte er ernst hinzu: »Mißverstehen Sie mich nicht, meine Liebe, ich will nicht Richter sein. Aber wer auf Sauberkeit hält, hat heutzutage verdammt viel zu tun, um sich davor zu bewahren, wissentlich oder unwissentlich Komplice zu werden. Man wird es schon durch Schweigen. Ich wäre nicht abgeneigt, diesem Goeben zu helfen, aber ich bin nicht geneigt, mit den Erbarmungslosen Mitleid zu haben. So, und jetzt gehen wir!«

4

Zuerst schweigen sie, beide dachten an Vasso. Endlich sagte Djura: »Ich bringe dir Vassos letzte Botschaft, leicht zu merken: ›Verliere deine Zeit nicht damit, an das zertretene Gras zu den-

ken, denke an das neue Gras! Zweifle keinen Augenblick daran, daß es sprießen wird!‹Du würdest verstehen, hat er gesagt.«
»Ich verstehe.«
»Du weißt also, wer das Gras zertreten hat. Was gedenkst du zu tun?«
»Vorderhand nichts«, antwortete Dojno. »Ich ziehe mich zurück, damit ich fähig werde, keinen Augenblick daran zu zweifeln, daß neues Gras sprießen wird.«
»Es wird nicht von allein wachsen, du weißt es.«
Sie saßen in einem winzigen Park, und sie blickten zur Notre-Dame hinüber; sie vermieden es, einander anzusehen. Dojno sagte: »Unsere Niederlage in Deutschland hat längst aufgehört, ein Ereignis zu sein, sie ist zu einem Zustand geworden. Deshalb wird Hitler den Krieg machen. Vielleicht, wenn man Sönnecke die Arbeit hätte fortsetzen lassen, wäre die Partei dort auferstanden. Aber sie haben es nicht gewollt. So haben wir den Wettlauf mit dem Krieg verloren. Alles kommt darauf an, daß Hitler aus ihm nicht als Sieger hervorgehe, denn erst nach seiner Niederlage wird man neu anfangen können. Aber man muß schon jetzt daran gehen, die Grundlagen für ein Neubeginnen zu schaffen. Man muß wieder zur Jugend gehen, man muß Andrejs, Sönneckes, Vassos für morgen erziehen.«
»Du sagst Grundlagen schaffen, also neue. Man muß von unseren Fehlern ausgehen, man darf vor keiner Revision zurückschrecken. Bist du einverstanden, Dojno?«
»Ja, aber ich weiß nicht, wie das Neue zu finden ist, ich werde danach suchen. Doch da der Kampf inzwischen weitergeht, verurteile ich mich, ein politischer Kadaver zu werden.«
»Das ist unwichtig.«
»Nein, es ist nicht unwichtig, zum Beispiel außerhalb des Kampfes um Spanien zu bleiben.«
»Ich komme jetzt aus Spanien, wir haben den Krieg verloren, gleichviel, wie lange er noch dauern mag. Und das nicht nur wegen der beschissenen westlichen Demokratien, die gerne möchten, daß das spanische Volk mit bloßen Händen Hitler und Mussolini schlägt, aber sich davor fürchten, daß dieses Volk siegreich sein könnte. Doch haben wir vor allem deshalb verloren, weil wir überall Zwietracht stiften, wo nur Einigkeit Erfolg verspricht. Das spanische Volk kämpft, so gut es kann, bald wie

Don Quichotte, bald wie Sancho Pansa, aber schon wächst in ihm der Zweifel, schon fragt es sich danach, wofür es wirklich blutet. Noch durchschaut es nicht alle Tricks, aber es ahnt, daß viele seiner Befreier die Freiheit hassen. Wir haben Spanien verloren, der Kampf hört immer mehr auf, der unsere zu sein. Du brauchst an ihm nicht teilzunehmen.«

»Was wirst du selbst tun, Djura?«

»Ich gehe ins Land zurück. Man wird mich einsperren, zu sechs Monaten oder zu zwei Jahren verurteilen. Ich werde also mit den besten Genossen Kontakt haben, ich werde sie bearbeiten, sie zu Vasso zurückführen.«

»Aber Vasso ist tot.«

»Im Jahre 1573 haben Maras Ahnen Mathias Gubec umbringen lassen. 350 Jahre später hat dieser Gubec Maras Vater aus der Bahn geworfen, sie selbst zu den Bauern und schließlich zur Bewegung gebracht. In den letzten Wochen hat man Vasso gesehen: gleichzeitig in Serbien, in Bosnien, an der Küste, in Slavonien. Es kursieren Flugblätter von ihm. ›Wo immer einer von uns umkommt, wer immer ihn tötet — ihr, denkt vorderhand nur an eines: an die Sache, für die er stirbt, er bleibt leben in dem, wofür er stirbt.‹ Das ist der letzte Satz der Flugblätter.«

»Hat dir das Vasso selbst gesagt?«

»Ja, in der Nacht, seine Zähne klapperten vor Kälte; was auch immer wir taten, ihn zu erwärmen, er fror. Und doch war er es, der uns alle, die wir da in der Zelle waren, wieder zu Menschen gemacht hat. Auch denen, die sich selbst verraten und erniedrigt hatten, gab er Mut, wieder treu zu sein — und das im Lande der Erniedrigung.«

»Der Gedanke, daß sie Vasso getötet haben, ist nicht so unerträglich, wie daß sie ihn erniedrigt haben.«

»Du irrst, es ist ihnen nicht gelungen. Er ist immer größer geworden in diesen Tagen, frei von Zweifel, von Hoffnung und Verzweiflung.«

»Kaum weiß man, wie einer lebt, man kann nicht wissen, wie einer gestorben ist.«

»Er ist gestorben, wie wir wollen, daß er gestorben sei. Wie sie ihn geholt haben, hat er gewußt, daß es der letzte Gang ist. Er nahm es zur Kenntnis und dachte nicht weiter daran. Er ging dahin ohne Pose, den Kopf nicht höher und nicht niedriger als

sonst. Er dachte: Auch Andrej haben sie knapp vor dem Morgenanbruch getötet. Und in Vasso war eine große Zärtlichkeit, als er an Andrej dachte und an die Menschen, die noch schliefen, und an die Sonne, die bald aufgehen würde, und an ein kleines Kind, das langsam seine warme Milch trinken würde. Und am Ende, knapp bevor es ihn niederwarf, hat er sich dankbar Maras, die lebt, erinnert, Dojnos, Djuras — so vieler anderer.«
»Vielleicht ist es so gewesen, aber es tröstet nicht, es zu denken.«
»Nur die vergessen wollen, suchen den Trost. Wir wollen nichts vergessen. Vasso lebt! Niemand hat mehr Gewalt über ihn, Mara ist da, du bist da, Winter ist da.«
»Winter ist verurteilt.«
»Nein, gerettet. Ich habe ihm Gift eingegeben, alle Erscheinungen einer schweren Herzkrankheit wurden vom Arzt festgestellt, er sollte ins Spital. Ich habe darauf bestanden, ihn mit mir mitzunehmen, ihn in der Nähe der jugoslawischen Grenze sterben zu lassen, dann würde man seine Leiche nach Hause bringen, großes Begräbnis machen — Vladko, in Spanien schwer verwundet, kehrt mit der letzten Kraft in die Heimat zurück, um der Partei der Freiheit die Botschaft der Freiheit zu bringen. Sie haben zugestimmt, jetzt ist er hier, schon wieder gesund. Winter ist tot, Vladko, Vassos Schüler und Freund, lebt wieder. Und noch einen habe ich herausgeholt, diesen Schwaben Goeben. Aber der geht uns nichts an. Er ist überdies ganz verwirrt, spricht die ganze Zeit von Schuld und Ethik und von Musik.«
»Warum hast du ihm also geholfen?«
»Er könnte uns später einmal von Nutzen sein, in dem Prozeß, den wir einmal machen werden, als Zeuge für Herbert Sönnecke auftreten.«
Sie hatten die schweren Tropfen nicht beachtet, der Gußregen überraschte sie. Sie waren allein im Park, die Leute, die unter den Haustoren Schutz gefunden hatten, betrachteten belustigt und wohlwollend die beiden Männer, die sich einregnen ließen.
»Immerhin ein Vorteil, die Freiheit hier«, sagte Djura. »In einem totalitären Lande könnten wir nicht so sitzen bleiben, wir würden uns verdächtig machen. Die bürgerliche Demokratie erlaubt den Menschen, nach eigener Fasson unglücklich zu sein.«

»Paris erlaubt es. Es ist die klügste Stadt der Welt, denn sie hat alle Dummheiten, die Menschen begehen können, gesehen und überlebt. *Il faut de tout pour faire un monde*, denken die Leute da in den Haustoren, also braucht es auch dieser zwei Narren, die jetzt im Park sitzen bleiben, weil ja auch die Kathedrale an ihrem Platz bleibt.«
»Warum sollte die neue Bewegung nicht von Paris ausgehen?« fragte Djura nachdenklich. »So vieles hat hier angefangen, es gibt hier so viele kluge Männer, so viele gefallene Engel...«
»Wenn es dem gefallenen Engel unmöglich wird, aus dem Menschen einen Gott zu machen, wird er ihm untreu. Wir werden für unsere besten Freunde zu ohnmächtigen, also langweiligen Querulanten werden. Und das wird Jahre so dauern. Und wir werden stets in Gefahr sein, zwischen allen Mühlsteinen zerrieben zu werden, doch die größte Gefahr wird in uns selber sein: Wir werden bis zur Unmenschlichkeit verbittern. Wir werden zu wandelnden Friedhöfen unserer ermordeten Freunde werden, ihre Leichentücher werden unsere Fahnen sein. Und deshalb...«
»Der Regen hat aufgehört«, sagte Djura, »die Bänke beginnen zu trocknen, wir können also gehen.«
Sie schlenderten die Quais entlang, sie nahmen Abschied von Paris. Sie nahmen Abschied voneinander. Sie legten die Kennworte fest, mit denen sich die Boten ausweisen würden, die sie einander in Krieg und Frieden schicken würden. Mara lebte noch in dem von der Tante bewachten Versteck, sie erholte sich nur sehr langsam, aber im Herbst würde sie sicher so weit sein, sie würde zu Dojno kommen und mit ihm die Einzelheiten der neuen Arbeit besprechen. Auch Vladko würde kommen und Genossen aus anderen Ländern.
Sie nahmen Abschied. Djura sagte: »Ich komme wegen einer Auskunft. Es handelt sich um die Brücke —«
»— die weiße steinerne Brücke«, fuhr Dojno fort.
»— die in einer Nacht zerstört worden ist«, setzte Djura wieder ein.
»Ja, in der Nacht vom 17. auf den 18. April 1937.«
So wiederholten sie die ausgemachten Kennworte der Verbindungsmänner. Als einige Schritte sie schon trennten, rief Dojno Djura an, sie kamen wieder aufeinander zu.

»Es gibt zwei Milliarden Menschen auf der Erde«, sagte Dojno.
»Mäßiger Anfang für ein Kennwort.«
»Es gibt zwei Milliarden Menschen, aber wenn dir was zustieße, Djura, würde es furchtbar leer werden auf dieser Erde.«
Sie umarmten einander, Djura sagte fast flüsternd: »Denk nicht an die Leichentücher, denk an die Freundschaft.«

5

»Natürlich, ich gebe meiner Enkelin in allem nach, aber in einem bin ich fest geblieben«, sagte Stetten. »Sie kennen das Spiel ›Hunderennen‹. Der Windhund jagt hinter dem Hasen, ist immer schneller und verschwindet hinter der Wand, der Hund schlägt sich an ihr die Schnauze wund. Agnes flehte mich an, den Hasen aufzuhalten oder ihn daran zu hindern, daß er hinter der Wand verschwinde, damit ihn der Hund wenigstens einmal erwische. Ich habe nicht nachgegeben, es bleibt dabei, der Hund rennt immer fort, und nie erreicht er sein Ziel. Schlafen Sie schon, Dion? Stellen Sie sich doch vor, es gelänge einmal bei einem wirklichen Rennen einem Hund, dem klügsten, schnellsten natürlich, den Hasen zu erwischen, was würde er da erfahren? Erstens, daß er ein Leben lang hinter einem Stück Blech hergerannt ist, und zweitens, daß dieses Stück Blech elektrische Schläge austeilt, sobald man es anfaßt.«
»Ich habe verstanden, Professor. Aber wenn ich ein Hund wäre, ich würde doch alles tun, den Hasen zu erwischen, und dies sogar, wenn ich wüßte, wie es mit dem bestellt ist.«
»Gut, Sie geben also noch immer nicht nach. Also schlafen Sie gut, wecken Sie mich erst, wenn der Zug in St. Pölten einläuft. Gute Nacht!«
Auch Dojno drehte das Licht ab. Er lauschte auf das Rattern der Räder, der Zug stieg noch immer. Er schob den Vorhang beiseite, es war eine mondlose Nacht, der Himmel schien in Bewegung geraten zu sein, so stark funkelten und schimmerten die Sterne. Alles war wieder aufs neue zu beginnen. Die ersten Monate würden noch schwer sein, man mußte noch tiefer in den Abgrund, um später wieder hochzusteigen. Das war das alte Bewegungsgesetz der Menschheit, dieser ewigen Debütantin — es galt noch immer, schon wieder. Alles kam darauf an, hinabzu-

steigen und nicht zu stürzen. Gewiß, die Hoffnung würde den bitteren Geschmack nicht mehr verlieren, doch trotz ihrer Bitternis würde sie allein die Quelle sein, aus der der Mut erfließen konnte, dessen es im Übermaß bedurfte. Man mußte ihn auch den Albert Gräfes geben — sie waren zahlreich in der Welt —, damit sie aus dem Tunnel hinauskämen. Es würde nicht leicht sein, den Pfad zu bahnen, der zu einem neuen Weg führen könnte, doch dann würde alles zu einem bescheidenen Anfang bereit sein, hier und in Deutschland und anderswo. Was brauchte es? Vier Jahre, fünf Jahre.

Diese Frist setzte sich Dojno. Doch schon war die Zeit kürzer bemessen. Solch lange Frist war nicht gegeben, die Gunst der zweiten Warnung ward niemandem mehr gewährt.

Cagnes sur Mer — Zürich — Paris, 1940—1948

ZWEITES BUCH

TIEFER ALS DER ABGRUND

ERSTER TEIL

DIE VERGEBLICHE HEIMKEHR

ERSTES KAPITEL

Anfangs, als ihn sein alter Lehrer Stetten zurückholte, vor wenigen Monaten noch, glaubte Dojno, er würde bald neu beginnen können. Auch wenn ihr Geschmack bitter geworden ist, die Hoffnung bleibt begründet, das sagte er sich in der Nacht der Heimkehr.
Doch fühlte er von Tag zu Tag die Last des Lebens schwerer werden; er begehrte, nicht mehr zu sein. Und zum letzten Hindernis wurde, was von der Hoffnung übrig blieb. Ungeduldig wartete er darauf, daß ihr letzter Tropfen versiege.
Es zog ihn in die Wälder, in abgelegene Gassen, vor nächtlich verschlossene Tore —: als ob er im unveränderten Raume die verflossene Zeit wiederfinden könnte. Schmerzlich war diese süchtige Suche, weil er nicht die Zeichen der Vergangenheit, weil er ihre Gegenwart finden wollte. Manchmal glich er der umnachteten Frau, die sich an das zärtliche Lächeln, an das glockenreine Lachen des totgeborenen Kindes erinnern will.
Im Gefängnis, im Konzentrationslager hatte er es bereits erfahren, daß dem, der die Gegenwart flieht, die Vergangenheit in verwirrender Weise gegenwärtig wird. Doch war er kein Gefangener mehr, er lebte ohne Zuversicht und ohne Furcht. Wie eine aufgebrochene Wunde war sein Gedächtnis, die Erinnerungen entrannen ihm wie unstillbares Blut.
Was suchte der 35jährige bei dem Sechzehn-, dem Achtzehnjährigen, der er gewesen war? Verzeihen, Erbarmen? Der Junge war erbarmungslos, sein Urteil stand im voraus fest und blieb ohne Widerruf. Nur durch eine einzige Tür verläßt man die Revolution, sie öffnet sich ins Nichts.

Stetten hatte die Stadt mit seiner Enkelin verlassen, Dojno sollte sich bald zu ihnen gesellen. Das geräumige Landhaus erwartete ihn. Er verschob die Abreise immer wieder, seine Gründe waren Vorwände. Er wartete auf jemanden, der sich nie angesagt hatte, auf etwas, das nicht kommen konnte. Wer auf die

Rückkehr eines Toten wartet, ist nicht der Hoffnungsloseste. Denn er kennt den Namen, das Gesicht des Erwarteten. Manchmal mag's ihn dünken, daß er seinen Gang auf der Treppe, sein Hüsteln vor der Tür erkennt.

In den Nächten, die langsam Kühlung brachten nach den glutheißen Tagen, saß er lange, manchmal bis der Tag anbrach, an dem Fenster, sah zu den Bäumen im Wäldchen hinüber, als wäre er da, ihren Schlaf zu bewachen, auf die leise Bewegung der Wipfel wie auf den Schlag eines ermatteten Herzens zu lauschen. Nein, sagte er sich, er wartete auf niemanden.

Tagsüber las er viel; er hörte zu bestimmten Stunden die Nachrichten aus Spanien im Radio, sie bewegten ihn immer noch und zumeist schmerzlich; an manchen Tagen trieb es ihn durch die Straßen der Stadt, scheinbar ziellos, bis er, vom Gehen und von der Hitze ermüdet, sich in einen Park setzte und, geduldig wie die alten Leute, darauf wartete, daß die Sonne unterginge.

Dojno hörte sich die Erzählungen alter Männer, alter Frauen an. Die einen waren stolz auf ihren Verzicht, als ob er ihre größte, ihre einzige freiwillige Tat gewesen wäre; andere sprachen von ihm mit bitterer Kränkung wie von einer Demütigung, die ihnen jeder Tag aufs neue zufügte.

Er fühlte seine Augen feucht werden, holte die Sonnenbrille hervor, um die Tränen zu verbergen. Vasso, der einzige Mensch, vor dem er sie nicht hätte verbergen wollen, war tot, sie hatten ihn in Moskau ermordet. Nach dem Tode dieses Freundes schien die Welt eng und leer zu werden; die anderen Freundschaften drohten schnell zu verwelken. Sie starben an dem Tode des einen Freundes.

Dojno blickte erstaunt auf, er war der einzige Fahrgast auf der Plattform, also richtete sich die sonderbare Frage an ihn. Der Fahrer, beide Hände an den Hebeln, drehte sich halb zu ihm um und wiederholte: »Um einen teuren Verblichenen?«

Donjo fuhr sich mit der Rechten an die Wangen, sie waren feucht, die breiten Ränder der Brille hielten die Tränen nicht auf.

Der Mann warf seinen rechten Hebel herum, die Bahn hielt, niemand stieg ein, sie näherten sich der Endstation. Er sagte: »Ich

kenn' das, ich bin auch ein Witwer.« Er sprach nicht aus Neugier, sondern aus Güte, daher mußte Dojno antworten:
»Es ist nicht die Frau, man hat meine Freunde getötet.«
»Ah!« sagte der Fahrer erstaunt, er drehte sich schnell um und warf ihm einen forschenden Blick zu. »Also in Deutschland? Die verfluchten Nazis?«
»Ja, in Deutschland und anderswo.«
Sie waren angekommen. »Warten Sie einen Augenblick, bitte schön«, bat der Fahrer. Er kam bald zurück. »Das ist so«, sagte er, »wir alle hier, wir sind alte Sozialisten, daran wird niemand was ändern. Also nur so, damit Sie wissen sollen, daß es eine Solidarität gibt, habe ich schnell ein paar Schilling zusammengenommen. Und wenn Sie vielleicht für die Nacht nichts wissen, kommen Sie ruhig zu mir!«
Dojno dankte, er brauchte nichts. Sie drückten einander die Hand. Die Schaffner waren hinzugekommen, nun traten sie einzeln an ihn heran und grüßten ihn: »Freundschaft, Genosse!« Er antwortete: »Freundschaft!«, dankte noch einmal, seine Stimme wurde tonlos, er verließ sie schnell und ging auf den Wald zu.
Das Laub stand wie in lodernden Flammen, die Strahlen der langsam sinkenden Sonne schienen die Wipfel der Bäume anzusengen.
Der Weg durch den Wald beruhigte ihn, lenkte ihn ab. Seinerzeit, vor dreizehn, zwölf, elf Jahren, wählte er diesen Umweg zum Hotel garni, das am westlichen Rande des Waldes lag. In dieses Hotel war er wieder eingezogen, seit Stetten Wien verlassen hatte. Nach so vielen Jahren hatte man sich an ihn noch erinnert, ihm sein früheres Zimmer gegeben. Die Wirtin — die Jahre hatten ihren Körper entstellt, er war wie aufgedunsen, aber ihr Gesicht war hübsch geblieben und ihre Augen versprachen noch immer leichtfertig alles — die Wirtin sagte: »Wenn Sie jetzt von der Stadtwohnung genug haben, geben Sie sie auf und ziehen Sie ganz zu uns. Wir haben uns schon so an Sie gewöhnt.«
Sie wußte nicht, daß er von weither kam, sie verzieh ihm schnell, daß er sich während so langer Jahre nicht gezeigt hatte, obschon ihn nur 25 Minuten Straßenbahnfahrt von ihr getrennt hatten. Er war halt, dachte sie, in manchen Dingen ein bissel nachlässig. Zum Beispiel hatte er ein Köfferchen und einen vollen Rucksack dagelassen und war nie gekommen, sie zu holen.

Sie waren gut aufbewahrt gewesen, vor Schimmel und Motten geschützt.
Er wusch sich schnell, zog sich um und setzte sich ans Fenster. Der Abend brach herein, mit immer dunkleren Schatten hüllte er das Laub ein, bis seine Farben ausgelöscht und die Bäume nur noch ihr eigener Umriß waren.
Er nahm sachte die Schale mit dem kalten Kaffee vom Morgen in beide Hände. Da er sich beugte, erblickte er sein Gesicht, zuerst undeutlich, doch dann in klarer Zeichnung: die weißen Schläfen, die dunklen Höhlen der Augen, die vorstehenden Knochen der Wangen, den verkniffenen Mund. So hatte er sich schon einmal betrachtet, das war an jenem Vorabend, als sie ihn nach zwölf Tagen Gemeinschaftszelle in die Einzelzelle eines andern Gefängnisses brachten. Er hatte Stunden im Gefängniswagen verbracht, in ein Abteil gepfercht, in dem er nur aufrecht stehen und sich nicht wenden konnte. Der Wagen durchmaß mehrmals die Stadt, auf dem Wege zu allen Gefängnissen — es war ein Sammeltransport. Der Anblick der besonnten Straßen, der Menschen in Frühlingsgewändern, ihrer freien Bewegung war unsagbar aufrührend. Das Gefühl, von allem abgesondert zu sein, wurde übermächtig. Er starrte durch das Drahtgeflecht hinaus, als dürfte ihm nicht eine einzige Gebärde der freien Menschen, nicht ein einziger Lichtstrahl entgehen. Als er nachher in der Zelle sein eigenes Bild in der Schale mit dem kalten dünnen Tee erblickte, da ergriff ihn das Mitleid in einer sonderbaren Weise: als ob es einem andern gälte, nicht ihm.
Er stellte den Kaffee wieder zurück, das Getränk roch abgestanden, und nahm den Brief Stettens zur Hand. Der Professor schrieb regelmäßig, alle zwei Tage. In jedem Brief forderte er Dojno auf, ohne Verzug zu kommen, in jedem berichtete er ausführlich von Agnes, der Enkelin, von ihren Aussprüchen, ihren Fortschritten. Diesmal schrieb er:

»Agnes hat soeben von Ihnen gesagt, daß Sie die Augen geschlossen halten, weil Sie sich schämen. Sie wollte wissen, warum. Und es ist wahr, seit Sie aus Paris zurück sind, sitzen Sie häufig mit geschlossenen Augen da. Dank der klugen Agnes wissen wir den Grund. Und warum Sie schon wieder in einem schäbigen Zimmer hocken, warum Sie in dem abscheulich heißen

Wien durch die Gassen laufen, den Schweiß der Armen schwitzen und sich nicht einmal die Straßenbahn gönnen. Sie leben in Scham und Buße. Ich habe Sie die Namen von ungezählten Göttern gelehrt — telegrafieren Sie mir den Namen des Gottes, dem zu Gefallen Sie büßen!
In drei Tagen werden wir Sie am Bahnhof um 15 Uhr 43 erwarten. Ich bin es nun bald seit Jahrzehnten gewöhnt, auf Sie vergebens zu warten, aber Agnes dürfen Sie nicht enttäuschen. Sie würden damit zum erstenmal wirklich kränken
Ihren alten Stetten.«

In der letzten Zeit setzte er so seinen Willen durch: er berief sich auf Agnes.
Dojno zog den Rucksack und das alte Köfferchen unter dem Bett hervor. Da waren das Kletterseil, die Haken, die Kletterschuhe, die Spezialkarten, auf denen jeder Steig in hellen Farben markiert war. Und da war das schmale, in dunkelblaue Leinwand gebundene Heft, in dem die Klettertouren verzeichnet waren. Datum der Abfahrt, geplante Dauer der Tour, Dauer des Aufstiegs, des Abstiegs.
Er legte alles sorgsam in den Rucksack zurück und öffnete das Köfferchen: Briefe, Photos, Notizbücher. Warum hatte er sie dagelassen, warum nicht mitgenommen oder verbrannt? Er nahm ein Bündel Briefe in die Hand und warf sie wieder zurück. Er widerte sich selber an — eine verwelkte Frau nach dem Ende der letzten, allerletzten Liebesgeschichte. So um das Jahr 1880. Briefe auf den Tischen, den überzogenen Lehnsesseln, und nun wird sie sich ans Klavier setzen und aus dem Gedächtnis ein Nocturne von Chopin spielen. Er stieß den Rucksack und das Köfferchen mit dem Fuß unter das Bett zurück; er hob einen Taschenkalender auf, der aus dem Koffer gefallen war. Adressen, Telefonnummern, zwischendurch Titel von Büchern, Zitate. Seine Schrift hatte sich geändert. Sie ist damals größer gewesen, weiträumig und trotziger.
Auf einer Seite ein kurzer Text, vielleicht ein Zitat nach einem Gespräch mit Stetten:

»*Es lohnt nicht, die Himmel zu stürmen, überdies wird es euch nicht gelingen. Doch selbst, wenn ihr sie stürmtet — ihr würdet sie leer vorfinden!*« — »*Kann man die Leere der Himmel nicht*

anders beweisen, als indem man sie erobert, so werden wir sie erobern und in ihnen Lautsprecher installieren. Aus ihnen wird die Missa Sollemnis *mit einem völlig neuen Text dringen.«*
— »Jaja, immer wenn eine große Tat vollendet ist, merkt man, daß sie gerade dazu nutze ist, eine Kinderei zu ermöglichen.«

Auf einer andern Seite eine fremde Schrift, pastos, rund, ein Name: Gusti Lahner, gefolgt von einer Adresse. Darunter: »Du wirst vergessen, ich werde nicht warten.« Jedes dieser Worte einzeln unterstrichen.
Die Voraussage war eingetreten, er hatte sogar vergessen, daß er vergessen hatte. Er betrachtete genauer das Datum, suchte sich zu erinnern, denn der Name sagte ihm nichts. Das war an einem Samstag, dem 18. September, wahrscheinlich irgendein Fest bei einem Freund. Schrift einer eher einfachen, sinnlichen Person, einer zärtlichen Frau. Und plötzlich sah er das Mädchen vor sich: rundliche nackte Schultern, ovales Gesicht, lächelnde hellbraune Augen, langgelockte dunkle Haare, die das Gesicht umrahmen. Das war sie also, die Gusti Lahner. Die Erinnerung erweiterte sich ganz von selbst, er sah den großen Raum mit den vielen rotbezogenen Lehnsesseln, die zwei schwarzen Klaviere in der Mitte, die Leuchter mit den Kerzen in den Fenstern, die auf den Garten gingen — warum Kerzen, warum in den Fenstern? Der Mann, der da sein Fest feierte, war seither ausgewandert. Ein Kunsthändler, er hatte genug von Europa, er wollte nach Tahiti, aber dann zog er doch Kalifornien vor. Vieleicht umwarb er gerade die Gusti Lahner, und deswegen war sie da. Denn sie paßte sonst nicht gut hinein.
Die langen Locken fielen ihr auf die Brust. Mit einemmal war Dojno nicht mehr ganz sicher, war es diese Gusti oder ein Reklamebild in einem Parfümerieladen, das er als Knabe häufig betrachtet hatte. Der Laden stieß an ein Antiquariat an, dessen Auslagen er jede Woche anzuschauen kam.
Der Zweifel amüsierte und beunruhigte ihn zugleich. Man durfte dem Gedächtnis solch eigenwillige Vermengung nicht gestatten. Natürlich, es konnte sein, daß ihm an jenem Abend des 18. September das Mädchen so gut gefallen hatte, weil sie ihn an das Reklamebild erinnerte. Aber hatte er das damals gewußt, bedacht?

Er versenkte sich wieder in die Betrachtung dieser sinnlich erregenden Schrift. Er wiederholte halblaut: »Du wirst vergessen, ich werde nicht warten.« Warum konnte er sich nicht an ihre Stimme erinnern? Und dann besann er sich, das war das Mädchen, das kaum ein Wort gesprochen hatte — und nun war alles ganz deutlich, er hatte die greifbare Erinnerung in den Händen, als ob sie gerade jetzt ihr Gesicht umfaßten, ihre Schultern, ihre Brust. Und ihr wundervoller Geruch! Er erinnerte sich ganz genau, sie duftete nach Sonne. Das hatte er sich wahrscheinlich damals gesagt, aber nun fragte er sich, was das bedeuten mochte: nach Sonne duften?

Es war die Nacht einer unermeßlichen Zärtlichkeit gewesen — nicht Liebe, nicht Leidenschaft, sondern Zärtlichkeit. Von ihr war sie ausgegangen, natürlich, nicht von ihm. Wahrscheinlich hatte sie auch gar nicht ihm gegolten.

Er stand betroffen auf. Sah er sich da nicht in einem neuen Licht? Jemand hatte ihm grundlos, bedingungslos eine Welt von Zärtlichkeit gegeben, und als die Nacht vorbei war, hatte er alles vergessen. Es war belanglos, ob die Vergessene dann eine Stunde, einen Tag, eine Woche gewartet hatte, es ging um anderes, um mehr. Man hat nicht das Recht, unbewußt zu leben.

Er packte seinen Koffer, den sollte der Diener aufgeben, alle anderen Sachen waren schon bei Stetten.

Er schlief nur wenig, war früh auf, er wollte Gusti Lahner suchen. Die alte Adresse erwies sich als unnütz. Gusti hatte in Untermiete bei einer verwitweten Frau Huber gewohnt. Diese war vor sechs Jahren umgezogen, die Hausbesorgerin erinnerte sich nicht mehr, wohin. Er bewog einen jungen Beamten des Polizeikommissariats, ihm die neue Adresse aus der Übersiedlungsanzeige zu kopieren. Es war auch dann nicht leicht, die Witwe zu finden, sie hatte sich inzwischen verheiratet und damit den Namen gewechselt. Sie erinnerte sich an Gusti, und zwar eben wegen der besonderen Art, in der ihr diese Untermieterin seinerzeit abhanden gekommen war. Sie sprach von ihr als der Selbstmörderin. Das Fräulein Lahner hatte einen Verehrer, einen Italiener. Er war ein sehr feiner Mann, er wollte sie heiraten, aber er war leider noch nicht ganz geschieden. Trotzdem waren sie so gut wie verlobt. Eines Nachts, das war im Frühjahr, hat sich aber das Fräulein in die Donau geworfen, in der Nähe der Reichsbrücke. »Und die teure Perlenkette, was ihr der Bräutigam paar Tage vorher geschenkt hat, hat sie um den Hals gehabt. Das ist mir gleich so merkwürdig vorgekommen. Da muß eine junge Frau schon sehr verzweifelt sein, damit daß sie mit einer Perlenkette um den Hals ins Wasser geht. Es hätte ja ein Malheur passieren können!« Jedenfalls wurde sie herausgezogen und ins Spital gebracht, es war ihr nichts geschehen, nur wegen der Beobachtung des Geisteszustandes, wie man das nennt. Sie ist aber nicht in die Wohnung zurückgekehrt, vielleicht hat sie sich wegen der anderen Mieter geniert.

Er fuhr ins zentrale Meldeamt des Polizeipräsidiums, zahlte eine Sondergebühr und brauchte deshalb nur anderthalb Stunden zu warten. Gusti hieß nicht mehr Lahner, sondern Torloni. Sie bewohnte im Hietzinger Cottage ein Zweifamilienhaus. Auf sein Läuten antwortete niemand, auch beim Nachbarn war niemand zu Hause. Er ging auf die Straße zurück und wartete. Nach etwa zwei Stunden kam ein altes Dienstmädchen, das gerne Auskunft gab. Alle waren in die Sommerfrische gefahren, sie bewachte das Haus. Herr Torloni war in Italien, Frau Torloni, wußte sie, war in einem Kurort. Sie nannte ihm Selzbad, war aber nicht ganz sicher, ob sie sich nicht irrte.

Er sprang in den Zug, der langsam aus der Halle fuhr. Der Schaffner informierte ihn, daß er an der Umsteigestation fünf Stunden würde warten müssen, es gab am frühen Nachmittag keine Verbindung zu diesem kleinen Kurort, aber wenn er Glück hatte, konnte er auf andere Weise, zum Beispiel mit einem Lieferwagen, die 24 km zurücklegen. Als er ausstieg, kam ein Mann auf ihn zu und sagte leise und in der Art, in der man ein langes Gespräch abschließt: »Sehen Sie, Genosse, vor drei Jahren haben wir hier gekämpft, als ob's um's Leben ginge. Die anderen haben gesiegt und herrschen ganz blöd — und jetzt, was ist? Nix, als ob nix gewesen wäre. Sommer ist's, die Leute fahren auf Sommerfrische, in den Strandbädern sonnen sich die jungen Leute. Alles geht weiter. Mich haben sie zu 15 Jahren Zuchthaus verurteilt, im Kontumaz. Ich lebe illegal.«

Dojno erinnerte sich nicht, ihn jemals getroffen zu haben, doch der Mann war schon wieder im Waggon, er grüßte durch die offene Tür mit einem Kopfnicken und war verschwunden.

Im Hotel gegenüber dem Bahnhof riet man ihm, auf die Verbindung zu warten, es gab nur selten eine andere Fahrgelegenheit nach Selzbad. Er mochte nicht warten, er würde zu spät, erst gegen 9 Uhr abends, ankommen, er mußte aber am nächsten Tage bei Stetten sein. Er zog los, auf der Straße überholte ihn ein Motorrad. Der Fahrer nahm ihn auf dem Hintersitz mit, nur 6 Kilometer, dann bog er links ab. Nach Selzbad mußte man die Überlandstraße rechts nehmen. Dojno wartete an der Kreuzung nicht sehr lange, ein offener Lieferwagen nahm ihn mit. Es begann zu regnen, zuerst mäßig, dann war es ein Wolkenbruch, die Straße war überschwemmt. Etwa vier Kilomerter vor dem Städtchen blieb der Wagen stecken, der Fahrer suchte Schutz in einem Wirtshaus. Dojno setzte den Weg zu Fuß fort, er war so vollkommen eingeregnet, daß er nichts mehr zu fürchten hatte. Während er so dahinzog, angestaunt von Leuten hinter den Fenstern der Häuser an der Straße, bedachte er, daß er das Ziel seiner Bemühungen fast vergessen hatte, es war überdies unsinnig. Er war wie früher in einer »Aktion« drin, die, einmal beschlossen, auszuführen war. Erst dann mochte man Fragen stellen. Zum Beispiel, ob der angestrebte Effekt jemals die Mühe lohnen könnte. Zur Rechtfertigung berief man sich gewöhnlich auf einen Gedanken, obschon es nichts in der Welt gab, das so sichere Zuflucht vor Gedanken bot wie die Aktion. Ihren Zauber macht es aus, daß alles, was ihr nicht unmittelbar dient, wie im Nebel verschwindet. Den wütendsten Rebellen verwandelt sie in einen gehorsamen Soldaten, der bis ans Ende der Welt marschiert, hat er sich erst das Prinzip der Aktion zu eigen gemacht. Er wird wieder Rebell werden, sagt er sich, nachher. Die Aktivisten glauben immer an ein Nachher, das gerade ihnen günstiger sein wird.

Der Regen ließ langsam nach. Dojno blieb stehen, um den Rock auszuwringen, die Hosen, die Krawatte. Das Brot in der Tasche war zu einem Klumpen aufgeweicht. Er zerkrümelte ihn, streute die Krümel auf den Rain und wartete, aber die Vögel kamen nicht.

Nun die Sonne hinter den schnell abgetriebenen Wolken hervorkam und die Streifen blauen Himmels sich immer mehr erweiterten, schien es, als ob nach dem verfrühten Abend ein zweiter Tag anbräche. In Selzbad begannen die Kellner die Stühle und die großen Sonnenschirme vor die Kaffeehäuser zu stellen, wie sie es sonst am frühen Morgen tun. Es war fünf Uhr nachmittag, der Tag ging langsam zu Ende. Dojno kleidete sich in dem großen Geschäft gegenüber dem Kurhause neu ein, ehe er den Lesesaal betrat. Da studierte er die Liste der Kurgäste; sie war zwar abgegriffen und ein wenig schmierig, aber die Namen blieben gut leserlich. In der vierzehnten Ausgabe fand er »Torloni Maria Augusta, Private aus Wien«. Sie war vor drei Wochen angekommen und im Hotel Edelweiß abgestiegen. Im sechzehnten Verzeichnis gab es einen »Torloni Wilhelm-Guglielmo, Industrieller aus Wien«. Im Hotel erfuhr Dojno, daß Herr Torloni nur für ein Wochenende herübergekommen war und daß seine Gattin von ihrem Ausflug zur berühmten alten Mühle bald zurück sein würde, denn die Stunde des Nachtmahls war nahe.

Er setzte sich auf die Terrasse in der Nähe des Haupteingangs. Im wesentlichen war die Aktion abgeschlossen, er hatte die Frau gefunden, die ihn nichts anging, die wahrscheinlich mit ihm nicht einmal die Erinnerung teilte, derentwegen er sich seit dem Morgen in Bewegung gesetzt hatte. Wegen eines nicht ganz geschiedenen Torloni hatte sie sich an einem Frühlingsabend in die Donau geworfen, eine teure Perlenkette um den Hals; nun war sie mit dem gleichen Torloni verheiratet, gegenwärtig zur Kur in Selzbad, Bäder gegen Rheumatismus, Ischias, Kehlkopferkrankungen und nicht zuletzt, hieß es im Prospekt, gegen hartnäckige Frauenleiden. Die Gusti hatte wahrscheinlich keine Kinder, alle Zärtlichkeit gehörte dem Industriellen Guglielmo Torloni.

Er verschob ein wenig den Korbsessel, so daß er die heimkehrenden Hotelgäste genau in Augenschein nehmen konnte. Auch wenn er sich an das Mädchen vom 18. September nicht so genau erinnerte, das Reklamebild aus dem Parfümerieladen war ihm gegenwärtig. »Ach so«, hörte er plötzlich den Kellner hinter seinem Rücken sagen, »Sie kennen Frau Torloni nicht persönlich! Ich habe mich nämlich gewundert, daß Sie sie nicht begrüßt haben, wie sie jetzt gerade mit ihrer Gesellschaft hineingegangen ist. Ihre Handtasche hat sogar Ihren Sessel gestreift. Es ist die Dame mit dem hellroten Haar gewesen, die grad so aufgelacht hat, ja, die müssen Sie doch bemerkt haben!«

Der Kellner installierte einen kleinen Tisch gegenüber jenem,

an dem Frau Torloni speiste. Sie kam als letzte in den Speisesaal. Sie hatte um den Hals eine Kette, aber es waren keine Perlen. Sie aß mit gutem Appetit und unterhielt sich dabei angeregt mit ihren Tischnachbarn, einem kahlköpfigen Mann und einer verbleichten Frau.
Ihre komplizierte Frisur ließ das Gesicht frei. Es war ein breites Gesicht, nicht häßlich, vielleicht schön sogar, aber die Augen waren zu unruhig, immer auf der Suche und immer enttäuscht, zu finden und nicht zu finden. Die Stupsnase des süßen Wiener Mädels, ein dumm geschminkter Mund, ein stolzes Kinn, die Wangen zu voll. Wenn sie die Hand hochhob, fiel der Kimonoärmel zurück und entblößte einen schönen, braunen Arm. Sie hob die Hände zu oft hoch.
Er hatte um zehn Uhr einen Zug, der brachte ihn bis zur Verbindungslinie, mit der er die Südbahnstrecke erreichen konnte. Nahm er den Zug, konnte er ganz sicher sein, pünktlich zum Rendezvous mit Agnes und Stetten zu erscheinen. Er hatte noch Zeit, er blieb sitzen. Sie stand nicht zusammen mit den Nachbarn auf, der Kellner brachte ihr ein Glas Wasser, in das sie ein gelbes Pulver schüttete.
Als er an ihren Tisch trat, sah sie ihn erstaunt an, ihre Hand fuhr hoch, sie schob die Locke über der Stirne in die horizontale Lage zurück. Er sagte: »Beim Abschiedsfest des Kunsthändlers Guttmann, in seiner Villa, am 18. September —«
»Ach, Sie haben den Rudi gekannt? Schreibt er Ihnen, mir hat er seit einer Ewigkeit nicht mehr geschrieben.«
Bei manchen Konsonanten stieß ihre Zunge an die Zähne. Es war nicht eigentlich lächerlich, aber erstaunlich, es paßte nicht zu ihrem Gesicht. Er fuhr fort, als ob er sie nicht gehört hätte: »Ich habe Sie, glaube ich, damals kennengelernt. Sie hießen Lahner, Gusti Lahner.« Sie fixierte zuerst seine Hände, die auf der Lehne des Stuhls gegenüber lagen, dann sah sie ihm voll ins Gesicht, ihre Augen ruhten auf ihm, endlich ruhten sie. So fand er in ihrem Blick das junge Mädchen wieder und war bewegt. Als er sie erröten sah, nahm er sachte ihre Hand und küßte sie. Sie stand auf, sah ihm noch einmal ins Gesicht, dann fragte sie: »Sie sind nicht meinetwegen hier? Ach nein, was für eine dumme Frage, natürlich nicht!«
Sie ging vor, er folgte ihr auf die Terrasse.

»Ich erinnere mich an alles, ich weiß, daß Sie Faber heißen, aber den andern Namen habe ich vergessen, verzeihen Sie.«
»Dojno.«
»Ja, Dojno. Ist es nicht merkwürdig, daß ich den Namen vergessen habe? Dabei ist er leichter zu merken als Rudi.« Sie errötete wieder. »Ich meine nur zum Beispiel Rudi, nicht wahr? Und auch Ihre Adresse habe ich mir gemerkt, aber Sie wohnen sicher nicht mehr dort?«
»Doch, ich wohne dort.«
»Das ist nicht möglich!« Sie war plötzlich unruhig geworden. Sie wiederholte: »Das ist nicht möglich! Ich habe Ihnen einen Rohrpostbrief geschrieben, es war äußerst wichtig. Ich habe gewartet und gewartet, aber Sie sind nicht gekommen.«
»Nur die vier letzten Wochen habe ich dort gewohnt, ich bin viele Jahre weg gewesen, im Ausland — ich habe mich herumgetrieben.«
Sie lachte kindlich auf, wie nach einem Scherz, der einem zuerst Angst gemacht hat: »Natürlich, ich habe es mir auch nachher gesagt, das ist ja nicht möglich, Sie wären gekommen, wenn Sie dagewesen wären, nicht wahr?«
»Warum haben Sie sich damals gerade an mich gewandt? Wir haben uns nur eine Nacht gekannt, nur einige Stunden ...«
Er wartete vergebens auf eine Antwort, sie spielte mit dem Schloß der Handtasche, drückte es auf und ließ es wieder einschnappen. Er reichte ihr das Blatt aus dem Taschenkalender.
»Sie haben in jener Nacht, glaube ich, kaum ein Wort gesprochen, aber Sie haben das geschrieben. Ich habe gestern zufällig den Taschenkalender gefunden, deswegen bin ich hier.«
»Deswegen sind Sie hier? Wozu sind Sie gekommen? Und wer sind Sie eigentlich? Sie sagen, Sie haben sich in der Welt herumgetrieben — mit wem, warum?«
»Wer ich bin, müssen Sie ja wissen, Sie haben mir und niemand anderem damals den Rohrpostbrief geschrieben.«
»Ich habe gerade Sie um Hilfe angefleht, weil ich in jener Nacht überzeugt war, daß Sie der beste Mensch sind, den ich je getroffen habe. Sie haben mich nicht geliebt, ich habe Sie nicht geliebt, aber nie ist jemand zu mir so zärtlich gewesen wie Sie. Und deshalb habe ich immer an Sie gedacht, wenn ich unglücklich war.«

»Was Sie da sagen, ich meine von der Güte und der Zärtlichkeit, das haben Sie wirklich geglaubt?«
»Natürlich, es ist ja wahr.«
Er beugte sich vor, die Hände um die Lehne gekrampft, und sagte mit einer harten Stimme: »Es ist nicht wahr. Alle Güte und Zärtlichkeit kam von Ihnen, Sie haben gegeben, ich habe nur genommen.«
Sie legte ihre Hände auf die seinen, und als ob sie ihn begütigen müßte, erwiderte sie: »Beruhigen Sie sich, aber das verstehen Sie nicht, oder Sie haben es vergessen. Ich habe es mir schon damals gedacht, daß Sie es ganz schnell vergessen werden. Sie haben mir noch nicht geantwortet, wozu Sie gekommen sind.«
»Um mich zu bestrafen, daß ich Sie vergessen habe, und um Ihnen zu danken — für damals.«
Sie schüttelte den Kopf: »Komische Sachen gibt es im Leben, sehr komische. Schade, daß ich es dem Torloni nicht erzählen kann, der regt sich nämlich immer so furchtbar auf. Er weiß ja, daß ich seinerzeit gerne hie und da einen Seitensprung gemacht habe, aber er will nicht, daß das erwähnt wird. Wie lange bleiben Sie hier?«
»Ich wollte jetzt den Zug um 10 Uhr nehmen, aber den erreiche ich kaum. Ich fahre also morgen früh.«
Sie hatte einen Wagen, mit dem brachte sie ihn noch in der Nacht zu einer Station an der Südbahnstrecke. Es war, fand sie dann, zu spät, nach Selzbad allein zurückzufahren, so blieben sie zusammen. »Halt ein kleiner Seitensprung«, meinte sie, »außerdem mußt du mir sagen, was du eigentlich machst und ob du glücklich verheiratet bist.«
Die ersten Morgenstrahlen weckten ihn. Er richtete sich halb auf, betrachtete sie. Sie schlief ganz entspannt, und doch war ihr Antlitz leidvoll. Das konnte auch am Dämmerlicht liegen. Die Selbstmörderin, so hatte sie die verwitwete Frau Huber genannt. Hatte sterben wollen, weil Herr Torloni zögerte, sie zu heiraten. Und weil der »beste Mensch« nicht da war, sie daran zu hindern. Der Rohrpostbrief, der Rettung bringen sollte, lag wahrscheinlich noch im Köfferchen, ungeöffnet.
Sie hatte ihm das Geheimnis, warum sie damals fast gar nicht gesprochen hatte, entdeckt: Er sollte nicht merken, daß sie beim Sprechen mit der Zunge anstieß. Er hatte es nicht gemerkt.

Knapp bevor er in den Zug stieg, sagte sie: »Du hast mir noch immer nichts von dir gesagt. Das macht nichts, denn das Wichtigste weiß ich jetzt doch.«

»Was?«

»Daß du unglücklich bist, aber noch nicht mal gelernt hast, wie man zu sein hat, wenn man unglücklich ist.« Der Zug setzte sich langsam in Bewegung. Sie fügte schnell hinzu: »Alles wird leichter sein, hast du das erst einmal gelernt.« Sie winkte ihm mit der linken Hand nach, mit der rechten brachte sie die Locke über der Stirne in die horizontale Lage zurück. Als ihr brauner Arm außer Sicht war, setze er sich und zog die Zeitungen hervor. Auf der ersten Seite fand er den Bericht über den neuen Moskauer Prozeß, die wichtigsten Punkte der Anklage waren zitiert. Er fühlte, wie sein Herz sich zusammenkrampfte. Ehe er weiterlas, suchte er, ob es nicht eine gute Nachricht aus Spanien gab; er fand keine. Im Prozeßbericht wurden die Angeklagten, alte Revolutionäre, als bezahlte Polizeiagenten, abgefeimte Verräter, als Abschaum der Menschheit und giftige Nattern bezeichnet. Lautsprecher, hieß es, verkündeten die Anklage im ganzen Land, auf Straßen und Plätzen, in Fabriken, Schulen und Kasernen. Die Zuhörer überschrien manchmal die Lautsprecher: »Tod den Verrätern! Zertretet die Nattern!«

Das alles war bekannt, abgedroschen, er brauchte nicht weiter zu lesen, denn er kannte es in jeder Einzelheit. Aber er las weiter. Nein, er hatte noch nicht gelernt, wie man zu sein hat, wenn man unglücklich ist. Es gab keinen andern Ausweg als den ins Nichts.

ZWEITES KAPITEL

Zwei Nächte und einen Tag regnete es ununterbrochen. Dann kam die Sonne wieder, aber man fühlte, der Sommer ging zu Ende. Stetten fuhr mit seiner Enkelin in die Stadt, Dojno sollte noch länger bleiben, vielleicht den ganzen Winter, wenn es ihm behagte.

Nun hatte er das kleine, schmale Tal, an dessen Ende das Haus stand, ganz für sich allein. Nur der Steinschlag, den die hastige Bewegung der Gemsen verursachte, und das immer seltenere Kuhglockengeläute zerschnitten manchmal die Stille. Das felsige Massiv umschloß das Tal von drei Seiten, man konnte vergessen, daß die vierte Seite offen, daß die Welt nicht fern war. Hier war die Einsamkeit stumm und beredt in einem, im Zwiegespräch mit den Bergen blieb man allein.

Einmal am Tage, gewöhnlich gegen Abend, kam der Briefträger. Dojno öffnete die Briefe, nur um sich zu vergewissern, ob nicht eine Nachricht von Djura, von Mara oder von Albert da war. Er las keine Briefe mehr außer denen Stettens, er schrieb keine mehr. Er wartete am Morgen darauf, daß es Abend würde, und in der Nacht, daß der neue Tag anbräche. Einmal in der Woche stieg er ins Dorf hinunter, um einzukaufen. Er setzte sich ins Wirtshaus, in der Nähe der Schule, und wartete auf die Singstunde. Er brach nicht auf, ehe sie zu Ende war. Am Abend, wenn er mit geschlossenen Augen dasaß, konnte er die Kinderstimmen wieder hören. Manchmal träumte er ihren Gesang und wußte, daß er nur träumte. Einmal sang ein Kind das französische Lied vom Vöglein, das vom trockenen Zweig des Orangenbaumes hinuntergefallen ist und sich tödlich verletzt hat. Im Traum sah er das traurige, längliche Gesicht, das sich wie in einer warnenden Gebärde ganz langsam hin- und herdrehte: »*Jamais de la vie, je n'en reviendrai — je n'en re ... à la volette, je n'en re ... à la volette, je n'en reviendrai.*« Er erwachte, setzte sich im Bett auf und starrte lange ins Dunkel, als könnte er darin den ermordeten Freund erspähen. In so vielen Gestalten umgab ihn Vasso, in so vielen Sprachen sprach er ihm.

Erst nach Wochen entschloß er sich, die Truhe zu öffnen. Stetten hatte ihm vor seiner Abfahrt gesagt: »Lesen Sie bei Gelegenheit die Papiere, die ich darin verwahre. In meinem Testament steht es geschrieben, daß Sie nach meinem Tode frei über sie verfügen sollen.«

Er fand viele wohlgeordnete Faszikel, jedes trug einen Titel. Er holte das »*Tagebuch einer Reise*« hervor. Das erste Blatt trug den Vermerk: »Heute, den 2. Juli 1928, unternehme ich, nach vielen Jahren zum erstenmal, wieder eine Reise. Ich plane, alle jene aufzusuchen, die mit meinem Einhard die letzten Wochen seines Lebens geteilt haben. Ich fahre den Ort sehen, an dem ihn eine Granate zerrissen hat, so ›daß nur seine unteren Extremitäten geborgen werden konnten‹. Die zwölf Jahre und acht Monate, die seit jenem Augenblick vergangen sind, haben mir keinen Trost gebracht, die Wohltat des Vergessens ist mir nicht zuteil geworden, ich habe sie nicht gesucht. So lange lebe ich schon ohne meinen Sohn, so lange schon kann ich ohne ihn nicht leben.«

Stetten hatte seine Reise wahrscheinlich sorgfältig vorbereitet und sich die Namen und Adressen der Kompaniekameraden Einhards beschafft. Er lenkte damals noch selbst den Wagen. Seine Frau und Walter, den älteren Sohn, ließ er in Ungewißheit über das Ziel seiner Reise. Er gab ihnen während der fast drei Monate, die seine Abwesenheit von Wien dauerte, kein einziges Lebenszeichen.

Es ging aus den ersten Seiten des Tagebuches nicht klar genug hervor, was der damals 58jährige Mann eigentlich suchte. Glaubte er wirklich, von den wahrscheinlich gleichgültigen Kriegskameraden seines Sohnes nach so vielen Jahren etwas erfahren zu können, was er noch nicht wußte? Er, der die Vergeßlichkeit als ein allgemeines, gefährliches Laster ungestüm anklagte, suchte im Gedächtnis gleichgültiger Menschen Zeugenschaft? Zeugenschaft wofür? Und warum so spät?

Die ersten Seiten berichteten wortarm über Enttäuschungen. Die Männer, die er aufsuchte, erinnerten sich Einhards nicht oder so undeutlich, daß sie nichts Sicheres sagen konnten. Die Törichten und die Eitlen unter ihnen bestanden darauf, sich ganz genau auf ihn besinnen zu können, aber die Einzelheiten, deren sie zu viele hervorkramten, bewiesen, daß sie sich irrten, ihn mit einem andern oder mit mehreren anderen verwechselten. Einer gar wollte ganz sicher wissen, daß Einhard gar nicht gefallen war, und zum Beweise dessen berichtete er ausführlich darüber, daß er ihn zufällig während des Faschings 1920 in einem Grazer Ballsaal getroffen hatte.

Es waren traurige Tage und deprimierende Nächte für den einsamen Reisenden. Er notierte wiederholt mit Staunen, wie häßlich die Hotelzimmer sind. Er hatte sich vorgenommen, während der Reise jeglicher Lektüre zu entsagen, auch keine Zeitungen in die Hand zu nehmen, nun war er »ganz wehrlos den feuchten Bettlaken ausgeliefert, der Beklemmung, die von all diesen mißratenen Dingen ausgeht, dem halbverrosteten Waschgestell, dem grünlichen Bart des Heilands über dem Bett, dem schwachen, ewig zitternden Licht der von Fliegen beschmutzten elektrischen Birne.«

Doch allmählich wurden die Berichte länger. Von der Erinnerung an Einhard war immer weniger die Rede. Stetten begann, die Seiten mit den Biographien und der Schilderung der Lebensumstände verschiedener Männer anzufüllen. Es kam vor, daß er in einem kleinen Ort zwei, drei Tage blieb. Er berichtete ausführlich über die Erinnerungen, die diese Frontkämpfer nach zehn Jahren vom Kriege bewahrt hatten.

»Wie alle anderen, hat auch dieser B. G. erstaunlich viele und fast ausschließlich unerhebliche Einzelheiten behalten; wie sie hat er das Ganze, den Krieg selbst vergessen. Immer im Auge behalten: Die Menschen leben in Episoden, deren Anfänge sie meistens zu spät merken. Das Leben ist ein Abstraktum, ebenso der Krieg, man lebt nicht Abstrakta, die Geschichtsschreibung ist somit auch hier notwendig eine perspektivische Fälschung. ›Gleiche Löhnung, gleiches Fressen — und der Krieg wär' längst vergessen!‹ In der Tat!«

Aber schnell genug verschwand auch das Kriegsthema aus dem Tagebuch. Als ob Stetten zum erstenmal das Leben der einfachen Leute entdeckte, füllte er ganze Seiten mit dem Bericht banaler Einzelheiten. Solch einen Bericht schloß er einmal mit den Worten: *»Nein, das Leben ist nicht dramatisch, sondern episch. Mörderische Kriege, Epidemien, Revolutionen ändern nichts daran, sind im Grunde unwichtig. Wichtig sind Erfin-*

dungen, die die Technik des alltäglichen Lebens verändern, es dauerhaft erleichtern. Es ist wichtig, ob man weit zum Brunnen Wasser schöpfen gehen muß, ob man im Hof eine Pumpe oder gar in der Wohnung den Wasserhahn hat. Alle großen Ideen, alle Werke der Kunst und der Dichtung sind ein getrockneter Kuhmist im Vergleich zur Erfindung des Wagenrades, sofern es sich um die Existenz und die wahren Interessen des Volkes handelt. — Gehöre ich zum Volk?«

Doch dann, in der sechsten Woche seiner Reise, fand er den Kärntner Dorfschmied Alois Furtner. Der erinnerte sich des Knaben, Einhard hatte sich an ihn angeschlossen, ihm ein Photo geschenkt. Furtner trug es bei sich. Es zeigte Einhard 14jährig auf einer Wandertour mit seinem Vater, im Hintergrund einen Wasserfall, dessen Name auf der Rückseite vermerkt war: »Das tote Weib.«
Stetten notierte ausführlich alles, was der Schmied ihm erzählte, ohne es zu kommentieren. Es war nicht ganz klar, was den damals schon reifen Furtner zu dem 17jährigen Jüngling hingezogen hatte. Einhard war körperlich mutig, aber er litt an allem, was er sah, an der herausfordernden Dummheit des militärischen Betriebs fast noch mehr als an der Grausamkeit des Geschehens. Er war Kadett-Aspirant, ihm unterstanden Männer, die nicht selten doppelt so alt waren wie er. Und zum erstenmal begegnete er da dem Volke. Furtner nahm sich seiner an, ließ ihn nicht aus den Augen.
»Er ist halt so ein zarter junger Mensch gewesen. Dann, nachdem das Unglück geschehen ist, habe ich es mir oft gesagt, daß er hat müssen dahingehen, weil er viel zu gut gewesen ist für das Leben. Na ja, es ist halt schon so. Nämlich, er hat immer von Ihnen gesprochen, Herr Baron, aber Sie, Sie haben sich vielleicht nicht sehr viel um ihn gekümmert. Sie haben ihn halt nicht genug geliebt, das kommt vor, nichts für ungut!«
»Hat Einhard das jemals gesagt?«
»So direkt nicht, aber gespürt habe ich es, daß er sich's denkt.«
Stetten blieb etwa sechs Tage in dem Dorf. Er notierte noch viele Einzelheiten. Einige Tage später schrieb er: »Nicht einmal das ist somit sicher, daß ich Einhard wirklich geliebt habe.«

In den folgenden Tagen erwähnte er noch mehrfach die Gespräche mit dem Freunde seines Sohnes, niemals kommentierte er sie.
Dank den präzisen Angaben Furtners fand er die Stelle, an der Einhard gefallen war. Er kam am frühen Morgen an und blieb da bis in den Abend sitzen. Nur wer wußte, daß hier Schützengräben ausgehoben worden waren, konnte deren letzte Spuren entdecken. Die Erde hatte ihre friedliche Gestalt wiedergefunden, war eins geworden mit allem, was sie trug.

»Der Baum, um dessen letzte Blätter Einhard gebangt hat, hat alles überlebt. Ich saß in seinem Schatten und dachte zum erstenmal ohne Trauer an mein Kind. Sogar die Vorstellung, wie er getötet wurde, verlor für Augenblicke die Kraft, mich zu quälen. Es schien mir möglich, mich mit dem Schicksal auszusöhnen, mit jedem Schicksal.
Doch als der Abend anbrach und ich langsam zur Straße, dann ins Dorf hinabstieg, da war es mir aufs neue gewiß, daß amor fati *ein Frevel am Menschen wäre. Ich nehme das Schicksal nicht an.«*
In den Aufzeichnungen, die er während der Fahrt nach Rom machte, kam er immer wieder darauf zurück: *»Wenn man dem Menschen die Fähigkeit zu vergessen austriebe, würde er keine Unterdrückung mehr ertragen. — Niemand ist so einsam wie der Mensch, der es ablehnt, zu vergessen. Wer vielen Zeiten angehört, ist niemandem Zeitgenosse.«*
Ein stolzes, ein zu großes Wort, bedachte Dojno. Man entgeht der Zeit nicht, in ihr ist man niemals wirklich einsam. In den zehn Jahren, die seit dieser Reise vergangen sind, hat es Stetten erfahren müssen. Daß er damals den Faschismus ignorierte — nur einmal erwähnte er ihn, tat ihn ab als »eine abscheuliche Epigonenfarce, in der eine alte, abgespielte Tragödie travestiert wird« — daß Stetten so in der Vergangenheit reiste, war natürlich auch eine »Vergeßlichkeit«. Das gute Gedächtnis ist ein überflüssiger Luxus, wenn es sich der Gegenwart verschließt.
Mehr aus Pflichtgefühl denn aus Interesse las Dojno noch in der gleichen Nacht das Tagebuch zu Ende. Was Stetten über Rom schrieb, war nicht neu für einen, der wußte, wie lange schon der alte Historiker in feindlicher Intimität mit der Antike lebte.

»Wenn man den pathetischen Dummköpfen den Geschmack für die Tragödie nehmen könnte, würden sie vielleicht endlich begreifen, daß es die Größe der mittelländischen Kultur ist, die Menschen auf die Höhe der Komödie erhoben zu haben. Das einzige Mittel, die ängstigenden Götter zu vertreiben, ist, sie auszulachen. Die lateinischen Völker mögen vor Alter und Überreife stinken, sie sind die einzig jungen auf der Welt, weil es ihnen noch oft genug gelingt, nicht so ernst wie das Tier oder ein Gott zu sein. (Die Götter haben ihre Karriere in Gestalt von Totem-Tieren begonnen, der Mensch die seine mit dem Lächeln.)«

Viele solcher Bemerkungen gab es in diesem Tagebuch, dazwischen Abschriften aus Archiven, Titel neuerschienener Quellenwerke, kurze Mitteilungen über zufällige Begegnungen.
Die Schneefälle kamen, sie deckten die Bäume zu und selbst die spitzen Felsen. Die Bewegung der Tiere wurde geräuschlos, manchmal war die Stille im Tal so tief, daß man den Atem anhalten mußte. Nur hie und da warf ein Zweig, wie ein Schlafender, der sich im Traume bewegt, die schmale kristallene Decke von sich. Wie ein Brautgewand, nicht wie ein Leichentuch bedeckte der Schnee die Erde. So schien es Dojno, weil unmerklich eine Veränderung in ihm begonnen hatte. Er war nicht mehr allein mit Vasso und ihrer beider Vergangenheit, er wurde tätiger: Er unterhielt das Feuer im Ofen bis spät in der Nacht, für jeden Abend dachte er ein Konzertprogramm aus, das er auf dem Grammophon spielte. Er ging jetzt jeden Tag ins Dorf, um die Kinder singen zu hören. Einmal sprach er sogar die Lehrerin an, überreichte ihr ein Notenheft, darin die schönsten der alten französischen Weihnachtslieder aufgezeichnet waren. Gefielen ihr die Melodien, so wollte er ihr die Texte übersetzen. Die junge Frau war freundlich, sie setzte das Gespräch mit dem fremden Einsiedler fort, aber ihm wurde es zu lang. Er hatte es eilig, wieder allein zu sein. Um den Abschied nicht zu überstürzen, sagte er: »Sie dürfen sich nicht wundern, daß ich so häufig komme, um dem Gesang der Kinder zu lauschen. Es ist wegen einer jungen Frau, die ist vor kurzem gestorben, und so —«

»Ach!« unterbrach ihn die Lehrerin, »natürlich, jetzt verstehe ich alles!« Sie suchte den Blick ihrer großen grauen Augen in die

seinen zu versenken, drückte ihm die Hand in einer Art, als wollte sie ihn eines besonderen Einverständnisses versichern.
Er begann auch zu arbeiten, nicht viel zwar, aber regelmäßig. Er stellte das Material zusammen, auf Grund dessen er und Stetten eine historisch-soziologische Analyse der modernen Kriege schreiben wollten.
Es ging aufwärts mit Dojno. Auch die Nachrichten aus Spanien waren nicht schlecht in diesen Tagen, da das Jahr zu Ende ging. Die Republikaner waren in der Offensive, sie hatten endlich Teruel genommen. Es kam auch Nachricht von Mara, nur ein Gruß zwar, aber das war schon gut genug. Und auf Umwegen ein Wort von Djura, er würde in einem halben Jahr freikommen, aber noch vorher einen Verbindungsmann schicken.
Eines Tages, es hatte die ganze Nacht geschneit, mußte er durch das Küchenfenster, die Tür war von den Schneemassen verrammelt. Er riß die Fensterläden auf, alles leuchtete, schimmerte und glänzte in einem so heiteren Sonnenschein, wie man ihn sonst nur in beglückenden Träumen sieht. Er sprang hinaus, er drehte sich langsam um sich selbst, er wollte alles, was ihn umgab, immer neu betrachten. Es war eine wundervolle Welt, erfüllt von Dankbarkeit: zu sein, jeder Schwere bar, von Zärtlichkeit zusammengehalten für immer. Fast tat es ihm leid, fast schien's ihm Gewalttat, mit der Schaufel in den Schnee zu fahren. Gewiß, der Sturz war zu Ende, der Abgrund hatte einen Grund, nun verließ er ihn. Im Hause lagen Briefe, so viele Freunde hatte er in der Welt, noch heute würde er ihnen schreiben. Es gab so viel zu tun! Er hatte es Djura versprochen, man war nicht allein, man war der Menschheit, der *alten Debütantin,* nicht untreu. Es war Zeit, neu zu beginnen.
In den folgenden Tagen merkte er es, daß er ein Rekonvaleszent war, den Rückfälle bedrohten. Der große Mut jenes Morgens ermüdete schnell, aber er verschwand nicht ganz. Dojno begann, Briefe zu schreiben, er bereitete seine Rückkehr nach Wien, ins Leben vor, aber immer wieder schob er die Reise hinaus. Ihm war bange vor der Begegnung mit Freunden, die er selbst zur Bewegung gebracht hatte. Wie schwer würde es sein, wie langwierig, ihnen zu erklären, warum er sie verlassen hatte. Wie wenige würden ihm nun folgen, wie viele würden nun mit ihm brechen — in Bitternis und Unversöhnlichkeit. Seine eigene Ver-

gangenheit stand gegen ihn auf und entkräftete die Worte, die er den Freunden sagen wollte. Es war noch nicht so lange her, wenig mehr als ein halbes Jahr, da hatte er selbst, in einer weißen Nacht in Oslo, einem traurigen, verzweifelten Mann, Albert Gräfe, widerstanden mit der Frage: »Was sollen wir ihnen bieten — deine Einsamkeit, meine Einsamkeit?«
So zögerte er. Schon sah die Schneedecke einem Leichentuch ähnlich und nicht einem Brautgewand.
Doch dann kam der dringende Ruf Stettens. Er konnte nicht mehr länger zögern. Auf einem Kinderschlitten brachte er sein Gepäck ins Dorf, von da fuhr es der Krämer an die Bahn. Er ging zu Fuß, so langsam, als könnte er damit noch Aufschub erlangen. Die Zärtlichkeit des Morgens war nur noch Erinnerung, die schnell verblaßte. Er war voller Furcht vor der Rückkehr ins Leben.
Schon wieder hielt er die Augen geschlossen.

DRITTES KAPITEL

Stetten hatte in den letzten Jahren die Neigung zu schreiben vollends verloren. Er schätzte, daß er in der Welt etwa tausend ernste Leser finden konnte — vorausgesetzt, daß seine Schriften zumindest in drei Sprachen erschienen. Er hatte viel veröffentlicht, unter anderem 14 dickleibige Bücher, um laut die Lehren zu verkünden, die er aus der Vergangenheit gewonnen hatte. Aber alles, was er bekämpft hatte, war nur immer stärker geworden, nun erschien es gar unüberwindlich. Stemmte er sich einer Strömung entgegen, sie wurde zur Sturmflut und schwemmte jedes Hindernis hinweg. Voraussehen und nicht verhindern können, hätte zur Qual werden müssen, aber Stetten litt kaum darunter. Ihn schützte sein tiefer, allumfassender Zweifel: man verlor nicht endgültig, man gewann nicht endgültig. Mochte der Irrtum endlich sein, die Wahrheit war es nicht. Sprach er sie heute nicht aus, in zehn oder in fünfzig Jahren wird ein anderer sie aussprechen; und sie wird reifer geworden sein.

Nachts, in den Stunden, die er im Zimmer seiner Enkelin verbrachte, während er auf die Atemzüge des schlafenden Kindes lauschte, ergriff es ihn manchmal mit einer bedrängenden Heftigkeit: die Hoffnung auf die Generation derer, die wie Agnes jetzt kleine Kinder waren. Sie werden die Sintflut, die da herannahte, hinter sich haben, sie werden verstehen, in ihnen wird er endlich die Gemeinschaft finden, der er zugehören möchte. Er war 68 Jahre alt; zwei Söhne hatte er gehabt. Einhard, der jüngere, fiel 17jährig im Felde; Walter, der ältere Sohn, war töricht gewesen, wie die meisten Menschen dieser Zeit, und hatte sich der Bewegung der nationalen Verderber angeschlossen — sie erschlugen ihn wegen eines Mißverständnisses. Die Mutter dieser ungleichen Söhne hatte die Torheit des älteren geteilt und gefördert und dann furchtbar gebüßt. Ihm war die Enkelin geblieben. Und von den ungezählten Schülern ein einziger. Der hatte, wie eine Kerze an beiden Enden, brennen wollen, nun war er, schien es, ausgebrannt.

Stetten hatte sich wieder mit der Musik ausgesöhnt, von der er sich nach Einhards Tod abgewandt hatte, Agnes sollte zuerst Klavier und später Cello spielen. Er hatte ein Auto gekauft, das brachte sie in die Natur hinaus. Frühzeitig sollte das Kind die Bäume lieben lernen, die Blätter, die Gräser, den blauen Himmel und die Wolken. All das sollte sich in ihrem Bewußtsein mit dem Großvater verbinden. Seine Zeit war kurz bemessen, er kämpfte um den Platz in ihrem Gedächtnis. Er achtete darauf, ihr nicht zu alt zu erscheinen. Er färbte sich wieder den Schnurrbart, er rasierte sich am frühen Morgen, damit sie die weißen Bartstoppeln nicht bemerken sollte. Seine noch immer zierliche kleine Statur erlaubte ihm leichte, fast jugendliche Bewegungen. Und es war ein willkommenes Glück, daß der Kleinen seine hohe, weiße Stirn so gut gefiel und seine blauen Augen, wenn er nicht die Brille aufsetzte.

Eines Nachts packte ihn schmerzlich der Wunsch zu leben, damit das Kind nicht ohne ihn bleiben sollte. Er hatte wenige Stunden vorher den ersten ausführlichen Bericht über das Luftbombardement von Guernica gelesen. Und ihn hatte mächtig die Vorstellung von dem kleinen Mädchen ergriffen, das allein zurückblieb in einer Welt, in der die Lügen solche Gewalt hatten, daß sie sich in Stahl und Feuer verwandeln konnten. Das ferne Guernica im Baskenlande war ein namenlos grausames, doch winziges Beispiel. Stetten lebte in der Gewißheit, daß ein Krieg von planetarischem Ausmaß schnell herannahte. Er durfte nicht sterben und das Kind allein lassen. Das Kind, das war die geliebte Enkelin, aber nicht sie allein. Die Menschheit war ein Kind, harmlos und gefährlich zugleich, da sie jeder Gefahr zulief, jede heraufbeschwor. Noch zehn, vielleicht fünfzehn Jahre wollte er leben, mit Agnes sein, mit Faber, mit dieser grauenhaften, unsäglich unglücklichen Epoche.

Er dachte nicht einzugreifen. Ein einziges Mal hatte er es versucht, nichts Großes wollte damals er erreichen: einem einzigen Menschen das Leben retten. Oft genug ging seine Erinnerung zu jenen Tagen zurück, zu jener Nacht im Gefängnis, zu dem Gespräch schließlich mit dem Prälaten, der ihm an jenem Februarmorgen statt der erbetenen Hilfe für einen armen, vom Henker bedrohten Mann nur die Gewißheit bieten wollte, daß er, Stetten, an allem schuld war und daß er sein Leben so sinnlos vertan hatte wie die Stunden jener Nacht und die Mühen des Bittganges.

Doch nun, vier Jahre waren seither vergangen, rief er Dojno dringlich zu sich. Mit ihm wollte er beraten, ob er nicht eingreifen müßte. Die Gefahr wuchs täglich, das Land konnte in jedem Augenblick von den Deutschen besetzt werden, und die Regierung, die im Februar 1934 siegreich aus dem Bürgerkrieg hervorgegangen war, erwies sich als zu schwach. Sie wurde von den besiegten Arbeitern gehaßt und verachtet, von den Nazis im Lande schlau und gewalttätig bekämpft. Es war eine Frage von Tagen, vielleicht Wochen, gewiß nicht mehr von Monaten, dann traf die böse Prophezeiung ein, mit welcher Stetten damals den Minister hatte warnen wollen.

Gewiß, nun war es an der Zeit, das Land zu verlassen, sich und die seinen in Sicherheit zu bringen. Aber da war völlig unerwartet jener Prälat gekommen, wohl nicht aus eigenem Entschlusse, aber vielleicht auch nicht ungern. Ohne lange Einleitung, ohne auf ihre erste und bisher einzige Begegnung auch nur anzuspielen, machte er es klar, daß die geliebte Heimat und alles, was an ihr alter geistiger wie geistlicher Wert war, in furchtbarer, aber doch noch abwendbarer Gefahr stand. Die Männer der Regierung, nicht alle, Gott sei es geklagt, aber immerhin fast alle, waren zu Opfern bereit. Nun ging es darum, alte Fehden zu vergessen, die guten Kräfte zu vereinen und dann die Regierung umzubilden. War Stetten nicht ein Sinnbild des Liberalismus? An keine Partei gebunden, doch voll liebevollen Verständnisses für die Arbeiterklasse, der er während jener unglückseligen Februartage ja seine lebhafteste Sympathie bekundet hatte, gleichzeitig als Mann untadelig in jedem Bedacht — mit einem Wort: ein Österreicher, auf den all jene stolz waren, die Österreich liebten — war Stetten nicht der Mann der Stunde? Konnte, durfte er noch fürderhin bescheiden im stillen Winkel bleiben?

Die Schmeicheleien des Prälaten Graber waren fehl am Platze, nicht der Eitelkeit dessen angemessen, an den sie sich wandten. Freundlich, doch entschieden wies Stetten den Gast zurecht und empfahl ihm eine nüchterne Sprache: Von wem war der Priester gesandt, mit welchen Vollmachten ausgestattet? Was war man bereit, den Sozialisten zuzugestehen, nun es fast sicher zu spät war?

Der Prälat gab zu, daß er diese und die anderen Fragen Stettens nicht gleich beantworten könnte. Er war gekommen, gerade nur vorzutasten. Zufrieden verließ er nun den Professor, gewiß, daß dieser dem Notruf des Vaterlandes seine Ohren und sein Herz nicht verschließen würde.

»Was raten Sie, Dion? Sollen wir nicht lieber schon in dieser Woche weg von hier, oder sollen wir hier bis zum letzten aushalten und versuchen zu tun, was der Priester vorschlägt?«

»Sie wissen, daß Sie zwar noch nichts beschlossen haben, aber schon entschlossen sind. Ihre Aktion wird kaum noch etwas verhindern, aber sie hätte einen Sinn, wenn sie der Niederlage die Verächtlichkeit nähme.«

Sie saßen im großen Zimmer, das Dojno in Stettens Wohnung eingeräumt war — es war einmal das eheliche Schlafzimmer gewesen. Er hatte noch keine Zeit gefunden, seine Koffer auszupacken. In wenigen Stunden sollten die Verhandlungen wieder aufgenommen werden, diesmal würde der Prälat nicht allein sein, daher drängte der Professor, er wollte von seinem Schüler, der viele Jahre an die Politik vergeudet hatte, ganz schnell die Quintessenz der Erfahrungen übernehmen.

»Sie haben recht, ich bin entschlossen, zu handeln, und ich zähle auf Ihren Beistand. Aber ist die Niederlage wirklich unabwendbar, geht es nur noch darum, ihr die Verächtlichkeit zu nehmen?«

Dojno zögerte mit der Antwort, schob sie Minute um Minute hinaus. Wußte der Alte denn nicht alles, was da zu sagen war? Die Gründe der Vernunft waren diesmal unwiderleglich, sie hatten ohne Verzug das Land zu verlassen, die Gefahr war unabwendbar. Es würde keinen Kampf geben, nur ein großes Spektakel, nachher würde die Maschine der Vernichtung in Betrieb gesetzt werden und reibungslos arbeiten. Daß Stetten nun, da es zu spät war, eingreifen wollte, war nicht verwunderlich. Es entsprach seinem Temperament, ja manchen seiner Anschauungen.

»Nein, ich glaube nicht, daß die Arbeiter kämpfen werden. Die Erinnerung an den Feber 1934 ist noch immer zu frisch, das Elend der Arbeitslosigkeit dauert schon zu lange. Wofür sollten sie nun bluten? Verlangen Sie immerhin sofort folgendes: Erstens, Freilassung der Sozialisten und Kommunisten aus Kerkern und Lagern — unter ihnen wird man die Männer finden, mit denen allein es Sinn hat zu verhandeln; zweitens, Verhaftung all jener Minister und Beamten, von denen man weiß, daß sie auf den Sieg der Nazis spekulieren oder ihn jedenfalls nicht fürchten; drittens, Wiederherstellung der Gewerkschaften; viertens, Legalisierung der Arbeiterparteien und ihrer Presse; fünftens Legalisierung und Bewaffnung des Schutzbundes. Lehnen die Herren ab oder zögern sie auch nur, dann ziehen Sie sich sofort zurück, Professor.«

»Es gibt nicht nur die Arbeiter, sie sind eine Minderheit«, wandte Stetten zaghaft ein.

»Gewiß! Aber das Kleinbürgertum ist nazi, die Bauern sind gleichgültig, die Beamten, die Polizei, die Armee folgen dem Beispiel Gottes, sie sind auf der Seite der stärkeren Bataillone. Die hat Hitler. Und daß er Europa nicht zu fürchten hat, das erfährt er täglich in Spanien.«

»Wenn das Ihre Überzeugung ist, dann nehme ich die Verhandlungen gar nicht wieder auf.«

»Sie werden verhandeln, Professor, Sie wissen es ganz genau. Man bietet Ihnen die Macht an, genau in dem Augenblick, da sie Ohnmacht wird. Und eben deswegen nehmen Sie sie an. Dieser parodische Epilog Ihrer Laufbahn wird Ihr Werk nicht entwerten, es nur um so wirkungsvoller kontrastieren, als der allerletzte Absatz ja dennoch tragisch sein wird. Sie werden eines gewaltsamen Todes sterben, auf Ihrer eingedrückten Brust das Pranger-Plakat: ›Ich, Baron Erich von Stetten, bin nicht würdig, ein Deutscher zu sein. Ich habe Führer und Volk verraten.‹ Die gerechte Empörung des Volkes wird die Orthographie schwächen, im letzten Wort wird das zweite r fehlen.«

Sie lachten beide, Stetten lauter als Dojno.

»In diesem Zimmer bin ich ein junger Ehemann gewesen. Eine Zeitlang glücklich, verliebt, manchmal eifersüchtig. Es kam damals sogar vor, daß ich an Duelle mit jungen Offizieren dachte, an verfrühten Tod. Nicht ernsthaft, nur so, um einer jungen, umworbenen Frau zu imponieren. Warum spreche ich jetzt davon? Ach so, wegen Ihres Pranger-Plakates auf der eingedrückten Brust. Muß ich mich darauf vorbereiten, die Folter zu ertragen?!«

»Niemand kann im voraus genau wissen, wie er der Folter widerstehen wird. Die Demütigsten und die Hochmütigsten

mögen die meiste Aussicht haben, ihr standzuhalten. Jedenfalls, sie ist eine schlechte Probe auf den Menschen, nicht wirklich beweiskräftig. Wenn man Sie durch die Straßen führen wird, barfuß, im zerrissenen Hemd und in Unterhosen, gestoßen, immer wieder zu Fall gebracht, angespien und den Speichel Ihrer Bedränger auf dem Gesicht: auf der Stirn, den Wangen, den Lidern, dann wird es sich entscheiden. Entweder Sie werden Ihre Folterer aufs tiefste verachten, oder sich selbst. In diesem Falle werden Sie Opfer werden. Die Folter verändert den Menschen nicht, nicht sein Wesen, sie erprobt nur seine Fähigkeit, äußerstes Leiden und furchtbarste Erniedrigung sofort zu überwinden.«
»Ich habe begriffen, Dion, kein Wort mehr, ich habe begriffen«, sagte Stetten, seltsam bewegt. »Diktieren Sie mir die fünf Forderungen, ich werde mich der Probe nicht entziehen.«
Die Verhandlungen zogen sich hin, schon dauerten sie Tage, Wochen. Zwar wurde einigen die Kerkertür geöffnet, manche aus den Lagern befreit, aber die wesentlichen Bedingungen Stettens wurden nicht erfüllt. Die einen fanden, noch wäre es zu früh dafür, die anderen, schon wäre es zu spät. Daß sich diese Männer der Schwäche ihrer Position bewußt waren, war nicht so übel, aber ihre Angst war noch größer als ihre Schwäche.
»Gewiß, nur mittelmäßige Männer können eine gute Regierung bilden, aber es wird dann zur Lebensfrage, ob sie in einer ungewöhnlichen Situation mutiger oder feiger werden«, meinte Stetten.

Hofer lebte in der Illegalität, seit er aus Prag zurückgekehrt war, um eine bedeutende Funktion innerhalb der Sozialistischen Partei auszuüben. Dojno fand ihn nach wenigen Stunden. Er hieß Ferdinand Berger und hatte sich als Vertreter ausländischer Firmen in einem bürgerlichen Bezirk niedergelassen. Es erwies sich, daß er über die streng geheim geführten Verhandlungen Stettens gut informiert war.
»Ich habe mir gleich gedacht, daß Sie dahinterstecken. Genosse Dr. Rubin hat mir seinerzeit erzählt, daß Sie und der Professor so befreundet sind und daß er Sie seinerzeit aus dem Konzentrationslager befreit hat. Naja, da hätten Sie ihn aber besser beraten

sollen. Er verhandelt mit Verrätern, mit zukünftigen Gauleitern Hitlers.«
»Käme man zu einer Verständigung, so könnte man diese Leute sofort ausschalten.«
»Verständigung mit wem? Mit dem Feind?«
»Man muß vorläufig die Febertage vergessen, Hitler ist die größte Gefahr.«
»Genosse Faber, es tut mit leid, es sagen zu müssen, aber Sie haben nicht verstanden. Unser Vergessen gibt den Herren noch keinen Mut zu kämpfen, die möchten uns beim ersten Schuß im Stich lassen. Ich bin kein Kommunist, Arbeiterblut ist für mich kein Mittel, einer politischen Demonstration eine lebhaftere Farbe zu verleihen. Solange ich an dieser Stelle sitze, wird kein Tropfen Blut dafür geopfert werden, Leute an der Regierung zu erhalten, deren einziges Streben es ist, sich selbst zu retten.«
»Sind alle Ihre Genossen dieser Auffassung?«
»Fast alle! Faber, hören Sie gut zu: Wir wollen keine Partei von toten Helden sein, sondern von ganz einfachen, lebenden Menschen. Wir werden uns durch den Krieg, der ganz sicher kommt, durchfretten, dann wird die Partei von unter der Erde hervorkriechen und die Arbeiterklasse zum Siege führen. Sie lächeln ironisch, Faber. Das ist, weil Sie nicht wissen, wie langlebig das Volk ist.«
Dojno sah in den folgenden Tagen noch andere Funktionäre der Arbeiterpartei. Er fuhr ins Bergwerksgebiet, um alte Freunde aufzusuchen — es waren mutige Männer, jeder bereit, sein Leben zu wagen, aber keiner von ihnen glaubte an Verbündete. Einer sagte: »Es ist der Winterschlaf des Gewissens, der kann noch lange dauern. Wir müssen diese Jahre überwintern.«
Dojno ließ sich von ihm an die Bahn bringen. Sie gingen auf dem Perron auf und ab, wie gestoßen und zurückgetrieben von einem heftigen, kalten Wind.
»Wir können uns du sagen«, meinte der Mann. »Ich bin auch noch nicht lange aus der Kommunistischen Partei hinaus. Die haben mich ausgeschlossen wegen dem Heini Schubert, den hast du sicher gekannt, ist seinerzeit in der Jugendleitung gewesen. In den Febertagen hat er in den Reihen des Schutzbundes gekämpft, zum Schluß haben sich ein paar zur Grenze durchgeschlagen, er darunter. Und dann ist er nach Rußland gefahren,

dort haben sie ihn paar Wochen lang herrlich gefeiert. Wir hier, wir waren alle stolz auf den Heini, sogar die Sozialisten auch, dabei hat er sie immer so besonders scharf angegriffen. Wir sind immer zu seiner Mutter gegangen wegen seiner Briefe, aber dann sind die Briefe ausgeblieben, dann hat's geheißen, er ist ein Konterrevolutionär geworden, er ist in Moskau zur österreichischen Gesandtschaft gegangen, man soll ihm einen österreichischen Paß geben, er will lieber in einem österreichischen Zuchthaus sitzen. Dann ist endlich wieder ein Brief von ihm gekommen, da war er schon nicht mehr in Rußland, und er hat geschrieben, er geht nach Spanien kämpfen. Und dort hat er zu den Anarchisten gehen müssen, sie haben ihn nämlich nicht in der Internationalen Brigade gewollt, sie haben gesagt, er ist ein Verräter. Am Ende ist er dort gefallen. Verstehst du, den Heini als einen Verräter zu beschimpfen, das ist so, wie wenn du sagen möchtest, die Sonne scheint nicht am Himmel, sondern unten im Schacht!«

»Warum erzählst du mir das, Genosse?«

»Zuerst um dir zu erklären, daß sie mich wegen dem Heini Schubert ausgeschlossen haben, nämlich weil ich gesagt habe, daß wenn der Stalin selbst kommen täte und möcht' schwören, daß der Heini ein Verräter gewesen ist, so möchte ich sagen, daß er einen falschen Eid geschworen hat. Und dann, und dann, damit du verstehen sollst, das mit dem Winterschlaf des Gewissens, nämlich, das hat mir der Heini geschrieben und es ist wahr. Früher, da habe ich gewußt, was ich will: ein Sowjet-Österreich, aber jetzt, wo ich weiß, was das ist, die Sowjets, jetzt weiß ich gar nichts mehr. Nämlich, verstehst du, für das bissel, was dann noch bleibt, dafür geht man nicht den Kopf hinhalten.«

»Aber wenn Hitler kommt, dann werdet ihr in der deutschen Armee sein, ihr werdet krepieren für —«

»Nein, Genosse Faber, das ist was ganz anderes. Beim Muß da gibt's kein Überlegen, aber was man selbst wählt und wenn sich dann herausstellt, daß man gerade verkehrt gewählt hat — nämlich die Russen, die haben den Heini nach Sibirien schicken wollen, weil er gesagt hat, daß die Arbeiter in Rußland deshalb so schlecht leben, weil sie überhaupt keine Rechte haben. Und, nämlich —«

Der Zug lief ein, Dojno sagte, während er die Coupétür öffnete: »Das mit dem schlafenden Gewissen, das hat der Heini Schubert

gut gesagt. Aber das bedeutet, daß wir einzelnen um so wacher sein müssen. Sicher hat das Heini so gemeint.«
»Ja«, sagte der Mann, »warte, nämlich, warte!«, doch der Zug fuhr schon ab.
Dojno nahm sich vor, nicht an Heini Schubert zu denken und nicht an diesen Genossen mit dem ewigen »nämlich«. Er holte, um sich abzulenken, das Tagebuch des berühmten französischen Schriftstellers hervor. Er las es schon zum zweitenmal, mit der gleichen Verwunderung darüber, daß sich ein Mann durch Jahrzehnte vor der Zeit hatte bewahren können. Diesmal lenkte ihn auch diese Lektüre nicht ab. Nicht zum erstenmal ergriff ihn die Gewißheit: Niemals wird er die Wahl, die er, ein Knabe noch, getroffen hatte, rückgängig machen können. Niemals wird es ihm gelingen, so zu leben, als ob es diese Heini Schuberts nicht gäbe. Untrennbar blieb er ihnen verbunden. Der Schmerz löste die Bindung nicht, er gab ihr nur die Züge eines unentrinnbaren Schicksals.

Die Verhandlungen waren seit einigen Tagen unterbrochen. Die Regierung hatte eine Abstimmung anberaumt, damit das Volk Österreichs dem bedrohlichen Nachbarn mit dem Stimmzettel beweise, daß es in seiner Mehrheit den Anschluß ablehnte. Die Verbindung mit Hofer und den Gewerkschaften blieb aufrecht; es war im übrigen kein Zweifel, die Arbeiter, die schon jetzt manchmal demonstrierend auf die Gasse gingen, würden gegen die Nazis stimmen.
Stetten hatte der Spannung dieser Wochen nicht gut standgehalten, denn was er seine »logische Intoleranz« nannte, war gar zu oft provoziert worden. Er vertrug es nicht, Männer reifen Alters argumentieren zu hören, als ob Wissen und Meinung, Tatsachen und Vermutungen dasselbe wären. Am meisten verärgerten ihn die Spezialisten, die ihrer Sache im Detail so sicher waren, sich aber als unzuverlässig, ja als »hochstapelnde Pubertätler« erwiesen, sobald sie allgemeinere Schlußfolgerungen zu ziehen begannen.
»Sie wissen es, Dion, seit meinem dreiundzwanzigsten Lebensjahr habe ich mich damit abgefunden, als arrogant zu gelten, aber wenn ich mit diesen bescheidenen Mittelmäßigen zusammen

bin, drängt sich mir die Gewißheit auf, daß ich stets demütig und ohne Eitelkeit im Herzen gewesen bin. Lassen Sie doch schon endlich das Radio. Ihre Niederlagen in Spanien werden Sie auch in der Mitternachtssendung noch rechtzeitig genug erfahren.«

»Nein, es handelt sich jetzt um die Verhaftungen in Barcelona. Wenn sie diese unschuldigen Männer verurteilen, ist es nicht weniger schlimm als eine militärische Niederlage. Ich habe die Abendnachrichten des katalanischen Senders versäumt, ich will versuchen, sie anderswo zu bekommen.«

Er drehte ganz langsam, der Apparat war äußerst trennscharf, die winzigste Bewegung brachte zu dieser Stunde eine andere Sendung. Schlechte Musik herrschte vor. So viele Menschen hatten durch Jahre viel Liebe und Mühe darauf verwendet, Instrumente nach sichern Regeln zum Tönen zu bringen. Und nun ging es in die Welt hinaus: nie zuvor in der Geschichte der Menschen hatte sich die Armut des Gedankens mit der des Gefühls zu solch herausfordernder, alles verdrängender Exhibition vereinigt. Die Texte der Liebeslieder waren so elendig, als hätten Eunuchen von unvorstellbarer Vorstellungsarmut sie in einem Zustand von Schläfrigkeit mühsam zusammengeleimt aus Worten, die sie willkürlich aus gelösten Kreuzworträtseln entnommen hatten. Die Melodien gar, bis zur Unkenntlichkeit mißhandeltes Diebstahlsgut, waren Sängern angepaßt, deren Unmusikalität so verblüffend war, wie ihre Kühnheit unbewußt. Daneben war die Kunst der Instrumentation erstaunlich reif. Ein ungewöhnliches Geschick war darauf verwendet, aus schmutzigem Papier gigantische, leuchtende Pyramiden aufzubauen.

Auch dies gehörte zur Qual dieser Zeit: gleichsam im Vorbeigehen all das anhören zu müssen. In weniger als fünf Minuten vermittelte dieser Kasten auf langer, mittlerer und kurzer Welle das Erlebnis einer Simultanität, die kein menschlicher Geist hätte erdenken wollen, deren Opfer er aber werden mußte, sofern er nur die Knechtschaft der Zeit nicht ablehnte. »Aber du, Lilu — ewig auf meine Liebe kannst du bauen — denn du, Lilu — bist die allerschönste der Frauen — ja du, Lilu — o Lilu, nur du — u — u.« Die falsche Tenorstimme klang so widerlich, daß die Vermutung nahelag, es hätte ein Bauchredner gesungen. Stürmischer Applaus belohnte ihn. Diese Enthusiasten werden in

Schützengräben oder Konzlagern verkommen und bis zum letzten Augenblick sehnsüchtig an die Zeit zurückdenken, da sie solches Glück genossen: ».. . ja, du, Lilu — o Lilu, nur du — u — u!«

Er drehte schneller. »Gott schütze Österreich!« Und gleich danach die Stimme eines französischen *Speakers:* »Das waren die letzten Worte des Kanzlers. Österreich ist nicht mehr! Die Armee Hitlers überschreitet wahrscheinlich eben in diesem Augenblick die Grenze, in diesem Augenblick strömen in Wien die Nazis auf die Straße, sie haben sich vor dem Bundeskanzler-Palais versammelt. Hören Sie die Platten, die wir vor kaum fünf Minuten von der Sendung des Wiener Radios aufgenommen haben!«

Ein ungeheures Gebrüll erfüllte das Zimmer, aus Tausenden von Kehlen mußte es dringen: »Ein Volk, ein Reich, ein Führer! Sieg — Heil, Sieg — Heil, Sieg — Heil!«

»Was — was ist das?« fragte Stetten, der aufgesprungen war und nun beide Hände zum Apparat vorstreckte, als wollte er ihn schütteln, ihn zur Vernunft bringen.

Dojno antwortete: »Das ist 300 Meter von hier. Seit anderthalb Stunden, scheint es, hat Österreich gemäß dem Willen seiner Regierung keinen andern Schutz als den Gottes. Wir sind in der Mausefalle.« Er sagte es ruhig, als ob dies weiter nichts zu bedeuten hätte, doch kaum hatte er den Satz beendet, da fühlte er es um den Leib wie einen beengenden, eiskalten Gürtel. Die Furcht nistete sich in ihm ein, er wehrte sich nur noch gegen den würgenden Griff an die Kehle, von dem er sich erst nach einem langen Augenblick mühsam befreien konnte. Dann erst sah er Stetten an, der noch immer auf den dröhnenden Kasten blickte und mechanisch den Kopf hin und her drehte. Dieser Anblick half Dojno, sich zusammenzunehmen. Er drehte schnell das Radio ab und sagte in beruhigendem Ton: »Das kommt uns ja eigentlich nicht überraschend. Es ist nicht unbedingt zu spät, erwägen wir die nächsten Schritte.«

»Ja, ja. Pardon, was sagten Sie?«

Dojno wiederholte. Dieses Mal verstand ihn Stetten. Er blieb eine Weile stumm, wie von einer Erinnerung überwältigt, die ihn weit wegführte, dann wie aufwachend: »Wir werden später erwägen, kommen Sie sofort, das dürfen wir nicht versäumen. Ich habe die Pflicht, Augenzeuge zu sein.«

Sie sahen die Fackeln von weitem, der leichte Föhn machte sie flackern. Jedesmal begannen die Rufe zögernd und schwollen gegen Ende zum Sturm an. Die Leute lernten erst, was die »Brüder im Reich« nun schon seit mehr als fünf Jahren übten.
Als sie näher kamen, sahen sie, daß es Tausende waren. In Gruppen stießen immer mehr zu ihnen. Sie drängten sich Kopf an Kopf auf dem Ballhausplatz, sie überfluteten den Heldenplatz vor der Hofburg.
»Wie viele Kanonen würde es brauchen, um sie zu erledigen?«
»Gar keine«, antwortete Dojno, »einige gut postierte Maschinengewehre würden genügen, ja selbst dreißig Gewehre. Aber sehen Sie!« Eine Gruppe Polizisten kam in geschlossener Reihe anmarschiert. Als sie in den Lichtkreis der Kandelaber am Rande des Platzes gelangten, befahl der Offizier »Halt!« Er holte aus seiner Manteltasche etwas heraus und streifte es an den Ärmel, es war eine rote Binde, das schwarze Hakenkreuz hob sich klar im weißen Kreise ab. Die Männer folgten alle seinem Beispiel, dann setzte sich die Gruppe wieder in Bewegung, auf die Mitte des Platzes zu. Sie wurde mit Heil-Hitler-Rufen empfangen. Der Offizier hob den Arm zum Gruß, die Rufe schwollen an.
»Gehen wir, Professor. Sie haben der Pflicht der Zeugenschaft Genüge getan.«
»Lassen Sie, lassen Sie! Später, in der Fremde, werden wir diese Erinnerung brauchen als einzig wirksames Heilmittel gegen das Heimweh. Sie wissen ja gar nicht, wie ich diese Stadt geliebt habe bis zu dieser Stunde.« Seine Stimme brach, Dojno wandte schnell den Blick von ihm, er mochte den alten Mann nicht weinen sehen. Er nahm seinen Arm und führte den nur noch schwach Widerstrebenden in den Kreuzgang der Minoritenkirche. Wortlos gingen sie von da langsam nach Hause, die Schreie in ihrem Rücken brausten in immer kürzeren Intervallen auf — wie Schreie eines wollüstigen Leidens.

»Wir werden morgen früh Beschlüsse fassen, ich will mich jetzt in den Schlaf flüchten. Ich muß für einige Stunden vergessen, daß jene dort auf dem Platz und ich, daß wir eines Stammes sind«, erklärte Stetten.
Dojno wollte ihn zurückhalten, ihm klarmachen, daß dies un-

wiederbringliche Stunden waren: Jetzt mußte man sich auf den Weg machen, morgen war es zu spät. Aber er sagte nichts von alledem. Schon begann er, sich damit abzufinden, daß er verloren war, die Furcht beherrschte seine Sinne in zuständlicher Weise, er lauschte auf verdächtige Geräusche, auf die Schritte, die von der Straße herauf hallten. Selbst wenn er einschliefe, er würde vor Tagesanbruch erwachen. So lebten seit Jahren Hunderttausende Menschen — in Deutschland, in Rußland, in Südost-Europa. Sie hatten noch den Ausdruck von Willen in den Gesichtern, die Gebärden tätiger Menschen, aber sie waren gehetztes Wild. Der Kreis der Treiber und der Jäger schloß sich immer enger um sie, und sie vergaßen es keinen Augenblick.
Er war wach, als Stetten nach einiger Zeit wiederkam.
»Wollen Sie mir sagen, Dion, warum wir uns nicht betrinken? Welcher Fluch lastet auf uns, daß wir all das mit hellen Sinnen, mit schmerzlich wachem Bewußtsein erleben müssen? Kommen Sie, trinken wir!«
»Nein, es nützt nichts bei mir, gibt mir kein Vergessen, nur Unwohlsein und trübe, quälende Schlaflosigkeit. Man trank den Lethetrunk nach dem Tode, nicht vorher. Da wir wachen, ist's am besten, wir reinigen sofort die Wohnung.«
»Was heißt das?«
»Papiere verbrennen, gleichviel aus welcher Zeit sie stammen, die Sie oder andere kompromittieren könnten. Das macht man immer, wenn eine solche Diktatur kommt. Es ist nicht so einfach. Sie zerreißen und ins Klosett werfen ist nicht gut, die Nachbarn werden aufmerksam, daß ununterbrochen die Wasserspülung in Betrieb ist, sie erraten den Grund und laufen zur Polizei. Sie im Ofen verbrennen, ist auch nicht sehr gut, selbst in der kalten Jahreszeit, wo die rauchenden Kamine nicht auffallen. Es geht zu langsam, man muß jedes Papier einzeln verbrennen und zu Aschenstaub zerschlagen, sonst könnte man noch die verkohlten Manuskripte lesen. Bücher kann man in den Fluß werfen, aber dazu gehört viel Umsicht, sonst macht man sich verdächtig. Photos verbrennt man am besten auf brennenden Kohlen —«
»Sie sprechen aus dem Schlaf, Dion, wachen Sie auf.«
»Nein, wissen Sie nicht, daß nun seit Jahren schon in Europa die Autodafés brennen? Jetzt in dieser Nacht, in diesem Augenblick brennen sie zu Tausenden in dieser Stadt.«

»Genug, genug, da, trinken Sie!«
»Gut, aber das ändert nichts, kommen Sie, wir werden Ihre Korrespondenz verbrennen, Ihre Manuskripte zusammenpacken, man wird sie irgendwo verstecken müssen.«
Sie blieben einige Minuten in Agnes' Zimmer, dann machten sie sich an die Arbeit. Zwar waren sie beide sehr müde, aber sie durften die Stunden nicht ungenutzt verstreichen lassen.

VIERTES KAPITEL

»Haben Sie sich vom Hausbesorger das Tor öffnen lassen?« fragte Hofer beunruhigt.
»Nein, ich kam gerade, wie er es schließen wollte. Er hat mich gesehen, aber nicht gefragt, wohin ich gehe. Ich bin zuerst in den fünften Stock hinaufgegangen, er weiß also nicht, daß ich bei Ihnen bin.«
»Gut, daß Sie die Regeln der Illegalität kennen. Es wird jetzt sehr gefährlich. Setzen Sie sich!« sagte Hofer freundlich. Er war elegant gekleidet, seine große, schlanke Figur kam gut zur Geltung. Überdies war er magerer geworden, seit er nicht mehr in der Fabrik arbeitete. Er sah aus wie ein Bürger, der entschlossen ist, sehr lange jung zu bleiben.
»Ich gedenke, das Land zu verlassen, aber ich werde erst in einer Woche einen guten Paß haben. Bis dahin brauche ich eine sichere Unterkunft.«
»Ich hätte was für Sie«, antwortete Hofer langsam, während er Dojno ganz genau musterte, als müßte er alle Einzelheiten seines Äußeren einem pedantischen Menschen beschreiben. »Es ist eine Hütte, fast ein Häuschen, in einem Schrebergarten. Andere Genossen sind schon dort, lauter Arbeiter, aber ich müßte denen die Wahrheit sagen, ich meine über Ihre politische Laufbahn, das wird wenigstens im Anfang schwierig sein. Die mögen nämlich die Kommunisten nicht, aber schon gar nicht! Da ist nichts zu machen, man muß es versuchen, gehen wir! In der Straßenbahn während der ganzen Fahrt tun Sie so, als ob Sie schlafen möchten. Mir gefallen Ihre Augen, aber sie verraten Sie.«
Von der Endstation waren es etwa 20 Minuten. Bevor sie ankamen, trafen sie einen Mann, Hofer nannte ihn Toni. Die Hütte lag am äußersten Rande des ziemlich langen Gartens. Es gab nur einen Raum, er wirkte groß und behaglich. Hofer stellte Dojno den fünf Männern vor, von denen zwei, die ältesten, auf eisernen Feldbetten lagen, die drei andern waren auf dem Holzboden, in Decken gewickelt.
»Er heißt Ludwig, Ludwig Thaller, sozusagen. Er braucht die

Unterkunft vielleicht für eine Woche, vielleicht für länger. Sein Fall ist nicht einfach. Ich werde euch alles sagen, was ich weiß, nachher werdet ihr ihn ausfragen und dann selbst entscheiden, ob ihr ihn bei euch aufnehmen wollt.«

Dojno blieb in der Nähe der Türe stehen, Hofer setzte sich auf das Bett eines grauhaarigen Mannes, der sich augenscheinlich schwer dazu entschließen konnte, das Buch zu schließen, das er in der Hand hielt. Sie hörten alle aufmerksam zu, dann sagte der Grauhaarige: »Komm näher, Ludwig, setz dich auf das Bett gegenüber. Du bist also, sagt Hofer, nicht mehr bei der Kommunistischen Partei. Wo bist du denn jetzt?«

»Nirgends. Ich bin ein einzelner, ein Wilder, so hat man das seinerzeit im österreichischen Parlament genannt.«

»Das muß aber schwer sein, nirgends dazu zu gehören, für einen, der so mittendrin gewesen ist wie du, Ludwig.«

»Ja, es ist schwer«, antwortete Dojno, »aber ich habe Freunde in der Welt, die sind auch einzelne, Wilde, einmal werden wir uns zusammenschließen.«

»Dann werdet ihr eine neue Partei gründen und uns Sozialisten bekämpfen.«

»Ja, vielleicht, wahrscheinlich.«

»Wir sind hier sechs Genossen, zusammen mit dem Toni, der da draußen Wache hält. Ich lebe hier ganz allein seit vier Jahren, die anderen sind nämlich erst seit ein paar Wochen hier, aus dem Zuchthaus herausgekommen bei dieser Amnestie. Sicher werden die Nazis unsere Amnestierten bald zurückholen. Wir haben beschlossen, uns zu wehren. Wir haben nicht viele Waffen, aber genug. Wenn wir dich bei uns behalten, machst du mit? Gut! Und bei Tage arbeiten wir im Garten, und einer versorgt das Haus und kocht. Willst du das machen? Gut, ich bin einverstanden, wenn die anderen auch zustimmen.«

Dojno konnte gleich dableiben, Hofer übernahm es, die Verbindung mit Stetten herzustellen. Sie gaben ihm zwei Decken und wiesen ihm einen Platz auf dem Fußboden an. Die Ablösungen für die Wache dieser Nacht waren schon eingeteilt, er konnte ungestört durchschlafen.

Er blieb fünf Tage bei ihnen. Anfangs waren sie noch mißtrauisch, er mußte ihnen vieles von seinem Leben erzählen: wie er früh verwaist war, wie er seine Jugend verbracht hatte,

warum er so jung die ältere Schwester verlassen hatte, die es ja doch so gut mit ihm gemeint hatte, warum er sich jetzt, da er in Not war, nicht an sie wandte —, als Amerikanerin wäre es ihr sicher leicht, ihm zu helfen. Er mußte ihnen auch von den Ländern erzählen, in denen er gelebt hatte. Es gefiel ihnen gut, daß er so ausführlich darüber Bescheid wußte, wie es den Arbeitern dort ging, was sie verdienten, wie sie wohnten, wie sie ihre Freizeit verbrachten. Aber sie wollten nichts von seiner politischen Tätigkeit wissen; sie zogen es vor, sie zu vergessen. Nur einmal fragte ihn einer, der älteste, als er mit ihm allein war:
»Das möchte ich ja gerne wissen: Du bist nicht der Sohn eines Arbeiters, bist selbst nie ein Arbeiter gewesen, was hast du dich da um die proletarische Revolution zu kümmern gehabt? Nicht um Bürgermeister zu werden oder Minister oder Volkskommissar, bist du zum Kommunismus gegangen, das sehe ich schon, so einer bist du nicht — also warum? Aus Mitleid mit uns?«
Sie waren beim Kartoffelschälen, Dojno machte das zu langsam, einer mußte ihm helfen, sonst wurde das Essen zu spät fertig, sie warteten nicht gern auf die Mahlzeit. Er überlegte. So viele Antworten kamen ihm in den Sinn, alle waren wahr und einleuchtend genug, keine dünkte ihn befriedigend. Endlich sagte er: »Der dümmste Junge weiß einen Schock Gründe anzugeben, derentwegen er sein Mädel liebt. Aber die Gründe könnten töricht oder unwichtig sein, sein Grund zu lieben wäre doch gut, denn man braucht keinen, um zu lieben.«
»Das ist nicht ganz klar; willst du sagen, du hast das aus Liebe zur Arbeiterklasse gemacht?«
»Nein. Vielleicht aus Liebe zu der Vorstellung von einer Welt, wie sie sein müßte, sein könnte.«
»Aus Liebe zu einer Vorstellung? Wegen so was hast du alles auf dich genommen, hast gelebt ohne zu leben, bist durch die Welt gerast in ewiger Unruhe — wegen einer Vorstellung?« Und als Dojno nachdenklich schwieg, fuhr er fort: »Ich frage das nicht aus politischen Gründen, weißt du, sondern weil in den vier Jahren, die ich hier ganz allein gelebt habe, da habe ich mir oft den Kopf zerbrochen über die Menschen. Da bin ich draufgekommen, daß es gar nicht so leicht ist zu wissen, warum ein Mensch gerade das eine tut und nicht das andere. Liebe zu

einer Vorstellung, zu einer Idee sozusagen — das kann schon sein, aber warum das? Warum nicht Liebe zu den Menschen? Zu einer Frau, zu Kindern, zu den Genossen?«

Hofer brachte selbst, im Auftrage Stettens, die Nachricht, daß Mara angekommen war und daß es mit den Papieren klappte. Am nächsten Tage wartete er an der Landstraße, der große Wagen kam pünktlich und hielt an der bezeichneten Stelle. Dojno trat näher heran, Mara öffnete den Wagenschlag, als wollte sie aussteigen, doch dann zog sie ihn zu sich, er stieg schnell ein, der Wagen fuhr weiter.
Erst als sie sich aus der Umarmung lösten, bemerkte Dojno, daß neben dem Mann am Volant noch eine alte Dame saß. Sie wandte sich gerade zu ihm um und sagte: »Sie brauchen sich nicht vorzustellen, ich kenne Sie seit Jahrzehnten. Daß ich die unvermeidliche Tante bin, wissen Sie, und der Herr da ist Putzi. Im Telefonbuch steht er als Graf Robert Prevedini, Vize-Admiral im Ruhestand. Sie sind sein gerngesehener Gast, Sie sind von jetzt ab mein Neffe Ivo, zeigen Sie sich unserer großen Familie würdig. Putzi, sag schnell auch was, *mais quelque chose d' extrêmement gentil.*«
Putzi, er war gewiß über 60 Jahre alt, wandte gehorsam den Kopf und sagte: »Sehr erfreut, ich nenne Sie am liebsten gleich Ivo, für Sie bin ich Putzi, genieren Sie sich nicht, selbst in der k. und k. Marine haben mich alle, vom Korvettenkapitän aufwärts, so genannt.«
Sie fuhren auf Umwegen in die Stadt zurück.
»Vier Jahre seit Prag. Und nun sind wir ganz allein, Dojno.«
Er nickte. Mara war verändert, ihre Haare fast ganz weiß, das Gesicht so mager, daß es ihn schmerzte, sie anzusehen. Selbst der Glanz ihrer Augen war erloschen, ihre nackten Unterarme waren die eines kleinen Mädchens.
»Nur noch einige Tage, du mußt dich ein wenig verändern, dann werden wir dich hinausbringen, es wird gutgehen.«
»Ja gewiß, Mara, gewiß!« sagte er.
»Sieh ruhig zum Fenster hinaus, ich weiß, du brauchst Zeit, bis du dich an mein Aussehen gewöhnst.« Sie nahm seine Hand, er lehnte sich zurück und schloß die Augen.

Er wurde sofort auf sein Zimmer gebracht. Es war ein schöner, großer Raum mit zu vielen Möbeln, zu vielen Teppichen, nahe der Balkontür stand ein altes Clavecin. Er setzte sich in den Lehnsessel daneben, nahm ein Buch zur Hand; er wollte wieder Gewalt über sich bekommen. Doch immer sah er Maras Gesicht vor sich. Vielleicht sollte sie die Lippen nicht schminken und kein Rot auf die Wangen legen.
Die Tante, groß und lächerlich dick, kam durch eine Tür, die er gar nicht bemerkt hatte, herein. »*Désolée, vraiment désolée*« begann sie. »Ich kann Sie nur jetzt ungestört sprechen, ich habe Betsy dazu gebracht, sich hinzulegen. Die Begegnung mit Ihnen hat sie zu sehr aufgeregt. Sie wissen natürlich, sie ist krank, schwer krank.«
Die Baroneß alterte nicht, sie sprach noch immer mit der schrillen Mädchenstimme, die zu ihrem Vogelkopf, aber nicht zu ihrem Leib paßte. Wie gewöhnlich mischte sie französische und seltener kroatische Brocken in ihre Sätze, die einander in einer merkwürdigen Zusammenstellung folgten, so daß man zuerst an ihrer Intelligenz zweifeln mußte. Dojno war es unerträglich, sie von dem »gottseligen *cher* Vasso« sprechen zu hören, von dem »*effroyable incident*«, so bezeichnete sie seinen Tod, aber im Grunde war alles richtig, was sie über Mara sagte, die sie übrigens nur Betsy nannte.
Mara verzieh es sich nicht, daß sie Vassos Drängen nachgegeben und ihn allein gelassen hatte. Von Djura hatte sie erfahren, wie ihr Mann die letzten Wochen bis zu seiner Verhaftung gelebt hatte, und die Vorstellung von seiner Einsamkeit war ihr zur Pein geworden. Daß sie sich nicht im mindesten damit abgefunden hatte, ohne Vasso zu leben, daß sie noch immer alles auf ihn bezog, war normal. Aber das Schlimme war, daß Mara völlig untätig blieb, daß sie dem Haß gegen die Mörder nicht mit einem einzigen Worte Ausdruck verleihen wollte. Sie duldete nicht, daß man in ihrer Gegenwart von ihnen, von Rußland sprach. War Faber nicht der beste Freund Vassos gewesen, war er nicht »*dévoué à Betsy qui, elle, n'est faite que de fidélité*«? Seine Botschaft, sein Hilferuf hatte sofort großartige Wirkung. Zum erstenmal war Mara wieder sie selbst gewesen. Sie hatte alle Dispositionen getroffen — und wie klug!
Der Abschluß dieser langen Rede war ein seltsames Gemisch

von detaillierten Hinweisen auf die Familienpolitik, die das Recht der Familie auf Extravaganzen bekräftigen sollten, und von erstaunlichen psychologischen und politischen Bemerkungen. Am überraschendsten aber war die Schlußfolgerung: Mara war sehr krank, die Ärzte wußten viele Gründe für ihren gefährlichen Gewichtsverlust, aber das alles war nicht das Entscheidende. Es gab für sie nur eine Heilung — die Rückkehr zur politischen Aktivität. Um so heilsamer würde deren Wirkung sein, je eklatanter die Aktion. Die Tante war bereit, alles, was sie besaß an Vermögen, an Beziehungen, in den Dienst einer Sache zu stellen, gleichviel welcher Sache übrigens; Dojno sollte entscheiden, sofern er Mara dazu brachte, mitzumachen.
Sie ließ ihn nicht zu Worte kommen, sie brauchte seine Antwort nicht, sie wußte, daß man auf ihn rechnen konnte.
An der Tür sagte er ihr: »Küß die Hand, Baroneß, Sie sind eine große Frau!«
»Ja, gewiß«, sie machte eine Handbewegung, als ob sie ihm mit einem Fächer einen Klaps geben wollte. »Gewiß groß, fast 1,80 m, und ein sitzengebliebenes Mädchen bin ich, bald 60 Jahre alt — kein hohes Alter für eine Kathedrale. Und Putzi ist mein Verehrer, seit ewig, seit vierzig Jahren. Nur noch neuneinhalb Jahre, dann feiern wir goldene Verlobung. *Embrassez la tante éternelle, jeune homme!*«

Den Abend verbrachte Dojno in Maras Zimmer. Er mußte ihr alles erzählen, was er seit ihrer Begegnung in Prag erlebt hatte. Er berichtete nur, was Vasso interessiert hätte, und in der Art, die er gemocht hätte. Wenn er sich unterbrach, so war es, weil er an bestimmten Stellen auf Fragen wartete, die Vasso gewiß gestellt hätte. Dem Freund gab er den Rechenschaftsbericht, begründete er, warum er so lange Irrtum und Lüge und Verderb der Bewegung mitgemacht hatte. Schließlich sprach er von seiner Begegnung mit Albert Gräfe in Oslo, vom Bruch, der wie über Nacht gekommen war, von den Gesprächen mit Karel in Rouen und mit Djura in Paris. Er deutete nur an, in welcher Art er das Ende Vassos erfahren hatte.
Beide blieben lange stumm, endlich sagte Mara:
»Wäre er anders gestorben, an einer Krankheit, oder von den

alten Feinden ermordet — aber so ... ein Mord, der ein ganzes reines, klares Leben schändet. Ich könnte ohne Vasso leben, aber ich kann nicht solchen Tod überleben und nicht den Gedanken, daß Vasso so allein, daß er am Ende so wehrlos war. Was auch immer ihr vorhabt, du und Djura und die anderen, ich bin nutzlos. Hilf mir, Dojno, hilf mir sterben.«

Jetzt konnte er ihr endlich ins Gesicht sehen, die Augen waren nicht erloschen, in ihnen stand eine große Sehnsucht. Er nahm ihre Hände und rieb sie sachte, damit sie sich erwärmen sollten. Er setzte sich auf ihr Bett und streichelte ihre Haare, die armen weißen Haare einer Greisin. Er trug das Glas an ihre Lippen und zwang sie sanft zu trinken. So ließ er eine Weile verstreichen, ehe er ihr antwortete:

»Vasso hat dich zu uns zurückgeschickt, weil er wußte, daß wir dich brauchen werden. Du rettest mich jetzt vor sicherem Untergang; zweifelst du, daß er das gewollt hat? Es ist soviel zu tun, nichts hat mit uns begonnen, warum sollte die Hoffnung mit uns enden? Wir müssen noch dauern, wenigstens so lange wie der ›Winterschlaf des Gewissens‹, so hat es ein Genosse aus Spanien geschrieben, knapp bevor er gefallen ist.«

Sie schloß die Augen und drehte den Kopf zur Wand, sie wollte nichts mehr hören. Er setzte sich in den Stuhl zurück und wartete. Sie schlief nicht ein, er wartete die ganze Nacht. In manchen Stunden vergaß er sie. In der Schrebergartenhütte hatte er zu sinnen begonnen, zu träumen von dem einfachen, dem »kleinen Leben«. Während er den Erzählungen der Arbeiter dort gelauscht hatte, war es ihm aufgegangen, was Stetten mit dem »epischen Leben« meinte. Er hatte genug vom Dramatischen, genug von der Intimität mit dem Schicksal, übergenug von sich selbst und dem »dialektischen Bewußtsein«. Selten hatte einer einen Traum farbloser gewollt. So wünschte auch er — wie Mara — sein Leben zu beenden, aber episch langsam, in einem stetigen Ablauf kleiner, ereignisloser Tage.

Erst gegen Morgen sagte Mara: »Ich werde jetzt gleich einschlafen, geh in dein Zimmer. Ich werde dich nicht verlassen, solange du mich brauchen wirst.«

»Wir werden dich immer brauchen, Mara.«

»Vielleicht, Dojno. Schlaf gut, und wenn du wieder wach bist, denk etwas aus, wo ich nützlich sein könnte.«

Putzi war der Verbindungsmann zu Stetten. Sie sahen einander täglich und legten bis in die kleinste Einzelheit die Maßnahmen für die gemeinsame Ausreise fest. Er berichtete stolz und eifersüchtig zugleich, daß Marie-Thérèse, so nannte er die Baroneß, den Professor vollkommen verzaubert hätte. Es wäre nicht unmöglich, daß das alles ein matrimoniales Ende nähme. Die Tante hörte die Scherze nicht ungern, sie bekrittelte an Stetten nur seine »*noblesse à prix réduit*«; sie lehnte die Mésalliance ab, da ja selbst die Verbindung mit den gräflichen Prevedinis für sie keinen gesellschaftlichen Aufstieg bedeuten konnte.

Dojnos Schnurrbart, der ihn dem Paßphoto des Neffen Ivo ähnlich machen sollte, sproß schnell genug. Nur noch vier Tage trennten ihn von der Abreise. Der Paß war echt, überdies war die kurz vorher erfolgte Einreise mit einem ordentlichen Stempel drin vermerkt.

Alles ließ sich aufs beste an, die letzte Begegnung mit Hofer, der wichtige Botschaften ins Ausland mitzugeben hatte, verlief erfreulich. Es war ein gutes Zeichen, daß er Dojno nicht sofort erkannt hatte, auch die Haartracht war verändert und die Kleidung im Stil eines älteren jungen Dandys. Da kam gegen alle Regeln der Konspiration der Anruf Stettens. Er konnte nicht fahren, bedrängendste Sorgen hielten ihn zurück. Putzi suchte ihn sofort auf und kam mit der furchtbaren Nachricht zurück: Agnes war verschwunden. Ihre Mutter, die seinerzeit zugunsten des Großvaters verzichtet hatte, war gekommen, sie zu holen, begleitet von zwei reichsdeutschen Nazifunktionären, deren einer ihr zweiter Gatte war. Der Chaffeur Stettens, ein Nazi, wie sich nun herausstellte, und die Kinderfrau waren im Spiele gewesen. Als Stetten von dem Spaziergang zurückkam, der sein Abschied von der Stadt, von der Heimat sein sollte, fand er die Wohnung leer, im Kinderzimmer ein Wort von Marlies.

Die Baroneß fuhr ihn holen, brachte ihn in Dojnos Zimmer und ließ sie beide allein. Er sagte, noch ehe er sich setzte: »Ich habe der Baroneß nachgegeben, nur weil ich Ihnen sagen wollte, Sie sollten sich nicht um mich kümmern. Fahren Sie, Dion, vergrößern wir nicht das Unglück.«

Diesen Satz hatte er sich auf dem Wege ausgedacht, deshalb sprach er ihn fast ohne tiefere Bewegung. Danach fiel er zusammen. Er suchte lange nach seinem Taschentuch; als er es ans

Gesicht führte, verschob er die Brille. Er hatte vergessen, weswegen er es aus der Tasche genommen hatte, behielt es in der Hand, sein Blick verirrte sich zum Clavecin und blieb an ihm haften.

»Ich werde ohne Sie nicht fahren, das wissen Sie, ich lasse mich von meinen besten Freunden nicht verstoßen.« Das war das Wort. Stetten wiederholte schluchzend: »Verstoßen? Aber Dion, jetzt sind wir ganz allein, es gibt keine Agnes mehr.« Er zog einen blauen Briefpapierbogen hervor, Dojno las:

»Ich hole meine Tochter zurück, ich habe ein Recht auf sie. Ich bin die Mutter, ich muß an ihre Zukunft denken. Die plötzliche Trennung ist auch für Sie das Beste.

Freundliche Grüße, Marlies Tann.«

Es war aussichtslos. Kein Anwalt im ganzen Reich konnte sich trauen, einen Prozeß gegen Marlies, die Frau des mächtigen Tann, zu führen. Überdies machte sie mit Recht ihre Mutterschaft geltend.

»Wo Agnes jetzt nur sein mag? Was werden sie mit ihr tun? Sie werden sie zwingen, mich zu vergessen, alles zu vergessen!« Er versank immer mehr in sich, er hörte nichts. Denn in Wirklichkeit glaubte er nicht an das Ereignis, es erschien ihm unmöglich, ein Mißverständnis, das sich in den nächsten Stunden aufklären mußte. Er wollte sofort nach Hause, sicher war Agnes wieder zurück, von Marlies, dieser fremden Frau, weggelaufen. Er war nicht zu halten. Er brach auf, er mußte ganz schnell zurück, Agnes sollte nicht warten.

Am Abend kam er wieder. Inzwischen hatte Putzi festgestellt, daß Marlies und ihr Mann am frühen Nachmittag nach München abgeflogen waren, das Kind und die Kinderfrau waren mit ihnen.

Als Stetten die Nachricht vernahm und es ihm nun gewiß war, daß er Agnes verloren hatte, verließ ihn das Bewußtsein, aber die wohltätige Ohnmacht dauerte nicht lange. Man ließ ihn nicht mehr in seine Wohnung zurückzukehren, er teilte mit Dojno das Zimmer. Er verstummte für Tage und ertrug es auch nicht, wenn man zu ihm sprach. Trotzdem wollte er nicht alleingelassen werden. Dojno ließ sich von Mara ablösen, wenn er das Zimmer verlassen mußte.

Vier Tage später, an einem Vormittag, ging Stetten in seine Wohnung. Er wollte sein Testament hervorsuchen, dann seinen Notar aufsuchen, um ein neues abzufassen. Der Hausbesorger begrüßte ihn mit den Worten, die ihm seit Jahrzehnten zur Gewohnheit geworden waren: »G'schamster Diener, Herr Baron, das Wetter ist gar nicht so schlecht«, aber seine Stimme war etwas verändert. Stetten beachtete es nicht. Er verweilte sich im Zimmer der Enkelin, blieb länger, als er vorgehabt hatte. Immer wieder stand er auf und setzte sich dann wieder. Es klingelte. Zwei Männer, einer in Uniform, luden ihn ein, ohne Aufsehen mit ihnen mitzukommen.

Auf der Stiege begannen sie, ihn zu duzen, vor dem Tor wartete der Wagen, sie stießen ihn hinein. Er wurde in das Hotel am Quai des Donaukanals gebracht, in dem sich die Gestapo installiert hatte. Er sollte in einem kleinen Raum warten, der vorher als Badezimmer gedient hatte, die Badewanne war verschwunden. Von Zeit zu Zeit öffnete ein Uniformierter die Tür und schlug sie fluchend wieder zu. Dann kamen zwei Männer in Zivil, beide behäbig, der eine klein, der andere mittelgroß. Sie gingen auf ihn zu, und da er nicht auswich, stießen sie ihn zu Boden. Der Kleinere bückte sich und streckte die Hand aus, wie um ihm aufzuhelfen, doch blitzschnell verwandelte sich die hilfreiche Geste, der Schlag traf Stetten unerwartet. Die Brille zerbrach, er verspürte einen zuerst dumpfen und dann spitzeren Schmerz in der Stirn und am Nasenknochen. Als er die Hand an die Augen führte, erhielt er einen Schlag mit einem festen Gegenstand. Er öffnete langsam die Augen, er sah die Gesichter der beiden Männer über sich, sie spuckten ihm auf den Mund, auf die Augen. Er hob die andere Hand, um den Speichel wegzuwischen, Hiebe regneten auf die Hand, aber er senkte sie nicht, führte sie an den Mund. Sie rissen ihn hoch und stießen ihn gegen die Wand. Er schlug sich die Stirn an, begann in die Knie zu sinken, doch erhob er sich. Der Größere riß ihn herum, der Kleinere setzte ihm eine Pistole auf die Magengrube. Stetten schloß die Augen, ihm war, als fiele er ins Bodenlose. Sie schrien auf ihn ein, schmutzige Schimpfworte, und immer wieder: »Sprich, du Lump, sag die Wahrheit, du Strolch!«

Die Pistole war noch immer da, aber sie hatte die Wirkung verloren. Er fand sich wieder. Ein gutes Gefühl war es, er dachte:

»Das alles ist ja gar nicht so schlimm, das sind Dummheiten. Sie sind Dummköpfe, Viecher.« Er öffnete die Augen, sah sie an und sagte: »Viecher, blöde Viecher seid's Ihr.« Sie ohrfeigten ihn und hörten nicht auf zu schreien. Er fühlte einen furchtbaren Schmerz im Mund, öffnete ihn, Stücke seines falschen Gebisses fielen hinaus, er spuckte blutiges Zahnfleisch aus. Es tat ihm weh, zu sprechen, aber er wiederholte ununterbrochen: »Viecher, blöde Viecher.« Der kleine würgte ihn mit der Krawatte, der andere ohrfeigte ihn, dann rissen sie ihm die Kleider vom Leibe, sie ließen ihm nur die Unterhosen, mit Fußtritten beförderten sie ihn in den Winkel. Er war allein. Er versuchte, den Rücken an die Wand zu stützen, es tat weh. Er fühlte Tränen auf den Wangen, auf der schmerzenden Nase. Er sagte sich: »Nicht ich weine, die Augen tränen nur, das ist nicht wichtig.«
Ein Uniformierter kam herein, gefolgt von den zwei Männern. Er rief mit Stentorstimme: »Was liegen Sie hier herum? Glauben Sie, Sie sind im Sanatorium?« Die Männer lachten laut auf, der Vorgesetzte heimste schmunzelnd den Erfolg ein. »Sanatorium, das werden wir dem Haderlumpen abgewöhnen — Sanatorium! Wer hat dir erlaubt, dich hinzulegen? Auf, nieder! Auf! Nieder! Und jetzt schön brav sein, auf allen Vieren zum Verhör, sei ein gutes, braves Hunterl!« Stetten zögerte, dann richtete er sich langsam auf. Er sah sie einzeln an. Der Uniformierte wandte sich ab und sagte: »Also bringt's ihn mir sofort zum Verhör! Ihr habt schon genug Zeit mit ihm verloren, er ist das gar nicht wert.« Sie stießen ihn mit Faustschlägen hinaus, mit Fußtritten durch den Korridor, in das Zimmer, wo er sein erstes Verhör hatte.

Die Baroneß erwartete die drei Reisenden vor der Tür des Schlafwagens, sie umarmte Dojno, sprach laut in einem Gemenge von Französisch und Kroatisch. Er trat mit Mara in das Coupé. Sie sahen zum gegenüberliegenden Fahrsteig hinüber — SS-Leute schlugen auf Männer ein, die sie einwaggonierten. Die mußten mit hocherhobenen Händen in den Zug steigen. Angekommen, wurden sie die Treppen hinuntergeworfen. Mara zog den Vorhang hinunter, er zog ihn wieder hoch.
Sie stiegen an der ersten Schweizer Station aus.

Putzi sagte: »So, jetzt bin ich ein Emigrant. Von so was hört man, es scheint, daß es sogar Bücher darüber gibt, aber daß es nun jetzt gleich ernst wird!« Noch am selben Tag trennten sie sich, Prevedini fuhr nach Italien, wo er einen begüterten Neffen hatte. Dojno ließ sich in Zürich interviewen. Er schickte den Zeitungsausschnitt mit Photo nach Wien. Der Brief und das Interview mußten es der Gestapo gewiß machen, daß Stetten seinen Aufenthalt nicht kannte.

In Genf warteten sie zwei Tage auf das Telegramm der Baroneß. Es brachte gute Nachricht. Marlies war bereit, sich für Stettens Freilassung einzusetzen.

Sie fuhren nach Paris weiter, wo Stetten, kam er frei, sich zu ihnen gesellen sollte.

ZWEITER TEIL

DIE VERBANNUNG

ERSTES KAPITEL

Alles an dieser Stadt war berühmt. Selbst die Pastellfarben ihres Himmels rühmte man ihr nach, als wären sie das Werk ihrer Einwohner und ihr Verdienst. Irgendwo, tausend Kilometer weit, träumte ein junger Mann von diesem Himmel. Nichts von dem, was ihn umgab, sprach ihn mehr an, nicht die weiten tiefen Wälder am Horizont, nicht die Trauerweiden am Ufer des Flusses, nicht die singenden Flößer, selbst die hochgeschürzten Wäscherinnen verblichen im Licht des fernen Himmels von Paris. Er sah sich durch enge Gassen gehen, in den Laden eines Farbenhändlers treten, eines »marchand de couleurs« — diese fremde Bezeichnung wiederholte er, als enthielte sie ein Versprechen — und ein Bild gegen zwei Stücke Leinwand und gegen Ölfarben umtauschen. Denn er wußte, so arm hatten jene begonnen, deren Gemälde nun Ruhmestitel der Stadt geworden waren.

Selbst wegen der Liebe, der bezahlten und der unbezahlten, war diese Stadt berühmt, als ob sie beide erfunden hätte. Irgendwo träumte ein Holzhändler, während er den Fällern zusah, von der großen Wollust, von einem Saal mit Wänden und Decken aus geschliffenen Spiegeln und von einer Frau, die viele Frauen sein würde. Wieviel Eichen, Eschen und Nußbäume mußte er nach fremden Ländern verfrachten, berechnete er, um sich die große Wollust in der Stadt der siegreichen und huldvollen Sünde zu erkaufen.

Selbst um ihrer letzten Armen, der *clochards* willen, bewunderte man die Stadt. Irgendwo träumte ein reicher Reeder davon, *clochard* zu werden. Jedesmal wenn er die Laufteppiche auf den Treppen seines Hauses nicht gut gespannt fand oder wenn seine Frau den Tag ihres »verletzten Frauenstolzes« hatte, tröstete er sich mit dem Versprechen, eines Tages zu verschwinden und in Paris als *clochard* unterzutauchen.

So lebten ungezählte im Banne dieser Stadt, ihrer Werke und selbst ihrer Skandale. Ihre Wirkung war unberechenbar, sie trieb die Ehrgeizigen an oder sie betäubte ihren Ehrgeiz, sie lehrte

509

die Liebe oder die Mißachtung der Liebe, den Unglauben und die Gläubigkeit. Ein Pastor kam aus fremdem Lande, voller Eifer, die Spuren der Verfolgung zu finden, deren Opfer die Hugenotten gewesen waren. Er stand vor der kleinen Kirche, deren Glocken das Zeichen zur Bartholomäusnacht gegeben hatten. In tiefer Bewegung betrachtete er die Höfe, die Straßen, die Brücken, auf denen seine Glaubensgenossen ruchlos hingemordet worden waren. In Bibliotheken und Archiven suchte er nach Dokumenten, um seinen eifervollen Haß aufs neue anzufachen. So blieb er länger, als er geplant hatte, und ließ die Gemeinde warten. Und dann hatte es keinen Sinn mehr, zurückzukehren, er hatte den Glauben verloren. Er verdiente sein Leben schlecht und recht, verkaufte obszöne Ansichtskarten oder Chemikalien, die dem Raucher den Geschmack am Tabak verderben sollten, und andere Artikel von fraglicher Nützlichkeit. Dann, eines Tages, gegen elf Uhr vormittags, übermannte ihn aufs neue der Glaube, der Anblick der baufälligen Kirche des heiligen Julian des Armen bewirkte das Wunder.

Ja, dies Paris flößte mehr Leuten den allein seligmachenden Glauben ein als die wundertätigen Orte. Hoffärtige Intellektuelle mochten es plötzlich bis in ihre Gedärme spüren, daß um die Ecke eine Kirche auf sie wartete — seit Jahrhunderten. Da durften sie demütig sein.

Allen und allem bot die Stadt Raum, sie verdaute alles. Sie gab den Heiligen Straßen, vergaß natürlich die Heilige Opportuna nicht, die eine Gasse und einen Platz für sich allein hatte; den Generalen, den Marschällen gar gab sie Avenuen, Boulevards; sie vergaß auch die Dichter nicht. Allerdings hatte sie selten Avenuen für sie übrig, kleinere Straßen, Gäßchen, manchmal sogar nur eine Sackgasse oder ein Durchgang mochten da schon hinreichen. Die Musiker hatten es besser, ihre Straßen lagen oft in den besseren Gegenden, in den *beaux quartiers;* auch die Maler trafen es nicht schlecht.

Die Stadt vergaß auch die Siege nicht. Sie bezeichnete sie einfach mit den Namen der Schlachtorte: Wagram, Friedland, Jena... Mancher Sieg kam in aller Munde, wenn er zum Beispiel einer Metrostation den Namen gab. Einer gar, der von Austerlitz, bezeichnete einen großen Bahnhof, von der Straße, dem Quai, der Brücke und dem Hafenplatz zu schweigen, die sich nach ihm nannten. Niemand dachte daran, mit den Stadträten zu rechten, gerade bei ihnen nach der Gerechtigkeit zu suchen, welche auch die Geschichte nicht immer bewährt.

Die Stadt war geduldig — durch Jahre, Jahrzehnte — und zornig für einen Tag, zwei Tage, deren Daten die Kinder dann in der Schule auswendig lernten. Sie war treu bis zur Lächerlichkeit — Greisinnen spielten auf ihren Bühnen junge schöne Mädchen und wurden begeistert beklatscht — und sie war untreu, jeden Tag mußte sie jemanden entdecken, dem sie zujubeln durfte. Und die großen Friedhöfe waren Anziehungspunkte, hauptsächlich für die Fremden.

Die Stadt war grausam, wie es alle großen Städte sind, aber sie war nicht schlecht zu den Armen, sie brauchten sich nicht ausgestoßen zu fühlen. Die Straßen in ihren Wohnbezirken gehörten ihnen, die Bänke an den Straßenrändern unter den Bäumen, die genau zur gleichen Zeit blühten wie die Bäume der Reichen. Die *bistrots*, kleine Schenken, standen ihnen offen. Und in der Untergrundbahn konnte man, hatte man nur Zeit und keine dringenden Aufgaben, für einen einzigen Fahrschein vom frühen Morgen bis spät in die Nacht kreuz und quer durch die Tunnels fahren.

Es gab immer viele Fremde in der Stadt. Solche, die kamen, um »ihr Leben zu genießen«, und solche, die kamen, um ihr Brot zu verdienen; andere wieder, um sich die lange Weile zu vertreiben, die sie noch abwarten mußten, ehe sie einen Thron besteigen oder eine Erbschaft antreten oder eine sehr reiche, aber noch nicht vollkommen verwitwete Frau heiraten konnten.

Es hatte immer Emigranten in Paris gegeben, freiwillige und exilierte. Sie gehörten zur Stadt wie die periodisch aufgedeckten Finanzskandale, wie die exotischen Restaurants und wie die über Nacht entdeckten Genies. Die Unordnung schien gut geregelt, selbst das Unerwartete, das »Sensationelle« kam zu seiner Zeit und endete zu seiner Zeit.

So war es lange gewesen, deshalb erkannte man nur undeutlich und ungern, daß sich Änderungen anzeigten.

Die Zahl der politischen Flüchtlinge wuchs fortwährend an. Die wenigen unter ihnen, die wohlhabend waren, mieteten weiträumige Wohnungen; Advokaten, die zumindest Offiziere der Ehrenlegion waren, erledigten für sie die Formalitäten bei der

Polizei. Die anderen aber wollten arbeiten, das Recht hierzu mußte erlangt werden wie eine Gunst. Sie wurde gewöhnlich verweigert. Schlimmer: durch die Bitte um Gewährung dieses Rechts machte man sich der Armut verdächtig, die Ausweisung drohte.
Selbst die Verwalter der ärmsten Häuser vermieteten ungern an diese Leute, die kein nachweisbares ordentliches Einkommen hatten. So wohnten sie denn, viel teurer, in den kleinen Hotels, wo sie die billigsten Zimmer nahmen, die Dachstuben. Rief man sie zum Telefon, so hatten sie, bis sie unten ankamen, Zeit gehabt, sich vorzustellen, daß das gewiß der so lange erwartete entscheidende Anruf war, oder sich darauf vorzubereiten, daß irgendein gleichgültiger Bekannter sie darum bitten würde, ihm für genau sechs Stunden und keine Minute länger die Summe von 8 Francs 75 Centimes zu borgen.
Stets erwarteten sie das Entscheidende: das Telefon, der Telegraf, der Briefträger konnte es bringen, mit der Zeitung, die erst in einer halben Stunde verkauft wurde, in den Mittagsnachrichten des Radios, durch eine zufällige Begegnung vor einem Comptoir eines Cafés konnte die Wendung kommen.
Für viele Menschen dieser Stadt war ein Versprechen geben ein Ausdruck unverbindlicher Höflichkeit, eine Gebärde flüchtiger, billiger und ein wenig feiger Tröstung; das erfaßten diese Fremden bald und gaben es dennoch nicht auf, an die Versprechen zu glauben, obschon sie ein jedes mit Stunden tiefer Verzweiflung büßen mußten.
Das Gespenstische ihres Daseins war ihnen selbst kaum bewußt, den anderen war es völlig unbekannt. Wie die eingeborenen Armen der Stadt wurden sie naß, wenn es regnete, froren sie, wenn es kalt war, wärmten sie sich in der Sonne des Frühlings und des Herbstes, suchten sie Schutz im Schatten der Bäume vor der Glut des Sommers. Aber wo auch immer sie sich aufhielten — es war die Umsteigestation, der Zug mußte ja bald kommen, nach vielen Zeichen, die niemals fehlten, sogar sehr bald. Es lohnte nicht auszupacken, übrigens verschwand das Gepäck bald. Auch der Weggenosse konnte plötzlich verschwinden. Wenn er nicht tot war, mochte er nicht weit weg sein, man würde ihn im Zug wiederfinden, der heranrollte.
Da gab es die politischen Aktivisten. Sie hatten enorm zu tun,

sie organisierten die Emigration, verbreiteten hektographierte Zeitungen, brachten die Gespenster zusammen, so daß ein jedes seinen Grad und seinen Titel wiederfand. Zukünftige Minister gab es unter ihnen, Volkskommissare, Führer von Massenbewegungen. Aber die Massen, die Armeen, das Land, all das war dort, unter einer falschen Führung, die man wütend entlarvte in Wort und Schrift. Ja, sie führten einen großen, schweren Kampf gegen den Feind, der immer mächtiger wurde, und viele kleine Kämpfe gegeneinander. Oft genug schien es ihnen, sie müßten in einem Meer voll Bitternis ertrinken. Sie ertranken nicht. Auch deshalb, weil eine sonderbare, im Grunde lächerliche, unglückliche Liebe sie rettete: die Liebe zu dieser Stadt, deren verführerischer Reiz es war, daß sie dem Untergang den Schein des Überganges verlieh.
Denn der Untergang hatte begonnen.

Das kleine Segelboot schwamm zuerst auf die Fontäne zu, aber dann begann es, auf und ab zu schwanken, und kam nicht weiter. Der kleine Paul sah verzweifelt zu ihm hin, er reichte mit dem Stock nicht weit genug, um den förderlichen Stoß zu geben. Dojno tröstete ihn. In diesem Bassin fanden alle Boote die gute Richtung, alle kamen an. »Es ist das beste Bassin der Welt. Überall, auf der ganzen Erde gibt es Kinder, die nur einen Gedanken haben: *im Jardin du Luxembourg* zu spielen.«
Das Kind hörte ihm kaum zu. Erst als das Boot wieder zu schwimmen begann, beruhigte es sich und lief, den Stock ungeschickt balancierend, um das Bassin herum. Sie stiegen zur überhöhten Terrasse hinauf und setzten sich auf die eisernen Stühle. »Sie sind nicht älter geworden, Sie sind fast noch hübscher als früher« sagte Mara. Relly antwortete nicht gleich, sie war versonnen. Die Erinnerung war ihr aufgestiegen an jenen Vorabend, da sie und Mara, jede um das Leben ihres Mannes bangend, zusammengesessen hatten, beide beherrscht von der gleichen Angst, die sie doch nicht teilen konnten; sie waren einander fremd geblieben. Vergebens versuchte Relly, sich an das Gesicht Maras zu erinnern, wie es ihr vor vier Jahren erschienen war. Es lag etwas Bezwingendes in dem jungen Greisenantlitz der Frau, die in der Maisonne neben ihr saß. Endlich sagte Relly:

»Nein, mir ist, als wäre ich in diesen Jahren eine alte Frau geworden. Die Züge, die mir der Spiegel zeigt, sind mir fremd, eben weil sie sich merkwürdigerweise nicht so geändert haben wie ich selbst.«

Dojno sah sie erstaunt an: Es war wahr, Relly sah noch immer wie ein Mädchen aus, das gerade zur vollen Reife gelangt ist. Alles paßte dazu: die zurückgekämmten glatten hellbraunen Haare, die gutbegrenzte weiße Stirn, die hellen Augen, die stets die Ferne zu suchen schienen — die Haut über den Wangen war weiß, gespannt, das Kinn noch immer gut gerundet. Nur ihre Hände hatten sich geändert, man sah es ihnen an, daß sie Gemüse putzten, Wäsche wuschen, Fußböden reinigten.

»Ihr habt also die Auswanderung nach Amerika endgültig aufgegeben?« fragte er.

»Nein, Edi sagt, es wird sich im Verlaufe dieses Jahres entscheiden, ob man kampflos vor Hitler kapituliert — in diesem Falle gehen wir weg — oder ob es zum Kampf kommt, in diesem Falle haben wir natürlich hierzubleiben.«

»Was ist eigentlich mit Edi los?«

»Ich weiß nicht. Er sehnt sich sicher danach, zur Biologie zurückzukehren, aber noch stärker beherrscht ihn das Gefühl, daß der gegenwärtige Zustand nicht dauern darf. Er ist wie vergiftet vom Haß und wie aus der Bahn geworfen, weil er dessen voll bewußt ist, daß sein Haß machtlos ist. Er kommt häufig mit einigen Gleichgesinnten zusammen, Josmar ist dabei, sie reden sich heiser. Es scheint, sie wollen eine neue Gesellschaftstheorie ausarbeiten und außerdem eine Spielzeugfabrik auf kooperativer Basis errichten. Edi hat sich von seinem Londoner Onkel Geld ausgeliehen. Wir könnten es gut brauchen, dürfen's aber nicht anrühren. Alles für die Kooperative, meint Edi.«

»Warum gerade eine Spielzeugfabrik?«

»Ja, das hat praktische Gründe, aber auch andere, geheime, nach denen ich Edi nicht fragte. Ich glaube, es tut ihm gut, daß er ein Geheimnis vor mir haben darf.«

»Ahnen Sie nicht, welcher Art das Geheimnis ist?« fragte Mara nachdenklich. »Hat es nicht mit seinem politischen Plan zu tun?«

»Wahrscheinlich, aber ich weiß es wirklich nicht. Wenn Pauli nicht mit gutem Appetit ißt, bin ich krank vor Sorge und Zweifel. Aber wenn mein Mann so unruhig ist, daß er in der Nacht nicht schlafen kann und immer wieder aufsteht und wie gehetzt auf und ab läuft, dann denke ich darüber nicht nach. Leben in der Armut ist eine Beschäftigung, die einen ganz ausfüllt, das erfährt unsereiner erst in der Emigration.«

Pauli rief, sein Boot war angekommen, alle sollten es sehen, nun stieß er es wieder ab, diesmal schwamm es gleich mit geblähten Segeln. Er begann wieder seinen Lauf um das Bassin herum. Die Kinder waren inzwischen zahlreicher geworden, es kamen immer welche hinzu, von ihren Müttern oder Gouvernanten begleitet.

Sie betrachteten schweigend die Spaziergänger, deren viele schon sommerliche Gewänder trugen, und die Bäume, deren Grün gerade die volle Sattheit erreicht hatte, und die spielenden Kinder am Bassin. Mara sagte:

»Die Kinder waren von einer sonderbaren Grausamkeit, wie man sie manchmal bei alten Leuten findet, die allein in der Welt zurückgeblieben sind, bei geizigen, kinderlosen Witwen. Ich wußte natürlich nicht, wie man sich hinlegen mußte, ich fürchtete, zwischen die Geleise zu fallen, das merkten sie. Als der Zug die Fahrt beschleunigte, machten sie sich an mich heran und nahmen mir alles weg, das Eßbare vertilgten sie sofort, und dann schliefen sie ruhig wie in einem Bett. Ich aber traute mich nicht einzuschlafen, hielt mich krampfhaft an den Stangen fest. Ich hatte immerfort das Gefühl, mit dem Kopf an die Räder seitwärts oder vorne anzuschlagen. Am Morgen, als der Zug an einem Güterbahnhof hielt, kroch ich unter dem Waggon hervor. Die Kinder öffneten die Augen, musterten mich; sie wollten wohl wissen, ob ich sie der Bahn-GPU anzeigen würde. Sie hatten aber Zutrauen zu mir und blieben ruhig liegen. Seit damals fürchte ich mich vor Kindern.«

Es war das erste Mal, daß Mara von ihrer Flucht aus Rußland sprach. Dojno fragte:

»Wo war das und was hast du weiter gemacht?«

»Das war bereits in der Ukraine. Diese Besprisorny waren Nachzügler, die anderen waren schon vorher nach dem Süden gezogen. Der Herbst war bald vorbei, es schneite, die Winde waren furchtbar kalt. Ich fand ein Depot, die Rolltür war nicht ganz geschlossen, ich schob mich hinein. Bis hoch hinauf türmten

sich Ballen von Fellen, ich stieg hinauf, ich konnte aber nicht gleich einschlafen, ich war zu hungrig und zu müde, völlig durchgerädert.«
»Und dann?«
»Wozu davon sprechen? Ich wollte ja nur erklären, warum ich vor Kindern Angst habe. Erinnerst du dich, Dojno, wie wir davon geträumt haben, Hunderte, Tausende Kinder nach Dalmatien zu bringen, im sozialistischen Staate sozialistische Kinderstädte zu gründen? Ich träume nicht mehr davon. — Wochen später, es war nicht mehr weit von Odessa, aber ich wußte es nicht, und plötzlich hatte ich die Gewißheit, daß Vasso nicht mehr lebte — es war falsch, er war damals noch nicht einmal verhaftet — ja, da beschloß ich, aufzugeben. In der Nacht legte ich mich über die Schienen. Es kam kein Zug, es war nur eine Rangierlokomotive, sie hielt rechtzeitig. Der Maschinist und der Heizer waren bejahrte Männer, sie nahmen sich meiner an. Ihr Mitleid war so groß, daß es ihre Angst vor der GPU besiegte. Selbst Vasso hätten sie gerettet, aber Vasso war in der dunklen Kammer geblieben, als dürfte es für ihn kein Entrinnen geben.«
Pauli kam gerannt. Eine Frau verkaufte unten Eis. »Das beste Eis der Welt, hat sie selbst gesagt«, fügte er hinzu. Mara gab ihm eine Münze, er lief weg, nach wenigen Schritten kehrte er um, küßte sie, schrie dreimal hintereinander »merci«, dann eilte er der Verkäuferin nach.
»Aber jetzt, nicht wahr, jetzt haben Sie doch keine Angst mehr vor Kindern?« Rellys Frage klang fast demütig, als wollte sie Verzeihung erbitten.
»Ich habe auch vor der Nacht Angst, nicht wenn ich wache. Ich habe nicht mehr das Zutrauen zu ihr, deshalb kann ich nicht schlafen, ehe es Tag wird. Auf der Flucht waren die Nächte das Schlimmste, obschon sie allein mich gerettet haben. Bei Tag mußte ich mich versteckt halten. Aber vielleicht ist das alles, was ich da sage, falsch. Angst ist nicht das rechte Wort, Furcht ist es nicht. Nenne du es, Dojno.«
»Es gibt wahrscheinlich kein Wort dafür. Es ist vielleicht der Schauer der Einsamkeit und des Abgeschnittenseins von jeder Zukunft. In dem, was man gewöhnlich Trauer nennt, findet man das tröstliche Mitleid für sich selbst. Aber dieser Schauer zerstört das Mitleid, er versteint das Herz und den Augenblick zu-

gleich. Wie sollte man solche Trauer von der Angst, zu sein und nicht zu sein, trennen können?«
»Es ist merkwürdig«, begann Mara wieder, »wie sich die wichtigen Dinge mit völlig unwichtigen vermengen. Neben dem Gedanken an Vasso hielt mich während der Flucht eine Vorstellung aufrecht: unter einem Tannenbaum, der Boden war ganz zugedeckt von trockenen, braunen Nadeln. Ich werde mich, am Ende der Flucht, auf den Boden legen, den Kopf an den Baum gestützt. Alles wird warm sein — die Erde, der Baum, die Luft. Nie in meinem Leben habe ich Baumnadeln so deutlich gesehn wie in dieser Vorstellung, nie die Erdwärme so genau gespürt. Das waren die besten Augenblicke während jener Wochen bis zu der Begegnung mit den beiden Männern.«
Sie schien nachzudenken, plötzlich sagte sie in einem veränderten, harten Ton: »Hat es dir Djura erzählt, Vasso hat im Gefängnis die ganze Zeit gefroren. Er ist in der Kälte gestorben. Vergiß nicht, das im Vorwort ausdrücklich zu schreiben! Es ist wichtig.«
»Ich werde es nicht vergessen«, beruhigte sie Dojno. »Nichts werde ich vergessen. Wenn nur schon alle seine Manuskripte hier wären! Wir müssen —«
Sie packte ihn am Arm, er folgte ihrem Blick. Auf der Terrasse gegenüber gingen zwei Männer — beide groß, einer von ihnen breit und dick — dem Ausgang in der Richtung des Observatoriums zu. Sie lockerte langsam den Griff und sagte: »Vielleicht habe ich mich geirrt, es schien mir so, als ob das — aber man sieht sein Gesicht nicht. Ich möchte ins Hotel zurück, mich hinlegen.«

Dojno ließ die Tür, die die beiden Zimmer verband, halb angelehnt, Mara sollte nie das Gefühl haben, allein zu sein. Sie konnte dem Gespräch der Männer folgen, wenn sie mochte, oder lesen.
Edi saß in der Nähe der Nachttischlampe, sein linkes Profil hob sich scharf ab, es ähnelte dem eines berühmten Wiener Musikers. Dojno bemerkte dies zum erstenmal, vielleicht weil Edi sich in diesem einen Jahre verändert hatte, nicht sein Körper, der muskulös, hart- und breitknochig war, aber das Gesicht war schmäler geworden, nicht mehr das eines genießerischen, wohlwollenden Skeptikers. Der Ausdruck seiner warmen braunen

Augen war nun fast unangenehm. Die furchtbare Härte des Fanatikers leuchtete darin auf, die Grausamkeit dessen, dem das Seiende um so verächtlicher und hassenswerter erscheint, je länger er es betrachtet.

»Sie haben also das Bridge und Ihre treuen Schülerinnen aufgegeben — warum eigentlich, Edi? Es war eine gute Einnahmequelle.«

»Sobald du unsere Pläne kennen wirst, wirst du das verstehen«, antwortete Josmar. Er saß in der Mitte des Zimmers, er mußte das verletzte Bein ausstrecken. Die Ärzte hatten getan, was möglich war, die anderen Verwundungen waren gut ausgeheilt, aber das Bein war steif, er würde ein Krüppel bleiben. Sonst war er sich gleichgeblieben, keine Falte im länglichen Gesicht, keine Runzel, ein schöner, blonder Jüngling, groß, nicht zu schmal, nicht zu breit in den Schultern. Einen der Kameraden hatte er an den Apollo vom Belvedere erinnert, davon war sein letzter illegaler Name abgeleitet: Pollbel.

Das waren nun die Pläne, wie sie Josmar langsam, methodisch darlegte: In der Bannmeile von Paris wollten sie eine Spielzeugfabrik gründen und billiger und womöglich besser jene Art Spielzeuge herstellen, die bisher das Monopol der Deutschen gewesen sind. Die Möglichkeiten, gut ausgeführte mechanische Spielzeuge in Frankreich und anderswo abzusetzen, waren ausgezeichnet. Drei Spezialisten standen zur Verfügung, sie hatten schon einige sehr gute Modelle angefertigt. Man konnte damit rechnen, daß kurze Zeit nach Beginn der Produktion wenigstens 20 Personen in der Fabrik Arbeit und Auskommen finden würden. Das war wichtig genug. Es gab so viele Emigranten, die, keiner Partei und keiner Gruppe verpflichtet, von niemandem Hilfe erwarten konnten und diese ihre Unabhängigkeit mit einem Elend büßen mußten, das in der Folge absolut auswegslos wurde. Diesen »Freien« galt es vor allem zu helfen. Indem man die Form der Kooperative wählte, war die verfluchte Frage der Arbeitserlaubnis etwas leichter zu lösen. Aber all das war ein zwar nicht unwichtiger, aber dennoch nur dritt- oder viertrangiger Vorteil ihres Plans. Es ging um wesentlich mehr. Die Fabrik wird nicht unbedeutende Gewinne abwerfen, sie wird dazu benutzt werden, kleine, populär gehaltene theoretische Schriften herauszugeben: die Begriffe mußten völlig geklärt, die sozialen Tatbestände neu aufgenommen werden — mit einer durch nichts, durch keine Drohung, woher sie auch käme, und durch keine Rücksicht auf wen auch immer gemilderten Entschlossenheit, der Wahrheit zu dienen.

Sie beschäftigten sich auch mit einem andern Projekt, von dem insgesamt nur drei Personen wußten — er selbst, ferner Edi und George, einer jener Techniker. Es betraf die Erfindung radiogelenkter, mit hochbrisantem Explosivstoff gefüllter kleiner Wägelchen, die aus einer Entfernung zwischen 100 und 450 Metern gegen mittelschwere und schwere Tanks stärkster Panzerung mit sicherer Wirkung abgelassen werden konnten. Mit dem militärisch-politischen Aspekt dieser Sache hatte sich Edi speziell befaßt, er ergriff das Wort.

»Das Ganze klingt Ihnen gewiß unernst, das kann ich verstehen, sagen Sie trotzdem, was Sie davon halten!« beendete Edi seine Ausführungen.

Die kleine Straße, in der das Hotel lag, war vom Lärm vergessen, der den ganz nahen Boulevard St. Michel bis spät in die Nacht erfüllte. Die Bewohner des Hotels schienen ruhige Leute zu sein, ganz selten klingelte es auf einer Etage, selten wurde jemand zum Telefon gerufen. Auch war es schon recht spät am Abend.

Wie sie nun schweigend dasaßen, überlegte Dojno: Wenn einer der Touristen sich in der Zimmernummer irrte und hier einträte, wofür würde er uns wohl halten? Für Kämpfer gegen jede »ideologische Knechtschaft«, für Spielzeugfabrikanten, für Organisatoren spezieller Zerstörungs- und Attentatseinheiten, für Klärer von Begriffen?

»Warum bemerke ich erst jetzt, haben Sie schon immer im Profil Gustav Mahler ähnlich gesehen, Edi?«

»Ich weiß nicht. Mütterlicherseits sind wir verwandt.«

Josmar meinte: »Jetzt, da Österreich verloren ist, spielt man ihn nirgends mehr. Wenn ich an das ›Lied von der Erde‹ denke! Macht nichts, nach unserem Sieg werden wir —«

»Laß das, Josmar«, unterbrach ihn Edi ungeduldig, »Dojno soll endlich sagen, was er meint. Und ob er mitmachen, die Schriftenreihe und später die Zeitschrift leiten will. Sie soll zuerst nur deutsch und französisch, später spanisch, englisch und vielleicht auch chinesisch erscheinen.«

»Ob ich mitmachen will? Ich weiß nicht. Ich bin erst seit einigen Tagen wieder hier und warte auf Stetten. Man wird ihn freilassen unter der Bedingung, daß er ein Einreisevisum hat und binnen 24 Stunden außer Landes geht. Das französische Konsulat macht Schwierigkeiten. Wäre er ein Nazi, so erhielte er ohne weiteres das Visum, aber für Juden und Antinazis ist es sehr schwer. Es mag in seinem Fall trotzdem gelingen. Wenn er dann endlich hier ist, wollen wir zusammen eine größere Studie über die Soziologie des modernen Krieges schreiben. Das wird mich, denke ich, ganz absorbieren.«

»Was? Das sollen Sie wiederholen!« rief Edi erregt aus. »Das wäre also der Weisheit letzter Schluß? Gerade jetzt ziehen Sie sich zurück, um irgendeine überflüssige und jedenfalls verfrühte Studie zu schreiben? Das ist schlimmer als Wahnsinn, es ist Desertion vor dem Feinde! Es ist schon spät, wir beginnen unsere Arbeit immer früh am Morgen. Sagen Sie, wo Sie hinauswollen und ob Sie mitmachen wollen oder nicht!«

»Das alles gehört wirklich nicht zum Thema!« warf Josmar ein, auch er nun ungeduldig.

»Braver Soldat Josmar, du glaubst noch immer an ein Thema. Und das ist es eben. Vielleicht sind wir deshalb verloren, weil wir alle die gleichen geblieben sind.«

»Ja, das ist so«, meinte Edi. »Ich habe meinen Standpunkt nie verlassen. Nie habe ich an die erlösende Wirkung der Massen geglaubt. Und deshalb die Spielzeugkooperative und alles andere — ein Ruf an Personen. Sie und Ihresgleichen, ihr habt von der Macht geträumt, deshalb der Appell an die Massen; natürlich, ohne Raubtiere gäbe es keine Dompteure. Ihr habt nur den einen Traum gehabt: Hammer zu werden, und ihr habt euch und andere beschwindelt mit der Behauptung, daß, wenn ihr eines Tages Hammer seid, man keine Ambosse brauchen wird. Auch Sie sind sich treu geblieben, trotz allem, deshalb lehnen Sie es ab, in unserer Gemeinschaft mitzumachen.«

»Ich lehne nicht ab, mitzumachen, ich glaube nur nicht an das Gelingen. In einer Gesellschaft, die immer mehr die Organisationsform einer Armee annimmt, hört die Person auf, ein Faktor zu sein, sie wird ein vernachlässigenswertes Faktum. Sie hat einen Namen: Don Quichotte. Aber die Windmühlenflügel sind durch Konzentrationslager und Maschinengewehre ersetzt.

Quichotte ist, alles in allem, ein Glückspilz gewesen. Er würde heute nicht in seinem Bette sterben, sondern zwischen elektrisch geladenen Drähten von einer Maschinengewehrsalve zerfetzt und dann wie ein Hund verscharrt werden. Hunderttausende, später Millionen Menschen werden Cervantes um sein Gefängnis beneiden. Ja, ihr habt gut gewählt — Spielzeuge! Es steckt ein parabolischer Sinn in alledem, der anzieht —«

»Sie machen mit, ja oder nein?«

»— ihr werdet Spielzeugautos machen, in hübscher, farbiger Ausführung, man stellt sie auf den Tisch, sie rollen bis an den Rand und fallen nicht hinunter, sondern wenden automatisch, und in einem geheimen kleinen Atelier werdet ihr eure geheime Antitankwaffe erzeugen — das Sinnbild lehrt uns nichts, was wir ohne es nicht schon wüßten, aber es schmeichelt unserem Verstand, der überall da verspielt ist, wo er nicht zwingenden Grund hat, verzweifelt zu sein. Mit einem Wort, ich mache mit, wenn sich eure Unternehmung als ernsthaft erweist. Und ich kann euch wahrscheinlich auch einen guten Mechaniker besorgen, wenn ihr einen braucht.«

»Wenn er zu unserer Gemeinschaft paßt, ist er willkommen, stellen Sie ihn uns vor.«

»Er ist nicht hier, ich muß ihn aus Norwegen kommen lassen. Du kennst ihn, Josmar, er ist einmal deinetwegen hierhergekommen, du solltest ihm Auskunft geben, warum und woran seine Frau gestorben ist. Er heißt Albert Gräfe, seine Frau hieß Erna.«

»Ich weiß, ich weiß«, rief Josmar mit heiserer Stimme aus. Er richtete sich mühsam auf, der Stock in seiner Hand zitterte, ehe er ihn auf den Boden setzte. »Gräfe soll kommen. Niemand in der Welt kann mich strenger richten, als ich es getan habe. Mir kann nichts mehr zustoßen, alles Unglück liegt hinter mir. Es ist spät, gehen wir!«

»Vasso hat das Mitleid so entschieden abgelehnt, ich habe vergessen, warum. Weißt du es, Dojno?« fragte Mara.

»Das Mitleid ist notwendig, wo die Liebe nicht ausreicht, wo die Gerechtigkeit vergessen ist. Der Verzicht auf Liebe und Gerechtigkeit ist die Voraussetzung des Mitleids. Vasso lehnte es ab,

weil er wollte, daß die Zeit des Verzichts vorüber sein sollte.«
»Und wenn er sich geirrt hat, Dojno, bedenke, wie, wenn er sich geirrt hätte?«
»Zweifle nicht, er hat sich nicht geirrt. Wenn einer in 50 oder in 150 Jahren genau das gleiche meinen und genau so enden wird wie er, er wird sich nicht irren. In jeder Generation muß es welche geben, die leben, als ob ihre Zeit nicht ein Anfang und ein Ende, sondern ein Ende und ein Anfang wäre.«
»Aber wenn Vasso geglaubt hätte, sich zu irren, hätte er nicht gewagt, das Mitleid aufzugeben.«
»Leg dich wieder hin, Mara. Und wenn du nicht schläfst, denk Spielzeuge aus, wir beginnen eine neue Karriere. Sie sollte aussichtsreich sein, denn ein neues Spielzeug setzt sich immer leichter durch als ein neues Evangelium. Dieses glaubt man längst zu kennen, ehe man ihm begegnet ist, und man hat es vergessen, ehe man es verstanden hat. Übrigens sind alle Apostel —«
»Ich unterbreche dich ungern«, sagte Mara, »aber ich sage es dir vielleicht am besten jetzt. Ich habe mich nicht getäuscht, der Mann im Luxembourg ist Slavko gewesen. Da, nimm das Blatt!«
Auf der ersten Seite der reich illustrierten Abendzeitung, unter einem dreispaltigen Titel und einem ausführlichen Untertitel stand ein Artikel über den internationalen Polizeikongreß, der dem Austausch von Erfahrungen im Kampf gegen das Verbrechen gewidmet war. Die Gruppe auf dem Bilde war gestaffelt: die erste Reihe sitzend, zwei Reihen stehend, durchwegs Männer mittleren Alters, alle in Zivil, die meisten gutmütig lächelnd. Unter dem Photo die Namen in der Reihenfolge der Aufstellung, von unten nach oben, von links nach rechts, unter ihnen »Miroslav Hrvatic«. Er stand seitlich in der dritten Reihe links, »Slavko«, der berüchtigte Kommissar der jugoslawischen politischen Polizei. Das Gesicht war undeutlich, man erkannte gerade, daß der Mann groß und breit war. Er war der einzige, der die Aktenmappe wie einen Schild vor die Brust hielt.
»Nein, du hast dich nicht geirrt. Nun geh schlafen, Mara.«
Er hörte, wie sie sich ins Bett legte und das Licht ausmachte. Er las noch einige Zeit, unterbrach sich, um zu lauschen; ihr Atem ging ruhig, vielleicht schlief sie. Er zog sich langsam aus. Er versuchte, auch im Bett zu lesen, aber ein Gedanke lenkte ihn ab.

Er stand auf, ging in ihr Zimmer und stellte sich neben ihr Bett. Nein, sie schlief nicht, sie heuchelte. Sicher erwog sie jede Einzelheit des Attentats, sie wollte nicht gestört werden. Und wenn er sie fragte, würde sie gewiß leugnen.

Er verließ sie, zog sich an und ging in das Café an der Ecke des Boulevards. Trotz der kühlen Nachtluft zogen die jugendlichen Gäste die Terrasse vor, er fand nur schwer einen Platz. Gesprächsfetzen flogen ihn an. Zu seiner Rechten saß ein Paar, ein junges, etwas dickliches Mädchen mit schlecht gefärbtem rotem Haar und ein Mann, der schon älter, an die 28 Jahre sein mochte. Er sprach ununterbrochen. Sein Text war spürbar abgenutzt, der Werber war seiner Wirkung zu sicher. Aber das Mädchen hörte nicht wirklich zu. Immer wieder spähte es die Straße ab, die zum Pantheon führte.

Zu seiner Linken hatte man zwei Tische zusammengerückt, da saßen junge Männer und Mädchen eng beieinander. Das Gespräch drehte sich um Surrealismus, Geist der Revolution und Rußland. Einer rief entschieden aus: »Und ich bestehe darauf, der Staudamm von Dnjeprostroj ist eine Synthese von Surrealismus und Revolution. Mit ihm beginnt das neue Zeitalter. Was mich betrifft, ich gehöre zu ihm.«

»Und die GPU?« warf jemand ein. Der Sprecher wiederholte: »Die GPU? Wenn die Revolution sie nicht erfunden hätte, so hätte der Surrealismus sie erfinden müssen. Ich wiederhole: Ich habe gewählt.«

Die spielen auf dem gepflegten Rasen des Luxembourg Steppenbrand und glauben, sie wüßten, was das ist. Ihnen liefert die verdorbene Revolution Spielzeuge, surrealistische *joujoux*, die aus Menschenknochen gemacht sind. Das Kaffeehaus da gegenüber ist das Stammlokal Lenins gewesen. Mit offenen Augen träumen müßte ein Revolutionär, das pflegte er zu sagen. Er kam müde aus der Bibliothek, seine Papiere und Bücher unter dem Arm, setzte sich auf die Terrasse, das Pantheon im Rücken, die Spitze des Eiffelturmes weit vorne, die Gärten des Luxembourg breiteten sich vor ihm aus, und da träumte er mit offenen Augen. Nicht von der GPU.

Einer der jungen Leuten sagte: »Gerade daß Stalin nicht aussieht wie ein großer Mann, beweist mir, daß er der größte Mann des Jahrhunderts, wenn nicht gar der Geschichte ist.«

Ich werde Mara gewähren lassen, sagte sich Dojno. Gewiß, die Zeit war vorbei, da Schüsse das Gewissen der Welt aufrüttelten. Die Spieler wollten nichts mehr hören. Mit den Slavkos die Zeit, die Stadt, den Garten zu teilen, störte sie nicht. Mara wird nichts daran ändern.

Am andern Morgen bat ihn Mara, sofort das Hotel zu wechseln. Sie wußte, daß er den Grund kannte, aber sie sagte: »Wenn meinte Tante kommt, wird sie sofort einziehen wollen. Außerdem, bitte, laß mich in den nächsten Tagen allein. Ich brauche die Einsamkeit, du verstehst.«
Er antwortete ihr, ohne sie anzusehen: »Man muß an die Folgen denken. Es werden dort Massenverhaftungen einsetzen.«
»Es gibt sie immer wieder, in jedem Falle. Dein Argument ist schlecht. Und es gibt kein besseres, du weißt es.«
Sie umarmte ihn, als ob sie auf eine weite Reise ginge. »Fürchte nicht um mich«, sagte sie. Er erwiderte nichts, die Worte waren vollends unnütz geworden.

Sie brauchte nicht zu antworten, nicht einmal hinzuhören. Es genügte, wenn sie der Verkäuferin, die unentwegt sprach, hie und da ein zustimmendes »Ja, gewiß« oder »So ist es, Fräulein« hinwarf. Um diese Stunde kamen Kunden nur selten, sie waren noch gar nicht vom Mittagstisch aufgestanden oder sie nahmen gerade den Kaffee. Erst gegen vier Uhr setzte wieder lebhafterer Verkehr ein. So war es der Verkäuferin nicht unangenehm, daß Mara im Laden blieb. Die Erklärung, daß sie hier ihren Mann erwarte, daß sie ausspähen wollte, wann er aus dem Hotel gegenüber herauskam und ob er es allein oder mit einer gewissen Dame zusammen verließ, genügte vollauf und gab der Frau Gelegenheit zu Ausführungen, in denen eigene Erfahrungen mit denen anderer Frauen nicht unklug verglichen wurden. Alle führten zum unwiderleglichen Schluß, daß die Männer, auch die jämmerlichsten unter ihnen, von einer krankhaften, einer »rasenden« Untreue waren und daß es dagegen so wenig ein Mittel gab wie gegen das Altwerden, leider! Adèle, so hieß die Blumenhändlerin nach dem Laden oder der Laden nach ihr,

flocht auch interessante Hinweise auf die Männer in ihrer Eigenschaft als Blumenkäufer ein. Selbst die Wahl des Straußes verriet den Grad, die »Raserei« ihrer Untreue.
Mara sah abwechselnd zu den zwei Fenstern in der vierten Etage hinauf und zum Haustor hinüber. Sie wußte, er war im Hotel, sie hatte ihn zuletzt gegen halb eins am Fenster erblickt. Er hatte sich einigemal gezeigt, zuerst in Hemdsärmeln, das letzte Mal im Rock. Nun mußte er wohl im Restaurant sein. Erst als sie die redselige Adèle eindringlich sagen hörte: »Aber, Madame, da ist ja Ihr Herr Gemahl!« und sie sich halb zu ihr umdrehte, bemerkte sie ihn, wie er ganz nahe neben ihr stand, die Hand ausgestreckt, als wollte er ihren Arm berühren.
»Küß die Hand, gnädige Frau!« sagte er auf kroatisch. »Ich habe den hinteren Ausgang des Hotels gewählt, bin um den Block herumgegangen, so habe ich nun das Vergnügen einer vollkommen überraschenden Begegnung.«
Sie sah Slavko zum erstenmal aus der Nähe. Ein zu großes, aufgedunsenes, rotes Gesicht mit klugen Augen, die gerötet waren, im Augenblick roch er nach scharfen Getränken, sonst besoff er sich mit Wein, hieß es von ihm. Er sagte:
»Am Abend kommen wir wieder vorbei, Fräulein, stellen Sie einen frischen Azaleentopf beiseite!«
Er schob Mara sachte zur Tür hinaus, sie wollte ihren Arm befreien, aber er hielt ihn fest. Er führte sie zum nahe gelegenen Bois de Boulogne. Als sich ihre Handtasche wie zufällig öffnete, rief er aus:
»Nein, ist das möglich, hier in Paris spazieren Sie mit einer Pistole herum! Das würde meine französischen Kollegen ernsthaft kränken. Sie haben sich solche Mühe gegeben, sogar etwa dreißig unserer Landsleute verhaftet, nur damit ich die *Ville lumière* in Ruhe bewundern kann! Und da kommt so eine kleine Frau mit einem geladenen Revolver daher, einer guten, wenn auch altmodischen Steyr-Pistole, die nicht einmal gesichert ist. Ein Glück, daß ich Sie getroffen habe. So — ich nehme nur die Patronen heraus — so. Ach nein, was für eine gute Hausfrau Sie sind! Sie haben ja gleich eine ganze Menge gekauft, ich verstehe, es ist billiger im Dutzend. So, und jetzt verschließen wir brav die Tasche und vergessen, wir vergessen vollkommen. Sie haben nie einen geladenen Revolver gehabt, Sie haben nicht

zwei Tage Wache gestanden, zuerst im Foyer des Hotels, dann in der Buchhandlung, heute früh in den Toren der Häuser Nummer 18, 22 und 24 und zuletzt in der Blumenhandlung Adèle. All das vergessen wir; was gewesen ist, ist nicht gewesen. Setzen wir uns auf diese Bank. Wenn Sie links schauen, genießen Sie den Vorteil, statt meiner Polizeivisage den kleinen See und die Insel mit dem Café für Liebespaare zu bewundern.«
Mara sagte eindringlich: »Gehen Sie sofort weg! Ich schreie sonst um Hilfe.« Doch im gleichen Augenblick bemerkte sie, daß am Ende der Allee zwei Männer standen, sie wandte sich nach rechts, auch da waren Agenten postiert.
»Ich selbst«, begann er wieder, »habe nie einen Revolver bei mir getragen. Ich würde zu einem eigenen Revolver kein Zutrauen haben. Ich habe auch nie jemanden getötet, es ist nicht mein Genre. Nur Dummköpfe können Mörder sein — Pardon, Anwesende natürlich ausgeschlossen. Und gewöhnlich werden nur Dummköpfe ermordet. Zum Beispiel der Cerenic, den Sie damals getötet haben, es ist ein brutaler Trottel gewesen. Deshalb habe ich auch nicht das geringste getan, die Sache aufzuklären. Und daß eine Linkshänderin so großartig schießen kann — denn Sie haben mit der linken Hand geschossen, jemand hat Ihnen zugesehen — ja, gnädige Frau, das hat meine Bewunderung für Sie noch gesteigert. Andererseits, ich rede so daher, aber es ist natürlich nicht wahr, nicht nur Dummköpfe werden erschossen. Ihr seliger Gatte ist kein Dummkopf gewesen, das kann ich auf amtlichem Papier bescheinigen, und er ist doch ermordet worden. Hätte ich ihn verhaften dürfen, so würde er heute noch leben. Bitte, es ist wahr, im Zuchthaus. Aber er hätte seine Zelle für sich gehabt und Bücher — er hätte gelebt. Bei mir wäre er nicht einmal mißhandelt worden. Warum auch hätte ich ihn mißhandeln sollen? Ich hätte vor ihm und vor seiner Zukunft Respekt gehabt. Immer an die Zukunft denken, sage ich, denn in unserer Zeit kann es geschehen, ist es schon geschehen, daß man einen aus dem Gefängnis holt, damit er die Regierung bilden oder wenigstens Innenminister werden soll. Glauben Sie mir, gnädige Frau, politische Polizei, das ist ein verflucht schweres Stück Brot. Nehmen Sie zum Beispiel meinen großen Kollegen, weiland GPU-Minister Heinrich Jagoda. Tot, mausetot! Die Herrscher heutzutage sind undankbar, sie haben

keinen guten Charakter. Oder zum Beispiel Sie: Wenn ich Ihnen erlaubt hätte, die Waffe gegen mich zu erheben, haben Sie sich das überlegt, was es dann gewesen wäre, ich meine vor Gericht? Man hätte Sie nach Ihrem Mann gefragt, Sie hätten sagen müssen, daß er in Moskau hingerichtet worden ist, dann hätte man Sie angebrüllt: ›Ja, was gehen Sie auf einen biederen königlich-jugoslawischen Beamten schießen, statt, wenn Sie unbedingt schießen müssen, Ihren Revolver gegen die zuständigen Herren in Moskau zu richten!‹« Er lachte auf. »Sie wissen vielleicht nicht, warum ich lache, ich habe mich an einen Witz erinnert. Ein Mann sucht seine Brieftasche unter der Lampe am Jelacic-Platz. Man hilft ihm suchen, man findet nichts. Man fragt: ›Sind Sie sicher, daß Sie sie hier verloren haben, Ihre Brieftasche?‹ — ›Nein‹, antwortet der Mann, ›das war im Wäldchen hinter dem Tuskanac. Ich suche aber hier, weil es so gutes Licht gibt!‹ Aha, wie finden Sie das? Er verliert mitten im dunklen Wald und finden will er mitten in der Stadt. Man hat Ihren Mann in Rußland erschossen, deshalb kommen Sie nach Paris, um mich, einen Landsmann, umzubringen.«
»Lassen Sie mich allein, gehen Sie weg, sofort weg!«
»Sie haben recht, gnädige Frau, ich verliere hier meine Zeit, wo doch die Sitzung schon begonnen hat, sie ist sicher interessant, einer referiert über die Bekämpfung des Mädchenhandels mit Hilfe des Völkerbundes. Sie aber, Sie langweilen mich mit Ihren Unhöflichkeiten. So sagen Sie mir schnell, was haben Sie dagegen, daß ich noch ein bißchen lebe? Im Auftrage der Partei handeln Sie nicht, denn erstens hat man Sie vor einer Woche ausgeschlossen — Sie wissen es vielleicht nur noch nicht, es ist mir eine Ehre und ein Vergnügen, es Ihnen mitzuteilen —, zweitens ist die Partei entschieden gegen solche Aktionen, Gott sei Dank! Also, was wollen Sie? Vergleichen Sie: Wie viele Kommunisten sind bei uns umgebracht und eingekerkert worden und wie viele im Vaterland des Weltproletariats? Gut, es ist ein Pech, Andrej Bocek und Hrvoje Brankovic sind eure intimen Freunde gewesen. Aber bedenken Sie, jetzt, dank mir, jawohl, dank mir sind es tote Helden der Bewegung. Hätten sie aber länger gelebt, so hätte man sie zusammen mit Ihrem Mann in Moskau umgebracht, und im Zentralorgan der Partei würde man lesen können, daß sie der Abschaum der Erde und mir mit

Leib und Seele verkauft gewesen sind. So, jetzt langweilen Sie mich aber wirklich, ich will Ihnen zum Schluß als Landsmann folgendes sagen: Seit die Ustaschi den König Alexander in Marseille umgebracht haben, sind meine französischen Kollegen empfindlich geworden. Ich habe mich trotzdem nicht auf die französische Empfindlichkeit verlassen, ich habe einige meiner Paladine mitgenommen, gebildete junge Leute, sprechen französisch und haben so gute Manieren wie ausgehaltene Liebhaber älterer Fabrikantenwitwen, da, sehen Sie zwei von Ihnen, auf jeder Seite einen mit einem französischen Kollegen. Die beiden werden Sie nach Hause begleiten und sich ihr Logis anschauen. Einer wird bei Ihnen bleiben, nicht sehr lange. Sie sehen, ich behandle Sie mit Glacéhandschuhen, ich vergesse nicht, daß mein Onkel Petar die Ehre gehabt hat, von Ihrem übelgelaunten Großvater mit dem Säbel zerhauen zu werden und daß mein Großvater mütterlicherseits bei Ihrem Großonkel gedient hat. Er hat nach guter militärischer Art Spangen bekommen, wenn Ihrem Großonkel was nicht gepaßt hat. Küß die Hand, gnädige Frau, und denken Sie daran, suchen Sie nicht in der Stadt, was Sie im Wald verloren haben.«

Der junge Polizist installierte sich im Zimmer, das Dojno bewohnt hatte. Er bestand darauf, daß die Verbindungstür immer offen blieb, die Außentür von Maras Zimmer hatte er gleich zu Beginn abgeschlossen und den Schlüssel eingesteckt. Viermal am Tage kam einer von Slavkos Männern und brachte Lebensmittel, Zeitungen und Bücher. Der junge Mann war wortkarg, er las ununterbrochen — zuerst den Anfang, dann das Ende eines Buches und dann erst, was zwischen Anfang und Ende war. Sonst aber schien er geduldig zu sein. Als er am Abend des zweiten Tages Mara verließ, sagte er höflich: »Sie haben mich nicht um Rat gefragt, aber das kann ich Ihnen sagen, es war kein guter Gedanke, gegen Slavko gerade in Paris vorzugehen. Bei uns brauchen Sie nur abends gegen elf Uhr oder, um ganz sicher zu sein, nach halb zwölf in das Wirtshaus ›Zum roten Ochsen‹ zu kommen, in der Wirtsstube links sitzt er, und da können Sie ihn erschießen, ehe er muh! gesagt hat. Verstehen Sie, Frau Militsch, ich sage Ihnen das ganz uneigennützig, denn mir ist das ganz egal, ich habe davon kein Avancement zu erwarten. Aber mich verdrießt es immer, wenn ich in den Büchern lese, wie kompliziert die Leute alles machen. Hier haben Sie sich zum Beispiel gleich verraten, als Sie im Kongreßbüro nach Slavkos Hotel gefragt haben. Das war schon der große Blödsinn. Man kann sagen, was man will, am leichtesten bringt man die Leute dort um, wo sie zu Hause sind. Und warum? Weil das die Natur des Menschen ist, außer vielleicht, wenn es sich um einen König handelt oder um einen Diktator. So, und da haben Sie den Schlüssel, jetzt können Sie gehen, wohin Sie wollen, und schießen, auf wen Sie wollen. Küß die Hand, Frau Militsch!«

ZWEITES KAPITEL

Nein, man sah es Stetten nicht an, daß er gelitten hatte. Er war seltsam aufgeräumt, von einer fast auffälligen Heiterkeit, immer in Bewegung, spät zu Bett, früh auf. Er erinnerte an einen schlechten Schüler, dem es in den ersten Tagen der großen Ferien gelungen ist zu vergessen, daß es die verhaßte Schule gibt und in der fernen Zukunft die Drohung eines neuen Schuljahres.

Wenn er von seiner Gefängniszeit sprach, geschah es ohne Klage, fast war es, als berichtete er siegesstolz von überwundenen Hindernissen. Die Enkelin erwähnte er niemals mehr, ebensowenig ihre Mutter, welcher er ja die Befreiung verdankte.

Natürlich, man mußte bald ernst machen, mit der Arbeit beginnen, bemerkte er hie und da zu Dojno. Aber noch waren seine Bücher nicht angekommen, man wartete also notgedrungen. Seit die Baroneß, die ihn nach Paris begleitet hatte, mit Mara wieder abgereist war, verbrachte er viel Zeit in der Gesellschaft eines älteren Ehepaares, das er bald nach seiner Ankunft in Paris aufgesucht hatte. Der Mann fuhr für einige Wochen weg, ein berühmter Münzensammler, der im Hauptberuf regierender König war, hatte ihn zu sich eingeladen. So war Stetten der *Cicisbeo* der Frau, er durfte sie überallhin begleiten und ihr bei ihren Bemühungen um das Einreisevisum in die Vereinigten Staaten behilflich sein. Er fand großes Gefallen an seiner neuen Rolle und vernachlässigte darüber Dojno, der ihn ganze Tage nicht zu Gesicht bekam. Aber das Glück dauerte nicht lange. Dank der Intervention des Königs erhielt das Wiener Ehepaar sehr schnell alle Papiere. Es war abgemacht, Stetten würde bald nachkommen. Paris war nur seine letzte Etappe in Europa, er wollte sich da einige Monate, ein halbes Jahr vielleicht, aufhalten, alle Formalitäten erledigen für sich und für Dojno, der unbedingt mitkommen sollte.

Der Professor hatte die Stadt schon als Student gekannt, zwei Semester hier studiert und war später mehrmals zurückgekehrt, jedesmal für wenige Tage, um in Archiven und Spezialbibliotheken nach Dokumenten und alten Chroniken zu suchen.

Seine Sinne waren der Schönheit und der Heiterkeit der Stadt geöffnet gewesen, aber er war damals zu sehr von der Arbeit besessen — so war ihm Paris die Stadt emsiger Forschung und das Zentrum der pedantischen Geschichtsschreibung gewesen. In dem Maße, wie er, älter werdend, sich von der Geschichte als einer systematischen Darstellung von Ereignissen abwandte und immer mehr den Sinn, vielleicht gar das Gesetz der Geschichte in der Entwicklung der gesellschaftlichen Zustände zu suchen begann, entfremdete er sich den französischen Kollegen. Er pflegte von ihnen zu sagen: »Nützlich, sehr nützlich, aber zu deutsch, nämlich so, wie die Deutschen sein möchten, aber fast niemals sind.« Halb ernst, halb übertreibend kritisierte er oft an den Franzosen das »Fränkische, Allzufränkische.«

Nun erst, da die verehrte Frau Paris verlassen hatte, suchte er Kollegen auf, mit denen er seit Jahrzehnten in Verbindung war. Von jeder dieser Begegnungen kam er angeregt zurück. Er war gut, mit offenen Armen aufgenommen worden, er durfte das Gefühl haben, seit langem erwartet worden zu sein. Stetten verkannte nicht die höfliche Übertreibung der freundlichen Gefühle, aber er war dennoch dankbar. Es tat ihm gut, daran erinnert zu werden, daß er nicht nur ein Flüchtling war, der alle zehn Tage demütigend lange Stunden auf der Präfektur verwarten mußte, um eine weitere Verlängerung der Aufenthaltserlaubnis zu erlangen. Bald konnte er im übrigen diese Gänge zur Polizei einstellen, die Empfehlung eines seiner Kollegen und das Eingreifen eines höheren Beamten des Außenministeriums bewirkten, daß er endlich eine ordnungsgemäße Identitätskarte erhielt.

Dieser Beamte, Spezialist für mitteleuropäische Fragen, unterhielt sich mit ihm eingehend und versuchte, ihn davon zu überzeugen, daß Hitler nur so lange gefährlich blieb, als er noch *en rodage* war, sich nicht eingefahren hatte. Dann, bald, vielleicht schon jetzt hörte er auf, eine Bedrohung des notwendigen relativen Gleichgewichts zu sein, verlor seine Dynamik, weil er vernünftigerweise nichts mehr anzustreben, nichts mehr zu gewinnen hatte. Auf eine vorsichtig gehaltene Frage antwortete er mit der Versicherung, daß, was er da sagte, nur seine persönliche Meinung sei. Aber der Ton dieser Versicherung durfte den Eindruck erwecken, daß seine Person und seine Konzeption nicht ohne Gewicht waren bei der Entscheidung wichtiger Angelegenheiten seines Landes. Die Unterredung endete, wie sie begonnen hatte, mit wortreichen Höflichkeiten beiderseits.

»Dieser Mann ist sicher ganz gescheit und kultiviert, er ist nur in Fragen der Außenpolitik ein Dummkopf, ganz besonders wenn es sich um Mitteleuropa handelt. Halten Sie es für möglich, daß er seine Minister beeinflußt?« fragte Stetten.
»Verblendung ist nicht Dummheit, obschon gefährlicher als diese«, antwortete Dojno. »Die überwiegende Mehrheit der Franzosen braucht die Verblendung, in ihr findet sie die tägliche Dosis Hoffnung, ohne Krieg, selbst ohne Widerstand als Großmacht fortzudauern. Sie leben im Glauben an ein Marne-Wunder ohne Krieg. Die — überdies schlecht angewandte — Weisheit der Fabeln La Fontaines ist keine brauchbare Grundlage für eine Politik im 20. Jahrhundert.«
»Nun, solche Phänomene haben wir schon vor langer Zeit studiert. Wenn eine Nation abzusteigen beginnt, verwandeln sich ihre alten gesicherten Erfahrungen in Quellen gefährlichster Irrtümer. Aber denken wir zuerst an uns. Wenn dieser Mann die Politik Frankreichs richtig ausübt, so dürfen wir keine Woche länger hier bleiben. Dion, beginnen Sie, die Koffer zu packen!«
»Noch ist nichts gewiß«, lenkte Dojno ein. »Und Sie fühlen sich ja hier so wohl. Wir beide gehören zu den Leuten, die stets zu spät flüchten. Man kann dem größten Vorzug untreu werden, den eigenen Fehlern bleibt man gewöhnlich treu. Die Gestapo hat begründete, sehr begründete Aussicht, uns in Paris zu erwischen.«
Sie lachten beide wie über einen guten Scherz. Die Ironie der Ereignisse verlor für sie den Reiz auch dann nicht, wenn sie selbst ihre Opfer waren.

Professor Raoul Werlé, Spezialist für europäische Geschichte der zweiten Hälfte des 19. Jahrhunderts, war einer der wenigen französischen Kollegen, mit denen Stetten auch nach den ersten Begegnungen Kontakt behielt. Sie kannten einander noch aus

Wien, wo Werlé, nur sechs Jahre jünger als Stetten, einige Semester studiert hatte. Er war seiner Abstammung nach Elsässer, seine Muttersprache war Deutsch, bei Ausbruch des Krieges hatte er sich dem Dienst in der deutschen Armee entzogen, war in die Schweiz geflüchtet und hatte dann, allerdings erst im Jahre 1916, für Frankreich Stellung genommen.
Die beiden Männer fanden aneinander mehr Gefallen als früher, sie aßen häufig zusammen, machten Spaziergänge, diskutierten eifrig, zerstritten sich häufig, schrieben sich dann kleine Eilbriefe, sogenannte *Pneus*, die das Mißverständnis aufklärten, für das jeder von ihnen nobel die Verantwortung beanspruchte. Es war eine Freundschaft von Knaben, alten Knaben.
So ging das einige Wochen, doch dann kühlte die Freundschaft merklich ab. Viele Gründe bewirkten es: Meinungsverschiedenheiten über politische und militärische Fragen, über Paul von Samosata, die Persönlichkeit des Athanasius, über die Glaubwürdigkeit des heiligen Gregor von Tours, über das Recht der Arbeiter auf die 40-Stunden-Woche und den bezahlten Urlaub, über die Dreyfus-Affäre, über die Persönlichkeit des Autors oder der Autoren der Ilias und der Odyssee. Aber entscheidend war das Auftauchen Albert Gräfes. Stetten faßte zu ihm sofort eine tiefe Sympathie und ein großes Vertrauen in seine Urteilskraft. Werlé verhüllte nicht die Enttäuschung nach der ersten Begegnung mit Gräfe: Er fand an diesem Arbeiter nichts, was ihn hätte interessieren können. Stetten verzieh ihm dieses Urteil nicht.
Werlé lud Dojno zum Essen ein, von ihm wollte er erfahren, worauf die Macht beruhte, die dieser »sinistre« Mann über Stetten ausübte. So erfuhr er von Alberts Schicksal — wie er dem Feinde ausgeliefert worden war, was er an Folter ertragen hatte in den Verhören bei der Gestapo, wie er, von seinen Freunden im Stich gelassen, gequält und erniedrigt wurde, wie er schließlich den Mut gefunden hatte, aus dem Konzentrationslager auszubrechen, nur weil er die Wahrheit kennen wollte. Die Proben eines edlen und starken, unbezwinglichen Charakters, die Albert auch in der Emigration gegeben hatte, waren Stetten bekannt und natürlich nicht ohne Wirkung auf ihn.
»Ich sehe nicht«, wandte Werlé ein, »wieso die Quantität und selbst die Intensität des Erlebten dem Menschen einen Wert

geben sollen. Es handelt sich, soweit ich verstehe, um einen einfachen, zwar nicht dummen, aber auch nicht gebildeten Arbeiter, der wahrscheinlich nur überdurchschnittlich hartköpfig und, fürchte ich, engstirnig ist. Und das sollte Ihren alten Lehrer so beeindrucken, daß er Stunden mit Herrn Gräfe verbringt und ihm so zuhört, als hätte er da Gott weiß was Neues zu lernen?«
»Die Ereignisse dieser Jahre drängen Stetten, die Menschen darauf zu prüfen, ob ihr Charakter dem immer größer werdenden Druck der Zeit standhalten kann. Die Liebe zur Wahrheit reicht nicht mehr aus, einem Menschen Wert zu geben.«
Werlé hatte sich vorgenommen, wenig zu trinken, eine Karaffe Wein sollte reichen. Aber er war aufgeregt, redete mehr und heftiger, als es seiner Art entsprach, er mußte nun doch eine zweite Karaffe bestellen und bald eine dritte.
»Wenn ich etwas nicht mag, so ist das die Vermengung von Ursachen und Motiven«, beendete Werlé seine lange, hastig vorgebrachte Rede. »Früher war alles klar bei Stetten, manchmal fast zu klar, nun trübt sich alles bei ihm. Zum Beispiel wollen Sie mir sagen, was ihn Paul von Samosata angeht? Erstens hat er sich nie mit dem dritten Jahrhundert befaßt, zweitens berühren sich seine leider zu zahlreichen Spezialgebiete überhaupt nicht mit der Geschichte des Christentums, drittens —«
»Was hat er denn über diesen Paul behauptet?« fragte Dojno.
»Behauptet? Das ist gar nicht der Ausdruck. Er hat ein ganzes System zur Verteidigung dieses mit Spott und Schande vertriebenen Patriarchen von Antiochia aufgestellt, einen Helden hat er aus ihm gemacht, eine überlebensgroße Figur. Er spricht von Trotzkismus und Stalinismus im Zusammenhang mit den Auseinandersetzungen der Kirchen und Sekten im dritten und vierten Jahrhundert, behauptet, daß sich eine Sintflut von Verleumdungen über alle wahren Christen ergossen hat, er nimmt die Partei der Ebioniten — haben Sie schon je so was Verrücktes gehört? Was hat irgendein Trotzki mit jenem Priester von Antiochia zu tun und, andererseits, was ein Spezialist des 15. und 16. Jahrhunderts mit der Kirchengeschichte des dritten Jahrhunderts? Und schließlich, wer weiß was Genaues über jenen Paul? Die paar Zeilen des Eusebius erlauben ja kaum mehr als vage Vermutungen. Sagen Sie die Wahrheit, haben Sie dem Stetten diese Geschichte mit Paul von Samosata eingebrockt?

Hahaha, das finde ich aber lustig: Sie, ein Jude, ein Kommunist, bemühen sich, irgendeinen Patriarchen aus dem dritten Jahrhundert zu rehabilitieren.«

»Der Wanderer in den Bergen«, erwiderte Dojno nachdenklich, »weiß, daß er manchmal erst nach einer langen Wanderung dahin gelangen wird, von wo aus er seinen Ausgangspunkt zum erstenmal richtig, das heißt in seiner wahren Konfiguration sehen wird. Ein Abgrund trennt — oder verbindet, wenn Sie wollen — die beiden Punkte. Wir sind die erste historisch bewußte Generation, die in der permanenten Katastrophe zu leben hat: am Rande von Abgründen, die sich gleichsam zu einem einzigen vereinen . . .«

»Merkwürdig, da hört man immer über Emigrantenelend klagen, man stellt sich vor, daß ihr von den Sorgen des Alltags erdrückt werdet, und dann erweist es sich, daß das Unrecht, welches die Kirche vor bald 1700 Jahren an irgendeinem abtrünnigen Priester angeblich begangen hat, euch nicht schlafen läßt.«

»Es ist gar nicht so merkwürdig, wie Sie meinen. Emigration ist ein Zustand, der eine umfassende Allergie erzeugt gegen alles Unrecht, gegen jede Erniedrigung. Der politische Flüchtling beginnt, in vergessenen Gräbern Verbündete zu suchen, wenn er unter den Zeitgenossen keine, oder nicht genug, oder nicht genügend mutige Verbündete findet.«

»Ich mag das gar nicht hören, so wie ich obszöne Bilder nicht ansehen mag — es regt mich nutzlos auf. Kommen wir auf diesen Arbeiter, diesen Gräfe zurück. Im Grunde wissen Sie über ihn nicht mehr als über den seinerzeitigen Patriarchen von Antiochia. Denn« — Werlé erhob den Zeigefinger warnend und vergaß, ihn zu senken, er war nun doch ein wenig angeheitert, er hatte zu schnell getrunken —, »denn es ist ein mißlich Ding, von einer Handlung auf die Motive zu schließen. Deshalb sage ich's ja immer, wir Historiker haben es mit Taten und Sachverhalten, mit Ursachen bestenfalls, aber nicht mit Motiven zu tun. Sie folgen mir?«

Werlé beugte sich weit vor, sein Oberkörper kam über den Tisch zu liegen, sein breiter, kahler Schädel berührte fast Dojnos Brust. »Und jetzt sagen Sie mir aufrichtig, gestehen Sie doch, daß Sie gar nicht wissen, warum sich dieser Albert Gräfe so großartig benommen hat. Und Sie wollen mir die Psychologie des Paul von Samosata erklären, hahaha!«

Das Zimmer war länglich, doch nicht zu schmal. Das erste Drittel, vom Rest durch einen kleinen Vorbau abgeteilt, war Küche und Waschkabinett. Die Möbel waren einfach, von bescheidener Häßlichkeit: ein Bett, ein Nachttisch, ein Tisch, drei Stühle, auf einem stand der Radioapparat, daneben ein alter Lehnsessel, dessen ursprüngliche Farbe nicht mehr zu erkennen war, ein Kleiderschrank, der schlecht schloß, ein länglicher Spiegel, der boshaft jeden Betrachter noch häßlicher widerspiegelte, als er war. Die Papiertapeten an den Wänden vermittelten die Üppigkeit tropischer Pflanzen mit aufdringlicher Lebhaftigkeit. Im friedfertigsten Bewohner erzeugte ihr Anblick immer wieder das dringende Bedürfnis, mit einem Maschinengewehr Löcher in diese Wände zu schießen. Aber keiner tat das, man tötet die Häßlichkeit nicht.
Vor dem Fenster gab es einen Baum, eine Perspektive von Hinterhäusern zeichnete sich hinter seiner Krone ab. *The forgotten tree,* so hatte ihn Dojno getauft, war eine Linde. Sie war Trost für vielerlei. Manchmal sangen die Vögel auf ihren Zweigen, die Regentropfen blinkten und leuchteten auf ihren Blättern, wenn nach einem Gewitter die Sonne wiederkam. Es war, als ginge eine unendliche Güte von diesem Baum aus und strömte besänftigend ins Zimmer, um es über seine Häßlichkeit zu trösten.
Dojno stand am Fenster, die Luft kühlte sich langsam ab, im Lichte des abnehmenden Mondes lagen die Häuser wie versteinerte Riesentiere da, wie unbewegte Vergangenheit. Nur in einem Fenster gab es Licht. Ein Mann und eine Frau, beide fast nackt, bewegten sich im Raum dahinter, gerade gingen sie aufeinander zu — ihre Gebärden mochten den Beginn gewalttätiger Handlungen oder leidenschaftlicher Liebe sein. Dojno wandte den Blick ab, nicht aus Scham, sondern weil er schon seit langem das Interesse an der privaten Handlung verloren hatte, weil ihn an aller Erscheinung nur noch der Sinn interessierte. Die Mannigfaltigkeit der Vorgänge konnte amüsieren, aber nicht darüber täuschen, daß sie zu häufig sinnarm waren. Ob sich das Paar

dort erbittert schlug, als ginge es ums Leben, oder ob es sich umarmte, in beidem lag der gleiche Sinn des armen Lebens. Es lohnte nicht, hinzusehen, es lohnte nicht, Werlé anzuhören, wenn er von seinem persönlichen Leben sprach — mit zitternden Fingern in den Sand gezeichnete Figuren, die schnell verwischt waren, verweht.
»Heiß mich willkommen, ich bin es, ein lieber Gast.«
Es war Karel. Er trug ein Köfferchen in der Hand, mit schwankenden Schritten näherte er sich, nun war er am Tisch und betrachtete die aufgeschlagenen Bücher.
»Aha, du bereitest dich auf eine neue Karriere vor, willst ein Wunderrabbi oder ein Kardinal werden. Warum sagst du nicht ›Willkommen!‹, warum bietest du mir nicht etwas an? Zum Beispiel einen Stuhl oder dein Bett?«
»Vor einem Jahr, in Rouen, haben wir endgültig Abschied genommen, wir haben einander nichts mehr zu sagen«, antwortete Dojno, ohne ihn anzusehen.
Karel öffnete den Koffer, entnahm ihm ein Bündel, schnürte es auf, es war ein Schlafsack. Er breitete ihn neben dem Bett aus, dann hängte er seinen Rock ordentlich über den Stuhl, legte die Krawatte dazu, streifte die Schuhe ab und stellte sie ans Fußende, schließlich schob er sich in den Schlafsack. Er verschränkte die Arme unter dem Kopf und betrachtete die Tapeten. Nach einer Weile sagte er: »Ich bin krank, seit zwei Tagen kann ich nichts mehr zu mir nehmen, ich erbreche alles. Die Seele habe ich mir schon aus dem Leib gekotzt. Weil ich krank bin, komme ich zu dir. Ich vertrage nicht mehr das Alleinsein.«
»Geh zu deinen Freunden von der Partei«, sagte Dojno; er wollte noch ein hartes Wort hinzufügen, verstummte aber. Nun erst gewahrte er, daß Karel wirklich krank aussah, das Gesicht war fahlgelblich, der Schweiß stand auf seiner Stirn, die gar nicht mehr trotzig wirkte, die fleischige Nase war wie künstlich aufgesetzt in diesem Gesicht eines verhungerten Dickwanstes.
»Geh zu deinen Freunden«, wiederholte Dojno, aber diesmal ohne Nachdruck.
»Wer hat noch Freunde? Als ich acht Jahre alt war, spielte ich mit meinem Freund Petar am Bach, er versteckte sich hinter dem Schilf, ich suchte ihn und gab ihm vielleicht einen Stoß, ohne ihn zu bemerken. Er fiel in den Bach. Ich hätte um Hilfe

rufen sollen, ich war so erschrocken, daß ich nichts tat. Nachher war es zu spät. Seit damals habe ich keinen Freund. Wenn Petar lebte, brauchte ich nicht zu dir zu kommen.«

»Du hast Fieber?«

»Nein, an mir ist nichts krank, nur ich, ich selbst bin krank. Laß mich eine Nacht bei dir, dann werde ich wieder weggehen, alles in Ordnung. Du brauchst keinen Arzt zu rufen, gib mir ein warmes Getränk, sprich zu mir nicht, wenn du keine Lust hast, aber laß mich hierbleiben. Ich verlange nicht viel.«

Er nahm einige Schluck Tee, er lehnte das Bett ab. Bald schlief er ein.

Dojno drehte das große Licht ab, breitete Zeitungen über die Nachttischlampe und ging zu Bett. Er wollte im Jesajas nur blättern, doch bald war er wieder erfaßt wie in seiner Kindheit, aufmerksam las er Kapitel um Kapitel. Deutlicher als damals spürte er hinter den Drohungen den Schmerz des Propheten, fühlbarer war ihm nun, wie sehr Jesajas von den eigenen Versprechen verführt war, vom Bild einer nahen Zukunft, die nur noch Erfüllung sein würde. Das bezog sich auf bevorstehende Tage, nur kurze Fristen waren gesetzt — schon wuchs der Thronfolger heran, der gute König, der Messias, im rechten Geiste erzogen, ihm allein verpflichtet. Ja, und dann, dann wurde der Prophet in einen der Länge nach aufgespaltenen Zedernbaum gelegt und mit ihm zusammen durchsägt. Wer dachte noch an seinen Tod? Aber die Hoffnungen, die er verkündet hatte, trösteten noch immer Gläubige in der Welt. Vor Jahrtausenden hatte er gesät, die Saat war nicht aufgegangen, aber noch immer wartete man auf ihre Frucht. Und hoffte, weil man wartete.

Von Zeit zu Zeit blickte Dojno zum Schlafenden hinüber, zum Polizeimeister der verkommenen Bewegung, die sich noch immer revolutionär nannte. Mit seiner Familie hatte Karel gebrochen, alles hatte er aufgegeben — der Partei zuliebe, die versprach, daß bald ein neues Leben beginnen würde »mit von Grund auf erneuten, veredelten Menschen, Freiheit, Bildung, Glück für alle«. Und ein Agent ist er geworden, ein Lieferant von Angeklagten, die fremde oder imaginäre Verbrechen gestehen, ein Mordkomplice; seine besten Genossen faulten unter der Erde. Da lag er in seinem Schlafsack, die Seele hatte er sich aus dem Leib gekotzt, wie er sagte; er war so einsam, daß er sich

nur hier geborgen fühlte, hier bei dem Ketzer, den er nur aus technischen Gründen nicht ans Messer geliefert hatte.
Der Mond war noch nicht verblichen, als Dojno erwachte, von Karels Stöhnen geweckt.
»Was hast du Karel?«
»Nichts, ich schlafe.«
»Nimm das Thermometer, du hast wahrscheinlich Fieber.«
»Laß mich, Dojno, es ist kein Fieber.«
Bald war er wieder eingeschlafen, schon wieder stöhnte er. Dann wurde es ein Heulen. Es drang aus ihm wie aus einem Tier, das um sein Leben rennt und immer wieder stehenbleibt, seine furchtbare Angst laut klagend auszuatmen.
Dojno weckte ihn und flößte ihm Rum ein. Karel wehrte sich zuerst, dann trank er gierig.
»Das ist Blödsinn gewesen, gleich wie ich die Sache erfahren habe, hätte ich mich besaufen sollen, die ganze Quälerei wäre mir erspart geblieben. Gib mir die Flasche!« Er kam wieder zu sich. »Bilde dir nicht ein, daß dein Rum gut ist, es ist der billigste, den man hier auftreiben kann. Bist zur herrschenden Klasse übergelaufen, nun wohnst du in einem schäbigen Zimmer und trinkst schluckweise den billigsten Fusel. Ob ich besoffen bin oder nicht, das gehört nicht zum Thema, die Wahrheit gehört zum Thema, pflegte der Andrej zu sagen. Die Wahrheit ist, ich habe dich gewarnt. Gewarnt — gerade das Wort hätte ich jetzt nicht aussprechen sollen. Es macht mich sofort nüchtern. Geh, gib mir noch etwas zu trinken.« Dojno hatte nichts mehr. Er beugte sich nahe zu ihm hinunter und fragte eindringlich: »Wer muß gewarnt werden?«
Karel wiederholte die Frage mehrere Male, als ob er versuchte, ihren Sinn herauszufinden, dann sagte er: »Niemand! Jeder ist gewarnt — seit langer Zeit. Und jetzt laß mich schlafen, denn ich, ich habe die wichtige Aufgabe, mich um die Gesundheit des überaus wichtigen Genossen Karel zu kümmern, und sonst nichts. Du bist ein Verräter, noch nicht gefährlich, könntest aber gefährlich werden. Ein Verräter bist du zwar, trotzdem kannst du doch hoffentlich noch verstehen, daß der Genosse Karel schlafen muß.« Er drehte sich zur Wand.
Dojno setzte sich auf den Schlafsack, ergriff Karels Kopf, er steckte die Linke zwischen den Hemdkragen und den Hals, mit

der Rechten ohrfeigte er ihn, die linke Wange, die rechte, die linke, die rechte. »Wer muß gewarnt werden?« wiederholte er ununterbrochen. Karel sah ihn erstaunt an, endlich entzog er sich mit einem Ruck dem Griff, kroch aus dem Schlafsack und ging zur Wasserleitung. Er drehte beide Hähne auf und steckte den Kopf unters Wasser.
Sie sprachen nicht, bis sie den Kaffee ausgetrunken hatten, sie sahen einander nicht in die Augen. Daß er Karel geohrfeigt hatte, erschütterte Dojno nicht, aber es erstaunte ihn. Er kämpfte gegen alle entwürdigende Gewalttat und war ihr doch so nahe, wie es sich plötzlich erwies.
»Was ist in dich gefahren?« fragte Karel, »was kümmerst du dich jetzt um unsern Dreck, wo du doch gar keine Verantwortung für ihn trägst? Und was ohrfeigst du einen kranken, halbbesoffenen Mann, der dein Leben und deine Freiheit mehr als einmal gerettet hat, ohne dich zuvor um Erlaubnis zu fragen? Wer gewarnt werden muß, willst du unbedingt wissen? Sag mir doch lieber: Wer ist nicht gewarnt? Ich weiß nicht, wie das früher gewesen ist, jetzt nützt keine Warnung mehr. Nicht weil die Leute mutiger sind als früher, sie sind feig, sie haben schon Angst davor, die Warnung zu verstehen.«
»Dein Freund Petar war nicht gewarnt, er hatte Zutrauen zu dir. Aber du stießest ihn von hinten ins Wasser, so mußte er ertrinken. Davon sprechen wir. Wer ist der Petar von heute?«
»Vielleicht bist du es. Warum nicht?«
»Du lügst.«
»Ich lüge? Gut. Es ist also ein Super-Karel, was geht er dich an, was mischst du dich in gefährliche Dinge?«
Dojno antwortete nicht, nun wußte er, daß Karel sprechen würde, daß er nur darum gekommen war.
»Du mußt mir eine Bescheinigung vom Arzt verschaffen, daß ich eine schwere Magenvergiftung gehabt habe von vorgestern bis übermorgen, daß ich bettlägerig gewesen bin all diese Tage. Er soll auch etwas über meine kranke Leber hineinschreiben. Du siehst, ich mache nicht mit, Petar wird sterben, aber ich werde nicht schuldig sein. Ich selbst werde den Märtyrertod sterben, ein Heiliger sein, aber niemand wird es wissen. Deine Ohrfeigen waren schwach, aber doch wirksam gegen das Kotzen. Mach mir noch einen Kaffee und gib mir ein Stück Brot!«

Als er gegessen hatte, erzählte er in der umwegigen Art, die ihm eigen war. Immer wieder schien er die entscheidenden Punkte vermeiden, umgehen zu wollen, aber am Ende war alles klar genug.

Ein Mann — er hatte zahllose Namen, Karel nannte ihn Ottokar Wolfan — hatte vor einer Woche an die entscheidende Stelle in Moskau einen Brief geschrieben, in dem er seinen sofortigen Bruch mit der Partei vollzog. Er hatte nach dem letzten Prozeß den kümmerlichen Rest von Glauben und von Vertrauen in die führenden Männer verloren. Nun war aber dieser Mann nicht irgendwer, nicht einer von diesen kleinen Quichottes, Arbeiterfunktionären oder Intellektuellen, denen man einige Verleumdungen nachschickte und einfach alle Verbindungen abschnitt. Wolfan, das war einer der wenigen Chefs des ganzen Apparats außerhalb Rußlands. In der Polizei eines jenen Landes saßen Männer, die seinen Befehlen gehorchten, die meisten, ohne von seiner Existenz eine Ahnung zu haben. Sie waren in Netzen gefangen, die er gesponnen hatte, nur ihm allein waren sie in ihrer ganzen Ausdehnung sichtbar. Wen er schützte, der kam aus einem brennenden Haus, aus dem Lager von Buchenwald oder von den Liparischen Inseln heil heraus; wen er »abhängte«, der war erledigt, unter dessen Füßen öffnete sich die Erde. Das klang so großartig, ja phantastisch, war aber sehr einfach. Der Mann war ein organisatorisches Genie, und er verfügte über viel Geld — kleine und mittelgroße Banken in der ganzen Welt, bedeutende Exportfirmen, Schiffahrtsgesellschaften und vieles andere gehörten zu seinem Apparat; in Paris und in Schanghai, in Johannesburg und in Toronto, in Warschau und in New York arbeiteten harmlose Leute für ihn, handelten, kauften und verkauften Waren, führten ordentliche Buchhaltungen und bekamen, wenn sie fleißig waren, ihre Neujahrsremunerationen — Wolfan war einer der größten kapitalistischen Unternehmer im internationalen Transportwesen. Seine Firmen brachten ihm, das heißt seinem Apparat Geld und überdies Sicherheit gegen Verdacht und Verfolgung. Seit 1922 war dieser Mann von der Oberfläche des politischen Lebens verschwunden und ein harmloser Bürger, ein etwas kränklicher Rentier geworden. Sechzehn Jahre lang hat er alles in seinen Händen gehalten, nun setzt er sich hin und schreibt einen Brief. Er demissioniert,

schreibt er, und ist bereit, alles ordentlich zu übergeben, nichts will er für sich, er wird ein bettelarmer Mann sein, aber endlich im Einklang mit seinem Gewissen leben. Was bildet er sich ein? Das alles soll man ihm glauben? Karel glaubt ihm, aber die Russen sind unfähig, dies auch nur für möglich zu halten.
Somit ist Wolfan ein verlorener Mann. Noch atmet er, er öffnet und schließt die Augen nach der Art lebender Wesen; wenn er die Hand aufs Herz legt, fühlt er, daß es schlägt, aber er ist tot. »Im Vergleich zu ihm sind die ägyptischen Mumien springlebendig«, schloß Karel seinen Bericht.
»Und warum hast du gerade vor drei Tagen zu erbrechen begonnen? Du hast für dich Angst bekommen?«
»Für mich habe ich immer Angst, das ist es nicht.«
»Also seinetwegen? Das glaube ich dir nicht!«
»Warum nicht? Wir sind alte Freunde, er und ich, ohne seine Intervention hätten sie mich in Moskau erledigt.«
»Die Wahrheit, Karel!«
»Sie haben mich gefragt, ob ich die Aktion leiten will. Ich sollte als Freund zu ihm kommen, wegen der Übergabe der Archive, und dann das Weitere besorgen. Ich habe selbstverständlich ja gesagt und dann, dann bin ich krank geworden. Die suchen mich jetzt sicher überall. Aber bei dir werden sie mich nicht suchen, jedenfalls nicht sofort.«
»Man muß Wolfan schreiben oder ihm telegrafieren.«
»Mein Gott, glaubst du denn, daß er nicht alles weiß, besser noch als du und ich, oder daß er noch Illusionen hat? Außerdem, was geht er dich an?«
Es war nun heller Tag, hinter dem Baum die Hinterhäuser waren belebt. Eine Frau hängte Wäsche auf, sie unterbrach sich, um auf die Hand des kleinen Mädchens zu schlagen, die die Wäsche angerührt hatte, dann fuhr sie in ihrer Arbeit fort, sie steckte Klammern an.
»Du antwortest nicht, Dojno, du siehst ein, daß dich die Affäre Wolfan nichts angeht.«
»Ein Schlaukopf hat nur ein paar Tricks zur Verfügung, immer die gleichen. Er verbessert sie vielleicht mit der Zeit, bleibt aber unfähig, neue zu erfinden. Er lernt nichts hinzu. Du bist hergekommen in der Hoffnung, daß sich alles so abspielen werde, wie es nun geschieht. Du willst, daß ich diesem Ottokar Wolfan eine

Botschaft bringe, die ihn vielleicht retten kann. Aber alles soll so vor sich gehen, als ob nicht du es gewollt hättest, sondern ich ganz allein. Und ich, ich gehe auf dein Spiel ein, eben weil ich es durchschaue und weil mich zwar nicht dieser Mann angeht, aber der Mord, jeder Mord, den ich verhindern könnte. So wie diese arme, verbitterte Frau sich in mein Leben drängt, wenn sie vor meinen Augen ihr Kind schlägt.«

»Du denkst also, ich will, daß du zu Ottokar fahren sollst? Gut, so mach aber schnell! Den Frühzug hast du schon versäumt, den von 14.15 Uhr zu nehmen hat keinen Sinn, du kämest erst in der Nacht an, fahre also um 19.58 Uhr ab, dann bist du morgen um 6.22 Uhr da und gegen halb acht bei ihm. Du brauchst einen Paß, mit dem du ohne Visum über die Grenze gehen kannst. Da, ich habe dir einen mitgebracht, er paßt genau für dich, dein Photo habe ich auch schon hineingeklebt. Man hat vor kurzem bei dir eine kleine Visite gemacht, so, um zu sehen, mit wem du korrespondierst, was du liest, was du schreibst, da hat man gleich zwei Photos mitgenommen. Habe also zufällig eins zur Hand gehabt. Und jetzt paß gut auf, ich werde dir alles erklären...«

Dojno ging zu Stetten, er mußte bei ihm Geld für die Reise borgen und ihn mit wenigen Einzelheiten informieren, damit der Professor eingreifen könnte, wenn ein Unglück geschähe.

Zum erstenmal seit Wien sprach der alte Mann wieder von der Enkelin.

»Sie konnten es nicht vermuten, denn Sie haben Ähnliches nie erlebt. Die Liebe zu einem kleinen Kind ist ein unsagbar schmerzliches Glück. Sie ist hoffnungslos. Aber hätte ich gewußt, daß alles so enden würde! Agnes mag mich schon vergessen haben, oder ich bin eine schnell verblassende Erinnerung: ein alter Mann, mit dem sie im Auto fährt. Nur die Schirmmütze des Chauffeurs sieht sie wohl noch in klaren Umrissen... Daß mir alles so mißlungen ist!«

»Keineswegs alles!« warf Dojno ein, ohne Überzeugung, denn er wußte, was der Professor meinte.

»Ich habe die Qual aller Ängste um sie ausgestanden. Und wenn ihr jetzt etwas zustieße, ich erführe es nicht einmal. So muß ich

543

leben, als ob sie tot wäre und, können Sie das verstehen, manchmal ist es mir, als ob ich das wünschte. Der Gedanke beunruhigt mich aufs tiefste. Was meinen Sie?«
Dojno dachte an Wolfan, an die schwierige Aufgabe, die er übernommen hatte, und schwieg. Stetten sagte: »Gut, sprechen wir nicht mehr darüber. Ich habe eine erfreuliche Nachricht: Die Bücher sind angekommen. Wir müssen zum Zollamt fahren, jetzt ist es schon zu spät, aber gleich am frühen Nachmittag.«
Dojno unterrichtete ihn über die Reise, Stetten riet ab.
»Die Unternehmung ist gefährlich und aussichtslos. Warum begeben Sie sich in Gefahr? Ist es vielleicht nur, weil Sie schon so lange aus jeder Aktivität ausgeschaltet sind?«
»Vielleicht auch darum«, antwortete Dojno. Er wollte keine weiteren Erörterungen, die Zeit drängte, er nahm Abschied. In spätestens 48 Stunden würde er zurück sein, sie würden sich dann an die gemeinsame Arbeit machen. Es gab keinen weiteren Verzug.

Das Deckenlicht wurde abgedreht; auch die Damen, zwei Ehefrauen und ein älteres Mädchen, die erklärt hatten, daß die Fahrt sie stets wach hielt, waren bald eingeschlafen.
Selbst damit, daß auch Frauen schnarchen, hatte er sich abgefunden, wie mit so vielem anderen — wahrscheinlich ohne Erschütterung, denn er konnte sich nicht erinnern, zu welchem Zeitpunkt jede einzelne dieser Erfahrungen zur nicht weiter bemerkenswerten Gewißheit geworden war. Selbst die häßlichen Zeichen des eigenen Alterns nahm er gelassen auf: die kleinen gelblichen Flecken auf dem Handrücken, auf dem Gesicht, die Falten unter den Augen. Er war tolerant geworden in allem, alles an den Menschen war erträglich, außer ihren falschen oder halbwahren Ideen. *Mundus vult decipi*, hatten die Römer lächelnd festgestellt, und vielleicht mehr als damals begehrte die Welt nun danach, betrogen zu werden. Er selbst, Dojno, hörte mit Vergnügen den Marktschreiern zu, wenn sie die schlechten Waren gewandt anpriesen, seit seiner Kindheit liebte er es, den Taschenzauberern zuzusehen, er las gern von neuen Finten geriebener Schwindler und Bauernfänger, denn er wußte, wie schwer es ist, wirklich Neues zu ersinnen. Warum

litt er dann wie in einem Fieber jedesmal, wenn er der allgemeinen Lüge begegnete?
»Ich hoffe jetzt nur noch auf das Alter, einmal muß es doch wirklich beginnen, ich werde dann von den kleinen Mädchen endgültig genug haben. Nicht einmal bemerken werde ich sie mehr, wenn sie in ihrer herausfordernden Art an mir vorübergehen werden. Gott, wie herrlich wird das sein, mein freies Leben wird ja dann erst beginnen!« Dies hatte ihm ein schon älterer Mann gesagt, es war ein großer Künstler, der wegen seiner unglücklichen Leidenschaft immer wieder Opfer von Erpressern, Gerichten und einer sensationsgierigen Presse wurde. An diesen Mann dachte Dojno in den letzten Jahren häufig zurück. Auch er hatte zu hoffen begonnen, daß Alter und Enttäuschung ihn allmählich von seiner Leidenschaft wie von einem Laster befreien würden, daß er den Gleichmut fände, die Zeit schmerzlos zu ertragen. Was fuhr er jetzt in diesem überfüllten Zug, müde, schlaflos? Was ging ihn die Entstellung der Geschichte des Christentums an? Was suchte er in der fernen Vergangenheit Besiegte, warum drängte es ihn, sich auf ihre Seite zu stellen, ihre gerechte, aber nutzlose Empörung zu teilen?
Dojno versuchte gar nicht zu schlafen, er wußte, daß es ihm nicht gelingen konnte.

Das Haus lag etwa 20 Meter über der Landstraße. Es sah den Villen dieser Gegend ähnlich — massiv, für lange Dauer geplant. Die Mauern waren grau, die Rolläden vor allen Fenstern und Fenstertüren grün angestrichen.
Dojno mußte mehrmals klingeln, ehe sich das Gartentor öffnete. Er ging langsam auf das Haus zu, vor der schweren eichenen Tür wartete er.
»Stellen Sie sich genau in die Mitte«, sagte eine müde Stimme. Sie klang ganz nahe. Dojno tat, wie ihm geheißen. »Wer sind Sie?« wurde gefragt. Er wiederholte genau den Satz, den ihm Karel eingeprägt hatte. Er mußte dann noch seinen Namen, alle seine Pseudonyme nennen, schließlich seine gegenwärtige Adresse angeben. Dann fragte der Mann: »Was haben Sie in der linken Manteltasche? Leeren Sie alle Taschen und breiten Sie den Inhalt vor der Tür aus!«

Dojno zog das längliche Brot aus der einen Manteltasche, die Bibel aus der andern, legte beides mit dem Mantel auf die oberste Treppe, er leerte die Rock- und Hosentaschen und krempelte sie nach außen. Die Tür öffnete sich, er stand vor einer zweiten, die langsam zurückgeschoben wurde, während sich die erste im gleichen Tempo schloß. Er hob die Hände, der Mann tastete ihn ab und steckte dann erst den Revolver ein. Es war eine große Halle, sie erstreckte sich wohl über die ganze Länge des Hauses. Von ihr aus führten Türen zu den Zimmern seitwärts und zum Stiegenhaus. Deckenbeleuchtung verbreitete gleichmäßig ein starkes, weißes Licht.
»Ich fürchte, ich habe Sie aufgeweckt«, sagte Dojno. Wolfan trug unter dem Regenmantel einen rotgestreiften grauen Pyjama.
»Nehmen Sie Platz, Faber. Sie haben mich nicht geweckt, ich schlafe schon seit Tagen nicht. Ich döse, werde aber wach, sobald sich irgend jemand nähert, auf der Straße vorne oder auf dem Pfad hinter dem Haus.« Er machte eine Handbewegung zu den beiden Außentüren, Dojno bemerkte erst jetzt die sonderbaren großen Spiegel, die über ihnen angebracht waren. Nun verstand er, wieso Wolfan ihm bei der Leerung der Taschen zusehen konnte.
»Ich habe auch einen Horchapparat, die Mikrofone sind in weitem Kreis um das Haus installiert. Sie sehen, es ist gegen einen überraschenden Überfall geschützt, nicht erst seit sechs Tagen, sondern seit Jahren. Damals habe ich an andere Gefahren gedacht, natürlich!«
»Das ist aber klug angeordnet!« warf Dojno bewundernd ein.
»Ja, wird aber nichts nützen, die werden mich nicht leben lassen. Es ist eine Frage von Stunden oder von Tagen. Ich nehme an, Karel hat Sie mit einem Plan hergeschickt — erzählen Sie.«
Dojno legte alle Einzelheiten des Unternehmens dar, das Wolfan binnen 30 Stunden auf ein Frachtschiff bringen und mehr als vierzig Tage lang jedem Kontinent und damit jeder Gefahr fernhalten sollte. Er würde in Südamerika landen und Zeit haben, dort unterzutauchen, um eine völlig neue Existenz vorzubereiten, so daß die Verfolger seine Spur für Jahre verlieren müßten. Der Kapitän war informiert — er erwartete einen Fahrgast, den er seinen Matrosen als einen Journalisten vorstellen würde —, aber er wußte natürlich nicht, daß es sich um

Wolfan handelte. Diese Fluchtmöglichkeit hatte Karel in einem Augenblick der Panik für sich selbst vorbereitet, aber er gab sie zugunsten seines Freundes auf. Das Schwierigste war nunmehr, ihn hier aus dem Hause und aus der Gegend hinauszubringen, aber auch dafür brachte Dojno Vorschläge von Karel mit.
Während Dojno so den Plan in seinen Einzelheiten darlegte, saß Wolfan unbewegt im tiefen Lehnsessel, den Kopf auf der Brust, er schien zu dösen. Nur wenn ein Geräusch hörbar wurde, hob er den Blick und betrachtete aufmerksam den einen oder andern der Spiegel und stellte ihn mit einer Vorrichtung um, die er wohl zur Hand hatte. Sein längliches Gesicht war völlig unauffällig, ja uninteressant, nicht häßlich, nicht hübsch, nicht klug, nicht dumm. Kein Zug trat hervor, keiner stach ab. Am längsten mochte man die wässerigen grünen Augen hinter der weißrandigen Brille im Gedächtnis behalten. Es war nicht leicht, sein Alter zu bestimmen, er konnte zwischen 28 und 40 sein. So war der Mann in allem Äußeren mittelmäßig. Er sollte überall leicht durchschlüpfen können, dachte Dojno, während er ihn betrachtete. Der sieht nicht wie ein genialer Organisator aus, wie jemand, der seit langen Jahren Macht über Leben und Tod von Hunderten von Menschen hatte. Er sieht nicht einmal aus wie einer, der lange Zeit über Reichtümer verfügen konnte.
»Die Sache hört sich nicht schlecht an, sie hat zwar einige kleine Fehler, aber die muß man stets in Kauf nehmen. Der schlimmste Fehler ist — wissen Sie was, Faber?«
»Nein, aber ich kenne mich in solchen Dingen nicht aus, ich —«
»Gewiß, Sie haben nie im Apparat gedient, ja, ich weiß es«, unterbrach ihn Wolfan. »Das Schlimmste ist, daß Karel diesen Plan kennt, daß er sein Urheber ist.«
»Aber er will Sie ja retten, deshalb bin ich hier.«
»Sie wollen mich retten, ich weiß zwar noch nicht warum, aber Karel? Gut, sagen wir, er wollte mich vorgestern retten oder gestern früh, aber am Nachmittag kann er sich's überlegt haben. Und der Umstand, daß er den Plan so genau kennt, setzt ihn instand, mich zu vernichten, wann und wo er will.«
Der Mann hatte eine sonderbare Geste, ein Wort zu unterstreichen: er faltete die Hände wie zum Beten. Erst jetzt bemerkte Dojno, daß die aschblonden Haare nicht den ganzen Schädel bedeckten, die Glatze glich einer Tonsur.

»Warum sollte er Sie vernichten wollen?«
»Erstens weil er mein Freund ist, mir hat er am meisten zu verdanken. Wie anders kann er also der Partei seine Treue beweisen, er muß mich umbringen wollen, zweitens —«
»Das ist Wahnwitz!«
»Wieso, Faber? Haben Sie nicht jahrelang gerade jene Beschlüsse verteidigt, gegen die Sie zuerst am heftigsten Stellung genommen hatten, nur um Ihre Parteitreue zu beweisen? Genau das wird Karel tun. Einverstanden?«
»Aber das hier wäre ein Akt schlimmster Felonie!«
»Wenn ein kluger Mann wie Sie mit naiven Argumenten kommt oder mit Tautologien, so bedeutet es, daß er sich hinter einer Lüge zu verschanzen versucht. Einverstanden? Gut! Seit gestern nachmittag sind die Späher ausgeblieben. Keine Autos mehr, die 70 Meter vor dem Hause eine Panne haben, keine Radfahrer, die hinter dem Hause ihr Picknick machen, keine Lieferwagen, deren Chauffeure nicht den Kunden finden, keine verträumten Spaziergänger mehr, keine Geodäten mit ihren Apparaten — alles weg wie durch Zauber! Also haben sie gestern gegen drei Uhr nachmittags beschlossen, auf andere Weise vorzugehen.«
»Wenn das so wäre, ja, aber dann —«
»Lassen Sie, es ist trotzdem gut, daß Sie gekommen sind. Seit vier Tagen habe ich zu keinem Menschen mehr gesprochen. So viele Jahre habe ich mich danach gesehnt, wenigstens zwei Tage ganz allein zu sein. Ich dachte, ich würde dann wieder schreiben — ich bin einmal ein Dichter gewesen. Melchior hat damals den Namen für mich ausgewählt: G. J. Riton.«
»Ja, aber Riton ist tot, vor Jahren in der Nordsee ertrunken, Melchior hat die Elegie geschrieben: ›Zu den Algen haben deine Augen heimgefunden . . .‹ Und nun —«
»Ja, ich selbst habe die Nachricht damals verbreiten lassen, ich hatte die Hoffnung aufgegeben, jemals in mein früheres Leben zurückzukehren. Ich wollte seine Briefe nicht mehr, die schmerzliche Lockungen waren. Es war besser, so zu brechen — grausam und endgültig. Nicht nur für Romanciers ist der unerwartete Tod des Helden eine Lösung aller Probleme. Einverstanden? Als ich meine Erklärung nach Moskau abgeschickt und alle meine Mitarbeiter entlassen hatte, da versuchte ich, endlich

ganz allein, G. J. Riton wieder zu erwecken. Aber nichts! Mir selber bin ich nun entschwunden. Schon seit langem. Die werden eine galvanisierte Leiche töten.«

Sie sahen zum Spiegel rechts hinauf. Auf der Straße näherten sich Schritte. Ein junges Paar kam ins Blickfeld, beide trugen schwere Rucksäcke, sie waren gleich gekleidet, ein blaues Sporthemd, Turnhöschen, Sandalen. Sie hielten einander an der Hand. Knapp vor dem Zaun blieben sie stehen, das Mädchen bückte sich, um die Schnüre an der linken Sandale zu richten. Als ob sie in der Halle stünden, hörte man sie sprechen. Er sagte: »Natürlich habe ich ihr sofort gesagt, daß sie eine falsche Meinung von dir hat und wenn sie dich besser kennte —«

Sie unterbrach ihn: »Du brauchst sie gar nicht zu überzeugen, dir sollte es ganz gleichgültig sein, was sie über mich denkt.«

Sie gingen weiter.

Denen draußen schien die Sonne, alle Straßen waren ihnen offen, die Wälder erwarteten sie und die Haine — sie waren voller Zutrauen und sie wußten es nicht einmal. Dojno war es, als säße er seit undenklichen Zeiten in diesem Hause, ein Gefangener, ein Vergessener, der die Welt vergaß. Und doch brauchte er nur aufzustehen und wegzugehen. Der Dichter hatte sich nicht getäuscht, obschon er getäuscht worden war. Längst war Riton tot, und zu den Algen hatten seine Augen heimgefunden. Ottokar Wolfan aber war ein undurchsichtiger Mann. Mit Schuld hatte er sich beladen, um einer großen Sache zu dienen. Viel zu spät wandte er sich von dem Gewerbe ab, er kam unter die Räder der Maschine, die er selbst ersonnen hatte.

»So ist denn meine Reise leider zwecklos gewesen«, begann Dojno, er wollte noch zwei, drei Sätze hinzufügen und dann gehen. Wolfan schien nicht gehört zu haben, er sagte: »Seit Jahren habe ich diesen Schritt erwogen, in den letzten Monaten hat mich der Gedanke an ihn so mächtig beherrscht, daß ich mich kaum für Augenblicke von ihm befreien konnte. Und immer schien es mir gewiß, unmittelbar nach dem Bruch würde ein solches Gefühl der Befreiung in mich einkehren, daß es alles aufwiegen müßte, selbst die Todesdrohung. Aber das Gefühl ist ausgeblieben. Wie ist das bei Ihnen gewesen? — Sie haben vor einem Jahr gebrochen, durch alle Phasen sind Sie schon hindurchgegangen — dieses Gefühl, haben Sie es gekannt? Haben

Sie es jetzt?« Wolfan beugte sich vor, sein Kopf war wie abgetrennt von Hals und Rumpf, wie eine Totenmaske. Dojno wandte seinen Blick von Wolfans Augen ab und sagte leise:
»Es war namenlose Trauer und der Wunsch, nicht mehr zu sein.«
»Das ist es also, so enttäuschend beginnt die Befreiung nach solcher Sklaverei!«
Er sprach wie zu sich selbst, versank wieder im Lehnsessel, sein Mund verschwand hinter dem Rockaufschlag.
›In Taten will ich dichten, nicht in Worten nur‹, das hatte der junge Riton geschrieben, Wolfan war enttäuscht, daß er sich von den Taten nicht befreien konnte.
»Ich werde also gehen«, sagte Dojno und stand halb auf.
»Warum? Essen Sie erst, da, in der Vorratskammer finden Sie gute Sachen. Ich gehe mich inzwischen umziehen, werfen Sie von Zeit zu Zeit einen Blick hinaus. Und vielleicht gehe ich doch mit Ihnen, ganz einfach, als ob nichts wäre. Und hier nehmen Sie die zwei Blätter, es ist mein Brief, die Zeitungen haben nur Auszüge aus ihm veröffentlicht.«
Er sah verändert aus, als er zurückkam — im eleganten grauen Anzug war er fast hübsch. Er hatte die Bewegungen eines selbstsicheren Mannes. Es war auch nicht übel, daß die nun ordentlich nach hinten gekämmten Haare die Tonsur völlig verdeckten.
»Ihr Brief, Wolfan, ist gut geschrieben, klar, Ihre Anklage ist scharf, Ihr Urteil ohne Berufung, aber natürlich sind Sie zu optimistisch.«
»Optimistisch?« Wolfan lachte auf, fast war es das Lachen eines Knaben.
»Ja, zum Beispiel, wenn Sie schreiben: ›Ihr könnt die Welt nicht mehr länger betrügen. Das internationale Proletariat wird eure Untaten richten, ihr werdet für euere Verbrechen büßen. Die Welt hat ein gutes Gedächtnis.‹ Nein, mein lieber Wolfan, ich würde mich auf das gute Gedächtnis der Welt nicht verlassen. Werden wir besiegt, dann wird Stalin in 100 Jahren nicht mehr der Sohn eines georgischen Schusters, sondern ein Gottessohn sein. In neuen Kirchen wird man seinen Namen mit ehrfürchtigem Beben nennen und seinen Beistand erflehen. In den Schulen werden die Kinder lernen, daß wir ihm ans Leben gewollt

haben und daß allein seine göttliche Unschuld sein Schild und sein Schutz gewesen ist. So brauchte er den Tod nicht zu erleiden, um die Menschen zu erlösen.«

»Sie essen zuwenig. Sie lesen zuviel in der Bibel, Faber, das merke ich erst jetzt.«

»Nichts merken Sie, Wolfan! Setzen Sie sich wieder, ich werde Ihnen erzählen, wie aus der monotheistischen Erlösungsreligion einiger armer Leute eine Kirche geworden ist. Es wird Sie zwar nicht heiterer stimmen, aber Sie werden erfassen, daß das Spiel fast immer größer ist als der Mensch, der es spielt.«

Wolfan hörte nur halb hin, zu klar dessen bewußt, wie absonderlich die Situation war: Ein Mann war gekommen, ihn zu retten, nun hielt er ihm einen weitschweifigen Vortrag über verzwickte Vorgänge und Zusammenhänge, die vor etwa 2000 Jahren eine gewisse Aktualität gehabt haben mochten. Jede Stunde zählte, aber Faber schien vergessen zu haben, weswegen er gekommen war. Eben gegen solche Männer hatte es der zukünftige Gottessohn aus Georgien so leicht. Noch erwog also Wolfan, ob er sich auf die von Karel vorbereitete Unternehmung einlassen sollte, aber schon war er von der Erzählung gepackt, ihm teilte sich die Bewegtheit Dojnos mit, der aufgesprungen war und nun auf und ab ging. Zweifellos, es gab Parallelen, so zurechtgemacht, in solches Licht gestellt, war die ferne Vergangenheit wirklich eine ernste Warnung. Wenn dem aber so war —

»Und so siegte denn erst einmal das Heidentum auf der ganzen Linie. Die Tausende Lokalgötter feierten fröhliche Urständ', die Kirchen bevölkerten sich mit Götzen, die Gläubigen aßen den Leib Gottes, sie tranken sein Blut — genau wie in der schlimmsten Heidenbarbarei. Sie kannten die Bibel nicht, sie lebten im Schatten des Teufels, bebten vor der Hölle und suchten Trost bei den Bildern der Maria. Christum, den Paraklet, den Tröster, hatte man gekreuzigt, nicht für Tage nur, für 1500 Jahre.«

»Vielleicht... ich frage mich... vielleicht hätte ich doch nicht brechen sollen«, sagte Wolfan nachdenklich. »Nach allem, was Sie sagen, ist es eine Wahnsinnstat gewesen. Ich weiß nichts, auf einmal weiß ich wirklich nichts mehr.« Und dann schrie er auf: »Mein Gott, warum erzählen Sie mir all das?«

»Warten Sie, das war nur das Resümee allgemein bekannter Tatsachen, die andere Seite hat uns zu interessieren. Als Paulus nach Jerusalem gerufen wurde, damit er sich vor der christlichen Gemeinde rechtfertige —«

Er brach ab und folgte dem Blick Wolfans, der gespannt zum Spiegel hinaufsah. Eine Frau stand auf der Straße, nahe dem Gitter. Jetzt drehte sie sich um, sie zögerte, trat zwei Schritte zurück und blieb wieder stehen. Sie öffnete die Handtasche und blickte hinein, wahrscheinlich besah sie sich in einem Spiegelchen; sie hantierte mit kleinen Gegenständen, führte sie ans Gesicht. Dann schloß sie wieder die Tasche; sie ging nun resolut aufs Tor zu. Sie war deutlich zu sehen: mittelgroß, etwas breit, blonde Haare, eine weiße Bluse, ein graues Kostüm, graue Schuhe. Sie sah zu den geschlossenen Fensterläden hinauf, ihr Blick suchte den Garten ab, als wollte sie entdecken, ob da jemand versteckt wäre. Sie führte den Finger an die Klingel, sie zögerte, wartete. Worauf?

Wolfan, der aufgesprungen war, setzte sich auf die Lehne des Sessels, ohne das Spiegelbild aus dem Auge zu lassen. Dojno sagte eindringlich: »Karel hat mir aufgetragen, Sie vor der Frau zu warnen. Sie würden wissen, wen er meinte.«

Der Mann nickte, er brachte den Visierrahmen in neue Stellung. Die Frau hatte geklingelt, nun ging sie auf das Tor zu. Sie blickte ernst, ja streng drein. Aber plötzlich, als ob sie einem Befehl gehorchte, änderte sie den Ausdruck, sie lächelte mit halboffenem Munde. Sie war nicht mehr jung und wahrscheinlich nie schön gewesen — eine jener Frauen, die Verführerinnen werden, weil sie es nicht ertragen, darauf zu warten, daß ein Mann sich endlich dazu entschließe, sie zu verführen. Solche Frauen haben Erfolg.

Wolfan gab ihm ein Zeichen. Dojno nahm das Kabel in die Hand und sprach in die Muschel: »Was wünschen Sie?«

»Wer spricht?« fragte sie heftig zurück, als ob sie mitten in einem langen Wortwechsel wäre.

»Was wünschen Sie? Wer sind Sie?«

»Wo sind Sie überhaupt? Von wo aus sprechen Sie? Ich muß sehen, mit wem ich es zu tun habe.«

Dojno antwortete nicht. Sie trat einige Schritte zurück und sah zu den Fensterläden hinauf. Dann stellte sie sich wieder vor die Tür und rief: »Sagen Sie dem Hausherrn, daß Margarete da ist und ihn dringend zu sprechen wünscht.«

»Der Hausherr ist verreist, er wird etwa in einer Woche zurück sein.«

»Sie lügen! Wollen Sie mir endlich sagen, wer Sie sind?«

Dojno drehte den Knopf unterhalb der Muschel nach rechts, nun konnten sie sprechen, die Frau würde sie nicht hören. Aber Wolfan war wie entrückt, alles Blut war aus seinem Gesicht zurückgewichen — wie in einer äußersten Erwartung, die alles Seiende plötzlich entwertet, obschon das Erwartete noch sehr ferne und ungewiß ist.

Die Frau schrie, sie bettelte, sie drohte, wollte den unbekannten Wächter bezaubern, damit er ihr endlich Einlaß gewähre. Wie an Frühsommernachmittagen in hohen Bergtälern der kalte Herbst mit dem Hochsommer jeden Augenblick abzuwechseln scheint, wenn schnelles Wolkentreiben die Sonne verdeckt, so daß das Grün der Halden dunkel wird, ehe es wieder zu leuchten beginnt im befreiten Sonnenstrahl — so wechselte auf dem Gesicht der Frau der Ausdruck, nachtragende Strenge mit verheißungsvoller Dankbarkeit, mit hingebungsvoller Zärtlichkeit.

Die Hände Wolfans suchten die Muschel, und als Dojno sie ihm entriß, sagte er, als ob er einen Verzicht ausspräche: »Lassen Sie, ich kann die Frau nicht länger vor der Tür lassen.«

»Aber das ist ja Wahnsinn! Sie wird sich beruhigen und dann weggehen.«

»Lassen Sie, Faber, das verstehen Sie nicht, Sie wissen ja nicht...«

Er drehte den Kopf wieder nach links und sagte:

»Ja, Margit, ich bin da.«

»Endlich, Georg! Laß mich nicht länger warten, ich bin am Ende, hörst du, Georg, am Ende!« Sie hob das Gesicht, es erschien dreifach im Spiegel, fast ganz flach in der Mitte und wie zusammengepreßt an den Seitenrändern des Bildes.

»Ich werde dir gleich öffnen«, sagte er. Mit einem Male war alle Spannung aus seinem Gesicht gewichen; es war von jener Müdigkeit entstellt, in der sich eine Wollust zu schnell erschöpft, weil ihr Ekel und Selbstverachtung beigemengt sind.

Er machte sich an die Vorrichtung, die die Türen bediente, Dojno zerrte ihn am Ärmel, Wolfan sah wieder hinauf: Die Frau hatte einen metallen glänzenden Gegenstand in der Hand. Sie hackte den Absatz von ihrem linken Schuh ab — mit hastigen Bewegungen, als fürchte sie, dabei überrascht zu werden. Der Absatz fiel eine Stufe tiefer, sie hob ihn auf, wollte ihn wieder wegwerfen, aber dann nahm sie ihn in die linke Hand. Mit der rechten schob sie das Barett etwas nach hinten, glättete die Locken. Dann erst lächelte sie.

Als die innere Tür sich wieder zurückgeschoben hatte, ging Wolfan gebeugt und langsam, als fürchtete er zu stolpern, der Frau entgegen. Sie tat einen Schritt vorwärts, blieb stehen, wiederholte zweimal seinen Namen, dann lief sie auf ihn zu. Er streckte ihr die Hand entgegen, sie nahm sie nicht, nun war sie Brust an Brust mit ihm. Seine Arme hingen hinab, er hielt die Augen geschlossen. Sie sagte: »Georg, mein armer Junge!« Sein Kopf sank auf ihre Schulter, er schluchzte in abgehackten Stößen, nicht laut. Sie hob den Arm und legte die Hand auf seinen Kopf.

»Verzeih, Georg, ich habe dich zu lange warten lassen. Du bist so ganz allein gewesen.«

»Ich hätte Sie vielleicht früher wecken sollen, aber Sie schliefen so gut.« Dojno öffnete langsam die Augen. »Und nun sagen Sie schon, Faber, daß ich der letzte Dummkopf bin.«
»Wieviel Uhr ist es?«
»Sie haben noch gemütlich Zeit zum Zug. Margit kocht uns gerade einen Kaffee, trinken Sie mit uns. Und wenn Sie sich ausruhen wollen, bleiben Sie die Nacht hier, Zimmer und Betten mehr als genug!«
Dojno stand auf, zog den Rock an, nahm den Mantel, den er als Kopfkissen benutzt hatte, und näherte sich der Tür.
»Sie verkennen die Situation, Faber. Hören Sie zu! Der Margit bin ich der erste Mann gewesen, sie ist mir die erste Frau gewesen, das ist wichtig. Einverstanden? Man hat sie hergeschickt, um mich in eine Falle zu locken. Zuerst lehnte sie ab, aber schließlich mußte sie nachgeben. Das alles hat sie mir selbst erzählt, denn sie hat, seit sie wieder mit mir ist, in diesen wenigen Stunden hat sie erkannt, daß sie gar nicht dazu fähig ist, mich an's Messer zu liefern. Aber nun hören Sie, Faber, wenn ich genau wüßte, daß die Frau mich liquidieren will, wissen Sie, was ich täte? Nichts!

Denn ihre Tat wäre ein Urteil über mich, so schrecklich, daß ich mich ihm nicht entziehen möchte. Sie verstehen? Einverstanden?«

»Bedienen Sie Ihre überflüssigen Apparate, ich will hinaus!«

»Bleiben Sie doch noch! Ich möchte Ihnen danken! Außerdem sind Sie ohne Mittel, Sie haben meinethalben Spesen gehabt, die möchte ich wenigstens ersetzen.«

An der Tür drehte sich Dojno um und sah ihn ein letztes Mal an. Ein genialer Organisator ist das gewesen, ein ganz großer Polizeimeister, ein Chef weitverzweigter Geheimdienste: so viele Menschen haben ihre Freiheit, ja selbst ihr Leben größten Gefahren ausgesetzt, um seine Befehle auszuführen. Wie er dastand, war er tot, denn der Befehl war ergangen, daß er sterben sollte.

»Wir werden einander jedenfalls noch treffen«, sagte Wolfan, »wir werden gemeinsam wichtige Aktionen unternehmen. Denn dank Margit bin ich so gut wie aus der Schlinge.«

Dojno nickte und verließ das Haus.

Ihm war es, als träte er in einen wohlgeordneten Raum. Die weiße Straße, der Saumpfad am Rande des Waldes, die Äcker auf der anderen Seite und, weit am Horizont, die silbrigweiß leuchtenden Gipfel der Berge — das war nicht »draußen«, das war das Innere, das ihn umfing. Die Schöpfung hatte allen Grund, mit sich selbst zufrieden zu sein: das Mögliche war ihr das Wirkliche. In immer neu vollendeten Kreisen begann und beschloß sich ihre Bewegung. Es gab kein Ende, kein Ziel, so gab es kein verfehltes Ziel und keine Vergeblichkeit.

Es war ein guter Tag, die Luft war warm, aber nicht heiß, das Licht war nicht zu grell, es tat den Augen wohl. Ja, so ließe es sich wohl leben. Aber Dojno spürte, während er langsam dahinging, daß diese Täuschung nicht lange dauern konnte. Bald würde der Gedanke an die Vergeblichkeit all seines Tuns zu deutlich werden. Jede Handlung wurde zur leeren Geste, die nichts griff. Wie in Kinderträumen geschah es, daß man lief, vom leibhaftigen Tod gehetzt, und nicht von der Stelle kam, daß man rief und der Ton einen nicht verließ — solch unsägliche Mühe ward aufgewandt, sie bewirkte nichts. Eine entzweigespaltene Welt: Ursachen überall, aber nirgends Wirkung.

Mara war ausgegangen, Slavko umzubringen — am Ende war es

eine winzige Episode, so elendig lächerlich wie ein mißlungenes Wortspiel; er war ausgegangen, einen Mann vor einem Mordanschlag zu warnen, ihn aus der Zone des Todes hinauszuführen — ein Stummer hatte zu einem Tauben gesprochen; seit Monaten kämpften Edi und seine Leute um die Arbeitserlaubnis, sie kamen nicht vorwärts. Sie aßen das kümmerliche Kapital auf, stritten über neue Spielzeugmodelle, über die Revision des soziologischen Schemas und darüber, ob sie nicht das ganze Projekt aufgeben und vorderhand eine große Farm pachten sollten.
Keinem kam ernsthaft der Gedanke, seinem Leben ein Ende zu machen, die Verzweiflung war noch immer nur die Ungeduld des Hoffenden.
Dojno hatte es aufgegeben, darauf zu warten, daß ihm der letzte Tropfen der Hoffnung versiege. Es gab keinen Gott, der ihn von ihr hätte befreien können. Er war verdammt, zu hoffen.

»Ich hatte recht, Sie hätten sich die Reise ersparen können, Dion«, sagte Stetten. Nun beugte sich auch Djura über die Zeitung. Die zwei Photos, die schematische Zeichnung und der Bericht über die Ermordung Ottokar Wolfans nahmen gut die Hälfte der ersten Seite ein; die dritte enthüllte weitere Einzelheiten. Das eine Bild zeigte Wolfan als jungen Mann, 19jährig: ein ganz hübsches, nicht ganz offenes Gesicht unter einem flachen Strohhut. Aus den über der Brust nach oben gefalteten Händen sprießt wie aus dem Erdreich eine Blume hervor. Daneben war die Leiche abgebildet: die Augen wie im grenzenlosen Staunen aufgerissen, die Brauen hochgezogen, der Mund grauenhaft entstellt, wie auseinandergerissen, die Lippen dreifach aufgespalten. Auf der Zeichnung war die Stelle markiert, wo das Auto hielt, eine andere, wo das Opfer, links vorne neben dem Kühler, aus einer Entfernung von etwa 5—6 Metern über den Haufen geschossen, die Zeitung schrieb: »von 16 Kugeln wie ein Sieb durchlöchert wurde«. Schließlich war auch die Stelle bezeichnet, an der sich die zwei Mörder befanden. Zu ihr führte eine punktierte Linie, die die Schritte symbolisierte, mit denen die Frau aus dem Wagen zu ihren Spießgesellen hinübereilte, bevor diese ihre Maschinenpistolen entluden. Der einzige — zufällige — Tatzeuge hatte beobachtet, daß die Frau ein kürzeres Bein hatte. Hingegen konnte er über ihre Kleidung nichts aussagen. Er war nicht sicher, ob sie einen Mantel angehabt hatte oder nicht.

»Wie eine rote Blume schoß das Blut aus seiner Brust«, zitierte Djura. »Das muß einer schon geschrieben haben, ich verzeihe es ihm, ich würde es jedenfalls nicht so ausdrücken wollen. Aber man ist doch verlockt, eine Beziehung zwischen den beiden Photos herzustellen. Diese Blume über der Brust, genau an der Stelle, die dann, dank einer treuliebenden Frau, zum Sieb geschossen wird, regt natürlich zur Nachdenklichkeit an. Aber andererseits ist ein vom Leben gebrauchsfertig dargebotenes Gleichnis prinzipiell abzulehnen. Überhaupt soll man sich vor Symbolen hüten wie vor einer Frau, die ihre Schuhabsätze abschlägt und mit solcher Finte einen schlauen Mann aus dem Versteck lockt: auf zum Schuster, auf zum Tod!«

»Zu dumm, um begreiflich zu sein«, warf Stetten ungeduldig ein.

»Nicht dümmer als die Geschichte von Simson und Dalila oder von Holofernes und Judith«, antwortete Djura. »Für die Maler sind ja solche Anekdoten ganz gut. Auch die Opernlibrettisten können damit etwas anfangen, aber sonst sind sie unbrauchbar. Seit fünftausend Jahren haben wir Schriftsteller alles in allem höchstens fünf Motive, immer die gleichen, zur Verfügung und —«

»Fünf?« fragte Stetten spöttisch. »Sie übertreiben erheblich, mein Freund!«

»Vielleicht, sagen wir drei Motive, zwei tragische und ein komisches.«

»Im Moment sind Sie wohl durch das komische mehr angezogen. Diese infame Liquidierung scheint Sie nicht zu empören, der Mißbrauch der Liebe zum Zweck der niedrigen Vernichtung, Hauptmotiv dieser Epoche, scheint Sie nicht sonderlich zu interessieren.«

Dojno unterbrach den Professor. »Die Frau liebte vielleicht den Mann, auch in den drei Tagen, da sie zuletzt zusammen gewesen sind. Als sie schon im Wagen saßen, mag sie noch auf ein Wunder gehofft haben, darauf, daß sie Wolfan nicht sagen würde: ›Halt einen Augenblick, mir ist schon wieder übel.‹ Aber sie gewährte sich nicht das Wunder.«

»Gut«, sagte Djura. »Desdemona reißt Othello den Dolch aus der Hand und ersticht den Gatten, Romeo stirbt, Julia bleibt leben. Was machen wir aber mit diesen heroischen Witwen? Sie verheiraten? Warum nicht? Aber dann sind wir eben im komischen Motiv, das allerdings nicht zu vernachlässigen wäre. Man könnte das Ganze zum Beispiel so transponieren —«

Stetten hörte ihm mit wachsenden Interesse zu: Djura war der Erzähler, der seit undenklichen Zeiten durch die slawischen Dörfer ging. Er kam aus Byzanz, nicht aus Rom. Dieser mächtige kahle Schädel, der breite, bis zur Lächerlichkeit bewegliche Mund, die großen, zaubervollen Augen der byzantinischen Madonna in diesem sinnlichen Gesicht — man würde ihm die Heiligkeit glauben so gut wie die unzähmbare Sündigkeit.

Und ihm gegenüber Dojno, Sohn einer Rasse, die seit Jahrtausenden städtisch war. Ihm hatten sich die drei Motive, die zwei tragischen und das komische, längst zu einem vermengt. Jedes Ringen war ein Ringen mit dem Engel, auf dessen Wiederkehr man hoffte, um ihn zu besiegen. Denn selbst von ihm niedergerungen worden zu sein, blieb unerträglich.

Diese beiden Männer, so verschieden und doch miteinander so brüderlich verbunden, sollten unbesiegbar sein, dachte Stetten. Aber schon sind sie besiegt, verlorener als ein Regentropfen in der sengenden Sommersonne.

Dojno brach auf; er ging Karel suchen. Die Suche war vergeblich. Er fand, durch Zufall, die Spur der Frau. Sie hielt sich in Paris versteckt. Stärker noch als die Verachtung war diesmal das Mitleid, das er mit ihr empfand. Die Margits, die Karels und die Wolfans waren Komplicen und Opfer zugleich. Wie die Epoche, die sie geformt hatte, waren sie verächtlich, gefährlich und bejammernswert in einem.

DRITTES KAPITEL

»Ich bin dich holen gekommen. Wie findest du mich heute abend, Dojno?«

»Hübscher als sonst, Relly, wie eine Frau, die entschlossen ist, einen Mann zurückzuerobern, dem ein 17½jähriges Mädchen mit einemmal seine ganze Vergangenheit fraglich gemacht hat.«

»Du hättest ein Romancier werden sollen.«

»Nein, Relly, es hätte mich gelangweilt, ausführlich zu beschreiben, wie ein Mädchen einen Mann verführt. Dein Kollege Djura behauptet, daß ihr Schriftsteller seit Jahrtausenden nur die gleichen drei Motive zur Verfügung habt. Die müßt ihr immer wieder verdichten, um sie dann aufs neue zu verdünnen. Ihr seid Penelopes; Penelope ist zwar eine tugendhafte Frau gewesen, aber...«

»Ich habe beschlossen, keine tugendhafte Frau mehr zu sein. Ich werde dir gleich Gerald vorstellen, das ist der Erwählte. Hoffentlich gefällt er dir.«

Der Ton war scherzhaft, aber sie meinte es ernst. Im Grunde weiß ich nicht, wie sie lebt, dachte er betroffen. Wir lassen sie nie zu Worte kommen. Das Manuskript ihres letzten Buches habe ich irgendwo verlegt, keine Zeile davon gelesen. Ich benehme mich so schlecht zu ihr, als wäre sie noch immer, was sie seit zwölf Jahren nicht mehr ist: meine Frau.

»Setz dich, Relly, nein, nicht hier! Schau nicht die Tapeten an, sondern den Baum. Nun, was ist geschehen?«

»Warum liebst du die Menschen soviel weniger als die Bäume, deren Namen du doch gewöhnlich nicht einmal kennst? Warum ist dir an den Bäumen alles Wunder, warum —«

»Nicht das wolltest du sagen. Du bist unglücklich, warum?«

»Schämst du dich nicht, das zu fragen? Du willst ja nur wissen, warum ich nicht länger unglücklich sein will! Wenn ich die Sorgenfalte auf Geralds Knabenstirn erblicke, dann weiß ich, daß er darüber nachdenkt, in welches Restaurant er mich führen soll oder ob es nicht zu gewagt war, beim Überschreiten des Boulevard Montparnasse meinen Arm zu nehmen, ob er mich zur

Cocktail-Party seiner amerikanischen Freunde mitnehmen soll, ob er nicht zuviel über sich selbst gesprochen hat, ob ich ihn etwa für beschränkt halte und ob er mir verheimlichen soll, daß er einmal nahe dran gewesen ist, von einem Mann verführt zu werden. Ich bin glücklich in Gegenwart eines Mannes, der solche Sorgen hat. Ich habe genug von euren Problemen, ich hasse sie, sie sind eine nutzlose Qual und überdies langweilig. Verstehst du, Dojno? Jetzt, wo Pauli wieder auf dem Lande ist, ist es mir plötzlich aufgegangen, daß ich gar keinen Grund habe, mich nicht in die Seine zu werfen. Da ist Gerald aufgetaucht. Dank ihm weiß ich wieder, daß ich eine Frau bin, daß es nicht nur Hitler und Stalin gibt, nicht nur die *Préfecture*, die Aufenthalts- und Arbeitserlaubnisse ablehnt, nicht nur eure großen und fernen Perspektiven, sondern daß die meisten Menschen wirklich leben, ganz einfach leben. Der Krieg wird kommen? Gut oder schlecht, dann wird eben Krieg sein. Noch ist er nicht gekommen, also leben wir im Frieden. Unterbrich mich, laß mich nicht weiter sprechen! Wenn du es nicht verhinderst, wird mein Mitleid mit mir so stark werden, daß ich weinen werde. Meine Lider werden anschwellen, ich werde einen Trauerschnupfen bekommen und mich den ganzen Abend schneuzen müssen. Also halt schon deine Rede, die mir alle Lust nimmt, über mich zu sprechen.«

»Du liebst Edi, was soll da irgendein Gerald?« fragte er.

Er hört noch immer gut zu, dachte sie, aber schon hat er aus mir Rohstoff für eine systematische Betrachtung gemacht: Schicksal der Emigranten — Rolle der Frau in der Emigration — man kann drei charakteristische Haltungen unterscheiden usw. . . .

»Edi liebt dich«, begann Dojno wieder, »und du liebst ihn, daran hat sich nichts geändert.«

»Wen liebe ich, wenn ich ihn liebe? Bei uns zu Hause wußte ich es ganz genau, jetzt ist nichts mehr gewiß, du willst es nicht glauben, aber er hat sich unvorstellbar verändert«, sagte sie mit wachsender Erregung. Und dann schilderte sie den Mann, den sie geliebt hatte, als klagte sie um einen Toten. Sie rühmte die Zartheit seiner Gefühle, seine Zärtlichkeit, die Grenzenlosigkeit seiner Güte, die Weisheit gegenüber den Schwächen des andern, seine Verläßlichkeit — mit ihm war man geborgen, geschützt gegen alles, gegen sich selbst.

»Niemand wählt sein Jahrhundert«, sagte er. Sie sah ihn an, sie mußte lächeln, wischte ihre Tränen ab und ging auf ihn zu: »Du bist so unmöglich, Dojno, so unmenschlich! Mit solch pompösem Sätzchen willst du eine Frau trösten?«
»Ich versuch's gar nicht erst, ich wollte nur sagen —«
»Laß, noch einige Trostesworte aus deinem Munde, und ich müßte mich aus dem Fenster stürzen. Du hast Wasser zum Wärmen aufgestellt, du willst wohl, daß ich dir schnell einen Kaffee mache, bevor wir gehen?«
»Du verkennst meine Güte, ich habe das Wasser erwärmt, damit du dir die Augen waschen kannst.«
»Du wußtest gleich am Anfang, daß ich weinen werde?«
»Ja. Albert Gräfe wartet seit Jahren, daß ihm die Tränen kommen. Vergeblich. Du bist ein glücklicher Mensch, Relly, du weißt es nur nicht. Nun mach dich wieder schön, und wenn vom Wasser was bleibt, koch mir immerhin einen Kaffee.«
Relly lachte auf. »Nein, dir, Dojno, kann man wirklich nicht nachsagen, du hättest dich geändert. Ich werde vielleicht einmal aufhören, dich zu lieben, aber noch in der Sterbestunde werde ich mich bereithalten, dir mal schnell einen Kaffee zu brühen.«

Das Lokal war bescheiden, eines der ungezählten kleinen *bistrots* für kleine Leute. Aber die Lebenskünstler waren in den letzten Jahren der großen, berühmten Restaurants müde geworden. Findige Köpfe »entdeckten« *bistrots*, die dann für einige Tage oder Wochen zum Treffpunkt der Lebewelt wurden. Die Feinschmecker rühmten dem Wirt nach, daß er diese oder jene Speise mit »einzigartiger Meisterschaft« zubereite. Dann fanden sie ein anderes *bistrot* vergaßen zugunsten der neuen Meisterschaft jene, die sie vor kurzem erst entdeckt und mit erstaunlicher Beredsamkeit gepriesen hatten.
In einem solchen Lokal trafen sie Gerald. Relly hatte Lampenfieber, das sie nur schlecht verbarg. Es lag ihr zu viel daran, daß ihr englischer Freund gefiele, daß ihre Wahl Dojno nicht lächerlich erschiene. Gerald war zuerst schweigsam und, mußte er antworten, einsilbig. Er fürchtete, beobachtet und geprüft zu werden, und reagierte in der Art überempfindlicher Knaben. Er trank viel, sein längliches Gesicht rötete sich schnell.

Auch Dojno war schweigsam, beeindruckt von der Jugend, der Schönheit dieses großen blonden Jungen, der aussah, als ob er aus dem Modellheft der englischen Schneider ins Leben getreten wäre: bekümmert vielleicht, aber sorglos. Es genügte, ihn anzusehen, um der eigenen Häßlichkeit peinlich bewußt zu werden, der schnell welkenden Haut, der unschönen Strenge der eigenen Züge, des frühen Alters.

»Man schreibt mir, daß seit einigen Wochen das Wetter bei uns schön ist, fast wie im Süden, Sonne und blauer Himmel. Jetzt sollten Sie nach England kommen«, sagte Gerald freundlich.

So kam das Gespräch endlich in Gang. Das Essen war gut, wenn auch etwas schwer — die Spezialität des Wirts war ein *Cassoulet toulousain* —, die Weine waren mittelmäßig, die drei merkten es kaum. Allmählich verlor sich auch Rellys Lampenfieber, sie sprach wieder natürlich.

Es erwies sich, daß Gerald ein ausgezeichneter Kenner der Antike war, er sprach klug über die Mykene-Kultur, über die Riten der kleinasiatischen Religionen, über die Göttermythen Griechenlands. Mit eindrucksvoller Bescheidenheit berichtete er über seine Pläne, die indessen bedeutsam waren. Leider mußte er fürchten, in ihrer Ausführung behindert zu werden. Umstände konnten bewirken, daß er seine Forschungsarbeit unterbrechen, ja vielleicht gar aufgeben mußte. Ein Onkel erwog, sich vom politischen Leben zurückzuziehen; in diesem Falle hatte sich der Neffe um den Parlamentssitz zu bewerben, den die Familie seit Generationen besetzte. Ein anderer Onkel, schwer leidend, mochte bald sterben; in diesem Falle würde Gerald den Lordtitel und den Sitz im Oberhaus erben. Solchen Verpflichtungen konnte er sich leider nicht entziehen. Die Politik aber war zeitraubend und machte alle ernsthafte Arbeit unmöglich.

Relly brachte schnell anderes zur Sprache, sie fürchtete, die Männer könnten sich in die Politik verirren. Am Ende verlief das Abendbrot sehr gut. Gerald war nun fast gesprächig, seiner selbst sicher. Er schlug vor, in ein Cabaret zu gehen, das gerade *en vogue* war. Dojno entschuldigte sich, er mußte leider noch zu einer anderen Verabredung. Schon fürchtete er, zu spät zu kommen, er nahm freundlich Abschied und brach auf.

Relly holte ihn auf der Straße ein. Er fragte:

»Warum bist du nicht mit Gerald geblieben? Er ist übrigens ein

kluger Mann.« Sie antwortete nicht, er begleitete sie zu Fuß nach Haus, es war ein weiter Weg. Ihm war es manchmal, als ob sie zitterte, aber es war ein warmer Abend. »Komm mit hinauf, hilf mir auf Edi warten«, sagte sie vor dem Haustor.
Der erste Raum war Küche und Speisezimmer zugleich. Der kleinere war das Schlafzimmer. Das Licht der Lampen war schwach, die Ärmlichkeit der Möbel war weniger aufdringlich als bei Tag. Relly machte sich zu schaffen, sie bereitete das Essen für Edi vor.
»Letztens habe ich dich niemals mehr singen hören«, sagte sie, »warum eigentlich?«
»Es hat aufgehört, so von selbst, ich habe es kaum bemerkt.«
»Alles hat so aufgehört. Und warum hast du mich mit Gerald allein gelassen, du wußtest doch —«
»Was?«
Sie ging auf ihn zu, als wollte sie ihm die Abendzeitung aus der Hand reißen, aber dann flüchtete sie in den anderen Raum. Er hörte, wie sie sich auf's Bett warf. Sie weinte zuerst leise, dann laut, unbeherrscht.
»Was soll ich tun? Was willst du, daß ich tun soll, Dojno?« fragte sie schluchzend. Er antwortete nicht. Sie beruhigte sich langsam. Er holte aus dem Schrank zwei Taschentücher und brachte sie zum Bett. Sie trocknete die Tränen, schneuzte sich.
»Was du ohne mich getan hättest, Relly, ich meine, wenn ich nicht dagewesen wäre, dir die Taschentücher zu bringen, das ist gar nicht auszudenken.«
Sein trauriges Lächeln versöhnte sie mit ihm. Sie stand auf und ging an die Arbeit, sie buk Torten, die sie als Wiener Spezialität an Patisserien verkaufte. Der Gewinn war nicht bedeutend, aber für sie wichtig genug. Leider mußte sie die unverkauften Stücke, die natürlich inzwischen vertrocknet waren, zurücknehmen. In solchem Fall aß man sie zu Hause, manchmal statt Brot.
Sie fragte nebenbei: »Gerald hat dir also gut gefallen?«
»Ja. Er ist jung, sieht gut aus, ist wirklich kultiviert, ein ausgezeichneter Wissenschaftler. Sein Reichtum ist ein Nachteil, mit dem man sich unter Umständen aussöhnen kann. Der Junge hat Pech. Alle Vorzüge und alle Vorteile so harmonisch zu vereinen und dann eine Frau wie dich zu bekommen, das ist natürlich unmöglich. Wenn er wenigstens einen Klumpfuß hätte!«

»Du glaubst, daß ich deshalb nicht bei ihm geblieben bin?«
»Natürlich. Selbst wenn es sich um einen Übersetzungsfehler handelt, es bleibt bestehen, ein Kamel geht nicht durch ein Nadelöhr. Weißt du, was der Unterschied ist zwischen einem Emigranten und einem Gerald? Ein Emigrant ist ein Mann, der alles verloren hat außer seinem Akzent, Gerald ist der Mann, der alles behalten hat, selbst seinen Akzent.«
»So willst du mich zum Lachen bringen, du Narr? Ich finde nichts so traurig wie die Witze, die ihr über euch selber macht.«
»Das ist wohl wahr, die Misere hat fast nie einen guten Stil hervorgebracht. Alles kann der Mensch lernen, nur ausdauernd unglücklich zu sein, das gelingt ihm nicht. Er ist halt ein metaphysisches Tier, das gern Kuchen ißt.«
»Leider nicht genug, sonst müßten wir nicht so oft vertrocknete Pischingertorte essen.«
Edi kam bald. Er aß schnell und begleitete Dojno zur nächsten Metrostation. Auf dem Weg traten sie in ein Café ein. Edi erzählte von den Sorgen, man kam nicht vorwärts. Dojno sprach ihm vom schlechten Zustand Rellys, für die alles zu schwer geworden war. Sie mußte für einige Wochen weg, aufs Land, mit ihrem Mann allein sein. Auch Edi würde es gut tun; Stetten konnte das Geld borgen.
»Es wäre das beste, sie verließe mich«, sagte Edi traurig. »Da sie nicht unsere Hoffnungen und unsere Illusionen teilt, ist ihr alles unerträglich.«
»Sie wird Sie nie verlassen, sie liebt Sie.«
»Liebe — nie hat mir das Wort so fremd geklungen.«
»Weil Sie sentimental sind, haben Sie Angst vor den Gefühlen und schalten sie brutal aus. Sie sind noch immer nicht hart genug. Nehmen Sie noch ein Glas. Ich werde Ihnen also die Negerarbeit verschaffen. 150 Seiten über den Stoizismus, davon zumindest 40 über Marc Aurel, dann 35 Seiten über den Rassenbegriff in der modernen Biologie, eventuell noch 100 Seiten über die industrielle Entwicklung Deutschlands von 1871 bis 1914. So werden Sie Stetten mit Leichtigkeit die Anleihe zurückzahlen können.«
Erst unten in der Metrostation merkte Dojno, daß sein Bargeld gerade für eine Fahrkarte erster Klasse reichte, dann reduzierte sich sein Vermögen auf eine Briefmarke von fünf Centimes.

Die Frau, die ihm gegenüber saß, mußte er schon einmal gesehen haben. Er musterte sie wieder — sie war groß, eher breit in den Schultern, der einnehmenden Wirkung ihrer Büste sicher, sie saß aufrecht. Ihr Gesicht war lang, nicht zu schmal, alle Züge klar und großmütig, die hellbraunen Augen mandelförmig. Nach zwei Stationen wußte er, woher er sie kannte, alle kannten sie in der Tat: Sie war die Göttin der Banknoten, von hundert Francs aufwärts. Der Geschmack der Finanzinstitute war überall in der Welt durch die antike Kunst beeinflußt. Nicht selten sahen die Börsen und Bankhäuser griechischen Tempeln ähnlich, zumindest in einem Teil ihrer Fassaden. Es lohnte, bei Gelegenheit über den möglichen Zusammenhang nachzudenken. Daß Hermes den Zeus überlebte, war nicht weiter verwunderlich, aber auf den Banknoten war Hermes selten abgebildet, viel öfter — er musterte wieder die Frau — war's eine Athene oder eine Artemis. Ja, die junge Frau gegenüber war Artemis. Sie fühlte die bewundernden Blicke, hob die Augen und sah Dojno lächelnd an. Das abgenutzte Wort wurde wahr: Sie schenkte ihm ein Lächeln. Wären die Frauen nur gerecht, so würden sie den Geralds allein zulächeln, dachte Dojno, aber die Göttinnen sind großmütig, das ist ihr Beruf. Im gleichen Augenblick erinnerte er sich daran, daß er nur noch eine Briefmarke besaß. Stieg sie vor ihm aus, war es gut, fuhr sie weiter, mußte er aufgeben.

Sie stieg nicht aus, er verließ die Metro. Er sah ihr nach, wie sie davonfuhr, er wußte, sein trauriges Lächeln machte ihn nicht schöner. Zu Hause schlug er in den Büchern nach, um seine Erinnerungen an Artemis aufzufrischen. Die Göttin stellte sich in verschiedenen Gestalten dar, in einer von ihnen war sie so verschwenderisch mit Brüsten versehen, daß einem normalen Manne bange vor ihr werden mußte. Aber es gab andere, verführerische Bilder von ihr, keines so reizvoll wie die Banknotengöttin der Metro. Er sehnte sich nach ihr.

Am anderen Tag, nachdem er die Angelegenheit für Edi geregelt hatte, beschloß er, vier Tage der Suche nach dieser Frau zu widmen. Natürlich, Paris war sehr groß, aber er zweifelte nicht daran, daß er sie finden konnte. Ungewiß war nur, ob die vier Tage ausreichen würden. Nachher mußte er alle Zeit Stetten geben, der ungeduldig verlangte, sie sollten endlich an die Arbeit gehen, das Buch schreiben, bevor der Krieg ausbrach.

Um vier Uhr setzte er sich auf die Terrasse eines Cafés an der Place St. Michel. Er wollte da anderthalb Stunden bleiben und dann in ein anderes übersiedeln. Es gab sechs solcher Lokale unmittelbar am Platz. Er würde also an diesem ersten Tag neun Stunden auf die Frau warten. Sie hatte gesehen, wo er ausgestiegen war, sie würde vorbeikommen, wenn sie ihn treffen wollte.

Knapp vor acht Uhr erblickte er sie, sie kam den Boulevard herunter. Er war nicht ganz sicher, ob er sich nicht irrte, und lief schnell über den Platz. Ja, die Frau, die die Auslagen mit den modischen Männerschuhen betrachtete, das war sie, Artemis. Er stellte sich neben sie und sagte: »Ich warte erst vier Stunden auf Sie — und schon sind Sie da. Gott segne die Pünktlichkeit der Göttinnen!«

Sie sah ihn erstaunt an, ihr Mund war halboffen, sie hatte große, nicht ganz weiße Zähne, sie sagte nur ein Wort: »Pardon?!« Es war eine Frage, konnte eine Zurechtweisung sein.

»Wegen gestern abend muß ich mich entschuldigen, aber ich hatte nur fünf Centimes bei mir, auch die nur in Gestalt einer Briefmarke, Sie aber sind weiß Gott wohin gefahren. Wo nehmen wir den Apéritif?«

»Haben Sie noch die Briefmarke bei sich und wird sie für den Apéritif reichen?« fragte sie. Endlich lächelte sie. »Sie glauben doch hoffentlich nicht, daß ich Ihretwegen hergekommen bin? Ich habe überhaupt nicht an Sie gedacht.«

»Die einzige Lüge oder die erste von vielen?«

»Die einzige. Werden Sie nach dem Apéritif noch Geld fürs Abendbrot haben?«

»Das ist wahrscheinlich, fast sicher.«

»Sie haben mir noch nicht einmal Ihren Namen gesagt.«

»Ich habe so viele Namen, daß Sie ganz nach Geschmack werden wählen können. Sie sehen, Sie haben unglaubliches Glück gehabt, mir zu begegnen.«

Sie sah ihn ernst an und sagte: »Sie sehen nicht aus wie ein glücklicher Mensch.«

Er mochte nicht antworten, sie gingen schweigend zum Luxembourg hinauf und setzten sich auf eine Caféterrasse gegenüber dem Park. Sie fragte schüchtern: »Hätte ich das vorhin nicht sagen sollen?«

»Sie haben wohl daran getan, es auszusprechen. Das ist ein guter Anfang, die Fortsetzung kann nicht schlechter sein. An das Ende wollen wir noch nicht denken, es wäre zu früh.«
»Sie glauben nicht an Gott, Sie beten nie —«
»Ja, der Himmel über meinem Kopf ist leer«, unterbrach er sie, »ganz leer. — Stört Sie das?«
»Ich, ich bete, ich gehe zur Beichte. Nicht oft genug, es ist wahr. Aber ich habe heute gebetet, in Saint Eustache, und das eine Gebet ist schon in Erfüllung gegangen.«
»Und das zweite Gebet?«
»Daß ich gegen Sie gleichgültig bleiben soll, freundlich, aber nicht mehr.«
»Welche heilige Person haben Sie für diese Aufgabe bemüht?«
»Die heilige Therese von Lisieux.« Sie sagte es ernst, im Ton einer ruhigen Herausforderung. Er konnte den Blick nicht von ihr wenden, mühsam widerstand er der Neigung, ihr die Haare aus der Stirn zu streichen, ihre Wange in seine Hand zu betten.
»Ich erscheine Ihnen lächerlich?« fragte sie.
»Nein, glauben ist nicht lächerlich. Nie würde ich einen Gläubigen verspotten, aber manchmal ihn fürchten.«
»Fürchten?«
»Ja, wie einen —« Er unterbrach sich, er wollte sie nicht mit der Bemerkung kränken, daß der Gläubige, oft und ohne es zu wissen, mit gezinkten Karten spielte. »Ich hätte Sie fast beleidigt — sinnlos! Welcher Mann würde eine Frau gerade in dem Augenblick kränken wollen, da er nur den einen Wunsch hat, ihre Haare zu streicheln.«
»Es gibt unglückliche Männer, die das tun. Ich bin zwei Jahre verheiratet gewesen, die Kirche wird hoffentlich bald meine Ehe annullieren. Ich erzähle Ihnen das, damit Sie endlich beginnen, von sich selbst zu sprechen. Ich heiße Gaby Le Roy, mit dem Mädchennamen Le Roy.«
Er nannte seinen Namen, kennzeichnete mit wenigen Worten seine Lage und erzählte ihr ausführlich von der Negerschreiberei, was sie amüsierte.
Sie aßen in einem kleinen Restaurant, dann gingen sie in ein billiges Kino, in dem drei große Filme vorgeführt wurden. Er begleitete sie bis vor ihr Haustor. Sie trafen einander jeden Tag. Eines Abends begleitete sie ihn nach Hause. Sie fand sein Zim-

mer weniger häßlich, als er es geschildert hatte; sie musterte aufmerksam die Titel der Bücher, die zu hohen Stößen auf dem Fußboden aufgestapelt waren, sie bewunderte die Linde, wie es sich gehörte, sie ahnte nicht, daß sie mit ihr des fremden Mannes Liebe würde teilen müssen.

»Du hättest mich wecken sollen«, sagte sie, als sie, noch ehe die kurze Sommernacht zu Ende war, erwachte und merkte, daß er nicht schlief. »Woran denkst du?« Er legte den rechten Arm um ihre Schulter, seine linke Hand blieb unter seinem Nacken.

Er blickte zum Fenster hinaus. Da wußte sie, daß er sie auch dann aus seinen Gedanken ausschloß, wenn seine Arme sie umfingen. Es war der erste Schmerz, den er ihr zufügte. Sie vergaß ihn bald in der Umarmung.

Es begann zu tagen. Sie lauschten auf die Schläge der Glocken der nahen Kirchen, auf den Gesang der Vögel, der wie ein heiterer, lauter Streit war, auf die Pfiffe einer Lokomotive.

Sie fragte ihn nicht mehr danach, was er dachte, aber nun sprach er, langsamer als sonst. Er erzählte von Menschen, die ihm vertraut waren. Ihr erschienen sie absonderlich fremd. Sie fragte sich beklommen, ob auch er ihr so fremd erscheinen würde, spräche ihr jemand in solcher Art von ihm. Sie unterbrach ihn: »Jetzt erzähl von mir! Ich weiß, ich bin nicht so interessant wie die andern«, fügte sie seltsam erregt hinzu, »aber bitte erzähl von mir.«

Er legte, wie um sie zu beruhigen, die Hand auf ihre Brust und sagte:

»Wenn einer meiner Ahnen daran ging, ein Buch zu schreiben, über heilige Dinge gewöhnlich, leider, dann begann er damit, Gott dafür zu danken, daß er ihn diese Stunde hatte erleben lassen, und er nutzte gleich die Gelegenheit, dem Allmächtigen in eindringlichen Worten zu schmeicheln. Ein Autor kann niemals zu viel tun in der *captatio benevolentiae*. So pries denn mein Ahne die Schöpfung in überschwenglichen Worten, er rühmte im einzelnen diese oder jene Frucht der Erde zum Beispiel, und er segnete den Schöpfer ihrethalben in einem Übermaß hebräisch-aramäischer Beredsamkeit. So müßte auch ich beginnen, Gaby, und dich rühmen, deine Augen, deine Brüste, deine Hüften, deine Schenkel —«

»Genug, über mich selbst sollst du sprechen!«

»— und ich müßte dann dem Schöpfer dafür danken, daß er dich so gestaltet hat und daß er andererseits alles so weise eingerichtet hat; daß er großes Unglück gebracht hat über ganze Länder, daß er die Bitternis gesenkt hat in mein Herz, aus mir einen Flüchtigen gemacht und einen Heimatlosen — denn all dies hat er getan, nur weil er mich mit weiser Hand in diese große Stadt und vorgestern abends ausnahmsweise in die erste Klasse der Metro führen wollte, damit ich dich träfe und —«
»Von mir solltest du sprechen, nicht von dir!«
»Gut, Schluß mit den Segenssprüchen meines Ahnen, aber was weiß ich von dir, Gaby?«
»Erzähl, warum ich dich suchen gekommen bin, warum ich mit dir gegangen, mit dir geblieben bin.«
»Weil du wissen wolltest, wie es jenseits des Lichtkreises aussieht, in dem du seit 28 Jahren lebst.«
»Das ist nicht wahr.«
»Wenn ein primitives Volk einen neuen Zauberer-König braucht, dann ziehen die Männer aus, um ihn in fremden Gegenden zu suchen, die sie sonst selten betreten. Sie haben ihn in dem ersten Fremden, dem sie begegnen, gefunden. Es wird leichter sein, ihn zu töten, weil er fremd ist — dann, wenn der Zauberer-König sterben muß.«
Sie stieß seine Hand weg und sagte: »So sprichst du, weil du mich nicht liebst. Ich bin froh, daß ich dich nicht liebe.«
Gegen Mittag verließ sie ihn, sie sollten einander am Abend wieder treffen. Er begann, sie wenige Minuten nachher zu erwarten. Nichts konnte ihn ablenken, In der dritten Stunde kam sie. Sie trug ein hellblaues Kleid, sie brachte Blumen und Kuchen.
»Woran denkst du, Dojno?« fragte sie schnell.
»Ich denke, daß es vielleicht gar nicht so übel ist, glücklich zu sein.«

Später dachten sie alle, jeder in seiner Art, an diese Wochen zurück, als ob sie nicht zu ihrem Leben gehört hätten, so sehr hoben sie sich in der Erinnerung ab. Wie anders war es möglich, daß sie durch Wochen glücklich sein konnten!
Edi und Relly sandten aus dem einsamen Bergdorf gute Nach-

richten. Sie hatten einander wiedergefunden, Edi fand sich selber wieder, und er entdeckte glücklich die Schönheit, die Klugheit seines Sohnes.

Selbst der Zwischenfall, der sich mit Gräfe ereignete, war, wie es sich erwies, nur ein Umweg zu einer glücklichen Lösung. Albert hatte zu einer Versammlung aufgerufen. Er wollte über Sönnecke sprechen, es war die erste Wiederkehr seines Todestages. Es stand zwar nicht genau fest, aber man wußte, daß Sönnecke in der zweiten Hälfte des Monats Juni 1937 in Moskau getötet worden war — ohne Prozeß, ohne Urteil hingerichtet. Aus Spanien zurückgekehrte Kameraden sollten in dieser gleichen Versammlung über ihre Erlebnisse berichten, über den Prozeß von Barcelona, in dem alte Kampfgenossen unschuldig verurteilt worden waren.

Aber die Veranstaltung fand nicht statt. In der Nacht zuvor wurde Albert, als er in sein Hotelzimmer kam, von drei Männern überfallen und so schwer mißhandelt, daß er bis zum Morgen bewußtlos liegenblieb. Die Verwundungen waren nicht bedenklich, wenn auch zuerst sehr schmerzhaft. Aber die Erschütterung war tief: Albert litt unsagbar unter dem Gedanken, daß es die Eigenen gewesen waren, daß die Angreifer geglaubt hatten, im Namen der Revolution zu handeln. Stetten nahm ihn zu sich, Josmar verbrachte ganze Tage an seinem Bett. Aber Albert schien immer mehr zu verfallen, die Kränkung ließ ihn nicht schlafen.

Auf Djuras Vorschlag ließ man Mara kommen, sie sollte sich um Albert kümmern. Sie brachte ihn über die Schweizer Grenze, als sich herausstellte, daß Albert bei der Präfektur als ein »Doppelagent der Gestapo und GPU« angezeigt worden war.

Es kamen regelmäßig kurze, sachliche Briefe von ihnen. Albert fand langsam sein Gleichgewicht wieder und die Freundschaft Maras.

Josmar sah man immer wieder mit einer hübschen Frau. Sie hatte ihm einmal das Leben gerettet, erzählte er Dojno. Sie würden vielleicht zusammenbleiben, heiraten, aber das war nicht ganz einfach, fügte er hinzu. Die Frau, eine Deutsche, bestand darauf, Europa zu verlassen, sie wollte ihn von aller politischen Tätigkeit entfernen. So gab es einen Zwiespalt zwischen ihnen, aber sonst ging alles gut.

Stetten mochte Gaby und spielte ihr gegenüber den Schwiegervater, zog Erkundigungen über sie und ihre Familie ein und war besser informiert als Dojno. Er ging dabei wie gewöhnlich methodisch zu Werk und verließ sich nicht allein auf den Bericht eines vertrauenswürdigen Auskunftsbüros. Durch Werlé ließ er sich bei einem Onkel Gabys einführen, einem Professor am *Collège de France*, bald kannte er fast die ganze Familie persönlich. Er spielte in einem Vaudeville mit, nur scheinbar war seine Rolle unansehnlich, er allein kannte alle Zusammenhänge...

Das Fest des 14. Juli war ein Höhepunkt für sie alle. Sie tanzten in allen Straßen ihres Bezirkes. Stetten saß auf den Terrassen der *bistrots* und sah ihnen zu. Manchmal ließ er sich von Gaby zu einem Walzer verführen, er hörte gerne, daß er gut tanzte, großartig führte. So feierten sie drei Nächte. In der letzten regnete es viel, aber es störte sie nicht. Der Regen tat nur seine Pflicht, man durfte es nicht verkennen, er war nicht übelwollend. So empfanden sie es, weil sie miteinander in Eintracht waren.

Einige Tage später übersiedelten Stetten und Dojno in ein einsames Haus, es lag auf einem Hügel, der Aussicht auf den Oberlauf der Seine bot. Sie hatten einen Blumengarten, Gemüsebeete und vier Apfelbäume.

Sie arbeiteten in der großen Halle zu ebener Erde, es war der kühlste Raum des Hauses. Stetten hielt auf Pünktlichkeit. Sie begannen genau um zehn Uhr und beschlossen den Arbeitstag um vier Uhr. Die Einteilung des Buches stand schon seit langem fest. Sie diktierten in der endgültigen Reihenfolge, wenn auch nicht in der letzten Fassung, ein Kapitel nach dem andern. Sobald sie sich über die Formulierung eines Absatzes geeinigt hatten, sprach ihn einer von beiden in den Diktierapparat.

Obschon sie sich so — äußerlich — an den Plan hielten, erkannten sie doch bald, daß das Buch völlig anders wurde, als sie vorgesehen hatten. Nach wie vor interessierte sie im wesentlichen der soziologische Aspekt des Krieges, aber schon verschoben sich die Aktzente, immer mehr würden sie zur anderen Seite abgedrängt, die Kriegstechnik und die Strategie nahmen ihr Interesse in Anspruch. Nur aus Pflichtbewußtsein hatten sie einige, zumeist mehrbändige Werke zur Hand genommen, in denen Feldherren und Politiker, die im Weltkrieg eine entscheidende Rolle gespielt hatten, den Verlauf der Dinge und ihr eigenes Eingreifen schilderten, häufig mit einer lächerlich falschen Bescheidenheit. Es war eine aufregende, ja aufreizende Lektüre. Gierig verschlangen sie die Tausende von Seiten, immer mehr von dem Unglaublichen überzeugt und doch immer aufs neue erstaunt: Millionen Männer waren hingeopfert worden, nur weil die Generale keine Ahnung hatten, wie man solche Kriege zu führen hatte.

Als sie nach einem ausgezeichneten, von Gaby selbst zubereiteten Abendbrot auf der ebenerdigen Terrasse saßen, fragte sie, dankbar für die Komplimente Stettens, wie die Arbeit vorwärts ginge, ob sich die Verwendung des Diktierapparates wirklich als nützlich erwiesen hätte, und wie denn eigentlich die Zusammenarbeit der beiden Autoren harmonisch bleiben konnte. Da ließen sie das letzte Band für sie abrollen. Gaby hatte im Lyzeum Deutsch gelernt, aber sie verstand nur sehr wenig von dem, was sie hörte. Sie bat, ihr doch den letzten Teil zu übersetzen, diese Sätze, die beide mit solcher Eindringlichkeit gesprochen hatten. Und nun hörte sie drei Stimmen, zwei, die aus dem Apparat drangen, und die Dojnos, der übersetzte:

Nie hatte man arrogantere Unfähigkeit gekannt, nie vorher hatte arrogantere Unfähigkeit solch unbegrenzte Macht gehabt, die Blüte europäischer Nationen in den Tod zu schicken, nur um einige wenige Quadratkilometer zu erobern, die der Feind einige Stunden oder Tage später fast mühelos zurückgewann. Ingenieure hatten die immense Feuerkraft ersonnen, die Feldherren benutzten sie mit der Weisheit von Boy-scouts, mit der Großzügigkeit pathologischer Verschwender, mit der Bewußtlosigkeit, die seit je die Totengräber reifer Zivilisationen charakterisiert hat. Von ihnen, die so Regimenter, Divisionen, ganze Armeecorps geopfert haben, lernten die Diktatoren, die Menschen wie Dreck zu behandeln und ihr Blut wie Dung für eine schlechte Saat.

Nein, man zerstört nicht eine Zivilisation, sie wäre denn reif für den Selbstmord und ihm nicht abgeneigt.

Die Pazifisten und Antimilitaristen haben die Militärs angeklagt, daß sie den Krieg liebten. Dieses sentimentale Argument ist dümmlich, ein anderes ist entscheidend: Die Militärs ver-

stehen nichts von den großen Kriegen des 20. Jahrhunderts. Sie sind vielleicht eine Gefahr für den Frieden, sie sind sicher eine ungleich größere Gefahr im Kriege — für das eigene Volk, das ihnen seine Söhne anvertraut.

»Pardon, aber ich verstehe kein Wort davon!« sagte Gaby. »Ihr sprecht doch hoffentlich nicht von der französischen Armee. Das kann sich doch nur auf die andern beziehen, ich meine auf die Deutschen zum Beispiel oder auf die Russen.«
Die Männer schwiegen zuerst erstaunt. Stetten stand noch immer unter dem Eindruck der köstlichen *Sauce béarnaise*, die die junge Frau ihnen zubereitet hatte, deshalb lenkte er ein:
»Ja, es ist wahr, die Deutschen haben im Jahre 13 den Tank als zu kostspielig und wirkungslos abgelehnt. Das sagen wir auch im ersten Teil des Kapitels. Da hätten Sie also vollkommen recht, meine liebe Gaby. Aber andererseits hatten sie das Maschinengewehr, während die Franzosen —«
»Die Schüler von St. Cyr, ein ganzer Jahrgang, sind in Paradeuniform gegen diese Maschinengewehre gegangen. Wir sind stolz darauf, wir Franzosen, es ist der erhabenste Augenblick des ganzen Krieges gewesen.« Ihr Gesicht hatte sich gerötet, ihre Augen leuchteten mehr im Zorn als in der begeisternden Erinnerung.
»Ja, das könnte wohl stimmen. Dafür hätte man die verantwortlichen Offiziere vor den versammelten Bürgermeistern von Frankreich erschießen müssen«, erklärte Stetten böse.
»Das wagen Sie zu sagen auf französischem Boden!«
Seit seiner Jugend mochte der Professor die Frauen wie ein mißlauniger Bauer den Regen: Es gibt zuviel davon oder zuwenig, aber stets im falschen Augenblick, niemals im richtigen Maß. Er fand jetzt, daß es entschieden zuviel Gaby gab. Er kannte keine schlimmere Obszönität als die Begeisterung der Frauen für das Kriegsheldentum toter junger Männer.
Gaby hatte genug, sie ging hinaus und schlug die Tür hinter sich zu.
»Ich fürchte, das Gespräch ist kein eindeutiger Erfolg für uns gewesen«, sagte Stetten. »Suchen wir in diesem alten Armagnac Trost für die Dummheit der Zeitgenossen. Im nächsten Leben werden wir uns mehr mit Ästhetik abgeben. Wollen Sie mir

573

erklären, Dion, warum es uns schwerfällt, zu glauben, daß ein schöner Mensch töricht ist, und warum wir traurig sind, wenn wir es entdecken? Warum erwarten wir so viel mehr von der Schönheit als von dem Genie? Nehmen Sie ein zweites Gläschen und gehen Sie zur Göttin Artemis hinauf. Man soll eine Frau nicht länger warten lassen, als sie braucht, sich die Hälfte der Vorwürfe auszudenken, die sie dem Geliebten an den Kopf zu werfen hat.«

Die junge Frau verließ sie am frühen Morgen, tief entmutigt; sie wollte nie mehr in dieses Haus zurückkehren. Am vierten Tag fuhr Dojno in die Stadt, um sie zu versöhnen. Er begleitete sie zum Abbé Perret, einem gut aussehenden Mann in den besten Jahren. Der Priester war überaus freundlich, er lenkte das Gespräch auf die moderne französische Literatur, rühmte die linken Schriftsteller so gut wie die katholischen. Als Dojno seinerseits bestätigte, daß die katholischen Romanciers ausgezeichnete Psychologen seien, warf der Abbé lächelnd ein: »Natürlich, denn sie vergessen niemals, was die Sünde ist. Sie sollten übrigens mit Baron Stetten einmal zu mir kommen. Ich empfange jeden Montag abend. Wir sind gewöhnlich an die zwanzig und wir machen uns eine Freude daraus, über alle und alles das Schlechteste zu sagen. Lieber zweimal ungerecht als einmal langweilig! Diese Devise schreibt man uns zu.«

Dojno versprach, im Herbst mit Stetten wiederzukommen. Er versprach Gaby, daß es niemals eine politische Diskussion in Gegenwart Stettens geben werde, daß er an sie nicht weniger denken würde als an diesen »alten habsburgischen Baron«, daß er über ihre Familie nur noch mit ihr (und natürlich eventuell mit Abbé Perret) sprechen wollte, mit niemandem sonst. Er sagte noch vieles andere zu, sie kam mit ihm hinaus.

Über die Fischspeise, die sie ihnen an diesem Abend vorsetzte, sprach Stetten eine halbe Stunde. Beim Kaffee begann er, die französische Lebensweise zu rühmen, die französische Literatur, die Physik, Architektur, den Gartenbau, die Wälder, die Autostraßen, die alten Kathedralen Frankreichs und schließlich die häuslichen Tugenden der Französinnen.

»Das sind meine wahren Gefühle, werden Sie uns treu bleiben?«

So war die Stimmung gut, besser als je, Gaby blieb. Der gute

Wille war so groß, daß hie und da selbst Wiener Spezialitäten auf den Tisch kamen — Gaby hatte sich von einer Cousine, deren Mutter eine slowakische Ungarin aus Wien war, besondere Kochrezepte verschafft.
Stetten verlängerte den Mietsvertrag, sie wollten erst Ende Oktober in die Stadt zurückkehren; bis dahin, hoffte er, würden sie das Buch beendet haben.
Die eigentliche Schwierigkeit lag darin, ein scheinbar einheitliches Phänomen, den modernen Krieg, so darzustellen, daß dessen Überdeterminiertheit faßbar würde. Fast jede bisher vorgeschlagene Theorie über den Krieg war richtig, konnte befriedigen, solange man nicht eine andere in Betracht zog. Denn diese andere und eine dritte konnten gleichfalls überzeugen. Hinter allen Phraseologien und »Ideologien« wurden wesentliche Zusammenhänge sichtbar. Hatte man sie entdeckt, so war man geneigt, sie zu überschätzen, eben weil man sie bis dahin unterschätzt, ja vielleicht völlig übergangen hatte.
Es ging um politisch und militärisch gesicherte Rohstoffquellen und um Absatzgebiete? Gewiß, aber nicht allein darum. Worum auch immer Kriegführende zu kämpfen glauben, immer, seit Jahrtausenden, ging es in Wirklichkeit stets auch um die Schaffung größerer staatlicher Einheiten. Dörfer, Städte, Fürstentümer bekriegten einander so lange, bis Besiegte und Sieger miteinander zu einer neuen Einheit verschmolzen. So absurd jeder Krieg einerseits war, so hatte er doch diesen historischen Sinn: die Menschen immer mehr aus der Lokalgeschichte hinaus in die Provinzial-, Regional-, National- und schließlich in die Weltgeschichte zu treiben. Waren die Sieger nicht einsichtig genug, mußte man den Krieg ein zweites und drittes Mal austragen — bis endlich die größere Einheit zustande kam und die neue, Siegern und Besiegten gemeinsame Fahne auf Trümmern und Leichenhügeln aufgezogen wurde.

Die wahrhafte Schicksalsfrage ist nicht, ob wir den nächsten Krieg wünschen — übrigens stellt uns niemand ernstlich diese Frage —, sondern ob der Frieden, der ihm folgen wird, dem Sinn der Geschichte entsprechen, ob er ein wahrer Weltfrieden sein wird oder nicht, diktierte Stetten zum Abschluß des Kapitels.

Die folgenden Abschnitte waren den sozialökonomischen Phänomenen des letzten Krieges gewidmet. Stetten und Dojno mußten viel statistisches Material verarbeiten und verloren nicht wenig Zeit damit.

Es kam immer öfter vor, daß Stetten sich mitten im Diktieren unterbrach, er schützte dann Müdigkeit vor. Der reife Sommer erzeugte in ihm ein Heimweh, das mit den Tagen heftiger wurde. Er wollte es sich nicht eingestehen, aber er sehnte sich nun in kindlicher Weise nach seiner Stadt zurück und nach dem Wiener Wald. Von allen Städten der Welt war diese eine ihm verschlossen — der Gedanke war peinvoll. Er ertrug die Fremde nicht mehr; plötzlich erschien ihm alles, das Haus, der Hügel dahinter, der Fluß, das Wäldchen, alles erschien ihm häßlich, abgeschmackt. Er hatte sonst vor Dojno keinerlei Geheimnisse, aber dieses Gefühl verhelte er ihm. Wenn es ihn überkam, stieg er in sein Zimmer hinauf, schob einen Stuhl in die Ecke, setzte sich mit dem Gesicht zur Wand und wartete, daß der Schmerz nachließe.

Im späten Sommer starb Dr. Grunder. Er hatte gefühlt, wie sein Herz beängstigend schwach wurde. Mühsam war er die vier Stockwerke hinabgestiegen und hatte einen Arzt verlangt. Aber es war spät am Abend, keiner wollte oder konnte sofort kommen. Endlich gelang es dem Concierge, den Polizeiarzt zu holen. Knapp nach der Injektion brach Grunder tot zusammen. Stetten, von dieser Nachricht tief beeindruckt, blieb spät in der Nacht auf der Terrasse sitzen, wie versunken in die Betrachtung des sonderbaren Gewebes von Schicksalen.

Zum letztenmal hatte er Grunder umgeben von Wiener Arbeitern gesehen; das war mitten im Bürgerkrieg. Er hatte nichts Zauberhaftes, nichts Magnetisches an sich gehabt, und doch hatten sich seit seiner Jugend immer Anhänger um ihn geschart. Man mochte denken, daß auch er sie brauchte, daß er nicht wünschte, jemals allein zu sein. Vielleicht, weil er stets einsam war, in der Art, wie es Führer sind.

Daß nun Grunder so gestorben war, von zwei Menschen umgeben, deren jeder beruflich die Gleichgültigkeit gegenüber fremdem Schicksal erlernt hatte, daß der Blick des Sterbenden nur auf dem Concierge oder auf dem gelangweilten Gesicht des Polizeiarztes hatte ruhen können — das mußte einen Sinn haben. Ob der Tod das Gewebe eines Schicksals vollendet oder launisch zerreißt, ist jedesmal neu zu ergründen. Es war unfaßlich, daß ein Mann wie Grunder launisch gestorben sein könnte. Wo nun war der Sinn?

Dojno gesellte sich spät nach Mitternacht zu ihm.

»Man sagt, daß die Herzattacke ihn mitten im Schreiben überrascht hat. Wissen Sie, Dion, was sein letzter Satz gewesen ist?«

»Nein. Der Titel des Artikels, an dem er schrieb, lautete: ›Die vordringlichen Aufgaben der österreichischen Arbeiterklasse nach dem zweiten Weltkriege.‹«

»Natürlich, das paßt zu ihm, die vordringlichsten Aufgaben nach dem nächsten Weltkriege. Über die weniger dringlichen wollte er später schreiben, sobald er etwas mehr Zeit haben würde. Nun liegt er da, auf diesem geräumigen und doch überfüllten Père Lachaise, gerade gegenüber der Mauer der füsilierten Communarden. *Victus victurus* — das hätte er als Grabinschrift gewählt. Lassen Sie mich in seiner Nähe begraben, Dion, in der Fremde sollen die Landsleute zusammenliegen, wenn sie schon lebend nicht zusammenstehen können. So lange haben wir ihn nicht gesehen, aus Gleichgültigkeit, aus Trägheit — warum ist es mir, als ob sein Tod uns noch einsamer machte? Ist es vielleicht, weil er mich an meinen eigenen Tod gemahnt, der ja nun nahe sein muß?«

Dojno schwieg. Er dachte weniger an Grunder als an die Emigranten, entwaffnete Kämpfer, deren Herz erkrankte, weil es auf die Dauer unerträglich war, in ohnmächtigem Zorn zu leben. Der Geist der Empörer war ungebrochen, aber das Herz, dieses altmodische Requisit sentimentaler Gedichte, es brach wie in vergessenen Melodramen.

»Wir sollten uns jedenfalls beeilen«, begann der Professor wieder, »ich möchte nicht, daß es in meinem Nekrolog heißt: Der Tod schlug ihm die Feder aus der Hand. Haben Sie sich schon meine Grabinschrift ausgedacht?«

»Nein, Sie müssen noch lange leben. Heimweh ist ein Schmerz, der jung erhält, weil —«

»Sie wissen also?« fragte Stetten erstaunt.

»Sie haben sich von Gaby Walzerplatten aus der Stadt bringen lassen, aber zu Hause haben Sie die Wiener Walzer verabscheut. Vorige Woche haben Sie darüber geklagt, daß es in Paris nicht genug Molkereien gibt, in denen man Milch trinken kann. Vor drei Tagen haben Sie davon gesprochen, daß es in Paris zuwenig öffentliche Parks gibt. Dabei sind Sie in Wien niemals ein Kunde der Molkereien gewesen, Sie haben sich selten auf eine Parkbank gesetzt, ich warte darauf, daß Sie die Farbe der Pariser Pissoirs tadeln — in Wien sind die öffentlichen Bedürfnisanstalten so hübsch grün angestrichen. Sie sind so jung, Professor, daß Sie ganz naiv sein können in dieser unglücklichen Liebe, die Ihr Heimweh ist.«

»Gehn's, sagen's noch a bisserl was!« bat Stetten lächelnd. »Selten hat jemand, außer der Frau Professor natürlich, zu mir über mich selbst gesprochen. Und doch hätte es mir wohlgetan, denke ich jetzt. Möchten Sie mir nicht Teile aus dem Nekrolog vortragen, nur so, damit ich einen Vorgeschmack habe?«

Er erhob sich, brachte die Flasche Armagnac und zwei Gläser, schenkte ein. »Jetzt wickeln Sie sich auch in eine Decke, die Luft ist feucht. Also gehma's an!«

»Welchen Teil wollen Sie denn hören?« fragte Dojno scherzhaft.

»Den persönlichen natürlich, über Stetten als Mensch. Die anderen Passagen, aus denen hervorgehen wird, daß Sie nicht weniger klug sind, als ich es gewesen bin, interessieren meine Eitelkeit weniger. Jetzt aber zieren Sie sich nicht mehr, fangen Sie an!«

Ein langer Lastzug fuhr über die Brücke, ein Funkenregen begleitete ihn und erlosch langsam. Ein Hund bellte auf der anderen Seite des Flusses. Dann, als alles still geworden war, hörte man die Bewegung des Laubes und die Atemzüge Gabys; die Fenster ihres Zimmers gingen auf die Terrasse.

Dojno wußte genau, was Stetten hören wollte. Er fühlte hinter dem Scherz die tiefe Trauer des alten Mannes, der zum erstenmal eingestand, daß er Trost brauchte.

»Erich von Stetten ist ein edler Ritter gewesen. Deshalb hat er nie einen Panzer getragen. Er wollte verwundbar sein, jedes Leid wollte er leiden, damit ihm nichts von dem entginge, was Menschen zustoßen könnte.«

»Schon gut, *nihil humani mihi alienum*«, unterbrach Stetten. »Reden Sie weniger über uns beide, mehr über mich allein.«

Das Ganze war natürlich ein Scherz. Dojno wollte den alten Mann zerstreuen, von den Gedanken an Grunder und an den Tod abbringen. Aber je länger er sprach, um so stärker wurde er selbst erfaßt. Das in den äußeren Einzelheiten banale, sonst aber ungewöhnliche Leben Stettens lag wie eine Landschaft vor ihm ausgebreitet, im schnell wechselnden Licht der Sonne und des Mondes. Die Zeiten flossen ineinander, alles Vergangene war gegenwärtig, war fast räumlich da, so daß ein einziger Blick es umfassen konnte.

Von der Leidenschaft der Vernunft sprach er, von der Einsamkeit des wahrhaft Ausgereiften inmitten der Menschen, die fast niemals reifen, sondern nur altern, die fast niemals erfahren, sondern nur erleben, so daß ihnen bald alles Erlebnis zur Wiederholung wird. Was dem schon Erlebten unähnlich ist, verkennen sie und halten für gleich, was nur ähnlich ist.

Gaby, die für einen Augenblick erwacht war, hörte die bewegte Rede zum Fenster hinaufdringen. Sie warf den Morgenrock über und ging zu den Männern hinab. Wieder hatte sie das beunruhigende Gefühl, daß die beiden etwas verband, was ihr stets unbegreiflich bleiben würde, und daß sie aus einer Gemeinschaft ausgeschlossen war, die Dojno wichtiger sein mochte als ihre Liebe. Wie aus Trotz setzte sie sich neben Stetten. Dojno beendete die Rede auf französisch.

»Was war das?« fragte sie.

Stetten antwortete schnell: »Die Totenrede auf einen Mann namens Grunder. ›Der Tod ist kein Argument, nicht für, nicht wider‹ — das hat dieser kluge Sozialistenführer mir einmal gesagt, mitten in einem Kampf auf Leben und Tod. Es ist nur vier Jahre her.«

»Seltsam!« meinte Gaby nachdenklich. »Ich hatte den Eindruck, daß Dojno über jemand gesprochen hat, der ihm zum Verwechseln ähnlich ist.«

»Der Nekrologist zeichnet sich selbst, wie er zu sein glaubt oder wünscht, im Bilde, das er vom Toten entwirft. *Humanum est.*«

»Seltsam«, wiederholte Gaby mißtrauisch; man verbarg ihr etwas und schloß sie aus einem neuen Geheimnis aus. »Dojno hatte ja schon geschlafen, war es wirklich so dringlich, daß Sie ihn deshalb noch haben herunterkommen lassen?«

Stetten brachte ein Glas und bot es ihr an. Sie lehnte stumm ab. Er blickte ihr lächelnd in die Augen und sagte: »Nike, die Göttin des Sieges, ist, soweit ich mich erinnern kann, niemals zornig dargestellt worden.«
»Ich bin nicht Nike, und ich bin nicht zornig«, sagte sie heftig, »aber ich finde das Ganze zu dumm. Immer habt ihr Geheimnisse vor mir — als wäret ihr zwei kleine Buben!«
Die Nacht war fast zu Ende, Dojno konnte sie besänftigen, noch ehe der Tag anbrach.

Wenige Tage später traten Ereignisse ein, die ihr Interesse vollkommen in Anspruch nahmen. Auch Stetten verbrachte nun Stunden vor dem Radio. Hitler hatte nun Anspruch auf das Sudetengebiet erhoben, das war, erklärte er, seine allerletzte Forderung in Europa. Ein Bündnisvertrag verpflichtete Frankreich, für die bedrohte Tschechoslowakei, für ihre Unabhängigkeit und die Integrität ihres Gebietes einzustehen. Die Entscheidung lag bei Frankreich. Akzeptierte es Hitlers Forderung, so war der Damm in Mittel- und Osteuropa bedroht, er zerbrach, wenn Frankreich nachgab und diesen Verbündeten allein ließ. Und dann hörte Frankreich auf, eine Großmacht zu sein.
»Die Einwohner des Sudetengebietes sind Deutsche, das wissen Sie ja besser als ich«, sagte der Beamte des Außenministeriums, seinem Rang nach Botschaftsrat, zu Stetten, der, von einer unbändigen Unruhe getrieben, in die Stadt gekommen war. »Daß Hitler sie vor den Tschechen schützen will, ja muß, ist ihm nicht zu verargen. Und überdies entspricht es ja seiner Ideologie, er will gar keine Tschechen regieren, das darf man ihm glauben.«
»Es geht hier nicht um die Sudeten, sondern um Frankreich, darum, daß Hitler eine furchtbar starke Ausgangsposition im nächsten Krieg haben wird, wenn er die Tschechoslowakei bekommt. Das sehen Sie doch ein?«
»Ja und nein«, antwortete der Mann und schob sich im Stuhl zurecht. Er ließ die Hände über sein glattes Haar gleiten, dann ordnete er wieder einmal die Dossiers, die vor ihm lagen, dann erst sah er dem Besucher wieder in die Augen. Stetten antwortete heftig:
»Ja und nein, das ist ein möglicher, wenn auch provisorischer

Standpunkt eines jungen Wissenschaftlers oder aber eines alten Philosophen, dem knapp vor seinem Tode die eigene Jugend in der Gespensterform langvergessener Zweifel wiederkehrt. Aber für einen Politiker —«

»Ich bin kein Politiker, sondern ein Beamter«, unterbrach ihn der Botschaftsrat. »Die Einwohner des Sudetengebietes wollen deutsche Staatsbürger werden. Soll Frankreich Krieg machen, um dies zu verhindern? Krieg für eine Sache, die nicht einmal gerecht ist? Es geht nicht darum, sagen Sie. Gut. Also Präventivkrieg gegen Hitler, weil er Hitler ist? Ein Volk, das den Frieden so bedingungslos liebt wie die Franzosen von 1938, macht keinen Präventivkrieg mehr. Und wenn es ihn macht, verliert es ihn. Wir haben guten Grund, für den Frieden einen hohen Preis zu zahlen.«

Er stand auf und ging langsam zum Fenster. Stetten folgte ihm. Sie sahen links zur Esplanade des Invalides hinüber, rechts zur Brücke Alexanders III. Auf dem Quai folgten einander die Wagen in schneller Fahrt. Die Nachmittagssonne vergoldete das Wasser der Seine.

»Sie scheinen, mein lieber Professor, eine nicht unwichtige Frage außer acht zu lassen. Sind wir gerüstet? Haben wir die Mittel der Politik, welche Sie von uns erwarten? ›Butter oder Kanonen‹ — wir haben die Butter gewählt. Auch dadurch ist unsere Entscheidung in der gegenwärtigen Krise bestimmt. Sie wollten, glaube ich, nach Kanada auswandern? Wenn ich Ihnen irgend behilflich sein kann...«

Eine Woche später sah es aus, als ob der Krieg unvermeidlich geworden wäre. Wehrpflichtige wurden einberufen, Sondermaßnahmen verhängt. Die Straßenbeleuchtung wurde so abgeschirmt, daß die Stadt im Dunkel lag, als ob sie im nächsten Augenblick von einem Luftangriff überrascht werden könnte. Diese Maßnahmen erzeugten eine lähmende Furcht vor dem Krieg: man konnte glauben, schon hätte das Land den Krieg verloren, wäre es wehrlos einem fürchterlichen Sieger ausgeliefert. Die illustrierten Abendblätter brachten jeden Tag mehrere Sonderausgaben. Mit Balkenlettern weckten sie Hoffnungen und vernichteten sie eine Stunde später.

Das Land fragte nicht: »Was werden wir tun?«, sondern: »Was wird Hitler tun? Was wird geschehen?«

So verliert man eine Schlacht, einen Krieg, einen Frieden. Das Volk war nicht stolz, als dann nichts geschah. Das elende Glück der Armen kehrte in die Herzen ein: sich reich zu fühlen, weil wiedergefunden ist, was man für unwiderruflich verloren geglaubt hat. Die Betrüger und Dummköpfe jubelten laut, als hätte man in München einen Sieg errungen, aber die meisten fühlten, daß es eine Niederlage war, obschon sie unblutig blieb. So wollten sie glauben, daß sie keine Bedeutung hatte. Die Denkmäler der Toten des Weltkrieges wurden überreich mit Herbstblumen geschmückt, man knüpfte an die Kränze Spruchbänder: »Ihr seid für den Frieden gestorben — wir leben für ihn.«

Stärker noch als sonst zog es in diesem Frühherbst die Menschen ins Freie, in die Wälder, an die Ufer der Flüsse, in die Dörfer, wo die letzte Ernte eingebracht wurde.

Stetten und Dojno waren wieder ins Landhaus zurückgekehrt. Hatte es noch Sinn, das Buch zu vollenden? Sie zweifelten daran, aber sie meinten, daß sie nicht aufgeben durften.

An Sonntagen füllte sich das Haus mit Besuchern, die sie eingeladen hatten, und einigen, die kamen, weil ihr Ausflug sie in die Gegend geführt hatte.

Djura kam, wie gewöhnlich in Begleitung einer hübschen, aber zu auffällig gekleideten Frau schwer bestimmbaren Alters. Sie sprach zu laut, lachte zu laut, trank zuviel, alle Männer schien sie verführen zu wollen. Dann wurde sie müde, verstummte, war traurig wie jemand, dem eine entscheidende Bemühung entgegen allen Erwartungen elendig mißlungen ist. Man vergaß sie bald, als ob sie nie dagewesen wäre, bis sich Djura ihrer annahm — wie ein Hirte, der ein Schäfchen in die Arme nimmt, das sich verirrt hat und in eine Schlucht gefallen ist.

Josmar und seine Frau Thea brachten Jochen von Ilming mit. Er war nun kahlköpfig, etwas aufgedunsen, nur das Monokel im linken Auge mochte an die nahe Vergangenheit erinnern: an den großen Barden des deutschen »Aufbruchs«. Und wenn er sich leidenschaftlich ereiferte, schlug die »stählerne Nachtigall« noch. Dann kamen ihm auch die »großen Worte«: »Der deutsche Soldat in mir ist ein Dichter, der deutsche Bürger in mir ist ein dreckiger Spießer. Um den deutschen Soldaten treu zu bleiben, habe ich Hitlers Deutschland verlassen.« Es hieß von

ihm, daß er von Paris aus eine oppositionelle Bewegung deutscher Offiziere leitete oder wenigstens beeinflußte, daß er zu bestimmten Generalen Beziehungen unterhielt, die in der Folge — im Falle eines Krieges zum Beispiel — große Bedeutung erlangen konnten. Es war auch glaubhaft, daß er mit französischen Offizieren zusammenarbeitete. Seine Artikel wurden, groß aufgemacht, in von der Kommunistischen Partei kontrollierten Zeitschriften abgedruckt, seine Unterschrift erschien zusammen mit der anderer emigrierter Schriftsteller unter den häufigen Aufrufen der deutschen Volksfront und verschiedener Komitees.
Ilming blieb ein vielumworbener Mann. Er hatte Eingang in einen Kreis französischer Intellektueller gefunden, die sich um einige Schriftsteller, einen Verlag und eine Zeitschrift lose gruppiert hatten. Sie sprachen von ihm mit aufrichtiger Wertschätzung, zitierten ihn und seine Bücher in ihren Artikeln. Fast keiner von ihnen hatte je ein Buch von ihm wirklich gelesen. Das war nichts Ungewöhnliches, denn sie lasen schon seit langen Jahren nichts außer ihren eigenen Büchern und denen ihrer besonderen Rivalen; sie lasen indes aufmerksam Buchkritiken. Zwar wußten sie, daß auch die meisten Kritiker keine Leser waren, aber einige Hinweise auf den Inhalt eines Werkes genügten ihnen, sich ein Urteil zu bilden, das sie in eigene Worte kleideten. Je häufiger sie sich über das ungelesene Buch äußerten, um so begründeter erschien ihnen ihre Meinung. Sie durften nach verhältnismäßig kurzer Zeit selbst vergessen, daß sie die Bücher nie gelesen hatten; sie waren Opfer der eigenen Beredsamkeit.
Ilming brauchte einige Zeit, bis er hinter dieses Geheimnis kam, dann erst erkannte er, daß diese so nuancierten Meinungen geschickt aus fertigen Formeln zusammengefaßt waren, aus Elite-Klischees sozusagen. Als er dessen endlich gewahr wurde, war er peinlich überrascht, aber er hatte keine Mühe, sich davon zu überzeugen, daß gerade seine eigenen Bücher wirklich gelesen worden waren. Er brauchte diese Täuschung. Er lernte recht schnell, nicht mehr zu lesen.
»Männern wie Ihnen und mir«, sagte er, zu Stetten gewandt, »ist die Münchener Kapitulation der Westmächte natürlich nicht überraschend gekommen. Wir wissen, daß die Entscheidung nicht am Rhein, sondern an der Oder, der Weichsel, dem

Dnjepr oder der Newa fallen wird. Ob die Russen oder die Deutschen am Ende siegreich sein werden, ist für diese Jahrzehnte wichtig, auf lange Sicht aber unerheblich. Denn am Ende werden diese beiden kontinentalen Mächte sich zusammenschließen und die Welt beherrschen. Der Westen ist kaputt.«
Er verschlang die Kuchen, während er sprach; im Hinblick auf diesen Besuch hatte er nicht zu Mittag gegessen. Zwar verdiente er mehr als die meisten seiner emigrierten Kollegen, aber seine Knabenliebschaften waren kostspielig. Was er den »Jünglingen« nicht gab, das stahlen sie ihm.
Djura und Dojno hatten sich zurückgezogen, Stetten hätte ihm also antworten müssen. Aber er mochte Ilming nicht, der ihn langweilte. Er hatte keines seiner Bücher zu Ende lesen können.
»Dem deutsch-slawischen Reich gehört vom 30. September 1938 an die Zukunft«, verkündete Ilming. Er schob zögernd den leeren Teller weg. Als Stetten noch immer schwieg, fuhr er fort: »Es ist niemandem verwehrt, Frankreich zu lieben, die Maler werden auch weiterhin nach Paris kommen, die Geheimnisse der Frühlingsmode werden auch weiterhin da gelüftet werden, aber das ist alles. *Hep, hep — est perdita.* Ich habe eine Einladung aus Moskau bekommen. Der Staatsverlag hat die Rechte aller meiner Bücher gekauft. Großartiger Vorschuß! Ich habe bisher gezögert, aber nun bin ich entschlossen. Der kürzeste Weg nach Berlin zurück führt von nun an über Moskau.«
»Warum der Umweg?« fragte Stetten; er blickte an ihm vorbei. »Warum gehen Sie nicht direkt nach Berlin zurück?«
»Weil ich Hitler und seine Clique hasse, das genügt! Aber da ist noch ein anderer Grund: Sein spießerischer Flirt mit dem anderen Komödianten, mit Mussolini, wird das Reich ins Unglück stürzen. Wir können allein den großen Plan nicht verwirklichen, Italien ist kein Verbündeter. Hitlers Wahnsinn entfremdet uns dem einzig sicheren, von Natur und Geschichte gebotenen Alliierten — Rußland. Deshalb werde ich nach Moskau gehen.«
»Aber die Frage des Regimes —«
»— eine Spießerfrage, mein lieber Professor.«
»Indes Rechtlosigkeit und Konzentrationslager, die totale Herrschaft der Lüge ...«
»Bitte, enttäuschen Sie mich nicht!« unterbrach ihn Ilming. »Mit

all seinen Terrormaßnahmen hat das Dritte Reich bisher etwa ein kriegsstarkes Regiment umgebracht, sagen wir selbst zwei — was ist das? Nicht der Rede wert! Stalins Rußland mag ein Armeekorps liquidiert haben, sagen wir selbst zwei Armeekorps — was ist das? Ein winziges, kaum registrierbares Erdbeben! Man läßt die Masse-Menschen in die Arena hinein — sie glauben, nun werden sie Geschichte machen. Sind sie einmal alle versammelt, da bringt man ihnen bei, daß man sie nur als Zuschauer braucht, die besten von ihnen als Komparsen, die von Zeit zu Zeit ›Rhabarber Rhabarber‹ brüllen dürfen. Ein kleines, gut organisiertes Erdbeben kann nur nützlich sein.«
Djura, der mit Dojno zurückgekommen war, sagte: »Sie haben eine sehr freundliche Stellung zu Erdbeben, Herr von Ilming. Es würde ihre Einsichten fördern, wenn Sie selbst eines erlebten.«
»Ausgeschlossen, ich gehöre nicht zur Masse, ich bin nicht Gefolgschaft.«
Thea hatte die wachsende Unruhe Josmars bemerkt; um ihm zuvorzukommen, sagte sie: »Am dreißigsten Juni sind Ihre Freunde ermordet worden, Sie selbst sind der Gefahr nur mit Mühe entgangen. Aus meinem Hause haben die SS-Leute Sie geholt — wie ein Stück Vieh, das man zum Schlachten führt. Ich werde es nie vergessen, Jochen. Nach alledem sollten Sie doch anders sprechen!«
Ilming war diese Erinnerung unangenehm. Er zögerte, suchte unter den verschiedenen Antworten die passendste, es mußte die pathetischeste, ein »großes Wort«, oder die einfachste sein. Er sagte:
»Die Bestien hatten mich in ihrer Gewalt, aber sie fürchteten mich so sehr, daß sie sich nicht trauten, mich anzurühren. Es gibt Füße, unter denen die Erde niemals bebt.«
Thea sah ihn erstaunt an. Ihr Gedächtnis hatte das Bild ganz genau bewahrt: Schwarz uniformierte Männer schlagen mit Peitschen auf Ilming ein, sie schleifen ihn zum Auto. Wortlos läßt er alles mit sich geschehen. Nein, Ilming konnte das nicht vergessen haben. Er log also, belog sich selbst vielleicht, erwog sie. Im übrigen ließ er sie nicht antworten, sprach unaufhörlich.
»Parteien, Ideologien, alles Fassade! Fassade ist wichtig, natürlich, für die Masse, nicht für uns. Die wesentliche Frage ist: Wem gehört die Macht? Dem, der sie geerbt hat? Manchmal. Dem, der

sie ergriffen hat? Oft. Dem, der darauf aus ist, sie täglich zu erweitern, und niemals von ihr genug hat? Immer! Alles andere ist Mumpitz! Ich zum Beispiel, ich habe den guten Herbert Sönnecke einmal — es war ein regnerischer, kalter Abend —, aufgelesen und für eine Nacht beherbergt. Er war ein obdachloser Stromer, der glaubte, eine revolutionäre Partei zu leiten. Das Volk wollte er führen und gleichzeitig selber Volk sein. Pferd wollte er sein, Wagen und Last und obendrein Fahrer. Ihn und die Narren seiner Art hat Stalin liquidiert. Und recht daran getan. Stalin allein spricht die Sprache, in der man der Geschichte Befehle erteilt. Er allein —«
Josmar unterbrach ihn: »Nein, nein!« rief er, während er sich mühsam erhob. »Ich mag nicht mitanhören, wie man den Mord an Sönnecke billigt und die Mörder rühmt.«
Er ging um den Tisch herum auf Ilming zu. Der nahm das Monokel aus dem Auge und sagte schnell: »Ich selbst habe ja seinerzeit Sönnecke gerettet, ich darf sagen, ich bin ihm freundlich zugetan gewesen.«
»Schweigen Sie endlich!« Josmar war ganz rot im Gesicht, seine Lippen zitterten. Ilming klemmte das Monokel wieder ein, sah ihn erstaunt an, dann sagte er: »Natürlich, ich verstehe, Sie sind sein junger Mann gewesen, sein Tod hat für Sie Folgen gehabt.«
Djura verhinderte Josmar, sich auf Ilming zu werfen, Dojno griff ein: »Beenden wir dieses Gespräch, Sie werden es mit anderen, aufmerksameren Partnern in Moskau fortsetzen. Sie bleiben sich treu und sind wie gewöhnlich Ihren Freunden nur ein wenig voraus: Sie haben sich für Wilhelm II. und dann für Hitler begeistert, nun sind Sie für Stalin. Man hat in Rußland die deutschen Kommunisten zu Dutzenden erschlagen, zu Tausenden eingekerkert — wie sollten Sie da nicht willkommen sein? Sie, Ilming, der Autor der Ode auf die Mörder Rosa Luxemburgs: ›*Eure Gebärden preise ich, die herrlichen, tödlichen.*‹«
»Es ist kein gutes Gedicht gewesen«, unterbrach ihn Ilming, »zu hastig hingeworfen. Ich hätte das Recht, zu verleugnen, was ich vor zwanzig Jahren geschrieben habe. Aber ich bleibe dabei: Die Beseitigung jener Frau war mehr als eine Notwendigkeit, sie war eine Tat. Feindliche Symbole hat man zu vernichten, Rosa Luxemburg ist ein feindliches Symbol gewesen.«
Niemand antwortete. Josmar stand noch immer da, wie zum

Angriff bereit, aber er hörte nicht mehr zu. Seine Gedanken waren bei Sönnecke, dessen Tod so gewiß und doch noch immer nicht glaubhaft war. Jetzt erst, in diesem Augenblick, ging es Josmar auf, daß er seit Jahren auf einen Ermordeten wartete, daß er alles im Hinblick auf solch unmögliche Wiederkehr tat. Seit seiner Kindheit war es so gewesen, immer hatte er einen älteren Freund gebraucht, zu dem er grenzenloses Vertrauen haben durfte. Und nun, seit Sönneckes Tod, lebte er ohne einen Führer.
Daher war er so allein. Er hinkte zu seinem Stuhl zurück. Thea ging ihm entgegen, um ihm zu helfen. Sie war ihm eine gute Frau, und das war ein Glück. Sie ahnte nicht, wie allein er war. Nach dem Kaffee und den Sandwiches, die Gaby servierte, besserte sich die Stimmung zusehends. Dann brachte man die Diktiermaschine in den Garten, jeder sollte einige Sätze sprechen — die letzte Botschaft vor einem Kataklysma — und bedenken, daß er diese Worte wieder hören würde, am ersten Tage »danach« — in vier oder acht oder zehn Jahren.
Jene, die zum ersten Male die eigene Stimme aus einem Apparat dringen hörten, waren benommen, ja bestürzt, als entdeckten sie eine neue Seite ihres Wesens. Ilming, der als einer der letzten sprach, hatte sich die Sätze gut überlegt. Die letzten lauteten: »Die Geschichte ist auf der Seite der Sieger, ich bin auf der Seite der Geschichte. Jedes meiner Werke bezeugt es. Zwar würde ich manches heute anders schreiben wollen, aber ich nehme nichts zurück: absolut — nichts — zurück!«
Der Apparat verlieh Djuras Stimme Tiefe und Wärme. Alle lauschten seinen Worten wie einem Lied, das unvermittelt die Stimmung und ein vergessenes Bild aus der Kindheit heraufbeschwört. Er beschrieb die Blumenbeete, die Bäume, den Zauber des frühherbstlichen Himmels, die Ruderboote auf der Seine. Zärtlich sprach er von der Erde, der friedlichen, die jeder Jahreszeit treu ist. Dann beschrieb er die Frauen am Tisch, ihre Gesichter, ihre Gebärden, die Farbe ihrer Kleider. Er schilderte auch Stetten, der lauschend dasaß, und zeichnete sein Gesicht, als wäre es eine Traumlandschaft. Er nannte das Datum, das französische Dorf, er nannte sich selbst und schloß: »Es ist schwer, das Leben nicht zu lieben; es wird immer schwerer, die Menschen zu lieben. Ich möchte nicht sterben. Ich bin nicht gewiß, daß ich den kommenden Krieg zu überleben wünsche.«

VIERTES KAPITEL

Der Winter ging zu Ende. Auf den verschneiten, vereisten Bergstraßen zogen die Reste der spanischen republikanischen Armee nach Frankreich. Alte Männer waren mit ihnen, Frauen, Kinder. Das Elend der Besiegten war grenzenlos. Die ihnen hätten helfen müssen, bemühten sich, sie schnell zu vergessen, dem schlechten Gewissen wollten sie sich entwinden und der Ahnung, daß diese Niederlage der Beginn eines weit größeren Zusammenbruchs sein könnte.

»Wenn geheime Hoffnungen Sie zurückgehalten haben, nun sind sie endgültig dahin — worauf warten Sie noch? Zum letzten Male spreche ich Ihnen von unserer Auswanderung. Wenn Sie sich jetzt nicht entschließen, so gebe ich es auf, wir bleiben in Europa und werden zugrunde gehen!« sagte Stetten bitter.

Dojno antwortete nicht. Schon seit Wochen drängte der Professor, er hatte recht, aber als ob eine unzähmbare Hemmung ihn daran hinderte, konnte Dojno den Gedanken nicht fassen, Europa zu verlassen. Wie groß auch die Neigung der demokratischen Mächte war, um immer höheren Preis den Frieden zu erkaufen — schon war der Krieg unvermeidlich geworden, das Jahr 39 mußte ihn bringen. Wie konnte Dojno da weggehen, fahnenflüchtig werden? Diesem Kampf aus der Ferne zuzusehen — hätte er das auch nur erwogen, so wäre seinem ganzen bisherigen Leben der Sinn abhanden gekommen. So wiederholte er, was er in diesen Monaten schon oft gesagt hatte:

»Ich bitte Sie darum, fahren Sie ohne mich, Professor, ich werde Europa nicht verlassen. Retten Sie sich, ich kann mich so nicht retten.«

»Ich werde mich ohne Sie nicht wegrühren, Sie verurteilen mich, mit Ihnen zusammen elendig zugrunde zu gehen, als Geisel der Gestapo ausgeliefert.«

Das sollte das letzte Mal sein, daß sie darüber sprachen, aber immer wieder drängte Stetten zur Entscheidung. Dojno ließ ganze Tage verstreichen, ohne ihn zu besuchen, zum erstenmal war ihre Freundschaft wirklich gefährdet. Sie waren beide unglücklich über den traurigen, langweiligen Streit, in dem sie immer die gleichen Argumente, ja die gleichen Worte gebrauchten.

Dojno verdiente noch weniger als früher, er hatte ein anderes Zimmer nehmen müssen, eine winzige Mansardenstube, er aß zu wenig. Er weigerte sich, von seinem alten Lehrer Hilfe anzunehmen, nun es zwischen ihnen so schlecht stand.

Gaby sah er nur selten. Sie hatten schon vor Monaten gebrochen, gleich nachdem die Kirche endlich die unglückliche Ehe annulliert hatte. Der Plan der jungen Frau war klar und gut gewesen, aber es mißlang ihr, Dojno zur Vernunft zu bringen. Sie verbrachten Tage in Zorn und Streit von einer Heftigkeit, die beide erschreckte. Entweder dieser Mann war in einer ganz eigenartigen, nur ihr merklichen Weise verrückt, oder aber er liebte sie überhaupt nicht. Wochen verstrichen, ohne daß sie einander sahen. Sie wartete vergebens darauf, daß er ihr schriebe. Manchmal, in der Nacht, fuhr sie auf, ihr war, als hätte sie seine Stimme gehört. Sie sprang aus dem Bett, trat ans Fenster und spähte die Straße ab. Einmal klingelte das Telefon in später Nacht, sie hob hastig den Hörer ab und meldete sich. Sie hörte atmen, rief seinen Namen, sie beschwor ihn, zu sprechen, aber niemand antwortete.

An einem regnerischen Nachmittag setzte sie sich auf die Terrasse eines Cafés an der Place St. Michel. Sie wartete, daß er vorbeikäme; er kam nicht, sie kehrte verfroren nach Hause zurück. Sie hatte sich gewiß schwer erkältet, legte sich ins Bett und schlief bald ein. Enttäuscht stellte sie am Morgen fest, daß sie nicht krank war. Sie fuhr wieder ins Quartier Latin, sie wartete in einem andern Café. Gegen Abend ging sie in sein Hotel. Sie fand in seinem Zimmer eine fremde Frau, dann erst erfuhr sie, daß er übersiedelt war. Mit klopfendem Herzen stieg sie die sechs Treppen hinauf. Vor der Tür seiner Kammer wollte sie umkehren, schließlich trat sie ein, ohne anzuklopfen. Er saß an der Schreibmaschine, vorgeneigt, die untere Partie seines Gesichtes im Schatten, die obere, der Nasenrücken, die Stirn und die grauen Haare zu stark beleuchtet. Sie erschrak heftig und rief: »Um Gottes willen, was ist dir?« Und als er aufstand, fügte sie hinzu: »Verzeih, ich habe mich erschreckt, ich weiß gar nicht warum. Eine fremde Frau ist in deinem Zimmer, in dem früheren.

Das hier ist abscheulich, warum hast du das genommen? Und den Baum hast du auch nicht mehr. Warum läßt du mich reden, warum begrüßt du mich nicht? Und was schreibst du da?«
»Das hier sind 23 Seiten über ›Die Fußbekleidung im Wandel der Zeiten‹, der Schuhfabrikant hat 48 Seiten bestellt, er muß sie übermorgen haben. Es ist nicht so einfach, ein gewaltiges Thema, von den Historikern bisher in leichtsinniger Weise vernachlässigt. Das da sind die ersten elf Seiten einer Broschüre ›Grundsätze für den Wiederaufbau der Arbeiterbewegung nach der Niederlage Hitlers‹. Es fehlen noch fünf Seiten. Es handelt sich um das erste Heft der Schriftenreihe, die Edi und seine Freunde herausgegeben. Mit der Spielzeugfabrikation klappte es jetzt halbwegs, den ersten Gewinn wollen sie für die Druckkosten verwenden. Dann —«
»Du hast gewiß heute noch nicht gegessen, komm, es ist bald acht Uhr. Hast du noch die 5-Centimes-Briefmarke?« fragte sie.
»Die Briefmarke! Was sind wir damals jung gewesen, du und ich!«
»Es ist erst wenige Monate her, wir sind nur um einige Monate älter.«
Er schüttelte den Kopf, sie wartete vergebens, daß er etwas sagte, daß er auf sie zukäme, sie in seine Arme nähme.
»Ich habe alle diese Wochen auf dich gewartet«, begann sie wieder. »Warum bist du nicht gekommen?«
»Mit einem Toten geht man nicht zum Tanz.«
»Du bist nicht tot! Und ich liebe dich!« Sie führte seine Hände an ihren Mund und wiederholte schluchzend: »Ich liebe dich.«
Er entzog ihr die Hände, umarmte sie.
Sie gingen in ein billiges Prix-fixe-Restaurant. Sie rührten die Speisen kaum an.
»Es steht schlecht zwischen Stetten und mir, ich habe ihn seit vier Tagen nicht mehr gesehen.«
»Ist es länger als die fast acht Wochen, die du mich nicht gesehen hast?« fragte sie erbost. »Ich, eine Frau, bin gekommen, warum kann dieser alte Baron nicht den ersten Schritt tun? Er hat sich immer zwischen dich und mich gestellt. Weißt du, was er ist? Eine böse Schwiegermutter!«
Er lachte laut auf. Sie wollte ihn überzeugen, sprach fortgesetzt über den Professor, alles warf sie ihm vor, was sie gegen den

Geliebten zu sagen hatte. Als die Creme Chantilly auf den Tisch kam und Gaby die müde Kellnerin an den Tisch rief, um sich entschieden bei ihr darüber zu beklagen, daß die Sahne nicht fett und nicht frisch genug war, entschuldigte sich Dojno, er ging telefonieren.

»Verzeihen Sie, Professor, ich melde mich vielleicht zu spät.«
»Es ist spät. Nicht zu spät für den, der immer wartet.«
»Ich wollte Ihnen sagen, daß ich nachgebe.«
»Nein, Dion, ich habe alles reiflich überlegt, wie Kaiser Franz Joseph gesagt hat, als er den Weltkrieg begonnen hat, ich will nicht mehr auswandern. Es lohnt gar nicht mehr, darüber zu sprechen. Und Sie, sind Sie in diesen Tagen nicht schon ganz verhungert?«
»Es wird bald besser werden, ich bin mit der ›Fußbekleidung‹ bereits in die Renaissance gekommen, es ist nicht mehr weit bis zur achtundvierzigsten Seite, bis zum Triumph des Herbstmodells 1939. In drei Tagen werde ich reich sein. Übrigens, haben Sie gewußt, daß der Schnabelschuh schon —«
»Nein, aber ich weiß, daß Sie sich von Sauermilch und Brot nähren. Kommen Sie doch morgen zu mir zum Frühstück, ich muß Ihnen von einem aufregenden Bericht über die letzten Ausgrabungen in Syrien erzählen.«

Gaby sagte, als er zurückkehrte: »Das ist unglaublich, die geben hier eine Creme Chantilly — was ist mit dir geschehen, du kommst aus der Toilette zurück und bist glücklich?«
»Stetten läßt dich grüßen. Ich habe ihm deine Telefonnummer gegeben, er will dich ins Theater einladen. Er sagt, er wird stolz sein, sich mit dir im ›Athenée‹ zu zeigen. ›*La Guerre de Troie n'aura pas lieu*‹, findet er, ist ein besonders passender Titel für ein Stück, zu dem er mit einer Le Roy im Jahre 1939 gehen möchte.«
»Also, du heiratest mich, ja oder nein?« fragte sie. Es sollte scherzhaft klingen.
»Nach dem Trojanischen Kriege, Gaby, wenn du so lange warten willst.«
»Es wird keinen Krieg geben«, sagte sie entschieden. »Das ist logisch. Jetzt iß aber, der Wirt hat nachgegeben und frische Sahne gebracht.«
Eine tüchtige Französin! Sicher weiß sie auch, in welchem

Warenhaus und an welchem Tag man Haushaltsartikel um einige Centimes billiger kaufen kann. Und sie hält sich daran — Besen, Bodenwachs und Klosettpapier nur am Donnerstag kaufen! Ebenso weiß sie, welche Adjektive man benutzen muß, wenn man von dem letzten Vortrag Paul Valérys spricht. Und sie wüßte genau, wann und wo das Wortspiel über die adelige Freundin des Ministerpräsidenten zu placieren wäre, oder die charmant-vulgäre Bemerkung des Kardinals von Paris. Und so weiß sie auch, daß es keinen Krieg geben wird, weil ja in der Heereskommission des Senats — weil ja der Kabinettsdirektor des Außenministers — weil ja der Chef des Generalstabs erst vorgestern ...

»Du hast recht gehabt, Gaby. Die Sahne schmeckt ausgezeichnet. Was aber den Krieg betrifft —«

»Jedenfalls nehmen wir den Kaffee nicht hier, ich habe kein Zutrauen zu diesem Lokal.«

Sie begleitete ihn, um in seiner Kammer etwas Ordnung zu machen, aber dann war sie doch zu müde, es regnete, sie beschloß zu bleiben. Vielleicht war es die letzte Nacht, die sie zusammenblieben. Sie nahm sich vor, nicht mit ihm zu streiten, nicht über den Krieg, nicht über ihre Heirat, auch Stetten wollte sie nicht mehr erwähnen. Er konnte es ja nicht leugnen, er war glücklich, wenn sie mit ihm war. Alles andere war unwichtig, dachte sie, sie mußte nur etwas mehr Geduld mit ihm haben. Noch einige Monate, und er würde — eben dank ihr — diesen wahnsinnigen Gedanken an die Katastrophe aufgeben. Dann würde er genug haben von Stetten, von seinen Freunden, von dem Elend, in dem er lebte. Wahnsinn, in solcher Dachstube mußte sie mit ihm schlafen und hatte ihre sieben Zimmer. Einschlafend sah sie zu ihm hin, zu seinen Händen, die das Buch hielten. Komisches Wesen, ein Mann! Vor einigen Minuten noch war der Körper einer Frau für ihn alles, er war blind und taub für die Welt — jetzt liest er über die Schuhe im Mittelalter oder die Arbeiterbewegung nach Hitlers Niederlage. Wenn ich jetzt »Hilfe« schrie, er würde mich erst nach dem fünften Male hören. Komisch, so ein Mann, sehr komisch!

Sie wußte nicht, ob sie Stunden oder nur Minuten geschlafen hatte — es war Nacht, jemand klopfte leise und beharrlich an die Tür. Sie weckte Dojno, er öffnete und trat in den Stiegengang hinaus. Er kam nicht sofort wieder, Angst bemächtigte sich ihrer, sie nahm seinen Mantel und ging ihn suchen. Sie rief seinen Namen; er näherte sich ihr und sagte: »Djura ist gekommen, Albert ist mit ihm und ein Mann, den ich sofort sprechen muß. Das ist sehr unangenehm; am besten, du ziehst dich schnell an und fährst nach Hause.«

Sie war empört, weigerte sich, jetzt wegzugehen. Die Männer konnten auch am Vormittag kommen. Djura versuchte, sie zu beruhigen; sie kehrte ihm den Rücken, ging zurück und legte sich ins Bett. Bald trat Dojno mit den drei Männern ein. Der Fremde setzte sich an den Tisch, ohne sich umzusehen. Es tropfte von seinem Hut und seinem Mantel, aber er beachtete es nicht. Seine Hand zitterte, auch wenn er die Zigarette an den Mund führte. Er rauchte schnell, gierig. Da er genau unter der Lampe saß, konnte Gaby sein Gesicht deutlich sehen. Jedesmal, wenn er einen Zug tat, hob er den Kopf in die Höhe. Sie drehte sich zur Wand um; das alles war Wahnsinn, sie würde versuchen zu schlafen, es ging sie nichts an.

Albert hatte sich auf den Bücherstoß neben die Tür gesetzt, Djura auf den zweiten Stuhl. Dojno, der vor dem Mann stehengeblieben war, sagte:

»Wenn du hungrig bist, ich habe Brot und Sauermilch hier.«

»Ich bin immer hungrig, aber jetzt möchte ich nicht essen. Außerdem, die Genossen hier haben mich ins Restaurant geführt.«

»Wie heißt du wirklich?«

»Wirklich? Mein Parteiname in Ungarn war Lajos Földes, in der Slowakei Borak, manchmal Kis, in Deutschland zuerst Georg Dörfler, später Gustav Klar. Ich bin aus Pécs oder Fünfkirchen, wie man auch sagt. Das ist jetzt ungarisch. Mein Vater war aus Belgrad, ich heiße Petrovitsch, Milan Petrovitsch ... Was hast du davon, wenn du meinen Namen kennst?«

»Hier auf dem Tisch unter den Papieren ist ein Paket Zigaretten, mach es dir bequem, nimm den Hut und Mantel ab. Die Schramme auf dem Kopf?«

»Es sind zwei Schrammen, eine neben der anderen. Die erste ist mir von einem Unfall in der Gymnastikstunde geblieben. Die andere ist von einem Verhör in Königsberg. Manche Wärter haben mich nicht geschlagen, eben wegen der Schramme. Andere machte sie wild, sie schlugen nur auf sie. Ich habe es nicht gern, daß man sie bemerkt. Ich rede zuviel! Seit ich hier bin, rede ich zuviel, es kriecht aus mir. Und bleib nicht so vor mir stehen, es sieht aus wie ein Verhör. Natürlich mußt du mich verhören, das kann ich nicht anders erwarten. Aber ich habe nicht gern, daß es aussieht wie ein Verhör.«

Dojno holte von unter dem Bett zwei Koffer hervor, türmte sie aufeinander und setzte sich neben den Mann.

»Du hast Djura gesagt, daß dich Genossen aus Rußland zu uns geschickt haben. Wer hat dich geschickt? Zu wem?«

»Mich geht das nichts an, wer diese Frau ist. Aber warum muß sie alles mit anhören?«

»Sie versteht sehr wenig Deutsch, du kannst ruhig sprechen.«

»Mir soll's recht sein«, sagte der Mann. »Das ist also so. Ob ich ein Provokateur bin oder nicht, das könnt ihr mit Gewißheit nicht feststellen. Von uns vier kann nur ich allein wissen, was ich bin. Darum sage ich, es ist das beste, ihr hört mich zuerst an, hört alles, was ich zu sagen habe. Vielleicht ist es dann gar nicht so wichtig, was ich bin. Nur was die Wahrheit ist, wird euch dann wichtig sein. Mir hätte es genügt, nur Djura zu treffen. Ihn kenne ich, das heißt seinen Namen, ich habe seine Bücher gelesen, das erste, das war, wartet mal, wann war das? Ja, das muß zwischen meiner zweiten und dritten Verhaftung gewesen sein. Damals wie — natürlich, du hast recht, Genosse, ich weiß deinen Namen nicht, ja, du hast recht, ich rede zuviel, es kriecht aus mir. Früher ist das nicht so gewesen, das kommt davon —«

Er kam aus einem nordsibirischen Lager, das er vor sieben Monaten verlassen hatte. Ein sterbender Mann, ein Russe, der befreit werden sollte, ihm aber seinen Namen geschenkt hatte und damit sein Recht auf Freiheit, ganz besondere Umstände und die Opfer einiger Mitgefangener hatten es möglich gemacht, daß er aus dem Lager, aus der Gefangenschaft herauskam. Alles andere lag bei ihm. Es hätte mißlingen können, es gelang. Er hat sich über Grenzen geschmuggelt, ist zweimal angeschossen, einmal getroffen worden, einige Tage in einem sumpfigen Gelände steckengeblieben, fast verhungert, aber er ist durchgekommen. Die Genossen dort — und er selbst — hatten sich das so vorgestellt. Er würde bis nach Prag kommen und dann zu den Führern der tschechischen Kommunisten gehen und ihnen sagen: Das und das geschieht, ihr habt vielleicht keine Ahnung davon gehabt, jetzt aber wißt ihr es. Also protestiert bei den Russen, droht, verlangt die sofortige Befreiung der Zehntausende Genossen, die unschuldig in den Gefängnissen schmachten, die in den Konzentrationslagern Sibiriens verkommen. Denn alles könnt ihr schlucken, aber das nicht. Nehmt zum Beispiel den Fall der deutschen Kommunisten in der Sowjetunion — oder der polnischen Genossen — oder der österreichischen Schutzbündler.

Ja, so hatte er sich das also vorgestellt. Kein Lärm nach außen, aber sofortige energische Aktionen auf den »inneren Linien«. Man hatte ihn aber nicht anhören wollen, für einen Lügner hatte man ihn erklärt. Daraufhin hatte er die Liste verfertigt. Fünfhundertdreiundsechzig Namen von den über sechshundert, die er dort auswendig gelernt hatte, waren ihm noch im Gedächtnis geblieben —, die hatte er aufgeschrieben — Genossen, Männer und Frauen, junge Menschen, zum Beispiel die Kinder Sönneckes —, die dort zugrunde gehen, schneller als in Dachau. Da hat man gesagt, daß er ein Verräter sei, man hat ihn bedroht. Dann ist er zu der Emigrationsleitung der deutschen Partei gegangen. Und dann hat er sich nach Paris durchgeschlagen, zur französischen Partei. Überall das gleiche. Ja, wenn er überall nur anstößt, nichts erreicht, was werden die Genossen dort denken? Vielleicht, daß er nicht durchgekommen, daß er tot ist. Aber zum Glück, oder zum Unglück, ist er eben nicht tot. Oder sie werden denken, daß alle ihre Opfer für nichts gewesen sind, das Opfer des russischen Genossen zum Beispiel, und daß er, Petrovitsch, sie vergessen hat. Immer wieder, auch mitten in der Schilderung, die dann endlich folgte, kam er auf jenen Russen zurück.

Dann sprach er in gleichmäßigem Ton, er rauchte nicht mehr, seine Hände ruhten auf den Knien, nur wenn der Regen heftiger auf die Luke schlug, hob er die Stimme. Er schilderte die Welle der Verhaftungen, die überfüllten Massenzellen, die Einzelzellen, die Verurteilungen ohne Gericht, ohne Verteidigung, den Transport in den überfüllten Waggons, den aussichtslosen Kampf gegen die Kriminellen unter den Mitgefangenen, Durst, Hunger, die endlosen Märsche, die Schikanen, das erste, das

zweite Lager — wie Menschen erniedrigt, wie sie ausgehöhlt wurden, bis ihr Sein nur noch für eine Empfindung Platz hatte: Hunger, und ein Gefühl: Müdigkeit, unbezwingbare Müdigkeit.
Die drei, die ihm zuhörten, saßen in gleicher Haltung — als ob ein schweres Gewicht sich immer tiefer auf jeden von ihnen hinabsenkte und ihn langsam, doch stetig niederdrückte. Sie wußten, der Mann log nicht. Albert und Dojno wußten es sehr genau, sie hatten Ähnliches in deutschen Lagern erlebt. Ähnliches nur, denn immer hatten sie die Hoffnung auf ihrer Seite gehabt. Aber was Petrovitsch erzählte, diese undramatische Botschaft vom Ende der Welt, ließ der Hoffnung keinen Raum. Er war wie dank einem Wunder durchgekommen, seit Monaten mühte er sich ab; die drei Männer waren die ersten, die ihn anhören wollten, und sie hatten keine Macht, gar keine.
Als Gaby das erstemal erwachte, schien es ihr, als ob eine dickflüssige hellbraune Masse von der Lampe auf den kurzgeschorenen Schädel des Fremden heruntergeströmte. Es war ein erschreckendes Bild, ihre Augen suchten Dojno, er saß da, vornübergebeugt, als hätte ihn der Schlaf überwältigt oder der Tod. Genauso saß Albert da. Sie fand sich erst wieder, als sie Djuras Augen erblickte. Er richtete sich gerade auf und führte die Hand ans Herz.
Sie dachte: Sie lassen mich nicht schlafen. Und der Regen, der so heftig aufs Dach schlägt! Ach, wenn doch schon der Tag anbräche. Sie schlief wieder ein.
Als sie ein anderes Mal die Augen aufschlug, da waren sie alle zusammen, die drei standen um den fremden Mann herum, der sich noch immer nicht vom Stuhl erhoben hatte, noch immer sprach. Sie wollte zuhören, bald begriff sie, daß er Namen nannte, einen nach dem andern. Nur selten unterbrach er sich, um irgend etwas zu sagen, dann folgten einander die Namen wieder.
Sie rief halblaut: »Dojno, was bedeutet das — alle diese Namen?« Er drehte sich schnell um und sagte: »Schlaf, Gaby, schlaf!« Auch die anderen sahen sie eine Weile an. Sie hatte das beklemmende Gefühl, daß alles unwirklich, Teil eines beängstigenden Traumes war. Warum war sie hier? Und hier — das war nicht mehr Paris, Frankreich, ihr eigenes Land — hier, das war

weit weg. Sie rief flehend: »Dojno!« Er kam ans Bett, sie vergrub ihr tränenfeuchtes Gesicht in seine Hände. Er sagte: »Du hast wahrscheinlich einen schlechten Traum gehabt, schlaf wieder ein, alles wird gut werden. Du wirst nicht mehr träumen.« Er legte sie sachte wieder hin und deckte sie bis an den Hals zu. Sie wollte nur noch den Regen hören, aber deutlicher noch als früher drangen die Namen auf sie ein. Fremde Namen. Nie hatte der Klang einer menschlichen Stimme sie so gequält. Dennoch schlief sie bald wieder ein.

Nun war Petrovitsch endlich zu Ende. Nein, er hatte nicht alles gesagt, nie sagt man alles. Aber jetzt kannten sie die Wahrheit und 563 von den Zehntausenden jener Männer und Frauen, die jeden von ihnen mehr angehen sollten als der eigene Hunger, der eigene Durst. Nein, er war noch nicht zu Ende, sprach schon wieder vom Hunger, vom Niemals-nicht-hungrig-Sein. Plötzlich brach er ab: »Ihr werdet es nicht verstehen, das kann niemand verstehen. Man muß es erlebt haben. Sogar wenn ihr im Lager bei Hitler gewesen seid, habt ihr es noch nicht richtig erlebt.« Endlich schwieg er wirklich, er begann wieder gierig zu rauchen.

»Nein, du bist kein Provokateur«, sagte Dojno. »Albert wird dich gleich mit seinem Freund zusammenbringen, der wird dich noch heute früh nach Norwegen mitnehmen. Ja, du hast uns die Wahrheit gesagt, trotzdem werden wir vorderhand nichts tun.«

»Du bist ein Spaßvogel, Genosse«, unterbrach ihn der Fremde. Plötzlich lachte er laut und in immer längeren Stößen, wie einer, der mit jedem Augenblick immer besser den Scherz durchschaut, mit dem man ihn foppen wollte. »Aha, aha, ich habe die Wahrheit gesagt, und trotzdem werdet ihr nichts tun, aha, aha!«

Sie schwiegen betreten; als er sich die Augen abwischte, war es mit einemmal nicht mehr sicher, ob es Tränen des Lachens waren.

»Der Grund hat einen Namen: Hitler!« sagte Dojno; er legte sachte die Hand auf Petrovitschs Schulter. Der schüttelte sie unwillig ab und erklärte: »Drei Stunden habe ich euch im Namen der Genossen unten den Grund dargelegt, warum ihr eingreifen müßt. Und wie du sagst, Genosse, der Grund hat

einen Namen: Stalin. Und andersherum fünfhundertdreiundsechzig Namen, die ich euch genannt habe. Die werden ausgelöscht sein, wenn ihr schweigt. Und was hat eure Freiheit für einen Sinn, wenn ihr schweigt, was für einen Sinn hat dann meine Flucht, meine Rettung? Was sitze ich hier in Paris, was soll ich denn in Norwegen suchen?« Er sprang auf, zuerst schien er wie nach Atem zu ringen, dann schlug er mit beiden Händen auf den Tisch und schrie, die Stimme überschlug sich: »Verrückt, ihr seid verrückt. Ich habe die Wahrheit gesagt und ihr werdet nichts tun? Ihr seid ja Mörder, schlimmer als Mörder, ihr seid ja, ihr verdient ja —«
Djura nahm ihn in seine Arme und beruhigte ihn wie ein Kind, das im Fieber gewalttätig geworden ist.
Albert sagte: »Was Faber meint, ist dies: Wir können keinen Zweifrontenkrieg führen. Der Hauptfeind ist Hitler, ihn muß man zuerst besiegen. Und da ist Rußland der sicherste, der einzig verläßliche Verbündete. Man darf den Verbündeten nicht vor der Schlacht schwächen, verstehst du das?«
Der Mann bemühte sich, nicht zu schreien: »Verrückt oder blind, das seid ihr. Stalin euer sicherster Verbündeter? Stalin hat alle seine Verbündeten umgebracht. Und sie sind stärker gewesen als ihr. Aber er hat sie geschwächt. Stalin — einzig verläßlicher Verbündeter! Verrückt oder blind, das seid ihr! Aber niemand will mir glauben. Djura, du, du bist doch ein Dichter, ein Mensch, der verstehen muß, was ich meine, du solltest wenigstens —«
Dojno setzte sich auf das Fußende des Bettes. Es war wieder das Herz, von ihm strahlte die Schwäche in die Glieder aus, dieses Gefühl, daß die Füße ihn nicht mehr tragen, die Hände nichts mehr greifen könnten, daß seine Stimme ungehört verhallen müßte. Ihm war's, als hörte er Djura hinter einer Wand sprechen. Und da wußte er, daß er ähnliches schon erlebt hatte. Es war weniger als zwei Jahre her, in Oslo. Da war Albert zu ihm gekommen, verzweifelt, in eine furchtbare Einsamkeit eingemauert. Daß er für Sönnecke sprechen, ihn retten sollte, hatte Albert verlangt. Und dann war er enttäuscht weggegangen. Aber Sönnecke war schon tot damals, das erfuhren sie erst später.
Und jetzt war dieser Milan Petrovitsch gekommen. Und nun war Albert dabei, ihm die guten taktischen Gründe auseinan-

derzusetzen, derentwegen man schweigen mußte. Sie hatten mit der Partei schon gebrochen, aber sie waren noch immer Komplizen, noch immer mitten in der Verschwörung des Schweigens.
Verrückt, blind — vielleicht sind wir es wirklich, dachte er. Man müßte alles ganz neu durchdenken, alle Taktik vergessen, man müßte — »Ja, ich gebe es zu«, sagte Petrovitsch, »noch einen Tag vor meiner eigenen Verhaftung, als schon so viele der Unseren weggeholt waren, was sage ich, als ich selbst schon Monate im Gefängnis war, selbst da noch glaubte ich an die Partei, an die GPU und daran, daß die Verhaftungen im allgemeinen gerechtfertigt waren. Ich bin blind gewesen, aber jetzt kenne ich die Wahrheit. Ihr kennt sie und darum — aber was nützt das? Wenn ihr doch nichts machen wollt!«
Wieder sprachen Djura und Albert geduldig auf ihn ein. Der Mann widersprach noch einige Male, dann verstummte er. Am Ende ließ er sich in den Mantel helfen, setzte den Hut auf, grüßte, eine flüchtige Handbewegung, und ging mit Albert weg.
Djura stellte sich auf einen Stuhl, öffnete die Luke und sah hinaus. Es war ein grauer Morgen.
»Dein Herz ist wieder nicht ganz in Ordnung? Komm, nimm einen Stuhl, stell dich neben mich! Der Regen hat aufgehört, der Anblick von Dächern ist immer beruhigend, sie haben ein gesundes Phlegma und sehen aus, als ob sie gerade einschlafen wollten. Komm, sieh dir den Glockenturm von St. Etienne du Mont an und die Kuppel des Pantheon!«
Sie stützten die Arme auf das Dach und blickten hinaus. Sie wollten Petrovitsch vergessen und sich selbst. Deshalb versenkten sie sich in den sonderbaren Anblick der Dächer und Türme, der Schluchten zwischen den Häuserreihen. Links sahen sie die Ile Saint-Louis und die Seine. Drei Lastbarken schwammen hintereinander den Fluß aufwärts, ein Mann holte langsam einen Kübel Wasser an Deck. Djura sagte:
»Unten in diesen Barken haben sie Kajüten. Am Tage bleibt man auf dem Deck, von Zeit zu Zeit betrachtet man die Ufer, die langsam vorübergleiten, und die Leute auf der festen Erde, die rennen, furchtbar beschäftigt sind, und man ist glücklich, weil man nicht zu ihnen gehört. Wir sollten uns ein solches Fahrzeug verschaffen, die Flüsse hinauf und hinab fahren, einige

Monate lang die Ufer nicht betreten, keine Zeitungen lesen, kein Radio hören. Was hältst du davon?«
»Nicht schlecht.«
»Man müßte von der Gegenwart Urlaub nehmen. Besonders gut für ein törichtes Herz, das zu feige ist, feige zu sein, und schwach wird jedesmal, wenn es der Gefahr des Irrtums begegnet. Du hättest dich nicht der Politik, sondern ausschließlich der Metaphysik ergeben sollen. Wahrheit und Irrtum bleiben da ohne wirkliche Konsequenzen, so wie ein Gedicht, in dem das Universum besungen wird, nie irgendeine Wirkung auf das Himmelsfirmament oder die Sterne, oder auch nur auf die Astronomen ausübt. Mir wäre es jedenfalls lieber, du wärest ein lebender Ontologe als ein krepierter Revolutionär. Könntest du nicht gläubig werden?«
Sie lachten beide, Dojno erwiderte:
»Auch wenn ich gläubig würde, Gott würde immer zu mir durch die Alberts und Petrovitschs sprechen und mich nicht mit der Gegenwart aussöhnen, und er würde darauf bestehen, daß das Gottesreich auf Erden und nirgends anders wirklich werden soll.«
»Ja, in diesem Falle mußt du einen guten Herzspezialisten nehmen. Ich habe ein Filmszenario verkauft, ich bin reich. Du mußt ein anderes Zimmer nehmen und dich kurieren lassen. Das Szenario in seiner endgültgen Fassung, in seiner Ewigkeitsform sozusagen, ist dumm wie die Nacht. Es beginnt zwar nicht schlecht, nämlich so . . .«

Während er die Stiegen hinunterging, war es Djura, als sähe er leibhaftig die Szene der Umarmung, in der Dojno wohl gerade Trost suchte. Und diese junge Frau würde nun glauben, dies wäre die letzte Nacht der Entfremdung zwischen ihnen gewesen, nun gehörte er ihr für immer. In dieser Nacht aber hatte sie ihn endgültig verloren.
Im *Bistrot*, in dem er sich stehend einen Kaffee geben ließ, begann er die Novelle auszudenken, es konnte vielleicht auch ein kleiner Roman sein. Nicht schlecht übrigens als Titel: »Kleiner Roman«. Er würde mit der Beschreibung der Szene beginnen, die sich soeben da oben in der Dachstube abspielte. Ganz stumme

Szene übrigens. Nachher merkt der Leser, daß der Held von irgendeiner Passion besessen ist. Sie ist gefährlich, muß geheimgehalten werden. Und niemals, auch am Ende nicht, soll der Leser erfahren, was das für eine Passion ist. Ist auch unwichtig, er würde überdies nicht verstehen. Langes *Flash-back*, dann ist es klar, der Held ist von seiner Passion ausgebrannt, in dieser stummen Szene hat er sie sogar vergessen. Und dann geht er hinunter, er will Blumen kaufen. Er kauft sie auch, aber die Frau wird sie nie bekommen; sie wird den Mann niemals mehr sehen.

Djura ließ sich ein Francstück wechseln, schob eine 5-Sous-Münze in den Apparat und drehte. Grün, rot, gelb. Wenn grün herauskam, gewann er fünfzig Centimes. Warum wird sie den Mann nicht mehr sehen? Ist es wirklich sicher, daß man der Liebe treuer ist als der Geliebten, daß man fast niemals zweimal wählt? Es kam gelb heraus; er setzte wieder auf grün, verlor, dann wählte er rot, gelb kam nun zum drittenmal heraus. Er mußte nach Hause, sich ausschlafen und dann mit klarem Kopf das Ganze durchdenken. Jetzt gewann er endlich die 50 Centimes. Petrovitschs Auftauchen mußte Dojnos Beziehung zu Gaby zerstören. Das war fraglos. Aber warum? Um solch eine einfache Frage zu beantworten, brauchte er nicht ausgeschlafen zu sein. Er verließ das *Bistrot*, er wollte die Seine entlang nach Hause gehen. Das Ganze erst einmal transponieren, dann mußte sich die Motivation von selbst ergeben. Für Taten und Unterlassungen Motive zu finden, war das leichteste am ganzen Handwerk. Jeder Mensch — eine Million Motive. Und eine Tat, höchstens zwei Taten, die einen Szenaristen interessieren konnten.

FÜNFTES KAPITEL

Die »Studien zur Soziologie des modernen Krieges« waren deutsch in einem kleinen Pariser Verlag erschienen. Stetten hatte die Druckkosten vorgeschossen, es stand zu erwarten, daß man bestenfalls 400 Exemplare verkaufen würde. Das Buch blieb ohne Widerhall. Die Presse der deutschen Emigration, fast völlig in der Hand der stalintreuen Kommunisten, schwieg das Buch auch deswegen tot, weil Dojnos Name neben dem Stettens als Autor erschien.

Die einzige unmittelbare Folge dieser Veröffentlichung war indessen fühlbar genug. Stettens ganzes Vermögen in Österreich wurde konfisziert, seine Konten in Schweizer Banken gesperrt. Dies entsprach einem offiziell geäußerten Wunsch der deutschen Machthaber; eine juristische Begründung wurde in der Klage gefunden, die Marlies im Namen ihrer Tochter Agnes gegen deren Großvater anstrengte.

Der Professor kümmerte sich wenig um den Prozeß. Er hatte noch für sechs Monate zu leben. Er rechnete aus, daß er fast genau am Tage, da er sein siebzigstes Lebensjahr erreicht haben würde, am 16. Januar 1940, zum erstenmal die unsichtbare Grenze überschreiten würde, die ihn bisher von den Armen getrennt hatte. Er war neugierig, wie er der Armut widerstehen würde. Er hatte keine Angst vor ihr, glaubte er.

Aber um auch nur bis zu seinem Geburtstag sein Auslangen zu finden, mußte er die Lebenshaltung verbilligen. Er mietete in einem Hotel zwei Zimmer, eines genügte keineswegs, die Bücher allein konnten leicht einen kleinen Raum ausfüllen. Er hätte sie verkaufen sollen, aber er hatte sie testamentarisch Dojno vermacht und betrachtete sie nicht mehr als sein Eigentum.

So wohnten sie nun Tür an Tür, Dojno schlief im Bücherzimmer, sie arbeiteten in Stettens Stube.

Der Sommer kam, die Stadt leerte sich schnell nach den Festen des 14. Juli, die so schön waren, daß man hätte denken mögen, alle wüßten, daß es nun trotz allem zu Ende ging, daß die Stadt ihre Heiterkeit bald verlieren würde. Jedenfalls schien es

Dojno und seinen Freunden so. Sie spazierten durch die Straßen, sahen den Tänzern zu, aber diesmal tanzten sie selbst nicht mehr. Das Leben war für sie alle noch schwerer geworden in den letzten Monaten, überdies hatten sie erst vor kurzem die Nachricht vom Tode Petrovitschs erhalten. Die norwegischen Sozialisten hatten sich seiner angenommen, es ihm an nichts fehlen lassen. Eines Abends warf er sich unter einen fahrenden Zug. Er ließ einen Brief zurück, in dem er den Freunden Feigheit vorwarf und ihre Mittäterschaft am »größten Verbrechen«, am »größten Betrug«. Sie erwogen, ob sie den Brief nicht veröffentlichen sollten. Die kommunistischen Parteien betrieben in der ganzen Welt die Politik des energischsten Widerstandes gegen die Nazis; sie waren die ersten, die tätigsten Vorkämpfer gegen jede Kapitulation. Das Rußland Stalins nahm die gleiche Haltung ein. Die Freunde beschlossen, den Brief nicht zu veröffentlichen. Zwar griffen sie auf der »inneren Linie« die Partei an, aber sie schwiegen über Rußland. Das stärkste Argument gegen Nazideutschland wurde schwach, glaubten sie, wenn man der Welt die Existenz jener Lager mitteilte, aus denen Petrovitsch entflohen war. Seine Botschaft mußte geheim bleiben.

Josmar und Edi arbeiteten noch weiterhin an ihren Projekten. An den politischen und den technischen. Zwar hatten sie die Fehlschläge nicht überwunden, aber man mußte bereit sein.

Dojno war von seiner Negerschreiberei in Anspruch genommen. Er hatte binnen kurzem 300 Seiten über die Geschichte der Vehikel abzuliefern. Ein berühmter Schriftsteller würde daraus einen Welterfolg machen, der amerikanische Verleger hatte allein auf die Vorankündigung hin viele Tausende Exemplare placiert. Das ganzseitige Inserat zeigte den Autor am Steuer seiner Jacht, ein preisgekröntes Photo übrigens, dann folgte in gotisch stilisierten Lettern dessen Name und schließlich in roter Schrift der Titel: »Und ich bewege mich doch...« Der Untertitel in Schattenlettern: »Autobiographie des besten Dieners der Menschheit.« Von der Ecke diagonal aufsteigend: »Autor und Verleger werden dieses absolut einmalige, entscheidende Werk über die Zivilisation des Menschengeschlechts öffentlich für einen Mißerfolg erklären, wenn ein Jahr nach Erscheinen weniger als 875 000 — achthundertfünfundsiebzigtausend — Exemplare verkauft sind!«

Stetten, der an aller Reklame viel Spaß fand, bewahrte diese Seite auf. »Ein Kulturdokument, das nach einer Replik schreit. Sobald Sie Ihr königliches Honorar eingeheimst haben, werden wir ein Inserat veröffentlichen: ›Von unserem Buch sind bereits 67 Exemplare verkauft. Sollte es gelingen, noch weitere 33 Käufer zu finden, so werden wir es öffentlich für den durchschlagendsten Erfolg des Jahres 1939 erklären.‹ Darunter unsere Unterschriften, in Faksimile natürlich — erfolgreiche Autoren lassen sich nicht lumpen.«
Der Professor bereitete übrigens eine neue Studie vor. Er verschlang Bücher über politische Attentate. Sobald Dojno mit den Vehikeln fertig war, sollte er seinen Beitrag zu der Studie über den Terrorismus vorbereiten.

Das war der Sommer 1939. Nicht zu heiß, nicht verregnet, meteorologisch nicht bemerkenswert. Ganz Frankreich schien sich verschworen zu haben, in Ferien zu gehen. Nie hatte man solche Massen an den Ufern der Meere, der Flüsse, in den Bergen, in den Tälern und in den verschlafenen Dörfern gesehen.
Im Frühling war die spanische Republik erledigt, die Tschechoslowakei besetzt worden, auch das kleine Albanien existierte nicht mehr. Nun sprachen die Zeitungen von Polen, von irgendeinem Danzig. Kriege fangen gewöhnlich im Frühherbst an, wenn die Ernte hereingebracht ist, sagten sich die Leute. Die meisten von ihnen wollten übrigens schon am 15. August, oder spätestens am 31., zurückfahren. Vorher gab es jedenfalls keinen Krieg und nachher wahrscheinlich doch auch nicht. Danzig! So heißt kein Ort, dessentwegen man einen Weltkrieg macht. Oder vielleicht doch, wer konnte das wissen? Was wollte man denn Besonderes? Ein bißchen Ruhe. Man hatte doch darauf wohl ein Recht, aber die ließen einen nicht in Ruhe. Man griff zu den letzten Ausgaben der Zeitungen aus der Hauptstadt — Flugzeuge warfen sie über den Stränden ab —, hielt der Adolf nicht schon wieder eine Rede? Was hatte er eigentlich gestern gesagt? Was wird er morgen sagen? Andererseits, wenn es ernst wurde, dann wird man ja sehen! Alle Zeitungen brachten rühmende Reportagen über die Rote Armee — ganze Fallschirmregimenter, die russischen Tanks und die Flugzeuge und diese strammen

Burschen, wie sie da über den Roten Platz marschierten! Das letztemal, naja, es war nicht gerade die vielgerühmte Dampfwalze gewesen, nein, die Russen sind in die verkehrte Richtung gelaufen, am Ende sind sie gar ausgesprungen, Brest-Litowsk, und haben uns mit den Deutschen allein gelassen und mit den Anleihen. Aber dieses Mal haben wir keine russischen Anleihen mehr, dafür haben die Russen eine Armee, die nicht darauf wartet, daß wir ihnen Gewehre schicken, und einen Mann an ihrer Spitze, der weiß, was er will.
Und da war also die Geschichte mit dem Diebstahl im Louvre. Sehr interessant! Vor dem ersten Krieg hatte man die Mona Lisa gestohlen, jetzt war es ein kleineres Bild, aber von einem französischen Maler. Und dann stellte es sich heraus, daß das gar kein echter Diebstahl war, sondern nur Mache, freche Reklame. Die jungen Leute wollten Karriere machen und hatten gestohlen, um dann in der Presse die Geschichte ihres Diebstahls veröffentlichen zu können. Das war zu dumm! Die Öffentlichkeit so zu täuschen! Zuerst glaubt man, es handelt sich um einen Meisterdieb, und dann — nein, also, da muß man wirklich sagen...
Und dann kam die Nachricht, und es sagten einige, besonders die Linken, nun ja, das wäre eben wieder so eine Reklame, ein Täuschungsmanöver in letzter Minute, ein unverschämter Schwindel — genauso wie der Bilddiebstahl. Und eine Zeitung schrieb auch auf der ersten Seite in Balkenlettern: »Monströse Lüge des offiziellen deutschen Nachrichtenbüros!« Und da waren andere Morgenblätter, deren außenpolitische Redakteure stets so unglaublich gut informiert waren, daß sie alle Geheimnisse aller »*Chancelleries*« bis in jede Einzelheit kannten — nun, diese Tausendsassas kommentierten die Nachricht nicht, erwähnten sie überhaupt nicht.
Dann kamen die Mittagsblätter. Da gab es keinen Zweifel mehr. Ribbentrop war auf dem Wege nach Moskau, um einen Nichtangriffspakt abzuschließen. Die französischen und englischen Unterhändler konnten nach Hause fahren. Sie hatten die Mauer gemacht, man brauchte sie nicht mehr; das Spiel war aus, der Ernst begann.
Der Pakt wurde nach Mitternacht unterzeichnet. Es war also schon der 24. August, der Tag des heiligen Bartholomäus.

Stalin und Ribbentrop wurden photographiert, sie lächelten für die Nachwelt, drückten einander herzlich die Hand. Dann brachte der Führer der Weltrevolution und der Antifaschisten einen Toast aus: »Ich weiß, wie die deutsche Nation ihren Führer liebt — ich trinke auf sein Wohl!«

»Der russisch-deutsche Pakt rettet den Weltfrieden!« Mit solchen Titeln stellte sich die kommunistische Presse anderntags den verwirrten Lesern vor. Jawohl, der geniale Stalin hatte Hitler die Hände gebunden, diesmal gab's Frieden, ohne daß man vor den Nazis auch nur um einen Millimeter zurückwich. Jedenfalls, die Kommunisten waren nach wie vor, mehr als je vorher, in der ersten Reihe der Kämpfer gegen den Faschismus, an der Spitze der Verteidiger der Freiheit und des Vaterlandes usw. ... Und der Nichtangriffspakt hob natürlich die Bestimmungen des russisch-französischen Bündnisvertrages nicht auf. So schrieben diese Zeitungen; ihre Leser, gewohnt und entschlossen, ihnen alles zu glauben, waren die einzigen, die nicht glauben wollten, daß der Krieg unmittelbar bevorstand. Sie waren verwirrt, als er ausbrach — so oft hatte Moskau den Weltfrieden gerettet, nach jedem Prozeß stand es in den Parteizeitungen zu lesen. Je mehr alte Kommunisten hingeschlachtet wurden, um so sicherer war der Frieden. Am Ende opferte Stalin die Führer und Organisatoren der Roten Armee dem Frieden. Nun hatte er seinethalben den deutsch-russischen Pakt unterzeichnet — und sieben Tage später war der Krieg da. Die Gläubigen wollten nicht zweifeln, nur sollte man ihnen besser erklären, damit sie selbst vollkommen verstünden und andere überzeugen könnten.

Am 2. September stimmten die kommunistischen Deputierten für die Militärkredite, also war der Krieg gegen Hitler ein gerechter, ein guter Krieg. Fünf Jahre hatte man sich die Kehle heiser geschrien: Hitler ist der »Agressor«, ihm muß das Handwerk gelegt werden! Alle anderen Fragen hatte man inzwischen zu vergessen. Nein, man änderte nicht die Generallinie, und das bedeutete, daß Rußland bald in den Kampf eintreten würde — heute abend, morgen früh. Oho, Stalin wußte, was er tat. Er hat sich den Hitler um den Finger gewickelt.

Stetten meinte: »Es ist nun wirklich unmöglich geworden, zu entscheiden, welche Presse verächtlicher ist, die bürgerliche oder die kommunistische. Wenn ich in den Zeitungen, die den Münchener Pakt glorifiziert und den verratenen Tschechen Vorhaltungen gemacht haben, die paroxystische moralische Empörung über den russischen Treubruch lese, so erinnert mich das daran, daß die Huren das Wort ›Hure‹ als Schimpfwort benutzen. Das sollte eigentlich einen Moralisten befriedigen. Aber Werlé wirft mir mit Recht vor, daß ich die Moral immer vernachlässigt habe. Wenn man andererseits in den gleichen bürgerlichen Blättern liest, daß der Stalin den Hitler gezwungen hat, den Kommunismus in Deutschland zu fördern, so wird man doch versöhnlich gestimmt. So abgrundlos der Zynismus dieser Journalisten ist, ihre Dummheit ist noch weit größer. ›*La colère des imbéciles déferle sur le monde!*‹ hat Bernanos geschrieben. Seltsam und schade, daß gerade ein Katholik dieses treffende Wort geprägt hat. Und was nun Ihre früheren Freunde betrifft, mein lieber Dion, deren Verlogenheit hat einen höheren Grad erreicht: Aller Glaube wird in natürlichster Weise schlechter Glaube. Die Lüge ist total und totalitärer als bei den Nazis, ihren neuen Bundesgenossen, die Wahrheit ist ein Zwischenfall, ein Unfall. Sie selbst haben einmal gegen die private Wahrheit gewettert, ihr wolltet Sie den Irrtum vorziehen, sofern er nur kollektiv war. Nun, Ihre Hoffnungen sind übertroffen, die private Wahrheit wird zum wohlbehüteten Geheimnis einiger weniger, die in Gefahr sind, es zu vergessen oder an ihm zu sterben.«

Jene Tage und Nächte waren von Gesprächen angefüllt. Nur zwischendurch hatte Dojno Zeit gefunden, er hatte über vier Stunden Schlange gestanden, um sich freiwillig für den Kriegsdienst in der französischen Armee zu melden. Seine Einberufung konnte nun jeden Tag erfolgen. Die zwei Zimmer waren vom frühen Morgen bis in die späte Nacht von Besuchern voll. Es kamen Leute, die mit Dojno gebrochen hatten, als er die Partei verließ, nun waren sie schwankend geworden, ihnen schien's, die Erde bebte unter ihren Füßen. Die Deutschen waren ganz besonders beunruhigt, schneller als ihre französischen Genossen hatten sie begriffen, daß, was da in Moskau geschehen war, in einer unsäglich grausamen Weise alle Opfer entwertete: »... als ob wir selbst die Ermordeten aus den Gräbern holen und den Hunden vorwerfen müßten und dazu hurra schreien, so sieht es aus«, sagte einer von ihnen. Er war groß, robust; eine Verletzung, die er in einer Straßenschlacht in Chemnitz erlitten hatte, entstellte sein Gesicht furchtbar. Kaum zwei Jahre waren vergangen, seit er jene Resolution verfaßt hatte, in der Dojno verdammt, als »Überläufer und wankelmütiger Pseudotheoretiker« angeprangert worden war. Nun saß er auf dem Bett des »Überläufers«, die beiden Hände an den Rand des Gestells gekrampft, als drohte es unter ihm wegzurutschen. Immer wieder sprach er den Satz vor sich hin: »Wenn denn die Partei futsch ist, kaputt, dann gibt es überhaupt nichts mehr. Die Genossen zu Hause, die werden nicht verstehen.« Gegen Abend schlief er sitzend ein, mit offenem Mund. Stetten wollte ihn loswerden, er weckte ihn und sagte: »Vor zwei Jahren haben Sie Faber als ›Überläufer, als Verräter‹ bezeichnet. Was suchen Sie bei dem Verräter?«

»Vor zwei Jahren ist er tatsächlich ein Überläufer gewesen!« antwortete der Mann heftig. »Da ist nicht daran zu tippen! Man muß immer die taktische Situation im Auge behalten! Das können Sie nicht verstehen, Sie sind kein Kommunist.«

»Und Sie, was sind Sie jetzt selbst?«

»Wenn ich das wüßte, mein Gott, wenn ich nur wüßte, was ich bin, wenn es nur endlich klare Direktiven gäbe, eine Linie!«

»Die werden Sie hier nicht bekommen. Am besten, Sie gehen sie anderswo suchen, und zwar sofort!« sagte Stetten spöttisch. Der Mann suchte Dojno mit den Augen, fand ihn nicht und verließ zögernd das Zimmer.

Später am Abend kam ein französischer Genosse. Er saß lange schweigend da, lauschte auf alle Reden, als erwartete er, irgendeiner würde endlich die entscheidenden, erlösenden Worte sagen. Dann, unvermittelt, wandte er sich in gebrochenem Deutsch an Edi:

»Es ist lächerlich, ich muß mir das Geständnis abringen: ich schäme mich ganz einfach, ich schäme mich. Ich nehme den Hörer nicht ab, wenn es klingelt, ich möchte niemanden sehen. Seit Jahren habe ich jeden Tag drei Seiten geschrieben, gegen Hitler, gegen jede Verständigung mit ihm, gegen München. Das große Beispiel, den sicheren Verbündeten Stalin habe ich jeden Tag laut gepriesen. Und ich habe soviel geschluckt, soviel Dreck, soviel Lüge. Ich schäme mich.«

In der Nacht des 3. September — Frankreich war seit fünf Uhr nachmittags im Kriegszustand — kamen die ersten Fliegeralarme. Das Sirenengeheul brach fürchterlich in den Traum der Schläfer ein, so daß sie erwachend sich von einer Angst befreien mußten, die wie aus Urtiefen aufgestiegen war. Alle gingen in die Keller. Als man sie wieder verlassen durfte, erhielt man von den Luftschutzmannschaften widersprechende Auskünfte. Manche hatten Luftgeschwader gesehen, andere ein einziges Flugzeug, wieder andere einen nächtlich bewölkten Himmel, der einen Frühmorgenregen ankündigte. Wer sich wieder hinlegte, um schnell noch einige Stunden Schlaf zu erraffen, wurde bald zum zweitenmal geweckt. Das Sirenengeheul flößte nicht mehr solche Angst ein.

Erst gegen Morgen durfte man die Keller wieder verlassen. Stetten begleitete Dojno in sein Zimmer, beiden war der Schlaf vergangen.

»Mit dieser Nacht beginnt Ihre Rückkehr nach Wien, den Augenblick sollten wir feiern!« meinte Dojno.

»Der Krieg wird sehr lange dauern«, antwortete Stetten gelassen. »Ich weiß nicht, ob ich sein Ende erleben werde. Aber nach Wien werde ich niemals mehr zurückkehren. Ich habe die Stadt zu sehr geliebt, als daß ich ihr je verzeihen könnte — so wie Sie dem Kommunismus seine Verrottung nie verzeihen werden.«

»Der Vergleich überzeugt mich nicht, denn eine Stadt ist nicht —«

»Lassen Sie, Dion, es ist jedenfalls zu früh, an Rückkehr zu denken. Diese Alarme gefallen mir nicht. Lachen Sie nicht, ich meine es ernst. Wenn sie der Übung dienen sollen, kommen sie zu spät, wenn sie aber ernst sein sollen, ist es ein schlechtes Zeichen. Irgendwo fliegt ein deutsches Flugzeug in französisches Gebiet ein, und ein Dutzend Millionen Menschen zwischen Straßburg und Paris werden aus dem Schlaf gerissen, in den Keller gejagt, um wichtige Stunden beraubt — sind die verantwortlichen Männer von allen guten Geistern verlassen, haben sie nicht vor Jahren schon solche Fragen ernst durchdacht?«

»Es ist die erste Nacht, wahrscheinlich handelt es sich um eine Probe. Die Bevölkerung soll es lernen, den Alarm ernst zu nehmen.«

»Unsinn«, sagte Stetten ungeduldig, »so lernt sie es nicht, ganz im Gegenteil! Ihre Einberufung kann schon mit der Frühpost kommen — ist Ihnen nicht bange vor der Kaserne, vor den Unteroffizieren? Von dem, was nachher kommt, wollen wir gar nicht sprechen.«

»Nachher kommt die Niederlage des Dritten Reichs — vorderhand denke ich nur daran. In der Kaserne werde ich an die Unteroffiziere denken, wahrscheinlich. An der Front — welcher Soldat sieht da noch das Ziel oder selbst den Sinn des Krieges?«

»Sie werden es tun.«

»Ich weiß nicht. Nun sollten Sie aber doch zu Bett gehen, Professor; bald werden die Besucher kommen, der Tag wird sicher so geräuschvoll sein wie die ganze letzte Woche.«

»Haben schon alle Ihr Manifest ›Gegen Hitler und seinen Bundesgenossen Stalin‹ unterzeichnet?«

»Nein, manche zögern noch. Der betrogene Ehemann, der seine Frau nackt mit einem nackten Mann im Bett weiß und darob zum Opfer quälender Zweifel wird, ob ihn seine Frau vielleicht doch nicht betrügt, ist zum Vorbild vieler meiner Genossen geworden. So wie er angesichts der Drohungen Hitlers jahrelang das Vorbild der demokratischen Politiker gewesen ist.«

»Das Gebrüll der Schwachköpfe erfüllt die Welt.«

»Nein, jener Hahnrei ist nicht notwendig ein Dummkopf. Er würde die Gewißheit akzeptieren, wenn er zuvor eine andere, tröstlichere bekäme. In jeder Stadt müßte es ein Denkmal geben mit der Inschrift: ›Den Betrügern — die dankbaren Betrogenen.‹ Robespierre hat den Parisern ein Mädchen von, hieß es, fragwürdigem Lebenswandel als Göttin der Vernunft und der Tugend präsentiert. Die Folgen sind der Vernunft nicht dienlich gewesen. Man müßte den Menschen alljährlich einen Gott des Betrugs vorstellen, um sie an negative Gewißheiten zu gewöhnen. *En attendant,* ist dieser Krieg eine vollkommen negative Gewißheit: Wir kämpfen gegen etwas, aber wir haben nicht, wofür zu kämpfen.«

»Für die Einigung des Planeten«, sagte Stetten, »wir haben es geschrieben.«

»Ja, 67 Personen haben es gelesen.«

»Wie können Sie das sagen, Dion! Wissen Sie nicht, daß in den letzten drei Monaten der Verkauf um mehr als 20 Prozent

gestiegen ist — wir haben bereits 81 Leser und ohne Zweifel den Wind in unsern Segeln!«
Beide lachten herzhaft, sie waren nicht enttäuscht. Das Sirenengeheul, das den dritten Fliegeralarm ankündigte, unterbrach sie. Sie traten ans Fenster. Der Himmel war klar, die Wölkchen am Horizont ganz weiß. Sie sahen zu den Türmen von Notre Dame hinüber, von dort schien das Geheul zu kommen. Fast waren sie erstaunt, daß die Kathedrale unbewegt dastand. Im Augenblick liebten sie sie zärtlich. Als ob er sich selbst und Stetten zurechtweisen müßte, sagte Dojno: »Nein, noch wichtiger, als solchen Bau zu retten, ist es, Kinder vor dem Tod zu bewahren, vor Krankheit und Verwahrlosung und vor einem Leben, darin sie sich selbst verachten müßten. Ich hasse den Krieg seit meiner Kindheit und habe ihn nun herbeiwünschen müssen — das ist erniedrigender als der Speichel der Gestapo auf meinem Gesicht.«
Ununterbrochenes Klingeln drang von der Straße herauf. Stetten sagte:
»Das bedeutet Gasalarm. Da wäre es vielleicht gescheiter, oben zu bleiben. Also gehen wir schnell in den Keller!«
Sie beugten sich zu den Fenstern hinaus. Weit und breit kein Flugzeug zu sehen. Während sie die Stiegen hinuntergingen, flüsterte Stetten: »Wir sind mitten in einer Operette. Operetten kündigen immer vernichtende Niederlagen an. Glauben Sie es einem alten Wiener!«
Die Alarme folgten einander bei Tag und bei Nacht, sie störten jede ordentliche Tätigkeit. Allen war es zur Pflicht gemacht, immer die Gasmaske bei sich zu haben, niemals ohne sie auszugehen. Die Gemeindeämter hatten sie an die gesamte Bevölkerung verteilt, aber nicht an die Ausländer. Die Reichen indes konnten sie sich leicht unter der Hand verschaffen, die Emigranten mußten sich notfalls feuchte Tücher vor Mund und Nase halten. Diese Sorge und viele andere wurden ihnen nach wenigen Tagen abgenommen. An den Plakatwänden erschienen Kundmachungen: Alle aus Deutschland und Österreich stammenden Männer, die das siebzigste Lebensjahr nicht überschritten hatten, mußten sich binnen kürzester Frist in ein Stadion begeben. Es wurde keinerlei Unterschied gemacht zwischen denen, welche auf ihre Staatsangehörigkeit verzichtet oder ihrer

verlustig erklärt worden waren, und den hitlertreuen Deutschen. Selbst jene hatten sich zu stellen, die sich vor Wochen und Monaten als Kriegsfreiwillige gemeldet hatten.
»Haben Sie das gelesen?« fragte Stetten, der die Kundmachung in der Zeitung fand.
»Ja, heute früh. Es ist affichiert. Ich bin gleich zu Werlé gegangen. Er verwendet sich dafür, daß man Ihnen die Internierung erspare. Ich erwarte seinen Anruf, er wird sicher Erfolg haben. Ihr Dossier enthält ausreichend Beweise für Ihre antifaschistische Haltung, überdies fehlen Ihnen ja nur vier Monate bis zum 70. Lebensjahr.«
»Ist das wirklich alles, was Sie zu sagen haben?« fragte der alte Mann; die Zeitung raschelte in der zitternden Hand, sein Kinn bebte. »Man hat mir zuerst das Visum und die Aufenthaltserlaubnis verweigert, eben weil man ganz genau wußte, daß ich Anti-Nazi bin, und jetzt sperrt man Leute wie mich ins Lager, weil sie deutscher oder österreichischer Abstammung sind? Wissen Sie nicht, was das bedeutet, erkennen Sie in dieser Kleinigkeit nicht ein beängstigendes Vorzeichen? Ich gehe nicht ins Lager! Daß mich die Nazis eingesperrt haben, das war in Ordnung, aber daß die hier mir im Namen der Freiheit und der Demokratie die Freiheit rauben — das ertrage ich nicht.«
Dojno bemühte sich vergebens, ihn zu beruhigen oder ihn wenigstens abzulenken. Endlich kam Werlé, er brachte schlechte Nachricht. Es war zwar vorgesehen, eine kleine Anzahl von Männern zu dispensieren, die Liste wurde gerade aufgestellt — es handelte sich ausschließlich um politisch aktive Leute. Stetten zählte nicht zu ihnen. Werlé empfahl ihm, erst einmal der Aufforderung Folge zu leisten, um *en règle* zu sein. Man würde ihn nach wenigen Tagen herausholen. Schließlich war diese Maßnahme ja sinnvoll, alle Dossiers mußten geprüft werden, wie leicht konnten sich Spione unter die Emigranten geschmuggelt haben. Der Krieg erheischte Opfer von allen, die Zeit der Leichtfertigkeit war vorbei, man mußte alle Maßnahmen gutheißen, die dem Sieg förderlich sein konnten. Dojno entgegnete: »Daß es unter den Emigranten Agenten der Gestapo und auch anderer Polizeien gibt, ist mehr als wahrscheinlich. Deren Aufgabe ist es nicht, militärische Spionage zu betreiben, sondern die politisch interessanten Flüchtlinge zu bespitzeln. Spione haben

gute Pässe und weisen sich gewöhnlich als Bürger neutraler und verbündeter Staaten aus. Warum glauben Sie, daß die Polizei die paar Spitzel leichter entlarven wird, wenn sie alle Emigranten einsperrt?«

»Verzeihen Sie, mein lieber Kollege«, rief Werlé ungeduldig aus, »aber ich kann es keineswegs gut finden, daß Sie Maßnahmen unserer Regierung kritisieren!«

Stetten ging zur Tür und öffnete sie. »Ich danke Ihnen, Herr Werlé, für Ihre Bemühungen.« sagte er kühl.

»Aber ich bitte Sie, Stetten, seien Sie doch nicht ungeduldig, ich selbst werde Sie bis zum Tor des Stadions begleiten.«

»Niemand wird mich dahin begleiten, ich werde nie hingehen. Und da dies das letzte Mal ist, daß ich Sie sehe, will ich Ihnen auch dies zur Kenntnis bringen. Ich identifiziere mein Land mit seiner Regierung und verurteile es. Wenn Sie ein wirklicher Patriot sind, danken Sie mir dafür, daß ich vorderhand Frankreich über seine Regierung stelle. Diese kritisiere ich, damit ich alter Mann nicht einer Liebe abschwören muß, die nun über ein halbes Jahrhundert währt. Adieu!«

Gegen Abend rief Werlé an. Er war gekränkt, aber doch mehr um den alten Freund besorgt. Er brachte alle erdenklichen Gründe vor, derentwegen Dojno Stetten überzeugen mußte, nachzugeben. Am Ende meinte er: »Sie als Pole, als Bürger eines verbündeten Staates, Sie müßten doch verstehen!«

Dojno antwortete: »Nicht um mein Verständnis geht es, sondern um das Ihre. Stetten weigert sich nicht aus persönlichen Gründen, nicht aus Angst vor dem Lager. Sein eigener Fall erscheint ihm nicht wichtig, aber mit Recht charakteristisch. Er lehnt es ab, Komplize einer Aktion zu werden, die seine Einsicht beleidigt. In solchem Falle hat er nie nachgegeben. Deswegen verehre ich ihn seit Jahrzehnten, auch deswegen. Wie sollte ich ihn da überzeugen können?«

Es wurde eine furchtbare Nacht. Das Sirenengeheul wiederholte sich einigemal, sie gingen nicht in den Keller hinunter. Stetten sprach ununterbrochen, seine Redeweise wurde immer heftiger. Dojno begann, um den alten Mann zu fürchten, der halbangezogen auf dem Bett saß, am ganzen Leib zitternd, einen Pantoffel in der Hand, mit dem er heftig gestikulierte, das Gesicht bleich und verfallen.

»Lassen Sie mich mit diesem Morgenrock in Ruh!« schrie er, er wollte die Sirenen überschreien. »Wissen Sie denn nicht, daß Sie sich immer geirrt haben? Über 20 Jahre kenne ich Sie nun, immer haben Sie den Irrtum gepredigt. Die russische Revolution, die proletarische Revolution in Deutschland, in China — wo nicht! Und dann, als Ihnen nichts mehr von allem blieb, da war noch Rußland der sicherste Verbündete. Als der arme Teufel aus Sibirien kam, da haben Sie ihn allein gelassen, allein mit der Wahrheit und der Qual, vor der er unter die Eisenbahnräder flüchten mußte. Und jetzt, jetzt haben Sie zu dieser Regierung Vertrauen! Sie wagen es, mir zuzureden, mich in die Hände dieser Polizei zu geben! Und was werden Sie tun, Faber, wenn eines Tages diese Polizei uns der Gestapo ausliefert? Als Geisel, als Tauschgut, als —«

»Bitte, Professor, wie können Sie!«

»Schweigen Sie, ich vertrage nicht mehr Ihr Geschwätz, diesen gar zu impermeablen jüdischen Optimismus! Antworten Sie auf eine einfache Frage: Wird Polen jetzt den Deutschen ausgeliefert, ja oder nein?«

»Es sind ja die ersten Tage, man muß abwarten. Sicher hat der französische Generalstab einen Plan, irgendeine größere Aktion wird —«

»Nein, ich kann Ihnen wirklich nicht mehr zuhören. Sie haben unsere Auswanderung verhindert, Sie sind blind oder verrückt. Sie —!«

Gegen zwei Uhr morgens hatte Stetten den Herzanfall. Er lag röchelnd da, hilflos und doch abweisend. Er versuchte, Dojno von sich fernzuhalten.

Als der Arzt endlich kam, ging es schon besser. Dr. Boļenski war ein Pole, er hatte kein Recht, Privatpraxis auszuüben, ein Rezept auszuschreiben. Er empfahl Herzstärkungsmittel und versprach, mit einem französischen Kollegen wiederzukommen. Man würde wahrscheinlich ein Elektrokardiogramm brauchen, es mußte nichts Schlimmes sein, sagte er Dojno auf dem Gang, und es konnte ebensowohl das Vorzeichen vom Schlimmsten sein. Jedenfalls war keine Rede davon, daß der alte Mann in irgendein Lager ging, ein ärztliches Attest würde ihn bis auf weiteres dessen entheben.

»Ach, es ist schon heller Tag. Ich habe gut und traumlos geschlafen. Armer Junge, Sie müssen ja todmüde sein, gehen Sie schlafen.«
»Nein, ich bin im Stuhl eingenickt, auch eben erst erwacht. Es geht Ihnen besser, man sieht es Ihnen an.«
»Geben Sie mir die Hand, sagen Sie mir, daß Sie mir verzeihen! Ich bin schlecht und ungerecht zu Ihnen gewesen, habe Gift auf Sie verspritzt, das mehr noch aus meinem Körper als aus meiner Seele kam. Man müßte in psycho-physiologischen Studien nachlesen, um solche Zustände besser zu verstehen, vielleicht gar um sie zu meistern. Ich hatte immer gehofft, ich würde ein Greis ohne Boshaftigkeit sein, aber —«
»Sie sind durchaus ohne Boshaftigkeit. Der Arzt wird bald kommen und das Attest bringen. Schlafen Sie noch ein wenig.«
Dr. Bolenski, er trug nun die polnische Offiziersuniform, kam am späten Vormittag in Begleitung eines älteren französischen Kollegen. Dr. Meunier mußte sich von der Anstrengung des Stiegensteigens erst ausruhen, er setzte sich an das Bett, sein Atem beruhigte sich langsam. Er war mittelgroß, zart, er hatte ein offenes Gesicht, helle, junge Augen, einen spöttischen Mund, schöne, kluge Hände. Er betrachtete erst aufmerksam das Zimmer, dann Dojno, dann erst wandte er sich dem Kranken zu. Er wollte ihn gründlich untersuchen, wünschte, mit ihm allein zu bleiben. Der polnische Arzt verabschiedete sich von allen, in wenigen Stunden wollte er das Land verlassen, auf einem besonderen Weg nach Polen gehen. Dojno wartete über eine Stunde, ehe Meunier zu ihm ins Zimmer kam.
»Hätte mir Bolenski gesagt, wie hoch Sie wohnen, so hätte ich abgelehnt, ich kann mir solche Klettereien nicht mehr erlauben. Und wären die Nachrichten aus Polen heute früh nicht so schlecht gewesen, wäre ich auch nicht gekommen. Seltsam, wie Dinge zusammenhängen! Jedenfalls, ich bin nun froh, daß ich da bin. Baron von Stetten ist ein bemerkenswerter Mann.«
Dojno wartete, daß ihm der Doktor das Resultat der Untersuchung mitteilte, aber der alte Arzt hatte es nicht eilig. Während er sprach, waren seine klugen Augen auf Wanderschaft, die Augen eines alten, dank Erfahrung und Erfolg selbstsicheren Diagnostikers, der weiß, daß er so viel mehr sieht als andere und daß er so viel mehr versteht, als er sieht. Aber die Zeit

seines Hochmuts war vorbei, er wußte es, die anderen hatten die Wandlung nicht erkannt. Seit einigen Jahren lebte er in der Erwartung eines plötzlichen Todes. Er fürchtete ihn nicht sehr, nein, aber die Drohung beherrschte sein Leben, schon hatte sie seine Fähigkeit zu genießen zerstört. »Die Nützlichkeit des Wissens ist durchaus relativ.« — Diese einfache Erkenntnis beherrschte ihn nun vollkommen: Am Ende würde sein Leben eine *rigolade,* ein Scherz mit schlechtem Ausgang gewesen sein. Meunier war von einer großen Familie umgeben, die ihm in jeder Weise ihre Anhänglichkeit bewies, er war ein berühmter Arzt, von vielen verehrt. Einmal — er war bald nach dem Einschlafen erwacht, der linke Arm tat ihm weh — stellte er eine Liste von Namen auf. Sie bezeichneten jene, die ihm am nächsten standen, sich ihm am engsten verbunden glaubten. Es waren ihrer erstaunlich viele. Er schrieb darunter: »Von ihrer aller Liebe umgeben, sterbe ich so einsam dahin wie ein frisch eingelieferter *clochard* im Hôtel-Dieu.«

»Sie wollen wohl endlich wissen, wie es mit dem Baron steht. Nun ja, er ist ein alter Mann, er hätte leicht in der letzten Nacht sterben können. Wenn Sie mit ihm nach Kanada gegangen wären, so wäre er jetzt wohl gesünder. Er hat mir Ihre Gründe dargelegt, sie ehren Sie. Jedenfalls, wo immer auch Herr Stetten wäre, ihm würde Gefahr drohen, weil er seltsamerweise in einer intensiven Art, wie sie nur Jungen zusteht, unglücklich sein kann. Und das ist für alte Leute sehr schlecht. Was ihnen guttut, ist ein besonderer Egoismus, eine gewisse Gleichgültigkeit gegenüber den Leiden der anderen. Wir Alten haben genug mit uns selbst zu schaffen, wollen wir lange leben, wir haben keine überschüssige Kraft für andere zu vergeuden.«

»Professor Stetten hat nicht diesen besonderen Egoismus, er leidet unter der Dummheit und der Grausamkeit der Zeit. Daß er nun ins Lager soll —«

»Er wird nicht ins Lager gehen«, unterbrach ihn Meunier. »Ich werde dafür sorgen, daß man ihn vollkommen in Ruhe läßt. Aber das ist nicht mehr die Frage. Herr Stetten weigert sich, der Aufforderung Folge zu leisten, und wünscht nicht, durch irgendwelche Intervention enthoben zu werden. Er will also auch kein ärztliches Attest.«

»Ja, aber . . .«, begann Dojno.

»Lassen Sie, das Notwendige wird geschehen, aber Ihr alter Freund soll das Gefühl haben, mitten im Kampf zu stehen. Es ist seinem Herzen nicht zuträglich? Ist ihm die Resignation, die Kapitulation zuträglicher?«
»Verzeihen Sie, ich fürchte, ich verstehe Sie nicht ganz. Was Stetten braucht, ist eine Beruhigung, Sie können sie ihm glücklicherweise geben, also —«
Meunier unterbrach ihn mit einer Gebärde der Ungeduld und sagte nach einer Weile: »Wenn man jung ist, kann man sich in Taten ausdrücken. In meinem Alter kommt es nicht mehr auf die Tat an, sondern auf die Haltung. Und zwar nicht auf deren Klugheit, Zweckdienlichkeit, sondern auf ihre Schönheit — die einzige Schönheit, die anzustreben dem Alter noch erlaubt ist.«
»Und mir kommt es darauf an«, erwiderte Dojno heftig, »daß Stetten lange leben soll. Seine Haltung ist siebzig Jahre lang schön genug gewesen! Überdies, Sie als Franzose —«
»Ich sollte um die Haltung der Franzosen besorgt sein, die Ihnen nicht gefällt. Wollten Sie das sagen?«
»Nicht genau das. In der schlechten Epoche gehen Menschen und Völker an dem zugrunde, was das Beste in ihnen ist. Ein Volk, das ausgereift ist, das auch nach den eigenen Siegen die unvernarbten Wunden nicht vergessen hat, haßt, ja verachtet den Krieg. Sollte solche Einsicht zum Untergange Ihres Landes beitragen, so will ich lieber auf seiner Seite sein als bei den Siegern. Inzwischen aber ist es unerträglich, mitanzusehen, wie das Schlechteste in diesem Lande sich breitmacht, den unvermeidlichen Widersinn des Krieges noch übertreibt, z. B. einen Mann wie Stetten als Feind behandelt, aber die gar zu zahlreichen französischen Agenten Hitlers ungeschoren, ja sogar in ihren wichtigsten Positionen läßt. Seien Sie um unsere Haltung unbesorgt, kümmern Sie sich um die Ihrer Landsleute!«
»Was Sie sagen, ist so übel nicht, aber ist es richtig? Warum sollen wir an dem Besten, das in uns ist, zugrunde gehen, warum sollte es uns nicht im Gegenteil retten?«
Dojno mochte nicht diskutieren, nicht jetzt jedenfalls, da es ihm nur darauf ankam, Stetten schnell zu helfen. Er sagte indes:
»Wie gewöhnlich ist alles, was man über ein Volk aussagt, nur beschränkt richtig, im Negativen und im Positiven karikatural. Im Grunde ist es eine Frage der Abstufungen. Alle Adjektive

617

finden auf alle Völker Anwendung, Vorzüge und Fehler sind verschieden und doch fast gleichmäßig verteilt. So kommt es darauf an, welche Bedeutung ihnen eine bestimmte historische Konjunktur gibt. Es mag der Augenblick gekommen sein, da die hohen Vorzüge der Franzosen die verderbliche Wirkung ihrer Fehler verstärken müssen, wenn nicht sofort die kritische Einsicht überwiegt. Vergessen Sie nicht, ich bin ein Jude, mein Volk verehrt seit Jahrtausenden seine Propheten, leidenschaftliche Männer, die ihm in quälender Weise seine Fehler vorgehalten haben. Die Lobredner und Hurrapatrioten sind vergessen. Und nun sprechen wir endlich über unsern Patienten!«

»Machen Sie sich keine Sorgen. Ich werde ihn in einer ausgezeichneten Pension bei Paris unterbringen. Sollte es finanzielle Schwierigkeiten geben, so werde ich alles regeln, es wird mir ein Vergnügen sein. Aber nun sagen Sie mir: Sie glauben also an die heilsame Wirkung der unangenehmen Wahrheit? Gesetzt den Fall, Sie wüßten, daß Sie verloren sind, daß der Tod Sie in jedem Augenblick überraschen kann — würden Sie es den Ihren sagen oder verheimlichen?«

»Frankreich ist keineswegs in solcher Lage, Hitler wird am Ende besiegt werden!«

»Wieso Frankreich?« fragte Meunier erstaunt. »Ach so! Sie haben jedoch meine Frage nicht beantwortet. Würden Sie das Geheimnis niemandem verraten?«

»Wäre ich in der Lage dieses Mannes, so würde ich vielleicht auch versuchen, mich der Wahrheit zu verschließen, daß die anderen mein Geheimnis nur deshalb nicht sofort erraten haben, weil sie es gar nicht kennen wollen.«

Meunier sah ihn lange an, als entdeckte er an diesem fremden Mann plötzlich ein völlig anderes Gesicht, dann meinte er:

»Sie haben etwas furchtbar Grausames gesagt. Haben Sie so viel gelitten?«

»Nein. Meine Freunde und ich, wir haben jahrelang versucht, die Zeitgenossen zu warnen — unsere Erfolglosigkeit ist ohne Beispiel. Die Franzosen, zweifellos das klügste Volk der Welt, sind gewarnt worden, tagaus, tagein. Nein, es gibt keine Geheimnisse, außer für jene, die nicht sehen wollen, ehe es fast sicher zu spät ist ... Wer wird sich nun Stettens in der Pension annehmen? Und ist er schon jetzt transportfähig?«

»Einigen wir uns zuerst: Sie lassen den alten Herrn im Glauben, daß er ein Refraktär ist, verheimlichen ihm meine Intervention. Lassen Sie ihm das Recht auf die Geste, ich bitte Sie darum.«
»Herr Doktor, ich mag keine Experimente dieser Art, aber wenn Sie darauf bestehen —«
»Ich bestehe darauf! Wäre ich an seiner Stelle, ich würde wünschen, ähnlich behandelt zu werden.«

Stettens Zustand besserte sich. Zwar blieb er in Gebärde und Redeweise heftig, besonders, als er von Relly und Thea hörte, wie ihre Männer gleich tausend anderen Emigranten in jenem Stadion zusammengepfercht waren — nichts war ernsthaft vorgekehrt, um diese Männer zu beherbergen, zu ernähren, vor Regen und Kälte zu schützen. Die martialische Strenge des Vorgehens paarte sich mit einer grenzenlosen Nachlässigkeit. »Bei den Habsburgern war der Absolutismus durch die Schlamperei gemildert. Hier wird er durch sie unerträglich verschärft«, sagte Stetten bitter. Dojno hielt ihm alle Besucher fern, bemühte sich, den Professor von aktuellen Fragen abzulenken. Aber der alte Mann bestand darauf, die Zeitungen zu lesen, das Radio zu hören. Er nahm an allem unmittelbaren Anteil.
»Hüten Sie sich vor dem metaphysischen Geschwätz!« sagte er zu Djura, der gekommen war, um Abschied zu nehmen, denn er fuhr nach Jugoslawien zurück. »Es gefällt mir nicht, daß Sie das Wort ›absurd‹ so oft anwenden. Einem Gott würde die menschliche Existenz so absurd erscheinen wie dem Menschen die Eintagsfliege. Aber wir selbst, wir haben diesen Gott erdacht, doch uns, uns hat niemand erdacht. Daß unser Tun und unser Versagen jeden Pessimismus rechtfertigen können, ist eine unerhebliche Wahrheit, eine Banalität, die nicht dadurch tiefer wird, daß man ihr eine poetisch-metaphysische Ausdrucksform verleiht. Aber wir rechtfertigen ebensosehr jeden Optimismus. Wir allein im unendlichen Chaos Natur vermögen, mehr zu sein als Gefangene von Ursachen, denn wir geben allem einen Sinn. So lächerlich unserem Gefühl für Komödie des Menschen Anfang und Ende sind, er ist das einzige Phänomen im Universum, das nicht absurd ist. Wer in dem Menschen nur sieht, was er ist, und verkennt, was er sein könnte, der kennt ihn nicht. Ist dieser

letzte Satz nicht von Ihnen, Dion?« fragte Stetten lächelnd. Sich wieder an Djura wendend, fügte er hinzu: »Sie sehen, man ist nicht so abgegrenzt, wie diese Schwätzer es glauben. Solange Faber leben wird, werde ich nicht wirklich aufgehört haben zu sein. Und dabei habe ich mich so schlecht zu ihm benommen in diesen Tagen, als wollte ich ihn schon jetzt meinen nahen Tod büßen lassen.«

Djura sagte: »Sie sollten auf das Ende des Krieges neugierig sein und den Tod nicht in Ihre Nähe lassen. Die Baroneß hat mir geschrieben, daß sie Sie in ihrem Haus in Dalmatien erwarten wird. Wir werden alle hinkommen, wie der brave Soldat Schwejk sagt, um sechs Uhr abends nach dem Weltkrieg: Marie-Thérèse schreibt, daß es ihr lieb wäre, wenn Sie am frühen Nachmittag kämen und nicht etwa am späten Vormittag, damit die erste gemeinsame Mahlzeit nicht improvisiert werden müßte. Die Versorgung mit frischem Fleisch wäre dort nicht immer einfach, schreibt sie. Von Ihnen, Professor, erwartet sie, daß Sie während des Krieges Okarina spielen lernen und daß Sie das Instrument dann auch mitbringen. Dir, Dojno, läßt sie sagen, du sollst unbedingt Bridge erlernen, damit du einspringen kannst, wenn mal ein Vierter fehlt. Sie weiß, daß man im Schützengraben fast nichts anderes tut als Kartenspielen, sie ist also gewiß, daß du Gelegenheit haben wirst, ein Spieler zu werden.«

Djura holte den Brief hervor. Die Baroneß gab auch andere detaillierte Anweisungen. Die beigelegten Photos zeigten ein großes, dreistöckiges Herrenhaus mit langgestreckten Seitentrakten, eine aufsteigende Zypressenallee, eine weite Terrasse mit Pergola, einen Landungssteg, ein Bootshaus und eine Badehütte.

»Unsere verehrte Freundin würde es Ihnen nicht verzeihen, wenn Sie nicht kämen.«

Die Sirenen begannen zu heulen, es lohnte nicht, sie zu überschreien. Die Photos aus Dalmatien stimmten sie, jeden in anderer Art, nachdenklich. Noch war der Krieg hier so unernsthaft wie diese idiotischen Fliegeralarme, aber die Sehnsucht nach einem wirklichen Frieden berührte sie in diesem Augenblick, bewegte sie mit sachter Gewalt.

»Sagen Sie der chère Marie-Thérèse, daß Dion gegen vier Uhr nachmittags nach dem Krieg bei ihr erscheinen wird. Er wird

Okarina spielen, mich auch in allem andern vertreten. Leben Sie wohl, Djura, vergessen Sie nicht, der Mensch ist nicht absurd, seine Taten sind es oft, seine Wahrheit niemals.«

»Ich werde es nicht vergessen und zu oft Anlaß haben, zu denken, daß Sie unrecht haben. Man kennt die Taten des Menschen, aber ihn selbst nur ein wenig besser, als er sich selber kennt. Und über seine Wahrheit werden Sie uns in Dalmatien sprechen — in einer blauen Nacht nach dem Weltkrieg.«

Zwei Tage später, als Dojno aus der Druckerei zurückkehrte, er hatte die Bürstenabzüge des Manifests korrigiert, fand er auf dem Tisch einen geschlossenen Brief. Auf dem Couvert stand »Dion«. Beunruhigt eilte er ins anstoßende Zimmer; Stetten war nicht da. Er las:

Dion,
Albert G. muß weg. Ich gehe mit ihm über die Grenze. Es kann einige Tage dauern, bis wir ankommen. Ich schreibe Ihnen von Belgien oder von Norwegen aus, wenn es uns gelingt, uns bis dorthin durchzuschlagen. Es geht um Albert, aber auch darum, die Wahrheit zu sagen, die eigene Seite kritisieren zu können. Sonst wird dieser Krieg wieder nutzlos sein, ein nationalistischer Dreck. Sie wissen, was Sie mir bedeuten. Ich bange um Sie. Mir fehlt der Mut, von Ihnen Abschied zu nehmen, und selbst die körperliche Kraft.
Verzeihen Sie Ihrem alten
Erich Stetten.

Die Concierge hatte die beiden Männer gegen zehn Uhr das Haus verlassen sehen. Sie waren also bereits seit drei Stunden auf dem Weg. Dojno fuhr zum Nordbahnhof, es war sicher nutzlos, er wußte es. Er studierte die Fahrpläne, suchte in den abfahrtbereiten Zügen.

Er rief Dr. Meunier an, teilte ihm das Vorgefallene in verhullten Worten mit. Der Arzt beruhigte ihn. Auch wenn der Professor von einer Polizeistreife aufgegriffen wurde, konnte ihm nichts geschehen. Er würde höchstens einige Stunden warten müssen, bis aus Paris die Auskunft ankam, daß er *en règle* war. Es war zu wünschen, daß die warmen Tage anhielten und daß sich der alte Mann abends gegen die Kälte schützte und gegen die Nässe und daß er sich nicht übernähme. Dann brauchte diese Eskapade auch für seine Gesundheit keine nachteiligen Folgen zu haben. Aber natürlich war es ein gefährliches Spiel.

Dojno fuhr nach Hause. Er wartete. Gegen Abend bat er Relly zu sich. Sie meinte, keine reinere Stimme gäbe es als die Stettens; es war ein Glück, daß gerade sie sich nun erheben würde.

»Die Stimme eines sterbenden Mannes«, warf Dojno ein.

»Gewiß, nicht deine«, antwortete Relly heftig. »Du bist schon wieder dabei, um einer Sache willen Wahrheiten zu verschweigen. Seit Vassos Tod bist du Stetten immer ähnlicher geworden, aber darin bist du ihm entschieden unähnlich: daß du dich mit dem Unrecht abfindest, wenn seine Aufdeckung der Sache nicht nützlich ist. Dich schützt noch immer ein dialektisches Gewissen, du bist noch immer verblendet.«

Dojno nickte. Vergebens wartete sie auf seine Antwort, dann begann sie wieder, sie überhäufte ihn mit Vorwürfen. Ihre Erbitterung war grenzenlos.

»Und zum Schluß muß ich dir noch sagen: Es war Feigheit von dir, dich zur Armee zu melden. Aus dir einen Rekruten zu machen, eine zukünftige anonyme Leiche — solches Ende suchst du seit Vassos Tod, jetzt endlich bist du auf dem rechten Weg, auf der endgültigen Flucht. Unser Leiden ist dir gleichgültig, selbst Stettens Leiden berührt dich nicht. Du allein bist schuld, wenn ihm etwas zustößt.«

»Edi hat sich auch freiwillig gemeldet und Josmar und viele andere — wollen sie auch anonyme Leichen werden?«

Sie stand auf und lief zur Tür. Sie hatte Tränen in den Augen. Alles war aussichtslos; es war sinnlos, mit diesem Mann zu sprechen, sinnlos, auf Stetten zu warten. Täglich stand sie mit vielen hundert Frauen an den Toren des Sportplatzes, in der Hoffnung, Edi zu erblicken. Bisher war es ihr nicht geglückt. So verbrachte sie ihre Tage, vernachlässigte das Kind. Bald würde sie keinen Sou mehr haben. Eine schon lange angekündigte Geldsendung von Edis Onkel aus London kam nicht, die Krämer gaben einer Frau, deren Mann als feindlicher Ausländer interniert war, keinen Kredit mehr. Alle Kinder in der Schule hatten ihre Gasmasken, nur Pauli nicht. Weil er auf Frankreichs Seite mitkämpfen wollte, hatte Edi alle Angebote aus Amerika abgelehnt. Und nun stellte es sich heraus, daß er wegen eines Projekts, das er beim Kriegsministerium eingereicht hatte, als besonders verdächtig angesehen wurde. Es hieß, sein Fall wäre sehr bedenklich, er würde in einem Lager mit verschärftem Regime interniert werden.

Und da war Dojno, der Mann, der damals fast ihr Leben zerstört hätte, weil er nur einer großen Sache leben wollte — und alles, was er nun zu tun fand, war, auf einen Wisch zu warten, damit er mit 37 Jahren ein kleiner Infanterist werden könnte und die Erlaubnis erhielte, für dieses Frankreich zu krepieren. Und nur deshalb schwieg er zu allem, ließ seinen alten Freund in Gefahr — nein, das war ja unausdenkbar! Sie wandte sich von der Tür ab und ging auf ihn zu; sie ohrfeigte ihn. Und nun erst konnte sie weinen. Er stand auf und nahm sie in die Arme. Er hatte keine Worte, sie zu trösten, er war mit den Gedanken bei Stetten. Wo würde er die Nacht verbringen, die Kälte war ihm gefährlich. Wenn das Herz des alten Mannes diesen Abend nur standhielt!

»Was habe ich getan, Dojno, was habe ich getan?« wiederholte Relly schluchzend. Er glättete besänftigend ihre Haare.

»Nichts, Relly, nichts. Wir sind alle schon lange unglücklich.«

»Wofür leiden wir, für wen?«

»Für niemanden, für nichts. Wenn wir diesmal siegen, so wird dein Sohn Pauli wieder etwas finden, wofür es zu kämpfen lohnt. Wir kämpfen nur *gegen*. Wir sind schon wieder in der ersten Phase, der Negation der Negation. Das ist nichts Neues, aber wir sind vielleicht die erste Generation, die ohne Illusionen leben muß.«

»Leben? Leben nennst du das?«

»Ja, Relly, ja. Niemand ist immer unglücklich, niemand lebt nur im Schatten. Selbst im Konzentrationslager haben wir manchmal gelacht, selbst mitten im Kataklysma ist man manchmal hungrig, liebt man, zeugt man Kinder. In den tiefsten Finsternissen entdeckt man, daß jeder Körper ein eigenes Licht hat. Das Gefühl des Unglücks ist ein Luxus des glücklichen, des normalen Lebens. Unser Sein hat keine Qualitäten mehr: Es wird in den nächsten Jahren um das nackte Leben gehen, das Ziel sein wird und Waffe zugleich.«

Sie löste sich aus seinen Armen und betrachtete ihn, als sähe sie ihn zum erstenmal. Das Gesicht kannte sie genauer als das eigene, genauer vielleicht als das ihres Kindes — sie kannte es seit Jahrzehnten. Es war magerer geworden, älter, noch strenger, aber es war das gleiche, darin sie Freude, ja Verzückung, Wohlwollen, ja selbst Güte sich hatte malen sehen. Aber jetzt erst paßte es zu diesem Wort, dem grauenhaftesten, schien's ihr, das sie je gehört hatte: »Leben als Waffe«. Sie wandte sich ab und ging schnell hinaus, sie hatte es eilig, mit ihrem Sohn zu sein.

Am übernächsten Tag, zu früher Stunde, war Albert da. Er hatte Stetten in einem Haus an der Landstraße hinter Arras lassen müssen. Der Professor hatte darauf bestanden, daß er sofort zu Dojno führe. Telefonieren kam unter den gegebenen Umständen nicht in Frage. Der alte Mann hatte einen schweren Anfall, er war in jenem Hause auf der Stiege zusammengebrochen und einige Treppen hinuntergefallen. Dojno sollte ohne Verzug kommen, er erwartete ihn, es ging um Stunden.
Meunier war schon wach. Nach den ersten Worten entschied er, daß keine Zeit zu verlieren war. In zwanzig Minuten würde er reisebereit und der Chauffeur mit dem Wagen vor der Tür sein. Dojno sprach ihm von Albert, der im Wartezimmer saß. Man mußte ihn sicher unterbringen.
»Sie verbürgen sich dafür, daß dieser Mann weder ein Agent der Gestapo noch ein Agent der GPU ist, daß die Anzeigen gegen ihn falsch, daß alles von seinen früheren Genossen gegen ihn ausgedacht worden ist.«
Dojno antwortete: »Ich verbürge mich dafür, daß Albert Gräfe ein so lauterer Mann ist, wie jeder von uns wünschen sollte zu sein.«
»Sie gehen sehr weit!«
»Stetten ist weiter gegangen.«
»Das ist wahr und für mich entscheidend«, sagte Meunier. Er ließ aus seiner Klinik eine Ambulanz kommen und Albert abholen. Er gab ihm zwei Tabletten zu schlucken — sie würden unangenehme, aber harmlose Wirkung haben.
»Sie denken vielleicht, daß ich ihn besser hier behalten sollte.

Aber meine Frau und meine Tochter würden es nicht ganz verstehen. Ich müßte es ihnen erst lange erklären. Mein Sohn Alain — er ist an der Front — hätte keine Erklärung gebraucht.«
Erst im Wagen verlangte Meunier Aufschluß über die Gründe, die Stetten bewogen hatten, ohne Abschied wegzugehen, wie aus einem brennenden Haus davonzulaufen. »Hat er es wirklich nur wegen des armen Teufels getan?«
»Ja, seinetwegen«, antwortete Dojno. »Von allen Männern der revolutionären Bewegung, denen Stetten begegnet ist, hat ihn dieser Arbeiter am tiefsten beeindruckt.«
»Wir alle haben manchmal ein Schuldgefühl gegenüber dem Volk«, warf Meunier ein, »aber es taucht nur sporadisch auf. Man kann es leicht wieder vergessen.«
»Stetten ist frei von diesem Gefühl. Auch deshalb hat er die Psychoanalyse nie recht ernst genommen, die ›Brille der Blinden‹ hat er sie genannt. Gräfe hat gute norwegische Reisepapiere, er hätte von hier wegkönnen, aber er ist geblieben. Er glaubte an das Versprechen, daß man sein Dossier sorgfältig überprüfen würde. Überdies hoffte er, trotz seiner Gebrechen in einer Sondertruppe mitkämpfen zu können. Man vertröstete ihn von einem Tag auf den andern, schon wäre die Angelegenheit geklärt, das Ganze wäre ja auch zu lächerlich, die Infamie, deren Opfer er werden sollte, zu offenbar, das Lügengewebe ›mit weißem Zwirn genäht‹. Vor vier Tagen wurde er verhaftet, mit Handschellen abgeführt. Erst nach einem belanglosen Verhör wurden sie ihm abgenommen. Er hatte das Gefühl, schon wieder ›in die Maschine geraten zu sein‹. Bei einem Fliegeralarm wurde er, wie andere Gefangene der Präfektur, in einen Kohlenkeller geführt. Von da ist er ausgerissen und zu Stetten gelaufen, der sofort gefühlt haben muß, daß er es wieder mit ›dem symbolträchtigen Unrecht‹ zu tun hat, wie er es nennt. Als Kind habe ich bei den Rabbinern gelernt, daß die Menschheit nicht einen Tag bestehen könnte, weil sie in eigenem Unrecht ersticken müßte, gäbe es nicht die sechsunddreißig gerechten Männer, die kein Amt auszeichnet und keine Würde, man erkennt sie nicht, sie geben nie ihr Geheimnis preis, vielleicht kennen sie es selber nicht. Aber sie sind es, die in jeder Generation unsern Bestand rechtfertigen, jeden Tag aufs neue die Welt retten.«

»Sie glauben, daß Stetten einer dieser sechsunddreißig sein könnte?« fragte Meunier ernst.
»Nein, er ist wahrscheinlich nicht einer dieser *Lamed-Waw*«, erwiderte Dojno lächelnd. Es gefiel ihm, daß der skeptische Franzose so ohne weiteres — und wäre es auch nur im Gleichnis — die rabbinische Weisheit gelten lassen wollte. »Nein, aber wie, wenn es in jeder Generation sechsunddreißig Fälle des symbolträchtigen Unrechtes gäbe, jeder von ihnen eine ausreichende Begründung für ein Verdammungsurteil gegen die Welt. Wenn sich niemand gegen dieses Unrecht erhebt — ja, dann wird die Last den sechsunddreißig zu schwer ... Sie müssen Stetten helfen, Doktor, er darf uns nicht verlassen!«
»Sie sollten sich meines Sohnes annehmen, später, wenn alles vorbei ist«, sagte Meunier. »Bis dahin werden Sie die Nachfolge des Lehrers angetreten haben.«
»Es gibt keine Nachfolge. Gäbe es sie, ich wollte sie nicht antreten.«
»Ich glaube, daß man danach nicht gefragt wird. Sie sollten mir mehr über die sechsunddreißig erzählen. Sie sind ungläubig, ich bin es übrigens erst seit wenigen Jahren. Aber — ich erwache seit einiger Zeit immer gegen drei Uhr morgens. Manchmal lese ich, zumeist bleibe ich untätig liegen. Es wäre vielleicht gut, in solchen Stunden an diese heimlichen Gerechten zu denken, an dieses Märchen, das ungläubigen Erwachsenen die Religion ersetzen könnte. Wir haben noch gut eine Stunde bis Arras, erzählen Sie!«

Stetten schob sich mühsam zurecht, der Kopf sollte höher liegen. Gegenüber war die Tür, er wollte die Augen nicht von ihr wenden, um Dojno sofort zu erblicken, wenn er endlich kam.
Zur Rechten hatte er das Fenster. Wenn er sich ein wenig aufrichtete, konnte er hinaussehen — ein grauer Himmel, ein Stoppelfeld, dahinter eine Ziegelei, ein rötlicher Schornstein. Zu seiner Linken, über dem Waschgestell, hing ein Spiegel in versilbertem Rahmen. Das Schönste an diesem Zimmer waren die braungebeizten Balken, die die Decke stützten. Sie bildeten ein großes Kreuz.
Schritte kamen von der Treppe herauf, das war gewiß nicht

Dojno. Herr Vooring, der Besitzer des Häuschens, wollte gewiß noch weitere Argumente für seine welterlösende Pilztheorie anbringen. Stetten fragte:
»Wann kommt der nächste Zug aus Paris?«
»In anderthalb Stunden sollte er wohl da sein. Aber natürlich kann er Verspätung haben. Vergessen wir nicht, es ist Krieg! Soll ich Ihnen wieder etwas zu trinken geben?«
»Nein, nein, bleiben Sie hier! Oder haben Sie zu tun — die Pilze?«
»Das ist es eben«, meinte der Mann. »Diese neue Zucht muß ich gerade heute besonders überwachen. Ich ändere nämlich alle zehn Minuten die Temperatur. Sie werden sehen, heute endlich wird mir das Experiment gelingen. Es ist ein Jammer, daß in der Vollversammlung unseres Vereins die Hälfte der Mitglieder fehlen wird, wenn ich über diesen entscheidenden Erfolg berichten werde. So ein Krieg hat fürchterliche Folgen.«
Als er wiederkam, brachte er die Ehrendiplome mit. Er hatte sie im Verlauf des Vierteljahrhunderts erworben, das er den Pilzen widmete. Er las sie Stetten vor, betonte jedes Wort feierlich, dann zeigte er statistische Diagramme und erläuterte sie ausführlich.
»Ich bin sicher, noch einige Tage, und ich werde Sie vollkommen überzeugt haben. Alle könnte ich überzeugen, aber ich werde Ihnen sagen, warum es mit der Welt so schlecht bestellt ist: Niemand hört zu, jeder will reden und niemand zuhören. Sie, obwohl Sie ein Ausländer sind, Sie verstehen mich, weil Sie ein intelligenter Mensch sind, und Sie werden sehen, Sie werden mir ewig dankbar sein.«
Dann war Stetten wieder allein. Er lag schon wieder zu tief, wollte den Kopf hinaufschieben, aber es war zu schwer. Dann kam wieder dieses furchtbare Gefühl, eine Angst, die wie ein fortgesetztes Erschrecken war vor einer namenlosen, immer mächtigeren Drohung. Das muß das Sterben sein, sagte sich der Kranke, als es vorbei war. Nichts Demütigenderes hatte er je gekannt. Er wollte es Dojno beschreiben. Wenn er doch schon endlich käme! In seiner Gegenwart würde ihn dieser Schreck nicht überwältigen, Dojnos Hand würde er ergreifen, beide Hände, und sich mit aller Kraft anhalten. Jedenfalls ging es nun besser. Nur die Schatten, die das Licht verdunkelten, waren

störend. Er suchte unter dem Kissen die Brille, schon hatte er sie erfaßt, da entglitt sie ihm, dann ertastete er wieder etwas. Es war die Okarina. Er legte sie vor sich auf die Decke, ihm war's, als wäre sie entzweigebrochen.
Dann war Herr Vooring wieder da. Er stand am Fußende des Bettes und verdeckte die Tür. Er sprach, aber Stetten verstand nicht recht. Und der Mann sollte doch nicht die Tür verdecken. Warum tat er das, warum? Stetten wollte sagen: Ich möchte verstehen, er begann: »Io voglio —«, aber das war ja nicht französisch. Er mußte französisch sprechen, aber da ergriff ihn wieder das grauenhafte Gefühl, eine ungeheure Zange erfaßte seine Brust, er streckte die rechte Hand vor, packte die Okarina, hielt sie zum Mann, zur Tür hin — sofort würde er wieder atmen können, noch einen Augenblick...

Es war ein ganz schmales Haus, die Fassade häßlich braun angestrichen. Dojno erkannte es nach der Beschreibung schon von weitem. Als der Wagen hielt, sprang ein Mann vor.
»Wenn Sie wegen des alten Herrn kommen, es ist zu spät, ich weiß es nicht ganz sicher, ich habe nie jemanden sterben sehen. Es ist merkwürdig, ich bin 51 Jahre alt, und ich habe noch nie jemanden sterben sehen.«
Dojno lief die Stiegen hinauf, die Tür war offen. Meunier schob ihn beiseite und eilte aufs Bett zu. Er machte ein Zeichen, Dojno trat zu ihm, nahm das Tuch und band es um das Kinn des Toten. Er fuhr ihm mit der Hand über die Augen, sie schlossen sich nicht, er mußte die Gebärde zweimal wiederholen. Dann nahm er ihm die Okarina aus der Hand.
Meunier setzte sich aufs Bett und sah zum Fenster hinaus. Nach einer Weile fragte er: »Hat die Okarina eine Bedeutung?« Dojno wollte antworten, aber es war ihm zu schwer, zu sprechen. Der Arzt blickte ihm in die Augen, dann reichte er ihm einen Rezeptblock und die Feder. Dojno schrieb: »Auf dem Père Lachaise — er hat die Stelle gewählt.«
Es waren viele Formalitäten zu erledigen, in Arras und in Paris; Meunier besorgte alles. Am Nachmittag kam er mit einem Kollegen wieder, der den Totenschein ausstellte. Die Leiche sollte am nächsten Morgen nach Paris gebracht werden.

Am Abend kam Herr Vooring hinauf. Er konnte das Haus nicht beleuchten, weil er noch keine schwarzen Vorhänge besorgt hatte, die Luftschutzvorschriften waren sehr streng. Ihm selbst machte das nichts aus, er ging früh schlafen und brauchte kein Licht. Dem armen alten Herrn wäre das Malheur nicht passiert, wenn die Stiegen beleuchtet gewesen wären, aber schließlich war ja auch das nicht der Grund des Unglücks, sagte er.

»Es wird Ihnen merkwürdig vorkommen, wenn ich Ihnen sage, daß auch ich einen schweren Verlust erlitten habe. Ich bin nämlich überzeugt davon, daß der Herr ein Anhänger meiner Theorie geworden wäre, wenn er nicht gerade jetzt gestorben wäre. Schließlich bin ich doch mit ihm jetzt die ganze Zeit zusammengewesen, ich habe ihn selten allein gelassen — er hat sich sehr für meine Theorie interessiert. Das ist gewiß. Nämlich, damit Sie verstehen sollen —«

Er legte mit großer Ausführlichkeit seine »Theorie« dar: Pilze sind ein Nahrungsmittel, das fast alle anderen ersetzen kann. Ein bescheidenes Gewächs, der Ärmste kann es in seinem Keller züchten und dank der Vooringschen Methode mehr davon ernten, als er zur Ernährung seiner Familie benötigt. Wenn also alle Menschen auf der Erde Pilze züchteten, so würden sie sich ihrer materiellen Sorgen entledigen, unabhängig werden — jeder ein Selbstversorger, absolut frei. Neid, Streit, Krieg — all das würde schnell vergessen sein. Überdies — Fleischgenuß macht böse, während Pilze im Gegenteil eine beruhigende Wirkung auf das Gemüt ausüben. Die Krankheiten würden verschwinden, da sie ja zumeist auf falsche Ernährung zurückzuführen sind.

»Ich weiß, Sie werden mir sagen, daß man nicht jeden Tag dasselbe essen kann, weil es langweilig wird. Warten Sie, ich habe alles vorgesehen —«

Endlich war Dojno allein. Er war müde, er stand seit elf Stunden fast bewegungslos in der Fensternische, aber noch immer mochte er sich nicht setzen. Nicht wegen des Toten — er gehörte zu jenen Menschen seiner Generation, für die alle Zeremonie, alle symbolischen Gesten die Gültigkeit verloren hatten. Diese Menschen kannten kaum noch die Scham. Sie sprachen über ihre Begierden und Enttäuschungen in eindeutiger, symbolarmer Sprache, aber sie waren schamhaft, wenn sie ihr Leiden ausdrücken sollten. Eben, weil sie sich von den überlieferten Formen befreit und sie wie ein verschimmeltes Harlekinsgewand verworfen hatten.

Faber war dem Tode früh, schon als Kind, begegnet. Der Krieg kam ins Städtchen. An einem regnerischen Herbstnachmittag begann der Kampf um den Brückenkopf, erst am andern Morgen gegen zehn Uhr hörte das Trommelfeuer auf. Alle strömten in die Gassen, man ging zum Fluß. Da lagen die Gefallenen, jeder dort, wo ihn die tödliche Kugel hingestreckt hatte. In der Nähe der gesprengten Brücke lag ein junger Soldat. Man mochte glauben, daß er schlief und im Schlaf geweint hatte. Keine Wunde war an ihm zu sehen, kein Blut. Man umstand ihn, eine alte Bäuerin weinte. Als Dojno sich nach einigen Minuten wieder der Leiche näherte, bemerkte er, daß die Schuhe des Toten verschwunden waren und das armselige Portefeuille, das in der oberen Außentasche gesteckt hatte. Und da erst weinte er, nicht aus Trauer um den jungen Soldaten, sondern aus Wut über die Lebenden, aus tiefer Scham.

Dann brach die Epidemie aus — Typhus und Blattern. Er sah seine Eltern sterben, zuerst die Mutter, wenige Stunden später den Vater. Die Schwester lag auf dem Boden zwischen den Leichen der Eltern, sie schrie: »Geht nicht weg, verlaßt uns nicht — wir sind eure Kinder, verlaßt uns nicht!«

Man begrub sie am frühen Morgen, er mußte zuerst am Grab des Vaters, dann am Grab der Mutter das Totengebet sprechen: »Sein Name sei erhöht, sei geheiligt...« Die Buchstaben verwischten sich vor seinen Augen, der weißbärtige Lehrer sagte ihm langsam das Gebet vor, Dojno wiederholte Wort für Wort. Er fürchtete zu fallen, da erblickte er die Erle hinter den Gräbern, er wandte nicht mehr den Blick von ihr, so hielt er aus.

Viele starben in diesem Winter. Gegen Ende der Nacht erhob sich gewöhnlich die Wehklage in den Häusern, am Morgen holte man die Toten, das Jammern wurde übertönt vom Lärm der Klingelbüchsen und dem Rufe der Sammler: »Wohltun rettet vor dem Tode!«

Auf dem Friedhof verheiratete man die zwei armen Leute. Er, ein lahmer und halbblinder Bettler, sie eine Waise mit grauen Haaren. Man wartete auf die Zauberwirkung dieser Hochzeit. Sie stellte sich erst nach Wochen ein, sie kam zusammen mit dem Frühling. Die Epidemie erlosch langsam.

Und dann begann wieder der Kampf um den Brückenkopf. Die Häuser wurden in Brand geschossen. Man suchte auf dem Friedhof Schutz. Die Granaten schlugen auch da ein, töteten ein junges Mädchen und eine Frau mit einem Säugling in den Armen, rissen Grabsteine aus der Erde und warfen Leichen aus den Gräbern.

Bald danach verließ Dojno mit seiner Schwester das Städtchen. Seine Kindheit nahm ein frühes Ende. Er dachte oft noch an den jungen Soldaten zurück, an seine nackten Füße. Und an eine Koppel verwundeter Pferde, die man nach einer Schlacht durch das Städtchen geführt hatte, an eine graue Stute, der die Augen ausgeschossen waren. Um dieses Tier hatte er geweint, wie Tote um sich selber weinen würden, wenn sie ihren Tod erlebten. Niemals vergessen, nichts vergessen, nahm er sich damals vor.

Später, es war einige Wochen nach der Ausrufung der Republik in Wien, nahm er an einer spontanen Demonstration teil. Man trug schlechtgeschriebene Banderolen mit der Inschrift: »Es lebe die Räterepublik Deutsch-Österreich!« Sie marschierten durch Nebengassen zum Parlament, wurden aufgehalten, man schoß auf sie. Ein Mann erlitt eine Handverletzung und schrie auf. Man flüchtete hinter ein Haustor. Einer, es war ein hochaufgeschossener, einarmiger Mann, er trug noch die Miltärhosen und war ohne Mantel, hatte den Schluckauf. Ein bärtiger Mann sagte empört: »Besoffen zur Demonstration kommen, das ist ein Frevel gegen die Revolution, eine Schande!« Der Einarmige erwiderte mühsam: »Ich bin nicht besoffen, ich weiß selber nicht —«. Dann fiel er hin. Der Bärtige beugte sich über ihn und flüsterte: »Verzeih, Genosse, ich wollte dir nicht Unrecht tun.« Dann entdeckte man die Wunde, sie blutete fast überhaupt nicht. Sie trugen den Toten durch die Straßen. Einer stimmte das Trauerlied an: »Unsterbliche Opfer, ihr sanket dahin ...« Aber nun waren sie zu wenige, und nur zwei kannten die Worte des Liedes. Sie wußten nicht, wohin sie mit der Leiche sollten. Schließlich brachten sie sie in die Totenkammer des Allgemeinen Krankenhauses. Dann gingen sie auseinander.

Der Vormittag war noch nicht zu Ende, Dojno kam nur wenige Minuten zu spät in die Vorlesung. Der Hörsaal war überfüllt. Stetten war gut gelaunt, eben im Begriff, einen katholischen Historiker lächerlich zu machen, der in seinem letzten Werk das

Mittelalter als »die einzige Blütezeit des Abendlandes« gepriesen hatte. Dojno folgte gespannt dem Vortrag, als gäbe es einen Zusammenhang zwischen dem, was der kluge Mann da vorne sagte, und dem Ende des Einarmigen, den sie in die Totenkammer gebracht hatten.

Zwanzig Jahre und sieben Monate waren seit jenem Vormittage vergangen. Er stand an dem Sterbebett jenes klugen Mannes in einem Hause an der *Route Nationale No. 341*, unweit von Arras. Die Leiche ging ihn nichts an; was mit ihr geschah, war unwichtig. So wie es unwichtig war, was mit Vassos Leiche geschehen war oder mit der des Einarmigen und des jungen Soldaten damals. Dojno hätte sich zur Tür durchtasten, das Haus verlassen können, Stetten war in ihm verwahrt, Vasso war in ihm verwahrt. Niemand, der lebte, lebte nur sein eigenes Leben. Nicht Götter gaben dem Menschen die Unsterblichkeit. Solange noch ein einziger Mensch auf Erden lebte, war die Menschheit unsterblich.

Er ließ sich auf den Fußboden gleiten, lehnte den Rücken an die Wand, zog die Knie hoch und schloß die Augen. Bilder der Erinnerung tauchten auf, alle zeigten ihm den geliebten Lehrer. Kein Gedanke schützte ihn mehr vor der Trauer, die Augen füllten sich mit Tränen, aber er weinte nicht. Er umschloß mit beiden Händen die Okarina, als könnte er sie anders nicht halten.

Die Sonne schien, es war kühl im Schatten der Bäume. Er sah den besonnten Hain; jemand rief ihn dort, er stellte sich auf die Fußspitzen, aber er konnte ihn nicht erblicken. Er verließ den Pfad und folgte der Stimme und kam doch dem Hain nicht näher. Er sah hinunter und gewahrte, daß er noch immer auf dem Pfad war. Er verließ ihn noch einmal, lief, die Stimme war deutlich zu hören, doch als er seinen Schritt verlangsamte, da sah er, daß er noch immer auf dem Pfad war.

Dann stand er vor dem Wärterhäuschen, die Geleise waren mit Gras überwachsen, der Bahnwärter wiederholte: »Ja, das Unglück. Seitdem das Unglück geschehen ist, muß man eben warten. Gewöhnlich schneide ich die Pflanzen in ganz kleine Stücke, das ist das einzige Mittel, seitdem das Unglück geschehen ist. Sagen Sie nichts, ich mag nicht, wenn man mich unterbricht, außerdem hat es keinen Sinn. Auch wenn Ihnen kalt ist, aber

seitdem das Unglück geschehen ist, kein Wort mehr, ich verstehe!«
Dann war er wieder auf einem Pfad, die Pfiffe der Lokomotive waren deutlich zu hören. Es gab also doch einen Zug, der Pfad führte sicher zur Station. Er mußte sich beeilen, er lief, lief. Er hatte keine Zeit, zu antworten, es war ja auch gar nicht sicher, ob die Rufe ihm galten. Hier kannte ihn niemand.
Er erwachte, die Glieder kalt und steif. Es war erst drei Uhr. Er konnte nicht lange geschlafen haben. Während er die Decke suchte, die Herr Vooring zurückgelassen hatte, rief er sich den Traum in die Erinnerung zurück. Er war einfach zu deuten und wie alle symbolische Sprache eher primitiv und nicht sehr klug. Er verließ den Pfad, aber dieser verließ ihn nicht — gut, man konnte es auch so formulieren. Daß er die Eisenbahnstation suchte und vielleicht niemals fand, nun ja, ein abgebrauchtes Gleichnis. War das der ganze Traum? Er erinnerte sich an das Geleise, an das verwelkte Unkraut, an nichts sonst.
Er wickelte sich in die Decke, setzte sich neben das Waschgestell, das Bett war zwischen ihm und dem Fenster. Bald döste er wieder ein. Im Schlaf bemächtigte sich seiner die Qual. Die Flucht in den Trost der Trauer war zu Ende, es gab keine Worte mehr. Das Gefühl war abgrundlos, stumm.

Sie waren zu viert. Werlé und Dojno standen vor dem offenen Grab, ihnen gegenüber, neben dem Grabstein Grunders, Relly und Gaby.
Einer der Totengräber sagte: »Am besten, wir schütten gleich zu. Ein Glück, daß es keinen Priester gibt und keine Reden.«
Werlé räusperte sich, dann wandte er sich an Dojno: »Die Wahrheit zu sagen, ich habe einige Worte vorbereitet. Ich dachte, daß unser armer großer Freund nicht so dahingehen sollte. Aber da wir so wenige sind...« Er zog aus der Innentasche des Mantels mehrere Bogen hervor. Dojno nickte ihm zu. Werlé zögerte, dann glättete er das Papier, setzte seine Brille auf und begann mit leiser, aber deutlicher Stimme zu lesen. Das Geräusch der fallenden Erde störte ihn, aber die Totengräber beachteten nicht die strengen Blicke, die er ihnen immer wieder zuwarf.
Die Sirenen heulten, der Wächter bestand darauf, daß der Fried-

hof sofort geräumt würde. Der nahe Luftschutzkeller war geräumig, aber fast völlig unbeleuchtet. Gaby stellte sich neben Werlé, richtete das Licht ihrer Taschenlampe auf sein Manuskript, so konnte er weiterlesen. Eine alte Frau mit zwei ganz kleinen Kindern stand in ihrer Nähe, sie lauschte. Von Zeit zu Zeit nickte sie zustimmend.

Es war eine lange Rede, gut formuliert, klug. Am Ende bekannte sich Werlé schuldig, nicht alles getan, dem Freunde nicht genügend beigestanden zu haben. Das klang aufrichtig, war rührend. Gaby hatte Tränen in den Augen.

Beide Frauen begleiteten Dojno nach Hause. Sie ordneten und verpackten Stettens Habe und brachten sie zu Meunier, der alles bis nach Kriegsende verwahren wollte.

Gaby blieb tagsüber mit Dojno, seine Stummheit lastete schwer auf ihr, aber sie ertrug sie tapfer. Sie hätte Dojno nicht mehr wiedergesehen, wenn Relly sie nicht von Stettens Ableben verständigt hätte. Seit Monaten hatte sie sich damit abgefunden, daß sie von diesem Mann nichts mehr zu erwarten hatte, daß er ihr nie gehören würde. Die Gewißheit war noch immer schmerzlich, aber sie fand Genugtuung in dem Gefühl, daß die Beziehung von einer eigenen Sauberkeit gewesen war. Hatte es irgendeine Täuschung gegeben, so war es gewollte Selbsttäuschung gewesen. Abbé Perret hatte ihr alles erklärt: Die unglücklichsten Menschen unserer Zeit sind jene Männer, die, obschon berufen, Mönche, ja Heilige zu sein, sich im Labyrinth der Gottlosigkeit verirrt haben. Sie sind der Gnade unendlich nahe und unendlich ferne zugleich. Sie leben nicht in ihrem Lichte, sie erfrieren in ihrem Schatten. Die fürchterlichsten Blasphemien dieser Männer sind die inbrünstigen Rufe hoffnungsloser Sehnsucht nach Gott.

So hatte sich also Gaby dank dem Beistand des Priesters abgefunden, ohne Dojno zu leben. Bei Kriegsausbruch hatte sie sich freiwillig gemeldet, sie sollte als Ambulanzchauffeur beim Roten Kreuz verwendet werden und wartete nun auf ihre Einberufung.

Eines Tages brachte sie den Prälaten Graber mit. Vom Abbé Perret hatte er gehört, was mit Stetten geschehen war, er wollte Faber kennenlernen.

»Ich bin auf dem Weg nach Rom. Deutschland habe ich vor

zwei Monaten verlassen. Sie wissen vielleicht, was mit mir geschehen ist«, sagte er zu Dojno. »Dachau, Buchenwald, Dachau — 17 Monate im ganzen, die Zeit im Gefängnisspital mitgerechnet, sie hatten mich am Anfang übel zugerichtet.« Er zeigte auf die Krücken.
Dojno nickte, man sah dem robusten Mann noch immer die Gefangenschaft an.
»Es ist eine wichtige Erfahrung«, fuhr der Prälat fort. »Es ist gut, auch in dieser Weise zu erfahren, wie hoffnungslos die Verdammnis der Kreatur ist, die ohne Glauben dem Teufel begegnet.«
»Im gläubigen Mittelalter hat es ebensolche Greuel gegeben, oft genug selbst schlimmere«, sagte Dojno. »Der Glaube hat mehr Opfer gefordert als der Unglaube. Die Gestapo und die GPU sind Institutionen des Glaubens.«
»Eines Glaubens ohne Gott und ohne Kirche!« warf der Prälat heftig ein.
»Ohne Ihren Gott, außerhalb Ihrer Kirche. Monsignore, Sie sollten sich davor hüten, Gott zu unterschätzen. Er kann sich viele Namen, viele Uniformen und viele Kirchen leisten.«
»Sie sprechen wie Stetten, aber seine Zeit ist vorbei — seit langem. Die blasphemischen Scherze des 19. Jahrhunderts sind die abgestandensten, die ich kenne. Sie aber, Herr Faber, Sie gehören der jüngeren Generation an, Sie können noch umlernen.«
Gaby bemühte sich, dem Gespräch zu folgen, sie hatte Fortschritte in Deutsch gemacht. Der Priester hatte eine harte, tiefe Stimme; er grenzte jedes Wort vom andern, jeden Satz vom andern deutlich ab. So konnte sie den langen Monolog fast lückenlos verstehen. Dojno antwortete nicht. Sie war enttäuscht.
»Ich bin leider zu spät gekommen. Ich hätte gerne noch Baron von Stetten gesprochen. Nicht selten habe ich an ihn gedacht. Ich wollte ihm Abbitte leisten. Er hat damals recht gehabt, man hätte den verwundeten Rebellen Franz Unterberger nicht hinrichten sollen. Erst im Lager habe ich das verstanden. Das wollte ich Stetten sagen, nun beichte ich es Ihnen.«
»Ich bin kein Beichtvater«, antwortete Dojno, »ich gebe keine Absolution. In jener Nacht, als Stetten Sie vor dem Unrecht warnte und Sie um die Rettung des Franz Unterberger bat, in

jener Nacht haben Sie die Blutgrenze überschritten. Ich weiß nicht, ob es da noch ein Zurück geben kann. Vielleicht haben Sie wirklich in Dachau etwas gelernt. In meinen Augen sind alle jene verurteilt, die erst dort gewesen sein müssen, um zu verstehen, was Dachau ist. Ich gebe keine Absolution.«
»Stetten hätte anders gesprochen« sagte der Prälat. Er griff zu seinen Krücken und richtete sich mühsam auf.
»Vielleicht. Er spottete gern, aber es tat ihm weh, jemandem weh zu tun.«
»Sie sind härter«, meinte Graber, die Hand an der Klinke.
»Ja. Aber nicht so hart wie Sie, Monsignore.«
»Mag sein, aber Sie sind allein, ganz allein. Ich aber bin geborgen, geschützt gegen Ihre Härte so gut wie gegen mein eigenes Versagen.«

An einem Sonntagvormittag — man war schon im Oktober — kam Pierre Giraud. Er begegnete Dojno oft, als sie beide noch der Leitung internationaler Organisationen angehörten. Seither hatte er alle Posten verloren, war aber noch immer nicht aus der Partei ausgetreten. Er arbeitete wieder in der Autofabrik, verdiente gut, genug, um seine zwei Kinder zu erhalten, die bei der Frau geblieben waren. Er lebte allein, schien immer zufrieden zu sein. Er liebte die Frauen und wurde von ihnen geliebt, er fand großes Vergnügen an gutem Essen und war ein Kochkünstler, er trank gern und betrank sich nie. Um glücklich zu sein, genügte ihm, sich an seine unglückliche Kindheit in einem lothringischen Dorf zu erinnern.
Er war 34 Jahre alt, sah jünger aus, ein gutgewachsener, kräftiger Mann. Man dachte gern an seine lachenden Augen zurück.
»Meine Freundin und ihre Schwester essen mit uns«, sagte Giraud, »dann schicken wir sie ins Kino zur Nachmittagsvorstellung. Gegen drei Uhr kommen die Genossen. Jetzt, nachdem Stalin mit Hitler Polen aufgeteilt hat, jetzt muß es möglich sein, den Nebel aus den Köpfen auszutreiben. Du hältst das Referat, nachher gibt es Diskussion. Es könnte etwas dabei herauskommen.«
»Wozu brauchst du mich, halt selber das Referat!«
»Wir brauchen dich, weil du die Fragen auch vom Standpunkt

der Genossen draußen beleuchten kannst, vom Standpunkt der deutschen, polnischen, tschechischen Genossen.«
»Du hast mit der Partei noch immer nicht gebrochen — worauf wartest du, Giraud?«
»Eben heute nachmittag, wenn es uns gelingt, den anderen die Augen zu öffnen — es sind alles gute Männer, die im Betrieb eine große Rolle spielen, sie schwanken schon — wenn es dir gelingt, ihnen den letzten Stoß zu geben, dann treten wir alle zusammen aus. Aber glaub nicht, daß es leicht sein wird...«
Es waren außer Giraud und Faber sieben Männer. Alle rauchten ununterbrochen, von Zeit zu Zeit mußte man das Fenster öffnen, sie machten eine Pause, damit die Nachbarn und die Leute auf der Straße sie nicht hörten.
Dojnos Referat war nicht gut. Er sprach herausfordernd, verbittert und kategorisch. Er begann falsch, mit Zitaten aus den letzten Moskauer Radiosendungen in deutscher Sprache. Man legte da den deutschen Arbeitern dar, daß Frankreich und England die Kriegstreiber waren, man griff Hitler mit keinem Wort an, aber brandmarkte als gefährliche, verbrecherische Parteifeinde alle jene, die das deutsche Proletariat aufforderten, die Kriegsproduktion zu sabotieren. Dojno bemerkte: »Tausende von Genossen sind im Kampf gegen Hitler geopfert worden, durch Jahre haben wir der Welt verkündet, daß die Nazis die Kriegstreiber sind. Nun spuckt uns Stalin ins Gesicht, wir sollen uns selbst ins Gesicht spucken und sein Lob singen: Hallelujah, es regnet!«
»Das mag ich gar nicht hören, nicht dazu sind wir hergekommen!« rief einer aus. Es war ein junger Mann, untersetzt, er hatte ein ernstes, strenges Gesicht. Die anderen sahen ihn nun aufmerksam an, auch Dojno betrachtete ihn eine Weile und sagte dann in scharfem Ton: »Was magst du nicht hören? Und wer hat dich aufgefordert, im Namen der andern zu sprechen? Sag, weswegen du hergekommen bist, du, nicht die anderen Genossen. Hier spricht jeder für sich!«
»Laß Stalin in Ruh, das wollte ich sagen.«
»Seit über einem Jahrzehnt stehe ich im Kampf gegen Hitler und seine Verbündeten — soll ich nun seinen Verbündeten Stalin nur deshalb in Ruhe lassen, weil er noch mehr Kommunisten gemordet hat als Hitler und Mussolini zusammen?«

»Das ist konterrevolutionäre Provokation!« Der Mann erhob sich wie zum Gehen, aber schon war Dojno vor ihm und hatte seine Rockaufschläge gepackt. »Was sagst du, konterrevolutionäre Provokation, sagst du?« schrie er, weiß im Gesicht. Es war, wie wenn ein Damm gebrochen wäre, die Worte überstürzten sich, sie strömten aus dem zitternden Körper wie eine reißende Flut. Und wie ein Refrain kam es wieder: »Wo bist du gewesen, als . . .?«, »Was habt ihr getan, als . . .?«
Die Geschichte von Kämpfen und Niederlagen, von Leiden, Gefängnissen, Konzentrationslagern, von ermordeten Freunden — alles kam hoch und wurde wie Gift und Galle in das rot angelaufene Gesicht des jungen Mannes geschleudert.
Auch die anderen waren aufgesprungen. Sie hörten gespannt zu. In manchem Antlitz spiegelte sich die Qual, die aus Dojno sprach, mancher hatte die Hand vorgestreckt, wie um die beiden zu trennen, aber die Gebärde blieb unvollendet, keiner griff ein, auch Giraud nicht.
»Ich ein Konterrevolutionär, das wagst du zu sagen? Ich stehe nicht für mich allein, sondern für die Genossen, die Freunde, die in Rußland, in Deutschland, in Spanien, in Jugoslawien, in Österreich gefallen sind. Sie alle mußt du verraten, um Hitlers Verbündeten, um Stalin treu zu bleiben. Du meinst es gut mit der Revolution, junger Genosse, aber schon verbreitest du die Flugzettel, die Hitlers Flieger über Frankreich abwerfen. Du arbeitest für Hitlers Sieg, bald wird an deinen Händen unser Blut kleben.«
»Sag, daß du es nicht so gemeint hast, Doucet, du wolltest doch den Genossen nicht beleidigen!« rief einer aus.
Doucet schob die Krawatte zurecht, trat einen Schritt zurück und sagte: »Die Vergangenheit zählt nicht, man kann objektiv ein Konterrevolutionär sein, ein Verräter, ohne es zu wollen. Das muß man dialektisch verstehen.«
Dojno hatte sich wieder gesetzt, sein Atem ging schwer, er winkte Doucet heran und fragte: »Was ist objektiv, was heißt dialektisch?«
Der junge Mann wiederholte die Frage: »Was heißt dialektisch? Das ist, verstehst du, das Gesetz der Entwicklung. Zum Beispiel, die Politik der Bolschewiki ist dialektisch, der Pakt mit Hitler ist dialektisch, verstehst du, das muß man fühlen!«

»Nein, fühlen muß man die Liebe oder das Mitleid, die Revolution aber und ihre Politik, die muß man denken!«
»Gut, ich glaube an Stalin. Und du willst, daß wir an Daladier und Chamberlain glauben sollen!«
»Nein! Ihr sollt überhaupt nicht glauben.«
»Das ist leicht für euch Intellektuelle. Wir müssen etwas haben, woran wir uns halten können«, sagte ein älterer Mann. Er sah Sönnecke ähnlich, hatte auch dessen ruhige Art zu sprechen, die Gewißheit, daß man ihm voller Vertrauen zuhören würde.
»An nichts glauben, sagst du, Genosse Faber. Ich glaube nicht an Stalin, ich würde ihn heute bekämpfen, ja, Doucet, ich würde gegen ihn agitieren, aber ich will nicht in einer Reihe stehen mit dem reaktionären Gesindel, das ich hasse und verachte, seit ich denken kann.«
»Und darum ziehst du es vor, in einer Reihe mit Hitler zu stehen?«
»Langsamer, Faber, langsamer! Jetzt bist du schon so lange mit Proleten zusammen und weißt noch nicht, daß wir die Hast nicht mögen, daß sie uns verdächtig ist! Die Regierung sagt, sie führt Krieg gegen Hitler. Ich merk' nichts davon. Sie verhaftet Kommunisten und Pazifisten, sie zensuriert die Presse — davon merke ich jeden Tag etwas. Den Feind im eigenen Land zuerst bekämpfen, das ist immer die Regel der Revolution gewesen. Doucet sagt dir, daß du ein Konterrevolutionär bist, und das ist natürlich eine Dummheit, er spricht von Dialektik, und er weiß nicht, was das ist. Ich weiß es auch nicht ganz genau, aber das weiß ich, wenn sie Doucet in den Kerker werfen, kämpfe ich gegen seine Kerkermeister. Ich bin bei der Partei seit dem Kongreß von Tours, trotzdem hätte ich jetzt meine Mitgliedskarte zerrissen, aber man verläßt eine Partei nicht gerade in dem Moment, wo sie für illegal erklärt wird. Und jetzt setz dein Referat fort, kümmere dich nicht um die dummen Unterbrechungen Doucets. Sein Maul ist bösartiger als seine Gedanken, es spricht fremde Gedanken aus.«
Ruhiger, bedachtsamer, als er begonnen hatte, setzte Dojno seine Ausführungen fort. Er sprach für Lagrange, so hieß der ältere Mann, ihn wollte er vor allem gewinnen. Wenn er zu heftig wurde, machte er eine kurze Pause, ließ seinen Blick auf den Photos verweilen, die über dem Bücherregal angebracht waren.

Es gab große Bilder: von Marx und Lenin, vier kleinere: von Maxim Gorki und Henri Barbusse auf einer Seite, von Emile Zola und André Malraux auf der andern.
Dojno war seiner Argumente sicher. Er fühlte sehr wohl ihre Wirkung auf einen Mann wie Lagrange, aber er wußte, daß er schlecht sprach, zu schnell, zu haßvoll. Als er geendet hatte, trat langes Schweigen ein. Endlich sagte Lagrange:
»Alles, was du da gesagt hast, ist wohl richtig. Aber es läuft darauf hinaus, daß wir *Union sacrée* mit den Bürgern machen, um ihr Frankreich gegen Hitler zu schützen. Das ist nicht genug für eine positive Politik, man weiß da nicht, wofür man sich eigentlich schlägt. Unsere eigene Regierung wird zusehends faschistischer, aber wir sollen für sie einstehen und in ihrem Interesse einen ausländischen Faschismus vernichten. Glaubst du wirklich, daß der Unterschied zwischen unseren Gefängnissen und den Konzentrationslagern drüben so groß ist?«
»So groß wie zwischen einer Ohrfeige und einer Hinrichtung. Bis vor zwei Monaten habt ihr das gewußt, schon habt ihr es vergessen. Wer irgendein übliches reaktionäres Regime, wäre es selbst eine balkanische Militärdiktatur, mit einem totalitären Regime auf eine Stufe stellt, ist ein Lügner oder ein Ignorant.«
Einer der Männer rief mit spöttischer Ungeduld aus: »Der fremde Genosse ist nicht sehr freundlich zu uns.«
Dojno sah ihm ins Gesicht und antwortete: »Ob die Arbeiterbewegung eher an der Lüge als an ihrer Unwissenheit zugrunde gehen wird, das ist eine interessante Frage, die ich im Augenblick nicht mit dir diskutieren möchte. Ich meinerseits habe vor Jahren die bürgerliche Laufbahn und manches andere aufgegeben, weil ich mich entschieden habe, gegen Lüge und Unwissenheit durchaus unfreundlich zu sein.«
»Das Proletariat kennt seinen Weg«, erwiderte der Mann ausweichend. »Stalins Pakt mit Hitler ist vielleicht keine sehr schöne Sache, aber er ist etwas Gescheites. Wir sind für den Frieden, wir wollen nicht für die Kanonenfabrikanten krepieren.«
»Und darum bist du für diesen Pakt, der den Weltkrieg herbeigeführt hat?«
»Das ist es eben«, meldete sich wieder Doucet, »das ist eben dialektisch.«

»Laß das, Doucet«, sagte Lagrange. »Faber, du bist enttäuscht von uns. Ihr intellektuellen Revolutionäre habt euch immer ein falsches Bild von uns gemacht, immer zuviel von uns erwartet. Ich sage dir das, ich, ein alter Arbeiter, der Hunderte, vielleicht Tausende Broschüren gelesen hat und sie den Kameraden zu erklären gehabt hat. Ob einer zum Beispiel recht behält in einer solchen Diskussion, das ist nicht wichtig. Ich kann dir sagen, daß du mich überzeugt hast. Ich werde mich also der Sabotage unserer Kriegsindustrie widersetzen, ich werde widersprechen, wenn man uns erzählen wird, daß Frankreich der Kriegstreiber ist und nicht Hitler. Sonst aber müssen wir abwarten, mit der Zeit stellt sich alles klar heraus. Du sagst, dann ist es zu spät. Vielleicht, vielleicht auch nicht. Es wird nie zu spät sein, mit der Partei zu brechen, wenn es denn unbedingt sein muß. Aber bevor ich das tue, muß ich wissen, wohin ich dann gehe. Und gerade darauf, Faber, weißt du keine Antwort, da nützt dir deine ganze Klugheit nichts. Keiner von uns will allein sein, keiner könnte es ertragen. Recht haben ist wichtig, aber nicht allein sein ist viel wichtiger. Verstehst du, Faber, und bist du nicht böse, daß ich dir das offen sage?«

Er reichte Dojno die Hand. Die anderen umstanden die beiden schweigend. Nur Doucet hielt sich abseits, schon legte er sich zurecht, wie er alles »weitergeben« würde, besonders die merkwürdigen, höchst verdächtigen Äußerungen Lagranges.

»Ich bin nicht böse, Lagrange«, sagte Dojno, »ich bin traurig. In diesen Tagen entscheidet sich mehr, als du denkst. Die Bewegung wird endgültig zur Agentur eines totalitären Staates, sie wird daran früher oder später zugrunde gehen müssen. Die Arbeiterklasse ist ihrer wahren Sendung untreu geworden — in diesen Tagen ändert sich die welthistorische Perspektive.«

»Du übertreibst«, erwiderte Lagrange, »du überschätzt eine Episode, die Wichtigkeit einer momentanen, nur taktischen Wendung.«

»Sie wird unvergessen bleiben wie der Mord Kains, der wahrscheinlich auch nur einer momentanen taktischen Notwendigkeit entsprochen haben dürfte.«

»Komm, Faber, trinken wir zusammen was im *Bistrot*«, sagte Lagrange freundlich, als wollte er ihn trösten. Dojno entzog ihm den Arm. An der Tür wandte er sich noch einmal um:

»Bei uns trinkt man nicht nach Begräbnissen.«

Gaby erwartete ihn im Hotel. Sie gingen ins Kino. In der Wochenschau zeigte man Bilder von der Front. Der Speaker sprach mit Pathos von »unseren heldenhaften Soldaten da draußen«. Es klang, als berichtete er von einer großen entscheidenden Schlacht, die unter ungeheuren Opfern gewonnen worden wäre. Es handelte sich um den Patrouillengang einiger Männer.
»Man sollte das nicht erlauben, der Sprecher ist unerträglich«, meinte Gaby.
»Es liegt nicht an ihm und nicht an seinem Text. Die Travestie ist echt, sie beginnt nur als Farce, am Ende wird es so viele Leichen geben wie in einer Tragödie.«
»Ich verstehe nicht«, sagte Gaby, »Stetten hätte es klarer ausgedrückt.«
»Ja, er hat das getan, aber du hast ihn trotzdem nicht verstanden. Ich will mit dir nicht streiten.«
»Nicht einmal streiten willst du mit mir?« fragte sie lächelnd. »So werde ich immer nutzloser.«
»Nein, es ist nicht das. Ich habe heute schon gestritten. Mit Männern, von denen mich loszulösen bedeutet, alles zu entwerten, was ich bisher getan habe. Und deshalb brauche ich dich, deine Nähe und selbst deine Fremdheit.«
»Ach, wenn du etwas weniger aufrichtig wärest, hättest du das gleiche so sagen können, daß ich mich darüber gefreut hätte. Ich verlange von dir nur eine Illusion, die nicht länger als einen Abend dauern soll — ist das zuviel?«
Er blieb stumm. Wieder wurde er dessen gewahr, daß er auf einfache Fragen keine befriedigende Antwort mehr wußte. Er versuchte, sich an die Argumente gegen die Illusionen zu erinnern, an den Grund, warum er sie Lagrange und Gaby verweigern mußte. Wenn die historische Perspektive sich änderte, war nichts mehr gewiß.
»Verzeih, Dojno, ich wollte dir keinen Vorwurf machen. Ich bin ja zufrieden, daß alles so ist, wie es ist.« Sie nahm seine Hand. Er brauchte nicht zu antworten, er war ihr dankbar, als hätte sie ihn soeben aus einer großen Bedrängnis erlöst.

Mit über dreihundert anderen Freiwilligen wartete er von 10 Uhr vormittags bis 6 Uhr abends in einer Kaserne. Dann brachte man sie zum Bahnhof. Als sie im Zug waren, wurden Wachen aufgestellt, vor jedem Waggon zwei Soldaten mit geladenem Gewehr — als befürchtete man, sie könnten entfliehen. Von diesem Augenblick an wollte man vergessen, daß sie Freiwillige waren.
Sie kamen nachts in Lyon an und mußten bis zum Vormittag auf einen Zug warten, der sie einige Kilometer weiter, an ihren Bestimmungsort, bringen sollte.
Einer sagte: »Ich bin schon beim Militär gewesen. In Polen. Wenn du einen Vorgesetzten eine Minute warten läßt, das ist, wie wenn du ihm das ganze Leben gestohlen hättest. Aber er läßt die ganze Kompanie stundenlang warten. Mir ist das gleich, mir ist alles gleich. Ich sitze da, und vielleicht schläft meine Frau schon jetzt mit dem Nachbarn von gegenüber. Ich sage euch allen — mir ist das gleich. Nur Kinder soll er ihr nicht machen! Wie komme ich dazu, Kinder von fremden Männern zu ernähren? Kann mir das jemand von euch erklären?«
Der Mann war betrunken. Er hatte im Zug gefroren, er hatte keinen Mantel. Die Schnapsflasche war nun leer, immer wieder hob er sie gegen das Licht und fluchte auf ukrainisch. Schließlich legte er sie auf den Tisch vor sich hin, drehte sich halb um und legte seine Wange auf sie. Er schlief bald ein.
»Aber ein Bordell gibt es wenigstens?« Der Junge stellte die Frage zum drittenmal. Seine Augen waren gerötet, er hatte Mühe, sie offen zu halten. Der Soldat antwortete gelangweilt:
»Sorg dich nicht! Wer Geld hat, findet überall ein Bordell. Werden dir die Eltern Geld schicken?«
»Ja. Aber ich frage dich, ob es da ein Bordell gibt und ob die Weiber den Streich lohnen?«
Der Soldat gab ausführlich Auskunft, er beschrieb lieblos die drei älteren Frauen, zwischen denen der Junge zu wählen haben würde.
»Und jetzt, wenn du es eilig hast und wenn du eine größere Auswahl brauchst, hier, gleich hinter dem Bahnhof, wenn du links abbiegst und dann rechts gehst, da kannst du dich gleich erleichtern. Sie haben dort sogar eine Negerin. Und das weißt du doch, mit Negerinnen langweilt man sich niemals.«

»Ja, du sagst also, daß es dort ein Bordell gibt. Sagst du das nur so, um zu sprechen und weil du denkst, daß ich zu jung bin, dann kann ich dir nur eines sagen, verstehst du —«
Dojno ging auf den Perron hinaus. Der Schnee fiel in großen Flocken, schon waren die Geleise zugedeckt. Weit vorne saß ein Mann, er sang leise vor sich hin. Es war ein sonderbares Lied, zum Teil jiddisch, zum Teil russisch. Nur ein Wort war hebräisch: *Adoni*, mein Herr.
»Wenn es dich stört, daß ich singe, setz dich auf eine andere Bank, Platz genug auf dem Bahnhof.«
»Es stört mich nicht.«
»Das sagst du jetzt. Aber ich singe immer. Wenn ich nicht singe und nicht esse, muß ich rauchen. Wie ich in den Petroleumgruben in Drohobycz gearbeitet habe, sie hätten mich fast getötet, die anderen, meine ich, habe ich mir das Summen angewöhnt. Aber das haben sie noch weniger vertragen als das Singen. Später in Paris habe ich bei Citroën gearbeitet. Kannst du auch nicht immer rauchen. Und wenn du kannst, man ist doch kein Rothschild, wo soll man soviel Geld für Zigaretten nehmen, man muß doch auch essen und wohnen. Trotzdem, bisher ist es noch gut gewesen, aber jetzt, was wird jetzt sein?«
»Wieso jetzt?« fragte Dojno und bot ihm eine von seinen Zigaretten an.
»Wieso jetzt, fragst du? Wo werde ich Geld nehmen für Tabak? Sie geben 50 Centimes pro Tag. Manchmal geben sie ein paar Zigaretten. Nicht jeden Tag. Und man muß bezahlen. Womit werde ich bezahlen? Niemand wird mir Geld schicken, Bernard hat niemanden, Bernard, das bin ich. Eigentlich heiße ich Jankel-Berl, aber du kannst mir Bernard sagen. Ich habe mich schon daran gewöhnt. Die anderen sind alle Schneider, die Juden, meine ich, die können sich auch beim Militär was dazuverdienen. Aber ich! Und du? Du siehst nicht aus wie ein Schneider, du bist ein Vertreter, vielleicht sogar ein Kaufmann?«
»Sing noch einmal das Lied vom Hirten, der sein Schaf verloren hat.«
Bernard steckte den Zigarettenstummel in eine flache, blecherne Dose, setzte sich zurecht und schloß die Augen. Er hatte eine hübsche, aber schwache Stimme. Während er sang, wiegte sich sein Oberkörper langsam in einem eigenen Rhythmus. Dojno

schlug den Mantelkragen hoch, schob die Hände in die Ärmel und lehnte sich zurück.
Bernard sang:

> »Da ging er weiter und er sah
> eine Fuhre voll weißer Steinchen.
> Waren es nicht seines Schäfchens weiße Beinchen?
> Adoni, Adoni, fragte er,
> hast du mein Schäfchen nicht gesehen?
> Irrt' es nicht auf deinem Wege?
> Ohne mein Schäfchen kann ich nicht,
> werde ich nie nach Hause gehen.«

Dojno begann einzudösen. Bernard legte ihm die Beine auf die Bank und drehte ihn halb um, so daß sie Rücken an Rücken kauerten.
Der Wind war nicht zu kalt und nicht zu heftig. Mit leisem Brummen fegte er den Schnee über den Perron. Dojno wurde einen Augenblick wach, Bernard sang, das Lied hatte viele Strophen. Immer wieder glaubte der Hirte, die Spuren seines Schäfchens gefunden zu haben, doch niemand hatte es gesehen. Nein, es gab keine Heimkehr für ihn.

DRITTER TEIL

JEANNOT

ERSTES KAPITEL

»Und das schreib ihr genau, Faber, sie soll es ein für allemal wissen und niemals vergessen, schreib ihr: Du hast gewußt, wie Du mich geheiratet hast, daß ich ein Witwer bin mit einem Kind, und ich habe Dir gesagt und gesagt, ich werde arbeiten und alles für Dich tun, wenn du meine Frau bist, aber das Wichtigste ist, mein Kind soll es gut haben, eine Mutter soll es haben. Und Du hast geschworen, Du wirst ihm eine Mutter sein, genauso, als wäre es Dein eigenes Kind, und ich habe Dir geglaubt. Und wie Du gesagt hast, Du mußt allein auf Erholung fahren, und es muß unbedingt ein Seebad sein, habe ich gesagt, gut, und ich habe gearbeitet, bis ich die Augen nicht mehr offenhalten konnte. Schreibe ihr, Faber, ich habe mich geplagt, keinen freien Tag gekannt, nicht jüdische, nicht christliche Feiertage, alles damit Du zu meinem Jaquot so gut sein sollst wie ich zu Dir. Und jetzt, wo Krieg ist und ich bin ein Soldat und Du bist allein mit den zwei Kindern, soll Dich Gott davor behüten, daß Du sollst eine schlechte Stiefmutter zu Jaquot sein. Glaub nicht, daß er sich beklagt hat. Aber ich weiß, daß Du ihn schlägst, und ich will nicht, daß Du ihn schlagen sollst. Er ist doch eine Waise, was kann der dafür, daß seine Mutter gestorben ist? Und schreibe ihr, Faber, auch das: Sie soll nicht ihr bitteres Herz ausschütten gegen Jaquot und sie soll nicht glauben, daß ich vergessen werde, wenn ich, so Gott will, eines Tages zurückkomme. Und sie soll nicht glauben — oj, Bernard macht mich verrückt mit seinen Psalmen! Sag ein Wort, Faber! Weißt du, was er tut? Er nimmt sich die kürzesten Psalmen und ich muß für jeden eine Zigarette geben! Ich weiß schon selbst nicht, was ich schreibe.«

»Was heißt, du weißt nicht, Leo?« unterbrach Bernard seinen leisen Singsang, »Faber schreibt, nicht du. Und er hat gern, daß ich dasitze und singe. Und wenn du noch einmal sagst, daß ich nur die kurzen Psalemen wähle, damit ich mehr Zigaretten bekomme, dann beleidigst du mich!«

Es entspann sich ein heftiger Wortwechsel. Leo war ein großer, schmächtiger Mann mit zu kurzen Armen, kleinen Händen, einem winzigen Gesicht, das fast ganz von schwarzen Bartstoppeln bedeckt war. In seinen traurigen Augen brannte nun ein bedrohlicher Zorn. Er stotterte ein wenig vor Aufregung und war darob beschämt. Bernard schrie nicht, der kleine stämmige Mann mit dem plattgedrückten Gesicht war seiner Sache durchaus sicher. Es war abgemacht, daß er von Leo Zigaretten bekäme, sooft Faber Briefe schrieb. Dauerte die Abfassung eines Briefes die Zeit, die Bernard brauchte, um drei Psalmen zu singen — gut, drei Zigaretten. War der Brief länger — und mit den Wochen wurden die Schreiben Leos immer ausführlicher — dann eben mehr Psalmen, mehr Zigaretten. Das war kein Geschenk, sondern die gerechte Belohnung Fabers, der auf sie zugunsten Bernards verzichtet hatte.

»Ich habe euch beiden gleich am Anfang gesagt, daß eure Abmachung nicht gut ist. Bestimmt den Tarif nach der Seitenzahl, das ist doch das einfachste!« griff Dojno ein.

»Seitenzahl, auch eine Lösung«, sagte Bernard, der nun auch ungeduldig wurde. »Und was tue ich, wenn er daraufhin ein Briefpapier kauft, von dem jede Seite so riesig ist, daß er daraus gleich zwei Briefe macht? Ich traue diesem Leo nicht!«

»Er traut mir nicht? So ein Schwindler, nimmt sich die kürzesten Psalmen und ich muß für jeden zahlen!«

»Ein Verleumder bist du, Leo, und ein Nichtswisser dazu. Du hast nie gelernt, du verstehst kein Wort Hebräisch. Vorgestern, wie Faber für dich geschrieben hat, habe ich zum Beispiel den 18. Gesang aufgesagt. Er gefällt mir gar nicht gut, aber ich wollte der Reihe nach vorgehen. Dabei ist er einer der längsten. David hat sich Zeit genommen, er war ein Sieger und er hatte keine anderen Sorgen. Ich hätte ihn überspringen können, du hättest es nicht bemerkt. Heute habe ich gleich mit dem 19. begonnen, nicht zu kurz, nicht zu lang, der 20., ich gebe es zu, ist kurz. Der 21. auch nicht lang, aber dafür der 22. Er zieht sich und zieht sich wie die Diaspora. David ist schon wieder unglücklich, und das paßt dir natürlich, weil du ein Geizhals bist. Und jetzt komme ich zu dem 23. Psalm. Ja, es ist wahr, ich habe ihn wiederholt. Warum nicht, ich habe kein Recht dazu? Und wenn er mir gerade am besten gefällt? Und damit zu zerspringst, werde ich ihn sofort noch einmal wiederholen!«

Es war ein kleiner, länglicher Raum, der der Dorfkrämerin sonst als Wohnzimmer diente. Sie hatte die Möbel weggeschafft, einen langen Tisch hineingestellt, die Soldaten hatten Bänke gebracht. Am Abend war es voll. Die keinen Platz auf den Bänken fanden, standen an die Wand gelehnt. Die Frau verdiente gut. Die Scheune, die den 37 Mann als Quartier diente, war seit langem unbrauchbar, ohne Tür, das Dach schadhaft, überdies zu klein. Aber die Krämerin verstand sich gut mit dem Unteroffizier, sie bekam den vollen Tarif für die Unterkunft. Der Winter war kalt, die Soldaten froren, sie mußten in ihrem Wohnzimmer Zuflucht suchen. So tranken sie den schlechten Wein, er war mit Wasser und etwas Zucker aufgekocht. Sie hatte schon zweimal den Preis erhöht, die Kunden brummten zuerst, aber sie hätten sonst an das Ende des Dorfes gehen müssen, dort war das einzige Wirtshaus, es war natürlich auch nicht billiger und überdies nicht so gut geheizt wie diese Stube. Die Soldaten brachten Holz aus dem Walde, das Öfchen glühte von Mittag an. Hier allein konnten sie sich erwärmen und trocknen, wenn sie von den Übungen auf den verschneiten Feldern zurückkamen.

Sie waren an die zwanzig, die an diesem Abend eng gedrängt in der Stube saßen. Manche dösten, andere schrieben, spielten Karten oder erzählten einander langwierige Geschichten aus dem »Zivil«, ihrem Leben, dessen versteckteste Reize sie erst jetzt zu entdecken begannen. Dicker Rauch lag über dem Raum, Schwaden verdunkelten das Licht der schwachen Birne. Laute und leise Stimmen vermengten sich miteinander, aber man gewöhnte sich schnell an den Lärm, der einem beim Eintritt unerträglich schien.

Sie hatten den Singsang Bernards nicht beachtet. Sie kannten seine Manie und hatten den Versuch aufgegeben, ihn zum Schweigen zu bringen. Doch als sich seine Stimme nun immer eindringlicher erhob, fühlten sie, daß diese fremden Worte, die der Narr mit solcher Inbrunst aussprach, eine Bedeutung haben mochten, die sie alle betraf. Selbst die drei Polen in der Nähe des Ofens — sie hatten in französischen Bergwerken gearbeitet, dann in Spanien gekämpft, waren dann nach Frankreich zurückgekehrt und interniert worden und hatten sich schließlich freiwillig gemeldet — selbst sie horchten auf. Der Singsang war lächerlich, sie ahmten ihn häufig mit gehässigem Spott nach, aber diesmal hörte er sich anders an.

»Adonai roi, lo echsar«, begann Bernard zum drittenmal. — »Gott ist mein Hirte, mir wird's an nichts gebrechen. Auf den grünen Auen wird er mich lagern lassen, zu den geruhigen Wässern wird er mich geleiten.«

»Gam ki elech bygej zalmoweth.« — »Und wandelte ich selbst im Tale der Todesschatten, ich würde das Böse nicht fürchten, denn du bist bei mir ...«

Faber wußte aus Bernards Lebensgeschichte, daß er eifrig die Heilige Schrift studiert hatte, bevor ihn die plötzliche Verarmung seiner Familie aus dem gewohnten Geleise hinausgeschleudert und zur Arbeit in den Petroleumgruben gezwungen hatte. Bernard verstand somit gewiß, daß diese hebräischen Worte trostreich waren, voll zärtlicher Hoffnung und Dankbarkeit, aber er sprach sie aus, als wäre Verzweiflung, ein grenzenloser Jammer ihr Inhalt.

Das Erscheinen des besoffenen Gefreiten war völlig unerwartet. Er blieb an der Tür stehen, das Gewehr auf den Sänger gerichtet, und schrie im wilden Koller: »Steh auf, ich muß dich erschießen, steh auf, ich bin ein alter Legionär, ich werde dich töten! Alle sollen aufstehen, ich bin euer Vorgesetzter, alle, aber erschießen werde ich nur diesen verfluchten Pfarrer!«

Sie standen einer nach dem andern langsam auf, der Mann war unzurechnungsfähig, das passierte alle paar Tage, diesmal konnte das Gewehr geladen sein. Bernard, ganz bleich im Gesicht, hob die Arme, er war aber dessen gar nicht gewahr, daß er noch immer rezitierte:

»Du deckst mir den Tisch im Angesicht meiner Feinde«, wiederholte er mit zitternder Stimme, als der Gefreite das Gewehr entsicherte. Da erscholl der Befehl »Habt acht! Präsentiert Gewehr!« Der Gefreite gehorchte. Sie sahen erstaunt, wie Litwak auf ihn zuging, ihm das Gewehr aus der Hand riß und mit sicherem Griff entlud. Der Besoffene wollte ihm an die Gurgel fassen, ein Stoß beförderte ihn zu Boden. Litwak sagte: »Tragt ihn ins Stroh, wascht ihm zuvor das Gesicht mit Schnee! Einer soll bei ihm bleiben, bis er eingeschlafen ist.«

Als er sich umdrehte, staunten alle darüber, daß er aussah wie gewöhnlich: die Brille komisch verschoben auf der Mitte des Nasenrückens, der Ausdruck verschlafen. Denn Litwak, der erst vor zwei Wochen zu ihnen gekommen war, erschien ihnen stets als der »lächerliche Soldat«, ein harmloser Dorfnarr. Die Leute im Depot hatten sich einen Scherz geleistet und ihm die häßlichsten Kleidungsstücke angehängt. Er trug einen zu kurzen Mantel aus dem vorigen Krieg, »bleu-horizon«, der vorne und hinten große rostbraune Flecke hatte; seine Wickelgamaschen, stets schlecht gewickelt, waren ausgefranst, die Schuhe waren wie Dschunken, gewiß die größte Nummer, die überhaupt aufzutreiben war. Auch seine Mütze war ungewöhnlich und überdies zu klein. Er nahm sie niemals ab. Er aß viel, gierig und schnell und schlief fast immer. Er schien im Stehen zu schlafen. Man bestrafte ihn nicht einmal, nahm ihn nicht mehr für voll, die Unteroffiziere amüsierten sich über ihn, über sein Französisch, das noch schlechter war als das der anderen Freiwilligen. Er sprach träge, langsam, schien immer das passende Wort zu suchen und stets nur das falsche zu finden.

Was er da getan hatte, die Art, wie er gesprochen hatte, war viel überraschender als die Tollwut des Gefreiten — es war unbegreiflich. Nun wandte er sich auf jiddisch an Bernard und sagte, schon wieder in seiner trägen Art: »Psalmen sind nützlich, um den Durchfall bei Säuglingen zu bekämpfen oder das Herz Gottes zu erweichen, damit ein Pogrom aufhören soll, aber gegen den Krieg und die Fremdenlegion sind sie kein gutes Mittel. Und wenn dein Freund Faber biblische Texte braucht, soll er sich beim nächsten Urlaub in Lyon eine Bibel kaufen.«

Bernard antwortete: »Es war nur wegen des Briefes, weil Leo gesagt hat —« Litwak hörte ihn nicht an. Alle sahen ihm nach, wie er zur Tür ging. Ja, er hatte noch dieselben Schuhe an, es war derselbe lächerliche Soldat.

Dojno fand ihn auf der Straße vor dem Hause. Litwak meinte: »Wie die Dinge nun stehen, muß ich dich schon jetzt um eine Auskunft bitten. Es handelt sich um eine Brücke.«

Dojno sah ihm ins Gesicht, zögerte, ehe er sagte:

»Um die weiße, steinerne Brücke...«

»...die in einer Nacht zerstört worden ist, in der Nacht vom 17...«

»...auf den 18. April 1937«, beendete Dojno den Satz.

Das war das Kennwort, also kam der Mann von Djura. Sie reichten einander die Hand, als wär's ihre erste Begegnung und zugleich, als wären sie alte Freunde. Sie entfernten sich schwei-

gend vom Hause, die tiefverschneite Landstraße stieg sanft an.
»Ich habe in Warschau gekämpft. Als alles zu Ende war, habe ich mich über Rumänien nach Jugoslawien durchgeschlagen. Da habe ich Djura getroffen und Mara, auch Albert Gräfe, der gerade angekommen war. Über Italien bin ich dann hierher gekommen. Sie haben mich eingesperrt, schließlich meine Meldung angenommen. Mischa Litwak ist mein wirklicher Name Du hast sicher früher von mir gehört, da hieß ich Sergej Libow.«
Dojno blieb stehen und betrachtete Litwak, der ohne Mütze und Brille völlig verändert war. Es war eine helle Nacht, das weiße Licht kam vom hohen Schnee.
»Libow!« wiederholte Dojno. »Es hieß schon vor Jahren, Libow wäre tot: in einem Scharmützel mit den Japanern umgekommen, in Tscheljabinsk erschossen, in einem Spital in Stalingrad unter ungeklärten Umständen gestorben.«
Und plötzlich lachte er laut auf: Der »lächerliche Soldat«, das war eines der wenigen militärischen Genies der russischen Revolution, ein legendenumwobener Mann. Litwak lachte leise mit. Plötzlich ernst geworden, sagte er: »Von heute aus gesehen, ist der pathetische, heroische Libow wahrscheinlich lächerlicher als der schwachsinnige Kriegsfreiwillige Litwak Mischa.«
»Red keinen Unsinn!«
»Jedenfalls verleugne ich Libow! Ich würde eher tot sein wollen, als ihn nicht verleugnen«, sagte Litwak. Er setzte die Kappe wieder auf, tat die Brille umständlich vor die Augen und begann in seinem komischen Gang auszuschreiten. Ohne daß sie es merkten, beschleunigten sie immer mehr den Schritt, bis sie fast atemlos am Rande des Nachbardorfs ankamen. Langsamer kehrten sie zurück.
»Ohne diesen dummen Zwischenfall hätte ich mich dir nicht zu erkennen gegeben. Du hast dich gut eingenistet, dir sichere Freundschaften geschaffen mit den Schneiderlein, denen du die Briefe schreibst.«
»In der Shakespeareschen Tragödie ist das Volk immer komisch. Die Rüpel sprechen aus, was es denkt, und bringen die Zuschauer zum Lachen. Dank ihnen darf man für eine Weile vergessen, daß es einen fünften Akt geben wird.«
»Sprich mit mir genauso, wie du mit den ›Rüpeln‹ sprichst. Mich langweilt die Sprache der Intellektuellen mit ihren historischen

und literarischen Anspielungen. Ich gebe mir nicht mehr die Mühe, Anspielungen zu verstehen. Es lohnt nicht.«
»Lohnte es, im eingekreisten Warschau zu kämpfen?«
»Natürlich nicht. Aber es wäre doch langweiliger gewesen, zuzuschauen.«
»Hast du solche Angst vor Langeweile?«
»Nein, ich schlafe. Immer und überall kann ich schlafen. Das ist das Schönste, was es gibt. Du magst Leute nicht, die viel essen und viel schlafen. Ich habe es in diesen zwei Wochen bemerkt.«
»Ich wußte nicht, wer du bist.«
»Was weißt du jetzt von mir, Faber? Legenden, wahre Legenden vielleicht — nun, was hat das mit mir zu tun? Oder mit dir, einem durchschnittlichen Soldaten *deuxième classe*, der darauf wartet, an die Front geschickt zu werden, die es nicht gibt und vielleicht gar nicht geben wird.«
»Wie beurteilst du die Lage?«
»Die französische Armee singt als Hymne einen Schmachtfetzen, in dem sie versichert, warten zu wollen, Tag und Nacht, immer! Die Soldaten schreiben sentimentale Briefe und betteln bei ihren Frauen um Taschengeld, weil die Löhnung lächerlich gering ist, und sie beklagen sich, daß dem Wein ein sedatives Brom beigemengt ist. Ein Gemisch von obszönen Worten, die alle Bedeutung verloren haben, ersetzt die normale Sprache und den Inhalt. Es wird wohl auch das männliche Kriegsheldentum zu ersetzen haben. Deine jüdischen Schneiderlein können noch immer nicht Französisch, aber diese Sprache haben sie schon erlernt. Ob der französische Generalstab aus dem polnischen Feldzug etwas gelernt hat, weiß ich nicht. Hat er es aber getan, dann ist es mir unerklärlich, warum man die Rekruten mit solcher Dummheit ausbildet.«
»Wir werden morgen ausführlicher sprechen. Jetzt müssen wir ins Stroh«, sagte Dojno. »Ich habe einen guten Schlafsack, nimm meine Decke, sie haben dir eine zu kurze gegeben.«
»Wir werden es beide bedauern, einander begegnet zu sein. Jeder war so tief in der guten Einsamkeit drinnen. Und jetzt, wenn die Leute uns öfters zusammen sehen werden, werden sie darauf kommen, daß wir die Leprösen sind.«

Es hatte wieder zu schneien begonnen, der Wind blies den Schnee durch die weiten Ritzen aufs Stroh, auf die Schläfer. Litwak war schon eingeschlafen, die Klappen seiner lächerlichen Mütze, tief über die Ohren geschlagen, verdeckten sein Gesicht fast ganz. Alle anderen hatten wollene Nachtmützen, manchen standen sie sehr gut. Litwak war der ärmste von ihnen allen. Er war der einzige, der nie Pakete, nie Geld bekam, nur ganz selten einen Brief. Er erwartete keinen. Er erwartete nichts. Er war zu tief gestürzt, tiefer als der Abgrund.

Das Rüpelspiel ging weiter. Litwak ließ sich nicht auf Gespräche über die Vergangenheit ein. Wenn er am Abend mit Dojno die Landstraße hinaufging, hatten sie wie die Schneiderlein zu sprechen.
Mischa wich allen politischen Diskussionen aus, versicherte ernsthaft, daß sie ihn noch mehr langweilten als ein ausführlicher Artikel über ein Radrennen, das 1925 zwischen Lodz und Lublin stattgefunden hatte. Die Banalität war sein Schutz, konnte man glauben, er fürchtete, sie auch nur für einen Augenblick aufzugeben. Zweimal gelang es Dojno, ihn zum Sprechen zu bringen. Es handelte sich das eine Mal um den polnischen Feldzug, das andere Mal um die französische Strategie. Er analysierte leidenschaftslos die Gründe der schnellen Niederlage Polens, rühmte das *Kriegsspiel* der Deutschen, die nur sehr wenige Fehler gemacht hatten. Er traute ihnen zu, daß sie aus den wenigen Fehlern gelernt haben könnten.
Seine Bemerkungen über die französische Strategie schloß er mit den Worten: »Die Franzosen hätten im September durch Belgien und Holland durchbrechen müssen. Haben sie es nicht getan, weil sie sich damals zu schwach gefühlt haben oder weil sie Angst vor Verlusten hatten? Jedenfalls ist es jetzt zu spät, um zwei, drei oder vier Jahre zu früh. Wenn Hitler verrückt ist und ihnen soviel Zeit läßt, dann haben sie Chancen. Greift er dieses Jahr an, wird er wenigstens ein Viertel der französischen Armee außer Gefecht setzen und die östlichen Departements besetzen — vorausgesetzt, daß die Franzosen den gleichen Kampfgeist bewähren wie im vorigen Krieg und daß der Generalstab aus dem polnischen Feldzug gelernt hat. Treffen diese beiden Bedingungen

nicht zu, so wird Hitler Frankreich schneller besiegen als Polen.«
»Das ist unmöglich, ausgeschlossen!« rief Dojno entsetzt aus.
Litwak blieb stehen und betrachtete ihn neugierig: »Warum ausgeschlossen?« fragte er ernst. »Du interessierst dich nicht genug für die Nachrichten des *Radio-Chiotte*, sie sind übrigens gewiß in der ganzen Armee die gleichen. Natürlich sind die Latrinenparolen falsch, aber aufschlußreicher als die wahren Meldungen. Weißt du nicht, was diese *drôle de guerre* ist, glaubst du vielleicht auch, daß es gerade eine kleine Wartepause ist? Wer nicht kämpft, wird nicht besiegt. Diese goldene Regel gilt, solange der Feind es will. Und wenn er nicht will, ist sie die Garantie für die Niederlage. Übrigens, bist du je in deinem Leben im Lager des Siegers gewesen? Warum sollte es diesmal eine Ausnahme geben? Wichtiger ist, daß die Krämerin den Preis für die Schokolade erhöht hat, es heißt, daß sie auch den Wein bald teurer verkaufen wird. Außerdem sagt man —«

Der Schnee war geschmolzen, vom Regen weggewaschen, nun stapften sie auf den aufgeweichten Straßen zu der Kaserne, die sechs Kilometer südlich ihres Dorfes lag. Seit sie eingerückt waren, wurde die Kompanie erst das fünfte Mal zu einer Schießübung geführt. Das erste und dritte Mal war der Marsch nutzlos gewesen, man hatte keine Schießstände frei, so brachte man sie zur Dusche. Sie mußten sich draußen im Schnee bis auf die Unterhosen entkleiden, es war noch sehr kalt, dann erst ließ man sie in die Badebaracke. Es stellte sich heraus, daß die Röhren nicht in Ordnung waren, es kam nur ein wenig kaltes Wasser heraus.
Diesmal aber klappte es. Vielleicht weil der Leutnant Crillon mit ihnen gekommen war. Er war zwar noch sehr jung, aber energisch. Man sagte, daß sein Vater ein Oberst, vielleicht sogar ein General war und daß darum selbst ranghöhere Offiziere ihm den Hof machten. Er behandelte Reserveoffiziere, auch wenn sie seine Vorgesetzten waren, von oben herab, sie ließen es sich gewöhnlich gefallen.
Sie brauchten diesmal nur anderthalb Stunden zu warten. Das Glück war ihnen gewogen, der Regen hörte bald auf, die Sonne kam heraus. Dann wurden sie zu zwölft in die Baracke geführt.

Sie hatten sich auf die Planken zu legen, gegenüber, am Rande des Feldes, waren die großen numerierten Schießscheiben angebracht. Jeder bekam zuerst drei Patronen, um sich einzuschießen, erst die weiteren fünf Schüsse zählten wirklich. Der beste Schütze sollte einen 24stündigen Urlaub nach Lyon bekommen. Crillon kam heran und sagte zu Litwak: »Alle drei Schüsse sind zum Teufel gegangen, kein einziger hat auch nur das Brett berührt. Du bist zwar ein blöder Schneider, aber schließlich ist es doch nicht so schwer. Also paß gut auf, diesmal zählt's, schieß!«

Ein Fähnchen zeigte an, daß der Schuß völlig danebengegangen war, der nächste ging auch fehl. Crillon schlug mit dem Stöckchen auf die Planke, dann, plötzlich rot vor Wut, begann er zu brüllen, er schlug Litwak auf die Hand, gab ihm einen Hieb auf den Nacken. Der Geschlagene erhob sich mit dem Gewehr in der Hand, er sah zum schmächtigen Offizier hinunter, schob langsam eine neue Patrone in den Lauf. Als Dojno ihn anrief: »Mischa, mach das nicht!«, rückte er die Brille zurecht, legte sich wieder hin, langsam wie ein großer Hund. Er zielte und schoß. Er traf zweimal hintereinander ins Schwarze und mit der letzten Patrone den ersten Ring.

Der junge Leutnant sagte verlegen: »Du siehst, es hat genutzt.«
»Ja, so schieße ich, wenn ich jemand töten will. Und wer es wagt, mich zu schlagen, den sollte ich töten.«
»Bist du verrückt, du Dreckkerl?«
»Wahrscheinlich, da ich hier bin und mich von Ihnen duzen lasse. Ich wünsche, zum Rapport zu gehen, Sie haben kein Recht, einen Untergeordneten zu schlagen.«

Crillon zögerte, er fühlte genau, daß die anderen die Szene mit Spannung verfolgten. Er befahl, Litwak sofort das Gewehr, den Gürtel, die Gamaschen und die Schnürsenkel abzunehmen, ihn ins Dorf zurückzuführen und dort in den Kotter zu werfen. Der Gefreite und zwei Mann eskortierten ihn.

Es war eine hölzerne Bude, sie diente der Feuerwehr des Dorfes als Abstellraum. Nun war sie ausgeräumt, Litwak war der einzige Gefangene. Crillon hatte darauf bestanden, daß er nicht mit den zwei anderen Gefangenen zusammengebracht würde — es waren alte Fremdenlegionäre, die sich gegen den 15., sobald sie ihre hohe Löhnung bekamen, besinnungslos besoffen, randa-

lierten und jedesmal für drei bis acht Tage eingesperrt werden mußten. So verfügte die 28. Kompanie nun über zwei Gefängnisse, man mußte Tag und Nacht einen Wachtposten mehr aufstellen.
Es war ein feuchter, lehmiger Boden, der das wenige Stroh bald aufsog. Die winzige Luke gab nur spärlich Licht, aber Litwak las nicht, man mußte ihn wecken, wenn man ihm das Essen brachte. Dojno ließ sich dreimal in der gleichen Woche zum Wachtdienst einteilen. Er bewachte das Gefängnis. Sie hätten sich leicht unterhalten können, aber Litwak blieb einsilbig. Er behauptete, das wäre seine glücklichste Zeit seit Jahren. Das einzige, was er etwa noch brauchte, waren saure Bonbons und Schokolade, vielleicht auch etwas mehr Stroh, das Lager war feucht.
Am neunten Tage seiner Haft wurde er dem Hauptmann vorgeführt. Er hatte darauf bestanden. Er beklagte sich über den Leutnant, wurde angebrüllt und hinausgeworfen. Als die 15 Tage um waren, wurde der Mannschaft verlesen, daß Litwak weitere 15 Tage sitzen mußte. Die Begründung war nicht ganz klar, der Ausdruck Meuterei oder Gehorsamsverweigerung war vermieden und nur von unwürdigem Benehmen und einem Mangel an Respekt gegenüber den Vorgesetzten die Rede.
Am Abend fehlte Dojno beim Appell, er tauchte erst spät am nächsten Tage wieder auf. Er bekam 15 Tage Arrest, der Korporal brachte ihn, gemäß vorheriger Verabredung, in die Feuerwehrbude.
»Etwas so Blödes wie einen Intellektuellen kann Gott nur in seinem Zorn erschaffen haben«, begrüßte ihn Mischa. »Du hast dich einsperren lassen, um mir Gesellschaft zu leisten. Jetzt gibt es niemanden draußen, der sich um mich kümmern wird. Ich brauche wieder Stroh, Schokolade, Tabak, Zigarettenpapier, statt dessen habe ich dich.«
Dojno knöpfte die Hose auf, wickelte sich schnell die Bauchbinde ab, Schokolade, Tabak, ein Feuerzeug und Zigarettenpapier fielen auf den Boden.
»Gut«, sagte Litwak etwas freundlicher, »aber wo ist das Stroh?«
»Strohlieferungen finden nach Mitternacht statt«, antwortete Dojno. Er legte sich auf den Schlafsack, deckte sich mit dem

Mantel zu. Aus den Taschen holte er zwei Okarinas heraus. Die schwarze behielt er, die braune reichte er Litwak hin. »Ich habe da eine Anweisung, wie man das spielen soll, aber das Licht ist hier sehr schlecht. Ich muß bis nach dem Weltkrieg spielen können.«

»Ja, bis vier Uhr nachmittags nach dem Krieg, Djura hat es mir erzählt. Gib mir eine Tafel Schokolade, ich werde sie gleich auffressen, du wirst wegschauen, weil du meine Gier nicht ansehen magst. Wenn ich schlafe, versteck die anderen Tafeln gut, sonst esse sich sie auch auf.«

Spät in der Nacht erwachte Dojno. Litwak saß an die Wand gelehnt, er blies eine langgedehnte Melodie, dann einen Tanz, dann wieder ein trauriges Lied. Als er gewahr wurde, daß Dojno wach war, brach er ab und legte sich wieder hin.

»Du erinnerst mich an meinen Vater, Faber, das ist kein Kompliment«, sagte er. »Er ist ein Buchbinder in einem Städtchen von 4000 Einwohnern. Nur die ganz armen Leute lassen sich manchmal etwas einbinden, ein altes Gebetbuch oder die Fünf Bücher Mosis, weil sie kein Geld haben, sich diese notwendige Literatur neu anzuschaffen. Du siehst, er hat seinen Beruf mit sicherem Geschick gewählt. Es ist wahr, er hat noch zwei andere Einnahmequellen, er ist Flötenspieler bei einer Kapelle, spielt auf Hochzeiten und bei anderen Anlässen, wo man Musik braucht. Aber auch damit hätte er die fünf Kinder nicht durchbringen können. Sein wichtigstes Geschäft ist immer das Briefschreiben gewesen. Es ist nicht gar so gut bezahlt — die Leute, die sich Briefe schreiben lassen, haben gewöhnlich kein Geld, man muß ihnen kreditieren. Aber immerhin, Amerika schickt Dollars, zwei, drei Dollar, manchmal fünf, vielleicht sogar zehn. Die Höhe der Summe hängt von vielerlei ab. Mein Vater glaubte immer, daß seine Kunst einen bedeutenden Einfluß auf die Herzen der amerikanischen Spender hatte. Er schrieb also für die Mütter, Tanten, Großeltern dieser Amerikaner, die natürlich alle aus unserm Städtchen stammten. Wenn nach drei Briefen weder Brief noch Geld kam, mochte der Adressat tot sein oder bettelarm. Oder aber er hatte kein Herz, das war dann stets eine tiefe Kränkung für den Briefschreiber. Nicht nur, weil er dann gewöhnlich für seine Mühe nichts bekam, nicht nur, weil er ganz genau wußte, wie dringend seine Auftraggeber das

Geld brauchten — schlimmer noch war der Zweifel an der eigenen Kunst, den der Fehlschlag bei ihm auslöste. Deshalb schrieb er dann gewöhnlich aus eigener Initiative den vierten Brief, in einem Gemisch von Jiddisch und Hebräisch, das klug dosiert war. Auf jiddisch bat er um Geld, auf hebräisch bewies er, daß die Wohltat dem Gebenden weit mehr zugute kommt als dem Empfänger, auf jiddisch schilderte er das Elend der Bittsteller, in der heiligen Sprache drohte er und verfluchte das harte Herz. Er hatte wunderbar passende Zitate zur Verfügung, aber es war gewiß, daß keiner der Leser sie verstehen würde. Er war der einzige, der diese Briefe wirklich las und alle ihre Nuancen verstand. Die Mutter sagte ihm: ›Wenn du nicht sofort 50 Kopeken besorgst, werden wir nicht einmal Weißbrot für den Sabbath haben‹, und er antwortete: ›Solch ein Unglück, die Witwe Pesje mit der lahmen Tochter und dem lungenkranken Sohn hat einen wirklichen Vetter in Amerika, drei Briefe habe ich ihm schon geschrieben, er hat ein Photo geschickt und keinen einzigen Dollar. Ich weiß nicht mehr, was ich tun soll, Pesje wird — Gott behüte! — noch verhungern mit den Kindern, der Apotheker will nicht mehr die Medikamente auf Borg geben, ich zerbreche mir den Kopf für den vierten Brief — und da kommt meine Frau und läßt mich nicht leben wegen irgendwelcher 50 Kopeken...!‹ Die Liebesbriefe hingegen, das war ein sicheres Geschäft. Die Verliebten zahlten sofort. Aber selten bestellte jemand einen Brief mit ›großem Schmuck‹, das heißt, mit Naturbeschreibungen, mit Mond und Sternen, mit Zitaten aus dem Hohelied, aus Puschkin und aus Schiller und mit farbigen Randzeichnungen. Solch ein Kunstwerk hatte 75 Kopeken zu kosten. Mein Vater hätte es auch für weniger geliefert, manchmal sogar umsonst, aber die Mutter paßte auf, sie erlaubte es nicht. Eine kluge Frau! Ich weiß nicht, ob die beiden noch leben, ich habe sie seit bald zwanzig Jahren nicht gesehen. Sicher hat mein Vater schon den berühmten vierten Brief fertig liegen, aber er weiß nicht, wohin ihn schicken. Hat fast alles verkauft, um seinen ältesten Sohn aufs Konservatorium nach Petersburg zu schicken, dann ist die Revolution gekommen und bald danach ist der Sohn verschwunden. Ein goldenes Kind — und weg, aus! Jankel, der Buchbinder, hat kein Glück gehabt mit seinem Sohn Mischa dem Musikanten, der seit 1920 nicht geschrieben, keine

Zloty geschickt hat — nichts, verschwunden, als ob er nie dagewesen wäre. Nicht einmal die Flöte ist von ihm geblieben.«
»Wenn du willst, ich kann für dich schreiben, du wirst diktieren wie Leo.«
»Danke! Ein Verschwundener überlegt es sich zweimal, ehe er einmal wieder auftaucht. Außerdem, was geht mich Jankel der Buchbinder an? Gib mir zwei Rippen Schokolade, du wirst mir dafür morgen keine geben.«
Nur in der Nacht, abgewandt von seinem Genossen, nur in der Art eines Monologs konnte Mischa erzählen. Dojno gewöhnte sich an, bei Tag zu schlafen, um ihm bei Nacht zuzuhören. Er unterbrach ihn nur selten mit einer Frage. Der Erzähler beantwortete sie übrigens fast nie, er folgte dem Gang seiner eigenen Gedanken. Sprach er von sich selbst, so nur in Beziehung zu andern, in allen Episoden war er eine Nebenfigur. Selbst in dem Bericht von dem Attentat, es war an der ukrainischen Front, er war der politische Kommissar der Division und mußte vertretungsweise auch das Kommando übernehmen, seine Offiziere kamen alle aus der alten Armee — selbst da blieb er undeutlich in Haltung und Handlung. Die Handgranate fiel ihm vor die Füße, explodierte nicht, er hob sie auf und warf sie durch das Fenster in die Bauernstube zurück, wo sich die Offiziere aufhielten. Nach der Explosion ließ er das Haus von einigen verläßlichen Rotarmisten umzingeln, er ging hinein. Einem Major hatte es die Brust herausgerissen, die Leiche lag mit weitgespreizten Beinen neben dem Tisch, einem Oberleutnant waren das Kinn und ein Ohr verletzt. Der junge Kommissar trat an den Tisch und beugte sich über die Generalstabskarte. Erst als er seiner Stimme ganz sicher war, sagte er: »Wir werden im Morgengrauen angreifen und die Stadt mit dem Bergwerk nehmen. Wir haben wenig Munition, aber in den Gruben gibt es mehr als genug. Sollten wir die Schlacht verlieren, so wird jeder einzelne von euch den Major um seinen leichten, angenehmen Tod beneiden.« Sie gewannen die Schlacht, bevor der Tag sich erwärmt hatte.
Was auch immer Litwak erzählte, immer kam es darauf hinaus: Es gibt keine wirkliche Verbindung zwischen den Menschen. Man kennt die Taten, kennt niemals wirklich die Motive. Aber selbst wenn man sie kennte, so wüßte man noch sehr wenig, da

die Übereinstimmung zwischen Motiv und Tat und Wirkung höchst selten ist — ein Zufall, kurios, aber nicht beweiskräftig. Litwak stellte die Menschen immer nur handelnd dar, im Angriff, in der Vorbereitung oder auf der Flucht. Ein einziges Mal erwähnte er seinen Bruch mit der Partei, seine Flucht aus Rußland, seinen Absturz. Er erzählte von einer Sitzung, in der über das Schicksal eines Mannes entschieden wurde, der seit Jahren sein bester Freund war. Litwak hätte für ihn eintreten müssen, er nahm gegen ihn Stellung, besiegelte seinen Untergang, um sich selbst zu retten. Das war am 23. Juni 1935. An diesem Tag ließ er den Chauffeur mit dem Wagen in Moskau, irgendeine Reparatur war notwendig, und fuhr mit dem Zug nach Hause. Er kam also später als gewöhnlich. Das Kind erwartete ihn auf dem Hügel über der Straßenbiegung. Als Jewgeni ihn erblickte, lief er jubelnd hinunter und auf ihn zu. Ein Lastwagen bog in rasender Schnelligkeit um die Ecke, bremste zu spät. Jewgeni war gerade eine Woche vorher vier Jahre alt geworden ...
Mit seinem Tod war alles zu Ende. Etwa einen Monat lang machte Litwak weiter, aber es waren nur noch Schattenspiele: der Selbstmord des Freundes im Gefängnis oder die Vorlesungen, die er weiterhin an der Kriegsakademie hielt, und der Artikel, den er gegen den Freund veröffentlichte. Ein Schattenspiel die Dienstreise ins Ausland — bis zum Augenblick, da er, auf der Rückfahrt, in einer kleinen polnischen Station ausstieg. Es war spät in der Nacht, der Zug hielt hier ausnahmsweise, die Strecke war verlegt. Sergej überlebte Jewgeni um sieben Wochen — mehr als genug.
Mischas Gier nach Süßigkeiten schien unbezähmbar. Nach wenigen Tagen hatte er die Schokolade, die Bonbons aufgegessen. Bernard stand oft Wache, er hätte für die Gefangenen einkaufen können, aber keiner von den dreien hatte Geld. Leo lieh Faber 10 Francs, lehnte aber eine zweite Anleihe ab. Er wartete vergebens auf eine kleine Geldsendung von seiner Frau. Dojno konnte für ihn nicht schreiben, es war nicht hell genug in der Bude. Bernard schrieb an seiner Stelle, aber seine Briefe hatten keine Wirkung.
»Ich habe meine Füllfeder verkauft, gleich wie ich hergekommen bin. Für deine kann man noch mehr bekommen. Bernard soll sie verkaufen, sonst werden wir bald auch nichts zu rauchen haben.

Du schreibst ja sowieso nicht mehr. Oder verlang von deinen Bekannten, dir Geld zu schicken und Pakete. Ich habe dich nicht darum gebeten, daß du dich um mich kümmern sollst, du hast dich aufgedrängt, jetzt tu wenigstens deine Pflicht!«

Als Dojno lachte, sagte er: »Ich mag dein Lachen nicht, hör sofort auf!«

»Und ich mag nicht, daß du so sprichst und die Faust ballst. Wenn du sie nicht sofort fallen läßt, werfe ich dir den Kübel an den Kopf.«

»Na also, endlich! Du bist auch nur eine Bestie wie ich; eine Bestie braucht keine Feder, verkauf sie!«

Am elften Tage seiner Haft wurde Dojno zum Hauptmann gebracht, der ihn mit höflichen Worten vor der gefährlichen und zugleich unwürdigen Freundschaft mit Litwak warnte. Dann trat Dr. Meunier ins Zimmer. Der Offizier ließ sie allein, er versprach, sie bald zum Mittagessen abzuholen.

»Sie sehen nicht ganz so schlecht aus, wie ich befürchtet habe«, sagte der Arzt. »Sie werden sich in Paris schnell wieder erholen. Sie fahren morgen mit mir zusammen weg, man bereitet die Papiere vor, Anfang nächster Woche übernehmen Sie Ihre neue Funktion. Ihre infanteristischen Tugenden werden wohl stets bescheiden bleiben, aber in der Propaganda werden Sie diesem Lande und der Sache große Dienste leisten.«

»Ich werde undankbar sein und Sie enttäuschen — ich ziehe es vor, hier zu bleiben, ein mittelmäßiger Infanterist, frei von jeder Verantwortung. Sie sollten wissen, Doktor, wie unwirksam die französische Propaganda ist, obschon sie von einem ausgezeichneten Schriftsteller geleitet wird. Es kann nicht anders sein, da man von ihr erwartet, daß sie die Aktionen ersetze, statt sie zu begründen und zu begleiten. So entwürdigend und nutzlos hart die Bedingungen sind, unter denen ich hier leben muß, ich ziehe sie dem falschen nekrologischen Enthusiasmus vor.«

»Ich weiß nicht«, sagte Meunier nachdenklich. »Es kann sich alles ändern, noch darf man nicht urteilen. Und jedenfalls, Ihre Situation hier ist unmöglich. Wäre Stetten an meiner Stelle und sähe Sie so: in der häßlichen, schmutzigen Uniform, spindeldürr, unrasiert, unglücklich — ja, man sieht es Ihnen an, Sie sind unglücklich —, er würde Himmel und Erde in Bewegung setzen, ihm würden Sie folgen. Aber ich, was kann ich für Sie tun?«

»Ich brauche ein Kilo Schokolade und ein Kilo saure Bonbons für den Kameraden, der mit mir die Haft teilt.«
»Man könnte Sie wegen körperlicher Unzulänglichkeit aus dem Militärdienst entlassen. Sie werden bei mir leben, werden schreiben. Ich werde Ihnen einen monatlichen Vorschuß zahlen, als ob ich Ihr Verleger wäre, und Sie werden Ihrem seltsamen, und wie man mir versichert, recht verdächtigen Freund mehr Schokolade schicken, als er essen kann. Antworten Sie nicht gleich, denken Sie über diesen Vorschlag nach! Wir fahren nach Lyon. Sie werden 48 Stunden wieder normal leben und sich dann erst entscheiden.«
Zwei Tage später brachte ihn der Arzt ins Dorf zurück. Meunier sagte:
»Ich bin nicht ganz sicher, ob ich Ihre Gründe kenne, ob ich Sie überhaupt recht verstehe, Faber.«
»Sie werden mich in einigen Wochen oder Monaten besser verstehen und dann wissen, daß, so schlecht der Platz ist, den ich gewählt habe, er dennoch der beste ist. Hier werde ich endlich von meiner negativen Megalomanie geheilt: an allen Ereignissen zu leiden, als ob ich für sie verantwortlich wäre. Noch einige Monate solcher Kur, und ich werde fähig sein, den Dingen, die da kommen, zu begegnen wie der dümmste Bauer dem Regen.«
»Das wird Ihnen nie gelingen, mein Freund. Sie haben mir einmal gesagt, daß die Naivität unter Umständen nichts anderes ist als die feige Flucht vor einer Einsicht, die einen mit Verantwortung beladen würde. Wer dies einmal eingesehen hat, dem wird es nicht mehr gelingen, zur Naivität zurückzuflüchten.«
»Sie wissen noch nicht, Doktor, wie tief man stürzen kann.«
»Ich will es nicht wissen. Da wäre sie ja wieder, die Naivität! Und was soll ich Frau Le Roy sagen? Sie wird mich morgen früh anrufen, ich habe ihr versprochen, ihr eine Botschaft zu bringen.«
»Sagen Sie ihr, daß Sie mich nicht gefunden haben. Und daß es keinen Sinn mehr hat, mich zu suchen. Daß es niemals rote Rosen schneien wird.«
Sie reichten einander die Hand, die Abschiedsworte kamen ihnen nicht über die Lippen.

Meunier sah ihm nach, wie er ins Dorf hineinging, und ihm war's, als hätte er die schwerste Niederlage seines Lebens erlitten. Daß er Faber nicht dazu bewogen hatte, Hilfe anzunehmen, gab ihm ein Gefühl der Hilflosigkeit, das er aus den Nächten kannte, in denen ihn die Angst zu sterben weckte.
Der Chauffeur half ihm in den Wagen und wickelte ihn in die Decken ein.
»Fahren Sie langsam. Es macht nichts, wenn wir erst morgen in Paris sind oder übermorgen. Wir haben mehr Zeit, als wir brauchen.«

ZWEITES KAPITEL

Nie hatten sie einen schönern, leuchtendern Frühsommer erlebt. Das Maß der Dinge war vollkommen: die Wärme bei Tag, die kurzen Regenfälle bei Nacht, das Grün der Felder, die Fülle des Laubes, das Blau des Himmels, das Weiß der Wolken. Die Natur hatte gerade das Alter, darin man für immer verharren möchte: alles war jung und doch nicht mehr unreif — alles, außer den Menschen.
Denn man war besiegt. Man suchte ein Wort, die Niederlage zu bezeichnen: Débâcle, Zusammenbruch, Auflösung — keines war ihr gemäß, jedes zu schwach. Das Geschehen war beispiellos, so wollte man in ersonnenen Beispielen, in weithergeholten Gleichnissen den angemessenen Ausdruck finden: Noch vor einem Augenblick hatte er im Sonnenlicht dagestanden, jung, spannkräftig, der kommenden Tage so sicher wie seiner selbst. Und nun lag er da, von einem einzigen Schlage gefällt. So starb Achill, so fiel Siegfried, solcher Beispiele gab es viele. An diesem Untergang aber war neu und fürchterlich, daß der Sterbende mit jedem Atemzug um Ewigkeiten alterte: Das Gesicht war pergamenten, das Fleisch verfault, die Knochen vermoderten, noch ehe der letzte Atemzug ausgehaucht war. So war die Jugend nur Betrug gewesen, ein falscher Zauber die leuchtende Kraft.
Und wie ein böser Zauber so unwirklich, so unfaßbar war diese Niederlage, sie war gewiß und unglaubhaft zugleich wie der eigene Tod.
Litwak sagte gleichmütig:
»Mit der materiellen Unterlegenheit erklärt man solches Débâcle nicht. Waffen töten, aber nur Menschen siegen. Sie werden besiegt, wenn sie die Niederlage akzeptieren. Man kann ein Bataillon, ein Regiment erledigen, nur weil man die besseren Waffen hat. Aber damit besiegt man nicht ein Volk, der Zusammenbruch ist in erster Reihe ein moralisches Phänomen. Die Marneschlacht, zum Beispiel, ist natürlich gar nicht so großartig gewesen, sondern nur ein im rechten Augenblick erzielter, sehr

nützlicher taktischer Erfolg. Strategisch von geringer Bedeutung, aber psychologisch entscheidend: Fortan waren die Franzosen entschlossen, jede Schlacht, die sie verlieren würden, nur als die vorletzte anzusehen. Ein umzingeltes Armeekorps kann es höchstens auf einer Flußinsel geben, sonst nicht. Wer siegen will, der ist erst besiegt, wenn er tot ist, keine Sekunde früher. Diesmal akzeptiert Frankreich die erste verlorene Schlacht, als ob sie die letzte wäre. Ganze Armeen sind umzingelt.«

»Geschriebene Maximen kann man kontrollieren, gesprochene wirken bald unangenehm, denn sie erzeugen Mißtrauen. Vielleicht hast du recht, Litwak, aber es bleibt bestehen, daß jede Niederlage dem Besiegten unfaßlich und jeder Erfolg dem Sieger natürlich und wohlverdient scheint. Das klingt wie eine Maxime, es ist nur eine banale Wahrheit«, sagte Antonio. Eine elegante Geste, gleichsam eine Bitte um Entschuldigung, begleitete den letzten Satz. Er beschleunigte wieder den Schritt. Die Leichtigkeit seiner Bewegung war erstaunlich, denn er war wohlbeleibt — unverdient dick, pflegte er zu sagen. Ein schlanker Jüngling war er gewesen, als er verhaftet wurde. Fünf Jahre später, als er von den Liparischen Inseln ausbrach, war er bis auf die Knochen abgemagert und ergraut. Er schmuggelte sich nach Frankreich durch, wo es ihm gar nicht gutging, aber er begann, Fett anzusetzen. Alles, was er aß, schwemmte ihn auf, erklärte er. Antonio war der Mann der eleganten Gesten, der ironischen Posen, der bis zur Karikatur soignierten Sprache. Er war ein aufrechter, opferbereiter Sozialist, aber ebenso entschieden der stolze Vertreter der patrizischen Florentiner Familie, deren einziger, verlorener Sohn er war. Überdies vertrat er in gewählten Worten Toskana, Italien, die mittelländische Zivilisation und den linken Flügel der illegalen Bewegung *Giustizia e Libertà*.

Er hielt sich immer an der Spitze der etwa 25 Soldaten, die seit vier Tagen und Nächten marschierten. Die Brigade müßte sich ergeben, sie wäre eingekreist, zwischen feindlichen Panzereinheiten eingekeilt, jeder Widerstand aussichtslos — hatte der Bataillonskommandeur erklärt und die letzten Befehle gegeben. Sie betrafen das würdige Benehmen von Kriegsgefangenen.

In der Nacht darauf war die Gruppe ausgebrochen. Das Unternehmen schien äußerst gewagt, ja aussichtslos. Es gelang so

leicht, daß sie Mühe hatten, es für wahr zu halten. Litwak führte sie an. Zuerst war es den Leuten unglaublich, daß dieser Mann ein Führer sein sollte. Nach wenigen Stunden wußten sie, daß nur er sie aus der Gefahrenzone hinausführen konnte. Bald hatten sie das Bild vergessen, das sie früher von ihm hatten. Sie gehorchten seinen Anordnungen, ohne zu zögern.
Die meisten von ihnen hatten in Gefängnissen gesessen, in Konzentrationslagern; sie hatten ihre Heimat verloren, viele die Partei verlassen, die ihnen die zweite, die wichtigere Heimat geworden war. Man konnte meinen, sie hätten nichts mehr zu verlieren als ihre Leben. Daß sie es nun aufs Spiel setzten, um der Gefangenschaft zu entgehen, war ihnen selbstverständlich. Ihr Wesen machte es ihnen unmöglich, zu kapitulieren, ihre Erfahrung verbot es ihnen.
»Du hast unrecht, Antonio«, meinte Litwak, »sieh dir das Skelett an, das neben dir marschiert, als ginge es zu den grünen Auen und den geruhigen Wässern des Psalmisten. Faber ist immer auf der Seite der Geschlagenen gewesen, seit Jahrzehnten ist die Niederlage seine alltägliche Ambiance, aber bisher hat er nicht ein einziges Mal versucht, sich vorzustellen daß er jemals wirklich besiegt sein könnte. Seit der letzten Rast schweigt er, gewiß arbeitet er eine Theorie aus, mit der er beweisen wird, daß dieses Débâcle die notwendige Voraussetzung für kommende und natürlich entscheidende Siege darstellt. Sag die Wahrheit, Faber!«
»Die Wahrheit ist, daß die Auen so grün sind wie —«
»Weich nicht aus, du hast nicht an die Auen gedacht!«
»Nicht nur an sie und an die geruhigen Wässer, auch an die Menschen, die um uns bangen in der ganzen Welt. Unser Tod wird für sie nicht nur eine sentimentale Bedeutung haben. Schon jetzt wissen sie, daß sie unsere Nachfolge antreten müssen. Sie tun mir leid.«
Antonio lachte. »Das wäre endlich etwas Neues. Die Sterbenden meißeln die Grabsteine für die Überlebenden.«
Pierrot begriff nicht sofort, aber dann lachte er laut auf. Sie liebten seine Heiterkeit. Er war der Jüngste unter ihnen, erst 19 Jahre alt. Schon seit drei Jahren unterwegs, seit jener Sommernacht, da ihn sein Vater weckte und ihm zuflüsterte, daß der ältere Bruder von den Faschisten soeben geholt und sicher

schon erschossen war. Auch der jüngere wäre in Gefahr. Sofort sollte er das Haus, die Stadt verlassen, sich auf die andere Seite durchschlagen. Der Knabe tat, wie sein Vater ihn hieß, und wäre doch lieber zu Hause geblieben; er war kein Republikaner und kein Falangist, er wollte nicht kämpfen, nicht töten, nicht getötet werden. Aber er mußte weg, durfte nicht einmal ausschlafen. Er schlug sich durch. In Albacete machte man aus ihm einen Soldaten, aber sie schickten ihn nicht an die Front. Immer fanden sich Menschen, die sich um ihn kümmerten, daß er zu essen haben sollte, daß er keiner Gefahr ausgesetzt würde. Er verlangte nie etwas, drängte sich an niemanden heran. Er war ein schmächtiger, mittelgroßer Junge mit sanften, langsamen Bewegungen. Seine großen Augen blickten jeden ruhig an, sie waren das einzig Auffällige an seinem Gesicht, das kein besonderes Leid ausdrückte, keine Neugier, kein Staunen. Aber wer es ansah, wurde für eine Weile nachdenklich, gerührt.

Mit den letzten Resten der republikanischen Armee kam Pedro, den sie Pierrot nannten, nach Frankreich, war im Lager, wo die heftigsten Meinungsverschiedenheiten tobten; er nahm an ihnen nie teil. Er meldete sich freiwillig zu jeder Arbeitsgruppe. Die Nahrung war unzureichend und schlecht, die Behandlung erniedrigend. Eine Meuterei brach aus, er wurde zusammen mit anderen eingesperrt, dann wieder ins Lager gebracht. Der Krieg kam, man warb Freiwillige, er meldete sich, wurde ein guter Soldat.

Es gab Kameraden und Unteroffiziere, die ihn haßten, sie vertrugen sein Lächeln nicht, seinen leisen Gang, seine langsame Sprechweise. Aber die anderen schützten ihn, schlugen sich für ihn. Sie waren ihm dankbar, er rief in ihnen ein großes, selbstloses Gefühl hervor, dessen sie sich nicht fähig gewußt hatten, dem sie nicht einmal einen Namen geben konnten: die väterliche Liebe zum jungen Bruder, das beste Gefühl jener, die, von ihren Frauen, Kindern, Freunden getrennt, mitten in der großen Menge vereinsamen.

Pedro hatte sich besonders an Bernard angeschlossen. Er mochte seine Lieder und hörte ihm immer zu, vielleicht weil ihn der Singsang an die Flamencos erinnerte. Ihn fragte er um Rat, um Belehrung in praktischen Fragen, ihm sprach er sehnsuchtsvoll von der Heimat, dem Vater, der Mutter, den Freunden daheim. Aber wenn es ernst wurde, hielt er sich an Litwak und an Faber, den er scherzhaft »Don Dojno« nannte.

»Da wir bisher nicht gestorben sind, so werden wir auch diesmal davonkommen«, sagte Pierrot. »Wir haben seit zwei Tagen keine Stukas mehr über uns, seit gestern sind wir nicht einmal von den Jägern mehr mitrailliert worden. Don Dojno, es ist sicher, du wirst immer leben. Und eines Tages wirst du zu uns nach Granada kommen, wirst Spanien lieben und dableiben. Ich glaube es.«

Ja, es war gut, daß sie den Jungen auch jetzt mit sich hatten.

Nicht selten dachte der eine oder andere, daß ihr Marsch wie ein Schulausflug war: Der Lehrer war verschwunden, hatte sich besoffen und war im Wirtshaus liegengeblieben, oder er wälzte sich mit der Wirtstochter im Heu. Sie hatten die Offiziere schon lange aus den Augen verloren. Bei Tag gingen sie durch die Wälder, nur bei Nacht marschierten sie auf der Landstraße, manchmal wurden sie von Wagen überholt, in denen Offiziere saßen, die es eilig hatten, nach dem Süden zu kommen. Sie hätten kaum zu sagen gewußt, wo sie ihre Truppen gelassen hatten. Es kam ihnen nicht darauf an, alles war zu Ende, aber nicht ihr Leben und das Leben ihrer Familie.

Am fünften Tage stießen sie auf den riesigen Strom der flüchtenden Zivilbevölkerung und versprengter Einheiten, die in Lastwagen zurückfluteten. Die Fahrzeuge bedeckten die Chaussee in der ganzen Breite, sie kamen nur schrittweise vorwärts. Immer wieder trat eine Stockung ein, man mußte einen Wagen aufs Feld abschleppen, er sperrte für Minuten den Verkehr.

Schon wollte es Abend werden, da kamen die feindlichen Jagdmaschinen, sie senkten sich in einer spielerisch leichten Bewegung hinab, eine nach der andern flog einige hundert Meter die Straße entlang und mitrailierte die Flüchtlinge. Rufe, Schreien, Klagen. Es gab Verwundete und Tote. Ein Wagen geriet in Brand. Alle wollten feldein flüchten. Die letzten zwei Flugzeuge nahmen sie aufs Korn. Nach zwei Minuten war alles zu Ende. Die Jäger stiegen selbstherrlich in den blauen Himmel, der ihnen gehören mußte, wie die Erde ihnen gehörte und das Leben aller, die an der Erde klebten. Bald sahen sie einem Schwarm von Zugvögeln ähnlich.

Zwei von der Gruppe waren getroffen worden. Der eine hatte

einen ganz leichten Streifschuß an der Schulter, man verband ihn und setzte ihn in den Wagen eines älteren Ehepaares, das ihn gern aufnahm.

Der andere war tot. Sie begruben ihn nahe dem Fluß. Er war ein schweigsamer Mann gewesen, er hatte keine Freunde, man wußte fast nichts von ihm. Der Sergeant Berthier nahm seine Papiere an sich.

Sie entfernten sich in Eilmärschen von der Straße und rasteten erst wieder am Morgen in einem Wäldchen, in dem Schwärme von Vögeln nisteten. Da blieben sie den ganzen Tag, schliefen und pflegten ihre Füße, die schmerzten wie aufgerissene Wunden.

Am meisten litt Berthier. Er war vierzig Jahre alt, klein und dick. Das Marschieren fiel ihm schwer. Er klagte nie ernsthaft, machte sich gern über sich selbst lustig. Ihm verdankten sie es, daß sie wenigstens einmal am Tage etwas zu essen hatten. Er spürte überall Proviant auf und sorgte für eine gerechte Verteilung. Wenn er zurückzubleiben drohte, schaltete man eine zusätzliche Marschpause ein. Wurde er ganz mutlos und wollte ernstlich aufgeben, so genügte es, ihm von seinen Kindern zu sprechen. Er liebte sie in einer merkwürdigen Art und erzählte von ihnen, wie sonst nur Witwen ihre Kinder rühmen. Dann faßte er neue Zuversicht, zeigte wieder einmal das Bündel Photos, auf denen der zwölfjährige Knabe, das zehnjährige Mädchen und der Jüngste von drei Jahren in Sonntagskleidern abgebildet waren. Es waren keine hübschen Kinder, der Vater sprach immer von ihrer Schönheit. Er erwähnte nie ihre Mutter.

Er war von Beruf Maurer oder, wie er gern betonte, Bauunternehmer. Wenn der Krieg nicht gekommen wäre, hätte er für den Generalrat seines Departements kandidiert und wäre wahrscheinlich gewählt worden. Noch war nichts verloren; wenn er jetzt heimkehrte, mochte sich bald eine Gelegenheit ergeben, diese so lang ersehnte Position zu erreichen. Von ihnen allen war er der einzige, dem der Sinn der gesellschaftlichen Einrichtungen durchaus gewiß war; keine Katastrophe konnte ihn schmälern, Berthier vermochte sich sein Land ohne Armee, ohne Regierung, ja selbst sein Departement ohne Präfekten vorzustellen, aber er erwog keinen Augenblick, daß auch nur eine der zahllosen Gemeinden Frankreichs ohne Bürgermeister und Gemeinderat bleiben könnte.

Sie erfuhren, daß Paris, zur offenen Stadt erklärt, vom Feind besetzt worden war. Sie alle empfanden es als einen furchtbaren, unsäglich demütigenden Schlag. Nach einer Weile sagte Berthier:

»Was bist du so traurig, Faber? Wäre ich Bürgermeister der Hauptstadt gewesen, ich hätte auch darauf bestanden, daß man sie zur offenen Stadt erklärt. Was heißt das überhaupt, eine solche Stadt besetzen? Das gibt es ja gar nicht!«

Leo nickte zustimmend, und als Faber stumm blieb, meinte er: »Natürlich! Paris kann niemand besetzen! Gut, die Deutschen werden 100 000 Soldaten bringen — und was? Aber es gibt doch Millionen und Millionen Pariser. Die fremden Soldaten werden Angst bekommen, sie werden sich in der Nacht davonschleichen wie die Diebe. Mit Paris spaßt man nicht, sage ich!«

Litwak lag daneben. Er tat, als ob er döste. Aber Antonio fuhr fort, ihm interessante Einzelheiten über das *Sacco di Roma* zu erzählen. Etwas weiter lagen die drei polnischen Bergarbeiter. Sie sprachen wie gewöhnlich, wenn sie hungrig waren, über einen in Spanien vergrabenen Schatz, den sie später einmal heben wollten.

Am Rande des Wäldchens standen Pierrot und Bernard Wache — Sancho Pansa und der Neffe Don Quichottes, dachte Faber, wie er zu ihnen hinübersah. Bernard stand, auf den Lauf des Gewehrs gestützt, und rieb langsam die nackten Füße am Kolben. Von Zeit zu Zeit biß er ein Stück von seinem Brot ab; er hatte den versonnenen Blick eines wiederkäuenden Ochsen. Er war furchtsam und feig, wenn er allein war, aber gleichmütig und mutig, wenn er Freunde im Rücken wußte. Im übrigen wußte er, daß sich diesmal Faber und die anderen irrten. Nach seiner Meinung waren die Deutschen in eine Falle gegangen.

»Und auch, wenn sie es jetzt merken möchten, wäre es schon zu spät«, erklärte er dem jungen Spanier. »Du verstehst, die französischen Generale, das sind nicht einfach Offiziere, die nur herumkommandieren können, es sind intelligente, belesene Menschen, sogar Schriftsteller sind sie auch. Manche gehen sogar in die weltberühmte *Académie Française!* Also, Pierrot, jetzt paß gut auf: Man läßt die Deutschen rennen, bis ihnen die

Zunge heraushängt — warum nicht? Sollen sie sich einbilden, sie sind die Nebukadnezars, und sie siegen. Dann aber, was macht man? Man macht Kehrteuch und greift sie an. Ihre Panzer? Ein Gelächter! Sie können nicht vor, nicht zurück, denn sie haben kein Benzin mehr. Die Infanterie ist in einem fremden Land, sie hat keine Munition mehr und nichts zu fressen, die Sohlen fallen ihnen schon von den Schuhen. Beginnt man sie zu jagen! Zurück, Deutschlein, zurück nach Hause! Ja, aber da sind die fanzösischen Armeen in ihrem Rücken. Du sagst, diese Armeen sind umzingelt? Wer ist umzingelt? Die Franzosen? Ein Gelächter! Die Franzosen sind doch bei sich zu Hause — bei dir zu Hause bist du umzingelt? Merk dir gut, Pierrot: Faber hat unrecht und Litwak hat unrecht. Morgen, spätestens übermorgen geht es wieder in den Kampf. Soll ich haben soviel gute Jahre und du auch, wie viele Napoleone die Franzosen haben. Ich sage dir, es wird gut sein, sehr gut! Ist es zum Beispiel schlecht, Zigaretten aus feinem türkischen Tabak zu rauchen, soviel man will, ununterbrochen? Wir werden sie haben. Den deutschen Offizieren werden wir sie wegnehmen. Jetzt schau nach, ob du noch ein bissl Tabak hast, Zigarettenpapier hab' ich selber.«

Pierrot sagte: »Daß man Paris aufgegeben hat, bedeutet, daß man nicht kämpfen will. Es ist verloren, Bernard. Ich glaube nicht an deine türkischen Zigaretten, und ich habe überhaupt keinen Tabak mehr.«

»Verloren!« wiederholte Bernard gereizt. »Frankreich verloren! So einen Blödsinn will ich gar nicht hören. Du hast jetzt in diesen Wochen das Land gesehen. Kannst du dir vorstellen, daß so ein gesegnetes Land verloren ist? Und Roosevelt wird einfach weiter Bridge spielen und schweigen, ja? Und dann zu Hause, während die Frau das Bett machen wird, wird er ihr sagen: ›O weh, das arme Frankreich!‹ Dann wird er sich hinlegen und schlafen — und erledigt! Ja, so was glaubst du, Pierrot?«

»Warum nicht, mit Spanien hat man das so gemacht!«

»Wie kannst du Spanien mit Frankreich vergleichen? Spanien hat gehabt einen Zola, der gesagt hat: ›J'accuse‹, und die ganze Welt hat gelauscht? Spanien hat gehabt einen Riesen wie Voltaire, der gesagt hat ›Ecrasez l'infâme‹, ja? Spanien hat gehabt so feine, edle Menschen, die gesagt haben: ›Alle Men-

schen sind gleich‹? Und Pasteur ist bei dir ein Stück von einem Nichts, ja? Ihr habt vielleicht viele Pasteurs in Spanien?«
»Ich bin hier in zwei Lagern gewesen. Da war von deinem Pasteur nicht die Rede, sondern —«
Aber Bernard ließ ihn nicht aussprechen: »Lager kann jedes Volk haben, das kleinste, das dümmste — warum nicht? Eine Kunst, Lager zu haben, wenn man Polizei hat! Eine Kunst, Unschuldige zu plagen? Seit die Welt steht, hörst du, Pierrot, hat man Unschuldige verfolgt. Das ist schon so eine Gewohnheit. Aber verstehst du, das Edle im Menschen, das ist selten. Und deshalb sage ich dir: Hitler kann nicht gewinnen und er wird nicht gewinnen. Nimm zum Beispiel Titus. Er hat geglaubt, er hat gesiegt. Ist ihm aber eine Fliege hinein ins Ohr und hat sich bis in sein Gehirn hineingefressen — kannst du dir schon gut vorstellen, was für ein Leben er gehabt hat, dein großer Triumphator Titus! Oder aber — ich will dich nicht beleidigen — Spanien! Es hat uns hinausgetrieben — eine Kunst, Juden hinauszutreiben! Nun, seither ist Spanien immer tiefer gesunken. So ein edler Mensch wie Jehuda Halevy oder Uriel d'Acosta oder Baruch Spinoza hat ihnen nicht gepaßt, aber irgendein General Franco, der paßt ihnen, der ist ein Juwel in ihrer Krone. Hoffentlich weißt du das doch wenigstens, daß geschrieben steht: ›Der Mensch ist geformt nach dem Ebenbilde Gottes.‹ Nun, und da stellst du dir vor, Hitler wird siegen? Es ist eine Schande, solchen Blödsinn über die Lippen zu lassen! Und jetzt geh zu Faber, hol ein bissl Tabak! Sag ihm nicht, daß ich gesagt hab', daß er Unrecht hat. Er kränkt sich schon wegen Paris, will ich nicht, daß er sich auch meinetwegen kränken soll. Spätestens in zwei Tagen wird die Wendung da sein, da wird er merken, daß Bernard recht hat.«
Anderntags erfuhren sie, daß Marschall Pétain um Waffenstillstand angesucht und in einer mehrfach wiederholten Radioansprache den Franzosen erklärt hatte: »Ich sage euch, man muß den Kampf aufgeben.«
Sie versammelten sich im Kreis um Litwak. Er erklärte: »Einem Offizier, der solch einen Satz öffentlich ausspricht, bevor der Waffenstillstand unterzeichnet ist, kann man alles zutrauen, von ihm muß man das Schlimmste befürchten. Es mag sein, daß wir auf Grund seiner Zugeständnisse schon jetzt Gefangene sind.

Diejenigen, die das akzeptieren würden, sollen sich von uns sofort trennen, denn wir werden so lange in den Wäldern bleiben, bis Gewißheit besteht.«

»Es ist wahr, ich esse keine Schokolade mehr!« sagte Litwak gleichgültig. »Gerade noch einige Schlußakkorde, schon erlöschen die Lichter, man rückt die Futterale für die Instrumente näher heran. Du mußt dich nach Portugal durchschlagen, gehst von dort nach England oder nach Amerika. Nach England, wenn Churchill an der Regierung bleibt und bis zum Oktober durchhält.«
»Wir werden zusammen gehen«, sagte Faber.
»Nein, ich bleibe hier. Dieser Feldzug schließt meine Karriere passend ab. Ich sterbe gerne mitten in der Parodie. Seit langem schon weiß ich, wie die Komödianten aussehen, wenn sie abgeschminkt sind. Du geh nach Portugal, die Franzosen werden Leute wie dich den Deutschen ausliefern oder den Russen —«
»Nein, sie werden es nicht tun!«
»Sprich nicht wie ein Idiot oder wie einer, der nicht weiß, worum es geht. Wer ein Verbrechen begangen hat, muß nicht der Gefangene seiner Tat werden. Er kann sich von ihr befreien, ist er es geworden. Aber wer sich verächtlich und dann aus seiner Verachtung eine Ehre gemacht hat, der muß unaufhaltsam fallen. Du hast das gewußt und deshalb die Partei verlassen. Verlaß nun auch dieses Land, den Kontinent — es werden jene unermeßlichen Verbrechen geschehen, die nur verächtlich gewordene Menschen und Völker verüben.«
»Warum willst du dann nicht auch das Land verlassen?«
Litwak blieb stumm.
Später erwog Dojno, ob Litwak schon in jener Nacht die Gewißheit des nahen Endes hatte, den Willen, sehr bald zu sterben. Es war indes unmöglich, daß er die Umstände, den Vorgang vorausgesehen oder gar geplant hätte.
Es war am 19. Juni, gegen drei Uhr nachmittags. Sie hatten ihren Rastplatz in einem Gebüsch gewählt, das nahe der Straße lag, gerade an der Stelle, wo sie eine Kurve beschrieb.
Alle fühlten jene Müdigkeit, die körperlicher Schmerz und Mutlosigkeit zugleich ist. Elf Tage und Nächte waren sie schon auf

dem Weg. Jeden Augenblick konnte sich dieses Land, für das sie zu sterben bereit waren, in Feindesland verwandeln. Sie aßen zu wenig, schliefen zu wenig, sie hatten nichts mehr zu rauchen. Die Schuhe zerfielen, das Marschieren wurde immer schwerer. Und mancher fragte sich, ob es nicht völlig sinnlos war — eine mühsame Bewegung in der geschlossenen Mausefalle.

Hinter dem Hügel mußte ein Dorf liegen. Berthier und Faber rafften sich auf, sie gingen Proviant suchen. Hatte man wieder gegessen, so würde der Mut neu erwachen.

Pierrot sammelte die Feldflaschen ein und ging eine Quelle suchen. Die anderen blieben liegen, die nackten Füße im Gras, das Gesicht im Schatten der Büsche. Sie warteten schweigend auf die Rückkehr der Kameraden. Vor ihnen stieg die staubigweiße Straße ziemlich steil an, links senkte sie sich sanft bis zu einer neuen Kurve, etwa 400 Meter weiter. Die Position war gut gewählt, sie hatten nach beiden Seiten hin klare Sicht.

Ein zweirädriger Wagen kam langsam die Straße herauf. Die alte Bäuerin auf dem Bock döste, sie wachte nur auf, wenn das Pferd stehenblieb. Im Wagen waren leere Körbe.

Später kam ein Bauer vorbei, er trug eine Sense über der Schulter. Er konnte ihnen keine Zigaretten, keinen Tabak geben, er rauchte nicht.

Plötzlich hörten sie Motorgeräusch. Sie lugten hinter der Deckung hervor, ein deutsches Motorrad mit Beiwagen kam die Straße herunter. Eine Staubwolke lief hinter ihm her.

Litwak legte sich auf den Bauch, zog den Brotsack mit den Eiergranaten heran, er spähte zur unteren Kurve. Gerade kam Pierrot in Sicht. Er hob zwei Feldflaschen in die Höhe und schlug sie rhythmisch gegeneinander; es klang wie fernes Kuhglockengeläute. Litwak rief: »Pedro, Achtung!« Da bog das Motorrad um die Ecke, der Junge schien's nicht zu bemerken, obschon er es ja hören mußte. Er stand noch immer auf der Straße und spielte Kuhglocken. Das Rad blieb mit einem Ruck stehen, der Soldat im Beiwagen hob seine Maschinenpistole. Litwak rief: »Pedro! Pedro!« Im gleichen Augenblick knatterten die Schüsse. Der Junge lief zum Straßenrand; er fiel, bevor er ihn erreichte.

Die erste Granate explodierte nicht, Litwak sprang auf die

Straße hinunter, er schrie auf, wahrscheinlich hatte er sich einen Fuß verstaucht, er warf sogleich die zweite Granate, sie explodierte im Sidecar. Und nun lief er, immer noch schreiend, weiter; er schleuderte noch eine dritte Granate. Das Motorrad brannte, der Fahrer war vom Sitz gefallen.

Die Kameraden standen im Gebüsch, sie sahen Litwak die Straße hinunterhüpfen; er schrie die ganze Zeit, sie verstanden nicht, was. Endlich war er bei Pierrot. Er hob ihn auf und trug ihn auf den Armen zurück. Bernard eilte ihnen entgegen. Er hatte sie noch nicht erreicht, als zwei Motorräder um die Straße bogen. Sie manövrierten blitzschnell, nun rasten sie nebeneinander hinunter, die Maschinenpistolen feuerten ununterbrochen. Sie hielten bei dem brennenden Rad, luden ihre toten Kameraden auf die Räder und verschwanden hinter einer hohen Staubwolke.

Berthier und Faber hatten die Detonationen gehört und waren zum Rastplatz hinuntergelaufen. Die drei Toten lagen schon da. Ihre Gesichter und ihr Haar waren wie mit Staub gepudert und mit geronnenem Blut geschminkt. Leo stand neben Bernards Leiche, er schluchzte unbeherrscht. Dojno konnte den Blick von den staubigen, blutigen Füßen Litwaks nicht wenden, drei Zehen fehlten — sie waren ihm während eines Feldzuges im Bürgerkrieg abgefroren. Pierrots Wangen waren aufgerissen, aber sein Mund war unverletzt. Man müßte den Staub von seinen Lippen wegwischen, dachte Dojno, man müßte ihre Gesichter waschen.

Sie trugen die Leichen zum bewaldeten Hügel hinauf, dort gruben sie das Grab.

Dojno setzte sich zu den Leichen. Er zog Litwak die Schuhe an und schnürte sie bedächtig. Er wusch die Gesichter der Toten. Seine Hände verweilten auf den Stirnen, den Wangen. Dennoch kam ihm die Gegenwart abhanden. Hier war nicht hier, jetzt war nicht jetzt. Seine Sinne waren wach genug, um alles wahrzunehmen: das Geräusch der Spaten, die Flecke des Sonnenlichts auf dem Laub und auf dem Boden zwischen den Bäumen. Aber sein Gefühl war alledem weit entrückt, so als wäre er unversehens an ein altes Geschehnis erinnert, darüber er nicht mehr zu trauern brauchte. Als wäre der Schmerz, der ihn so betäubte, schon seit langem betäubt.

Berthier legte den Inhalt der ausgeleerten Taschen neben Dojno. Da waren die leere Blechdose, in der Bernard die Zigarettenstummel aufbewahrte, das kleine schwarze Notizbuch und der Bleistift Pierrots, die Photos seiner Familie, die in drei Stücke zerbrochene Okarina Litwaks. In seinen Taschen hatte man kein Stück Papier gefunden, kein Notizbuch, kein Photo.

Alle trauerten um den spanischen Knaben. Die drei Polen und Leo brachten Bernard zu Grabe, als wäre er ihr Toter. Dojno allein trauerte um Mischa. Den anderen war er fremd geblieben bis zuletzt. Lächerlich am Anfang, unheimlich dann, beunruhigend wie ein Wesen aus einer andern Welt. Das Bild von dem großen Mann, der da barfuß die Straße hinunterlief, die Geste, mit der er die Handgranaten warf, würden in ihren Träumen wiederkehren. Seine unverständlichen Schreie würden sie hören. Schon verwischte sich das andere Bild, schon vergaßen sie, wie er Pierrot in den Armen getragen hatte.

Sie zögerten, bevor sie das Grab zuschütteten. Sie warteten, daß Faber sprechen sollte. Aber er blieb sitzen, als lägen die toten Freunde noch neben ihm. Berthier sagte:

»Bevor die Erde sie bedeckt, werde ich noch ein Wort sagen. Ich bin hier der einzige Franzose. Wir begraben drei Männer, die aus der Ferne gekommen sind. Sie haben für Frankreich gekämpft. Sie hätten verdient, hier ihre Heimat zu finden. Ich will keine Rede halten, aber das ist wahr, daß wir sie nie vergessen werden. Vielleicht hat dieses Land die Niederlage verdient. Die Männer, die wir begraben, sie jedenfalls hatten ein Recht auf den Sieg.«

Nun waren sie nur noch elf. Sie beschlossen, zusammen zu bleiben. Antonio übernahm die Führung. Er bestimmte, daß sie sich bis zur Nacht nicht rühren durften und bis auf weiteres auch bei Nacht die Straßen vermeiden mußten.

Gegen Abend setzte sich Berthier zu Dojno.

»Ich behaupte nicht, daß Bezons etwas Besonderes ist. Aber trotzdem, warum sollst du nicht mit mir nach Bezons kommen? Wenn dann die Grenzen wieder offen sind, wirst du gehen, wohin du willst.«

»Wie ist der Friedhof bei euch?« fragte Dojno. Berthier sah ihn nachdenklich an, dann meinte er: »Warum solche Frage stellen, warum an den Tod denken?«

»Ich frage nicht meinethalb. Du solltest später versuchen, die drei auf den Friedhof von Bezons überführen zu lassen. Setz dich mit den Eltern Pierrots in Verbindung. Sie werden ihn vielleicht nach Granada zurückbringen wollen. Auf dem Grabstein Litwaks soll auch sein zweiter Name stehen: Sergej Libow. Es ist möglich, daß einmal viele Menschen seinetwegen nach Bezons kommen werden. Er hat einmal eine große Hoffnung bedeutet. Und jedesmal, wenn die Menschen wieder zu hoffen beginnen, entziffern sie auf Grabsteinen die Namen der neuen Zuversicht. Du erbst seine Flöte. Er hat sie in diesen Monaten überall mitgehabt, aber nicht ein einziges Mal gespielt. Es ist ein schönes Instrument, vielleicht lernt's eines deiner Kinder.«
»Du hast nicht gesagt, ob du mit mir nach Bezons kommst.«
»Wirst du mich vor der Polizei verstecken? Sie wird mich suchen, um mich dem Sieger auszuliefern. Du bist ein Bürgermeister, kannst du dich den Anordnungen der Regierung widersetzen?«
»Gegen solche Anordnungen werden sich alle Franzosen wie ein Mann erheben. Du solltest uns doch kennen, Faber?«
»Ich kenne euch, wie ihr bisher gewesen seid, und ich glaube, ich weiß, wie ihr morgen sein werdet. Du wirst staunen und sehr enttäuscht sein, Berthier. Litwak hat gesagt: ›Wer in der Verachtung lebt, schreckt vor keinem Verbrechen mehr zurück.‹«
»Wovon sprichst du?«
»Von morgen und übermorgen. Der Sturz beginnt erst für euch, Berthier, indes ihr glaubt, daß er schon zu Ende ist. Es wird sehr schwer sein, ein guter Bürgermeister von Bezons zu sein.«

Die letzten Tage waren die schwersten. Die Gruppe zerfiel, nur vier Mann — Antonio, Berthier, Faber und Leo — blieben zusammen. Sie ließen sich von dem großen Strom mitschwemmen. Als der Waffenstillstand abgeschlossen wurde, hatten sie die Gegend von Grenoble erreicht.
Es war seit langem die erste Nacht, daß sie sich hinlegten, gewiß, bis zum Morgen durchschlafen zu können. Sie lagen auf dem hohen, duftenden Heu, der Himmel stand voller Sterne. Kaum ein Laut war zu hören.
»Du schläfst auch noch nicht?« fragte Leo. »Du bist ein freier

Mensch, was sorgst du dich? Ich habe eine Frau und zwei Kinder, wer weiß, wo sie sind. Und Jaquot, was wird aus ihm jetzt werden? Die Deutschen werden nicht erlauben, daß mein Sohn studiert. Seit seiner Geburt habe ich nur das eine Ziel gehabt, er soll Dentist werden. Dentist in Frankreich — weißt du denn, was das für eine glückliche Existenz ist? Wozu habe ich mich geplagt, vielleicht, damit Jaquot auch ein kleiner Konfektionsschneider wird wie ich? Was hat das Leben dann für einen Sinn?«

»Du sollst schlafen, Leo. Bei Tag denkt man klarer.«

»Frankreich hat den Krieg verloren, Jaquot hat keine Zukunft mehr, und er sagt, ich soll schlafen! Wirklich, Faber, manchmal denk' ich mir, du hast kein Herz. Natürlich, du kannst sagen, immer muß einer verlieren. Aber warum Frankreich? Wo ist da die Gerechtigkeit? Und wenn es keine Gerechtigkeit mehr gibt, dann gibt es überhaupt gar nichts mehr! Du hörst, was ich sage, oder nicht?«

»Schlaf, Leo, gute Nacht!«

»Hitler wird mir sagen, du mußt dir noch einen Namen nehmen. Er hat Angst, wenn auf meinen Papieren nur Zalmen-Leib Jankelewicz steht, ohne Israel dazu, wird man glauben, ich bin der jüngere Bruder vom römischen Papst. Gut, soll sein Israel. Aber weißt du, was er tun wird? Er wird die Franzosen ausplündern, er wird sie kränken, er wird sie beleidigen, er wird ihnen jeden Tag beweisen wollen, daß er stärker ist. Und was wird sein? Sie sind's doch nicht gewöhnt, die Franzosen, sie wissen doch nicht, wie schwer das Leben sein kann, werden sie schlecht werden! Und gegen wen? Gegen uns! Faber, ich sage dir, Hitler wird die Franzosen verderben, so ein feines Volk, das immer sagt: Leben und leben lassen! Er wird sie nicht leben lassen, werden sie uns nicht leben lassen. Was ist mein Jaquot schuld, wenn die Deutschen plötzlich verrückt werden und nehmen sich einen einfachen Tapezierer und machen aus ihm den obersten Herrn? Und was sind die Franzosen schuld? Antworte mir, du bist doch ein gebildeter Mensch.«

»Laß mich schlafen!«

»Was heißt schlafen, weißt du denn, wo du schläfst? In Frankreich? Wenn es aber Frankreich nicht mehr gibt, wo schläfst du dann? Nirgends! Berthier hat mir erzählt, ein französischer

General hat in London eine Rede gehalten und hat gesagt, Frankreich hat eine Schlacht verloren, aber nicht den Krieg. Sag' ich dir, dieser General ist nicht blöd, denn er hat recht. Er muß recht haben! Bernard hat auch immer gesagt, daß, wer in den Heiligen Büchern richtig zu lesen versteht, der weiß, daß Hitler den Krieg nicht gewinnen wird. Wie soll er ihn aber nicht gewinnen, wenn du daliegst und nur ans Schlafen denkst, wenn wir nichts tun? Faber, ich sage dir, man muß etwas tun! Ich werde dich schlafen lassen, sag mir nur aufrichtig ein einziges Wort: Glaubst du, daß mein Jaquot ein Dentist werden wird in Frankreich, sag ja oder nein!«
»Ja, Leo, ja.«
»Du sagst ja, aber ich sehe, daß du es nicht glaubst. Hör gut zu...«
Dojno grub sich tiefer ins Heu ein. Er hörte nicht zu. Zum erstenmal, seit er denken konnte, schien's ihm möglich, daß er gleichgültig werden könnte: gegenüber den Menschen, ihren Hoffnungen, ihren Irrtümern, ihrer Klage. Das wäre also die Rettung, dachte er, die verächtliche Rettung.
Leo sprach noch lange, ehe er plötzlich, mitten in einem Satz, einschlief. Die kurze Juninacht ging zu Ende. Langsam hoben sich die Umrisse der Berge ab, ihre weißgrauen Gipfel waren wie riesige Arme, mit denen das Gebirge den Himmel gleichgültig in die Höhe stemmte.
So war die Erhabenheit der Natur Gleichgültigkeit. War sie verächtlich? In diesem Augenblick beneidete Dojno jeden Steinsplitter darum, daß er kein Mensch war.

DRITTES KAPITEL

Er hatte noch kein Nachtlager und kein Geld, eines zu bezahlen. So hatte man ihn und die anderen ausländischen Freiwilligen demobilisiert: ihnen die Uniformen weggenommen und dafür alte, verwaschene Arbeitsanzüge gegeben; auf ihren Papieren stand, daß sie kein Recht auf die Demobilisierungsprämie hatten. Ein besonderes Dekret würde ihnen zu ihrem Recht verhelfen, im allgemeinen Dekret waren sie vergessen worden.
Der erste Tag der wiedergewonnenen Freiheit verstrich nutzlos — die große Hafenstadt war übervölkert mit seinesgleichen, alle wollten das Land sofort verlassen. Das Meer versprach die Rettung in der Ferne. Man brauchte nicht viel — bestimmte Papiere, bestimmte Stempel, dann Geld für die weite Reise und einen Platz auf einem Schiff.
»Die Aussichten sind nicht so schlecht!« erklärte ein früherer deutscher Minister. Er fuhr sich ununterbrochen mit der zitternden Hand über die sommersprossige Glatze, als würde jede Schweißperle ihn verraten, den Häschern des Feindes besonders bezeichnen. »Man muß jedenfalls vorerst nach Portugal. Das zu erreichen sollte keine Hexerei sein.«
»Was muß man da tun?« fragte Dojno. Er war dem Mann dankbar, daß er ihn erkannt und aufgehalten hatte und ihm nun Aufklärungen gab. Gleichzeitig wuchs sein Gefühl des Widerwillens gegen ihn — es war wie Selbsthaß oder wie Scheu vor einem Affen im Käfig, in dessen Gebärden man sich selbst zu erkennen fürchtet.
»Also, das ist selbstverständlich, die Portugiesen gewähren kein Einreisevisum, sondern nur die Durchreise. Das ist nicht so schlimm, man kann ein chinesisches Visum kaufen, erschwinglich. Aber die Chinesen wollen ja gar nicht, daß wir hingehen; darum bestehen sie darauf, daß man ein südamerikanisches Visum, wenigstens ein Durchreisevisum, zeigt. Da gibt es sogar drei Möglichkeiten, Kostenpunkt so ziemlich der gleiche. Wenn man also ein südamerikanisches und ein chinesisches Visum hat, dann ist man fraglos ein gut Stück weiter.« Der Minister leckte

sich die Lippen — ein Ausdruck des Triumphs, schien es Dojno, der ohne weiteres zustimmte:
»In der Tat! Ich zum Beispiel will nach England, in die Armee. Bin ich erst in Portugal, schlage ich mich gewiß bald nach London oder wenigstens nach Gibraltar durch.«
Der gewitzte Berater hob den Zeigefinger, als gelte es, einen Springinsfeld vor einer nutzlosen Kühnheit zu warnen:
»Man merkt es Ihnen an, Sie sind erst einen Tag in Marseille. Wir sind hier schon zwei Monate, seit dem Zusammenbruch, da hat man so seine Erfahrungen gesammelt. Also, südamerikanisches, chinesisches, portugiesisches Visum, so weit, so gut! Aber wie kommen Sie nach Portugal? Über Spanien wohl? Ausgezeichnet! Die Spanier sind so übel nicht, jedenfalls nicht so schlimm, wie man befürchtet hat. Sie sperren Sie vielleicht für einige Wochen ein, bevor Sie weiterfahren dürfen. Aber natürlich brauchen Sie ein Durchreisevisum. Das geben sie Ihnen auch. Ausgezeichnet! Unter der Voraussetzung natürlich, daß Sie ein französisches Ausreisevisum haben. Und das bekommt man nicht. Oder sagen wir so: Sie werden es nicht bekommen. Das ist logisch, denn Sie sind eben, der Sie sind, überdies wollen Sie nach England kämpfen gehen. Aber bitte, gesetzt den Fall, Sie hätten eine Aussicht, das Ausreisevisum zu bekommen — haben Sie irgendein gültiges Reisedokument? Ist es zu kühn von mir, wenn ich zu behaupten wage, daß Sie dieses wichtigen Dokumentes bar und ledig sind? Und daß Ihnen, einem Frontkämpfer, die Préfecture einen *Titre de voyage* ausstellt, ist ausgeschlossen. Es wäre gegen die Stipulationen des Waffenstillstandes.« Der Minister triumphierte wieder. Als Dojno laut auflachte, sah er ihm forschend ins Gesicht und sagte:
»Sie lachen, weil Sie glauben, daß Ihre Lage völlig ausweglos ist. Da sind Sie aber auf einem Holzwege. Denn erstens —«
Der Mann zählte an seinen Fingern sieben Möglichkeiten ab, deren Ausnutzung durchaus denkbar war, allerdings unter der Voraussetzung, daß man ausgezeichnete Beziehungen, vor allem zu Amerikanern und amerikanischen Komitees, ferner wirklich viel Geld hatte. Dojno besaß zwei Brotsäcke — sogenannte *Musettes*. In dem einen waren seine Toiletteartikel, in dem anderen neun Konservenbüchsen: Fische und billige Leberpastete, die letzte Wegzehrung für den demobilisierten Soldaten. Er

hatte überdies acht Zigaretten in der Tasche, eine Schachtel Streichhölzer und Stettens Okarina.
»Sie lachen die ganze Zeit, ich weiß nicht, warum. Ich habe Ihnen doch gezeigt, daß keinerlei Grund zu Pessimismus vorliegt.«
»Ja«, stimmte Dojno zu und erhob sich von der Bank. »Wie wir während des ersten Weltkriegs in Wien zu sagen pflegten: Die Lage ist verzweifelt, aber nicht ernst.«

Ein Bäcker gab ihm eine lange Brotstange und einen halben Liter Wein für eine große Büchse Leberpastete. Er ging zum Hafen, setzte sich auf eine Bank und aß. Es war seine erste Mahlzeit an diesem Tage, er mußte das Brot hinunterwürgen. Er brach die Stange in einige Stücke und steckte sie in die Musette. Er trank langsam den säuerlichen Wein aus.
Es lagen nur einige kleine Schiffe im Hafen, ein Fischerboot lief eben ein. Dojno wäre gerne länger sitzen geblieben, um sich von den Begegnungen auszuruhen, die hier unvermeidlich waren, aber er mußte die »Aktion« zu Ende führen. Zwei Tage hatte er sich gegeben — war es ihm bis dahin nicht gelungen, die Ausreise aus Frankreich zu sichern, so gab er auf. Er konnte zu Relly fahren, sie wohnte mit ihrem Sohn an der Küste; er konnte auch versuchen, sich über Italien nach Jugoslawien zu schmuggeln. Sicher erwarteten ihn Djura, Mara und die Baroneß. Aber er erwog keinen Augenblick diese Möglichkeit.
Er war pünktlich um sechs Uhr im Büro des Spediteurs. Er fragte nach Monsieur Martin und berief sich auf dessen Kusine Marthe, so hatte man es ihm geraten. Ein junger Mann sagte, es wäre nicht sicher, ob der Gesuchte heute noch käme, aber wer Zeit hatte, der konnte ja warten — draußen, auf dem Trottoir vis-à-vis. Zwanzig Minuten später saß Dojno Monsieur Martin gegenüber. Er sah genauso aus, wie man sich auf dem Kontinent einen Agenten des Intelligence Service vorstellt, sprach ganz gut französisch, es gelang ihm sogar, häufig, das »ü« nicht wie »ju« auszusprechen. Dojno erklärte, daß er nach England wollte, zeigte seine Militärpapiere vor, beantwortete Fragen, die seine politische Vergangenheit betrafen. Er könnte leider nichts für ihn tun, meinte der Mann am Ende. Es gäbe

keine Möglichkeit, Leute nach England zu bringen. Er bot ihm etwas Geld an. Dojno betrachtete die Note — nein, die allegorische Dame sah Gaby nicht ähnlich — und gab sie dem Mann zurück.

»Ich habe es vergessen oder nie gewußt, warum sich die bodenständige Bevölkerung Ihrer Insel blau zu färben pflegte. Wissen Sie es?«

Als Mister Martin ihn erstaunt und dann nachdenklich anblickte, fuhr er fort: »Nein, zerbrechen Sie sich nicht den Kopf, das ist kein Kennwort, sondern eine ernste, wenn auch im Augenblick nicht äußerst dringliche Frage. Von euch Briten erwartet man nicht sehr schnelle Reflexe. Aber in Ihren Augen drückte sich die Geringschätzung aus, bevor Sie gewiß sein konnten, daß ich Ihr Geld nicht nehmen würde. Wären Sie blau angestrichen gewesen, so hätte ich es wahrscheinlich nicht bemerkt.«

Er ging zum amerikanischen Komitee. Das Büro wäre schon geschlossen, wurde ihm erklärt, aber in den Stiegen und Gängen des Hauses warteten die Bittsteller. Manche erkannten ihn und wandten sich ab, andere sprachen ihn an, wollten wissen, warum er sich erst jetzt, acht Wochen nach dem Débâcle, um die Ausreise bemühte und mit welcher besonderen Absicht er sich so merkwürdig, so schäbig ausstaffiert hätte. Er brauchte nicht zu antworten, sie waren zu begierig, ihre eigene Geschichte zu erzählen.

Nun war es Abend. Er setzte sich auf die Terrasse eines großen Cafés. Der Kellner war bereit, ihm für eine Büchse Sardinen einen Kaffee mit einem Croissant zu servieren, zwei Zigaretten draufzugeben und überdies zwei ausgelesene Zeitungen. Dojno fühlte, daß jemand ihn anstarrte, er blickte nicht auf, es nützte nichts, die Frau kam auf ihn zu und setzte sich an seinen Tisch. Sie hieß nun, erklärte sie ihm hastig, Béranger, war eine Französin. Mit Monsieur Béranger hatte sie eine Scheinehe geschlossen, eben wegen der Staatsbürgerschaft, dann hatte sie aber doch mit ihm zusammengelebt, schließlich aber ging die Ehe kaputt. Aus Gründen, von denen es nicht zu sprechen lohnte, wie sie sehr ausführlich darlegte.

Er hatte sie das letztemal vor 17 Jahren gesehen. In Berlin. Es zog sie immer zu den Leuten, von denen man gerade am meisten sprach. Jetzt sah sie vernachlässigt aus, schlecht geschminkt, schlecht gekämmt, sie hatte Tintenflecke auf ihrem hellen Kleid und an den Fingern, braune Krümel in den Mundwinkeln; sie hatte wohl eben Schokoladekuchen gegessen.

Er erwog, ob sie log oder sich täuschte: sie sprach, als ob sie lange Zeit eng befreundet gewesen wären. Sie duzte ihn, aber er wußte genau, daß sie einander seinerzeit immer gesiezt hatten.

Sie war verlobt, erzählte sie. Der Mann, ein Chemiker, war in Amerika, bemühte sich um ihr Visum; er konnte gar nicht erwarten, daß sie endlich käme. Nun aber hatte sie hier in Marseille einen ganz jungen Komponisten kennengelernt, er liebte sie. Hatte sie das Recht, seine Liebe zu erwidern und das Visum, das der Bräutigam ihr besorgte, anzunehmen und von ihm noch ein Visum für den jungen Mann zu verlangen?

»Das ist mein Schicksal, immer bin ich zwischen zwei Männern. Du erinnerst dich doch, damals, als du um mich warbst. Ich dachte, ich werde verrückt, denn gerade damals —«

Er hatte nie um sie geworben. Er las verstohlen in der Zeitung weiter. Es war ein langer Artikel, der nachwies, daß man schon jetzt an die Vorbereitung der *Tour de France*, eines Radrennens, im Jahre 1941 denken sollte. Der Krieg war zu Ende, diese Veranstaltung würde den Franzosen dazu helfen, sich auf die gepriesensten ihrer Tugenden zu besinnen.

»Das hörst du natürlich nicht gern, aber jetzt darf ich es ja sagen, ich habe mich an dich nicht gebunden, weil ich wußte, daß du ein Schürzenjäger bist«, sagte die Frau eindringlich und schob die Zeitung von ihm weg. Er antwortete gleichmütig: »Da liegt doch wohl eine Verwechslung vor. Ich habe mich für Frauen nicht mehr interessiert als der Durchschnitt der Männer.«

Sie lachte auf, viel zu laut, dann fuhr sie fort, sie überhäufte ihn mit spöttischen Vorwürfen wegen seiner Untreue. Endlich sagte sie: »Und jetzt kommst du zurück. Wahrscheinlich hast du kein Zimmer, kein Bett — jedenfalls nach deiner Kleidung und deinen lächerlichen Brotsäcken zu schließen.«

Er ging wieder zum Hafen hinunter. Ihm schien es, daß jemand ihm nachging. Es war ihm gleichgültig. Er wartete lange, daß die anderen aufstünden — sie hatten ja sicher ein Bett —, damit er sich auf der Bank ausstrecken konnte; er war schläfrig, aber die Bank wurde nicht frei. Ihm war kalt. Er ging durch die

Gassen, die Mauern strahlten Wärme aus, seine Schläfrigkeit ließ nach.

An einer Straßenecke, im Lichtkreis einer Laterne, drehte er sich schnell um und fragte: »Warum gehen Sie mir nach?« Der kleine Mann trat einen halben Schritt zurück, lächelte mit verzogenem Mund, schließlich entschloß er sich zu antworten: »Ich pfeife auf Sie, ich weiß nicht einmal, wer Sie sind. Ich tu meinen Dienst. Wenn Sie kein Geld fürs Hotel haben, schieße ich es vor, wir nehmen zwei Zimmer. Ich habe genug von der Nachtwandelei, ich bin schließlich keine alte Hure.« Er sprach mit tschechischem Akzent.

Dojno bog um die Ecke, der Mann folgte ihm auf den Fersen und sprach ihn nach einer Weile an: »Mit Ihren genagelten Schuhen wecken Sie nur die Leute auf. Andererseits, Sie mit Ihren grauen Haaren müssen doch schon genug Erfahrung haben, Sie wissen genau, daß Sie mich nicht loswerden können. Oben neben der Kirche, höchstens fünf Minuten von hier, gibt's ein Café, da kann man bis zum Morgen bleiben. Gehen wir hin, werden wir uns wenigstens im Sitzen ausruhen. Sie können trinken und was essen, wenn Sie wollen, ich zahle alles. Martern Sie nicht einen Mitmenschen. Ich fühl' schon meine Füße nicht mehr.«

Dojno setzte sich ins Innere des kleinen Cafés auf eine lange, schlechtgepolsterte Bank. Der Wirt gab ihm für zwei Pastetekonserven ein Bier, einen Käse-Sandwich, eine Schnitte Melone und einen Milchkaffee. Der kleine Mann ging telefonieren. Dojno schrieb auf ein Stück Papier seinen Namen, sein Geburtsdatum, seine letzte Pariser Adresse und fügte hinzu:

Ich bin von Agenten der GPU oder der Gestapo ermordet worden. Ich bitte, Dr. Charles Meunier in Paris VIe, Bd Saint Germain, zu verständigen, ich weiß die Hausnummer nicht mehr. Er soll dafür sorgen, daß ich in Bezons (Lot & Garonne) begraben werde. Er soll meine Freunde verständigen.
Man ermordet mich, nicht weil ich etwa wichtig oder gefährlich wäre, sondern umgekehrt: eine müde Fliege im Winter auf den vereisten Scheiben eines geschlossenen Fensters.

Er schnürte den Schuh auf und schob das Papier unter die Fußsohle. Der kleine Mann kam zurück, Dojno öffnete schnell den anderen Schuh.
»Ich verstehe, die Füße sind Ihnen schon geschwollen. Und jetzt seien Sie gescheit, legen Sie sich auf die Bank und machen ein Schläfchen. Ich erwarte einen Freund, der bringt Ihnen gute Nachricht. Ich werde Sie wecken, wenn er kommt.«
Dojno fühlte im Einschlafen, daß jemand an der Musette unter seinem Kopf herumtastete, es war ihm gleichgültig, er öffnete nicht die Augen. Er hatte vor dem Sterben, vor dem Getötetwerden keine Angst. Lange Zeit hatte er sich vor dem Totsein gefürchtet, den aufwühlenden Gedanken daran schon als Marter empfunden. Aber nach dem Tode Vassos — vor drei Jahren, als Stetten ihn nach Wien zurückbrachte — begann er, das Nichtsein zu ersehnen. Es hatte allen Schrecken verloren, es war nicht mehr Widersinn. Nachher gab es Tage, Wochen, da er aus dem schweren Schatten hinaustrat, in jenem Sommer 1938, als Gaby sich zu ihm gesellte. Aber was seither geschehen war, hatte die Last des Lebens schwerer gemacht als je. Nein, der Tod hatte keinen Schrecken mehr.

Er wurde geweckt; er setzte sich langsam auf. Vor ihm stand ein auffällig elegant gekleideter, schlanker junger Mann, er sprach kroatisch im Tonfall der Norditaliener.
»Sie heißen Denis Faber? Ihr Freund Karel läßt Ihnen sagen, daß er Sie leider jetzt nicht sehen kann, er wird Sie übermorgen um halb eins in diesem Café treffen. Sie sollen sich nicht sorgen, er kann Ihre Ausreise regeln, Sie werden mit einem Diplomatenpaß reisen. Dafür werden Sie ihm einen Dienst erweisen, einen kleinen Dienst, der Ihnen zwar nicht angenehm sein wird, aber schließlich — in Ihrer Situation... Ich soll Ihnen Geld geben, Sie werden sich anständige, elegante Kleidung kaufen und Koffer und dann erst ein Zimmer in einem guten Hotel nehmen. Wir werden Sie wie bisher diskret beschützen, damit Ihnen nichts zustößt, damit Sie nicht vielleicht aus Verzweiflung eine Dummheit begehen. Aber wenn Ihnen all das nicht paßt, so brauchen Sie uns das nicht zu verheimlichen. Karel läßt Ihnen sagen, daß er Ihnen diesmal die Rettung nicht aufdrängen möchte. Gleich-

zeitig sollen Sie wissen, daß Sie ohne uns nicht hinauskommen können. Wir können zum Beispiel nicht immer dafür sorgen, daß die Amerikaner einem ein Visum geben, aber daß sie es verweigern, das erreichen wir ganz leicht. Das werden Sie ohne weiteres verstehen, hat der Chef gesagt. Ihre Antwort?«
»Sie stammen aus Dalmatien — aus welchem Ort sind Sie?«
»Aus Trogir. Ihre Antwort?«
»Vor neun Jahren haben wir dort in der Nähe Andrej Bocek zu Grabe getragen. Er war damals so jung, wie Sie jetzt sind. Aber er war ein Revolutionär, Sie sind ein kleiner Agent, überdies zu auffällig gekleidet.«
»Nicht so auffällig wie Sie mit Ihrem verwaschenen Arbeitsgewand und Ihrem gehässigen Gesicht.«
»Sagen Sie Ihrem Chef, daß ich mich genau an die Rettung Ottokar Wolfans erinnere und vorziehe, mir nicht von ihm helfen zu lassen.«
»Das meinen Sie doch nicht ernst! Und das Geld wollen Sie auch nicht? Sind Sie ein Selbstmörder?«
»Ja, junger Mann aus dem schönen Trogir, ich bin ein Selbstmörder.«
»Ist das Ihr letztes Wort?«
Dojno schob die Musettes wieder zurecht und legte sich hin. Der junge Mann wartete eine Weile, dann verließ er das Café.

Dojno kam zu früh. Die Büros des amerikanischen Komitees waren noch geschlossen. Er setzte sich auf die oberste Stufe der Stiege und wartete. Später kam ein Angestellter, der ihm erklärte, daß es keinen Sinn hatte, dazubleiben, er würde jedenfalls nicht als erster drankommen, eher ganz zuletzt, da er ja keine Vorladung hatte.
Gegen Ende des Vormittags wurde er in das Büro eines der wichtigsten Männer geführt. Der betrachtete ihn in der Art, in der Muttersöhnchen manchmal ältere Frauen betrachten: in einer Mischung von tiefer Abneigung und dunkler, ängstlicher Zuneigung. Der Mann hatte eine heisere Trinkerstimme. Er sagte auf englisch:
»Meine Mitarbeiter haben mich über Ihren Fall informiert. Es ist wahrscheinlich, daß Sie hier in Gefahr sind. Es wäre also

nicht ungerechtfertigt, wenn Sie ein Ansuchen um ein *Danger-Visa* stellten. Aber es sind schon viele vor Ihnen vorgemerkt, Sie hätten also viele Monate, vielleicht Jahre zu warten. Ich zweifle, ob Sie so lange warten können.«

»Ich konnte nicht früher kommen, ich bin erst gestern früh demobilisiert worden. Sind die Vorgemerkten in gleicher Gefahr wie ich oder in noch größerer?«

Der Mann bedeckte Mund und Kinn mit der linken Hand und sah zum Fenster hinaus. Er rechnete damit, daß Faber die Geduld verlieren und sprechen mußte, schnell, viel, so daß die Frage keine Antwort mehr brauchen würde. Das Schweigen des Bittstellers langweilte und ärgerte ihn zugleich.

»Inzwischen muß man leben, wir geben auch Unterstützungen, Herr Faber«, sagte er, die Hand schob sich langsam vom Mund weg, zur Stirn hinauf. »Füllen Sie die Fragebogen aus, man wird Ihre Umstände untersuchen. Es ist möglich, daß wir einen günstigen Beschluß fassen.«

»Ich habe Ihnen eine Frage gestellt, Sie haben nicht geantwortet«, sagte Dojno.

»Die Entscheidung, wer ein *Danger-Visa* zu bekommen hat, liegt zuerst bei uns und dann in Washington. Erwarten Sie, daß wir Ihnen alle Dossiers öffnen und die Entscheidung Ihnen überlassen?«

»Nein, ich erwarte eine einfache, klare Antwort auf eine einfache Frage.«

»Ich habe nichts mehr zu sagen. Die Fragebogen bekommen Sie im Vorraum, am Schalter gegenüber der Tür.«

»Sie haben eine schwere Position, Mister Miller, das ist wahr. Sie sind hier, weil Sie wirklich helfen wollen, aber am Ende werden auch Sie zum Komplicen der Verfolger und der Mörder. Ich müßte Sie jetzt ohrfeigen, das würde Ihnen wenigstens das Gefühl geben, daß Sie ein Märtyrer, verfolgt und mißverstanden sind. Meine Ohrfeigen würden Ihnen indes gar nicht weh tun. Sie wissen, halberfrorene Fliegen im Winter stechen nicht, fliegen nicht. Nicht aus Mordlust, sondern aus Ordnungsliebe tötet man sie.«

Der Mann war aufgesprungen, er öffnete die Tür im Rücken und rief:

»Richard, bitte kommen Sie sofort! Herr Faber bedroht

mich mit Ohrfeigen, weil ich ihm nicht unsere Dossiers zeigen will.«

Der Mann schien darauf gewartet zu haben, daß man ihn rufe. Er sagte:

»Ich bin Richard Bellac. Ich berate meinen Freund Steve Miller, sofern er es wünscht. Sie wissen, Faber, wer ich bin, ich weiß genau, was Sie gewesen sind, nicht genau, was Sie jetzt sind. Ich habe Ihr Manifest gelesen, im September oder Oktober, glaube ich. Ich stimme mit Ihnen nicht überein. Dieser Krieg ging uns nichts an.«

»Ihre Meinung interessiert mich im Augenblick nicht. Ich sehe, daß Sie hier sind, weil Hitler vorderhand noch nicht hier ist. Sie werden übers Wasser fliehen, sobald sich die Nazis nähern werden. Der Widerspruch zwischen Ihrer politischen Formel der Neutralität und Ihrer Angst vor Hitler und Ihrer Hoffnung, daß andere ihn schlagen, dieser Widerspruch widert mich an. Sprechen wir also nicht davon! Ich muß hinaus, ich will hinaus, ich bin nicht neutral.«

»Sie haben die Revolution aufgegeben und sind ein französischer Chauvinist geworden. Ich aber bin geblieben, der ich gewesen bin — in Marseille im August 1940 derselbe wie in Stalins Gefängnissen.«

Miller stand ans Fenster gelehnt, er beobachtete die beiden Männer. Er fühlte schmerzlich, daß das Band, das sie einte, stärker war als die Gegnerschaft, die sich in Worten ausdrückte, welche er nicht ganz verstand. Ihm entging der Sinn der Anspielungen. Und dann änderte sich der Ton zwischen ihnen, der Amerikaner hatte kaum gemerkt, daß sie das Thema gewechselt hatten. Bellac saß wie zusammengebrochen da, das Gesicht bleich, die Augen aufgerissen. Faber saß aufrecht auf dem Stuhl der Bittsteller, sein Gesicht rötete sich, aber seine Lippen blieben farblos. Ihre Bewegung war stetig und doch so schwach, daß Miller darüber staunen mußte, wie deutlich die Worte formten.

»In der gleichen Einsamkeit sind unsere besten Freunde gestorben, Sie wissen es, Bellac. Denn einsam ist man nur im Angesichte des Freundes, der zum Feinde wird im Augenblick, da alles von ihm abhängt. Wir sind noch einige Hunderte, wahrscheinlich sogar nur einige Dutzende in der Welt. Daß wir so wenige sind, ist unsere eigene Schuld. Sie, Bellac, haben mitgewirkt, die Kron-

städter Revolutionäre niederzumachen. Wie ich jetzt vor Ihnen sitze, hat ein Mann namens Milan Petrowitsch vor mir gesessen. Noch ehe die Nacht um war, wußte er, daß er verloren war. Der Schnellzug Bergen—Oslo ist über ihn erst Monate später hinweggefahren, aber vorher hatten wir ihn mit dem tödlichen Gift der Einsamkeit angefüllt — aus politischen Gründen, guten Gründen. Ich bin an dem Tod eines alten Freundes schuld, er wollte mich und sich retten, ich habe ihn gehindert. Wie ein in den Schneesturm hinausgejagter Hund, so ist er gestorben. Und wer sagt Ihnen denn, Bellac, daß ich gerettet werden will? Was fehlt mir denn als der letzte Beweis, daß ich nichts mehr tun kann, daß ich nun das Recht habe, aufzugeben? Aber wenn ich jetzt hinausgehe, so bin ich Ihr Milan Petrowitsch und Sie sind —!«
»Gehen Sie nicht, Faber, wir müssen alles gemeinsam überlegen«, unterbrach ihn Bellac mit schwacher Stimme.
»Ich kenne das, Richard Bellac, es ist das Herz, das sich vor dem Irrtum ängstigt, zu feige, feig zu sein — sagte einer von unserem Dutzend. Es gibt nichts zu überlegen.«
Er ging hinaus, an den vielen Wartenden vorbei, er hielt sich am Geländer, während er die Stiegen hinunterstieg. Man rief ihn, er beschleunigte den Schritt, verließ das Haus und bog schnell um die Ecke.
Er ging zum Hafen, zu seiner Bank. Er war froh, daß sie ganz frei war, so gehörte sie ihm, auf ihr war er zu Hause, konnte es wahrscheinlich eine ganze Stunde bleiben — es war Mittagszeit, die anderen saßen gewiß bei der Mahlzeit. Der Tag war schwül, Wolken verdunkelten die Sonne, ihre unsichtbaren Strahlen stachen wie Mücken. Das Brot war hart geworden. Es war anstrengend, es zu kauen, sein Gaumen war trocken. Er streckte sich auf der Bank aus, schloß die Augen. Er wollte eine Weile ruhen und dann die Stadt verlassen. Er war nun ruhig. Er erwog den Text der Briefe, die er noch zu schreiben hatte. An Mara und Djura, an Dr. Meunier, an Relly. Ohne das *Certificat d'hébergement*, das sie ihm geschickt hatte, hätte man ihn nicht demobilisiert. Sie erwartete ihn wahrscheinlich.
»Verzeihen Sie, ich gehe schon das viertemal an der Bank vorüber. Sollte ich mich wirklich täuschen?«
Dojno öffnete die Augen und setzte sich auf. Vor ihm stand ein Mann von mächtigem Körperwuchs, gut gekleidet, er trug einen

gut geschnittenen dunkelblauen Anzug, ein weißes Hemd mit steifer Brust, den eleganten Hut hielt er in der Hand. Der Mann nannte seinen Namen — Dr. Dipl.-Ing. Heinrich Liebmann. Er hatte sich nicht getäuscht, er kannte Faber, sie waren einander in Berlin, Hamburg und zuletzt in Paris begegnet.
Beglückt setzte er sich, er fuhr sich mit dem seidenen Tuch übers Gesicht und versorgte es dann wieder sorgfältig mit einer eleganten Geste.
»Ich muß sagen, von Ihnen kann man was lernen. Ich habe es übrigens immer gewußt, gelegentlich sogar meiner Frau von Ihnen in diesem Sinne gesprochen. Sie verstecken sich mitten in Marseille, einfach indem Sie sich in einen Aufzug stecken, in dem niemand Sie vermuten würde. Ich beneide Sie um Ihre Courage. Seit drei Stunden kenne ich die furchtbare Nachricht und seither bin ich einfach wie gelähmt. Sie hat man wahrscheinlich schon am frühen Morgen informiert. Habe ich erraten?«
Erst nach einigen Minuten war es klar, was der Mann meinte. Er hatte von »authentischster« Seite erfahren, daß die erste Liste angekommen war, auf der Emigranten figurierten, deren Auslieferung Deutschland verlangte. Liebmann hatte seinen eigenen Namen und neben anderen auch den Fabers in der »absolut verläßlichen« Abschrift gefunden.
»Die Auslieferungsklausel des Waffenstillstandsvertrages sollte auf mich keine Anwendung finden, ich bin nie deutscher Staatsbürger gewesen«, sagte Dojno.
»Das wird die Franzosen nicht hindern!« entgegnete Heinrich Liebmann heftig, »Sie kennen sie noch nicht.«
»Jedenfalls, mich liefert niemand aus, wenn ich nicht will. Und ich will nicht«, meinte Dojno lächelnd, während er den steifen Kragen des schwitzenden Riesen betrachtete.
»Ich weiß, warum Sie so sprechen. Und ich sehe es als einen unverdienten Glücksfall an, gerade Ihnen jetzt begegnet zu sein. Sie können mich retten — auf die gleiche Art wie sich selbst. Sagen Sie, mein teurer Freund, darf ich Sie zum Déjeuner einladen? Es ist schon spät, aber der Appetit war mir verschlagen. Ich bin wie eine vergiftete Ratte herumgelaufen.«
Im Restaurant klärte sich Liebmanns Irrtum auf. Er sah in Faber einen »erstklassig wichtigen« Mann der Russen, nahm an, daß er jeden Augenblick einen russischen Paß erlangen konnte

und so die Möglichkeit hatte, sich auf dem Seewege nach Rußland zu retten. Warum sollte Faber nicht für ihn intervenieren? Gewiß, er war ein Kapitalist gewesen, Mitbesitzer und Generaldirektor eines sehr großen Unternehmens, aber er war — und das allein sollte zählen — ein international bekannter Elektrizitätsfachmann. Politisch mußte ihn empfehlen, daß er ein enger Mitarbeiter jenes großen, wahrhaft demokratischen Ministers gewesen war, den die Nazis lange vor ihrer Machtergreifung ermordet hatten.

Dojno informierte ihn über seinen Bruch mit den Russen, der ja nun über drei Jahre zurücklag. Die Enttäuschung des Mannes war so beklemmend, als ob er ein ganzes Leben lang gerade diese Hoffnung genährt hätte. Aber seine Bestürzung dauerte nur wenige Minuten, dann begann er wieder zu hoffen. Schließlich war es ja doch nicht gewiß, ob die Franzosen dem Auslieferungsbegehren stattgeben würden, und Gertrud, seine Frau, würde jedenfalls einen Ausweg wissen. Man konnte sich vorderhand noch verstecken, er hatte Verwandte in England und Amerika, etwas Geld hier und draußen. Dojno sollte mit ihm fahren, er besaß ein einsam gelegenes Gehöft im Departement Var, nicht weit von der Küste. Nun waren sie ja Leidensgenossen, ihm bangte davor, allein zu reisen. Und seine Frau würde gern einen Gast sehen, gerade in einem Augenblick, da solch furchtbare Nachricht sie überfiel.

Die Frau hieß den Gast willkommen. Sie hatte die Männer wahrscheinlich aus der Ferne bemerkt, sie kam ihnen bis zum hohen Tor entgegen, welches in das provençalische *Mas* Eingang gewährte. Sie mochte an die fünfzig Jahre sein, war groß und schlank, die Strenge ihrer Schönheit verjüngte sie. Sie plauderte leichthin — über den Garten, die Lage des Hauses, den Segen des Schattens, dessen man erst in südlichen Ländern gewahr wurde. Dennoch spürte Dojno die beunruhigende Intensität und die quälende Spannung, die ihre Beherrschtheit verbarg.

Er blieb in seinem Zimmer, bis Liebmann ihn zum Abendbrot rief. Der große Tisch war wie für ein feierliches Mahl gedeckt. Schon als er sich setzte, hatte er das Gefühl des Absonderlichen: Alle Dinge hatten doppelte Bedeutung, waren Dinge und Symbole zugleich, Erinnerung, Mahnung vielleicht in einem Spiel voller Andeutungen, in dem Gleiches und Gegensätzliches sich so verbanden, daß alles alles bedeuten konnte. Die Schäbigkeit seiner Kleidung war Herausforderung, so gut wie dieser Reichtum es war, ungebrochener Hochmut und Eingeständnis des Niedergangs zugleich. Die schweren alten Möbel hatte man aus dem hamburgischen Patrizierhaus hierher gebracht, als ob sie Diebsgut wären. Die damastene Decke, die kristallenen Gläser und Karaffen, das blaue Porzellan, all das war auf der Flucht. Vielleicht war es ihre letzte Nacht in diesem Hause, wie dieser Abend der letzte des Gastes sein mochte.

»Gertrud, mich will es doch dünken, daß das Olivenöl an so heißem Tage weniger bekömmlich ist«, erklärte Liebmann, als täte er das Ergebnis einer schmerzlichen Gewissensprüfung kund. »Man kann sich ein Hellas ohne Homer denken, aber schwerlich die mittelländische Zivilisation ohne Wein und ohne Oliven«, meinte Faber mit gespieltem Ernst, während er die ausgeriebenen Manschetten seines Soldatenhemds einschlug. Er hätte es heimlich tun sollen, unter dem Tisch, bedachte er zu spät. Schon wieder führte er das Glas an den Mund. Auch darin hatte Stetten recht gehabt: Ein Moselwein konnte einen ganzen Abend lang der beste sein.

»Es sind die letzten Flaschen, von unserem eigenen Weingut bei Bernkastel. Es gehört uns nicht mehr, nichts gehört uns mehr, ich hab's Ihnen schon gesagt, glaube ich. Leeren wir die Flaschen!« Liebmann blickte erstaunt zu seiner Frau hinüber. Sie ließ ihn heute abend gewähren, mehr trinken, als er durfte, und mehr essen, sonst war sie so liebevoll streng. Man konnte glauben, sie böte ihm die Henkersmahlzeit.

Sie sieht Gaby ähnlich, dachte Dojno, allen Frauen sieht sie ähnlich, derentwegen ein Jüngling feierlich dumm und dann witzig, kühn und dann melancholisch wird.

»Und worauf trinken wir dieses Glas, mein Freund?« fragte Liebmann.

»Daß ich je ein Glas auf jemand anderen getrunken habe als auf Frau Gertrud, ist Mißverständnis gewesen, Unverstand und Undank.«

»Sie haben uns leider nie die Ehre erwiesen, nicht in Hamburg und nicht in Berlin«, meinte der Gatte gekränkt.

»Von Meung sur Loire bis Roussillon — Faber bittet um Pardon«, parodierte Dojno. Er leerte das Glas und sagte: »Ihr Salon, Frau Gertrud, erschien mir nicht als der gemäße Ausgangspunkt der deutschen proletarischen Revolution, von der Weltrevolution ganz zu schweigen. Mit ihr aber habe ich mir die Zeit vertrieben, astronomisch gemessen nicht viel, gerade nur meine Lebenszeit.« Nicht nur Gaby sah sie ähnlich, auch seiner Schwester, bevor sie geboren hatte. Nein, er war nicht berauscht, hatte ja gar nicht viel getrunken.

»Wenn Sie unbedingt ernst sprechen wollen, mein lieber Liebmann, so will ich Ihnen sagen, daß Ihre Rettung so gut wie sicher ist. Es gibt in Paris einen Mann, er heißt Dr. Charles Meunier — er wird unwahrscheinliche Dinge tun. Noch weiß er es nicht. Noch ist er so einsam, wie es bürgerliche Menschen von einem gewissen Alter an manchmal sind — von dem Augenblick an, da sie erfaßt haben, daß der Erfolg, der ihr Leben ausgefüllt hat, sie nicht mehr erfüllt, sondern ausleert. Noch ist sein Unglück billige Poesie, bald aber wird alles, was er tun wird, Bedeutung und Bedeutsamkeit erlangen, nicht nur für ihn.«

»Was meinen Sie damit? Was kann dieser Mann für mich tun? Und wie kann ich ihn erreichen?«

»Ich sagte: Bedeutung und Bedeutsamkeit — und Sie haben sofort verstanden, Frau Gertrud. Um Ihnen zu danken, trinke ich darauf, daß alle, die Ihnen je begegnet sind, Ihr Bild in sich bewahren, wie ich es in diesem Augenblick sehe.«

»Sie sagten, Bedeutung und Bedeutsamkeit nicht nur für ihn, diesen Pariser Doktor, der Unwahrscheinliches tun wird, aber es noch nicht weiß!« sagte lächelnd Frau Gertrud, indem sie ihm zutrank. »Fahren Sie fort, mein junger Freund, ich höre Ihnen gern zu, dankbar, daß Sie von meinem Bilde gesprochen haben und es nicht mehr erwähnen werden.«

»Beginnen wir mit etwas Unwichtigem, aber Bezeichnendem: Er wird seinen Namen ändern, sich Charles Maillet nennen, zum Beispiel, was die Ungeschicklichkeit des Anfängers verrät, der seine wahren Initialen anzeigt; dann wird er sich Marcel Coppet nennen, noch immer zu nahe seiner Vergangenheit, die gleichen Initialen, nur umgekehrt. Eines Abends aber, in einer Vorstadtstraße, auf dem Wege zu einem gefährlichen Rendezvous, wird er auf einem verwaschenen Firmenschild lesen: Robert Vignat,

daraus wird er zwei Namen machen. Den einen wird er als Robert, anderen als Vignat bekannt sein — einen Monat, sechs Wochen lang, dann wird er wieder anders heißen, anders aussehen, anderswo wohnen.«
»Entschuldigen Sie, mein lieber Faber, könnten Sie mir sagen, wovon Sie eigentlich sprechen? Und verzeih, Gertrud, ich mag ja starken Kaffee, aber ich soll ihn doch wohl schwach trinken. Man könnte meinen, daß du mich schon für verloren hältst. Ich staune!«
»Ich habe an dir auch das geliebt, daß du, ein so kluger Mann, immer noch gern staunst. Nun wollen wir schön still die zukünftige Geschichte des fremden Doktors anhören, der dich retten könnte.«
»Ja, wenn also heute abend alles erlaubt ist, dann —«
»Ja, alles ist gestattet, Heinrich, hole deine Havannas und den Cognac. Und nun weiter, Herr Faber!«
»Madame, Sie werden zu Meunier fahren müssen, ihm die Lage erklären. Er wird mit einemmal alles verstehen und vor keinem Mittel zurückschrecken. Damit wird er seine neue Karriere beginnen — ein sechzigjähriger, kranker Mann wird sich in das Abenteuer begeben, wie man sich nach der Arbeit zu der wohlverdienten Mahlzeit hinsetzt. Ich werde noch einen Kaffee trinken und Ihnen die Botschaft sagen, die Sie ihm überbringen sollen. Er wird sie später meinen Freunden übermitteln, den wenigen, die dann noch leben werden. Aber damit Sie alles gut verstünden, müßte ich Ihnen zuerst von den Toten sprechen, von einem Mann namens Vasso zum Beispiel, von meinem Lehrer Stetten, er ist an der Route Nationale 341 gestorben, oder zum Beispiel von Andrej und Vojko und Sönnecke und Petrowitsch, von Sergej Libow. Um die Lebenden zu verstehen, muß man wissen, wer ihre Toten sind. Und man muß wissen, wie ihre Hoffnungen geendet haben: ob sie sanft verblichen oder ob sie getötet worden sind. Genauer als die Züge des Antlitzes muß man die Narben des Verzichtes kennen, Madame. Wir sind nämlich nur mehr einige wenige in der Welt!«
Er hatte das Gefühl, daß er aufstehen müßte, den Kopf unter den Wasserhahn tun, einige Minuten im Garten auf und ab gehen und die Schritte zählen, um an gar nichts zu denken. Er wußte, daß er durcheinander sprach. Eine Tafel mit Worten in

leuchtender Schrift tauchte auf, er sprach einige von ihnen, dann verschwand sie, eine andere leuchtete auf, und wieder nahm er einige Worte wahr. Er kannte die ganzen Texte: den über die Wiederholung der Geschehnisse, zum Beispiel. Hegel hatte das formuliert, aber es war gar nicht so einfach. Zweimal war da die Straßenkurve bei Libow: sein Sohn starb da, aber Pierrot wollte er retten, es war zu spät, beide Male. Aber da war ja auch der andere Zusammenhang, Libow hatte zuerst seinen Freund verraten. Von alledem sagte Dojno nur:
»Beachten Sie, Frau Gertrud, daß man die Bedeutung der zweimal gegebenen Straßenbiegung keinesfalls überschätzen darf. Man hüte sich vor den Symbolen! Das Wesentliche war vorher geschehen in jener Sitzung, das ist eindeutig. Zuerst als Tragödie, dann als Farce? Ja, so einfach sind die Dinge nicht. Die Farce war in der Tragödie und ward tragisch in der Wiederkehr.«
Ja, sie sah Hanna, seiner Schwester, ähnlicher als Gaby. Jener Hanna, die bis spät in der Nacht aufsaß, um seine Heimkehr abzuwarten. Und auch die Worte, die ihm die Begeisterung eingab oder der Hohn. Oft hatten ihn damals junge Frauen so angesehen, wie Frau Gertrud es jetzt tat. Es hatte seiner Eitelkeit geschmeichelt. In wenigen Stunden würde er sterben, die Eitelkeit war die gleiche geblieben. Die jungen Frauen waren von den Worten verführt, die sie nicht verstanden, es kam darauf nicht an. Gertrud konnte ihn jetzt nicht verstehen, das war auch nicht wichtig. Aber sie sollte ja Meunier die Botschaft überbringen. Er mußte somit alles leicht verständlich machen, die ganzen Texte sprechen, nicht nur zufällige Bruchstücke.
»Bemerken Sie recht, meine liebste Gertrud, zufällige Bruchstücke gibt es nicht. Wir sind darauf ausgegangen, den Zufall abzuschaffen. Ja, lächeln Sie über uns! Wegen Ihres Lächelns hätte ich Sie geliebt, wäre ich Ihnen vor 15 Jahren begegnet. Also, 1925. Lassen Sie mich einen Augenblick nachdenken — ja, es ist ein gutes Jahr gewesen. Selbst Relly würde es zugeben, obschon bald danach die Trennung kam. Die Art, wie ich sie verlassen habe — nein, sprechen wir nicht darüber! Aber es ist etwas sehr Übles in meinem Leben. Sie hat es mir längst verziehen, natürlich, aber darauf kommt es nicht an. Das ist so wie mit Stalin. Käme er jetzt hier herein und sagte: ›Nun soll alles anders werden, ich will meine Verbrechen sühnen‹, ich würde

ihm antworten: ›Nur wenn die Toten wieder lebend wären, wenn sie alles verziehen‹ — nein, Frau Gertrud, auch dies würde nichts mehr ändern. Und das ist ein Teil der Botschaft, die Meunier den Freunden übermitteln soll. Keine Versöhnung, keine Verzeihung. Was auch immer geschehen mag, man reicht sich nicht die Hand über den Blutstrom hinweg. Ich sollte jetzt eine kalte Dusche nehmen. Aber ich kann nicht aufhören zu sprechen, solange mir Ihre Augen zuhören. So werden wir gebannt bleiben, bis die Jünger kommen werden und sagen: ›Meister, es ist Zeit, das Morgengebet zu sprechen.‹ So steht es auf hebräisch geschrieben. ich warf Steinchen zum Himmel, als ich ganz klein und mit Gott sehr vertraut war. Eines Tages wird er eine Tür öffnen, hoffte ich, und mich böse anstarren. Und dann werde ich über das Unrecht auf Erden klagen. Gott wird zuerst betreten sein, aber dann nach dem Rechten sehen. Gern wüßten Sie, wie das Abenteuer ausgegangen ist. Ich bedaure, Gertrud, das ist eines von den zwei Geheimnissen, die ich Ihnen nicht entdecken werde. Nun aber genug von dem Geschwätz, die Nacht ist vorgerückt, ich muß am frühen Morgen weg, ein kleines Ruderboot wartet auf mich. Jetzt ist Ihr Gatte eingenickt, es ist wie im Vaudeville. Stetten hat Vaudevilles gemocht. Lebte er noch, er würde diesen Augenblick ins Zimmer treten und sagen: ›Ich habe alle Ruderboote an der Küste vom Golf de Lion bis Ventimiglia aufgekauft und dafür gesorgt, daß sie bewacht werden, besser, als Sie Ihren alten Freund bewacht haben. Also wird nichts aus der Ruderpartie und dem Unfall auf dem Wasser, Sie kommen mit mir. Das Hotel ist ausgezeichnet, Badezimmer und eine große Loggia sind uns eingeräumt. Wir müssen endlich die Untersuchung über die Wirkung politischer Attentate abschließen, dürfen keinen Tag mehr verlieren.‹ Gestehen Sie doch, liebste Gertrud, es lohnt nicht, in einer Welt zu leben, in der ein Karel oder einer seiner Agenten sich einstellt, wenn man einen Stetten erwartet. Madame, beachten Sie recht: Wir haben die Himmel gestürmt, nicht um in ihnen Quartier zu nehmen, sondern lediglich, um allen Menschen *ad oculos* zu demonstrieren, daß die Himmel leer sind. Aber nun stellt es sich heraus, daß wir Quartiermacher gewesen sind für die Karels und Super-Karels.«

All das war eitles Geschwätz, es widerte ihn an. Man hat nicht

betrunken zu sein. Er ging ins Badezimmer, zog sich schnell aus und stellte sich unter die Dusche. Frau Gertrud hatte frischen Kaffee gekocht, als er zurückkam. Ja, nun ging es besser, die Tafeln mit der leuchtenden Schrift waren verschwunden. Er blieb eine Weile stumm, um sich alles zurechtzulegen. Er dachte auch an die praktischen Anweisungen, zum Beispiel daran, was mit der Erbschaft, die Stetten ihm zurückgelassen hatte, geschehen sollte — später, nach dem Kriege.
Die Frau unterbrach ihn erstaunt: »Sie rechnen also mit der Niederlage Hitlers?«
»Unbedingt. Wenn England noch drei Monate hält, ist Hitler verloren — in drei, in fünf oder in acht Jahren.«
»Dann aber verstehe ich nicht...«, sagte sie nachdenklich. Er beachtete es nicht. Er legte sich die zweite Mitteilung zurecht. Aber nun fiel ihm das Sprechen recht schwer. Er hatte auch Herzbeschwerden, vielleicht war es die Wirkung des Kaffees. Es ging ihm darum, dieses klarzustellen: An der Epoche war nicht die Verruchtheit neu, sondern nur die technischen Mittel, deren sie sich bediente. Der Mißbrauch der Ideen, ihre Verkehrung in der Praxis, die bürokratische Erniedrigung und die Versklavung der Unschuldigen, die Ausrottung von Minoritäten, die Konzentrationslager — nichts war neu an alledem, die Epoche hatte es nur wieder entdeckt und nicht erfunden. Das konnte man mit Tatsachen beweisen, das alles war ein altes Stück.
Neu hingegen war, daß keine Partei, kein Tyrann es mehr wagen konnte, sich zum Glauben an die Niedrigkeit des Menschen zu bekennen; daß die Idee von der Gleichheit, verkehrt zwar und mißbraucht, die bestimmende geworden war; daß die immer umfassendere Herrschaft über die Kräfte der Natur die Kräfte des Menschen immer mehr freisetzte, so daß es in absehbarer Zeit nicht mehr möglich sein würde, dem Menschen die Freiheit, die er im Kosmos errungen hat, in der Gesellschaft vorzuenthalten. Neu war schließlich, daß man nun das grauenhafte russische Beispiel vor Augen hatte und so vor bestimmten Irrtümern gewarnt sein konnte.
»Diese Epoche ist ein Resümee der Weltgeschichte, deshalb glauben jene, die sie nicht gut genug kennen, diese Zeit bezeichne das Ende. Aber die Apokalypse, Madame, ist nur ein literarischer Ausdruck befürchteter oder erhoffter Ereignisse, überdies einer

der schwächsten Teile des Neuen Testaments. Wer von der Bibel nichts versteht, den zieht dieses Sammelsurium von Plagiaten an. Keine Zivilisation ist je wirklich zugrunde gegangen, unsere ist weniger bedroht als irgendeine vorhergegangene, weil sie planetarischen Maßstab hat. Und müßte sie einmal in den Urwald flüchten, so würde sie ihn schnell verwandeln und sich dann aufs neue über die ganze Erde ausbreiten. Denn dies ist die essentielle Wahrheit der Geschichte: Die Menschen schaffen mehr, als sie zerstören; die Zustände sind stärker als die Ereignisse; die Zeugung ist schneller als der Tod. Und hier gerate ich scheinbar in Widerspruch zu meinem ganzen Leben, denn gerade darauf haben wir Revolutionäre abgezielt: Taten zu setzen, Ereignisse herbeizuführen, die stärker sein sollten als die Zustände. Ich habe keine Uhr mehr, wie spät ist es, Gertrud? So kurz erst nach Mitternacht? Gehen wir in den Garten hinaus, es ist hier zu heiß. Ich werde draußen klarer denken, in wenigen Sätzen zusammenfassen, was es zu sagen gilt.«

Sie gingen stumm auf und ab. Noch hatte sich die Luft nicht abgekühlt, selbst die Wipfel der Bäume blieben unbewegt, die Vögel schwiegen wie in einer Erwartung ohne Zuversicht.

Sie sagte mit bebender Stimme:

»Alles, was Sie sagen, ist so hoffnungsvoll. Ich weiß nicht, warum Sie sterben wollen.«

Er antwortete nicht. Ihm ging's darum, zu zeigen, daß der Revolutionär notwendig war, denn in ihm verkörperte sich die Selbstkritik der Zustände, das kritische Bewußtsein, dank welchem eine Gesellschaft sich selbst auf die Dauer unerträglich wird. Er sprach in kurzen, abgehackten Sätzen, er fühlte, daß er sich vergebens abmühte, den Widerspruch aufzulösen.

»Alles, was ich da gesagt habe, ist überflüssiges Geschwätz. Ich werde also etwas länger bleiben, bis zum späten Vormittag, werde ausschlafen und in zwanzig Sätzen schriftlich alles zusammenfassen«, sagte er resigniert.

Sie blieb stehen. Er sah ihr ins Gesicht. Die Strenge der Züge war gewichen. Sie sah nun älter aus, eine Frau von 50 Jahren oder mehr, die weiß, daß das greifbar Nahe in einem einzigen Augenblick in unerreichbare Ferne entschwinden kann, sie sagte:

»Ich bin Ihnen dankbar. Ich durfte wie ein junges Mädchen lauschen, durfte erfahren, daß es ein Jenseits der Verzweiflung

gibt, in dem die Hoffnung wieder aufersteht wie der Heiland vom Tode.«
Sie nahm seinen Arm. Sie hätte ihm nun endlich sagen mögen, von welch besonderer Gefahr sie und ihr Mann bedroht waren. Von dem Sohne hätten sie ihm sprechen mögen, der zum Feinde übergegangen war und eines nahen Tages auftauchen mochte, ein Sieger, den zu hassen und nicht zu hassen gleichermaßen Qual war. Sie hätte ihm gestehen mögen, wie sehr sie darunter litt, daß ihre Gefühle sich verwirrten, so daß sie sich selbst zum Ekel wurde in der Klarheit der einfachen Gedanken, deren jeder den Sohn verurteilte und die Mutter, die in einem schwachen Augenblick ihm dazu verholfen hatte, den Vater zu verleugnen und allem feind zu werden, was ihr lieb und wert war.
Aber nun war es zu spät. Blieb Faber bis zur Mitte des nächsten Tages, so mochte er auch noch länger verweilen. In diesem Augenblick war er weit weg und dem Mann sehr unähnlich, der noch vor einer Stunde ihren Namen mit Zärtlichkeit ausgesprochen hatte.

Er wurde wach, es war noch Nacht. Nein, er hatte keine Botschaft zu senden. Er schrieb einige Worte an Meunier, um ihm die Familie Liebmann zu empfehlen. Er richtete einen Brief an seine Gastgeber, dankte ihnen und bat sie, seinen frühen Aufbruch zu entschuldigen. Dann verließ er das Haus.
Die Straße stieg an, sie führte nicht zur Küste. Er hielt Ausschau nach einem Weg, der nach rechts abbiegen mußte. Er fand ihn nicht. Er verlangsamte den Schritt, er war zu schnell gegangen und hatte sich erhitzt.
Endlich fand er den Weg, bald danach erblickte er in der Ferne den blauen Fleck. Er war noch recht weit vom Meere. Er legte sich unter einen Olivenbaum, döste, schlief endlich ein. Er erwachte, fühlte sich ausgeruht. Er verließ den Weg und bog querfeldein. Ihm schien's, er hörte die Möwen schreien, aber er sah sie nicht. Er ging durch ein Wäldchen, traf Speziergänger, Sommerfrischler. Von ihnen erfuhr er, daß er auf der Landzunge war. Er ging ein Stück zurück, kam in einen Badeort. Strandkörbe und Liegestühle reihten sich farbig aneinander. Kinder buddelten im Sand, junge Leute spielten Handball.

Die Vorstellung war verführerisch: ins Wasser hineingehen, immer weiter, immer tiefer ins Meer, keine Schwimmbewegung machen. Aber es gab zu viele Leute. Es mußte ein Unfall sein, kein Selbstmord.
Er verließ die Bucht, die Straße stieg wieder an, entfernte sich vom Meer. Das Land dazwischen war in Grundstücke aufgeteilt, die mit Drahtzäunen abgesperrt waren.
Die Hitze war drückend, das Hemd klebte an der Haut, die Schuhe waren unerträglich schwer.
Er blieb wie gebannt stehen: Da vorne, gerade, wo die Straße nach links abbog, zwischen den Klippen, die weit ins Meer vorstießen, lag ein umgekipptes Boot, der Teer leuchtete schwarz in der Sonne. Auf ihn wartete diese Jolle. Er schritt aus, die Schuhe waren ihm nicht mehr zu schwer. Er suchte einen Pfad, der zum Wasser führte, fand ihn nicht, war ungeduldig und begann, die Felsen hinunterzuklettern. Es war mühsam, er schlug sich das Knie an, seine Beine zitterten. Endlich war er unten. Er watete im Wasser, einmal fiel er hin und schlug sich die Stirn an. Als er sich dem Boot auf etwa hundert Meter genähert hatte, bemerkte er, daß jemand daneben saß. Er war enttäuscht, ja erbittert. So war diese Kletterei umsonst gewesen, er hatte Zeit verloren. Nun erblickte er auch den Pfad, den er vergebens gesucht hatte. Er ging auf ihn zu, um wieder auf die Straße zu gelangen. er hörte rufen. Es konnte eine Frau sein oder ein Kind. Ihn ging es nichts an. Die Rufe wurden lauter, er hob die Augen. Es war der kleine Junge neben dem Boot, der ununterbrochen rief. Dojno erreichte den Pfad und begann zu steigen. Die Rufe kamen näher, er unterschied Worte: »Herr, bitte! Ich bitte Sie, Herr!« Er wollte sich nicht umwenden, ihn hatte niemand zu rufen. Er wollte auch den gellenden Schmerzensschrei nicht hören, doch dann drang das laute Weinen an sein Ohr. Er ertrug Kinderweinen nicht. Er drehte sich um und sah hinunter. Die Gewißheit, daß er nun nicht mehr frei war, zu sterben, war schmerzlich wie ein letzter Verzicht.
Er rannte hinunter und hob das Kind auf.

Der Junge mochte acht, neun Jahre alt sein. Sein Kinn war verletzt, die Unterlippe blutete, das linke Knie war aufgeschürft.

Dojno strich ihm die Haare aus der feuchten Stirn und sagte:
»Ich komme aus dem Krieg, ich heiße Dojno. Wie heißt du? Woher kommst du?«
»Jeannot, Garnier Jean-Pierre, heiße ich, aus St. Quentin. Die Delecourts haben mich —« Der Schmerz überwältigte ihn, er weinte hemmungslos. Er streckte die Hand vor, Dojno nahm das verknüllte Papier und las:
Seit seine Mutter getötet worden ist, haben wir den kleinen Jeannot mit uns gehabt. Wir haben für ihn alles getan, was wir konnten, und das seit zwei Monaten, als ob er unser eigenes Kind wäre. Dabei sind unsere Verhältnisse sehr schlecht, wir sind ja selbst Flüchtlinge. Wir kehren jetzt nach Hause zurück, wir können uns nicht länger mit ihm belasten.
Wir haben ein Recht, den Wagen zu behalten, der unsere ist damals zerstört worden. Hätten wir das Auto der armen Frau Garnier nicht genommen, so wäre es ganz gewiß verloren. Und nach allem, was wir für ihren Sohn getan haben, gehört es uns.
Als Nachschrift: *Wir können das Kind, eine arme Doppelwaise, bestens empfehlen — Jeannot ist brav, folgsam, höflich und nicht verlogen.*
Dojno holte ein sauberes Taschentuch aus dem Brotsack und reichte es Jeannot. Gute, kluge Augen, dachte er; ist zu mager; die Ärmel des Rocks sind zu kurz, wie Eichhörnchens kriechen die Arme hervor; wie Köpfe von ganz jungen Katzen die Knie.
»Behalte das Taschentuch, Jeannot, wirst es noch brauchen. Außerdem denke ich, wir bleiben nun zusammen. Wenn du aufhören könntest zu weinen, würde ich dir etwas Merkwürdiges sagen, das dich gewiß interessieren wird.«
»Ich weine ja nicht mehr. Es ist nur, weil ich gewartet habe und gewartet und gewartet. Und dann, wie ich den Brief gefunden habe und dann, wie ich Ihnen nachgelaufen bin und ich bin gefallen... Ich habe nämlich keinen Vater mehr und keine Mutter und —«
Er schluchzte.
»Das eben wollte ich dir ja erzählen, Jeannot, weil es merkwürdig ist. Im großen Krieg, der vor diesem gewesen ist, da hab auch ich meinen Vater und meine Mutter verloren. Ich war da nicht gar viel älter als du. Und jetzt, wie ich so zum Meer hinuntergestiegen bin, da habe ich gedacht: Ich habe niemanden

mehr, und niemand braucht mich, und da lohnt es vielleicht gar nicht, nach so einem Krieg, alles noch einmal anzufangen. Ja, das habe ich mir gesagt, und auf einmal bist du da, du allein und ich allein. Und das verändert natürlich die ganze Lage. Verstehst du, Jeannot?«

»Ja, zusammen ist nicht allein, das verstehe ich, mein Herr«, antwortete der Junge und rieb sich mit den Fäusten die Tränen aus den Augen.

»Nenn mich einfach Dojno. Und zum Beispiel die Weinlese. Wir werden in den Weinbergen arbeiten, wir werden zusammen pflücken, ich werde dann die vollen Körbe hinuntertragen. Und bei der Lese, da darf man so viele Trauben essen, wie man will. Aber vielleicht magst du Trauben gar nicht?«

»Oh, ich liebe sie, sogar mehr noch als Himbeeren.«

»Gut. Ich gebe das nur als Beispiel, damit du siehst, daß du mir helfen kannst, daß ich dich brauche.«

»Ja, aber Weinlese ist nicht immer, und im Winter muß ich in die Schule —«

»Natürlich, aber da kann wiederum ich dir helfen, denn ich habe ziemlich viel gelernt im Leben. Noch vor einer halben Stunde habe ich gedacht, daß es für nichts war, was ich gelernt habe, meine ich. Und jetzt werden wir in das Dorf oben hinaufgehen und uns in den Schatten setzen. Meine schweren Militärschuhe werde ich verkaufen, mir für wenig Geld Espadrillen anschaffen, und für den Rest werden wir gut essen und trinken. Und dann wird uns jemand mitfahren lassen bis nach St. Raphael oder gar bis Cannes, wo es sehr hübsch ist. Und alles machen wir zusammen, nichts allein.«

»Zusammen ist gut«, stimmte Jeannot mit einem Seufzer zu, »zusammen ist sogar sehr gut.«

Jeannot konnte mit einem Fuß nicht auftreten, es schmerzte zu sehr. Dojno nahm ihn auf den Rücken. So stiegen sie langsam hinauf, ließen das Meer unter sich, die Straße, die Ölgärten und die roten Felsen eines Steinbruchs. In einem Wäldchen ruhten sie aus, hinter den Bäumen sahen sie die Häuser eines friedlichen Dorfes weiß und rosa schimmern.

Paris, 1949—1950

DRITTES BUCH

DIE VERLORENE BUCHT

ERSTER TEIL

UNTERWEGS

ERSTES KAPITEL

Dojno Faber wählte seinen Weg durch die winkligen Gassen mit Bedacht so, daß er stets in der Sonne blieb. Er setzte sich auf die Bank zwischen der alten Kapelle und der Fontäne. Nun war er sicher, daß ihn noch der letzte Strahl der Novembersonne wärmen würde. Ganz weit links war manchmal ein schmaler Streifen des Meeres sichtbar — ein weißlicher Nebel über einer länglichen Au oder, in den Mittagsstunden, ein gläsernes, grünlichblaues Kellerdach. In den Nächten lauschte Dojno manchmal zum Meere hin. Er wußte es, es war zu früh. Gerade vor einem Jahr, im November 1940, da hatte er mit einigen Männern vier Nächte damit verbracht, in der Nähe eines kleinen Fischerhafens auf Barken zu warten, die von einem Unterseeboot kommen sollten. Dann hieß es, es wäre ein Mißverständnis gewesen, der englische Kapitän hätte vor einem anderen Hafen nach ihnen Ausschau gehalten und wäre enttäuscht nach Gibraltar zurückgekehrt. Übrigens war's ungewiß, ob er Faber mitgenommen hätte, da er auf keiner Liste stand. Ihn hatte keiner angefordert.

Er hörte täglich viele Nachrichtensendungen und war auf dem laufenden über die Schlachten um Leningrad und um Rostow, um die Libysche Wüste, über London und auf den Meeren. Aber er lebte im Idyll einer harmlosen, friedlichen Armut. Die Leute im Dorf bezeichneten ihn gewöhnlich als den Onkel. So nannte ihn Jeannot, der zehnjährige Knabe, dem er nun seit über einem Jahr Vater und Mutter war. Was auch immer früher gewesen war, was er getan hatte — nichts davon hatte mehr Sinn oder Geltung in diesem kleinen Leben. Es hieß von ihm, er wäre Lehrer gewesen in dem fernen Lande, aus dem er sich nach Frankreich geflüchtet hatte. Er fand sich gerne mit der Vergangenheit ab, die man ihm zuspricht. Die Erinnerung an das Vergangene war deutlich genug, aber ohne Farbe, nicht bewegend, weil unbewegt. Er hatte die Toten nicht vergessen und nicht die anderen, die wahrscheinlich noch lebten. Aber seine Existenz war zu schmal, um sie einzubeziehen; sie war zu winzig, um seine eigene Vergangenheit zu fassen.

Er lebte dem Tage, der lang zu werden drohte, wenn die Sonne aufging, und nichtig war, wie ohne Dimension, sobald der Abend sich herniedersenkte. Der Schwimmer kämpft gegen die Wellen, bald läßt er sich von ihnen tragen, bald schneidet er sie mit kräftiger Bewegung. Aber auch der Ertrunkene, wenn er vom Grunde wieder auftaucht, auch er schwimmt. Nicht von ungefähr fand Dojno das Gleichnis von der Wasserleiche. Er hatte den Selbstmord überlebt, ein Kind hatte ihn gehindert, zu sterben. Aber sich selbst blieb er ein Selbstmörder, von der gleichmütigen Zeit verschlungen und nur noch nicht verdaut.

Dem Reichen passen nur wenige Gewänder, die eigenen, die nach seinem Maß zugeschnitten sind; dem Armen passen fast alle Kleider. Wenn er in der spätherbstlichen Sonne saß oder abends hinter den Fenstern der schwachbeleuchteten Zimmer die Gesichter fremder Menschen erspähte — da geschah es Dojno, daß er sich mit jedem von ihnen eins wußte. Er hätte der Lehrer sein können, der Briefträger, der Krämer Brunon, der Tagelöhner Jules. Die Zeit war in ihnen und verließ sie langsam.

Ihre Existenz hatte er gekannt, ohne sie kennen zu wollen, und sie gering geschätzt. Nun war er einer von ihnen. Aber er hatte vorher — 39 Jahre lang — sein Leben vergeudet.

»Welch eine Zukunft hättest du vor dir, wenn nur nicht deine Vergangenheit wäre!« hatte ihm die Schwester geschrieben. Sie ahnte nicht, daß er auch deshalb keine Zukunft hatte, weil ihm die Vergangenheit abhanden gekommen war. Oder er war aus ihr hinausgefallen wie ein sterbender Vogel aus dem unvollendeten Nest.

»Es ist sicher ein Hase, ein großer Hase!« sagte Jeannot, der plötzlich vor der Bank stand. Es war das Ende einer Mitteilung, deren Anfang er gesprochen hatte, bevor er noch in Hörweite war. Aufgeregt wiederholte er: »Gehn wir sofort zur Post. Ein Paket ist angekommen aus Bezons von Herrn Berthier. Es ist sicher ein Hase, ein großer Hase!«

Dojno erhob sich, zog seinen Rock aus und hängte ihn dem Jungen um die Schultern. Der wehrte sich: »Ich bin nicht verschwitzt. Ich werde mir den Pullover holen, nachher, wenn wir das Paket nach Hause bringen. Und morgen fahren wir zu Relly mit dem Hasen. Hoffentlich stinkt er nicht so sehr wie

das letztemal. Das wird wieder ein Festessen! Herr Berthier ist wirklich ein guter Freund, nicht wahr, Onkel?«
Nun lagen die Gassen ganz im Schatten, schon waren viele Fenster verhängt, das Dorf verschloß sich der Nacht, noch ehe sie anbrach.
Die Wirtin kam ihnen entgegen. Sie schnupperte gierig und sagte: »Es ist ein Hase, man riecht es. Sie werden also wieder für zwei Tage wegfahren. Das ist gut. Ich habe Herrn Cazin getroffen. Er meint, es ist besser, man sieht Sie morgen nicht im Dorf. Es kommen irgendwelche Herren aus der Stadt.«
Cazin war der Polizeisergeant. Er wußte, daß Dojno keine Aufenthaltserlaubnis besaß, daß es auch sonst seine besondere Bewandtnis mit ihm hatte. Aber er duldete ihn, vielleicht über höhere Anordnung oder weil er ihn bemitleidete oder mit ihm politisch sympathisierte. Sie wandten den Blick ab, wenn sie einander begegneten. Somit existierte Faber für die örtliche Polizeibehörde überhaupt nicht, aber der Bürgermeister folgte ihm ordentlich die Lebensmittelkarten aus. Und das war das wichtigste.
»Ja, wir werden morgen hinunterfahren«, sagte Dojno. »Nehmen Sie für sich ein schönes Stück, Frau Brecia. Wissen Sie, daß Jeannot schon wieder ohne Pullover draußen gewesen ist?«
Es folgte ein langes Gespräch zu dritt. Die Erfahrung, die sie während eines 67jährigen Lebens gesammelt hatte, drückte die Witwe Brecia in detaillierten Beispielen und in allgemeinen Regeln aus. Alle Vorfälle waren ihr überzeugende Gleichnisse. Sie drängten sich von selbst auf mit unwesentlichen Einzelheiten, die auch nach Jahrzehnten nicht verblaßt waren. Sonnenschein, Regen, Trockenheit, die kalten Winde, die von den Bergen kamen, die heißen aus der Wüste, die feuchten vom Meer — alles gefährdete die Gesundheit der gebrechlichen Kreatur Mensch. Die Kinder waren bedroht und die Greise, die anderen traf die tödliche Krankheit mitten am Mittag. Jede Stunde des Tages konnte sich in Mitternacht verwandeln. Und da war also der kleine Jeannot, seine Lungendrüsen waren nicht ganz in Ordnung, auch sonst war er nicht gerade sehr stark. Trotzdem wollte er nicht gehorchen — Frau Brecia hatte ihm den Pullover und einen warmen Schal nachgetragen, er aber hatte sie nicht nehmen wollen. Ihm ging der Sinn für die lehrreichen Beispiele

ab. Das kam daher, daß der Onkel zu gut zu ihm war, nicht streng genug. Frau Brecia kannte auch Beispiele dafür, daß Kinder an der Milde ihrer Eltern zugrunde gingen.
Der Junge wehrte sich, so gut er konnte. Schließlich nahm er das ausrangierte rostige Tranchiermesser und spaltete das kleine Holz. Frau Brecia konnte nie zuviel Späne haben; sie fand, daß Jeannots Späne genau die richtigen waren.
Dojno warf nur hie und da ein Wort dazwischen. Er mochte die Wirtin und hörte ihr gerne zu. Sie war das Volk — mehr als irgend jemand, dem er bisher begegnet war —, für sie also hatte er gekämpft, die er erst jetzt kennenlernte. Sie war voller Ängste, die um Jahrtausende älter waren als irgendein Mensch, aber sie erlaubte es sich nie, wie ein Feigling zu handeln. Sie jammerte immer darüber, daß sie zuviel Arbeit hatte, aber sie wußte mit dem Sonntag nichts anzufangen und fand schließlich eine Ausrede, um der ermüdenden Ruhe zu entgehen. Sie beklagte jedes Unglück, das irgendwem zustieß, aber ihre Augen wurden wieder jung, sobald sie von kleinen oder großen Unglücksfällen sprechen durfte. Geburten, Hochzeiten, gebrochene Ehen, Krankheiten, Begräbnisse, Erdbeben, Epidemien, Morde und Kriege — alles befriedigte ihre Neugier, war Quelle, aus der ihr unerschöpflich die Beispiele zuströmten.
Seit einem Jahr lebte sie in Furcht, daß eines nahen Tages der Hunger übers Land kommen könnte. Sie zitterte für sich und ihre Ziege. Sie wußte genau — aus der Erfahrung ihrer Ahnen —, wessen die Menschen in einer Hungersnot fähig waren.
Alles das wußte sie und noch mehr. Aber sie hatte nie ein Buch gelesen, war nur zweimal bis zur nächsten Stadt gekommen und hatte kaum mehr als zehnmal ihr Dorf verlassen. Es war ihr gewiß, daß es Paris wirklich gab, wie ein Gläubiger weiß, daß Gott existiert.
»Wenn Gott sich mit den armen Leuten abgeben müßte, dann käme er überhaupt zu nichts. Wir sind zu zahlreich. Und deshalb gibt es die Pfarrer. Gott seinerseits kümmert sich nur um die Mächtigen, das ist vernünftig, denn sie sind so hochmütig, daß sie nur auf ihn hören wollen.«
Und so kam die Frau wieder zum Ausgangspunkt zurück: Wenn Jeannot sich selbst nicht gegen Erkältung, Lungenentzündung und frühen Tod schützte, Gott würde ihn gewiß nicht

schützen. Er gab sich mit Kindern nicht ab, die außer einem zu milden Onkel nichts besaßen, nicht einmal Vater und Mutter.
Dojno hörte aufmerksam zu, er wollte auch diese Bermerkung notieren. Relly hatte ihm ein Heft gekauft, er hatte ihr versprochen, jeden Tag wenigstens drei Zeilen zu schreiben. Nun blieben nur noch wenige leere Seiten. Er hatte kein Wort über sich, nur ganz wenig über das Kind eingetragen. Man mochte glauben, Frau Brecia beherrschte sein Denken, denn von ihr sprach er in diesen Aufzeichnungen immerfort, sie zitierte er: ihre Beispiele, ihre Erzählungen, ihre Maximen. Er blätterte in dem Heft, las ohne Neugier, aber nicht ohne Befriedigung die Maximen der alten Wirtin. Zum Beispiel:
»Es ist nicht leicht, ein Armer zu sein, aber vielleicht ist es noch schwerer, ein Reicher zu sein. Wenn man krank ist, hat unsereiner den Vorteil, daß er sich dann ohne schlechtes Gewissen ausruhen kann, und wenn man Familie hat, läßt man sich sogar bedienen. Aber ein Reicher, der hat nichts davon, wenn er krank ist, und dabei kostet es ihn sehr viel Geld. Das schlimmste aber ist sicher, daß ein Reicher immer fürchten muß, daß er verarmt. Etwas Unglücklicheres als einen armen Reichen gibt es auf der Erde überhaupt nicht. Sie tun mir wirklich leid, Herr Faber, denn Sie sind so ein armer Reicher. Was einer alles verloren hat, das merkt man einem Menschen viel leichter an, als was er alles hat.«
Oder:
»Zum Beispiel die Kriege. Früher war das eine Sache, die haben die Könige und die Mächtigen unter sich ausgemacht. Dann ist man gekommen und hat uns Armen eingeredet, daß wir auch Macht haben und daß wir uns deshalb in alles einmischen müssen. Und die Mächtigen, die schlau sind und sofort jeden Vorteil erkennen, die sitzen jetzt zu Hause, essen zweimal am Tag Truthühner mit Maronifüllung, und die Armen können ihre Felder nicht bebauen, weil sie in Kriegsgefangenschaft gehen müssen. Und das ist auch gerecht so, denn was müssen die Armen so hochmütig werden!«
Oder:
»Jetzt, wo Sie die ganze Elektrizitätsrechnung zahlen, geht mich das natürlich nichts an. Aber dennoch, ich verstehe nicht. Die Leute, die sich was ausdenken, was nicht wahr ist, und dann

Bücher darüber schreiben — sie können nicht anständig sein. Denn die Anständigen, die haben gar keine Zeit, sich solche Sachen auszudenken und dann noch hinzuschreiben. Und um so was zu lesen, verbrennen Sie Ihr Licht, dabei sind Sie sonst ein ernster, ruhiger Mieter!«

Vor Jahren war es seine Gewohnheit gewesen, Äußerungen seines Lehrers, Professor Stettens, aufzuzeichnen. Gleichviel wo, auf Rückseiten gebrauchter Kuverts, in Taschenkalendern, in Exzerptheften. Manchmal hatte er auch seine eigene Antwort und die abschließende Replik Stettens hinzugefügt. Nun waren alle seine Papiere verloren; was seinem Gedächtnis entschwand, blieb für immer verschollen. Nicht einmal ein Stein bezeichnete Stettens Grab auf dem Père Lachaise. Frau Brecia konnte nicht wissen, daß ihre Monologe auf Gespräche bezogen wurden, die sie nicht verstanden hätte, und daß sie einem Toten antwortete, dem sie nie begegnet war. Sie kannte gut ihr eigenes Leben, aber sie ahnte nicht, daß sie — wie jeder Mensch — weit mehr darstellte, als sie war, und weit mehr bewirkte, als sie beabsichtigte.

Sie beobachtete neugierig und mit Wohlwollen den ernsten, ruhigen Mieter. Ja, sie hatte ihm wirklich bald angemerkt, was alles er verloren hatte. Sie ahnte nicht, daß er in Angst lebte, mehrmals in der Nacht erwachte, um auf den Atem eines Kindes zu lauschen, der ihm manchmal zu schwach erschien und manchmal zu laut, gefährlich beengt. Daß er dann aufstand, die Stirn, die Brust, den Nacken des kleinen Jungen betastete, in Besorgnis, er könnte zu heiß, zu kalt, feucht oder trocken sein.

Dojno wußte nicht, ob er Jeannot wirklich liebte, er war nur gewiß, daß er in steter Besorgnis um ihn lebte. Überall lauerten Gefahren: ein Wagen konnte ihn überfahren, die Federspitze eines Kameraden konnte zu nahe an sein Auge geraten, er konnte nahe der Kapelle über das Geländer fallen. Der Lehrer mochte schlecht gelaunt sein und den Jungen kränken, jemand mochte ihn wegen seines abgetragenen Gewandes verspotten, wegen der zu kurzen Ärmel, wegen des mißbildeten linken Daumens. Die Quelle der Besorgnisse war unversiegbar. Es war Dojno vorstellbar, daß er ohne Jeannot leben könnte, aber unerträglich, über alle Maßen qualvoll war ihm der Gedanke, der Junge könnte unglücklich sein.

Er klappte das Heft zu, er würde diesmal nichts schreiben. Er trat zum Diwan hinter der spanischen Wand. Der Junge hatte sich wieder aufgedeckt, und es war nicht warm in der Stube. Nein, er hatte sich nicht erkältet, seine Stirn war nicht heiß, er atmete ruhig und gleichmäßig. Er lag auf dem Rücken, die Hände hinter dem Kopf verschränkt, eine Strähne des braunen Haares bedeckte das linke Auge, die Mundwinkel bewegt, als ob er im Traum lächelte oder gar laut lachte. Seine Wangen waren gerötet, sie fühlten sich voller an, als wenn er wach war. Ja, hier war er in Sicherheit. Nichts konnte ihm zustoßen. Gefahren drohten bei Tage, jenseits der Tür. Noch größere lauerten in der Zukunft. Aber Jeannot sollte nicht wissen, daß sein Onkel nur wenig Aussichten hatte, diesen Krieg zu überleben, und daß Waisenkinder gewöhnlich mehr als nur einmal verwaisen.

Es war ein sonniger Morgen, der Himmel war blau wie im Sommer. Beide waren früher als sonst erwacht. Sie beschlossen, nicht auf den Autobus zu warten, der erst gegen neun Uhr durchs Dorf kam, sondern zu Fuß in das Städtchen hinunterzusteigen. Auch Frau Brecia fand das vernünftig — man durfte Herrn Cazins Warnung nicht vergessen.
Edi erblickte sie, als sie in die Gasse einbogen. Er stand vor dem Haus und hackte Holz.
»Das ist gescheit«, begrüßte er sie, »daß ihr kommt. Sonst hätte ich heute zu euch hinauf müssen. In den letzten Tagen sind Briefe für Sie gekommen, Dojno. Sie müßten sie spätestens heute bekommen, meinte Relly. Der Junge ist wieder ein gutes Stück gewachsen.«
»Wir bringen einen Hasen, er ist riesig!« antwortete der Junge begeistert. »Herr Berthier hat ihn geschickt. Man möchte gar nicht glauben, daß es ein einziger Hase ist. Paul ist in der Schule? Ich könnte inzwischen Späne machen, wollen Sie?«
Relly war in der Küche.
»Sieh mich nicht an, ich bin noch nicht gewaschen. Die Briefe sind im Zimmer neben der Schreibmaschine. Auf einmal hat man sich deiner erinnert. Du siehst, es genügt nicht, zu vergessen, um vergessen zu sein.«

»Manchmal genügt es nicht«, meinte Dojno. »Ich könnte dir helfen, die Teller zu trocknen und nachher die Stube zu fegen.«
»Dann hättest du eine fertige Erinnerung«, unterbrach ihn Relly lächelnd. »So etwa: ›Damals half ich gewöhnlich Relly in der Küche, ich trocknete das Geschirr, dann machte ich die Wohnung sauber. Im übrigen war ich völlig nutzlos geworden.‹ Nein, ich werde mindestens um einen Teller reicher und du wirst um eine Erinnerung ärmer sein, wenn du jetzt deine Briefe liest.«
An der Schwelle drehte er sich um. Sie fühlte seinen Blick im Rücken und wandte ihm ihr Gesicht zu. Sie war fast auf den Tag genauso alt wie er. Seine Haare waren grau, an den Schläfen silbrigweiß, indes ihre glattgescheitelten Haare die kastanienbraune Farbe bewahrt hatten, manchmal leuchtete noch ein rötlicher Schimmer in ihnen auf. Junge Haare, dachte er, über einem alterslosen Gesicht. Fragten sich Männer, die sie zum erstenmal sahen, ob sie hübsch war? Entmutigte sie nicht die Begierde, noch ehe sie sich regen durfte?
»Was suchst du in meinem Gesicht?« fragte Relly. Es klang spöttisch und verriet Unruhe. Da er nicht antwortete, wandte sie sich wieder ab und sagte:
»Du weißt genau, daß auch meine allerletzte Liebe zu dir, die trotzige, dahin ist. Sie also suchst du nicht in meinem ungewaschenen Gesicht. Du müßtest dich selbst an die Stunde erinnern, in der sie mich verlassen hat.«
»Ja, ich weiß, ich kenne die Stunde. Nicht die Liebe suche ich in deinem Gesicht.«
Die Zeugenschaft wollte er in ihm finden für das Entschwundene, dafür, daß auch Stetten einmal gewesen war und Vasso, Djura und die anderen. Und da sie ihn geliebt hatte, viele Jahre lang, selbst nachdem er sie verlassen hatte, so mußte in ihm etwas gewesen sein, das Liebe hervorrufen konnte. Mehr als in sich selbst fand er in ihr die Zeugenschaft dafür, daß er einmal gelebt hatte. Die Sinnestäuschungen lassen den Vereinsamten glauben, daß jemand aus seiner Vergangenheit sich wieder nähert, nach ihm ruft. Die Gefühlstäuschungen lassen ihn daran zweifeln, daß ihm einer nahe gewesen ist, daß ihn irgendwann jemand gerufen hat.
»Ich werde nachmittags mit Jeannot zum Arzt gehen«, sagte

Relly. »Wenn er findet, daß das Kind wieder in Ordnung ist, so werdet ihr zu uns zurückkehren. Das Dorf tut dir nicht gut, Dojno. Jetzt lies endlich die Briefe, ich finde sie aufregend.«

Da schrieb ein Unbekannter, der Roman Skarbek zeichnete, um im Auftrage des Grafen Robert Prevedini mitzuteilen, daß dieser Ende November, spätestens in den ersten Tagen des Dezember, aus Italien nach Frankreich kommen würde, nicht zuletzt auch, um Faber die Grüße gemeinsamer Freunde auszurichten. »Der Vizeadmiral bittet, Sie sollen alle Pläne zurückstellen, bis Sie ihm begegnet sind.« Skarbek drückte zum Schluß die Hoffnung aus, daß er selbst das Vergnügen haben würde, Faber kennenzulernen.

Auch Dr. Meunier kündigte sich an — er würde nicht allein kommen.

Relly rief aus der Küche: »Darf ich dich übermorgen nach Nizza begleiten? Wer wohl mit ihm kommen mag? ... Ja, es ist wahr«, fügte sie hinzu, »ich habe in den letzten Wochen Briefe geschrieben. Vielleicht hätte ich dich vorher fragen sollen, aber ich bereue es nicht. Deine Situation kann von einem Tag auf den andern gefährlich werden, du hast nichts vorgekehrt. Du mußt weg! Das Kind wirst du später wiederfinden, wir werden es zu uns nehmen. Und vielleicht brauchst du es nur, um dich feig hinter ihm zu verstecken. Es ist Zeit, daß deine Angst vor dem Tode wiederkehrt, sonst wirst du die Angst vor dem Leben nicht mehr verlieren. Gib doch zu, daß dir selbst davor bange ist, in die Stadt zu fahren.«

»Ja, selbst davor fürchte ich mich«, gab er zu. »Du wirst übermorgen allein nach Nizza fahren und Meunier herbringen.«

»Gewiß. Was könnte eine Frau einem Mann verweigern, den sie nach langen Jahren nicht mehr liebt?«

»Nichts, nichts, außer sich selbst.« Nun lächelte auch er, wie von einer Last befreit. »Dreiundzwanzig Jahre kennen wir einander. Vor vierzehn Jahren habe ich mich von dir getrennt, vor zwei Jahren ist deine letzte Liebe zu mir erloschen. Aber niemals bist du mir so wichtig, so notwendig gewesen wie jetzt. Du und die wärmende Sonne und —«

»— und die Monologe der alten Frau Brecia. Wir sind die Kriegsgewinner, die Nutznießer deiner Misere.«

Jeannot und Pauli kamen lärmend ins Zimmer, bald folgte

ihnen Edi, der darauf brannte, sich endlich über die Lage an den Fronten auszusprechen.

Relly war auch im zweiten Autobus nicht, also würde sie mit dem Zug zurückkommen.
»Gehen wir langsam zum Bahnhof«, sagte Pauli, »und sobald wir da sind, kommen sie auch an.«
»Du sprichst, als ob es sicher wäre, daß die anderen mit deiner Mama kommen«, wies ihn Jeannot zurecht, »aber es ist besser, man erwartet weniger, dann ist man nicht enttäuscht, nicht wahr, Onkel?«
»Ja, es ist wahr«, stimmte Dojno zu, »man muß früh lernen, zu unterscheiden zwischen dem, was sicher ist, und dem, was wahrscheinlich, und dem, was nur möglich ist.«
Pauli bewegte die Lippen, er wiederholte leise die Worte und zählte an den Fingern ab: sicher, wahrscheinlich, möglich. Dann erhob er befriedigt zu Dojno sein Gesicht. Es war ein klar umrissenes Oval wie das Gesicht seiner Mutter. Von ihr hatte er die kastanienbraunen Haare, das rundliche Kinn, die zierlichen Ohren und den schmollenden Mund. Nur die blauen, kurzsichtigen Augen erinnerten an Edi. Er runzelte die Stirn und sagte mit einer Stimme, die dunkler war als sonst:
»Nicht wahr, sicher ist am besten. Sicher ist sehr, sehr gut.«
»Exakt!« rief Jeannot aus, er liebte dieses Wort ganz besonders. »Es ist möglich oder wahrscheinlich, daß Dr. Meunier mit deiner Mama kommt, aber sicher ist es nicht, das wissen wir. Und wissen ist nicht glauben.«
»Exakt«, sagte Pauli, er errötete sogleich, denn er war nicht ganz sicher, ob er das Wort richtig anwandte. Er fügte schnell hinzu: »Wenn du reich wärst, Dojno, könntest du uns jetzt mit einer Orangeade traktieren oder sogar mit einem *Diabolo-Menthe* — da im Café kriegt man alles. Aber du bist eben kein Jude. Maurice hat nämlich gesagt, ich bin ein dreckiger Jude, und deshalb hat er mir meine Murmeln weggenommen.«
Dojno blieb stehen und sah ihn an. »Hast du dir das gefallen lassen, Pauli? Und hast du Relly und Edi davon erzählt?«
»Nein, brauche ich ja gar nicht. Jeannot weiß alles, und wenn Maurice heute nicht in der Schule gefehlt hätte —«

Jeannot unterbrach ihn: »Sorg dich nicht, Onkel, ich regle alles. Maurice hat auch die drei gläsernen Murmeln weggenommen, die Pauli von mir hatte. Und jetzt, bis der Zug kommt, erzähl uns ein bißchen von der Weltreise, die wir machen werden, wenn wieder Frieden ist. Ich habe es Pauli versprochen.«

»Wegen Maurice werden wir noch zu Hause sprechen. Und die Weltreise? Bis wohin sind wir denn das letztemal gekommen?«

»Wir waren mit Indien fertig und wollten gerade weiterfahren, da ist plötzlich Frau Brecia gekommen, wir sollten ihr helfen, die Ziege zu suchen.«

»Ja, Indien... Vielleicht müßte man dort länger bleiben. Dort ist nämlich einmal, vor Tausenden Jahren, ein furchtbares Unrecht geschehen, und man hat es noch immer nicht gutgemacht. Wir werden also in alle Dörfer fahren, wo die Parias leben —«

»Parias — das ist ein schönes Wort«, unterbrach ihn Pauli.

»Aber es bedeutet viel Unrecht. Hört gut zu...«

Erst nach einer halben Stunde kam Relly an. Die Kinder erblickten sie sofort und liefen auf sie zu. Hinter ihr stiegen andere aus, Meunier war nicht dabei. Relly sagte: »Meunier muß seinen Verbindungsmann abwarten. Der hätte schon seit gestern in Nizza sein müssen, hat sich aber noch nicht gezeigt. Ich habe Herrn Lagrange mitgebracht.«

Dojno hob überrascht den Kopf. Der Mann im dunkelbraunen Mantel, der hinter Relly einhergegangen war, stellte den Koffer ab und sah zu ihm herüber. Jetzt nickte er lächelnd. Sie gingen aufeinander zu. Lagrange sagte mit heiserer Stimme: »Wart', ich habe das erste Wort, Faber, ich hab's vorbereitet: Es ist wichtig, nicht allein zu sein, aber besser allein auf dem richtigen Wege als mit anderen zusammen auf dem falschen. Verstanden?«

»Verstanden, Lagrange. Aber wer ist allein, wenn wir beide zusammen sind?«

»Sag: wenn wir beide zusammenbleiben, und dann gib mir deine beiden Hände.«

Die Kinder blickten den Fremden neugierig an, endlich stellte Dojno vor:

»Das ist Jean-Pierre Garnier, mein Jeannot, elf Jahre, drei Monate alt, und das ist Paul Rubin, genannt Pauli, man kann schon jetzt sagen: sieben Jahre alt. Und der Gast, Kinder, ist

François. Was er über die Autos nicht weiß, das lohnt es auch gar nicht zu wissen. Und immer hat er dafür gekämpft, daß es keine Parias geben soll, sondern nur Gerechtigkeit überall. Es ist nicht nur möglich, es ist nicht nur wahrscheinlich, es ist sicher, daß er ein Freund ist.«
»Exakt«, sagte Jeannot. »Exakt«, wiederholte Pauli; nun wußte er ganz genau, daß er das Wort richtig anwandte.

Die beiden Jungen hatte man auf dem Fußboden im Schlafzimmer gebettet — Edi und Relly hatten auf ihre Matratze verzichtet. Die beiden Feldbetten waren in der Stube aufgestellt, die nun völlig überfüllt war. Das eiserne Öfchen, durch eine schwarze Röhre mit dem alten Kamin verbunden, stand zu weit im Raum und teilte ihn in zwei ungleiche Teile.
Sie saßen am schwarzverhängten Fenster. Eine Weile schwiegen sie, als brauchten sie Zeit, sich von allem freizumachen, was unmittelbare Gegenwart war.
»Als ich mich an Meunier wandte«, begann endlich Lagrange, »dachte ich gar nicht, daß ich so dich eines Tages wiederfinden würde. Wir alle glaubten, daß du tot bist. Pierre Giraud hatte gehört, daß die Gestapo dich gleich im Juni 1940 erwischt hätte. Du wärest ihnen beim Transport ausgerissen, sie hätten dich wieder eingefangen und erschossen — auf dem Platz vor dem Bahnhof von Dijon — mit einer Maschinenpistole.«
Er machte eine Pause, als erwartete er, daß der Totgesagte diese Nachricht endgültig dementierte. Er beugte sich zu Faber vor und sagte:
»Es hieß andererseits, man hätte deine Leiche in einem Wäldchen bei Arles gefunden, du hättest einen abgeschnittenen Strick um den Hals gehabt. Ungewiß, ob die Henker Leute der Gestapo oder der GPU waren. Am Ende ist's ja wirklich ein Wunder, daß du noch lebst und mir gegenübersitzt!«
Dojno hörte ihm zu, er antwortete nicht. Er verwandelte die Gegenwart in zukünftige Erinnerung: Dann, im November 1941, kam unerwartet François Lagrange, ein früherer kommunistischer Vertrauensmann der Renault-Arbeiter, zu mir. Er berichtete von den verschiedenen Todesarten, durch die ich umgekommen war in den Tagen des Debakels. Er sah mir unver-

wandt ins Gesicht, als wollte er sich überzeugen, daß ich ich selber war, und er erwartete, daß ich, um seine Gewißheit zu vervollkommnen, ein eindeutiges, formelles Dementi ausspräche. Währenddessen starrte ich nur auf seine Ohren. Winzige Büschel grauen Haares sprossen aus ihnen und bedeckten den oberen Teil der Ohrläppchen.

»Das ist merkwürdig, Faber. Ich meine, mit den Menschen. Ich habe dich nur so aus der Ferne gekannt und dich nur einmal gesehen, damals im Oktober 1939, als du uns einen Vortrag gehalten hast in Girauds Zimmer und ich dir widersprochen habe, eben weil ich nicht allein bleiben wollte. Und jetzt, wie ich mit Meunier hergefahren bin, eigentlich schon seit wir erfahren haben, daß du lebst, war es mir, als wären wir alte, enge Freunde. Und daß wir einander in die Arme fallen werden, daß wir —«

»Die Einsamen, jene, die unter Fremden oder Feinden leben, haben solche Illusionen«, unterbrach ihn Dojno und bereute sofort das letzte Wort.

»Warum Illusionen?« fragte Lagrange. »Die Einsamen haben nicht mehr Illusionen als die anderen. Meine Frau ist vor einem Jahr gestorben. Es ist sehr schnell gekommen. Magenkrebs. Ich war damals nicht mehr zu Hause, seit September 40 in der Illegalität, du verstehst? Aber am letzten Tag bin ich doch ins Spital gegangen, bin an ihrem Bett geblieben, bis alles vorbei war. Wenn ich an sie denke... Du hast dich doch sehr geändert, Faber. Du hörst nämlich nicht mehr zu wie früher.«

»Du hast recht, Lagrange. Ich bin ein tauber Musiker. Kein Beethoven, ein ganz kleiner Musiker, der nichts mehr hört, was von außen kommt, der in sich hineinlauscht und auch da nicht viel Interessantes zu hören bekommt. Besser als vor dem Bahnhof in Dijon erschossen oder in einem Wäldchen bei Arles aufgehängt, aber nicht viel besser, sofern meine praktische Brauchbarkeit in Betracht kommt.«

»Da, nimm eine richtige Zigarette und rauch sie bis zu Ende. Das ist ein furchtbarer Dreck, aus dem du deine Zigaretten drehst. Und was du wegen deiner Unbrauchbarkeit sagst, ist doch wohl ein Unsinn, nicht wahr? Ein Genosse, der so lange im Kampf gestanden hat, an der vordersten Front —«

»Ich mag das gar nicht mehr hören, das vom Genossen, von

dem Kampf und von der vordersten Linie. Nein, ich verleugne nicht die Vergangenheit, aber ich finde, was ich getan habe, überflüssig — es war ein Kampf mit Schatten. Vergeudete Zeit, mißbrauchte Kraft. Hätte ich jeden Tag *Boule* gespielt, es wäre besser gewesen, gewiß sinnvoller.«

Lagrange lachte laut auf, besann sich aber schnell, daß im anstoßenden Raum die Gastgeber und die beiden Kinder schliefen. Er sagte lächelnd:

»Das ist alles unernst, Illusionen eines Einsamen, eines Aktivisten, der nichts tut. Du bist kein tauber Musiker. Tote stehen nicht auf, aber du lebst. Mit uns zusammen wirst du den Aufstand gegen Hitler und Pétain vorbereiten.«

»Warum? Wozu?«

»Warum, wozu?« wiederholte Lagrange verblüfft. »Du kennst alle Gründe so gut wie ich, besser als ich.«

»Für wen, für wessen Freiheit soll ich kämpfen — willst du es mir sagen? Wer ist es wert? Wem schulde ich noch was?«

»So steht die Frage nicht, Faber!« rief Lagrange ungeduldig aus.

»Sie steht so, wie ich sie stelle, wenn es sich darum handelt, mein Leben aufs Spiel zu setzen. Und paß auf! Ich habe nicht gefragt, wofür oder wogegen, sondern für wen? Ich lebe jetzt für Jeannot. Das ist eine klare Antwort. Stürbe ich, so wäre es nicht für ihn. Er würde noch einmal verwaisen.«

Lagrange fuhr sich langsam mit der Hand über Mund und Kinn. Die fast wimpernlosen Lider bedeckten halb seine Augen, deren ruhiger Blick an der Stirn Fabers haften blieb. Er erwog: Vielleicht ist er feig geworden, vielleicht nicht. Mag sein, daß die letzte Niederlage um eine zuviel gewesen ist. Oder daß er seiner selbst so überdrüssig ist, daß wir anderen ihm widerlich geworden sind.

»Wir werden darüber später sprechen, wenn Meunier dasein wird. Ich dachte, ich würde dir erzählen, Faber, wie alles so gekommen ist, daß ich mich von den Genossen, von der Partei getrennt habe, trotz der Illegalität, und wie ich dann andere gefunden habe, zumeist Intellektuelle, Wissenschaftler und Studenten, und wir haben eine Gruppe gebildet gegen die Besatzungsmacht und gegen Vichy. Und wie dann die Gruppe zerschlagen worden ist, eine Verhaftung nach der anderen. Nur drei sind noch frei, Giraud und ich und der dritte, ein gewisser Jacques Drumont, Antoine haben wir ihn genannt. Er ist der Verräter. Den Verhafteten werden sie den Prozeß machen und die meisten von ihnen erschießen, denke ich. Das alles wollte ich dir im einzelnen erzählen, ich dachte, daß dich das interessieren würde —!«

»Hast du bemerkt, Lagrange, wie schnell das Blut die schöne rote Farbe verliert und schmutzigbraun wird wie Rost? Und hast du bemerkt, daß nur die törichten Liebespaare die Totendenkmäler auf den großen Plätzen brauchen, um sich bei ihren Rendezvous nicht zu verfehlen? Ich werde nie mehr, hör gut zu, Lagrange, ich werde nie mehr den Mut haben, jemanden in Todesgefahr zu bringen. Von niemandem werde ich mehr Opfer verlangen für eine Idee, für eine Zukunft, die so ungewiß ist wie der Sinn all dessen, was wir getan haben, wir Kämpfer in der vordersten Linie. Deine verhafteten Kameraden tun mir leid, darauf spekulierst du, aber warum denkst du, daß sich ihr Schicksal bessern würde, wenn noch mehr Opferwillige sich der Gefahr aussetzten, verhaftet, gefoltert und als Geiseln erschossen zu werden?«

»Wir sind mitten in einem furchtbaren Krieg.«

»Im Oktober 1939 war es nicht dein Krieg — welche Änderungen sind denn eingetreten? Ist es, weil Hitler seinen Kumpanen Stalin angegriffen hat?«

»Du hörst nicht mehr zu wie früher, Faber; ich hab's dir schon gesagt. Sonst wüßtest du, daß ich seit September 1940 in der Aktion stehe.«

»Vier Monate zu spät. Die Schlacht um Frankreich wurde schon im Mai verloren, auch durch die Schuld deiner Leute, der Partei, der du damals noch anhingst.«

»Es ist wahr«, sagte Lagrange zögernd, »ich habe dich ja kaum gekannt. Ich weiß gar nicht wieso, aber in den letzten Wochen hatte ich mir ein klares Bild von dir gemacht. Ein falsches Bild, das sehe ich jetzt.«

Er erwartete, daß Faber ihn fragen würde, worin er sich denn getäuscht hatte, aber die Frage blieb aus. Dojno hatte sich wieder zu den zukünftigen Erinnerungen geflüchtet: Ich sprach zuviel in jener Nacht. Nicht um Lagrange zu überzeugen. Seit langem lag mir nichts mehr daran, jemanden zu beeinflussen.

Und ich glaubte auch nicht mehr, daß ich es noch könnte. Drei Nächte vor dieser Nacht hatten die Deutschen fünfzig Geiseln in Nantes erschossen. Die Mörder waren hassenswert und verächtlich. Das verminderte aber nicht die Gewißheit, daß der Tod der fünfzig nutzlos war. Die Zeit ist gekommen, wollte ich Lagrange sagen, mit dem Leben besonders jener zu geizen, die willens sind, sich zu opfern. Ich blieb stumm, ich hatte mir angewöhnt, Teile meines Textes ungesprochen zu lassen.
»Du lebst wahrscheinlich in großer Armut«, begann Lagrange wieder. »Bist schlecht ernährt. Du triffst keine alten Genossen mehr. Außerdem ist hier in der Gegend die Widerstandsbewegung sehr schwach. Du müßtest nach Lyon, wir werden dir gute Papiere verschaffen, so daß du dich frei bewegen kannst.«
»Vor einem Jahr wollte ich nach England. Jetzt sollte ich vielleicht versuchen, nach Jugoslawien zu gehen, zu den Partisanen, die sich schlagen, die Waffe in der Hand. Verstehst du, Lagrange, für euch ist es etwas Neues, für Flugzettel ins Zuchthaus gehen, zu Tode gefoltert werden. Ich kenne das vom Balkan, von Polen und Deutschland her, seit vielen Jahren. Und ich weiß, daß Flugzettel keine Waffen sind gegen Waffen. Nicht in unserer Zeit, nicht mehr, noch nicht wieder. Die doppelte Verwandlung von Blut in Druckerschwärze, von Druckerschwärze in Blut ist die unanständigste, die es auf dieser Erde gibt.«
»Und Giraud hatte gemeint, du würdest dich uns ohne zu zögern anschließen! Meunier hat gesagt, daß du nur auf einen Ruf wartest; beide haben sich getäuscht.«
»Du kennst ihn auch, Lagrange, jenen Blick in den Augen der jungen Menschen, die jemanden suchen, der in ihnen den Willen zum Opfer erwecken wird. Vor ihnen fliehe ich wie vor der Pest. Für die Tiere im Walde gibt es Schonzeit. Schonzeit, Lagrange, für diese jungen Menschen!«
Nein, der ist nicht feige geworden, dachte Lagrange, während er auf den dünnlippigen Mund starrte, der die Worte so leicht formte und nur widerwillig zu entlassen schien. Aber er ist zu weit weg von allem. Der ist kein Politiker mehr, kein Genosse. Ein tödlich verwundeter Revolutionär, der, bevor er hinüberdämmert, böse Träume hat. Den letzten bösen Traum.
Die Asche im Öfchen war erkaltet, es lohnte nicht, Feuer anzu-

machen. Sie gingen zu Bett. Dojno öffnete ein wenig das Fenster. Die Bäume rauschten im Wind.

Lagrange hatte sein ganzes Leben in Pariser Arbeitervierteln verbracht. Nur in den Schützengräben des ersten Weltkriegs war er der Natur nahegekommen, ohne dessen recht gewahr zu werden. Er kannte nicht die Namen der Winde und wußte nicht, daß es gute und schlechte Winde gibt.

Dojno hatte als Kind in Dörfern und Städtchen gelebt. Er hatte die Gewohnheit, auf Winde zu lauschen. Der Mistral draußen hatte die bedrohliche, verachtungsvolle Stimme des Nordostwindes seiner Heimat. Irgendwo hängt man Unschuldige, belehrte man das Kind, wenn dieser Wind ging. Irgendwo, das war damals Rußland. Nun war es ganz Europa.

Dr. Meunier sagte: »Ich habe Ihnen ein Photo vom Grabstein mitgebracht. Hier, sehen Sie es an. Frau Gaby Le Roy hat sich um alles gekümmert. Ich weiß nicht, ob Sie die Inschrift entziffern können. Ich habe sie auf der Rückseite aufgeschrieben. *Erich von Stetten. Januar 1870, Oktober 1939. Er alterte nicht, er reifte. Er war ein wahrer Ritter, daher kämpfte er ohne Rüstung.* Frau Gaby hat das gewählt, weil Sie das von ihm gesagt hätten.«

»Auch wenn alles zu Ende sein wird, lassen Sie ihn auf dem Père Lachaise. Nicht lebend und nicht tot wollte er nach Wien zurück. Er war krank vor Heimweh, aber entschlossen, nicht zu verzeihen. Es geschah ihm häufig, daß er sich im Traum durch seine Heimatstadt, in den Tälern und auf den Bergen seines Landes wandeln sah. Alles um ihn herum war unangetastet, aber Stadt und Land waren menschenleer.«

»Ich verstehe nicht recht, wie man sein Land so lieben und zugleich sein Volk so verachten, es ohne Widerruf verurteilen kann«, wandte Meunier nachdenklich ein.

»Was ein Land ist, weiß jeder, aber der Begriff Volk ist vielseitig, unklar, wie für demagogische Reden erfunden. Ich habe von Stetten die Idiosynkrasie gegen die Undeutlichkeit der Begriffe geerbt, außerdem ein primitives Musikinstrument, eine Okarina; ich kann darauf noch immer nicht spielen.«

Meunier setzte sich wieder. Er bedauerte, daß er Faber im

unrechten Augenblick das Bild vom Grabstein gegeben hatte, und sagte eindringlich:

»Darf ich Sie fragen — es ist fast ein Vorwurf, lieber Freund, warum Sie mich die ganze Zeit ohne Nachricht gelassen haben? Warum wollten Sie, daß ich Sie für verloren hielte, gestorben, getötet?«

»Ich habe Ihnen einen Brief geschrieben. Eine gewisse Frau Liebmann sollte ihn Ihnen bringen. Das war am 17. August 1940, meinem Todestag, dachte ich damals.«

»Ich habe nie ein Wort von Ihnen bekommen und die Dame nie gesehen. Sie hätten jedenfalls nachher schreiben können, so lange Zeit ist seither verstrichen.«

»Um ein anderer zu werden, muß man damit beginnen, zu leben, als ob man schon ein anderer geworden wäre. Es ist sehr schwer, obgleich ein jeder andere Leben in sich trägt. Ich habe einen Traum gehabt: Da war ich ein eingeschüchterter junger Fabrikarbeiter. Ich lebte bei einem alten Paar, in einer winzigen Mansardenstube. Abends kam ich müde nach Hause, aß bescheiden am Tisch der alten Leute. Der Mann las mühsam aus der Zeitung vor, ich traute mich selten, ein Wort zu sagen, und wartete mit Herzklopfen auf den Augenblick, wo ich mich endlich erheben und in mein Stübchen zurückziehen durfte. Es war ein Wiederholungstraum, er kam während vieler Monate wieder, manchmal zwei-, dreimal in der Woche. Das war zu einer Zeit, da ich fast nicht mehr glauben konnte, ein Erfolg könnte sich mir verweigern, meine Worte könnten je ohne Wirkung bleiben. Aber erst jetzt weiß ich, wieviel einer an sich selbst zerstören muß, um ein anderer zu werden. Es ist leicht, sich dessen zu entäußern, was man hat, und unsäglich schwer, wirklich dem fremd zu werden, was man gewesen ist.«

Wahrscheinlich war es, weil er zuviel gegessen hatte in diesem Schwarzmarktrestaurant, in das Meunier sie abends ausgeführt hatte. Schon vor mehr als einer Stunde hatte Dojno die Lampe abgedreht. Er war müde und angewidert von den zu vielen Worten, die er an diesem Tag gesprochen hatte. Aber er schlief nicht ein. Früher, wenn ihm solches geschah — selten genug —, wählte er ein Thema und schrieb darüber in Gedanken eine

Abhandlung. Die Zeit wurde ihm nicht lang, sie war jedenfalls nicht verloren, und er schlief bald ein. Aber es machte ihm nichts mehr aus, Zeit zu verlieren, und seine Abhandlungen interessierten ihn nicht mehr. Sein treues Gedächtnis war keine Überraschung für ihn und keine Quelle der Genugtuung mehr. Es erschien ihm so überflüssig wie ein feuerfester Geldschrank in einem Haus, in dem es kein Brot mehr gibt. Sein Lehrer Stetten hatte ein Leben lang die Religion des guten Gedächtnisses gepredigt und war, siebzigjährig, zu früh gestorben. Bevor ihm, wie seinem Schüler, zur eindringlichen Erfahrung wurde, daß das Gedächtnis dem Erinnernden eine Quelle der Qual, den anderen aber unerwünscht ist — oder jedenfalls so nutzlos wie zerbrochene Wegweiser, die der Verirrte unter faulendem Laub vergraben findet.

Welch stille Nacht, dachte er. Hier im Süden fühlt man die Erde nicht atmen. Oder ich bin unfähig geworden, es zu fühlen. Ich fülle mich mit dem trockenen Sand der Gleichgültigkeit an. Ich habe das Recht, gleichgültig zu sein, wie Meunier es bis vor kurzem, ein ganzes Leben lang gewesen ist. Nur einige Tote können es mir abstreiten. Vasso, Stetten, Sönnecke, Mischa Litwak. Sonst schulde ich niemandem Rechenschaft. Niemandem außer den völlig Unschuldigen unter den Geiseln, jenen, die man willkürlich auf der Straße aufgelesen hat. Sie wissen auch jetzt noch nicht, warum man gerade sie festgenommen hat, sie erfahren bestürzt, daß sie mit ihrem Leben dafür haften, daß etwas geschehe oder nicht geschehe, worauf sie nicht den geringsten Einfluß haben. Bis zum letzten Augenblick werden sie es nicht fassen, daß man so zugrunde gehen, daß man unter einem blauen Himmel auf fester Erde ertrinken kann.

Nein, auch ihnen bin ich nichts schuldig, dachte er. Sie sind gleichgültig gewesen — warum sollte ich nicht auch das Recht haben, es zu sein!

Er stand auf und ging ans Bett, in dem die beiden Jungen schliefen. Jeannots Stirn war nicht heiß, aber etwas feucht. Er zog den Mantel an und setzte sich an das Fenster. So wollte er warten, bis sich die Schläfrigkeit seiner bemächtigte. Nichts gab es mehr, wovon er mit offenen Augen hätte träumen mögen. Er konnte, wenn er wollte, die Biographie des eingeschüchterten jungen Fabrikarbeiters ausdenken, mit dem er einmal traumartig eins gewesen war. Ihm war jede Existenz zugänglich, jede konnte locken, war sie der seinen nur nicht zu ähnlich. Wenn es sich nur nicht um jemanden handelte, der immer ganz genau wissen wollte, wofür er lebte, wofür es zu sterben lohnte.

»Ja, das freut mich, also es ist wirklich epatant, daß ich Sie nun wiedersehe«, wiederholte der alte Vizeadmiral nun zum drittenmal und drückte noch einmal Fabers Hand. »Nämlich Marie-Therese und auch Betsy, also Ihre Mara, die Damen haben immer gesagt, *le cher* Dojno, der hat sicher ein fatales Ende genommen, wenn ich mich so grausam ausdrücken darf. Und wie dann der Brief gekommen ist, sicher von der gnädigen Frau —« Er verbeugte sich vor Relly. Dojno stellte die Rubins vor, Prevedini präsentierte Herrn Roman Skarbek: »Sie wissen, von den wahren Skarbeks. Sie haben sicher von seinem Vater gehört, meinem lieben, alten Freund, dem gottseligen Stani Skarbek. Nur daß er nicht in der Marine gewesen ist, er war nämlich ein Kopf, also gewissermaßen ein Politiker. Einmal hat er sich sogar enteitet und ist Minister geworden — aber sonst, ja der Stani — einen edleren Polen hat's überhaupt nicht gegeben. Und der Roman, also natürlich, er ist Stanis Sohn.«
Plötzlich ging es ihm auf, daß er ununterbrochen sprach, daß er sich schon wieder wie ein »dummer Bub« benahm, so würde das Marie-Therese bezeichnen und ihn scharf zuurechtweisen. Sehr beflissen wandte er sich Dojno zu: »Also bittschön, Marie-Therese ist natürlich tapfer wie immer. Ich habe sie vor fünf Wochen gesehen. Aber sie spürt's, daß die Zeiten sich sehr geändert haben. Sie kann die Deutschen nicht ausstehen und nicht die Italiener und nicht die Kroaten. Sie ist auch sehr böse auf die Engländer, weil sie sich überhaupt um nichts kümmern. Sie hätten schon längst in Dalmatien landen sollen. Seit einem Jahr sind die Gästezimmer bereit für den Fall, daß der englische Kommandant mit seiner Suite auf die Insel kommt. Aber niemand ist gekommen. Marie-Therese ist wirklich empört, *franchement dégoûtée!*« Dojno unterbrach ihn: »Also Mara geht es nicht gut, sagten Sie.«

»Das heißt, es geht etwas besser. Aber bittschön, das war ja wirklich *effroyable,* der Inzident mit dem armen Herrn Gräfe. Man hat nämlich der Leiche angesehen, daß er furchtbar malträtiert worden ist, man muß schon sagen: gefoltert. Und wie Mara ihn am frühen Morgen vor dem Gartentor gefunden hat, auch für einen Mann wäre das ein furchtbarer Schock gewesen.«
»Wer hat Albert Gräfe umgebracht?«
»Ja, richtig, Albert hat der Herr Gräfe geheißen. Wer ihn umgebracht hat? Die Kroaten, die Burschen des Herrn Pavelic. Die haben überhaupt viele Leute umgebracht, sie gehen speziell gegen die Serben und die Israeliten vor. Sie haben Hunderttausende massakriert. Aber Herr Gräfe ist kein Serbe gewesen und kein Israelit — warum sie ihn umgebracht haben, ist mir ein Schleier.«
»Geben Sie mir endlich Maras Brief.«
Prevedini bat um eine Schere, trennte das Futter seines Rocks auf, zuerst an einer Stelle, dann an einer andern. Er war ungeschickt, Relly mußte ihm helfen, aber der Brief wurde nicht gefunden. Er suchte in allen Taschen seines Anzugs, seines Mantels, vergebens. Er stammelte verzweifelt:
»Ich bin gewiß, absolut — alles kann ich verlieren, aber den Brief, gerade diesen Brief — Marie-Therese würde furchtbar böse sein. *Impardonnable!*«
Man ließ ihn mit Dojno allein. Er war durchaus nicht imstande, den Inhalt des Briefes wiederzugeben. Er erinnerte sich nur an einzelne Satzteile. Er wußte ganz gewiß nur, daß Mara und noch andere darauf bestanden, Dojno möge zu ihnen nach Dalmatien kommen. Es galt, wichtige Beschlüsse zu fassen. Man wollte seine Meinung kennen und wünschte seine Teilnahme an Aktionen, zu denen man sich in der einen oder andern Weise entschließen würde. Graf Prevedini hatte Marie-Therese versprochen, Dojno über Italien nach Dalmatien zu bringen. Sein Neffe, obschon kein Faschist, hatte eine angesehene Position und wollte gern helfen. Ein Plan war ausgearbeitet. Der Vizeadmiral legte ihn auseinander. Dabei war seine Sprechweise ganz anders als gewöhnlich. Er war präzis, seiner Worte und jeder Einzelheit sicher. Diese erstaunliche Änderung hielt nicht vor, bald war Prevedini wieder ein vierundsechzigjähriger Putzi. Relly brachte ihm den Rock, das Futter war wieder an-

genäht. Edi begleitete die Gäste wieder ins Hotel, wo sie abgestiegen waren.

Relly sagte: »Es wird ein furchtbarer Schlag für Jeannot sein. Du mußt es ihm vorsichtig beibringen, daß du ihn verläßt, daß du von uns weggehst —«
»Du weißt also schon —«
»Ja, ich weiß. Du bist nicht mehr mit uns seit dem Augenblick, da Prevedini dir den Tod Gräfes mitgeteilt hat. Es ist sinnlos, daß du nach Jugoslawien gehst, du wirst Mara nicht helfen können. Es ist nicht einmal wahr, daß sie dich dort brauchen.«
Sie starrte auf die Tür, die er hinter sich schloß, als hätte er sein verquältes Gesicht auf dem schlechtgehobelten blaugestrichenen Holz zurückgelassen. So war das der Tod, den er suchte: mordend zu sterben. Nein, sie erschrak nicht mehr. Sie ging in die Küche und machte sich an die Zubereitung des kärglichen Abendbrotes. Sie schälte die erfrorenen Kartoffeln und schnitt sie in kleine Stücke.
Alles, sein Leben selbst, hatte Stetten daran gesetzt, Gräfe vor Verfolgung zu bewahren. Meunier und Dojno hatten ihn dann aus dem Land gebracht, in Sicherheit, glaubte man. Mara und Djura hatten sich seiner angenommen. Und allen war's gewiß gewesen, daß das Unrecht, das gerade diesem verfolgten deutschen Arbeiter geschah, symbolträchtig war — so bezeichnete es Stetten — und daß niemand gegen solche Übeltat gleichgültig bleiben durfte.
Relly wunderte sich über ihre Tränen. Sie waren ihr fremd, als ob sie nicht aus ihren eigenen Augen flössen. Denn ihr Schmerz erschien ihr kalt und trocken, ein seit langem ausgebrannter Wald. Es kostete sie keine Anstrengung mehr, stark zu sein und den kommenden Tag nicht zu fürchten — nun es jedesmal nur noch ums nackte Leben ging. Sie war eine Frau, so war es natürlich, daß sie den Ihren jeden Tag das Leben geben mußte. Sie hatte völlig verlernt zu klagen. Darum auch erstaunten sie ihre Tränen. Sie waren eine unwillkommene Erinnerung an Zeiten, da unglücklich sein eine törichte Antwort auf ein überschätztes Ereignis war und nicht ein dauernder Zustand.

ZWEITES KAPITEL

»Endlich, wir schwimmen!« sagte Roman Skarbek. Er blies noch einmal auf den Docht seines Feuerzeugs und zündete sich eine Zigarette an. Der Rhythmus des Motors änderte sich wieder, wurde regelmäßig. Das Boot schwamm langsam aus dem Hafen.

»Es ist 4 Uhr 22«, begann Skarbek wieder. »Um Ihnen nichts zu verbergen, ich bin dessen gar nicht so sicher. Vielleicht ist es schon 27 nach vier. Sie müssen wissen, daß die einzige Präzision, auf die ich unbedingt Wert lege, die der Uhr ist. Auf jede andere habe ich verzichtet. Wir stecken in diesem Loch seit 11 Stunden 49 bzw. 54 Minuten. Eigentlich hat es keinen Sinn, uns noch länger hier unten zu lassen. Sobald wir weit genug von der Küste sind, könnte uns Prevedini ruhig in die Kajüte hinaufholen. Etwas Licht und mehr Luft tät' uns nicht schlecht, was meinen Sie, Faber?«

»In diesem Fall habe ich ausnahmsweise Zutrauen zu Putzi. Seine Anordnungen sind vernünftig. Wir kriegen jetzt auch etwas mehr Luft.«

»Ja, unsere Lage bessert sich zusehends.« Skarbek lachte laut auf. Dann fuhr er fort: »Daß niemand daran gedacht hat, Spielkarten zu fabrizieren, die im Dunkel leuchten! Wir könnten jetzt spielen: Einundzwanzig oder Sechsundsechzig. Ich habe mit Frauengeschichten mehr Zeit verloren als mit Karten. Aber wenn ich wählen müßte, ich würde das Spiel vorziehen. Und Sie, Faber?«

»Ich bin kein Spieler.«

»Das meinen Sie ernst?« — »Gewiß!«

»Seltsam, Sie haben also die Wahrheit über sich selbst noch nicht entdeckt?«

Skarbek setzte sich halb auf, die Ellenbogen auf die Kabel gestützt, die seit so vielen Stunden ihr hartes Lager waren. Dojno drehte sich seitwärts und blickte zu ihm auf. Er konnte im Dunkeln die helle Fläche der Stirn erspähen und die Rundung des Kinns. Er erblickte immer wieder die Augen und

verlor sie aus der Sicht — es waren blinkende, nicht leuchtende Lichter. Bis zum Gut bei Modena sollte dieser polnische Adelige sein Reisegefährte sein. Skarbek ging im Auftrag der polnischen Exilregierung nach Polen zurück. Er hatte einige Wochen ungeduldig darauf gewartet, daß man ihn, wie abgemacht, holen käme und nach London brächte, wo ihm seine Mission eingehend erklärt werden sollte. Er ward des Wartens überdrüssig und ergriff die Gelegenheit, mit Faber das Land zu verlassen, um sich dann auf eigene Faust über Österreich und die Tschechoslowakei in die Heimat durchzuschlagen. Er hatte viele Jahre im Ausland verbracht, ohne zwingenden Grund. Früher mochte ihm hie und da, wenn er im Morgengrauen nach Hause ging, der Gedanke kommen, daß er wohl gut daran täte, für einige Tage oder Wochen nach Polen zurückzukehren. Aber er hatte nie Heimweh, und der Gedanke war nur von der Müdigkeit eingegeben oder vom Gefühl der Langeweile, die ihm eine Mätresse einflößte. Oder von der Enttäuschung über die Schalheit seines Lebens, die sich am Ende einer zu langen Nacht am Spieltisch einstellte — wenn er verloren hatte.
Erst seit sein Vaterland besiegt und vom Feinde besetzt war, sehnte er sich zurück — nach dem letzten von den vielen Häusern, das noch Eigentum seiner Familie war, nach den Buchen- und Birkenwäldern, nach den Roggenfeldern, den Maisstauden, nach der hölzernen Kirche der Ruthenen, die er nie betreten hatte. Zuerst, im Winter 1939, schien's ihm, daß dies eine Koketterie seines Gefühls war, ähnlich der neubelebten Begierde nach einer längst verlassenen Geliebten, die man in den Armen eines herausfordernd selbstsicheren Mannes überrascht hat. Später wurde er dessen gewahr, daß es nicht in seiner Macht stand, sich von dieser Sehnsucht zu befreien. Sein Spott traf sie nicht, vernünftige Gründe schwächten sie nicht ab. Jedes Bedürfnis konnte man mit Ersatzbefriedigungen stillen — diese Erfahrung war für seine Lebensführung grundlegend und für die verzeihende Geringschätzung, mit der er sich selbst und andere maß. Daß es gerade für das Heimweh keine Ersatzbefriedigung gab, war eine erstaunliche Entdeckung, die beunruhigendste, die er seit seinem fünfzehnten Lebensjahr gemacht hatte.
»Sie sind nicht redselig«, sagte Skarbek und legte sich wieder hin. Dojno wollte ihm erwidern, daß er nur diesmal keine Lust

zu sprechen hatte, weil auch er müde war, daß er aber sonst eher zur Redseligkeit neigte. Aber er blieb stumm. Es gab zwar etwas mehr Luft als früher, aber nicht genug. Auch er wartete ungeduldig, daß Prevedini sie holen käme. Skarbek begann wieder:
»Meine beiden Großväter sind Spieler gewesen, mein Vater hat nicht nur den größten Teil seines Vermögens dabei gelassen, sondern auch sein Leben. Ihr warnendes Beispiel hat man mir immer vor Augen gehalten. Vergeblich! Aber andererseits nicht ganz vergeblich, denn zum Unterschied von meinen leichtsinnigen Vorfahren habe ich über das Spiel viel nachgedacht. Und ich sage Ihnen, mein Lieber, Sie sind ein Spieler, um so leidenschaftlicher, je hoffnungsloser Ihr Spiel ist. Ein Revolutionär, das ist ein Mann, der alles, was er besitzt, auf eine einzige Nummer setzt, seine Gegenwart auf den Roulettetisch wirft, um die Zukunft zu gewinnen. Im Licht der Vernunft ist das so idiotisch, daß man darüber weinen möchte. Aber dem Spieler erscheint es vernünftig, denn jedes Gut, dessen er habhaft werden kann, ist für ihn Einsatz und nicht Vermögen. Jetzt endlich müssen Sie mich verstehen, Faber, Einsatz ist das Wort.«
»Ich verstehe Sie durchaus«, erwiderte Dojno.
»Also geben Sie zu, daß Sie ein Spieler sind? Und geben Sie zu, daß Geschichte, Soziologie, Marxismus, daß Ihnen das alles genau die gleichen Dienste geleistet hat, wie die Serien-Theorien jenen armen Käuzen, die man in den Kasinos trifft, stets im Augenblick, da sie ihre weise Vorbereitung abschließen, die Bank zu sprengen.«
»Es ist schon vorgekommen, daß einer eine Spielbank gesprengt hat.«
»Gewiß, aber niemals dank einer Theorie.«
Das Meer war unruhig, die kleine Jacht schlingerte. Die beiden mußten sich an die Kabel klammern, um nicht an die Wand geschleudert zu werden.
»Es ist 5 Uhr 8 oder 13«, bemerkte Skarbek. »Wir müssen bald in italienischen Gewässern sein. Wenn unser Boot nicht innerhalb der nächsten dreißig Minuten angehalten wird, sind wir aus der ersten Gefahrenzone heraus. Aber Sie haben auch jetzt keine Angst, scheint es.«
»Ich habe Angst. Ich bin feig, jedenfalls seit einiger Zeit.«

»Das ist eine Koketterie, Faber, nicht ernst zu nehmen. Ich zum Beispiel, ich fürchte mich vor Spinnen, Kröten und schwarzen Katzen. Als Kind hatte ich eine panische Angst vor Leuten, die Warzen im Gesicht hatten, besonders behaarte Warzen.«

Das Boot verlangsamte die Bewegung. Es schwankte auf und ab, der Motor wurde nicht abgestellt, aber es fuhr nicht mehr. Auch Skarbek verstummte nun. Sie hörten Schritte über ihren Köpfen. Zwei, vielleicht drei Personen waren in die Kajüte hinuntergestiegen. Stühle wurden hin- und hergerückt. Eine heisere Stimme sprach lange und eindringlich, eine hellere antwortete, sie klang näher. Es war unmöglich zu verstehen, was sie sagte. Dann schien es, daß alle gleichzeitig sprachen. Wieder wurden die Stühle gerückt, etwas fiel klirrend zu Boden. Ein Glas zerbrach oder eine Flasche, Gelächter. Es dauerte ziemlich lange, bis das Boot sich wieder in Bewegung setzte.

»Die Küstenpolizei. Alles gut abgelaufen«, meinte Skarbek. »Nun könnte uns der Graf ruhig hinaufholen. Es ist sicher schon dunkel draußen. Nehmen Sie eine Zigarette!«

Sie rauchten schweigend. Ich betrachtete die brennenden Zigaretten, sie waren die einzige Lichtquelle, dachte Dojno schon wieder in der Vergangenheitsform, in der vorverlegten Erinnerung. Es waren Augenblicke großer, stiller Zufriedenheit und Dankbarkeit. Ein Mensch ist erst verloren, wenn er seiner Finsternis keine Sonne geben kann. Mein Gefährte Skarbek betete, solange die Gefahr uns nahe war. Er unterbrach sich nur, um sich an dem leuchtenden Zifferblatt der Zeit zu versichern. Er flüsterte sein Gebet, es klang wie Worte der Verführung. Sie waren an die Muttergottes, die *Matka Boska*, gerichtet. Er machte ihr Versprechungen, die er niemals halten wird. Ich hätte dabei seinen Mund sehen mögen. Die saugenden Lippen, die die eigene Verführung verspotten. Don Juan mit der *Matka Boska* flüsternd — nichts Neues dran, aber ich hatte es niemals vorher mitangehört.

»Sie waren ruhig, Sie sind also nicht feig. Genau wie ich gesagt habe«, meinte Skarbek.

»Es gibt Automatismen, die funktionieren, sobald die Gefahr wirklich ist — auch in einem, der feig geworden ist. Und Sie, Sie haben gebetet die ganze Zeit.«

»Natürlich! Ich kann mir nicht vorstellen, wie man ohne Gebet leben kann. Mein Vater hätte sich sicher nicht erschossen, hätte er nicht im entscheidenden Augenblick das Gebet, die sichere Rettung, vergessen. Schade, daß ich jetzt Ihr Gesicht nicht sehen kann, denn ich bin überzeugt, Sie denken die üblichen wissenschaftlichen Dummheiten. Ich meine wörtlich, was ich sage: Das Gebet hilft. Und nicht etwa, weil es uns beruhigt — warum, wieso sollten unsere eigenen Worte eine Wirkung auf uns haben? Nein, man spürt, ob man erhört wird, und fast immer wird man erhört. Besonders von der Heiligen Jungfrau. Ihre Gnade ist größer als unsere größte Missetat. Und sie läßt einen nicht zu lange warten. Nur ein einziges Mal habe ich gespürt, daß sie mich nicht erhört hat. Ich habe nicht nachgegeben, ich wollte sie zwingen, aber nichts, absolut nichts. Sie müssen nämlich wissen, ich wollte Maler werden. Ich habe Jahre daran gewandt. Sie kennen das nicht: Man steht vor seiner Leinwand, gestern hat man geglaubt, es ist ein Meisterwerk, und nun fühlt man schmerzlich bis unter die Fingernägel, daß es ein Schund ist, ein Dreck. Vom eigenen Werk erniedrigt zu sein, verspottet! Auf den Knien habe ich darum gebetet, daß ich von meiner Talentlosigkeit erlöst werden möge wie von einer Krankheit. Vergeblich.«

»Und das Spiel?« fragte Faber.

»Ja, das kam nachher, nachdem ich aufgegeben hatte. Das Spiel allein kann alles ersetzen, alles, glauben Sie mir — euch die Frauen, Ihre Revolution, die Ehre und den Ehrgeiz.«

»Und es ersetzt nicht auch das Gebet?«

»Diese Frage zeigt, daß Sie vom Gebet nichts verstehen. Schade!«

Erst gegen Mitternacht wurden sie aus dem Versteck geholt, bald darauf gingen sie in der Nähe eines kleinen Hafens an Land. Sie erfuhren zu ihrem Erstaunen, daß das Boot stundenlang in italienischen Gewässern gekreuzt hatte, ohne die Höhe von San Remo zu verlassen. Sie befänden sich am Rande der Hafenstadt Porto Maurizio, erklärte ihnen die schwarzgekleidete, hochgewachsene Frau, die sie mitnahm. Sie fuhren landeinwärts, eine schmale, steinige Straße hinauf. Die Frau lenkte sicher, aber ungeduldig, gewalttätig. Sie blieb stumm. Erst als sie in

das weitgeöffnete hohe Tor einbog und auf dem kreischenden Kies in beschleunigtem Tempo zur Garage hinter dem Haus fuhr, sagte sie: »Von nun an sind Sie in Sicherheit.«
Ein Kellergang führte von der Garage direkt ins Innere des Hauses. Als die Frau ihnen ihre Zimmer zeigte — sie sahen einander zum erstenmal im vollen Lichte —, sagte sie:
»Ich bin die Witwe des Barons Giuseppe Lenti, die Schwester des Grafen Arnaldo Prevedini und die Nichte des Vizeadmirals. Seien Sie willkommen in meinem Hause! Ich weiß nicht, wer Sie bedroht, aber ich werde Sie beschützen, solange Sie hier sind. Ich kenne Sie nicht —«
Skarbek und Faber stellten sich vor. Sie nickte und fuhr fort: »— aber ich möchte, daß Sie sich hier wie lang erwartete Gäste fühlen.«
Das Gespräch bei Tisch wurde französisch geführt, die Baronin wünschte es so. Skarbek und sie hatten viele Bekannte gemeinsam. Über alle wußte er gut Bescheid; er wußte, wo sie waren, was sie taten, und er kannte ihre »Affären«. Dojno schien es, daß er mit Spott von ihnen sprach oder zumindest mit einer Geringschätzung, die sich schlecht hinter übertrieben lobenden Adjektiven verbarg. Nicht weniger zweideutig war die Haltung der Frau. Man mochte glauben, daß sie aufmerksam zuhörte, sie brachte auch immer im rechten Augenblick das Stichwort. Aber ihre Augen verrieten, daß nichts von alledem sie anging. Sie blieb sich der Anwesenheit der Gäste bewußt, sie bewies es mit großer Höflichkeit, aber sie selbst war abwesend. Sie mochte zwischen dreißig und vierzig sein. Die Züge ihres Gesichts hatten sich gewiß früh so geformt, daß die mittleren Jahre ihres Lebens nicht viel daran zu ändern hatten. Ein endgültiges Antlitz, sagte sich Dojno, während er sie betrachtete. Eine zu schmale, hohe Stirn, die Habichtsnase der Prevedinis, schmalrückig, hart, die Wangen im Ansatz zu voll, zu kantig am Rande, der Mund breit, die Lippen entblößt, herausfordernd und doch nicht anziehend, das Kinn zu lang und spitz. Nach einigen Wochen würden die Haare wieder schwarz sein, noch war das künstliche Blond zu sehen.
»Sie sind gewiß sehr müde, meine Herren. Ich darf Sie nicht länger aufhalten«, sagte sie, sich langsam erhebend. »Mein Bruder kann frühestens morgen abend hier sein, wahrschein-

lich aber erst übermorgen, doch Sie sind ja beide so wunderbar geduldig. Besonders Herrn Faber sehe ich es an, daß er gelernt hat zu warten.«
Dojno nickte, blieb aber stumm. Skarbek griff ein:
»Madame, Ihr Scharfblick ist wunderbar. Geduld nach außen, Ungeduld nach innen — das ist das eindrucksvolle, aber der Gesundheit nicht zuträgliche Präzept unseres Freundes Faber. Die Skarbeks waren immer ungeduldig nach außen, aber alleingelassen vergaßen sie sogleich sogar den Grund ihrer Ungeduld.«
Sie musterte Dojno nachdenklich: seine junge Gestalt, das magere Gesicht, seine großen traurigen Augen, das graue Haar über der hohen Stirn, dann meinte sie ernst:
»Es könnte also sein, daß Sie länger hierbleiben müßten, als Ihnen lieb wäre. Bitte, fühlen Sie sich nicht fremd hier, Herr Faber!«

Dojno lauschte auf das Geräusch, das ihn geweckt haben mochte. Vielleicht ein Specht, dachte er. Er öffnete langsam die Augen, Das Fußende des Bettes und die Wand rechts waren von der Sonne vergoldet. Er erhob sich halb und sah durch das große Fenster hinaus: Das Blau des hohen Himmels war wie unreif und ungesättigt, so zart, daß man ihn hätte zärtlich streicheln mögen, diesen zu jungen Himmel des südlichen Winters. Ein Specht, fragte er sich, während er wieder lauschte, nistet dieser Vogel auch im Süden, in den Zypressen und Palmen? Wie viele Dinge ich nicht weiß! Skarbek könnte vielleicht Auskunft geben oder die Baronin.
Aber er hoffte, er würde lange allein bleiben können, wie er jetzt war, bis des Admirals Neffe käme, sie zu holen.
Vorgestern abend hatte er Abschied genommen, zum erstenmal in seinem Leben sich von Freunden getrennt mit der Gewißheit, daß es kein Wiedersehen geben würde. Wie immer hatte Relly gesagt: »Vergiß mich nicht«, aber diesmal erwiderte er nicht, wie er's so oft vorher getan hatte: »Ich vergesse nicht!« Dann hatte sie hinzugefügt: »Sei unbesorgt um Jeannot, aber vergiß ihn nicht!«
Noch war er ganz nahe, nur wenige Stunden Bahnfahrt von

ihnen entfernt, von Relly, die vor langem einmal seine Frau gewesen war, von Jeannot, dem Waisenknaben, dem er seit dem Sommer 1940 Vater und Mutter ersetzt hatte. Doch schon war er ihnen verschollen. Er würde ihnen von hier schreiben, beschloß er. Es sollte ein heiterer Brief werden, Bericht eines Reisenden, den alles lockt und dennoch nichts verlockt, die Seinen zu vergessen.

Es klopfte, Skarbek trat ein. Er trug das Hemd offen, um den Hals einen bunten seidenen Schal. Nicht nur im Dunkeln blinkten seine tiefliegenden grünen Augen. Es war, als ob sie ein großes, unbeherrschtes Gelächter ankündigten. Er blieb an der Tür stehen und sagte in einem überbetont wienerischen Deutsch: »Die Dame hat Ihnen das schönere Zimmer gegeben. Der Admiral hat riesige Reklame für Sie gemacht. Mich hat er nur als den Sohn des Stani Skarbek empfohlen. Haus und Park sind herrlich, das Frühstück nur annehmbar, nicht mehr. Keine Bedienten außer einer alten Frau, die ununterbrochen mit sich selber spricht und sich ungern stören läßt. Das Porträt ist von Lorenzo Lotto, eine Kopie. Das Original hängt im Kunsthistorischen Museum in Wien oder vielleicht in der Lichtenstein-Galerie. Schauen Sie sich diesen Jüngling an. Kann sein, Lorenzo ist homosexuell gewesen. Ich bin gegen solche Sachen. Umgekehrt meine ich, daß wir aus Dankbarkeit die Witwe verführen müssen. Einer von uns beiden nur, natürlich. Hier habe ich noch eine französische Münze, wählen Sie, Pétain oder Zahl? Wer gewinnt, verführt.«

»Lassen Sie. Sie haben schon gewonnen, Skarbek. Sie verführen. Wie lange ist sie schon Witwe?«

»Seit bald einem Jahr. Wenn Sie also wirklich verzichten, fange ich am besten gleich an. Frühstück und heißes Wasser bei dem alten Trampel in der Küche, Bücher finden Sie in meinem Zimmer. Auf bald!«

Dojno öffnete die Fenster weit und legte sich ins Bett zurück. Skarbek glaubte noch immer an die Verführung und daran, daß man im Spiel dem Schicksal begegnet. Verlöre er diesen Glauben, so müßte er zugrunde gehen wie sein Vater an jenem lauen Frühlingsabend, an dem er sich die Kugel in die Brust schoß. Und dann würde ihm auch die *Matka Boska* nicht helfen, die einzig sichere Rettung, das Gebet, käme ihm plötzlich abhanden. Anfänger! Solange man sie bis zum vierten Satz prüfte, ging alles gut. Und sie mochten sterben, ohne erfahren zu haben, daß es Hunderte Sätze gab. Aber manchmal geschah es, daß man einen nach dem vierten Satz fragte: »Und weiter? Das bisher war Kinderei, alt und abgestanden — was weiter?« Dann wurde der Anfang das Ende.

Skarbek war wieder da. Die Baronin würde den Tag über unsichtbar bleiben und sich erst am Abend zu ihnen gesellen. »Ein gefährlicher Tempoverlust!« stellte der Verführer besorgt fest. »Ich verliere die Wette!«

»Mit wem haben Sie gewettet?«

»Mit mir selbst. Eine Gewohnheit seit meiner Kindheit.«

»Gehen Sie jetzt nach Polen auch wegen einer solchen Wette?«

»Weswegen ich nach Polen gehe, weiß ich nicht, Faber. Ich bin kein politischer Mensch. Warum ich den Gedanken nicht ertragen kann, daß die Deutschen jetzt bei uns regieren, verstehe ich nicht. Vielleicht naht schon wieder die Polnische Saison, die Jahreszeit der Aufstände. Ich bin kein Nationalist, aber ein Skarbek verfehlt nicht eine nationale Insurrektion. Mit Anschauungen oder Ambitionen hat das nichts zu tun.« — »Aber Sie dürften sich ja selbst angeboten haben, Sie wollen also —«

»Gewiß, ich will. Aber ich will, weil ich muß. Warum ich aber wollen muß, das eben weiß ich nicht. Es ist übrigens nicht interessant. ›Noch ist Polen nicht verloren...‹, so beginnt unsere Hymne. Man kann sie auch wie einen heiteren Marsch singen und dabei an blühende Fliederbäume denken und an junge Mädchen mit erhitzten Gesichtern und herausfordernd bewegten Busen. Aber von Zeit zu Zeit erfaßt uns das dringende Bedürfnis, die gesungene Behauptung mit tödlichen Argumenten zu beweisen. Vergessen Sie nicht, kein Volk hat seine Poeten so ernst genommen wie wir Polen. Andererseits, warum Sie nach Jugoslawien gehen, das habe ich nicht begriffen.«

»Aus ähnlichen Gründen, Roman Skarbek. Auch ich habe Poeten zu ernst genommen, das büßt man bis ans Ende seines Lebens.«

»Nicht ernst«, sagte Skarbek. Er erwartete vergebens, daß Faber sich eingehender erklärte, und verließ enttäuscht das Zimmer. Niemals hatte er sich einem Fremden so schnell aufgeschlossen wie diesem Reisegefährten, aber er blieb allein im

Gespräch. Vielleicht nahm ihn Faber nicht ernst. Wahrscheinlicher war, daß ihn niemand mehr interessierte. »Es ist einigermaßen verfehlt, auf dem Totenbett neue Freundschaften zu knüpfen«, hatte ihm Faber völlig zusammenhanglos gesagt, als sie in einem Wirtshaus, nahe dem kleinen Fischerhafen, auf die Jacht warteten.

Die Tage des Wartens reihten sich aneinander. Conte Prevedini hatte keine Nachricht gegeben, er konnte im nächsten Augenblick da sein oder erst nach Wochen. Vielleicht begegnete er bei der Beschaffung der »echten« Dokumente für die Reisenden größeren Schwierigkeiten als vorgesehen. Inzwischen durften sie sich nicht rühren. Das Haus stand ganz allein auf dem waldigen Hügel. Selten näherte sich einer der Umwohner. Die Baronin versicherte jeden Abend, wenn sie zum Diner herunterkam, daß kein Grund zu Besorgnissen bestünde. Der selige Baron Lenti war ein aktiver und einflußreicher Faschist gewesen, kein Verdacht konnte sich gegen seine Witwe richten, selbst wenn ruchbar wurde, daß sie Fremde beherbergte.
Dennoch wurde Dojno das Warten unerträglich. Er schlief schlecht, oft von Träumen gequält, in denen er die Toten wiedersah, ihnen nahekam und dennoch von ihnen ferngehalten blieb durch sein Wissen, daß sie tot waren. Sie selber wußten es nicht, er mußte es ihnen verheimlichen. Sönnecke goß Bier aus einer hellgrünen Flasche in ein übermäßig großes, bemaltes Glas; auf dem schwarzen Tisch bildeten sich kleine Lachen, endlich war das Glas voll. Er führte es an den Mund und trank in großen Zügen. Als er das Glas abstellte, war es noch immer voll. Er schimpfte über das Bier, es war zu dünn und nicht kalt genug.
Dojno erwachte. Der Morgen war wohl noch fern. Er dachte an Sönnecke, der auch im Leben immer an dem Bier etwas auszusetzen gehabt hatte. Es war seine tägliche Enttäuschung gewesen. Die einzige, die er zuzugeben pflegte. Sönnecke war nun schon seit viereinhalb Jahren tot. Seine Mörder, die Russen, waren nun wieder die Verbündeten. Um ihnen zu helfen, um ein, zwei deutsche Divisionen von der Ostfront fernzuhalten, kämpften sie in Jugoslawien. Dojno begab sich in Todesgefahr, um sich

auf die Seite der Verbündeten, der Mörder Vassos und Sönneckes zu stellen. Und deshalb hatte er Jeannot verlassen, den einzigen Menschen, der ihn wirklich noch brauchte. Wahnsinn!
Ein anderes Mal saß er am Ufer eines Flusses. Es war ein Sommernachmittag. Er sah zu den Trauerweiden und dem jungen Eichenwald hinüber. Da hörte er leise Schläge, sah Steinchen auf dem Wasser springen. Vasso warf sie. Er stand bis zur Brust im Fluß. Der tote Freund wandte sich ihm zu und sagte:
»Weil es die Save ist. Es ist nämlich die Save, weißt du?« Dojno nickte zustimmend, aber Vasso wiederholte eindringlich den Namen des Flusses. Um seinen Mund war ein gutmütiges, närrisches Lächeln.
Dojno fuhr stöhnend aus dem Schlaf auf. Das Mitleid preßte sein Herz so schmerzlich zusammen, daß er kaum atmen konnte. Mit einer heftigen Bewegung, wie um sich selbst Gewalt anzutun, setzte er sich auf. Er atmete laut mit offenem Munde. Er wurde der bedrängenden Unruhe nicht Herr, verließ das Bett, begann sich im Dunkel anzuziehen, hielt inne und fragte sich nach dem Sinn des Tuns: Er hatte kaum geschlafen, die Nacht war noch lange nicht zu Ende. Aber ungeduldig verwarf er die Frage. Er sagte halblaut: »Ein Idiot, der bei jeder Bewegung nach dem Sinn fragt!« Er hatte das Hemd angezogen und die Hose. Nun suchte er die Socken, sprang auf, um Licht zu machen, blieb stehen, zog die Schuhe an, ging zur Tür, fand den Lichtschalter nicht sofort und gab es auf, ging zum Fenster und öffnete es. Kalte Luft strömte ein. Er begann auf und ab zu gehen.
Er wiederholte: »Idiot, will immer den Sinn kennen!« Was suchte er hier, warum hatte er das Kind und Relly verlassen? Was wollte er in Jugoslawien? Nichtswürdiges Tun! Wie alles, was er bisher unternommen hatte. Nichtswürdig, unwichtig, töricht, ohne Wirkung. Idiot, der glaubt, er hat sich geändert. Einbildung, Geschwätz! Nichts hatte er gelernt, ein Gefangener der alten Automatismen war er geblieben.
Er rannte auf und ab, von einem übermächtigen Zorn getrieben: »Blind und wahnsinnig. Milan Petrowitsch hat es gesagt, blind und wahnsinnig. Das Spiel durchschaut zu haben, den Betrug und den Selbstbetrug, und dennoch fortfahren, als ob nichts geschehen wäre. Nichts aus dem eigenen Leben gelernt und nichts aus

dem Sterben der anderen. Alles begriffen und nichts angewandt!«

Es war mehr als Zorn, es waren Haß und Verachtung, die ihn trieben, ihn wie im Fieber schüttelten. Es gab einen Augenblick zwischendurch, da war er ruhig, er sah alles klar: Er war frei, konnte am Morgen das Haus verlassen und sich zurück nach Frankreich durchschlagen. Niemand entschied über ihn; konnte er sich geben, so stand es auch in seiner Macht, sich zurückzunehmen. Er war einem Impuls gefolgt, aber nun hatte er alles durchschaut.

Doch gleich begann er wieder die Wanderung. Wieder brach die Unruhe über ihn herein, ein stürmischer Ekel gegen sich selbst, das Bedürfnis, sich mit eigener Gewalt zu erniedrigen.

In dünnen Strichlinien kam das Licht auf seine Augen zu, entfernte sich wieder, kam ganz nahe heran. Seine Ellenbogen schmerzten. Ein Tropfen fiel auf die Mitte seiner Stirn. Nahe seinem Ohr murmelte jemand unverständliche Worte. Seine Stirn wurde befeuchtet, sein Kinn, die Wangen. Er öffnete die Augen, über ihm die verwelkten Lippen, die kleinen, runden Vogelaugen der alten Benina. Sie nickte wie ermutigend mit dem Kopf, die graue Kopfhaut unter ihrem schütteren Haar berührte fast seine Brauen. Nun richtete sie sich auf, machte das Zeichen des Kreuzes über ihm und bekreuzigte sich selbst. Dann, in verändertem, lebhaftem Ton, sprach sie einige Sätze, nicht zu ihm. Er verstand nicht recht, aber er erfaßte die Worte: *mal'occhio* und *gettatore*. Er verstand, daß sie ihn soeben gegen die Wirkung des bösen Blickes behandelt hatte.

Am Fußende des Bettes stand die Baronin. Das Licht der Deckenlampe fiel auf ihren Hals und den Ausschnitt ihres blauen Morgenrockes. Sie sagte:

»Ich habe den Lärm von Schritten gehört und dann den Fall, gerade über meinem Kopf. Ich erschrak. Ich weiß so wenig von Ihnen, ich holte Benina. Da fanden wir Sie auf dem Boden, neben der offenen Tür. Haben Sie sich weh getan? Das Fenster war offen, ist jemand in Ihr Zimmer gestiegen? Sind Sie überfallen worden? Um Gottes willen, was ist geschehen?«

»Nichts. Kein Überfall. Seien Sie unbesorgt, ich bin nicht epileptisch. Es war nur ein sehr böser Traum, Madame. Verzeihen Sie die Störung!«

»Sie haben auch furchtbar geschrien, auf deutsch, ›blind und verrückt‹, das haben Sie geschrien und das Wort Idiot haben Sie wiederholt. Sind Sie sicher, daß Sie nicht von einem Deutschen überfallen worden sind?«

Er sagte lächelnd: »Nein, ich bin von mir selbst überfallen worden, ich wollte mich aus meiner Haut hinausjagen. Ich hatte mehr als genug von mir.«

Die alte Dienerin wollte wissen, was der arme Herr sagte. Als die Baronin es ihr übersetzt hatte, nickte sie und meinte:

»Richtig, das ist eben der böse Blick. Er macht einen zum eigenen Feind. Aber, mein armer Herr, das vergeht. Verstehen Sie mich gut?«

Dojno nickte. Benina erinnerte ihn an Frau Brecia. Auch sie mochte Beispiele aus dem Leben kennen, mit denen man alles erklären konnte. Vielleicht war er sein eigener *gettatore* geworden und hatte beim Rasieren seinem ausgedörrten, fahlgelben Gesicht den bösen Blick zugeworfen.

»Benina wird bei Ihnen wachen«, sagte die Baronin. »Herr Skarbek ist leider noch nicht zurück. Er hat mich überredet, ihm den Wagen zu borgen, und ist nach San Remo. Er wird erst morgen wieder hier sein. Und den Arzt möchte ich nicht rufen. Er ist ausgezeichnet, aber eine Klatschbase. Ich weiß wirklich nicht, was ich tun soll.«

Dojno beruhigte sie. Er war nicht krank. Der Anfall war vorüber und würde nicht mehr wiederkommen. Sie fragte:

»Würde es Ihnen vielleicht guttun, wenn Sie sich aussprechen könnten? Soll ich hierbleiben?«

Er dankte ihr, aber nun war er wirklich vollkommen in Ordnung und würde gewiß gleich einschlafen. Benina, die hinausgegangen war, kam mit einer Tasse Milch und Zwieback zurück. Sie brachte auch einen niederen Schemel, den sie nahe an die Wand stellte; sie setzte sich und sagte, nun sei sie für die Nacht gerüstet.

Als die Baronin über die Schwelle ihres Zimmers trat, scheute sie zurück. Ihr schien's, etwas wäre darin geändert worden in den wenigen Minuten, seit sie es verlassen hatte. Sie machte das große Licht an und näherte sich zögernd dem Schrank, der rechts vom Fenster stand. Sie beugte sich vorsichtig vor. Nein, das Fenster war nicht geöffnet worden, so mochten wohl alle Dinge an ihrem Platz sein. Auch die Papiere auf ihrem Sekretär waren unberührt. Sie erinnerte sich ganz genau, wie sie sie zurückgelassen hatte: das Zeitungsblatt quer über das Bündel Briefe gelegt, rechts das offene Tagebuch, die linke Seite mit dem rot unterstrichenen Datum.

So sprach dieser seltsame Gast vielleicht die Wahrheit, niemand hatte ihn überfallen. Er wollte sich aus seiner Haut hinausjagen und wahrscheinlich aus dem Haus, denn die Tür seines Zimmers war offen. Er wollte also weglaufen. Warum? Wohin?

Vor etwa sechs Wochen war Putzi gekommen und hatte ihr von Faber gesprochen, den er aus Frankreich herausschmuggeln und zu Marie-Therese auf die dalmatinische Insel bringen wollte. Sie verstand wohl, daß die Sache etwas mit Politik zu tun hatte, aber der Admiral legte Wert darauf, das Gefährliche der Sache zu betonen, das ihn bewog, seine Nichte um Hilfe zu bitten.

Wochen verstrichen. Die Baronin wartete neugierig auf den fremden Mann. Dann erfuhr sie, daß er nicht allein kam, und war's zufrieden.

Mit Skarbek war es einfach. Er machte ihr den Hof, weil sie außer der alten Dienerin die einzige weibliche Person war. Fabers Scheu aber machte sie selber scheu. In seiner Gegenwart mußte sie daran zweifeln, ob ihr Haus auf festem Grunde stand, ob die Türen wirklich schlossen, ob die einfachen Worte wirklich einfach waren. Er zeigte sich nicht ängstlich, doch gab er ihr das Gefühl, daß sie selbst von unahnbaren Gefahren bedroht war. Als ob nichts von dem, was bisher geschehen war, wichtig wäre und das wirklich Entscheidende unmittelbar bevorstünde.

Sie aber lebte seit mehr als einem Jahr in die Vergangenheit verstrickt. Sie hatte die Tagebücher, Aufzeichnungen und Briefe ihres Gatten gefunden. Er hatte die Manie, alle Begegnungen zu notieren. Wie in einer ordentlichen Buchhaltung fand sie jedes Detail seines Liebeslebens vermerkt. Seit Hunderten von Nächten war sie damit beschäftigt, das Leben, das sie mit ihm geführt hatte, mit dem andern zu verbinden, von dem er in seinen Aufzeichnungen so präzise Rechenschaft gab. Es war ein lüsternes Leiden, das sie sich aufzwang. Es ersetzte ihr mehr als die Umarmung des verstorbenen Lenti. Jede Nacht triumphierte sie aufs neue über den Betrüger. Denn er war tot, und sie lebte.

Orgeltöne weckten ihn. Er erblickte Skarbek, der am Tisch stand, über einen kleinen Radioapparat gebeugt.

»11 Uhr 16! Deshalb habe ich Sie geweckt. Den Apparat habe ich in San Remo gekauft. Gute Marke. Ich habe gewonnen, recht viel sogar. Eine glückliche Nacht, am Schluß eine angenehme Bekanntschaft. Außerdem aufregende Nachrichten: Amerika ist im Krieg. Ich habe Ihnen die Zeitungen der letzten drei Tage mitgebracht. Es geht überall gut. Die Deutschen krepieren vor den Toren von Moskau, es wird ein kalter Winter für Hitler. Ich frage mich, ob es unter diesen Umständen nicht klüger wäre, wenn Sie sofort nach Frankreich zurückkehrten. In einigen Monaten werden die Amerikaner dort landen, dann schwimmen Sie wieder im großen Strom.«

Also wußte er, was in der Nacht geschehen war. Dojno reichte ihm die Hand und sagte: »Ich bin froh, daß Sie wieder zurück sind, Roman. Sie sind ein guter und kluger Gefährte, und Ihre Nachrichten sind wirklich ausgezeichnet. Aber unsere Reise geht weiter. Ihre, weil die Polnische Saison naht, und meine, weil die Freunde mich dort erwarten.«

»Das ist kein Grund«, wandte Skarbek ein.

Benina brachte das Frühstück. Dojno dankte ihr für alles, was sie getan hatte, und für die rasche Heilung. Sie sah ihn lange an. Er wußte nicht, ob sie sein Italienisch verstand. Schließlich meinte sie: »Es ist nicht gesund, immer an Feinde zu denken. Und es ist nicht gut, lange zu schweigen, Signore. Das macht den Menschen böse gegen sich selbst. Die Frau Baronin läßt fragen, ob Sie was Besonderes zu Mittag möchten?«

»Ich werde gleich hinunterkommen und selbst das Menü zusammenstellen«, mengte sich Skarbek ein. »Wir feiern, weil der Krieg bald zu Ende sein wird.«

Dojno zählte nicht mehr die Tage, sondern die Nächte, die ihm im Warten vergingen. Er schlief gegen Morgen ein und erwachte spät am Nachmittag, häufig erst gegen Abend. So erlaubte er sich auch diese Feigheit: vor der Nacht Angst zu haben, vor den Träumen, mit denen sie ihn aus dem Gleichgewicht warf. Er las, bis ihm die Augen weh taten, hörte Musik und Nachrichten. So wurde das Warten erträglich.

Nicht selten kam die Baronin zu ihm ins Zimmer und blieb bis zur Morgendämmerung. Sie hatte das Gefühl, daß sie ihm alles sagen könnte, aber er ermutigte sie nicht, sich auszusprechen. Höflich hörte er ihr zu, wenn sie von ihrer Familie sprach, oder als sie zu ausführlich den »lebenslänglichen Roman« erzählte, dessen Helden ihr Onkel und Marie-Therese waren. Noch ein Kind, hörte sie von beiden als einem Liebespaar sprechen. Die Hochzeit stand bevor, schon stellte man Listen für die Einladungen zusammen und ereiferte sich wegen der schwierigen Fragen der *préséance*. Es kam nie zu einem Bruch und nie zu einer Entscheidung. Die Verlobung dauerte ein ganzes Leben. Putzi sprach zwar gern und viel, besonders wenn Marie-Therese ihn nicht daran hinderte. Aber nie hatte die Nichte es vermocht, ihn zu einer Erklärung dieses seltsamen Verlöbnisses zu bringen. Nun wollte sie erfahren, ob Faber mehr wußte. Und was er davon dachte.
Er ließ einige Zeit verstreichen, ehe er antwortete. Er bedachte, wie recht Stetten hatte, der, auf der Höhe des Wissens angelangt, immer stärker den epischen Charakter des Menschlichen betonte und das sich stets erweiternde Nebeneinander hervorstrich, während er gleichzeitig das Interesse an dem dramatischen Nacheinander verlor. So schmal das Leben des biedersten Menschen sein mochte, dessen innerer Raum war unwahrscheinlich dehnbar, bot für alles Platz. Ein aktiver Kavallerieoffizier schrieb Gedichte. Eine der möglichen, doch keineswegs notwendigen Folgen war, daß seine jüngste Tochter Betsy, genannt Mara, revolutionär wurde. Ihre Tante hatte seit bald fünfzig Jahren einen »Roman« mit einem Grafen Prevedini. Und so ergab sich zwanglos das Nebeneinander: daß Faber nun im Gutshof eines verstorbenen Lenti um vier Uhr morgens einer Frau gegenübersaß, die im Dezember 1941, mitten im Auseinanderbersten gesellschaftlicher und persönlicher Bindungen, noch immer glaubte, daß es Wert und Verdienst war, eine Prevedini zu sein. Krieg, Faschismus, das waren ihr einfache Erscheinungen, das Leben ihres Onkels und das ihres Gatten hingegen rätselhafte Verwicklungen, einem undurchdringlichen Dickicht gleich, in dem man sich nächtens verirrt.
Zwei Tage vor Weihnachten kam Arnaldo Prevedini. Am liebsten hätte er den Motor seines Wagens gar nicht abgestellt.

Als er erfuhr, daß Skarbek über Nacht in San Remo geblieben und noch nicht zurückgekehrt war, äußerte er verstimmt seine Ungeduld. Der kleine dickliche Mann erklärte hochmütig:
»Ich bin's nicht gewohnt zu warten. Überdies hatte der Herr gar nicht das Recht, das Haus zu verlassen. Er hat gegen die Abmachung gehandelt.«
Seine Schwester wandte schüchtern ein: »Aber Noldi, du hast die Herren fast drei Wochen warten lassen. Deine Ungeduld muß Herrn Faber komisch vorkommen.«
»Das ist wahr«, gab er freundlich zu. »Ich muß auch die Verzögerung erklären.« Er drosselte endlich den Motor und fand sich damit ab, wenigstens für einige Minuten das Haus seiner Schwester zu betreten.
Skarbek erschien erst am frühen Nachmittag. Er hatte verschlafen und dann noch Einkäufe gemacht für den Heiligen Abend. Arnaldo wollte, daß man sich endlich auf den Weg machte. Man würde in Genua übernachten und anderntags ganz früh aufbrechen. Aber bald änderte er den Beschluß. Es wäre besser, sagte er, erst morgen abzufahren. Inzwischen wollte er selbst einen Sprung nach San Remo machen, für ein, zwei Stunden. Skarbek begleitete ihn. Sie kamen erst am nächsten Tag zurück, beide sehr schläfrig. Man schob die Abfahrt wieder um einige Stunden auf. Arnaldo hatte ziemlich viel im Kasino verloren und wollte die Heimreise nicht antreten, bevor er die Verluste wieder wettgemacht hatte. Er sei kein Spieler, erklärte er, im Gegenteil, aber er liebe es eben nicht, zu verlieren. Im übrigen komme es auf ein paar Stunden nicht an.
»Ich verbürge mich dafür, daß Sie die Mitternachtsmesse in unserer Kapelle hören werden!« versprach er Dojno feierlich. »Übrigens können Sie ruhig ins Kasino mitkommen und sich überhaupt in Italien frei bewegen. Ich habe erstklassige Papiere für Sie. Da, nehmen Sie sie gleich an sich. Sie heißen Guido Bellon, nicht schwer zu merken, nicht wahr?«
Sie fuhren erst am zweiten Weihnachtstag ab, die Baronin begleitete sie. Ihr Bruder fühlte sich nicht ganz wohl; es war besser, daß sie mitfuhr und den Wagen lenkte.

»Ich würde mit Ihnen mitkommen, ich halte die Ungewißheit nicht aus«, sagte der Vizeadmiral. »Leider muß ich hierbleiben — Sie wissen ja, Noldi hat zuviel verspielt in diesen Tagen und hat kurzfristige Wechsel unterschrieben. Ich verstehe zwar nichts von Finanzen, aber wenn ich nicht hier bin, passiert ein Unglück. Andererseits: was geht auf der Insel vor? Sagen Sie der Marie-Therese, daß, wenn ihr was zustößt — na ja, sie soll halt kein Egoist sein, sie weiß doch ganz gut, daß ich ohne sie..., daß das nicht möglich wäre.«
Dojno nickte, ohne den Kopf von der Karte wegzuwenden. Die vorgesehene Route über Zara kam also nicht mehr in Frage. Es blieb die unsichere und mühsame über die Inseln, das »Inselspringen«, wie Putzi es nannte.
»Hoffentlich vertragen Sie unkomfortable Seereisen, lieber Faber. Bis zur ersten Insel bringt Sie mein Freund auf seinem Monitor. Ich bin da noch mit von der Partie. Dann haben Sie noch vier Inseln vor sich, von einer zur andern geht's in Fischerbarken. Ohne die Schmuggler könnten Sie es gar nicht schaffen. Und die achten halt gar nicht auf den Komfort.«
»Ich bin ein mediokrer Seefahrer«, meinte Dojno. »Wichtiger ist, ob man sich auf diese Schmuggler verlassen kann, ob sie einen im entscheidenden Augenblick nicht verraten.«
»Schauen Sie, es ist natürlich der Skarbek! So ein Talent und so ein Temperament wie die Skarbeks — die machen sich überall beliebt.«
Faber stellte sich neben Putzi vor die offene Türe, die in den langen Saal führte. Roman saß am Klavier. Es gelang ihm leicht, den Barpianisten der gewagten Filme zu imitieren. Was er spielte, erregte die Begeisterung der Damen. Sie waren Mädchen gewesen, als die Schlager aufkamen. Die Tänzer waren zumeist Offiziere, die in der Nähe des Schlosses stationiert waren.
»Es ist halt ein Jammer!« sagte der Vizeadmiral, »nämlich, wenn die Amerikaner noch im Frieden wären, könnten wir ihnen die zwei Gobelins, die dort drüben hängen, verkaufen, Noldis Spielschulden decken und etwas Geld für die Reparaturen der südlichen Fassade und der Kapelle wäre dann auch da, und ich könnte weg. Ich bin unruhig wegen der Marie-Therese.«
Er wiederholte noch einmal und ausführlicher, was er Dojno bereits dargelegt hatte. Seit Wochen war jede Verbindung ab-

gerissen, man wußte nur, daß auf der Insel Kämpfe ausgebrochen waren, die Burschen des Pavelic wurden mit den Rebellen nicht so schnell fertig, wie sie gedacht hatten. Die Rebellen aber, das konnten nur Maras Leute sein. Also war Marie-Therese mittendrin im Gemetzel.

»Ich bin nicht sicher, ob Sie sich überhaupt noch bis zu Ihren Freunden durchschlagen können, selbst wenn Sie doch endlich landen. Aber wenn Sie ankommen, schicken Sie mir um Gottes willen Nachricht, aber sofort!«

Eine junge Frau kam sie holen. Es war eine Minute vor Mitternacht, das neue Jahr brach an. Man scharte sich um das Piano, die Gläser wurden gefüllt. Der Vizeadmiral trat auf Skarbek zu, nahm seinen Arm und sagte mit lauter Stimme:

»Es ist heute in der Welt ein furchtbares Gemisch von Recht und Unrecht und schwer, sich darin auszukennen. Irren wir uns wenigstens nicht beim Neujahrstoast, trinken wir auf die gerechte Sache: Es lebe Polen! Vivat Polonia!«

Der Tanz begann bald wieder.

»Ist auf die Schmuggler also Verlaß?« fragte Dojno, als er mit Prevedini wieder allein im kleinen Salon war.

»Na ja! Das ist halt so: Waren schmuggeln ist natürlich bequemer. Wenn's Schwierigkeiten gibt, schmeißt man den Kaffeesack oder den Tabak ins Wasser und Schluß. Aber ein Mensch ist schwer zu verstecken, sagen die Schmuggler. Jedenfalls in einer kleinen Fischerbarke. Deshalb verlangen sie auch viel Geld. Aber machen Sie sich keine Sorgen, das können wir regeln. Außerdem: schauen Sie, da, die Entfernung ist nicht groß. Es wird schon gehen.«

Dojno beugte sich über die Spezialkarte. Das Wasser war nicht blau markiert, sondern weiß. Schraffierungen zeigten die Tiefe an. Die Inseln darauf waren wie ausgestoßene Stückchen des Festlandes. Exilierte, verlorene Posten.

»Schade, daß das Meer auf Ihrer Karte nicht blau ist. Wer die Adria liebt wie wir beide —«

Der Vizeadmiral unterbrach ihn mit Erinnerungen aus dem ersten Weltkrieg. Dojno hörte ihm kaum zu. Da war die Insel, auf der er Andrej Bocek zum letztenmal gesehen hatte. Es war nach Mitternacht, der Schirokko verstärkte sich zusehends. Sie blieben einsilbig, in ihnen beiden war das Gefühl der Niederlage noch ganz frisch, und welche Bemühung erschiene dem

Besiegten nicht nutzlos? So trennten sie sich schnell, anderntags wollten sie einander wieder treffen. Er sah ihn erst zwei Tage später in der Hafenstadt. Andrejs Leiche lag auf einem Tisch im Hinterraum eines Schiffahrtsbüros, mit einem grünlichgrauen Mantel zugedeckt, nur das Gesicht war sichtbar. Zwei kleine Fliegen setzten sich auf die Braue des linken Auges. Sooft man sie vertrieb, sie kamen wieder. Drei Jahre später kam er dorthin zurück. Mit Hanusia. An einem frühen Morgen verließ sie ihn. Ihr Mann war im Bürgerkrieg umgekommen, an einem regnerischen Februartag war er, schwer verwundet, allein auf dem Marchfeld zurückgeblieben, den Tod zu erwarten. In knapp zehn Jahren hatten sich die Landkarten Europas für Dojno verändert. Sie zeigten ihm die Topographie des Todes.

»Es kommt natürlich auch darauf an, ob man Glück hat mit dem Wetter«, meinte Prevedini. »Ein guter Wind, und alles ist ein Kinderspiel. Ich hoffe, Sie sind nicht ängstlich, Faber.«
»Ich bin sehr ängstlich. Vergessen Sie nicht, mir den Revolver und das Gift zu geben. Damit ich mich etwas weniger fürchte.«

»Ich sollte eigentlich enttäuscht sein, denn es wird eine banale Reise sein«, sagte Roman. Der Tag war noch nicht angebrochen, aber sein Reisegefährte, ein italienischer Generalstabsoffizier, der sich an die russische Front begab, stand schon im Hof und sah dem Diener zu, der das Gepäck im Wagen verstaute. »Trotz Zwischenaufenthalt in Venedig und in Wien werde ich spätestens in drei Tagen in Lemberg sein. Bis dahin Schlafwagen, Speisewagen, Ecarté oder Poker. In vier Tagen werde ich aus einem Fenster blicken und den verschneiten Park ansehen, den ich als Kind durch das gleiche Fenster Stunden und Stunden anzugaffen pflegte, ich weiß nicht warum. Wahrscheinlich habe ich es nie gewußt. Und nun sagen Sie schnell auch etwas, das nichts mit Abschied und Zukunft zu tun hat.«
Dojno reichte ihm die Hand und sagte: »Rendezvous nach dem Krieg in Paris, im Luxembourg, neben dem Bassin, wo die Kinder ihre Segelboote schwimmen lassen.«
Roman nahm seine Reisetasche und folgte Dojno auf den Gang. Sie reichten einander noch einmal die Hand. Diesmal blieben sie beide stumm.

ZWEITER TEIL

DIE DJURA-BRIGADE

ERSTES KAPITEL

»Das ist aber doch merkwürdig, daß man unsere Maschinengewehre nicht hört«, wiederholte der Verwundete.
Djura blickte auf, nickte, dann beugte er sich wieder über das Manuskript.
Vor weniger als vier Stunden, bei dem Überfall auf die Barke, die den Ustaschi die Munition brachte, war der junge Hinko tödlich verwundet worden. Dieser große blonde Junge hatte den rettenden Plan ausgedacht und ausgeführt. Nun lag er da, ein Sieger, der nicht ahnte, daß er besiegt war und daß ihm das Leben dahinschwand in Minuten, wie anderen in Jahren. Im schwachen Lichte der langen Kirchenkerze, die in der weißen Flasche stak, sah er Djuras schwarze Baskenmütze, die den kahlen Schädel bedeckte, und den unordentlichen rötlichen Bart. Das Gesicht des Schreibenden erblickte er nur, wenn Djura den Kopf hob. »Die Maschinengewehre sind nämlich in Ordnung, das weiß ich ganz genau. Ich habe sie selbst überprüft. Vor dem Überfall. Und deshalb —«
»Beunruhige dich nicht, Hinko«, sagte Djura. Sein Blick blieb an dem Fußende des Brettergestells haften, auf dem der Sterbende lag. »Mara ist oben. Sie weiß, was sie tut.«
»Ja natürlich«, antwortete Hinko, »ich sage ja nur... Und der Doktor wollte ja gleich zurück sein, um mir noch eine Injektion zu geben. Die Schmerzen sind ganz erträglich, aber mir ist so merkwürdig. Als ob ich brechen müßte.«
»Am besten, du versuchst zu schlafen, bis Kral mit seiner Spritze kommt.«
»Ja, du hast recht«, erwiderte der Junge folgsam. »Schlafen wäre am besten. Aber es ist eben die Sorge, warum sie nicht feuern. Wenigstens um sich einzuschießen. Jetzt, wo sie endlich die Munition haben. Ob etwas schiefgegangen ist?«
Djura antwortete nicht. Vor drei Stunden, als man ihm den tödlich verwundeten Hinko in die Höhle gebracht hatte, war seine Erschütterung maßlos gewesen und sein Mitleid ihm selber schmerzlich. Mit seinem ganzen Wesen trauerte er um den Ster-

benden. Aber nun waren an die zweihundert Minuten vergangen, der Verwundete starb noch immer und ohne es zu wissen.

In jedem seiner Bücher hatte Djura Sterbeszenen beschrieben, natürlichen und gewaltsamen Tod, leichten und schweren. In der Wüste erlernt man nicht das Schwimmen, und in einem Leben, kurz oder lang, erlernt man nicht das Sterben. Der Tod als Vorgang ist so nichtssagend wie das Naseschneuzen — das drückten jene Szenen in Djuras Büchern aus.

»Ich höre Schritte. Vielleicht ist es endlich der Doktor. Ich glaube, jetzt brauche ich ihn wirklich. Die Schmerzen werden immer schlimmer.«

Dr. Kral sprach, noch bevor er eingetreten war. »Es ist ein schöner Tag geworden draußen. Fast sommerlich. Nehmen Sie die Kerze, Djura. Ich brauche Licht. Schmerzen, Hinko?«

»Ja, immer stärkere. Mir ist's, als verlöre ich den Atem.«

»Ich gebe dir eine doppelte Spritze, du wirst schlafen.«

»Aber zuvor möchte ich wissen, was los ist. Jetzt haben wir doch endlich die Munition, warum —«

»Ganz einfach, weil«, begann der Doktor, unterbrach sich und stieß Hinko die Nadel in den Schenkel.

»Warum?« fragte der Junge. Seine bläulichen Lippen bebten.

»Weil man dein Beispiel nachahmen will, Hinko, und einen zweiten Überfall machen, jetzt, wo man dank dir die Munition hat, verstehst du?«

»Ja, aber —«, lallte der Sterbende. Er hob die Hand, um sich den Schweiß vom Gesicht zu wischen, sie fiel zurück. Sein Blick wanderte vom Arzt zu Djura, blieb an der Kerze haften. Der Docht flackerte.

»Ja, aber —«, murmelte er wieder. Er zuckte einigemal zusammen. Kral schloß ihm die Augen.

»Packen Sie alles, was Sie hier haben, zusammen, Djura, Sie müssen sofort die Höhle verlassen. Die Ustaschi können jeden Augenblick hier eindringen. Deshalb war es auch besser, daß Hinko abgeht.«

»Und unser Maschinengewehr?«

»Mit Hinko sind es nun drei Tote. Wir haben teuer für die achtzehntausend Schuß Munition bezahlt, aber das Kaliber paßt nicht. Wenn es Sie interessiert, wir haben auch ein versiegeltes Paket erbeutet. Vierzig Dutzend Präservative, Wiener Fabrikat, nicht erstklassig. Auch gegen venerische Krankheiten schützt der Tod besser.«

»Und wieso wissen die von der Höhle?«

»Der Lehrer Bugat hat's ihnen verraten. Sie haben ihn hier empfangen. Er ist in Split gewesen und hat sich ihnen verkauft. Mara weiß mehr darüber.« Über Laufgräben und Fuchslöcher gelangten sie ins Freie, an den Rand des Waldhügels, der der letzte Stützpunkt der Gruppe war. Ja, der Tag war sommerlich, und man war mitten im Winter. Sie stießen auf halbnackte Männer, die Gräben auswarfen.

»Ich denke mir, daß ein Schriftsteller immer die Leute sympathisch findet, die ihn verehren«, sagte Kral, während er haltmachte, um sich auszuruhen. Sie hatten den steileren Pfad gewählt und waren zu schnell gestiegen. Das spöttische Lächeln, das seine Worte begleitete, war bereits weggewischt, aber der Mund blieb halb offen, die Lippen auseinandergezogen.

»Sie haben recht, Kral«, sagte Djura müde. »Ich hätte dem Bugat die Höhle nicht zeigen dürfen. Und vielleicht habe ich es wirklich aus Eitelkeit getan. Er sieht übrigens nicht aus wie einer, der sich verkauft und einen Mann verrät, über den er einen langen verehrungsvollen Essay geschrieben hat.«

»Verrat — ein romantisches Wort!« meinte der Doktor. »Jeder Erwachsene hat seine Eltern verraten und gewöhnlich auch seine erste Liebe. Es wimmelt nur so von Verrätern auf dieser Erde. Was aber diesen Lehrer betrifft, so haben Sie ihm, scheint es, so überzeugend dargelegt, daß unser Kampf völlig aussichtslos ist... Er hat nur die Konsequenz aus den Worten des verehrten Schriftstellers gezogen. Gehen wir, Mara wartet.« Von allen hatte Kral sich in den wenigen Monaten am meisten verändert. Der wohlbeleibte Mann war schnell abgemagert, hatte die Haare verloren. Seine Augen waren stets entzündet und tränten. Er ging nun immer gebeugt, als ob eine zu schwere Last auf seine Schultern drückte. Aber er war der einzige, der auf seine Kleidung und auf tadellose Sauberkeit achtete. Er rasierte sich täglich, seine Schuhe glänzten, die Hosenfalten blieben tadellos. Die metallenen Beschläge seiner Visitentasche, die er stets bei sich trug, waren noch immer poliert.

Eines Tages, im Sommer, landete er auf der Insel, ein Tourist, der nach vier Wochen Bergaufenthalt zum Meer hinunterstieg — für die Nachkur, wie er sagte. Nach einiger Zeit setzte er sich mit Mara in Verbindung; kurz danach mietete er einen Flügel ihres Hauses in der Grünen Bucht. Er erwartete, sagte er, daß seine Frau sehr bald nachkäme. Sie kam nicht. Sie war damals schon tot, zusammen mit einigen hundert anderen Lagerhäftlingen von den Ustaschi mit Maschinengewehren hingemäht — auf einem Kleefeld nahe der Drau, im glühenden Sonnenschein eines Sommernachmittags.

Kral erfuhr's später und verheimlichte es lange. Er fühlte sich schuldig, er verachtete sich selbst und sein Volk, die Kroaten. Seine Frau war eine serbische Jüdin gewesen. Er litt unter dem Zwang, alles zu verspotten. Nur vor Sterbenden fand er sein altes Wesen wieder.

»Bugat wollte alles aufgeben, herüberkommen und sich uns anschließen«, sagte Djura, um sich zu entschuldigen, aber seine Worte klangen zornig. »Ich mußte ihm also die Wahrheit sagen.«

»Warum? Warum mußte? Warum die Wahrheit?« fragte Kral und blieb wieder stehen.

»Aus dem gleichen Grunde, aus dem wir hier sind, aus dem —«

»Lassen Sie!« unterbrach ihn der Arzt ungeduldig und schloß seine tränenden Augen. »Die alte Jella im Wirtshaus unten im Hafen erzählt jedem, der sie anhören will, daß man sie zu Hause erwartet und daß sie jedenfalls genug hat und vielleicht schon morgen dem Wirt die Arbeit hinschmeißen wird. Fünfzig Jahre ist sie da im Dienst, seit so vielen Jahren wiederholt sie die gleiche Drohung. Einmal hat vielleicht jemand sie im Dorf erwartet. Sie ist niemals hingegangen — sechseinhalb Kilometer Entfernung. Seit einem halben Jahrhundert klagt sie über die schlechte Stelle, will sie nach Hause, nach Jabnica — mit dieser Wahrheit hat sie sich immer getröstet. Ich weiß nicht warum, Djura, aber Sie erinnern mich immer lebhafter an Jella.« Djura antwortete nicht; schon seit einer Weile hörte er ihm nicht mehr zu. Sie erreichten das längliche Plateau, von dem aus man einen Blick auf drei der fünf Buchten der Insel und auf die zwei kleinen Häfen der Halbinsel gegenüber hatte. Mara saß auf der Steinbank vor dem weißen Hause, das sie den Cubus nannten.

Das kleine Gebäude daneben war der Pavillon. Zusammen bildeten sie das Reduit. Solange man das Reduit hielt, war man auf der Insel nicht besiegt.

»Aus!« sagte Kral und legte seine Tasche auf die Bank. »Aus! Die letzten Worte waren: ›Ja, aber...‹ Wenn Sie das ausnahmsweise interessieren sollte, liebe Mara.«

»Setzen Sie sich, Doktor, die Bank ist warm. In einigen Minuten werden Sie einen jungen Mann aufwecken müssen. Lassen wir ihn noch etwas schlafen, und ruhen Sie sich auch erst aus.«

»Warum soll man ihn nicht länger schlafen lassen?« fragte Kral. »Es ist erst Mittag, die Nacht ist noch ferne. Wir spielen Räuber, nicht bei Tag müssen wir wachen.«

»Er kommt von den Sljemiten, er heißt Dragi«, sagte Mara zu Djura. »Mitten im Bericht ist er eingeschlafen. Wir müssen alles wissen, bevor die Sitzung beginnt.«

Sie erhob sich langsam, knöpfte den Soldatenrock zu, den sie wie einen kurzen Mantel über dem grauen Kleid trug. Sie zog aus der Tasche einen Revolver und reichte ihn Djura. »Er bleibt von Hinko zurück, du erbst ihn. Hinko hatte gesagt: ›Ich brauche nur an Djura zu denken, dann werde ich kühn.‹ Immer dachte er daran, sich mir dir auszusprechen. Deshalb hat er sich zu dir in die Höhle bringen lassen.«

»Er hat sich nicht ausgesprochen. Der Gedanke an die Maschinengewehre hat ihn bis zuletzt beherrscht.«

»Statt des Gedankens an die Menschheit, die klassenlose Gesellschaft, an Frieden, Freiheit und Fortschritt«, warf Kral ein.

»Sie sollten endlich Ihre Augen behandeln, Doktor. Nun kommen Sie, Dragi aufwecken, geben Sie ihm ein Pulver oder eine Spritze, er soll die nächsten Stunden in bester Form sein. Und nachher gehen Sie in den Pavillon hinüber, überzeugen Sie meine Tante davon, daß sie uns sofort verlassen muß.«

»Ich werde gewiß zur Baroneß hinübergehen, sie erwartet mich zum Déjeuner. Es gibt Hühnerpaprikasch und Topfenstrudel. Aber zum Weggehen werde ich sie nicht überreden. Sie weiß, was sie tut, sie hat mehr gesunden Verstand als wir alle zusammen.«

»Natürlich, ich bin sehr müde gewesen, da ich schon so lange unterwegs bin, in Lokalzügen, auf Bauernfuhren, zu Fuß, aber daß ich so tief eingeschlafen bin, das ist, weil ich mich seit Wochen zum erstenmal in Sicherheit fühle. Und Handgranaten habt ihr, und Maschinengewehre — Mara, das ist herrlich!« sagte Dragi. Er stand auf, ging zum Fenster und sah hinunter, zu den Männern, die schon bis zur Brust in den Gräben standen und Erde auswarfen. Dann kehrte er zum Tisch zurück, setzte sich und wiederholte, zu Mara gewandt: »Es ist herrlich!«

Er hatte ein hartes, knochiges Gesicht, das Gesicht eines schwer arbeitenden jungen Bergbauern, aber seine großen dunklen Augen waren kindlich in der Begeisterung und in der Enttäuschung. Er kam auf Umwegen aus der kroatischen Hauptstadt, seine montenegrinische Familie hatte sich da vor Jahrzehnten niedergelassen.

Mara, die ihm gegenübersaß, stellte vor:

»Zu deiner Rechten ist Vladko, sein Parteiname war einmal Winter, zu deiner Linken ist Djura.«

»Djura?« wiederholte der Junge und wandte sich dem linken Nachbarn zu. »Wie herrlich! Ich habe nämlich Ihretwegen gelogen, das heißt meinetwegen. Natürlich handelte es sich um ein Mädchen. Sie war gar nicht mein Mädchen, ich war noch nicht ganz siebzehn, es ist drei Jahre her. Und da habe ich mich gerühmt, daß wir gut bekannt sind miteinander, Sie und ich, und daß ich mit Ihnen häufig Schach spiele; sogar daß ich Sie einige Male besiegt habe, habe ich gesagt, das heißt gelogen, natürlich. Und dann mußte ich Jula — so hat sie geheißen —, und dann mußte ich ihr versprechen, daß ich sie Ihnen vorstellen werde. Sie schreibt nämlich auch, das heißt, sie schreibt nicht mehr, sie ist auch schon tot. Also, ich habe ihr damals versprochen —«

»Das erzählst du Djura später, wenn ihr allein seid«, unterbrach ihn Vladko.

»Ja, natürlich«, stimmte Dragi zu. Er sah nachdenklich in das breite Gesicht des älteren Mannes, der ihn unterbrochen hatte, als wollte er sich besinnen, ob er ihn schon einmal getroffen hatte.

»Ja, natürlich. Aber es ist ein merkwürdiger Zufall. Der Pavelic hat nämlich das Stück Djuras im Nationaltheater aufführen lassen, große Galavorstellung, und er hat verbreiten lassen, daß

Djura übergegangen ist. Und mit wem sitze ich hier zusammen? Das ist doch außerordentlich. Alle müssen sofort erfahren, daß Djura im Gegenteil, nicht wahr? Übergegangen, haha!« Er lachte laut, fröhlich, dann sagte er, während er sich selbst in einer seltsamen, doch ihm wohl gewohnten Gebärde die Arme gekreuzt auf die Schultern legte: »Ihr könnt ja gar nicht ahnen, wie dankbar ich euch bin dafür, daß ihr lebt und daß ihr genauso seid, wie ihr seid.«
»Es tut uns dreien gut, dich so sprechen zu hören, Dragi«, unterbrach ihn Mara. »Es kommt nicht selten vor, daß wir daran zweifeln, ob wir für die jungen Menschen überhaupt noch existieren. Jetzt aber nimm dich zusammen, gib uns einen ausführlichen Bericht über die Lage im Lande und besonders über die Gruppen, die dich zu uns geschickt haben. Wir befürchteten, daß sie teils aufgerieben, teils auseinandergelaufen wären.«
Der Junge war kein guter Berichterstatter. Sein Gedächtnis war zuverlässig, aber er suchte immer nach Adjektiven und fand stets nur die gleichen Superlative. Überdies hatte er die Neigung, sich selbst zu unterbrechen, so daß seine Sätze unmäßig wurden, unordentlich und ausweglos.
Ja, die Gruppen waren aufgerieben worden. Es existierten aber noch gewisse Kontakte, sie waren unregelmäßig und nicht zahlreich. Die Ustaschi und die Gestapo hatten viele der Kameraden umgebracht. Die Mörder hatten Leute gefunden, die ihnen dabei halfen. Wer? Dragi wußte die Antwort.
Die geheimen Gruppen bestanden seit dem Jahre 1938. Man nannte sie Sljemiten, nach dem Berge, auf dem ihre Gründungskonferenz stattgefunden hatte, oder auch Aprilisten — in der Nacht vom 17. auf den 18. April 1937 war Vasso Militsch in Moskau umgebracht worden. Sie bekannten sich zu dem Toten und verurteilten im Namen der Revolution seine russischen Mörder und die von diesen eingesetzte Führung der kommunistischen Partei.
»Überall im Lande haben Leute von der Partei unsere Genossen ausgeliefert. Wir wollten mit ihnen Einheitsfront machen, zusammen den Widerstand organisieren, Partisaneneinheiten aufstellen. Sie stimmten zu, aber es war nur eine List —«
»Leute von der Partei, das heißt nicht die Partei. Es können Spitzel gewesen sein und Verräter«, unterbrach ihn Vladko.

Dragi sah ihn lange an, dann sagte er: »Ich habe mich inzwischen erinnert, wer das eigentlich ist, Winter. Einer der Männer, die Vasso Militsch ans Messer geliefert haben. Du also bist einmal Winter gewesen. Was haben wir mit dir zu tun?«
Mara und Djura griffen ein, bewiesen dem erregten Jungen, daß Vladko sich früh genug auf die Seite Vassos gestellt hatte und daß er — aus dem Hintergrunde — an der Gründung der Sljemitengruppe teilgenommen hatte. Dragi ließ sich ungern überzeugen, schließlich meinte er:
»Gut, aber ich mag nicht, daß man mir mit Nuancen kommt, wenn ich von dem gemeinsten Verrat spreche, den es auf der Erde geben kann. Auf dem Weg von Slawonien bis zur Küste habe ich Partisanengruppen getroffen. Sie werden gehetzt wie angeschossenes Wild. Aber ich habe festgestellt, daß da Leute verschwunden sind, die 1939 gegen den deutsch-russischen Pakt Stellung genommen haben. Einfach verschwunden oder tot aufgefunden. Das nur da, wo die Partei die Führung hat. Es gibt nämlich in den Bergen und in den Wäldern ganz verschiedene Formationen, müßt ihr wissen.«
Sie ermutigten ihn, mit allen Einzelheiten von diesen Gruppen zu erzählen. Vor weniger als einem Jahre hatte der Feind mit Übermacht das Land überfallen, in wenigen Tagen die Armee zerschlagen, die prekäre Einheit Jugoslawiens zerbrochen und die Faschisten in den Sattel gehoben. Der organisierte Massenmord wütete vor allem in Kroatien und Bosnien, Hunderttausende Serben wurden von den Ustaschi ausgerottet. Aber das Land war nicht wirklich unterworfen. Die Straßen und Brücken gehörten den Siegern nur, solange sie sie bewachten; in den Wäldern rotteten sich die Besiegten zusammen, mangelhaft organisiert, unzureichend bewaffnet, schlecht genährt, aber entschlossen, sich nicht zu ergeben. Nur tot waren sie besiegt. Selbst wenn sie sich vereinigten — und sie waren auseinandergesprengt —, konnten sie den Divisionen der Besatzungsmacht keine Schlacht liefern. Aber sie führten einen besonderen Krieg. Sie waren immer auf der Flucht, ihre Bewegung zerschnitt die wichtigsten Verbindungslinien des Feindes, brachte Unsicherheit in die Reihen seiner Anhänger — die Flucht war fortgesetzter Angriff.
»Es ist gewiß«, erklärte Winter, »daß man früher oder später diese zerstreuten Gruppen zusammenfassen wird. Wer, das ist

die Frage. Wenn die Alliierten entschlossen sind, die Karageorgewitsch zu retten, so werden sie Draza Michailowitsch alles zur Verfügung stellen, um aus ihm den Führer des bewaffneten Widerstandes zu machen. Geschieht das aber nicht in den nächsten Monaten, so wird es die Partei sein, um so mehr, als sie sich gleichermaßen an alle Völker Jugoslawiens wendet. Wir können uns hier nicht mehr halten, wir müssen aufs Festland hinüber, besser heute als morgen. Wir müssen so viele dieser Einheiten wie möglich unter unsere Führung bringen und dann mit der Partei verhandeln, ohne uns ihr jemals unterzuordnen. Zwischen den großserbischen Karageorgewitsch und ihren Söldnern einerseits und der Partei andererseits ist die Wahl einfach.«

»Winter hat schon vergessen, was ich erzählt habe!« rief Dragi aus. »Ich sage euch —«

»Laß, Dragi, laß!« unterbrach ihn Mara. »Es ist wahr, unsere Lage ist unhaltbar. Heute nacht wird unser Reduit überfallen werden. Wir können uns vielleicht gegen den ersten Ansturm halten, aber wir sind verloren. Die Überlebenden müssen aufs Festland hinüber. Wir sind jetzt siebenundvierzig. Vielleicht werden zwanzig von uns morgen noch am Leben sein und von diesen zehn bis fünfzehn heil hinüberkommen. Einmal drüben, werden sie sich irgendeiner Partisanengruppe anschließen müssen und ihre Führung übernehmen. Mit uns vier hier gibt es insgesamt nur elf Genossen, die anderen sind ungeschult, ohne Vergangenheit. Wir wissen nicht, wie viele von uns elf morgen noch leben werden.«

»Du vergißt die Genossen im Lande«, meinte Dragi. »Etwa dreißig Sljemiten sind noch frei. Wenn jeder von ihnen zehn Leute mitbringt, so sind es dreihundertdreißig. Rufen wir sie zusammen, sie sollen in zehn Wochen irgendwo in den bosnischen Bergen zusammenkommen. Wir haben dann Mitte März, alles wird leichter sein. Ich bin absolut dagegen, daß man sich mit der Partei wieder einläßt. Das, wofür man stirbt, muß sauber sein, absolut sauber! Das ist meine Meinung, und deshalb bin ich gegen Winter. Man muß neu anfangen, aber nicht mit dem alten Schmutz. Und ich möchte, daß Djura endlich etwas sagen soll!«

»Ich habe nichts zu sagen. Ich finde alles, alle, uns selbst entsetzlich. Ich weiß nicht, wofür Hinko gestorben ist, warum Bugat zum Verräter geworden ist, warum die Hälfte unserer Kameraden morgen tot sein soll. Ich weiß nichts mehr.«

Während er sprach, preßte Djura die Hand an die Platte seines kahlen Schädels. Das Feuer in seinen Augen war erloschen, er sah einen nach dem andern an, als erwartete er das entscheidende Wort. Endlich blieb sein Blick auf Mara haften, auf ihrem kleinen Gesicht mit der breiten Stirn, deren Hälfte von dem früh ergrauten Haar bedeckt war.

»So lange kenne ich dich schon, Mara. Ich habe dich stolz gesehen, ja hochmütig und manchmal verzweifelt. Immer hab' ich an dir bewundert, daß deine Gedanken dich so leicht zur Tat hinlenkten. Aber jetzt bist du so grausam geworden, wie die Feinde es sind. Warum sollen in dieser Nacht siebenundzwanzig Menschen sterben? Im Namen welcher Idee, für welche Sache? Und welche Sache wird ihr Tod beleben? Millionenarmeen stehen im Kampf, unser Sterben und unser Morden sind gleichermaßen nutzlos. Ich jedenfalls will keine Schuld an alledem haben. Ich will nicht, daß sich jemand mit Berufung auf mich solchen Gefahren aussetzt. Ich will nicht, daß die Hinkos kühn werden, wenn sie an mich denken, ich will die Schlacht nicht, die du mit solcher Unerschütterlichkeit für heute nacht ankündigst. Alle sollen sich verlaufen, jeder soll an sein eigenes Leben denken, an nichts anderes. Dragi, sage deinen dreißig Sljemiten, sie sollen sich sofort von allem zurückziehen. Sie haben nur eine einzige Aufgabe, sich selbst zu schützen und den Sturm heil zu überstehen. Ich verleugne alles, womit ich sie je zum Heldentum ermutigt haben kann. Meine Worte waren Suff, jetzt, in diesem Augenblick bin ich, ein Mann von achtundvierzig Jahren, zum erstenmal nüchtern.«

»Genug Dummheiten geschwatzt!« sagte Winter scharf. Wie um sich selbst zu mäßigen, zog er ein Federmesser aus der Tasche und begann, den roten Bleistift zu spitzen, den er vor sich liegen hatte. »Keiner von uns hat die Gewalt erfunden. Und überschätz nicht die Wirkung deiner Bücher und nicht dich und nicht uns. Die Leute in den Wäldern, von denen uns Dragi erzählt hat, die hat man aus ihren Wohnungen und Dörfern getrieben. Man — das heißt die Gewalt der anderen. Du und Mara, ihr habt nicht angegriffen, aber ihr habt euch gewehrt, spät genug. Erst mußte euch die Leiche des Albert Gräfe vor die Füße geworfen werden.

Die Frage heißt nicht, ob Mara will, daß soundso viele von uns sterben sollen, sondern wie viele den Ustaschi, das heißt dem gewaltsamen Tod mit oder ohne Folter heute nacht entgehen werden. Die Frage heißt weiter, ob die Entkommenen sich zwischen den Ustaschi, den Deutschen und Italienern, den Partisanen der Partei und denen Draza Michailowitschs wie verfaultes Korn sollen aufreiben lassen oder ob sie versuchen werden, stärker zu werden, damit sie sich später hindurchmanövrieren können. Dragi ist gegen Winter, sagte er. Ich bin auch gegen Winter, auch gegen den alten Schmutz, ich hasse die Partei mehr als er. Aber im Moment geht es darum: Hätten wir die passende Munition zu unseren Maschinengewehren oder die passenden Gewehre zur Munition, so könnten wir die Kleine Bucht so lange halten, bis fast alle die Unseren eingebootet und drüben angelangt wären. Und ich, Winter, ich würde als letzter in der Bucht unten bleiben, damit Winter endlich krepieren soll. Also Schluß mit dem Geschwätz! Was werden wir den Kameraden vorschlagen?«
»Du, Vladko«, sagte Djura, sich langsam erhebend, »du hast natürlich die Resolution schon in der Tasche. Das ist immer deine Stärke gewesen. Wir haben aber seinerzeit abgemacht, nichts endgültig zu beschließen, bevor Dojno Faber da ist. Ich meinerseits bin hungrig und schläfrig. Ich gehe in den Pavillon hinüber. Weckt mich, wenn ihr einen schlechten Schützen braucht.« Dragi lief ihm nach und suchte ihn zurückzuhalten. Djura, schon an der Tür, drehte sich um und sagte:
»Vielleicht ist es noch nicht zu spät, dann finde ich Reste von dem Hühnerpaprikasch und dem Topfenstrudel bei der Baroneß.«
»Aber Djura, ja aber...«, stammelte Dragi. Doch schon war die Tür ins Schloß gefallen. Wie in tiefer Beschämung schloß er die Augen. Als er sie wieder öffnete, stand Mara vor ihm. Wie klein und mager sie ist, wie jung und alt zugleich, ging es ihm durch den Sinn. Sie sagte:
»Djura ist wirklich so, wie du ihn dir vorgestellt hast. Und nicht wie er, ein schlechter Schauspieler, sich selber spielt, wenn er verzweifelt ist. Du glaubst mir doch, Dragi?«
»Ja, ja«, erwiderte er mit trauriger Stimme. »Aber wegen Topfenstrudel!« Sie führte ihn zum Tisch zurück. Ich werde nie mehr eine Frau sein, mußte sie plötzlich denken. Nur noch unerschütterlich grausam, hat Djura gesagt.

»Aber da war es natürlich schon zu spät«, beendete Marie-Therese eine gar zu weitschweifige Geschichte. »Sogar die Erzherzogin war *décidément agacée*, und die beiden haben sich dann auf ihr Gut zurückgezogen. *Une retraite bien mal méritée*, hat der Putzi so richtig gesagt. Der Putzi nämlich . . .«

»Wann haben Sie zum letztenmal Nachricht von ihm gehabt?« unterbrach Kral die Gastgeberin.

»Da muß was mit ihm passiert sein, er ist ja wie ein Kind, irgend jemand wird ihm den Kopf verdreht haben. *En tout cas* seit drei Wochen kein Brief von ihm. *Impardonnable!*«

»Vergessen Sie nicht, Baroneß, daß wir hier blockiert sind, vollkommen abgeschnitten —«

»Ach was!« rief sie ungeduldig. »Jetzt beginnen Sie auch noch, an Dummheiten zu glauben. Voriges Mal waren wir im Krieg mit der ganzen Welt, aber meine Korrespondenz war nicht einen einzigen Tag unterbrochen. Diese Manie, sich immer auf Kriege und solche allgemeinen Sachen auszureden, *c'est fâcheux!*«

Kral nickte. In diesem Raum war, was die Baroneß sagte, glaubhaft. Außer den persischen Teppichen war alles Louis XV., also in jeder Hinsicht passend, fand der Doktor.

»Nehmen Sie noch eine Tasse, Doktor, obwohl er wirklich nicht zu trinken ist. Aber eben, Putzi hätte uns Kaffee schicken sollen und den Dojno Faber bringen. Kein Kaffee, kein Faber, kein Brief.«

»Jedenfalls ist es nun zu spät — für den Kaffee und für Herrn Faber. Es scheint, daß wir diese Nacht ausgeräuchert werden sollen, gnädige Frau. Ihre Nichte hat mich beauftragt, Sie davon zu überzeugen, daß Sie das Reduit und die Insel noch heute nachmittag verlassen müssen.«

»Ein Glück, daß ich Sie bisher nicht habe zu Worte kommen lassen, sonst hätten Sie noch vor dem Kaffee mit diesen Dummheiten begonnen.«

»Dummheiten, das ist vielleicht nicht ganz das richtige Wort.«

»*Bêtises, sornettes*, sage ich. Die *filous* des Herrn Pavelic können von Glück reden, daß wir sie bisher nicht ins Wasser geworfen haben. Sie schwindeln ihrem Chef und den Italienern vor, daß sie uns schon lange besiegt haben, daß sie *maîtres de la situation* sind. Betsy hat heute früh einen erfolgreichen Überfall gemacht und ihnen die Cartouchen abgenommen. Jetzt können sich diese Helden mit ihren Gewehren den Rücken kratzen, *mon cher*, aber nicht uns ausräuchern.«

Kral trank den Raki in einem Zug aus und schenkte sich gleich wieder ein. Das war eine interessante Auffassung: Der Überfall war ein Erfolg, denn nun hatten die anderen keine Munition und keine Präservative. Aber vielleicht war es ein Irrtum, die Gummiartikel waren nicht für die Ustaschi bestimmt. Er sagte ohne Überzeugung: »Eben um die Munition zurückzuerobern, haben sie beschlossen, uns heute nacht zu überfallen. Es sind an die hundert Mann, wir knapp fünfzig. Wir haben einige Handgranaten, aber nur zweiunddreißig Gewehre und Pistolen. Wenn wir wenigstens Stacheldraht hätten.« Endlich schien die alte Dame den Ernst der Lage zu erfassen. Sie bewegte besorgt das kleine Vogelgesicht hin und her. Doch als Djura erschien, heiterten sich ihre Züge auf, sie ging ihm entgegen.

»*Quelle bonne surprise, mon cher!* Betsy sagte, Sie hätten sich zurückgezogen, um zu schreiben, und deshalb Ihre alte Freundin vergessen. Der Kral behauptet, daß wir alle sterben müssen. Ist das wahr?«

»Allgemein gesprochen, ja. Ich bin furchtbar schläfrig...«

»Vor der Mahlzeit ißt man nicht, vor dem Sterben schläft man nicht«, unterbrach ihn der Arzt. »Nehmen Sie ein Gläschen, der Raki ist gut.«

»*En effet*, Sie haben sich einen schlechten Augenblick ausgesucht, um schläfrig zu sein«, meinte die Baroneß enttäuscht.

»Nicht nur diesen Augenblick, meine Gnädige, alles habe ich falsch gewählt: die Zeit, den Beruf, die Sprache, in der ich schreibe, jede Frau, die ich je geliebt habe, und meine Freunde. Sterben ist eine halbe, weil verspätete Maßnahme. Nicht geboren werden, das hätte einem gelingen müssen.«

»Ich habe nie eine Zeile von ihm gelesen«, sagte die Baroneß zu Kral, »denn ich halte es für indiskret, die Bücher meiner Freunde zu lesen, aber man sagt, Djura ist in seinen Schriften viel weniger lustig als in seiner Konversation.«

»Verlassen Sie uns also oder nicht?« fragte der Doktor. »Ich möchte Mara eine Antwort bringen.«

»Sagen Sie ihr nur, daß sie nichts zu essen kriegt, wenn sie nicht bald kommt. Und außerdem, daß ich dagegen bin, die Schlacht anzunehmen.«

»Komisch, jetzt erst verstehe ich, was der Cäsar damit gemeint hat, als er sagte, daß irgendeinmal irgendwelche Gallier die Schlacht nicht angenommen haben. Also ganz einfach, wir nehmen nicht an.«

Die Baroneß zuckte die Achseln und sagte: »Kral, Sie kriegen keinen Raki mehr in meinem Haus, Sie vertragen ihn nicht. Denn schließlich ist der Herzog von Braunschweig ein anderes Kaliber gewesen als der betrügerische Versicherungsbeamte, der uns diese Nacht ausräuchern will. Aber trotzdem hat er das Geld angenommen, das ihm einer von diesen Meuterern angeboten hat, Danton scheint's hat er geheißen, und der General Dumouriez, ein Überläufer, hat die Hand im Spiel gehabt. Ich habe es selbst von der Sophie de Champslongs gehört, und sie hat es von ihrem eigenen Onkel erfahren. Sie war schon sehr alt, das ist wahr. Die Paula Metternich hatte sie nach Wien gebracht, aber die alten Leute erinnern sich besser als die jungen an *incidents*. Die Champslongs war keine Lügnerin.«

»Ich nehme doch noch einen Raki, Baroneß, denn wenn ich auch gerne Ihre gute Meinung über das selige Fräulein Sophie und die Verläßlichkeit ihres Onkels teile, so sehe ich doch noch nicht, wieso —«

»Das ist einfach«, unterbrach ihn Djura, während er schnell ein Stück Strudel verschlang. »Unsere gütige Protektorin will uns einen Sieg à la Valmy spendieren oder wenigstens einen Aufschub für die unvermeidliche Niederlage. Und sie glaubt, daß die Nachgiebigkeit des Defraudanten Grkic noch viel leichter und billiger zu erlangen sein sollte als die jenes Herzogs.«

»*Mais soyez sûr*, Djura, ich werde mir nichts vergeben, ich werde ihm zuerst meine Meinung sagen, diesem ehrlosen *chenapan!*«

Die Insel, die wie ein ungeschickt modellierter, fünfzackiger Stern im blauen Meer lag, war mit vielen Namen bezeichnet worden. Bessere Fremdenführer nannten deren drei: den alten griechischen, den italienischen und den kroatischen. Aber auch die Türken hatten ihr einen Namen verliehen, damals, als sie den Marmor aus ihrer Erde holten und nach Istanbul verschifften. Die Genuesen, die Venezianer, die Österreicher und Franzosen waren gekommen. Sie blieben Jahrhunderte oder Jahrzehnte oder nur Wochen — die Einheimischen ertrugen die fremden Besatzungen willig oder unwillig, das Leben ging immer weiter. Außer den Namen und den Sprachen, in denen man die Treueidtexte nachsprechen mußte, änderte sich nicht viel. Denn das Meer blieb sich gleich und die Fische und der Wein, den die großen Krankheiten seinerzeit verschont hatten — es war noch immer der Grk, die Griechen hatten ihn vor Jahrtausenden herübergebracht.

Regierungen hatte es immer gegeben, das mußte wohl so sein, man bezeichnete sie alle mit einem Namen: *Vlast*, die Macht. Der Wechsel kam gewöhnlich vom nahen Festland auf die Insel, die nicht groß, aber auch nicht eine der kleinsten war. Genug Platz für die Einwohner, deren Zahl durch Jahrhunderte gleichblieb. Das Meer verschlang den Überschuß an Männern, das Meer und die fremden Häfen. Auch von den Mädchen, die auf dem Festland in Dienst gingen, kehrten viele nicht zurück. Selbst die Schafherden wurden mit der Zeit nicht größer und nicht kleiner; man aß in guten Jahren mehr Fleisch als sonst, niemals zuviel.

Im Halbkreis um den Hafen, der gut angelegt, aber nicht sehr geschützt war, breitete sich die kleine Stadt aus. Hinter ihr, auf dem »Berg«, lagen die zwei Dörfer, dazwischen der Hügel und ein längliches Tal, in dem Olivenbäume wuchsen. Gute, seltsam häßliche Bäume, verrenkt, wie in einer krampfhaften Gebärde überrascht und verdammt, für alle Ewigkeit in ihr zu verharren.

Die etwa achttausend Einwohner der Insel liebten nicht den Krieg, aber sie fürchteten ihn auch nicht besonders — niemals war es ihr Krieg. Die jungen Leute dienten gewöhnlich in der Marine. Die nicht zurückkehrten, wurden beklagt, betrauert, nicht anders als die anderen, die in Friedenszeiten alljährlich verschwanden. Seit langem war die stete Antwort auf die Frage, wie es ginge: »Teski Zeitl!« — schwere Zeiten. Das zweite Wort hatte man dem Deutschen entlehnt.

Als das Land im zweiten Weltkrieg von den Deutschen überrannt wurde, betraf es die Leute der Insel nur wenig. Dann kamen die Italiener, besetzten das Festland gegenüber, aber es gab überdies eine neue *Vlast*, die eigene kroatische Regierung. Und außer den Gendarmen gab es noch irgendwelche uniformierte Leute, eine neue Art von Polizei. Sie kamen aus Zagreb, aus Split, und der Teufel wußte woher noch. Einige junge Leute schlossen sich ihnen an, Söhne besserer Familien, die gewöhnlich italienische Namen hatten, und einige arme Tunichtgute. Die neuen Herren veranstalteten Versammlungen, auch die Einwohner der Dörfer mußten kommen, die Reden hören. Das erstemal ging man gerne hin, es war eine Abwechslung und kostete nichts. Aber die Leute sagten immer dasselbe und außerdem, wer hatte Zeit für Versammlungen? Dann gab es eine wirkliche Sensation: Eines Morgens wußte man, daß die Burschen nachts in Häuser eingebrochen waren und sieben Einheimische verhaftet und nachher im Gemeindeamt blutiggeschlagen hatten. Und tatsächlich sah man am übernächsten Tag vormittags einige Ustaschi fünf Verhaftete zum Hafen führen. Sie brachten sie nach Split, hieß es. Die zwei anderen, sagte man, hatten sich losgekauft. Es ging also, wie gewöhnlich, ums Geld. Das betraf die Armen nicht, sie würde man in Ruhe lassen, sie hatten nichts, womit sie sich loskaufen konnten. Und außerdem waren sie wirkliche Dalmatiner, keine Serben und keine Juden.

Aber im späten Sommer wurden einige Arbeiter vom Steinbruch weggeholt, sie kamen nie wieder, und einige Fischer verhaftet, ihre Boote und Netze konfisziert. Im Frühherbst begannen die »Expeditionen« in die beiden Dörfer. »Teski Zeiti!« Die Insel grollte, aber stumm. Gegen eine Regierung konnte man nichts tun, man mußte warten, daß die drüben sie stürzten und eine neue errichteten. Vielleicht wäre es besser, sagten die Leute, wenn die Italiener kämen, denn die Eigenen sind zu schlecht. Die Alten wußten Beispiele davon zu erzählen, daß man immer wieder Fremde dazu brauchte, um die Bosheit der eigenen Herren zu züchtigen. »Wenn das Hemd voller Läuse ist, grab es bei den Ameisen ein, die fressen die ganze Zucht auf.«

Dann aber passierte der Mord an diesem Mann, dem Gast der Baroneß. Daß sie und der Vizeadmiral, daß sich die Grüne Bucht das gefallen ließen, war doch wohl ausgeschlossen. Diesmal hatte sich der Eder, der Herr Kommandant, wie er sich nennen ließ, vergriffen. So mächtige Leute ließen sich nicht in die Suppe spucken, sagte man. Man dachte, daß sich der Vizeadmiral bei den Italienern und die Baroneß in Zagreb beklagen und Eder abberufen lassen würden. Zunächst aber geschah nichts und später das Unerwartete: Eder und sein Stellvertreter wurden erschossen neben der großen Mole aufgefunden. Ihre Köpfe lagen im Wasser, ihre Revolvertaschen waren leer. Der neue Kommandant befahl, daß alle Einwohner, auch die Greise und die Kinder, daß alle zum Begräbnis kommen müßten. Aber die Baroneß und ihre Leute kamen nicht. Grkic, so hieß Eders Nachfolger, hielt eine lange Rede. Der Schweiß rann ihm über das rote Gesicht, das wie geschwollen aussah. Allen drohte er, besonders aber den Abwesenden, unter denen die Mörder waren: »Ich werde ein furchtbares Strafgericht halten!« wiederholte er mehrere Male, bis man am Schluß sein Kreischen nicht mehr verstand. Er befahl, daß sich ein Zug bilde, um ihn und seine Leute zu jener Bucht zu begleiten. Aber auf dem Wege, in der Nähe des Zypressenwäldchens, verloren sich die meisten. Nur einige besonders Neugierige gingen bis zur Kapelle des heiligen Pavel mit. Von dort hatten sie einen guten Blick auf die Bucht, den großen Park und das Haus. Sie sahen, wie Grkic seine Leute postierte. Später beobachteten sie, wie der Vizeadmiral und die Baroneß mit ihm verhandelten, ihm aber das Tor nicht öffneten. Schließlich zog Grkic mit seinen Ustaschi ab.

In weniger als einer Stunde wußte die ganze Insel, was geschehen war. Am Abend erzählte man sich, daß der Vizeadmiral den sogenannten Kommandanten ganz einfach geohrfeigt und daß ihn die Baroneß mit der Hundepeitsche so geschlagen hätte, daß er schließlich auf die Knie gesunken wäre und um Gnade gewinselt hätte. Man ging spät schlafen in dieser Nacht, denn immer neue Einzelheiten des Vorfalls wurden bekannt. Man vergaß auch nicht, die Heldentaten der großen Vorfahren der Baroneß zu zitieren. Ja, da sah man es wieder, der Apfel fiel nicht weit vom Stamm. Diese Ustaschi redeten ununterbrochen von Kroatien, aber wer war das? Nicht der Grkic, der wahrscheinlich ein Grieche war, und nicht sein Poglavnik Pavelic, der wahrscheinlich aus Ungarn stammte, sondern die große Dame und ihre Nichte, die Witwe.

Manche meinten, gewiß, das sei wohl so und habe auch seine Richtigkeit, aber andererseits sei das Ganze doch ein Streit zwischen Fremden, die sich leider gerade auf dieser Insel festgesetzt hatten. »Ihre Sache, nicht unsere. Wir haben andere

Sorgen.« Das sagten sie, und am andern Morgen fanden die meisten, daß dies vernünftig gedacht sei, denn es war doch merkwürdig, ja verdächtig, daß die Banditen die Grüne Bucht in der Nacht nicht angegriffen hatten.

Dann lag eines Morgens ein italienischer Monitor vor der Bucht. Später kreuzte er vor dem Hafen und legte schließlich an der großen Mole an. Da sah man, wie der Vizeadmiral, natürlich, er war ja eigentlich Italiener, und die Baroneß an Bord gingen. Zwei Tage später war sie zurück, ohne den Grafen Prevedini, aber der Kapitän begleitete sie bis nach Hause. Und die Matrosen brachten Kisten in die Grüne Bucht. Oho, sagte man, das waren Lebensmittel. Sie bereitet sich auf eine Belagerung vor.

Und natürlich, meinte man, die besseren Leute, die stehen zusammen, ob Italiener oder Kroaten oder Österreicher. Eine Krähe hackt der andern kein Auge aus. Und was der Reiche zuviel getrunken hat, das erbrechen die Armen.

Dann passierte der Zwischenfall in Jabnica. Wegen einer jungen Witwe. Es war übrigens nicht sicher, ob sie eine Witwe war. Einer von den Burschen dieses Grkic kroch ihr nach, kam abends auf einem Motorrad ins Dorf hinauf, spreizte sich wie ein Hahn. Als man ihn eines Morgens auf der Straße vor dem Dorfe fand, ohne Revolver und ohne dies verfluchte Motorrad, da mochte er vielleicht nur schwer verwundet sein, aber wer sollte sich um ihn kümmern und sich Scherereien auf den Hals laden? Die unten mußten mit der Zeit ja doch selbst merken, daß ihnen ein Mann fehlte, und dann ihn holen kommen.

Sie kamen auch. Alle Dorfleute mußten sich vor dem Wirtshaus versammeln, alle, das war der Befehl, sonst würde es das ganze Dorf büßen. Die Ustaschi merkten aber gleich, daß drei von den jüngeren Männern fehlten.

»Laß uns in Ruhe!« sagte der alte Schmied zu Grkic. »Das ist eine Weibergeschichte. Was können wir dafür, daß einer der Unseren nicht zurückgekommen ist aus diesem Krieg, der uns diese junge Frau gelassen hat, die den Burschen, euren und unseren, den Kopf heiß macht?«

Grkic antwortete ihm mit einem Faustschlag ins Gesicht. Da ertönte ein Schuß. Man wußte nicht, woher er kam, er hatte niemanden getroffen. Die Ustaschi schwärmten aus, durchsuchten die Häuser. Sie warfen Stühle, Betten und Bettzeug auf die

Straße. Scheiben klirrten. Sie zündeten zwei Häuser an, zu wenige, sagten sie. Die Bestrafung würde erst folgen. Gegen Abend zogen sie ab.

In der Nacht darauf gingen Männer dieses Dorfs zur Grünen Bucht hinunter, um den drei Burschen Käse, Wein und Maismehl zu bringen. Sie versprachen, wiederzukommen, das Haus der Baroneß zu bewachen. Sie erfuhren zu ihrer Überraschung, daß schon vor ihnen Leute aus Krelac und sogar vom Festland drüben sich eingefunden hatten und daß die Nichte sie führte. Sie war, sagte man, im ersten Krieg beim »Grünen Kader« gewesen, und nun handelte es sich um einen neuen »Grünen Kader«, der da entstand. Kein Zufall vielleicht, daß auch die Bucht schon immer die Grüne geheißen hatte. Und in den Kisten, die die Baronin aus Zara gebracht hatte, waren nicht nur Lebensmittel, Konserven und Zucker, sondern auch Gewehre und Munition und Handgranaten. Die Nichte, Mara hieß sie, das war nicht die Witwe von irgendeinem Baron oder Grafen, sondern von Vasso Militsch. Den hatten zuerst die Serben verfolgt, und dann brachten ihn die Moskowiter um. Von ihm hatte Stepan Radic selbst gesagt: »Er ist unser Bruder und besser als ein Bruder.« Auch über Mara hatte er viel Gutes gesagt. Außerdem war da ein berühmter Mann. Sein Name war in den Schulbüchern gedruckt. Er hieß Djura. Er hatte Bücher von vielen hundert Seiten geschrieben. Dabei war er gar nicht hochmütig, sondern ganz wie es sich gehört, wirklich ein »Unsriger«.

Tage vergingen, Wochen. Man schrieb schon Ende November, Grkic und seine Leute waren noch immer die Herren. Man grüßte sie wohl noch, wenn man die Begegnung nicht vermeiden konnte, man fürchtete sie noch, aber nicht mehr so wie früher, nicht wie einen Sturm, der einen auf dem Wasser überrascht. Es gab nur noch selten Verhaftungen.

Daß Grkic die Grüne Bucht nicht angriff, erklärte man mit seiner Angst vor den Italienern. Beim ersten Schuß würden sie landen, als gute Freunde natürlich, nur um zu helfen. Aha, das kannte man, Hochzeitsgäste, die ungeladen kommen, über Nacht bleiben, um bei der Braut zu schlafen. Tu du mir nichts, so tu ich dir nichts, denkt sich der feige Grkic, dieser schlaue Defraudant, und er läßt die Festung — so nannte man jetzt das Haus in der Bucht — in Ruhe. Und er läßt die Baroneß in

Ruhe. Zwei-, dreimal in der Woche kam sie in die Stadt, von ihren zwei Bedienten gefolgt, der Köchin, die sie aus Syrmien mitgebracht hatte, und dem Mädchen aus Krelac. Eines Nachts aber, vom dritten auf den vierten Dezember, griff er doch an. Die Bora trug den Rauch und den Brandgeruch in die Stadt — ja, die Festung brannte lichterloh. Er hatte sie doch eingeäschert, der dicke, schlaue Grkic. Gegen Morgen erfuhr man, daß er Verstärkung erhalten hatte, die Ustaschi von zwei Nachbarinseln. Sie waren mit Maschinengewehren gekommen und überraschend in der Grünen Bucht gelandet. Dann stellte sich aber heraus, daß die Angreifer große Verluste hatten. Die Leute vom Grünen Kader hatten ihnen überdies zwei Maschinengewehre abgenommen. Sie waren auf den Überfall vorbereitet gewesen und hatten seit langem alles für einen Rückzug auf den Hügel vorgesehen. Auch sie hatten Verluste erlitten, aber die waren gering. Ach ja, diese Mara war ihrer großen Vorfahren würdig, eine kleine Frau mit einem Generalskopf auf den Schultern!
Aber wie geht das weiter? fragten sich die Leute nach einiger Zeit. Grkic hat nicht gesiegt, gewiß, aber der Grüne Kader sitzt doch in der Falle, denn nun ist er vom Meere abgeschnitten. Der Kommandant hatte jetzt an die hundert Mann, alle gut bewaffnet. Sie beherrschen die fünf Buchten.
Und die Verhaftungen setzten auch wieder ein. Eigentlich, näher betrachtet, sagte man am Hafen, war dieser Grüne Kader ein Unglück für die Insel. Macht ist Macht, und man stellt sich nicht gegen Vlast. Die Baroneß und ihre Nichte, die waren doch eigentlich aus Slawonien — was suchten sie in Dalmatien? Willst rebellieren? Bitte schön, aber bei dir zu Hause, nicht bei uns!
Man dachte, der Zustand werde nicht lange dauern. Die Zeit verging, Weihnachten kam, Neujahr, nichts änderte sich.
Dann, eines Nachts, ging es wieder los. Die in der Nähe wohnten, glaubten schon, die Engländer oder vielleicht sogar die Amerikaner seien endlich gekommen. Aber nein, das waren nur der Kader und die Ustaschi. Sie schossen aufeinander wie wild, es ging um die Ladung einer Barke. Es dauerte vielleicht eine Stunde, kaum länger, aber dann wieder einzuschlafen, wenn man so geweckt worden ist, das gelingt nicht jedem.
»Man spürt's in der Luft«, sagte am Morgen der Postmeister. »Auch daß das Wetter so schön geworden ist, hat was zu be-

deuten. Ich sage euch, die Rebellen überleben die Nacht nicht. Übrigens mein Neffe, der ist ja dabei, ist ja schon immer für Pavelic gewesen, er hat's mir vor einigen Minuten geschworen, diese Nacht fällt die Entscheidung. Ich bin nicht parteiisch, aber das Hemd ist einem näher als der Rock, und von unserm Standpunkt aus und außerdem, ich als Staatsbeamter, also je früher, um so besser! Ein Ende, Schluß, Ruhe! Eine Wand ist eine Wand und ein Kopf nur ein Kopf. Was sein muß, muß sein! Und am besten, sobald es Abend wird, die Türen gut schließen und die Läden vor den Fenstern und hinunter in die Keller mit Matratzen. Schließlich, der Herr Kommandant Grkic tut nur seine Pflicht.«

So vergingen die Stunden dieses sonnigen Januartages zu schnell, schien es den einen, zu langsam den anderen. Da oben, hinter den Zypressen und Pinien, lagen die zwei Häuser. Was dachten die Leute vom Grünen Kader, die doch wissen mußten, daß das die letzten Stunden waren? Rechneten sie auf die Stadt? Hoffentlich nicht! Denn schließlich muß jeder an morgen denken. Hinter Grkic stand sein Poglavnik, den stützten die Italiener und die Deutschen. Die Stadt blieb sich selber treu, sie war immer neutral gewesen, stets gewillt, mit den Siegern, wenn diese es erlaubten, den Tag des Triumphes zu feiern, doch nicht überrascht, am andern Tag die Sieger fliehen zu sehen.

Das Meer war im Scheine der untergehenden Sonne verspielt heiter. Mancher Fischer vergaß, sein Boot anzuketten. Gott allein wußte, wo das Recht war, aber vielleicht brauchte jemand in der Nacht ein Boot, schnell, bevor es zu spät war, um sich aufs Festland zu retten. Von dort konnte man es leicht zurückholen.

»Du schläfst ja nicht wirklich, Djura, nicht wahr? Ich mache Licht.«

»Nein, Mara, ich ahme nur einen Schläfer nach, mach Licht. Acht Uhr vorbei — wo ist deine Tante?«

»Ich weiß nicht. Die Sitzung hat erst jetzt geendet. Es ist beschlossen: Du übernimmst die Leitung der Sljemiten fürs ganze Land, gehst zuerst nach Zagreb und wählst von dort deine weitere Route. Vladko geht zuerst nach Montenegro, dann über

Bosnien nach Serbien. Er nimmt den Kontakt mit den Partisanengruppen auf. Dragi begleitet ihn und schlägt sich dann zu dir durch. Ihr verlaßt uns, ehe der Tag anbricht, den genauen Zeitpunkt wird die Kampfleitung bestimmen. Es sind Abmachungen mit Fischern getroffen, die euch mit ihren Booten erwarten werden. Zuvor hast du eine wichtige Aufgabe, du mußt aus den beiden Dörfern Verstärkung holen und sie führen.«
Sie breitete auf dem Teppich zwei Skizzen aus und erklärte Djura den Plan in allen Einzelheiten. Sie gab ihm eine Leuchtpistole und schärfte ihm die Signale ein.
»Ich habe alles verstanden«, sagte er, nachdem er nochmals die Skizzen genau betrachtet hatte. »Wenn's mir aber nicht gelingt, die Bauern zu überzeugen?«
»Es wird dir gelingen, Djura. Dir ist bisher alles gelungen, außer der Wahl deiner Freunde.«
»Ich mag nicht, daß man mich nur halb zitiert. Du hast die Zeit vergessen, die Sprache, die Frauen. Auch sie habe ich falsch gewählt, das habe ich Kral und deiner Tante gesagt. Werde ich dich heute nacht noch wiedersehen?«
»Nicht wahrscheinlich. Wenn ich ausscheide, übernimmt Sarajak die Führung, haben wir beschlossen.«
»Und wo man sich im Jenseits trifft, habt ihr nicht beschlossen? Schade! Warte einen Augenblick, ich bin gleich zurück.«
Er fand Slavica in der Küche. Nein, sie wußte nicht, wo ihre Herrin war. Sie wollte um fünf Uhr zurück sein. Um sechs Uhr war die Dienerin in der Stadt gewesen, aber niemand wußte, wo die Baroneß verschwunden war.
»Der Gnädigsten wird niemand was antun. Alle haben Angst vor ihr«, sagte die alte Slavica ruhig. Sie hatte vor sich auf dem Tisch die längliche türkische Kaffeemühle und die kupfernen Djesvas, Kännchen, in denen der Mokka zubereitet wurde. Seit vielen Jahren verwandte sie jeden freien Augenblick darauf, sie zu putzen.
»Nun?« fragte Mara, als Djura wieder ins Zimmer trat.
»Ich bin um deine Tante besorgt. Sie ist gegen drei Uhr hinuntergegangen, sie wollte spätestens um fünf zurück sein.«
»Es ist Zeit, Djura, deine Begleiter erwarten dich. Hast du dir die Signale gut eingeprägt?«

Er nickte, sah sie an, wie sie im rötlichen Lichte stand, die Hände in den Taschen ihres zu breiten Soldatenrocks vergraben, die Augen weit geöffnet. Er trat einen halben Schritt auf sie zu, dann drehte er sich um und ging hinaus.

Die Gesichter der Männer verrieten es ihm nicht, ob er gut oder schlecht gesprochen hatte. Obwohl sie sich dicht um ihn herum drängten, fühlte er, daß sie von ihm weit entfernt waren. Das Licht der weißbäuchigen Petroleumlampe auf dem Tisch erhellte nur Teile von Gesichtern: hier ein rundes Kinn und einen breiten Mund, da eine niedere Stirn und Stoppelhaare, dort eine glatte Wange und ein großes Ohr. Er beugte sich vor, damit sie sein ganzes Gesicht sehen sollten, und wiederholte den letzten Satz:
»Wen man erst bitten muß, der soll nicht kommen; wer Angst hat, der soll nicht kommen; wer glaubt, daß er mir oder meinen Kameraden einen Gefallen tut, der soll nicht kommen. Ich bin nur jene holen gekommen, die nicht schlafen können in einer Nacht, in der man ganz nahe ihre Brüder schlachtet.«
Einer seufzte, ein anderer hüstelte. Endlich sagte einer von denen, die nahe der Tür ganz im Schatten standen:
»Ich habe gedient. Ich bin Zugführer gewesen, ohne mich zu rühmen. Also, ich komme mit. Ich kann gut Handgranaten werfen. Aber natürlich, was ist da viel zu reden, ein Gewehr ist besser. Ein Gewehr ist ein Gewehr. Und außerdem, es ist ja wahr, warum kommt man immer zu uns nach Jabnica und läßt die Krelacer in Ruhe? Ein Dorf wie das andere, ja. Aber von uns verlangt man alles. Deshalb sage ich, Herr Djura, mit allem Respekt —«
Er verstummte, als ob ihm jemand auf den Mund geschlagen hätte, wischte sich ihn mit dem Handrücken ab und trat an seinen früheren Platz zurück. Um das Schweigen zu brechen, erklärte Djura:
»Die Leute von Krelac werden tun, was ihr tun werdet. Ihr habt das Beispiel zu geben, das ist eine Ehre für Jabnica.«
Das alles habe ich schon beschrieben, dachte Djura müde. Wiederkauen. Jetzt wird ein Junger sprechen, darauf der entscheidende Alte dann ... Theater, ein Stück für Leute, die langsam

verstehen, man muß ihnen alles ausführlich sagen und dann noch wiederholen.
Endlich sprach der Alte:
»Was man wissen müßte, das ist, wer Sieger sein wird am Ende. Wenn du also glaubst, Herr, daß man sich auf eine Seite stellen muß, dann darf man nicht irren, dann muß man auf der guten Seite sein. Kannst du schwören, daß ihr siegen werdet? Ich meine, nicht diese Nacht, aber am Ende? Die Stadt unten, sie ist nicht groß, aber wie alle Städte ist sie eine Hure. Jeder Sieger ist ihr Bräutigam. Doch wir hier, wir sollten uns nur schlagen, wenn wir unbedingt müssen, denn schließlich —«
Djura unterbrach ihn: »Ja, ich schwöre euch Männern von Jabnica, daß wir Sieger sein werden am Ende. Amerika ist noch nie besiegt worden, Amerika ist mit uns. Der englische König ist noch nie besiegt worden, er ist mit uns. Rußland ist mit uns, das weite, das riesige Rußland, das so leicht blutet und niemals verblutet.« Er war aufgestanden, hatte die Lampe gefaßt und sie in Augenhöhe gehoben. Er beugte den Kopf zurück und sagte feierlich: »Eure wahre Regierung ist nicht die des Mörders Pavelic, sondern jene andere, geheime und dennoch mächtige, in deren Namen ich euch hiermit auffordere, in dieser Nacht fünfzehn kräftige Männer im dienstpflichtigen Alter zu stellen, damit sie an einer anbefohlenen militärischen Aktion teilnehmen.«
Er sah sich zu, wie er die Lampe auf den Tisch zurückstellte, energisch, doch vorsichtig, und sich dann wieder setzte. Hatte er nicht auch das beschrieben? Dann mußte er ja auch wissen, was nun zu folgen hatte: die stumme Beratung der Bauern, die einander anblickten und dann langsam, einer nach dem andern, dem Alten zunickten. Der ergriff schließlich das Wort:
»Du sagst also: fünfzehn Mann. Wieviele heißt das eigentlich? Denn drei der Unsrigen sind seit langem bei euch. Vier, die die letzte Nacht hinuntergegangen sind, sind noch nicht zurückgekommen, wir geben euch also noch acht Männer, das macht zusammen fünfzehn. Sag deiner Regierung, daß wir selbst dem Kaiser Franz Joseph nicht mehr gegeben haben.«
Djura wußte, daß er darauf gar nichts zu antworten brauchte. Er erhob nicht einmal den Kopf, um in den Gesichtern der Männer die Mischung von Spannung, Stolz und heiterer Schlauheit zu beobachten. Stumm bot er aus der großen Schachtel

Zigaretten an. Die weit vom Tisch saßen, kamen heran und bedienten sich. Dann stand er auf und sagte:

»Es ist spät, ich muß sofort nach Krelac, um mir dort zwanzig Mann zu holen. Es sind gute Männer. Nicht besser, das ist wahr, aber auch nicht schlechter als zum Beispiel euer Marjan, der mit mir gekommen ist und der eure fünfzehn zur Stelle hinführen wird, wo sie spätestens in einer Stunde versammelt sein müssen. Du, Zugführer, übernimmst das Kommando, verteilst die Granaten, die ihr dort finden werdet. Sobald ihr aus den Obstgärten hinaus seid, keinen Laut, keine Zigarette. Also, in einer Stunde im Öltal. Und jetzt brauche ich ein Pferd und einen guten Sattel. In diesen Monaten ist mein Hintern abgemagert.«

Sie lachten, einer rief: »Der Hintern vielleicht, aber der Kopf, der ist geschwollen.«

»Nicht von der Weisheit, die du hineingetan hast«, antwortete Djura schnell, »und nicht von den Rechenkünsten eures schlauen Alten, der noch nicht weiß, daß es zwar Gefäße gibt, den Wein zu messen und das Öl, aber daß man eigenes Blut nicht mißt und nicht wägt.«

»Nun ja«, antwortete der Alte bedächtig, »Vlast hat tausend Städte und Dörfer, und das ist vielleicht am Ende nicht so viel. Ich bin der Älteste dieses einen kleinen Jabnica, und da bin ich geizig mit dem Blut. Wenn die aus Krelac dir soviel Männer geben wie wir, gut. Weniger? Dann werden die, die zuviel von uns sind, gleich die Deichsel umdrehen. Das hier ist meine Stube. Du darfst sie nicht verlassen, bevor du meinen Wein getrunken hast. Du sollst sehen, daß ich den Wein nicht messe.«

Eine stille Nacht, für Januar nicht kalt, aber auch nicht gerade warm. Man sah keine Sterne. Gegen Morgen mochte es regnen. Aber noch war der Tag fern, eine Stunde fehlte noch bis Mitternacht. Die im Reduit wußten schon, daß alles geklappt hatte. Unter Djuras Kommando waren nun zweiundvierzig Mann versammelt. Zwölf von ihnen lagen im Hinterhalt nahe der Straße, die von der Stadt nach Jabnica hinaufführte, etwa in einer Entfernung von dreihundert Metern an dem Reduit vorbei. Wollten die Ustaschi von hinten angreifen, so mußten sie

die Straße hinaufkommen oder sie jedenfalls gerade an der Stelle passieren, an der sie das Tal nach Südwesten abschloß. Neun Krelacer sperrten den Zugang zum Tal von der andern Seite ab. Dreiundzwanzig Männer hatten sich zwischen den Ölbäumen verstreut. Manche dösten, andere flüsterten miteinander. Sie bildeten die Reserve, die nach der angegriffenen Seite geworfen werden sollte, mit dem Ziel, den Feind abzudrängen. Aber Mara und Sarajak rechneten mit einem Frontalangriff. Grkic würde durch das Wäldchen, das von dem Friedhof zum Hügel hinaufführte, zuerst seine Flügel vortreiben, wahrscheinlich je dreißig Mann mit zumindest zwei Maschinengewehren, und dann, sobald der erste Graben von den Flanken her gesäubert war, würde er aus dem Zentrum vorstürmen und sich auf dem Plateau mit den Flügeln zusammenschließen. Erst in der zweiten Phase, während des konzentrierten Sturms auf die letzten Gräben und die beiden Gebäude, hatte Djura nach einer schnellen Umgehungsbewegung von hinten anzugreifen und wenigstens einen Flügel vom Rest abzudrängen und einzukeilen, zu vernichten oder jedenfalls zum Rückzug zu zwingen. Gelang es, so wollte die Besatzung des Reduits zum Sturm auf Grkic übergehen und sich mit Djuras Truppe vereinigen.
Wald- und Geländespiele für Boy-Scouts, dachte Djura, der, etwas höher als die drei Läufer, auf dem Steingeröll saß und wieder einmal zum Pavillon hinaufblickte. Das sind alle Schlachten wahrscheinlich, die großen und die kleinen. Unwürdig erwachsener Menschen, eine ganz minderwertige Choreographie. Wenn das Sterben nicht dazugehörte, niemand würde sich auch nur danach umsehen. Flügel, Flankenangriff, Zentrum, stürmen, umgehen, einschließen, durchbrechen — seit Jahrtausenden dasselbe. Und dafür haben Knaben im Greisenalter Ruhm und Denkmäler und bedeutende Pensionen bekommen.
»Es ist aber verdächtig still«, flüsterte ihm Marjan zu.
»Warum verdächtig?« fragte Djura.
»Ich weiß nicht. Außerdem ist es nicht warm, gar nicht warm«, meinte der Junge. »Wenn wir so die ganze Nacht aushalten, in der Kälte, und vielleicht regnet es noch, und wir mit unseren eingerußten Gesichtern, und dann geschieht nichts und die Leute kommen früh in die Dörfer zurück. Man wird über uns lachen, das ist alles, was ich euch sagen kann.«

»Und dann muß man noch einmal anfangen«, stimmte ihm ein Krelacer zu, »die nächste Nacht und wieder nichts. So vergeht eine Nacht nach der anderen. Ja, das ist wahr, Marjan, das wäre ja dann wirklich so, wie wenn man...«
Er fand nicht den Vergleich. Djura stand auf und ging die Posten inspizieren. Als er zurückkam, lagen die Läufer eng aneinandergeschmiegt. Sie schliefen.
Die Zeit verging ihm langsam und schnell zugleich.
Die Nacht war wie ein breites Band, das ganz sachte, fast unmerklich abrollt. Man weiß und kann's doch kaum glauben, daß es ein Ende hat. Auf diesem Bande lief er hin und her, bewegt vom schnellen Wechsel der Gefühle und Gedanken. Nur selten, und mehr mit Widerwillen und Haß als mit Angst, dachte er an den Tod, der nahe sein mochte. Länger verweilte er bei den Erinnerungen, die ihn in sein Dorf zurückführten, in das große verwahrloste Haus seines Vaters, den er lange bewundert hatte und dann verachtet, ohne Groll, ohne Erregung des Gemüts. Der alte Zagorjac war ein Trinker gewesen, ein prozeßwütiger Querulant, gewalttätig nur in Worten, doch ängstlich vor der Tat. »Diesmal ist's beschlossen, ich gebe keinen Pardon mehr! Kein Erbarmen mehr mit den jämmerlichen Widersachern! Jetzt breite ich meine Flügel aus, am nächsten Montag früh fahre ich nach Wien zum Kaiser. Meine Resolution ist irrevokabel!« Diese sonderbaren Worte klangen dem Kinde wundervoll. Die Montage vergingen, Jahre vergingen, der Vater breitete die Flügel nicht aus. Später war es auch nicht möglich, die Motten hatten die Galauniform zerfressen. Und die beiden Töchter hatten den Vater verraten, Widersacher geheiratet, und die Schwiegersöhne führten Prozesse um die Herausgabe der Mitgift. Später gab es auch keinen Kaiser mehr, kein Geld für die Anwälte, keinen Tokajer, nur noch Sliwowitz, den sich der Alte selbst brennen mußte.
Und dann die Bottelbriefe, »sowohl höfliche als auch dringende Gesuche«. Der Vater richtete sie an die reichsten Leute des Landes, um sie von dem schwarzen Undank seines Sohnes zu unterrichten, für den er alles geopfert hatte, damit die Nation endlich einen ihrer würdigen Dichter hätte. Er hatte eine schöne Schrift, drei Schriften. Alles hatte er verloren, die Töchter waren zum Feind übergegangen, der Sohn kam nur einmal im Jahr

zu kurzem Besuch, aber die Kalligraphie, die konnte ihm niemand nehmen. Sein Sohn hatte es leicht, er versteckte seine Schrift hinter der Typographie, aber wenn es die nicht gäbe, dann würde man ja sehen ...
»Marjan, wach auf! Nein, es ist noch immer verdächtig still, aber es ist Zeit, die Posten abzulösen. Zwölf links, neun rechts. Und sie sollen nicht schlafen, es kann jeden Augenblick losgehen. Schärf's ihnen ein!«
Mit der Zeit war der Alte unmäßig dick geworden, eine Tonne auf zwei kurzen Beinen, die grollend oder lüstern hinter den Mägden herrollte. Schließlich die Apoplexie. Nur die Augen bewegten sich noch. Aber er wollte nicht sterben, er brauchte an die drei Jahre dazu.
Wäre er gestorben, als ich noch ein Kind war, so hätte ich das Dorf nicht verlassen. Dann war es zu spät, dorthin zurückzukehren. Auch das habe ich von ihm, daß ich nie an Selbstmord gedacht habe. Niemals. Daß ich immer nur dumme Frauen geliebt habe. Elegant mußten sie sein. Ihre Eleganz sollte das Vulgäre ihrer aufdringlichen Schönheit verdecken und hatte immer den Effekt, sie zu unterstreichen. Sie paßten alle zu seinen Reden. Kalligraphische Frauen mit rhetorischen Schenkeln. Sie haben mich alle so geliebt wie mein Vater. Keine hat mich begehrt. Unwichtig.
»Alles in Ordnung«, meldete sich Marjan zurück. »Sie sagen, sie hören schweres Motorengeräusch unten. Die einen sagen, es ist in der Grünen Bucht, die anderen behaupten, im Hafen.«
Djura ging die Männer ausfragen. Nein, seit der Ablösung hörte man nichts mehr. Vorher aber hätte man Motoren gehört. Sie hielten den Atem an, lauschten. Ein leises, gleichmäßiges Geräusch. Wahrscheinlich das Meer, das an die Felsen schlug.
Immer nur Frauen geliebt, die einen nicht begehrten. Wille zur Vergewaltigung. Aber es gab nie eine Vergewaltigung. Gehorsame rhetorische Schenkel. Die Gesichter haben mich nie angezogen, jedenfalls nicht die Gesichter dieser Frauen. Ich hab' sie auch nie beschrieben.
»Das ist nicht wahr«, sagte einer heftig. »Letzten Sommer hat es bei uns in Krelac mehr gehagelt als bei euch in Jabnica. Aber was willst du? Bei uns in Krelac, wenn es hagelt —«
Tausend Jabnicas, aber wenn ich jetzt aufstünde, ich wüßte

nicht, wohin zu gehen. Ich nehme den Globus, ich suche ihn ab — nein, nirgends. Achtundvierzig Jahre, seit vierunddreißig will ich weggehen. Nur während man schreibt, vergißt man, daß man nirgends ist. Am besten, im Gefängnis schreiben, die klarste Situation. Jetzt bin ich Choraget schnarchender Bauern. Schießen sie grün-orange, so werfe ich mich mit den Schnarchern nach rechts, schießt man dort orange und dann orange-grün, so werfe ich mich nach links. Kommt bis zum Morgen kein Signal, gehen die Bauern zur Quelle hinauf, waschen sich die Gesichter und kehren dann nach Hause zurück. Ich verlasse dieses Nirgends und begebe mich in ein anderes. General Djura bot die Schlacht an, aber der Feind nahm sie nicht an. Die Widersacher, sagte der Vater, *les effroyables chenapans,* die Baroneß. Wenn ihr was zugestoßen ist, wird sich Putzi umbringen. Hero und Leander, Romeo und Julia. Unbrauchbar, die Baroneß. Eine Episodenfigur, die Neigung hat, sich vorzudrängen. Höchstens zehn Seiten würde ich ihr geben. Alle sind bei mir Episodenfiguren geblieben, alle außer den Bauern. Ein Versuch, aus dem Nirgends sich zurückzuschleichen nach Hause, ins Dorf — das ist meine ganze Literatur gewesen. Oder mit dem Dorf fertig zu werden, ein für allemal. Nun hört man auch hier die Motoren. Ein Flugzeug. Wahrscheinlich ein Engländer. Genau über unseren Köpfen. Hat sich vielleicht verirrt. Aber er ist nicht verloren, nicht so allein wie wir mit unserm kleinen Krieg. Wenn er will, dreht er das Radio an, dann hört er Tanzmusik aus einem Hotel am Hydepark Corner. Und morgen abend wird er selber dort tanzen. Ein goldener Jüngling, der nicht einmal ahnt, daß er von Jabnica und Krelac nichts weiß.

Aus dem Cubus ein Signal. Er antwortete. Ja, alles in Ordnung. Mara mußte jetzt wissen, was mit ihrer Tante geschehen war. Aber sie hatten kein Signal für solche Mitteilungen abgemacht. Jedenfalls hatte die Marie-Therese diesmal keinen Erfolg gehabt. Beim Herzog von Braunschweig konnte man einen Sieg erkaufen, beim Defraudanten Grkic nicht. Hätte sie ihn aber gekauft, so könnte er jetzt in einem Bett schlafen, die Leute würden bei ihren Frauen liegen, statt, an die Bäume gelehnt, um zwei Uhr nachts Brot und Speck zu essen und Schnaps zu trinken.

»Es ist doch ziemlich kalt«, sagte der Krelacer Läufer. »Essen wärmt und Raki auch. Wir haben ein Fäßchen mitgebracht, ein kleines nur, aber immerhin. Denn wir haben uns gleich gesagt, so eine Nacht ist lang, und auch wenn man warm angezogen ist, noch ein Glück, daß wir hier gegen den Wind geschützt sind.«

»Es gibt sowieso keinen Wind, wir haben Glück«, wandte einer ein.

»Wind gibt es immer. Es hängt davon ab, verstehst du...«

Djura ging wieder die Posten inspizieren. Nein, außer dem Geräusch des Flugzeugs hatten sie nichts mehr gehört. Aber da war einer unter ihnen, der hatte Augen wie ein Adler, und im Finstern sah er wie eine Katze. Ja, bestätigte der Mann, das wäre schon in der Familie. Selbst sein Großvater, der ein Auge verloren hatte, das war damals, wie die Versicherung sich geweigert hatte, den Brandschaden zu ersetzen, und eine Kommission gekommen ist, diese Hurensöhne —

»Was also siehst du jetzt?« unterbrach ihn Djura.

»Nichts«, antwortete der kleine, dickliche Mann. »Nichts. Nur unten, in der Ecke der Bucht, da sehe ich mancherlei. Es ist ein Wagen, und wieder ist es kein Wagen. Oder es ist ein Wagen und eine Kanone darauf. Das Ding ist nicht schwarz und nicht blau, sondern grün oder grau. Und daneben, ob du es glaubst oder nicht, sehe ich wieder etwas Grünes oder Graues, vielleicht auch ein Wagen, aber anders. Ein Lastauto zum Beispiel. Wie also die Kommission gekommen ist, verstehst du, denn gebrannt hat es, weil es brennen wollte, wie das schon immer so ist...«

Er erzählte ausführlich seine Geschichte. Dann mußte er sich wieder zur Bucht hinwenden und sagen, was er jetzt sah. Er sah diesmal drei Wagen, bald aber nichts mehr. Man hörte Motorengeräusch.

Djura beeilte sich, zu Mara zu gelangen. Er wurde einige Male aufgehalten, die Männer in den Gräben ließen ihn erst durch, nachdem er sich zu erkennen gegeben hatte.

Er fand sie im kleinen Zimmer auf der ersten Etage. Sie saß an dem Tisch vor dem Fenster und schrieb. Sarajak lag auf dem Sofa, das zu kurz war für seine langen Beine.

»Du hast alles sehr gut gemacht, Djura«, sagte Mara. Sie sah kaum von ihren Notizen auf. »Aber du hättest nicht kommen sollen. Es ist jetzt vier Uhr fünfundzwanzig. Um fünf Uhr vierzig machst du dich auf den Weg. Die Fischer erwarten dich um sechs Uhr dreißig beim Schwarzen Felsen. Dragi hat sich um drei Uhr auf den Weg gemacht, Vladko vor mehr als einer Stunde, beide können schon drüben sein.«

»Sarajak«, rief Djura, »wach auf!«

»Ich schlafe nicht, sprich!«

Djura berichtete, was sie gesehen hatten.

»Das ist das Ende«, meinte Sarajak ruhig. Er setzte sich auf, fuhr sich bedächtig mit beiden Händen durch das dichte, lockige Haar. »Sie haben aus Split Tanks kommen lassen, wahrscheinlich nur leichte, und Panzerautos. Es wird reichen, genug für einen schwachen Spieler.«

Sitzend schnürte er sich die Schuhe zu, dann knüpfte er die Krawatte, die er unter dem Polster hervorzog. Endlich stand er auf, trat an den Tisch und breitete eine Skizze aus.

»Selbst ein Anfänger gewinnt das Spiel. Sie haben zumindest zwei Tanks und zwei Panzerautos. Die Tanks werden durch den Jungwald anrollen, die Panzerautos werden aus dem Öltal angreifen. Die Mausefalle ist geschlossen.«

»Wir könnten sie mit gebündelten Handgranaten angreifen«, sagte Mara. Sie fuhr mit einem Bleistift über den Plan, als wollte sie darauf Zeichen machen, aber die Gebärde blieb leer. »Die Schützen, die hinter den Tanks kommen werden, und die Maschinengewehre der Panzerautos können uns daran hindern.«

»Aber die Schützengräben?«

»Die Tanks werden sie überfahren und dann ausputzen. Aber wir haben noch etwas Zeit, sie können sich's leisten, erst im Morgengrauen anzugreifen. Jedenfalls brauchen wir die Bauern nicht mehr. Die sollen sofort nach Haus und die Maschinengewehre eingraben. Wir werden ihnen später nachfolgen und uns im Wald hinter den Dörfern zerstreuen.«

»Kampflos aufgeben?« fragte Mara. Sie rückte mit dem Stuhl, als wollte sie aufstehen und Sarajak ins große, verschlossene Gesicht schleudern: »Es wird gekämpft!« Aber sie blieb sitzen und sagte: »Kämpfen oder nicht kämpfen, ist eine rein politische Frage. Das vergißt du manchmal, besonders seit du aus Spanien zurückgekommen bist.«

»Nutzlosen Selbstmord anzubefehlen ist militärisch und poli-

tisch eine Dummheit«, erwiderte Sarajak scharf. Er knöpfte sich schon wieder die elegante, rehlederne Jacke zu. Dann sagte er in verändertem Ton: »Übrigens, mir ist es gleichgültig. Entscheidet ihr beide.«
»Die Bauern zurückschicken — einverstanden«, erklärte Mara. Endlich verließ sie den Tisch. »Und Djura geht nach Zagreb. Die anderen bleiben hier. Wir teilen uns in zwei Gruppen: die einen, unter meiner Führung, erwarten die Tanks im Jungwald. Wer leben bleibt, rettet sich in die Dörfer hinauf. Die zweite Gruppe bleibt hier oben und schießt nur auf lebende Ziele. Bis zur letzten Patrone, sich nicht gefangennehmen lassen! Ziehen wir uns kampflos in die Dörfer zurück, so werden sie uns einige Stunden später kriegen und abschlachten. Aber dann wird unser Tod wertlos sein. So aber —«
»Was so aber?« fragte Sarajak, ohne die Zigarette aus dem Mund zu nehmen. Er sah auf die kleine Frau hinunter und dachte: Im Augenblick ist ihre Vorstellung betäubt. Sie denkt nur an die Wirkung auf die anderen, das Volk, die Nachwelt. Die anderen werden heute um zwei Stunden früher pissen als sonst, weil der Lärm unserer Vernichter sie wecken wird.
»Ich habe genug geredet«, sagte Mara. »Djura, deine Meinung!«
»Die Dorfleute zurückschicken, und wir alle sollen sofort versuchen, nach drüben zu entkommen.«
»Unmöglich«, erwiderte Sarajak. »Dank ihren Vehikeln brauchen sie für den Angriff höchstens fünfzig Mann. Es ist so gut wie sicher, daß sie nun mit Verstärkungen mehr als hundert sind, die die Buchten überwachen, um uns den Weg übers Wasser abzusperren. Du mußt also sofort gehen, sonst kommst du nicht mehr durch.«
»Ich bleibe natürlich bei euch«, sagte Djura. Er fühlte den Blick der beiden auf Stirn und Schädel. »Das ist selbstverständlich. Nicht als ob es mir leicht wäre — nein, denn gerade in diesen Stunden —, ich habe seit langem wieder an früher gedacht und beschlossen, ganz neu anzufangen. Wie töricht das in diesem Augenblick klingt! Entschuldigt. Solchem Ende so nahe, ist wahrscheinlich alles töricht.«
»Der einstimmige Beschluß bleibt bestehen. Djura, du mußt sofort gehen«, sagte Mara entschieden. Aber sie sah ihn dabei nicht an. Sarajak meinte: »Ich bin mit Mara einverstanden, du

mußt sofort gehen! Denn bevor du die Insel verläßt, hast du noch eine gefährliche Aufgabe zu erfüllen. Paß auf: Du nimmst diesen Weg«, erklärte er anhand der Skizze, »dann biegst du hier ab, und von da wendest du dich wieder nach links, die Zypressenallee hinauf. Du stellst fest, wieviel Wagen sie haben. Hier schreibe ich dir Signale auf. Du signalisierst, sobald du auf der andern Seite des Sankt Pavel bist. Danach schnell zum Schwarzen Felsen! Wenn ich binnen dreißig Minuten über ihre Stärke informiert bin, können wir Dispositionen treffen, die vielleicht doch noch —«
»Ihr wollt mich loswerden. Es ist für alles zu spät.«
Sarajak steckte ihm den Zettel mit dem Signalcode in die innere Rocktasche und drängte ihn langsam zur Tür.
»Mara kann nicht weg aus politischen Gründen, ich aus militärischen. Deine Mission ist gefährlicher als eine offene Schlacht. Wenn sie dich erwischen . . .«
Mara öffnete hinter ihm die Tür. Sie sagte:
»Leb wohl, Djura, und vergiß niemals, wie wir dich geliebt haben, wir alle. Und berichte ihnen, wie alles gekommen ist. Und erkläre Dojno, warum wir geglaubt haben, daß er kommen müßte.«
Sie drängten ihn die Stiegen hinunter und brachten ihn zum Tor. Als er draußen stand, nahm ein Mann seinen Arm und führte ihn sacht an den Gräben vorbei, aus dem Reduit hinaus.
Die Bauern versammelten sich um ihn mitten unter den Ölbäumen. Er sollte ihnen erklären, warum das Reduit sie nicht mehr brauchte. Er fühlte, wie die Tränen ihn würgten, und ließ eine Weile verstreichen, eher er sagte: »Ich will euch danken, daß ihr gekommen seid, und euch bitten, schnell nach Hause zu gehen. Wir haben nicht die Waffen, mit denen ihr dem Reduit helfen könntet. Und wir wollen, daß eure Dörfer von Strafexpeditionen verschont bleiben. Grabt die Waffen und die Munition, die wir euch geben, gut ein. Ihr werdet sie eines Tages brauchen.«
Sie begleiteten ihn alle stumm bis zum Krelacer Pfad. Erst als er sich ihren Blicken entzogen hatte, riefen sie ihm nach: »Gott helfe dir!«
Hie und da schien's ihm, als hörte er Schritte hinter sich, aber er drehte sich nicht um. Er stolperte oft, einmal fiel er hin, aber

er beachtete es nicht. Atemlos kam er am Fuße der Zypressenallee an. Er durfte nicht ruhen, das Grau am Himmel breitete sich schnell aus, die Nacht ging zu Ende. Endlich war er oben. Er fand sich nicht gleich zurecht und wollte verzweifeln. Schließlich besann er sich, daß die Kapelle erst den freien Ausblick auf die Straßen bieten konnte, deren eine von der Grünen Bucht zur Stadt und die andere links hinauf zum Friedhof führte. Er erblickte die Fahrzeuge und konnte sie nicht gleich unterscheiden, er war zu ungeduldig. Aber da setzten sie sich in Bewegung. Nun erkannte er genau: es waren zwei Tanks und ein Panzerauto. Nur ein einziger Mann war auf der Straße. Er lief neben dem Auto her, beendete wahrscheinlich gerade ein Gespräch mit dem Fahrer. Dann wandte er sich um und ging in die Richtung der Bucht, in der ein großes Boot vor Anker lag.

Djura lief den Hügel hinunter, an die Stelle, die ihm Sarajak bezeichnet hatte. Im Licht der Taschenlampe entzifferte er das Signalblatt. Dann feuerte er die Zeichen ab, Sarajak gab das Schlußsignal.

Nun hätte Djura etwas ruhen mögen. Es war gefährlich, er mußte sofort weiterlaufen, denn er hatte ja seine Position verraten. Er lief wieder landeinwärts, machte einen Halbkreis um die Ruinen der Häuser, aus denen Grkic sie ausgeräuchert hatte. Endlich war er im dichten Gebüsch. Der Schwarze Felsen am Meer war nicht mehr weit, in zehn Minuten konnte er ihn erreichen. Er hatte etwas mehr Zeit, nun konnte er ruhen. Zwischen den Agaven streckte er sich aus, die Erde war feucht. Er wischte sich den Schweiß aus dem Gesicht. Ein bitterer Geschmack stieg ihm zum Hals hinauf. Er sah auf die Uhr. Ja, es war die Stunde. Seit über zwei Jahren weckte es ihn fast jede Nacht. Er mußte dann aufstehen und die Blase leeren. So endeten seine Nächte zu früh, mit zehn Minuten schwarzer Galle, in denen er sich unsagbar hilflos fühlte und die Verzweiflung des Leibes das Gemüt gewaltsam aus dem Schlaf stieß und für lange Augenblicke wie ein Alpdruck verstörte. Sollte er länger hierbleiben oder zum Schwarzen Felsen gehen? Er zögerte. Der Krampf in den Waden ließ nicht nach, die Füße schmerzten ihn. Er setzte sich, erhob sich aber bald wieder und ging langsam zum Treffpunkt. Er konnte den Weg nicht verfehlen, der Wellenschlag war deutlich hörbar.

Er mußte an Hinko denken, an Dragi und an den Lehrer Bugat, der ihn verraten hatte. Keiner von ihnen hatte ihn wirklich gekannt, alle drei hatten ihn stürmisch bewundert, in der Art, wie junge Menschen die Liebe lieben, so daß die Geliebte immer tiefer sinken muß, bis sie in die Niederungen verstoßen ist, zu denen kein Gefühl mehr hinfindet. Gefährliche Bewunderer, dennoch so verlockend.

Hinko war nun tot, Dragi unter den Fittichen Vladkos, Bugat allein war verloren. Erst in zwanzig Jahren, lange nach seinem schändlichen Tode, wird man mit ihm Mitleid haben dürfen. Es muß furchtbar sein, im Leibe eines Verräters zu wohnen.

Zuerst klang es wie einzelne Peitschenhiebe, die einander immer schneller folgten. Dann aber war's, als ob das ganze Steingeröll eines Berges in Bewegung geraten wäre, dazwischen ein Pfeifen, wie wenn Vögel aus metallenen Kehlen verzweifelt schrien.

Er drehte sich um, konnte aber nichts sehen. Die Zweige der Bäume bewegten sich langsam im schwachen Winde. Wieder zögerte er in peinvoller Unschlüssigkeit. Endlich lief er zum Ufer, vom Felsen aus mußte er einen Ausblick auf das Reduit haben. Er verirrte sich, kam der Kleinen Bucht gefährlich nahe, lief zurück, landeinwärts, und sah endlich links die Felsen aufragen. Er stolperte, fiel, konnte sich nicht gleich aufrichten, kroch auf allen vieren, erfaßte das Nutzlose seines Tuns, setzte sich, schöpfte Atem. In seinen Ohren hämmerte es dröhnend. Er war nicht mehr sicher, ob er das Schnellfeuer noch hörte. Bald konnte er sich wieder erheben, diesmal achtete er auf seine Schritte. Endlich war er oben auf dem Felsen. Nein, er konnte nicht genau unterscheiden, was da drüben vorging. Er sah Flammen hochsteigen und Rauch, der alles verdeckte. Der Lärm war gewaltig. Plötzlich erhob sich ein Dach über dem Rauch. Es war wie ein Floß, das eine stürmische Welle hochschleudert. Das ist mein Traum, durchzuckte es ihn, mein böser Traum. Und dann war's ihm auf einmal gewiß, daß sie da drüben Mara töteten, Mara und Sarajak, die er nicht hatte verlassen dürfen.

Er lief hinunter. Er fühlte die Tränen, als ob sie Tropfen wären, die von den Bäumen auf sein Gesicht fielen. Zwei Männer hielten ihn auf, faßten ihn bei den Armen.

»Was schreien Sie die ganze Zeit? Die Ustaschi in der Kleinen Bucht können Sie schon gehört haben«, sagte der eine vorwurfsvoll. »Sarajak hat uns hierher geschickt, wir sollen Sie ins Boot hinunterlassen« — er öffnete den Mantel. Um den Leib war ein Seil gebunden — »und wenn es notwendig ist, werden wir ein kleines Ablenkungsmanöver machen. Hoffentlich kommt's nicht dazu.«

»Ich will ins Reduit hinauf. Man mordet unsere Leute«, antwortete Djura noch immer atemlos.

Einer reichte ihm einen ledernen Beutel und sagte freundlich: »Drehen Sie sich auch eine Zigarette. Wir rauchen ganz gemütlich, und dann ist es gerade Zeit zu gehen. Und was da oben geschieht — na ja! wie man schon sagt, wärst nicht hinaufgestiegen, wärst nicht heruntergefallen. Und wenn die Amerikaner uns Tanks schicken werden, dann werden wir es den Ustaschi zurückzahlen. Das garantiere ich Ihnen persönlich. Ich bin nämlich von Beruf, müssen Sie wissen, Drechsler —«

Und ich Dummkopf lausche noch seinem Geschwätz, als könnte dieser ältliche Drechsler plötzlich einen Satz sprechen, der alles ändern würde, sagte sich Djura verwundert. Er konnte nichts tun, Sarajak hatte alles vorgesehen.

»Wie Sie mich da sehen, Herr Djura, über mich können Sie ein ganzes Buch schreiben. Und Sie können ruhig meinen vollen Namen darin nennen, ich fürchte mich vor niemandem, denn daß ein Mensch wie ich ... immer bin ich gegen die Politik gewesen, gegen die ganze Politik, verstehen Sie mich, und ich muß meine Werkstatt aufgeben und meine Kundschaft — fragen Sie nur in Sibenik, jeder kennt mich. Ich bestitze ein zweistöckiges Haus inklusive Badezimmer; wer meine einzige Tochter heiratet, der kann sich gratulieren, und ich muß weg von Sibenik, mich herumtreiben und wieder einmal Soldat werden, sogar ein irregulärer, und warum? Ich frage Sie, warum? Wenn ich doch gegen die Politik bin, gegen die ganze! Weil meine Schwester einen Mann geheiratet hat, einen Tunichtgut. Nie habe ich ihn ausstehen können, und gerade er ist ein großer Mann bei diesen Ustaschi — jetzt schießen sie aber doch ganz gehörig dort oben! Na ja! was soll man machen? —, und dieser Schwager kommt in meine eigene Werkstatt mir drohen, sich aufplustern, das will er, und das wieder paßt ihm nicht, und ich werfe ihn hinaus und es gibt eine Schlägerei. Und da kommen sie und wollen mich verhaften, weil ich ein Feind des kroatischen Staates bin, und

darauf stehen solche Strafen, daß sich einem die Haare sträuben; muß ich weglaufen, mich herumtreiben, und so bin ich jetzt beim Grünen Kader, alles deshalb, weil meine Schwester sich in einen blonden Schnurrbart verliebt hat. Machen Sie ein Buch mit meiner Geschichte, weil's ein großes Unrecht ist, und ich verspreche Ihnen, Herr Djura, ich werde es kaufen und das ganze Café Corso wird es kaufen, ich bin da nämlich Stammgast —«
Der andere, ein junger Mann, unterbrach ihn: »Genug geredet, Drechsler! Komm, Genosse Djura, wir müssen gehen. Ich bin froh, daß ich dich noch sehe, bevor du deine weite Reise antrittst. Ich habe über deine Bücher Vorträge gehalten, im Studentenverein in Sarajewo. Ich habe nicht nur Gutes gesagt, aber es ist jetzt nicht der Augenblick, darüber zu sprechen, also später einmal. Und paß gut auf dich auf, deine Mission ist sehr wichtig. Das Seil ist zu kurz, wir können es dir nicht um den Leib binden. Du mußt dich also mit beiden Händen festhalten, wenn wir es langsam abrollen, und mußt dich immer mit den Füßen abstoßen. Verstehst du? Ah, schau, der Tank brennt. Der Pavillon auch, aber wichtig ist, daß der Tank brennt.«
Sie mußten sich hinwerfen. Man konnte sie sonst von der Kleinen Bucht sehen. Es war nun hell. Die Explosionen dauerten noch eine Weile an.
»Da, da das Boot kommt!« rief der Drechsler. Sie starrten aufs Meer. Der Segler näherte sich der Kleinen Bucht, der Fischer rief etwas hinüber. Man antwortete ihm von dort. Lautes Lachen.
»Es ist Zeit«, flüsterte der Junge. Das Seil lag schon bereit. Djura ergriff das Ende mit beiden Händen und ließ sich hinunter, suchte einen Tritt im Felsen, glitt ab und schlug sich das Knie auf, aber er hatte das Seil nicht losgelassen.
»Hab keine Angst! Keinen Krampf! Komm gut an, Djura, und gut zurück! Man wartet auf dich«, sagte der Sarajewoer, und zusammen mit dem Drechsler rollte er langsam das Seil ab.
»Ach, wie rot ist sein Fez — O Mutter mein! — Wie rot ist meines Liebsten Fez — O mein Mütterchen!« sang der Fischer
Das Boot mußte nun den Augen der Leute in der Bucht entschwunden sein, verdeckt vom vorspringenden Schwarzen Felsen.
»Schwarze Augen hat er — O Mutter mein! — Mein Liebster hat schwarze Augen — O mein Mütterchen!«

»Nicht mit den Knien, Djura. Mit den Füßen abstoßen, mit den Sohlen und Absätzen«, flüsterte der Junge.

Der Fischer brüllte sein Lied: »Einen süßen Mund hat er — O Mutter mein! — Einen süßen Mund hat mein Liebster — O mein Mütterchen!«

Die zwei Fischer streckten die Arme hoch, kriegten Djura zu fassen und zogen ihn ins Boot hinunter. Beide sangen triumphierend: »Ach, daß er doch schon möchte — O Mutter mein! — Ach, daß er mich doch küssen möcht' — O mein Mütterchen!«

Sie legten ihn hin und bedeckten ihn mit einer grünen Plane. Das Boot drehte.

Die Fischer begannen das Lied von vorne. Die Männer in der Bucht riefen ihnen etwas zu. Der jüngere Fischer antwortete mit einer Geste: Er hob den Unterarm und schlug einige Male mit der Hand auf die Faust. Wildes Gelächter antwortete ihm.

ZWEITES KAPITEL

Das kleine ebenerdige Haus — eine geräumige Küche, zwei kleine Zimmer — stand mitten in einem Gemüsegarten, den eine Hecke schützte. Es war das letzte des Dorfs, an seinem südlichen Rande gelegen, nahe dem felsigen Kap der Halbinsel.
Von der Küche aus hatte man einen freien Blick aufs Meer und auf einen Teil der Insel gegenüber. Die Zimmer gingen auf Steinhalden hinaus, über ihnen erhob sich der kahle, graue Berg.
Mehr als neun Jahre war es her, daß Ljuba in dieses Haus gezogen war. Und über zehn Jahre waren seit jener Sommernacht vergangen, da man ihr den Geliebten aus dem Bett geholt hatte. Nicht wie eine Erinnerung an Vergangenes, sondern wie ein stets gegenwärtiger, endloser und unendlich qualvoller Augenblick war ihr das Bild haftengeblieben: der Kieselpfad im Garten, leuchtend weiß im Mondlicht, die zwei fremden Männer und Andrej, der ihnen gefesselt folgte. Dann das Begräbnis in der Stadt, der Aufruhr. Sie hatte ihn auf der Flucht aufgehalten, so war sie schuld an seinem Tod. Das dachten alle, das dachte sie selber. Er durfte eine Mutter haben, die Braut eines Märtyrers war nutzlos, ja verdächtig.
Erst viel später besann man sich darauf, daß es sie gab. Die Bauern des Nachbardorfs, nicht des eigenen, nahmen sich ihrer an, halfen ihr, schützten sie, wenn sie des Schutzes bedurfte, und boten ihr dieses Haus an, dessen Eigentümer seit langem verschwunden war, man wußte nicht wohin.
Mara kam zu ihr erst, als sie selber verwitwet war. Aber sie blieb stumm. Ljuba fragte sich, weswegen sie überhaupt gekommen war. Erst als sie Abschied nahm, fragte sie, ob Ljuba nicht Hilfe brauche, ob sie nicht in die Stadt kommen und ein neues Leben beginnen wolle. Andrej war erst sechs Jahre tot. Sie wartete nicht mehr auf das Wunder seiner Wiederkehr, aber noch lebte sie im Gedenken an ihn. Und im Bewußtsein ihrer eigenen Schuld.
Etwa ein Jahr später suchte der Dichter Djura sie auf. Er brachte ein Ölbild mit, ein Porträt Andrejs, und ein Buch. Darin hatte

er, sagte Djura, viel von Andrej »verwendet«. Sie verstand nicht recht, was das bedeutete.

Der seltsame Mann mit den betörenden Augen blieb einige Wochen im Dorf, er wohnte im Hause des Lehrers Bugat. Er kam jeden Abend zu ihr. Zum erstenmal fühlte sie sich wieder zu einem Manne hingezogen. An einem gewittrigen Abend übermächtigte sie dieses Gefühl so stark, daß sie nicht wußte, wie sie ihr Begehren verheimlichen sollte. Aber er schien nichts zu merken. Gerade in jener Stunde sprach er ihr von einer Frau, von der er immer davonlief und die ihn doch stets einfing. Ljuba wünschte, daß er doch endlich abreiste. Aber er blieb, wartete, daß die »Frau mit dem Lasso« käme. Eines Tages war sie da. Nun hätte er endlich das Dorf verlassen können, aber er blieb noch eine Woche.

Er versprach zu schreiben; er hielt sein Versprechen nicht.

Das Porträt und das Buch waren beunruhigend. In beiden fand sie Andrej, bald sehr ähnlich, bald durchaus unähnlich dem Manne, den sie geliebt hatte. War es möglich, daß sie ihn gar nicht recht gekannt hatte? Vielleicht weil sie zu jung und zu dumm gewesen war oder weil er sich ihr nie geöffnet hatte? Also trauerte sie um einen Mann, der sie nicht geliebt hatte. Und erst da wurde sie dessen gewahr, eine wie lange Zeit sieben Jahre waren. Sie hatte gelebt, gewiß, hatte in der kleinen Wirtschaft gearbeitet und sich ernährt wie die anderen im Dorf, aber sie war nun bald achtundzwanzig Jahre alt, unverheiratet, ohne Aussichten, daß sich ein Mann um sie bewerbe. Denn für das Dorf war sie die trauernde Braut und hatte es für immer zu bleiben.

Monate vergingen, die zu Jahren wurden — sie wartete, daß Mara sich wieder zeigte und ihr noch einmal vorschlüge, ihr zu helfen und sie in die Stadt zu bringen. Aber niemand kam.

Dann brach der Krieg aus. Und da erinnerten sich Andrejs Freunde an sie, denn sie brauchten ihr Haus. Seither gehörte sie zu ihnen.

Sie diente als Verbindung zwischen der Grünen Bucht und dem Festland. Als Maras Leute sich ins Reduit zurückzogen, blieb sie lange ohne Nachricht. Und doch konnte sie von der Küche aus hie und da die Bewegung auf dem Hügel erspähen, auf dem ihre Freunde den Angriff erwarteten.

Die ersten Schüsse im Morgengrauen hatten sie geweckt, sie war in den Garten gestürzt, zum steinernen Zaun. Da blieb sie bis zum frühen Nachmittag, als es endlich wieder völlig ruhig wurde.
Nun war es Abend. Sie saß neben dem kalten Herd. Sie mußte doch noch Feuer machen und wenigstens eine Suppe kochen, aber ihr war's, als hätte man sie so lange auf Hände und Füße geschlagen, daß sie nun nichts anderes tun konnte als auf dem Stuhl sitzen, den Kopf auf die Brust gesenkt, und darauf warten, daß ihr von irgendwoher die Kraft zuströme, sich zu erheben. Nein, sie würde den Ofen nicht anmachen, nichts essen, nur schnell ins Bett, schlafen. Aber es schien ihr, daß es zu weit war bis zum Zimmer nebenan. »Ich kann nicht mehr!« sagte sie halblaut. »Ich kann wirklich nicht mehr!« Ihre eigenen Worte taten ihr gut. Sie nahm endlich die Hände vom Tisch und strich die Haare aus dem Gesicht. Sie hatte sich heute nicht gekämmt, nicht gewaschen, im Hause nichts getan. Die Petroleumlampe stand noch von der Nacht da. Die Streichhölzer lagen daneben. Sie machte Licht. Noch ein kleines Stück, dann war der Teppich fertig. Aber sie konnte ihn doch nicht gut den Bugats, die ihn bestellt hatten, geben. Er war ein Verräter geworden. Ein sympathischer, kränklicher Mensch, eine nette Frau hatte er, seine Tochter war so schön, das schönste Kind im Dorf — aber Bugat hatte verraten. Nicht wie Judas, nicht um Geld. Oder vielleicht doch?
Sie heizte ein. Sie mußte ja doch etwas Warmes essen, außerdem war es zu kalt in der Nacht. Und nachher wollte sie noch für eine Weile zu Gezeric gehen. Er war nicht wie Bugat. Er wußte alles, doch er verriet nicht. Stille Menschen, er und seine Frau und die drei Kinder. Von allen im Dorf geschätzt, aber nicht geliebt, nicht gehaßt, nicht beneidet. Gezeric mußte wissen, was drüben passiert war und ob noch irgendeine Hoffnung bestand.
Schritte näherten sich. Nein, das war nicht Gezerics Gang. Zögernde Schritte. Nun machten sie halt. Jemand blickte durchs Fenster. Sie nahm den Schürhaken, versicherte sich mit einem Blick, daß hinter ihr die Tür des Zimmers offen war. Schlimmstenfalls konnte sie sich dorthin flüchten, absperren, durch das Fenster hinaus und ins Dorf laufen. Der Fremde blickte wieder herein. Er wollte sich also versichern, daß niemand außer der

Frau im Hause war. Vielleicht war es dieser Dojno Faber, den man zu ihr bringen mußte. Sie trat an den Tisch heran und hob die Lampe hoch, damit er ihr Gesicht sähe.
Die Tür wurde rasch geöffnet. Sie erkannte Djura erst, als er ganz nahe war, der Bart veränderte ihn zu sehr.
»Ja, ich bin es«, sagte er mit heiserer Stimme, und ging schnell an ihr vorbei zum Herd, sich die Hände wärmen. »Verhängen Sie die Fenster, Ljuba! Schließen Sie die Läden, wenn es welche gibt! Ich komme von drüben. Seit dem frühen Morgen bin ich hier, mußte im Gebüsch versteckt bleiben. Geben Sie mir etwas zu essen.«
»Ja«, sagte sie, »ja, sofort. Ich schließe nur die Läden. Was ist passiert?«
»Ich weiß nicht, wie es geendet hat. Sie werden morgen früh hinüberrudern und versuchen, Verbindung zu bekommen. Ich werde warten, bis Sie zurück sind, und mich dann auf den Weg machen. Sie sehen mich so an — haben Sie mich nicht erkannt? Ich bin Djura, ich bin einmal hier gewesen, bei Bugat habe ich gewohnt.«
»Und Sie sind an einem Dienstagnachmittag weggefahren. Zuvor sind Sie noch ein letztes Mal heraufgekommen, um Abschied zu nehmen. Die Feigen waren gerade reif geworden. Sie aßen sie gierig, etwas Saft verspritzte auf Ihren weißen Rock. Ich habe den Fleck mit warmem Wasser gewaschen und —«
»Und ich habe gesagt, daß ich Ihnen oft schreiben werde, aber nie haben Sie ein Wort von mir bekommen. Das stimmt auch, nicht wahr, Ljuba?«
Sie sah ihn an, sein Gesicht war schmutzig, auf der Stirn hatte er Blutspritzer, wahrscheinlich vom Gebüsch. Sie füllte die blaue Schüssel mit warmem Wasser und stellte sie auf den Waschständer, gab ihm ein frisches Handtuch und Seife.
Er aß einige Löffel Suppe, aber dann bedauerte er, er war zu müde. Am besten, er ginge gleich schlafen. Er würde sich zur Vorsicht nicht ausziehen, also brauchte er kein Bett, eine Decke genügte. Aber es gab im zweiten Zimmer ein Bett mit Bettzeug und Bettwäsche in der Truhe. Er wollte nichts davon wissen und ließ sich sofort in den kleinen Raum führen. Nur noch eine Kerze, dann war alles gut, er würde gewiß sofort einschlafen.
Sie trat aus dem Haus und blickte ins Dorf hinab. In fast allen Häusern brannte noch Licht. Es war ja auch noch nicht spät, nur

für sie war dieser Tag so unerträglich lang gewesen. In Bugats Haus waren drei Räume beleuchtet. Des Verräters wegen hatte Djura einen ganzen Tag im Gebüsch bleiben müssen. Nur ein Licht, wahrscheinlich eine Kerze, brannte bei Gezeric.
Sie ging auf die andere Seite des Gartens hinüber. Ein feuchter Wind kam vom Meer herauf. Drüben auf dem Reduit war alles in Finsternis gehüllt.
Sie rückte den schweren Stein vor die Gittertür und wandte sich zum Haus zurück. Zum erstenmal, seit sie darin wohnte, war es wie die anderen Häuser in der Welt. Ein Mann war drinnen und nicht nur eine einsame Frau.
Sie verriegelte die Tür, setzte sich an den Tisch, aß langsam, hielt immer wieder nachdenklich inne. Es war ein unentwirrbares Durcheinander. Die Schlacht drüben, Djuras Ankunft. Daß er sich an sein Versprechen erinnerte und es doch nicht gehalten hatte; daß er von ihr forderte, morgen hinüberzurudern, obwohl er wußte, wie gefährlich es für sie war. Und wo war jene Frau, die ihn in dem offenen blauen Auto aus dem Dorf entführt hatte? Und daß Djura unter dem gleichen Dach schlief wie sie — warum regte es sie nicht auf? Sie hatte es sich so oft gewünscht, sich's in Einzelheiten ausgemalt, wie er eines Nachts kommen und bei ihr bleiben würde. Nun war er gekommen, es war Nacht — aber es hatte nur mit dem Krieg zu tun und nichts mit ihr.
Sie nahm die Lampe und ging in ihr Zimmer. Gewiß schlief er schon, aber sie hörte ihn nicht atmen. Sie erschrak. Vielleicht hatte er sich was angetan und war nun tot? Ach nein, sagte sie sich, er liegt wahrscheinlich noch da und denkt. Und was er denkt, das behält er für sich. Es ist nichts für eine Bäuerin, wie ich eine bin. Schon einschlafend, verwunderte sie sich darüber, daß das unerwartete Erscheinen Djuras sie nur einen einzigen Augenblick erstaunt hatte oder vielleicht überhaupt nicht.

Djura erwachte in der Morgendämmerung, zundete die Kerze an und sah auf die Uhr. Es war die gewohnte Stunde. Er erhob sich torkelnd, ging durch die Küche hinaus in den Garten, fand nicht sofort den Abort, urinierte und ging dann ins Bett zurück. Das Schwächegefühl und der unsäglich bittere Geschmack ließen langsam nach. »Jeden Morgen sterbe ich ein wenig.« Er war

unzufrieden mit »ein wenig« und suchte vergebens ein anderes Wort. Nein, es war nicht »fast«, nicht »schier«, auch nicht »zur Probe«.
Selbst das Sterben würde keine Überraschung sein. Fast nichts — außer der Enttäuschung über seinen Vater — war ihm überraschend gekommen, fast alles hatte den Vorstellungen entsprochen: die erste Umarmung wie der erste literarische Erfolg. Jetzt könnte er aufstehen, zu Ljuba hinübergehen, sie wecken — sie hatte ihn einmal begehrt, deshalb hatte er sie nicht geliebt. Aber nun wollte er ja ein völlig neues Leben beginnen — also die Frau wecken und ihr sagen, daß er sie heiraten wolle. In einigen Monaten, sagen wir Ende April, würde er zurück sein, und dann würden sie sich trauen lassen. Nur hinzufügen: »Ich will nämlich ein neues Leben beginnen«, und hinausgehen. Sie wird zuerst fassungslos liegenbleiben, dann aufstehen, sich kämmen, den Morgenrock anziehen ... Aber vielleicht hatte sie keinen. Sie war furchtbar arm, die ärmste Bäuerin des Dorfes. Mara hatte ihr Geld geschickt, aber das verbrauchte sie nicht für sich. Ich werde ihr aus Zagreb ein Negligé mitbringen. Nein, gleich aus Split werde ich ihr eines schicken. Ich habe ihr kein einziges Mal geschrieben.
Ich werde nicht in ihr Zimmer gehen, sie nicht heiraten. Schlafen. Nichts versprechen! Ich bin nur zu jenen gut gewesen, die ich nicht wirklich mochte, weil ich ihnen gegenüber ein schlechtes Gewissen hatte. Angst vor jenen, die ich nur halb liebe. Die Gefahr der halben Gefühle. Ich bewege mich zuviel im Bett. Ljuba soll wach werden und zu mir kommen, das will ich wahrscheinlich. Immer wollte ich verführt werden. Immer. Als Knabe hab' ich's mir ausgedacht. Mitten in der Nacht aufwachen, eine fremde Frau ist in meinem Bett und schmiegt sich an mich. Lange schwarze Haare, alabasterweiße Arme. »Alabasterweiß« war aus den Büchern. Lügnerische Knaben, diese Schriftsteller. Eine fremde Frau ist zu mir ins Bett gekommen und hat sich an mich geschmiegt, aber alabasterweiße Arme habe ich nur aus der Entfernung gesehen, nie aus der Nähe. Bräunliche, poröse Impfnarben am Oberarm, hie und da dunkle Punkte. Nur Frauen aus weißem Marmor sollte man lieben. Vladko hatte recht, man hätte gleich die Arbeiter aus den Steinbrüchen gewinnen müssen. Aus politischen Gründen und wegen des Dynamits. Aber wenn

Mara nicht mehr lebt, ist alles zu Ende. Notre Dame de la Défaite. Solange sie lebt, sind wir nicht besiegt. Wenn sie aber nicht mehr da ist, werden sie mich in Zagreb schnappen und erschießen. Oder aufhängen. Wenn Mara nicht mehr lebt, werde ich weglaufen. Nach Rom, untertauchen. Ich werde jedenfalls weglaufen und ihr ein Wort schreiben: »Ich bin lange genug, achtundvierzig Jahre lang, mein eigener Feind gewesen. Hiermit trete ich aus der Weltgeschichte aus, weil — unwichtig! Sobald der Krieg vorbei ist, melde ich mich wieder. Djura ist tot, es lebe und überlebe Dein Georg Dragutin Zagorjac, Privatier!« Ich werde nicht weglaufen. Ich werde schlafen, bis Ljuba mich weckt, wenn sie von drüben zurück ist. Ich werde mir den Bart wegrasieren und über den Berg ins Hinterland gehen, Split meiden und erst in Zagreb den Morgenrock kaufen. Und ein heißes Bad nehmen, dann schnell Ante Pavelic stürzen, die Italiener und die Deutschen besiegen, dann Stalin und seine Politbürokraten erledigen. Und dann, am Nachmittag, heirate ich Ljuba, oder im Gegenteil Helene Furmanic, die kalligraphische Witwe. Sie hat mich bisher nur deshalb nicht verführt, weil sie meine Adresse nicht kennt. Und weil es Mara gibt. Und weil ich nichts tue, dessen ich mich vor Mara länger als einen Augenblick schämen müßte. Wenn sie aber Mara getötet haben? »Wenn sie aber nicht mehr lebt?« wiederholte er laut. Er setzte sich auf und schlug wild an die Wand.

»Ljuba, aufstehen! Es ist schon Tag. Man krepiert vor Ungewißheit, und Sie, Sie schlafen. Haben Sie doch Erbarmen!«

Sie trat gleich in sein Zimmer, sie war angezogen.

»Ich habe nur Malzkaffee und Zichorie, ich weiß nicht, ob Sie so etwas trinken. Und heiße Milch. Ich habe sie bei Gezeric geholt, er hat eine Kuh. Er ist ein Genosse. Der einzige hier, seit Bugat übergelaufen ist. Er weiß alles. Er wußte auch, daß Sie hier sein müssen. Er ist in der Nacht drüben gewesen. Der Pavillon ist vernichtet, aber das andere Haus nur beschädigt. Die Ustaschi haben einen Tank verloren und die ganze Besatzung eines Panzerautos, dann haben sie sich zurückgezogen. Es gab noch zwei andere Panzerautos und noch einen Tank. Sie sind schon gestern abend verladen worden, nach Split zurück. Oder vielleicht nach Makarska, man weiß nicht genau.«

»Warum sagst du nichts über Mara?« unterbrach er sie.

»Mara?« wiederholte sie. Sie war rot geworden, weil er sie angebrüllt und zugleich geduzt hatte. »Mara ist verwundet, schwer, aber nicht gefährlich. Bauchschuß. Wie die Ustaschi geglaubt haben, daß alles zu Ende ist, und das Panzerauto geöffnet haben, da hat Maras Gruppe angegriffen, Granaten ins Innere geworfen und fast alle drinnen getötet. Der Sarajewoer Ingenieur ist auch verwundet, der Doktor hat ihm einen Arm abschneiden müssen. Es gibt im Reduit, sagt Gezeric, acht, die nicht verwundet sind, elf Verletzte, der Rest ist tot. Gezeric hat geholfen, sie zu begraben. Kral läßt Ihnen sagen, Sie sollen Prevedini verständigen, daß die Baroneß verhaftet ist. Man hat sie gestern durch die Stadt geführt — zum Spott — nur im Unterkleid und barfuß. Man hat ihr einen Knoblauchkranz um den Hals gehängt. Niemand hat sich ihrer angenommen.«
»Wenn man, zum Beispiel Gezeric mit Kral zusammen, Mara in dein Haus schmuggelte, dann könntest du sie pflegen, bis sie wiederhergestellt ist. Ein Bauchschuß ist eine sehr schwere Verletzung, und Mara ist so schwach.«
»Gezeric sagt, daß ein Steckbrief gegen Sie erlassen ist von Split aus. Zwei Photos, eines mit Vollbart, das andere mit Schnurrbart. Er fürchtet, Sie werden schwer durchkommen. Sie brauchen eine Perücke. Sie sollen sich glatt rasieren und sich wie zu einem Begräbnis anziehen.«
»Wenn ich mir den Bart abgeschnitten habe, werde ich weniger häßlich aussehen«, sagte er und setzte sich an den Tisch. Das Getränk war nicht übel. »Willst du mich zum Mann nehmen, Ljuba?«
Ihr Blick ruhte auf ihm. Ihre großen dunklen Augen unter den hochgeschwungenen Brauenbogen standen weit auseinander im ovalen, braunen Gesicht, die Backenknochen traten zu deutlich vor. Eine Frau von zweiunddreißig Jahren, gewohnt, daß Wochen vergehen, ohne daß jemand sie ansieht, der sie begehren könnte. Sie trug ein verwaschenes blaues Kleid. Ihre Zöpfe waren nachlässig geknotet. Sie war nicht älter geworden seit damals, nicht häßlicher, dachte er, aber sie hat ihre Jugend aufgegeben, wie man den Ort verläßt, an dem man zu lange auf einen Verschollenen gewartet hat.
»Ich bin, glaube ich, sechzehn Jahre älter als du, Ljuba, aber nicht zu alt, um Kinder zu haben. Ich will nämlich ganz von vorne anfangen — in jeder Hinsicht.«

Sie schüttelte den Kopf, räusperte sich und sagte endlich:
»Nein. Nein. Sie haben mir nicht geschrieben, Sie hatten kein Mitleid mit mir. Jetzt, wo ich Sie nicht mehr brauche, nicht mehr liebe, jetzt kommen Sie. Ein Zufall.«
»Aber jetzt bin ich's, der Mitleid braucht.«
»Das ist nicht wahr, denn Sie lieben mich nicht.«
»Du hast recht«, gab Djura zu. Aufgeben, dachte er, die Szene ist ausgespielt. Sowieso ist alles Epilog. Mit Perücke und Trauerkleidung zum eigenen Begräbnis. Drei Gattinnen bleiben zurück, keine einzige Witwe.
»Es ist wahr, Ljuba, ich liebe dich nicht. Aber das wäre eben das Neue für mich. Immer stand die Pyramide auf der Spitze, war der erste Augenblick Glück, der Beginn Erfüllung. Der zweite Trunk war immer schlecht, giftig oder ekelhaft wie Spülwasser. Mit dir wird alles anders sein — das Leben mit dir werde ich nicht nach Augenblicken, sondern nach Jahren messen. Glaub's mir, ich werde dich am Ende lieben, wenn sie mich nicht vorher hängen.«
Sie räumte schweigend den Tisch ab, dann brachte sie die Zimmer in Ordnung. Als sie zurückkam, nahm sie den Teppich vor. Er sah es ihr an, daß sie geweint hatte.
Er verlangte Papier, um Prevedini zu schreiben. Nachmittags schlief er. Dann kam Gezeric, um die Vorbereitungen für die Reise zu besprechen. Später, beim Abendbrot, war Djura sehr aufgeräumt. Er erzählte Geschichten, solche, die Ljuba rührten, und andere, die sie zum Lachen brachten. Nun sah er auch aus wie früher, Gezeric hatte ihm den Bart rasiert. Es war gut, daß er nicht mehr vom Heiraten sprach. Auch Mara erwähnte er nicht mehr und nicht, daß er sich in Lebensgefahr begab.
Diese Nacht wollte er wieder in den Kleidern schlafen. Sie lauschte vergebens auf seine Atemzüge. Er schlief wie ein Kind. Später hörte sie ihn wieder aufstehen, in die Küche gehen und dann zurückkommen. Dann sprach er leise zu sich selbst. Sie wußte, daß er so schrieb. Sie verstand nur einzelne Worte.
Es war schon heller Tag, als sie erwachte. Auf dem Küchentisch fand sie einen Stoß mit beschriebenen Bogen und daneben einen Brief. Djura bat sie, das Manuskript gut aufzubewahren und es Dojno zu übergeben, wenn er endlich käme. Daß er ihr weh getan, früher einmal und jetzt, sollte sie ihm verzeihen. »Am

Schnittpunkt des Lebens, an dem man aufhört, sich zu fragen: Was wird mir noch alles geschehen? und beginnt nachzuforschen: Was ist mir geschehen? Womit habe ich mein Leben ausgefüllt? da gerät man leicht in Panik.« Zum Schluß dankte er ihr für alles. Diesmal verspreche er ihr nicht einmal zu schreiben, fügte er im Postskriptum hinzu.
Sie blätterte im Manuskript, las hie und da einen Absatz, nein, es bezog sich nicht auf sie. Sie legte Manuskript und Brief in die Pappschachtel, in der sie die Photos aufbewahrte, ganz zuunterst. Sie ging hinaus, sah aufs Meer und zur Insel hinüber. Es war ein wolkiger, eher warmer Tag. Man spürte den Schirokko. Sie wandte sich nach der anderen Seite, blickte zu Bugats und Gezerics Haus hinüber. Alle Häuser waren voller Menschen. Ihr Haus aber war wieder leer.
Es war Zeit, den Herd anzumachen.

Fünf Tage später, an einem regnerischen Vorabend, wurde Djura in der Hauptstraße von Zagreb verhaftet. Er stand in einer Musikalienhandlung und ließ sich gerade die Platte einer alten Volkssängerin vorspielen. Das Lied sollte das Erkennungszeichen sein, ein junger Mann, einer von den Sljemiten, sollte ihn daraufhin ansprechen.
Als sich die schweren Hände auf seine Achseln legten, drehte er sich schnell um. Die Gesichter der beiden Männer entspannten sich erst, nachdem sie ihn gefesselt hatten. Gleichzeitig mit der Angst, die sich seiner bemächtigte, fühlte er, schwach nur, als ob ihm mit einem grausamen Riß eine zu schwere Last abgenommen wäre. Nachher, in der Zelle, wich dieses Gefühl, die Angst beherrschte ihn völlig: sein Gemüt, seine Sinne, selbst seine Glieder. Am andern Morgen schien es ihm gewiß, daß ihn der Junge verraten hatte, den er in jenem Laden hatte treffen sollen. Aber den Fragen, mit denen sie auf ihn den ganzen Tag einstürmten, entnahm er, daß sie von dem Jungen nichts wußten. Mit Drohungen, Versprechungen wollten sie ihn dazu bringen, daß er ihnen den Namen und die Adresse oder wenigstens das Signalement des Sljemiten verriete. Sie schlugen ihn nicht, sie stießen ihn nur von einem zum andern, sie brüllten auf ihn ein, beschimpften ihn unflätig.

Er hörte nicht zu, er mußte immerzu grübeln. Endlich glaubte er, die Spur erraten zu haben. Er versprach, ihnen den zu zeigen, dessentwegen er in den Laden gekommen war, wenn sie ihn dorthin führten. Er verlangte, dem Besitzer und all seinen Angestellten gegenübergestellt zu werden. Sie taten ihm den Willen. Ja, jetzt besann er sich, dieses junge, hübsche, völlig leere Gesicht kannte er — einer der vielen Verehrer der Helene Furmanic. Und nun sah er, was er das erste Mal nicht beachtet hatte, wie in einem zum zweiten Male abgerollten Film: Er trat in den Laden, jemand, eben dieser junge Mann, blickte ihn erstaunt an, beorderte dann eine Verkäuferin, den Kunden zu bedienen, und verschwand eilig in einen hinteren Raum.
Djura sagte zu seinen Begleitern: »Mit diesem jungen Mann da habe ich ein Rendezvous gehabt.«
Der Schlag des Polizisten traf ihn zwischen die Augen, er torkelte. Aber ungleich stärker als der Schmerz war das Gefühl der Befreiung. In diesem Augenblick wurde er seiner Angst Herr — er wußte es. Er hob den Kopf und sagte:
»Euch und diesen kleinen Spitzel wird man wie Ungeziefer vernichten. Und dem, der mich geschlagen hat, wird man die Gedärme aus dem Bauch treten.«
Ihm war's, als ob er besoffen wäre von jungem Wein, als ob er schweben könnte, wenn er es nur wollte.
Sie hielten ihn nur wenige Tage im Polizeipräsidium. Dann wurde er in das Sondergefängnis außerhalb der Stadt gebracht. Die Verhöre gingen weiter, aber in ordentlicher Weise. Man rührte ihn nicht an. Einer der Männer sagte ihm: »Wir wissen das literarische Verdienst zu würdigen. Der Poglavnik wartet nur darauf, daß Sie ein Zeichen des guten Willens geben, dann wird er Gnade vor Recht ergehen lassen.«
Eines Tages trat ein Priester in die Zelle, ein Mann von mittlerem Alter, schmal in den Schultern, mager im Gesicht, das nicht häßlich war. Aber seine wasserblauen Augen zwinkerten unangenehm. Er gab Djura zu verstehen, daß sicherer Tod durch Hängen den Anführer einer aufrührerischen bewaffneten Bande erwarte, die seit Monaten eine friedliche Insel unter Terror hielt. Also war Djuras Leben verwirkt, rechtens verwirkt, betonte der Geistliche. Aber da es sich um einen Schriftsteller seines Ranges handelte, gab es eine Möglichkeit, mehr als das: die Notwendig-

keit, das Unwiderrufliche zu vermeiden. Djura fehlte das Verständnis für all das Gute, welches das Land dem neuen Regime und zuvörderst dem Führer zu verdanken hatte. Nur wenn der Schuldige leben bliebe und sich schließlich dazu entschlösse, den neuen Zustand unvoreingenommen zu betrachten, würde er zu einer gerechteren Auffassung gelangen. Daher lag es im Interesse des Regimes und des Volkes, daß der Schriftsteller nicht hingerichtet würde. Nein, man zog nicht in Betracht, von ihm etwa eine Treue-Erklärung zu erzwingen, die ja unter den gegebenen Bedingungen kaum überzeugend wäre. Nein, der Poglavnik war ein Mann der Ehre und solches Verfahren ihm in der Seele zuwider. Was man hingegen vom Gefangenen, vom Verurteilten verlangen mußte, den nur ein Gnadenakt noch retten konnte, das war eine Erklärung, die seiner wahren Überzeugung nicht Gewalt antat. Also nicht für die Ustaschi, sondern gegen Rußland, gegen die Horden und die Methoden Stalins. Seiner eigenen Auffassung also sollte der geschätzte Dichter beredten Ausdruck verleihen. Man wußte ja, daß er sich schon vor einiger Zeit von den Mördern seines Freundes Vasso Militsch mit Grauen abgewandt hatte.
Der Priester sprach gut, nicht salbungsvoll. Zweifellos war er politisch informiert, er wandte sein Wissen geschickt in nicht zu deutlichen Anspielungen an. Er beendete seine Rede mit den Worten:
»Das ist eine harte Zeit. Es ist schwerer, einen einzigen zu retten, als hundert Unschuldige ums Leben zu bringen. Rechnen Sie nicht darauf, daß Ihre Qualitäten Sie vor der letzten Konsequenz Ihrer Untaten bewahren werden. Geben Sie die Erklärung ab, helfen Sie uns im Kampf gegen einen Feind, den auch Sie hassen, und Sie werden Gnade erfahren.«
Als Djura sich anschickte zu antworten, unterbrach ihn der Priester:
»Verzeihen Sie, noch ein Wort. Sollten Sie ablehnen wollen, so antworten Sie nicht gleich. Sie haben vierundzwanzig Stunden Bedenkzeit. Ihre abschlägige Antwort könnte nämlich unmittelbare Folgen haben, Sie verstehen?«
»Durchaus! Ich werde Ihnen morgen um diese Zeit die Antwort geben. Wenn Sie wollen, bleiben Sie noch etwas. Ich möchte, daß Sie mir über Ihre Erfahrungen mit Sündern berichten, mit

solchen, die beschlossen hatten, ein neues Leben zu beginnen. Haben Sie viele gesehen, die sich wirklich gewandelt haben?«
Es war enttäuschend. Der Mann glaubte, daß Djura eine Rechtfertigung für den rettenden Verrat suchte, und bemühte sich, ihm durch halbwahre Geschichten den großen Entschluß zu erleichtern. Er merkte erst spät, daß Djura ihm gar nicht zuhörte.
Anderntags erschien er um die gleiche Stunde wieder. Djura empfing ihn an der Tür und ließ ihn nicht eintreten. Mit lauter Stimme, so daß man ihn in den Nachbarzellen hören konnte, erklärte er, als ob er seine Worte von einem Blatt abläse:
»Mit allen Waffen werden meine Freunde den Despoten Stalin, sein Regime und seine Gefolgsmänner bekämpfen — dies von der Stunde an, da die Macht der Hitler und all seiner Gefolgsmänner zerbrochen sein wird und ihre Ehre zur Schande geworden. Bis zu dieser Stunde bleiben wir mit Rußland verbündet. Man gibt keine Erklärungen gegen einen Verbündeten im Angesicht des Feindes ab.«
Der Mann sah ihn schweigend an, diesmal zwinkerten seine Augen nicht. Er drängte ihn sachte in die Zelle und schloß die Tür hinter sich.
»Ihre Antwort enttäuscht mich, Herr Djura Zagorjac. Nun beladen Sie Ihr Gewissen auch noch mit diesem Mord, dessen Opfer Sie selber sein werden. Sie sterben wegen einer Nuance.«
»Die Rangordnung von Haß und Verachtung ist anders, ist mehr als eine Nuance.«
Der Priester machte eine ungeduldig abwehrende Bewegung.
»Worte, eitle Worte. Sie sprechen sie leichtfertig aus, weil Sie nicht wissen, was eine Hinrichtung ist. Wenn Sie auch nur ahnten, wie unwichtig Ihnen all das in den letzten Minuten sein wird. Aber dann wird es zu spät sein. Es ist furchtbar, Gott in dem einzigen Augenblick zu begegnen, da sein Antlitz verhängt ist.«
»Der Satz klingt mir bekannt. Ich könnte ihn selbst geschrieben haben.«
»Ja, Sie haben ihn geschrieben, hier steht er.«
Der Geistliche zog einen schmalen Band aus der Tasche und hielt ihn Djura hin, der ihn gierig ergriff und darin blätterte.
»Ich war zweiundzwanzig damals. Vor sechsundzwanzig Jahren. ›Wachtfeuer bei Karlovac‹ — ein schlechter Titel. Ich habe damals schön geschrieben, schön und nicht gut. Gottes Antlitz ver-

hängt — vielleicht hatte ich das irgendwo aufgeschnappt. Sie wollen, daß ich Ihnen eine Widmung hineinschreiben soll, Herr Vikar?«
»Nein. Das heißt, ich hatte gedacht, daß ich Sie retten würde und dann natürlich, gerade als eine Erinnerung —«
»Borgen Sie mir Ihre Feder, man hat mir alles abgenommen, und nennen Sie mir Ihren genauen Titel und Ihren Namen!«
Er dachte eine Weile nach, bevor er unter die übliche Widmungsformel die Worte setzte:
Einige Stunden vor meiner Hinrichtung. Ich fürchte den Tod und ich hasse ihn. Leidenschaftlicher als je liebe ich das Leben, denn ich wollte es neu beginnen.
Jeder bestimmt aus eigener Vollmacht den Preis, den er für das Leben zahlen oder verweigern darf.
Daß sich des Menschen Antlitz nie vor dem verhänge, was ich getan habe!
Der Vikar erbleichte, als er den letzten Satz las. Er bedeckte seine Augen und sagte stammelnd:
»Mein Gott, Sie sind so unsäglich verloren!«
Er wandte sich um, klopfte heftig an die Tür, die ihm von außen geöffnet wurde. Das Buch ließ er zurück.

Am andern Tag gegen elf Uhr vormittags wurde Djura aus der Zelle geholt und in einen länglichen, völlig leeren Raum geführt. Ein Wächter, ein blasser, blonder Junge, erwartete ihn. Er stand vor dem vergitterten Fenster und sah zu den kahlen Bäumen hinaus, die im scharfen Wind ächzten. Von Zeit zu Zeit warf er einen Blick auf den Häftling, danach schob er jedesmal die Brille mit den dicken Gläsern zurecht.
»Weißt du, wen du bewachst, junger Held?« fragte Djura.
»Ich heiße Zagorjac, aber du kennst mich unter dem Namen Djura. Für dich und deinesgleichen habe ich den ›Karst‹ geschrieben. Jetzt erinnerst du dich?«
Der Jüngling trat vom Fenster zurück, entfaltete ein dünnes blaues Blatt, das er wohl die ganze Zeit in der Hand gehalten hatte, und las laut fünf Namen.
»Ein Georg Dragutin Zagorjac ist dabei, aber nicht Djura«, erklärte er zögernd, seinen Blick wie abschätzend auf den

mittelgroßen, kahlköpfigen Mann gerichtet, der da barfüßig vor ihm stand. Dann wieder zum Fenster gewandt, sagte er:
»Und wenn auch Djura? Es gibt politische Notwendigkeiten!«
Er zeigte mit der Hand zu den Bäumen hinaus, deren Zweige der stürmische Wind zu Boden drückte.
»Wie lange bist du schon bei den Ustaschi?«
»Seit über zwei Jahren. Jetzt aber genug, Ruhe!«
Bald wurde die Tür geöffnet, drei Wächter traten ein, hinter ihnen vier Gefangene, denen zwei ältere Wächter folgten. Diese stellten sich sofort hinter Djura, zogen seine Arme nach hinten und legten ihm mit einem raschen Griff die Handfesseln an.
Drei der Häftlinge zogen sich sogleich in eine Ecke zurück. Ein junger Wächter rief: »Nicht sprechen! Es ist verboten.« Ein anderer sagte: »Laßt sie, jetzt ist's schon gleich.«
»Sie auch? Sie, Djura, auch? Das ist nicht möglich!« wiederholte der Gefangene, der nahe der Tür stehengeblieben war. Er war sehr groß, hielt sich vornübergebeugt, so daß sein bis unter die Augen mit Bartstoppeln bedecktes Gesicht Djuras Stirn berührte. Mit gepreßter Stimme sagte er:
»In einigen Minuten, sie werden uns hängen in einigen Minuten! Ich fürchte mich schrecklich, ich werde mich dabei sicher sehr schlecht benehmen.«
Djura dachte beklommen: Ich darf ihm nicht ins Gesicht sehen, nicht auf die bebenden fahlen Lippen, er steckt mich an. Er antwortete, während er zu den anderen hinblickte: »Beruhigen Sie sich doch. Es ist unwichtig, wie man sich dabei benimmt.«
»Nein, nein, es ist nicht unwichtig. Nämlich wegen der anderen. Ich bin ausgeschlossen, wegen des Empiriokritizismus und wegen des Paktes, wegen des deutsch-russischen Paktes. Wir sind einmal Freunde gewesen. Die letzten Tage zusammen in der Zelle, aber mit mir kein Wort. Und wenn ich mich jetzt schlecht benehmen werde, dann ... Sie sehen jetzt zu uns herüber die ganze Zeit. Sie hatten das dem Pfarrer nicht sagen sollen, daß Ihre Freunde Stalin bekämpfen werden. Denn schließlich —«
Djura nahm ihn an der Hand und führte ihn zu den anderen hin. Er sagte:
»Es scheint, daß wir fünf bald zusammen sterben werden.«
»Nicht zusammen mit Ihnen!« unterbrach ihn einer der drei, ein breitstämmiger Mann. »Wir drei, wir sind die Partei und ihr

beide, ihr seid Feinde, Parteifeinde.« Er drehte ihnen den Rücken zu.
Djura rief mit einer fremden, grellen Stimme: »Wenn meine Hände nicht gefesselt wären, ich würde dich... Aber ihr anderen, sagt sofort, daß ihr mit dieser GPU-Bestie nichts zu tun haben wollt in den wenigen Minuten, die uns noch bleiben!« Sie schwankten einen Augenblick, einer öffnete den Mund, doch dann wandten sie sich ab und folgten ihrem Führer in eine andere Ecke. Djura lief ihnen nach, sein Körper bebte, er schrie: »Ustaschi seid ihr, ihr und eure Mörder, ihr seid eins! Feinde seid ihr, Feinde des Menschen, Feinde!«
Die Wächter rissen ihn weg. Einer schlug ihm auf den Mund. Sie warfen ihn auf den Boden, hoben ihn aber bald wieder auf. Denn es war Zeit. Die Wächter und die Verurteilten gingen durch einen langen Korridor, an dessen Ende eine schmale braune Tür auf einen viereckigen Hof hinausführte.
Als letzter wurde Djura über die Schwelle gestoßen. Er erblickte zwei Galgen.
In der ersten der achteinhalb Minuten, die er von diesem Augenblick an noch zu leben hatte, entschwand ihm die Einheit seines Wesens. Die Beine gehorchten nicht mehr. Sie waren hinten, an der Schwelle zurückgeblieben. Er riß den Mund auf, aber der Schrei kam nicht über seine Lippen. Ein rasend nagendes Tier lief in seiner Brust auf und ab. Seine Därme brannten auf dem Eis.
Die Wächter schleiften ihn unter den Galgen. Er wurde als zweiter gehängt. Es war elf Uhr neununddreißig.

Drei Minuten vor zwölf brachte ein Motorradfahrer dem Kommandanten des Sondergefängnisses ein vom Poglavnik unterzeichnetes Dokument, auf Grund dessen die über D. G. Zagorjac false Djura verhängte Todesstrafe durch Gnadenakt des Staatschefs in lebenslängliches Zuchthaus umgewandelt wurde. Der Kurier behauptete, daß er wegen einer Motorpanne über eine Stunde auf dem Weg von der Hauptstadt verloren hatte. Auf eindringliches Befragen gab er jedoch schließlich zu, daß er sich so lange in einem Dorfe aufgehalten hatte, um freiwillig an einer Aktion gegen eine serbische Familie teilzunehmen. Man konfiszierte seinen Beuteanteil.

DRITTES KAPITEL

Die Alte schrie schon wieder. Es konnte auch die Junge sein, wahrscheinlich schlug sie gerade eines der Kinder. Wildes Weinen, dann Flennen — diesmal war's nicht ernst. Nun war's doch die Alte. Nur ihr allein gelang es, so die Klage mit der Anklage, den Schimpf mit dem Fluch zu einen. Es begann wie eine Drohung und blieb dann wie ein wilder Schrei der namenlosen Todesangst in den Ohren haften. Es nützte nichts, den Kopf zu vergraben. Dojno erhob sich und schlich die Wand entlang zur Luke hin, blieb seitwärts stehen und blickte hinunter. Diese Szenen, die sich jeden Tag und bis in die späte Nacht wiederholten, hätten stumm bleiben können. Er konnte mit einem Blick den Grund des Streits erfassen, der immer nichtig war.

Seit fünf Tagen war Dojno unfreiwilliger Zeuge des fremden Lebens, das mit einer obszönen Intensität in die Abstellkammer hinaufdrang, wo er, vor aller Augen versteckt, warten mußte, bis er zur nächsten Insel gebracht würde, der vorletzten Etappe dieses Inselspringens. Zweiundzwanzig Tage waren vergangen, seit er sich von Prevedini getrennt hatte.

Auch an das aufdringliche Gemisch von Gerüchen hatte er sich noch immer nicht gewöhnt: Tang, Salz, Schwefel, feuchte Kleider und noch etwas anderes, das er nicht bestimmen konnte. Das kleine Fenster war verriegelt, Luigi hatte ihm ausdrücklich verboten, es auch nur anzurühren.

Am späten Abend durfte er in die Küche hinunterkommen und mit Luigi und seiner Schwägerin Norma essen. Von ihr hing alles ab. Sie wußte es und fühlte sich schuldig. Der Schmuggler wollte sich nicht vom Hause wegrühren, solange sie nicht niedergekommen war. Das Kind hätte schon vor einer Woche da sein müssen.

Diesmal sagte Luigi: »Schlechte Nachricht für dich, Signore Bellon. Auf Lagosta haben sie Leute verhaftet, auch den Giorgio Virelli. Ihm hätte ich dich übergeben sollen, damit er dich zu den Deinen bringt. Du wirst mir das Doppelte bezahlen, und zusammen mit meinem Vetter Longo werde ich dich nach Hause bringen. Inzwischen muß man warten.«

809

Stunden waren vergangen. Minuten, die so lange dauerten wie unter der Folter: Die Frau schrie, jammerte, sie rief die Madonna an und ihre eigene Mutter, als ob sie verröchelnd die letzte Verzeihung erflehte. Dann kamen halbe Stunden, da nur das zänkische Geschwätz der Nachbarinnen in die Kammer hinaufdrang. Dojno lauschte zusammengekauert auf die Geräusche. Ihn ekelte vor dem kalten Schweiß auf seiner Stirn, der roch wie die Dinge in dieser Kammer. Er hatte die Nacht nie gefürchtet, aber seit einiger Zeit hatte sie aufgehört, die Ruhe zu sein, der »dunkle, samtene Vorhang, hinter dem das neue Licht sich mir sammelt«. Er hatte kein Zutrauen mehr zu ihr, denn sie war nicht mehr die stille Zwischenzeit, sondern die Häufung aller Zeiten, die er gelebt hatte, eine leidbringende Unordnung. Die Erinnerungen, mit denen sie ihn aus dem ersten Schlaf weckte, blieben unvollkommen, riefen hastig andere hervor, nicht in der wirklichen Folge der Erlebnisse. Soweit sie auch auseinanderlagen, sie erschienen ineinandergekeilt, jeden eigenen Umrisses bar. Nicht die Zeit war Abgrenzung noch der Raum.

Mit einemmall wußte er, woher er diese Gerüche kannte, und verstand, warum er solchen Ekel empfand. Diesmal war's eine deutliche, gutbegrenzte Erinnerung: Er sah das schwarzgebeizte Holzgestell des Bettes, das dämmrig verdunkelte Zimmer mit den braunen Balken. Und zwischen Nachttisch und Bett das nackte Mädchen mit den roten Haaren auf den Schultern. Die Flut stieg, das Wasser kam brausend an Land wie ein Wind, der über die Hügel streicht.

Zuerst wollte er glauben, daß der Geruch dieses Körpers vom Seewasser herrührte, aber das Mädchen litt an einer sonderbaren Krankheit. Kein Mittel konnte sie von ihr befreien. Die erregende Erwartung trieb ihr den Schweiß in winzigen, grünlich schimmernden Perlen aus den Poren. Sie stand wie in einer Wolke eines furchtbaren Geruchs.

Wieviele Minuten waren seit den letzten Wehen vergangen? Warum blieb Norma stumm? Er zählte bis zweihundert, dann noch einmal soviel, endlich verließ er die Kammer. Es war vollkommen still, selbst die zänkischen Weiber schwiegen. Er ging hinunter. In der Küche erblickte er sie, Luigi auf einem Stuhl neben dem Tisch und Norma, die auf einer Wolldecke lag, halbnackt, die Schenkel auseinandergespreizt. Auf der andern Seite die beiden Frauen, Mutter und Tochter in der gleichen Haltung: die Arme unter dem Busen verschränkt, den Kopf vorgebeugt, die Augen zugekniffen, als wollten sie im schlechten Licht die Bewegung eines winzigen Tieres erspähen.

»Wir brauchen dich hier nicht, Signore. Du solltest besser schlafen«, sagte Luigi. »Es geht alles gut, man sieht schon den Schädel des Kindes. Da schau, es hat schwarze Haare. Aber Norma ist faul, will sich nicht anstrengen. Sie läßt mich schon wieder warten.«

Alle sahen zu ihr hin. Sie hob ihr Gesicht, in dem die Züge in Unordnung geraten, einander fremd geworden waren. Die Augen mit den geweiteten Pupillen und der blutgeröteten Iris, ein Häufchen Asche mit rotglimmenden Rändern, waren darin völlig allein. Die Wangen paßten nicht zu ihnen, noch die aufgeschwollene Nase und nicht das runde Kinn, auf dem Blutstreifen geronnen waren.

»Sie ist zu schwach«, sagte Faber. »Man muß ihr helfen. Sofort! Luigi, hol den Doktor!«

Sie stritten, endlich gab der Schwager nach. Dojno ging wieder in die Kammer. Er wartete. Gegen Morgen kam Luigi ihn holen.

»Nimm dein Bündel, der Kaffee ist fertig. Wir machen uns auf den Weg. Longo sagt, der Wind ist gut, genau wie wir ihn brauchen. Wenn er sich nicht dreht, sind wir gegen Mittag in Lagosta, und nach Mitternacht bist du angekommen.«

»Was ist mit Norma?«

»Alles in Ordnung. Sie schläft. Das Kind, hat der Doktor gesagt, war schon vorher tot. Die Madonna hat Erbarmen gehabt.«

Erst dreiundvierzig Stunden später erblickten sie den Campanile der Insel. Eine halbe Stunde danach waren sie vor der Grünen Bucht angelangt. Nirgends ein Licht. Dojno gab die Signale. Zwei kurze, drei lange Blinkzeichen mit der weißen Lampe, ein langes, ein kurzes, ein langes mit der roten. Keine Antwort. Viermal wiederholte er das Signal. Endlich rührte sich etwas gegenüber. Ein starkes weißes Licht leuchtete auf, wurde hin- und herbewegt. Das war nicht die erwartete Antwort, die Leute drüben waren nicht die eigenen. Wahrscheinlich die Ustaschi. Sie hatten also inzwischen die Bucht erobert.

811

Es blieb nichts anderes zu tun, als zu wenden und schnell die
Halbinsel anzulaufen. Auch diese Möglichkeit war vorgesehen.
Hinter ihnen peitschten einzelne Schüsse ins Wasser. Vielleicht
war es nur eine Wache, ein, zwei Mann, dann würden sie sich
nicht trauen, sie in einem Motorboot zu verfolgen.
Endlich erkannte Dojno die Pfähle und Planken des Schwimm-
bads. So war es leicht, sich zurechtzufinden. Bald landeten sie.
Luigi sagte: »Wir gehen also ins Dorf hinauf, du bleibst beim
Boot. Du magst mich nicht, das habe ich schon gemerkt, und du
traust mir nicht. Aber du hast uns in der Hand, wir werden ja
das Boot nicht im Stich lassen. Wenn dir aber inzwischen etwas
passiert, dann nehmen dir die anderen das Geld ab, und wir
werden alles ausgestanden haben für nichts. Und dir wird es
auch nichts nützen. Und denk an Norma, wenn du doch kein
Mitleid mit mir hast, und schließlich, wir haben ja das Unsere
getan.«
Dojno zählte ihm das Geld in die Hand ab, Longo leuchtete mit
der kleinen Lampe, dann waren die beiden hinter der Biegung
verschwunden.
Dojno holte sein kleines Bündel aus dem Boot, ging ins Gebüsch,
zog sich nackt aus, wrang sein Hemd aus und rieb sich damit den
Leib ab. Er zog frische Wäsche, trockene Socken an, darüber den
Mantel Luigis und die Schuhe, die ganz steif und hart waren. Er
blieb im Gebüsch, das ihn ein wenig gegen den Regen schützte.
Während er zur Insel hinüberblickte, deren Umrisse sich nur
undeutlich abhoben, wurde er sich dessen bewußt, daß er in den
letzten Stunden kein einziges Mal an Mara gedacht hatte oder
an Djura noch an Jeannot. Er kehrte aus der tiefsten Einsamkeit
zurück, die er je gekannt hatte. Nun er wirklich allein war, fand
er zu den Seinen zurück. Er war nicht hoffnungsvoller als früher,
aber er fühlte sich wieder mit jenen verbunden, zu denen er
gehörte. Nur weil ich trockene Wäsche am Leibe habe, sagte er
sich. Und feste Erde unter den Füßen.
Es regnete nicht mehr. Er lief hin und her zwischen dem Gebüsch
und der Baumgruppe, die etwas höher stand. Er fiel hin. Es war
eine Grube. Sie war tief und lang genug, ein hoher Sarg. Das
Laub darin war nicht sehr feucht. Ihm schien's, er hörte Schritte.
Er ging schnell ins Gebüsch zurück, er durfte sein Grab nicht
verraten.

Die beiden kamen den Kieselpfad herunter. Sie hatten das Haus leicht gefunden und geklopft, alles getan, wie Pietro in Lagosta es ihnen geraten hatte. Nichts hatte sich gerührt. Dann war ein Mann gekommen, der hatte ihnen in einem schlechten Italienisch, das sie nicht ganz verstanden, erzählt, daß der Lehrer ein Verräter war und schon seit einiger Zeit das Dorf verlassen hatte. Dann sagte der Mann, Luigi solle sofort nach Hause fahren, man werde sich schon um den Herrn kümmern. Eine junge Frau würde kommen. Nicht sofort, in ein, zwei Stunden. Das Boot aber sollte verschwunden sein, bevor der Tag anbrach.
»Wir müssen also jetzt sofort weg, in einer Stunde beginnt es hell zu werden. Wenn du willst, komm mit uns mit, aber sofort!« Er sah ihnen nach, sie hatten die Segel aufgezogen und kamen rasch vorwärts. Dann holte er die Kleider aus dem Gebüsch, ging zur Grube, schüttelte das Laub durch und legte sich hin. Er starrte zu den kahlen Zweigen hinauf, die der sanfte Wind bewegte. »Der Himmel über unsern Häupten und das Gewissen in unserer Brust«, dachte er. Er wiederholte halblaut die Worte, immer wieder, ohne an Zusammenhang und Sinn zu denken. Sie schützten ihn vor Gedanken, waren das Wiegenlied, das ihn einschläferte. Die Arme über der Brust gekreuzt, die klammen Finger in den Achselhöhlen, so schlief er ein. Er erwachte gleich wieder, von dem beängstigenden Gedanken geweckt: »Ich habe mich selbst ausgeliefert, ich liefere mich selbst aus.« Aber er war zu müde. Er hatte drei Nächte nicht geschlafen. Die Fischer hatten ihn ins Wasser geworfen, aus Angst vor einen Patrouillenboot, und fast zu spät wieder heraufgeholt. Daß er noch lebte, war ein Zufall, und er war niemandem mehr etwas schuldig, auch sich selbst nicht.

»Ja, das ist die Barcarole«, sagte er heiter. »Das spielen sie immer, wenn Krieg ist. Aber nur auf der besonnten Seite der Gasse, denn die Drehorgelmänner frieren leicht.«
»Nein, nein, dreimal nein«, sagte die zänkische Frauenstimme. »Immer behaupten Sie solche Sachen, und am Ende ist es nicht wahr. Sie sollten sich schämen.«
Er drehte sich um. Er wollte Relly den Mann mit der Drehorgel zeigen, aber es war die Landstraße, und da stand der

Apfelbaum, den der Blitz getroffen hatte. So wußte er jetzt genau, wo er war, und brauchte niemanden nach dem Weg zu fragen. Und da war ja auch das Zahnradgleis, aber die Bahn ging nicht mehr. Das machte nichts, er war ja schon oben. Die Donau war gelb vom Lehm. Daß die Leute in der Stadt kein Licht anzünden? Sie glauben wohl, daß der Elektrizitätsstreik weitergeht. Aber wir haben den Streik verloren. Seltsam, daß die es nicht wissen. Die Grenze zwischen Tag und Nacht war deutlich sichtbar. Die Dunkelheit begann genau da, wo der Kanal rechts von der Donau abzweigte. Jedenfalls hatte er gar keinen Grund, länger auf dem Leopoldsberg zu bleiben. Er durfte Stetten nicht wieder warten lassen.

Zuerst schien es ihm sonderbar und lächerlich zugleich, daß die nackte Frau in der Erde badete. Er blieb stehen und wartete darauf, daß sie ein Zeichen gäbe. Dann rief er : »Gerda, warum hast du dich halb in die Erde eingegraben? Warum bist du nackt?« Sie glättete sich die Haare und fuhr sich mit beiden Händen über die Brüste, als ob sie sie wärmen wollte. Endlich sagte sie, ohne ihn anzusehen: »Ich habe mich nicht eingegraben, ich sinke in mein Grab. Und ich bin nicht Gerda, niemals bin ich Gerda gewesen, niemals.« Er erschrak so fürchterlich, daß er am ganzen Leibe zitterte, und lief auf sie zu. Nun sah er genau, daß ihre Haut sonnengebräunt war. Nur die Brust war ganz weiß. Sie sagte traurig: »Sie sollten sich schämen, mich immer Gerda zu nennen. Besonders in einem solchen Augenblick.« Er streckte ihr die Hände hin, um sie hochzuziehen. Aber sie war auf einmal verschwunden. Er schrie auf, der Schmerz war unerträglich. Er fiel hin. Stetten beugte sich über ihn und sagte: »Das vergeht. Der Tote verwechselt die lebenden Personen nicht aus Unwissenheit, sondern aus Gleichgültigkeit. Ob Gerda oder Gaby —«

»Aber ich bin nicht tot, Professor.«

»Die Überlebenden brauchen den Totenschein, dem Toten ist er nichts«, antwortete Stetten und ging weiter. Er verschwand hinter einem breiten Haustor, an dem die Messingklinken glänzten.

Es war ein halbes Erwachen. Er sagte sich: Das ist es also, ich bin fast gestorben. Noch einen Augenblick, dann ist alles zu Ende. Wie gut das ist. Endlich ist alles ganz einfach.

Er ging durch die überschwemmten Straßen. Das Wasser reichte ihm bis an die Knie. Ein junges Mädchen hinter einer Fenstertür winkte ihm. Sie brauchte gewiß Hilfe, denn sie konnte nicht auf die Straße hinaus. Er wollte die Tür öffnen, aber sie ging nicht auf. Das Mädchen fragte barsch: »Was wollen Sie eigentlich?« Er antwortete verwirrt: »Aber Sie haben mich doch gerufen.« Sie sagte: »Nicht ich, sondern das Kind!« und hob ein Kind hoch. Es war Jeannot, aber viel kleiner. Drei Jahre alt oder vier. Dojno rief: »Jeannot, ich bin's, ich bin wieder da.« Er streckte die Hand aus, die Scheibe fiel in Splitter. Jeannot schrie erschrocken auf. Er erkannte ihn nicht.

Dojno erwachte. Der Himmel über den Zweigen war ein graues Tuch voll dunkler, weißer, rötlicher Falten. Er setzte sich halb auf und sah zum Meer, zur Insel hinüber. Der Tag brach an, schon waren die Häuser drüben kenntlich, die weißen Türme der Kirche hoben sich deutlich ab. Mara und Djura glaubten vielleicht, daß er sich geweigert hätte zu kommen, und ihn trennten nur zehn Minuten von ihnen. Die Wellenkämme schimmerten silbrigweiß, aber noch war das Meer grau wie der Himmel.

Er legte sich wieder zurück. Von den Zweigen tropfte es in die Grube. Er schloß die Augen. Die Kälte war in ihn eingedrungen, sie füllte sein Inneres aus. Trotzdem schlief er bald wieder ein.

Am Straßenrand flackerten die Kerzen, doch schien's niemand zu beachten. Die Leute zogen hinter den Pferdewagen her. Er fragte einen bärtigen Mann, warum niemand sich in die Wagen setzte, aber der schüttelte stumm den Kopf und zeigte auf die Kerzen. Dojno verstand mit einemmal, daß es die Sabbatlichter waren und daß man nicht fahren durfte. Er lief ihm nach und sagte: »Kinder dürfen auch am Sabbat fahren. Jedenfalls darf's Jeannot, denn er ist kein Jude.« Er lief das Kind suchen, aber er fand es nirgends. Niemand antwortete ihm. Da besann er sich darauf, daß er tot war. Auch wenn er Jeannot fände, könnte er ihm nicht in den Wagen helfen. Denn er durfte kein lebendes Wesen berühren.

Er ging den Abhang hinunter und gesellte sich zu den Männern im weißen Gewand. Stetten sagte: »Unsere Kleidung ist natürlich etwas lächerlich. Aber bedenken Sie, daß es noch lächer-

licher gewesen wäre, mit den Koffern zu kommen. Weit und breit kein Träger.«
»Gewiß, aber es ist wegen der Kälte. Ich erfriere nämlich.«
»Aber nein, Dion. Das ist die Erinnerung. Sie können gar nicht frieren, denn Sie sind tot. Es ist merkwürdig, daß Sie das immer wieder vergessen. Und doch, wie oft habe ich es Ihnen gesagt! Nebenbei bemerkt: Sie hätten Norma nicht heiraten sollen.«
»Ich habe sie ja nicht geheiratet«, wehrte sich Dojno, aber Stetten war nicht mehr da. Das Ganze war ein Irrtum. Der Professor war ja schon seit langem tot, in der Adria ertrunken. Die Bootsmänner hatten ihn mit irgend jemand verwechselt und deshalb ins Meer geworfen.
Der Kondukteur sagte: »Sie verlassen am besten sofort den Zug!« Dojno lehnte es ab. Er konnte nicht abspringen, solange der Zug das Tempo nicht verlangsamte. Der Kondukteur wollte nicht nachgeben, holte sein Pfeifchen aus der Tasche und pfiff. Es war eine Melodie, die Dojno gut kannte, aber er konnte sich nicht mehr erinnern, wo er sie gehört hatte. Der Kopf tat ihm weh.
Er war halbwach. Eine Frau sang. Langsam unterschied er die Worte. Nun verstand er sie. Es war ein altes Lied, die Sängerin hatte den Namen des Mädchens geändert: Mara statt Kaja.
Er blieb liegen, die Augen geschlossen. Genug ist genug, die Grube gehörte ihm, warum sollte er noch einmal aufstehen, alles aufs neue beginnen, da das Ende doch so nahe war.
Es war hell, sicher war der Himmel blau, sicher schien die Sonne. Er richtete sich mit einem Ruck auf und erblickte zuerst die Ferne. Der Himmel stieg blau aus dem blauen Meer, die Häuser der Insel leuchteten im Sonnenschein. Neben dem Gebüsch stand eine junge Frau. Jetzt drehte sie sich zu ihm um. Er wollte den Fuß heben, aus der Grube steigen, aber es gelang ihm nicht. Auf einmal hüllte Dunkelheit alles ein. Die Dinge gerieten in Bewegung. Er wußte, daß er in Ohnmacht fiel, und dachte, daß er sich zusammennehmen müßte, dann würde der Schwindel vergehen, aber schon war es zu spät, er fiel hin.
Zwei goldene Ströme von Wärme umflossen ihn und vereinten sich in seinem Rücken. Gute, sanfte Hände tauchten ihn in

eine warme Quelle. Langsam kam ihm das Bewußtsein wieder. Er öffnete die Augen. Die Frau lag über ihm. Er fühlte ihre Arme unter dem Hemd, sie hielten seinen Leib umfangen. Seine Arme waren um sie geschlungen. Er fühlte ihre warme Haut, ihre Brust, ihren Rücken. Sein Gesicht war feucht, von seinen oder von ihren Tränen.
»Du hast geweint?« fragte er, zuerst auf deutsch, sie verstand ihn nicht, und dann auf kroatisch.
»Ja, ich weine leicht«, antwortete sie. Ihre Stimme war dunkel, alles an ihr war dunkel: die Haare, die Augen, ihr Mantel, ihr Kleid, alles außer der breiten Stirn, der scharfen, dünnen Nase, den Mädchenwangen und den vollen Lippen.
»Weißt du, wer ich bin?« fragte er.
»Ich irre mich nicht, du bist Dojno, du bist ein Freund Andrejs gewesen. Ich bin Ljuba. Ich habe mich sehr verändert seit damals, du nicht. Nun müssen wir gehen, es ist gefährlich, hier zu bleiben.«
Als er ihren Namen hörte, zog er schnell seine Arme zurück. Sie setzte sich auf und knöpfte ihre Bluse zu. Ihm war's wie in den schlechten Nächten. Unordentlich schoben sich die Erinnerungen ineinander, Vergangenes und Gegenwärtiges vermischten sich. Das war die Stelle, an der Andrej, auf der Flucht vor seinen Mördern, sich hatte absetzen lassen. Er hätte sich retten können, aber die Frau, diese Ljuba, lockte ihn.
Sie hatte im Bündel Brot und Käse und vier Handgranaten. Sie steckte zwei in seine Manteltasche.
Sie kamen durch Wald und Dickicht. Immer wieder ging sie vor und spähte umher. Zwischendurch erzählte sie ihm, wie alles gekommen war drüben auf der Insel. So erfuhr er, daß sein Kommen nutzlos war.

Er war nun schon drei Tage in Ljubas Haus. Gezeric, der zur Insel hinüber sollte, um Mara von seiner Ankunft zu verständigen und sie eventuell herüberzubringen, blieb unsichtbar. Seine Frau wußte nicht, wo er war, aber es beunruhigte sie nicht. Er hatte immer seine Gründe, erklärte sie.
Es waren graue, regnerische Tage. Sie vergingen Dojno nicht zu langsam, er schlief viel, nicht nur in der Nacht. Zwar war er

sich der Gefährlichkeit seiner Lage bewußt, aber nun war es ihm gleichgültig. War's ein Fehler gewesen, aus Frankreich wegzugehen? Gewiß! Ein Fehler mehr. Seit Jahren, Jahrzehnten beging er solche Dummheiten.

Er durfte das Häuschen nicht verlassen, sich bei Tag auch im Garten nicht zeigen. Ljuba zuzuhören, wenn sie ausführlich von den Leuten im Dorf sprach, war nicht langweilig. Er war aufs neue begierig, zu erfahren, wie Menschen lebten, besonders solche, die er nicht kannte. Das Mosaik des Nebeneinander setzte sich aus ungezählten kleinen Alltagen zusammen. Wer durfte sich rühmen, sie alle zu kennen?

Ljubas Schicksal war nicht alltäglich, seine Begegnung mit ihr war's nicht. Aber in drei Tagen verlor sich das Gefühl für das Besondere. Man lebt in Zuständen, nicht in Ereignissen.

»Ich wollte dir noch das Foto zeigen. Du hast dich gar nicht verändert, deshalb habe ich dich auch sofort erkannt«, sagte Ljuba.

Ja, er erinnerte sich genau an den Tag, an dem es aufgenommen worden war. Er verglich die drei sitzenden Männer. Vasso in der Mitte, eine Stufe tiefer Andrej und er selbst. Der zarte Mädchenmund Vassos öffnete sich zögernd zu einem Lächeln, Andrej blickte staunend in die Ferne. Er selbst betrachtete nachdenklich eine weiße Sandale, die er in Augenhöhe hielt.

»Du blickst mich oft so an wie die Sandale auf dem Photo, als ob du stets mehr sehen wolltest, als was da ist«, meinte sie, während sie in der Pappschachtel kramte. »Und hier sind Papiere. Djura hat gesagt, ich soll sie dir geben. Er war nämlich ganz sicher, daß du kommen wirst.«

»Hast du das Manuskript gelesen?« fragte er, während er die Bogen glättete.

»Nein«, sagte sie errötend. »Vor Jahren ist Djura hierhergekommen und ist einige Wochen geblieben. Wie er weggefahren ist, hat er versprochen zu schreiben, aber nie habe ich eine Zeile von ihm bekommen. Nie. Aber alle diese Bogen hier, in einer Nacht hat er sie vollgeschrieben.«

»Und du hast es ihm nicht verziehen?« fragte er.

»Jetzt, wenn er käme, ich würde ihm verzeihen. Es sind schon siebzehn Tage, daß er weg ist. Er wird erst im April wiederkommen, hat er gesagt. Er möchte ein neues Leben beginnen.«

»Vielleicht bringt Gezeric eine Nachricht«, meinte Dojno. Er erhob sich und ging in sein Zimmer.
Es waren große Bogen billigen, gelblichen Briefpapiers. Djura hatte die Seiten ordentlich numeriert, zuerst jeweils nur eine Seite beschrieben, dann, wahrscheinlich aus Sorge, das Papier würde nicht reichen, beide Seiten. Seine Schrift war schmucklos, leicht nach rechts geneigt. Nur manchmal richteten sich die Buchstaben auf, der Zwischenraum zwischen den Wörtern wurde größer. Es handelte sich um Stellen, auf die der Autor besonderen Wert legte.
Er hatte zuerst DIE GRÜNE BUCHT als Titel gewählt, dann aber GRÜNE ausgestrichen und VERLORENE drübergesetzt. Aus den ersten Zeilen ging hervor, daß es sich um einen Entwurf, ja sogar nur um Notizen handelte. Djura wollte sie nach seiner Rückkehr benutzen. Er schrieb:

DIE VERLORENE BUCHT

Nicht nach der Art der Wiederkäuer schreiben: keine äußeren Details geben, nicht Gebärden zeichnen und nicht Gesichter. Nur für jene, denen das Wesentliche genügt. (Es ist Zeit für mich, endlich das hurenhafte Entgegenkommen zu verweigern, das man von Schriftstellern erwartet. Oder das Schreiben aufzugeben.)
Somit die römischen Soldaten nicht beschreiben, nicht ihre Kleidung, nicht ihr Würfelspiel. Es genügt: sie sind auf Nachtwache, in ihrem Rücken, etwas höher, die drei Kreuze. Spiel, zwischendurch Wein und Speise. Alle zwei Stunden ein Unteroffizier (Kappadozier), der inspiziert. In der Mitte eine Fackel, die in einem Holzschaft steckt. (Absolut keine Farben beschreiben, nieder mit dem Pittoresken!) Einer von den dreien hat schon alles verloren, also auch das Interesse am Spiel. Er steigt auf eine Leiter, zieht die Nägel aus den Händen des Gekreuzigten, steigt hinunter, löst ihn ab und läßt ihn auf die Erde fallen (gleiten?). Setzt sich wieder zu den Spielern, bereitet die Wirkung des Spaßes vor. Ein rechter Scherzbold. Tut, als ob er wieder spielen wollte, schüttelt endlich die Würfel aus und fragt: »Freunde, wo ist der Jud in der Mitte?«

Die werfen einen Blick über die Schulter — stimmt, verdammt noch mal, drei Kreuze, nur zwei Gekreuzigte. Der schon am Nachmittag tot war, ist weg. »Gelungener Spaß, haha! Seht näher hin, es ist zum Totlachen!« Aber der Gekreuzigte ist wirklich verschwunden.
Die erste Stunde des Tages. Unweit des Hinnom-Tales, abseits von den großen Straßen. Die Frau ist schon lange auf. Als die Sterne zu verblassen begannen, hat sie sich vom Lager erhoben. Wäsche gewaschen. Nun wringt sie sie aus und legt sie zum Trocknen auf das Gras. Sie ist groß, hager. Eine Alte von sechsunddreißig Jahren, mit sechzehn geheiratet, sieben Kinder geboren, vier leben.
Sie weiß, daß der Fremde da ist und ihr zusieht. Aber sie blickt nicht zu ihm hin, sie hebt auch nicht den Kopf, als er sagt: »Ich lebe noch.« Sie schweigt. Er tut einen halben Schritt, bleibt stehen, wiederholt: »Ich lebe noch. Sie haben mich zu Tode gebracht, aber ich bin nicht tot.«
Sie kniet über einem Stück Leinen, zieht es an den Ecken aus. Sie denkt: »Ein Armer aus Jerusalem. Dort sprechen sie wie die Großen, selbst wenn sie betteln gehen.« Sie wartet, er möchte noch etwas sagen. Er hält die Hand schützend über die Augen, schaut in die Ferne. Aber es ist kein anderes Haus zu sehen. »Ich will mich hier auf den Stein setzen«, sagte er. »Wenn ich Gunst gefunden habe in deinen Augen ...«
Sie verschwindet im Haus, kommt mit einem Stück Brot und etwas Salz zurück, legt beides auf den Stein, noch immer ohne ihn anzusehen.
»Nur Brot und Salz, kein Öl«, sagte sie. »Ich bin eine Verlassene. Seit vielen Jahren. Eines Tages ist er weggegangen, um die Heiden hinauszutreiben. Ein gutes Herz, aber kein sehr klarer Kopf. Ein Galiläer hat ihm die Gedanken verwirrt mit wohltönenden Worten.«
»Ich bin eigentlich auch ein Galiläer«, sagt er.
Ihr Blick fällt auf seine Wundmale. Sie sagt:
»Du solltest dir den Saft von drei Kräutern auf die Wunden tun. Es heißt, daß die unter den Toren der Stadt Zauberkräuter feilbieten.«
»Ich werde nie mehr in die Stadt zurückkehren. Sie hat mich getrogen. Alle haben mich getrogen.«

Sie nickt, denkt an ihren verschollenen Mann, seufzt, schließlich meint sie: »Besser ist es dem Armen, man schlägt ihm die harte Faust auf den nackten Kopf, als daß man ihm den Honigseim der schönen Worte einflößt.«
»Ich habe ihnen das Heil gebracht, sie aber haben mich zu Tode gebracht.«
Sie wird mißtrauisch. Zum erstenmal richtet sie ihren vollen Blick auf ihn.
»Was sprichst du vom Heil? Was ist das, und wem hast du es gebracht?« *fragt sie zurechtweisend.*
»Den Armen und Bedrängten — allen, die guten Willens sind.«
»Was das Heil ist, habe ich gefragt!« *unterbricht sie ihn ungeduldig, fast feindlich. Er sammelt seine Kräfte, um ihr zu antworten: er ist unsäglich müde, todesmatt. Ihm kommen Worte in den Sinn, die er so oft gesprochen hat. Und trotzdem hat man ihn zu Tode gebracht.*
»Was das Heil ist, habe ich gefragt«, *wiederholt die Frau,* »und wem du es gebracht hast. Mir nicht! Und nicht meinen Kindern! Und nicht dir selbst!«
Er fürchtet, sie wird ihn davonjagen, und wohin soll er gehen?
»Vielleicht weiß ich nicht, was das Heil ist«, *sagt er besänftigend,* »und ich habe es niemandem gebracht. Denn mein Vater hat mich verlassen.«
Der letzte Satz besänftigt die Alte. Es ist bald Zeit, ihre Kinder zu wecken. Sie wird diesem verlassenen Sohn Kräuter herausbringen, daß er seine Wunden pflege.
»Es ist dennoch wahr«, *sagt er leise und eindringlich,* »ich bin für euch gestorben.«
Sollen die Kinder heute ruhig etwas länger schlafen, denkt die Frau. Und was der Fremde sagt? Worte — leere Worte, man bläst Luft hinein, sie schwellen an. Aber man weiß, es ist nichts, nach einem Augenblick liegt die Bluse leer da. Sie selbst sagt ihrer Ältesten, wenn sie sich zuviel in der Nähe der großen Straße herumtreibt: »Du hast mir ja schon das ganze Mark aus den Knochen gesogen, du Mörderin — was willst du noch mehr?«
Alle sprechen so. (Ein anderes Mal behandeln: Die besonderen Menschen nehmen alles wörtlich. Das schafft schwerwiegende Mißverständnisse, daher die Komik der Größe und ihr Unglück. Ein anderes Mal!)

»Ja, ja, so bist du also doch für uns gestorben«, sagt sie, nicht spöttisch, eher begütigend, aber abschließend, als ob sie meinte: Genug geklagt in der übertreibenden Art, die uns allen eigen ist.
»Ja, ich bin es, Jesus von Nazareth. Du hast von mir gehört, nicht wahr?«
Die Frau hält eine Weile inne in der Arbeit, denkt nach, sagt:
»Nein. Du bist also wirklich aus Galiläa?«
»Ich bin Jesus. Ein Mann des Namens Johannes hat mein Kommen angekündigt. Ich bin der Gesalbte, hat er gesagt.«
Erst nach diesen Worten beginnt die Frau, an dem Verstand des Fremden zu zweifeln. Es hat keinen Sinn, mit ihm zu sprechen. Besser, er geht, bevor die Kinder wach sind.
»Man hat den Gesalbten ans Kreuz geschlagen wie einen Wegelagerer. Fast wäre ich daran gestorben. Für euch alle.«
Jetzt hat die Frau entschieden genug. Sie sagt:
»Nun geh deines Wegs. Brot und Salz habe ich dir gegeben, mehr habe ich nicht. Und du hast sogar vergessen, mir zu danken, du hast den Segen über das Brot gesprochen und hast mich und mein Haus nicht gesegnet. Und merk dir das gut: Wer davon spricht, daß er für jemanden stirbt, der ist ein Schwindler. Ich lebe und frone für meine Kinder. Und auch für dich, denn das Stück Brot habe ich erarbeitet.«
Nun könnte der Fremde ihr eine lange Rede halten, zum Beispiel vom Opferlamm sprechen, das mit den Sünden der anderen beladen stirbt. All das würde völlig wirkungslos bleiben. Nicht vergessen: Für sie gibt es kein Jenseits. Lohn und Strafe, Sühne und Heil, alles ist diesseits.
Sie hört ihm kaum zu. Er fühlt, daß seine Worte ins Leere fallen, deshalb sind sie auch ihm nur noch aufgeblasene Hülsen. Der Verzweiflung bemächtigt sich seiner, eine würgende Angst vor dem Leben, vor der Begegnung mit jenen, die an ihn geglaubt haben und nun nicht mehr glauben.
»So sind die Deinen also in jenem Nazareth zu Hause. Kehre zu ihnen zurück, das ist das beste. Blut ist nicht Wasser, die eigenen werden dich nicht verhungern lassen. Aber auch vor ihnen rühme dich nicht dessen, daß man dich, wie du sagst, zu Tode gebracht hat und daß du für unser Heil gestorben bist. Denn du wolltest nicht sterben, und du bist nicht gestorben. Und

wir spüren's bis ins Mark unserer Knochen, wie fern das Heil ist und daß der Gesalbte nicht gekommen ist.«
»Ich habe aber nun doch Wunder getan, Tote ins Leben zurückgerufen.«
Die Frau glaubt an Wunder, aber nicht an die Wiedererweckung der Toten. Und sie kann sich's nicht vorstellen, daß dieser nackte Fremde einer der so wohlgenährten Thaumaturgen sein könnte. Er ist so arm und elend. Sie sagt, diesmal eher spöttisch, aber nicht feindlich:
»Nun, dann vollbring das leichtere Wunder. Leg deine Hände auf die Wunden an deinen Füßen, heb sie dann wieder auf und sieh zu, ob sie ausgeheilt sind.«
Er könnte natürlich sagen (und auch glauben), daß dies die Versuchung des Satans ist, und ablehnen. Aber die Frau ist ganz nahe bei ihm. Wenn er den Kopf hebt, begegnet er ihren Augen: jungen, strengen Augen.
Nicht die Prozedur beschreiben, sondern einfach: Das Wunder gelingt nicht.
»Du hast recht gehabt, Frau. Ich werde also jetzt gehen.« Er erhebt sich halb. Sie hält ihn zurück, sie wird ihm noch die Kräuter geben.
Nun geht sie endlich ins Haus. Nicht zu früh, die Kinder zu wecken. (Zwei Mädchen, siebzehn und elf Jahre. Zwei Knaben, fünfzehn und acht. Der ältere hat eine Hüftlähmung — nichts von alledem sagen. Es geht den Leser nichts an. — Ein einziger Raum. Auf dem lehmigen Fußboden Zweige gestreut. Wegen des Feiertags.)
Der Fremde erhebt sich mühsam, er wird nicht warten, bis die Frau ihm die Kräuter bringt. Er will sie nicht mehr sehen. (Wer so sterben will, dem wird der Anblick des menschlichen Antlitzes unerträglich, eine qualvolle Erinnerung, ein hohnvoller Vorwurf.) Er würde laufen, wenn er könnte. Plötzlich hört er Pferdegetrappel. Er lauscht, es kommt schnell näher. Die Häscher. Sie werden ihn einfangen, ihn verspotten, schlagen und wieder ans Kreuz nageln. Er läßt sich wieder auf den Stein sinken. Der Frau, die endlich wieder herauskommt, sagt er:
»Es sind die Römer. Meinetwegen kommen sie. Gott segne dich und beglücke dich, dein Haus und dein Hausgesinde. Mein Herz ist voller Pein, so komm und bete mit mir: Nicht uns, o Herr,

nicht uns, sondern deinem Namen erweise Ehre, um deiner Gnade willen, um deiner Wahrheit willen.«
Sie wiederholt gleichgültig: »... um deiner Gnade, um deiner Wahrheit willen.« Ihr Blick ist auf die Reiter gerichtet.
»Warum sollen die Heiden sagen: Wo ist denn ihr Gott?« murmelt der Fremde. Die Reiter nehmen ihn fest, führen ihn ab. Die Frau folgt ihnen stumm.
(Kurz berichten, was inzwischen vorgefallen ist: Der Scherzbold hat's mit der Angst gekriegt und verheimlicht, daß er die Nägel herausgezogen hat. Der Unteroffizier hat gewettert, ihm ist's gleich, Ordnung muß sein, drei Kreuze, drei Gekreuzigte. Wo sie den Fehlenden hernehmen, ist ihre Angelegenheit, aber ans Kreuz muß er, bevor der Leutnant, dieses patrizische Arschgesicht, inspizieren kommt. Und während er noch so brüllt, erscheint schon der Offizier. Gutgelaunt — so'ne Nacht, alle Achtung, diese Syrierinnen, patente Weiber, haben ihr Fach in den Fingerspitzen. Fingerspitzen, aha, nicht schlecht, bei nächster Gelegenheit nach Rom schreiben, die sollen —
Der Unteroffizier meldet: Drei Mann Wache, ein Unteroffizier. Von den drei Gekreuzigten einer spurlos verschwunden, der sogenannte König der Juden. Der Offizier weiß nichts von einem sogenannten König der Juden, wünscht jedenfalls binnen einer Stunde den Rapport, daß alles wieder in Ordnung ist. Zu Befehl! Aber es ist nun an dem, daß der Delinquent ein Thaumaturg gewesen ist. Orientalische Geschichten können eine verfluchte Unordnung anrichten.)
Die Frau geht also hinter ihnen her, die Kräuter hat sie noch immer in der Hand. Während sie ihn wieder ans Kreuz schlagen, ruft sie: »Tut ihm nichts, er ist ein Unschuldiger! Ein Unschuldiger!«
Ihm ist's, als wäre er nach langem Irren in der Fremde heimgekommen. Er sieht zur Frau hinunter und sagt: »Um deiner Wahrheit willen.«
Sie stoßen ihm eine Lanze ins Herz. Sie verjagen die Frau, die laut aufgeheult hat, mit unflätigen Worten, mit Drohungen. All das ganz nüchtern, trocken. Nicht den Seelenzustand der Frau schildern, die nun im hellen Sonnenschein nach Hause geht. Sie läuft fast, als ob die Soldaten sie noch immer jagten. Kommt müde an und setzt sich auf den Stein. »Ich lebe noch«, sagt sie

halblaut. Und da muß sie an die Worte des Gekreuzigten denken: »Sie haben mich zu Tode gebracht, aber ich bin nicht gestorben.«
Damit beginnt eigentlich die Geschichte, die Worte werden wörtlich, füllen sich bis an den Rand mit Sinn an. Das Gleichnis wird Wirklichkeit, so wird Glaube geboren. (In der Poesie wird Wirklichkeit zum Gleichnis. Die Poesie ist eine mißlungene Religion.) Spätestens von dieser Stelle ab muß auch der dümmste Leser merken, daß mich von Anfang an nur die Frau interessiert hat, die Verlassene, wie sie sich nennt. (Vielleicht »Die Verlassene« als Titel nehmen, das hebräische Wort dafür. Dojno fragen!)
Sie erhebt sich endlich, geht ins Haus, nimmt die trockene Wäsche mit. Abigail, die älteste Tochter, ist weg. Der Jüngste erzählt, sie hat gesagt, sie wird nimmer wiederkommen. Nun sollte die Frau Flüche ausstoßen, Drohungen, Selbstverwünschungen, aber ihr Mund ist verschlossen. Es gibt, fühlt sie, einen Zusammenhang zwischen den Ereignissen, zwischen dem Erscheinen des Fremden und dem Verschwinden ihrer Tochter. Das genügt. Sie fragt nicht, welchen. Alles, was fortab geschieht, wird sie in den einen, neuen Zusammenhang bringen. (So beginnt das wahrhaft neue Leben. Nicht der Tag meiner Geburt ist mein Anfang, nicht die Stunde, da ich meinen Vater durchschaut habe, und nicht der Augenblick, da die Erfolge zu Enttäuschungen geworden sind, nichts von alledem ist Anfang. Nur der neue Zusammenhang, dem alles sich einordnet, ist ein neues Beginnen. Nichts, was vorher gewesen ist, bindet mehr.)
Nüchtern beschreiben, wie der Frau dieser Tag vergeht. Noch ist die Routine in ihren Gebärden, aber sie wird immer schwächer, da die Frau immer öfter einen Ruf vernimmt, der sie von diesem Leben wegruft. Sie wartet, anders als sie auf die Rückkehr ihres Gatten gewartet hat. In der Nacht wird sie vor ihrer Hütte hocken, auf den weißen Stein starren, und plötzlich wird die Gewißheit sie erfassen: Das Erwartete ist bereits eingetroffen. (Nicht näher begründen!)
Ausführlich erzählen, wie sie dann die Kinder in die Stadt schickt. Sie sollen sich vor den Tempel stellen, Gott wird sich ihrer erbarmen. Sie selbst macht sich auf den weiten Weg nach Nazareth, um den Seinen zu erzählen, was ihm widerfahren ist.

Und wenn er ein Weib hat, wird sie nicht eine Verlassene sein, denn sie wird vor den Richtern bezeugen, daß er tot ist.
Niemand hat sie in Nazareth erwartet, niemand will ihre Botschaft hören. Keiner braucht ihre Zeugenschaft. Jerusalemer Geschichten, man kennt sie. Die in der großen Stadt haben nichts zu tun, als den ganzen Tag solche Geschichten zu erfinden. Und auch aus Ägypten kommen ähnliche Märchen. Jeden Montag und Donnerstag wird die Welt frisch erlöst. Ach, wie langweilig!
Der Weg zurück, unsäglich mühselig. Die Frau auf halbem Wege zwischen Nazareth und Jerusalem lassen. Keinen Abschluß, nicht einmal einen Ausblick auf ein Ende!
Am Anfang sagt sie: »Wer behauptet, daß er für jemanden stirbt, ist ein Schwindler!« Jetzt müßte sie sagen: »Wer für uns stirbt, wirft uns aus unserem einzigen Leben hinaus. Gott in deiner Gnade, habe Mitleid mit uns, laß es nicht zu, daß jemand für uns sterbe!« (Aber ich lass' es sie absolut nicht sagen.)
Sie könnte auf dem Rückweg bereits dem erstarkenden Glauben an Jesu Wiederauferstehung begegnen. Aber auch das nicht!
Sie begegnet überall dem letzten Schlager, der von Jerusalem aus den Siegeszug durchs Land angetreten hat. Mit obszönen Gebärden begleiten ihn die Dirnen an den Kreuzungen der Landstraßen:

>   *Ach, daß er doch schon möchte,*
>   *O Mutter mein,*
>   *Ach, daß er mich doch küssen möcht',*
>   *O mein Mütterchen!*

Das Ende durchaus unbefriedigend, dachte Dojno. Er blies die Kerze aus und zog die Decke bis unters Kinn. Und er hätte den Mann nicht Jesus nennen sollen. Der Fremde und die Verlassene, die Agunah, das genügt. Zweimal muß der Fremde sterben, zweimal die Agunah verlassen werden. Der Fluch der Gnade, des tödlichen Ziegelsteins, den Gott auf den Erwählten wirft, wie bei manchen Völkern der Mann ein Tuch auf das Mädchen, das er begehrt. Soweit ist alles klar — in der ersten Instanz. Dahinter ist die Verzweiflung Djuras. Er selber ist der Fremde. Würgende Todesangst, bevor er sich auf den Weg ge-

macht hat. Und die Verlassene ist Ljuba. Vorher war Andrejs Tod. Und wenn nun auch Djura nicht zurückkehren sollte ...
Er wird zurückkehren, niemand wird es wagen, ihn »zu Tode zu bringen«. Warum nicht? Es gab keine Grenzen mehr für die Gewalt in Europa. Und Djura wußte es. Seit Vassos Tod kreisten seine Gedanken um die Wiederauferstehung. Wem die Sonne erloschen ist, der sucht Trost in der Wiederkehr des Mondes.
Unklar, warum, wozu die Verlassene nach Nazareth geht. Warum entdeckt Djura nicht die geheime Hoffnung, die ihre Schritte lenkt? Gerade diese Hoffnung versuchte nun Dojno in Worte zu kleiden, denn er wollte sich von der Angst um Djuras Leben ablenken.
Andern Tags las er noch einmal »Die verlorene Bucht«. Sie verstärkte in ihm die Bangnis. Deutlicher noch fühlte er die Verzweiflung des Mannes, der sie geschrieben hatte.
Zwei Tage später brachte ihm Gezeric die Nachricht von Djuras Hinrichtung. Er war erstaunlich gut informiert. Ja, flocht er erklärend ein, er sei selbst nach Zagreb gegangen, nicht deswegen, aber so konnte er alles erfahren.
Sie waren allein, Ljuba war Holz suchen gegangen.
»Ja, das ist ein schwerer Schlag«, wiederholte Gezeric, als Dojno noch immer stumm blieb. Gezeric war unansehnlich. Ein Gesicht, das man leicht vergessen konnte, doch ein Tick entstellte es: das linke Auge zwinkerte, die große, magere Nase krauste sich und löste ein Beben der Wange aus. Die andere Hälfte des Gesichts blieb unbewegt, das rechte Auge sah gleichgültig zu.
»So sterben heutzutage viele«, begann er wieder, »aber natürlich, für dich ist es etwas anderes. Er ist vielleicht seit langen Jahren dein Freund gewesen.«
»Erzähl noch einmal alles, was du weißt«, sagte Dojno. »Beginn mit der Verhaftung im Grammophonladen.«
Gezeric wiederholte seinen Bericht.
»Du sagst, du bist nur zwei Tage in Zagreb gewesen?«
»Ja, zwei Tage.«
»Du hast deinen Bericht wörtlich wiederholt, hast ein vorzügliches Gedächtnis, Gezeric.«
»Ja.« Diesmal begleitete eine Handbewegung den Tick.

»Du hast nicht einmal, sondern zweimal wiederholt, was dir ein anderer erzählt hat, einer, der nicht nur ein gutes Gedächtnis hat, sondern auch viele ergebene Leute in seinen Diensten — bei den Ustaschi, bei der Polizei, selbst bei den Henkern. Du hast Karels Bericht wiederholt.«

»Nein! Wer ist Karel?« fragte Gezeric. Seine Wange bebte einige Male hintereinander. Er sagte schnell: »Ja, ich habe ihn getroffen. Ich weiß also, daß dein wirklicher Name Denis Faber ist. Karel meint, du hättest besser getan, in Frankreich zu bleiben.«

»Du hast also hier die ganze Zeit für ihn gearbeitet, Maras Vertrauen mißbraucht, die Grüne Bucht an die Partei verraten.«

»Ohne mich wärst du nicht hier, Faber, sondern im Gefängnis bei den Ustaschi oder schon eine Leiche«, erwiderte Gezeric. »Als deine zwei Italiener bei dem Verräter anklopften, habe ich sie abgefangen und dann Ljuba zu dir geschickt. Mir verdankst du, daß du hier sitzt und mich ausfragst, als ob ich ein Verräter wäre.« Er knöpfte bedächtig seinen Mantel, dann seinen Rock auf und holte aus der Westentasche eine Zigarette hervor. Sie war zerbrochen. Dojno bot ihm Zigaretten an. Er zögerte, sah nachdenklich auf die Hand, die ihm die Schachtel hinhielt, endlich bediente er sich.

»Damit alles klar ist«, begann er wieder, den Blick auf dem brennenden Ende der Zigarette. »Ich habe mit der Partei nach dem Tode Vasso Militschs gebrochen. Ich wollte niemanden mehr sehen, habe den Posten aufgegeben, bin hier ins Dorf gezogen. Meine Frau hat da eine kleine Erbschaft. Ich bin Versicherungsbeamter geworden, gegen Feuer und Hagel. Wie es dann losgegangen ist in der Grünen Bucht, habe ich mich sofort Mara zur Verfügung gestellt und getan, was ich konnte. Aber die Lage ist jetzt anders. Nichts kann man ohne die Partei, nichts soll man gegen sie tun. Und der Fall Djura gibt für mich den Ausschlag. Ich habe dir nämlich nicht alles gesagt. Djura hat sich im Gefängnis mit einem Pfaffen eingelassen. Er hat laut erklärt, daß er gegen Rußland ist. Natürlich, da mache ich nicht mehr mit.«

»Und warum haben ihn da die Ustaschi umgebracht?« fragte Dojno. Er hielt die Hand um ein Tischbein gekrampft. Nicht in dieses arme Gesicht schlagen, sagte er sich, den Mann nicht anrühren.

»Warum?« fragte Gezeric. Er drehte die Zigarette um, das brennende Ende berührte fast seine Handfläche. »Weil er sich geweigert hat, diese Erklärung öffentlich abzugeben, und weil er gesagt hat, daß auch Hitler und die Ustaschi vernichtet werden müßten.«

»Was ist also der Fall Djura?«

»Wart, es ist noch nicht alles. Den Leuten von der Partei, die zusammen mit ihm zur Hinrichtung geführt wurden, ihnen hat er gesagt, Ustaschi oder Kommunisten, das ist dasselbe. Aber wie es soweit war, da haben sich die drei Genossen vorbildlich gehalten, und Djura ist völlig zusammengebrochen. Deshalb sage ich, man darf den Tod Djuras nicht benutzen. Einfach kein Wort mehr über ihn. Andernfalls —«

»Andernfalls?« fragte Dojno herausfordernd. Er stand auf, zwang sich dann wieder zum Sitzen. Der Mann beobachtete ihn aufmerksam, aber ohne Furcht. Er klebte die zerbrochene Zigarette mit dem Papier zusammen, das er vom ausgedrückten Stummel ablöste, und sagte: »Andernfalls trenne ich mich endgültig von Maras Leuten. Ich ziehe sowieso nächstens von hier weg. Die Grüne Bucht? Diese Insel? Lächerlich! Wir, wir werden die Macht im ganzen Lande erobern, denn die Russen —«

Dojno fiel ihm ins Wort: »An Mara und den anderen wird es sein, Entscheidungen zu treffen. Du könntest helfen, sie herüberzubringen, und erst dann solltest du Stellung nehmen.«

»Ich werde es mir überlegen«, sagte Gezeric. »Und was dich betrifft, Karel sagt, am besten, du gehst sofort nach Frankreich zurück. Hier wird geschossen, Kugeln können sich verirren.«

Dojno stand auf und wartete, daß sich auch der andere erhebe, dann fragte er, während er ihm die Zigaretten wieder hinhielt: »Du würdest mich also umbringen?«

»Nein, absolut nicht! Außer natürlich, wenn ich den Auftrag bekomme.«

»Natürlich. Aber zuvor nimm noch einige Zigaretten. Tu sie aber nicht in die Westentasche, da zerbrechen sie.«

Gezeric dachte einen Augenblick nach, ob sich hinter diesen Worten eine besondere Bedeutung verbergen möchte. Er fand keine, verabschiedete sich freundlich und ging.

Ljuba kam erst am frühen Nachmittag zurück. Sie versorgte den Schubkarren im Verschlag hinter dem Haus, bevor sie in die Küche trat. Sie kannte schon die Nachricht, ihr Gesicht hatte alle Farbe verloren. Sie setzte sich und legte den Kopf auf den Tisch. Lange Zeit verging, ehe sie endlich weinte.

Gegen Abend sagte Dojno: »Du gehörst nun ganz zu uns, Ljuba. Wir werden die Insel aufgeben, du wirst mit uns gehen, wir werden durchs ganze Land ziehen. Hörst du mich? Auf Gezeric können wir nicht mehr rechnen, er ist übergegangen, nicht wie dieser Bugat zu den Ustaschi von heute, sondern zu den Mächtigen von morgen. Seinen Platz mußt du nun einnehmen. Hörst du mich überhaupt, Ljuba?«

»Ich kann nicht, ich kann nicht mehr«, sagte sie schluchzend.

»Du mußt schon morgen früh in die Stadt und einen Mann herbringen, der Djura immer geliebt hat. Erzähl ihm alles, was du weißt, und sag ihm, daß wir ihn brauchen, ihn und seine Druckerei und sein Geld. Sprich auch mit seiner Frau. Sie soll wissen, wer du bist.«

»Ich kann nicht«, wiederholte sie. »Mir ist bange davor, auch nur in den Garten hinauszugehen. Ich will nicht mehr leben.«

»Ich werde dir jetzt einige von den Seiten vorlesen, die Djura unter deinem Dach geschrieben hat.«

Er stand auf, zündete die Lampe an, machte Feuer im Herd, dann las er »Die verlorene Bucht« vor, aber nur bis zu den Worten: »Sie selbst machte sich auf den weiten Weg nach Nazareth, um den Seinen zu erzählen, was ihm widerfahren ist.«

»Hast du verstanden, Ljuba?« fragte er nach einer Pause.

»Ich weiß nicht, ich habe nie Kinder gehabt, und ich werde nie Kinder haben. Ich weiß nicht, wozu ich auf der Welt bin.«

»Du mußt dich gut ausruhen. Der morgige Tag wird schwer sein. Noch bevor du zu Bett gehst, nimm dieses Blatt, nähe es in dein Kleid oder in deinen Mantel ein. Brolih wird Djuras Schrift erkennen und dir sofort vertrauen.«

»Ich habe Angst«, sagte sie weinend, »ich habe Angst vor allem. Ich fürchte mich vor jedem Tag, der kommt.«

»Ich auch«, sagte er, »aber nun hat alles wieder einen Sinn. Und es wird nicht mehr lange dauern, denn wir werden hart, gewalttätig werden. Niemand wird uns mehr die Angst anmerken, mit Augen von Mördern werden wir die Mörder ansehen.«

»Ich will nicht«, sagte sie, »ich will nicht.«
Er reichte ihr ein Blatt von Djuras Manuskript. Sie stand auf, holte das Nähzeug und trennte das Futter ihres Mantels auf. Als sie zwischendurch aufblickte, gewahrte sie, daß seine Augen geschlossen waren und daß seine Lippen zuckten. Sie dachte: In der Grube war er wie ein Kind und ich wie seine Mutter. Aber er hat es sofort vergessen...
»Ich habe Brot gebracht und Käse. Sie sind auf dem Schubkarren«, sagte sie.
Er ging hinaus. Die Luft war feucht, vom Meer stieg der Nebel hoch. Ein Motorboot ratterte unten, aber er konnte es nicht erspähen. Er dachte an Jeannot, an die Weltreise, die er ihm versprochen hatte. An Relly, die ihn nun tot glauben mußte. Und an Djura. Bei der Hinrichtung zusammengebrochen, hatte Gezeric gesagt. »Die Leichentücher unserer Freunde werden unsere Fahnen sein« — das lag so weit zurück. Paris 1937. Es gab keine Leichentücher für diese Toten mehr. Man hatte Djura in ein Massengrab geworfen, in eine Kalkgrube. Der Gedanke an eigene zukünftige Gewalttat allein konnte noch tröstlich sein.

»Ich bin gekommen, Faber, natürlich, aber nur um dir zu sagen, daß du auf meine Frau und auf mich nicht rechnen sollst. Wir haben uns schon seit langem von der Politik zurückgezogen, denn wir haben erkannt, eingesehen — mit einem Wort: wir sind Theosophen.«
»Sonst hast du dich gar nicht verändert, Brolih«, sagte Dojno, indem er den Mann sanft auf den Stuhl zwang. »Weißhaarig warst du schon als junger Mann, und den Teint eines jungen Mädchens hast du behalten. Etwas voller bist du geworden, das ist wahr, aber es steht dir gut.«
Der Mann wehrte ab und erklärte eindringlich: »Ich sage dir noch einmal, Faber, nur kein Mißverständnis, nicht wahr? Ich bin mit der Dame mitgekommen, weil ich erschüttert war, natürlich, wie ich Djuras Handschrift gesehen habe — mein Gott, was für ein furchtbares Verbrechen haben die begangen! — aber ich, aber wir gehören nicht mehr dazu.«
Ljuba stellte Wein und Gläser auf den Tisch, Dojno schenkte ein, sie tranken.

»Aber Geld hast du noch, Brolih? Für Theosophen ist es nicht so wichtig, wir aber brauchen es dringend, wir brauchen auch dich, aber da du dich verweigerst, gib uns Geld. Djura —«
»Djura hat gewußt, daß wir zur Theosophie gegangen sind.«
»Aber er wußte nicht, daß man ihn hängen wird und daß du dich dann weigern wirst, das Nötige zu tun, damit das Land wissen soll.«
»Was kann ich denn tun? Du vergißt, unter welchen Bedingungen wir leben.«
Dojno lachte laut auf. Brolih sagte seufzend:
»Du aber, Faber, du hast dich verändert. Daß einer die Menschen verachtet, das sieht man seinem Gesicht an wie eine häßliche Narbe. Wenn meine Frau dich so sähe...«
»Du hättest sie mitbringen sollen. Ich kenne sie, denn ich habe sie einmal weinen sehen. Das war am Tag, an dem wir Andrejs Leichenbegängnis vorbereiteten. Sie sagte: Wenn man euch so sprechen hört, ist es, als ob Andrej niemals gelebt hätte. Weiß sie, was geschehen ist?«
»Sie weiß, aber du mußt verstehen, für uns ist der irdische Tod nur —«
»Laß, Brolih! Also Djuras Stimme muß im ganzen Land vernehmbar sein. *Briefe eines Gehenkten,* das wird der Titel der ersten Schriften sein. Ganz kleines Format, je zweiunddreißig Seiten, besonders unter der Jugend zu verbreiten. Der erste Brief muß spätestens in zehn Tagen erscheinen. Umschlagtitel: *Der Karst* von Georg Dj. Zagorjac, Verlagsname *Die verlorene Bucht,* innere Umschlagseite: Widmung, Namen all jener, die an Djuras Ermordung schuld sind, angefangen mit dem jungen Mann, der ihn verraten hat.«
»Das ist Aufforderung zum Mord«, sagte Brolih entsetzt.
»Ja, zu fünf Morden. Wir kennen erst fünf Namen der Beteiligten. Im zweiten Heft wird es eine andere Widmung geben, weitere Namen. Es muß dem letzten Opportunisten beigebracht werden, daß es gefährlich ist, sich auf die Seite der Mächtigen zu stellen.«
»Wenn wir diesen Weg beschreiten... Um Gottes Willen, was wird aus uns werden?«
»Lämmer mit stählernem Gebiß.«
»Mir graut davor.«

»Mir auch.«

»Also, warum, Faber, warum?«

Mit einem Gefühl der Befreiung erkannte Dojno, daß die »zukünftigen Erinnerungen« keine Macht mehr über ihn hatten, daß er nicht mehr unter dem Zwang stand, Zukünftiges in Vergangenes zu verwandeln, bevor es gegenwärtig werden konnte. Er war nicht mehr auf der Flucht vor der Gegenwart, sich selbst nicht mehr unerträglich.

»Warum?« wiederholte Brolih eindringlich. Er beugte sich vor, und als Faber noch immer schwieg, sagte er leise: »Daß ich seinerzeit zur Partei gegangen bin, das hatte mit der Häßlichkeit unseres Lebens zu tun, mit dem Bleistiftstummel meines Vaters. Riesige Wälder gehörten ihm, aber er hatte immer nur einen Stummel, mit dem rechnete er. Ihm wurde alles zur Zahl. Vor der Zahl bin ich zur Partei geflüchtet, verstehst du, Faber? Damit die Wälder wieder Wälder sein sollen. Du sagst, ihr wollt mein Geld haben, und es ist wahr, ich bin noch immer ein reicher Mann. Gut, ich werde euch Geld geben, ihr werdet Waffen dafür kaufen, morden und gemordet werden. Ich frage: Warum, wozu? In meines Vaters Leben war kein Inhalt, Zahlen sind kein Inhalt, verstehst du, im Morden ist kein Inhalt, absolut keiner. Wir haben die Politik verlassen, als Vasso Militsch von den Russen getötet wurde — sollen wir zur Politik zurückkehren, Vera und ich, weil nun die Ustaschi Djura ermordet haben? Das wäre ein schlechter Kreis, ein Teufelskreis. Und jetzt werde ich dir eine Frage stellen, du wirst sie lächerlich finden, aber die Antwort wäre mir und meiner Frau wichtig. Nicht deinetwegen stelle ich sie, sie ist nicht persönlich, sozusagen, aber wie gesagt, mit einem Wort: Gibt es einen einzigen Menschen auf der Welt, den du liebst, wirklich liebst, das heißt, der dir wichtiger ist als die Politik, als das stählerne Gebiß der Lämmer?«

Ljuba trat an den Tisch und starrte Dojnos Gesicht an. Auch sie wartete auf Antwort. Er sagte:

»Deine Frage ist nicht lächerlich, aber ich weiß die Antwort nicht.«

»Dir fehlt also die entscheidende Wahrheit. Das ist sehr traurig, Faber, du kannst denken, aber dennoch nicht die eigene Wahrheit, das heißt einen Inhalt finden. Und deshalb machst du aus Djuras Tod einen Inhalt, und da begehst du einen furchtbaren Irrtum. Denn Tod und Mord sind kein Inhalt, ich wiederhole es

dir. Schade, daß Vera nicht da ist, sie könnte dir das besser erklären. Nächsten Sonntag werde ich kommen und sie mitbringen. Und wenn ihr Geld braucht, um euch zu retten, und wenn du darauf bestehst, Djuras letzte Schrift schon jetzt herauszugeben, ich bin einverstanden. Maras Tante hat ihr ganzes Vermögen für euch weggegeben, ich werde nicht kleinlicher sein als sie. Aber ich sage noch einmal, ich gehöre nicht zu euch, nicht weil es gefährlich ist, mit euch zu sein, sondern weil ihr keinen Inhalt habt.«
»Die Frage ist nicht, was wir wollen, sondern was wir müssen. Wenn ich dich nicht hätte holen lassen, so hättest du weiter dahingelebt mit deinen Traktätchen, und am Ende wäre dir Djuras Tod unwichtig gewesen. Mit der Liebe zur Menschheit konntest du eine Gleichgültigkeit gegenüber den Leiden der anderen vereinbaren, die dich an deinen Vater mit seinen Zahlen gemahnen sollte.«
»Es ist nicht wahr«, wehrte sich Brolih, »sag das nicht, du tust mir weh.«
»Ich will dir nicht weh tun, denn ich bin froh und dankbar, daß du gekommen bist. Wie hat der Mann geheißen, den du am meisten gemocht hast in deiner Kindheit?«
»Janko, er war —«
»Wir werden dich Janko nennen. Ich sage dir also, Janko, daß ich jetzt fast heiter sein könnte. Ich sehe dich an und denke, der wird später einmal Muscheln sammeln oder bunte Steine. Du sagst, das sei kein Inhalt, so wie morden keiner ist. Und ich werde dich erstaunen und furchtbar enttäuschen, wenn ich dir sagen werde, was ein Inhalt sein könnte: die Heiterkeit. Niemand wird glauben, daß einer von uns das hat denken können in diesen Tagen, einfach weil sie uns verweigert ist. Denk an Djura — er wollte ein neues Leben beginnen. Mara wird uns herüberbringen, was er dort in seiner Höhle geschrieben hat. Du wirst staunen, Janko!«
»Das Blatt, das man mir gebracht hat, war nicht heiter.«
»Weil du's noch nicht verstanden hast. Auf dem Blatt steht: ›Gott in deiner Gnade, habe Mitleid mit uns, laß nicht zu, daß jemand für uns sterbe!‹ Wir gehen am besten sofort daran, den ersten *Brief eines Gehenkten* zusammenzustellen. Du wirst erkennen, daß in alledem ein großes Versprechen ist.«

VIERTES KAPITEL

»Noch einmal den gleichen Kolo!« rief das junge Mädchen, atemlos vom langen Tanz; sie verschob das Gewehr mit geschicktem Griff, so daß es nun nach Kavalleristenart über ihrer Brust gekreuzt lag.

»Ja, noch einmal unseren Kolo, unseren!« schrie der barfüßige Junge, der zwischen ihr und dem Bärtigen im Reigen tanzte. Der Dudelsackpfeifer nickte, wieder neigte er seinen Kopf nach rechts, schloß die Augen und begann aufs neue. Er war groß, hager, ein geduldiger, schweigsamer Mann. Nur wenige erinnerten sich genau, wann und wo er sich den Partisanen angeschlossen hatte. Er kam aus einem der Dörfer, die die Deutschen ausgerottet hatten. Nur wer zufällig gerade weit vom Dorf weg war, entging dem Gemetzel. Der Überlebende mochte am andern Morgen zurückkehren und zuerst glauben, er habe sich verirrt, oder alles sei nur ein sehr böser Traum. Er mochte sich neben den Brunnen setzen, die Augen schließen, dann langsam wieder öffnen, aber es half nichts: Da lag der erschlagene Hund, dort führten Blutspuren zu einem Hügel von Leichen. Daneben war das Haus gestanden, nun sah man nur die Kirschbäume dahinter. Es war so widersinnig, niemand war mehr da, sie aber blühten. Unter den Trümmern mochte man dieses oder jenes Ding unversehrt finden, die neue Sichel oder des Onkels alten Soldatenmantel oder einen Kinderschuh. Oder den Dudelsack. Man nahm die Dinge mit sich, ging durch die Wälder bis zu einer Halde hinauf, wo das Vieh weidete. Nun gehörte es niemandem. Man saß lange da, wartete, man wußte nicht, worauf. Aber die Wolken zogen ruhig vorüber, als wär's ein Tag wie ein anderer. Der Himmel blieb oben, er fiel nicht auf die Erde. Und niemand kam, außer dem Vieh und dem Überlebenden gab es niemand mehr. So blieb man, horchte immer wieder vergebens, schlief ein, wachte auf. Man schnitzte an Stöcken, richtete den Dudelsack, ja es ging, der war auch ein Überlebender. Und dann ging man noch einmal ins Dorf hinunter. Es war wohl möglich, Bretter zusammenzuschlagen, um eine Hütte über dem Kopf zu haben. Man blieb die Nacht da. Am andern Morgen erkannte man, daß nichts mehr einen Sinn hatte. Das war eine Leiche von einem Dorf. Nichts für einen Mann allein. Man grub im Kirschgarten das weite Grab für die Eigenen: die Frau, die Kinder, für den Onkel, seine Frau und deren Tochter, die nicht geheiratet hatte, sie war etwas merkwürdig im Kopf gewesen. Und dann stieg man wieder zur Halde hinauf, holte das Vieh, trieb es vor sich her. Man ging sich »anschließen«. Einige Tage später entdeckte man Leute im Wald, an die man sich anschließen konnte. Man griff zum Dudelsack, sie sollten wissen, daß da ein Eigener kam.

An die drei Monate waren vergangen, seit die Überlebenden der Grünen Bucht und des Reduit die Insel verlassen hatten. Sie waren etwa zwanzig gewesen, die unter Maras und Sarajaks Führung den Weg nach der Herzegowina angetreten hatten. Nun waren sie an die zwölfhundert. Man nannte sie zuerst die Grüne Brigade, dann Djuras Brigade und später die Djuraten. Denn viele, besonders die jungen Menschen aus den Städten, waren des ermordeten Dichters wegen zu ihnen gekommen.
Wer wollte im voraus bestimmen, in welcher Untat ein Volk endlich das symbolträchtige Unrecht erkennen wird? Wer vermöchte den Augenblick vorauszusagen, da ein Mensch die Unfreiheit und die Erniedrigung endlich so haßt, daß er vergessen wird, den Tod zu fürchten?
Das Regime verschwieg zuerst Djuras Hinrichtung. In der Hauptstadt kursierte das Gerücht, der Dichter wäre verurteilt und dann begnadigt worden. Es wurde bald von einem andern abgelöst. Es hieß, daß der Begnadigte von einer Bande besoffener Ustaschi bei seiner Überführung in ein ordentliches Gefängnis getötet, mit Stiefeln totgetreten worden wäre. Um nun »dieser in allen Stücken böswillig erfundenen, vom Feinde ausgestreuten Nachricht entgegenzutreten«, erklärte ein offizielles Kommuniqué, »wird hierdurch mitgeteilt, daß der als Anführer einer inzwischen vernichteten Terroristenbande verhaftete G. D. Zagorjac alias Djura zum Tode verurteilt, dann zu lebenslänglichem Zuchthaus begnadigt wurde. Sein inzwischen eingetretener Tod ist auf eine schwere Krankheit zurückzuführen.«
Man schenkte dem keinen Glauben. Bald begannen die *Briefe*

eines Gehenkten zu kursieren, so erfuhr man die Wahrheit. Und mehr noch als durch die Hinrichtung schien dieses Lakaienregime bloßgestellt durch die blutige Farce des Schmierenkomödianten, der in letzter Stunde den reitenden Boten sendet, das rettende Wort zu bringen, und dem am Ende doch nur das Morden, nicht aber das Begnadigen gelingt. Nein, sagte man, daß der Bote sich unterwegs aufhält, um an einer Plünderung teilzunehmen, ist nicht Zufall, sondern im höchsten Maße kennzeichnend.

Die Zahl jener mehrte sich, welche die Scham quälte, unter solchem Regime so lange schweigend ausgehalten zu haben. Junge Menschen verließen ihr Haus, die Stadt, sie gingen die Grüne Bucht suchen, ohne recht zu wissen, was sie war: eine Bucht am Meer oder ein Symbol, dessen Geheimnis man aufhellen mußte, um den Weg dahin zu finden, wohin der Gehenkte sie rief. Die Suchenden merkten am Anfang kaum, daß sie die Gesuchten waren. Sie wurden gefunden. Dragi und seine Freunde lenkten die Schritte der neuen Rebellen. Sie brachen schlechtbewachte Depots der Feinde auf und holten sich ihre ersten Waffen, andere gruben sie aus der Erde aus. Aber sie hatten deren nie genug.

Wenn sie endlich ankamen, waren ihre Kleider zerschlissen, ihre Füße wund, ihre Gesichter mager und hohläugig. So glichen sie einander, junge Arbeiter, Bauern und Studenten. Sie waren gejagtes Wild, das jagte. Nicht wenige von ihnen hatten deutsche und italienische Uniformstücke am Leib. Für den Feind waren sie Heckenschützen und hatten samt und sonders das Leben verwirkt. Pardon wurde nicht erhofft und nicht gewährt.

Immer wieder mußte der Dudelsackpfeifer den gleichen Kolo wiederholen. Wie er dastand, ohne auch nur einmal einen Fuß zu verrücken, die Augen geschlossen, den Kopf geneigt, mochte man glauben, daß er schlief.

Der Kreis der Tänzer zog durch das Tal, das wie eine unebene Rinne die Halden durchschnitt, hinauf und herunter. Noch stand die Sonne am Himmel, aber schon verlängerten sich die Schatten. »Nun zum Schluß spiel euren eigenen Kolo, Vujo, den deines Dorfes«, sagte Mara. Sie kam gerade mit Dojno aus der Stabsbesprechung, die zu lange gedauert hatte. Seit ihrer Verletzung ermüdete sie schnell.

Vujo antwortete erst nach einer Weile: »Unser Dorf gibt es nicht mehr, meine Leute leben nicht mehr. Die Kirschbäume, die ja, sie blühen, alles zerstört, alle erschlagen, aber sie blühen. Unseren Kolo gibt es nicht mehr, weil die Unsrigen nicht mehr da sind. An die vierzig bin ich schon — und auf einmal bin ich ein Mann von nirgendwo.«

»Hier gibt es viele, denen es ergangen ist wie dir«, sagte Mara. Sie legte die Hand auf seinen Arm. Endlich öffnete er beide Augen und sah sie forschend an, wie sie dastand, eine kleine Person in einem blauen Monteuranzug, die weißen Haare kurz geschnitten nach Männerart. Er wußte, daß sie vom Stab war. Eine der Personen, die entschied, wann und wohin marschieren, wo rasten, wann und auf wen schießen. Er sagte langsam:

»Keine schlechten Weiden hier, aber unsere sind besser gewesen. Gott ist unser Freund gewesen, mehr Freund mit uns als mit so vielen anderen. Und dann, auf einmal... Aber warum auch die Kinder, warum hat Er es zugelassen?«

»Die Toten werden nicht aufstehen, das ist wahr«, erwiderte Mara, »aber die Lebenden werden neu beginnen, bauen, ein neues, schönes Leben wird es in unserem Lande geben.«

Wieder sah er sie forschend an, dann verbeugte er sich und sagte: »Ich danke euch für den Zuspruch, Gott vergelt' es euch!«

Langsamen Schritts ging er zu den offenen Feuerherden, an denen man das Fleisch verteilte, das endlich gar geworden war.

»War's sehr dumm, was ich ihm gesagt habe?« fragte Mara bekümmert.

»Tröstliche Worte brauchen nicht klug, nicht einmal wahr zu sein«, antwortete Dojno. »In Vujos Augen sind wir alle so unanständig wie jene Kirschbäume. ›Nun will die Sonne so hell aufgehen, als sei kein Unglück die Nacht geschehen. Das Unglück geschah auch mir allein, die Sonne, sie scheinet allgemein.‹ Du und Vasso und ich, wir haben einmal zusammen im großen Konzerthaussaal in Wien gesessen und haben das singen hören: die Kindertotenlieder von Gustav Mahler. Wie weit liegt das zurück! Würde es den Dudelsackpfeifer trösten, wenn er wüßte, daß auch unser Dorf völlig zerstört worden ist, so daß unsere Vergangenheit keine andere Heimat mehr hat als unsere Er-

innerung? Daß wir schon länger als er im Nirgendwo beheimatet sind?«
»Aber er sieht uns häufig heiter, gestern hast du im Reigen mitgetanzt, heute vor dem Beginn der Sitzung haben wir alle so gelacht, daß wir Tränen in den Augen hatten. Er aber —«
»Er wird genauso werden wie wir. Auch er wird erfahren, ohne es je zu fassen, daß es kein Ende gibt. Es ist die einzige Erfahrung, die beides zugleich ist: höchst tröstlich und beängstigend.«
Gleich nach der Mahlzeit mußten die meisten zu einem schwierigen zweistündigen Marsch über den Berg aufbrechen. Man erwartete, daß der Eisenbahnzug, der Waffen, Munition und Konserven für die deutschen Truppen nach dem Süden brachte, schon gegen Morgengrauen die Brücke erreichen würde. Diesseits und jenseits des Flusses sollten nun die Djuraten Stellung beziehen. Die Explosion hatte in dem Moment zu erfolgen, da die Lokomotive und mindestens zwei Waggons das erste Drittel der Brücke passiert hatten. Schon seit der vorigen Nacht waren vierhundert Mann entlang der Eisenbahnlinie postiert. Dieser Angriff mußte gelingen.

»Ein kleines Flüßchen, nur der Nebenfluß eines Nebenflusses, aber schauen Sie sich's an, Faber, mit welch empörender Gleichgültigkeit es an den Trümmern der zerschlagenen Brücke vorbeifließt. Etwas Arroganteres als die Natur gibt es nicht«, sagte Kral. Er schob bedachtsam die blauen ledernen Knöpfe durch die Manschettenlöcher seines Hemdes, dessen Kragen nun schon ausgefranst war. »Vier Schwerverwundete und neunzehn Tote — ein verkehrtes Verhältnis. Und von den vieren wird der Kopfschuß, den Sie mir von der Sprengtruppe heraufgebracht haben, den Transport über den Berg nicht überstehen. Ob ich den Brustschuß herausreiße, fraglich. Macht also einundzwanzig Tote und zwei Verletzte. Wir sind die Sieger, aber die Deutschen haben geringere Verluste. Jetzt bin ich schon Brigadearzt, noch immer habe ich mich nicht daran gewöhnt, daß Kolo-Tänzer so schnell sterben. Der Krieg ist wirklich nichts für mich. Na, auf Wiedersehen, unterhalten Sie sich gut mit Ihren Deutschen.«
Kral folgte hinkend seinen Lazarettgehilfen. Seit Wochen hatte er eine eiternde Wunde am Fuß. Er machte sich häufig über sich

selbst lustig: Er war der unheilbare Arzt. Der Zustand seiner Augen verschlechterte sich zusehends, die Lungenaffektion wurde ernst, er spuckte Blut. Nun auch noch der eiternde Fuß.

»Krankheiten eines Menschen, der nicht mehr leben und doch nicht sterben will«, vertraute er einmal Dojno an. Sie kannten einander seit langem. Vor vielen Jahren hatte Kral ihm zuliebe Josmar Goeben an die Grenze gebracht und sich selbst damit in Gefahr begeben. »Diese Begebenheit hat für mich bedeutsame Folgen gehabt, niemand konnte sie voraussehen, eines Tages erzähl' ich Ihnen das«, sagte Kral, aber er kam nicht dazu.

Wie ein großes schwarzes Tier hing der vordere Teil des Zugs von der aufgerissenen Brücke ins Wasser. Dahinter brannten die Waggons. .

Alles war nun zu Ende. Die Partisanen, mit der Beute schwerbeladen, kehrten auf verschiedenen Wegen zurück. Dojno und der junge Zdenko, sein Sekretär, erwarteten auf halbem Wege den Gefangenentransport.

»Bisher hat es das nicht gegeben«, meinte Zdenko nachdenklich. »Keine Gelegenheit zum Ausfragen. Man brachte die Leute an Ort und Stelle um. Manchmal in grausamer Weise, manchmal nicht. Aber vergessen wir nicht, Grausamkeit ist ansteckend«, schloß er lehrhaft. Er war ein junger Professor der Geschichte der deutschen Literatur. Seine Habilitationsschrift behandelte den »philosophischen und religiösen Gehalt der deutschen Romantik«. Eine Zeitlang hatte er geglaubt, daß er auch äußerlich Novalis ähnlich sei.

»Grausamkeit ist ansteckend«, wiederholte er.

»Nicht nur sie, auch Güte, Großmut, Kameradschaftlichkeit sind ansteckend, ebenso der Mut und die Feigheit.«

»Aber die Grausamkeit ist tiefer, sie steigt aus dem innersten Wesen des Menschen hervor.«

Nun hörten sie deutlich schwere Schritte, die sich näherten. Die Eskorte konnte den Treffpunkt nicht verfehlen, es war die einzige Lichtung in diesem Wald.

»Du notierst also Namen und die anderen Daten, die die Deutschen angeben, nur das Wichtigste, ich werde dir übrigens Zeichen geben. Und was die Grausamkeit betrifft, ich glaube nicht, daß sie tiefer ist als das Mitleid. Und sie ist unwichtiger als die Liebe und selbst als das Bedürfnis nach Gerechtigkeit. Wäre es anders,

so würden viele von uns nicht mehr leben, zum Beispiel ich, zum Beispiel du.«
»Ich bin durchaus nicht einverstanden, denn Freud hat uns ja gelehrt —«
Dojno hörte nicht zu. Von allen Dummköpfen waren ihm die gebildeten am unerträglichsten.
Bald tauchten die Männer am Rande der Lichtung auf, an die dreißig Partisanen und zwanzig Gefangene. Diese trugen die Munitionskisten.
»Wir sind nicht ganz komplett«, sagte der junge Eskortenführer. »Zwei von diesen Banditen fehlen. Einer hat die ganze Zeit gebrummt, er wollte nichts tragen. Damit die anderen sofort verstehen, habe ich ihn erledigt. Und den zweiten hat der Vujo da, mit dem Messer — eins, zwei.« Er zeigte auf den Dudelsackpfeifer.
»Warum?« fragte Dojno, aber der Bauer antwortete nicht.
Die Gefangenen waren nun aufgestellt, elf in der vorderen, zehn in der hinteren Reihe. Wenig Junge unter ihnen, müde, aschgraue Gesichter. Schade, daß der Besiegte niemals dem Todfeind gleicht, dachte Dojno, während er ihnen auf deutsch befahl, die Arme zu senken. Kein Mitleid, aber auch kein Haß, selbst keine Bitternis. Sie waren barfuß, ihre Wächter trugen bereits ihre Stiefel, und bloßköpfig. Die Älteren atmeten hörbar, die Last, die sie den Berg hinaufgetragen hatten, war ihnen schwer gewesen. Dojno und Zdenko gingen die Reihen entlang. Jeder hatte Namen, Geburtsdaten, Familienstand, Ausbildung, Beruf, Wohnort, Grad, Dienstjahre und schließlich seine Einheit zu nennen. Es gab unter ihnen Eisenbahner, Elektrotechniker, Metallarbeiter und Landwirte, zumeist verheiratete Männer. In den Brieftaschen hatten sie Photos ihrer Frauen und Kinder und die letzten Briefe von zu Hause. In allen Schreiben kam das Wort Urlaub am häufigsten vor.
»Hans Langer«, meldete sich ein wohlgenährter Mann, der eine gutgeschnittene Uniform trug. »Geboren am 18. Oktober 1908 in Köln am Rhein, wohnhaft Hohenzollernring 36, Reichsbahnbeamter, verheiratet, Dienst in Transportabteilung Belgrad.«
Sein Gesicht sah merkwürdig aus, obwohl seine Züge regelmäßig waren. Der Überfall mußte ihn überrascht haben, als er sich gerade rasierte — eine Wange war glatt, die andere bärtig.

»Sie sind Offizier?« fragte Dojno. Er sah nicht ihn an, sondern den Mann in der hintern Reihe.
»Ja. Jawohl, Hauptmann«, antwortete er, »und ich protestiere gegen diese Behandlung. Als Offizier kann man mich nicht zur Arbeit zwingen. Die Genfer Konvention untersagt ausdrücklich die Verwendung von Kriegsgefangenen in der Nähe der Kampfhandlungen.«
Seine Aussprache verriet ihn: er war zweifellos Ostdeutscher.
»Sie sind also in Köln geboren, haben dort immer gelebt und Ihren Beruf bei der Reichsbahn ausgeübt. Dann kennen Sie natürlich auch die Sankt-Gereons-Kirche, die kennt jeder. Von Ihrem Wohnhaus ist es nicht weit zur Kirche. Nennen Sie die Straßen, die da hinführen.«
»Ja, ganz einfach, da gehe ich — also aufrichtig gesprochen, ich bin nicht kirchengläubig, so genau weiß ich also den Weg nicht.«
Man durchsuchte seine Taschen, er hatte keine Papiere bei sich, auch nicht die metallene Erkennungsmarke.
»Sie heißen also nicht Hans Langer, sind nicht aus dem Rheinland, sondern aus Schlesien!«
Ohne seine Antwort abzuwarten, wandte sich Dojno an den Mann in der hinteren Reihe: »Und Sie, wie heißen Sie?«
»Krulle, Wilhelm Krulle, Radiomechaniker aus Berlin-Weißensee.«
»Genügt. Wann hätte der Transport am Ziel anlangen sollen?«
»Bei so Zügen ist das nicht genau, aber wir dachten, wohl gegen sechzehn Uhr«, antwortete Krulle und sah Dojno neugierig, wie in erwartungsvoller Spannung, an. Befriedigung malte sich auf seinen Zügen, als er die nächste Frage hörte, die sich wieder an den Hauptmann richtete:
»Ihr Zug sollte die Brücke gegen fünf Uhr passieren. Sie waren schon um diese Stunde wach und rasierten sich. Warum so früh? Weil Sie nicht zum Transport gehören, weil Sie vor sechs Uhr den Zug verlassen wollten, weil Sie ein Offizier des Sonderdienstes sind. Zeigen Sie Ihre Hände! Maniküert. Wo sind die Ringe hin? Nackt ausziehen!«
Der Mann protestierte. Man fand in der Unterwäsche drei Ringe. Einer war ein altes Stück. Innen waren hebräische Buchstaben eingraviert. Dojno entzifferte: Ahawah — Liebe. Er rief Vujo heran und steckte ihm den Ring an den kleinen Finger. »Genug

gelogen, Hauptmann. Geben Sie zu, daß Sie zum Sicherheitsdienst gehören, daß Sie aus Polen hierher transferiert wurden, daß Sie geplündert und gemordet haben.«

»Aus Litauen!« berichtigte der Offizier und besann sich gleich darauf, daß das völlig gleichgültig war. Er drehte sich halb um, als erwartete er von seinen Mitgefangenen Hilfe. Keiner erwiderte seinen Blick. Man führte ihn ab. Er schrie.

Nachdem Zdenko die Personaldaten aller Gefangenen aufgenommen hatte, durften sie sich setzen. Einzeln wurden sie dann vorgerufen und ausgefragt. Sie wußten nicht viel. Alle sagten aus, daß dies der erste Transport war, der über die Nebenlinie nach dem Süden geführt wurde. Manche glaubten, daß andere folgen sollten, da an der Ausgangsstation große Vorräte aufgestapelt waren. Warum der Zug ohne stärkere Bewachung abgeschickt worden war, wußten sie nur damit zu erklären, daß man keine Gefahr vermutet hatte. Die meisten waren frontdienstuntauglich, wurden im Eisenbahndienst oder in Reparaturwerkstätten der Armee verwendet. Alle ohne Ausnahme bestritten, Mitglieder der Nazipartei zu sein. Die meisten gaben zu, daß sie der offiziellen Gewerkschaft, der sogenannten Deutschen Arbeitsfront, angehörten. Hans Langer hieß in Wirklichkeit Oskar Bogeritz, war vor dem Krieg in Danzig und in Breslau als ein besonders übler Gestapomann berüchtigt gewesen. Das gaben zwei der Gefangenen an, einer von ihnen war Krulle, der als letzter ausgefragt wurde. Er war ein kleiner, schmalschultriger Mann, etwas über vierzig; er sprach schnell, aber seine Bewegungen waren langsam und gemessen. Seine jungen, klaren Augen sahen den Sprechenden neugierig an. Sie schlossen sich zu einem Schlitz, wenn er lächelte oder nachsann.

»Sie wissen, warum ich Sie als letzten gerufen habe, Krulle?« fragte Dojno.

Er antwortete nicht, denn er beobachtete neugierig Zdenko, der seine Papiere auf einer Munitionskiste alphabetisch zu ordnen suchte und dabei irgendwelche Schwierigkeiten zu haben schien.

»Es war nicht schwer, diesen falschen Langer zu entlarven, aber Ihre Augen, Krulle, haben mir sehr geholfen. Ich nehme an, daß Sie nicht nur diesen Nazi hassen.«

Krulle wandte sich wie mit Bedauern von Zdenko ab und antwortete:

»Mein Vater war Sozialist, ich bin ein Sozialist. Kein Nazi, aber auch kein Kommunist. Ich sage es, damit es kein Mißverständnis gibt.«

»Setzten Sie sich hier auf die Kiste, Krulle. Ich habe lange in Berlin gelebt. Herbert Sönnecke und ich, wir sind Freunde gewesen. Sagt Ihnen das was?«

»Natürlich. Sönnecke, der war zwar Kommunist, aber doch echt. Die Nazis behaupten, man hätte ihn in Moskau gekillt. Ist natürlich gelogen, nicht wahr?«

»Sönnecke ist tot. Erst mit den Nazis fertig werden, dann mit seinen Mördern!«

Krulle sagte nach einer Weile: »Wenn Sie vielleicht eine Zigarette hätten ... Könnte ja wohl die letzte sein. Denn wenn es wahr ist, daß die Russen selbst Herbert Sönnecke umgebracht haben, dann haben die Nazis auch damit recht, daß ihr die Gefangenen totmacht.«

»Krulle, wissen Sie, was die Deutschen mit unseren Leuten tun, wenn sie sie kriegen?«

Der Gefangene sog gierig den Rauch ein, sah in den Wald hinüber, in dem die Sonnenlichter spielten, und sagte: »Ob's also dieser Bluthund Bogeritz ist oder der Arbeiter Krulle Wilhelm, das wäre ja dann Jacke wie Hose. Nee, ich kann's nicht glauben, das sehen Sie selber, sonst hätte ich ja furchtbare Angst. Hab' ich aber vorderhand nicht.«

»Schließen Sie sich uns an. Wird ein furchtbar schweres Leben sein, vielleicht der Tod, denn bis zum Sieg ist es noch weit, aber —«

»Ich bin ein Deutscher, kein Jugoslawe, vergessen Sie das bitte nicht.«

»Wir kämpfen nicht für die Größe Jugoslawiens und nicht für den Untergang des deutschen Volkes.«

»Also doch für die Russen!«

»Nein, nicht für die Russen, sondern für alle, für die Freiheit aller.«

»Da tut ihr mir aber furchtbar leid, denn alle, das gibt es schon lange nicht mehr. Außerdem, das sollten Sie ja wissen, habt ihr einen riesigen Bock geschossen. Gewiß, den Zug habt ihr ausgeräumt, die Kisten mit Waffen und Munition könnt ihr gut gebrauchen, aber jetzt werden die nicht ruhen, bis sie euch ausgeblasen haben. Wenn wir hier noch eine Weile sitzenbleiben, werden Sie ja die Vögel sehen. Sie kommen zuerst nur zum Gucken, nachher kommen die richtigen. Ihr seid verloren. Und da zieh' ich es dann vor, mit meinen Kameraden zusammenzubleiben. Es sind doch die Eigenen.«

Er erhob sich. Erst als er sich zum Gehen anschickte, erfaßte ihn mit einemmal die Einsicht, daß er dem Tode nahe war. Das Ganze war so sinnlos. Er war kein Feind, und der Mann, der ihn erschießen lassen würde, war kein Feind, eher ein Freund. Er packte Dojno beim Arm und rief laut, als spräche er zu jemandem, der weit weg war:

»Aber das ist ja doch Wahnsinn! Ihr könnt uns doch nicht töten. Das Soldatengewand hier habe ich doch nicht angezogen, weil ich es so wollte.«

Dojno unterbrach ihn: »Ich weiß nicht, welchen Beschluß man fassen wird. Aber dir stell ich es noch einmal frei, dich uns anzuschließen, weil du kein Nazi bist, und weil wir einen Radiomechaniker brauchen.«

Krulle hörte ihn kaum an. Er sprach ununterbrochen, stritt für sein Leben und das seiner Kameraden, gegen die Drohung, die unfaßbar und doch so nahe war. Aber plötzlich verstummte er, wandte sich um und sah zu den Kameraden hinüber, die zwischen den Kisten mitten in der Lichtung lagen, einer neben dem anderen, als wären sie, von der Hitze ermüdet, friedlich eingeschlafen.

»Bevor du gehst, Krulle, hör gut zu. Alles ist Wahnsinn, du hast recht, wir stecken alle mitten drin. Aber ein deutscher Soldat, selbst wenn er kein Nazi ist, soll wissen, daß es mit der Verantwortlichkeit der Deutschen nicht so einfach ist. Wie viele von deinen Kameraden, die dort liegen, wie viele haben Siegheil geschrien, wenigstens seit März 1933? Seit über acht Jahren hört die Welt ihr Gebrüll. Wie viele Tote müßtet ihr wieder zum Leben erwecken, damit man vergessen könnte, was in eurem Namen alles schon geschehen ist! Der Mann, dem ich Bogelitz' Ring an den Finger gesteckt habe, der ist von nirgends mehr — eure Leute haben sein Dorf eingeäschert und alle Einwohner ausgerottet, weil zwei verwundete Partisanen sich dort eine Nacht lang versteckt hatten. Wenn du den Mut hast, Krulle, komm und wiederhole alles, was du eben gesagt hast, diesem

Mann, dem von seinen vier Kindern nichts geblieben ist als ein Schuh. Ich werde alles genau übersetzen.«
Der Deutsche sah ihn an und sagte dann tonlos:
»Dann ist eben alles aus. Wir sind verloren und ihr auch.«
»Überleg dir meinen Vorschlag und gib mir bald Bescheid.«
Die letzten Worte gingen im Lärm der Explosionen unter, die einander schnell folgten. Die Flugzeuge erschienen plötzlich über der Lichtung. Ihr Feuer traf die Munition in den Kisten. Sie kamen ein zweites Mal wieder und bestreuten die Lichtung mit Bomben. Als sie endlich verschwunden waren, dauerten die Explosionen noch eine Weile an.
Von den Gefangenen blieben drei am Leben; die Partisanen, die sich am Rande des Waldes zerstreut hatten, auf der Suche nach Beeren und Pilzen, hatten zwei Schwerverletzte. Neun von den vierundzwanzig Kisten waren getroffen worden, eine, durch Bombenschlag zertrümmert, war nicht explodiert. Sie enthielt ein komplettes französisches Porzellanservice, damastene Tischtücher und Servietten, Weinflaschen und kristallene Gläser. Roter und weißer Wein war auf die Toten verspritzt. Die blauen Blümchen auf den Scherben des weißen Porzellans leuchteten in der Sonne.
Man zog sich tiefer in den Wald zurück und machte sich erst in der Nacht auf den Weg zur Brigade. Die Flugzeuge kreuzten über den Hügeln und Tälern auf der Suche nach Zielen und dem Standort der Partisanen, deren Zahl das deutsche Gebietskommando sofort ermittelt haben wollte. Der Befehl lautete, daß die Terroristen binnen vierundzwanzig Stunden vernichtet, »bis zum letzten Mann aufgerieben sein sollten«.

Der Daumen, halb gekrümmt, lag richtig, der Zeigefinger verteilte den Tabak gleichmäßig, nun kam alles auf die Schnelligkeit an.
»In Spanien«, sagte Sarajak, »habe ich viele getroffen, die mit einer Hand ihre Zigarette drehten, auch solche, denen nicht ein Arm fehlte.«
Die Männer starrten alle auf seine Hand, sie wünschten so dringlich, daß das Kunststück ihrem einarmigen Führer gelingen möchte. Sarajak führte seine Zunge schnell an den Rand des

Papiers entlang — die Zigarette, etwas zu dick vielleicht, war fertig.

»Du heißt also Mile Jovanovitsch, sagst du?« fragte er. Der untersetzte, hellhaarige Mile atmete laut aus, der Blick seiner tiefliegenden Augen heftete sich an den leeren Hemdsärmel des »Generals«.

»Ja, so heiße ich. Und es ist auch wahr, daß ich von da unten bin, aus Velac.«

Er drehte sich halb der Öffnung der Hütte zu — die Tür war herausgerissen — und zeigte hinaus auf den Jungwald, der sachte zum Tal hinunterstieg, in dem das Städtchen lag. Er sprach laut, als müßte er das Geknatter der Maschinengewehre und die Explosionen der Mörser überschreien.

»Seit wann bist du bei uns?«

»Das weiß ich genau. Das war an einem Sonntag, der Mond war noch im Zunehmen, und der Sonntag danach, das sollte der Vidovdan sein — da bin ich weg.«

»Du hast also Velac vor neunzehn Tagen, am 21. Juni, verlassen. Wie lange hast du gebraucht, bis du uns gefunden hast?«

»Nicht lang, am Mittwoch war ich schon bei euch, in der Nacht, eine Patrouille hat mich gefunden. Ich wollte eigentlich zu den Tschetniki, aber ich bin bei euch geblieben. Ich habe zuerst gedacht, nur bei Draza Michailovitsch ist ein Serbe sicher. In Velac gibt es keine Serben mehr, die Ustaschi haben uns gemordet, und wen sie nicht gemordet haben, den haben sie vertrieben.«

»Deine Frau?«

»Nein, meine Frau ist im Kindbett gestorben, vor einem Jahr schon, ich bin ein Witwer ohne Kinder. Die Ustaschi haben das Haus meines Schwiegervaters verbrannt, noch bevor sie ihn und die ganze Familie getötet haben. In die Zisternen haben sie die Leichen geworfen, in die Zisternen neben der Kirche — ich meine unsere Kirche. Es gab unter ihnen solche, die noch nicht ganz tot waren.«

»Du hast dich also gerettet, Mile — allein oder mit anderen?«

»Allein. Es gab keine anderen mehr.«

»Jetzt bist du zehn Tage bei uns, da solltest du schon wissen, wofür wir Djuraten kämpfen.«

»Ja, gegen die Ustaschi und die Deutschen und die Italiener, gegen alle Faschisten und die Gendarmen und —«

»Wofür wir kämpfen, frage ich dich!«
»Nun eben, ich sag es ja, für das Gute, für die Freiheit sozusagen, das verstehe ich doch.«
»Und warum nennen wir uns Djuraten?«
»Irgendeinen Namen muß man doch haben, und Djura ist ein sehr guter Mann gewesen, sagt man, allen Menschen, ob Serben oder Kroaten, ein Bruder, sagt man, und deshalb hat ihn Pavelic gehängt. Und wenn solch ein großer Mann, dessen Name überall gedruckt war und dem nichts gefehlt hat, für das Gerechte gestorben ist, so ist er eben, sagt man, ein Beispiel für uns alle.«
»Hast verstanden, Mile. Jetzt paß gut auf: Hier ist ein Stück Papier, drauf mache ich ein Zeichen, das bedeutet, daß da die katholische Kirche ist, da links, wo sie aus Mörsern auf uns schießen. Und du gibst mir jetzt alles genau an, jede Straße, jedes Haus, und wer drin wohnt und wie ein jeder sich benommen hat, als die Ustaschi gekommen sind und vorher — alles, du verstehst? Und nachher werde ich ein anderes Stück Papier nehmen, und du wirst mir alle Wege zeigen, die von hier nach Velac und von dort nach Divno führen — die Abkürzungen, die Gebüsche, die Bäche, die Teiche, Sümpfe —, du verstehst. Spätestens morgen früh werden wir beginnen, in Velac Ordnung zu machen.«
»Was für Ordnung? Es ist ja keiner mehr da, keiner von den Unseren. Mit Pferden sind sie in die Kirche hinein, und den Popen haben sie an der Glocke aufgehängt. Kinder haben sie getötet. Was für Ordnung kann man noch machen in Velac?«
»Du wirst sehen, Mile Jovanovitsch. Jetzt an die Arbeit!«
Das Feuer verstärkte sich fortgesetzt. Aber in dieser Hegerhütte waren sie nur von den Mörsern bedroht, das Geknatter der Gewehre schien von überallher zu kommen, war aber ziemlich weit.
»Durstig!« sagte Mladen, nachdem er sich vergewissert hatte, daß Sarajak in der Hütte war. Er knöpfte den italienischen Offiziersrock auf, als wollte er ihn ablegen, behielt ihn aber an. Sarajak reichte ihm die beiden Bogen hin.
»Stimmt das, ist alles Maisfeld bis zu Mühle?« fragte Mladen, nachdem er sie gründlich betrachtet hatte.
»Ja. Und auf der anderen Seite, hinter der Mostarer Straße ist auch Mais, er steht schon hoch bei uns. Es ist ein gesegnetes Tal«, antwortete Mile und betrachtete neugierig den kleinen, zarten

Mann, hinter dessen dicken Augengläsern müde Augen hilflos die Balken anstarrten. Das war also der Ingenieur, so nannten ihn die Partisanen. Sah aus, als ob man ihn mit einer Hand zerdrücken könnte. Man hätte ihm Ängstlichkeit, ihm allein sogar Feigheit verziehen, aber der war tollkühn, sagte man, der wußte nicht einmal, was das ist, Furcht.

»Also rechnen die Ustaschi damit, daß wir gerade da durchkommen werden. Sie werden uns in den Maisfeldern erwarten«, meinte Mladen.

Sarajak schickte die Männer hinaus, Mile sollte in der Nähe der Hütte bleiben, die anderen den Stab zusammenrufen.

»Wir sind wieder in den Dreck geraten«, sagte Mladen. »Ein Wespennest. Dragi ist auf Tschetniki gestoßen, die sich nach Montenegro zurückziehen. Nicht sicher, ob sie von der Küste kommen. Sie haben italienische Waffen. Erobert? Von den Italienern geschenkt bekommen? Sind an die sechshundert, gut genährt. Haben augenscheinlich viel Munition, aber nur leichte Waffen. Haben das Feuer eröffnet, zuerst, weil sie glaubten, daß wir Titos Leute sind, und dann, daß wir Heimwehrrekruten der Ustaschi sind. Sie lagen in sicheren Hinterhalten, viele Scharfschützen unter ihnen. Dragi wartet auf Befehl, will wissen, ob er hierher durchstoßen soll oder ob du Verstärkung schickst. Nicht sehr interessant, außer um ihnen die Pferde und die Wagen abzunehmen und die Munition natürlich. Es scheint, sie führen viel Mehl mit sich. Wenn Vladkos Kompanie mit angreift, kann man mit den Burschen fertig werden.«

»Und was ist da vorne los?«

»Wir haben uns einige Velacer geholt, am besten, du verhörst sie selber. Titos Leute sind auf dem Rückzug vorbeigekommen, vier Tage geblieben, dann ab durch die Berge, Richtung Jajce, scheint es. Die Ustaschi haben schwachen Widerstand geleistet, ihre Heimwehr ist auseinandergelaufen. Aber dann haben sie zusammen mit italienischen Einheiten von Vukovsko aus einen Vorstoß unternommen und Velac wieder besetzt. Nun gibt es achthundert Mann da, sie dachten, die Tschetniki seien im Anmarsch, erwarten deren Überfall.«

»Also?«

»Wir brauchen Velac, Nahrungsmittel, Pferde, Wagen und einige Tage Rast. Vor den Tschetniki brauchen wir keine Angst

zu haben, die Höhen nützen ihnen nichts, sie sind ohne Artillerie. Ich schlage vor, Diversion in den Maisfeldern — sofort. Die Ustaschi sollen glauben, daß wir da alle Kräfte einsetzen. In der Nacht rochieren, auf der anderen Seite angreifen, auf die Kirche zu, sie mit Handgranaten säubern, dann beiderseits der Dorfstraße gegen die Mühle. Erobern wir die Mörser mit Munition, dann nehmen wir die Maisfelder unter Feuer und ersparen uns ein Handgemenge. Vladkos Kompanie bleibt hier im Jungwald, soll sie abdrängen, so daß sie auf dem Rückzug den Tschetniki begegnen.«
»Die blutige dilettantische Choreographie, hat Djura das genannt«, sagte Sarajak mit müder Stimme. »Das kann uns viele Leute kosten. Laß die Velacer kommen.«

Die sechs waren mitten aus der Arbeit von den Feldern weggeholt worden, die diesseits der Straße nach Divno lagen. Einer von ihnen, klein, höckerig, hatte ein kluges Gesicht. Nur wenn er sprach, verschwand der traurige Spott aus seinen Augen. Dann beugte er den Kopf mit den zu großen Ohren vor, als kämen die Worte, auf die er gespannt lauschte, zwar aus seinem Munde, doch nicht von ihm selber. Er wartete nicht, bis er angesprochen wurde, sondern sagte, sobald er über die Schwelle getreten war: »Ich fürchte euch nicht. Wir Velacer sind schon so oft befreit worden, daß, wer von uns noch lebt, verlernt hat zu fürchten.«
»Du sprichst nicht wie ein Bauer«, unterbrach ihn Sarajak. Er ließ die anderen fünf wieder hinausführen.
»Ich bin ein Bauer, pflanze Tabak und Wein. Ich habe auf Lehrer studiert, aber dann aufgegeben. Ich sage dir also, jede Befreiung kostet uns Blut, mehr als die Hälfte der Velacer sind von euch umgebracht worden!«
»Nicht von uns!«
»Wieso nicht? Was willst du, soll ich einen Unterschied machen zwischen den Befreiern? Zuerst sind die Deutschen gekommen, man hat uns erklärt, jetzt ist alles gut, man hat das serbische Joch von uns genommen. Heuschrecken! Was vom Vieh nicht versteckt war hier oben, ist mit ihnen verschwunden. Dann sind neue Gendarmen gekommen, alles kroatische Brüder, hurra! keine Serben, und haben begonnen, gegen die Serben zu wüten.

Und dann kamen die Tschetniki und begannen, gegen die Kroaten zu wüten. Gott sei Dank mußten sie bald weg, weil die Italiener kamen. Und dann sind die echten Befreier gekommen, die Ustaschi. Sie haben die Velacer Serben ausgerottet, und wenn ihnen einer nicht gefallen hat, haben sie erklärt, er sei ein Serbe, am liebsten ein serbischer Jude. Dann ist Tito gekommen. In vier Tagen hat er uns so gründlich befreit, daß es kein Haus gibt, aus dem man nicht wenigstens einen weggeholt hätte, freiwillig oder andersherum. Dann sind die Ustaschi natürlich zurückgekommen und haben Rache genommen. Und jetzt — guten Morgen, willkommen die Gäste! — stellst du dich mit deinen Partisanen ein. Velac wird schon wieder befreit. Ich fürchte euch nicht, denn jetzt ist schon sowieso alles gleich, leben und sterben, verhungern und verdursten, die Pest und die Cholera, aber da du mich schon hast holen lassen, so sage ich dir: Wenn du ein anständiger Mensch bist, überleg dir das gut! Entweder du kannst dableiben für immer, dann komm, wir werden dir helfen, uns zu befreien. Wenn du aber nicht stark bist und nach einigen Tagen wieder wegrennen müßtest, dann laß uns die Ustaschi, laß uns in Ruh! Es gibt so viele Dörfer und Städte, die auch drankommen wollen. Befreit Banjaluka, Sarajewo, Belgrad, Paris, Berlin — die ganze Welt, aber habt Erbarmen mit uns, laßt uns endlich Atem schöpfen!«

»Bist ganz witzig, mein Freund, kein Bauer, kein Tabakpflanzer, sondern ein Redner für Hochzeiten und Begräbnisse. Was hast du getan, als man deine serbischen Nachbarn umgebracht und in die Zisternen geworfen hat? Hast du da den Ustaschi Reden gehalten? Nein, du großes Maul. Ihnen kriechst du dreimal am Tag in den Arsch. Warum aber wagst du, mit mir so zu reden? — Warum? Jetzt schweigst du auf einmal, so werde ich es dir sagen: Weil du genau den Unterschied kennst zwischen Faschisten und uns! Weil du in ihnen erbarmungslose Feinde siehst, krümmst du dich vor ihnen, und in uns Verbündete, von denen du wünschst, daß sie für dich krepieren, aber dir nur ja keine Ungelegenheiten bereiten sollen. Wir haben seit Tagen kein Stück Brot gesehen, seit Wochen kein anderes Lager als den nackten Boden, die Füße der Leute sind schmerzende Klumpen — ja, wir brauchen Velac, euer Fressen, eure Betten, eure Scheunen, eure Pferde und Esel und deinen Tabak. Der Feind nimmt alles und du sagst: ›Wohl

bekomm's euch!‹ Wir wollen ein wenig davon, und du sagst: ›Besser ihr krepiert da oben, als daß ihr unsern Tabak raucht.‹ Weißt du nicht, wie wir uns nennen? Du weißt sicher, wer Djura gewesen ist. Und wenn der Gehenkte jetzt vor dir erschiene und sagte: ›Laß meine Brüder ein wenig bei dir ausruhen‹, würdest du ihm auch antworten: ›Laß mich in Ruh!‹, du Witzbold?«
Der Velacer betrachtete eine Weile die behaarte Brust Sarajaks, der das Hemd aufgeknöpft hatte, dann meinte er:
»Ich weiß, wer Djura gewesen ist. Ich bewahre seine Bücher gut auf, hab' sie im Weinberg vergraben. Aber was du da sagst, das ist eine Rede für Hochzeiten und Begräbnisse. Ich wiederhole dir, daß ihr Partisanen, wie ihr euch auch nennt, für uns ein Unglück seid. Außerdem seid ihr überflüssig wie der Schnee vom vorigen Jahr. Wenn die Faschisten draußen in der Welt besiegt sein werden, werden sie auch hier hin sein, selbst wenn ihr keinen Schuß abfeuert. Und wenn man sie draußen nicht besiegt, ihr werdet sie nicht erledigen. Das ist so klar wie zweimal zwei.«
»So klar, wie daß jeder, der lebt, sterben wird. Trotzdem töten wir nicht die Kinder, sobald sie geboren sind. Man tut alles, sie vor Krankheiten und vor Hunger zu bewahren. Meine Kinder leben nicht mehr, auch meine Frau ist tot und meine Eltern — die Ustaschi haben sie umgebracht. Auch dich werden sie totschlagen — wenigstens einer von den fünf wird ihnen hinterbringen, daß ich mit dir lange gesprochen habe, daß du also unser Mann bist. Es bleibt dir nichts anderes übrig, du mußt dich uns anschließen und uns helfen, ihre Munition in die Hand zu kriegen, besonders die Mörser. Du bist ein neugieriger Mann, also weißt du genau, wo sie ihre Munition aufgestapelt haben, und kennst auch die anderen Lager. In der Nacht, während wir von allen Seiten angreifen, wirst du dreißig Mann hinführen.«
»Und wenn ich nicht will?« fragte der Mann mit bebender Stimme.
»Du Narr, glaubst du, es gibt irgend jemanden auf dieser Welt, der das gewollt hat, was jetzt geschieht? Glaubst du, euer beschissenes Velac ist es mir wert, daß ich auch nur den Arm eines einzigen Partisanen opfere? Und trotzdem werden wir angreifen. Nicht wenige von uns werden diese Nacht nicht überleben. Du und ich, wir beide wollen nicht — aber das ist völlig unwichtig. Also?«

Der Mann wandte sich ab. Er blickte lange hinaus, als wollte er sich vergewissern, daß es ein Draußen gab, die besonnte Welt, zu der er noch vor einer Stunde gehört hatte, und da unten sein Dorf, in dem sein Haus stand und seine Frau ihn erwarten würde, sobald die Sonne hinter der Kirche verschwunden war. In wenigen Minuten zerschlägt der Hagel den Wein, oft gerade bevor er reif geworden ist, das wußte er seit seiner Kindheit. Nun gab es auf einmal einen Hagel, der ein Menschenleben so zerstörte, ohne daß der Himmel sich auch nur bewölkte.
»Ich bin nicht politisch, ich gehöre nicht zu euch«, sagte er unsicher, »und zu Hause — ich bin ein Verwachsener, das ist wahr, aber meine Frau ist gerade gewachsen. Sie ist gut und treu, und meine Kinder — ich muß an sie denken. Wäre ich allein, dann —«
Er unterbrach sich selber. Er wartete vergebens, daß Sarajak etwas sagte. Wer alles verloren hat wie der da, ging es ihm durch den Sinn, der hat kein Erbarmen mehr. Und er hat recht, die Ustaschi werden mich jedenfalls umbringen. Ich hätte ebensogut zum Weinberg hinaufgehen können heute, statt dessen bin ich zum Tabak hin. Das eine wie das andere war gleichermaßen möglich gewesen.
Er drehte sich um. Sarajak starrte das Papier an, das auf seinen Knien lag. Er drehte sich eine Zigarette. Der Velacer sah gespannt zu, wie der Zeigefinger den schlechtgeschnittenen Tabak auf dem dünnen Papier verteilte. Erst jetzt wurde er wirklich gewahr, daß der Mann nicht nur seine Familie verloren hatte.
»Wenn du willst, mache ich dir eine. Ich habe noch beide Hände und besseren Tabak, den besten der Herzegowina.«
Sarajak winkte ihn heran, sie beugten sich beide über den Plan des großen Dorfes Velac, des vielbefreiten.

Die Djuraten griffen in der klaren mondlosen Nacht an. Es gelang ihnen nicht, die Kirche und die umliegenden Häuser im ersten Ansturm zu nehmen. Sie verloren kostbare Zeit, der Feind zog die Truppen aus den Maisfeldern heran. Der Plan mußte geändert werden. Mladen setzte den Angriff auf die Kirche fort, Sarajak führte das Gros der Partisanen zurück und drang durch die Maisfelder ins Dorf, in den Rücken der feindlichen Stellungen. Die dreißig Mann, die der höckrige Velacer zum Depot — es war eine große Scheune — geführt hatte, hinderten die Ustaschi, Sarajak anzugreifen, bevor er zum Hauptplatz vorgedrungen war. Das erbitterte Gefecht dauerte bis spät in den Morgen. Es wurde schließlich in einem blutigen Nahkampf entschieden. Die Ustaschi ergriffen die Flucht. Die Brigade hatte an die siebzig Mann verloren. Von den dreißig Mann in der Scheune blieben nur acht unverletzt. Der Tabakpflanzer war unter den Toten.

Am Nachmittag des gleichen Tages wurde auf dem Platz vor der entweihten serbischen Kirche Gericht gehalten über den Müller und drei andere Männer, die angeklagt wurden, an der Ausrottung der serbischen Einwohner teilgenommen und deren Vermögen geraubt zu haben. Mile Jovanowitsch und zwei junge Kroaten, die sich gleich den Partisanen anschlossen, traten als Ankläger auf. Die Todesurteile wurden am Abend vollstreckt.

Anderntags, es war ein Sonntag, kamen zwei serbische Männer und drei Frauen ins Dorf zurück. Sie hatten sich lange versteckt gehalten. Die Heimgekehrten gingen durch das Dorf, einige Male die Hauptstraße auf und ab, als hofften sie auf eine wundersame Begegnung. Als ob sie plötzlich den lang gesuchten Weg aus der Finsternis gefunden hätten, so stürzten sie zu ihrer Kirche hin. Sie wuschen den Boden, die wenigen Bänke, die noch nicht zerbrochen waren, aber bald gaben sie es auf. Und wieder irrten sie in der Hauptstraße an den verkohlten Resten ihrer Häuser vorbei, bis sich Partisanen ihrer annahmen. Sie würden mit den Truppen mitgehen, wohin auch immer sie gingen, beschlossen sie. Erst von diesem Augenblick an wurde ihnen das quälende Gefühl der Verlorenheit erträglich.

Am Abend tanzte man auf den Plätzen Kolo. In den Nebenstraßen scharte man sich um Sänger, die die alten *Sevdalinke* sangen und die neuen Lieder:

> Meine Mutter wollte auf mich warten,
> Sie lebt nicht mehr.
> Ein Mädchen wollte auf mich warten,
> Nur frei wollt' sie mich lieben.
> O Neretva, o Neretva
> Wieviel Leichen schwemmst du in das Meer!
> Meine Liebste sehe ich nimmer, nimmermehr.

»Nun, Vujo, wie geht es?« fragte Mara den erhitzten Tänzer.
»Mir geht es gut. Allen, die noch leben, geht es gut. Das ist ein schönes, großes Dorf, unseres ist kleiner gewesen. Wenn wir wieder wegziehen, werden die anderen zurückkommen und alles vernichten. Wir bringen Unglück überall, wohin wir kommen. Es ist gut, aus dem Karst heraus zu sein und aus den Wäldern, das ist wahr, aber was wir tun, ist nicht gerecht, sage ich —«
»Aber wir mußten doch, Vujo. Wir brauchten Mehl und Wagen und alles andere, und wir mußten hier durch auf dem Weg nach Bosnien, das weißt du doch. Wir müssen —«
»Ja, es ist schon so«, antwortete Vujo seufzend. »Die großen tun das Schechte, weil sie es wollen, und wir Schwachen, weil wir es müssen. Niemand bleibt mehr übrig, um das Gute zu tun. Ob jener Djura, der doch sozusagen unser Heiliger ist, ob er dafür gestorben ist, ob er gerade das gewollt hat, das mußt du wissen, denn du bist eine Gelernte.«
Er ging weg, die Serben suchen, bevor Mara ihm antworten konnte. Sie sah ihm nach. Er war barfuß wie die meisten Partisanen. Alles, was er am Leibe trug, war zerschlissen, und er war mager wie ein Wolf im Winter. Aber er hielt den Kopf nicht mehr gebeugt und die Schultern nicht gesenkt. Ihm gehörte nichts mehr, das ganze Land gehörte ihm.

Die Djuraten hielten sich über eine Woche in Velac. Sie verließen es, als eine feindliche Übermacht sie von drei Seiten angriff. Die Italiener beschossen den Ort mit Haubitzen, die Flieger nahmen die Straßen unter Maschinengewehrfeuer.
Die neue Besatzung nahm fürchterliche Rache an den Einwohnern. Die Führer der Djuraten beschlossen, fortab keine Stadt und kein Dorf mehr zu befreien.

FÜNFTES KAPITEL

»Nein«, sagte Sarajak, »wir sind nicht verloren. Überhaupt: was heißt verloren? Wir haben seit dem Überfall auf die Bahnlinie, also in den letzten neun Wochen, fünfhundertdreiundzwanzig Mann verloren, sechsunddreißig sind neu hinzugekommen. Unsere Feuerkraft hat sich, pro Mann gerechnet, absolut verstärkt. Alle unsere Leute sind jetzt bewaffnet, wir haben überdies achtzehn leichte und acht schwere Maschinengewehre und genug Munition. Hingegen haben wir nicht genug Tragtiere. Die Ernährung ist schlecht und unzureichend, aber besser als im Winter. Wenn wir weiter in der Zickzackbewegung bleiben, vorderhand jeden Zusammenstoß vermeiden, so daß der Feind längere Zeit unsere Spur verliert, und uns dann ausgeruht nach Slawonien durchschlagen, so werden wir zweifellos frischen Zuzug bekommen und uns Lebensmittelreserven anschaffen können. Nach wie vor bin ich gegen den Vorschlag, uns irgendwo anzuschließen. Militärisch hätten wir keine Vorteile davon, und die politischen Gründe, die dagegen sprechen, sind ja wohl sogar Vladko klar.«

Der Regen schlug auf die Zeltplane, die wie ein Baldachin zwischen den vier Bäumen ausgespannt war. Die Kerze, die in einer Kartoffel stak, war ausgebrannt, man hatte keine andere zur Hand. Man brauchte im übrigen kein Licht. Schon seit langem wurden von den Stabssitzungen keine Protokolle mehr angefertigt. Sie alle kannten einander so gut, daß keiner mehr im Gesicht des andern die Wirkung seiner Worte suchen brauchte. Seit Monaten lebten sie in einer Gemeinschaft zusammen, die eng, unausweichlich und unauflösbar war. Jeder kannte des anderen Stimme, wie sie im Wachen war und wie sie aus dem Schlaf sprach, schrie und stöhnte. Selbst die Art, wie der Schweigende atmete, war den andern beredt. Sie wurden einander nicht ähnlicher mit der Zeit, sondern nur vertrauter in der Unähnlichkeit. Sarajaks Wesen verschloß sich immer mehr. Daß er den Arm verloren hatte und häufig auf die Hilfe des Nächsten angewiesen war, mochte dies mitbewirken. Denn dieser

Grubeningenieur, dieser ordnungswütige Abenteurer — so hatte ihn Djura in seinem Bericht über den spanischen Bürgerkrieg gekennzeichnet —, war unerträglich stolz, sobald er sich hilfsbedürftig fühlte. Die Partisanen sahen in ihm ihren wahren Führer. Keinem von ihnen war es auch nur denkbar, daß ein Befehl, der von ihm kam, unausgeführt bleiben konnte. Sie fürchteten ihn nicht weniger, als sie ihn verehrten. General, das war der Spitzname, den sie ihm gaben. Man vergaß schnell die Ironie, er war der General. Da sie von seiner Vergangenheit nichts wußten, erdachten sie Legenden. So durften sie stolz auf ihn sein und am Ruhme seiner tatenreichen Vergangenheit teilhaben.

Auch Maras Wesen war ihnen undurchdringlich, doch forschten sie kaum danach. Diese kleine Frau repräsentierte für sie die ideale Mischung von Macht und Bedeutung. Sie entstammte einer berühmten Familie, sie war die Witwe eines großen Mannes, mit Bauernführern befreundet, als junges Mädchen war sie mit dem Grünen Kader gewesen. Sie gehörte nicht zum Volk, aber sie war ihm — wie der geliebte König in der Legende — so herzlich zugetan, daß sie alles weggeworfen hatte, um mit ihnen durch Mühsal und tödliche Gefahr zu gehen. Sie allein sprach jeder mit dem Vornamen an, als ob der alle Titel enthielte.

Sie gaben auch den anderen Spitznamen: Vladko nannten sie »Deputierter«, Dojno »Professor« und Ljuba »Mütterchen«. Mit ihr hatten sie am häufigsten zu tun, denn sie war der »Ernährungsminister«. Manchmal sprach man von ihr auch kurz als der Witwe. Es hieß, sie wäre Djuras Frau gewesen. Von Andrej hatten die meisten nie etwas gehört.

»Seit Wochen diskutieren wir«, begann Sarajak wieder, als die anderen stumm blieben. »Es ist Zeit, einen Entschluß zu fassen. Jeder hat Stellung zu nehmen.«

Seine brennende Zigarette beschrieb einen Halbkreis. Vladko sagte:

»Was heißt überhaupt verloren, fragt Sarajak. Eine rhetorische Frage. Wir waren zwölfhundertvierzehn Mann am 17. Mai, heute, Donnerstag, den 30. Juli, sind wir siebenhundertsiebenundzwanzig. Wir kommen in Gegenden, wo wir bei den Bauern nichts finden werden. Selbst wenn wir ihnen ihre eigene Nahrung mit Gewalt abnähmen, würde es gerade reichen, ein Drittel

unseres Bestandes notdürftig zu ernähren. Hungern und marschieren — möglich, aber nicht lange. Draza Michailowitschs Beispiel nachahmen, stillhalten, jeder militärischen Aktion ausweichen, ist politischer Selbstmord; der militärische folgt ihm früher oder später. Außerdem sind wir ungleich schwächer als er. Wir können uns also das gar nicht leisten. Wir haben kostspielige Überfälle gemacht, um uns Waffen zu beschaffen, wir werden bald Überfälle machen müssen, um uns das Fressen zu besorgen. Wir stehen im Zugzwang, wir müssen dem Feind unsere Stellungen verraten. Zickzackbewegungen, natürlich. Aber die Feinde haben Flugzeuge, auch die kleinsten Einheiten sind motorisiert. Sie spüren uns auf. Also, ob wir angreifen oder nicht, wir sind verloren. Wir werden im Herbst auf einen kleinen Rest zusammengeschmolzen sein, die Regen werden ihn wegspülen. Deshalb schlage ich noch einmal vor, unsere Isolierung sofort aufzugeben und uns als eine mehr oder minder autonome Einheit an Tito anzuschließen.«
»Warum die Eile?« fragte die sanfte, dunkle Stimme Mladens. Vladko antwortete nicht. Er mochte Mladen nicht und nicht seine sanfte Stimme. Jedem mußte es klar sein, daß man in einem Wettrennen mit den Deutschen, das heißt mit dem Tod war.
»Auseinanderlaufen, dazu wird es nie zu spät sein«, erklärte Mladen.
»Außer für die Toten«, unterbrach ihn Vladko.
»Außer für die Toten«, bestätigte Mladen. Er lächelte wahrscheinlich, wie immer, wenn er einem Einwand begegnete, auf den es sich nicht lohnen konnte einzugehen. »Wir haben eine Aufgabe: zu dauern. Militärisch sind wir bedeutungslos, die anderen Partisanengruppen sind es auch, ja, der ganze Balkan ist vorderhand noch unwichtig. Aber wenn die Alliierten beschließen sollten, hier zu landen, dann wird selbst eine Kompanie, die vierundzwanzig Stunden lang einen winzigen Küstenstrich hält, wichtiger sein als eine Division, die erst landen müßte. Die Tschetniki sind panserbisch. Tito ist russisch, obwohl er von Stalin keine Hilfe bekommt. Es gibt ein Prozent Wahrscheinlichkeit, daß die Alliierten uns Waffen geben werden und nicht den anderen — wenn wir bestehen bleiben, wenn wir zu manövrieren verstehen und bis zum Herbst unseren Bestand um zwei- bis dreitausend Mann vergrößern.«

»Wir können sie nicht ernähren«, sagte Ljuba, »Vladko hat recht. Unser Mais ist aufgebraucht, wir haben fast keinen Weizen mehr, es fehlt an allem. Übrigens reicht unser Salz nur noch für zwei Tage.«
»Die Tschetniki sind gut genährt, die anderen aber ebenso schlecht wie wir und manchmal sogar schlechter«, sagte Dojno. »Hunger, Übermüdung durch Gewaltmärsche, elende Kleidung, vor allem schlechtes Schuhwerk, das sind dort allgemeine Erscheinungen. Ihre einzige Hoffnung ist die Hilfe der Alliierten; auf die Russen rechnen sie vorderhand nicht. Sie haben zweifellos Kontakt mit den Engländern. Die BBC spricht oft von ihnen, Churchill hat sie mehrmals im Unterhaus gelobt.«
»Es ist Zeit, daß du ausführlich deine Meinung sagst, Dojno«, meinte Mara, »und nicht nur als Informationsminister. Bist du auf Vladkos oder Sarajaks Seite?«
»Meine Meinung ist in dieser Situation völlig nutzlos.«
»Ich möchte sie dennoch kennen«, sagte Mladen. »Ist sie richtig, dann ist sie nicht nutzlos.«
»Es ist ein Fehler gewesen, sich provozieren zu lassen. Man hätte den Kampf auf der Insel nicht annehmen dürfen. Ihr hättet stillhalten sollen, abwarten, daß der Sturm vorübergeht. Die Grüne Bucht wird nicht der Ausgangspunkt einer neuen Bewegung sein, sondern eine kaum bemerkte, schnell vergessene Episode — wie alles, was wir jetzt tun.«
»Also?« fragte Sarajak scharf.
»Also bezieht alles, was wir tun, seinen Sinn nicht aus dem Ziel, auf das wir zustreben, denn wir sind sicher, es nicht zu erreichen, sondern aus dem Wert der Tat selbst.«
»Das ist mir zu dunkel«, erklärte Vladko ungeduldig.
»Solange Hitler nicht besiegt ist, sind wir in Gefahr, vom Faschismus umgebracht zu werden. Sobald er besiegt sein wird, werden wir in Gefahr sein, von den Russen umgebracht zu werden. Landen hier die westlichen Alliierten — der Glücksfall, auf den Mladen rechnet; er ist unwahrscheinlich —, so werden sie das Regime der Karageorgewitsch und der Slavkos wieder aufrichten. In diesem Falle haben wir die besten Aussichten: eingekerkert, manche auf der Flucht erschossen zu werden. Selbst in Märchen ist es noch nie vorgekommen, daß einige Weizenkörner die Mühlensteine zerrieben hätten.«

»Und wir sind diese Weizenkörner?« fragte Ljuba. Sie konnte sich nicht beherrschen, sie mußte lachen.

»Und wo bleibt in diesem Falle der Sinn, der Wert der Tat?« fragte Vladko.

»In der Wirkung, die sie auf uns selber hat. Nicht unsern Mut haben wir uns zu beweisen, sondern die Fähigkeit, auch im Untergang nicht nur Opfer zu sein.«

»Schon wieder unklar!« unterbrach Vladko.

»Ein Reh, das sich seinen Jägern entgegenstellte, einige von ihnen tötete und so die Jagd zu einem gefährlichen Unternehmen machte, würde natürlich schließlich erlegt werden, aber es würde anders sterben als alle Rehe vor ihm.«

»Ein komischer Vergleich«, meinte Dragi. Er war, bald nachdem die Kerze erloschen war, eingeschlafen und erst seit wenigen Augenblicken wieder wach. Er ermaß durchaus das Beängstigende der Lage. Nicht wenige der jungen Menschen, die er zu der Brigade »durchgeschleust« hatte, waren nun tot. Seiner eigenen Verantwortung war er sich bewußt. Die harte Mühsal der endlosen Märsche und des niemals ganz gestillten Hungers waren ihm eine tägliche Erfahrung. Dennoch lebte er seit Wochen in der Oase des Glücks: Er liebte eine junge Frau, die ganz allein den Weg zu den Djuraten gefunden hatte. Seit Tagen schon hatte er die Gewißheit, daß auch sie ihn liebte. Zwar blieb alles beim alten, natürlich, sein Dienst, die gefährlichen Patrouillen bei Tag und bei Nacht; aber nun sah er sich selbst, und was er tat, in einem andern Licht. Denn jetzt erst lebte er wirklich, so schien es ihm, weil er wie alle Liebenden ein eigenes Maß der Zeit in sich trug. Es verlieh den Augenblicken der Begegnung einen Wert, der sich der Zeit zwischen den Begegnungen vermittelte. Tod und Untergang waren nahe, wahrscheinlich, aber das Glück der Nähe der Geliebten war gewiß, grenzenlos.

Jetzt wieder ganz wach, hörte er zwar, was Mara sagte, was Vladko ihr und Dojno erwiderte, aber seine Gedanken waren bei der großen, mageren Frau, die, nur hundert Schritte entfernt, auf ihn wartete. Sie würde ihn nicht fragen, warum er so spät kam oder was sie beschlossen hatten, sie würde nur seinen Namen aussprechen, das »a« in Dragi gedehnt, wie fragend.

»Die Schwierigkeit, Dojno, ist, daß du aufgehört hast, politisch zu denken«, endete Vladko enttäuscht. »Wir haben ein rein

politisches Problem zu lösen, kein philosophisches und kein ethisches. Du hast den klugen Sinn für Realitäten verloren.«
»Und du, Vladko, glaubst, daß wir noch Politik machen können«, antwortete Dojno. »Aber wir haben keine Macht und, was entscheidender ist, wir wollen sie gar nicht erobern. Denn wir wissen, daß wir gezwungen sein würden, sie zu mißbrauchen, wenn wir sie nur durch Gewalt eroberten. In diesem Krieg der Millionenarmeen sind wir wahrscheinlich die einzige Formation, welche die moralische und philosophische Sauberkeit verkörpert.«
»Verzeih, aber ich halte das Geschwätz nicht länger aus!« sagte Vladko laut. Er stand brüsk auf, sein Kopf schlug an die nasse Plache, er zögerte und ließ sich wieder auf den Rucksack sinken.
»Warum nicht?« fragte Mladen.
»Ein Kind oder der letzte Dummkopf versteht, daß ›Effizienz‹ das Um und Auf ist, sie bringt die Entscheidung. Und da kommt Dojno und predigt uns politische und moralische Sauberkeit. Wir werden glücklich sein, wenn wir in einer Woche jedem Mann eine Handvoll Mais als Tagesration zuteilen können, aber die Reinheit soll unsere Sorge sein. Wenn der Regen morgen den ganzen Tag weitergeht, werden wir alle eingeweicht sein wie die Felle beim Gerber, aber er hat philosophische Probleme. Wenn der Regen aufhört, werden die deutschen Flugzeuge uns wieder finden und Sarajak die Gelegenheit geben, eine erfreuliche Statistik aufzustellen: Relativ werden wir schon wieder mehr Waffen haben, weil wir absolut um zweihundert weniger sein werden. Nein, ich halte das nicht mehr aus.«
»Du würdest es besser aushalten, Vladko, wenn du bedächtest, daß die Millionenarmeen nicht ›effizienter‹ sind als wir — im Endeffekt jedenfalls. Die Niederlage, die sie dem Feind beibringen werden, wird von großer Wichtigkeit sein, gewiß, aber dennoch wird ihr Sieg einen Dreck wert sein. Also viel weniger als eine Handvoll Mais. Deine ›Effizienz‹ läuft Amok. In den Tod für nichts. Bevor du gehst, hör meinen Vorschlag an. Legen wir der versammelten Brigade die Lage dar. Sie soll in einfacher Abstimmung entscheiden.«
»Wahnsinn!« rief Vladko, Dragi stimmte ihm zu. Aber die Mehrheit nahm den Vorschlag an.
Die Brigade beschloß mit überwältigender Mehrheit, sich an

keinen Verband anzuschließen, die Lebensmittelrationen sofort zu kürzen. Sie wollte ausharren bis zu irgendeinem Ende.
Das Ende rückte mit jedem Tag näher. Die Brigade war immer zwischen mehreren Feuern, ein von vielen Jägern gehetztes Wild.
Vladko fiel noch im Sommer den Ustaschi in die Hände. Sie quälten ihn zu Tode. Dragi wurde von den Deutschen gehängt. Kral starb eines natürlichen Todes: an Lungenblutungen.
Das war in jenen Augusttagen, da sie zum erstenmal seit Wochen rasten konnten. Sie waren aus dem Netz geschlüpft, für einige Tage hatte der Feind ihre Spur verloren.
»Die Tage sind zwar heiß, aber die Abende kühl und angenehm«, sagte Kral. »Ich wollte nie ein Held sein, ich werde also nicht auf dem Schlachtfeld, sondern in der Sommerfrische sterben. Denn jetzt, mein lieber Freund, ist es soweit, jetzt will ich auch schon sterben.«
Sarajak saß stumm daneben. Die Freundschaft, die ihn seit Monaten an den Arzt band, war nie wortreich gewesen. Kaum einer hätte sagen können, was die beiden zueinander hinzog. Aber es war gewiß, daß der Tod des einen dem andern eine unheilbare Wunde schlagen würde.
»Schade, daß die Baroneß nicht da ist. Sie würde mir einfach verbieten zu sterben. Aber vielleicht hat auch sie sich verändert, seit sie im Gefängnis gewesen ist und am Pranger. Und daß sie, um freizukommen, am Ende doch den Prevedini hat heiraten müssen, ist wahrscheinlich der härteste Schlag gewesen. Faber, schauen Sie Sarajak an. Er ist komisch, fast möchte er mir sagen: Jetzt wird nicht gescherzt, jetzt wird gestorben!«
»Vujo kommt überall durch«, sagte Sarajak, »er könnte morgen mit den Medikamenten zurück sein.«
»In einigen Jahren erst wird es das richtige Heilmittel geben. Du wirst es mir aufs Grab schütten, Sarajak. Mach nicht ein so ernstes Gesicht, du verdirbst mir den ganzen Spaß. Apropos Spaß, Faber. Ihnen wollte ich eine Geschichte erzählen, in der Sie eine Rolle gespielt haben, ohne es zu wissen. Später, jetzt fällt mir auf einmal das Sprechen wieder schwer.«
Doktor Kral starb erst vier Tage später, einige Stunden bevor sich die etwa dreihundertfünfzig Mann, auf die die Brigade zusammengeschmolzen war, wieder in Bewegung setzen mußten.

So fand er doch noch Zeit, Dojno die so lange angekündigte »spaßige Geschichte« zu erzählen. Er erinnerte sich zuerst an das Jahr 1931, an den Sommer, da sie einander häufig in der kroatischen Hauptstadt begegneten. Damals, vor fast genau elf Jahren geschah es, daß Dojno sich an ihn wandte. Er sollte noch am Abend dieses Tages, es war ein Samstag, einen jungen Deutschen in die Nähe der österreichischen Grenze bringen. Krals Frau war auf Sommerfrische am See, nicht weit von der Stelle, an der dieser Josmar Goeben Parteifreunde finden konnte, Studenten, die dort ihre Zeltlager aufgeschlagen hatten. Einer von ihnen sollte ihn anderntags über die Grenze schmuggeln.

»Sie erinnern sich gewiß nicht mehr, Faber, aber ich zögerte, lehnte sogar zuerst ab. Aus beruflichen Gründen wollte ich jenes Wochenende in der Stadt bleiben, und aus anderen, persönlichen. Ich dachte, es sei besser, daß ich Gisela einige Zeit nicht sähe. Nein, es gab keinen Konflikt in unserer Ehe, aber wir waren nach sechs Jahren so weit, daß der dümmste Streit die Schärfe eines Konfliktes annahm. Wir befanden uns sozusagen im Hohlraum der Beziehungen. Schlechter Metabolismus der Gefühle, also der Erlebnisse.

Ich kam gegen fünf Uhr morgens im Hotel an. Als ich in Giselas Zimmer trat und das Licht andrehte, erwachte sie, aber nicht der junge Mann, der neben ihr lag. Ein schöner Jüngling, sportlich, sonnengebräunt. Ich kenne einige Dutzend Scherze, die sich auf solche Situationen beziehen, aber ich wüßte noch heute nicht zu sagen, wie sich ein Gatte benehmen soll, der einen wahrscheinlich nicht unsympathischen, nackten jungen Mann im Bett seiner Frau findet. Nicht einmal die hastige Geste, mit der Gisela die Blöße des Geliebten bedeckte, war komisch. Auch daß ich mich eine Sekunde lang bemühte, sein Gesicht zu erkennen, als ob alles davon abhinge, ob er ein Bekannter war oder nicht — auch das war nur nachher komisch. Faber, Sie werden es nicht glauben, aber diese Situation, die zu einer schlüpfrigen Posse paßte, hatte etwas Absolutes an sich. Sie lächeln nicht? Gut! Ich sagte ein Wort, das dümmste: ›Pardon!‹ und ging. Ich vergaß nicht, das Licht wieder abzudrehen. Als ich wieder unten war und in den Wagen stieg, zwang ich mich zu diesem Gedanken: Ihren Freund finden und ihm über die Grenze helfen. Die rettende Tat sollte wohl auch mich retten. Ich fahre also los, irre mich in der Richtung und verliere Zeit. Endlich finde ich das Studentenlager, doch von Goeben keine Spur mehr. Aber ich traf da ein junges Mädchen, das mich freundlich ansah und mich einlud, zum Frühstück dazubleiben. Ich war zu Tränen gerührt, denn ich hatte in jener Stunde das Gefühl, älter zu sein als die Felsen des Triglav. Eine Stunde später beschloß ich, im Lager zu bleiben und erst nach Wochen oder vielleicht nie mehr nach Zagreb zurückzukehren. In der Nacht fuhr ich natürlich doch zurück, Patienten warteten.

Anderthalb Jahre später heirateten wir, Bukica und ich. Keine schlechte Ehe, nein, auch keine gute. Meine Schuld. Ich wurde den absoluten jungen Mann aus der absoluten Possesituation nicht los. Ein Schwimmer, der das Vertrauen zum Wasser verloren hat und nicht mehr glaubt, daß es einen trägt.

Ich hätte Bukica retten können. Sie war eine Jüdin, hab' ich es nicht schon gesagt? Ich wußte, daß sie gefährdet war, ich hätte von der Armee sofort zurückkommen müssen, aber wir waren gerade böse miteinander. Wegen irgendeines jungen Mannes. Ich habe mich herumgetrieben. Sie war bereits in einem Lager, als ich zurückkam. Ich unternahm einiges, um sie herauszubekommen, nicht genug, nicht halb soviel wie Prevedini für die Baroneß. Es ist wahr, ich glaubte nicht, daß der Tod ihr drohte. Ich übergab alles einem Anwalt, fuhr in die Berge, in die Nähe jenes Sees.

Wissen Sie, was ich festgestellt habe, Faber? Tausend Tode machen einen nicht gleichgültiger gegenüber einem einzigen Tod. Weltuntergang heilt nicht von Eifersucht, nicht von schlechtem Gewissen. Und während ich zu Ihnen spreche, habe ich vor den Augen die silbernen Sterne auf himmelblauem Grunde, mit denen der Balkon von Giselas Hotelzimmer ausgemalt war.

Sie hören mir zu, aber es ist Ihnen peinlich. Warum? Ich habe ja noch nicht das Letzte gesagt. Denn daß ich so viele Tage verstreichen ließ, nach dem Zusammenbruch der Armee, ehe ich nach Zagreb zurückkehrte, und daß ich dann wieder davonlief, das hatte noch einen andern Grund. Diese Sache mit Goeben damals war ja doch ruchbar geworden — ich hatte selbst ein bißchen geschwatzt, mich gerühmt. Ihr Freund Karel wandte sich hie und da an mich. Ich erwies ihm ähnliche Gefälligkeiten.

Also, sagte ich mir, bin ich verdächtig, die Ustaschi glauben wahrscheinlich, daß ich ein Kommunist bin. Jeder Mensch begegnet wenigstens einmal im Leben seiner eigenen Feigheit. Wenn er Glück hat, bleibt das ohne Folgen, wenn nicht, dann wird er daran sterben. Verstehen Sie, mit den Augen hat es begonnen, eine harmlose Sache, ich habe sie vernachlässigt. Das war aber schon das Ende —«
»Sie sind müde, Kral, ruhen Sie sich einige Stunden aus. Ich komme wieder. Sie werden mir alles erklären.«
»Nein, bleiben Sie, Faber, einige Stunden, das ist viel. Ich muß Ihnen noch vieles erklären und außerdem von Bukica erzählen. Sie wissen ja nicht einmal, wie sie ausgesehen hat. Und dann müssen Sie mir sagen, was aus diesem Goeben geworden ist, denn ich möchte wissen, ob all das — Sie verstehen, um ihn zu retten, bin ich damals nach Bled gefahren. Mit ihm also hat das begonnen, und was ihm das genützt hat, möchte ich gern wissen. Komisch, ich werde bis zum letzten Augenblick das Gefühl haben, daß das Leben meine Neugier nie wirklich befriedigt hat. Und nun sprechen Sie, Faber!«

Kral starb gegen neun Uhr abends. Nach Mitternacht brachte man ihn zu Grabe. Man mußte sich beeilen, denn in einer gemeinsamen Aktion schlossen die Ustaschi und die Deutschen wieder einmal den Ring um die zerschlagene Brigade.
»Wir werden uns auch diesmal heraushauen«, erklärte Mladen, nachdem er den einzelnen Einheiten ihre Aufgaben zugewiesen hatte. Alle glaubten es, aber zum erstenmal bemächtigte sich ihrer die Gewißheit, daß ihre Siege nur Etappen auf dem Wege zu ihrem unaufhaltsamen Untergang waren. Es war schwer erklärlich und dennoch unverkennbar, daß der natürliche Tod dieses einzigen »Zivilisten« unter ihnen, dieses kleinen kranken Mannes mit der ewigen Visitentasche, jeden unvergleichlich tiefer beeindruckte als das Verschwinden so vieler ihrer Kampfgenossen.
In jener Nacht schien die Quelle ihrer Hoffnungen plötzlich zu versiegen. Zum erstenmal verließ sie die zuversichtliche Erwartung. Jeden Tag hatten ihnen Dojno und seine Gehilfen die wichtigsten Nachrichten aus der ganzen Welt übermittelt. Sie

waren ermutigend, gewiß, aber nur auf lange Sicht. Der Sieg wird kommen, hatten sie denken müssen, aber zu spät für uns, viel zu spät. Sie hörten die Nachrichten an, aber sie glaubten anderen, verheißungsvolleren, die ihnen, man wußte nicht woher, zuströmten. Sie erwarteten seit Monaten, stets von einem Tag zum andern, eine Landung der Alliierten an der adriatischen Küste oder massive Landungen aus der Luft. Sie waren nie enttäuscht, denn ihre Hoffnung erneuerte sich täglich. Jetzt erst, in dieser Nacht, nach dem Begräbnis Krals, bemächtigte sich ihrer eine so tiefe Mutlosigkeit, daß man zweifeln mochte, ob sie sich überhaupt noch würden schlagen können.
Doch schlugen sie sich in den folgenden Tagen wilder als je. Mit besinnungsloser Wut warfen sie sich auf den Feind und fügten ihm unverhältnismäßig schwere Verluste zu. Aber von den eigenen dreihundertfünfzig Mann blieben nur noch hundertneunzig kampffähig. Ljuba war unter den Verletzten. Kein Mittel vermochte ihre furchtbaren Schmerzen zu lindern. Ihre Pein währte ohne Aufhören zwei Tage und eine Nacht. Manchmal schrie sie wie eine Kreißende, immer blieb das Staunen in ihren weit aufgerissenen Augen. Mara und Dojno pflegten sie. Abwechselnd hielten sie ihre beiden Hände. In den letzten Stunden delirierte sie, wie ein kleines Mädchen klagte sie. Die Überlebenden der Brigade kamen, vom »Mütterchen« Abschied zu nehmen. Aber sie erkannte niemanden mehr. Erst in den letzten Augenblicken war sie wieder fieberfrei. Sie sagte:
»Schade, Dojno, daß du kein Priester bist. Begrabt mich auf einem Kirchhof. Aber vielleicht sterbe ich gar nicht. Das Schlimmste ist ja schon vorüber.«
Die Vögel sangen in den Bäumen, deren Laub sich schon zu färben begann. Man hörte den Quell in der Nähe, es klang wie ein heiseres Glucksen. Die Sterbende wandte ihre Augen vom tränenfeuchten Gesicht Dojnos ab, sie lauschte auf das Zwitschern, hob den Kopf und erblickte über den Zweigen, hoch oben zwischen den Wipfeln, die einzige weiße Wolke auf blauem Grund. Sie schrie auf, mit einer fremden, harten Stimme.
Man mußte bis zur späten Nacht warten, ehe man sie über die Halden zu einem Kirchhof hinuntertrug. Man weckte den Priester des Dorfes, mit Drohungen bewog man ihn, die Tote

ritengemäß zu bestatten. Es regnete in jener Nacht. »Die Herbstregen, die unsere letzten Reste wegwaschen«, dachten die Überlebenden jener Stabsbesprechung, in der Vladko zum letztenmal darauf bestanden hatte, daß sie sich einem größeren Verband anschließen müßten.

Krulle und Vujo übernahmen die Verwaltung und Verteilung der Lebensmittel. Als Dojno damals, nach dem Überfall, vorschlug, den Deutschen als völlig gleichberechtigtes Mitglied in die Brigade aufzunehmen, stieß er auf erbitterten Widerstand. Man gab schließlich nach, doch unter der Bedingung, daß der Dudelsackpfeifer bis auf weiteres Krulle bewachen und im Falle eines Verdachts sofort erledigen sollte. Vujo ließ ihn nicht aus den Augen. Krulle arbeitete vom frühen Morgen bis in die Nacht, er stellte einen Sender zusammen. Es war nicht leicht. Zwar fand er in den eroberten Kisten die meisten Bestandteile, aber immer fehlte irgend etwas. Es unter solchen Umständen zu ersetzen, erforderte die ganze Zähigkeit und Erfindungsgabe dieses Berliner Arbeiters. Als dann die Sende- und Empfangsgeräte ausprobiert wurden und Vujo selbst drehen durfte und ihm plötzlich Flötentöne ans Ohr drangen — es war der zweite Satz der Suite in h-Moll von Bach —, da verwandelte sich sein Mißtrauen wie durch Zauber in brüderliche Zuneigung. Er umarmte den kleinen Mann und sagte: »Du — unser Bruder, unser.« »Det kapierste nich janz, Vujo. Nen Empfänger, den bastelt dir bald einer zusammen, aber der Sender, da bin ick wirklich nich unzufrieden mit.« Vujo verstand nicht die deutschen Worte, aber er nickte begeistert. So begann ihre Freundschaft.

Auf den sonderbarsten, schwierigsten Umwegen hielt Mara Verbindung mit ihrer Tante, die in Bari lebte. So gelang es, mit einer englischen Stelle in Mittelost geheimen Kontakt herzustellen. Man wußte also bei den Alliierten von der Existenz der Brigade, man fing ihre Sendungen auf. Aber die Hoffnungen, die die Djuraten auf diese Verbindung gründeten, erfüllten sich nicht. Sie erhielten überaus vorsichtige Versprechungen, die nicht eingelöst wurden. Man kündigte ihnen die baldige Ankunft eines britischen Offiziers an, er würde über ihrer Stellung abspringen. Auch daraus wurde nichts. Am Ende verlangten sie nur noch eines: Medikamente. Sie erhielten sie nie. Schließlich wußten sie gar nicht, mit wem sie es wirklich zu tun hatten, und

867

es war zu gefährlich für sie geworden, Stellungsangaben zu machen. Sie benutzten den Sender nicht mehr; es war gefährlich, ein Mittel des Selbstverrats.

In jenen Herbstwochen wandte sich alles gegen sie. Die Maultiere erkrankten unheilbar, man mußte sie töten. Ein Munitionslager explodierte, man wußte nicht wieso. Ein Streit brach aus, wegen einer Frau, die bis dahin niemand beachtet hatte. Er endete blutig und ließ Zwietracht zurück. Die Stimmung des Verdachts gegen einige Partisanen verdichtete sich, man beschuldigte sie, schon lange dem Feind zu dienen.

Noch waren Maras und Sarajaks Autorität unangetastet, aber der General war seit dem Tod des Arztes verändert. Er mochte die Menschen nicht mehr, ihr Anblick war ihm lästig, ihre Stimmen, ihre lebhaften Gebärden widerwärtig. Auch die treu zu ihm standen, dachten, daß man mit ihm nicht mehr rechnen konnte wie früher.

Ja, die Herbstregen wuschen die kümmerlichen Reste weg. Es kam immer häufiger vor, daß Männer von den Patrouillengängen nicht zurückkehrten, auch wenn sie dem Feind gar nicht begegnet waren. Sie verloren sich, man mochte gar nicht nachforschen, wohin.

Sie waren nur noch dreiundsechzig, als sie, in der Nacht vom 20. auf den 21. Oktober, überfallen und gefangengenommen wurden. Die Vorposten hatten Mladen, der mit ihnen war, getötet, als er den alarmierenden Schuß abfeuern wollte. Sie waren im Einvernehmen mit den Angreifern, den Leuten von der Volksfront, der Armee der Kommunistischen Partei.

Karel sagte:
»Du, Mara, bist immer ein aristokratischer Trotzkopf gewesen. Du, Sarajak, wolltest immer der General einer eigenen Brigade sein, aber du, Dojno, du hättest sie zur Vernunft bringen sollen. Schon vor Monaten hättet ihr zu uns kommen müssen. Nur weil ihr es nicht getan habt, haben wir euch geholt. Sagt danke!«

Er wirkte größer als früher, er war wirklich abgemagert, die olivgrüne Uniform war zu breit für ihn. Der Bart veränderte ihn so wenig, daß man erwartete, im nächsten Augenblick würde er ihn wie Rasierschaum wegwischen. Er lehnte sich im Stuhl zurück und wandte sich halb zum Ofen hin, in dem das trockene Holz laut knisterte. Es war eine große, dunkle Bauernstube, die in ein Büro verwandelt war. Papiere lagen aufgeschichtet: Flugblätter, Dossiers, Generalstabskarten. An der Ecke des Tisches lag neben einer halbleeren Flasche ein angebissenes Stück Brot. Entlang der hinteren Wand stand eine lange Bank, es gab außerdem vier Stühle. Aber Karel ließ die Gefangenen stehen. Er schickte die Wache hinaus und wandte sich wieder den Gefangenen zu.

»Drei mögliche Lösungen. Nummer eins: wir erklären, daß ihr faschistische Bandenführer seid, und erschießen euch. Nummer zwei: wir proklamieren im Gegenteil, daß ihr euch nach einem monatelangen heroischen Marsch zu uns durchgeschlagen habt, geben jedem von euch eine schöne, aber völlig unwichtige Position und sehen zu, daß ihr langsam absinkt, wie sich eine Brotkrume im Wasser auflöst. Nummer drei: nichts. Das heißt, ihr bleibt einige Wochen Gefangene des Sicherheitsdienstes, also meine Häftlinge, dann werdet ihr einzeln freigelassen. Jeder dient als einfacher Partisan und geht zugrunde: an Hunger, Übermüdung oder, wenn's zu lange dauert, auf Patrouillengang. Verirrter Schuß. So, jetzt habe ich lange genug geredet. Ihr dürft jeder etwas sagen: etwas furchtbar Ernstes, Entscheidendes, das auf mein Gemüt wirken soll und mir nur auf die Nerven gehen wird... Ihr schweigt? Gut. Das langweilt mich noch am wenigsten. Also, für Sarajak Lösung eins, für Mara zwei, für Dojno drei. Irgend etwas noch hinzuzufügen?«

»Ja«, antwortete Mara. »Du sprichst wie dein alter Freund, der Polizeihund Slavko. Es wundert mich nicht, ich habe dich immer verdächtigt. Und spiel nicht den mächtigen Mann, du kleiner Agent. Nicht du hast die Entscheidungen getroffen, eins, zwei, drei. Du hast sie nur zu exekutieren. Und wenn du noch einmal von Langeweile sprichst, wie dein Kollege Slavko es immer bei der Folter getan hat, spuck ich dir ins Gesicht.«

Karel erhob sich langsam, stellte hinter jeden der Gefangenen einen Stuhl, setzte sich wieder und sagte:

»Nehmt Platz, meine Gäste! Ihr langweilt mich nicht, ihr seid mir willkommen, denn ihr seid die Helden, von denen eine ganz klein gedruckte Fußnote, zwei, sagen wir, vier Zeilen, berichten wird. Sie wird in einer der unwichtigeren Chroniken dieser Jahre stehen, aber niemand wird sie bemerken. Nachher, wenn alles zu Ende ist, werden wir entscheiden, ob in dieser Fußnote Djuras Brigade als eine ›blutige trotzkistisch-faschistische Hilfstruppe‹ oder als eine ›ganz bedeutungslose, kleinbürgerlich-idealistische Schwärmergruppe‹ bezeichnet werden soll. Vorderhand haben wir andere Sorgen, deshalb die Lösungen eins, zwei, drei.«

Er warf einen Blick auf seine goldene Armbanduhr, verließ schnell die Stube und kam bald mit einem mittelgroßen Mann zurück, dem er an der Schwelle den Vortritt ließ.

»Chasjain«, sagte er, »da sind sie, die Gäste. Ich habe sie bereits informiert. Jeder kennt seine nächste Etappe.«

»Es muß noch irgendwo ein Stück Käse sein, vielleicht ist noch etwas vom Jajcer Schinken geblieben. Bring alles herüber. Dein Brot ist zu trocken und den Schnaps verträgt auch nicht jeder.«

Der Mann hatte eine angenehme Stimme, die Worte kamen halblaut und dennoch deutlich über seine feingeschwungenen dünnen Lippen. Er setzte sich in Karels Stuhl, sah die Gefangenen einen nach dem anderen ruhig, nicht unfreundlich an. Endlich sagte er:

»Dich, Vita, hatte ich früher zu sehen gehofft, im Juli 1941. Ich habe Leute ausgeschickt, nach dir zu suchen. Die Vergangenheit sollte vergessen sein, ich hatte dir die Führung des Stabs reserviert. Die Leute berichteten, daß deine Eltern, deine Frau und die Kinder nicht mehr lebten, aber daß die Ustaschi dich nicht erwischt hatten. Wir glaubten, daß du dich in irgendeinem Bergwerk versteckst. Aber wie dann Gezerics Bericht kam, wußten wir natürlich sofort, daß du der Sarajak bist. Du hättest dich nicht mit Mara und ihren Leuten einlassen sollen. Karel hat's dir schon gesagt, es liegt ein Beschluß vor, dich sofort zu liquidieren. Aber vielleicht ist das ein Blödsinn. Du hast mich nie gemocht, ich weiß bis heute nicht warum, aber ich, ich mag dich sogar jetzt. Andererseits bist du gefährlich. Das gibst du doch zu, Vita, daß politisch nur tote Helden bequem sind. Wenn du wenigstens dumm wärst! Oder wenigstens irgend so ein kleinbürgerlicher Demokrat. Aber ein Held, der klug und ein parteifeindlicher Kommunist ist — ich weiß nicht, Vita, was meinst du, was sollen wir mit dir tun?«

Sarajak schob den Käse weg, als ob ihn davor ekelte, dann sagte er langsam:
»Nein, Zvonimir, ich habe dich nie besonders gemocht, und ich mag dich auch jetzt nicht. Du bist kein übler Bursche, aber du hast die verkehrte Eitelkeit der mittelmäßigen Intelligenzler — in den wichtigsten Dingen bist du am eitelsten.«
»Du überschätzt dich, die Entscheidung über dein Schicksal ist nicht so wichtig.«
»Genug«, sagte Sarajak, erhob sich und stieß einen Stuhl mit einem Fußtritt in die Mitte des Raums. »Schluß! Wo stirbt man hier?«
»Nicht so eilig, Vita. Von jetzt ab heißt du einfach Ivo Kojic, du bist der operativen Leitung zugeteilt. Karel, führ ihn zum Stab! Nun zu dir, Mara. Militärisch brauchen wir dich nicht, politisch bist du ein Feind. Nummer zwei ist nicht schlecht, aber gefährlich. Wie wäre es, wenn wir einfach verbreiten, daß du gestorben bist, Herzschlag oder so was? Du bleibst natürlich leben, solange es geht. Versteck deine Haare unter einem Tuch, kleide dich wie eine Bäuerin. Wirst dich mit den Nachzüglern mitschleppen. Die Grüne Bucht wirst du nie mehr finden, eine neue Djurabrigade wird es nicht geben. Und was dich, Faber, betrifft: wenige kennen dich hier. Und auch die glauben, daß du in Frankreich umgekommen bist, im Sommer 1940. Mir wäre es am liebsten, du würdest sofort verschwinden, nach Frankreich oder zum Teufel. Wir brauchen deine Ideologie nicht, deine Propaganda für Djura paßt uns nicht, und deine historischen Perspektiven gehen uns auf die Nerven. Wir brauchen dich nur abzuschütteln, und vierundzwanzig Stunden später bist du in den Händen der Deutschen, das heißt liquidiert. Also, bleib noch einige Tage ein politischer Gefangener, laß dir einen Bart wachsen, nachher wirst du für Karel arbeiten, Radio abhören, übersetzen, bis zu dem Augenblick, wo wir dich loswerden können. Denn hiermit informiere ich dich, daß du aus Jugoslawien ausgewiesen bist.«
Dojno lachte laut auf. Zvonimir sah ihn streng an, dann entspannten sich seine Züge, und er fragte lächelnd:
»Was lachst du, Faber?«
Dojno wandte sich an Mara:
»Ich glaube, es war Vasso, der diesen provinziellen Bonvivant

zum Bezirkssekretär gemacht hat. Und schau, wie weit er es seither gebracht hat: Er kann schon aus Jugoslawien ausweisen. Oder den Deutschen ausliefern oder selbst liquidieren. Er fragt mich, warum ich lache, und nicht, warum ich ihn nicht ohrfeige.«

»Das weiß ich, Faber: weil du dich nicht traust, weil du Angst hast, weil du nicht wie ein toller Hund auf der Stelle abgeschossen werden willst, weil du nach allem und trotz allem leben willst. Und Mara will leben und Vita, dieser Sarajak, will leben. Und ich, der kleine Bezirkssekretär, ich habe die Macht über euer Leben, weil die Partei es will.«

Die Tür wurde aufgerissen, Karel, von zwei bewaffneten Männern gefolgt, stürzte auf Dojno zu, riß ihm den Mund auf und steckte die Finger zwischen die Zähne und die Zunge. Dann winkte er, die Männer leerten Dojnos Tasche.

»Was ist los?« fragte Zvonimir.

»Sarajak ist tot, er hat sich vergiftet. Faber hat sicher auch Gift bei sich.«

»Nun, soll er!«

»Ob einer leben bleibt, wann und wie er stirbt, das bestimmen wir!« antwortete Karel heftig. Etwas ruhiger fügte er hinzu: »Übrigens brauchen wir Faber vorderhand. Der Engländer ist angekommen. Er glaubt, bei der Djurabrigade zu sein. Besser, man klärt ihn nur langsam auf. Und du, Dojno, sollst wissen, wir sind umzingelt. Wir warten nur auf die Nacht, um den großen Marsch in die montenegrinischen Berge anzutreten. Bis wir aus der Umklammerung heraus sind, vergiß alles, außer dem Haß gegen den gemeinsamen Feind. Du wirst Zeit haben, uns zu hassen, wenn wir wieder Atem kriegen.«

»Wir sind mit unseren Kräften zu Ende, Mara und ich. Wir können nicht mehr marschieren. Es ist vernünftiger, jetzt ein Ende zu machen.«

»Du und Mara, ihr werdet Pferde haben und anständig genährt werden, verlaß dich auf mich!«

»Mit Süßigkeiten werd' ich nicht geizen, die goldenen Dukaten werd' ich nicht sparen«, zitierte Zvonimir das bosnische Liebeslied. Er brach sofort ab, als er die kleine Schachtel mit dem Gift erblickte, die man aus Dojnos Tasche geholt hatte. Er betrachtete eingehend die Ampullen und steckte sie in die eigene

Tasche, dann zog er einen Papierbogen heraus. Er sagte: »Seht her, das ist die Situation. Sie haben Feldartillerie auf diesen Hügeln postiert. Zwei deutsche Regimenter zu beiden Seiten des Defilés — hier. Unser Plan ist aber folgender...«

Die Flucht dauerte sieben Wochen und nicht drei, wie der Plan vorgesehen hatte. Die Partisanen verloren mehr als ein Drittel ihres Bestandes. Sie konnten die neuen Stellungen nicht lange halten, der Feind bereitete wieder eine Offensive vor. Eine schwere Typhusepidemie wütete in ihren Reihen. Der Winter drohte furchtbar zu werden.

DRITTER TEIL

... WIE EINE TRÄNE IM OZEAN

ERSTES KAPITEL

Die Uhr lag unter dem Kissen, er fand sie auch nicht auf dem Nachttisch. Die Helligkeit, die durch den schmalen Spalt der Vorhänge ins Zimmer drang, mochte vom späten Mond herrühren, gewiß vom Schnee. Oder es war schon Tag, und Roman hatte wieder verschlafen. Er fand das Feuerzeug, es gab nur ein winziges Licht, er konnte die Zeit von der Standuhr an der Wand gegenüber nicht ablesen, es warf ein rötliches Licht auf die runden Schultern, den vollen Rücken der Frau. Sie hob die Hand, wie um etwas zu verscheuchen, murmelte und schlief weiter.

Daß man sich mit Met so besaufen kann! Von dieser Jadwiga werde ich nur den Rücken in der Erinnerung behalten, dachte er, und ihre schlecht verhüllte Angst und das unentwirrbare Gemisch von Wahrheit und Lüge in allem, was sie erzählt. Aufstehen, die Uhr finden, Vorhänge wegziehen, einheizen, das Radio einschalten. Sie müssen die Botschaft wenigstens noch zweimal wiederholen, also nichts versäumt. Oder liegenbleiben und den Rücken vergewaltigen. Und nachher soll die Künstlerin Jadwiga aufstehen, Feuer machen, Frühstück, das Zimmer in Ordnung bringen. Alles hängt davon ab, wie spät es ist. Also doch erst mal 'raus aus dem Bett!

Nun stand Roman vor dem Fenster, zog die Vorhänge auseinander. Ja, das war der abnehmende Mond. Eine schlecht befestigte halbe Scheibe. Unecht. Das große Licht kam von unten, vom Schnee.

»Wach auf, Jadwiga, komm, die Allee ist noch nie so schön gewesen!«

Sie fuhr erst bei den letzten Worten auf, war verschreckt, sah ihn verständnislos an. »Was«, fragte sie, »wer ist da?«

»Der Winter, der Schnee, der Mond, du, Jadwiga, und ich, Roman.«

»Wie spät ist es denn jetzt? Und warum weckst du mich, wenn ich mich endlich ausschlafen kann?«

Er hatte inzwischen die Uhr gefunden, es war 5 Uhr 14, in einer

Minute begann die Sendung, die die Wiederholung der Botschaft bringen mußte. Er zündete die Kerze auf dem Tisch an, schaltete den Apparat ein.
»Verrückt, jetzt Radio zu hören!« meinte sie. »Jetzt schläft man.«

Erst gegen Ende kam die Nachricht, die ihn betraf. Sie war enttäuschend. Der dümmliche Codesatz besagte, daß die Reise des Delegierten wieder aufgeschoben war. In den nächsten Tagen würde präzisere Nachricht folgen.
Jadwiga setzte sich auf und rief ärgerlich: »Ich sag's zum letztenmal, ich will schlafen, nicht Radio hören.«
Warum sagte sie es erst jetzt, nachdem die Botschaften durchgegeben sind? Vielleicht sollte ich ihr mißtrauen, erwog Roman.
»Ich suche Musik«, antwortete er, »aber die reden ohne Aufhören. Ich warte noch fünf Minuten, dann drehe ich ab. Jetzt aber komm endlich ans Fenster.«
Sie weigerte sich. Er zog sie mit einem Ruck aus dem Bett, sie wehrte sich, aber unvermittelt wurde ihre Stimme zärtlich, sie schmiegte sich an ihn an. Sie hatte Angst. Wovor, fragte er sich. Er faßte sie um die Taille und sagte:
»Ist die Allee nicht schön? Als ich klein war, stieg sie bis zum Hügel hinauf, oben, wo du die kleine Kapelle siehst, und auf der andern Seite hinunter bis zum Fluß. Immer habe ich auf den Schnee gewartet, weil ich mich nach der Reinheit sehnte, verstehst du das, Jadwiga?«
Sie fror im Hemd, zitterte. Zuerst sollte sie antworten, dann würde er sie ins Bett zurückbringen.
»Jemand steht auf dem Hügel neben der Kapelle. Er hat ein Pferd am Halfter. Er blickt zu uns herüber«, sagte sie unruhig.
»Er kann uns nicht sehen. Es wäre leicht, ihn abzuschießen. Soll ich das Gewehr holen?«
»Ich will ins Bett zurück, verhäng das Fenster, komm, schlafen wir, es ist Nacht.«
Ja, sie hatte Angst vor ihm, vor dem Mann auf dem Hügel, vielleicht sogar vor dem Schnee. Er kannte sie erst seit zwei Tagen. Zeit genug, um mit ihrem »Schicksal« bekannt zu werden. Ihn interessierten aber nicht die Schicksale, sondern nur Geschichten, kurze Anekdoten, deren Helden auswechselbar

sein sollten. Was einer war, das sah man ihm an, und was einer tat, war nicht so wichtig. Alles war vorbestimmt, unaufhaltsam folgte der Fluß seinem Gefälle, die Mäander änderten nichts daran, aber sie waren manchmal hübsch anzusehen.

Der vierunddreißigjährige Roman Skarbek fragte sich selten, warum er dies und nicht jenes tat. War dem Impuls des Augenblicks zu folgen nicht vernünftig? Die dem eigenen Impuls mißtrauten, waren nicht glücklicher, ihr Leben nicht weiser, nur komplizierter. Seine Mutter hatte jeden Schritt stets reiflich überlegt — eine zielbewußte Dame, auch jetzt noch mit ihren zweiundsechzig Jahren. Deshalb hatte sie den fünfzehn Jahre älteren Stanislaus Skarbek geheiratet. Einen idealen Gatten wollte sie aus ihm machen. Dann schoß er sich die Kugel ins Herz. Nun lebte sie in der Stadt, in der Nähe der tyrannisch geliebten Tochter und der Enkel. Noch immer dirigierte sie alles. Selbst den Sohn, der einmal in zehn Tagen zu ihr kam, glaubte sie noch zu lenken, sein »gutes, aber gleichgültiges« Herz langsam ummodeln und ihn bald verheiraten zu müssen. Der Feind war im Lande, jeder spürte seinen würgenden Griff, aber Frau Skarbek blieb eingesponnen in ihre eigenen Pläne wie eine Spinne in ihr Netz.

Roman lebte ohne Plan, er improvisierte — das warf ihm die Mutter vor. Vor zwei Tagen hatte er Jadwiga bei einer jungen Witwe getroffen, die sich gar zu geschickt durchschlug, sie kaufte und verkaufte alles unter der Hand. Roman war ihr Kunde. Sie verwandelte für ihn die letzten Reste seiner beweglichen Habe in Geld und in Waren. Sie wäre die Mätresse eines hohen Gestapobeamten, hieß es von ihr, und gleichzeitig eine verläßliche Patriotin. Am Abend war ihr Haus ein kleines Kasino und eine Herberge, denn in der Nacht durfte man sich nicht auf der Straße zeigen. Gegen Morgen nahm Roman die hübsche Jadwiga mit, die erst vor kurzem aus der Hauptstadt gekommen war. Nur einige Minuten Schlittenfahrt wollte sie in der scharfen, reinen Winterluft genießen, sagte sie. Aber sie ließ sich leicht überreden, ins alte Schloß mitzukommen.

Eine melodramatische Improvisation, diese Jadwiga, dachte er, während er sich zu Bett legte. Jusek wird sie in die Stadt zurückbringen. Ab achtzehn Uhr wird es mir völlig unwichtig sein, weswegen sie so ängstlich ist.

»Du liebst mich nicht«, sagte sie träge.
»Und was müßte ich jetzt tun, wenn ich dich liebte?«
Sie antwortete nicht. Vielleicht ist sie doch ein Spitzel. Eigentlich meine Pflicht, es festzustellen, sagte sich Roman. Er fragte:
»Nicht wahr, du kommst aus Warschau?«
»Nein, das sag' ich nur aus bestimmten Gründen.«
»Aha, da will ich nicht indiskret sein.«
»Es ist ein Glück für eine anständige Frau, einen so diskreten Geliebten zu haben«, erwiderte sie und vergrub den Kopf ins Kissen.
Er erhob sich und ging ans Fenster. Der Mann war noch immer auf dem Hügel. Die Leute von der Wache hatten ihn gewiß bemerkt und beobachteten ihn. Kein Deutscher, er wäre nicht allein. Vielleicht ein eigener, einer von der Delegation? Warum sollte der zu so unmöglicher Stunde kommen? Nun stieg der Mann aufs Pferd und ritt die Allee hinunter — kein geübter Reiter. Er brachte plötzlich, zu gewaltsam, das Tier zum Stehen, wandte sich um, verschwand hinter dem Hügel. Da sprengte einer der Eigenen vor, ritt ihm nach. Roman wartete auf seine Rückkehr, öffnete das Fenster und fragte:
»Wer war es?«
»Ein Fremder. Er hat die Straße nach Wolyna genommen. Vielleicht ein Offizier, aber er reitet nicht gut, ein Hurensohn, hat eine Pelzmütze auf dem Kopf gehabt.«
»Mach das Fenster zu, es dringt eine furchtbare Kälte herein«, rief Jadwiga.
»Vor der Kälte fürchtest du dich also auch?« fragte er.
»Ja. Aber weniger als vor den Menschen. Die tun mir nur Böses.«
Das konnte sich auf einen untreuen Gatten beziehen, auf einen Geliebten, der ihr nicht genug Geld gab, oder auf Krieg, Besatzung, Verfolgungen. Er versprach ihr, daß sie ungestört werde schlafen können, verließ das Zimmer und ging hinunter. Etwas mußte sofort unternommen werden, um herauszufinden, was für eine Bewandtnis es mit dem fremden Reiter hatte.

Die lange Geschichte des alten jüdischen Städtchens Wolyna blieb ungeschrieben, sie wurde von Geschlecht zu Geschlecht mündlich überliefert. So kannte kaum einer die genauen Daten, jeder aber die Geschehnisse, deren Wirkung im übrigen gegenwärtig geblieben war: Von Kriegen, Aufständen, Pogromen, Epidemien, vernichtenden Bränden waren Spuren zurückgeblieben, die niemand verwischen wollte. Es gab Grabsteine mitten in der Stadt, genau an der Stelle auf dem Markte, an der Glaubensmärtyrer ihren Tod gefunden hatten, Männer, Frauen und Kinder; es gab einen ganz alten Friedhof auf dem westlichen Hügel, die Grabsteine waren tief in die Erde eingesunken, die Inschriften auf ihnen schwer entzifferbar. Aber die Wolynaer fühlten sich auch mit jenen Toten verbunden, deren Namen bis zur Unkenntlichkeit verblichen waren. Es gab den Pestfriedhof in der Nähe des Flusses und den neuen am Rande des Waldes, neben dem Sägewerk. Wenn es galt, über große Not zu klagen oder drohende Gefahren abzuwenden, ging man die Toten »bemühen«, sie waren die verläßlichsten Fürsprecher beim Allmächtigen. Die Wolynaer, von alters her in der Mehrheit Teppichknüpfer, deren gründliche Arbeit alle Welt rühmte, ließen keine Möglichkeit ungenutzt: Sie gingen auf alle drei Friedhöfe, und sie versammelten sich zuletzt noch vor den Grabsteinen der Märtyrer. Sie fürchteten den Tod, aber sie liebten die Toten. Ihres Beistandes waren sie immer sicher.

Die Kunst des Teppichknüpfens hatten sie aus einem anderen, fernen Exil mitgebracht. Aber erst in der neuen Heimat, hieß es, war das Geigenspiel bei ihnen allgemein geworden. In jedem Haus gab es wenigstens einen Violinisten. In jedem guten Orchester in der Welt spielt wenigstens ein Wolynaer, rühmte sich das Städtchen, das so viele Söhne in die Ferne hinausgeschickt hatte. Vor allem Geiger, aber auch Mathematiker waren unter ihnen und ein berühmter Rechtsgelehrter, dessen Urteil man im Streit der Völker anrief. Und ein Architekt, der Wolkenkratzer baute.

Ein reizloses, unordentliches, nicht sehr sauberes jüdisches Städtchen, wie es deren Hunderte in diesem Lande gab, dieses Wolyna mit seinen 3487 Seelen. Aber dennoch ganz anders als die anderen, wiederholten die Leute. Und sie meinten: In allen Dingen, Geschehnissen und Verhältnissen gibt es außer der offenbaren eine geheime Bedeutung, die wahrhafte. Sie wird dem faßbar, der die Zeichen zu entdecken und zu deuten versteht. Das lernten sie schon als Kinder, und daher dachten sie:

Teppichknüpfen ist ein Handwerk wie jedes andere, nützlich, um Brot für die Kinder zu verdienen und Schulgeld und was man sonst noch unbedingt braucht, ein Handwerk und dennoch mehr als das, anderes — voller Zeichen, die den Nachdenklichen zur Tiefe hinlenken, zum wahren Sinn des Lebens.
Oder zum Beispiel unser Geigenspiel, sagten die Wolynaer. Die Welt ist voller Töne. Ein Ding fällt ins Wasser oder das Holz dehnt sich — Töne. Aber Musik, das sind die Töne in Gottes Ordnung, die hörbaren Zeichen Seiner Mathematik, die unaussprechlich sind wie Sein Name, geheiligt sei Er und gesegnet. Kein Zweifel. Er hatte Besonderes mit ihnen vor. Aber Sein Atem war lang, Sein Zeitmaß nicht menschlich. Und inzwischen ging es schlecht, schon seit Jahren, und wurde immer schlechter, denn in der großen Welt gab es auf einmal Maschinen für alles, auch um Teppiche zu fabrizieren. Wolyna hätte verhungern müssen, aber es gab, Gott sei Dank, die Post. Sie brachte Geldsendungen von den Söhnen und Neffen draußen. Im ersten Weltkrieg wurde das Städtchen mehrere Male vom Feind besetzt. Die Post funktionierte nicht, aber man kam kaum dazu, über den Mangel zu klagen. Epidemien brachen aus, die ein Fünftel der Einwohner hinrafften. Es gab Bombardements — Wolyna war ein Brückenkopf —, die hölzernen Häuser gingen in Flammen auf. Die Not war grenzenlos. Allen war es damals gewiß, daß die Zeit der großen Wunder nahe sein mußte — wer weiß, mit dem nächsten Sonnenaufgang mochte der Messias herniedersteigen. Dann aber erwies es sich, daß die Zeit noch nicht ganz reif war. Kaiserreiche fielen zwar in Trümmer, neue Mächte entdeckten sich der Welt — das alles hatte gewiß eine Bedeutung, aber die Verheißung war nicht eindeutig.
Wolyna war nun polnisch. Die Hallerczyki, die Soldaten des Generals Haller, zogen triumphierend durch, sie töteten nur wenige der Einwohner. Die meisten Verwundeten blieben leben. Der Graf Stanislaus Skarbek war rechtzeitig herübergekommen, hatte eingegriffen, alle Offiziere zu sich aufs Schloß geladen und die Soldaten in die Dörfer schicken lassen.
Dann gab es wieder Krieg, die Polen zogen gegen Kiew, die Russen bis vor Warschau, aber schließlich kam doch der Friede. Man konnte die Teppiche leicht absetzen, aber das Geld war jeden Tag weniger wert. Die Wolynaer, die leicht aus dem

Pathos in die Ironie, aus der Klage in die Selbstverspottung hinüberwechselten, zitierten: »Böten wir Kerzen feil, die Sonne würde nicht mehr untergehen; webten wir Leichentücher, niemand würde mehr sterben. Hat das Geld Wert, kommt es nicht zu uns; ist es bei uns, hat es keinen Wert.«
Aber, Gott sei Dank, die Post funktionierte wieder.
Die neuen Verfolgungen, Gefahren und Hoffnungen waren nur neu dem Namen nach. Selbst die Kinder wußten es, daß die Geschichte der Diaspora nichts anderes war als eine fortgesetzte Wiederholung der Josephsgeschichte: Es gab gute Pharaonen und es gab schlechte, deren Gedächtnis nichts behielt, die handelten, als ob sie Joseph nicht kannten. Das lernte man im zweiten Buch Mosis, zumindest einmal im Jahr. Wir lernen, sagten die Wolynaer, und haben keine Macht, die aber Macht haben, die lernen nicht.
Da stand ein Mann auf in Deutschland, auf den hörten immer mehr Menschen. Er hieß Hitler, war niemand anderer als jener Haman, den man so gut aus der Chronik Esther kannte. Und eines Tages machten die Deutschen aus diesem Hitler einen Kaiser. Gott allein wußte, warum Er die Hamans in die Welt schickte, man durfte Ihn nicht anklagen. Er war gerecht, denn versagte Er zwar dem Übel nicht die Erscheinung, so gewährte Er ihm doch nie die Dauer. In allem kam es aber nur auf die Dauer an.
Die Wolynaer zweifelten nicht an ihrer eigenen Dauer, bis der Krieg kam und Hitlers Armeen ins Land einbrachen. Die Ausrottung begann, aber keiner vermochte wirklich an sie zu glauben.
»Wolyna ist ein besonderer Fall. Ihr könnt euch alle retten«, wiederholte unermüdlich die frühere Hebamme Fräulein Maria Muszinska, die Geliebte des Platzkommandanten Böhle. »Der Herr Kommandant wünscht, daß ihr als einmalige Steuer alle Teppiche abliefert, dann wird er euch vergessen.«
Die »Aktion«, so hieß die systematische Ausrottung der Juden, hatte schon vor Monaten begonnen. Von den achtzehn Städtchen des Bezirks bestand nur noch Wolyna. Die jüdischen Einwohner der siebzehn anderen waren nicht mehr: Ein Teil in den Synagogen versammelt und niedergemetzelt oder verbrannt, ein anderer nach den Vernichtungszentren abtransportiert. Nur einzelne von

ihnen hatten sich rechtzeitig in das Städtchen der Teppichknüpfer und Geigenspieler gerettet. Sie scharten sich um den chassidischen Rabbi, dessen Urgroßväter schon Tausende von Gläubigen angezogen hatten, die an Wunder glauben wollten und an Heiligkeit.

Der Rabbi — man nannte ihn gewöhnlich Zaddik, den Gerechten, oder auch den Wolynaer — riet, Böhle alles zu geben, was er durch den Mund seines Kebsweibes verlangte.

»Man muß«, sagte er, »unterscheiden zwischen jenen, die gehen und kommen einerseits, und jenen, die kommen und gehen andererseits. Die letzteren wollen alles auf einmal haben, denn sie wissen, daß es ihr Geschick ist, nicht zu bleiben.«

Und der Rabbi zitierte viele heilige Sprüche, um zu beweisen, daß das Wort »bleiben« eine tiefe Bedeutung hatte, die wie die Wurzeln eines alten Baumes weithin reichte: bis zur Gerechtigkeit und bis zur Gnade im Leiden. Nur scheinbar schweifte er ab, wenn er im erhabenen Spiel mit Worten und mit dem Ziffernwert der Buchstaben, aus denen sie zusammengesetzt waren, sich bis zur trostreichen Deutung verlor, daß Leiden und Bleiben zusammengehörten, daß sich aus ihrer Differenz wieder ein anderes Wort bilden ließ, das war: Gnade.

Als die Wolynaer die Teppiche abgeliefert hatten, auch die alten, die sie wert gehalten hatten wie Vermächtnisse, erklärte die Hebamme, daß sie sich nunmehr als Arbeiter im Dienst des Reiches anzusehen und immer mehr und mehr zu arbeiten hätten, um den gnädig gestimmten Beschützer nicht zu enttäuschen. Es war Krieg, selbst die siegreichen Deutschen arbeiteten ohne Unterlaß, Hitler brauchte alles in riesigen Mengen, auch Wolynaer Teppiche.

Einige Zeit später erklärte der Kommandant, er sei enttäuscht. Er ließ fünfzig junge Menschen abtransportieren und verlangte für die neue Woche die doppelte Leistung, außerdem als Provision für die Hebamme alles Gold und Silber.

Aber er war immer noch enttäuscht, wie seine Freundin bedauernd erklärte, und kürzte die Lebensmittelration auf die Hälfte. Überdies verschickte er hundertfünfundsiebzig Männer, Frauen und Kinder.

Wie sehr auch diese Maria Muszinska die »besondere Rolle« ihre großen Freundes rühmen mochte, es wurde offenbar, daß er die Wolynaer nicht mehr lange würde ausbeuten und so vor der Vernichtung schützen können.

»Es ist ein Spiel des Frevlers oder der Katze mit der Maus«, sagte Jechiel, der Führer der Gemeinde. »Besser, wir hauen uns die Hände ab, als daß wir weiter für ihn arbeiten. Besser, wir zünden unsere Häuser an, als daß wir dank der Gnade des Henkers in ihnen bleiben. Es ist Zeit, Rabbi. Was mit den anderen geschehen ist, wird auch mit uns geschehen.«

»Wo ist die Vernunft in deinen Worten, Jechiel?« fragte der Zaddik. »Solange die Katze noch spielen will, ist die Maus nicht verloren. Wenn leben dulden ist, wer darf die Geduld verlieren? Aber die Katze hat Angst vor dem größeren Tier. Wer weiß, vielleicht will auch dieses spielen. So muß man dem höheren Kommandanten in der Bezirkshauptstadt, diesem Frevler Kutschera, zu verstehen geben, daß er schnell reich werden kann mit dem Werk eurer Hände, die du Narr abhacken willst. Gott vergebe dir die Sünde.«

Ein junger Mann trat vor und sagte:

»Es heißt, daß es in den Wäldern Männer gibt mit Waffen. Auch sie waren Mäuse, nun sind sie Wölfe. Warum sollen wir nicht werden wie sie?«

Der Rabbi beugte sich über den Folianten, las halblaut einige Worte, schloß die Augen und wiegte den Kopf hin und her. Nun hätten ihn die Männer verlassen sollen, aber diesmal wollten sie den Wink nicht verstehen. Jechiel brach das Schweigen:

»Vergebt mir, Rabbi, ich bin's nicht wert, Eure Gedanken zu stören. Aber welcher Lehrer dürfte die Jungen ohne Antwort lassen, wenn sie nach einem Weg suchen? Würde er sich denn dann nicht mit ihren Sünden belasten? Was soll man tun, Zaddik?«

»Den fremden Juden sollt ihr mir bringen! Der Neunte bin ich, der in diesem Stuhl sitzt. Die vor mir waren — das Gedenken der Gerechten sei gesegnet —, haben Geschlechtern und Geschlechtern den Weg gezeigt, sie gelehrt zu unterscheiden, was die wahre und was die falsche Tiefe ist, was ein Weg ist und was — Gott behüte! — ein Abweg. Ihr aber habt schnell vergessen, was meine Väter eure Väter gelehrt haben. Ein Fremder erscheint, ein Abgesandter des Abgrunds, er hat sein Weib verloren, seine Kinder, sagt er, und hat die Vernichter am Werk gesehen, behauptet er. Er haßt unsere Feinde, das glaubt er, und ist doch ihnen, nicht uns nahe, das weiß ich. Als er hier ankam in jener Freitagnacht, da wußte er nicht einmal, daß er den Sabbat entheiligte. Die Gewänder des Feindes trug er an seinem Leibe —«

»Verzeiht, Rabbi, ich bin nicht wert, Euch zu unterbrechen, aber das ist alles seit langem aufgeklärt: warum er die deutsche Uniform angezogen hat, warum er gerade zu uns gekommen ist, warum —«

»Er soll kommen«, schnitt ihm der Rabbi das Wort ab. Und dann zu Sorach, einem uralten Mann, gewandt, fügte er hinzu: »Der Tor starrt in den Brunnen hinunter, den Himmel und die Gestirne selbst, nicht aber ihren Widerschein glaubt er darin zu entdecken. Du, nimm einen Kieselstein und wirf ihn ins Wasser — und des Toren Himmel wird auseinanderspritzen. Dann erst wird der vernarrte Mensch den Kopf heben, den wirklichen Himmel erblicken und einsehen, daß der Abgrund ein Abgrund ist und daß der Himmel immer über dem Menschen und nie unter ihm ist. Es ist Zeit, daß ich den Stein werfe.«

Der alte Sorach sagte:
»Hier an der Tür wirst du stehenbleiben, Fremder, aber am Vorhang wirst du dich nicht anhalten. Wenn man dir winken wird, näher zu kommen, wirst du einen Schritt tun und vielleicht noch einen, aber nicht mehr. Fragt man dich, antworte nicht sofort, damit sich deine Worte nicht mit den Worten des Zaddik vermischen. Und keinen Augenblick sollst du vergessen, vor wem du stehst, und mit jedem Atemzug sollst du denken, daß er noch mehr ist, als er ist, denn seine großen Ahnen stehen ihm bei. Sie tragen ihn auf ihren Schultern. Und nun sag mir, wie du dich nennst.«

»Eduard Rubin.«

»Eduard ist kein Name. Und dein Vater?«

»Moritz Rubin hat er geheißen, er ist schon lange tot.«

»So werde ich sagen, du heißt Ephraim ben Mosche aus dem Hause Rëuben.«

Der Saal war geheizt, stellte Edi mit Staunen fest. Vom Kachelofen, der bis an den Plafond reichte, ging eine Gluthitze aus.

»Kein Haus ist geheizt in Wolyna«, sagte Edi. »In Stuben mit Kindern, mit Kranken ist es so kalt, daß es wie Dampf aufsteigt, wenn man den Mund öffnet. Hier aber gibt es genug Kohle, der Saal ist überheizt.«
»Willst du denn, daß der Gerechte frieren soll?«
»Wie alle anderen, gewiß. Wie alle jene, die Tag und Nacht mit klammen Fingern arbeiten.«
Der rote Vorhang am andern Ende des Raumes wurde beiseite geschoben. Zwei Alte traten vor, ihnen folgte ein mittelgroßer, dicklicher Mann, der an die vierzig sein mochte oder jünger. Er trug einen buntgestreiften, schweren seidenen Kaftan, der ihm bis zu den Knöcheln reichte, auf dem kahlgeschorenen Kopf eine runde weiße Mütze. Die blonden Schläfenlocken schienen kunstvoll geringelt.
»Man wünscht, allein zu sein mit Ephraim ben Mosche aus dem Hause Rëuben, dem Fremden aus der heiligen Märtyrergemeinde Wien!« rief Sorach laut aus, als ob seine Mitteilung einer Menge gälte. »Der Sohn aber soll bleiben!« fügte er schnell hinzu. Er hatte einen Wink des Rabbi aufgefangen.
Edi drehte sich erstaunt um und entdeckte hinter einem einfachen Pult einen etwa sechzehnjährigen Jungen, dessen Kopf sich so tief über einen Folianten beugte, daß nur eine weiße hohe Stirn und schwarze Schläfenlocken von ihm sichtbar waren. Als sich Edi von ihm abwandte, sah er, wie die Vorhänge zugezogen wurden. Die alten Männer waren verschwunden.
»Wissen Sie, Dr. Rubin, warum der alte Sorach Ihre Heimatstadt eine heilige Märtyrergemeinde nennt?« fragte der Rabbi, ohne von seinem Buch aufzublicken. »Vor fünfhundertzwanzig Jahren hat man die Juden aus Wien ausgetrieben. Noch wußte man nicht, wohin man sie abschieben sollte. Man hatte ihnen alles abgenommen, man wartete auf die Erlaubnis, sie zu töten. Die Juden verhungerten in den kleinen Ruderbooten, mitten in ihrer Stadt. So vergingen einige Tage. Da kam der Sonntag. Die Christen spazierten die Ufer der Donau entlang, um sich am Anblick der Ausgestoßenen zu weiden. Ein findiger Bäcker brachte vertrocknete Brotlaibe und verkaufte sie billig an die Gaffer. Die Christen warfen die harten Brote auf die Verhungernden, sie zielten auf die Köpfe. Boote wurden zum Kentern gebracht, ihre Insassen ertranken. Aber nicht alle kamen

um. Die Überlebenden gründeten an anderen Orten neue Gemeinden. Und später kamen Enkel der Vertriebenen und der Ertränkten zurück, aber seither nennen wir Wien *Kehillah kedoschah,* die Heilige Gemeinde. Sie sind ein gelehrter Mann, haben Sie das gewußt?«

»Nein«, antwortete Edi. »Oder vielleicht habe ich es einmal gewußt und wieder vergessen. Ich habe mich wenig für jüdische Geschichte interessiert.«

»Aber das Gleichnis verstehen Sie doch: In der Hand der Christen ist das Brot, das sie den Verhungernden zuwarfen, zur Waffe geworden. Der Allmächtige hätte den Unschuldigen die Speise gegönnt, aber er durfte den Schuldigen nicht die Gunst gewähren, eine gute Tat zu tun.«

»Um das verwirrende Handeln der Menschen zu verstehen, braucht man vielleicht Dialektik, die Taten Gottes aber sollten einfach sein, ohne Gleichnis. Er soll uns keine Rätsel aufgeben!« sagte Edi unwirsch. Er war entschlossen, sich einen von den vielen Stühlen, die um den langen Tisch und die Wand entlang standen, zu holen, wenn dieser zu gut genährte, blonde Rabbi mit den himmelblauen Augen ihn nicht sofort zum Sitzen einlud.

»Dialektik, was ist das?« fragte der Rabbi und sah zum Sohn hinüber.

»Setzt euch, Herr!« sagte der Junge. Er brachte Edi einen Stuhl, ging zum Pult zurück und erklärte, ohne den Vater anzusehen: »Ihr wißt, Rabbi, was Dialektik ist. Aber die Weisen der anderen Völker haben nur auf Aristoteles gehört, und deshalb haben sie nur die Hälfte der Wahrheit erfaßt. Daß die Einheit in Gegensätze aufbricht, daß die Gegensätze sich zur Einheit verbinden, das ist selbstverständlich, weil Gott alles Sein ist, und weil Gottes Sein eine ungestörte Ruhe im Raum und gleichzeitig eine unendliche Bewegung in der Zeit ist. Die anderen haben nicht erkannt, daß Gott sowohl das Rätsel als auch aller Rätsel Lösung ist. Und das ist Dialektik.«

Der Vater wiegte den Kopf langsam hin und her, während er mit der Linken die Augen abzuschatten schien, als müßte er sie vor einem zu starken Licht schützen. Nach einer Weile meinte er:

»Was brauchen wir aber dann das ionische Wort Dialektik? Und

warum glaubt der Fremde, daß das Geheimnis beim Menschen ist, der Allmächtige aber keine Rätsel aufgeben soll?«
»Weil er den Schöpfer der Welt nach dem Ebenbild dessen formt, der er selber sein möchte«, antwortete der Junge schnell.
»Das Geheimnis von den Broten haben Sie also nicht erfaßt, Dr. Rubin«, begann der Rabbi wieder, »nicht einmal das! Wie können Sie dann glauben, daß Sie verstehen, was jetzt vorgeht?«
»Eben, weil es sich um Vorgänge, nicht um rabbinische Gleichnisse handelt«, erwiderte Edi.
Der Vater und der Sohn lachten. Nicht zu laut, auch nicht spöttisch, sondern wie erheitert durch das vorschnelle, törichte Wort eines Kindes, dem man leicht verzeiht. Was sie dann einander sagten, in einem schwer verständlichen Jiddisch, und die hebräischen und aramäischen Zitate, mit denen sie ihre Auffassungen belegten, all das hörte er kaum an. Kein Vorgang, keine Tat, meinten sie, ohne einen Willen, der sie vorgeformt hat. Alles Geschehen ist eine von vielen Äußerungsformen eines einzigen, des göttlichen Willens.
Edi starrte unverwandt den Jungen an, seine länglichen, dunklen Augen, deren Glanz bewegend war und betörend. Zum zweitenmal in seinem Leben überwältigte ihn der Eindruck, in einem Unbekannten einem Vergessenen zu begegnen. Das erstemal geschah es ihm, als er in einer elenden Prager Stube einer Frau gegenübersaß, der er die Nachricht brachte, daß ihr Mann im Bürgerkrieg gefallen war. Wie damals fühlte er auch jetzt in bedrängender Weise, daß er ein zweites Gedächtnis haben mochte, darin das Geheimnis, aber nicht seine Lösung aufbewahrt war.
»Es ist aber ein Sinn darin, daß er gekommen ist. Jeder Fremde ist ein Gesandter, denn er bringt eine Botschaft, auch wenn er davon nichts weiß. Welche Botschaft bringt Ihr, Herr?« fragte der Junge auf deutsch.
»Und sagt, woher Ihr kommt«, fiel der Rabbi ein, »und warum gerade in dieses Städtchen und warum in der Uniform eines deutschen Offiziers. Und wenn Ihr denkt, daß Ihr unglücklicher seid als andere, sagt, durch wessen Schuld.«
Dem Jungen zugewandt, erzählte Edi, was ihm zugestoßen war seit jenem Augenblick — im August 1942 —, da er erfuhr, daß man gekommen war, ihn zu suchen, und seine Frau und das

Kind und noch ein anderes weggeholt und durch ganz Frankreich und Deutschland bis nach Polen verschleppt hatte, um sie zu vergasen.

Einige Sätze würden genügen, das Wesentliche mitzuteilen, sagte er. Vielleicht war es die Art, wie der Knabe ihm lauschte, das Bedürfnis, sich endlich aufzuschließen und die Klage laut werden zu lassen, die er seit Monaten stumm in sich trug — alles mußte er nun sagen, wie er es sich selbst wiederholt hatte in den vielen Tagen und Nächten seiner Wanderung, seiner kühnen Unternehmungen, deren keine gelang. Seinethalben und an seiner Stelle, weil er sich in den Bergen versteckt hielt, hatte man die Frau genommen, die keine Jüdin war, ihren Sohn und einen kleinen Jungen, einen verwaisten Christen, dessen sich ein Freund zuvor angenommen hatte. Kaum war die Nachricht zu ihm gedrungen, war er in die Stadt gerast, in jenes Festgebäude, darin man die Häftlinge bis zu ihrem Abtransport nach Osten gefangenhielt. Er kam zu spät, Relly und die Kinder waren schon verfrachtet worden. Mit List und Gewalttat verschaffte er sich die Papiere und die Uniform eines deutschen Militärarztes, er fuhr durch ganz Frankreich, durch Deutschland. Immer zu spät, um einen Tag, um eine Nacht, am Ende nur um wenige Stunden. Denn er drang sogar ins Lager ein. Der Kühnheit war er sich nicht bewußt und nicht der Gefahr. Seit Tagen lief er einem Ziel nach, alles andere war ausgelöscht.

Nun war der Augenblick gekommen, ausführlich von den Lagern zu berichten, von der unvorstellbaren Organisation der Ausrottung, vor der er warnen wollte. Aber er sprach lange von Relly, davon, wie sie mit der Schwere des Lebens gewachsen war, so daß er am Ende nur noch in ihr den Grund fand, weiterzuleben.

Er vergaß die Zuhörer. Zu sich selbst sprach er und zu der Toten. Zum erstenmal mußte er nicht an die Leichen denken, wie er sie gesehen hatte, an jenen Anblick, der einen zeichnete bis ans Lebensende.

Nach einiger Zeit unterbrach ihn der Rabbi — der Nachmittag ging zu Ende, bald würde es Abend und zu spät für das Minchahgebet. Edi würde nachher weiter berichten. Er blieb allein. Er stand auf und sah sich noch einmal um. Die Fenster gingen nicht auf die Gasse, sondern auf einen weiten verschneiten Hof. Die

Fenster öffnen, in den Schnee hinunterspringen und diese Leute niemals mehr wiedersehen, dachte er. Niemals hätte er zu ihnen sprechen sollen, wie er es getan hatte. Sie waren ihm fremd, unangenehm und geradezu verdächtig in ihrer Gewißheit, daß sie allein den Sinn kannten, in ihrer grotesken Intimität mit Gott.

Um sich abzulenken, holte er den Folianten vom Pult des Jungen. Er konnte keinen Buchstaben darin lesen. Als er ihn zurücklegen wollte, bemerkte er, daß ein deutsches Buch unter dem großen versteckt gelegen haben mußte. Er nahm es zur Hand, es war Hegels »Phänomenologie des Geistes«. Das Exemplar war in Wien gekauft worden, der Stadt, von der der sechzehnjährige Hegel-Leser wahrscheinlich nur als der Heiligen Gemeinde sprach — nicht dessentwegen, was da in den letzten Jahren geschehen war, sondern wegen eines Ereignisses, das fünfhundertzwanzig Jahre zurücklag.

Die beiden mußten bald zurück sein. Er würde ihnen dann das Ultimatum stellen: Entweder der Rabbi forderte selbst die wehrfähigen Männer auf, in die Wälder zu gehen, um, wenn es sein mußte, wie Männer und nicht wie Lämmer zu sterben — oder der Rabbi und dieser sonderbare Knabe lehnten es ab, dann wollte Edi die Gemeinde gegen sie aufbringen und ohne Verzug zur Tat schreiten. Er war jenseits aller Furcht, vor keiner Untat schreckte er zurück. Dem, der er gewesen war, glich er nicht mehr, sein Gewissen war betäubt. Er ging darauf aus, denen zu gleichen, die er haßte, im Untergang sich ihrer Welt einzuverleiben. Relly hätte ihn vor solchem Sturz retten können, aber die Erinnerung an ihr Wesen trat nur selten hervor; die an ihren Leichnam beherrschte seine Sinne. Sein Leiden hatte so sehr alles Maß überschritten, daß er es nicht mehr fühlte. Nur während er diesen Männern von Relly gesprochen hatte, war er in Gefahr geraten, zu sich selbst zurückzufinden. Nun er wieder allein war, bereute er heftig die Gemütsbewegung und versprach sich's, daß sie nie mehr wiederkehren sollte. Er brauchte keinen Trost, er wollte die eigene Klage nicht kennen. Edi war sich selbst aufs äußerste entfremdet.

Mit dem Rabbi und seinem Sohn traten mehrere Männer ein. Sie brachten aus der Betstube brennende Kerzen mit, die sie in die Leuchter steckten, ehe sie sich stumm an den langen Tisch setzten. Ihre Gesichter waren schwach erhellt, die schwarzen Gewänder vermengten sich mit dem Schatten der Leuchter an den Wänden. Der Rabbi sagte:

»Alles, was Sie erzählt haben, wissen wir, Dr. Rubin. Durch Jahrhunderte haben Scheiterhaufen gebrannt in Europa. Dann hat man für eine kurze Zeit aufgehört, und ihr Aufgeklärten, ihr habt gemeint, es ist aus, eine neue Zeit ist gekommen, Juden brauchen nicht mehr den Messias, brauchen nicht mehr Gott. Wir aber haben immer gewußt, zwischen einer kurzen Pause und dem Ende zu unterscheiden. Wir lebten stets in Furcht und in Erwartung, und so leben wir heute.«

»Worauf warten Sie, auf ein Wunder?« fragte Edi ungeduldig. »Im Wunder leben wir Juden die ganze Zeit, ich warte auf ein Zeichen, das mir verständlich macht, was der Allmächtige jetzt im besonderen mit uns vor hat. Vielleicht ist es die Zeit von Gog und Magog, vielleicht ist es etwas anderes.«

»Ich warte auf kein Zeichen. Ich möchte sofort wissen, ob Sie die Gemeinde auffordern werden, alles Geld oder was Geldwert hat, zusammenzutragen, damit man ohne Verzug Waffen und Lebensmittel beschaffen kann. Die Männer von Wolyna werden all das brauchen, in den Bergen und in den Wäldern, der Krieg wird noch Jahre dauern.«

»Welcher Krieg?« fragte der Rabbi scharf. »Jener, den die Mächte gegeneinander führen? Wir sind keine Macht, wir führen keinen Krieg. Meinen Sie aber die Untaten des Feindes, das Verhängnis, das den Namen Hitler trägt? Woher wissen Sie, was es bedeutet? Ohne unsere Hilfe wird Gott ihn vernichten, das ist klar, denn deshalb hat Er ihn zur Geißel gemacht, mit der Er uns straft. Der Blutfeind ist verloren, sein Volk wird erniedrigt werden, aber unsere Sorge ist es, zu erfassen, womit wir die Strafe verdient haben, damit wir in der Erkenntnis und in der Buße sterben und nicht wie unsere Feinde in Verblendung und in der Finsternis der Seele. Wir sind das einzige Volk der Welt, das nie besiegt worden ist. Und weißt du, warum, Ephraim ben Mosche? Weil wir allein der Versuchung widerstanden haben, zu werden wie der Feind. Und auch deshalb werden wir nicht in die Wälder gehen; nicht wie Mörder, sondern wie Märtyrer werden wir sterben. Ein Mensch darf irren und sich verirren, aber den Weg ins andere Leben darf er nicht verfehlen.«

Edi stand auf und ging zur Tür. Mit einem Ruck schob er den Vorhang zur Seite, der sie verdeckte. Er sagte: »Was Sie da erklären, interessiert mich nicht. Die Wolynaer Juden werden in einigen Tagen ausgerottet sein, die Aktion ist bereits angeordnet, Sie wissen es so gut wie ich. Von den vierhundert Männern, die mit mir in den Wald gehen werden, hat vielleicht die Hälfte Aussicht zu überleben. Sie versuchen, uns an dieser Rettung zu hindern, und handeln damit gegen das jüdische Gesetz, das alle Vorschriften aufhebt, wenn sie der Rettung auch nur eines einzigen Lebens hinderlich sind.«

»Warten Sie«, sagte der Junge, »Sie haben uns noch nicht gesagt, warum Sie gerade nach Wolyna gekommen sind, warum Sie gerade uns Ihre Botschaft gebracht haben.«

Edi zögerte, bevor er antwortete. Seine Ungeduld war so groß, daß er mit den Fäusten gegen die Tür hätte hämmern mögen. Er beherrschte sich mühsam und antwortete:

»Ich habe in Frankreich einen Polen getroffen, den Grafen Roman Skarbek. Ihn wollte ich aufsuchen, denn ich glaubte, daß er hierher zurückgekehrt war, um gegen die Deutschen zu kämpfen. Aber hier erfuhr ich, daß er mit deutschen Offizieren verkehrt, mit ihnen säuft und Karten spielt. Wegen eines Irrtums also bin ich in dieses Städtchen gekommen. Diese Nacht war ich in der Nähe seines Gutes, ich wollte ihn im Schlaf überraschen und ihn zur Rede stellen. Nicht nur mich hat er betrogen, wahrscheinlich hat er auch meinen Freund verraten, mit dem zusammen er Frankreich verlassen hat.«

»Der Fremde irrt sich«, sagte, sich halb erhebend, einer der Männer am Tisch. »Die echten Skarbeks sind, das ist wahr, leichtsinnige Menschen und von allen Sünden angezogen. Aber Frevler sind sie nicht gewesen. Der Jüngste, heißt es, achtet die Menschen gering, die Christen wie die Juden. Aber er haßt niemanden. Schon mein Großvater hat mit seinem Urgroßvater, dem Grafen Bronislaw, Geschäfte gemacht. Ihm ähnelt, sagt man, Graf Roman. Daher bezeuge ich: Er verrät nicht.«

»Ich werde Euch das Geleit geben«, sagte der Junge. Er nahm eine brennende Kerze aus dem Leuchter und öffnete vor Edi die Tür. »Ich heiße Bynie, nach dem Großvater meines Großvaters«, fuhr er fort, während er ihm langsam durch die dunkle Betstube voranging. »Er ist ein großer Tröster gewesen, die Menschen hat es zu ihm gezogen, wie es die Verdurstenden zieht zur Quelle des lebendigen Wassers. Mein Vater — sein Licht leuchte ewig! — ist kein Tröster, und ich werde es auch nicht sein. Deshalb müßt Ihr so weggehen — verzeiht es uns beiden.«

»Sie heißen also Bynie und lesen insgeheim Hegel?« fragte Edi spöttisch. Er blieb stehen und sah dem Jungen ins Gesicht, dessen eine Hälfte die Kerze beleuchtete.

»Ja. Auch Hegel ist ein unglücklicher Mensch gewesen, denn er hat sich im Garten der Erkenntnis verirrt. Er ist Gott begegnet und hat ihn nicht erkannt. Wie kann ein Geist so verwirrt sein, sich selbst für den eigenen Schöpfer zu nehmen und den Hochmut des Menschensohnes gegen den Schöpfer der Welt zu stellen?«

»Um das zu erfahren, lesen Sie die ›Phänomenologie des Geistes‹?«
»Nein, sondern um mich auf die Probe zu stellen. In der Mitte der Verlockungen muß ich leben; es ist wichtig, ihnen zu widerstehen.«

»Nun, dann kommen Sie mit mir zu den Partisanen.«
»Auch das wollte ich Euch sagen, ich werde mit Euch gehen.«
»Was?« fragte Edi erstaunt, »Sie sind also nicht auf der Seite des Rabbis?«

Der Junge antwortete nicht, ehe er das große Tor aufschloß:
»Ich suche einen eigenen Weg, den des Trostes. Vielleicht wird mir Eure Verzweiflung helfen, ihn zu finden.«

»Wie alt sind Sie denn?« wollte Edi fragen, aber das Tor war schon ins Schloß gefallen. Er blieb versonnen stehen. Obschon er wußte, daß er nur den verschneiten Platz überqueren und in das Gäßchen neben der hölzernen Kirche einbiegen mußte, war es ihm, als wäre er ins Unbekannte versetzt und müßte alles aufs neue überlegen, ehe er einen Schritt tat. Einige junge Männer erwarteten ihn in einem Keller, die letzten Beschlüsse mußten gefaßt werden. Auf sie allein kam es an. Er aber dachte an den seltsam frühreifen Jungen, der ihm kaum verständlich war: Talmud und Hegel, tiefe Gläubigkeit und daneben das gutgehende Geschäft eines Wunderrabbis, der sich mitten im furchtbarsten Elend reichlich von den Gaben nährte, die sich die Verhungernden vom Munde absparten. Und warum wollte der Junge den Vater verlassen und sich dem Fremden anschließen, dessen Botschaft er ablehnte?

Ein Schlitten überquerte schnell den Platz und hielt nach einer scharfen Wendung vor dem Tor. Edi wollte sich rasch entfernen, aber ein Mann, der wie aus der Erde gewachsen schien, versperrte ihm den Weg:
»Entschuldigen Sie, aber der Schlitten ist für Sie. Keine Angst, nicht die Deutschen, sondern jemand im Schloß. Er will Sie sprechen. Lassen Sie den Revolver in der Tasche, sonst liegen Sie gleich am Boden. Wir sind drei, drehen Sie sich um, ich lüge nicht.«
»Und wenn ich ablehne?« fragte Edi, während er sich umdrehte. Zwei große, kräftige Bauern, die schwarzen Pelzmützen tief in die Stirnen gedrückt, die kurzen Pelzröcke offen, standen breitbeinig da.
»Wir haben Befehl. Und ein Befehl gilt, nicht wahr?«
Die anderen faßten Edi unter den Armen und führten ihn zum Schlitten. Dann gaben sie ihm die Decke, er sollte sich bis zur Brust einhüllen. Der eine sagte:
»Und wenn wir einer Patrouille begegnen, rühren Sie sich nicht, antworten Sie nicht, wenn man Sie was fragt. Alles unsere Sache. Wir brauchen fast eine Stunde — wenn Sie während der Fahrt frieren, sagen Sie es.«
Als sie angekommen waren, wurde Edi in einen spärlich beleuchteten Saal geführt, an dessen Wänden Jagdtrophäen hingen, Geweihe und Eberzähne. Es gab neun Porträts, acht Männer in Schlachta-Gewändern und eine Frau, die aus dunklen Mandelaugen spöttisch den Saal, die Jäger und die Zeichen ihrer Siege betrachtete. Sie war tief dekolletiert, hatte breite männliche Schultern und zeigte fast unverhüllt einen vollen Busen; am besten kamen die Arme zur Geltung. In der Mitte des Saales ein riesiger Tisch, mit alten Gegenständen übersät. Es gab Spieldosen, Vorderlader, alte Bücher in schwerem Ledereinband, Schwerter ohne Scheiden, Scheiden ohne Schwerter, zwei Standuhren, Zobelpelzstücke, die schlecht rochen, Schnupftabakdosen, eine Pariser Tageszeitung aus dem Jahre 1911 und ein französisches Offizierspatent aus dem Jahre 1788. Dazwischen Weinflaschen, weiße Gamaschen, ein gelber seidener Unterrock und ein alter Telefonapparat, aus dessen Innern Drähte hervordrangen. Darüber lag eine österreichische Offizierskappe mit der verrosteten Kokarde FJI.

Einer der Männer brachte ein Tablett herein: dampfende Suppe, Speck, Brot und Schnaps. Er entschuldigte sich, daß er die Dinge auf einen Stuhl legen müsse, erklärte er in einem Gemisch von Polnisch und Deutsch, aber er wolle die Ordnung auf dem Tisch nicht zerstören. Edi solle essen und trinken, das werde ihn erwärmen.

Einige Zeit später kam er mit Skarbek wieder, stellte sich neben Edi und sagte: »Das ist der Herr. Ich habe ihm inzwischen was zu essen gegeben.« Roman blieb erstaunt stehen, er sah nur das Profil und ein Brillenglas des Fremden, aber er erkannte ihn gleich. Er ging auf ihn zu, legte die Arme auf seine Schultern, wie um das Unfaßliche zu fassen. Er begann:
»Willkommen, mein —« unterbrach sich und sagte: »Etwas Furchtbares muß geschehen sein, daß Sie hier —.« Wieder unterbrach er sich. Edi blieb sitzen, er wollte nicken, aber er war erstarrt. Alles verschloß sich in ihm, er fühlte dumpf den Schmerz des Krampfes.
Roman wandte sich ab. Sein Blick fiel auf den Tisch. Die Unordnung hatte ihn amüsiert, jetzt schämte er sich ihrer und dieses Raumes, und daß er mit der Mütze auf dem Kopf, dem Schnee auf dem Mantel eingetreten war. Er sagte:
»Gehen wir in mein Zimmer. Hier ist es abscheulich.«
Edi blieb sitzen und antwortete nicht.
»Das alles hat keinen Sinn«, begann Roman wieder. »Ich meine, es ist ein totes Haus. Überfüllt, bewohnt, aber doch schon lange aufgegeben. Deshalb —«
»Weshalb haben Sie mich herbringen lassen?« fragte Edi.
»Um zu erfahren, wer der Mann ist, der sich seit Wochen für uns interessiert und gestern nacht, zum drittenmal, vom Hügel aus das Haus betrachtet hat. Daß Sie dieser Mann sein könnten —«
»Ihretwegen bin ich nach Wolyna gekommen, ich wollte einen Retter, einen Gefährten finden.«
»Warum haben Sie mich nicht sofort aufgesucht?«
»Wo ist Faber? Er hat Ihnen vertraut, mit Ihnen zusammen hat er vor über einem Jahr Frankreich verlassen, wir haben nie etwas von ihm gehört — was haben Sie ihm angetan?«
»Wie, Sie halten mich für fähig... Sie glauben, ich bin mit den Feinden?«

»Man hat Sie in der Bezirkshauptstadt häufig mit deutschen Offizieren gesehen, Sie verkehrten im Hause der Geliebten eines Gestapo —«
»Und Sie, ein österreichischer Jude, Sie haben Frankreich verlassen und sind durch das ganze deutsche Europa gereist. Genießen Sie nicht den besonderen, höchst verdächtigen Schutz des Feindes?« fragte Roman. Aber schon verrauchte der Zorn über die Kränkung, sanfter fügte er hinzu: »Kommen Sie mit in mein Zimmer, Dr. Rubin. Ich werde Ihnen alles erklären, Sie werden in mir einen Gefährten finden, wenn Sie wollen. Ich gehöre der Armia Krajowa an, das ist die Geheimarmee Polens. Ich bin überdies der politisch Verantwortliche für diesen Kreis, ich stehe mit der geheimen Regierungsdelegation und mit London in steter Verbindung. Die Männer, die Sie hergebracht haben, sind gute Polen, Soldaten einer Armee, der niemand Mangel an Treue vorgeworfen hat. Glauben Sie mir?«
»Ich wünsche, ich habe es nötig, Ihnen zu glauben«, erwiderte Edi und stand endlich auf. Er folgte Roman, der ihn durch das weite dunkle Haus über die schlecht beleuchteten Treppen mit den ausgetretenen Läufern ins zweite Stockwerk führte und ihm in wenigen Worten berichtete, wann und wo er Faber das letzte Mal gesehen hatte.
»Behalten Sie den Mantel an«, sagte Roman, als sie in sein Zimmer traten. »Ich werde zuerst das Fenster öffnen, damit der Parfümgeruch verschwindet. Frauen lassen immer etwas zurück, wenn sie weggehen, wenigstens einen Geruch. Man erträgt ihn, wenn man die Frau wirklich gemocht hat.«
Sie sahen beide zum offenen Fenster hinaus. Der Schnee fiel dicht, in großen Flocken. Es war so still, daß man meinen konnte, ein ganz leises Ächzen zu hören, mit dem der Schnee sich auf die Erde legte. Riesen auf einem Marsch, die haltgemacht haben, um einen Augenblick auszuruhen, und im Stehen eingeschlafen sind, so säumten die Erlen den Weg, der von der Kapelle herunterführte.
»Es ist dumm, übertrieben. Aber dennoch, ich frage mich oft, ist es möglich, daß ich wegen dieser Allee, wegen dieser banalsten aller Landschaften zurückgekommen bin? Ist Ihnen das glaubhaft?«
»Vielleicht«, antwortete Edi versonnen. »Solange sich draußen

kein Lebewesen zeigt, ist es der Friede, den man in sich selber nicht mehr findet.«
»Sie glauben also an Gott?«
»Ach, lassen Sie mich!« erwiderte Edi unwirsch und schloß mit hastiger Bewegung das Fenster. Wie erklärend fügte er hinzu: »Ich komme vom Wunderrabbi. Ich hasse ihn, verachte ihn.«
Nichts habe ich mit ihm gemein und nichts mit diesem Polen. Mit niemandem, dachte Edi. Ich muß gleich zurück, nach Wolyna zu den jungen Leuten. Sofort weg von hier, von diesem Geruch, von Skarbek, der noch sagen kann: mein Haus, meine Allee, mein Volk, mein Land.
»Nun legen Sie ab, Dr. Rubin. Es wird hier bald warm sein. Setzen Sie sich und erzählen Sie.«
»Was?« fragte Edi zornig. »Daß meine Frau tot ist und mein Sohn und das andere Kind? Daß man sie verschleppt hat wie Vieh, daß man sie — was ist da zu erzählen? Daß die Deutschen das Ganze erdacht und ins Werk gesetzt haben, daß aber auch Polen, Ukrainer, Letten und die anderen mitwirkten, die Opfer abzuschleppen, zu schänden und zu vernichten — das alles wissen Sie doch! Daß die Juden sich nicht gewehrt haben und genau die Rolle spielen, die ihnen der Vernichter zugeteilt hat — als wäre alles wirklich nur ein Spiel —, das wissen Sie doch auch. Alle sind verächtlich, die Mörder, die tätigen und die stillen Komplicen und die Opfer, die auch Komplicen sind — alle, alle. Sie mit Ihrer List, dem Spiel und der parfümierten Frau; ich, der nichts mehr kann als hassen und töten wollen — was gibt's da noch zu erzählen? Leihen Sie mir ein Pferd, ich will zurück. Wir haben nichts zu sprechen.«
»Auch wenn ich Sie weglassen wollte, Sie könnten jetzt nicht gehen, es ist zu gefährlich. Diese Nacht streifen deutsche Patrouillen durch die ganze Gegend —«
»Ich fürchte sie nicht. Seit Monaten gehe ich durch alle Gefahren. Sie weichen zurück, sobald ich mich ihnen nähere. Wenn ich selbst mich nicht töte, werde ich ewig leben.«
Roman erschrak. Ihm war's, als ob seine Wangen sichtbar zitterten, er streckte die Hand abwehrend vor, genau wie in den Ängsten seiner Kindheit, wenn er der mythischen Gestalt begegnete, wenn der Schatten an der Wand körperlich wurde und drohte, auf ihn zuzukommen.

»Es ist wahr«, fuhr Edi fort, »ich habe eine deutsche Uniform getragen. Aber sehen Sie mein Gesicht an — ich bin der Jude, den sie überall, selbst unter der Erde suchen. Durch ihre Reihen bin ich hindurchgeschritten, in ihren Zügen bin ich gefahren, immer bereit zu schießen, sobald sich einer näherte, mich auszufragen. Wenn ich meine Papiere zeigte — ich hatte sie einem Militärarzt abgenommen —, so sahen sie mich nicht an. Weil ich sie nicht fürchtete. Weil ich nicht an meinen, sondern nur an ihren Tod denke, an nichts anderes. Geben Sie mir ein Pferd, Herr Skarbek.«

Sie stiegen in den Keller hinunter. Einige Männer schliefen da. Sie halfen, den geheimen Zugang zum unterirdischen Gang freizumachen. Stumm ging Roman voran. Edi schien der Weg endlos, die Finsternis vollkommen. Allmählich wurde der Pfad breiter. Roman blieb stehen, gab Lichtsignale und wartete auf eine Antwort. Sie kam erst nach einer Weile. Sie gingen weiter. Von Zeit zu Zeit leuchtete Skarbek die Wände ab, um Edi die Kisten zu zeigen, die beiderseits den Durchgang säumten. Sie trugen deutsche Aufschriften.

Ein Mann trat ihnen entgegen, sagte: »Nichts zu melden!« Er wollte Haltung annehmen, überlegte sich's aber, drückte sich an die Wand und ließ die beiden durch.

»Wir nähern uns den Ställen«, erklärte Roman. »Pferde genug, auch edle aus einem Gestüt; sie werden bei uns zugrunde gehen. Wegen der Futterschwierigkeiten werden wir uns motorisieren müssen. Merkwürdig, der Mensch hält alles aus, gewöhnt sich an alles, das Pferd nicht. Es wird melancholisch, vielleicht weil es sich nicht mit dem Glauben an eine bessere Zukunft trösten kann. Horchen Sie, haben Sie je so trauriges Wiehern gehört?«

Vor dem Stall brannte eine Laterne. Ein ganz junger Mann meldete in strammer Haltung:

»Alles in Ordnung! Ich wollte nur fragen — es ist nur weil — ich sollte ja schon gestern abgelöst werden ... meine zwei Tage Urlaub ... heute abend wollte ich gehen, aber —«

»Niemand darf hinaus. Die kämmen die Gegend aus. Das soll vierundzwanzig Stunden dauern. Wir stellen uns mausetot. Nachher darfst du nach Haus.«

»Naja, wenn es so ist«, meinte der Junge. »Aber ich wollte doch eigentlich ...«

899

Skarbek winkte ihm ab, wandte sich an Edi:
»Hier, Dr. Rubin, nehmen Sie den Schimmel. Eine gute Stute, aber unglücklich. Sie kann sich absolut nicht eingewöhnen. Ich werde Sie zum Ausgang führen, mitten im Wald.«
»Besteht nicht die Gefahr, daß eine Patrouille die Spuren der Hufe entdeckt?« fragte Edi.
»Ja, gewiß. Deshalb lasse ich jetzt niemanden hinaus. Aber da Sie unbedingt gleich wegwollen... Und Sie haben das Recht darauf, daß ich Ihnen den Beweis liefere... Wir sind keine Komplicen, nicht tätige und nicht stille.«
»Wie heißt die Stute?« fragte Edi.
»Das wissen wir nicht, wir haben sie den Deutschen abgenommen. Wir nennen sie einfach Schimmel, aber das ist gewiß nicht ihr Name gewesen. In dieser Zeit verlieren auch die Pferde ihre Namen.«
»Nehmen Sie den Schimmel zurück, ich werde hierbleiben, bis ich weg kann, ohne euch zu gefährden.«
Sie gingen den gleichen Weg zurück.
»Als Kind habe ich Ulysses wegen seiner List verachtet«, sagte Roman, als sie einander wieder in der Nähe des Ofens, der nun glühte, gegenübersaßen. »Hektor, mehr noch als Achilles, war mein Held. Später habe ich mich geändert. Es steckt etwas Verführerisches in der List. Jedenfalls erlaubt sie mir, unsere Verluste auf ein Minimum herabzudrücken. Daß ich mit Deutschen saufe und Karten spiele, das scheint Ihnen widerlich, aber es ist äußerst nützlich. Außerdem, das ist wahr, trinke und spiele ich gern. Nach wie vor finde ich, daß Politik dumm, Krieg häßlich und stumpfsinnig ist.«
»Was wollen die Deutschen mit der Streife?«
»Uns finden. Die Armia Krajowa aufstöbern, provozieren, um uns schnellstens zu vernichten. Sie haben in Stalingrad verloren, in Afrika, auf den Meeren und in der Luft. Sie brauchen leichte Siege und absolute Sicherheit der Verbindungslinien.«
»Und was tun Sie, um diese Linien zu zerschneiden?«
»Was wir können, nicht viel. Es gibt siebzig Millionen Deutsche, hundertsiebzig Millionen Russen und nur einige zwanzig Millionen Polen. Siegen die Deutschen, sind wir verloren, siegen die Russen in Polen, sind wir verloren. Alles kommt darauf an, daß in diesem Lande die Polen selber siegen.«

»Ich verstehe nicht ganz«, meinte Edi.

»In Wilna habe ich einmal ein Stück gesehen. Es war aus dem Jiddischen übersetzt und hieß: ›Schwer, ein Jude zu sein.‹ Es ist so lustig, daß man vor Trauer sterben möchte. ›Schwer, ein Pole zu sein‹ müßte eines Tages geschrieben werden. Es wird genauso lustig sein.«

»In Warschau habe ich es gesehen: ein Zug von Kindern. An ihrer Spitze ging ein Mann, der ein kleines Mädchen in den Armen trug. Die Straßenbahnen an der Kreuzung blieben stehen, um die dreihundert jüdischen Kinder durchzulassen, die man aus dem Kinderheim geholt hatte, um sie zur Vergasung zu führen. Der Mann vorn, der Leiter des Heims, sah die Menschen in den Straßen nicht mehr an. Er erwartete von ihnen keine Hilfe, kein Wort des Mitleids, keinen tröstlichen Blick. In der Straße, in den Tramways, überall Polen.«

»Was wollen Sie damit sagen?« fragte Roman heftig.

»Sie kennen die Antwort auf Ihre Frage. In Treblinka, in Belzec, in Majdanek, in Oswiecim —«

»Was haben wir damit zu tun? Der Pöbel ist überall gleich, wir —«

»Nicht nur der Pöbel hilft den Deutschen Kinder morden, Sie wissen das so gut wie ich, die Komplicität ist ungeheuer. Die Steine Warschaus hätten schreien müssen, aber es gab Menschen, die sagten: So werden wir auch ihre Brut los.«

»Es ist nicht wahr!« schrie Roman.

»Es ist wahr, Sie wissen es!«

»Ich weiß, daß in diesem Lande die Elite systematisch ausgerottet wird, die Besten meines Volkes«, sagte Roman. Vergebens versuchte er, sich zu beherrschen. »Die Deutschen und die Russen von September 1939 bis Juni 1941, seither die Deutschen allein. Sie köpfen die polnische Nation. Unsere Verbündeten hatten nichts als gute Worte für uns, unsere Reiter mußten mit Säbeln gegen Tanks kämpfen. Seither haben Polen an allen Fronten der Alliierten geblutet, in Norwegen, Frankreich, in der Libyschen Wüste. Das weiß ich. Und daß man uns nachher den Russen als Beute hinwerfen wird, das befürchte ich. Und auch das weiß ich: Die Juden haben Geld, sie wußten von Anfang an, daß es ums Leben geht, warum haben sie nicht Waffen gekauft, warum kämpfen sie nicht? Kinder sind zur Vergasung geführt worden, polnischer Pöbel hat sich darüber gefreut? Vielleicht. Aber ich werde nie verstehen, warum das Schicksal von Kindern mehr erschüttern soll als das reifer Menschen, deren Wert nicht eine vage Hoffnung, sondern eine Gewißheit ist. Und noch etwas, Dr. Rubin, ich bin kein Antisemit, ich bin auch kein Philosemit. Ein Volk ist liebenswert, wenn man es aus der Ferne betrachtet, aus der Nähe liebe ich auch mein eigenes Volk nicht. Ich habe es Ihnen schon gesagt, ich habe keine Politik, sondern nur einen Geschmack. Sie verachten und hassen diese Wunderrabbis — seit fünf Generationen sind die Skarbeks ihre Beschützer und oft ihre Bewunderer gewesen. Und deshalb, treu nicht einer Meinung, sondern einer Tradition, werde ich den heiligen Mann und seine Familie unter meinen Schutz nehmen, wenn er es wünscht. Die anderen gehen mich nichts an. Übrigens könnte ich nichts für sie tun.«

Sie standen einander gegenüber, die Gesichter gerötet, mit zuckenden Lippen. Sie waren beide gleich groß, Edi breit in den Schultern, trotz seiner Magerkeit massiv, Roman schmal und schlank. Er hatte schnell gesprochen, wie es sonst nicht seine Art war, sein Ton war erregter gewesen als seine Worte. Nun wartete er auf eine Antwort. Da sie ausblieb, suchte er in den blauen Augen hinter den dicken Gläsern zu erspähen, was in dem anderen vorging. Edi setzte sich wieder, rieb mit einer nervösen Bewegung seine Knie und sagte schließlich:

»Nein, die Elite, wie Sie das nennen, interessiert mich schon seit langem nicht. Sie hat überall versagt, weil sie noch viel egoistischer und eitler ist als das Volk. Den wohlgenährten Wunderrabbi können Sie sich holen, je früher um so besser. Sein Sohn kommt mit mir, wir werden in den nächsten Tagen eine Partisanengruppe bilden. Ich hoffe, Sie werden uns am Anfang helfen. Ich habe zwar im letzten Krieg gedient, Oberleutnant bei der berittenen Artillerie, ich bin bei den Kämpfen 1934 in Wien dabeigewesen, aber hier werden meine Erfahrungen nicht ausreichen.«

»Ich bin zu Ihrer Verfügung«, sagte Roman und setzte sich endlich auch. »Es wird sehr schwer sein, besonders für Sie, Sie sprechen kaum polnisch, und außerdem — der Partisanenkrieg ist noch viel grausamer als der andere. Und ohne List geht es nicht. Sie aber verachten die List —«

»Ich verachte jede Form von Komplicität«, unterbrach ihn Edi ruhig. »Es ist eine Frage der Sauberkeit. Im Angesicht eines solchen Feindes ist nur die Gewalttat sauber.«
»Das könnte Faber gesagt haben, aber Sie sind ihm sehr unähnlich.«
»Ja, unähnlich«, stimmte Edi zu. »Ihm ging's immer um das Bewußtsein, mir um das Gewissen. Deswegen hat er einmal eine Frau verlassen, er hat ein Kind aufgegeben — ich habe nie jemanden verlassen können. Aber nun... Lassen wir das. Wieviel Waffen können Sie uns zur Verfügung stellen?«
»Wenig. Wir werden darüber morgen sprechen. Es ist spät, Sie müssen hinunter. Ich bleibe hier, die Deutschen sollen mich hier finden, wenn die Streifen noch diese Nacht herkommen. Vergessen wir beide unseren Streit von früher. Verzeihen Sie, wenn ich heftig gewesen bin.«
Edi nahm seine Hand, aber er blieb stumm. Roman führte ihn hinunter. Ein Mann von der Wache brachte ihn durch den Tunnel zu einem großen unterirdischen Lager in der Nähe der Stallungen. Die Schläfer lagen dicht beieinander. Endlich fand Edi einen freien Platz. Von irgendwo warf man ihm eine Decke zu. Er wickelte sich ein, lag lange schlaflos da und lauschte auf das Wiehern der namenlosen Pferde.

ZWEITES KAPITEL

»Haut ab, sonst knallt's, aber mächtig! Sag's ihnen doch, Ukrainer, in ihrer Sprache. Morgen können sie kommen oder übermorgen, werden dann noch genug finden, die braven Plünderer.«
»Habe ich ihnen doch gesagt«, antwortete der ukrainische Milizionär in schlechtem Deutsch, »aber wollen ja nichts, nur zuschauen, warten.«
»Det kennen wa«, antwortete der deutsche Posten. »Die Leute sind alle Diebe, Gesindel!«
»Ist ja gut, schon treib' ich sie weg. Aber sind ja nur dankbar, daß Wolyna jetzt endlich auch judenrein ist, wollen sich ja nur freuen.«
Es war ein Haufen Männer und Frauen mit Säcken und Äxten über der Schulter; sie hatten auch Handschlitten mit. Nun sollten sie mit leeren Säcken wieder ins Dorf zurück, natürlich, die Preußen wollten alles für sich haben. Das war nicht gerecht, denn schließlich, diese Juden waren nicht Deutsche gewesen. Ihre Reichtümer gehörten rechtmäßig den Bauern, den Bauern von Barcy und Ljanow.
»Ruft Heil Hitler und geht nach Haus«, redete ihnen der Ukrainer zu. »Das wichtigste ist, daß die krätzigen Juden weg sind. Die Hälfte wird man auf dem Weg zur Stadt hinmachen und den Rest im Lager. Und mit Gottes Hilfe werdet ihr morgen kommen und genug Sachen finden.«
Der Haufen zerstreute sich nur ganz langsam. Einige gingen über den Platz, um sich die Leiche noch einmal anzusehen. Da lag der Rabbi in den schwarzen Gewändern wie ein riesiger Rabe. Den Bart hatte man ihm schon ausgerissen, einige lange blonde Haare hingen ihm auf die Brust. Seine Augen waren offen.
»Laßt den Toten!« sagte ein älterer Mann. »Der ist bei ihnen ein Heiliger gewesen, da ist man besser vorsichtig. Und außerdem, was haben wir davon —«
Aber als er merkte, daß seine Worte ohne Wirkung blieben, machte auch er sich an die Leiche. Zwei stritten um den schwarzen seidenen Kaftan, während sie ihn dem Toten abnahmen. Sie

zerrten heftig an ihm und zerrissen das Gewand. Der Alte wollte nur die Schuhe haben, er schnürte sie auf, da stürzte sich ein Halbwüchsiger auf ihn und stieß ihn mit den Füßen, bis er ausgestreckt im Schnee lag. Nun waren sie ein Dutzend über dem Rabbi. Einer schrie ununterbrochen: »Nackt muß man ihn ausziehen, nackt, denn uns gehört alles, alles uns!«

»Verdammte Kälte!« sagte Böhle. »Warum haben Sie das geduldet und sie nicht sofort auseinandergetrieben?«
Der Soldat überlegte, was er antworten sollte. Ihm war alles egal, er wollte schnellstens an einen Ofen heran.
»Man müßte in den Haufen hineinschießen, in diese Banditen«, erklärte die Hebamme Muszinska. »Sie sind imstande und brechen in die Häuser ein und holen alles heraus. Dann bleibt nichts für uns!«
»Na, wird schon nicht so heiß gegessen, wie's gekocht wird. Überall sind Wachen aufgestellt. Gehen wir erst mal Visite machen. Ehre, wem Ehre gebührt, beginnen wir mit dem Haus von diesem ollen Rabbi.«
Als sie durch das Zimmer gingen, sagte Böhle unzufrieden: »Nein, diese Unordnung. Echt polnische Wirtschaft!«
»Das kommt daher, daß man ihnen erlaubt hat, Sachen mitzunehmen. Weiß Gott, wieviel Gold und Schmuck sie in ihren Bündeln mitgeschleppt haben«, erklärte die Muszinska. Sie fügte ärgerlich hinzu: »Nicht polnische, jüdische Wirtschaft!«
Er sah sie von der Seite an. Die war nur im Bett hübsch, nicht aufrecht und angezogen. Polnische Hure — war bald Zeit, mit ihr Schluß zu machen. Fehler gewesen, sich dafür einzusetzen, daß sie als Volksdeutsche anerkannt wird. Bin immer zu gefühlvoll, Hauptfehler, wäre sonst schon viel weiter, dachte Böhle.
»Das wäre also ihr Betraum — ist ja zum Lachen!« sagte er.
»Da, vor dem Schrank, da hing immer eine goldbestickte samtene Decke. Die ist weg. Ich hab's dir ja gesagt, die Saujuden haben alles Wertvolle mitgenommen«, erklärte die Hebamme vorwurfsvoll. Sie riß die Schranktüren auf, da lag ja der Vorhang, ordentlich gefaltet, neben den komischen Dingern, die wie riesige Puppen ohne Köpfe, in blauen und roten Samt gekleidet, aufrecht standen.

»Das sind denen ihre Pergamentrollen, betrachten die als heilig«, sagte er, »darin ist der ganze Schwindel aufgeschrieben, wo sie dran glauben. Sag mal, Mariechen, willst du nicht lieber gleich die Dingerchen, die du in die Taschen gesteckt hast, brav zurückgeben? Aber schnell, bevor Onkelchen garstig wird!«
Sie drehte sich hastig zu ihm um und antwortete: »Aber, Böhlechen, ich hab' sie doch gefunden, da gehören sie natürlich mir.«
Er riß ihr die Arme nach hinten und leerte ihre Taschen. Dann betrachtete er eingehend die goldenen Gegenstände: Es waren schmale Hände mit ausgestrecktem Zeigefinger, Lesezeichen oder so was. Jedenfalls, wenn es wirklich echtes Gold war, am besten einschmelzen lassen, damit's später keine Überraschungen gab.
»Ich habe sie gefunden, sie sind mein«, wiederholte die Frau.
»Stille sein, aber ganz still!« herrschte er sie an. »Mir kommt nämlich auf einmal der Verdacht, du kennst dich hier zu gut aus, wußtest, daß da ein Vorhang sein mußte — da sollt's mich nicht wundern; mit einem Wort, du hast mich die ganze Zeit betrogen, bist selbst eine Jüdin!«
Sie lachte laut auf und rief: »Das ist ein guter Witz, ich eine Jüdin, haha!« Aber da beugte er sein Gesicht zu ihr hinunter, die schweren Lider verdeckten die Augen fast ganz, sein rötlicher Schnurrbart zitterte. Eine namenlose Angst ergriff die Frau, plötzlich wußte sie, daß der Mann sie töten würde. Niemand war da, sie zu beschützen. Sie schloß die Augen, mühsam hob sie die Arme, umschlang seinen Hals und flüsterte ihm hastig Koseworte zu, dumme obszöne Sätzchen. Sie sprach, bis sie atemlos wurde, als wendete sie einen Zauber an, der allein die tödliche Gefahr abwenden konnte. Endlich hob er den Kopf, trat einen Schritt zurück und sagte, ohne sie anzusehen:
»Bist habgierig und diebisch wie alle Polen. Hast mich die ganze Zeit bestohlen. Nun ist Schluß damit. Und hast mich verraten, alles wegen Geld. Achtundzwanzig Juden haben heute morgen beim Appell gefehlt. Die haben also gewußt, daß es losgeht. Wenn Kutschera draufkommt, ist es aus mit mir.«
Rotbehaarte Hände hat er, abscheulich, dachte sie. Und er will mich erledigen, dieses dicke Schwein. Der große Herr! Sich nackt auf den Boden legen und warten, bis er einen ins Bett

ruft, das habe ich von ihm ertragen. Und ihm immer Rechenschaft abgeben müssen über jeden Groschen. Kutschera kann mich retten. Nur 'raus von hier! Heilige Mutter Gottes, nur das eine Mal hilf mir noch, nur noch einmal, alles werde ich tun, alles —
Böhle riß die Thorarollen aus dem Schrank und warf sie auf den Boden. Er fand silberne Gegenstände, die wie kleine Schilder aussahen, und samtene Decken. Aus einer Schublade holte er Becher heraus, einer war golden. er steckte ihn in die Tasche.
»Uninteressant, gehen wir weiter«, sagte er. »Also mit den Juden sind wir hier fertig, nun wollen wir uns mal die Polacken ansehen. In der Gegend wimmelt es von Verrätern, die nur darauf warten, uns in den Rücken zu fallen. Vielleicht bist du wirklich keine Jüdin, kannst uns das beweisen. Fahr in die Dörfer, hol die Leute aus und bring uns Namen!«
Er wartete vergebens auf ihre Antwort, drehte sich um, sie war verschwunden. Besser so, dachte er. Sie ist ein armes Luder, nur eben zu habgierig und unverläßlich wie die Slawen. Immer wieder kräftig durchgreifen, zeigen, wer der Herr im Hause ist. Nur nicht sentimental mit den Leuten sein, verdienen's ja nicht.
Komisch so'n Haus, sieht bewohnt aus, aber kein Mensch drin. Totenstille. Jetzt liegt der tote Rabbi nackt im Schnee — widerlich das. Jemanden abknallen, eine Sache — sich an Leichen gewöhnen, was anderes. Immer die offenen Augen, merkwürdig. Augen schließen! Aber Tote gehorchen keinem Befehl, weil ihnen nichts mehr geschehen kann. Eigentlich politisch klüger, nicht zu töten, dann hat man mehr Macht. Denn wer mal tot ist, von dem kann man nichts mehr haben. Komische Gedanken, 'raus aus dem Haus!
Die Wache unten meldete, daß zwei Wagen aus der Stadt gekommen seien, Kutschera sei da. Böhle lief in die Kommandantur und erfuhr, daß er warten sollte, der Chef würde bald zurück sein. Der Schreiber flüsterte ihm zu: »Die Polin hat sich an ihn 'rangeschmissen und ihn dann in ihr Haus geführt. Verflucht dicke Luft!«
»Ach was, Herr Kutschera soll man nich so angeben«, antwortete Böhle. Mit dem Schreiber konnte er offen sprechen, aber ihm war bange. »Vielleicht wegen der achtundzwanzig, was meinen Sie, Henning?«

»Nun ja, die letzte Liste stimmt mit den früheren nicht überein. Aber ich mache mir wegen der Muszinska Sorgen. Ich bin ja in Opatow dabeigewesen, da weiß ich's. Kutschera will alles für sich allein haben, kann's nicht ausstehen, daß andere auch 'n Stück vom Braten abkriegen. Was er selbst einsteckt, ist sein gerechtes Teil. Was andere nehmen, ist dem deutschen Volke geraubt. Wenn er das Teppichlager sieht, wo Sie ihm nie von berichtet haben — er ist eben ein Österreicher —«

Die Tür wurde aufgerissen, ein kleiner dicklicher Mann trat ein, hinter ihm folgten die Leute seiner Suite, große, junge Burschen.

»Meldung!« brüllte Kutschera mit einer grellen Frauenstimme und schlug mit der Hundepeitsche auf den Schreibtisch. Böhle riß die Hacken zusammen und meldete sich reglementgemäß. Er blieb stramm stehen, weil er keinen Mut hatte, irgend etwas aus eigener Initiative zu tun. Die Burschen beachteten ihn kaum, aber er wußte, daß sie auf einen Wink warteten. Nicht vor ihren Revolvern hatte er Angst, sondern vor ihren Fäusten.

Der Chef hatte bei ihm Haussuchung gemacht, sicher hatte ihn die Muszinka gründlich informiert, so blieb Böhle nichts anderes übrig, als auf die präzisen Fragen bejahend zu antworten. Ja, er hatte die Wolynaer Produktionsziffern falsch angegeben, um für sich die Hälfte der Teppiche behalten zu können; ja, er hatte Gold und Devisen konfisziert, keinen Bericht erstattet, um alles einzustecken, usw. Aussichtslos zu leugnen, unnütz, den Schreiber Henning und die anderen zu belasten. Nur gegen die gefährlichste Beschuldigung mußte er sich wehren, da hatte er ein reines Gewissen, an dem Verschwinden der achtundzwanzig Juden war er unschuldig. Und er fand das Argument, das diesen dicken Zwerg überzeugen mußte:

»Warum hätt' ich die auch warnen sollen? Was konnten die mir geben, was ich ihnen nicht sowieso abnehmen konnte?«

Kutschera wurde weicher. Er würde keine Meldung wegen der Teppiche und Devisen erstatten. Natürlich, er wollte ja alles selbst einstecken. Aber das mit den Listen war nicht so einfach.

»Ich lasse Ihnen einige von meinen Leuten hier, nehmen Sie außerdem die ukrainischen Milizionäre. Binnen 24 Stunden muß die Sache in Ordnung sein. Die Ausreißer können nicht weit weg sein. Tot oder lebend, aber besser lebend, müssen sie morgen vor neun Uhr vormittags in der Stadt sein. Ist wohl klar, was für Sie auf dem Spiel steht? Was das andere betrifft — Konfiskation usw. — Schwamm drüber! Und die polnische Sau weiß zuviel, die schwatzt zuviel. Machen Sie reinen Tisch, kapiert, Böhle?«

»Ich verstehe sehr wohl, aber ich rate dringend ab«, wiederholte Skarbek. Er war nicht sicher, ob Edi ihm zuhörte. »Der Erfolg ist unwahrscheinlich. Mit Ihren achtundzwanzig Mann wird es schwer sein, sich auch nur bis zur Eisenbahnlinie durchzuschlagen. Außerdem könnte die Zugseskorte stärker sein, als Sie glauben. Und dazu können nur elf von Ihren Leuten mit Waffen umgehen. Neulinge in eine solche Aktion zu führen — nein, Rubin, es ist wirklich Selbstmord. Und überdies, gesetzt den Fall, Sie kommen durch, vernichten die Eskorte und holen die Wolynaer aus dem Zug. Was machen Sie mit den Frauen, Kindern und alten Männern? Binnen weniger Stunden sind die Deutschen da, und alles ist zu Ende.« Er lauschte auf das ferne Wiehern der Pferde. Nachher würde er in die Stallungen gehen und mit den Wärtern sprechen. Man mußte etwas tun, um den Tieren zu helfen.
»Der Junge ist eingeschlafen«, sagte Edi und wies auf Bynie, der auf der Erde saß, an einen Pfosten gelehnt, auf den Knien ein Bündel, das er auch im Schlaf nicht losließ. Im Licht der Laterne, die über dem nächsten Pfosten hing, wirkte sein Gesicht gelblich. Die hohe Pelzmütze bedeckte Stirn und Augen.
»Ein seltsames Gesicht«, flüsterte Roman, während er zu ihm hinuntersah. »Man versteht auf einmal, daß er zwei Alter hat, sechzehn Jahre und drei Jahrtausende. Weiß er, was sie mit seinem Vater getan haben?«
»Er soll das Totengebet für ihn gesprochen haben, gleich nachdem die Schüsse verhallt waren. Wir hatten gerade den Wald erreicht.«
»Er wird es nicht aushalten bei den Partisanen, es ist zu schwer. Ich könnte ihn in einem Kloster verstecken.«
»Er bleibt bei uns«, wehrte Edi ab. »Wohin ihr geht, werde auch ich hingehen — so steht's in der Bibel.«
»Was beschließen Sie also? Jusek wird bald zurück sein, und

wir werden wissen, ob der Transport diese Nacht vorbeikommt.«
»Ich zögere. Jedenfalls müssen wir irgend etwas tun, damit die Leute nicht denken, daß ich sie aus Wolyna hinausgeführt habe, um sie zu retten. Eine Aktion ist notwendig, damit aus diesen kleinen Leuten eine kämpfende Einheit wird.«
»Mein Gott, lieber Freund Rubin, was für Vorstellungen haben Sie vom Partisanenkrieg? Wochen vergehen, wo wir nichts tun können als uns verkriechen, und nur daran denken, uns selbst zu retten. Besonders jetzt, wo der Schnee jede unserer Bewegungen verrät.«
Der Junge erwachte aufgeschreckt, das Bündel fiel auf den Boden und öffnete sich. Roman las zwei Bücher auf. Bynie fragte: »Sind wir noch immer unter der Erde? Habe ich das Gebet verschlafen? Hier gibt es keinen Tag und keine Nacht. Minchah muß man beten, bevor der Abend anbricht.«
Er nahm die Bücher wieder an sich und legte sie in das Bündel.
»Sie haben heute noch nichts gegessen, Bynie, ich werde Sie zu den anderen führen, der Proviant ist dort.«
»Danke, aber ich werde fasten bis morgen früh. Wenn man ein neues Leben beginnt —«
Jusek kam schnell auf sie zu. Er wußte zu berichten, daß die Wolynaer nicht einwaggoniert wurden. Es hieß in der Stadt, daß sie so lange bleiben sollten, bis die fehlenden achtundzwanzig aufgegriffen waren. Böhle war in Ljanow und fragte die Bauern aus. Er suchte die Spur der Verschwundenen. Mit ihm waren außer den SS-Leuten auch Milizionäre. Sie hatten leichte Maschinengewehre, Maschinenpistolen, Handgranaten. Die Hebamme begleitete sie. Sie waren in drei Lastautos gekommen.
»Wir können alles gut gebrauchen«, schloß Jusek seinen Bericht. »Die Waffen, die Wagen und die Hure auch.«
»Hier hätten Sie eine Aktion«, sagte Roman nachdenklich.
»Vierzig Mann von uns und Ihre Leute zusammen . . .«
Bynie meinte: »Im großen Buchenwald hinter Barcy ist die Schlucht. Dorthin soll man sie locken, so wie Cyrus, der ein großer König war und unser Freund gewesen ist —«
Die Männer sahen ihn verwundert an. Jusek sagte: »Das mit der Schlucht ist ein schlauer Gedanke, da könnte man wirklich —«

»Natürlich«, unterbrach ihn Roman. »Alles bereitmachen!«
Und die Pferde werden endlich an die Luft kommen, dachte
er befriedigt. Erst auf dem Weg zu den Stallungen ging es ihm
auf, daß er zuerst an die Menschen und an ihr Leiden hätte
denken sollen.

Edi unterbrach sich selbst mitten in einem Satz. Er musterte die
Leute, wie sie da, in der äußersten Ecke des Stollens, nebeneinander hockten. Sicher sahen die Polen zu und spotteten über die
jüdischen Kämpfer, die im Stroh herumlagen und nicht daran
dachten, aufzustehen, wenn ihr Führer zu ihnen sprach. Judenschule — dieses höhnische Wort gab es sicher auch im Polnischen.
»Habt acht!« rief er, zuerst nicht laut genug, dann brüllte er es
im Zorn und wiederholte es zum drittenmal, als die Leute nur
langsam Anstalten machten, sich zu erheben. »Die elf, die gedient haben, nach vorn!« befahl er. Er riß einen hoch, der sich
noch an der Geige zu schaffen machte. Der Mann sah ihn aus
großen, tränenden Augen an, seine zu vollen Lippen bewegten
sich, als ob er sprechen wollte. Edis Zorn verflog schnell. Er dachte: Die gehen mich nichts an. Ich hätte mich mit ihnen nicht einlassen sollen. Leute des Wunderrabbis, sie warten auf ein Wunder und darauf, daß man ihnen gnädig erlaube, noch einen Tag
und noch einen in Demut zu leben.
Er befahl, Viererreihen zu bilden. Sieben Reihen, das war seine
Armee. Teppichknüpfer, Geigenspieler, Händler. Nichts hätten
sie mehr fürchten sollen, alles fürchteten sie, alle, nur ihn nicht.
Denn war er ihnen fremd, so war er doch nur ein Jude. Er sah
darauf, daß sie sich ausrichteten, er brüllte sie an wie ein Unteroffizier im Kasernenhof. Sie gehorchten, aber wahrscheinlich
dachten sie: Ein deutscher Jude, schlecht und verrückt wie die
Deutschen. Er hätte in Bynies Gesicht blicken mögen, um zu erspähen, was der Junge dachte, aber nun war es Zeit, die Rede
wieder zu beginnen. Er sagte:
»Wolyna ist tot, es wird kein Wolyna mehr geben. Ihr habt keine
Familie mehr, ihr seid nur noch Soldaten. Ihr steht unter Befehl, ihm werdet ihr gehorchen, ohne zu fragen und ohne zu
zögern. Wer vor dem Feind Feigheit zeigt, wird erschossen. Ich
werde ihn selbst erschießen. Einige Hundert hätten da sein

können, wir sind nur ein jämmerlicher Haufen, weil die anderen bis zum letzten Augenblick auf ein Wunder gewartet haben. Die Polen brauchen uns nicht, aber sie borgen uns Waffen. Heute nacht werden wir uns Gewehre und Munition erobern, bessere, als die man uns borgt. Die Gedienten werden den anderen sofort beibringen, wie man mit einem Gewehr umgeht, schießt, sich deckt und wie man sich anschleicht. Ihr werdet drei Gruppen zu je neun Mann bilden, ich werde für jede einen Führer ernennen. Ihm habt ihr unbedingt zu gehorchen. Bynie, des Rabbis Sohn, wird der Melder sein und euch während der Aktion meine Befehle bringen. Mit den Deutschen und Ukrainern ist der Kommandant Böhle. Denkt daran, was er euch zugefügt hat — ihr müßt ihn lebend fangen. Ja, und noch etwas. Während der Schlacht kümmert euch nicht um die Verwundeten. Denkt immer nur an den Feind. Ihm wart ihr bisher wehrlos ausgeliefert, heute nacht habt ihr Gelegenheit, ihm zu beweisen, daß ihr nicht Ungeziefer seid, das man mit dem Stiefelabsatz zertritt. Wer in dieser Nacht nicht wenigstens einen Mörder tötet, ist nicht wert zu leben. Fragen?«
Einer hob die Hand wie ein Schulkind. Er wollte wissen, was mit ihren Sachen geschehe, ob man sie hier zurücklasse oder mitnehme. Ein anderer wollte wissen, wie man Edi anzusprechen habe, Herr Oberleutnant oder Herr Hauptmann.
Jusek kam mit einigen Mann, die Gewehre und Munition brachten. Sie hatten zwei Stunden Zeit für Schießübungen. Um sechs Uhr sollten sie aufbrechen, und nach sieben sollte sich in den umliegenden Dörfern das Gerücht verbreiten, daß die Juden sich in der Schlucht verbargen.

Wahrscheinlich nisteten viele Krähen drüben im Wäldchen hinter dem zugefrorenen Bach und der langen schmalen Wiese. Aber man sah immer wieder nur einen, vielleicht denselben Vogel aufsteigen, in der Richtung nach Barcy fliegen, zurückkommen, über der Wiese zögern, dann sich dem Buchenwald nähern, sich auf einen Zweig setzen, plötzlich wieder erheben und zu den anderen Krähen zurückfliegen. Man konnte meinen, daß dem Tier bange war vor dem Buchenwald. Dessen Ende war nicht abzusehen, immer breiter, dichter stieg er auf, über viele Meilen

bis zu den Karpaten auf der einen Seite und hinunter zu den großen Sümpfen auf der anderen.
»Diese Vögel sind Verräter«, sagte Janusz. »Man müßte jedem einzelnen den Hals umdrehen.«
»Vielleicht«, antwortete Wlas. »Aber andererseits, wenn alles so still ist wie hier, ist man froh, daß man wenigstens sie hört.«
Sie saßen seit einer halben Stunde auf den Ästen. Der Baum war gut gewählt, stand freier als die anderen, man hatte einen Blick auf die ganze Wiese. Wenn jemand aus dem Birkenwäldchen gegenüber herauskam oder links von der Ljanower Straße, mußte man ihn sofort erkennen.
»Man weiß nicht, soll man wünschen, daß die Hurensöhne bald kommen, damit man nicht hier in den Zweigen erfriert, oder wäre es besser, wenn sie gar nicht kommen. Die anderen hinten haben es besser. Legen sich hin oder graben sich ein.«
Erst nach einer Weile sagte Wlas: »Da vorn liegen die verschneiten Felder. Und im Dorf steigt sicher Rauch aus den Schornsteinen. Alles wie bei mir zu Hause. Wenn ich jetzt zu Hause wäre — du verstehst, bei uns braucht man nicht mit Holz zu sparen. Am Abend nach der Suppe, ich sage dir, man schläft ein, bevor man sich hingelegt hat, solch liebe Wärme ist das. Draußen geht der kalte Wind, er beißt dir an den Ohren, an der Nase, die Augen tränen — wir aber sitzen im Warmen. Und deshalb schaue ich jetzt hinaus auf die Felder. Ich denke mir so: Das ist meines Schwagers Feld, daneben das meiner Schwester, sie ist Witwe, und mehr nach rechts, da ist meines. Von dort gehe ich weiter, komme zum Steg über den Bach und am Hof des Ältesten vorbei und an einigen kleineren Häusern, und da steht mein Haus. Den Ofen habe ich noch selbst gesetzt, bevor ich weggelaufen bin. Ach Gott, mein Gott, schau dir nur die Felder an, Janusz, so glücklich könnte man sein!«
»Das ist wahr«, antwortete Janusz, »aber was willst du, die Ungläubigen lassen uns nicht. Da sind die Deutschen, die sind Lutheraner, und da sind die Juden, die stecken zusammen, und dann noch die Moskowiter — alle gegen uns. Das Unglück ist, wir haben zu gute Herzen, so wahr ich Gott liebe, und deshalb müssen wir hier erfrieren, weil Pan Skarbek die Juden rächen will, und Kriegführen will er ihnen beibringen. Ich sage dir, Wlas, das gefällt mir nicht.«

»Pan Skarbek weiß, was er tut. Er hat ein Maschinchen, und da spricht er jeden Tag mit den Ministern in London, so wie ich jetzt mit dir spreche. Außerdem, alles in allem sind es neunundzwanzig Juden. Wenn diese Preußen wirklich kommen, wird es nur noch zehn Juden geben oder weniger. Das ist nicht viel, Janusz, kümmere dich nicht um sie!«
»Was willst du, Wlas, kann ich etwas dafür, daß ich sie nicht ausstehen kann? Mit Geigen kommen sie an, einen Krieg zu führen. Einer hat sogar Bücher mitgebracht. Nur den Hals umdrehen wie diesen Krähen da! Ja, es ist ein Jammer! Du sagst also, daß du selbst den Ofen gesetzt hast?«

Der Feind mußte die vielen Schritte im Schnee entdecken, die Wiese überqueren und dann den Spuren im Wald folgen. Es hatte seit Stunden nicht mehr geschneit, die Fußstapfen waren deutlich sichtbar. Sie führten auf Umwegen, in einem weiten Halbkreis, zur Schlucht, die sich über anderthalb Kilometer ausdehnte, zuerst gerade verlief und dann in einem fast rechteckigen Winkel nach links abbog und noch tiefer wurde, ehe sie sich zur Mulde verbreitete, an deren Wänden junge Buchen in die Höhe rankten.
»Einundzwanzig Uhr, acht Minuten«, sagte Skarbek. »Seit mindestens achtzig Minuten weiß Böhle, daß er die Wolynaer hier finden kann. Er läßt sich Zeit, ist seiner Sache sicher, will zuerst das Nachtmahl im Bauch haben. Aber binnen einer Stunde muß er doch hier sein. Er könnte schon in zwanzig Minuten am Waldrand erscheinen. Gehen wir zum Kommandoposten!«
»Ich lasse Ihnen den jungen Bynie als Melder und gehe in die Schlucht hinunter«, meinte Edi.
»Sie bleiben bei mir«, antwortete Roman.
»Nein, es ist wichtig, ihnen ein Beispiel zu geben, entscheidend für die Zukunft dieser neuen Soldaten.«
»Dr. Rubin, ein für allemal, Sie stehen unter meinem Befehl und werden sich nur entfernen, wenn ich ausdrücklich Befehl gebe. Das gleiche gilt für den Jungen. Verstanden, Bynie?«
Sie verließen die Schlucht und gingen zum Befehlsstand, der nun ganz fertig war. Ein Graben, der einem riesigen Granattrichter glich. Man schob Zweige über ihre Köpfe.

»Ganz angenehm hier«, sagte Roman zufrieden. »Man kann sich gut anlehnen. Nun, Bynie, erzähl uns, was in deinen Büchern geschrieben steht über uns und über unsere jetzige Lage.«

»Es steht geschrieben, daß die Menschen selbst die Frevler bestrafen sollen, so daß sie die Todesart erleiden, die dem Frevel angemessen ist. Dennoch ist es nicht so einfach.«

»Was ist nicht so einfach?« fragte Roman und starrte durch das Dunkel auf das Gesicht des Jungen. Genauso, erinnerte er sich, hatte er damals im Boot den Ausdruck in Fabers Gesicht zu erraten gesucht — als ob ein Antlitz sich erst in der Finsternis völlig enthüllte. »Was ist nicht so einfach, junger Rabbi?«

»Gott kann zornig sein und sanftmütig, nachtragend kann er sein und gnadenreich im nächsten Augenblick, aber eines ist er immer, ununterbrochen in aller Ewigkeit: der Schöpfer der Welt, eines jeden Geschöpfes, auch des Frevlers. Man kann keiner Kreatur ein Leid zufügen, ohne daß der Schöpfer litte. An Seinem Maße rüttelt, wer das All um ein Geschöpf ärmer macht. Gott leidet an der Ungerechtigkeit der Menschen, aber vergessen Sie nicht, Pan Skarbek, Er leidet nicht weniger an Seiner eigenen Gerechtigkeit. In diesen Tagen leidet der Schöpfer der Welt ungeheuer.«

»Das steht bei euch wirklich geschrieben?« fragte Roman verwundert.

»Auch das ist nicht so einfach, Pan Skarbek. Kein Satz kann lange bestehen bleiben ohne seinen Gegensatz. Das kleine Wort nein genügt, um jede Ordnung in ihr Gegenteil zu verkehren. Zum Beispiel: Gott ist allmächtig, aber auch das niedrigste Seiner Geschöpfe könnte nie ein so unglücklicher Liebhaber sein, wie Gott es seit dem Augenblick ist, da Er den Menschen erschaffen hat. Als mein Urgroßvater Bynie — er stehe uns bei! — auf dem Totenbett lag, hat er gesagt: ›Ich habe das Leichteste gewählt, denn die Menschen wollen immer getröstet werden. Aber habe ich Gott auch nur einen Augenblick lang erheitert? Das möchte ich wissen.‹ «

»Haben Sie alles verstanden, Rubin?« fragte Skarbek.

»Nein, ich habe nicht zugehört. Ich denke an Böhle.«

Die zwei Lastautos bogen von links auf die Wiese ein. Nach zweihundert Metern hielten sie. Die Männer sprangen ab und suchten mit Taschenlampen nach Spuren im Schnee. Sie fanden sie leicht, besonders zahlreich am Rande des Buchenwaldes. Die ukrainischen Milizionäre, neunzehn an der Zahl, folgten den Fußstapfen. Als sie tiefer im Walde waren, blieben sie dicht zusammen hinter ihrem Führer, der allein die Lampe nicht abgedreht hatte.
Böhle saß in einem der Wagen neben dem Fahrer. Nur vierzehn Leute seines Kommandos waren mit ihm, die siebzehn anderen SS-Männer hatte er mit dem dritten Wagen zurückgeschickt. Es war doch zu lächerlich, wegen der paar Juden so viel Aufhebens zu machen.
Nicht Feigheit war es, daß er zurückblieb und die Ukrainer in den Wald schickte; das Gefühl der Ehre verbot es ihm, selbst die Flüchtlinge zu suchen. Schon seit langem, seit er im Frühjahr 1940 mit dem Einsatzkommando nach Osten gekommen war, war es ihm eine täglich erhärtete Erfahrung, daß auch die Andeutung eines Befehls völlig genügte, um die Juden gefügig zu machen. Daß achtundzwanzig von den Wolynaern solchen Akt von Ungehorsam vollzogen hatten und, statt den Marsch in die Stadt anzutreten, ausgerissen waren, erschien ihm noch immer unfaßbar. Ginge er sie nun suchen, so gäbe er damit zu, daß solch ein Vorkommnis im Bereich des Zulässigen liege. Nein, die Ukrainer werden sie wie Schafe auf die Lichtung zutreiben, ihnen befehlen, im Schnee niederzuknien, mit ihnen einigen Spaß haben, fünf bis zehn an Ort und Stelle umbringen, der Rest wird auf den Knien bis zum nächsten Dorf rutschen, damit auch die Bauern ein Vergnügen haben und nebenbei in der Gewißheit bestärkt werden, daß ein deutscher Befehl in jedem Fall ausgeführt wird.
Der dritte Wagen war wohl schon in Wolyna, Henning hatte gewiß auf dem Weg den Fall Muszinska erledigt. Auf dem Rückweg wird man ihre Leiche finden, nahe dem Fluß, morgen einige Polen unter dem Verdacht des Meuchelmordes festnehmen und in die Stadt schicken. Dieser arrogante polnische Graf soll von der Partie sein.
»Nun haben die gewiß schon die Schlucht erreicht«, sagte einer von Kutscheras Burschen. »Wenn es sich nicht um Juden han-

delte, würde ich sagen, es ist Wahnsinn, in der Nacht loszugehen. Ein Geplänkel im Wald ist sogar bei Tag eine kitzlige Sache.«

»Na ja«, antwortete Böhle, »wenn es hochkommt, haben die einen Revolver und können womöglich gar nicht schießen. Und wenn sie einen Ukrainer umlegen, das verschmerzen wir leicht, nicht wahr? Und andererseits, Sie haben's ja gehört, der Befehl lautet, daß ich das Gesindel morgen früh vor neun Uhr in der Stadt abliefern muß.«

»Gewiß, ich sag's ja auch, da ist keine Gefahr bei, aber es ist eben rein technisch nicht ganz das Richtige. Vielleicht sollten die Fahrer nun beidrehen und die Scheinwerfer auf den Wald richten. Die Juden wissen ja schon sowieso, daß ihr Ausflug zu Ende ist, daß wir sie am Schlafittchen packen.«

»In zehn Minuten machen wir das, um ihnen den Weg hierher zu beleuchten.«

»Der Chef rechnet damit, daß er die meisten lebendig kriegt. Er will sie nämlich auf dem Marktplatz, mitten in der Stadt, erledigen — wegen der arischen Bevölkerung. Man darf sich solche moralische Wirkung nicht entgehen lassen. Ich erwähne es nur, vielleicht hätten Sie diesen ukrainischen Banditen einschärfen sollen, daß sie diesmal kein Recht haben, die Leute ohne weiteres abzuknallen.«

»Gewiß, natürlich!« beruhigte ihn Böhle. Aber nun befürchtete er doch, daß die Milizionäre zu viele umbringen könnten, so daß für Kutscheras moralische Wirkung nicht genug blieben.

»Also keine Dummheiten diesmal! Kommt näher heran, hört gut zu«, sagte Lynczuk, der Führer der Miliz. Er flüsterte, obschon die Deutschen hinten auf der Wiese ihn gar nicht hören konnten. »Nicht gleich totschlagen, nicht brüllen, freundlich sein. Ihr sagt jedem, daß ihr ihn laufen laßt, er soll euch nur zeigen, wo er die Sachen vergraben hat, und sie wieder ausgraben. Und nachher, wenn ihr sicher seid, daß er nichts mehr hat, erledigen. Immer werfen uns die Deutschen die abgenagten Knochen hin — seht zu, ob ihr vielleicht eine Faser findet. Aber diesmal sind wir die Herren! Habt ihr mich alle verstanden?«

Seine flinken Augen folgten dem Licht der Lampe, das von

einem Gesicht zum anderen wanderte. Die Leute nickten, ja, diesmal waren sie die Herren.

Vor dem Aufbruch hatte jeder von ihnen acht Zigaretten und einen halben Liter Schnaps gefaßt. Den hatten sie schon ausgetrunken, war gut gegen Kälte und auch gegen die Angst vor den Deutschen. Diesmal sollte alles gerecht zugehen, die Fremden werden den abgenagten Knochen kriegen.

Nun waren sie endlich in der Schlucht. Die Fußspuren waren deutlich, die Juden unsichtbar. Macht nichts, sie konnten nicht weit sein. Aber immerhin, der Weg war lang, die Schlucht wurde schmäler und tiefer. Sie kamen zu der Stelle, wo sie scharf abbog. Als etwa die Hälfte von ihnen mit dem Führer an der Spitze um die Ecke gebogen war, gingen plötzlich in den Bäumen am Rande der Schlucht viele grelle Lichter an. Die Männer hoben die Hände vor die Augen — was ihnen da geschah, war beängstigende Verzauberung. Das Feuer kam von überall, aus den Bäumen und aus der Schlucht selbst. Die um die Ecke gebogen waren, drängten zurück, die anderen noch vorn. So bildeten sie einen Knäuel von Toten und Verwundeten, die mit verrenkten Gliedern übereinander lagen.

Jusek beugte sich hinunter und rief: »Die Verwundeten fertigmachen, keiner darf entkommen, Gewehr und Munition abnehmen!« Edi, der neben ihm stand, brüllte den gleichen Befehl in einem Gemisch von Deutsch und Jiddisch.

Einer der Polen, die die Lampen in den Ästen bedienten, rief Jusek an: »Den Juden die Waffen, aber uns die anderen Sachen, das ist abgemacht.«

»Ja, abgemacht. Aber wartet lieber auf die Pelze und die Ringe der Deutschen, die haben die Schießerei gehört und werden sicher bald kommen. Und das wird nicht so leicht gehen wie mit den beschissenen Ruthenen.«

Nach einigen Minuten wurden die Lichter wieder ausgedreht. Die Juden zogen sich tiefer in die Schlucht zurück, die Polen in die Gräben daneben und in das Geäst der Buchen.

Die Stille war vollkommen. Plötzlich war eine undurchdringliche Finsternis eingebrochen.

Edi, dem Roman diesmal erlaubt hatte, mit seinen Leuten in der Schlucht zu bleiben, sagte flüsternd zu den drei Gruppenführern:

»Macht den Leuten klar, daß das Schwerste erst jetzt kommt, die Deutschen sind gewarnt. Außerdem haben sie bessere Waffen. Du, Blaustein, nimm deine acht Leute, führ sie ans andere Ende der Schlucht, klettert hinauf, legt euch hinter die Bäume. Die Nazis werden gewiß dort Maschinengewehre postieren wollen. Ihr habt das zu verhindern, um jeden Preis. Sobald ihr sie erledigt habt, am besten mit den Bajonetten, bringt ihre Maschinengewehre hierher, aber bleibt oben. Postiert euch genau im Knie.«

»Warum gerade meine Gruppe?« fragte Blaustein. »Wir haben schon zwei Verwundete, nicht schwer, Streifschüsse, aber immerhin.«

»Ich habe gesagt, dann postiert ihr euch genau im Knie. Dort bleibt ihr, bis ihr einen andern Befehl bekommt. Sobald die Aktion zu Ende ist, sichert ihr die beiden anderen Gruppen.«

»Gegen wen?«

»Gegen jeden, der versuchen sollte, sich zu irren. Und noch etwas: Es gibt keine Gefangenen, nur Böhle will ich lebend haben. Und keiner der Unseren soll sich ergeben. Wer schwer verwundet ist, wem kein Ausweg bleibt, die letzte Kugel in den offenen Mund.«

Ein Maschinengewehr knatterte. Wahrscheinlich hatte sich einer von den SS-Leuten geirrt oder hatte Angst bekommen. Aber sie waren wohl noch nahe dem Waldrand, man hörte ihre Schritte nicht. Die Augen hatten sich wieder an die Dunkelheit gewöhnt.

Edi, ganz allein im Gebüsch, lauschte angestrengt. Er hörte nur den Wald. Es war also wahr, im Winter brummten die Bäume, seufzten und ächzten wie Greise, die mit jedem Atemzug aufs neue dessen gewahr werden, daß leben eine beschwerliche Arbeit ist.

Es begann wieder zu schneien, der Mond war völlig verhüllt. Schnee ist besser als Regen, sagte sich Edi. Und seine Erinnerung ging zurück zu den Februartagen des Wiener Aufstandes. Neun Jahre waren seither vergangen. Der Rückzug über das Marchfeld, der Ukrainer Hans. Hinter diesem Wald mußte irgendwo das Dorf liegen, aus dem er gekommen war — auf weiten Umwegen, um für die Arbeiter von Wien zu sterben. Und ich werde in seinem Land krepieren, für niemanden, für nichts.

Und da, schon fast zugedeckt vom neuen Schnee, liegen die Ukrainer. Auch sie hatte Hans befreien wollen. Armselige Unterdrückte, die man gar zu leicht für jede schlechte Sache gewinnt. Nein, sie tun mir nicht leid, wie sie da im Haufen liegen. Aber nun sollen endlich ihre Herren kommen.

Er hörte Schritte, es war Bynie, der sagte:

»Pan Skarbek meint, daß die Deutschen gewiß nicht kommen werden, jedenfalls nicht, bevor es Tag ist und sie Verstärkungen herangezogen haben. Die Polen gehen zurück, unsere Leute sollen die Schlucht verlassen und bis zum Waldrand vordringen und die Deutschen hindern, über Ljanow zurückzufahren, wenigstens fünfzig Minuten lang, damit sie den Weg ins Schloß nicht kreuzen. Dann, eine Stunde später, sollen auch wir uns zurückziehen — ich kenne den Weg. Pan Skarbek verbietet ausdrücklich, anzugreifen, außer wenn sie den Ljanower Weg wählen. Über Barcy soll man sie lassen, oder wenn sie dableiben wollen, sollen sie. Ich laufe jetzt zu ihm hinüber, melden, daß Sie den Befehl entgegengenommen haben, und komme gleich zurück.«

»Deine Zähne klappern, vor Furcht oder vor Kälte?«

»Vor Kälte«, antwortete Bynie und verschwand wieder.

Als Blausteins Gruppe sich mit den zwei anderen vereinigt hatte, gingen sie in ausgezogener Schwarmlinie vor. Zweihundertfünfzig Schritte vor der Lichtung machten sie halt. Sie konnten die Umrisse der Wagen unterscheiden, das gedämpfte Geräusch der Motoren war stetig. Von Zeit zu Zeit leuchteten die Scheinwerfer auf und warfen breite gelbe Streifen auf den Schnee.

»Noch zwanzig Minuten, dann können wir abziehen«, flüsterte Bynie.

»Wenn wir Maschinengewehre hätten, könnten wir sie angreifen und dann —«, meinte Edi.

»Der Befehl lautet, nicht angreifen«, unterbrach ihn der Junge. Sie duckten schnell die Köpfe in den Schnee, die Scheinwerfer hatten wieder aufgeleuchtet, aber diesmal erloschen sie nicht nach wenigen Sekunden. Die Wagen kamen langsam näher. Einer wandte, als ob er in die Richtung nach Barcy abfahren wollte, doch kam er rückwärtsrollend zurück und blieb wieder stehen. Gleich darauf setzte das heftige Maschinengewehrfeuer ein. Der Kampf dauerte zehn Minuten, die Wolynaer richteten

das Feuer zuerst auf die Scheinwerfer des einen Wagens und zerschossen sie, dann auf den andern, den das Mündungsfeuer der Maschinengewehre verriet. Ohne dessen recht gewahr zu werden, krochen sie immer näher an die Lichtung heran. Sie hörten eine helle Stimme etwas rufen, aber sie verstanden nichts. Es zog sie unwiderstehlich zu den Wagen. Da hörten sie jemand singen, undeutlich zwar, aber sie erkannten die Melodie, die Wolynaer Melodie, wie man sie nannte, des Gebets: »Laßt uns nach Zion zurückkehren!« Sie verstanden, daß sie die Richtung ändern und sich dem Sänger nähern mußten. Sie schwenkten nach links ab und merkten, daß sie aus dem Bereich des Feuers herauskamen. Sie waren dreizehn, die hinter Edi aufsprangen und sich von links dem zweiten Wagen näherten. Sie schossen ihn in Brand. Die Flammen sprangen hoch und färbten die Schneeflocken rötlich-schwarz. Der andere Wagen bog auf die Straße nach Barcy ab. Endlich schwiegen die Maschinengewehre.
Bevor die Wolynaer aufbrachen, suchten sie die Kameraden, die im Wald geblieben waren. Sie konnten nur zwei von ihnen, Leichtverwundete, mitnehmen. Edi brachte elf von den achtundzwanzig Männern zurück, die ihm genau vierundzwanzig Stunden vorher in die Freiheit gefolgt waren. Sie waren schweigsam, wie betäubt. In ihrem Stollen angekommen, warfen sie sich aufs Stroh. Aber als sie den Sohn des Rabbis aufrecht sahen, die Gebetsriemen am Arm, standen sie torkelnd auf und sprachen das Totengebet.

Warum weine ich? wunderte sich Bynie. Alle schliefen. Auch Dr. Rubin, der neben ihm lag. Warum weine ich? fragte er sich aufs neue und bedeckte den Mund mit der Hand, um sich das Schluchzen zu verwehren. Es war nicht kalt, aber er zitterte an allen Gliedern. Schon zweimal hatte er mit bebenden Lippen das Gebet geflüstert, danach man einzuschlafen hat, er war furchtbar müde, aber immer noch wach. Sein Vater war tot. Er wußte es. Auch daß die Bauern gekommen waren, um seine Leiche zu schänden, wußte er. Sie lag im Schnee auf dem Platz, genau an der Stelle, an die ihn sein Vater so oft geführt hatte, um den Segen über den Neumond zu sprechen.

Der Mann, dem man das Grab verweigerte, war sein Vater gewesen, sein Rabbi und sein Lehrer. Der Mutter entzogen, sobald er drei Jahre alt war, um zu lernen, hatte er dreizehn Jahre in der Gemeinschaft mit dem Rabbi gelebt. Den Blick seiner hellen Augen hatte er immer gefühlt, er lag manchmal fragend, forschend auf der Stirn des Jungen, manchmal verwundert und bewundernd.
Bynie hätte die Mutter rufen mögen wie ein kleines Kind. Aber sie und die Schwestern waren mit den Wolynaer Juden in den Tod evakuiert. Und er selbst war kein Kind mehr. Er war unrein, denn er hatte getötet und sich nach der Tat nicht gereinigt. Ein Tröster hatte er werden wollen wie der Ahne, nach dem man ihn benannt hatte. Aber nun war er so tief gefallen, daß Gott allein ihn erheben konnte.
Von aller Weisheit, die er gelernt hatte, blieb ihm nichts zurück. Er nahm die Hand vom Mund weg und legte sie auf die Augen. Er wollte die Psalmen sagen, aber da schluchzte er auf. Edi erwachte und fragte unwirsch:
»Warum schläfst du nicht?« Er sah den Jungen an, sein Gesicht war tränenüberströmt. Sanfter fügte er hinzu: »Warum weinst du, kleiner Bynie?«
»Verzeiht, aber ich weiß es nicht. Es ist zu schwer!«
»Leg deinen Kopf auf meine Brust, Bynie. ... Ich habe einmal einen Sohn gehabt, Pauli haben wir ihn genannt. Ich hätte ihn geliebt, auch wenn er häßlich gewesen wäre, aber er war schön wie seine Mutter. Ich hätte ihn geliebt, auch wenn er dumm gewesen wäre, aber er war allem aufgeschlossen. Hörst du, Bynie, er war ...«
Der Kopf des Jungen wurde schwerer. Noch schluchzte er, aber er war schon eingeschlafen. Edi starrte auf das schwache Licht der Laterne über dem Pfosten. Er lauschte auf die Laute, mit denen die Schläfer den Schlaflosen quälen. Er wußte, daß sich kein Weg zu den Menschen öffnete, auf dem er seine Einsamkeit je verlassen könnte. Der Kopf des Kindes auf seiner Brust änderte nichts daran. Nicht der Gegenwart und nicht der Zukunft war Gewalt gegeben über seine Vergangenheit.

DRITTES KAPITEL

»Jetzt hat's genug geschneit, wir brauchen keinen Schnee mehr«, sagte Skarbek.
»Es ist wirklich wahr«, meinte Jusek. »So wahr ich Gott liebe, der Schnee hat genau in der Minute begonnen, wo wir ihn gebraucht haben. Alle Spuren hat er verdeckt. Die Hurensöhne müssen ganz wild sein. Es heißt in Wolyna, daß sie Tote und Verwundete haben, aber man weiß nichts Genaues. Der Herrgott ist auf unserer Seite.«
»Ja, unsere Leute müssen zufrieden sein, sie haben sich ausgelüftet, und niemand hat auch nur einen Ritzer abbekommen.«
»Zufrieden, Pan Skarbek, zufrieden kann man nicht sagen. Man ist nicht mehr unter sich, meinen manche.«
»Sobald der Schneesturm aufhört, fahre ich in die Stadt, werde erst in zwei, drei Tagen zurück sein. Man muß die Juden in Ruhe lassen. Ich verlasse mich auf dich, du bist verantwortlich.«
Jusek antwortete nicht. Skarbek schenkte den Schnaps in Teegläser ein, bot ihm an: »Trink, Jusek, und wenn du dir den Mund abgewischt hast, schau mir in die Augen und sag, was du zu sagen hast.«
»Ich habe nichts zu sagen. Aber es ist wahr, daß die Juden jetzt bei uns sind und daß sie den Ruthenen die Waffen abgenommen haben.«
»Ja — und?«
»Wir wollen keine Judenschutztruppe sein, und wir wollen auch keine bewaffneten Juden haben. Die Waffen gehören uns. Ich sage ja nichts. Aber schließlich sind sie Gäste, die niemand gerufen hat. Sie sollen uns die Gewehre geben und die Munition.«
»Die zwölf Gewehre, die sie für sich behalten haben von der ganzen Beute, haben sie mit siebzehn Toten bezahlt, teuer genug! Haben die Akowcy Angst vor den zwölf Juden?« fragte Skarbek.
»Angst? Angst kann man nicht sagen, aber ganz einfach, wir brauchen keine Juden, Waffen aber kann man immer brauchen.

Und was soll geschehen? Schickt man sie hinaus, werden sie unser Versteck verraten, mit ihnen bleiben kann man auch nicht. Man muß mit ihnen Schluß machen, sagen die Burschen.«
Skarbek sprang auf ihn zu, die Flasche in der Hand, er hatte gerade wieder einschenken wollen. Der Mann zuckte zusammen, fühlte sich bedroht. Roman warf die Flasche mitten auf den großen Tisch. Der Schnaps rann glucksend aus, floß an den Vorderladern und den Säbeln vorbei bis zum Tischrand, die Tropfen fielen auf den Boden. Er sah eine Weile zu, wie der Strom sich auf dem Tisch verbreitete. Schließlich hob er den Kopf und blickte in Juseks Gesicht. Bauernschlauheit in den Augen, aber keine Bosheit in ihnen. Mund und Kinn weich, leichtsinnig, auftrumpfend. Die Nase — oben Apollo, unten eine Kartoffel. Die Wangen plattgedrückt. Viel Haare auf dem Kopf, langweilig blond. Ist überzeugt davon, daß es auf der Welt nichts Edleres gibt als einen Polen. Und würde jetzt gern in die Stollen zurückkehren, die gute Nachricht bringen, daß man die Juden erschlagen darf. Er denkt sich nichts Besonderes dabei, nichts Schlechtes, aber er ist ein Gefühlsmensch.
»Sag den Leuten, daß dieses Haus mir gehört, und wer sich darin befindet, mein Gast ist. Sag ihnen, daß wir Skarbeks es mit der Gastfreundschaft verflucht ernst nehmen. Und sag diesen blöden Bauern, daß ich stets im Einvernehmen mit der Regierung handle und in jedem Punkt ihrem Befehl nachkomme. Sollte in meiner Abwesenheit irgend etwas geschehen, so werde ich dich erledigen, Jusek. Abtreten!«
Das sind die Nerven, sind nichts mehr wert, dachte Roman, als Jusek gegangen war. Oder noch eine von den unerwarteten Erbschaften, wie die Wechselchen und die Versprechen, die Papa überall in der Welt ausgestreut hat. Käme Post von draußen, so würde sicher eine Mahnung von einem *Maître d'hôtel* aus Hendaye oder aus Deauville kommen, das schriftlich gegebene Versprechen des Comte Stanislas Skarbek einzulösen. Papas Zornanfälle — spät hab' ich sie geerbt, sie auch.
Seit er zurück war, wollte er den Saal in Ordnung bringen, aber nicht einmal das hatte er getan. Um das Volk kümmerte er sich, um den Pöbel. Unter sich wollten sie sein, in exquisiter Gesellschaft. Unter jeder Herrschaft haben sie sich geduckt, in jedes Joch hat man sie gespannt. In diesem Land haben nur wir rebel-

liert, dachte er, das Volk nicht. Uns hat man exiliert, nach Sibirien verbannt, nicht das Volk. Saugegel. Ich sollte nicht fahren. Ein Unglück wird geschehen. Ich kann's verhindern, wenn ich dableibe.
Aber er mußte in die Stadt, um Geld zu besorgen. Der Unterhalt dieser Leute war teuer. Und man konnte jetzt Ahnen gut verkaufen. Die Herren vom schwarzen Markt hängten gern solche Bilder in ihre Häuser. Die leichtsinnige Ururgroßmutter konnte dableiben. Sie würde nun nicht mehr die bärtigen Herren entmutigen.
Er holte die Porträts der Skarbeks von der Wand, Staub wirbelte auf und fiel langsam zu Boden. Hinter dem Porträt des Ahnen Kazimierz kam ein Brief zum Vorschein. Die riesige Schrift bedeckte zwei Seiten. Aber es waren nur wenige Sätze, ein Gemisch von Polnisch und Französisch. »Wir erwarten mit Herzklopfen die große, die wunderbare Nachricht. Wir leben nicht mehr — ich zum Beispiel habe mein Gepäck schon abgeschickt. Es ist sicher schon in Dresden. Ach, ihr Teuren, diesmal wird es gelingen, wir fühlen es alle, Polen wird frei sein für immer. O ma patrie! Ojczyzna moja!« So ging das weiter, exaltiert. Der Brief, nun über hundertzehn Jahre alt, kam aus Paris, wahrscheinlich selbst damals zu spät, der Adressat saß schon in der Warschauer Zitadelle. Dann wurde er nach Rußland verschleppt, verurteilt und nach Sibirien verbannt. Von dort brachte er sechs Jahre später ein Tagebuch zurück, darin berichtete er ausschließlich über Jagden. Bis zum Ende blieb es zweifelhaft, ob der Ahne dort drei oder viel mehr Bastarde zurückgelassen hatte. Je älter er wurde, um so größer wurde in seiner Erinnerung die Zahl seiner sibirischen Nachkommen.
Vielleicht Kazimierz nicht verkaufen. Außerdem sollte ich heute nicht fahren, dachte er. Besser, ich bilde mir nicht ein, daß ich seit heute früh 9.23 Uhr in Jadwiga verliebt bin.
Die alte Dienerin kam die Stiegen herauf. Klopfte sie an seine Tür, bevor er bis fünfundzwanzig gezählt hatte, dann fuhr er nicht. Irgend etwas hielt sie auf, Minuten verstrichen, bevor sie, ohne anzuklopfen, die Tür öffnete und mürrisch fragte, was er zum Abendbrot wünsche. Zu spät! Er holte die beiden Pferde — die glücklichen, sie allein waren legal — und spannte an. Die Frau half ihm die Bilder im Schlitten verstauen. Es schneite noch

immer, aber er mochte nicht länger warten, nicht überlegen. Seit langem schon hatte er sich damit abgefunden, daß er ein Sünder war. Die Komödie des Gewissens, des inneren Widerstreits, an dessen Ende die Verlockung ja doch immer siegt, hatte keinen Reiz mehr für ihn. So schwach er sein mochte, er war stark genug, mit der Wahrheit über sich selbst zu leben.
Er mochte eine Meile von zu Hause sein, als er sich umdrehte, um zu sehen, ob nicht zuviel Schnee auf der Decke lag, die die Bilder bedeckte. Da bemerkte er, daß sich die Schnur gelöst hatte. Er zählte, ein Ahne fehlte. Mußte wohl in den Schnee gefallen sein. Er fuhr langsam zurück, um das Bild zu suchen. Er fand es erst in der Nähe der Kapelle. Es war Bronislaw der *Kosynier*, der Mäher. Sie hatten keine Waffen, so gingen sie mit Sensen gegen die Kosaken.
Es dunkelte schon. Roman hielt das Bild nahe an seine Brust. Spöttische Augen hatte der Kosynier und einen wollüstigen Mund. Noch einen Augenblick, und der Schnee wird seinen Schnurrbart weiß gefärbt haben. Armer Bronislaw, viel Glück bei Frauen und schreckliches Pech mit der Befreiung des Vaterlandes. Und jetzt beendet er die posthume Karriere: Vorvater eines Wurstmachers muß er werden, damit die Akowcy zu essen und zu trinken haben.
Vielleicht ist das ein Zeichen, daß ich die Reise aufgeben soll, fragte sich Roman, während er das Bild ins Stroh schob. Er zögerte. Aber als er wieder im Schlitten saß, war es ihm gewiß, daß er sofort Jadwiga sehen mußte. Er hatte keine Macht über seine Begierden.

Die Polen sangen wieder. Es war ein Soldatenlied. Keine gute Heiterkeit, dachte Bynie, der unter der Laterne stand, das Buch nahe den kurzsichtigen Augen. Unter den vielen Stimmen war eine, der suchte er zu folgen. Sie war nicht stark und verlor sich immer wieder im Lärm der anderen. Aber sie war rein. Trotz der Dummheit des Textes war, was sie sang, ein Gebet.
Es war Freitagnachmittag. In wenigen Stunden begann der Sabbat, der erste, seit sie aus Wolyna entflohen waren. Der erste, der nicht mit dem Segen begann, den der Vater über ihn zu sprechen pflegte.

Sie waren zwölf, also genug, um eine betende Gemeinde zu bilden. Es gab keinen Altar, keine Thorarollen. Schlimmer war, daß die Männer in den wenigen Tagen, besonders seit dem Kampf im Walde, sich verändert hatten. Sie schwankten zwischen stummer Hoffnungslosigkeit und beredter Heftigkeit. Manche wollten den Polen gleich sein, ihr eigenes Sein auslöschen und im Fremden die Rettung finden. Sie sprachen unter sich nur noch polnisch und fluchten wie Skarbeks Leute. Sie gingen gern zum großen Stollen hinüber, wollten sich einschmeicheln, verteilten Geschenke, erzählten zu ausführlich lustige Geschichten. Alles wollten sie tun, nur um nicht mehr sie selber zu sein. In der Nacht aber mußten sie an ihre Frauen und Kinder denken, die bei der Ziegelei hinter der Stadt in den Kalkgruben lagen, hingemäht am Tag nach dem Kampf im Buchenwald. Vielleicht sind wir schuldig, dachten sie. Wir hätten bei ihnen bleiben sollen und nicht versuchen, dem Schicksal aller zu entgehen. Aber am andern Morgen liefen sie wieder zu den Polen. Ach, sie hatten Angst zu leben und Angst zu sterben.

In mir ist nicht genug Güte, sonst könnte ich sie trösten, sagte sich Bynie. So viele Worte kannte er, doch keines kam ihm über die Lippen, wenn er sie ansah. Er verachtete sie nicht, aber er liebte sie auch nicht. Zweierlei Kainszeichen gibt es, das des Mörders und das jenes, der um jeden Preis überleben will. Denn er hat stillschweigend zugestimmt, daß alle anderen sterben sollen. Wie konnte man ihn da lieben?

Es gab andere, die waren seltsam verstört. Sie taten, was man ihnen befahl, wachten, schliefen, aßen, beteten, aber man fühlte, daß sie in Umnachtung fielen, sobald sie sich selbst überlassen waren. Dann wurde alles in ihnen starr. War es die Angst, die sie lähmte, oder die Trauer um die Toten? Sie gaben keinem Gefühl mehr Ausdruck. Nur ein Wunder konnte sie zum wahren Leben zurückbringen, dachte Bynie. Aber er konnte keine Wunder tun und hatte nicht das Recht, es auch nur zu versuchen. Er war vom Wege abgewichen.

Die drüben sangen nicht mehr. Bynie beugte sich wieder über das Buch. Er las halblaut: »Und Gott schuf den Menschen nach Seinem Bilde, nach dem Bilde Gottes schuf er ihn. — Fragt der Kommentator: ›Wozu die Wiederholung, da doch: nach seinem Bilde eindeutig ist?‹ Die Antwort lautet: Im ersten Teil des

Satzes wird nur ausgesagt, daß der Allmächtige unter den zahllosen äußeren Formen gerade die eine gewählt hat, wie der Töpfer zuerst in seinem Geiste die Gestalt sieht, die er dem Ton geben wird. Als aber der Schöpfer das Gebilde ansah, den ersten Menschen, da zögerte Er und bedachte, daß Er nun nie mehr allein sein würde und daß Er mit seiner Form Seine eigene Würde einem schwachen Wesen anvertraute, das sie durch schändliche Taten zunichte machen könnte. Aber der Allmächtige änderte trotzdem das Ebenbild nicht. Der Mensch wurde Sein größtes Wagnis. Und um das zu unterstreichen, wird wiederholt: ›Nach dem Bilde Gottes schuf Er ihn‹, das heißt, das einzige Geschöpf, das berufen ist, heilig zu werden, und dessen Antlitz selbst ein Versprechen ist«.

»Was liest du da, junger Rabbi?« fragte Jusek.
»Ich lese nicht, ich lerne.«
»Was lernst du?«
»Den Anfang verstehen, das erste Kapitel des ersten Buches.«
»Das lernst du erst jetzt? Man sagt doch, daß ihr Juden schon als kleine Kinder in der Bibel lesen könnt. Der Teufel soll sich in euch auskennen! Ich bin gekommen, um eurem Chef zu sagen, daß ihr sofort die Gewehre und die Munition hier unter der Laterne zusammentragen sollt. Wir werden sie in unser Magazin legen. Und wenn es zu einer Aktion kommt, werden wir sie euch zurückgeben. Übersetz es ihm!«
Bynie rief Edi heran und übermittelte ihm die Worte des Polen.
»Er soll mir den von Pan Skarbek selbst unterzeichneten schriftlichen Befehl bringen, dann werden wir tun, was er verlangt. Vorher werde ich ihm nicht eine leere Patronenhülse geben.«
»Übersetzt das nicht so!« sagte einer von den Wolynaern, die inzwischen herangekommen waren, auf jiddisch. »Was soll man böses Blut machen! Schließlich sind wir doch hier nur —«
»Ich habe die Antwort verstanden, du brauchst sie nicht zu übersetzen«, meinte Jusek unfreundlich. »Sag ihm, daß Pan Skarbek erst morgen oder übermorgen zurück sein wird, inzwischen müßt ihr mir gehorchen.«
Edi wollte wissen, warum und wozu Jusek die Waffen brauchte. Der Pole antwortete, es sei der Ordnung halber. Außerdem sei er nicht gekommen zu diskutieren. Er sprach übermäßig laut, bald erschienen einige seiner Kameraden.

»Ich sehe, die Juden bedrohen dich, Jusek. Sag, wer hat dich angegriffen?« fragte einer von ihnen.

»Niemand, Janusz, niemand. Aber es ist gut, daß ihr gekommen seid. Sie wollen die Waffen nicht übergeben. Ihr Führer sagt, daß er uns nicht einmal eine leere Patronenhülse geben wird.«

Die Polen drängten sich an Edi heran. Er zog sich bis zum Pfosten zurück. Sie drängten nach.

»Sag ihnen, Bynie, daß ich eine Bombe mit besonderer Füllung in der Tasche habe. Wenn sie mich anrühren, bringe ich sie zur Explosion. Ich werde draufgehen, aber sie alle mit mir. Übersetz schnell!«

Als sie verstanden hatten, zogen sich alle von ihm zurück, nur Bynie blieb beim Pfosten. Jusek rief in gebrochenem Deutsch: »Aber warum? Will ja nichts Schlechtes, warum nicht Waffen geben? Dann Ruhe, Friede, gute Freunde!«

Einer von den Juden näherte sich Edi von hinten und flüsterte ihm zu: »Es ist ein guter Mann. Geben wir ihm, was er will, und dazu noch eine goldene Münze in die Hand, dann wird Ruhe sein.« Edi drehte sich schnell um und sah dem Mann ins dicht behaarte Gesicht. Er packte ihn an der Brust und zog ihn nach vorn unters Licht, ohrfeigte ihn und warf ihn zu Boden. Die Polen näherten sich wieder, Edi versenkte die Rechte schnell in die Manteltasche. Er sagt laut:

»Ich bin Oberleutnant in der kaiserlichen und königlichen Armee gewesen und nicht gewohnt, von Gemeinen oder Unteroffizieren Befehle entgegenzunehmen. In diesem Stollen kommandiere ich. Wer daran zweifelt, soll es sagen. Ich erlaube Ihnen, Feldwebel Jusek, hierzubleiben, und befehle Ihnen, Ihre Leute sofort zurückzuschicken. Verstanden?«

»Wenn das so ist«, antwortete Jusek, »dann verbiete ich den Juden, auch nur einen Schritt aus diesem Stollen hinauszutun. Ich werde Wachen aufstellen. Wer sich zeigt, wird erschossen.«

Als die Polen gegangen waren, hob Edi den Wolynaer vom Boden auf und sagte laut, damit auch die anderen ihn hören sollten:

»Ich habe dich geschlagen, Mendel Rojzen, weil ich die Stimme des Ghettos zum Schweigen bringen will — ein für allemal. Wir werden aus diesem Keller nicht lebendig hinauskommen, wenn

929

wir die anderen nicht davon überzeugen, daß es ein Wagnis ist, uns anzugreifen.«
»Ja, aber sie sind dreihundert, und wir sind zwölf«, wandte Rojzen ein. Er hatte Blut am Kinn, seine Oberlippe war geschwollen. »Wir müssen uns ihnen unterwerfen.«
»Wir müssen nichts mehr — wir sind, merkt euch das, die einzigen freien Juden weit und breit. Wir fürchten nichts mehr, niemand mehr. Habt ihr mich verstanden?«
Sie antworteten nicht. Sie sahen ihn auch nicht an. Nach einer Weile sagte Bynie: »Es ist leicht und es ist schwer zu verstehen, was Ihr meint. In wenigen Minuten ist Sabbat. Sagt, was wir tun sollen, denn es ist bald Zeit zu beten.«
»Was ist schwer zu verstehen?« fragte Edi heftig.
»Daß wir frei sind. Denn was heißt frei sein? Im Einverständnis mit seinem Gewissen handeln. Und was heißt das? Das heißt so handeln, wie es gut wäre, daß jeder handeln sollte. Die Gewalttat ist also nicht Freiheit.«
Edi unterbrach ihn: »Genug, sofort die Gewehre laden. Von jetzt ab werden immer vier Wache halten, je zwei an den beiden Enden des Stollens. Alarm geben, wenn sich jemand nähert, niemand durchlassen ohne meine Zustimmung. Ablösung alle zwei Stunden.«
Die Leute gehorchten, aber noch immer sahen sie ihn nicht an. Sie verstanden wohl, was er wollte, sie hielten ihn für einen klugen Mann. Aber in den wenigen Tagen war er ihnen immer fremder geworden. Sie fühlten deutlich, daß er sie verachtete und nur deshalb bereit war, mit ihnen zu sterben, weil er sein eigenes Leben gering schätzte. Er war ein Jude, gewiß, aber nur durch seine Geburt. Er konnte einen hebräischen Buchstaben vom anderen nicht unterscheiden, kannte kein einziges Gebet, hatte sicher nie auch nur ein einziges Gebot oder Verbot beachtet. Mit all seinem weltlichen Wissen war er für sie ein Ignorant. Und dieser Mann befehligte sie, hatte Gewalt über sie und behauptete im vollen Ernst, daß sie frei waren. Sechzehn Mann, ihre Brüder, Schwäger, Freunde, hatten sie am Waldrand verloren. Nun waren sie in der Macht der Polen. Was nützten da die Waffen? Besser, man gab sie diesem Jusek, wenn er darauf bestand, und wich einem Konflikt aus. Noch besser, man verhandelte mit ihnen, gab ihnen zu verstehen, daß man sich so-

zusagen als Mieter betrachtete und eine hohe Miete zahlen wollte. Aber woher soll dieser Fremde wissen, wie man sich mit Polen verständigen kann? Eine Bombe in der Tasche, alles in die Luft sprengen — nur an solche Sachen denkt er. Tag und Nacht grämt man sich das Herz ab, immer muß man an die Toten und Verlorenen denken. Man möchte von sich selbst die Haut abreißen, aber der Doktor Rubin denkt nur an neuen Tod. Halblaut sprachen sie den heiteren Text, mit dem man den Beginn des Sabbats zu begrüßen hat: »Komme, Geliebter, der Braut entgegen...« Immer wieder blickten sie auf Bynie. Sein Vater war tot, ein Märtyrer, nun war dieser Junge der Rabbi. An ihm war es, sie zu führen. Er sollte entscheiden, ob sie dem Fremden folgen oder ihn endlich abschütteln sollten.

Nach dem Gebet umringten sie ihn. Einer sagte: »Ihr seid unser Rabbi, der Nachfolger des Wolynaer Zaddik. Sagt nun, was wir tun sollen. Wir werden hören und gehorchen.«

»Mein Vater ist vor kurzer Zeit von uns genommen worden, ich habe nicht genug gelernt, bin voller Fragen und weiß niemanden, der auf sie antworten wird. Ich weiß nicht, was der Sinn dessen ist, daß der fremde Jude gerade zu uns gekommen ist und von uns verlangt hat, daß wir uns wehren sollen. Er ist in seinem Herzen ein guter Mensch und dennoch so hart, wie ich keinen gesehen habe. Was beweist das? Das beweist, daß er nicht aus eigenem, sondern aus einem höheren Willen handelt. Von allen jüdischen Gemeinden ist Wolyna am längsten aufgespart worden. Und zu uns allein ist Dr. Rubin gekommen. Um uns zu retten? Ich glaube es nicht. Womit hätten wir es auch verdient, dem Tod zu entgehen, gerade wir? So ist der Sinn der, daß wir anders sterben sollen als die Unsrigen. Ich bitte und verpflichte euch, in allem dem Juden aus der Fremde zu gehorchen, wie auch ich es tue, der letzte Rabbi von Wolyna. Juden, ich wünsche euch einen guten, heiligen, einen fröhlichen Sabbat.«

Seit Generationen war es im Städtchen Brauch gewesen, daß am Freitagabend niemand das Bethaus verließ, ehe der Rabbi diese Formel ausgesprochen hatte.

Die Nacht verlief ruhig. Am Morgen kam Jusek und bat die Wache freundlich, Rubin und Bynie zu rufen.

»Sie müssen wissen, Herr Oberleutnant, meine Lage ist schwierig. Ich bin nämlich nicht euer Feind, im Gegenteil, ich will unbedingt verhindern, daß etwas passiert. Ich kann die Leute beruhigen, wenn Sie mir wenigstens die Munition geben, die Waffen können Sie behalten.«

»Sie haben mir noch nicht erklärt, warum ihr uns wehrlos machen wollt«, übersetzte Bynie Edis Antwort.

»Es ist nur wegen der Gerechtigkeit. Ihr habt die Milizionäre getötet und ihnen die Gewehre abgenommen, bessere, als wir haben. Und das dank uns. Also ist es ein Unrecht, sagen die Unsrigen.«

»Ihre Leute vergessen in diesem Fall, daß wir euch von der Beute abgegeben haben, die uns sechzehn Mann und euch nur eine elektrische Lampe gekostet hat. Sie sind gefallen, um euern Rückmarsch zu decken. Gehen Sie zurück, Feldwebel, und fragen Sie Ihre Leute, ob wir nicht quitt sind.«

Jusek zögerte, wollte zurückgehen, doch dann drehte er sich wieder um und sagte: »Na ja! ich versteh schon, Herr Oberleutnant. Aber andererseits ist es ja unser Gebiet, hier gehört alles uns. Und ich will doch nur ein Unglück vermeiden, geben Sie uns also Ihre Patronen.«

»Sag ihm, Bynie, ich werde ihm hundertachtzig Patronen geben, er soll mir dafür schriftlich den Empfang bestätigen und sich verpflichten, daß keine Forderung mehr nachkommt.«

»Nicht genug!« sagte Jusek. Ein böses Lächeln spielte um seine Lippen. Man konnte glauben, er hätte sich plötzlich besoffen. »Nicht genug. Die ganze Munition wollen wir. Und wir werden kommen und suchen, ob wirklich keine mehr versteckt ist. Wir lassen uns auf jüdischen Schachermacher nicht ein. Also gebt uns, was uns gehört, oder wir werden es uns mit Gewalt nehmen.«

»Bynie, übersetz wörtlich die Antwort: Die einzige Art, in der wir Patronen abliefern, ist durch das Rohr unserer Gewehre. Nun soll er sofort gehen.«

Jusek schüttelte den Kopf. Er schien verwirrt und wiederholte zweimal: »Aber ich bin doch als Freund gekomen, will ja nur ein Unglück verhindern.«

Endlich ging er. Die Polen sangen wieder.

»Du weißt, daß ich recht habe, nicht wahr, Bynie?« sagte Edi.
»Sie singen schön, vierstimmig, aber die Ruthenen singen noch

besser. Ob Ihr recht habt? Ich weiß es nicht. Die Deutschen wollten wir bekämpfen und Böhle lebend fangen, Ruthenen haben wir getötet. Wir werden einige Polen töten und von ihnen vernichtet werden. Jusek haßt uns nicht, er verachtet uns nur. Ihr aber, Doktor Rubin, Ihr fürchtet nicht den Haß, sondern nur die Verachtung. Es kommt jedoch nicht auf die Meinung der Menschen an. Wenn Gott es will, werdet Ihr als einziger überleben, denn Ihr seid der einzige Unwissende unter uns. Der anderen ist Gott sicher, Euch aber muß er aus der Wüste hinausführen, denn sonst werdet Ihr für nichts gelebt haben.«
»Genug gepredigt, junger Rabbi! Wir müssen jetzt die Holzverschalungen abreißen und Barrikaden bauen. Die Polen werden in einigen Minuten angreifen.«
»Warten wir noch einige Stunden, bis der Sabbat vorüber ist.«
»Dann ist es zu spät, man muß sofort —«
»Ich erlaube es nicht. Wir werden den Sabbat nur entweihen, um uns zu wehren, wenn sie kommen, sonst werden wir ihn heilig halten.«
»Das ist Wahnsinn, Bynie, Wahnsinn!«
Der Junge gab nicht nach, die Wolynaer waren auf seiner Seite.

Wenn Roman die Zügel ein wenig anzog, hoben die Pferde, der junge Rappe und nach ihm die braune Stute, ein wenig den Kopf, mit einer kaum merklichen Wendung zu ihm, wie um ihr Erstaunen auszudrücken. Denn sie liefen schnell genug, beschwingt, als ob sie nicht den Schlitten hinter sich herzögen. Beschämt lockerte er wieder die Zügel, die Pferde warfen die Köpfe nach vorn und rannten weiter, in die weiße Ferne.
Wenn es die Liebe ist, die wahre, die große, die endgültige, erwog Roman, warum hat sie wie irgendeine nächtliche Begegnung begonnen, die am andern Tag einem lächerlichen, aber unwichtigen Mißverständnis ähnlich sieht? Am Dienstag morgen habe ich Jadwiga mitgenommen, am Donnerstag vorabends zurückgeschickt, macht achtundvierzig, sagen wir achtundfünfzig Stunden. Ich hatte mehr als genug von ihr. Acht Tage später, wieder am Morgen, hatte ich plötzlich die Gewißheit, daß ich sie wiedersehen muß. Und jetzt zwei Tage später, ist es sicher, ich liebe sie. Warum nicht gleich am Anfang?

»Mach einen Umweg, einen weiten, es ist schön hier. Es wäre wunderbar, niemals anzukommen«, sagte Jadwiga.
»Niemals anzukommen«, wiederholte er. Und niemals erfahren, was inzwischen geschehen ist in dem Stollen. Er fügte hinzu: »Hast du viele Liebesromane gelesen und herausgefunden, warum Leute einander lieben?«
»Warum sie einander lieben?« wiederholte sie.
»Ja, es ist möglich, daß zehn, ja vielleicht zwanzig Leute ihr Leben verloren haben, nur weil ich, statt zu Hause zu bleiben, in die Stadt gefahren bin, um dich zu suchen. Ich habe es bedacht und bin trotzdem weg, deinetwegen. Das ist nicht normal.«
Sie lachte laut auf. Was er da sagte, war ein Scherz, ein übertriebenes Kompliment, dachte sie. Er drehte sich zu ihr um und sah ihr ins lachende Gesicht. Sie war hübsch, nicht mehr. Viel schönere Frauen hatten ihn geliebt; sogar das Gänschen, mit dem ihn die Mutter verheiraten wollte, war hübscher.
»Es ist wahr«, sagte er ernst, »es handelt sich um Juden.«
»Nein, nein«, unterbrach sie ihn, »es handelt sich um mich und um dich, um uns beide. Es gibt niemanden sonst.«
Sie spricht wie eine mediokre Komödiantin in einem dieser blöden Filme. Vielleicht ist alles nur Einbildung, und ich liebe sie gar nicht — Gott, das wäre schön! Aber an allem ist dieser Doktor Rubin schuld. Seit er aufgetaucht ist, bin ich nicht mehr der gleiche. Er liegt mit seinen Juden im Stollen unten, und ich fühle mich in meinem eigenen Zimmer nicht mehr zu Hause. Verrückte verwirren die Gefühle der Normalen, das ist bekannt. Alles war so einfach zuvor. Juden sind wie Frauen — sobald sie erscheinen, wird alles kompliziert.
»Wieviel Pferde hast du?« fragte sie.
»Illegal viele, auch Reitpferde.«
»Du solltest sie verkaufen und dir ein Auto anschaffen.«
Seinen Namen kannte sie und sein Muttermal auf der linken Achsel, von seiner Familie wußte sie, natürlich. Und sie war auch darüber informiert, daß er nicht mehr reich war. Und daß er gern Karten spielte. Und seit zwei Tagen wußte sie, daß er sie liebte. Sonst hatte sie keine Ahnung von ihm.
»Jetzt sind wir fast angekommen, nicht wahr? Warum hast du nicht den Umweg gemacht, Roman?«

»Ich mache nur Umwege, Liebste. Es ist schon Nacht, und wir werden erst in einer Stunde zu Hause sein.«
Vielleicht komme ich zu spät, dachte er. Niemand wird mich anklagen, ich allein werde wissen, daß ich wegen einer Liebschaft ausgerissen bin. Liebschaft oder Liebe, unwichtig in diesem Fall. »Er erwartete von ihnen keine Hilfe, kein Mitleid, deshalb sah er sie nicht an, die Polen.« Eine von Rubins Geschichten. Er wird mich nicht ansehen, wenn etwas geschehen ist. Oder er ist schon tot. Jadwigas Mann ist tot. Sie hätte ihn retten können, aber ihre Angst war zu groß, sie dachte nur an sich. Und diese Frau nehme ich zu mir.
Er riß die Zügel an, gab sie der Frau in die Hand, verließ den Schlitten und stapfte durch den Schnee. Nicht weit vom Wege stand eine kleine Kapelle. Er konnte das Bild der Mutter Gottes nicht sehen, aber er kannte es seit seiner Kindheit. Er entblößte sich und machte das Kreuz. Aber das Gebet kam nicht über seine Lippen. Er wartete. Dann sagte er halblaut: »Hab Geduld mit mir, viel Geduld«, bekreuzigte sich wieder, machte eine tiefe Verbeugung und ging zu Jadwiga zurück.

Es war angenehm warm im Zimmer. Es roch nach Fichte — die alte Dienerin hatte ausnahmsweise nicht vergessen, einzuheizen.
»Sag etwas, Roman! Wenn du schweigst, bekomm' ich Angst und denke, daß alles Einbildung ist, daß du nicht zurückgekommen bist, daß du mir nichts gesagt hast —«
Er setzte sich zu ihren Füßen auf das alte Fell neben dem Ofen und lehnte den Kopf an ihre Knie.
»Sag etwas!« wiederholte sie. »Ich vertrage das Schweigen nicht.«
Er mußte sich zur Antwort zwingen: »Es ist keine Einbildung, ich habe alles im Stich gelassen, um dich zu holen. Und deshalb bist du jetzt hier.«
Und deshalb ist wahrscheinlich ein Unglück geschehen, dachte er. Ich müßte sofort hinuntergehen, vielleicht ist's noch nicht zu spät.
»Warum trinken wir nicht den alten Madeira, den du mir versprochen hast? Die letzte Flasche, hast du gesagt.«
Sie schickt mich selbst in den Keller. Ich liebe eine Frau, die

immer das Verkehrte tut. Er erhob sich, an der Tür zögerte er noch, doch dann ging er schnell davon. Es gab keine Wachen unten, das bedeutete nichts, er hatte selber befohlen, sie einzuziehen. Er lauschte, ihm schien, er hörte ein dumpfes Geräusch, wie ein fernes, nicht starkes Rollen des Donners. Aber es konnte eine Täuschung sein. Wenn ich jetzt nicht hingehe, bin ich ein Feigling, sagte er sich. Er steckte einige Flaschen unter den Arm, näherte sich wieder dem geheimen Zugang, lauschte. Nein, er hörte nichts.

Er trank zuviel an diesem Abend, er wußte, was er finden wollte: die Wollust der überreizten Sinne, hinter der alles verschwinden kann — und wäre es eine Welt. Selbst die Frau verschwand für einige Zeit hinter den Teilen ihres Körpers. Alles war Lockung und nichts Erfüllung. Langsam gliederten sich die Teile wieder zu einem Ganzen. Von der Bemühung, sich in einem Frauenleib für ewig auszulöschen, blieb nur eine schnell verschwimmende Erinnerung.

Er erwachte mit einem schlechten Geschmack im Gaumen. Nein, die Uhr lag nicht auf dem Nachttisch. Er stieg aus dem Bett, suchte sie vergebens und begann sich wieder anzuziehen. Als er sich zur Tür vortastete, fiel ein Stuhl um. Aber Jadwiga erwachte nicht.

Erst im zweiten, tieferen Tunnel begegnete er einer Wache. Der Mann erschrak sichtlich und ließ ihn erst durch, nachdem Skarbek sich auch mit Worten zu erkennen gegeben hatte.

Er beschleunigte den Schritt, lief, als käme es gerade jetzt auf eine Minute an. Als er sich dem großen Stollen näherte, bemerkte er, daß drei Lampen nebeneinander hingen. Das mußte etwas zu bedeuten haben, er lief auf sie zu.

»Es ist nichts, ein kleines Wundfieber, vergeht von selbst«, sagte der junge Medizinstudent. »Der Verband ist in Ordnung.«

»Was ist los?« fragte Skarbek.

»Es sind die Verwundeten. Vier. Nicht schwer, so mittel«, antwortete der junge Mann, während er langsam den Blick von dem stöhnenden Verletzten abwandte und erstaunt auf Skarbek richtete.

»Was ist geschehen? Jusek, sofort her!« rief Skarbek.

»Er ist bei den Pferden oder vielleicht ist er weg, der Jusek«, sagte einer der Verletzten. »Es ist die Schuld der Juden, sie

haben provoziert. Und mich haben sie so zugerichtet, daß ich nie mehr werde aufrecht gehen können.«
Skarbek ging langsam an den schlafenden Männern vorbei, rief immer wieder leise nach Jusek. Niemand antwortete. Sie tun nur so, als ob sie schlafen, sagte er sich, blieb stehen, rüttelte einen an den Schultern und forderte ihn auf, zu erzählen, was geschehen war. Der Mann verließ langsam sein Strohlager und stellte sich in den Gang vor Skarbek hin.
»Was geschehen ist? Wir wollten von den Juden die Gewehre zurückhaben oder wenigstens die Patronen. Sie hätten uns ja im Schlaf überfallen können. Ihr Gott hat ihnen befohlen, Christen zu töten, so wie sie unsern Herrn Jesus gekreuzigt haben. Jusek hat mit ihnen freundlich gesprochen, alles hat er ihnen erklärt, fein, gut, aber sie wollten nicht. Und da haben wir gleich gewußt, daß sie wirklich was sehr Schlechtes vorhaben. Gut! Und dann, wie wir schon sind, haben wir ihnen noch und noch Zeit gelassen, sich vorzubereiten. Und wie wir gekommen sind, uns die Gewehre zu holen oder wenigstens die Munition, was sehen wir? Die stehen schon da, schußbereit. Das haben wir uns natürlich nicht gefallen lassen. Wir haben vier Verwundete. Wie sie aufgehört haben zu schießen, haben wir uns zurückgezogen, ohne uns um sie zu kümmern. Das ist der beste Beweis, sage ich —«
»Beweis wofür?«
»Dafür, daß wir nur Sicherheit gewollt haben und nicht ihre Gewehre. Das wäre ja noch schöner, daß sich anständige Katholiken vor ein paar Juden fürchten müßten. Und daß sie geschossen haben, ist der beste Beweis dafür, sage ich, daß sie vorhatten, uns bei der ersten Gelegenheit feig zu überfallen. Gott sei Dank sind wir —«
Roman lief zum Seitenstollen. Es war völlig dunkel. Er leuchtete mit der Taschenlampe den Gang ab.
»Halt, nicht weitergehen, halt!« rief es aus der Ecke.
»Ich bin's«, antwortete Roman schnell und richtete das Licht auf sein eigenes Gesicht. »Sind Sie es, Dr. Rubin?«
Er wartete vergebens auf Antwort und ging dann langsam vorwärts. Er stolperte über Leichen.
»Ich bin es«, wiederholte er, als sein Licht Edis Gesicht traf. Er blieb wie gebannt stehen. Die Augen hinter der Brille bewegten

sich, aber das Gesicht war starr. Die Taschenlampe fiel ihm aus der Hand, er kniete nieder, um sie aufzuheben. Im Halbdunkel erkannte er, daß Edi jemanden neben sich hatte.
»Ich bin zu spät gekommen«, sagte Roman und hob die Lampe wieder auf. »Ich will retten, was noch zu retten ist.«
»Es gibt keine Rettung für uns, die Welt ist voll von Ihresgleichen. Bynie ist schwer verwundet, der Mann da, Rojzen heißt er, leicht, aber er kann nicht gehen, am Fuß verletzt, ich am linken Ellenbogen. Alle anderen sind tot. Geben Sie mir Gift für mich und Bynie. Alle Patronen ausgeschossen. Was Rojzen betrifft —«
»Kein Gift!« schrie Roman, »kein Gift! Ich werde euch alle drei retten, ich —«
Er sprach nicht zu Ende, lief zu den Posten zurück und sagte:
»Ihr habt sie getötet, alle außer dreien, die verwundet sind. Ich will sie sofort von hier wegbringen. Ich brauche Leute, die mir helfen, sie durch den Tunnel bis nach vorne zu tragen, zum Schlitten. Nur Freiwillige!«
Alle, die wach waren, meldeten sich.

»Ach, das bist du, Tadeusz, der mich in der Nacht wecken läßt«, sagte die Oberin gleichgültig. Im Licht der Laterne, die auf dem Tisch stand, konnte er nur ihr männliches Kinn und den breiten Mund unterscheiden.
»Nein, ich bin Roman, der Sohn Ihres Bruders Stanislaus.«
»Und sofort!« zitierte sie. Ihr Mund verzog sich zu einem Lächeln. »Also, Roman — ›und sofort!‹ Das pflegtest du zu sagen, wenn du was wolltest, als du noch ein Kind warst. Kommst um drei Uhr nachts, weckst das Kloster auf — immer das gleiche ›und sofort!‹ «
»Ich komme in großer Not zu Ihnen, Tante, Pardon, Schwester Oberin. Drei Verwundete, Juden, man muß sie verstecken!«
»Du hast sie verletzt?«
»Nein, aber ich bin verantwortlich.«
»Dann versteck sie bei dir oder bei deiner Mutter. Wir haben's auch so schon schwer genug.«
»Ich habe die Verwundeten mitgebracht. Sie sind hier. Der Sohn des Wolynaer Rabbi —«

»Gut, der kann hierbleiben. Die beiden anderen müssen weg. Wir können uns nicht mit ihnen belasten, wir haben einige jüdische Kinder. Das genügt, wir sind arm.«
»Schwester Oberin, ich werde morgen zum Notar fahren, und alle Felder und dazu noch den Bochynier Wald werde ich Ihrem Kloster schenken, wenn Sie die drei behalten.«
»Bist ein Spieler wie dein seliger Vater, Roman, wer soll dich ernst nehmen? Nimm die Laterne und führ mich zu ihnen.«
Er führte sie in den Gang neben der Pforte, wo er die drei zurückgelassen hatte. Bynie schlug die Augen auf, als sich die Oberin über ihn beugte und ihn fragte:
»Wer bist du, junger Mann?«
Er lag halbausgestreckt, den Kopf auf Edis rechtem Arm. Das Licht störte ihn, er schloß die Augen.
»Zwei lange Messer, sehr spitze Messer«, sagte er. Sie staken in seinem Leibe. Jemand drehte sie immer wieder um, bis die Spitzen einander berührten und der Schmerz furchtbar wurde, atemberaubend.
»Er fiebert, der Arme«, meinte die Oberin und legte die Hand auf die Stirn des Jungen. Sie wiederholte die Frage: »Wer bist du?«
Er hob den Kopf, schob die Mütze zurecht, betrachtete lange die Frau und das Kreuz, das sie am Hals trug, ehe er antwortete: »Ich bin der Sohn des Wolynaer Zaddik, den die Christen getötet haben. Ich bin der letzte Rabbi der heiligen Gemeinde Wolyna. Auch mich haben sie getötet.«
Er fühlte, wie die Spitzen der Messer einander näher kamen, und hatte furchtbare Angst, aber er durfte die Augen nicht schließen, die Nonne sollte nicht glauben, daß er ihr Mitleid suchte.
»Wie lange soll ich sie behalten, Roman?« fragte sie.
»In zwei, drei Monaten werde ich sie holen kommen. Sie können dessen sicher sein. Und zum Notar werde ich morgen gehen, glauben Sie es mir, bitte!«
»Du hast gesagt, du bist verantwortlich für sie. Du mußt wissen, warum.«
»Ich weiß es.«

939

Roman war eingeschlafen, nur für einige Augenblicke. Als er erwachte, merkte er, daß die Pferde stehengeblieben waren. Er ermunterte sie, weiterzulaufen, aber sie rührten sich nicht, ihre Flanken bebten. Er stieg aus dem Schlitten, streichelte sie, suchte sie zu beruhigen. Vergebens. Er lauschte. Von nirgends ein Geräusch. Er ging nach vorne, blickte nach allen Richtungen, um sich wieder zurechtzufinden. Erst als er ein sonderbares Knistern unter seinen Schritten hörte, erfaßte er, daß sie mitten auf dem vereisten Flusse standen.

Er kehrte zu den Pferden zurück. Sie taten ihm leid, waren übermüdet und ängstlich. Auch sie hatten das Zutrauen zu ihm verloren. Er holte das Stroh hervor, in dem man die Verwundeten gebettet hatte, schichtete es in zwei großen Haufen unter den Bäuchen der Tiere auf und zündete es an. Er nahm seinen Platz wieder ein, hielt die Zügel fest in den Händen. Bald flackerte das Feuer hoch auf und sengte das Fell der Pferde an. Sie stürmten vorwärts.

Nun hatten sie den Fluß hinter sich und jagten den Rand des großen Waldes entlang. Von hier ab kannten sie den Weg nach Hause. Roman hätte ruhig schlafen können, er blieb wach. Nur das Gebet konnte ihn retten, aber ihm war gewiß, daß er jetzt nicht beten könnte, daß es sich ihm vielleicht für immer versagen würde.

Bisher hatte er selbst mitten in der Sünde gewußt, daß es die Reue gab und die Vergebung. In dieser Stunde, der letzten einer endlosen Winternacht, verzweifelte er zum erstenmal an sich selbst und somit am göttlichen Erbarmen. Nicht Reue, sondern Rechenschaft verlangte von ihm der Gott des letzten Rabbis von Wolyna. In dieser Stunde verweigerte er Roman die Gnade des Gebets.

VIERTES KAPITEL

Es war der frühe Frühling. Der Schnee schmolz am Tage, der kalte Wind der Nacht zeichnete in ihm die letzten Runzeln, die die Erde dunkel färbten. Die Eisblumen an den Fenstern gerieten in Bewegung, verströmten in vielen Bächen, mündeten in den Schnee am Gesims und vertropften mit ihm zusammen auf die Gartenbeete.
Noch schneite es manchmal, besonders an den Vorabenden, wenn der Ostwind ging, und man mochte fürchten, daß der Winter, kaum zu Ende, wieder begann.
Edi verfolgte diesmal das alte Spiel mit solcher Empfindsamkeit, weil er im Banne des Jungen lebte, zwischen Hoffnung und Bangnis. Denn Bynie schien verloren in einer Stunde und gerettet in der nächsten. Seit Wochen wechselten so die Gewißheiten wie Ebbe und Flut.
»Er ist außer Gefahr«, mochte Dr. Tarlo das eine Mal erklären. »Daß er 37,8 hat, beweist nichts. Wahrscheinlich hat er immer Fieber gehabt. Es würde zu ihm passen. Dürr wie eine Spindel, auch das beweist nichts. Er ist kein Patient, sondern ein Trotzkopf. Die Wunden habe ich ihm fast völlig ausgeheilt, den Trotz wird man ihm am Tag des Jüngsten Gerichts austreiben, ihm wie allen seinen Glaubensgenossen.«
Aber beim nächsten Besuch konnte er sagen:
»Wozu rufen Sie mich? Sterben kann er ohne Arzt, die letzte Ölung will er nicht, ich könnte sie ihm auch nicht geben. Die Infektion breitet sich ständig aus. Gegen Septikämie helfen neue Antibiotika, die ich nicht habe, sonst nur ein Wunder.«
Er war ein alter Mann, der Dr. Tarlo, sechsundsiebzig oder achtundsechzig Jahre alt, das hing von den Tagen ab, von der Stunde, denn auch in diesen Angaben war er widerspruchsvoll. Er hatte in Wien studiert, ein reicher Adeliger, der aus Spaß oder zum Trotz sich die Jugend anders vertreiben wollte als seine Cousins. Er gedachte nicht zu praktizieren, sondern höchstens ein, zwei Jahre als Schiffsarzt zu arbeiten, oder als Mitglied einer kühnen Expedition zum Nordpol. Aber dann er-

wies es sich, daß er gar nicht mehr reich war und daß die Eltern seine Unterstützung brauchten. So kehrte er zurück, mit einem hübschen Wiener Mädel, das sollte ihm den Haushalt führen, und mit einer großen Bibliothek. Nach dem Tode der Eltern heiratete er die Geliebte, die Bücher befragte er immer seltener. Die Patienten waren ihm teuer, solange sie leidend waren. Alle: Polen, Juden, Ukrainer. Und er verachtete sie wie alle, die er liebte, in der Art eines ehrgeizigen Vaters, der dem geliebten Sohn nicht verzeihen kann, daß er ein Dummkopf und ein Lügner ist. Im herbstlichen Regen, im Schneesturm, in der sengenden Hitze, immer war er unterwegs, überall erwarteten ihn die Kranken. Sie glaubten an ihn und fürchteten ihn.

»Warum soll die Kugel nicht in der Lunge bleiben, wen stört es? Und wenn er an diesem Schuß nicht gestorben ist, wird er fünfundachtzig Jahre alt werden wie alle seine Vorfahren. Die Schenkelwunde ärgert mich, das ist wahr. Aber ich lache sie aus — nichts!« sagte er das eine Mal, aber drei Tage später versuchte er, einen Fixationsabszeß zu provozieren. Die Injektionen brachten keinen Erfolg, aber das Fieber ging ein wenig zurück; es war ein besonderer, untypischer Fall. Er konnte ausheilen oder auch nicht.

Der Arzt kam nicht ungern ins Kloster, in dieses alte Schloß, das vor Jahrhunderten seiner Familie gehört hatte. Auch das verbaute, geheime Zimmer im Hintertrakt, in dem Bynie lag, gefiel ihm gut. Er schwatzte oft mit dem Kranken, machte sich lustig über ihn und über die »jüdischen Weisheiten«, von denen er nie zuviel hören konnte.

»Erklär mir das noch, wenn du schon ein Rabbi bist, ein Rabbi im Kloster Immaculata«, sagte Dr. Tarlo, nachdem er die Wunde frisch verbunden hatte. An diesem Tage glaubte er, daß nun alles gut ginge. »Warum ist euer Sonntag eine Strafe? Man darf nichts tun, was einem Spaß machen würde. Nicht einmal rauchen. Und die Barrikaden zu bauen hast du verboten, die euch hätten retten können. Das ist doch nicht logisch. Oder kann ein Goj das nicht verstehen?«

»Ein *Goj* kann verstehen, aber er will nicht. Vergeßt nicht, Herr Doktor, allen Völkern hat der Schöpfer seine Lehre angeboten, und alle haben sie abgelehnt. Sie wollten nicht das schwere Joch tragen. Nur wir haben sie angenommen. Und auch das müßt ihr wissen: Vor dem Berge Sinai standen damals nicht nur jene Juden, die Moses aus Ägypten herausgeführt hat, sondern alle Generationen, die seither gefolgt sind und die folgen werden, bis ans Ende der Tage. Jeder von uns hat damals ja gesagt, jeder.«

»Deck dich nicht auf, Kleiner, laß die Arme unter der Decke! Erzähl mir keine mystischen Geschichten! Ich habe dich aus dem Leib deiner Mutter gezogen, vor sechzehneinhalb Jahren. Wo du vor deiner Geburt gewesen bist, weiß ich also besser als du. Erklär mir lieber diesen Unsinn wegen eures Sabbats, und dann geh ich, du bist nicht mein einziger Patient.«

»Es handelt sich darum, Herr Doktor, den Menschen vom Alltag zu befreien. Nur die Seele, die sich von der Natur befreit, sich über die Erde erhebt, kann sich mit Gott verbinden. Herr Doktor, Ihr sollt wissen und bedenken, daß, wenn ein einziges Mal alle Menschen auf dieser Erde den Sabbat wirklich feierten, so würde der Alltag nie mehr wiederkehren, die Erlösung wäre da für alle, auch für Gott, der schon so lange auf sie wartet. Ihr macht euch lustig darüber, Herr Doktor, daß man am Sabbat keine Zigarette rauchen darf. Und es wäre auch lächerlich, wenn es sich darum handelte. Aber bedenkt: was ist die Größe eurer Hand, verglichen mit der Größe des Alls? Hebt aber die Hand vor die Augen, und sie wird euch die ganze Welt verstellen.«

»Ich gehe, Bynie. Ich verbiete dir ausdrücklich, so viel zu sprechen, außer mit mir. Es strengt dich zu sehr an. Und was du da gesagt hast, ist alles Unsinn. Nur in einem Punkt hast du recht: Ich kann verstehen, aber ich will nicht.«

»Doktor Rubin«, sagte der Arzt zu Edi, der ihn hinunterbegleitete, »ich bin durchaus optimistisch. Sie haben's ja sicher auch bemerkt, die Wunde sieht heute gar nicht übel aus.«

»Ich weiß nicht«, antwortete Edi zögernd, »die Nacht war sehr schlecht, das Fieber —«

»Glauben Sie an Wunder?« unterbrach ihn Tarlo.

»Nein, keineswegs.«

»Aber der Rabbi glaubt, und vielleicht kann er sie wirken. Im Londoner Radio spricht man über ein Pilzpräparat, Penicillin nennen sie es. Wenn ich es hätte, wäre ich nicht auf Wunder angewiesen. So aber, und weil mir der Gedanke unerträglich ist,

daß dieser Junge, von meinen eigenen Leuten getötet, sterben soll, Sie verstehen —«
Edi nickte, aber er verstand nicht. Der alte Mann ging schnell und ganz aufrecht — heute war er wieder jünger — durch den langen Gang auf die Pforte zu. Ein Bauernjunge sprang vor, nahm ihm die Tasche ab und folgte ihm hinaus zum Wagen, der draußen wartete. Natürlich, es gab überall Kinder und Jugendliche. Sie liefen Schlittschuh auf den noch vereisten Bächen, sie sausten auf ihren Rodeln die Hügel hinunter — mit geröteten Wangen kehrten sie zu ihren Eltern zurück. Natürlich.
Edi wandte sich um und ging zu den Wirtschaftsgebäuden. Dort, gewöhnlich in der Nähe der Küche, hielt sich Rojzen auf. Er humpelte zwar noch, vielleicht mehr, als er mußte, aber seine Verletzung war ausgeheilt. Er befürchtete, daß ihn die Oberin eines Tages aus dem Kloster weisen würde. So machte er sich nützlich, wo er konnte, am liebsten in einer Art, die niemand entgehen konnte. Er hatte der Oberin angetragen, für sie einen Teppich zu knüpfen, und obschon sie es abgelehnt hatte, arbeitete er an ihm. Der Ökonom brachte ihm das Material, dessen es hierzu bedurfte. Skarbek hatte einige Sachen mitgebracht, Bynies Bücher und drei Geigen, die er im Stollen der Juden gefunden hatte. Rojzen spielte für das Dienstpersonal, sooft man es wünschte. Er hoffte, daß die Oberin ihm erlauben würde, auch für die Schwestern zu spielen.
Er mied Edi, so gut er konnte, er fürchtete ihn und fühlte sich von ihm verachtet. Rojzen war's nicht ganz klar, ob er noch unter dem Befehl dieses fremden Mannes stand. Er war nicht schlecht und nicht dumm, aber unfähig, auf Verachtung anders als mit Furcht und Schmeichelei zu antworten. Bis vor kurzem wäre ihm der Gedanke, daß er sich taufen lassen könnte, um sein Leben zu retten, unfaßbar gewesen. Nun wußte er, daß er zum Katholizismus übertreten würde, wenn man es von ihm verlangte — aber nur nach dem Tode Bynies. Der kranke Junge da oben und sein Wächter, dieser Dr. Rubin, halfen ihm nicht. Aber alles, was er tat, um sich zu retten, erschien ihm selbst verächtlich, weil er dachte, daß es den beiden so erschien.
»Warum lachen die drinnen, Rojzen?« fragte Edi.
»Warum sollen sie nicht lachen? Ich habe ihnen eine Geschichte erzählt, eine alte, aber für sie war sie neu.«

»Ich mag nicht, daß du sie mit jüdischen Geschichten erheiterst. Warum hast du die Milch und die Kartoffeln nicht heraufgebracht? Und gestern abend hättest du für Bynie spielen sollen, aber du bist nicht gekommen.«

»Man kann nicht immer spielen. Die Finger waren mir steif gefroren. Die machten einen Spaß mit mir, wollten mich unbedingt nicht in die Küche hineinlassen, mir die Hände wärmen. Jetzt geht es besser, sie lachen schon. So werden sie mir auch Milch und Kartoffeln geben, das Brot habe ich schon. Sie kennen sich nicht aus, Herr Oberleutnant. Sie wissen nicht, für uns ist es gut, wenn die Polen lachen, und deshalb —«

»Also bring alles mit, auch deine Geige. Der Doktor hat den Verband gewechselt, Bynie hat sehr gelitten. Es ist bald Abend, und er hat noch nichts gegessen.«

»In Ihren Augen bin ich an allem schuld, gerade ich, Mendl Rojzen«, klagte er. Edi ließ ihn stehen und ging ohne Gruß weg. Rojzen war empört, wollte ihm nachlaufen, aber er hatte keine Zeit. Er mußte in die Küche, das Geschirr trocknen.

Edi schob Holz in das Öfchen. Er hantierte vorsichtig, um den Kranken nicht zu wecken. Bynie lag auf dem Rücken, das Gesicht hochgereckt, als lauschte er auf einen Ton, der von oben kommen konnte. In der Hand hielt er noch immer das Buch. Edi nahm's ihm aus der Hand und löste den Zeigefinger der anderen von der Stelle, bei der der Leser angekommen war. Sie lautete:

»Das Bewußtsein des Lebens, seines Daseins und Tuns ist der Schmerz über dieses Dasein und Tun — — —«

Er schlug das Buch zu. Seit Wochen, vielleicht seit Monaten quälte sich der Junge mit dieser »Phänomenologie des Geistes«, mit diesem Kauderwelsch einer ihm fremden Sprache ab, um herauszufinden, warum Hegel sich im Garten der Erkenntnis verirrt hatte. In diesem Kapitel handelte es sich unter anderem um das »unglückliche Bewußtsein.«

»Worauf mag er lauschen?« fragte sich Edi, während er das blutlose Gesicht betrachtete, das die langen schwarzen Schläfenlocken umrahmten. Er schob zwei Geigenkästen unter den Strohsack, so daß sie das Kopfende erhöhten, und legte sich hin. Das Mitleid, das er für den Jungen empfand, den er nun seit Wochen pflegte, war ein stets waches, aber nicht besonders starkes Gefühl. Daß er in Hoffnung und Bangnis mitschwang, war natürlich, eine Folge der steten Nähe. Er hätte ihn wie einen Sohn lieben können, doch fühlte er sich an ihn nicht gebunden. Aber da war eine sonderbare Neugier, wie Edi sie vorher nie gekannt hatte. Nichts an diesem jungen Menschen war geheim, dennoch blieb sein Wesen unbekannt, er war einfacher, als sechzehnjährige Knaben sonst sind, und zugleich ungewöhnlich: als ob er anderes und viel mehr als nur ein bestimmtes Individuum, als ob er eine Gattung Mensch wäre. So mag man angesichts eines Bildnisses nicht danach fragen, wen es darstellt, obschon es einfach wäre, Namen und Geschichte des Porträtierten zu erfahren. Man bleibt in den Anblick eines Gesichts versunken, das, von der Person losgelöst, nach Hunderten von Jahren mehr bedeutet und den Beschauer stärker ergreift als das vergangene Leben eines einzelnen. Die Merkmale eines Wesens sind zum Wesen selbst geworden, das nicht trotz, sondern wegen seiner Besonderheit als Allgemeingültiges erscheinen mag.

Bynie war in einem von tausendmal tausend Zäunen umhegten Glauben erzogen worden, der alles, selbst die unwichtigste Gebärde eines Kindes durchdrang. Frühzeitig erfuhr er, daß er zu einem hohem Amt berufen war, frühzeitig erkannten die anderen und er selbst, daß er ein »Lerner« war, wie sie es nannten, ein Schwamm, der alles gierig aufsog, und daß sein Hunger nach Wissen unersättlich und sein Durst nach Verstehen unstillbar waren.

War all dies besonders, so war es doch nicht unbekannt. Unfaßbar blieb allein, so schien es Edi, die eigentümliche Verbundenheit mit dem All, in der dieser Junge so natürlich lebte, wie ein Baum im Erdreich wurzelt. Um so erstaunlicher, als Bynie, im Gegensatz zu seinem Vater, augenscheinlich nicht an ein Jenseits und nicht an die Unsterblichkeit der Seele glaubte, sondern es nur für möglich hielt, daß sich Gott am Ende der Tage entschließen könnte, eine zweite, endgültige Schöpfung zu wirken — die Wiederauferstehung. »Nicht durch seinen Leib und nicht durch seine Seele, sondern nur durch den Sinn seines Tuns geht der Mensch in die Ewigkeit ein. Dieser Sinn ist, wenn er der rechte ist, göttlich, also ewig.«

All diese Worte waren leer für Edi, aber allmählich verlor er die

Ungeduld, die sie zuerst in ihm erregten. Eben weil, was Bynie sagte, nicht wie die Äußerung einer Person oder einer Sekte wirkte, sondern wie der Ausdruck einer menschlichen Natur. Zu deren Widersprüchen mochte es gehören, daß der Junge Schmerzen fürchtete und nach seiner Mutter rief, wenn Dr. Tarlo den Verband zu schnell wegriß, und daß er das Sterben, nicht den Tod fürchtete. Er erklärte: »Weil der Tod leer ist, kann man ihn mißachten. Und deshalb ist auch das Töten eine Handlung ohne Sinn. Ich habe das so gut gemerkt bei dieser Schlacht im Wald und dann im Stollen. Ihr könnt es euch selbst beweisen, Dr. Rubin. Versucht einmal, eine Schlacht zu beschreiben, und Ihr werdet merken, daß alle diese Taten zusammen so wenig bedeuten und so gestaltlos sind wie eine Träne im Ozean.«

»Ich bringe alles auf einmal«, sagte Rojzen, der, ohne anzuklopfen, die Tür geöffnet hatte. Edi machte ihm ein Zeichen, da erst bemerkte er, daß der Junge schlief. Er brachte die Sachen herein: die Milch, das Holz, die Kartoffeln, Äpfel und Brot.
Er legte vier Äpfel auf die glühende Platte des Öfchens.
»Die Hände«, flüsterte er, »die Hände frieren mir immer, man möchte sagen, sie haben die Blutarmut.«
»Blödsinn!« sagte Edi. »Stell die Milch aufs Feuer. Er soll trinken, sobald er erwacht.«
»Was denn tu ich? Den Topf werde ich in die Mitte stellen und die Äpfel rundherum. Sie wissen nicht, aber ich weiß, daß er sie gern hat, wenn sie gebraten sind«, sagte Mendl herausfordernd.
»Du bist es, Mendl?« fragte Bynie erwachend.
»Ja, Babbi, ich habe alles gebracht, und die Äpfel brate ich. Nachher werde ich die Kartoffeln, ganz fein geschnitten, auch braten. Man hat mir ein Stück Butter für Sie gegeben. Es sind gute Polen, alle möchten, Sie sollen gesund sein. Es ist gerade sehr schön, daß Katholiken vor einem Rabbi Respekt haben. Die Frau des Gärtners, sie hat mir die Äpfel gegeben, sie sagt, ihr drittes Kind, es ist nicht krank, aber es geht nicht, so, ohne Grund. Sagt sie, sie glaubt, das kommt von der Schwägerin, die ihr gerade das dritte Kind nicht gegönnt hat. Für die Äpfel verlangt sie nichts, und wenn frisches Gemüse da sein wird, wird

sie es auch geben, warum nicht, von Herzen gern, sagt sie — wenn der Rabbi nur Erbarmen haben möcht' mit dem armen Wojtek und ihn segnen und einen Zauber sprechen gegen den Zauber der Schwägerin, die den bösen Blick hat. Jetzt soll der Rabbi das Äpfelchen essen, es ist so heiß und voll von gutem Saft, die Milch ist auch gleich fertig. Und es ist ja wirklich ein Unrecht, warum soll gerade des Gärtners Wojtek nicht sein wie andere Kinder? Schon fünf Jahre alt, gerade ein schönes Kind, kriecht herum auf der Erde und traut sich nicht zu gehen. Die ganze Welt geht, nur er nicht. Das Herz zuckt einem zusammen, wenn man das mit ansieht — frag' ich, warum soll der Rabbi nicht...«

»Genug gesprochen! Leg Holz auf, sonst wird die Milch nie heiß«, rief Edi ihm zu.

»Laßt ihn, Dr. Rubin!« griff Bynie begütigend ein. »Deine gebratenen Äpfelchen sind wirklich gut, Mendl. Du glaubst also, daß ich dem Kind helfen kann?«

»Warum soll ich nicht glauben? Der Doktor hat nicht geholfen, und wenn irgendeine Schwägerin ein böses Auge werfen kann, soll ich glauben, daß der Zaddik von Wolyna dagegen nicht aufkommen kann? Jetzt soll der Rabbi die Milch trinken, und ich werde hinunterlaufen und die Frau mit dem Kind bringen, und dann wird alles gut sein. Wojtek wird gehen, seine Mutter wird uns dankbar sein und mir erlauben, in ihrem Haus zu arbeiten, weil meine Hände, ich sage, sie sind blutarm. Ich gehe und bin schon zurück.«

Nach einer kurzen Weile war er wieder an der Tür, die er weit vor einer dicklichen jungen Frau öffnete. Sie trug in ihren Armen einen Knaben, dessen lebhafte Augen den Raum neugierig betrachteten. In der Hand hielt sie einen geflochtenen Brotkranz, den sie augenscheinlich als Geschenk mitgebracht hatte. Bynie nickte ihr zu und sagte:

»Gib das Brot dem Wojtek in beide Hände und stell ihn auf den Boden!«

»Aber er wird fallen, Euer Wohlgeboren.«

»Nein, Wojtek, du wirst nicht fallen, denn du mußt mir das Brot bringen. Ich brauche es, ich bin hungrig, und du, du bist gut, du willst mir helfen. Halte es fest in deinen Händen und komm zu mir!«

Das Kind schwankte, streckte die Hände vor, als ob es einen Halt suchte, schien ihn im Brotkranz zu finden, tat einen Schritt, zögerte, setzte den andern Fuß vor, Bynie winkte mit der Hand, und Wojtek, die Augen bald auf das Brot gerichtet, bald auf den Kranken, kam langsam vorwärts. Endlich erreichte er das Kopfende des Bettes.
»Was hast du jetzt getan, Wojtek?« fragte Bynie und ergriff die Händchen des Kindes. Es schwieg.
»Du bist gegangen, denn du kannst gehen. Gib mir das Brot, Mendl wird dir ein Stück Holz reichen, und du wirst bis zu deiner Mutter gehen und es ihr geben, denn sie liebt dich, und du liebst sie.«
Das Kind tat, wie ihm geheißen wurde. Dann gab man ihm einen Löffel. Wieder setzte er sich in Bewegung und brachte Bynie den Löffel. Seine Mutter stürzte ans Bett, kniete nieder und stammelte: »Aus der Schande, aus der Schande hat der Herr mich erlöst. Soll der Herr jetzt meinen Sohn segnen!«
»Steh auf, Frau, vor einem Menschen darf man nicht knien. Wojtek ist nicht gegangen, weil seine Mutter ihn zu lange getragen hat. Wenn er aber selbst tragen darf, dann will er gehen. Es steht geschrieben, daß Gott die Heilung noch vor der Krankheit schickt.«
Er ließ sich von Mendl einen gebratenen Apfel geben, sprach einen Segen und gab der Mutter und dem Kind je eine Hälfte.
»Kommen Sie jetzt, Frau Bielinsky, ich werde Ihnen alles erklären«, sagte Rojzen zur Gärtnersfrau, die weinend dastand und dem Kind zusah, das mit dem Löffel in den vorgestreckten Händen zwischen der offenen Tür und dem Bett mit unsicheren Schritten hin und her ging. Sein Gesicht drückte Verwunderung und Stolz aus.
»Oh, wie gut ist es, wenn der Rabbi nur will«, rief Mendl, der bald wieder zurück war. »Jetzt werde ich einige Eier kochen, sie sind ganz frisch, Wojteks Mutter hat sie mir aufgedrängt. Die Hände werden mir dabei warm werden, und dann werde ich spielen. Was braucht man viel? Alle zwei, drei Tage ein Wunder, was sage ich, ein ganz kleines, winziges Wunderchen, und schon wird alles leicht sein. Die Frau hat gesagt, ich darf in ihrem Haus arbeiten. Es ist dort warm, geheizt wie bei einem Prinzen —«

»Ist denn bei dir nicht geheizt?«

»Wie soll man denn heizen, gibt's denn einen Ofen? Ich schlafe doch auf dem Dachboden, das heißt, das ist nicht einmal ein Dachboden, sondern —«

»Dann wirst du von heute ab hier schlafen und hier den Teppich knüpfen. Verzeih, daß ich nicht früher daran gedacht habe.« Aber Mendl zog es vor, nicht beim Rabbi zu wohnen. Er war in zu viele Angelegenheiten verstrickt da unten, und nun, nach dem Wunder, würde ja sowieso alles anders werden.

Er irrte sich nicht. Es verging kaum ein Tag, da er nicht jemanden zu Bynie brachte. Die Nachricht hatte sich schnell verbreitet, daß sich im Kloster ein Wundertäter aufhielt, einer von den Rabbis, denen auch ein Katholik zutrauen mochte, böses Geschick in gutes zu verwandeln. Zu den Leuten, die mit dem Kloster in Verbindung standen, war das Geheimnis zuerst gedrungen. Sie kamen hastig an, brachten den Schwestern und dem Rabbi Geschenke. Alle brauchten Wunder, ganz kleine, oder wenigstens einen wirksamen Segen.

Die letzten dreiundzwanzig Tage seines Lebens vergingen Bynie schnell. Er füllte sie mit Gebeten für leidende Menschen. Deren geflüsterte Klagen hörte er an, wie es sein Vater zu tun pflegte: aufmerksamer für alles, was das Wesen des Bittstellers verriet, als für seine Bitte.

Er wurde zusehends schwächer in diesen Wochen, aber trotz Edis heftigstem Widerspruch ließ er es nicht zu, daß auch nur einer von jenen abgewiesen würde, die kamen, ihn zu sprechen. Im übrigen sorgte Mendl für Ordnung. Er spielte die Rolle des Gabbai, des Kämmerers und Zeremonienmeisters. Es war wahrscheinlich, daß er sich die Audienzen bezahlen ließ. Er war von seiner eigenen Wichtigkeit durchdrungen, hatte sich auf irgendeine Weise bessere dunkle Kleidung besorgt, man nannte ihn Pan Mendl. Bynie gegenüber war er noch ehrerbietiger als früher und schien aufrichtig glücklich über jedes gute Wort, dessen ihn der junge Rabbi würdigte.

Edi hoffte, daß der Arzt eingreifen und diesen grotesken Betrieb am Bette eines Schwerkranken untersagen würde. Doch weigerte sich Dr. Tarlo entschieden, Bynie zu stören:

»Ich verstehe nichts davon. Tatsache ist, daß Wojtek geht und daß er vorher nicht gegangen ist. Ein psychologischer Trick?

Wahrscheinlich. Dann ist es ein Wunder, daß dieser Sechzehnjährige ihn genau im richtigen Augenblick entdeckt und anwendet. Sie, einen ungläubigen Juden, geniert das, mir, einem gläubigen Katholiken, ist es willkommen.«

Eines Abends kam die Oberin. Bynies Fieber war wieder gestiegen, sein Körper glühte. Er strengte sich an, die Augen offenzuhalten, die Lider waren geschwollen.

»Sie verweigern noch immer die Speisen unserer Küche. Wir könnten auch anderes für Sie kochen«, sagte sie, »Sie sind sehr schwach. Der Doktor meint, daß Ihre Nahrung unzureichend ist. Wir werden Ihnen ja kein Schweinefleisch geben, aber Ihre Religion verbietet Ihnen doch nicht, Hühnchen zu essen.«

Bynie dankte ihr, aber die jüdischen Speisevorschriften seien sehr streng und man müsse sie ganz genau beachten. Überdies habe er jetzt genug zu essen, mehr als er und seine beiden Gefährten brauchten.

Die Oberin beugte sich über den Kranken und sah ihn lange an, forschend zuerst und dann nachdenklich. Die Strenge wich nicht ganz aus ihrem langen Gesicht, dessen Züge männliche, nicht weibliche Keuschheit ausdrückten. Sie setzte sich wieder und sagte:

»Ich habe Ihnen keine besondere Kost angeboten, auch als ich wußte, daß Sie unsere ablehnten. Denn Sie haben verabscheuenswerte Worte gesagt in jener Nacht, in der mein Neffe Sie hierhergebracht hat.«

Da Bynie stumm blieb, fuhr sie erklärend fort: »Sie haben mit Haß von uns Christen gesprochen. Die Christen haben meinen Vater und mich getötet, haben Sie gesagt. Und gleichzeitig haben Sie unsere Gastfreundschaft verlangt, obwohl Sie wissen, welchen Gefahren man sich aussetzt, wenn man einen Juden beherbergt. Und Dr. Tarlós Hilfe haben Sie angenommen. Wir alle sind Ihretwegen gefährdet. Trotzdem helfen wir Ihnen, eben weil wir Christen sind. Wir verbergen, ernähren und erziehen acht jüdische Mädchen. Wir erlauben, daß Leute zu Ihnen kommen, was unter den gegenwärtigen Umständen Wahnsinn ist. Nun, haben Sie mir nichts zu sagen?«

»Wenn ich Worte des Hasses gesprochen habe, habe ich gesündigt«, antwortete Bynie mühsam, aber mit deutlicher Betonung. »Und habe ich Sie gekränkt, so bitte ich Sie um Vergebung. Aber

vergessen Sie nicht, daß die Wahrheit nicht vom Menschen geändert werden kann, denn sie ist Gottes Werk und Wille.«
»Was wollen Sie damit sagen?«
»Es gibt gute Juden und schlechte. Solange es die schlechten unter uns gibt, wird die Erlösung nicht kommen. Ihr aber, ihr Christen, ihr sagt, daß der Erlöser gekommen ist seit langem. Euch gehört die Welt, euch die Macht seit zwei Jahrtausenden. Habt ihr die Schwerter zu Pflügen umgeschmiedet, weidet das Lamm ruhig neben dem Löwen? Euer ist die Welt, und sie ist voll des Mordes — warum? Gott ist nur gerecht, aus uns macht er Opfer, aber euch zu unseren Henkern.«
»Jene, die Ihren Vater getötet und Sie verwundet haben, haben als sündige Menschen gehandelt, nicht als Christen. Das sehen Sie doch ein?«
Bynie antwortete nicht. Sie beugte sich wieder über ihn und legte die Hand auf seine Stirn.
»Sie fiebern. Haben Sie starke Schmerzen? Wollen Sie nicht eine Pflegerin haben?«
Er schüttelte den Kopf. Sie erhob sich, wartete, aber er sagte nichts mehr. Vielleicht schlief er wirklich.
Vier Tage später starb Bynie — es war an einem frühen Nachmittag. Die Sonne schien ins Zimmer, der Himmel war sommerlich blau.
Das qualvolle Sterben dauerte fünf Stunden. Dr. Tarlo versuchte vergebens, das mörderische Fieber herabzudrücken, die Schmerzen erträglicher zu machen. Bynie starb wie ein Kind — er weinte, klagte laut, rief nach dem Vater, nach der Mutter, nach der älteren Schwester.
Als die Schmerzen für eine kurze Weile erträglicher wurden, nahm er Edis Hand und bat ihn, mit ihm ein Gebet zu sprechen, dessen er sich nicht mehr ganz entsinnen konnte — das Bekenntnis des Sterbenden.
Edi sagte traurig: »Aber, Bynie, du weißt ja, ich kenne kein einziges Gebet. Ich habe das Totengebet notiert, wie du es mir diktiert hast, das meinst du doch nicht.«
»Armer Mensch!« sagte Bynie. »Ihr bleibt ganz allein, wie werdet Ihr ohne Gebet leben können?«
Er sank zurück. Tränen des Mitleids näßten noch seine Wangen, als er starb. Das letzte Zucken ließ seinen Oberkörper und seine

Knie hochschnellen, es zauberte auf seine Lippen ein kindliches Lächeln der Verwunderung.

»Alle, ausnahmslos alle sind einverstanden«, wiederholte Skarbek. Er war einige Stunden nach Bynies Tod mit Jadwiga, seiner Ehefrau, gekommen. »Wir umzingeln das Städtchen und besetzen es neunzig Minuten lang. Genug Zeit, den Rabbi im Mausoleum seiner Familie zu bestatten. Selbst die Dümmsten unter den Burschen sind überzeugt, daß wir das dem Toten schulden. Es muß morgen am späten Nachmittag sein, die Armia Krajowa verläßt gleich darauf die Gegend, wir haben Befehl, in ein anderes Gebiet abzuziehen.«
»Ich bin dagegen«, antwortete Edi. Die Anwesenheit der eleganten jungen Frau störte ihn. Ihm schien's, daß sie ihn neugierig und gönnerhaft zugleich betrachtete. »Ich verstehe, daß Sie und Ihre Leute an dieser Geste, die für euch gefährlich werden könnte, Gefallen finden. Aber Bynie hätte sie nicht gewünscht.«
»Ihnen ist es unbekannt, aber ich weiß es, Generationen von Juden sind zu diesem Mausoleum gepilgert. Später, wenn alles vorüber ist —«
»Es wird kein Später geben, Skarbek, auf die Ausrottung folgt nichts. Nicht einmal ein Epilog.«
»Warum nicht?« fragte Jadwiga. »Warum soll man dem verblichenen Rabbi nicht die letzte Ehre erweisen?«
»Man soll«, antwortete Edi zu Skarbek gewandt. »Aber weit und breit hat niemand das Recht dazu.«
Er mußte an Bynies Vater denken. An die harten Brote, mit denen die Wiener Spaziergänger die Boote der Juden zum Kentern brachten: »Gott hätte den Verhungernden das Brot gegönnt, aber er durfte den Schuldigen nicht die Gunst gewähren, eine gute Tat zu tun.«
»Ich denke, Sie sind streng, zu streng und überdies undankbar«, meinte die Frau.
»Ja, undankbar«, bestätigte Edi ernst. Aber plötzlich brach er in ein wildes Gelächter aus, das im langen Klostergang widerhallte und zu ihm selbst zurückzukehren schien.
»Ich weiß wirklich nicht, warum Sie lachen. Hinter der Tür ist der Tote aufgebahrt, und Sie lachen wie im Wald«, sagte sie.

»Dr. Rubin hat gar keinen Grund, uns dankbar zu sein«, meinte Skarbek, als Edi noch immer lachte. »Alles wird geschehen, wie Sie es wollen, Sie sollen nur wissen, daß die Akowcy —«
»Interessiert mich nicht. Nichts von alledem geht mich etwas an. Machen Sie mit der Leiche, was Sie wollen, aber nur keine ritterlichen Gesten, bitte! Und um zu verstehen, gnädige Frau, müßten Sie willig sein, vieles zu erfahren, was Sie gar nicht wissen wollen.«
»Was zum Beispiel?«
Skarbek griff ein: »Das Gespräch ist nutzlos. Rubin denkt, ich hätte dir verheimlicht, mit welcher Schuld ich mich beladen habe. Er weiß nicht, wie leicht es ist zu beichten, weil er unfähig ist zu verzeihen.«
»Ja, unfähig«, bestätigte Edi und verließ die beiden. Er ging zum Dachboden hinauf, für diese Nacht tauschte er die Schlafstelle mit Rojzen.
Während er sich in die alten schadhaften Decken wickelte, die nach Schimmel rochen, bedachte er, wieviel Grade von Einsamkeit es gab. Jetzt erst war er von allem, was Menschenantlitz trägt, wirklich abgeschieden. Die Vorstellung, daß er anderen Tags wieder Menschen begegnen würde, war ihm widerwärtig. Er suchte nach einer Welt, nach einer vereisten Wüste, in der keine Begegnungen mehr möglich wäre, nach der Seinsform eines Toten. Lange lag er schlaflos da. Als ihn der Hunger übermannte, gab er ihm nach und stieg in Bynies Zimmer hinunter. Skarbek und Rojzen hielten die Totenwache. Edi schnitt zwei Stücke vom Brotlaib, bestrich sie mit Butter und ging wieder hinauf.
Er fühlte sich nicht mehr eins mit seinem Körper, den er verachtete: weil er Hunger empfand, Müdigkeit, Kälte, weil selbst die Gier nach Frauen in ihm nicht erstorben war.

FÜNFTES KAPITEL

»Ja, ja, gewiß!« stimmte der General zu. Er wandte sich halb um, so daß er den Major, der etwas kleiner war, verdeckte.
»Ja, aber ich habe gesagt: In drei Tagen soll's zu Ende sein. Eine Woche ist um, vom Ende keine Spur!«
Besser ohne den Feldstecher, dachte der General, er hob den Kopf in die Höhe — so war's richtig. Profil, scharfer Ausdruck, moderner Feldherr. Nun mochte der Fatzke knipsen. Der Major hatte 'ne Art, an einem zu kleben, wollte gewiß ganz groß aufs Bild.
Etwas vorne, zu beiden Seiten, standen die Unteroffiziere mit den schußbereiten Maschinenpistolen — eigentlich unnütz. Der Photograph kniete neben dem großen Daimler — so mußte es richtig werden, von unten aufgenommen. Aber dann sah man auch nichts vom Ghetto. Nicht nötig. Verdammt noch mal, daß die Polacken von der Hilfspolizei nicht draufkommen! Slawischer Hintergrund — nee, danke, bin bedient! Er drehte sich um, natürlich standen sie da, die Gewehre schußbereit. Nicht schlecht: Polen beschützen SS-General.
»Halt, es wird nicht geknipst, bevor der Hintergrund gesäubert ist!« rief er.
Der Adjutant verstand sofort, ging nach hinten, die Polen drückten sich ins Haustor. Der General schob die Mütze etwas tiefer in die Stirn, hob wieder den Kopf, stellte das rechte Bein so, daß die Sporen sichtbar blieben.
Im Augenblick, da der Photograph knipste, erfolgte eine besonders starke Explosion. Vielleicht hatte ihm die Hand gezittert, er machte lieber gleich noch zwei Aufnahmen.
»Ich denke also —«, begann der Major wieder.
»Nischt zu denken, machen uns lächerlich. Ich habe zweitausend Mann eingesetzt, außerdem Pioniertruppen, Panzerwagen und 'ne leichte Batterie. Von jetzt an meine ich es verflucht ernst — einäschern. Auch die Werkstätten. Die Kanäle überschwemmen. Alles abrasieren. Verdammte Scheiße, daß wir den Einsatztruppen den Stall ausmisten müssen. Aber wenn, dann schnell

und gründlich. In die Kanäle und Bunker Polen und Litauer vorschicken, die sollen nicht glauben, daß sie nur Ehrengäste sind beim Schweineschlachten. Sehen Sie mal hier, wie die sich amüsieren!«

Auf dem Krasinski-Platz, der an die Mauer des Ghetto stieß, war Kirmesrummel. In der Mitte stand ein großes Karussell, überall dröhnte die Musik. Die feiertäglich gekleidete Menge drängte sich vor den Schaubuden. Es war der Ostersonntag 1943.

»Kann man später mal erzählen, zu Hause«, meinte der Major nachdenklich. »Sonderbarer Krieg! Alles dicht nebeneinander — die hören die Explosionen, sehen die Feuersäulen aufsteigen, den Rauch, hören die Schüsse — und eigentlich handelt es sich in einem gewissen Sinne um ihre Mitbürger.«

»Finde ich auch«, unterbrach ihn der Adjutant, »aber das haben wir ja nun schon heraus, die Polen, die kennen wir aus dem ff, wir haben sie mit großen Löffeln gefressen.«

»Nur nicht philosophisch werden, meine Herren!« ermahnte der General und stieg in den Wagen. »Erst das Ghetto gründlich säubern, dann alles, was rundherum ist. Wir sind Feinschmecker, essen Artischocken, Blatt um Blatt, das Beste kommt zuletzt!«

Die Suite lachte, stieg in den zweiten Wagen. Sie fuhren ab.

»Es wäre leicht gewesen, den SS-General abzuschießen«, sagte Edi und drehte sich wieder zur Bude des Bauchredners um. Skarbek meinte nach einer Weile:

»Ich bin nicht oft in Warschau gewesen. Für uns ist eigentlich Krakau das Zentrum, Polens Herz.«

Sie waren seit zwei Tagen in der Hauptstadt. Roman war von der politischen Leitung berufen worden, Edi wollte nicht länger im Kloster bleiben. Man rechnete damit, daß die Gestapo plötzlich einbrechen und es gründlich durchsuchen würde. Sie hatte zweifellos davon Wind bekommen, daß sich ein Rabbi dort aufgehalten und bis zu seinem Tode Besuche empfangen hatte.

»Ich meine nur, Warschau ist nicht Polen«, begann Roman wieder. »Eine solch große Stadt, der Pöbel ist Majorität.«

Sie hatten den Platz verlassen, nun gingen sie durch eine enge Straße. Eine Straßenbahn kam hinter ihnen her gefahren. Diese Linie fuhr ganz nahe an dem Ghetto vorbei. Die Passagiere waren seit Minuten Zeugen der Vernichtung, der ein Teil ihrer Heimatstadt zum Opfer fiel. Manche sahen gespannt zum

Fenster hinaus, zum grünlichgrauen Himmel hinauf, beobachteten, wie der Rauch langsam heller wurde und zerstob. Die meisten aber waren den Anblick nun schon gewöhnt. Es war der siebente Tag des Aufstandes, die Passagiere sprachen untereinander oder vertieften sich in ihre Zeitungen.

»Ich meine, Rubin, die Kirmes auf dem Krasinski-Platz ist nicht, wie soll ich sagen, sie ist nicht symbolisch. Ich betone das ausdrücklich. Sie möchten doch auch nicht, daß man zum Beispiel die Juden nach Mendel Rojzen beurteilen soll, nicht wahr?«

Roman hatte Mühe, mit Edi Schritt zu halten, der so schnell ging, als fürchtete er, zu spät zu kommen. Aber sie hatten kein Ziel und viel Zeit, sie sollten erst am Abend wieder in der Wohnung des Herrn Joseph Grudzinski sein.

»Ich nehme an, daß wir zum Rummelplatz wieder zurückfinden, wenn wir in die nächste Gasse rechts einbiegen«, sagte Edi.

»Warum, wozu wieder hingehen?« fragte Roman. Aber er wußte, daß er nachgeben würde. Das Bewußtsein seiner Schuld machte ihn wehrlos gegenüber diesem Manne, der jedes Gesicht in diesem Lande, jeden Stein in dieser Stadt anblickte wie einer, der sich darauf vorbereitet, der Kronzeuge des Anklägers zu sein. Er hätte von Katyn sprechen können, von dem Massengrab der vielen Tausend polnischer Offiziere, das man vor wenigen Tagen entdeckt hatte. Er blieb stumm, er wollte nicht Leichen gegen Leichen stellen. Alles war unsagbar traurig und erniedrigend zugleich. War es faßbar, daß es solches Leiden gab ohne Schuld?

Sie kamen durch eine ruhige Gasse mit hübschen Zweifamilienhäusern. Aus einer Etage klang sentimentales Klavierspiel, in einem Vorgärtchen standen Leute um einen Kinderwagen und versuchten, mit lautem Lachen und Lärmen einen Säugling zu erheitern.

Neben einer Laterne stand ein junges Liebespaar. Das Mädchen lachte trillernd, es streckte seine rote Korallenschnur vor, als wollte es den Geliebten damit neckisch schlagen oder streicheln.

»Sie haben gestern mit Ihren Leuten gesprochen, Sie wissen also, was Ihre Organisation für die Kämpfer des Ghettos getan hat und noch zu tun gedenkt«, sagte Edi.

»Wir haben ihnen Waffen gegeben.«

»Was? Wieviel?«

»Fünfzig Revolver, fünfzig Granaten und fünf Kilo Explosivstoff. Es ist nicht viel, ich gebe es zu.«
»Und was werdet ihr jetzt tun, heute nacht, morgen, übermorgen?«
Roman antwortete nicht. Er hatte an der Sitzung teilgenommen und war mit zwei anderen überstimmt worden. Die Majorität, Politiker und Offiziere, war davon überzeugt, daß nichts zu machen wäre.
»Es heißt«, sagte er zögernd, »die im Ghetto rechnen darauf, daß ihnen die alliierten Flugzeuge Hilfe bringen werden.«
»Es wird keine Hilfe kommen. Wenn ihr Polen nicht helft... Gehen wir schneller. Der Rummelplatz kann nicht mehr weit sein. Man hört schon die Musik, den Jubel des Volkes.«

»Seine Pflicht tun — ja. Mehr — nein. *Pas de zèle*, hat ein sehr kluger Mann gesagt, nur keine Fleißaufgaben, mein kleiner Roman!« erklärte Herr Grudzinski mit krähender Stimme. Er schob sich noch tiefer in die Ecke des großen ledernen Fauteuils, als hoffte er, darin schließlich ganz zu verschwinden. Schon in seiner Kindheit war Roman dieses sonderbaren Zuges im Charakter seines Onkels gewahr geworden: der auffällig klein gewachsene Mann versuchte immer, sich noch kleiner zu machen. Seine Schuhe waren fast ohne Absätze, er setzte sich mit Vorliebe auf besonders niedrige Stühle, seine Angestellten mußten immer groß gewachsene Leute sein.
»Aber in ungewöhnlichen Zeiten sind auch die Pflichten nicht gewöhnlich«, antwortete der Neffe.
»Ungewöhnlich, das sagt man so leicht. Daß Polen nicht frei ist, das haben wir schon mehrfach erlebt. Deutsches Militär in den Straßen Warschaus, auch schon dagewesen. Pogrome hat es immer gegeben. Warenmangel, schlechtes Geld, schnelle Bereicherung der tüchtigen und schnelle Verarmung der sogenannten anständigen Leute — was ist neu daran? Ihr Skarbeks seid romantisch, meine arme Schwester hätte besser getan, Grabski zu heiraten. Er ist jetzt mein Kompagnon.«
»Onkel Joseph«, unterbrach ihn Roman ungeduldig. »Sie wissen, was im Ghetto vorgeht. Das hat mit den Pogromen nichts mehr zu tun. Und wenn wir Polen nur zusehen, dabei die furchtbaren

Nachrichten aus Katyn und gleichzeitig der Rummel auf dem Krasinski-Platz —«

»Und was dann? Die Trauergäste essen und trinken nach einem Begräbnis. Das ist ein alter Brauch. Deinen jüdischen Freund habe ich bei mir aufgenommen, du selber bist immer willkommen. Braucht man Geld, geb ich Geld. Zu schweigen vom geheimen Quartier, das ich eurer Organisation überlassen habe. Es kann mich den Kopf kosten. Soll ich, Joseph Grudzinski, mich ins Ghetto schmuggeln und zusammen mit den Juden umbringen lassen? Ach, kleiner Roman, wie schön sind die Gesten in den Büchern und wie dumm im Leben! Glaubst du, ich habe nicht genug von alledem! Gerade jetzt zu Ostern muß deine Tante zu ihren Enkeln fahren, läßt mich allein. Wenn sie dann zurückkommt, geht die Hölle los. Ich bezahle die Leute, und sie spionieren mir nach, sind in ihrem Dienst, und dann wird sie mir Vorwürfe machen wegen einer Mätresse, mit der ich sie angeblich betrüge. Dazu habe ich noch einen nervösen Magen und Sorgen für heute, für morgen, für die Zukunft. Da hast du, schon wieder Explosionen, nicht einmal hier hat man Ruhe. Roman, ich werde dir etwas sagen, nimm den Cointreau aus der Kredenz, schenk uns beiden ein, gehen wir dann schlafen. Und merk dir ein für allemal, was dein Onkel rät: Kümmere dich um deine eigenen Angelegenheiten, dann wirst du von den Sorgen der anderen verschont bleiben. Ich sage dir, Roman, man muß leben!«

»Es gibt einen Gott, Onkel!« schrie Skarbek zornig. Er schämte sich sofort dieses Ausspruchs und fügte traurig hinzu: »Mir ist das Herz furchtbar schwer. Was jetzt geschieht, wird unser Verhängnis sein. Auch uns wird die Welt allein lassen, ganz allein, niemand wird uns helfen, niemand - - «

»Was redest du wie eine überspannte Nonne? Was vergleichst du uns mit den Juden? Hast du dich vielleicht erkältet, hast Fieber? Was kann ich für Katyn, was kannst du für die Vorgänge da hinten im Ghetto? Man muß leben, das sage ich dir!«

Nur wer an Hand des Bauplans die Räume der Wohnung genau ausgemessen hätte, hätte den eingemauerten Kasten entdecken können, in dem Edi sich aufhielt. Raum für ein schmales Bett und einen Schrank. Die Luftzufuhr war durch ein sinnreich erdachtes Röhrensystem gesichert. Zu Beginn des Jahrhunderts hatte der Ingenieur Wlodzimierz Grudzinski, Josephs Vater, der Polnischen Sozialistischen Partei dieses Versteck gebaut. Einer der Männer, den es vor Verhaftung schützte, wurde später berühmt — der Vater des Vaterlandes, der erste Marschall des wiedererrichteten Polens. Auf seinen Rat hin wurde das Geheimnis auch dann gewahrt, als dessen Aufdeckung für die Biographien des großen Siegers reizvoll und für die Familie des Ingenieurs ruhmvoll gewesen wäre. Ungern hatte Romans Onkel davon Abstand genommen, diese historische Stätte bekanntzumachen. Aber seit das Land vom Feind besetzt war, hatte er Grund, der Voraussicht und der Vorsicht des verstorbenen Staatsoberhauptes dankbar zu gedenken. Er benutzte das Versteck, um sein Geld und seine Devisen in Sicherheit zu bringen. Als etwas später die Patrioten seinen Beistand verlangten, baute er am andern Ende des Hauses einen ähnlichen Raum, über den sie allein verfügen konnten. Er ahnte, ohne es genau zu wissen, daß dort eine besondere Werkstatt eingerichtet war, die alle Aktivisten der Bewegung mit guten Ausweisdokumenten versorgte. Joseph Grudzinski war stolz und ängstlich zugleich bei dem Gedanken, daß sie unter seinem Dache hergestellt wurden. Zum erstenmal benutzte er das Versteck im linken Flügel des Hauses, das des Marschalls, um einen Juden zu beherbergen. Er tat es nur dem Neffen zu Gefallen, an dem er in besonderer Weise hing: Er bewunderte Roman wegen seiner Fehler und schätzte ihn sonst gering

Edi war nun in Sicherheit, aber er hätte auch mit jedem andern Raum vorliebgenommen. Er hatte die Fähigkeit verloren, Angst zu empfinden, wie man das Augenlicht oder den Geruchssinn einbüßt. Hätte er darüber nachgedacht, er hätte sich gewiß darüber verwundert wie einer, der im Mondschein entdeckt, daß ihm der eigene Schatten plötzlich abhanden gekommen ist.

Aber wie er dalag, unter der schwachen Lampe, kreisten seine Gedanken nur um eine Frage: »Was soll ich mit dem Rest des Lebens anfangen?« Wäre er zwei Wochen früher gekommen, hätte er sich zu den Männern des Ghettos durchschlagen können. Aber nun war es unmöglich und jedenfalls sinnlos.

Zwar hatte ihm Skarbek angeboten, in der polnischen Unter-

grundbewegung unterzutauchen, aber ihm war Polens Schicksal gleichgültig. Ihn ging keiner der Kämpfe, die auf dieser Erde ausgetragen wurden, noch etwas an. Gewiß, es war gut zu wissen, daß Hitlers Niederlage unvermeidlich war, aber nichts verband ihn mit den zukünftigen Siegern.
Er lag auf dem Rücken gerade ausgestreckt, die Arme unter dem Kopf verschränkt, die Augen geschlossen. Er war aller Bindung ledig. Ihm war eine Freiheit zuteil geworden, die völlig nutzlos war, die Freiheit, vernichtende Taten zu vollbringen: auf einen der lachenden Genießer auf dem Rummelplatz zu schießen, ein mit Zuschauern überfülltes Kino in Brand zu stecken, einen deutschen Offizier auf der Straße zu töten, sich selbst eine Kugel in die Brust zu jagen.
Aber er war nicht frei, an irgendeine Zukunft zu denken, sich den kommenden Tag anders als im Schatten des vergangenen vorzustellen. Er war nicht frei, dem Unfrieden seines Wesens zu entrinnen.
Seit Bynies Tod erst sehnte er sich nach dem Frieden — ohne Hoffnung, ihn zu finden, denn er wußte nicht einmal, was es war, wonach er wirklich suchte. Immer wieder drängte sich ihm eine Vorstellung auf, die sinnlos blieb und doch die einzige war, die auf ihn fast tröstlich einwirkte: eine Welt ohne Lebewesen, ohne Bewegung, eine Schneewüste, auf die kein Licht fällt, über der kein Himmel sich wölbt. Eine endlose Stille. Er sah sich selbst durch diese Schneewüste gehen — die einzige Bewegung in dieser toten Welt, und sie war außerhalb der Zeit.
Vielleicht war es diese Vorstellung, die ihn davon abhielt, sich sofort zu töten. Denn der Haß, der zu Taten drängt und so ans Leben bindet, hatte ihn in dem Augenblick verlassen, da Bynie ins Grab gesenkt wurde. Von jenem Tag an war es ihm gleichgültig, was geschehen würde: ob Juden kämpfend starben oder als wehrlose Märtyrer, wie der Rabbi es gewünscht hatte. Was bis dahin so unvergleichlich bedeutsam gewesen war, erschien ihm nun geringfügig. Auf etwas anderes kam es ihm an, auf den inneren Frieden. Doch was ist er? fragte er sich. Und wieder ließ er sich von der Vorstellung der unbewegten Welt überwältigen. Daß Glück Ziel und Rechtfertigung des Menschen sein könnte, das hatte er geglaubt, er allein im Gegensatz zu Leuten wie Faber und Josmar. Wenn aber der Mensch nichtig war bis zur

Widerlichkeit, was sollte sein Glück dann bedeuten, was rechtfertigen?
Geht es aber nicht um den Menschen — was bleibt zurück? Und warum gibt es in meiner Welt keinen Himmel, keine Gestirne?
Er bemühte sich, das Bild zu ändern. Es gelang ihm nicht. Er mußte darüber lächeln — als hinge es nicht von ihm selber ab. Der Himmel verweigert sich mir, dachte er erstaunt, fast erheitert.
»Der den Frieden schafft in Seinen Himmeln, wird ihn auch uns bereiten« — so hieß es am Ende des Kaddisch, jenes Totengebets, das ihm Bynie beigebracht hatte. In lateinischen Lettern hatte Edi unter dem Diktat des Jungen den aramäischen Text und daneben die Übersetzung notiert. Er hatte es aufbewahrt, obwohl es vorsichtiger gewesen wäre, das Papier zu vernichten, bevor er das Kloster verließ. Nun las er es noch einmal: »Frieden in Seinen Himmeln (oder Höhen)«, stand da geschrieben.
Er schlief bald ein. Nicht ganz, denn immer von neuem kehrte im Halbschlaf das drängende Gefühl wieder, daß er aufwachen und die Lampe über dem Bett abdrehen müßte. Das Licht störte ihn. Sich dem Schlaf entreißen, nur für einen Augenblick, nachher würde alles gut sein. Er erwachte nicht, die Gewißheit, daß er eine dringende Aufgabe zu erfüllen hatte, quälte ihn.
Einige Stunden später fuhr er auf, von Detonationen geweckt, die so heftig waren, daß man glauben mochte, die unteren Etagen des Hauses müßten auseinanderbersten. Er fand sich langsam wieder zurecht, blickte erstaunt zur Lampe über seinem Kopf auf. Und zum erstenmal, seit er lebte, bedachte er: Wenn es einen Gott gäbe, würde er die ganze Last von mir nehmen. Alles würde auf einmal unaussprechlich leicht sein. Ich brauchte nur an ihn zu glauben...
Er fragte sich: Warum soll es unmöglich sein, an ihn zu glauben?
Er drehte das Licht aus. In diesem gleichen Augenblick kam ihm die Vorstellung von der zeitlosen, öden Welt wieder. Und erstaunt erblickte er diesmal das hohe, weite, gestirnte Firmament.

Etwa eine Woche später verließ Edi das Land. Er reiste zusammen mit einem jungen Mann, einem der Boten, die die Kämpfer des Warschauer Ghettos nach Palästina sandten, nicht damit sie um Hilfe bäten — denn alle Hoffnung war dahin —, sondern damit sie den Überlebenden berichteten, was geschehen war. Man rechnete damit, daß nicht alle Boten anlangen würden, und hoffte, daß doch einer von ihnen durch die Netze schlüpfen könnte. Roman Skarbek verschaffte für Edi, der wieder in deutscher Uniform reiste, und für seinen Begleiter Papiere, auf Grund deren sie im Auftrage einer wichtigen deutschen Verwaltungsstelle nach Bulgarien fuhren. Von dort wollten sie sich über die Türkei nach Palästina durchschlagen.

Bis zur späten Nachtstunde, in der der Zug die polnische Hauptstadt verließ, blieben Roman und Edi zusammen. Sie sprachen viel über Musik, über Bücher, die sie in der Jugend am tiefsten beeindruckt hatten. Sie vermieden es, auch nur einmal zu erwähnen, was sie in den letzten Monaten gemeinsam erlebt hatten. Knapp vor dem Aufbruch sagte Roman:

»Mendl Rojzen hat sich auf irgendeine Weise ausländische Papiere, ich glaube, einen südamerikanischen Paß, verschafft und lebt jetzt in einem Hotel, wo ausländische Juden unter ganz angenehmen Bedingungen interniert sind. Die Frage ist, ob man genug Dollars hat.«

»Ja, Bynies Wunder haben Mendls Taschen gefüllt. Und auch Sie haben ihm gewiß geholfen. Ich danke Ihnen dafür, Skarbek. Denn ich verachte Mendl nicht mehr. Und ich hasse niemanden mehr, jedenfalls bemühe ich mich, nicht zu hassen und nicht zu richten. Ja, gerade Ihnen will ich es sagen. Das Unmenschliche in mir, das war das Menschliche in der Verzweiflung der Bindungslosigkeit. Ich drücke mich ungeschickt aus, aber Sie verstehen mich vielleicht. Wenn es Gott gäbe, ich meine, wenn es ihn gibt, dann ist das Unmenschliche bei ihm. Er nimmt es uns ab, Sie verstehen? Und dann kann man sich auch vor der Bindungslosigkeit retten. Ihnen ist es selbstverständlich, nehme ich an, aber ich entdecke es erst jetzt, mit siebenundvierzig Jahren. Und deshalb fürchte ich mich jetzt auch wieder vor dem Tode. Ich möchte noch leben, um zu erfahren, ob ich mich nicht täusche, ob — Sie verstehen, Skarbek?«

»Ja, ich verstehe. Es ist leicht für mich. Ich habe nie begriffen,

wie jemand ohne Gott leben kann. Schwer genug mit ihm, aber ohne ihn, nein wirklich, das ist unmöglich. Faber sagte mir: ›Wir haben uns dazu verurteilt, ohne Gott zu leben.‹ Das ist ja schlimmer als Selbstmord. Das ist ja, als ob man sich selber zur Hölle verurteilte, dazu, Teufel und Sünder in einem zu sein.«
»Ja, vielleicht«, meinte Edi, während er sich langsam erhob. »Ich möchte Faber jetzt nicht begegnen; noch nicht, alles ist mir ungewiß, ich habe erst zu ahnen begonnen. Da war die Liebe und die Musik und der Glaube an das Glück, aber das ist alles verbrannte Erde. Wenn Bynie noch lebte, gerade jetzt würde ich ihn brauchen — nun leben Sie wohl, Skarbek!«
»Ich hätte damals, am Freitag, nicht fahren, euch nicht allein lassen sollen.«
»Ich denke nicht mehr daran. Man muß den tieferen Sinn verstehen, das Ereignis als Gleichnis, wie der Rabbi aus Wolyna es getan hat. Ich trage Ihnen nichts mehr nach, Skarbek, nichts, denn ich überschätze nicht mehr das Geschehen. Es gehört dem schnell dahinschwindenden Augenblick und ist, allein betrachtet, so gestaltlos wie eine Träne im Ozean — das hat Bynie gesagt.«
»Der junge Rabbi hätte nicht so sterben dürfen«, sagte Skarbek traurig. Edi reichte ihm die Hand, wie um ihn zu trösten, und verließ das Haus.
Es war schon Mai, aber der Regen, der diese Nacht auf die Stadt fiel, gemahnte an den Herbst. Die Detonationen im Ghetto erschütterten die Luft. Die Einwohner Warschaus hatten sich an sie gewöhnt. Sie schliefen.
Hinter den verschlossenen Haustoren brannten leicht flackernd die Kerzen unter den Standbildern der Madonna, deren offene Hände sichtbar die auf einem halben Globus dargestellte Stadt beschützen. Die Warschauer hatten Hausaltäre errichtet; es hieß, daß sie Bombardements und andere Gefahren des Krieges von den Gläubigen abwandten.

VIERTER TEIL

OHNE ENDE

ERSTES KAPITEL

»Diesmal ist's ernst, der Motor ist wirklich kaputt«, sagte Oberstleutnant Anthony Burns. Er zog den Verschlag über sich zu und sprang die drei Treppen hinunter in den Salon des Kapitäns. Mit geschlossenen Augen lauschte er auf den Regen, der stürmisch aufs Deck schlug, und auf die Stimme des Mechanikers, dessen Worte er nicht mehr unterscheiden konnte.
Er trat zwei Schritte vor, öffnete die Augen, die Petroleumlampe schwankte über seinem Kopf hin und her. Er nahm den Regenmantel ab und warf ihn auf die Bank, neben seinen Sack. Am vernünftigsten, dachte er, die Rettungsweste schon jetzt anzuziehen. Aber Dojno hat natürlich keine — schade!
»Es ist möglich, daß eines von unseren kleinen Torpedobooten vorbeikommt, auf dem Wege von Vis nach Bari — dann sind wir gerettet. Ich lasse die ganze Zeit Lichtsignale geben, keine Gefahr, die Deutschen zeigen sich hier erst am Morgen.«
»Und wenn wir am Morgen noch da sind, ist es das Ende«, wollte er hinzufügen. Aber das verstand sich von selbst, er verstummte.
»Wieviel Stunden bis zum Ende der Nacht?« fragte Dojno.
»Fünf. In Bari werden Sie sich endlich eine Uhr kaufen können«, sagte Burns und sah jetzt erst zur anderen Bank hinüber, in die Ecke, wo Faber zusammengekauert saß, die Arme auf den Knien, das graubärtige Gesicht auf die Hände gestützt.
Das Boot schaukelte auf und ab. Ein elender Kasten, dachte Burns. Hätten wir die Geduld gehabt, noch einen Tag zu warten, hätte uns ein ordentliches Schiff hinübergebracht. Oder vielleicht wäre das Wasserflugzeug doch gekommen. Zu spät! Er legte sich auf die Bank, schob den alten Sack, der einmal einem k. und k. Infanteristen gedient haben mußte, unter den Kopf. Zu dumm, unermeßliche Gefahren überstanden zu haben, die ständige Todesdrohung während der ersten drei Monate, und jetzt wegen einer elenden, banalen Panne draufzugehen.
»Sie sollten die Weste anziehen, Tony«, sagte Faber. Er hatte die Stellung noch immer nicht verändert. »Werden wir torpe-

diert, können Sie sich leicht retten. Schlimmstenfalls die Gefangenschaft in einem Oflag. Mir nützt es nichts, wenn Sie gleichzeitig untergehen.«
»Sagen Sie nicht, daß es Ihnen gleichgültig ist zu sterben — jetzt, einige Monate vor dem Sieg.«
Dojno antwortete nicht. Tony Burns lauschte wieder auf den Regen. Seit seiner Kindheit war ihm dieses Geräusch in besonderer Weise vertraut, immer klang es ihm anders — eine geheime Sprache, die einfach war und rätselhaft zugleich. Er dachte an das Treibhaus daheim, zwischen dem Blumengarten und dem Tennisplatz. Einmal, er war fünf oder sechs Jahre alt, hatte ihn ein Gewitter überrascht. Er sah den Blitz auf sich zukommen durch das gläserne Dach und fürchtete, daß dessen Splitter auf ihn fallen, ihn töten und zudecken würden. Doch nie gestand er den Eltern die Angst ein. Alwyn, der um drei Jahre ältere Bruder, hatte frühzeitig viele Geheimnisse, die er auch nicht preisgab, als er zweiundzwanzigjährig seinem Leben ein Ende setzte, aber seine Angst schrie er immer hinaus, bei Tag, bei Nacht. Tony war freimütig und aufgeschlossen, ein Kind ohne Geheimnis, aber die Furcht konnte er nie zugeben. Seine ersten Lügen ersann er, um sie zu verleugnen. Erstaunt hörte er den eigenen Erfindungen zu, mit denen er die Mutter vom Verdacht ablenkte, daß es die Angst war, die ihn wachhielt bis spät in die Nacht, wenn alle Kinder schon schliefen.
Alwyn war dem Vater nachgeraten. Breitschultrig, hartknochig, unbeherrscht in den gewalttätigen Gesten und unzähmbar in verheimlichten Begierden. Anthony glich der Mutter. Hoch aufgeschossen, schmal, zu leichte Knochen. Als er im Frühling bei der Partisanenarmee gelandet, gegen Ende einer Nacht mit Fallschirm abgesprungen war, fand er sofort Zutrauen, er sah genauso aus, wie sich die montenegrinische Wache einen Engländer vorstellte.
»Schlafen Sie noch nicht, Tony? Ich wollte Ihnen nur sagen: Meine Stellung zum Tode nehme ich schon seit Jahren nicht mehr ernst. Sie ist launisch, töricht. Alle Aphorismen über das Leben sind mehr oder minder richtig, die über den Tod sind gewöhnlich falsch, von der Stimmung eingegeben, nicht von der Einsicht. Sobald sich die Deutschen zeigen, werde ich das Gift nehmen. Aus Angst vor der Tortur? Wahrscheinlich. In der Ge-

wißheit, daß sie mich jedenfalls umbringen? Entscheidend.«
»Ziehen Sie die Weste an, Dojno!« sagte Tony und warf sie ihm zu. Sie berührte den Rand der Bank und fiel auf den Boden.

Rollen, ungezählte Male gespielt, dachte Dojno, in Situationen, die wie suggestive Gewänder sind. Wer sie anzieht, wiederholt die Taten all derer, die sie vorher getragen haben. Nichts unorigineller als die sublimen Gesten.

»Vor einundzwanzig Monaten, auf dem Weg nach Dalmatien, haben mich die Fischer ins Wasser geworfen, den Kopf nach unten, weil sie vor einem italienischen Patrouillenboot Angst gekriegt hatten. Ein kaum erklärlicher Zufall, daß ich nicht ersoffen bin. Aber die feuchte Kälte ist mir am deutlichsten in der Erinnerung geblieben. Um ihr zu entgehen, hätte ich in jener Nacht sterben wollen. Gott wird mich fragen: ›Was hast du während des Zweiten Weltkrieges getan?‹ — ›Gefroren, Majestät, und oft gehungert, aber hauptsächlich gefroren!‹ werde ich antworten.«

»Und in seinem unermeßlichen Erbarmen wird Gott Sie für ewig in das wärmende Feuer der Hölle schicken«, meinte Tony. Als er ein Kind war, wollte er wissen, was Erwachsene wirklich denken; mit achtzehn Jahren sann er gequält darüber nach, woran er erkennen würde, daß er ein Mädchen liebte, daß sie ihn liebte. Und was, wenn er sich irrte? Jetzt, zweiunddreißig Jahre alt, ein wegen seiner kalten Kühnheit berühmter Offizier, verwunderte er sich über die mannigfachen Formen, die Mut und Feigheit annehmen konnten, so daß es am Ende schwer war, sie auseinanderzuhalten. Die Heldentat, so einfach, ja selbstverständlich im Augenblick, da man sie vollzog, und erstaunlich nachher, dem Helden selbst befremdend — darüber dachte er seit Monaten nach. Er sprach darüber mit Faber, der ihm als Dolmetscher zugeteilt war, gleich am ersten Tag ihrer Begegnung — die Partisanen unternahmen wieder einmal einen verzweifelten Versuch, aus einer würgenden Umklammerung auszubrechen.

»Ich gehe für einige Augenblicke hinauf, kontrollieren, ob sie regelmäßig signalisieren«, sagte Tony und zog den Regenmantel an. Während er Dojno eine Zigarette und Feuer anbot, hob er die Weste auf. Von solch häßlichem Ding hängt es ab, ob man

mit zweiunddreißig stirbt oder während weiterer vier, fünf Jahrzehnte Gelegenheit hat, Dinge zu tun, für die man nachher nur mühsam eine Rechtfertigung findet. Bari, Kairo, London, letztes Gespräch mit Cynthia. Scheidung. Zwei, drei Jahre später wieder heiraten. Alle bisherigen Fehler vermeiden und dafür ganz andere machen — endlich die ideale Ehe. Oder Cynthia, die Witwe, aufrichtig trauernd und zufrieden, daß die Scheidungsprozedur überflüssig geworden war. Sie wird mir ewig dankbar sein, wenn ich diese Nacht sterbe, und sehr böse, wenn ich davonkomme und sie nächste Woche in London schon um zehn Uhr vormittags oder erst nach zwölf Uhr anrufe.
»Sie sollten sich ausstrecken, Dojno. Ermüdend, so zu kauern.«
»Wahrscheinlich ahme ich jemanden nach, vielleicht eine alte, schwarz gekleidete Frau auf einem Schiff, das langsam in den Fluten versinkt. Ich muß ein Bild gesehen haben, oder vielleicht war es in einem Film. Außerdem werde ich bald seekrank sein.«
»Ich gehe und bin gleich zurück. Der Kapitän hat sicher noch eine Flasche Raki, er wird sie mir schenken. Ich werde ihm dafür die Weste geben.«
»Blödsinn, bin dagegen. Außerdem habe ich eine Flasche Sliwowitz, stinkt ein wenig nach Eau de Cologne. Der Flakon war in der Manteltasche eines italienischen Offiziers. Er wußte nicht, daß er nicht mehr Faschist zu sein brauchte, wollte unbedingt eine völlig unwichtige, winzige bosnische Brücke erobern. Nur die Flasche ist ganz geblieben.«
»Ein kleines Mirakel«, meinte Tony, nachdem er getrunken hatte, »das einzige in diesem Krieg. Nun aber endlich aufs Deck!«
Bari, daraus kann man höchstens sechs Wörter bilden, erwog Dojno, während er sich auf der langen, schmalen Bank vorsichtig ausstreckte. Bar, Ar — ein Maß, Air, Ai — ein Faultier, macht vier. Noch zwei. Ira — der Zorn, Rab — die Insel. Heißt aber Arbe. *Jadran nase more* — Adria unser Meer, das stand selbst auf den Streichholzschachteln zu lesen. Also muß die Insel einen jugoslawischen Namen haben. Dafür werden sie also gestorben sein. Auch dafür. Trst und nicht Trieste, Rijeka und nicht Fiume — äußerst wichtig! Und für die Größe des Britischen Imperiums, für die Allmacht Stalins und seine GPU. Und für die Freiheit in der Welt.

»Gut, daß Sie endlich kommen, Tony. Wieviel Wörter können Sie aus den Buchstaben B — A — R — I bilden? Mehr als sechs, dann haben Sie gewonnen.«

»Das Torpedoboot wird in zwei Minuten ein Kabel herüberwerfen. Die Burschen sind immer ungeduldig, wir müssen uns sofort bereit machen. Ich hauche Sie an — stink' ich auch so nach Eau de Cologne wie Sie?«

»Viel mehr, denn diesmal haben Sie ausnahmsweise mehr Angst gehabt als ich. Vergessen Sie nicht die Weste in diesem dreckigen Salon, das Leben geht weiter.«

»Warum gerade mehr als sechs Wörter?« fragte Tony, als sie oben waren. Plötzlich begann er zu lachen, immer lauter, bis es ihn schüttelte. Wie um einen Halt zu finden, packte er Dojnos Bart. Der faßte ihn an beiden Schultern, auch er lachte hemmungslos. Die Tränen vermischten sich mit dem Regen, der ihnen von den Stirnen herunterrann.

»Das ist der Whisky«, meinte der Mechaniker resigniert und zeigte mit der Hand auf die beiden.

»Nein«, antwortete der Kapitän, »wenn einer weint, das ist einfach. Warum einer lacht, das verstehst du nur, wenn du ihn kennst. Außerdem haben sie gar keinen Whisky gehabt. Sie wollten mir den Raki entreißen.«

Der Kommandant des Torpedobootes, ein ganz junger Leutnant, rief ihnen zu, daß er auf dem Weg zur Insel sei und bis dahin den Kasten ins Schlepptau nehmen könne, daß er aber dann schnellstens zur italienischen Küste hinüber müßte, nach Monopoli. Er war gerne bereit, Burns, den er dem Namen nach kannte, und seinen Gefährten sofort an Bord zu nehmen, aber ein Boot auszusetzen würde zu lange dauern, sich der Schaluppe nähern wäre zu gefährlich. Sie pendelten am Schlepptau hinüber. Der Leutnant empfing sie mit herzlicher Freundschaft und räumte ihnen seine Kajüte ein, einen winzigen, doch komfortablen Raum.

»Ich schlafe schon«, sagte Tony, sobald er sich hingelegt hatte. Wochenlang hatten sie unter einer Decke geschlafen, das war nun endgültig vorbei. Monopoli, Bari, Kairo, London. Nachher vielleicht Frankreich, im Fallschirm hinunter. Abenteuer. Jedenfalls die Scheidung nicht hinausschieben, nicht auf das Ende des Krieges warten. Reinen Tisch machen. »Was hast du während des zweiten Weltkriegs gemacht, Anthony?« — »Eine unglückliche Eheaffäre liquidiert, Allmächtiger! Daneben einige nicht zu komfortable Missionen. Danke sehr, ich beklage mich nicht, im Gegenteil, ich lebe, ich schlafe sogar.«

Vom 8. Dezember 1941 bis zum 16., sagen wir 17. Oktober 1943, rechnete Dojno, das macht zweiundzwanzig Monate und neun Tage. Der Junge ist jetzt über zwölf Jahre. Du wirst vielleicht enttäuscht sein im ersten Augenblick, wenn du mich wiedersiehst. Kann sein, Jeannot, daß ich dir gar kein Geschenk mitbringe, nichts. Immerhin, ich habe die Battledress, einen Revolver und ein billiges, aber verläßliches Feuerzeug. Mit der Wäsche steht's schlecht. Die Schuhe werden noch halten. Also kein Geschenk. Und auch nicht gar soviel zu erzählen. Nicht einmal das, Kinder. Es ist wahr, Pauli, einmal haben Wölfe unseren Weg gekreuzt, aber im Tiergarten habe ich sie deutlicher gesehen. Und dann müßt ihr wissen, wie ich damals von euch weggegangen bin, das war, um mit Freunden zu sein, die dachten, daß sie etwas sehr Wichtiges zu tun hätten. Du erinnerst dich vielleicht noch, Jeannot, Unkraut jäten. Nun ist es aber so gekommen, daß jetzt von ihnen allen niemand mehr lebt. Das Unkraut aber, das gedeiht weiter. Und wie ich dann in einer regnerischen Nacht zuerst in einem ganz schlechten Kasten und dann auf einem Torpedoboot das Land verließ — ja, das war eine schwere Nacht. Ich fragte mich, sollte ich wünschen, daß sie ganz schnell zu Ende ginge oder daß sie nie ein Ende nähme. Denn ich wußte wirklich nicht, wozu ich noch den nächsten Morgen erleben sollte, was ich in Monopoli, in Italien, auf dieser Erde noch zu tun hatte. Und deshalb habe ich mich bemüht, nur an euch zu denken. An dich, Jeannot, und an dich, Pauli. Und daran, daß ich euch wiedersehen werde.

»Schon auf, Dojno? Mein Gott, der Bart ist weg! Drehen Sie sich noch einmal um, ich kenne Sie nicht, Sie sehen so leichtsinnig aus. Schade, die Mischung von Prophet und Bandit war genau richtig gewesen. Jetzt aber erinnern Sie an einen Mann, der nur an das bevorstehende Frühstück denkt. Kennen Sie noch das Datum?«

»24. Juni, 4.20 Uhr morgens.«

»Stimmt. Übergang an der Piva. Merkwürdig, daß Sie kein Tagebuch geführt haben. Es scheint unmöglich, aber vielleicht werden wir es doch eines Tages vergessen haben.«
»Einer der Matrosen hier ist ein gelernter Barbier. Wenn Sie sofort aufstehen, wird er auch Sie verjüngen. Damit beginnt das Vergessen.«
Burns starrte auf die große Zehe, die durch den löcherigen Strumpf hervorguckte.
»Nur ein Dichter könnte entscheiden, ob so was eher traurig oder lächerlich ist — etwas Einsameres als solche Zehe gibt es doch nicht«, sagte er nachdenklich. Es ist nicht sicher, ob ich nicht einsamer bin als Dojno. Aber damals, an der Piva, als wir im Niemandsland liegenblieben, als jeder nur an des anderen Verwundung dachte und daran, daß der andere unbedingt gerettet werden müsse, da war keiner von uns einsam.
Tage und Nächte auf dem Rückzug, bergauf, bergab — überall der Feind. Und dann im Morgendämmern der Lauf mit den letzten Kräften zum Fluß. Die beiden kamen zu spät, die Brücke war gesprengt. Schulterschuß der eine, Fußverletzung der andere. Und müde auf den Tod. Jeden Augenblick konnte die Vorhut des Feindes anrücken. Noch sah man die Sonne nicht, aber die Felsen waren rot und die Wipfel vergoldet von ihrem fernen Schein. War das der letzte Tag, so glich er dem Traum des schönsten Beginnens. Alle Versprechen in einem vereint — so sah dieser Morgen aus. Es war unfaßlich, daß irgendein Leben so enden konnte, und es war wie eine Versöhnung, bei solchem Anblick zu sterben.
»Lassen Sie sich einfach den Abhang hinunterrollen«, sagte Tony mit einer Stimme, die den letzten Aufwand verriet. »Schwimmen Sie hinüber. Und später einmal —«
Er unterbrach sich, um nicht auszusprechen, was die zärtliche Rührung ihm eingab. Dojno schüttelte den Kopf. Er hatte die Mütze verloren. Erst da bemerkte Tony das Blut am Haaransatz.
Die Artillerie hinter ihnen begann zu feuern. Burns schob sich sachte hinunter, er erhob sich halb, nahm die Hände des Gefährten und legte sie sich um den Hals, dann versuchte er, sich aufzurichten. Die Schulter schmerzte grauenhaft, auch nachdem Dojno seinen Hals losgelassen hatte. Nein, so ging es nicht.

Aber nun standen sie aufrecht, die feindlichen Patrouillen konnten sie von weitem erblicken. Sie ließen sich die steile Böschung hinunterrollen, blieben einige Minuten sitzen, befeuchteten ihre Gesichter. Das Wasser war eiskalt. Sie krochen auf allen vieren am Ufer entlang, fanden die Furt. Sie kamen hinüber.

»Und später einmal«, sagte Tony, »werden wir zusammen ein phantastisches Frühstück essen. Es ist Zeit, das Menü zusammenzustellen.«

»Sie haben recht, solch eine Mahlzeit improvisiert man nicht«, stimmte Dojno zu. Sie lagen im Busch und warteten, daß es Abend würde. Als sie dann endlich aufbrechen konnten, fühlten sie den Hunger stärker als die Müdigkeit. Sie sprachen lange über ihre Lieblingsspeisen und über die Mahlzeit, die später einmal den Morgen des 24. Juni an der Piva belohnen sollte.

Das war nun vier Monate her, die Erinnerung war in beiden deutlich, aber wie an ein fernes, ein anderes Leben.

»Wenn man in Monopoli ein heißes Bad und anständiges Essen haben kann, dann bleiben wir bis morgen. Bari wird sich gedulden — oder erwarten Sie dort etwas Besonderes?«

»Nein, nur ein Wunder: einen Brief«, antwortete Dojno. »Von Leuten, die vielleicht nicht mehr leben und überdies glauben mögen, daß ich tot bin. In diesem Brief müßten sie mir die Nachricht geben, daß ein Kind, das ich verlassen habe, als ich nach Jugoslawien ging, daß mein Adoptivsohn noch immer wohlbehalten in Südfrankreich ist.«

Europäische Korrespondenz im Herbst 1943. Ich weiß nichts von ihm, er weiß nichts von mir, dachte Tony. Mir ist nie der Gedanke gekommen, daß er eine Frau haben könnte, Kinder. Der Herbstwind hat ihn vom Baum geschüttelt — das war seine Geburt —, er hat die Augen aufgeschlagen und sich sofort in Bewegung gesetzt, seine Beine und sein Hirn.

»Ich werde mich erst in Monopoli — heißt eigentlich Minopolis — rasieren und gründlich waschen. Das Boot schwankt zu sehr. Sie sagen: ein Kind verlassen — aber das gibt es doch nicht. Man gibt eine Frau auf, weil man sie nicht mehr liebt, aber —«

»Gehen wir auf Deck, wir landen. Und schlagen Sie sich das aus dem Kopf, daß man eine Frau eher aufgeben kann als ein Kind. Jemanden verlassen, das ist in jedem Fall eine Etappe des eigenen Sterbens, eines Selbstmords.«

»Nonsens!« erwiderte Tony heftig. »Eine Lebensphase abschließen ist ein Akt der Befreiung. Ich bermerke es erst jetzt, Sie haben gar keine Bagage?«
»Nein, ich bin radikal befreit, Tony. Alle Lebensphasen habe ich abgeschlossen, es gibt niemanden mehr, den ich noch verlassen, der mich verlassen könnte. Kommen Sie, wir wollen den neuen Tag und Monopoli begrüßen.«

Es war das Haus eines faschistischen Würdenträgers, der Ende Juli, gleich nach Mussolinis Sturz, zurückgekehrt war, um abzuwarten, wie die Dinge sich entwickeln würden. Andere mochten ihn einen Opportunisten nennen, aber seine Gefühle für den Sieger, wer auch immer er sein mochte, waren stets aufrichtig. Seit seiner frühen Jugend rührte ihn der Anblick der Mächtigen zu Tränen, wie andere der des Elends. Als die Alliierten endlich Apulien besetzten, kam er ihnen begeistert entgegen, stellte ihnen sein Haus, seinen Weinkeller, seine Bedienten und sich selbst zur Verfügung. Die Sieger nahmen alles gern an, auch die herzliche Dienstfertigkeit des Mannes, dessen Vergangenheit man vergessen wollte, obschon viele Klagen gegen ihn erhoben wurden. Seine Villa wurde requiriert, als Hotel und Messe für die Offiziere eingerichtet, der Eigentümer wohnte nun im Pavillon des Gärtners, er war *maître d'hôtel*. So war er den Siegern zu nahe, als daß er nicht schnell vergessen hätte, daß er zu den Besiegten gehörte. »Sehr zufrieden«, bestätigte Burns aufs neue, »Bad heiß genug, Lunch gar nicht übel, vom Dinner erwarten wir mehr. Und inzwischen wäre Stille genehm. Stellen Sie bitte das Radio ab. Marmorne Stille geziemt dem ruhenden Krieger.«
»Ah, Lord Byron!« rief der frühere Senator verzückt. »Eine große Nation und ein großer Dichter!«
»Und ein ausgezeichneter Schwimmer, Signore Senator, und ein Befreier der Griechen«, sagte Tony abschließend und leerte schnell das Glas. Der Porto war Schwindel.
Sie gingen die breite marmorne Treppe zur ersten Etage hinauf. Diesmal betrachteten sie die Skulptur eingehender: ein Pferd aus weißem Gips, dessen Rücken beschädigt war — man hatte den Reiter hastig beseitigt, seine Beine aber aufbewahrt.
»Ich habe das Original in Paris gesehen, Weltausstellung 1937«,

sagte Dojno. »Der reitende Diktator war nackt. Diese Kopie wird dem heroischen Charakter des Rosses nicht gerecht.«

»Sollten wir nicht dem undankbaren Senator befehlen, den Duce wieder aufs Pferd zu setzen?«

»Er würde es nicht tun, selbst wenn man ihm mit Gefängnis drohte.«

»Warum hat er aber das Pferd dagelassen?«

»Wegen seines Kunstsinns und weil er, ohne es zu ahnen, ein orthodoxer Hegelianer und somit stets auf der Seite der Geschichte ist. Noch haben die Alliierten Rom nicht erobert. Ist es aber einmal soweit, wird der Senator Vittorio Emanuele oder Marschall Badoglio auf das arme Pferd setzen. Genauso sehen eure Triumphe aus, mein lieber Tony.«

»Die die Ihren sind!«

»Nein, denn ich bin kein Sieger. Diesen grauen Vormittag will ich verschlafen. Auf heute Abend, Tony.«

Während er das große Zimmer durchmaß, von der Tür zum Fenster und zurück, blieb Burns jedesmal vor dem Spiegel stehen, um sich selbst zu betrachten. Er glaubte seit langem, daß er sein eigenes Gesicht nicht kannte. Er war nicht fähig, es sich vorzustellen — selbst jetzt, wenn er vor dem Spiegel die Augen schloß. Das war, meinte er, weil es ein undeutliches, ein schlecht gezeichnetes Antlitz war.

Er hatte sich vom Leutnant einige jener Tabletten geben lassen, die für Stunden Müdigkeit und Schlaf verscheuchen. Er wollte eine Botschaft an den großen Mann abfassen, dessen Vertrauen er die Missionen verdankte. Nun ging es darum, Ordnung in Erinnerungen und Gedanken zu bringen. Daneben gab es Einzelheiten, die, obschon nicht bedeutsam, dennoch unbedingt aufgezeichnet werden mußten, weil es dem Adressaten Spaß machen würde, sie zu erfahren. Er würde den Brief im Bett lesen, in dem verweichlichenden Komfort, auf den dieser wahre Kriegsherr auch mitten in Katastrophen nicht verzichten mochte. Schon seit Jahrzehnten identifizierte sich ihm die Geschichte seiner Zeit mit seiner Biographie. Die Art, wie er seine große Rolle spielte, entsprach häufig genug der Kunst seiner Selbstdarstellung. Seit Jahrzehnten war er darauf aus, der zu werden, der er war. Tony, der unter ihm arbeitete und ihn länger kannte, wußte noch immer nicht, ob sein Chef Geschichte machte, um darüber schrei-

ben zu können, oder ob er schrieb, weil er Geschichte machte. Das Anekdotische nicht vergessen, aber auch nicht überhandnehmen lassen, sagte sich Tony, während er sich schon wieder im Spiegel anstarrte. Ganz entschieden, die Nase ist ein zu lang geratenes Ausrufungszeichen, dem überflüssigerweise ein Komma folgt. Der Mund paßt dazu und zu Bauchrednerpuppen. Die besten Anekdoten für später aufbewahren, für den mündlichen Bericht. Ist Tito ein verläßlicher Verbündeter? Oh, viel verläßlicher als der Duke of Marlborough. Er verheimlicht nichts. Er wird nicht schwanken, er ist ein Kommunist und wird ein kommunistisches Regime in Jugoslawien aufrichten. Von uns verlangt er Hilfe, nicht von den Russen, natürlich. Weil wir sie ihm geben werden und die Russen nicht. Wir werden es tun, weil er uns nützt, und obschon er uns nicht mag. Und wenn er uns nicht mehr braucht, wird er jeden einzelnen von uns hinausbefördern — mit einem herzlichen Fußtritt. Seine Leute haben voriges Jahr auf Ochsenwagen eine kleine Druckpresse mitgeschleppt. Sie haben ein Buch gedruckt, ein einziges: »Probleme des Leninismus«, von dem unfehlbaren Stalin. Mitten in der größten Not haben sie den Geburtstag des Georgiers gefeiert, als wäre er in der Nacht des 24. und nicht des 21. Dezembers geboren. Häretiker werden rücksichtslos ausgemerzt. Sie sehen, Sir, Tito ist verläßlich, verläßlicher als ... nein, nicht mehr auf den großen Ahnen zurückkommen! Immerhin, die Augen sind nicht übel. Natürlich wäre es besser, wenn sie grau wären oder blau und nicht gerade dazwischen. Aber auch Cynthia hat sie gemocht, selbst sie. Das ist noch kein Grund, ein Mädchen zu heiraten. Also warum? Zu dumm. Und ein solcher Dummkopf will sich da einmengen, wo es um das Schicksal von Ländern geht. Unsinn, es ist natürlich leichter, sich in den balkanischen Komplikationen auszukennen als in einer Eheaffäre, besonders der eigenen.
Er setzte sich endlich, schob das Papier heran. Briefpapier des Senators. Wenn man es gegen das Licht hielt, erkannte man ein Wasserzeichen: das römische Bündel, den *fascio*.
Während er die ersten Worte schrieb, war das Lächeln von seinen Lippen noch nicht verschwunden. Das überaus seltsame Lächeln eines weisen Kindes veränderte sein ganzes Gesicht, verlieh ihm Reiz. Tony kannte es nicht, sah es nie. Er lächelte vor dem Spiegel nur ironisch.

Sie zogen sich nach dem Abendbrot in einer Ecke der improvisierten Bar zurück.

»Tod dem Faschismus, Freiheit dem Volke!« sagte Tony auf kroatisch und hob das Glas. Dojno nickte Zustimmung.

»Sie sind ein Antifaschist, seit es Faschismus gibt, da sollten Sie doch Ihr Glas heben nach solchem Trinkspruch, Dojno.«

Als Dojno schweigsam zu den Marineoffizieren hinüberblickte, die sich lebhaft mit zwei jungen Mädchen unterhielten, fügte Tony hinzu:

»Ich weiß, Sie haben den Leuten dort versprochen, mit mir keine politischen Gespräche zu führen. Aber das ist nun vorbei. Jetzt müssen Sie mir endlich sagen, was sich hinter Ihrer politischen Melancholie verbirgt.«

»Nichts, was Sie nicht auch so wissen. In ein, zwei Jahren, wenn der Faschismus endgültig besiegt sein wird, wird alle Welt antifaschistisch sein. Um ein, zwei Jahrzehnte zu spät. Und der neuen Gefahren, denen man schon heute steuern müßte, werden sie wieder zu spät gewahr werden. Meine Melancholie, wie Sie das nennen, ist nur der Ausdruck einer Allergie gegen diese Verspätungen. Der Antifaschismus, den Sie, ein englischer Konservativer, hier mit Marschall Badoglio, dort mit dem neu entdeckten Demokraten Marschall Stalin begeistert teilen, eröffnet Ihnen die Perspektive gigantischer Siege —«

»Um so besser!«

»Gewiß. Aber der Sieg ist kein Ziel, sondern nur ein Mittel — wozu, was zu erreichen?«

»Alles der Reihe nach — zuerst den Feind schlagen, dann Frieden machen! Das ist gesunder Menschenverstand.«

»Der genügt in einfachen Situationen. Ein Thermometer ist ein nützliches Instrument, um die Temperatur zu messen, aber herannahende Erdbeben zeigt es nicht an. Vor zehn Jahren fiel Ihrem gesunden Menschenverstand in Mussolinis Italien auf, daß die Züge pünktlich verkehrten und die Polizisten den Touristen höflich Auskunft gaben, und später in Hitlers Deutschland, daß die deutschen Sportler sich fair benahmen.«

»Und was fiel mir bei den Partisanen auf?« fragte Tony neugierig. »Sagen Sie es mir sofort, ich kann meinem Bericht ein Postskriptum beifügen.«

»Sie waren dabei, als die mutigsten Kämpfer dieses Krieges,

unterernährt, unausgeheilte Wunden an geschwächten Körpern, weit überlegenen Feinden widerstanden und sich jedesmal der vernichtenden Niederlage entzogen haben. Sie haben gesehen, daß man aus Leiden Waffen schmieden, aus Enttäuschungen Hoffnungen schöpfen und aus täglich Geschlagenen eine unbesiegte Armee bilden kann. Tony, Sie brauchen kein Postskriptum zu schreiben, denn Sie wußten schon vorher, daß die Führer dieser Armee die Feinde von morgen sind. Nach diesem Kriege wird es keinen Frieden geben. Ihre gigantischen Siege werden einige Regierungen, nicht den Totalitarismus zur Strecke gebracht haben.«

»Also?«

»Also kommt alles darauf an, daß die Alliierten schnellstens da drüben landen und die Donauländer besetzen, ehe die Russen hinkommen. Kontinentale Historiker haben die Maxime geprägt, daß die Briten die verläßlichsten Verbündeten sind bis zum letzten Schuß und erst nachher untreu werden. Wenn ihr Polen, das zu retten ihr in den Krieg gezogen seid, schon jetzt, lange vor dem letzten Schuß, aufgebt, dann —«

»Aber davon ist ja gar keine Rede!« unterbrach ihn Tony.

»Sie warten auf Kommuniqués, die es Ihnen mitteilen, mir genügt der Zwischenfall mit Katyn. Der Abbruch der diplomatischen Beziehungen, mit dem Stalin den Wunsch der Polen, die Wahrheit festzustellen, beantwortet hat, ist ein Geständnis, das jeden Zweifel behebt. Natürlich konnte, mußte man den Deutschen das Verbrechen zutrauen, aber wer die Hinterbliebenen der Opfer zum Schweigen bringen will und sich gleichzeitig als Erbe deklariert, der ist der Mörder.«

»Was geht das uns an?« fragte der Engländer ungeduldig.

»Der Sieg bei Stalingrad ist wichtig, die russische Armee ist der entscheidende Faktor auf dem Kontinent. Erst siegen — die moralischen Fragen werden wir nachher bedenken.«

»Zu spät, ihr werdet Komplicen des Verbrechens geworden sein. Eine Welt, in der jeder das Recht eingebüßt hat, Richter zu sein, kennt keinen Frieden mehr.«

»Um vom allgemeinen auf das einzelne zu kommen: Man hat Sie mit mir hinausgeschickt, vielleicht weil man verhindern wollte, daß Sie Richter seien. Wen wollten Sie dort richten und warum? Ich bin indiskret, aber ich suche noch immer ein Post-

skriptum«, sagte Tony und winkte mit der leeren Flasche dem Senator, der auch sofort eine volle brachte.
Dojno sah ihm in das gerötete Knabengesicht, in die lebhaften klugen Augen, deren Ironie die ungewöhnliche Empfindlichkeit nicht verhüllen konnte. Warum hat Tony alles auf sich genommen, warum ist er zu jedem Opfer bereit? Der Größe Englands wegen? Nicht wahrscheinlich. Aus Ehrgeiz? Seine Laufbahn ist ihm vorgezeichnet, der Erfolg sicher. Kapitalismus, Sozialismus, es ist ihm im Grunde gleich. Glaubt er an Gott? Vielleicht. Aber er ist nicht darauf aus, Gott zu schützen. Und er ist kein Spieler wie Skarbek, ihm äußerst unähnlich — warum setzt er alles aufs Spiel, wofür?
»Das dürfte selten sein, nur durch die besondere Situation ermöglicht, daß zwei Menschen einander so nahe sind und dennoch voneinander nichts wissen«, meinte Tony nachdenklich. »Warum sind Sie zum Beispiel nach Jugoslawien gegangen? Warum hat man Ihnen dort jede politische Äußerung verboten? Und warum haben Sie sich das gefallen lassen? Warum hat man Sie jetzt ausgewiesen? In einem gewissen Sinn kenne ich Sie besser als meine Frau und dennoch keinen einzigen Ihrer Beweggründe.«
»Daß Sie Ihre Neugier bisher so gut gezämt haben, ehrt Ihre Erzieher. Daß Sie sie aber jetzt offenbaren, verrät Ihr Bedürfnis, von sich selbst zu sprechen.«
»Ich bin dessen nicht sicher. Nach dem Krieg werde ich im Who's Who stehen. Den zwölf Zeilen wird nicht viel hinzuzufügen sein. Im Glück soll man nicht von sich sprechen und im Unglück mag man's nicht. Oder gilt das nicht für alle?«
»Nein, nicht für alle, nicht für mich zum Beispiel.«
»Also warum?« fragte Tony und winkte gleich ab. Er vertrug viel, aber er hatte unmäßig getrunken. Diesen Abend litt er unter dem »Durst der Frustration«, so nannte er die Gier, sich mit Flüssigkeit bis an den Rand anzufüllen. Ihm schien's, daß sein Kopf klar blieb. Er fühlte sich frei, das Unerwartete, das Unerlaubte zu tun: die Flasche gegen den Bartisch oder durch das Fenster zu werfen, zu dem Tisch der Marineoffiziere hinzugehen, dem dicklichen Mädchen die Uniform aufzuknöpfen, sachte, mit delikaten Fingerspitzenbewegungen, und dann angewidert wieder zuzuknöpfen, sich vor ihr tief zu verbeugen

und sich laut dafür zu entschuldigen, daß er sie nicht auf den Tisch warf. Das alles konnte er tun, wenn er es wirklich wollte. Er erwog die Gründe, die dagegen sprachen, und fand sie erstaunlich schwach. Er leerte ein Glas nach dem anderen. Erst nach einer Weile wurde er dessen gewahr, daß sie beide schwiegen.

»Eigentlich unzulässig, feige zu werden, sobald die Gefahr vorbei ist«, sagte Tony mit einem bösen Lächeln. »Ihre nüchternen Augen sehen mich an, als ob ich immer tiefer in der Selbstachtung sinken müßte. Verdammt noch mal, warum lassen Sie mich allein trinken?«

»Weil ich nicht mehr viel vertrage.«

»Und warum vertragen Sie nichts? Ich frage mich, ob ich jetzt wenigstens den Mut haben werde, Ihnen zu sagen, was ich nur aussprechen würde, wenn ich wirklich besoffen wäre.«

»Als Kind habe ich einen Pogrom erlebt, einen kleinen nur. Man hat den Bauern, armen Teufeln, ein Faß Branntwein gegeben und sie dann auf das jüdische Städtchen gehetzt. Es fällt mir nicht schwer, in jedem Besoffenen einen potentiellen Pogromisten zu entdecken.«

»Aber ich habe doch nichts gesagt«, meinte Tony betroffen, fast ernüchtert. »Bitte, bleiben Sie doch sitzen, Dojno! Und mein Postskriptum?«

Es hatte keinen Sinn, ihm nachzulaufen. Zuerst einen starken Kaffee, dann eine halbe Stunde in der kalten Luft draußen, erst nüchtern werden. Aber warum war aus Dojnos Gesicht die letzte Spur von Freundschaft gewichen? Und woher wußte er, was ich sagen wollte? Ist es so leicht, meine Gedanken zu lesen?

Er ließ sich einen zweiten Kaffee servieren und trank ihn schnell aus. Er blieb länger draußen, als er gedacht hatte. Und lebte er hundert Jahre, erwog er, nichts konnte das Leben ihm bringen, das er nicht schon kannte. Und wäre Cynthia anders — auch das würde nichts ändern. Eine Frau, Menschen, Kriege und Wagnisse — all das genügte nicht, um Sinn und Gestalt in die ungeheure Leere zu bringen. Alle Liebe und Freundschaft, die ihm seit seiner Kindheit zuteil geworden waren, erschienen ihm in diesem Augenblick schal, unerwünschte Erfüllungen oder unerfüllte Versprechen. Er glich dem Mann, der auf der Bühne durch die wechselnde Landschaft wandelt: Hinten zieht die bemalte Leinwand vorbei, während er vorn ununterbrochen geht, ohne von der Stelle zu kommen.

Wieder in seinem Zimmer, entdeckte er auf dem Tisch zwei dichtbeschriebene Bogen und daneben einen Zettel: »Hier ist Material für Ihr Postskriptum. D. F.«

Nicht leicht lesbare Schrift eines Mannes, dessen Sinn für Hierarchie ungewöhnlich ausgeprägt sein mußte. Suffixe und manche Präfixe nur angedeutet, deutlich nur, was gleichsam das Herz des Wortes war. Tony holte die Brille hervor — er benutzte sie fast niemals in Gegenwart anderer — und entzifferte den auf das Wesentliche reduzierten Bericht über die Entstehung und den Untergang der Djura-Brigade. Der letzte Absatz lautete:

»Mara Militsch wurde am 18. April 1943, genau sechs Jahre nach der Ermordung Vassos, in einen Hinterhalt gelockt und getötet. Dies geschah auf russischen Befehl, den Miroslav Hrvatic überbrachte und ausführen ließ. Dieser unter dem Namen Slavko berüchtigte Polizeikommissar hat unter den Habsburgern gegen die Serben, unter den Karageorgewitsch gegen die Kommunisten und die Kroaten gewütet. Seit dem Herbst 1941 ist er ein Agent der GPU, einer der geheimen Vertreter der Russen bei den Partisanen. Um diesen Sachverhalt zu verhehlen und um die Bestrafung des Polizisten zu verhindern, hat man D. F. ausgewiesen. Von ihm, der als einziger von den Führern der Brigade noch am Leben ist, ist nichts mehr zu erhoffen noch zu befürchten. Er ist so uninteressant wie die Frage, ob die Djura-Brigade je existiert hat oder nicht.«

Tony las die letzten Sätze und wiederholte laut: » ... uninteressant wie die Frage, ob die Djura-Brigade je existiert hat oder nicht.« Er steckte die Bogen ein und ging zu Faber.

»Ich wollte nur noch fragen«, sagte er, kaum daß er ins Zimmer getreten war, »ob die vom Hauptquartier die Identität dieses Polizeikommissars kennen. Es scheint mir doch —«

»Natürlich, aber sie tun so, als ob Slavko in der Tat der russische Hauptmann Chlebin wäre. Diese Identität ist durch den Leiter der geheimen Mission, einen Oberstleutnant Pokrowski, beglaubigt. Setzen Sie sich, Tony, wenn Sie nicht schlafen wollen, und erlauben Sie, daß ich im Bett bleibe.«

»Gewiß! Wir werden morgen früh nach Bari fahren. Ich werde

einige Stunden dort bleiben und dann über Brindisi nach Kairo gehen. Kann sein, daß man sich dann lange nicht sehen wird. Ich gebe Ihnen schon jetzt diesen Gürtel. Nicht besonders schön, aber nützlich, innen ausgehöhlt und mit Goldmünzen angefüllt. War vorgesehen für den Fall, daß ich mich drüben verliere oder in Gefangenschaft gerate. Ich brauche ihn nicht mehr und habe niemandem Rechenschaft abzulegen. Um Himmels willen, glauben Sie jetzt nur nicht, daß ich schnell den Gürtel präpariert habe, um Ihnen Geld aufzudrängen!«

Tony empfand es so peinlich, daß er errötete.

»Ich glaube es nicht, aber Sie wären dazu imstande. Sie sind ein wundervoller Kamerad gewesen, auch in Situationen, wo es schwer ist, nicht ausschließlich an sich selbst zu denken. Fast jede Tugend kann lächerlich und nutzlos werden, diese nicht.«

Tony wollte etwas erwidern, zögerte, dann war es, fühlte er, zu spät.

»Ich habe eben nachgedacht, was ich Ihnen würde schenken wollen«, begann Dojno wieder. »Sie wissen, es gibt zweierlei Schriften: jene, in denen man sich sucht, und die anderen, in denen man sich verlieren will. Alles, was ich zwischen dem 19. und 34. Lebensjahr geschrieben habe, würde ich Ihnen geben wollen, damit Sie erfahren, bis zu welchem Grade des Selbstbetrugs eine wache Intelligenz herabsinken kann in der Begier, sich für eine Sache zu opfern. Ich hatte einen guten Lehrer, der mich stets davor warnte, auch nur einen einzigen ehrlichen Gedanken um einer Sache willen zu verleugnen oder Anhänger der Macht zu sein. Vielleicht würden meine schlechten Schriften Sie ermutigen, im Denken so furchtlos zu sein, wie Sie es im Tun sind. In diesen unseligen Jahren bringt jeder Tag Beispiele von unerhörtem Wagemut, aber nie ist die Feigheit im Denken so lähmend gewesen wie jetzt. Und sie ist am größten bei denen, die Sie gerade zu bewundern begonnen haben, bei den Kommunisten.«

»Vielleicht«, meinte Tony nachdenklich, doch nicht überzeugt. Er kennt nicht unsere Welt, dachte er. In Wirklichkeit ist er naiv. Er hat die Bourgeoisie bekämpft, ohne zu ahnen, daß sie eher verächtlich als gefährlich ist. Ein Ketzer denkt nur an die Mängel der eigenen Kirche. Dojno weiß nichts von der Leere der »Gesellschaft«. Er kennt nicht die Leute, die mit vier übertriebenen Adjektiven ihr Auskommen finden in einer Welt der kleinen Sünden und großen Eitelkeiten. Sie hat Formen, gute oder schlechte, aber keinen Inhalt.

»Nein, ich bewundere nicht die Kommunisten, aber ich stelle fest, daß sie allein ganz genau wissen, was sie wollen, und bereit sind, jeden Preis zu zahlen, um es zu erlangen. Wir aber, wir wissen nur manchmal, keineswegs immer, was wir nicht wollen. Es beginnt mit der Ungewißheit in persönlichen Dingen, zum Beispiel mit dem Zweifel an der eigenen Frau. Sie sind nicht verheiratet, Dojno?«

Dojno nickte. Es war offenbar, daß Tony nun sein »Problem« ausführlich darlegen würde. Er brauchte natürlich keinen Rat — das konnte als Vorwand dienen —, sondern jemanden, der aufmerksam zuhörte, während er sich selbst den Fall darstellte, in jener Mischung von Anklage und Selbstverteidigung, die das Plädoyer von Eheleuten kennzeichnet.

Aber Tony blieb stumm, fand nicht, womit er am besten anfangen könnte, und entdeckte erstaunt, daß der Anfang nichts mit Cynthia zu tun hatte. Zwar war nichts folgenlos, aber im Grunde alles unwichtig gewesen. Was er mit zehn Jahren gedacht hatte, galt auch jetzt noch: Das Bedeutsame stand bevor, die Vergangenheit, das war die Zeit, die man darauf wartete, daß es eintrete.

»Lassen wir das — uninteressant!« sagte er endlich. »Eine Frage von vielen, die ich Ihnen heute abend stellen könnte: Sie und Ihre Freunde, die Sie im Bericht nennen, ihr wart gewiß so intelligent, zweifellos viel fähiger als die anderen. Wie erklären Sie, Dojno, das schreckliche Ende?«

»Einfach aus dem Umstand, daß wir nicht um Macht kämpften, daß wir sie gar nicht wollten. Und als wir aufhörten, Städte und Dörfer zu ›befreien‹, weil wir sie nicht den Repressalien der anderen aussetzen wollten, beschleunigte sich unser Absturz. Der Beschluß war natürlich richtig, aber er hatte die unvermeidliche Wirkung eines Selbstmords. Daß wir untergehen würden, haben viele von uns vorausgesehen.«

»Logisch. Ihr mußtet damit rechnen, da ihr ja gar nicht siegen wolltet.«

»Wir wollten auf das Gedächtnis der Zeitgenossen und der Nachkommen wirken. Irren Sie sich nicht, Tony: Wir sind verloren, aber die Sache selbst ist unverlierbar. Wir waren Nachfolger, wir werden Nachfolger haben. Es hat Phasen der Zivilisation gegeben, in denen die Freiheit unterdrückt war, aber nie, Tony, nie ist sie vergessen worden, denn immer hat es ›Erinnerer‹ gegeben. Nicht viele auf einmal, aber sie bildeten eine unabreißbare Kette. Das sind große Worte. Wenn ich an Djura, Mara, Sarajak denke, schäme ich mich dieses jämmerlichen Geschwätzes. Das ist unvermeidlich. Wer weiß es nicht, daß der Mensch unvergleichlich mehr ist als alle seine Taten zusammen und dennoch soviel geringer als seine größte Tat.«

Ja, große Worte, dachte Tony. Besser, man spricht sie nicht aus. Zwei Wörter gibt es im Englischen für Freiheit, beide in gleichem Maß verbraucht. Die Djura-Brigade ist eine der vielen Partisanengruppen des Balkans gewesen. Sie alle kämpften für die Freiheit, zum Beispiel: zu plündern, zu töten. Am Ende werden sie alle untergegangen sein. Die einen im Banditismus, die Djuraten in der tödlichen Ernüchterung nach einem ausgeträumten Traum. Die zu den Waffen greifen, können nicht Heilige sein, und die Heiligen sollen nicht zu den Waffen greifen.

»Aufrichtig gesprochen, Dojno, ich halte nichts davon, mit geschichtsphilosophischen Konzeptionen in einen Krieg zu gehen. Ich habe mit Vergnügen die Mission übernommen, die man mir anvertraut hat — warum? Aus drei Gründen: erstens aus Neugier, zweitens aus Neugier, drittens um bestimmte Briefe nicht zu empfangen und nicht beantworten zu müssen. Die Weltgeschichte ist keine Tragödie, sondern — genauso wie die Ilias und die Tragödien des Sophokles — eine riesige *Chronique scandaleuse*.«

»Haben Sie das auch damals an der Piva gedacht?«

»Nein, das beweist nichts. Aber auch an jenem Morgen waren wir nur nebensächliche Figuren in einem riesigen Skandal. Und selbst in jenen Stunden wußte ich, daß das Verhältnis zwischen Geschichte und Mensch am ehesten einem Dialog gleicht, den ein Tauber mit einem Taubstummen führt.«

»Die beiden können sich gut verständigen. In Ihrem Gleichnis müßte der Taube auch völlig lahm sein und der Taubstumme blind.«

»Einverstanden, auch blind. Und Sie haben zwölfhundert Men-

schen in den Untergang geführt, um diesem blinden Taubstummen jene teutonisch-jüdische Philosophie beizubringen, die einigen Intellektuellen als Wegweiser in das verlorene Paradies erscheint.«
»Tony, da Sie in Gleichnissen sprechen, sind Sie in ausgezeichneter Stimmung. Um sie Ihnen zu erhalten, werde ich Ihnen noch eine Parabel vorschlagen: Ein armer Mann zündet die vom Vater ererbte Hütte an, um endlich die Nacht zu erkennen, sie im hellsten Licht zu sehen. Infolgedessen erfriert er in finsterster Nacht.«
»Bravo, kein Mitleid mit dem Narren!« rief Tony lachend.
»Gute Nacht, Oberstleutnant Burns, schlafen Sie gut und träumen Sie, daß an Ihnen in endlosen Zügen Gipspferde vorbeidefilieren, deren jedes den gleichen Reiter trägt: unseren lächelnden exfaschistischen Senator in zwei Milliarden Exemplaren.«
»Gute Nacht, Brigadekommissar, schlafen Sie gut und träumen Sie, daß Sie nicht einschlafen können, weil es Ihnen gelungen ist, die Nacht abzuschaffen.«
Sie waren beide heiter. Sie hatten häufig gescherzt in jenen Stunden, da der eine wie der andere genau gleich viel zu verlieren hatte: ein nacktes Leben.
In Bari nahmen sie andern Tags Abschied. Sie machten aus, wie sie einander wiederfinden könnten. Jeder von beiden traute sich zu, jeden aufzuspüren, den er wirklich suchen wollte. Sie waren nicht sicher, ob sie wünschen würden, einander wiederzusehen. Schon trennte sie die Gewißheit, daß es nur für den einen eine Heimkehr gab.

ZWEITES KAPITEL

Die ersten Wochen vergingen ihm sehr langsam. Noch lebte er in der Erwartung, daß der nächste Tag die Wendung bringen würde: einen Brief von Relly aus dem besetzten Frankreich, der ihn über Portugal hätte erreichen können; eine Nachricht von Maras Tante; ein Telegramm, eine Geldsendung von seiner Schwester aus Philadelphia.
Die kurzen Tage des späten Herbstes erschienen ihm lang, aber die Nächte vergingen ihm schnell, er schlief viel und ruhig. Die Träume weckten ihn nicht. Sie waren ausgefüllt mit harmlosen Geschehnissen, Begegnungen mit unbekannten Menschen in ruhigen, abgelegenen Gassen.
An zwei Stellen fragte er täglich nach Post: im Hotel Majestic, in dem er die ersten zwei Tage hatte bleiben können, und im Hauptpostamt. Als er nicht mehr die Uniform trug, wurde die verneinende Antwort, die ihm jedesmal gegeben wurde, unfreundlicher. Aber schließlich gewöhnte man sich daran, daß er jeden Tag erschien, um danach zu fragen, ob über Nacht das Wunder nicht eingetroffen sei. Es gab viele Fremde in der Hafenstadt, Militär, Flüchtlinge, aus Jugoslawien evakuierte Verwundete. Das ältere Fräulein im Postamt war manchmal ungeduldig, aber sie bemühte sich, freundlich zu antworten. Sie hatte Mitleid mit den Heimatlosen. Und sie hatte selbst viele Jahre damit verbracht, auf etwas zu warten, das sehr wohl jeden Augenblick hätte eintreffen können. Oder niemals. Aber niemand glaubte an niemals, für den Erwartenden ist es schon am Anfang sehr spät und nie wirklich zu spät.
»Sind Sie krank gewesen?« fragte sie besorgt, als Dojno wieder erschien, nachdem er sich drei Tage nicht gezeigt hatte. »Nein, aber ich erziehe mich energisch zur Geduld«, antwortete er, dankbar für ihr Interesse. Sie sah ihn erstaunt an. Vielleicht verstand sie sein Italienisch nicht gut. Dann sagte sie streng: »Aha, Sie haben eine Bekanntschaft gemacht, Signore.«
Er leugnete es, aber sie glaubte ihm nicht. Oh, sie kannte die Männer!

Bald stellte er die täglichen Gänge völlig ein. Kam Post, so würde sie ihm an seine neue Adresse nachgeschickt werden. Denn nun hatte er ein Zimmer ganz für sich allein, die Miete war für zwei Monate vorausbezahlt. Das eine Fenster ging auf einen kleinen Platz, hinter den alten schmalen Häusern erhob sich der Campanile des San Sabino. Die Tür und das andere Fenster gingen auf den offenen Balkon, vorne das Meer, rechts der alte Hafen mit den Fischerbooten.
Die Stadt Bari hatte manchen Wechsel erfahren, einmal, in schneller Folge, die Herrschaft eines schlechten und eines guten Wilhelm. Der schlechte König zerstörte sie, der gute erlaubte, daß man sie wieder aufbaute.
»Ja, wir haben immer Glück gehabt«, sagte Signore Enneo Vassari. »Es kommt schließlich nur auf die Reihenfolge an. Wäre zuerst Wilhelm der Gute und dann der Böse gekommen, so gäbe es Bari schon seit bald tausend Jahren nicht mehr, und ich hätte nicht das Vergnügen, Ihnen das bescheidene Zimmer zur Verfügung zu stellen.« Signore Enneo war ein Mann von bescheidenen Verhältnissen, er arbeitete in der städtischen Hafenverwaltung, aber er hatte sich immer für das »Kleingedruckte« interessiert, für alles, was man nicht unbedingt wissen muß. Selbst in diesen Kriegszeiten überflog er nur die aufregenden Nachrichten, las aber laut, daß auch seine Frau Bianca etwas davon habe, Artikel von geringer Aktualität, die jedoch, wie er meinte, ein solides Wissen vermitteln: über wissenschaftliche Methoden der Bodendüngung, über die Möglichkeit, das Geschlecht von ungeborenen Kinder vorauszubestimmen, über den Philosophen Croce, über neue Heilmittel gegen bestimmte Dschungelkrankheiten, am liebsten Biographien von großen Männern, weil die immer gut enden, wie er sagte.
»Natürlich, auch große Männer sterben«, erklärte er Dojno, der nach wenigen Tagen Signora Biancas Pensionär geworden war. »Sterben müssen alle, aber wenn man von einem eine Biographie in der Zeitung druckt, das beweist, daß er Glück gehabt hat im Leben.«
»Da müßten sie auch über dich so einen Artikel drucken, Enneo«, meinte seine Frau, während sie den Kaffee auf den Tisch stellte.
Ja, das hatte Dojno einmal geträumt: bei einem alten Paar

wohnen, am Abend gleichgültigen Gesprächen zuhören, einsamer Gast in einem fremden Leben sein. Aber nun war alles günstiger als in seinem Traum.

Frau Bianca hatte recht, Enneo war ein glücklicher Mensch. Der kleine, zarte Mann hatte Angst vor Stürmen und jedem Ungewitter, vor manchen Tieren, zum Beispiel großen Fischen und Krebsen, selbst wenn sie schon tot waren. Aber er war völlig ohne Furcht vor Menschen, wer immer sie waren und wie bedrohlich sie sich auch gebärden mochten. Er konnte sich nicht vorstellen, daß ein Mensch es zustande bringen könnte, wirklich schlecht zu sein. Faschismus, Krieg, Besatzung — alles Böse war für ihn eine vorübergehende Laune des Geschicks. Niemand war schuld, keiner wollte schlecht sein, etwa ein wilder Faschist oder ein Mörder oder ein Aushungerer, wie es diese Leute vom schwarzen Markt waren.

»Stellen Sie sich vor, Signore, Sie sind Wilhelm der Böse und man fragt Sie: ›Was wollen Sie lieber sein, der Gute oder der Böse?‹ Sie werden natürlich antworten, daß Sie der Gute sein wollen. Oder nehmen Sie Mussolini — es ist doch klar, daß er lieber wie unser heiliger Nikolaus sein möchte, dessen Gebeine in der Grotte noch jetzt jedes Jahr, am 8. Mai, Manna aussondern. Deshalb sage ich, alles kommt aufs Glück an, darauf, daß man nicht vom Schicksal ausgewählt wird, eine schlechte Rolle zu spielen.«

Enneo sprach gern, doch genügte ein Wink seiner Frau, ihn zum Schweigen zu bringen. Sie hörte ihm gewöhnlich aufmerksam zu. Weil er so schön sprach, hatte sie eingewilligt, ihn zu heiraten und eine gute Dienststelle zu verlassen. Das war nun siebenundzwanzig Jahre her. Seine Reden waren mit der Zeit immer schöner geworden, sie selber aber hatte wenig Ähnlichkeit mit dem hübschen Mädchen, das sie damals gewesen war. Sechs Kindern hatte sie das Leben gegeben, bei sich zu Hause hatte sie viel mehr gearbeitet als bei den Fremden — sie hätte ausgedörrt sein müssen, aber sie war dick und immer breiter geworden, zuerst der Leib und dann, seit sie keine Kinder mehr gebar, auch das Gesicht mit dem schweren Doppelkinn. Woher nur all das Fett kam? Nicht von Müßiggang und nicht von zuviel Essen.

»Wenn ich Sie so viel schreiben sehe, stundenlang und alles auswendig«, sagte Frau Bianca, »dann denke ich mir, daß bei Ihnen im Ausland die Schulen viel besser sein müssen als bei uns. Alle meine vier Kinder haben gelernt, und es ist wahr, die Mädchen haben auch heute noch eine sehr hübsche Schrift, Ricardo nicht einmal das, aber was nützt das? Auch wie man noch nicht abgeschnitten war voneinander, haben sie nur selten geschrieben und nur ganz kurze Briefe. Sind gute Kinder und möchten uns eine Freude machen, aber sie wissen nicht genug, um aus dem Kopf zu schreiben.«

»Ich schreibe selten Briefe«, antwortete Dojno, »und die ich abschicke, kommen wohl gar nicht an. Ich mache nur Notizen, damit ich bestimmte Dinge nicht vergesse. Einige Menschen, die mir besonders nahe waren, leben nicht mehr. Wenn ich an sie denke, tut es mir gut, die Erinnerungen an sie niederzuschreiben.«

Die Frau seufzte auf, aus Mitleid mit dem Mann, der so traurig war, daß er sich selbst schreiben mußte, und aus tiefer Besorgnis um Ricardo, den einzigen, der ihr von drei Söhnen geblieben war — die beiden anderen, Zwillinge, waren im Kindesalter gestorben. Wie dieser Mann war Ricardo in die Fremde verschlagen, ein Kriegsgefangener bei den Engländern. Vor dem Einschlafen versuchte sie sich auszumalen, wie er lebte. Manchmal war's ihr gewiß, daß alle gut zu ihm waren, und ein anderes Mal wieder sagte sie sich, daß seine Ungeschicklichkeit und sein Jähzorn ihm überall Feindschaft zuziehen mußten. In ihren Augen waren alle Männer schwache Wesen, nur Schutzengel verhinderten ihren frühen Untergang. Den Frauen allein hatte Gott die Kraft verliehen, mit dem Leben fertig zu werden. Den Männern hatte er nur den Schein der Kraft gegeben und sie dazu verurteilt, bis zum Tode Knaben zu bleiben, die immer Aufsicht und Lenkung brauchten. Seit Jahrzehnten las ihr Enneo jeden Abend aus der Zeitung vor. Nie kam ihm der Gedanke, daß es sie gar nicht interessierte oder daß sie sich Sorgen machte, die er mit ihr hätte teilen müssen. Ein so gutes Herz, aber mit seinen sechsundfünfzig Jahren ein Knabe.

Dojnos Leben war nun wohlgeordnet. Tonys Goldmünzen schützten ihn für einige Monate vor Not. Überdies bekam er Sonderrationen, er konnte Frau Bianca jede Woche ein Paket mit Lebensmitteln bringen. Der Kaffee und der Zucker waren besonders willkommen.

Bald nachdem er eingezogen war, hatte er begonnen, einen langen Bericht über die Djuraten zu schreiben. Nach wenigen Tagen gab er es auf und verbrannte die ersten zwanzig Seiten, die mit einer fast grausamen Trockenheit abgefaßt waren. Noch waren ihm die Geschehnisse zu nahe. Um dem bewegenden Gefühl zu wehren, hatte er den Ton des unbeteiligten Historikers gewählt, der im besten Fall gerecht urteilen mag, aber zuviel Wesentliches verkennen muß. Denn er beginnt am Endpunkt, im Licht des abschließenden Resultats. Ach, die kleinliche Weisheit der Überlebenden, denen an der fehlgeschlagenen Bemühung nur auffällt, daß sie ein Mißerfolg geworden ist, für den sie so leicht Gründe finden. Die wahre Weisheit ist großzügig und voller Empfindlichkeit, daher kann sie für eine Weile das Wissen vom Eingetroffenen vergessen. Sie macht sich die Irrtümer, die erwiesen sind, zu eigen, sie friert mit den Erfrierenden und hungert mit den Hungernden.

Später versuchte Dojno, die Geschehnisse in Form einer Chronik darzustellen. Er erzählte im einleitenden Teil, wie es zu der Bildung des Grünen Kaders in der Grünen Bucht gekommen war. Als er im letzten Teil des Kapitels berichten mußte, wie Mara und Sarajak Djura wegschickten, vor allem, damit er der Gefahr entgehe — alle wollten, daß gerade er überlebe —, da überwältigte den Schreibenden solch grenzenloser Schmerz, daß er aufhören mußte. Er ging zu Frau Bianca in die Küche, setzte sich neben den warmen Herd und lauschte auf ihr Gespräch mit einer Nachbarin, einer dummen jungen Frau, die gekommen war, um sich Rat zu holen.

Von diesem Tage an schrieb er nur noch ganz kurze Notizen, um Vorfälle festzuhalten.

Am Nachmittag ging er gewöhnlich für zwei Stunden aus dem Haus. Seine Spaziergänge führten ihn selten in die Stadt, er wollte niemanden treffen. Es zog ihn zum alten Hafen, zu den Ufern des Meeres. Auf der anderen Seite lag Dalmatien, das er seit so vielen Jahren liebte. Bei klarem Wetter mochte er sich einbilden, daß er seine Küste erblicken könnte, wenn er nur scharf genug spähte, aber er sah nichts als das grünblaue Wasser, das sich am Horizont zu einer Mauer wölbte, die in den nahen Himmel ragte. Nun hatte er auch Dalmatien verloren, wahrscheinlich für lange Jahre. Europa wurde immer kleiner für ihn. Er war erst zweiundvierzig Jahre alt, und schon glich er einem Mann, der zu lange gelebt hatte. Die ihn angingen, waren nicht mehr.

> O Neretvà, o Neretva,
> Wieviel Leichen schwemmst du in das Meer,

summte er vor sich hin. Eines Tages hörte man das Lied, man wußte nicht, woher es kam und von wem — so wie ein fremder Hund plötzlich bei einer Truppe auftaucht, scheu und doch vom ersten Augenblick an bemüht, so zu tun, als hätte er immer zu ihr gehört. Bald sangen alle den Refrain, jedem hatte er eine andere Bedeutung. Dann wurde er von einem leicht obszönen Liebeslied abgelöst, das man gut zum Marschieren singen konnte. Am Ende kam »Solange die Brigade lebt« — ein traurig leidenschaftlicher Sang mit dem Kehrreim:

> Und kehr ich nicht nach Haus zurück,
> Solange die Brigade lebt,
> Fall' ich morgens, sterb' ich nachts.
> Solange die Brigade lebt,
> Ist nichts vertan und nichts verloren,
> Wenn nur die Brigade lebt.

Hier an den westlichen Gestaden wäre die Adria friedlicher, drüben kämen die Stürme öfter auf, hieß es. Dojno setzte sich auf einen Stein am Ufer. Nein, es war nicht übel zu leben — trotz allem. Mit den Jahren entsteht eine kaum merkliche Intimität zwischen jedem Menschen und einem Teil der Natur und vielen anderen Dingen. Das Bewußtsein assimiliert sie, so daß etwa das Meer zur inneren Landschaft wird, ein Teil des eigenen Wesens. Innere Landschaft — ein undeutliches Wort. Es ist leicht, festumgrenzte Phänomene zu bezeichnen oder Aktionen zu beschreiben. Aber alle Sprachen sind arm an Worten, mit denen man Zustände schildern könnte. Vielleicht schien es ihm nur so, weil er, so gesprächig er war, doch nie das Bedürfnis empfand, jemandem von der inneren Landschaft zu sprechen — als wäre sie das einzige Geheimnis eines tätigen Lebens, das es zu wahren galt. Das Meer, der Himmel — diese Himmel der ganz frühen Wintermorgen, die sich mühsam den Nächten entwinden, wie ein Kind der mitten in der Entbindung gestorbenen Mutter —, die sanften Hügel, von Narzissen in weiße Teppiche verwandelt, die Wiesen in der Pastellfarbe der Herbstzeitlosen, die Laubbäume an dem Tage, da nach einem zu milden Herbst plötzlich ein zu harter Winter einbricht, die schwarzen Berge in Montenegro, die sich wie schlecht behauene Würfel in den blauen Himmel erhoben, an jenen frühen Sommertagen, da der Tod wie in einem güldenen Panzer durch die Reihen der endlos Kämpfenden schritt — wieviel Landschaften trug er in sich!

Er stieg wieder zur Straße hinauf und setzte sich auf einen Meilenstein. Der Regen fiel dichter, kälter. Er dachte daran, wie oft sie im Regen geschlafen hatten, hingefallen zu kurzer Rast, da wo sie standen.

Das Unwetter breitete sich aus, diesmal kam's vom Land und zog langsam übers Meer nach Osten. Es ließ hinter sich zahllose graue Vorhänge, die unaufhörlich im Wasser versanken. Dojno blieb sitzen und wartete darauf, daß sich der Horizont wieder aufklärte. Er wartete vergebens. Verfroren kam er nach Hause. Frau Bianca schalt ihn, weil er nichts aß. Bald erkannte sie, daß er Schüttelfrost hatte, und brachte ihn zu Bett. Als auch am dritten Tage das Fieber noch anstieg, holte sie den Arzt, der fast sicher war, daß es sich um eine Lungenentzündung handelte.

Dojno wußte nicht, ob er häufig erwachte, doch schien's ihm jedesmal, daß er nun wohl ausgeschlafen sei, aber nach wenigen Minuten mußte er die Augen schließen, sich von der Mühe des Wachseins erholen. Er wollte nur ein wenig dösen und fiel schnell in einen sehr warmen Strom, der ihn davontrug. Es war nicht das Meer, aber er war im Uferlosen.

Einmal, als er wieder geweckt wurde, um ein Medikament einzunehmen, merkte er, daß nicht Frau Bianca ihn aufsetzte.

»Ich kenne Sie nicht. Sie könnten Ljuba sein, aber sie ist tot.«

»Ich heiße Mila Dusic, ich bin auch ein Flüchtling. Ich vertrete nur Frau Bianca«, sagte sie auf Kroatisch.

»Das alles hat keinen Sinn, ich bin nämlich krank«, antwortete er und sah sie neugierig an. »Übrigens ist Ljuba seit über einem Jahr tot. Verzeihen Sie, bitte, es ist das Fieber, aber ich muß schon wieder schlafen.«

Ein anderes Mal, als ihn Frau Bianca weckte, stand ein großgewachsener, breitschultriger junger Mann in Fliegeruniform vor seinem Bett. Das Tageslicht, das durch die beiden Fenster ins Zimmer drang, fiel auf sein bestürztes Gesicht und verwandelte seine Brillengläser in halbblinde Spiegel.

»Hallo!« wiederholte der Junge zum drittenmal. »Ich bin Dick, das heißt Richard. Sie sind mein Onkel. Das Telegramm der Mutter ist irgendwie steckengeblieben, ich habe es erst nach neun Tagen bekommen, und dann mußte ich noch eine Woche warten, bevor ich Urlaub bekam. Ich bin Flieger, Navigator — Sie sind doch hoffentlich nicht ernstlich krank. Ich bin so froh, daß Sie mich endlich sehen, ich meine, daß ich Sie sehe, daß Sie leben. Mutter —«

»Hanna. Meine Schwester Hanna«, unterbrach ihn Dojno, verstummte gleich und kehrte das Gesicht zur Wand.

»Ja, Mutter hat uns immer von Ihnen erzählt. Immer haben wir von Ihnen Geschenke zum Geburtstag bekommen, es waren die schönsten. Erst vor wenigen Jahren habe ich herausgekriegt, daß sie nicht von Ihnen selbst kamen, sozusagen. Ich bringe alles mit: Geld und Lebensmittel und Zigaretten. Aber Sie sollen zu uns kommen, nach Philadelphia, das wäre am einfachsten. Wir haben Sie immer erwartet. Da, ich habe Ihr Photo. Mutter hat es mir gegeben, bevor ich nach Übersee ging, ich sollte Sie suchen.« Dick unterbrach sich immer wieder, wartete vergebens, daß sich ihm der Onkel wieder zuwendete und etwas sagte. Er stand ratlos da, das Bild in der Hand stellte einen jungen Mann dar, dessen Augen herausfordernd und siegessicher nach einem Hindernis Ausschau hielten. Schließlich schob er den Sack und die Pakete unter das Bett und ging. Er kam zwei Stunden später mit einem englischen Militärarzt wieder.

»Nicht zu früh, wahrscheinlich auch nicht zu spät. Alle vier Stunden Spritzen. Ich komme nachts wieder. Aber wer wird die Injektionen machen? Außerdem noch weiter die Sulfonamide, aber doppelte Dosis. Sind Sie Krankenschwester?« wandte sich der Arzt an Mila. Dojno mußte übersetzen, ja, sie konnte Injektionen machen. Beruhigt übergab ihr der Doktor die Medikamente.

Dick und Mila blieben die ganze Nacht bei dem Kranken, gemeinsam weckten sie ihn alle vier Stunden. Manchmal war er dann gesprächig, das beruhigte den Neffen, der anderntags, spätestens am Abend, Bari verlassen mußte. Aber was, wenn es dem Onkel bis dahin nicht besser ging? Und wem sollte er das Geld anvertrauen? Er schlief auf dem Stuhl ein, erwachte hungrig und wußte nicht, was tun. Mit schlechtem Gewissen holte er aus den Paketen, die für den Onkel bestimmt waren, Bisquits und Schokolade hervor. Er wollte nur wenig davon nehmen, aber er konnte sich nicht zurückhalten, er hatte eben immer guten Appetit.

Die Begegnung mit dem Bruder seiner Mutter hatte er sich anders vorgestellt. Was sollte er nun nach Hause schreiben, wie den Onkel schildern? Über dieser Sorge schlief er wieder ein.

»Die Gefahr ist vorüber«, sagte der Arzt, als er am späten Vormittag den Kranken untersuchte. »Er muß aber noch weiter verdammt aufpassen. Außerdem, das Herz ist schwach, nicht krank, man muß ihm nur die Arbeit erleichtern. Wird eine lange Rekonvaleszenz sein.«

Dick, glücklich darüber, daß es keine Komplikationen gab, setzte sich an das Bett. Nun waren sie allein, die Kroatin ging nach Hause sich ausschlafen, sie sollte erst am Abend wiederkommen. Wahrscheinlich war der Onkel ganz anders, als ihn die Mutter immer schilderte, und es wäre interessant gewesen, ihn erzählen zu hören, was er all die Jahre gemacht hatte. Aber da sein Zustand noch sehr elend war, wollte der Junge nun selber sprechen, über sich, die Mutter und den Vater und die Schwestern berichten. Er war etwas über einundzwanzig Jahre alt und hatte ungeheuer viel Interessantes erlebt, glaubte er. Noch stellte sich ihm alles in Einzelheiten dar, deren jede sich von den anderen abhob, als ob gerade sie die bedeutendste wäre. Keine war noch eingeschrumpft, keine von der Säure der Erfahrung zersetzt.

Dojno hörte ihm aufmerksam zu, stellte hie und da eine Frage, drückte Staunen, Zufriedenheit, Bewunderung aus — überall da, wo der Junge es erwartete.

»Sobald ich kann, werde ich deiner Mutter schreiben. Inzwischen berichte ihr von unserer Begegnung, davon, wie glücklich ich war, dich kennenzulernen, Dick, und sage ihr, daß ich ihr sehr dankbar bin für die schönen Geschenke, die sie ihren Kindern in meinem Namen gemacht hat.«

»Das kann ich nicht«, antwortete Dick. »Mutter darf nämlich nicht wissen, daß ich die Wahrheit kenne. Sie glaubt, ich glaube noch immer, daß du ein ganzes Leben nichts anderes getan hast, als an sie und ihre Kinder zu denken.«

Mila sah Ljuba wirklich ähnlich, auch sie war dunkel und leuchtend zugleich. Aber das Feuer ihrer Augen war nicht immer warm, und manchmal wich die Röte aus ihren vollen Lippen — scheinbar grundlos, ganz plötzlich —, und ihr Mund glich einer ausgebluteten Wunde.
Sie war eine gute Pflegerin, dem sehr langsam Genesenden hilfreich, ohne je aufdringlich zu sein. Der tiefe Ernst ihres Wesens verbot es ihr, die übliche Komödie zu spielen, die dem Kranken vortäuscht, er wäre aufs neue ein verwöhntes Kind und hätte eine junge Mutter gefunden. Daß sie alles langsam und bedächtig tat, verlieh ihren Gebärden, auch den alltäglichen, den Charakter des Sakralen. Aber sie suchte ihn nicht und war sich dessen gar nicht bewußt.
Sie stammte aus einer kleinen slawonischen Stadt, in der Nähe der großen Wälder war sie aufgewachsen, hatte nie anderes gewünscht als dazubleiben. Stets hatte sich alles für sie gut gefügt. Mit achtzehn Jahren wurde sie die Braut eines Mannes, der reicheren und schöneren Mädchen nicht weniger begehrenswert erschien als ihr. Bald nach der Hochzeit hatte sie Grund, an ihrem Ehemann zu zweifeln, an seiner Treue, an seiner Güte, an seiner Klugheit. Die gläubige Katholikin zweifelte nicht an dem Bestand der Ehe.
Der Krieg kam und der Zusammenbruch. Milas Gatte wurde ein wichtiger Mann in der Stadt, Führer der Ustaschi, denen die Macht im neugegründeten kroatischen Staat gehörte. Vielleicht bangte ihm am Anfang vor seinen Taten, er zeigte nur Stolz und Hochmut. Mila wußte seit langem, daß er häufig log, um großzutun. So glaubte sie zuerst, daß er sich der Grausamkeiten rühmte, nur um sich vor den anderen hervorzutun.
Als sich ihr aber die Gewißheit aufdrängte, daß sie die Frau eines Mörders war, verließ sie ohne Zögern das Haus, brachte die beiden Kinder zu ihrer Mutter und fuhr mit dem nächsten Zug in die Hauptstadt.
Nun saß sie — zwei Jahre und zwei Monate waren seither vergangen — am Bett des langsam Genesenden, eine junge Frau, die

auf die Pilgerschaft gegangen war, um einem Erzbischof und schließlich dem Papst in Rom die Wahrheit zu erzählen. Ihre Wanderung war unsäglich mühsam gewesen und langwierig. Sie mußte immer wieder an einem Ort bleiben, um etwas Geld zu verdienen, ehe sie weiterzog. Nirgends war es ihr gelungen, zu den Kirchenfürsten vorzudringen. Nach ihrer beschämenden Niederlage in Rom war sie weitergewandert nach dem Süden. In Bari wurde sie von Frau Bianca entdeckt, die in einer Menge von Hunderten den Unglücklichsten herausfand, ohne ihn zu suchen, jenen, der nicht mehr den Mut aufbrachte, selbst zu suchen.
»Nun Sie alles wissen, denken Sie gewiß, daß ich sehr dumm bin«, sagte Mila resigniert.
»Sie sind nicht dumm, nein«, erwiderte Dojno, »aber glauben Sie wirklich, daß der Erzbischof von Zagreb nicht wußte, was in Kroatien zu jeder Stunde geschah? Glauben Sie ernsthaft, daß man dem Papst die Wahrheit über die Geschehnisse verheimlicht?«
Sie wurde rot und wandte sich ab:
»Ich will nicht darüber sprechen. Eines Tages wird mich der Heilige Vater empfangen, dann wird er die Wahrheit kennen. Und ich auch.«
Sie sprachen nie mehr davon.
Mila begleitete Dojno, als er wieder ausgehen konnte, auf seinen Spaziergängen und erzählte ihm gern von den fremden Städten, in denen sie sich aufgehalten hatte, von ihren vielen Dienststellen, ihren Erlebnissen mit fremden Menschen. Manchmal sang sie ihm Lieder aus ihrer Heimat vor, mit einer leisen, stets etwas belegten Altstimme. Sie wußte nichts von ihm, fragte ihn nie aus. Er war in diesem Land fremd wie sie, auf dem Weg irgendwohin wie sie. Er hatte Verwandte, eine Schwester und einen Neffen, die ihm Briefe schrieben, Pakete schickten und Geld, so daß er eine Pflegerin bezahlen konnte. Er war ein anständiger Mensch und machte ihr glücklicherweise nicht den Hof. Sie zierte sich nie, wenn er sie bat zu singen. Sie selber sehnte sich an manchen Tagen so sehr nach ihren Kindern, daß sie ganz betäubt war davon. Nach wem, wonach sehnte er sich? Sie hätte es gern erfahren, aber sie wußte nicht, wie man einen Mann danach fragt.
Nun war man schon im Winter. Das Jahr 1943 ging zu Ende,

1944 werde gigantische Ereignisse bringen, schrieben die Zeitungen. Enneo und Dojno sprachen manchmal darüber, aber ohne Eifer und Leidenschaft. Alles würde zu seiner Zeit kommen, einfache Leute hatten auf den Gang der Geschehnisse sowieso keinen Einfluß. Man konnte ruhig bis zum andern Tage warten, um in der Zeitung zu lesen, was inzwischen vorgefallen war. Man brauchte dazu kein Radio. Um so mehr, als Bari nun ja schon den Krieg hinter sich hatte.

Die langen Briefe seiner Schwester paßten gut zu Dojnos friedlichem Leben. Sie berichtete seitenlang über die beachtlichen Erfolge ihres Gatten, über die Töchter — die ältere hatte sich verlobt, bei der jüngeren würde es auch nicht mehr lange dauern. Ja, es war deutlich, Hanna glaubte, daß der Bruder zwar spät, aber dafür nun endgültig vom »bösen Zauber« befreit war, der ihn durch so viele Jahre in überflüssige, gefährliche und traurige Abenteuer verwickelt hatte. Endlich war er wieder ihr jüngerer Bruder, sie nahm von ihm wieder Besitz. Es war ihr ein Bedürfnis, ihm zu helfen. Nach dem Krieg würde er natürlich in Philadelphia leben und von Zeit zu Zeit in dem Frauenverein, dessen tätiges Mitglied sie seit vielen Jahren war, Vorträge halten.

Im Postskriptum eines Briefes, den er kurz nach Neujahr erhielt, teilte sie ihm mit, daß ein Herr Eduard Rubin aus Palästina geschrieben und um Informationen über ihren Bruder und um seine Adresse gebeten habe. Von diesem Tag an wartete Dojno mit wachsender Ungeduld auf eine Nachricht von Relly.

Es vergingen Wochen, ehe der Brief ankam. Frau Bianca brachte ihn wie eine Trophäe. Sie sah verständnisvoll zu, wie er mit zitternden Fingern den Umschlag öffnete, sah ihn erbleichen, sein Gesicht versteinern. Sie wollte ihm zu Hilfe eilen, als sein Körper ins Schwanken geriet, aber er wandte sich von ihr ab, ging in die dunkelste Ecke des Zimmers und stellte sich mit dem Gesicht zur Wand. Das Erbarmen trieb ihr die Tränen in die Augen, doch war ihr bange vor den Worten, die sie sprechen sollte. Zum erstenmal in ihrem Leben fühlte sie, daß, wer zu trösten versucht, sich ungehörig zwischen Gott und Menschen stellt.

Erst nach zwei Tagen verließ er wieder das Zimmer, kam zu ihr wie früher in die Küche, unterhielt sich am Abend mit Enneo. Frau Bianca dachte, daß er noch nicht ganz in Ordnung sei, denn er erwähnte nichts von dem, was im Brief stand.

»Ich habe ein Fläschchen amerikanische Tinte, sie soll sehr gut sein, auch für Füllfedern. Sie haben ja selber gesagt, daß es Ihnen gut tut zu schreiben, wenn Sie traurig sind.«

Er dankte ihr. Ja, er mußte Edi antworten. Anderntags las er den Brief von der zweiten Seite an. Edi berichtete über seinen Weg nach Polen, den Untergang von Wolyna, die Vernichtung der kleinen Truppe, die er um sich geschart hatte, über den Wunderrabbi und, sehr ausführlich, über Bynie und schließlich über Skarbek, von dem er mit Dankbarkeit, ja wahrer Freundschaft sprach. Am Ende schrieb er:

Daß Sie und ich, daß wir beide noch leben, ist ein Wunder. Da es uns geschehen ist, haben wir die Pflicht, seinen Sinn zu entdecken.

Ich fürchte und kann's doch nicht glauben, daß Sie durch all das unverändert hindurchgegangen sind: daß Sie noch immer meinen, alles liege in des Menschen Hand. Wie können Sie es aber dann verantworten, nicht ein Menschenfeind zu sein? Für mich selbst steht es fest, daß wir den Sinn des Menschlichen so gut wie des Unmenschlichen außerhalb unserer selbst zu suchen haben, außerhalb unseres Raumes und unserer Zeit.

Ob ich an Gott glaube? Ja, manchmal bin ich seiner gewiß, aber öfter verliere ich ihn. Ich muß ihn die ganze Zeit anblicken, sonst werden meine Augen wieder blind und ich verlasse den Weg.

Bringe ich Sie zum Lachen, Dojno, oder erschrecke ich Sie? Jedenfalls sollen Sie nicht meinen, daß ich den leichtesten Weg, die Flucht gewählt habe. Sie haben nie versucht zu glauben, woher sollten Sie wissen, wie unsagbar schwer es ist für einen, der die Taten der Menschen nicht vergessen kann. Aber Sie? Was bleibt Ihnen noch? Gibt es einen Plan, der Ihnen nicht gescheitert wäre, eine Hoffnung, die nicht in Verzweiflung geendet hätte? Von wem erwarten Sie noch etwas? Von sich selbst? Werden Sie bis zum Ende erbarmungslos bleiben?

Dojno schrieb ihm einen ausführlichen Brief. Doch nur mit wenigen Sätzen antwortete er auf diese Fragen:

Ich lache nicht, ich erschrecke nicht darüber, daß Sie gläubig geworden sind. Ob ich mich verändert habe? Gewiß ist, daß mein Reichtum an Gewißheiten dahin ist.

Ich lebe seit Monaten im Haus eines älteren Ehepaares. Beide

sind sehr gute Menschen. Ich denke viel über Güte nach. Spät, im dreiundvierzigsten Lebensjahr, aber nicht zu spät. Es ist wichtig, festzustellen, ob man Güte lehren könnte wie eine Wissenschaft, die gleichzeitig eine Kunst wäre.
Glaubte ich an Gott, so würde ich ihn bekämpfen, als ob er eine totalitäre, verantwortungsflüchtige Macht wäre.
Der deutsche Faschismus wird bald kaputt sein, wir müssen uns darauf vorbereiten, mitten im Katzenjammer des Sieges den russischen Totalitarismus zu bekämpfen. Inzwischen interessiert mich, wie gesagt, fast ausschließlich die Güte des Menschen — Bianca und Enneo Vassaris, nicht Gottes Güte.

An einem frühen Morgen erschien Prevedini bei Dojno. Seine Wangen waren vom scharfen Februarwind gerötet, er rieb sich fortgesetzt die Hände, die vor Kälte steif waren.
»Bleiben Sie im Bett, lieber Faber. Ich komme zu früh, weil ich Sie seit zwei Tagen schon in Bari suche und erst gestern spät abends die Adresse erfahren habe. Da habe ich mir gedacht, ich muß ganz früh kommen, nicht wahr? Marie-Therese hat gesagt, *c'est inconcevable*, sie ist ja so ungeduldig...«
Er berichtete, daß sie mit den faschistischen Behörden Schwierigkeiten gehabt und deshalb in den ersten Julitagen 1943 Bari verlassen hatten. Sie fuhren also zum Neffen, wollten aber bald wieder in den Süden zurück. Dann kamen die großen Ereignisse, Mussolinis Sturz. Auf dem Rückweg wollte Marie-Therese länger als vorgesehen in Rom bleiben. Sie verließen es zu spät, plötzlich waren sie an der Front, aber auf der falschen Seite. Dazu beide krank. Aber vor zwei Wochen war es ihnen schließlich gelungen, auf dem Seeweg zu entkommen. Sie wohnten unweit von Bari in einer leider sehr vernachlässigten Villa, aber immerhin auf der richtigen Seite.
»Ich schwatze und schwatze, das Wichtigste habe ich Sie noch nicht gefragt: Warum ist Betsy nicht mit Ihnen mitgekommen? Hat sie nicht endlich genug?«
»Ich bringe schlechte Nachricht, Herr Vizeadmiral. Vor zehn Monaten, am 18. April —«
Prevedini beugte sich vor, als wollte er vom Stuhl sinken. Dann erhob er sich, legte den Mantel ab und setzte sich wieder. Endlich sagte er:

»Wir dachten, solange Sie leben, ist Betsy in Sicherheit. Natürlich, es ist dumm, in so einem Krieg, aber wir dachten, Sie würden sie schützen. Verzeihen Sie, ich weine, nicht meinetwegen, sondern wegen Marie-Therese. Wir sind alte Leute, und wenn wir auf Betsy nicht mehr zu warten brauchen ... Verzeihen Sie, es wird gleich aufhören. Wir waren so sicher — die große Überraschung — Marie-Therese hat gleich zwei Zimmer vorbereiten lassen. Seit vorgestern wartet sie darauf, daß ich mit euch beiden zurückkomme. Ich traue mich nicht, wirklich, ich traue mich nicht. Sie müssen mit mir zu Marie-Therese ... Nehmen Sie Ihre Bagage mit. Sie werden bei uns bleiben, denn jetzt, da alle Hoffnung ... Und wenn Betsy wirklich nicht mehr ...«

Sie kamen am Nachmittag an. Marie-Therese erwartete sie unter einem alten Orangenbaum, neben der Terrasse. Als sie das Gartentor ins Schloß fallen hörte, ging sie ihnen entgegen. Sie rief streng:

»Putzi, warum warst du nicht beim Friseur? Deine Haare — ich habe dir doch gesagt —«

Sie verstummte, hob den Stock, zeigte auf die Hügel hinter ihnen und fragte:

»Betsy wird nicht kommen? Antworten Sie sofort, Dojno Faber! Wird sie niemals mehr kommen?«

Er schüttelte den Kopf. Sie wandte sich um und ging, auf den Stock gestützt, zum Haus zurück, stieg langsam die Treppen zum Tor hinauf, zögerte, als erwöge sie umzukehren, dann entschwand sie den Blicken der beiden.

Am Abend ließ sie ihn in ihr Zimmer kommen.

»Ich wollte Ihnen nur sagen, Dojno, *vous êtes chez vous ici!* Außerdem, Putzi braucht Sie. Und ich ... ich habe gedacht, ihr werdet beide zusammenkommen und für immer zusammenbleiben. In meinem dummen Kopf habe ich alles vorgesehen, nur das eine nicht, daß Betsy ... Morgen werden Sie mir alles erzählen. Sie sollen nur wissen, daß Sie uns nicht verlassen dürfen. *Venez que je vous embrasse!*«

Er näherte sich dem sonderbar hohen Fauteuil und beugte den Kopf zu ihr hinunter. Ihre Lippen streiften seine Stirn, sie nahm seine beiden Hände und behielt sie lange in den ihren. Sie sagte:

»Niemand kann mich zwingen, es zu glauben. Wo immer sie war, ich habe sie immer nahe gefühlt — zweiundvierzig Jahre lang.

Wer sollte das ändern können in der kurzen Zeit, bis ich sterbe? *Mais c'est inconcevable, c'est* — setzen Sie sich doch! Sie selbst, glauben Sie wirklich, daß Betsy — *mais non,* antworten Sie nicht. Sie müßten ja zuerst wissen...«
Sie schickte sich an zu erzählen, doch versann sie sich immer tiefer. Sie starrte auf einen kleinen Stuhl, der beim Türpfosten stand, sie atmete hörbar, aber sie weinte nicht.
Dojno wußte, daß sie nichts von dem sagen würde, was sie ihm zuerst hätte erzählen wollen. Es war das Unsagbare. Jeder trägt es in sich, dachte er. So leicht in Worte zu fassen, man könnte es hunderte Male ausgesprochen haben, so nahe den Lippen, und doch bringt man es niemals über sie. Es ist kein Geheimnis, das man zu enthüllen fürchten mußte, nicht das innerste Wesen, das man nicht preisgeben möchte. Die Erinnerungen, die die Tante Maras jetzt so weit wegführten, waren wahrscheinlich banal, Reste einer fernen Vergangenheit, an der nichts bemerkenswert war als die Stimmung, ähnlich einer Melodie, die immer wieder das Ohr zu berühren scheint und ins Nichts verweht, sobald man sie zu singen versucht. Ohne die Haltung zu verändern, sagte Marie-Therese:
»Blau. Noch vor ihr selbst wußte ich es, deshalb habe ich ihr damals nur blaue Sachen geschenkt. Erst später auch rot. Nur schwere Seide. Die Mutter, die Magyarin, nie, nie, nie hat sie gewußt, ein wie schönes Kind Betsy war. Vom Rot nur das Carminé, aber alle Nuancen des hellen Blaus standen ihr. Nachher, wie man sie nach der Folter zu mir gebracht hat —« Sie verstummte wieder.
Das war im Herbst 1929, vor fünfzehn Jahren, dachte Dojno. Es gab Verfolgung, Folter und war doch die Zeit, da wir noch unermeßlich reich waren an Gewißheiten. Und alle lebten noch. Wir standen an der Schwelle einer neuen Welt, noch einige Jahre — und bis in die Dschungel würden wir die Gerechtigkeit, das Glück bringen. Die vor uns hatten die Geschichte erlitten, wie der Schwache die Launen einer unerkannten Krankheit. Wir aber machten die Geschichte. Ja.
»Und dann ist ein Sturmwind von der Wüste herübergekommen, das Haus hat er angepackt an den vier Ecken, so daß es über den jungen Leuten eingestürzt ist, und sie sind umgekommen. Ich bin ganz allein entronnen, es dir zu melden, Hiob.«

»Sie wollte nicht, aber ich weiß es genau, sie konnte eine große Pianistin werden«, begann die Baroneß wieder. »Alles konnte sie werden, sie brauchte es nur zu wollen. Seit Vassos Tod hat sie nicht mehr gesungen, *évidemment*. Aber schon als kleines Kind sang sie so schön. Sie durfte nicht wissen, daß jemand zuhörte. Ich stellte mich hinter die Tür. Auch wenn sie etwas Lustiges sang, immer traten mir die Tränen in die Augen.«

Trotz allem verständlich, daß ich es Tony nicht erzählt habe, dachte Dojno, aber ihr werde ich es sagen, ihr allein. Nicht aufschreiben.

»Baroneß, verzeihen Sie«, sagte er. Sie hörte ihn nicht. Er fügte lauter hinzu: »Hören Sie mich an, denn Sie müssen es wissen!«

Die jungen Partisanen sangen. Das traurige Lied paßte gar nicht zu dem schnellen Schritt, mit dem sie in den Tod gingen. Sie wußten, daß nur wenige von ihnen den Abend erleben würden. Der Schnee lag noch auf dem Berg, aber es war heiß in der sommerlichen Sonne. Dojno stand im Gebüsch über dem Weg. Er wußte schon, was geschehen war, hätte längst zurücklaufen müssen, um Mara zu suchen. Er hatte Angst vor den Schrapnells, vor dem Maschinengewehrfeuer. Es kam von überall, man war ja schon wieder umzingelt. Auf diesem kurzen Stück Wegs, zwischen dem Wald und der Schlucht, verlor das Bataillon der Jungen an die zwanzig Mann, aber die anderen gingen singend weiter. Sie mußten ja schnell den Ring sprengen, damit alle durchkonnten.

»Ich stand schon so lange im Gebüsch, konnte mich nicht rühren, denn ich hatte Angst. Es ist wahr, ich war nicht ganz gesund, noch furchtbar schwach nach dem Typhus. Zuerst sollten uns die italienischen Kriegsgefangenen tragen, aber dann, nach dem furchtbaren Volltreffer und nach den Luftangriffen — wir waren ja solch ein leichtes Ziel... Aber als ich dieses Bataillon der Jungen singen hörte, wie sie dann aus dem Wald auf den Weg einbogen, da weinte ich, daß es mich schüttelte, und dann bin ich doch über die Wiese gegangen. Ich habe Mara gefunden. In der Schlucht. Sie war nicht entstellt, gar nicht — Genickschuß. Ich versuchte zuerst, sie hinaufzutragen, aber ich fiel ununterbrochen. Nein, sie war nicht schwer, nur meine Kräfte reichten nicht, und ich wollte niemanden mehr sehen. Auch hinunter konnte ich sie nicht tragen. Ich habe Äste abgeschnitten, Zweige abgebrochen und sie mit Schlingpflanzen zusammengebunden. Mara lag wie auf einem Floß. Ich habe sie hinter mir hergezogen in der Schlucht. In der Nacht wollte ich ruhen, aber es war zu kalt. So bin ich weitergegangen. Am Morgen sind wir angekommen. Es war der Oberlauf der Neretva. Hochwasser. Als wir endlich das andere Ufer erreichten, da blieben wir auf den Kieselsteinen, die von der Sonne angewärmt waren. Dann kam Karel mit seinen Leuten, natürlich Karel. Er wußte, daß Slavko der Mörder war, natürlich Slavko. Wir müßten sofort weg, sagte Karel. An diesem Morgen hatte er wirklich Mitleid mit mir. Ich wollte aber nicht, daß er sich Mara näherte. Ich bettete sie wieder aufs Floß und brachte sie bis zur Mitte des Flusses. Karel erlaubte nicht, daß ich ihr länger nachsähe. Seine Leute trugen mich weg. Baroneß, Sie kennen nicht das Lied, das unsere Brigade gesungen hat: O Neretva, o Neretva.«

»Sie können auch singen, *mon cher* Dojno?« fragte die Baroneß und legte die Hand auf seinen Kopf.

»Bei der Brigade haben wir alle gesungen. Selbst an den Tagen, wo es sehr schlimm um uns stand. Die Djura-Brigade ... Baroneß, Sie wissen nicht, wie traurig der Tod einer Gemeinschaft ist. Ein Stück nach dem andern stirbt und fällt ab. Mara und ich, wir waren das letzte Stück. Dann wurde ich krank, man ließ sie nicht in meiner Nähe bleiben. Erst in der Schlucht habe ich sie wiedergesehen. Auf dem Weg zur Neretva. Und ich bin ganz allein entronnen — so ähnlich steht es im Hiob.«

Er erhob sich. Sie sagte:

»*Bonne nuit, mon pauvre petit!* Morgen werden Sie uns alles ausführlich erzählen.«

Der Morgen graute schon, als er einschlief. Wenige Stunden später kam Prevedini in sein Zimmer.

»Pardon, ich wecke Sie schon wieder, aber es ist nur ... ich denke die ganze Zeit darüber nach ... Sie haben der Marie-Therese erzählt, daß Sie typhuskrank waren und an jenem Tag in einem, na ja, exaltierten Zustand — also naturgemäß, da wäre es ja nur menschlich, daß Sie sich geirrt haben und daß es gar nicht Betsy war, die —«

»Ich war nicht mehr krank, nur völlig entkräftet und furchtbar müde«, unterbrach ihn Dojno. Prevedini fuhr fort, als ob er ihn nicht gehört hätte:

»Es hat so viele Fälle gegeben im vorigen Krieg, Rückkehr von Totgesagten. Dabei ist es ja damals viel ordentlicher zugegangen als jetzt. Und andererseits, Sie waren ja so schwer hergenommen. Krankheit, Umzingelung — *de toute façon*, wir werden drei Messen lesen lassen: eine für Djura und zwei für die Toten eurer Brigade. Und Betsy... Wir haben sie so lange erwartet, wir werden noch warten. Ich sag's Ihnen schon jetzt so früh am Morgen, nur damit Sie nicht...«

»Ich verstehe«, antwortete Dojno. »Wäre es dann nicht besser, ich ginge gleich nach Bari zurück?«

»Aber im Gegenteil, sozusagen. Wenn Sie da sind, ist es, als ob Betsy schon auf dem Weg zu uns wäre.«

Beim Mittagessen sagte Marie-Therese:

»Ich sehe erst jetzt, *mon pauvre*, Sie sind noch erholungsbedürftig. Alles regt Sie auf. Sie werden uns also erst morgen oder übermorgen oder noch später alles erzählen. Inzwischen können wir von Stetten sprechen, den wir so gern mit uns gehabt hätten. Wie ich ihn damals aus Österreich herausgebracht habe — wann war das, Putzi?«

»1938, im Mai oder Juni.«

»*C'est fâcheux*, daß du dir nie ein Datum merkst. Wenn man einen Mann hat, sollte man keinen Kalender, überhaupt kein eigenes Gedächtnis mehr brauchen. Auch Stetten hat den Kopf voll gehabt mit überflüssigen Sachen. Ein Historiker und hatte keine Ahnung, daß mein Großvater bei Novara dabeigewesen ist, Radetzkys rechte Hand —«

»Der Professor war ein Spezialist für das 15. und 16. Jahrhundert«, warf Dojno ein.

»Ein besserer Mensch hat kein Spezialist zu sein«, wies ihn die Baroneß zurecht. »Das praktische Wissen ist für das Volk und diese Parvenus, die Bürger. Wir brauchen was anderes, *n'est-ce pas*, Putzi?«

»Also, naturgemäß ja, aber heutzutage, in der Marine zum Beispiel...«

Die Baroneß unterbrach ihn nicht. Er durfte so lange sprechen, wie er wollte. Das war wohl die einzige Veränderung, die eingetreten war, seit sie ihn geheiratet hatte. Im übrigen bestand sie darauf, daß Dojno sie Marie-Therese oder wie früher Baroneß nennen sollte und nicht Gräfin.

Erst nachdem die drei Totenmessen gelesen worden waren, erlaubte die alte Dame, daß man wieder von der Nichte spreche. Sie wünschte, daß Dojno ihr ausführlich von Maras Rolle in der Brigade erzähle, besonders von ihren militärischen Tugenden, ihrer Kühnheit und ihrer taktischen Klugheit.
Aber in den langen Stunden der Nacht, in denen der Schlaf sie floh, wußte die Baroneß, daß Mara tot war. Deutlich sah sie ihren armen Leib auf einem elenden Floß die Neretva hinunterschwimmen, von einem Strudel erfaßt und versenkt werden. Sie konnte der Qual dieser Vorstellung nicht entrinnen. Doch am Tage vermied sie es, auch nur einen Augenblick allein zu sein, und sobald sie mit Putzi und Dojno sprach, sah alles wieder anders aus. Dojno mußte zum zweiten, zum dritten Male erzählen, wie Mara dies gesagt, jenes getan hatte.
Nach der Jause hatte er dem alten Paar den »Tagesbericht« zu erstatten — was er in der Zeiung gelesen und im Radio gehört hatte. Auch bei schlechtem Wetter saßen sie zu dieser Stunde auf der Terrasse, in Decken gehüllt, wenn es kühl war, im Licht der Lampen, solange die Tage noch kurz waren. In allem war der Wille der Baroneß maßgebend. Daß sie auf keinen Widerstand stieß, schien ihr natürlich. Sie fand es auch selbstverständlich, daß Dojno ihren Darlegungen über die Unordnung in der Welt nicht widersprach. Was er oder andere darüber dachten, interessierte sie wenig, da sie sich alle irrten, wie sie wußte. Für sie war alles so klar und einfach, daß sie sich manchmal darüber wunderte, wie irgendein seiner Sinne nicht beraubter Mensch den Irrtümern verfallen konnte, derentwegen die Welt aus einem Unglück ins andere gestürzt wurde.
Die monarchische Ordnung ist die einzige vernünftige, dem menschlichen Wesen angemessene, glaubte sie, ihre Abschaffung der Grund allen Übels. Natürlich, auch zur Zeit der Monarchen hat es Kriege gegeben — *querelles de famille*. Man wußte von Anfang an, daß man sich schließlich wieder aussöhnen und verschwägern würde. Und sobald ein König kein Geld mehr hatte, seine Truppen zu bezahlen, machte man Frieden. Wer dachte daran, ein Volk zu vernichten oder auch nur eine Dynastie? Die Kinder klug verheiraten brachte *à la longue* mehr Provinzen ein als alle Siege zusammen. Man entfesselte manchmal einen Krieg aus Neid, aus Eifersucht, aber aus Haß? Nie!

»Mit diesem Napi hat das Malheur angefangen. So hat dieser Plebejer die Briefe an die Marie-Louise unterzeichnet. Man braucht sie nur zu lesen, *alors tout s'explique.* Er schreibt ihr von Liebe, als ob sie seine Kreolin wäre, die Hetäre Josephine. Betsys armer Vater hat mir in den Ohren gelegen: Dieser Bonaparte ist so begabt gewesen, ein Genie. Damit hat er mich nur agaciert. Ein Monarch hat nicht begabt zu sein, sondern von Gottes Gnaden, das genügt, den Rest soll er seinen Dienern überlassen. Sind die Habsburger etwa begabt gewesen? *Alors!«*
»Der Dreißigjährige Krieg!« warf Dojno ein.
»*Précisément«,* erwiderte Marie-Therese triumphierend. »Da waren diese neuen Pfaffen, die Lutheraner, *les maudits,* der Parvenu Gustav Adolf und bei den Bourbonen ein Kardinal. *Quelle folie,* einem Kirchenfürsten die Geschicke des Landes anzuvertrauen!«
Sie ließ sich nicht unterbrechen, Einwände nicht gelten. Alles war einleuchtend. Warum soll sich ein Volk um Kriege kümmern? Das ist gegen die Natur. Ein sinistrer Maskenball das Ganze. Man reißt die Leute aus ihrer Arbeit, aus ihren Familien, zieht ihnen mit Gewalt Uniformen an und sagt: Das ist euer Krieg! Aber wieso denn? Wieviele würden sich denn werben lassen, wenn es noch das gesunde System der Söldnerarmeen gäbe? *Alors!*
»Was die Welt braucht, sind einige wirkliche Monarchen, ein gesunder Adel, der sich um die Verwaltung und die Söldnertruppen kümmert. Und weil es das nicht mehr gibt, kommen solche Usurpatoren wie Hitler, Mussolini, Stalin mit ihren Parteien, die sie als neuen Adel ausgeben — *ridicule! Sinistre! Pauvres peuples!«*
»Schon merkwürdig«, meinte Prevedini nachdenklich, »wie verschieden Familien sich entwickeln können. Sie sollten die Geschichte der Prevedinis studieren, es möcht' Sie gewiß passionieren. Wir haben den Bourbonen, den Wittelsbachern und den Habsburgern gedient. Aber dann ist der Nationalismus aufgekommen — so eine Komplikation! Alles nur, um kleine Leute zu verführen. Wer nichts ist, der wird natürlich ein Nationalist. Wer aber einer Familie angehört —«
Dojno hätte ihn und seine Frau um ihre unangreifbaren Gewißheiten beneiden mögen. Auch ihretwegen waren die beiden

tolerant und optimistisch. Am Ende, glaubten sie, werden alle erkennen, daß man sich seit hundertfünfzig Jahren auf einem Holzweg befand, und brav und treu zur Einsicht zurückkehren. Die Baroneß kannte Dojnos politische Vergangenheit und verzieh sie ihm, es war, genau wie bei ihrer Nichte, eine »noble Jugendsünde«. Nun aber sollte er von alledem genug haben, bei ihnen bleiben und vor allem endlich Bridge spielen lernen.

Die Tage waren nun länger, wärmer. Der Duft der Rosen drang zur Terrasse und in die Zimmer herauf. Die Front war nicht sehr fern, aber in diesem Hause lebte man, als ob es keinen Krieg gäbe, obschon in steter Erwartung. Niemand verlieh ihr Worte. Dojno blieb häufig bis spät in die Nacht auf der Terrasse sitzen. Er genoß die Ruhe dieses Daseins, aber er wußte, daß sie nicht lange dauern könnte. Sie half ihm, sich endlich damit abzufinden, daß Relly tot war.
»Gibt es einen Plan, der Ihnen nicht gescheitert wäre?« — so stand es in Edis Brief. Aber von allen Mißerfolgen war das Scheitern des einen Plans, des bescheidensten: ein Kind vor Unglück und Not zu retten, dem Bewußtsein am unerträglichsten. Und es gab niemanden mehr, vor dem er sich selbst anklagen, sich verteidigen konnte.
Manchmal erwog er, nach Frankreich zurückzukehren, in das Bergdorf, als könnte er so Jeannot wiederfinden oder eine Rechtfertigung dafür, daß der Junge nicht mehr war.
Er dachte an Meunier, an Lagrange und Pierre Giraud. Nein, es war besser, er blieb noch einige Zeit mit den Prevedinis, in dieser winzigen Welt, die sich außerhalb der Zeit stellte, in der es nicht wie Wahnsinn erschien, auf die Rückkehr einer Toten zu warten.
Er fuhr wenigstens einmal in der Woche zu den Vassaris, unterhielt sich lange mit Frau Bianca und am Abend mit Enneo. Bei ihnen vergaß er völlig, daß er unterwegs war. Ihren Erzählungen über die Nachbarn hörte er mit Begier zu, denn an diesem Leben im Nebeneinander durfte er teilnehmen, als wäre es sein eigenes. Hier schienen die großen Geschehnisse nur bedeutsam, sofern sie im Alltag Änderungen herbeiführten. Hier wie überall in Europa sprach man während dieser gigantischen Katastrophe

am meisten über die mangelnden Nahrungsmittel. Der Kontinent vergoß Blut in endlosen Strömen und träumte Tag und Nacht vom Fressen.

Dojno erwog nicht selten, ob er sich nicht endgültig bei den Vassaris niederlassen sollte, zu einem ruhigen Leben mitten in einer natürlichen Gemeinschaft. Das mochte endlich ein Plan sein, der ihm nicht scheitern würde.

Die Baroneß fand es *franchement ahurissant*, daß es ihn zu diesen *braves gens* hinzog.

»Wenn Stetten noch lebte, er würde Ihnen diesen Verkehr ganz einfach verbieten. Alles kommt daher, daß Sie sentimental geworden sind, *quel déclin!*«

Dojno stimmte ihr zu. Es war, dachte er, weil es nichts mehr gab, dem er sich widmen konnte. Hart sein um einer Sache, einer Wahrheit willen, das verstand sich. Die Sentimentalität, diese übertriebene Bewegtheit der kleinen Gefühle, fand er nicht mehr lächerlich und geschmacklos. Jetzt endlich, glaubte er, warf er den Hochmut von sich ab, den Stetten ihm so oft vorgeworfen hatte — er fand sich damit ab, sich und andere mit dem kleinen Maß zu messen, mit dem Maße des Seins und nicht der Versprechungen.

Doch erkannte er bald, daß er sich wieder getäuscht hatte. Als im Juni die großen Ereignisse eintraten, saß er mit angehaltenem Atem vor dem Radioapparat, um bei Tag und bei Nacht die Nachrichten aus der ganzen Welt aufzufangen. Da verstand auch die Baroneß, daß die vergangenen Monate nur eine Pause gewesen waren, eine Wartezeit, die nun zu Ende ging.

Er wartete auf eine Botschaft und war nicht überrascht, als Ende Juli ein junger englischer Offizier, fast ein Knabe noch, bei ihm erschien. Oberst Burns hatte ihn geschickt, er sollte Faber nach Rom bringen.

»Sagen Sie Marie-Therese nicht, daß Sie vielleicht nicht mehr zurückkommen werden«, riet Putzi. »Es ist gut für alte Leute, auf jemanden zu warten, auch wenn der gar nicht kommen will. Denn solange man wartet, spielt man noch mit, nicht wahr, Sie verstehen?«

Die Baroneß bestand darauf, daß Dojno die Empfehlungsbriefe, die sie und der Vizeadmiral ihm mitgaben, auch benutzen sollte. Er würde auf diese Weise, sagte sie, nicht allein sein in der

großen Stadt und nicht angewiesen auf zufällige Bekanntschaften.
Als sie ihn am Gartentor umarmte, wußte er, daß sie an die Nichte dachte, doch blieb sie stumm. Sie stand da, hoch aufgerichtet, beide Hände auf den Stock gestützt, und blickte dem Davonfahrenden nach.
»Sehr nette Leute«, sagte der junge Offizier, als Dojno endlich zu winken aufhörte, »aber vor der alten Dame hätte ich Angst.«
»Die Welt, aus der sie kommt, ist zerstört worden, mit Recht, aber wir haben keine andere, keine bessere geschaffen. Das weiß sie ganz genau, und deshalb macht sie Ihnen Angst.«

»Ich finde, daß ihm der Schnurrbart wundervoll steht«, sagte Cynthia. Sie stand schon wieder vor dem Spiegel, in dem sich ein Teil der Brücke und die Zinnen der Engelsburg reflektierten. Sie preßte die störrische Locke über dem linken Ohr zurecht.
»Ja, er paßt gut zu ihm«, antwortete Dojno gleichgültig. Er kehrte dem riesigen Schreibtisch, an dem Tony arbeitete, den Rücken und sah zum Fenster hinaus, auf den Tiber und zum Vatikan hinüber.
»Er weiß nämlich nie, was ihm steht und was ihn furchtbar entstellt«, sagte Cynthia. Sie betrachtete ihr schmales Gesicht mit mißtrauischer Aufmerksamkeit, als könnte es sich unangenehm verändern, wenn sie es nicht bewachte. Endlich fuhr sie sich mit der Zunge über die Lippen, verließ den Spiegel und wandte sich den Männern zu.
»Ich finde Rom enttäuschend und die Italiener — wie soll ich sagen? Es ist unangenehm, wenn Besiegte absolut nicht tragisch wirken. Überhaupt: Rom im August, das ist eine Kateridee, paßt ausgezeichnet zu Tony.«
»Du hast recht, Cynthia, es wäre viel besser gewesen, man hätte die Stadt schon im September 1943 genommen«, sagte Tony, von den Papieren aufblickend. Er drehte sich um, aber er konnte Dojnos Gesicht nicht sehen. »Ich bin gleich fertig, dann gehen wir etwas trinken. Sie sind nicht ungeduldig, Dojno?«
»Nein, gar nicht. Die Polen wußten nicht genau, wann Skarbek ankommt. Sie versicherten mir, daß er frühestens am Abend hier sein werde. Bis dahin habe ich Zeit.«

»Aber abends sind Sie ja bei uns, es ist das große Dinner, Sie haben doch wohl nicht vergessen?« fragte Cynthia.
»Ich werde Skarbek mitbringen, wenn er angekommen ist.«
»Seit gestern sprechen Sie nur von diesem Polen, und ich habe gedacht, daß Sie und Tony, daß ihr die besten Freunde seid, daß einer ohne den andern ... und so weiter.«
»Gehen wir«, sagte Tony, »ich verdurste hier. Die politischen Intrigen in diesem Lande sind noch langweiliger als bei uns. Jeder spielt wenigstens zwei Rollen, aber alle anderen kennen sie ebensogut. Die Improvisation wird vorbereitet und geprobt, die Überraschungen treffen genau in dem Augenblick ein, da man sie erwartet. Dojno, wir hätten in Jugoslawien bleiben sollen.«
»Das ist eine Spitze gegen mich, aber das können Sie nicht verstehen, Faber«, sagte Cynthia.
»Gehen wir!« wiederholte Tony. »Du wirst ihr später den Zusammenhang erklären, der zwischen dir und der Politik der Alliierten in Italien besteht.«
Cynthia ließ die beiden für einige Minuten allein, sie entschloß sich im letzten Augenblick, ihre Toilette zu wechseln.
»Sie brauchen mit mir kein Mitleid zu haben, ich verdiene es nicht. Ich habe sie angefleht, nach Rom zu kommen, ich halte es nicht lange ohne sie aus ... Die Nachrichten aus Frankreich sind superb, der Wettlauf nach Paris hat begonnen. Am Tage nach der Befreiung setzen wir uns ins Flugzeug, und auf nach Le Bourget! Gibt es etwas Schöneres als den Sieg, Dojno? Seien Sie ein guter Junge und antworten Sie: nein!«
»Ich antwortete: nein. Paris hat Glück. Wir werden alle Tränen in den Augen haben, wenn diese Stadt frei wird. Und niemand wird denken, daß es auch Tränen um Warschau sein könnten.«
»Ich weiß, daß Sie Paris lieben, was aber liegt Ihnen an Warschau? Die Russen haben an der Weichsel einen Rückschlag erlitten, Polens Hauptstadt wird eben noch einige Wochen, einige Monate warten müssen — ist das so tragisch? Und schließlich, Sie selbst haben den Polen vorgeworfen, daß sie tatenlose Zuschauer geblieben sind, als das Warschauer Ghetto vernichtet wurde.«
»Und nun werfe ich den Engländern vor, daß sie tatenlose Zuschauer bleiben —«

»Wir können nichts tun, es ist Sache der Russen...—«
»... denen ihr ganz Mitteleuropa ausliefert. In fünfzig Jahren werden die Historiker schreiben, daß die Anfänge des dritten Weltkrieges sich in den Augusttagen des Jahres 1944 deutlich abzuzeichnen begannen und seine ersten Opfer die von allen im Stich gelassenen Insurgenten von Warschau gewesen sind.«
»Wir leben im August 1944 und nicht 1994 und haben somit das Recht, nicht zu wissen, was vielleicht in einem halben Jahrhundert Gewißheit sein wird. *A chaque jour suffit sa peine*, wie die Franzosen sagen.«
»Worüber streitet ihr?« fragte Cynthia, die zurückkam, ganz in Weiß gekleidet.
»Darüber, ob es ein unverbrüchliches Menschenrecht ist, die Wahrheit nicht zu kennen«, antwortete Dojno.
»Ihr habt also über mich gesprochen, natürlich.«
»Nein, über den dritten Weltkrieg«, griff Tony beruhigend ein.

Die Jeeps fuhren voraus, Tony folgte ihnen, solange sie im Straßengewirr waren, dann überholte er sie. Er kannte den Weg nach Castel Gandolfo.
»Roman ist eingeschlafen«, sagte Dojno. »Die Trauer schläfert sinnliche Menschen manchmal ein und verscheucht den unsinnlichen den Schlaf.« Tony drehte sich halb um, Skarbek saß im Fond des Wagens, ganz aufrecht, den Kopf hoch erhoben, als ob er die ganze Welt herausfordern wollte.
»Einfach übermüdet«, meinte er und beschleunigte die Fahrt.
»Ich ziehe die Physiologie der Psychologie vor. Ernst gesprochen, Dojno, was können wir für Warschau tun, außer einigen symbolischen Gesten, die wir mit dem Leben von Fliegern und mit Flugzeugen bezahlen?«
»Stimmt es, daß die Russen den alliierten Flugzeugen, die Warschau Hilfe bringen sollen, nicht erlauben, bei ihnen zu landen?«
»Es ist nicht sicher, warten wir ab!«
»Und wenn es wahr ist, was für Konsequenzen werdet ihr daraus ziehen?«
»Gar keine, Dojno, gar keine! Für uns ist es wichtig, daß die Russen nicht an der deutschen Grenze haltmachen und uns die

ganze Arbeit überlassen und daß sie, sobald Deutschland erledigt ist, mit uns gegen Japan ziehen. Finden Sie es nicht normal, daß wir vor allem an die Hunderttausende britischer und amerikanischer Soldaten denken? Stalin zahlt mit russischem Blut, und wir geben ihm nach, weil wir mit unserm geizen wollen, geizen müssen. Das ist die ganze Wahrheit, alles andere ist Geschwätz. Und wenn die Polen russisches Blut brauchen, um die Deutschen loszuwerden, so müssen auch sie dafür zahlen. Und wenn Sie, ein früherer Kommunist, Stalin nicht mögen, so bereinigen Sie nach dem Kriege diese Privataffäre in Moskau — schießen Sie auf ihn, werfen Sie Bomben oder sonst was!«

»Das ist *common sense*«, sagte Dojno und steckte Tony eine Zigarette in den Mund. Er sehnte sich nach dem Garten der Prevedinis zurück, nach dem Schweigen der Nacht.

»Seit wir den jugoslawischen Boden verlassen haben, höre ich nicht auf, Sie zu enttäuschen«, meinte Tony traurig und vorwurfsvoll zugleich. Dojno mußte sich überwinden, ehe er ihm antwortete:

»Gemeinsame Hoffnungen begründen die Freundschaft junger Menschen, Erwachsene kommen einander dadurch näher, daß sie die gleichen Hoffnungen verloren haben und aus der gleichen Quelle den Mut schöpfen, ohne Illusionen zu leben.«

»Ich bin Ihnen näher, als Sie denken, Dojno, aber man kann nicht von Millionen Menschen unbegrenzte Opfer verlangen und gleichzeitig den Sieg gering achten.«

»Ich achte ihn nicht gering. Man kann mit Provinzial-Perspektiven Weltkriege führen und sogar gewinnen, den Weltfrieden kann man nur mit planetarischen Perspektiven errichten.«

»Und deshalb bestehen Sie darauf, daß wir Tausende von Flugzeugen und Fallschirmregimenter für Warschau einsetzen? Etwas Konfuseres als einen mitteleuropäischen Philosophen gibt es nicht einmal in einem Kindergarten.«

»Nein, nicht im Kindergarten«, gab Dojno zu. Auch er lachte. »Der Premierminister, der genau ein Jahr vor dem Weltkrieg ›peace for our time‹ aus München brachte, war gewiß kein mitteleuropäischer Philosoph. Auch deshalb glaubte er, daß er Singapur rettete, wenn er Prag opferte.«

»Ich habe geschlafen«, sagte Roman, »und geträumt. Im Traum war alles so schön, so beglückend, ist das nicht merkwürdig?

3.14 Uhr, bald müssen die Flieger über Warschau sein.«
»Das ist möglich«, antwortete Tony. »Und bevor es taghell geworden ist, werden unsere Landungstruppen an der Küste zwischen Nizza und Marseille Fuß gefaßt haben. Diese sentimentale Mondsichel hilft nicht und stört nicht dabei. Wenn wir wieder unten sind, werden wir die ersten Nachrichten vorfinden. Die Operation steht unter britischem Oberkommando.«
»Mariä Himmelfahrt«, meinte Roman versonnen. »Die Warschauer erwarten wahrscheinlich gerade von diesem Tage etwas Besonderes. Oder wäre es besser, sie warteten auf nichts mehr, auf niemanden?«
»Wir sind angekommen«, sagte Tony. »Etwas höher liegt das große Restaurant. Es ist natürlich geschlossen, aber die Terrasse ist sehr angenehm. Die Amerikaner haben gewiß einige Flaschen mitgenommen. Wir werden auf die Provence und auf Warschau trinken.«
»Das ist fast alles, was England für Polen tun kann«, erklärte Dojno. »Nicht viel mehr, als was die Einwohner der polnischen Hauptstadt voriges Jahr für das Ghetto getan haben. Fahren Sie ruhig mit dem Wagen auf die leere Terrasse hinauf, Tony, denn schließlich sind wir ja die Eroberer.«
Auf der Straße, die hinaufführte, leuchteten die Scheinwerfer der Jeeps auf — außer dem abnehmenden Mond die einzigen Lichter in dieser Nacht.

In Rom fanden sie die ersten Nachrichten vor. Die Landung in Südfrankreich schien ein glänzender Erfolg zu werden. Von den Flugzeugen, die Warschau angeflogen hatten, war nur ein einziges bis zur Stadt durchgekommen, es hatte Waffen und einige polnische Offiziere im Fallschirm abgeworfen. Die Außenposten der Insurgenten sahen hilflos zu, wie die Fallschirme in den deutschen Linien niedergingen.
Alle Glocken der Kirchen Roms läuteten zu dieser Stunde den Feiertag ein. Man mochte kaum glauben, daß es Unglück geben konnte auf dieser Erde.

Nach einigen Tagen trennten sich die Freunde wieder. Es gelang Tony, sich vorläufig von allen politischen Missionen zu befreien. Er hoffte, an einer besonders wichtigen, kühnen Operation in Holland teilnehmen zu können. Dojno ging nach Frankreich zurück, in das Städtchen, aus dem man Relly und die Kinder weggeholt hatte.

Skarbek blieb vorderhand noch in Italien. Cynthia war in seiner Nähe. So verschieden sie waren, den Glauben an die Verführung hatten sie gemein.

DRITTES KAPITEL

»Pierre ist nicht da, aber er muß bald zurück sein. Sind Sie ein Genosse?«
Die Frau tippte weiter, auch während sie sprach. Erst nachdem sie den Bogen aus der Maschine herausgezogen hatte, blickte sie auf, nahm die erloschene Zigarette aus dem Mund, stand auf, suchte ein Streichholz bei dem Gasherd, schließlich wandte sie sich wieder dem Besucher zu.
»Bist du ein Genosse?« fragte sie prüfend.
»Ich habe Pierre vor Jahren gekannt. Ich werde wiederkommen«, antwortete Dojno.
»Wir sind nämlich sehr beschäftigt. Wenn es nichts Wichtiges ist, schreiben Sie ihm.« Wie erklärend machte sie eine Geste zur Maschine hin, zu den Broschüren auf dem Tisch, zu den Plakaten an den Wänden, deren eines in einem Kranz von Medaillons die schnurrbärtigen Gesichter von französischen Generalen darstellte. Sie wurden als Gewährsmänner für die Kommunistische Partei, »die Partei der französischen Wiedergeburt«, eingesetzt.
»Foch und Mangin sehen entschlossen, aber gar nicht erstaunt drein«, bemerkte Dojno.
»Was wollen Sie damit sagen?« fragte die Frau heftig. Sie mochte an die dreißig Jahre alt sein. Eine Bürgerliche, die vor kurzem die neue Religion entdeckt hat, dachte Dojno, während er sie und ihre Kleidung aufmerksam musterte. Er grüßte und ging.
Er wartete vor dem Haustor etwa eine halbe Stunde. Er erkannte Giraud nicht gleich, da er in Uniform war.
»Hauptmann Pierre Giraud?«
»Du? Du leibhaftig, Faber?«
»Eine Frau ist bei dir oben. Ich habe vorgezogen, hier unten zu warten, statt mich ununterbrochen von Generalen und einem fanatischen Parteimitglied anstarren zu lassen.«
»Ah, du bist oben gewesen«, sagte Giraud betreten. »Hoffentlich hast du dich nicht in ein Gespräch eingelassen, nicht deinen

Namen genannt... Paß auf, ich kann dich nicht bitten, mit hinaufzukommen. Ich esse schnell, wir treffen uns dann um halb vier in dem alten *bistrot*, du erinnerst dich, neben der *Mutualité*. Jetzt geh, es ist besser so.«

Dojno sah ihm nach, wie er hastig durch das Haustor ging, ohne sich noch einmal umzudrehen, ein Mann, der zu lange in verdächtiger Gesellschaft verweilt hat.

Als Giraud pünktlich zur verabredeten Stunde in den Hinterraum des kleinen Cafés trat, sah er sich mißtrauisch um. Sein Gesicht heiterte sich auf, als er sich vergewissert hatte, daß sie ganz allein waren.

»Jetzt erst kann ich dich richtig begrüßen, mein Alter«, sagte er herzlich. »Ich bin wirklich froh, daß du lebst und daß ich dich wiedersehe. Seit wann bist du in Paris zurück?«

»Seit zwei Tagen erst, seit dem 16. März. Ich habe bis zum Sonntag gewartet, um dich aufzusuchen, aber du bist ja kein Arbeiter mehr.«

»Ach, wegen der Uniform? Mein Rang in der Réstistance war eigentlich höher. Und jetzt, es ist für vieles bequemer, als Offizier aufzutreten. Aber ich arbeite auch in der Fabrik nicht mehr, nur noch für die Partei. Bei den nächsten Wahlen werde ich aufgestellt und sicher Deputierter werden. Verstehst du, deshalb... und weil du doch sicher nicht zur Partei zurückgekehrt bist..., und leider hast du auf Jeanne keinen guten Eindruck gemacht —«

»Sie ist deine Frau?«

»Ja. Erst seit kurzem in der Partei, aber hat schon eine sehr starke Position. Natürlich sehr streng, das muß auch wohl so sein, dennoch —«

»Laß, sprechen wir von dir, Giraud. Ich dachte, du seist zusammen mit Lagrange im Sommer 40 ausgetreten —«

»Nein, absolut nicht, niemals! Ich arbeitete nur in der gleichen Résistancegruppe wie er. Inzwischen ist es ja allen klar geworden, daß die Partei in allen Punkten recht gehabt hat. Die Rote Armee —«

»Was bestellst du, Giraud? Ein Glas Rotwein?«

»Ja, aber es hat keine Eile. Die Rote Armee —«

»Ich bestelle lieber gleich, denn unser Gespräch wird vielleicht sehr kurz sein. Erzähl mir nicht, was in euren Zeitungen steht, ich weiß es auch so. Wiederhol mir nicht die Texte der Plakate, mit denen ihr Stadt und Land überschwemmt. Ich bin von Malakoff bis hierher zu Fuß gekommen — ich habe sie alle gelesen. Hier hört dich niemand, sprich ernst, sag die Wahrheit. Du hast im Sommer 40 mit der Partei gebrochen, nein, es ist wahr, du hast ihr keinen Brief geschrieben, aber du hast sie verlassen, genauso wie Lagrange. Inzwischen bist du zu ihr zurückgekehrt, weil du glaubst, daß sie allein die Siegerin ist und nur ein Schritt sie von der Macht trennt.«

»Mir gefällt dein Ton nicht, Faber. Ich könnte aufstehen und weggehen, denn ich bin dir keine Rechenschaft schuldig. Aber wenn du schon nach Frankreich zurückgekommen bist, so solltest du wenigstens die wirkliche Lage hier kennen. Es gibt praktisch niemanden, der sich trauen würde, öffentlich gegen uns aufzutreten. Die Nation, das sind wir, die Partei. In den Organisationen der Nationalen Front haben wir alles vereinigt, was uns nützlich sein könnte: unter anderem Priester aller Konfessionen, katholische Schriftsteller, liberale Philosophen — was weiß ich alles! Wir brauchen nur mit dem kleinen Finger zu winken, verstehst du? Und da kommst du und willst dich uns entgegenstellen? Bist du völlig verrückt? Und da du sagst, daß mich hier niemand hört, so hör du, Faber, gut zu: Im Mai werde ich vierzig Jahre alt sein. Davon habe ich einundzwanzig der Arbeiterbewegung gegeben, der Partei. Bin immer dabei gewesen, wenn es hart auf hart ging. Nun endlich kommen wir dran — Macht? Ja, Macht! Positionen im Staate, der bald uns allein gehören wird — ja, warum nicht? Und da soll ich mich gegen die Partei stellen, vielleicht bald in die Emigration gehen? Nicht Kapitalismus, nicht Kommunismus — was bleibt dann noch? Sich einen Pflasterstein um den Hals binden und in die Seine! Das wäre das einzig Konkrete, das du mir vorzuschlagen hättest.«

»Und Lagrange?« fragte Dojno. Sein Blick suchte die violetten Wände des trüben Raumes ab, ehe er sich wieder auf Girauds Profil heftete.

»Was Lagrange?«

»Ist auch Lagrange zur Partei zurückgekehrt?«

»Nein. Er ist tot. Ich dachte, du wüßtest es.«

»Wer hat ihn getötet? Wann?«

»Genau weiß ich es selber nicht«, antwortete Giraud. Er blickte geradeaus auf die Milchglasscheibe, hinter der das Comptoir lag.
»Erzähl, was du weißt, auch wenn es nicht genau ist.«
»Du mußt bedenken, in den Tagen der Befreiung, das waren wirre Zeiten. Man kannte ihn natürlich, und er war unvorsichtig, und da war die Geschichte mit dem Überfall auf ein Gefängnis und mit den spanischen Anarchisten. Das war nämlich nicht hier, sondern im Südwesten. Kurz, man hat diese Spanier vielleicht nicht sehr gut behandelt.«
»Wer — man?«
»Nun, unsere Leute. Und Lagrange hat für sie Stellung genommen. Es waren, wie gesagt, wirre Zeiten, man rechnete mit den Verrätern ab, den Kollaborateuren —«
»Lagrange war einer der ersten Männer in diesem Lande, die sich zum Widerstand erhoben haben. Du, Giraud, du weißt es am besten.«
»Ja, natürlich. Aber irgendwie ist doch ein Verdacht auf ihn gefallen. Man hat mit ihm kurzen Prozeß gemacht.«
»Wer — man?«
»Das hast du schon einmal gefragt, und ich habe dir schon geantwortet. Und warum fragst du gerade mich aus? Warum nicht deinen Freund Meunier? Er weiß es so gut wie ich.«
»Er ist auf Reisen, kommt erst heute nacht zurück.«
»Ja, er spricht in Versammlungen der Nationalen Front, ein sehr aktiver Sympathisierender, stets zu unserer Verfügung.«
Endlich wandte Giraud sein Gesicht wieder Faber zu. Seine Augen waren noch immer klar, ihr Blick freimütig. Kein Wunder, dachte Dojno, sie haben neununddreißig Jahre lang einem anständigen Menschen gehört. Er erhob sich, legte das Geld für die Zeche auf den Tisch und ging hinaus. Erst als er draußen war, zog er den Mantel an.
Der spärliche Regen hörte bald auf, die Sonne zeigte sich und verschwand bald wieder hinter den schnell dahintreibenden Wolken. Ein kalter Wind fegte über die Quais. Die Sonntagsspaziergänger waren nicht zahlreich. Zwei amerikanische Soldaten hielten Dojno auf, sie wollten wissen, wo man sich gut, wirklich gut unterhalten könne. Als er mit der Antwort zögerte, boten sie ihm eine Zigarette an. Es waren ganz junge Leute, sie

taten ihm leid, denn er konnte sie nicht beraten. Schließlich schickte er sie auf den Montparnasse.

Er mußte an Djura denken, den es immer zu den Quais hingezogen hatte. Und da war der kleine Square, auf dem Djura ihm von Vassos Tod erzählt hatte, und hier war die Bank. Er setzte sich. Rechts war das Café der *clochards*. Es hieß, die Nazis hätten sie ausgerottet. Das Lokal war verändert, elegant geworden. Rechts vorn auf der Insel erhob sich Notre Dame. Alle neuen Gebäude waren in diesen Jahren schäbig geworden, nur die Kathedrale leuchtete in der flüchtigen Frühlingssonne. Nur sie war ihrer tausendjährigen Jugend treu geblieben.

Djura hatte die Kirchen nicht geliebt, aber die Beter hatten ihn immer angezogen. Er war gern in Prozessionen mitgegangen, immer auf der Suche nach der fremden Inbrunst. Die eigene Leidenschaft vergiftete er mit Zweifeln, zerstäubte er mit Spott, aber hinter der Leidenschaft der anderen hatte er stets das Tragische vermutet, die Drohung des Mordes, das Versprechen des versöhnenden Todes. Ja, Djura hatte an die Versöhnung geglaubt, an die Aussöhnung aller.

»Auch ich müßte daran glauben«, sagte Dojno halblaut. Es kam letztens nicht selten vor, daß er mit sich selber sprach. Er hätte sich's verwehren können, aber er war nicht mehr streng zu sich in Kleinigkeiten. Auf dem Père Lachaise, am Grabe Stettens, das er am Tage vorher aufgesucht hatte, hatte er sich zum erstenmal seit Jahren wieder die metaphysische Wollust erlaubt: das Leben vom Tode aus zu betrachten. »Schlechte Poesie des Halbwüchsigen und der tatendurstigen Untätigen. Unsauberkeit des Denkens. Ich spiele nur, Professor, ich vergesse nicht, daß der gedachte Tod wie das gedachte Nichts ein Teil des Lebens selbst, nur eine der zahllosen Äußerungen des Seins ist. Aber ich lasse mir jetzt mancherlei durchgehen. Alles, was nicht wirklich wichtig ist, außer acht lassen!«

Es ist nicht wichtig, daß Giraud zur Partei zurückgegangen ist, dachte Dojno, während er sich wieder auf den Weg machte. Lagrange hätte von der Gestapo getötet werden können. Nicht allein zu sein, darauf kam es ihm immer an. Die, mit denen er sein wollte, haben ihn umgebracht. Wozu noch daran denken? Giraud vergessen und Lagranges Tod, es sollte nicht schwer sein. Er kam an einem leeren Sockel vorbei. Houdons Voltaire hatte darauf gesessen, dann kamen die Nazis und schmolzen ihn ein. Gewaltige Dummköpfe, sie erschossen auch die Schatten der Toten und schlugen die Spiegelbilder in Scherben. Voltaire hätte den Fall Lagrange aufgegriffen, sagte sich Donjo. Aber ich bin nicht Voltaire, und überdies bin ich nun von jeder Verpflichtung frei. Ich darf schweigen und vergessen. Um sich abzulenken, begann er, in Gedanken zu schreiben. Eine Spielerei, etwas völlig Unwichtiges sollte es sein, das zu Papier zu bringen er in Wirklichkeit nie erwägen würde: über das wiedergefundene Paris.

Erst nach einiger Zeit merkte er, wie seltsam ihn das Gefühl in die Irre führte, denn er schrieb, als wäre nicht er, sondern Paris zurückgekehrt — ein leichtsinniges, leicht verführbares Wesen, das sich mit den Fremden herumgetrieben hat. Man hat sein Lachen gehört, nicht immer, es ist wahr, aber oft genug.

»Wundere dich nicht, daß ich nur auf deine Wunden starre, Staub liegt auf deinen müden Füßen, ich werde sie waschen und mit Öl bestreichen und daran denken, daß du in diesen Jahren nur gelitten und nie dich gefreut hast und daß du keiner Verlockung erlegen bist. Denn es ist mir manchmal schwer geworden, dich zu lieben — es ist mir noch immer unmöglich, dich nicht zu lieben.«

So schrieb er in Gedanken, ein Mann, der lange, zu lange auf die Rückkehr der ungetreuen Geliebten gewartet und nicht ein einziges Mal versucht hat, sie zu vergessen.

Nun war es Abend geworden, nur wenige Lampen brannten. Er ging zum Trocadéro, setzte sich auf eine Stufe, blickte um sich und sah nichts. Der dichte kalte Regen schien alles einzuhüllen. Nach einer Weile erhob er sich. In einem Café verkaufte ihm ein Kellner ein Päckchen Zigaretten um einen unverschämt hohen Preis und erzählte ihm, wie er — mit noch einigen anderen zusammen — Paris befreit hatte.

Er war wieder auf der Straße, es war weit bis zu seinem Hotel. Er suchte vergebens ein Taxi. Als er an Meuniers Haus vorbeiging, sah er Licht in seiner Etage. Er zögerte, ehe er sich entschloß, ihn sofort aufzusuchen.

Der Doktor öffnete selber die Tür.

»Ich wußte, daß Sie mich nicht bis morgen warten lassen würden«, sagte er, indem er den Besucher an der Hand nahm und

sachte in die Wohnung zog, als ob er sich sträuben wollte. »Hier, setzen Sie sich neben den elektrischen Heizofen. Sie haben kalte Hände, hoffentlich haben Sie sich nicht erkältet. Sie müssen so viel erzählen, sofort, und ich auch. Wann war das, das letzte Mal? November 1941 im Süden. Was für Jahre, mein lieber Faber! Lassen Sie sich ansehen — unverändert!«
»Und Ihr Herz?« fragte Dojno.
»Es ist gewiß aus Panzerstahl und Kautschuk. Sie werden es glauben, warten Sie, bis ich Ihnen alles erzählt habe. In den letzten Wochen habe ich jeden Abend wenigstens einmal in einer Versammlung gesprochen; gestern, in Lyon, sogar zweimal.«
»Zusammen mit den Mördern François Lagranges«, unterbrach ihn Dojno, ohne ihn anzusehen.
»Was — was sagen Sie da?«
»Ich hätte doch besser getan, morgen zu kommen oder übermorgen oder niemals. Ich habe mich lange darauf gefreut, Sie wiederzusehen, Doktor, aber seit heute nachmittag, seit ich Giraud gesehen habe, weiß ich —«
»Niemand weiß genau, wie Lagrange ums Leben gekommen ist. Es waren wirre Zeiten.«
»Er ist einer der ersten Résistants in diesem Land gewesen und hat Sie selber für den Kampf geworben. Haben Sie in den Versammlungen seinen Namen, sein Verdienst erwähnt? Haben Sie einen Nekrolog über ihn geschrieben?«
»Die Sache ist nicht so einfach, Faber. Seine früheren Parteifreunde haben belastendes Material über ihn —«
»Haben Sie es in den Händen gehabt und genau geprüft?«
»Nein, aber schließlich ... Müssen wir jetzt wirklich über Lagrange sprechen?«
»Nein, wir müssen nicht«, sagte Dojno und erhob sich langsam. »Sie waren so gut, Stettens Nachlaß bei sich aufzubewahren. Wenn Sie erlauben, möchte ich diese Nacht alles genau ansehen, aussondern, was zu vernichten ist, und den Rest morgen zu mir nehmen. Bitte, zeigen Sie mir den Raum.«
Meunier blieb sitzen, das Gesicht nach unten gewandt, als ob er seine alten Hände eingehend betrachtete. Das Licht der Lampe lag auf seinen dunklen Haaren, die nur wenig angegraut waren. Nach einer Weile sagte er: »Ich werde Sie gleich hinführen. Lagrange ist mir viel mehr gewesen als Ihnen. Sie haben ihn ja

kaum gekannt. Ein guter Mann, tapfer, aber am Ende verbittert, Sie verstehen. Sie wählen gerade diesen Fall —«
»Sie erinnern sich gewiß an Albert Gräfe. Seinetwegen hat sich Stetten auf den Weg gemacht, damals im Oktober 1939. Sie haben nahher geholfen, ihn aus dem Lande zu bringen. Er ist auf einer dalmatinischen Insel ermordet worden. Sein Tod hat bedeutende Folgen gehabt: die Revolte auf dieser Insel, den Tod des Dichters Djura, die Entstehung und den Untergang einer Brigade. Damals, als wir zusammen nach Arras fuhren, an Stettens Totenbett, verstanden Sie sehr gut, Doktor, was das symbolträchtige Unrecht bedeutet. Man kann sich in allem irren — und ich habe meine besten Kräfte an Irrtümer vergeudet —, aber in einem nicht: im Kampf gegen ein Unrecht, wie es sich im Fall Lagrange darstellt... Zeigen Sie mir nun Stettens Sachen, bitte!«
»Setzen Sie sich wieder«, bat Meunier mit schwacher Stimme. »Ich will, daß Sie alles wissen. Es gibt die Politik, natürlich, und in ihrem Licht ist dieser Fall uninteressant. Man stellt sich nicht gegen eine Nationale Front wegen eines — wegen eines Mißverständnisses sozusagen. Bitte, seien Sie nicht ungeduldig. Ich werde nicht mehr von Politik sprechen, sondern von meinen Sohn, von Alain. Sie haben ihn nicht getroffen, er rückte gleich bei Kriegsbeginn ein, sonst hätte ich ihn Ihnen vorgestellt. Weil er — unwichtig, er ist nachher in Vichy gewesen. Ein Pétainist, aufrichtig begeistert zuerst, später enttäuscht. So viele sind rechtzeitig abgesprungen, Alain nicht. Aus Stolz, aus Verachtung gegen die Attentisten, Opportunisten, gegen alle. Er ist im Gefängnis. Ich muß alles tun, damit er nicht jetzt vor Gericht kommt. Ich habe vor den Richtern Angst und noch mehr vor seinem herausfordernden Trotz, der unter den gegebenen Bedingungen furchtbare Folgen haben kann. Er lehnt meine Hilfe ab, verbietet dem Anwalt, sich auf meine Verdienste in der Résistance zu berufen. Wenn ich den Fall Lagrange aufgreife, ist Alain verloren, unrettbar. Dem Toten kann nichts mehr nutzen, soll ich trotzdem meinen Sohn opfern? Er ist mein jüngstes Kind, der einzige Sohn. Wäre das nicht auch ein symbolträchtiges Unrecht?«
Ich weiß es nicht, dachte Dojno. Dreiundvierzig Jahre alt und noch mitten in der Lehrzeit. Nur langsam erfasse ich, daß der

den Menschen verleugnet, der ihm das Recht abstreitet, schwach zu sein, für sich und die Seinen zu fürchten.
»Sie verachten mich, nicht wahr?« fragte Meunier.
»Nein, durchaus nicht. Ich weiß nichts zu sagen. Sie müssen Ihren Sohn retten, gewiß, aber ich frage mich, ob dieses Bündnis, das Sie eingegangen sind und das Sie selbst zum Gefangenen macht — nein, ich weiß nicht. Ich will die Nacht über Stettens Papieren verbringen, wir werden morgen früh über Alain sprechen. Sie werden mir seine Briefe zeigen, mir alles erklären —«
»Aber werden Sie imstande sein, nicht an Lagrange zu denken?« fragte Meunier zögernd.
Er führte Dojno in ein großes Zimmer, das seit langem nicht mehr bewohnt war. Man hatte die wenigen Möbel an die Wand gerückt. Bücher türmten sich zu Bergen, in einer Ecke standen drei große Koffer übereinandergestellt. In dem größten von ihnen war Stettens schriftliche Hinterlassenschaft aufbewahrt. Noch bevor Dojno die Faszikel herausgeholt und auf dem Tisch aufgeschichtet hatte, war der Doktor zurück. Er brachte Brot, Früchte und eine Flasche Wein mit.
»Und hier ist ein Photo von Alain. Ich stelle Ihnen eine Lampe auf den Tisch, Sie werden besser sehen. Es ist Ende 1942 aufgenommen worden. Er war kaum dreiundzwanzig Jahre alt.«
Längliches, helles Gesicht eines aufrichtigen jungen Mannes, dachte Dojno. Knabenstirn, die Augen des Vaters, aber weniger Weisheit und fast gar keine Güte. Ein Mund, der nur im Schmerz oder in der Verachtung ausdrucksvoll ist. Würde sich für niemanden, für nichts opfern, aber alles wagen aus Stolz und um das Recht zu haben, andere zu verachten. Würde sich davor ekeln, selber eine Grausamkeit zu begehen, aber sich keineswegs scheuen, sie anzubefehlen.
»Nein, er ist nicht in der Miliz gewesen, niemals!« sagte Meunier schnell. »Seine Hände sind rein geblieben.«
»Gewiß«, erwiderte Dojno. »Wir werden morgen über ihn sprechen. Sie haben recht, man muß ihn vor sich selber retten.«

Die winzigen silbernen Plättchen flimmerten wieder vor seinen Augen, erhoben sich sachte und senkten sich langsam herab.

»Müde!« sagte er halblaut und blickte von der Lampe weg, zu dem Bücherhaufen. Er stand auf, zog die Vorhänge weg, noch war es Nacht. In der Nähe der Laternen schimmerte das feuchte Pflaster. Nicht ein einziges Lebewesen auf dem Boulevard. So hatte Stetten seine Heimatstadt in Träumen gesehen: die Häuser verschlossen, verwaist, die Straßen öde. Eine einzige Jahreszeit: der späte Herbst. An den Fenstern, Höhlen blinder Augen, kleben verrunzelte Blätter, die der regnerische Wind den dürren Zweigen entrissen hat. Er setzte sich wieder an den Tisch. Nun war es Zeit, die Dossiers zu öffnen, die der Professor mit einem Delta bezeichnet hatte. »Dion« — Stetten allein hatte ihn so genannt. Aufzeichnungen von Gesprächen, chronologisch geordnet. Manchmal neben dem Datum auch die Umstände, unter denen sie miteinander gesprochen hatten, gewöhnlich mit wohlwollender Ironie geschildert.

Dojno las die ersten Blätter, gleichermaßen erstaunt über die Klugheit der einen seiner Äußerungen wie über die Dummheit und Arroganz der anderen. Er legte das Dossier weg, bei Gelegenheit würde er darin wieder blättern. Er war nicht mehr mit dem jungen Mann identisch, dessen Aussprüche der alte Lehrer so liebevoll und geduldig aufgezeichnet hatte. Er nahm ein anderes, gleichfalls mit einem Delta bezeichnetes Faszikel zur Hand. Verstreute Notizen, alle datiert und unter einem Titel vereinigt: *Der Held unserer Zeit*. Eine Kapitelüberschrift: *D.'s gefährliche Mißverständnisse*. Die ersten Absätze lauteten:

D. glaubt, den Gedanken mit der Tat vermählen zu müssen. Irrtum! Der geistige Mensch hat die Aktion anderen zu überlassen und nur dort einzugreifen, wo es gilt, bestimmte Taten zu verhindern oder anzuklagen, und wenn die moralische oder geistige Not zu einer allgemeinen Gefahr zu werden droht. Sonst absolut nicht.

Wer nicht an Gott glaubt, hat kein Recht, ein Heiliger zu sein. Nicht Held zu sein — aus der Not eine Tugend zu machen — und nicht Heiliger — aus der Tugend eine Not zu machen — ist die Aufgabe, sondern einzig und allein, ein Weiser zu werden.

D. glaubt, daß es unwürdig ist, sich zu fürchten. Eine unmenschliche Auffassung, gefährlich, verabscheuenswert.

Stetten ist mutig gewesen, dachte Dojno, er brauche sich nie die Frage zu stellen, ob Furcht entwürdigend ist. Er hat für andere, nie für sich selbst gefürchtet. Diesen Satz hat er 1932 geschrieben, sechs Jahre bevor er der Gewalt begegnet, eingesperrt und gefoltert worden ist.

D. und seinesgleichen bilden eine neue, tugendhafte und intelligente Aristokratie. Sie wird nie zur Macht kommen, Gott sei Dank, aber helfen, eine tyrannische Oligarchie in den Sattel zu heben, die die verlogenste, schlaueste und brutalste der Weltgeschichte sein wird. (Die grauenhaften politischen Dummheiten Platos, dessen politischer Ehrgeiz bis an sein Lebensende wach blieb — ein abschreckendes Beispiel!)
Das erste Opfer einer Revolution ist die Theorie, auf die sich ihre Führer berufen. Die nächsten Opfer sind die Führer selbst, soweit sie Theoretiker sind. Fortschreitend wird die Praxis sie verraten und deshalb als Verräter brandmarken. Dialektik des Verrats — Verrat der Dialektik. In ihrem preußischen Himmel mögen Hegel und Marx einander mit diesen Wortspielen amüsieren, die auf der Erde mit Blut bezahlt werden.
D. sieht nicht, daß die einzig wahre Revolution bisher die industrielle Revolution gewesen ist, die, obschon hundert Jahre alt, noch in ihren Anfängen steckt. Mit ihr verglichen sind alle anderen Revolutionen Stürme im Wasserglas gewesen. Die Verlängerung der menschlichen Lebensdauer zum Beispiel, die bereits erreicht worden ist, wird à la longue mehr Bedeutung haben als alle religiösen und sozialen Strömungen.
Die arrogante Ungeduld des Revolutionärs: in seiner Lebenszeit soll sich alles entscheiden. Warum? Wer die Menschheit nicht mit der liebevollsten Geduld betrachtet, hat nichts von ihr verstanden und wird unausweichlich ihr Feind werden, gerade weil er darauf aus ist, sie mit einem Ruck zu erlösen.

Liebevollste Geduld ... In den letzten Jahren war Stetten der Ungeduldigere gewesen, unfähig, stummer Zeuge zu bleiben. Nicht Held, nicht Heiliger, sondern ein Weiser werden — gewiß! Hatte ein Weiser im Jahre 1945 zu schweigen, wenn er den Fall Lagrange entdeckte? Stetten hätte aufgeschrien — und er war der Weisheit näher gewesen als sein Schüler.

Nein, Taten imponierten Dojno nicht mehr. Er war ihrer müde. Auch weil er wußte, wie wenig sie änderten. »D.'s gefährliche Mißverständnisse?« Vorbei, vorbei.

Im dritten Dossier lag ein großes, versiegeltes Kuvert, das den Vermerk trug: »Für Denis Faber. Sollte er aus dem Krieg nicht zurückkehren, bitte dieses Kuvert unerötfnet vernichten.«

Es waren die Briefe Hanusias an Stetten. Aus ihnen erfuhr Dojno, elf Jahre zu spät, daß es sein alter Lehrer gewesen war, der ihr geholfen hatte, ihn zu verlassen, sich weit von dem Mann zu entfernen, von dem sie schwanger war. Dojno sollte erst nach Jahren oder Jahrzehnten, nicht bevor er von den gefährlichen Mißverständnissen befreit war, erfahren, daß er Vater war.

In den ersten Briefen sprach Hanusia von ihm mit leidenschaftlicher Liebe, später mit Sympathie und Besorgnis. Aber alle, die ersten wie die letzten, verurteilten ihn.

Er zwang sich, die Briefe ein zweites Mal zu lesen und die tiefe Beschämung aufs neue zu erleiden.

Es war nun heller Tag. Meunier drehte das Licht aus. Er zögerte, ehe er Faber weckte, dessen Kopf auf dem Tisch lag, über Briefen und Photos. Was immer ihn bewegt haben mochte, bevor der Schlaf ihn überwältigte, sein Gesicht war friedlich, die Entspannung der Züge so vollkommen, daß er fast jung aussah. Auch er aus Panzerstahl und Kautschuk, dachte Meunier. Was hat Faber nicht schon alles erlebt! Mag er es auch im Gedächtnis aufbewahrt haben — eine Stunde Schlaf genügt, um es auszuschalten. Wie grauenhaft wäre es, wenn wir nur Seele wären, wie sinnvoll, daß es Körper gibt, die immer Gegenwart sind, die das gestrige Leiden ausscheiden wie alles, was unverdaulich ist.

Nun mußte er ihn doch wecken, bald würde Frau Meunier kommen. Es war ihre Rückkehr nach Paris, sie hatte den Krieg auf ihrem Landsitz verbracht.

»Danke, Sie tun gut, mich zu wecken. Viel zu tun heute«, sagte Dojno. Er ordnete die Briefe und tat sie in das Kuvert zurück. Je älter er wurde, um so häufiger wurden die Tage, an deren Beginn ihn das Gefühl ergriff, zuviel Zeit vergeudet zu haben. Meunier führte ihn ins Speisezimmer, wo das Frühstück auf sie wartete. Sie tranken schweigend den schlechten Kaffee. Dann sprachen sie ausführlich über Alain.

Noch am Vormittag verließ Dojno das Haus. Er ging zu Berthier, der während des »drolligen Krieges« 1939/40 im Freiwilligenregiment sein Sergeant gewesen war. Der Maurermeister Berthier, Bürgermeister des kleinen Ortes Bezons im Südwesten des Landes, war nun ein bekannter Mann. Er hatte sich in der französischen Widerstandsbewegung hervorgetan, darum auch war er in die Beratende Assemblée berufen worden. Vor dem Krieg war es sein Ehrgeiz gewesen, Mitglied des Generalrats seines Departements zu werden. Die Ereignisse und seine eigenen Taten hatten ihn weit über dieses Ziel hinausgeführt.

In der Nähe seines Bezirks war Lagrange getötet worden, Meuniers Sohn saß in einem Gefängnis, das nicht weit war von Bezons. Der frühere Sergeant war der Chef einer Partisanentruppe gewesen, nun stellte er eine Macht dar, der viele zu schmeicheln suchten, vor allem jene, die in der Besatzungszeit eifrig der Marschalls-Regierung gedient hatten. Das schlechte Gewissen, mehr noch als die Erinnerung an erlittene Verfolgung, drängte überall zu harten Urteilen, zur rächenden Grausamkeit.

»Was den Fall Lagrange betrifft«, meinte Berthier, »da ist nicht viel zu machen, die Toten weckt man nicht auf. Wo die Kommunisten die Führung hatten, haben sie eben frühere Parteimitglieder erledigt, besonders wenn die Gelegenheit hierzu günstig war. In meinem Bezirk ist es nicht geschehen, ich kann mich also nicht darum kümmern. Für den jungen Meunier aber kann man was tun, ihn zum Beispiel sofort in ein Spital überführen lassen, sozusagen zur Beobachtung seines Geisteszustandes. Da soll er einige Monate, sagen wir, ein Jahr bleiben, später wird man sehen. Wenn seine Hände wirklich rein sind, wie du sagst... Jetzt reden wir aber von was anderem, Faber. Zuerst schau dir einmal die Photos an — was sagst du?«

Während der kleine, dickliche Mann umständlich den Mantel aufknöpfte, den Rock, die gestrickte Weste und die oberen Knöpfe einer andern Weste, aus deren Innentasche er ein Portefeuille hervorholte, dachte Dojno mit Rührung an den Frühsommer, der nun fünf Jahre zurücklag, an den endlosen Rückzug im Juni 1940. Berthier hätte damals aufgegeben und

wäre zurückgeblieben, wenn man ihn nicht immer wieder an seine Kinder erinnert hätte. Auch damals war er schnell bereit gewesen, ihre Photos zu zeigen. In jenen Tagen fielen Mischa Litwak, der kleine Spanier und Bernard, der Psalmensänger.
»Da ist Georges, bald siebzehn. Was sagst du, wie er sich verändert hat? Groß, stark wie ein Stier — ein Mann, alle Mädchen renken sich nach ihm den Hals aus. Nicht dumm, im Gegenteil, aber die Schule, nein, nichts für ihn. Er wird Bauunternehmer werden wie ich. Hier sieht er streng aus, die Sonne scheint ihm grad ins Gesicht, aber ein Herz — Gold, reines Gold, sage ich dir. Und nun, ich will dich nicht beeinflussen, du wirst selbst urteilen, schau sie dir an! Du erinnerst dich doch noch sicher an die alten Photos von Jeanne — was sagst du? Fünfzehn Jahre! Hast du je so ein schönes Mädchen gesehen? Und dabei, was ist ein Photo — nichts, es entstellt sie. In Natur ist sie, wie soll ich dir sagen —«
»Sie hat sich wirklich großartig entwickelt«, gab Dojno zu. »Ein schönes Mädchen.«
»Schön — wer ist nicht schön? Aber Jeanne, ich weiß gar nicht, von wem sie das hat: Wenn ihre großen braunen Augen dich ansehen, Faber, das ist, wie wenn es auf der Welt statt einer Sonne deren drei gäbe, verstehst du? Und diese Weste da, Jeanne hat sie selbst gestrickt, eins, zwei, drei und fertig! Aber das ist noch gar nichts, ihre Stickereien sind berühmt! Und kochen! Und am Telefon antworten und — lassen wir, du wirst ja sehen. Jetzt schau dir diesen jungen Mann an. Du würdest sicher sagen, zwölf Jahre. Falsch. Pierrot ist noch nicht einmal neun Jahre alt, aber der Kopf! Faber, der hat einen Kopf — das ist ein Kind für dich, sage ich dir. Und auch deshalb will ich, daß du mit mir hinunterkommst, in ein, zwei Wochen fahre ich nach Hause. Du erinnerst dich, 1940 habe ich dich aufgefordert, zu mir nach Bezons zu kommen, du hast nicht gewollt. Und dann habe ich dir geschrieben und geschrieben, du sollst mit deinem Adoptivsohn zu uns übersiedeln, da bist du weg nach Jugoslawien. Jetzt aber kommst du mit, diesmal gibt es keine Ausreden. Außerdem mußt du ja sowieso unten sein wegen deiner ›Fälle‹, wie du sagst.«
»Ich habe dich unterschätzt, Berthier, das ist wahr.«
»Ach was, es handelt sich nicht um mich, sondern um — wie

soll ich's dir sagen? Verstehst du, ein Land wie Frankreich, vielleicht ist es nicht besser als ein anderes, aber schließlich, du weißt es doch selbst, die Zahl der Reinen... vielleicht ist sie diesmal bei uns nicht so riesig groß gewesen, aber immerhin nicht geringer als anderswo — genug jedenfalls, um zuerst mit nackten Händen ein Volk aufzuheben und ihm zu beweisen, daß man nicht das Recht hat, liegenzubleiben, wenn man noch die Kraft hat, aufzustehen. Du verstehst, die Résistants, gut, wir waren nicht zu viele am Anfang, und natürlich vor einem Jahr kamen alle an, auch die große Armee der ›Doppelspieler‹, alle. Aber ist das nicht menschlich, sag selbst, Faber?«
»Hast du jemals die Bibel gelesen, Berthier?«
»Nein, du weißt ja, die Pfaffen habe ich nie gemocht, obwohl es sehr anständige Leute unter ihnen gibt.«
»Aber du hast vielleicht von Sodom und Gomorra gehört, den zwei Städten, die Gott wegen ihrer Verderbtheit zerstört hat. Er hätte sie geschont, wenn sich in ihnen auch nur zehn Gerechte gefunden hätten.«
»Warum erwähnst du das, Faber?«
»Im Zusammenhang mit dieser biblischen Anekdote hab' ich mir was ausgedacht. Das war vor fast genau zwei Jahren. Ich war in einen Hinterhalt geraten, lag in einer Grube und wartete, daß es Nacht würde. Sie schossen nicht mehr, waren vielleicht abgezogen, überzeugt, daß ich schon hin war. Ich konnte kaum atmen, es hatte mich übel erwischt, später hat man mir zwei Rippen weggesägt. Also, ich liege so da, es war ein lauer Nachmittag, ich warte, horche. Da fällt ein Schatten über die Grube, ich richte mich ein wenig auf und sehe, ein junger Bursche, ein SS-Mann, nähert sich. Wollte wahrscheinlich in meinen Taschen nach Papieren suchen. Der Stahlhelm hing ihm um den Hals, blonde Haare, ein junges, ausdrucksloses Gesicht. Du erinnerst dich, Berthier, ich bin immer ein schlechter Schütze gewesen, also mußte ich warten, bis er ganz nahe war, dann erst drückte ich ab, das ganze Magazin habe ich verschossen. Er fiel hin, rührte sich nicht. Ich dachte, nun würden seine Kameraden kommen und mich fertigmachen. Aber niemand kam. Sie waren weg und ich brauchte nicht erst auf den Abend zu warten. Ich krieche also aus der Grube zu dem Deutschen hin, um ihm die schöne Maschinenpistole abzunehmen. Geht auch alles

gut, aber wie ich mich dann aufrichten will, falle ich hin und verliere das Bewußtsein. In der Nacht erst bin ich wieder zu mir gekommen, habe dagelegen, gezittert vor Kälte und auf den Tag gewartet. Ich konnte mich nicht rühren, lag ganz nahe bei dem Toten. Es war der erste Mensch, den ich bewußt getötet habe. Damals hab ich mir das ausgedacht: Es gab zehn Gerechte in diesen Städten, und deshalb wurden sie nicht vernichtet. Alle wußten, daß sie nur wegen dieser zehn verschont worden waren. Man begann, sich um sie zu scharen, man trug ihnen die Macht an. Sie gründeten eine Partei, die ›Partei der Gerechten‹ — PDG, die einen riesigen Zulauf hatte. Jedes Mitglied hatte ein Zertifikat in der Tasche, das bescheinigte, daß es immer ein wahrer Gerechter gewesen war. Bald gab es so viele dieser Zertifikate, daß man sie um einen lächerlich geringen Preis kaufen konnte. Einige Zeit später vernichtete Gott die Städte Sodom und Gomorra. Die zehn Gerechten lebten zwar immer noch, aber sie waren nun so verkommen wie die anderen.«

»Da hast du dir aber eine schöne Geschichte ausgedacht, mein Alter. Sag mir lieber, wie war das, haben dich die Kameraden schon früh am Morgen gefunden?«

»Nein. Niemand kam, aber ich blutete nicht mehr. Ich habe einen ganzen Tag gebraucht, bis ich zu einem Dorf in der Nähe gekommen bin. Dort hat man mich gleich operiert.«

»Ende gut, alles gut!« sagte Berthier zufrieden. »Und das mit deinem Sodom habe ich verstanden, Faber, aber mit uns Franzosen hat das nichts zu tun. Ich sage dir, dank der Résistance entsteht ein neues, ein besseres Frankreich. Der Fall Lagrange ist nicht charakteristisch, also unwichtig.«

»Vielleicht, aber daß ihr alle über ihn und ähnliche Fälle schweigt, das ist äußerst bedenklich —«

»Faber, laß mich in Ruh', hör mich gut an! Es ist noch kein Jahr her, da war der Feind Herr in diesem Lande, noch ist der Krieg nicht zu Ende. Man muß an den Wiederaufbau denken. Wir wollen leben, mein Alter, im Frieden, angenehm, ja, angenehm. Wir haben es uns verdient. Um dir ein Beispiel zu geben — Hunderte, vielleicht Tausende von Brücken sind gesprengt worden. Wir müssen sie wieder herstellen — und Straßen und Häuser. Wir erwarten die Rückkehr der Kriegs-

gefangenen, anderthalb Millionen Männer, der Deportierten, für deren Leben wir bis zum letzten Augenblick fürchten müssen. Wenn sie alle endlich zurückkommen, soll es sein, um Kämpfe auszufechten, einen Bürgerkrieg vielleicht, oder um wieder ihre eigene, friedliche Existenz zu beginnen? Komm, gehen wir Mittag essen! Um die Ecke ist ein ausgezeichnetes kleines Restaurant, schwarzer Markt natürlich. Iß dich gut an und kümmere dich nicht darum, daß wir dazu schweigen. In ein, zwei Jahren wird man sich nicht einmal erinnern, was das eigentlich sagen will, schwarzer Markt, verstehst du?«
»Du irrst dich, Berthier, denn es wird keinen Frieden geben.«
»Ach was! Wie man das nennt, darauf pfeife ich, es wird keinen Krieg geben — das ist alles, was wir brauchen.«

Charles Meunier erwachte, öffnete langsam die Augen und überlegte, ob er nicht versuchen sollte, wieder einzuschlafen. Der Nachmittag ging zu Ende. Die Straße, auf der sie fuhren, war besonders schlecht, der Wagen schleuderte ununterbrochen. »Nein, mir ist doch lieber, ich behalte ihn zu Hause und nehme einen guten Lehrer«, erklärte Berthier, der lenkte. »Alle Jahre fährt dann Pierrot nach Villeneuve und macht die Prüfung. Für ihn wird's ein Kinderspiel sein. Ihn ins Internat schicken oder zu fremden Leuten in Pension — nein. Später, wenn er nach Paris muß, gut, das ist unvermeidlich, aber nicht vorher! Noch acht Jahre, was ist das? Sich von einem Kind trennen, solange man es vermeiden kann, da muß man ja verrückt sein, nicht wahr, Faber?«
Sie fuhren nun mitten durch ein Dorf, dessen Einwohner wohl auf den Feldern waren oder in den Gärten. Man sah nicht einmal Kinder auf der Straße.
»Ich sage dir, er wird alle Prüfungen als Erster bestehen, alle. Wichtig ist nur, daß er wollen soll. Denn wenn er etwas nicht will, da nützt gar nichts. Da ist er ganz anders als Georges. Der Älteste, verstehst du . . .«
Meunier betrachtete Berthier, der sich immer wieder Faber zuwandte. Alles war solid in diesem rötlichen Gesicht, mäßig und maßvoll. Die Stirn unter dem noch vollen dunkelbraunen Haar war nicht hoch und nicht nieder, die Augen lebhaft, wenn er

sprach, Nase und Mund hatten die Maße, die diesem vollen Gesicht entsprachen. Nur das Kinn war härter, spitzer, als man erwartet hätte.

»Ich sehe, Sie sind erwacht, Doktor«, sagte Berthier und wandte sich halb nach hinten. »Natürlich, wir fahren sehr langsam, nichts zu machen, aber wir werden trotzdem in anderthalb Stunden bei meinem Freund, dem Garagisten, sein. Da bleiben wir über Nacht. Er gibt mir gute Reifen, morgen früh ziehen wir los, und da werden Sie sehen, diese alte Karre ist noch sehr gut, aber auch der beste Wagen kriecht, wenn die Räder nichts wert sind. Inzwischen langweilen Sie sich natürlich.«

»Durchaus nicht«, beruhigte ihn Meunier, »ich höre Ihnen zu.«

»Nun ja, ich weiß, ich bin lächerlich, rede immer von den Gören. Aber Sie als Arzt, Sie verstehen doch — die Mutter meiner Kinder, nach der Geburt der Tochter hat sich eine Schraube gelockert in ihrem Kopf, sozusagen — das waren Sorgen, Ängste. Seit 1938 lebe ich mit den Kindern allein, die Frau ist in der Anstalt. Faber habe ich alles erzählt. Was sitzt du da und schweigst die ganze Zeit?«

»Ich höre dir zu und sehe hinaus. Es ist der Frühling, vielleicht verspätet, aber immerhin...«

»Und es ist der Sieg, vergiß das nicht, und es ist der Frieden. Du wirst deinen Sohn aus Kanada kommen lassen und wirst diese Enkelin von deinem Professor aus Deutschland holen, und ihr werdet nach Bezons übersiedeln. Ich werde dir ein Haus bauen, ein Musterstück, verstehst du? Ich bin kein Architekt, ich habe keine großartigen Diplome, aber bauen, das kann ich. Ich sehe schon ganz genau, was ihr brauchen werdet, ihr vier. Ich sage vier, denn natürlich wirst du heiraten. Da, nimm eine Zigarette, biete auch dem Doktor an. Ich erkläre dir, das Leben wird so schön sein wie noch nie vorher. Meine drei Kinder und deine zwei, du wirst sehen, Faber. Hörst du mir überhaupt zu?«

»Ja, ich höre zu, mein Alter. Ich habe viel zu lernen.«

Die Straße stieg ganz sanft an. In den Zweigen der Bäume am Rain, die einander in regelmäßigen Abstand folgten, zeigte sich das erste Grün. Es schimmerte silbrig.

Mitten in einem Pfirsichgarten, neben einem großen Bauernhof, den ein Pfad mit der Straße verband, stand schwarz und rostigbraun ein ausgebrannter Tank. Schon mochte man glauben, daß er aus der Erde gewachsen war. Ein Bauer stützte seinen Ellenbogen auf die stählerne Platte, während er bedächtig Tabak in die Pfeife stopfte. Der Tag ging zu Ende, die Arbeit war getan.

Er sah dem alten Gefährt nach, das mit dem Geklapper von altem Eisen langsam die Chaussee hinauffuhr. Ein Wunder, dachte er, daß sich so was noch vorwärts bewegt, immer wieder aus den Löchern hochkommt und weiterhumpelt. Und dazu noch diese platten Reifen. Ach was, wenn man nur will, dachte er, am Ende kommt es nur darauf an und auf die Geduld.

Der Sohn und die zwei Schwiegersöhne — fünf Jahre weg von zu Hause. Nun war es endlich so weit, in den nächsten Wochen mußten sie aus der Gefangenschaft zurückkommen. Spät. Für mancherlei zu spät, aber nicht für das Heu, nicht für die anderen Arbeiten, die bevorstanden in den Tagen, Wochen, Jahren, die kamen.

Der Wagen hatte noch immer den Hügel nicht erreicht, über dem die Wolken sich gerade rosig färbten, hastig, bevor das Dunkel alles einhüllte. Vom Fluß kam ein leiser Wind herüber. Alles berührte er und brachte die jungen Zweige zum Zittern, aber er tat niemandem weh.

Nun endlich war die Karre verschwunden. Man hörte ihr Geklapper nur noch leise. Der Mann stand bewegungslos da, lauschte, bis die Stille vollkommen wurde, die Stille des tiefen Friedens. Wie eine samtene Decke breitete sich der Abend über das Land aus, über den nahen Fluß, die Felder, die Straßen und die Bäume — eine lautlose Bewegung von grenzenloser Zärtlichkeit.

Paris, 1950—51

INHALT

Vorwort 5

ERSTES BUCH
DER VERBRANNTE DORNBUSCH

Erster Teil   Die nutzlose Reise 11
Zweiter Teil Die Vorbereitung 107
Dritter Teil »Nicht die Toten werden Gott preisen . . . 173
Vierter Teil . . . noch die ins Schweigen hinabsteigen« . 357

ZWEITES BUCH
TIEFER ALS DER ABGRUND

Erster Teil   Die vergebliche Heimkehr 457
Zweiter Teil Die Verbannung 507
Dritter Teil Jeannot 647

DRITTES BUCH
DIE VERLORENE BUCHT

Erster Teil   Unterwegs 709
Zweiter Teil Die Djura-Brigade 753
Dritter Teil . . . wie eine Träne im Ozean 875
Vierter Teil Ohne Ende 965

Manès Sperber

Sokrates
Roman · Drama · Essay
*1988, 168 Seiten, Leinen
mit Schutzumschlag,*
ISBN 3-203-51 046-4

Der schwarze Zaun
Roman
1986, 192 Seiten, Leinen,
ISBN 3-203-50 963-6

Geteilte Einsamkeit
Der Autor und sein Leser
1985, 276 Seiten, Leinen,
ISBN 3-203-50 915-6

Wolyna
Mit einem Vorwort von
André Malraux
Normalausgabe:
1984, 108 Seiten, Leinen,
ISBN 3-203-50 868-0

Churban oder Die unfaßbare Gewißheit
*1979, 9.–11. Tausend,
232 Seiten, Leinen,*
ISBN 3-203-50 719-6

All das Vergangene ...
Band 3 des Gesamtwerks
in Einzelausgaben
*1987, 4. Auflage,
19.–23. Tausend,
936 Seiten, Leinen,*
ISBN 3-203-50 840-0

Essays zur täglichen Weltgeschichte
Band 2 des Gesamtwerks
in Einzelausgaben
1981, 720 Seiten, Leinen,
ISBN 3-203-50 783-8

Wie eine Träne im Ozean
Romantrilogie
Band 1 des Gesamtwerks
in Einzelausgaben
*1984, 32.–34. Tausend,
1036 Seiten, Leinen,*
ISBN 3-203-50 594-0

Nur eine Brücke zwischen Gestern und Morgen
*1980, 160 Seiten
mit Illustrationen von Heinrich Sussmann, Leinen,*
ISBN 3-203-50 753-6

EV EUROPAVERLAG
WIEN – ZÜRICH

Manès Sperber im dtv

Foto: Horst Tappe

**Die Wasserträger Gottes
All das Vergangene ...**

Sperbers Erinnerungen zeigen, wie er jene geistige Position erreichte, aus der sein späteres Werk entstanden und zu verstehen ist. Als Sohn einer frommen jüdischen Familie in der ostgalizischen Kleinstadt Zablotow geboren, wuchs er in einer Umgebung auf, in der unvorstellbar arme Menschen auf den Messias warteten und ihn um so näher wähnten, je drückender ihr Schicksal wurde. dtv 1398

**Wie eine Träne im Ozean
Romantrilogie**

In dieser an Figuren und Schauplätzen ungewöhnlich reichen und spannenden Romantrilogie beschreibt Manès Sperber die politische Landschaft Europas in den Jahren zwischen 1930 und 1945. Im Mittelpunkt steht das geistige Abenteuer des revolutionären Menschen. dtv 1579

**Churban oder
Die unfaßbare Gewißheit
Essays**

Das hebräische Wort Churban bedeutet Verwüstung, Vernichtung. Es bezeichnet insbesondere die Zerstörung des Ersten Tempels durch Nebukadnezar (587 v. Chr.), die des Zweiten Tempels durch Titus (70 n. Chr.) und die ab 1940 von den Nationalsozialisten organisierte Ausrottung der europäischen Juden. dtv 10071

**Die Tyrannis und andere Essays
aus der Zeit der Verachtung**

»Die Tyrannis, das ist nicht nur der Tyrann, allein oder mit seinen Komplizen, sondern das sind auch die Untertanen, seine Opfer, die ihn zum Tyrannen gemacht haben.« dtv 1770

**Wolyna
Erzählung**

Dem kleinen jüdischen Städtchen Wolyna in Ostpolen droht im Winter 1942/43 der Untergang durch Hitlers Schergen ... dtv großdruck 2588

**Individuum und Gemeinschaft
Versuch einer
sozialen Charakteriologie**

Die letzten Vorlesungen, die Manès Sperber vor seiner Emigration 1933 am Individual psychologischen Institut in Berlin gehalten hat. dialog und praxis dtv/Klett-Cotta 15030

Isaac B. Singer im dtv

Feinde, die Geschichte einer Liebe

Immer noch von Ängsten gepeinigt, lebt ein der Nazi-Verfolgung entkommener Jude in einer fatalen Konstellation zwischen drei Frauen. dtv 1216

Der Kabbalist vom East Broadway

Geschichten von jiddisch sprechenden Menschen, denen Singer in seiner geliebten Cafeteria am East Broadway begegnete. dtv 1393

Leidenschaften – Geschichten aus der neuen und der alten Welt

Autobiographische Erzählungen über Okkultisches, Übersinnliches und Phantastisches. dtv 1492

Das Landgut

Kalman Jacobi, ein frommer jüdischer Getreidehändler, wird 1863 Pächter eines enteigneten Landguts in Polen und gerät mit seiner Familie in den Sog der neuen Zeit. dtv 1642

Schoscha

»Eine Liebesgeschichte aus dem Warschauer Ghetto und zugleich ein Gesellschaftsroman unter Intellektuellen.« (Stuttgarter Zeitung) dtv 1788

Das Erbe

Auch Kalman Jacobis Familie wird von den politischen und sozialen Veränderungen gegen Ende des 19. Jahrhunderts erfaßt. dtv 10132

Eine Kindheit in Warschau

Singer erinnert sich an seine Kindheit im Warschauer Judenviertel. dtv 10187

Verloren in Amerika

Singer als kleiner Junge auf der Suche nach Gott, als junger Mann auf der Suche nach Liebe, und als einsamer Emigrant in New York. dtv 10395

Die Familie Moschkat

Eine Familiensaga aus der Welt des osteuropäischen Judentums in der Zeit von 1910 bis 1939. dtv 10650

Old Love

Geschichten von der Liebe dtv 10851

Ich bin ein Leser

Gespräche mit dem Literaturwissenschaftler Richard Burgin. dtv 10882

Der Büßer

Joseph Shapiro entkommt dem Holocaust und bringt es in den USA zu Vermögen, Ehefrau und obligater Geliebter. Eines Tages merkt er, daß er seine – wenn auch ökonomisch wie erotisch erfolgreiche – Existenz nicht mehr aushält ... dtv 11170

Lew Kopelew
im dtv

Foto: Isolde Ohlbaum

Und schuf mir einen Götzen
Lehrjahre eines Kommunisten

Immer weiter entfernt sich Lew
Kopelew aus dem bürgerlich-
jüdischen Elternhaus und wird
zum Bolschewisten und Russen.
Der Enthusiasmus des ersten revolutionären Jahrzehnts reißt ihn mit.
Gläubig folgt er der kommunistischen Partei in den brutalen Kampf
um die Kollektivierung, in die Hun-
gersnöte und Säuberungen der
dreißiger Jahre . . . dtv 1677

Aufbewahren für alle Zeit

In schonungsloser Aufrichtigkeit
schildert hier ein Russe und Augenzeuge den Einmarsch der roten
Armee auf deutschen Boden. Tief
bestürzt berichtet er von den
Plünderungen, Vergewaltigungen
und Morden der eigenen Truppen
und Kampfgenossen. Nicht nur sein
moralisches Empfinden, auch sein
sozialistisches Bewußtsein lehnte
sich auf. Er versuchte, die Aus-
schreitungen zu verhindern und
wurde verhaftet. dtv 1440

Einer von uns
Lehr- und Wanderjahre eines
Kommunisten

Autobiographie in drei Bänden:
Und schuf mir einen Götzen (dtv
1677); Aufbewahren bis in alle Zeit
(dtv 1440); Tröste meine Trauer,
Autobiographie 1947-1954 (dtv
10210, nicht mehr einzeln lieferbar).
dtv Kassette 5934

Worte werden Brücken
Aufsätze, Vorträge, Gespräche

Der Ukrainer aus Moskau mit
lebenslanger Passion für deutsche
Kultur, Literatur und Geschichte,
engagiert sich unermüdlich für die
Verständigung und Vermittlung
zwischen den Völkern, für den
Brückenschlag zwischen Ost und
West. Hier sind Aufsätze, Reden
und öffentliche Gespräche zusammengestellt, die Kopelew seit seiner
Ausbürgerung aus der Sowjetunion
im Jahre 1981 zu einer politisch-
moralischen Instanz des Geistes-
lebens der Bundesrepublik gemacht
haben. dtv 11085 (Juni 1989)